le risque l'été de...
en avion dit-elle. *Mais mon*
médecin m'interdit de renouveler l'expérience. Car les changements d'altitude sont trop dangereux pour ma vue. Désormais, c'est à Zeus de me rendre visite ! »

december 95

ÉCRITS
SUR L'ENSEIGNEMENT

DU MÊME AUTEUR

Aux éditions des Belles Lettres

THUCYDIDE, édition et traduction, en collaboration avec L. Bodin et R. Weil, 5 vol., C.U.F., 1953-1972.
THUCYDIDE ET L'IMPÉRIALISME ATHÉNIEN. — La pensée de l'historien et la genèse de l'œuvre (1947 ; 1961 ; épuisé en français).
HISTOIRE ET RAISON CHEZ THUCYDIDE, 1956, 2ᵉ éd. 1967.
LA CRAINTE ET L'ANGOISSE DANS LE THÉÂTRE D'ESCHYLE, 1958, 2ᵉ éd. 1971.
L'ÉVOLUTION DU PATHÉTIQUE, D'ESCHYLE À EURIPIDE (P.U.F., 1961) 2ᵉ éd. 1980.
LA LOI DANS LA PENSÉE GRECQUE, DES ORIGINES À ARISTOTE, 1971.
LA DOUCEUR DANS LA PENSÉE GRECQUE, 1979.
« PATIENCE, MON CŒUR ! » — L'essor de la psychologie dans la littérature grecque classique, 1984.

Aux Presses Universitaires de France

LA TRAGÉDIE GRECQUE, 1970, 2ᵉ éd., « Quadrige », 1982.
PRÉCIS DE LITTÉRATURE GRECQUE, 1980.
HOMÈRE (coll. Que sais-je ?), 1985.
LA MODERNITÉ D'EURIPIDE (coll. Écrivains), 1986.

Aux éditions Hermann

PROBLÈMES DE LA DÉMOCRATIE GRECQUE, 1975 (éd. Agora, 1986).

Aux éditions Vrin

LE TEMPS DANS LA TRAGÉDIE GRECQUE, 1971 (traduction du texte paru en 1968 à Cornell University Press).

Aux éditions Julliard

SUR LES CHEMINS DE SAINTE-VICTOIRE, 1987.

Aux éditions de Fallois

LES GRANDS SOPHISTES DANS L'ATHÈNES DE PÉRICLÈS, 1988.
LA GRÈCE À LA DÉCOUVERTE DE LA LIBERTÉ, 1989.
DISCOURS DE RÉCEPTION À L'ACADÉMIE FRANÇAISE ET RÉPONSE DE M. ALAIN PEYREFITTE, 1989.
OUVERTURE À CŒUR, roman, 1990.

JACQUELINE DE ROMILLY
de l'Académie française

ÉCRITS SUR L'ENSEIGNEMENT

NOUS AUTRES PROFESSEURS (1969)
suivi de
L'ENSEIGNEMENT EN DÉTRESSE (1984)

Éditions de Fallois
PARIS

1e édition :

Nous autres professeurs, Fayard, 1969.
L'Enseignement en détresse, Julliard, 1984.

22, rue La Boétie, 75008 Paris

ISBN 2-87706-133-7

PRÉFACE

L'enseignement est sans doute ce qui compte le plus pour l'avenir d'un pays ; c'est sans doute également ce qui, aujourd'hui, va le plus mal en France. La crise, que nous avions naguère été un certain nombre à dénoncer, n'a fait dans les institutions que s'aggraver, comme si toutes les mesures tentées, fût-ce avec la meilleure bonne foi du monde, se trouvaient au passage happées et détournées de leur sens. Pour cette raison, je me suis félicitée de voir ces deux livres édités à nouveau : ils restent, hélas, d'actualité.

Le premier date de 1969. Il constitue un acte de foi dans le rôle joué par les professeurs dignes de ce nom, et dans la valeur des études grecques, dont je n'ai cessé, au cours de ma vie, de mesurer la valeur formatrice. Sur ces deux grands thèmes, je n'ai pas varié : les atteintes continuelles portées au prestige du corps enseignant et à l'existence même des études grecques ne pouvaient que stimuler ma ferveur. Sur la crise elle-même, en revanche, on peut juger avec raison que ce premier livre est trop optimiste ; ne dit-il pas de la crise d'alors qu'elle pourrait aisément s'arranger avec un effort financier sérieux, et sans toucher ni aux méthodes ni aux structures de l'enseignement ? Il était naïf de croire que l'on suivrait cette ligne de conduite : l'effort financier n'est pas venu, et l'on a bouleversé hâtivement les structures et les méthodes. Aujourd'hui, le rapprochement des deux livres prend ainsi un caractère un peu poignant : il devient l'histoire d'une désillusion — la mienne — et celle d'une évolution qui, de mesure en mesure, a sapé l'enseignement — le nôtre.

Depuis le second livre, la série s'est encore allongée ; et les divers maux dénoncés en 1984 n'ont fait, depuis, que se préciser.

Je ne parlerai guère de ce qui concerne les méthodes : en ce domaine, les choses ont peu changé. A part quelques saines réformes au niveau du primaire (lire, écrire, compter) et une amélioration sensible dans l'enseignement de l'histoire, les erreurs dénoncées il y a quelques années se sont perpétuées dans trop de manuels et trop d'établissements. Le même jargon présomptueux, inventé par les théoriciens de la dernière mode, continue de faire ses ravages, en privant les enfants de bases claires et bien comprises — solides comme les fondations d'une maison. Et la grande raison des échecs ultérieurs est que l'on ne peut rien enseigner à qui ne possède pas ces bases-là. J'ai tenté d'enseigner l'orthographe à un enfant qui ne savait pas ce qu'étaient les formes grammaticales élémentaires. Il essayait de deviner. Le verbe, le complément étaient pour lui des notions vagues, dont il n'avait pas compris le sens. Il était donc impossible de plus rien lui apprendre. Dans ce cas, il faut tout reprendre ; les classes (et plus tard les universités) n'en ont pas le temps. Il est trop tard. De même, les enfants que l'on n'a pas entraînés à la discipline et à l'attention quand il en était temps ne pourront plus, ensuite, bénéficier d'un enseignement qui exigerait l'un et l'autre. De mauvais débuts se paient tout au long de la vie. Au reste, le résultat est visible : ce sont ces enfants qui, en trop grand nombre, abordent le secondaire sans savoir vraiment lire, sans savoir vraiment construire un paragraphe, sans comprendre vraiment un texte — et qui en resteront là.

Cette situation, que je rappelle en raison de sa gravité, n'est ni une découverte ni une nouveauté.

En revanche, on sait fort peu que les structures mêmes de l'enseignement, elles, se sont, depuis 1984, modifiées en profondeur, dans le même sens qui m'inquiétait alors. Elles l'ont fait doucement et inexorablement.

Réformes

Par « doucement », je veux dire qu'il s'agit de petites réformes d'allure innocente. J'avais écrit en 1984 qu'il était difficile de s'en défendre parce qu'elles étaient inavouées et incertaines. C'est encore plus vrai aujourd'hui. Il existe des commissions, des projets ; ceux-ci seront revus ; des textes différents circulent ; on met en place, sans bruit, des « expériences » ; et soudain, sans que le public ait rien su, les nouvelles institutions sont en place. Et les changements ne sont pas sans portée : de proche en proche toute l'armature de l'enseignement est ainsi modifiée — en commençant, comme de juste, par le haut de l'édifice et ses possibilités d'élitisme.

Veut-on deux ou trois exemples de cet art de décapiter ?

Les anciennes thèses d'État, qui représentaient la qualification la plus haute pour les professeurs d'université, ont été supprimées sous le ministère Savary. En lettres, c'est une grande perte. Si l'on n'en mesure pas encore les effets, c'est parce que, l'État n'aidant plus l'impression des thèses, nous voyons paraître aujourd'hui celles d'il y a cinq ans, préparées avant la réforme.

Pour l'enseignement secondaire, le titre le plus haut était l'agrégation, un concours national. On n'y a pas touché. Mais quoi ? On a tout simplement créé, parallèlement, un autre concours plus facile, avec un programme réduit et des épreuves allégées (mais portant le même nom et donnant les mêmes droits). On voulait apparemment reconnaître, de façon exceptionnelle, les mérites très réels de certains maîtres. Les reconnaître était légitime. Mais le double concours était une solution bizarre ; et, bien vite, on a augmenté le chiffre des postes offerts pour le second. En lettres classiques, la proportion était en 1989 de 21 postes (30 reçus) pour 95 à l'agrégation normale (plus 15 en grammaire) ; en 1990 on est passé à 65 pour 116 ; en 1991, à 133 pour 115. Pourquoi, dès lors, les étudiants s'imposeraient-ils l'effort d'une longue préparation en vue du vrai concours ? La barrière se trouvait ainsi tournée — au détriment de l'enseignement donné dans les universités et de ce qu'il apportait aux futurs maîtres.

Mais cela ne suffisait pas ! Pauvre enseignement supérieur, on l'a aussi tourné, et bien plus résolument, en créant, il y a seulement un an, et « à titre d'expérience », les I.U.F.M. (ou Instituts Universitaires de Formation des Maîtres). Ces instituts, qui étaient confiés à des personnels divers, venant en particulier de l'administration et du primaire supérieur, devaient mener au C.A.P.E.S., c'est-à-dire au titre le plus proche de l'agrégation. Or les membres de ces instituts devaient être recrutés indépendamment de l'Université et encadrés de même ; de plus, ils devaient recevoir un enseignement dans lequel la pédagogie, ou didactique, recevait une place prépondérante, aux dépens des savoirs proprement dits. Il y eut des résistances ; mais l'expérience était déjà en cours. Et l'enseignement des Universités se trouve ainsi tourné. Or, il y avait trois de ces I.U.F.M. l'an passé, créés à titre d'expérience. Il y en a partout cette année.

Voilà pour la formation des maîtres du secondaire. Quant aux élèves de cet enseignement, il restait pour eux le baccalauréat : ne parle-t-on pas, cette année, de la possibilité de le supprimer ? Après tout, s'il doit être donné à tous, pourquoi pas ? Si ce n'est que l'on ne voit pas très bien ce qu'il faudra inventer à l'entrée des universités...

Je n'ai cité ces exemples que pour montrer à quel point les choses changent, en profondeur, sans que les gens s'en rendent compte. Ces titres, ces abréviations, ces concours divers, peuvent avoir aux yeux du public un petit air technique, que l'on n'essaie pas de pénétrer ; mais il se trouve que tous ces changements vont dans le même sens et que leurs orientations concernent l'ensemble de notre société et de nos aspirations.

Elles confirment les principaux défauts que je dénonçais en 1984 et jettent un jour nouveau sur certains d'entre eux.

Égalitarisme et politisation

L'égalitarisme qu'évoque *L'Enseignement en détresse* s'est affirmé dans toutes les réformes récentes. Et son esprit généreux semble bien mal inspiré quand il s'agit d'enseignement. Il est nécessaire que tous aient accès aux études, à égalité. Il est nécessaire que les moins favorisés soient les mieux aidés. Mais comment, au fil du temps, refuser que les dons soient inégaux ? Et surtout comment refuser que l'étude, le travail, les connaissances fassent une différence ? On a voulu qu'aucune catégorie d'enseignants n'ait d'avantages sur les autres, qu'aucun élève capable de réussir n'ait la possibilité de le montrer. Si bien que ni les élèves ni les maîtres n'ont plus été encouragés à se perfectionner. Or cette possibilité de se perfectionner et de se distinguer était la meilleure garantie de qualité pour chacun mais aussi pour l'ensemble. Elle était peut-être même la meilleure chance de mettre fin à certaines inégalités sociales[1].

On peut même dire que la qualité intrinsèque de l'enseignement et de ses méthodes serait le gage de moins d'injustice en ce domaine. Si l'on se réfère, en effet, à un livre récent[2], il semble qu'au fur et à mesure de la progression scolaire, le taux des réussites augmente pour les milieux aisés ou universitaires : ne voit-on pas que ces deux milieux (qui ne coïncident guère d'habitude !) sont ceux où les conseils privés d'une part, et les leçons particulières de l'autre, viennent corriger les lacunes les plus fâcheuses de l'enseignement public ? Les élèves des autres milieux se trouvent condamnés sans remède.

Ne devrait-on pas, au contraire, s'employer sans relâche à déceler, à promouvoir, à aider, tout ce que chacun porte en soi de possibilités virtuelles ? Et, pour cela, former le mieux

1. C'est la thèse que L. Schwartz vient d'exposer avec fermeté dans une étude de la revue *Esprit*, de mai 1991.
2. F. Bayrou, *La Décennie du mal-appris*, Flammarion, 1990.

possible les enseignants, et adapter le mieux possible les méthodes ?

J'ai déjà évoqué ces méthodes, en elles-mêmes : il faudrait ajouter ici qu'elles sont liées à cette idée d'ouverture et de progrès. Certaines méthodes réussissent au niveau d'une classe ou d'un groupe de classes : c'est le cas lorsque les connaissances sont assimilées dans la pratique sans reposer sur des assises solides. Deux ans plus tard, trois ans plus tard, ces enfants, s'ils n'ont pas d'aide à la maison, seront arrêtés, paralysés. Or il faut toujours penser à la suite si l'on veut aider les jeunes à s'accomplir.

C'est bien pourquoi je n'ai pas éprouvé de scrupule, il y a quelques années, à traiter de l'enseignement en général à la lumière d'une expérience qui était surtout celle du supérieur. Je ne souhaite certes pas que tous continuent jusque-là ; mais je voudrais du moins que l'on ne ferme pas les portes. Tout enseignement doit pouvoir ouvrir sur le niveau supérieur et être adapté au progrès. Il doit, sinon le préparer, au moins le permettre.

Et que l'on ne vienne pas me dire que le triste niveau actuel tient à la présence en nombre de petits Maghrébins perdus dans nos traditions ; ils posent un problème, mais c'est d'abord un problème d'encadrement et d'heures de rattrapage ; et c'est aussi, pour une bonne part, un problème de méthode. Après tout, les fils de bourgeois ne savent pas, eux-mêmes, s'exprimer dans leur langue ; et, inversement, les instituteurs d'autrefois réussissaient mieux, même en plein Maghreb !

Et puis, avec l'enseignement ouvert et compétitif qui correspond si bien à la tradition française, nul ne serait obligé de rester au niveau des plus faibles. Il y aurait des voies courtes ou longues, et des orientations diverses. Surtout, la voie serait libre. A force de rabaisser, de retenir, d'aligner, on éteint cette vie intérieure qui est l'âme même de l'enseignement.

Sur ce point, par conséquent, je ne retire rien de ce que j'écrivais en 1984 sur l'égalitarisme, au contraire ! Quant à la politisation, comment ne menacerait-elle pas de plus en plus dès lors que, partout, les concours s'effacent devant les désignations au jugé, et que l'on remplace les exercices par les entretiens ou les titres universitaires par les services rendus dans les « activités associatives » ? Elles comptent beaucoup dans les carrières, ces « activités associatives » : parmi elles, naturellement, l'activité syndicale. Et comment le même esprit ne régnerait-il pas de plus en plus dans les classes et dans les programmes ? Tout ce qui se décide par des « représentants » ne peut être que politique, de part et d'autre[1].

Le savoir et la liberté

Mais ce que ces dernières années m'ont surtout appris, c'est que derrière ces deux tendances si dangereuses se cachait finalement un immense scepticisme sur le rôle de l'enseignement et la fonction même du savoir. On méprise le savoir, tout simplement !

Autrement, trouverait-on normal que des maîtres enseignent ce qu'ils n'ont pas appris ? Sacrifierait-on dans leur formation l'acquisition des connaissances à la théorie didactique ? Renoncerait-on, fût-ce en partie, aux programmes précis et spécialisés ?

Pour expliquer cette indifférence, il a fallu, je crois, que l'on vît se conjuguer des facteurs de tous ordres.

Devant les difficultés créées par le chômage, tous n'ont songé qu'aux débouchés, et ont cru naïvement que les détours formateurs n'y aideraient pas dans la vie pratique. D'où un utilitarisme à court terme, encouragé par le matérialisme : l'enseignement a voulu courir au plus pressé — alors qu'une bonne formation de base aurait développé des qualités humaines permettant, en fin de compte, une meilleure réussite dans n'importe quel métier.

1. Il faudrait, contre ce mal, défendre une nouvelle « laïcité », aussi menacée par là que par les autres appartenances avouées à des groupes — tchador compris.

Devant le besoin de professeurs, qui se marquait de façon aiguë dans certaines disciplines, on n'a pas cherché à rendre, à tous égards, le métier plus attrayant (on n'avait plus le temps !) ; on n'a rien fait pour rétablir l'honneur de la profession [1], on a abaissé les exigences, et improvisé, en renonçant à la compétence.

On s'en est aussi remis au sentiment des moins savants, parce qu'ils constituaient la majorité ; et, au lieu de leur ouvrir les voies de l'étude et de ses joies (par des congés et par des bourses), on leur a donné des satisfactions pratiques, encourageant ainsi leur suspicion à l'égard de ce qu'ils n'avaient pas eu ni pratiqué.

Et puis il y a eu les modes. Car, hélas, dans le désarroi actuel, les modes pénètrent aussitôt dans ce qui devrait le plus chercher à leur échapper, à savoir l'enseignement. La didactique en est un exemple. Sans attendre que cette science nouvelle se soit elle-même organisée et unifiée, on l'a accueillie à bras ouverts, en gagnant pour elle sur les disciplines fondamentales. Comme s'il ne fallait plus apprendre ce que l'on enseignera ! Mais il est d'autres modes, qui ne sont pas non plus sans danger, comme celles des doctrinaires de pointe, qui aiment montrer la relativité de tout et s'emploient à « déconstruire ». Ce goût de la déconstruction, dès qu'il pénètre l'enseignement, décourage à l'avance tout effort de mise en ordre et tout respect de la raison. Or la raison, elle aussi, doit s'apprendre et se conquérir. Et l'on voit chaque jour les périls pesant sur une jeunesse qui ne l'a pas apprise.

De toute manière, il est fâcheux d'improviser et fâcheux de céder aux modes du moment ; et le résultat est là : le respect du savoir et l'amour du savoir s'effacent de l'enseignement, qu'ils devraient animer.

Et que voit-on alors ? Pardonnez-moi de le regretter : je crois encore aux vertus du savoir quand il est dominé et assimilé. Je

---

1. On a même vu, hélas, des administrateurs dans les lycées jouer ouvertement les élèves contre les enseignants.

n'aime pas entendre les confidences gênées des parents qui voient leurs enfants rentrer de classe surpris de ce qui leur a été dit, et qui était tout bonnement faux. Je n'aime pas non plus voir des enfants s'embrouiller dans des faits exacts, mais inutiles, parce que l'on n'a pas su leur faire voir la question dans son ensemble et la leur faire vraiment comprendre. Je n'aime pas voir régner partout ce système à la fois matérialiste et niveleur qui remplace la culture par un apprentissage et n'ouvre aux jeunes ni la curiosité du savoir ni le désir d'aller plus loin. Je n'aime pas voir s'installer ce système de formations parallèles et incontrôlées.

Enfin je n'aime pas non plus avoir à expliquer ce qui devrait être évident : que tout savoir est formateur et représente une liberté gagnée.

On l'a dit, avec raison, pour celui qui apprend à lire, à écrire, à compter, et ne dépend plus des autres pour son information et ses échanges. Mais on peut le dire de l'enseignement en général, de façon beaucoup plus vraie en profondeur : tout ce qui entraîne l'esprit lui fournit une information dominée et assimilée, qui nourrit son jugement personnel et l'arrache aux affirmations crédules ou à la langue de bois — tout cela le libère. Savoir réfléchir par soi-même et s'exprimer exactement, savoir éviter les duperies de la propagande et les malentendus avec autrui, savoir raisonner et prévoir, n'est-ce pas la suprême liberté ? Et la liberté des individus ne garantit-elle pas mieux que tout les libertés mêmes de l'État ?

A force de parler d'égalité, dans l'enseignement actuel, on oublie un peu trop cette liberté. On se rapproche d'un modèle qui n'est pas seulement social[1], mais totalitaire, et qui ferme des possibilités plutôt qu'il n'en ouvre.

Au confluent de l'effort et de la raison, par le biais de la connaissance, on voit naître la liberté — celle que la Grèce antique, puis la France ont cherché à atteindre et à répandre.

---

1. Sur cette distinction, voir l'analyse de R. Polin, « Comment formera-t-on nos enfants dans les dix ans qui viennent », dans *Revue des Sciences morales et politiques*, 1991, p. 467-489.

Les lettres

Ce rôle de l'enseignement est particulièrement sensible dans l'enseignement littéraire. Or, comme cela pouvait déjà se percevoir en 1984, cet enseignement est de moins en moins bien traité : l'évolution, dans ces sept dernières années, a confirmé les craintes d'alors.

Sans doute est-il apparu qu'à juger sur les avantages immédiats et à ne tenir compte que des débouchés, cet enseignement n'était guère utile. En tout cas la place des humanités a été encore diminuée, et celle du français, que l'on ne pouvait pas rejeter, l'a été elle aussi — de même que la place de la littérature en général, et surtout de la littérature classique. Les heures de français dans les classes secondaires ont été de proche en proche réduites. Au concours d'entrée à l'E.N.S., qui était le seul vrai foyer des humanités, une section de sciences économiques a été créée, puis le nombre de postes qui lui étaient attribués a été doucement accru, selon un processus comparable à celui que l'on a vu pour l'agrégation interne. Les candidats au concours littéraire ont d'ailleurs trouvé dans l'organisation des études secondaires des conditions telles qu'un très grand nombre d'entre eux se présentent à ce concours réservé aux « lettres pures » avec un baccalauréat scientifique. Au C.N.R.S., la recherche littéraire, au cours des remaniements récents, a été encore rétrécie. Quant au latin et au grec, peut-on encore en parler ? La place qui leur est faite dans les examens, ainsi que la mauvaise volonté de l'administration pour des horaires d'option et des effectifs minoritaires, constituaient déjà un mal suffisant. Il s'y est mêlé une tendance aux restrictions budgétaires. Dans mon expérience personnelle d'une année, je connais trois établissements dans lesquels on a fait savoir que l'« enveloppe horaire » étant diminuée, il fallait supprimer un certain nombre d'heures d'enseignement. Les professeurs ont dû sacrifier les options. Et quand j'ai voulu, à leur demande, m'inquiéter d'un tel sacrifice, on m'a répondu en me renvoyant à leur décision, comme si elle avait été libre et spontanée. Enfin, à côté de ces pressions à la petite semaine, voici que le dernier des projets de réforme, qui semblait avoir le mérite de rétablir enfin un baccalauréat littéraire plus fort, risque de nous plonger dans un désastre, en interdisant aux futurs candidats des baccalauréats scientifiques ou économiques de connaître la moindre formation classique, les langues mortes ne figurant pas dans les options facultatives au même titre que les autres langues[1]. Rien n'est tout à fait sûr encore, à l'heure où j'écris. A chaque fois la culture classique est, ou menacée, ou bien atteinte, toujours.

Apparemment, nul ne mesure l'importance et le prix de la formation littéraire.

Le premier résultat est une chute croissante dans l'aptitude à manier le français. Les choses sont là trop nettes pour réclamer des preuves. Dirai-je qu'au niveau de la licence, cette année, chez des candidats de lettres classiques, plus de la moitié des copies ignorent qu'on emploie le subjonctif après « bien que », et écrivent tranquillement « bien qu'il fait beau » ? Je ne cite pas cet exemple (entre mille autres) pour que l'on s'en amuse : il y a plutôt de quoi pleurer.

Et mal parler sa propre langue n'est pas le pire : cela se voit, se compte en fautes, se mesure ; chacun peut en juger et constater le mal, tout de suite. Mais il y a plus grave. Et ceux qui réduisent ainsi la place de ces études n'en connaissent pas la merveille, ni les effets multiples.

Car on apprend, avec le sûr maniement d'une langue, à mieux s'exprimer, mais aussi à raisonner, à réfléchir, à juger. Or c'est cela qui fait défaut à l'heure actuelle : s'il est cent façons de mesurer un niveau, trouve-t-on normal que dans des copies de concours littéraire, il y ait souvent une bonne moitié des copies situées entre cinq sur vingt et zéro ? Qu'il y ait tant de copies incohérentes ? Leurs auteurs n'ont pas appris à raisonner. De fait on apprend à raisonner non seulement dans les exercices, de

1. Les faits cités plus haut à propos de l'E.N.S. montrent pourtant qu'une vocation est encore incertaine lors des premiers choix de l'élève.

toutes les disciplines, mais encore au contact de la pensée des autres peuples, des autres époques. Et cet entraînement est d'autant meilleur qu'il s'agit des textes premiers, d'où sont sortis nos concepts, nos idées, notre pensée. En s'y entraînant, on acquiert les données de base d'une réflexion personnelle et l'on avive ses propres possibilités. A ce titre l'enseignement littéraire prépare la classe de philosophie, qui en est le point culminant. Comment inventerait-on seul les concepts, les théories, les mots mêmes de la pensée ? On les trouve chez ceux qui les ont forgés pour nous et tout le passé de la pensée devient ainsi la substance même de son avenir. Pas plus tard qu'hier, je lisais, sous la plume d'un homme qui n'est pas suspect de vivre tourné vers le passé, une remarque qui m'a touchée ; le Commandant Cousteau écrivait : « Pour innover, on pousse les étudiants à mépriser la tradition, alors que c'est la tradition qui offre le terrain le plus fertile à la création. » Merci, Commandant Cousteau, pour cette remarque si lucide ! Devrions-nous demander aux générations de demain de tout réinventer, sans aide ?

Et surtout, devrions-nous les laisser attendre de découvrir tout seuls les sentiments, les rêves, les valeurs, que les hommes ont peu à peu élaborés, ou qu'ils ont une fois pour toutes exprimés en une confidence multiple, répétée à travers les siècles ? Là aussi, quel refus d'ouverture ! Les textes sont là. Ils apportaient tout cela et chacun y trouvait une forme à sa mesure, ou à son goût. On apprenait à connaître la vengeance et la pitié, la sottise, l'amour, à travers les images qu'en ont laissées Racine ou Molière, qu'aujourd'hui on lit si peu, ou bien Sophocle et Plutarque, qu'aujourd'hui on ne lit plus, même en traduction. Encore une fois, que l'on me pardonne d'insister sur les Grecs : ils avaient l'art de nous offrir ces figures simples et fortes, qui pendant tant de siècles ont fourni comme des repères pour le cœur et pour la vie morale — Andromaque et Hector, Antigone ou Socrate... Ces figures-là ont joué ce rôle pour bien des auteurs, dans bien des pays. Mesure-t-on ce qui se perd de force intérieure si l'on interdit soudain ce trésor aux générations nouvelles ? Déroutées, elles le sont déjà. Et même désespérées, parfois.

Aussi bien diminue-t-on la part de cette formation littéraire, qui est vraiment formation de l'homme, en un moment où tout la rendrait plus indispensable ; quand le progrès scientifique fait vaciller la connaissance du monde et donne à l'homme des moyens sans mesure, pour le bien et pour le mal, quand mille maux menacent la planète, et quand aussi, plus près de nous, la force de l'image vient partout troubler l'activité de l'esprit. Nous vivons en effet à l'âge des informations rapides et accaparantes. On sait la place de la télévision dans la vie des enfants. On sait qu'elle les habitue à la violence et à la pauvreté intellectuelle. Même en la supposant meilleure, en la supposant parfaite, elle les habitue — comme nous tous — à la passivité. L'enseignement littéraire, au contraire, oblige à une lecture lente. Il doit le faire. Il doit, s'il est correctement mené, réclamer l'attention, instituer le dialogue, provoquer la surprise.

C'est bien pourquoi cet enseignement se révèle en particulier si utile quand il s'attache à des textes différents de nos habitudes, et permettant d'échapper au temps, à des textes, aussi, qui soient denses et fortement exprimés. Un texte ne devient pas « classique » simplement parce que son auteur est mort...

Le latin et le grec présentent, ou présentaient, ces mérites à un degré extrême. C'est pourquoi, en dépit des modes et des pressions, je continue. Je l'ai dit dans le livre de 1969, longuement ; je l'ai redit ailleurs : mon seul regret serait de ne l'avoir pas assez dit.

D'autres poursuivront l'effort, afin de maintenir et de restaurer, contre tant d'inconscience, cet enseignement des lettres, cet enseignement des humanités. Il peut encore revenir à l'honneur.

L'enseignement comme formation

Il le peut si l'on se rend enfin compte du rôle de formation qui est celui de l'enseignement, rôle que, dans la griserie des découvertes et la pression des difficultés, on a beaucoup trop oublié.

C'est parce que cette formation est le but principal qu'il convient d'entraîner le plus possible les possibilités que les enfants possèdent de façon virtuelle et qui peuvent se développer ou non, selon les circonstances. C'est pour cela qu'il faut exiger d'eux la discipline, l'effort, le perfectionnement de la mémoire, de la parole, du jugement. C'est pour cela qu'il faut leur proposer chaque fois un jeu un peu plus difficile, où réussir les amusera et les enrichira.

Je fondais cette conviction sur le souvenir des classes que j'ai faites, sur celui des visages qui s'éclairaient dans la joie du jeu bien mené ou d'une image soudain perçue, sur les étonnements qu'amenait une compréhension brusque, et aussi sur le contraste de ces visages avec ceux que je retrouvais un ou deux ans plus tard, quand les élèves reparaissaient mûries, stabilisées et comme embellies. Mais je me suis réjouie, il y a quelques mois, d'entendre un savant éminent confirmer avec force le sens concret et scientifique que peut prendre cette idée de formation des jeunes. Le professeur Jean Hamburger déclarait en effet, à la séance publique annuelle des cinq Académies, le 23 octobre 1990 : « Contrairement à ce qu'on a cru, longtemps, le cerveau humain n'est pas fixé dans ses structures finales au moment où l'enfant vient au monde. Ce que l'enfant va ensuite vivre, voir, entendre, subir, ses occupations, ses études, ses rencontres, pourront achever l'agencement de ce qui ne représente encore au début que des activités cérébrales en puissance, modelables comme de la glaise. Certaines voies de la conduction nerveuse s'ouvriront, se développeront, s'épanouiront. D'autres, au contraire, inutilisées, se fermeront pour toujours. »

L'enseignement porte la responsabilité de ces épanouissements et de ces scléroses. Il la porte plus encore dans les milieux où aucune occasion d'ouverture n'est offerte par la famille et dans les moments où une information trop facile et des distractions trop constantes sont, trop souvent, autant de perdu pour la conquête des nouveaux moyens ou de nouvelles richesses — celles, encore une fois, qu'apporte l'enseignement littéraire.

D'où ce paradoxe que, dans un moment où les institutions ne lui laissent que les restes, les milieux scientifiques et industriels réclament que l'on y revienne. L'Académie des Sciences a fait de nombreuses motions en faveur des études classiques. D'autre part, en octobre dernier, un journal titrait : « Quand les littéraires charment les entreprises » et un autre « Gère-t-on mieux les stocks avec Aristote ? ». Plaisanterie médiatique à part, ce mouvement, décrit dans le livre de A. Etchegoyen [1], est bien réel. A la même époque, de grands chefs d'entreprise m'invitaient à parler d'éducation au Futuroscope de Poitiers.

Sans attendre que les jeunes se soient spécialisés par la licence ou l'agrégation, les activités nationales gagneraient à ce qu'ils aient bénéficié dans toute la mesure possible de cette formation. Et ces jeunes y gagneraient eux aussi.

Le temps des redressements

Comment et par quelles mesures y parvenir, ou même y contribuer ? Je sais que la tâche des gouvernants n'est pas facile. Ils sont soumis à nombre de pressions, qui sont parfois très justifiées. De plus, le mal est désormais ancien, et les imprudences du passé ont créé des habitudes qui pèsent lourd. L'enseignement français est à présent devenu un tel monstre que l'on ne sait plus très bien par quel bout le prendre. Je le sais et je le comprends. C'est même la raison pour laquelle signaler les périls me paraît un devoir.

On pourrait au moins réclamer la prudence et le débat ouvert. Dans une situation manifestement alarmante, on devrait cesser les « expériences » qui jouent avec l'avenir. Chaque semaine, je reçois des pétitions, des vœux, des protestations ; qu'en sort-il et qui le sait ? Il est trop clair que les professeurs s'inquiètent et se

1. A. Etchegoyen, *Le Capital — Lettres*, Paris, François Bourin, 1990. Les deux journaux cités sont *Le Monde* du 10 octobre 1990 et *L'Événement du Jeudi*, 11-17 octobre 1990.

découragent, quand ils ne passent pas ailleurs : il est urgent de les rassurer.

On pourrait aussi veiller, sans fléchissement et attentivement, à sauver la formation littéraire, avec son prolongement, que sont les humanités. Dans les règlements, dans les circulaires, dans les instructions, il est urgent de le faire, et fort aisé.

Mais surtout, mais avant tout, il faudrait prendre conscience, et vite, de deux idées essentielles : que l'égalité des chances n'exclut pas la compétition, et que l'enseignement, qu'il soit bon ou mauvais, est toujours une formation. Si ces idées assez évidentes étaient clairement perçues, alors toutes les rectifications dans l'organisation des études s'imposeraient d'elles-mêmes, et toutes les créations pourraient se faire, en pleine lumière.

Non seulement ce serait facile, mais le moment serait propice. Les élèves et les étudiants, conscients des difficultés qui les attendent, ne demandent qu'à travailler. Leurs dernières revendications ne réclament-elles pas des surveillants et des professeurs de valeur ? Le climat qui régnait lorsque j'écrivais *Nous autres professeurs* s'est modifié. Et d'ailleurs, dès qu'une classe ou un lycée sont à l'abri du désordre, la curiosité renaît et les idées se découvrent, avec bonheur[1].

L'opinion, elle aussi, est alertée, dans le bon sens. Les parents timides de 68 ont été remplacés par des parents soucieux, qui voudraient voir leurs enfants mieux formés. Quand je défendais, par le passé, certaines des idées que l'on trouvera ici, le public auquel je m'adressais se montrait sceptique et plus ou moins ironique : il est à présent acquis, sans réserve. C'est tout juste si les journalistes, qui me prenaient naguère pour une originale attardée, ne se plaignent pas à présent que je leur débite des évidences. On

1. Il en est de même pour les classes de latin et de grec : les volontaires seraient là ; ils sont là, dès que ces études leur sont correctement offertes, et qu'aucune pression administrative ne s'exerce pour les décourager.

parle de l'enseignement, en France, comme on parlerait, dans une famille, d'un enfant qui a mal tourné et dont on commence à avoir peur.

Cet enfant, on peut le soigner. Le climat politique lui-même y invite. Car ce sens égalitaire et plus ou moins totalitaire, qui semble avoir été l'orientation majeure des dernières années, se manifeste ainsi à l'heure où même les pays de l'Est se réclament soudain de l'ouverture, de la compétition, et d'une forme au moins de libéralisme. N'est-ce pas un encouragement à rectifier, nous aussi, nos erreurs et à mettre en pratique chez nous ce que nous représentons au-dehors ?

Je sais, la reprise sera dure à obtenir. Je n'aurais sans doute pas osé la réclamer et l'espérer une fois de plus, si, entre 1984 et aujourd'hui, je n'avais pas reçu le plus puissant des encouragements : ce sont les témoignages des anciens élèves. Lors d'une récente élection, ce furent près de deux mille lettres : elles évoquaient les souvenirs de tel lycée, de telle université ; elles disaient, pour les enseignants, l'amour du métier, mais aussi l'angoisse du présent, et disaient, pour les autres, ce que leurs études de lettres, et même de grec, avaient apporté à leurs carrières de médecins ou d'hommes d'affaires. Comment n'en tiendrais-je pas compte ? Et comment oublierais-je, plus récemment encore, la joie qui me fut offerte, dans la ville où j'avais fait mes débuts, quand je trouvai réunies dans leur lycée les élèves que j'avais eues en classe de 4e plus d'un demi-siècle auparavant ? Je les retrouvais grand-mères, mais fidèles au souvenir des études d'autrefois. Ce que l'on sème, dans l'enseignement, vit et se multiplie. Beaucoup de professeurs qui m'écrivent ou que je rencontre le savent comme moi.

On en revient toujours à l'essentiel : tout occupée de faire le point sur les mesures prises ou à prendre, et de protester contre des maux que je continue à croire au moins aussi graves que je le disais en 1984, voici que j'ai glissé vers la ferveur qui animait le premier livre. Elle aussi, je la revendique pour mienne. Et si les choses n'étaient pas si menaçantes, je terminerais en citant une chanson, que tout le monde connaît bien : « Rien de rien ! Non ! je ne regrette rien !... »

Je ne regrette même pas d'avoir enseigné toute ma vie, bien que la profession ne soit guère à l'honneur, ni même d'avoir enseigné le grec, bien qu'en 1991 le grec le soit moins encore. Cela a été mon bonheur et demeure à jamais ma fierté.

Juillet 1991

NOUS AUTRES PROFESSEURS

I

LE MÉTIER DE PROFESSEUR

Le texte qui suit n'exprime ni un projet ni un regret. Il ne considère ni les structures de l'Université ni les réformes, passées, présentes ou futures. Il est seulement un témoignage et un acte de fidélité envers l'Université de toujours et envers le métier d'enseignant, qui a été, est et restera le plus beau métier du monde.

Ce témoignage aurait pu être rendu en n'importe quelles circonstances. Mais il se trouve qu'à l'heure actuelle il est devenu nécessaire. Parce que la vie de l'Université traverse une crise et que des réformes profondes sont apparues indispensables, on s'est, de divers côtés, tourné contre les professeurs, comme si c'était de leur faute. Les étudiants et les élèves l'ont fait les premiers : pour eux, les professeurs incarnaient le régime des études, avec tout ce qui, dans ce régime, les choquait ou leur déplaisait. Les autorités gouvernementales l'ont fait elles aussi : pour elles, les professeurs représentaient les responsables tout trouvés du mécontentement qui, tout à coup, se faisait jour. La presse l'a fait avec allégresse : qu'elle appartienne à tel ou tel bord, elle subit la tentation des explications faciles ; en outre, beaucoup de journalistes ou d'administrateurs assouvissaient ainsi de secrètes rancunes contre un métier où ils n'avaient pas réussi à se faire une place qui leur plût, et d'où étaient venus, pour eux ou pour leurs enfants, des échecs qu'ils croyaient injustes. Enfin, les professeurs eux-mêmes l'ont fait, et cela est pire : certains n'avaient point obtenu l'audience qu'ils se jugeaient due ; d'autres étaient soucieux de ne point se solidariser avec un corps si critiqué ; d'autres enfin, sensibles à tel ou tel défaut extérieur, oubliaient, dans leur désir de rénovation, la noblesse d'une fonction qu'ils avaient cependant choisie et qui leur avait assuré la liberté d'esprit où s'était nourrie leur révolte. Pour tous, les professeurs ont été des boucs émissaires.

Afin d'excuser les uns et de répondre aux autres, il devenait donc opportun de rappeler que l'Université, en tant que telle, fut toujours, même sous les régimes les moins satisfaisants, un monde noble et généreux, et qu'elle a, même alors, accompli sa tâche d'une façon qui méritait non seulement plus d'égards mais plus d'admiration.

J'étais fière de mon métier et je le suis encore.

Sans doute, tous les professeurs ne sont pas parfaits. Il y a eu, il y a, il y aura toujours de mauvais professeurs. Les uns peuvent manquer de conscience, d'autres de savoir, d'intelligence ou de talent. Mais quel est le groupe, même restreint, qui ne comporte dans son sein des éléments moins bons que les autres ? Quel est le ministre qui ne déplore pas les façons de tel ou tel collègue ? Quel est le comité d'étudiants, dont les membres se reconnaîtraient entre eux, dans leur for intérieur, un égal courage ou une égale lucidité ? Le corps des professeurs est un corps immense. Il est souvent mal recruté, mal payé. Comment ne comporterait-il pas, lui aussi, des éléments prêtant à la critique ? Il y a de mauvais maîtres. Il ne peut pas ne pas y en avoir.

Encore ne faut-il pas exagérer. Car on oublie trop facilement que les défauts des professeurs sont guettés et dénoncés plus que ne sont les défauts des autres. Qui voit donc les défauts du mauvais facteur ou du mauvais épicier ? Un maître, qui a pour fonction d'enseigner une discipline, est exposé à toutes les critiques de ceux qui n'aiment pas cette discipline, ou qui y réussissent mal. Ceux-ci se dérobent, se plaignent, se butent. Et leur mauvais vouloir rend la tâche du maître d'autant plus ingrate : les mauvais maîtres ne sont bien souvent que les maîtres des mauvais élèves.

Quoi qu'il en soit, je suis de ceux qui aiment leur métier. Et je voudrais pouvoir dire une fois, en regard de tant de critiques si faciles, qu'une patience longuement apprise nous oblige à tolérer, ce qu'a été, est et sera l'Université, indépendamment de tous les règlements et de toutes les refontes, dans son esprit, dans son essence.

Et, bien que j'aie vu écrit sur les murs de nos Facultés « Mort à l'Université ! », je veux espérer que ma profession de foi ne sera pas un éloge funèbre, mais une réhabilitation, et ne sonnera pas comme un testament, mais comme un appel.

Je suis fille, petite-fille, arrière-petite-fille de professeurs. Et j'ai, personnellement, aimé l'enseignement avec passion.

Je crois qu'il faut le dire pour commencer ; car le sentiment est plus répandu qu'on ne pense. Les professeurs, en effet, se plaignent de leur métier. Je m'en suis plainte aussi : toutes les plaintes portent en général sur les à-côtés du métier (réunions, conseils, réceptions, corrections), ou bien sur les conditions matérielles et morales dans lesquelles ce métier s'exerce. Mais le rapport du maître et de sa classe, s'il n'est pas vicié au départ par des oppositions qui lui sont extérieures, constitue une expérience, dont presque personne parmi nous n'ignore la richesse ou ne méconnaît la portée.

Cette expérience est la même, qu'il s'agisse d'enfants tout jeunes ou d'étudiants déjà expérimentés. Et elle ne peut se comparer à aucune autre.

D'un cours sur l'autre, on l'oublie. Car le sentiment auquel elle donne naissance naît et meurt avec l'heure de cours, et ne franchit jamais les quatre murs de la salle de classe.

Ils ne sont pourtant pas très beaux, ces quatre murs. Et le travail que l'on doit faire pendant cette heure de cours n'est pas toujours très attrayant. Disons-le sincèrement : les élèves ne le sont pas plus ; du premier coup d'œil, lorsqu'il arrive, le maître reconnaît des visages fermés ou nigauds, sournois ou arrogants ; il reconnaît aussi, avec non moins d'accablement, les visages trop obséquieux des bons élèves les plus dévoués. En plus, il arrive lui-même avec son fardeau de soucis quotidiens, par rapport auxquels le cours qu'il va lui falloir faire ne paraît d'abord constituer qu'un encombrement superflu.

Mais voilà : à peine achevées les premières formalités de la vie en commun — appel des noms ou bien leçons, organisation des séances ou rappel des cours précédents — quelque chose prend corps. Ces activités collectives sont celles de la classe ; et la classe se met à exister, comme une personne. On parle pour elle ; elle vous répond. Il s'instaure une collaboration, pratique et intellectuelle.

Naturellement, certains élèves n'y ont pas part : il arrive qu'ils rêvassent et qu'ils aient l'esprit ailleurs. Le professeur, bon ou mauvais, ne peut pas se le permettre. Il doit parler et diriger : comment pourrait-il y parvenir s'il ne donnait à ce qu'il fait toute son attention ? Il est requis et absorbé par la tâche qui l'attend ; il s'identifie, de toute nécessité, avec le cours à faire.

Cela implique une adaptation. Comme il s'adresse, à quelque niveau que ce soit, à des gens qui, par définition, en savent moins long que lui, il doit fournir un effort pour se mettre à leur portée. Il doit guetter sur les visages des réactions, des marques de compréhension. Si bien qu'il est amené à sortir de lui-même, plus complètement qu'on ne le fait dans aucune autre activité. Un professeur a, pendant qu'il parle, l'âge de ses élèves ou celui de ses étudiants.

Et, avec eux, il retrouve sous une forme neuve les connaissances qu'il a mission de communiquer. Elles redeviennent fraîches, inattendues. L'heure de cours est comme une oasis dans la trame des jours : c'est une heure réservée à la connaissance, à la vérité, à l'intelligence. C'est une heure où plus rien ne compte que la démonstration d'un théorème, l'exactitude d'une traduction, la beauté littéraire d'une œuvre. Et je dirais que cette heure représente, en un sens, un privilège rare : car y a-t-il joie plus grande que de faire comprendre aux autres ce que l'on sait et ce que l'on aime ?

En le faisant comprendre, on s'exalte de le mieux comprendre. On revient à la source. On se sent le dépositaire d'un trésor que l'on n'a jamais fini d'inventorier. On passe une heure avec ses élèves ; on a leur âge ; mais on passe aussi une heure avec Platon ou bien Racine, ou, si l'on veut, une heure avec ceux qui découvrirent telle ou telle loi scientifique. Plus exactement encore, parce que l'on doit faire comprendre quelque chose à des gens plus jeunes, on passe une heure d'effort, d'aspiration, de conquête. Chaque heure de cours est découverte faite en commun.

Alors, il se passe ceci, que tous les soucis qui vous occupaient un moment avant se trouvent oubliés, quels qu'ils soient. En des moments d'épreuves ou d'inquiétudes, où faire un cours me semblait à l'avance au-dessus de mes forces, j'ai toujours eu la stupeur de constater que, pendant juste une heure, je ne pensais plus à rien d'autre. Et l'on n'oublie pas que les soucis : on oublie les médiocrités, les découragements, les signes de l'âge ; on retrouve, au double contact des élèves et des auteurs, une allégresse, une propreté de jeune ; on oublie que la vie est faite de tiraillements et de déboires : pendant une heure, la vie, c'est la démonstration d'un théorème ou la lecture d'un poème. En tout cas, il est peu de cours qui ne comportent au moins quelques instants de grâce, où seule existe cette commune accession à quelque chose de vrai ou de beau.

Cette grâce est un peu un secret entre le maître et ses élèves, et un secret qu'eux-mêmes oublient sitôt que le contact a pris fin. Elle explique le malaise qu'éprouvent même de bons professeurs à voir un inspecteur s'installer en tiers entre leur classe et eux. D'ailleurs elle naît et s'éteint. Elle nous surprend toujours plus ou moins. A plus forte raison est-il difficile que les profanes la soupçonnent ou la comprennent.

On voit ce que nous sommes du dehors. Tout d'abord, on voit nos travers. Car ces classes heureuses sont notre vie ; mais leur bonheur se paie. Il explique ce goût un peu puéril, que nous gardons tous plus ou moins, pour les plaisanteries trop faciles, qui créent avec les élèves une connivence joyeuse. Il explique notre candeur et notre maladresse : trop de fois par semaine, nous avons l'âge de nos élèves. Et il explique aussi ce goût rhétorique du martyre, qui nous fait si volontiers défendre avec emphase les causes qui le méritent le moins, habitués que nous sommes à vivre avec Polyeucte ou bien Ruy Blas. Et puis, en tant que professeurs, on nous voit récriminer. On entend dire que les professeurs se plaignent, revendiquent, protestent. Et peu à peu l'on oublie que le vrai visage des professeurs n'est pas ce visage querelleur : le vrai visage des professeurs, c'est dans la classe qu'il se voit. Et il est plus noble que l'autre.

Il fallait le rappeler au nom de la simple équité. Mais surtout, il le fallait parce que la grâce dont je parle se trouve aujourd'hui menacée.

En tout temps, elle l'a été. Elle est difficile à atteindre. L'ennui l'empêche de naître ; la démagogie l'empoisonne. Pour qu'elle puisse éclore, il faut donc un certain nombre de vertus, pédagogiques et morales. Mais il faut aussi un climat, qui ne dépend pas uniquement de l'action du professeur, et que l'intrusion des passions d'ordre social ou politique risque de vicier à la base.

Qu'un enseignement digne de ce nom implique l'objectivité intellectuelle et, par suite, une stricte neutralité politique dans l'exercice de notre métier, c'est là une évidence qui ne devrait pas avoir besoin d'être rappelée. Mais il n'est pas moins vrai, et il est moins admis, que l'enseignement en lui-même risque d'être anéanti par l'influence de conditions qui sont extérieures à nos cours, mais susceptibles de ruiner la qualité des relations entre le maître et ses élèves.

Quand des élèves ou des étudiants se mettent à contester de façon systématique les professeurs qui sont les leurs, quand les uns et les autres s'organisent en groupes corporatifs et opposés, où trouvera-t-on ce climat d'entente désintéressée d'où surgit l'élan collectif ? Bien plus, quand les élèves et les professeurs, confondus, se scindent selon une division politique en deux fractions antagonistes, alors mille forces extérieures se glissent entre le maître et sa classe, faussent leur relation, sèment la division, brisent le contact avant même qu'il ne se forme. L'enseignement a besoin de paix et de libéralisme, non seulement dans sa visée intellectuelle, mais dans ses cadres psychologiques.

Qu'il y ait des turbulences, des heurts et des raccommodages, des discussions, des doléances, je le veux bien : il y en a dans les meilleurs ménages ; et les professeurs, non plus que les élèves, ne peuvent vivre dans un monde clos. Mais à laisser les choses aller trop loin, on tuerait l'enseignement.

N'oublions pas, nous, professeurs, qu'il ne faut jamais laisser intervenir aucune personne, aucune pression, entre nos élèves et nous : les alliances ou les encouragements que tels d'entre nous chercheraient au-dehors se retourneraient en fin de compte contre notre fonction à tous. Et disons-nous bien clairement ceci : que quiconque vient critiquer, avec des institutions qu'ils n'ont pas créées, des enseignants d'un genre ou d'un autre, risque de ruiner à jamais cela même qu'il veut réformer.

Faire la classe n'est pas comme faire une robe ou une voiture : c'est quelque chose de vivant et de personnel, qui demande des conditions propices et ne peut plus se faire si celles-ci font défaut.

⁂

J'ai connu la joie d'enseigner ; j'ai aussi connu les vertus universitaires, en tête desquelles vient la probité, une probité souvent poussée jusqu'au scrupule.

Ils m'amusent, les élèves ou les étudiants qui veulent contrôler les examens. S'ils savaient !...

Le premier examen que j'ai fait passer était une licence de guerre, instituée en novembre ou décembre pour des candidats appelés sous les drapeaux. Les consignes avaient été de se montrer aussi indulgent que possible. Et c'était bien compréhensible. Mais j'avais, en grec, un candidat terriblement mauvais. Combien de fois j'ai relu sa copie ! C'était humain de le recevoir. Je le désirais. Je le pouvais. Mais, pour le recevoir, il fallait passer outre à toute équité, renoncer aux droits de l'examen et à sa signification. La nuit, je n'en dormais plus. Je décidais de le recevoir, puis je me persuadais que c'était impossible. Aucune tempête sous un crâne ne prit jamais portée plus dramatique ! Pour finir, j'allai le trouver et lui expliquai de mon mieux que j'aurais voulu l'accepter mais que vraiment il était trop faible. Je lui montrai ses fautes. Je lui expliquai comment on apprend. Je n'étais pas trop fière de moi. Mais, un mois après, je devais recevoir de lui une longue lettre, dans laquelle il me remerciait : il avait compris, et il préférait, disait-il, savoir que les titres pour lequels il travaillait étaient valables et sérieux. Il ne s'était d'ailleurs jamais attendu à passer.

Je ne sais pas ce qu'il est devenu et j'ai oublié son nom. Mais je n'ai pas oublié cette angoisse. En pleine guerre, alors que tout était menacé, ce petit problème d'équité m'avait vraiment bouleversée.

Il ne faut pas croire que ces conditions très spéciales étaient seules causes de cette angoisse, ni qu'elle m'était particulière. Nous étions tous ainsi, toujours.

Naturellement, avec un peu plus d'expérience, on se sent plus sûr de soi. On a des précédents sur lesquels régler sa conduite. Mais je n'ai jamais connu de jury, soit d'examens soit de concours, où des scrupules analogues ne se soient fréquemment fait jour.

Et d'abord le choix des sujets. Je me souviens encore, étant membre du jury d'agrégation que présidait Jacques Desjardins, le mois entier que j'ai perdu à choisir une version grecque. Dix fois, j'ai copié un texte. Et puis, l'ayant copié, je me demandais si tel tour n'était pas trop difficile. Je supprimais deux lignes. Alors, soudain, je me disais qu'il serait presque impossible de classer les candidats : si le texte était trop facile, les meilleurs risquaient de n'être pas avantagés. Alors, j'en cherchais un autre. Puis je revenais au premier. Il faut avouer la vérité : deux fois, j'ai remis des sujets, dûment copiés puis relus, à mon président de jury, et deux fois j'ai été chez lui, lui demandant de les reprendre, ou lui soumettant tel détail, pour savoir ce qu'il en pensait. Jacques Desjardins était patient. Mais je me souviens encore du mot de René Durand, qu'il me cita un soir sur le pas de sa porte, à l'issue d'une telle visite. Il me dit que René Durand, prenant en pitié les scrupules que lui-même, Desjardins, éprouvait à propos de la correction du thème latin, lui avait répondu : « Que voulez-vous ? Si Dieu avait voulu que les thèmes latins fussent corrigés de façon parfaite, il s'en serait chargé lui-même : on ne peut nous demander que de faire de notre mieux. »

Car corriger et noter pose aussi des problèmes. Je veux dire ici comment j'ai toujours corrigé les versions et les thèmes, quand il s'agissait de concours. Je les lisais de très près, en marquant les fautes. En même temps, je me constituais un barème détaillé, fixant leur importance relative. Avant de calculer la note voulue par ce barème, je donnais une première note, fondée, elle, sur l'impression générale. J'obtenais donc deux notes, qui pouvaient différer entre elles : si c'était le cas, je reprenais la copie, cherchant à expliquer la différence et, par suite, à la combler. J'avais ainsi un premier classement, qui me permettait de ranger les copies, matériellement, par ordre de valeur. Quand il était achevé, je reprenais tout le paquet, dans l'ordre ainsi obtenu, pour voir s'il n'y avait pas d'accident dans la courbe des notations. Et tout cela n'empêchait pas, hélas ! la brusque découverte, au cours de cette nouvelle lecture, d'une faute prise d'abord pour une simple maladresse : alors, le doute naissait ; et je reprenais les copies, depuis la première, pour voir si le même cas ne s'était pas produit ailleurs.

Je sais bien : tout le monde ne se donnait pas tant de mal ; et ceux qui le faisaient ne le faisaient pas toujours. Mais pourquoi cela ? Simplement parce qu'il y avait trop de copies, trop de travail, trop peu de temps. On est parfois contraint de choisir les sujets dans des délais terriblement courts ; et l'on est toujours contraint de finir les corrections dans le temps le plus bref possible. De là des régimes inhumains, qui font que la fatigue s'en mêle ; et à partir d'un certain moment, quand la fatigue s'en mêle, on est capable de bévues.

Mais l'attitude des professeurs, lorsqu'ils corrigent des copies, est plus souvent l'excès de scrupules que la facilité. Je me souviens de tant de coups de téléphone échangés : « Et cela ? vous le compteriez pour une faute entière ? je sais bien que ce n'est pas le sens, mais le candidat a pu croire... » ; et je me souviens, en contraste, de la complaisance avec laquelle les gens extérieurs à l'université se plaisaient à répéter l'histoire bêtement traditionnelle du paquet de copies jeté du haut de l'escalier et classé par la façon dont chacune arrive à terre. Nous autres, professeurs, nous n'étions pas même offensés... il s'agissait d'un univers sans rapport avec le nôtre.

Nous aurions eu plutôt tendance à grossir l'importance de nos responsabilités. Ce demi-point de plus ou bien de moins nous semblait véritablement régler le sort du monde. Aussi étions-nous plus à l'aise lorsque venait la délibération. Je me souviens des délibérations du jury d'agrégation, quand les six professeurs composant ce jury avaient écouté tous ensemble une même explication, puis entendu le rapport de celui qui y avait présidé. On posait des questions, on reprenait le vers, le mot ; parfois on contestait la note proposée ; on reprenait, pour comparer, les erreurs commises par une autre candidate, sur un texte du même auteur, cinq ou dix jours auparavant... J'ai rarement vu plus instructif, littérairement, que ces discussions ; et j'ai rarement vu plus beau, moralement, que ce commun désir d'équité.

Les délibérations pour les certificats de licence étaient bien plus rapides : il ne s'agissait pas d'un concours et chaque professeur notait seul ses épreuves. Si bien que les rencontres entre correcteurs ou entre interrogateurs n'étaient guère consacrées qu'à de simples additions : on n'examinait que les cas tangents. Mais alors, il fallait voir la joie avec laquelle chacun se jetait sur ses copies : « Voyez ! il écrit ceci... et ceci !... et cela... Ah ! mais il dit aussi ceci, qui n'est pas mal : tenez, regardez, trouvez-vous ma note sévère ? ou bien trop indulgente ? » On aimait un peu faire rire, mais aussi se faire approuver, souvent aussi se faire rassurer. Et, dans les cas critiques, que ce fût après l'écrit ou après l'oral, on retrouvait l'anxiété. J'ai vu des membres de jurys aller exposer leurs doutes à ceux d'un jury voisin. J'ai vu des professeurs qui dormaient mal la nuit, hantés qu'ils étaient sur l'idée qu'ils auraient dû poser à un candidat telle question au lieu de telle autre, et que peut-être il eût réussi. J'ai vu des professeurs rappeler à des collègues, un an après : « C'était votre fameuse étudiante, pour laquelle vous vous êtes fait tant de souci... »

De cette attention portée à nos corrections ou à nos interrogations, nous subissons nous-mêmes l'influence, pas toujours à notre avantage. A force de nous pencher sur des fautes, nous contractons facilement le goût de répéter les plus étonnantes ; et cela nous rend un peu ennuyeux. A force de nous poser des cas de conscience pour de petites décisions, souvent sans grande portée directe, nous devenons facilement vétilleux, retenus par le détail, indécis, ergoteurs. Eh bien, bon ! nous le sommes, ou nous risquons de l'être. Mais ces menus défauts sont les revers de notre probité et de notre conscience. Ce sont les marques du métier, comme le cal aux mains des travailleurs manuels. Nous n'avons pas à les renier.

Aussi — ah ! je m'amuse, lorsque j'entends nos étudiants ou nos élèves réclamer le droit d'exercer un contrôle sur nos corrections ou nos délibérations. Comment donc ! Qu'ils y viennent ! S'il est un moyen de reconquérir leur respect, c'est bien celui-là. S'il est un moyen de leur donner le sens du travail bien fait, c'est là l'occasion. Enfin, s'il est un moyen de leur apprendre quelque chose de la discipline que nous enseignons, le voilà tout trouvé. S'ils me voyaient vérifier sans cesse dans le dictionnaire ou dans la syntaxe, afin de voir si tel tour qu'ils ont employé pourrait à la rigueur être correct, ils me verraient m'instruire et s'instruiraient aussi. Et ils commenceraient alors à sentir ce que sont la rigueur et la précision. Et ils commenceraient à comprendre ce que c'est que la probité. Je n'ai jamais corrigé une copie sans regretter de n'avoir pas à côté de moi un étudiant, pour qu'il comprenne. Il est vrai que peut-être, alors, nous y mettrions moins de zèle, nous déchargeant sur ces témoins d'une partie au moins de notre responsabilité, et laissant là l'autocritique, puisque une critique extérieure en tiendrait lieu si facilement.

En tout cas, je suis toute prête à tenter l'expérience. En revanche, mais comment le dire ? Est-ce vrai ? N'est-ce pas un mensonge, ou une calomnie ? On me dit que des professeurs en seraient venus ces dernières semaines, non seulement à refuser de faire passer des examens — ce qui, en soi, peut se défendre —, mais à les boycotter, en notant délibérément de façon incorrecte. On me le dit, mais je ne puis le croire. Des professeurs qui feraient cela ne seraient plus des professeurs. Ils achèveraient sans nul doute de nous déconsidérer. Mais surtout, ils ruineraient les valeurs sur lesquelles repose toute notre vie professionnelle, et dont le principe même exige qu'aucun manquement n'y soit possible.

Un manque de probité dans la correction ou la notation est, en ce sens, infiniment plus grave que le pire sabotage dans le monde de l'industrie.

*
**

J'ai connu les vertus universitaires. J'ai connu aussi le rayonnement des maîtres. Et chacun l'a connu, plus ou moins consciemment.

Que n'importe qui cherche dans ses souvenirs, il trouve un souvenir lointain, qu'il croit une exception. Tel professeur de petite classe l'a marqué à tout jamais. Le professeur ne l'a pas su ; l'ancien élève n'y pense plus. Peut-être même, s'il y pense, un jour, comme cela, en évoquant son enfance enfuie, s'imagine-t-il que ce maître-là ne méritait sa gratitude que parce qu'il était différent des autres. Il ne se rend pas compte que ces exceptions-là, chacun en trouve selon son goût, et que par suite elles sont la règle. Il dira, hochant la tête d'un air sagace : « C'était un homme extraordinaire... » Extraordinaire, vraiment ? On dirait à l'entendre que tous les autres n'ont jamais existé que pour servir de repoussoir à ce professeur si nettement à part ; et pourtant ce professeur pouvait être, selon les cas, ou tout l'un, ou tout l'autre : « Ce n'était pas un de vos savants, ennuyeux et pédants... », « Ce n'était pas un ambitieux, mais un homme d'un grand savoir, qui aurait pu faire une brillante carrière, si seulement il l'avait voulu... », « Ce n'était pas un de vos prétentieux, mais un homme parfaitement simple, qui se mettait à notre portée... », « Ce n'était pas un de ces instituteurs bornés, comme il en est tant, mais un homme d'une rare culture, que l'on sentait supérieur aux autres... », « Il nous aidait, c'était un pédagogue : ce que j'ai appris avec lui, je ne l'ai jamais oublié... », « Il se moquait des examens et parlait de tout et de rien, sans nul souci pédagogique ; on oubliait ensuite ce qu'il avait dit, mais on gardait le goût d'apprendre... » Ce maître qui a tellement compté, dont quelquefois les goûts et les idées ont infléchi la vie de ses anciens élèves, n'était donc pas exceptionnel. Simplement, chacun a le sien, à la mesure de son tempérament, ou en fonction du hasard heureux qui a, un beau jour, fait naître la fameuse étincelle, dont parle Platon dans sa septième lettre. Il y a aussi des âges, des moments dans la vie, des circonstances familiales, qui rendent l'élève disponible pour ces ententes privilégiées.

Il arrive aussi bien souvent que l'on subisse en profondeur l'influence d'un professeur sans que l'on en prenne bien conscience. Un professeur n'enseigne pas seulement ce qu'il sait et qui est dans les livres : il a une manière à lui d'aborder les problèmes, un intérêt personnel vers tel ou tel ordre de faits, des qualités propres de rigueur, ou de chaleur, ou de finesse. Ainsi il fait naître des habitudes et forme des esprits. Jacques Desjardins disait, dans ses conférences pédagogiques : « Vous n'enseignez pas seulement ce que vous savez : vous enseignez ce que vous êtes. »

Le mot peut s'entendre à plusieurs niveaux. Car il est vrai de l'être intellectuel comme de l'être moral. Je sais à qui je dois un certain goût de la rigueur grammaticale : c'est à Gaston Cayrou, qui fut, pendant plusieurs années, mon professeur de grec et de latin ; son enseignement ne comportait aucun chatoiement littéraire ni aucune séduction, mais il était clair et solide comme l'homme lui-même. A mon tour, je ne sais pas ce qui caractérise mon enseignement, mais je sais bien mon étonnement quand je me suis aperçue que je reconnaissais, sans erreur possible, mes anciennes élèves de Versailles dans leurs explications d'agrégation. Elles ne savaient pas qu'elles m'imitaient : elles imitaient ce qu'elles avaient entendu et qu'elles tenaient pour normal.

Il faut d'ailleurs se méfier : l'influence s'exerce avec une telle facilité ! Une explication de texte où se mêle un léger persiflage, et voilà pour des mois une classe prête à se moquer d'un auteur, et qui risque de s'en moquer pour la vie. Au contraire, une note de pathétique un peu trop appuyée, et une bande de lycéennes s'engouera pour des héros, risquant de vivre des années sous l'emprise du romantisme. C'est ce qui est beau ; c'est aussi ce qui doit faire peur, dans le métier d'enseignant. En bien, en mal, on revit dans ses élèves peut-être autant que dans ses enfants.

Et si cela est vrai de tous les professeurs, à tous les niveaux, comment dire le rayonnement des grands maîtres et la façon dont leur influence brille sur des générations d'étudiants ?

Tout homme ou toute femme qui a, comme on dit, fait des études en a connu et en porte la marque. Pour eux, le nom de ces maîtres éveille, des années après, une soudaine émotion et une flamme de confiance. Quand ils retrouvent de leurs contemporains, c'est autour de ces noms que se font les retrouvailles. Quand, d'autre part, ils rencontrent des jeunes, ils s'attendrissent volontiers en évocations nostalgiques : « Vous n'avez pas connu Un tel... », « Est-ce que vous savez encore, vous les jeunes, ce qu'était Un tel ?... »

Dans ma génération, par exemple, beaucoup retrouvent ainsi leur jeunesse en entendant le nom d'Alain. Je l'ai trop peu approché pour pouvoir parler de lui : je ne parlerai donc que du grec ; et là rayonne un nom, celui d'un maître inégalable : de Paul Mazon.

Paul Mazon savait le grec. Il le savait complètement : c'est-à-dire qu'il n'en possédait pas seulement les règles et les mots, mais en sentait l'esprit, se l'était assimilé, et réagissait de façon immédiate aux détails de l'expression, comme l'on fait dans sa propre langue, quand on a le sens des mots. Il pouvait dire sans hésiter si tel tour était correct, ou rare, brillant, ou maladroit. Mais ce n'était là qu'un premier élément, et un domaine où d'autres peuvent sans doute l'égaler. En revanche, ce qui le différenciait des autres est qu'il apportait dans tous ses jugements la même sûreté absolue. Il pouvait toujours dire, simplement mais résolument, si une solution était ou non intelligente, si un homme était ou non doué. Son regard lucide allait droit au fond des questions, sans hésiter. Oh ! ce n'était pas qu'il fût affirmatif ou péremptoire !... nul n'était plus sceptique que lui, que ce fût en matière de langue et de grammaire, ou bien de politique, ou de carrières. Et il ne cherchait point à imposer son autorité, tout au contraire. Il ne le faisait pas dans ses cours : ceux-ci, exempts de tout pédantisme, comme est, d'ailleurs, son œuvre écrite, consistaient en une lecture du texte, éclairée par le bon sens. Mazon était assez sûr de lui pour ne pas s'embarrasser de références aux commentateurs ; mais il ne semblait pas non plus donner jamais sa propre opinion ou ses propres découvertes : à l'entendre, on avait le sentiment qu'un peu de raison suffisait à éclairer le sens des textes. Et il en était de même dans toutes les activités qui complétaient son enseignement. Il était presque trop discret. Il ne cherchait ni à avoir des disciples ni à les pousser. Il était au-dessus de cela. En réalité, Mazon, comme une sorte de Zeus malicieux, s'amusait. Il ne croyait pas beaucoup aux solutions certaines ; et il avait une certaine manière de fermer à demi un œil pour dire : « On trouve tout, dans Platon... », qui remettait à leur place les savants trop sûrs d'eux. De même pour les gens : les gens l'amusaient. Même leur sottise ou leur vanité réjouissaient en lui une sorte d'humour allègre. Il écoutait les anecdotes, dont il était friand, et disait, par une sorte de variante au mot de Molière : « Le pauvre Un tel !... » Néanmoins, telle était la supériorité de son jugement que ce scepticisme amical n'empêchait pas ses verdicts d'apparaître tout-puissants. Même une fois professeurs, même une fois professeurs de faculté, professeurs en Sorbonne, membres de l'Institut, les gens qui ont connu Mazon continuent de dire, à propos des personnes, des méthodes ou des textes : « Mazon disait que... », « Mazon aurait pensé que... » Je me règle souvent d'après de telles idées ; et pourtant je crois bien qu'il en serait un peu choqué, comme d'un excès bizarre de dévotion.

Le regard de Mazon était toujours un petit peu ironique. Par là, il nous intimidait. Mais ce n'était pas l'ironie fréquente des maîtres, où se traduit une sécheresse intellectuelle qui paralyse l'émotion. Cet homme, si fidèle au bon sens et à la droite raison, était plus ouvert que personne aux échos poétiques des œuvres et à leur richesse tragique. Sa voix... nous l'entendons tous encore, cette belle voix grave, profonde, et ces « R » un peu gras, un peu roulés, qui donnaient à sa diction une sorte de puissance de terroir, et ajoutaient au poids des mots. Lorsque Mazon avait traduit une page de grec, celle-ci redevenait belle ; et, lue par lui, elle ne s'imposait pas seulement par l'évidente exactitude de la transposition : elle vous parlait directement, vous atteignait, vous stupéfiait. Le Zeus malicieux du petit bureau, où on lui rendait visite, devenait alors un Zeus en majesté, aux révélations fulgurantes. Parce qu'il avait le sens de la beauté et de la profondeur.

Dans cette union de la clairvoyance rationnelle et de l'intuition poétique, il y avait sans doute l'effet d'un tempérament. Il y avait aussi, je crois, l'influence même de la Grèce, à laquelle Paul Mazon s'était assimilé et dont une telle alliance est un trait caractéristique. Je me rappelle un de ses cours, où, à propos d'un discours d'Hécube, dans la pièce d'Euripide qui porte son nom, il s'opposait aux commentateurs qui jugeaient le texte trop bien ordonné ; et, avec une de ces formules qui aident ensuite pendant toute une vie, il déclarait : « Mais voyons, c'est normal : la passion crée l'ordre ! »

Un enseignement comme celui de Mazon fait une jolie réponse à ceux qui parlent de contestation. Ah ! il y a vraiment de quoi rire, quand on a connu cet enseignement, à imaginer des étudiants qui prétendraient contester un tel maître, ou ses méthodes, ou la valeur profonde de ce qu'il apportait.

L'on répondra que tout maître n'est pas Mazon ; et cela est sûr. Mais je crois que cet exemple, précisément parce qu'il est exceptionnel, éclaire ce vers quoi nous tendons ou nous devrions tendre. Je ne suis pas Mazon, hélas ! Mais je n'ai jamais écrit une ligne, je n'ai jamais fait un seul cours, sans que quelque chose en moi n'ait plus ou moins inconsciemment cherché à l'imiter, à aller dans le même sens, à promouvoir les mêmes valeurs. Et ce que j'ai pu faire de moins mal était certainement dû à ce désir latent. Car — c'est une chose que l'on oublie — la vertu de l'admiration est plus tonique et plus positive que celle de la contestation. Mazon eût admis bien volontiers, comme nous l'admettons tous, que l'on discutât chacune de ses affirmations. Et il se fût intéressé à n'importe quelle objection. Mais le levain, la source de nos progrès, le germe qui, en nous, ne demandait qu'à croître, nous le trouvions dans l'admiration que nous éprouvions pour lui et qui ne comportait aucune réserve.

Il y a eu dans l'enseignement supérieur quelques maîtres de cette envergure. Il faut le rappeler à la gloire de l'Université. Et il faut nous le rappeler à nous-mêmes, pour garder une plus juste idée du rôle qui toujours, quels que soient nos moyens et nos capacités, nous appartient. Si j'avais joué dans ma sphère plus modeste, pour une dizaine ou une centaine de personnes, le rôle que Mazon jouait pour tous ceux qui l'approchaient, je serais heureuse. Pour qu'un tel rôle existe, il faut y croire ; et le souvenir de nos maîtres peut nous aider à y croire. Notre profession, contrairement aux autres, a pour objet un but jamais atteint ; elle vise à susciter, dans l'esprit de ceux qui nous écoutent, un progrès perpétuel ; d'où le sens de ces cas exemplaires : leur éclat est plus probant que les statuts moyens et les règles courantes.

D'ailleurs, le rayonnement des maîtres ne s'établit pas toujours au niveau d'un savoir exceptionnel ni d'une autorité scientifique si haute. C'est pourquoi je voudrais parler ici d'un autre homme dont le souvenir accompagne ma vie et me sert, lui aussi, de modèle secret. Cet homme est Jacques Desjardins, qui n'appartint pas à l'enseignement supérieur, mais donna toutes ses forces à l'enseignement secondaire, dont il était, quand je le connus, inspecteur général.

Ceux qui ont été ses élèves et qui — j'en ai eu de multiples témoignages — lui restaient passionnément attachés, pourraient parler de son enseignement, que je n'ai pas connu. Mais j'ai participé pendant quatre ans au jury d'agrégation qu'il présidait, et, pour tout ce que j'ai appris de lui au cours de ces quatre années, je me considère, moi aussi, comme un peu son élève.

Jacques Desjardins était toute douceur, toute tendresse. Je revois, tandis que j'écris, sa tête penchée, attentive, et le sourire plein d'espérance avec lequel il écoutait les candidates. Son attention n'avait pas un instant de fléchissement, sa bienveillance non plus. Jamais, chez lui, la moindre de ces marques d'agacement, qui risquent de décourager; jamais aucun reflet de cet air de supériorité, que nous acquérons parfois malgré nous, à force d'entendre, par profession, des débutants plus ou moins mal dégrossis. Jacques Desjardins faisait son métier d'interrogateur avec une conscience qui n'excluait pas l'amour, au sens chrétien du terme.

Quand l'interrogation était achevée, il avait la même gentillesse et la même patience pour la discussion qui suivait, entre membres du jury. Il écoutait les avis divers, trouvait des mobiles flatteurs à ce qui eût pu paraître inattention chez l'un, partialité chez l'autre, voire même ignorance ou incompréhension. Il apaisait les conflits. Il faisait régner l'amitié.

Le résultat était que les relations s'établissaient avec lui sur un plan personnel et au niveau d'une communication sincère. Il aimait en chacun, en chacune, ce que chacun ou chacune avait de meilleur. Et on lui vouait à cause de cela une sorte d'affection de choix, tout à la fois individuelle et impersonnelle : on voulait donner le meilleur de soi, parce qu'il s'y attendait. On se sentait devenir meilleur, parce qu'il vous voulait tel.

Car cette tendresse et cette bonté n'impliquaient aucune complaisance. Il ne laissait pas passer les fautes. Il n'en minimisait pas la portée. Elles l'attristaient toujours, mais ne lui échappaient jamais. Et, de même, les avis hâtifs de certains collègues ne passaient point sans discussion, quelque goût qu'il eût pour la bonne entente. Avec cet air de vouloir éviter les heurts, qui était le sien, avec cette voix insinuante et ce ton modeste, Jacques Desjardins pouvait être la fermeté même. Il était juste. Cela se sentait. Aussi la confiance que l'on éprouvait en lui était-elle aussi confiance dans la tâche en cours, confiance dans l'Université, dans l'enseignement, dans la vérité.

Aussi bien, dès qu'il se mêlait de justifier ses propres avis, découvrait-on en lui un sens éblouissant de ce qu'est un enseignement littéraire. Jacques Desjardins n'était pas un savant spécialisé. Mais il comprenait les œuvres, dans leurs nuances et leurs secrets, par le même don d'attention déliée qu'il apportait à comprendre les êtres. Que de fois un terme grec, latin ou français, ne trouvait tout son sens à mes yeux qu'au moment où Desjardins en reprenait lui-même la lecture ou le commentaire, au hasard d'une discussion. Il donnait envie de lire Virgile, de lire Homère. Il donnait envie de lire La Fontaine. On découvrait avec lui que ces textes, mieux lus, faisaient le bonheur de sa vie et pouvaient faire celui de la nôtre. Nous qui arrivions saturés de commentaires scolaires et mornes, nous découvrions soudain l'accent personnel et la portée vivante des textes. Entre eux et nous s'établissait le même lien profond qu'entre lui et nous. Sa voix, qui n'avait pas l'autorité de celle de Mazon, avait une modulation prenante, qui enchantait notre attention. Nous ne savions plus si c'était lui que nous aimions, ou bien Racine, ou bien notre métier : c'était tout à la fois. Et nous avions le désir de sacrifier, nous aussi, notre paix et notre temps, à servir des valeurs qui, grâce à lui, semblaient le mériter.

Comme professeur, comme examinateur, comme inspecteur, Desjardins semait partout après lui ce courant d'affection et de communion, cette foi dans l'enseignement. Je pense que nombreux sont ceux qui vivent encore aujourd'hui du souvenir de ses conseils ou de ses éloges. Et à nul plus qu'à lui ne s'est jamais appliquée la phrase de lui que je citais : « Vous enseignez ce que vous êtes. »

Quand je pense à des hommes comme Mazon ou comme Desjardins, quand je pense à ce que je leur dois, une grande vague de reconnaissance balaie les rancunes de l'heure présente. Et à cette reconnaissance se mêle la fierté. Car notre métier ne m'apparaît plus lié à ces parlotes, à ces statuts, à ces revendications, justifiées ou non : il m'apparaît dans sa pureté. Et je suis prise d'un grand désir d'imiter ces maîtres, en donnant à mon tour ce que je puis donner, que les gens le demandent ou non.

***

On me dira que j'évoque, avec les noms de ces maîtres, un état ancien, et que l'enseignement ne peut plus s'exercer dans le même esprit.

Pourquoi cela ? Parce que la société a changé. Et le fait est que, depuis vingt ans, nous avons vu ce changement se faire, année par année. Encore faut-il savoir en quoi il a consisté, ou plutôt en quoi il a modifié les conditions dans lesquelles s'exerce l'enseignement. Faute de quoi on risque de confondre le physique avec le moral et de chercher des explications plus compliquées qu'il ne faudrait.

L'accroissement du nombre des étudiants est une question de fait. Il constitue une donnée indéniable et une cause capable de tout ruiner. C'est elle qui rend nos efforts vains et notre enseignement inefficace. Mazon ou Desjardins n'avaient pas à parler à des auditoires de mille étudiants. Or, comment faire ? Il est bon et souhaitable qu'une jeunesse de plus en plus nombreuse fasse des études de plus en plus poussées [1]. Et pourtant ce progrès même tue l'enseignement dont alors ils bénéficient...

Le mal est dans l'ordre des choses. Je lisais récemment les Mémoires d'un Japonais, écrivant il y a soixante-huit ans, et rapportant les luttes opiniâtres qu'il avait menées pour s'initier à la culture occidentale ; cet homme disait que, dans sa jeunesse, ses rapports avec son maître (chez lequel il habitait) étaient ceux d'un fils avec son père ; et il ajoutait : « Cela a changé maintenant avec l'augmentation du nombre des étudiants [2] : la relation maître-élève est devenue une sorte d'affaire publique ; et je crains que même le peu de considération qu'ils ont l'un pour l'autre ne doive diminuer encore, avec les progrès du nouveau système d'études. » Multiplié par cent, par mille, le mal dont nous souffrons est celui dont ce Japonais discernait alors les signes précurseurs.

Mais, contre ce mal, n'est-il pas de remède ? Je crois qu'il en est de fort simples ; car tout n'est qu'une question d'argent. Un professeur qui s'adresse à un auditoire de mille étudiants est une voix lointaine parlant à des auditeurs anonymes ; mais il n'est

1. Aujourd'hui, instruite par certains excès démagogiques, j'ajouterais : « s'ils sont capables d'y réussir ».

2. A l'époque que décrit Yukichi Fukuzawa, le nombre d'étudiants, dans l'école où il se trouvait, était inférieur à cent ; et l'atmosphère demeurait très familiale (*Autobiography*, p. 40-41).

pas vrai qu'un enseignement ne puisse être vivant que dans l'intimité du dialogue : il y a une moyenne. Et, dans les cours de ce passé que l'on nous dit si révolu, les étudiants étaient bien cent ou deux cents, sans que le contact en souffrît. Il en est de même aujourd'hui pour les disciplines qui ne sont pas pléthoriques. J'ai eu des cours d'agrégation de quelque deux cents étudiants, où je connaissais chaque visage et où régnait une grande amitié. Il suffit donc de trouver et de payer un nombre suffisant de professeurs : ce n'est pas affaire de pédagogie ou de structures, mais de simple finance et de gros sous.

Ces professeurs, on peut les trouver, et qui soient bons. Seulement, il faut de l'argent. Pourquoi y a-t-il, dans nos Facultés, tellement plus de filles que de garçons ? N'est-ce pas parce que les postes d'enseignement, auxquels ces études les destinent, sont trop chichement rétribués ? Pourquoi les candidats aux agrégations ou aux doctorats sont-ils parfois si languissants, voire si médiocres ? N'est-ce pas parce que, dès l'époque de leurs études, ils doivent se chercher des gagne-pain multiples, donner des leçons, travailler en dehors ? Sur les divers étudiants qui font, chaque année, des mémoires sous ma direction, j'en connais au moins la moitié qui n'y travaillent que dans des conditions désespérées, en prenant sur leurs congés, sur leurs vacances, sans jamais pouvoir fréquenter une bibliothèque ni suivre un cours spécialisé. Et d'ailleurs, quelle bibliothèque ? Où trouveraient-ils à lire ? Non pas dans la bibliothèque de la Sorbonne, qui ne compte toujours pas plus de quelques centaines de places, pour plus de vingt mille étudiants ! Non pas dans notre bibliothèque de grec, qui, elle, ne comporte que quelques centaines de livres — ce qui rend le prêt impossible — et n'ouvre que l'après-midi de deux à six, et encore pas tous les jours (la salle n'est pas libre et doit servir aussi de salle de cours). Si ces étudiants disposaient de leur temps, s'ils avaient la possibilité de lire, ils feraient de meilleures études et deviendraient ensuite de meilleurs enseignants. Sans compter que, dans les lycées, on retrouve le même problème : pourquoi mettent-ils si longtemps, ces jeunes professeurs, à faire des thèses, parfois si peu brillantes ? Je le sais bien, pour avoir trop entendu leurs explications embarrassées et tristes : c'est que, pour vivre et faire vivre les leurs, ils doivent peiner à la tâche ; se charger, bien souvent, d'heures supplémentaires, donner quelques leçons, collaborer aux soins du ménage et des enfants. La qualité des hommes est aussi, en partie au moins, une question d'argent.

Et je parle des hommes, mais il y a les salles aussi ; et pas seulement leur nombre, mais leur forme et leur agencement. Car deux cents étudiants, dans une bonne salle, font deux cents présences amies et vivantes, mais, dans une mauvaise, font une masse amorphe et impossible à approcher. C'est ce que m'a appris l'expérience des nouveaux amphithéâtres de l'annexe Censier. J'enseignais dans l'un d'eux, cette année ; et j'en ai souffert. La salle, toute en largeur, ne permettait pas de voir l'auditoire dans son ensemble : toujours, une large tranche échappait, d'un côté ou de l'autre, et plus souvent des deux ; or, ceux que l'on ne voit pas sortent de la zone vivante. De plus, cette salle était ainsi faite que la voix n'y portait pas : il fallait passer par le canal du micro, ou bien hurler à pleins poumons. Toute allure de conversation était ainsi rendue impossible. Eh bien ! c'est aussi la première fois dans ma vie que, de toute l'année, je n'ai pas réussi à créer un intérêt, une communication, une communion. Je les ai ennuyés, parce que la salle était mauvaise. Ici encore, ce n'est pas affaire de pédagogie, mais de simple architecture.

Ce mal si réel est donc éminemment remédiable. C'est un mal physique, qui réclame une thérapeutique concrète. Et vouloir commencer par des remèdes d'ordre moral me paraît à peu près aussi inconséquent que de vouloir faire changer les pièces d'un moteur auquel manquerait simplement l'essence.

Car, pour le reste — oh ! je sais bien ! Il y a l'électricité, les avions, les voyages dans la lune. Il y a la destruction de l'autorité familiale. Il y a le risque de la bombe atomique. Et mille autres choses encore... Car il n'est pas un des signes des temps modernes que l'on n'ait invoqué pour expliquer que l'Université ait besoin de réformes. Et sans doute en a-t-elle besoin, comme tout, toujours. Mais j'avoue que, bien souvent, je vois mal le rapport, et je crains qu'il ne nous entraîne un peu loin.

Veut-on dire qu'il faut que les professeurs se tiennent au courant des progrès de leurs disciplines ? A coup sûr ; mais ne le faisaient-ils pas ? Ou bien veut-on dire que, pour atteindre leurs élèves, ils doivent savoir quelque chose des problèmes qui passionnent ces derniers ? Mais n'en savaient-ils rien ? Les professeurs, que je sache, ne sont ni des moines coupés du monde, ni, plus simplement encore, des gens sans enfants. Et, en définitive, si la société, la science, la littérature, se renouvellent actuellement plus vite que jamais, n'est-ce pas une raison de plus pour que l'on apporte aux jeunes des armatures d'autant plus solides, des contrepoids d'autant plus efficaces, et des expériences autres que celles qui les troublent et dont l'information quotidienne les imprègne jusqu'à saturation ?

Je suis toute prête à croire que l'Université gagnera à se moderniser et qu'elle en a besoin. Mais qu'on lui donne donc d'abord quelques crédits ! Je crois bien que, si l'on avait commencé par là, on aurait évité beaucoup de malheurs. Et l'on se serait sans doute aperçu qu'elle n'était point, autrement, en si mauvais état, et que ses maîtres n'avaient point avec les étudiants des contacts moins riches qu'autrefois.

*
**

Et pourtant, à peine ai-je lâché ce mot de « contact avec les étudiants » que je bute sur un autre reproche, qui nous est souvent adressé. On déclare, en effet, que nous ne cherchons plus ce contact, et qu'effarouchés par la difficulté, nous nous enfermons dans notre savoir et dans nos tours d'ivoire.

Si, par « contact avec les étudiants », on entend des relations personnelles s'établissant en dehors des cours, je serais portée à penser qu'il s'agit d'un mythe assez creux, dont les répercussions ne sont pas sans danger.

Je l'ai connu d'abord sous une forme burlesque, quand j'étais professeur non résident à la faculté des lettres de Lille : c'était le Ministère, alors, qui se réclamait de ce mythe. Il fallait passer un certain nombre de jours — et de nuits — dans la ville où l'on enseignait, afin de préserver ce fameux contact. Et je me rappelle avoir exercé la verve de mes collègues masculins en signant un engagement où je promettais de « me tenir en contact étroit avec mes étudiants ». Plaisanterie à part, je l'ai fait. Cela veut dire qu'ils pouvaient venir me voir, me demander conseil, m'exposer leurs difficultés. Et pendant deux jours entiers, chaque semaine, je me suis toujours tenue à leur disposition.

Mais je dois dire une chose : dans les Facultés plus petites d'autrefois, quand j'étais moi-même étudiante, nous n'avions aucun rapport de ce genre avec nos maîtres, et cela ne nous manquait nullement. J'ai fait mon mémoire de diplôme sous la direction de Paul Mazon, mais, pour cela, je l'ai vu deux fois en un an : il me laissait travailler à ma guise. Et je ne me souviens pas être allée jamais « demander conseil » à aucun des professeurs dont je suivais les cours.

Pourquoi cela ? Nous n'étions pas si nombreux, ils n'étaient nullement égoïstes. Mais voilà : nous nous considérions comme des adultes ; et nous n'avions avec eux que des rapports professionnels. Ils nous apprenaient ce qu'ils savaient, sans nous prendre par la main pour nous dire quoi lire ou quoi penser. Nous essayions, nous allions à l'aventure, nous prenions nos responsabilités. A mon avis, le mythe du « contact avec les étudiants » est né non pas du nombre des étudiants, mais de leur manque de maturité.

Il existe dans l'enseignement un contact merveilleux entre celui qui enseigne et celui qui apprend : je l'ai dit en commençant ; car c'est là le fait primordial. Quand je parle à une centaine d'étudiants, tous sont vivants sous mon regard. Je vois les reflets d'ennui, d'étonnement, d'approbation. Quand quelque chose choque un certain nombre d'entre eux — parfois à juste titre —, je le perçois immédiatement. Il y a entre nous des sourires partagés et des ferveurs communes. C'est cela, le vrai contact. Après un cours, une objection ou une question sont une objection d'ami, une question d'ami ; une remarque faite alors est une remarque à égalité, entre gens qui poursuivent la même tâche.

Je ne crois pas que beaucoup plus soit nécessaire. Après tout, des gens de dix-huit à vingt-deux ans doivent se débrouiller par eux-mêmes. Ils doivent lire ce qu'ils ont envie de lire, juger eux-mêmes ce qui leur paraît vrai ou précieux, remédier eux-mêmes aux lacunes qui leur sont personnelles. On se cultive soi-même. Et des cours décemment faits doivent se comprendre sans leçons particulières. Les cours indiquent des directions. On apprend souvent plus en réagissant contre eux qu'en les apprenant par cœur — cela à condition que l'on réagisse librement. Nous aurions bien détesté être, comme ils disent aujourd'hui, « encadrés ».

Cette liberté, qui régissait autrefois les rapports du professeur et de l'étudiant, subit actuellement deux menaces, d'une égale gravité : l'une résulte du refus des contacts personnels, l'autre résulte de leur abus.

Pour le refus, il faut le dire : il ne vient pas des professeurs.

Personnellement, je n'ai jamais dénié à des étudiants une seule heure de mon temps. J'en ai reçu, comme nous tous, soit à la Faculté soit chez moi, au jour et à l'heure qui les arrangeaient. Je leur ai, comme nous tous, commenté leurs fautes. Je leur ai, comme nous tous, corrigé des exercices. Je leur ai, comme nous tous, prêté des livres, que j'apportais à bout de bras de ma propre bibliothèque. Je leur ai offert, après les examens, de discuter leur cas et leur avenir. Je crois avoir rendu service à plus d'un. Fallait-il faire plus ? Je ne le crois pas. Et je me méfie un peu de ce genre de direction de conscience à couleur paternaliste, que cachent trop souvent de soi-disant contacts avec les étudiants.

En revanche, les étudiants refusent parfois un peu trop systématiquement les possibilités qui leur sont offertes.

Je ne parle pas de ceux qui s'abstiennent. Au cours de mes années d'enseignement, j'ai essayé de me mettre à la disposition de ceux qui voulaient me voir : j'ai affiché des heures de réception ; j'ai annoncé publiquement que j'accueillerais volontiers des visites ; j'ai insisté pour que l'on vînt me trouver sans crainte ni scrupule. Mais, en dehors de ceux qui effectuaient un travail précis sous ma direction, je n'ai pratiquement jamais eu personne. De temps en temps, je voyais juste quelques étudiants représentant des cas spéciaux : c'était un garçon n'ayant jamais fait de grec et s'inquiétant d'une méthode rapide (encore existe-t-il aujourd'hui des cours pour les « grands débutants ») ; ou bien c'était une petite jeune fille inquiète d'une longue série d'échecs et hésitant à continuer ; le plus souvent, c'étaient des fous. On ne s'imagine pas le nombre d'anormaux, de déprimés, d'exaltés, dont hérite l'université. Ce sont ceux qui viennent voir les professeurs, pour le plaisir de parler d'eux-mêmes, comme ce sont eux qui écrivent — on le sait — aux conférenciers ou bien aux journaux. En dehors de ces quelques exceptions, personne. Je n'en conclus pas que les autres méprisaient mes conseils, mais qu'ils s'estimaient suffisamment guidés par les directives qu'ils recevaient aux cours, même « magistraux ».

Seulement, pendant ces deux dernières années, j'ai découvert une autre cause à leur abstention et les indices d'une situation nouvelle. Il semble bien, en effet, que les étudiants, qui parlent tant de dialogue, en soient venus à refuser, de façon systématique, tout dialogue individuel. Organisés en syndicats et comités, ils ont eu tendance à considérer toute relation de l'un d'entre eux avec un maître comme une sorte de trahison. J'ai vu, cette année, une étudiante exposée aux sarcasmes de ses camarades, et à une sorte de quarantaine, simplement parce qu'elle était venue, après un cours, me demander des renseignements. Je ne vois pas de raison pour développer outre mesure ces fameux contacts personnels ; mais en interdire la liberté est sans nul doute criminel. Or, cette faute contre la liberté est le fait d'étudiants nigauds, mais non pas de professeurs.

Les professeurs en commettent une autre, qui est inverse, et me paraît, je dois l'avouer, d'une gravité au moins égale. Elle est surtout fréquente chez les jeunes enseignants, mais elle existe aussi chez de plus chevronnés. Cette faute consiste, sous prétexte de mieux aider les étudiants et de se rapprocher d'eux, à prendre possession de leur confiance par une inconsciente démagogie.

Il est si facile de gagner la confiance, ou l'affection, de ceux à qui l'on enseigne ! Je m'en suis aperçue d'abord dans les lycées. Je l'ai vu quand j'ai mesuré avec quelle promptitude des élèves de seconde fixaient leurs goûts littéraires d'après une lecture involontairement trop émue ou trop ironique. Je l'ai vu quand je me suis trouvée l'objet de ces affections exaltées, qui sont le lot commun de quiconque enseigne à des adolescentes. Et j'ai pu mesurer la tentation que représentent ces dévotions de nature suspecte, qui se parent du prétexte d'admirations intellectuelles. On ne s'en défie bien souvent que quand elles deviennent par trop indiscrètes — comme pour cette collègue, qui est mon amie, et qui s'étonnait de voir s'amenuiser bizarrement la fourrure de son manteau : elle devait découvrir un jour que les élèves de sa classe en arrachaient les poils pour en faire des talismans et de pieux souvenirs ! L'incident est comique ; le danger ne l'est pas. Et au lieu d'apprendre aux jeunes professeurs à gagner la confiance de leur classe, on devrait bien, je crois, leur apprendre à tenir en respect les admirations abusives, qui tournent à l'emprise illégitime.

Ce problème ne se pose pas dans les mêmes termes pour l'enseignement supérieur. L'âge des étudiants et étudiantes écarte en général les affections désordonnées ; en revanche, il s'ouvre aux enthousiasmes idéologiques ou politiques ; et les cours de faculté invitent plus que ceux du lycée aux fausses séductions de la parole. La démagogie trouve donc là un terrain de choix. Il y a la tentation d'émouvoir, celle de faire rire ; il y a la tentation de simplifier. Il y a surtout celle de servir les modes intellectuelles du jour et de se donner des allures modernes. Ce sont là des périls constants, auxquels la probité veut que l'on échappe ; mais, dans le temps même que l'on prononce une phrase, qu'on l'accompagne d'un geste ou d'un sourire, qu'on la relève d'un mot familier, on sent parfois que l'on a cédé. L'auditoire réagit, content : il ne voit pas qu'on l'a, pendant juste une minute, flatté et trompé. Et je crois que nul d'entre nous ne peut se vanter d'avoir toujours su éviter cette faiblesse, si fermement qu'il l'ait tenté.

Toutefois, cette tentation n'est rien à côté de celle qui régit les rapports humains.

De même, en effet, que le désir d'intéresser des auditeurs dégénère aisément en désir de plaire, de même le désir d'aider des jeunes gens dégénère, sans que l'on s'en rende compte, en contrefaçon indiscrète visant à les circonvenir. Et il n'est rien de plus triste qu'un professeur qui veut « faire jeune ». Le mal n'est pas d'hier. Platon le connaissait déjà ; et je pense souvent, ces jours-ci, à ce qu'il écrit, dans *La République,* à propos des excès où sombre peu à peu le régime démocratique : « Dans un pareil État, le maître craint et flatte ses élèves, et les élèves se moquent de leurs maîtres, comme aussi de leurs gouverneurs. En général, les jeunes vont de pair avec les vieux et luttent avec eux, en paroles et en action. Les vieux, de leur côté, pour complaire aux jeunes, se font badins et plaisants et les imitent, pour n'avoir pas l'air chagrin et despotique. »

C'est en vertu d'une déformation analogue, aggravée par le nombre des étudiants et par la primauté des problèmes politiques dans la vie moderne, que beaucoup de professeurs, aujourd'hui, prétendent être « près des étudiants ». Être « près des étudiants » ? qu'est-ce à dire ? C'est d'abord cultiver leur confiance sur le plan individuel, les écouter, les faire parler, devenir peu à peu pour chacun le guide indispensable, le conseiller, le confident. Par là se forme progressivement une sorte de clientèle, qui donne bonne conscience aux maîtres, encore qu'ils ne respectent ni l'impartialité qui est de mise, ni ce respect d'autrui auquel les jeunes ont d'autant plus droit qu'ils ignorent le tort qu'on leur fait. Et puis c'est aussi, lorsque ces étudiants se découvrent quelque inquiétude collective ou quelque aspiration commune, adopter leur point de vue et refuser de juger autrement qu'ils ne font : non pas leur montrer un chemin et les laisser choisir, mais parfois les pousser et parfois les suivre, c'est-à-dire pécher ou bien par déloyauté ou bien par démission intérieure.

Ceux qui agissent ainsi ne s'en rendent d'ailleurs pas toujours compte. Trompés par l'affectueuse solidarité qui préside à ces rapports nouveaux, séduits par les espoirs extra-universitaires qu'ils peuvent partager avec leurs étudiants, ils ne perçoivent pas qu'ils ont troqué un rôle pour un autre. De professeurs en titre, ils se sont faits tribuns ; de professeurs assistants, ils sont devenus chefs scouts.

Et, enchantés par le bruit de leur renom ou par l'éclat de leur action, ils oublient une autre chose : c'est que, tribuns et scouts, ils agissent en définitive comme des voleurs. Ils font entendre qu'eux, oui, ils ont à cœur le sort des étudiants — les autres, non. Ils oublient que leurs collègues, qui entendent d'autre façon les vrais devoirs du professeur, ont ainsi à lutter contre une sorte de surenchère facile et déloyale. Ils volent donc ces collègues. Des enseignants, qui devraient avoir à cœur de former leurs élèves au jugement impartial, les détournent d'entendre ceux qui n'ont pas les mêmes principes. Ils tirent à eux et prennent possession. Ils attentent ainsi du même coup à la liberté intellectuelle de leurs étudiants et à la liberté morale des autres professeurs. Trop heureux encore quand ne s'y mêle pas une ambition plus crue et plus jalouse...

Mais pourquoi faire ici des accusations, des polémiques ? Peut-être leurs intentions sont-elles entièrement pures. Et peut-être leur action a-t-elle ses vertus. Peut-être suis-je injuste. C'est possible. Et, si cela est, je sais pourquoi. C'est parce que le contact avec les étudiants, je l'avais, je l'aimais, j'en vivais. Je peux même dire que j'y ai un peu sacrifié ma vie. Cela paraît une formule emphatique : c'est pourtant la vérité. Que voulez-vous ? j'y croyais. Toutes ces occasions refusées, dans tous les domaines, ces vacances écourtées, ces efforts exténuants, pour venir faire un cours malgré l'épuisement ou la migraine, et cette nervosité, née de mes scrupules, cette inattention à mon entourage, née de mon zèle universitaire — oui, tout cela était le prix dont je payais la joie de faire mon métier de mon mieux, de sentir la confiance qui se formait lors de mes cours et que je tournais vers les œuvres, de rencontrer de temps en temps des étudiants que je n'avais pas même connus, mais qui me révélaient après coup que je les avais aidés...

Le contact avec les étudiants, le vrai contact, fondé sur le respect d'autrui et sur l'amour du vrai, je certifie que, dans l'Université telle que je l'ai connue, nous l'avions. Et je ne souhaiterai jamais remplacer un tel contact par celui que l'on nous propose, ou par celui dont les journées de mai nous ont montré le fruit.

*
**

J'ai parlé des joies de l'enseignement. Elles ont été presque entièrement annihilées, pendant l'année passée, sous la loi Fouchet[1].

Cette loi avait d'immenses défauts. Elle comportait de très bonnes choses. Mais deux ou trois erreurs majeures frappaient de nullité ses meilleurs côtés.

Sans parler de la brusquerie avec laquelle elle fut mise en place et du désordre inextricable où cette absence de transition plongea souvent professeurs et étudiants, cette loi était néfaste pour plusieurs raisons.

D'abord, elle aggravait, pour les lettres classiques en particulier, le pire malheur des universités, qui est d'être trop développées en nombre pour demeurer humaines et viables. Dans le domaine qui est le mien, le système des certificats a été remplacé par celui des années, dans lesquelles étaient groupés les étudiants de français, de latin et de grec ; et le régime nouveau prévoyait des cours s'adressant à eux tous. Le résultat, prévu dès l'origine et dénoncé en vain par les enseignants, a été que tous les cours s'adressaient à au moins trois cents étudiants : il n'y a pas d'enseignement qui puisse rester vivant, quand il s'adresse à des débutants et en grossit ainsi le nombre. L'hostilité des étudiants pour les « cours magistraux » est née en partie de cette circonstance.

D'autre part, ces étudiants, groupés en années, devaient mener de front les diverses disciplines et entendre à la suite des cours divers et trop nombreux, qu'ils écoutaient passivement, sans cohérence ni choix. Ceux auxquels je m'adressais restaient assis dans la même salle et voyaient se succéder une série de maîtres, sans pouvoir souffler ni bouger : ils étaient donc las et indifférents. Impossible pour un professeur de forcer leur

1. Il va de soi que, depuis, nous avons connu des lois et des réformes infiniment pires.

intérêt ; impossible pour eux de se sentir la moindre initiative. L'hostilité des étudiants pour leurs études a été alimentée par cette circonstance.

Enfin cette loi, qui accroissait les auditoires des premières années et réservait les libres choix pour des gens d'au moins vingt ans, multipliait aussi, comme à plaisir, le nombre des examens à passer et le nombre des épreuves que ceux-ci comportaient. Pendant trois ans, les étudiants de lettres classiques devaient subir des examens impliquant, chaque année, du français, du latin et du grec. D'où un nombre quasiment accablant de dissertations, de versions et de thèmes, qui leur donnait le sentiment de barrages purement scolaires, ralentissant leur véritable formation et la remettant sans cesse à plus tard. De plus, une fois passé ce trois fois triple barrage, les étudiants avaient à choisir entre des C^1, puis entre des C^2, dans la préparation desquels commençait leur spécialisation. Mais ces C^1 et ces C^2, au statut compliqué et assez mystérieux, étaient encore des examens, les uns formés d'un écrit et d'un oral, les autres d'un simple oral. La complication du système donnait un peu le sentiment d'examens ininterrompus, ayant tous des points communs et traquant les candidats en un labyrinthe de formalités, dont les règles n'étaient pas nettes. L'hostilité des étudiants pour le principe des examens est née en grande partie de cette circonstance.

Si j'en parle ici, ce n'est cependant pas pour faire le procès d'institutions déjà périmées : c'est afin de préciser, à la défense des professeurs, tout ce que nous avons fait pour tenter — finalement en vain — d'assurer la survie de l'Université en dépit de ces circonstances.

Nous avons d'abord tout fait pour éviter de telles mesures. Nous qui sommes du métier, nous sentions ces périls certains. Mais jamais un de nos avis n'a été pris en considération. Nous avons perdu des journées entières, semaine après semaine, à discuter de cette « réforme », à émettre — déjà ! — des vœux et des protestations. On en a conclu que les professeurs protestaient toujours. On ne nous a consultés que sur des points de détail, alors que les principes rendaient ces détails vains.

Et puis, cette réforme une fois décidée, sans nous et malgré nous, nous avons essayé — sans succès — de l'appliquer. C'était chose presque impossible. La loi Fouchet prévoyait des groupes de travail, où les étudiants seraient en nombre limité ; cela supposait beaucoup d'heures supplémentaires, d'assistants, de maîtres auxiliaires : nous n'avons jamais obtenu ni les postes ni les crédits pour organiser ces enseignements. Peut-être certaines disciplines y sont-elles parvenues ; mais je précise que même en grec, discipline modeste et où ne se traduit guère d'accroissement des effectifs, certains travaux pratiques n'étaient pas encore organisés au mois de mars. Nous avons perdu des heures, des journées, à faire des calculs, des demandes, des regroupements, des appels à la compréhension des uns, à la patience des autres. Nous étions des administrateurs d'une affaire en faillite, beaucoup plus que des enseignants.

D'autre part, il a fallu, sans un professeur de plus, organiser ce maquis de spécialisations nouvelles et de programmes nouveaux. Et les organiser comment ? Pas à loisir, bien sûr, mais dans la semaine ou les quinze jours, avec des textes officiels en retard et des candidats en attente. Nous avons improvisé de notre mieux. Mais comment faire ? Le certificat d'histoire des doctrines morales et politiques de l'Antiquité, dont je devais normalement m'occuper, comportait, pour le grec — sur le papier, s'entend ! —, une question et un auteur, sans compter les travaux pratiques. Or pas une heure n'était libre : ni heure de professeur ni heure d'assistant. Et il en était de même pour presque tous nos certificats : la loi Fouchet, pour être appliquée, eût demandé un personnel enseignant au moins triple de ce qu'il était. Alors nous avons fait des sacrifices, inventé des demi-mesures, tourné la loi. Moi qui ne trouvais déjà pas une minute pour respirer, je me suis chargée d'une heure supplémentaire. J'ai décidé de corriger moi-même quelques exercices, en attendant qu'il y eût des travaux pratiques. J'ai imaginé de mettre au programme du certificat un auteur qui se trouvait expliqué pour l'agrégation, puisque aucun cours, autrement, n'eût préparé les candidats. De même pour les C^2 : mon séminaire, faute d'heures, groupait déjà de jeunes licenciés avec des chercheurs, français ou étrangers, qui, déjà expérimentés, travaillaient à des thèses en cours : j'ai accepté qu'il fît l'objet d'un C^2. Et, comme cela ne suffisait pas, nous avons admis, avec quelques collègues, que des candidats en détresse pussent choisir comme C^2 un C^1, dont ils ne passeraient que l'oral. Cela, en fait, était illégal : pour tenter d'appliquer la loi, dans mon domaine au moins, force était de la tourner.

On imagine assez les parlotes, les demandes, les désastres. On imagine les étudiants en difficulté, qu'on osait à peine rassurer. Tout cela prenait sur notre temps. Du moins, si cela avait été tout ! Mais, partout, les moyens nous étaient refusés. Simple exemple en passant : ces cours sur des questions impliquaient la lecture de textes divers, qu'il fallait bien polycopier ; mais notre institut n'a jamais eu de secrétaire : c'était à nous de nous débrouiller. La misère de nos Facultés avait pour seul remède possible un dévouement poussé jusqu'à l'absurde.

Or, ce temps, que nous donnions ainsi, où donc le prenions-nous ? Ah ! l'étrange légende, que celle de ces loisirs soi-disant donnés en partage aux professeurs d'université ! Dans le régime de ces dernières années, il s'est produit deux faits. Tout d'abord l'on a rendu la vie si ingrate aux professeurs de l'enseignement secondaire, qu'il n'en est pour ainsi dire aucun qui n'ait voulu entreprendre une thèse, non pas par goût de la recherche, mais dans le seul espoir d'accéder à l'enseignement supérieur ou au moins à des postes plus élevés et plus spécialisés : ils se sont mis à faire des thèses pour fuir leur sort présent. C'est ainsi que tous les agrégés, pratiquement, viennent nous voir. Il faut leur trouver des sujets. Il faut les conseiller, les suivre, leur faciliter un travail qu'ils effectuent avec des mérites inégaux, mais dans des conditions toujours fort ingrates. Le nombre des thèses à diriger augmente d'autant. Or, en même temps, il se trouve que la multiplication des postes intermédiaires — assistants, maîtres-assistants, boursiers du C.N.R.S., etc. — oblige les candidats à soumettre continuellement l'état de leurs recherches à leur directeur, et contraint le directeur à lire sans arrêt des chapitres provisoires, des essais manuscrits, des analyses détachées. Quand on lit une thèse achevée, il s'agit très souvent de la troisième ou quatrième lecture — ce qui n'était pas le cas autrefois. Actuellement, je tiens que la direction des thèses, à la Sorbonne au moins, représente, pour la plupart des professeurs, un travail à plein temps. Or, c'est une part de notre travail dont justement personne ne tient compte — ni l'opinion, qui ignore tout, ni les ministères successifs, qui ont avantage à l'ignorer.

Sous la loi Fouchet, nous avons vécu dans une espèce de cycle infernal, parce que nous avons essayé, mettant notre devoir universitaire avant tout, de servir de tampon — obéissant au Ministère tout en servant les étudiants. Le Ministère ne semble pas nous en avoir su aucun gré. Plus sensible au fait que nous réclamions sans arrêt qu'au bien-fondé de ces réclamations, il nous a presque continuellement brimés. Élisions-nous des professeurs ? les nominations ne pouvaient se faire, pour des raisons de commodité bureaucratique. Tentions-nous de faire attribuer les postes aux plus qualifiés ? on nous répondait par des règlements nouveaux, contraires à toute justice et à toute logique : les professeurs de la Sorbonne ne pouvaient plus être choisis parmi les professeurs titulaires de province, mais seulement parmi les plus jeunes ; les assistants devaient être pris, non parmi ceux qui avaient, pendant de longues années, fait l'effort de mener de front l'enseignement et la préparation de leur thèse, mais parmi les plus jeunes, qui possédaient moins de titres, moins d'expérience, et qui avaient rendu moins de services. Nous demandions tel règlement ? le contraire était décidé. Nous n'avions pas voix au chapitre. Nous étions l'ennemi.

Quant aux étudiants, pour qui nous avons tenté si désespérément de sauvegarder les études, au prix de notre tranquillité... eh oui ! on ne sait que trop quelle récompense ils préparaient à cette année de sacrifices.

Peut-être aurions-nous dû refuser de travailler. Ou peut-être nous en moquer et laisser voguer la galère... A vrai dire, nous avons, nous autres universitaires, la confiance chevillée au corps. Nous pensions que les erreurs, peu à peu, seraient rectifiées. Nous pensions que le mal recevrait un remède. Nous pensions que les crédits viendraient, et aussi les retouches nécessaires. Peut-être seraient-ils venus. En tout cas, nous ne pensions pas que ces circonstances difficiles seraient si largement exploitées, et encore moins qu'après tant d'efforts nous serions les premières victimes.

Personnellement, si j'avais su devoir être comptée après cela au nombre des « mandarins », j'aurais mené la vie correspondante, au lieu de me donner tant de peine.

L'aurais-je fait ? Je le dis, mais ne le crois pas. Nous sommes peut-être un peu bêtes, nous autres universitaires, mais nous sommes comme cela. Je vous en prie, ne le dites pas, ni au Ministère ni aux étudiants, mais, si c'était à refaire, très certainement nous le referions.

⁂

Et, en fin de compte, pourquoi ce zèle ? pourquoi ces vies d'effort et de labeur, qui n'étaient ni très rétribuées ni très honorées ? Il faut le proclamer sans fausse honte, en ces temps où tout, même nos buts, est critiqué et mis en question : tout ce que nous faisions, nous le faisions pour la culture.

Et maintenant on vient nous dire : à quoi bon la culture ? Quel est ce luxe réservé à une élite et fondé sur des connaissances inutiles ? Les plus beaux mots de notre passé sont regardés avec suspicion. Et des jeunes, en début d'études, écrivent allégrement sur les murs des Facultés : « Mort à la culture ! » Ce sont les mêmes qui écrivent aussi « Mort à l'Université ! » ; et cela est logique ; car, pour les professeurs comme moi, université et culture ne se comprennent pas l'un sans l'autre.

D'abord parce qu'avant d'être un luxe, la culture est une formation. Culture et éducation sont synonymes. On cultive des plantes, des arbres. Cela veut dire qu'on leur fournit ce qui est nécessaire à leur épanouissement : on les nourrit, on détruit les mauvaises herbes qui les gêneraient ou les étoufferaient, on les débarrasse des parasites, on les taille, pour accroître leur force ; bref, on agit de mille manières pour aider leur vitalité naturelle et décupler tout à la fois leur beauté et leur fécondité [1]. On fait de même pour les esprits. On leur fournit leur nourriture — c'est-à-dire que l'on développe, à travers toute discipline, quelle qu'elle soit, leur aptitude au raisonnement, leur connaissance des problèmes, leur expérience des solutions déjà tentées. On leur fait comprendre également, dans les disciplines littéraires, les sentiments, les émotions, qui se sont fait jour avant eux chez des hommes de toute espèce. On les rend aussi capables, par le contact des exemples et l'exercice de la critique, de s'exprimer avec plus de force, de rigueur et d'éclat. Enfin, s'il est vrai que l'apprentissage de l'histoire et la fréquentation de modes de pensée divers rend leurs propres doctrines plus riches et plus conscientes, il faut préciser encore que cette double épreuve doit les rendre plus tolérants envers les idées d'autrui et plus libres eux-mêmes, vis-à-vis des pressions immédiates. Les cultiver, ce n'est donc pas autre chose que développer leurs qualités d'hommes, qualités qu'ils emploieront ensuite comme ils voudront, à ce qu'ils voudront.

Simplement, Platon l'a dit, il ne faut pas être trop pressé. Le grec n'a guère d'utilité pratique. Il ne sert, en pratique, que si on l'enseigne, ce qui représente un cercle clos, en soi injustifiable. Mais, si l'analyse des phrases grecques, avec leur cortège de moyens mis au service de la rigueur, développe les facultés de raisonnement et la précision du langage, si le contact des philosophes aide à penser les grands problèmes sous leur forme première, si la lecture des tragiques vous fait connaître des émotions qui ne doivent rien aux menues conventions du moment mais qui, venant de très loin, s'imposent pour cela sous leur forme la plus pure, au niveau même de l'homme et de ses mythes lointains, il est certain que l'on aura appris, à la suite de ses études grecques, à s'insérer de façon plus riche dans la vie que l'on aura choisie — quelle que soit cette vie — et que l'on y apportera des qualités profondes, qui se révéleront efficaces.

Et puis, par-delà l'efficacité pratique, faudrait-il négliger le

---

1. Voir Préface, p. 22.

fait d'être un homme et de vivre avec le maximum de joie ? Avoir à sa disposition le trésor des connaissances accumulées au cours des siècles, cela compte. Réagir aux maux quotidiens avec le secours de tous ceux qui ont, de quelque manière, embelli la vie humaine, cela compte. Pouvoir lire, pouvoir penser, pouvoir mesurer son propre sort aux dimensions du grand dialogue humain où rayonnent les héros, les artistes, les penseurs, cela aide. Et pouvoir éclairer ses journées des accents des poètes, cela aide. Chaque minute vécue, chaque incident subi, chaque malheur et chaque bonheur en reçoivent une portée plus pure. Et souvent, comme on dit, la vie étant ce qu'elle est, une telle transposition « n'est pas du luxe ». Refuser délibérément sa possibilité, la refuser pour tous, quel que soit le degré de participation qui leur est accessible, c'est condamner les hommes à des vies de bêtes.

Et pourtant ils protestent, nos étudiants. Sans aller chercher des doctrines extrémistes, qui ne sont connues que de quelques-uns, et sans doute indirectement, je crois que leur protestation, en général, s'explique par deux raisons. La culture leur paraît réactionnaire, d'abord parce qu'elle se fonde sur des traditions, ensuite parce qu'elle constitue un bonheur pour privilégiés. Mais la culture que nous entendions dispenser n'impliquait ni une tradition rétrograde ni une caste fermée, tout au contraire.

En matière de littérature, elle se fondait très largement sur la connaissance du passé. On étudiait Eschyle ou Racine plus souvent que les œuvres contemporaines. Mais c'est que ces œuvres avaient moins besoin de nous. Les jeunes pouvaient lire les livres qui venaient de paraître, voir les pièces, assister aux films : ils y retrouvaient, toute proche, leur image, avec leurs problèmes. Nous n'imaginions pas qu'ils attendaient notre aide en ce domaine. C'était le reste, que nous leur apportions : le reste qui nourrissait leur jugement, pour les aider, soit à mieux apprécier ces œuvres, soit à comprendre mieux de quoi elles étaient sorties. Et, dans les textes que nous leur révélions, il y avait souvent, non pas seulement le levain grâce auquel étaient nées ces œuvres, mais aussi le germe caché d'où pouvaient, en eux, naître celles de demain. Un enseignement qui se serait voulu, en tout, existentialiste ou n'aurait rien connu que la nouvelle critique aurait, bien sûr, suivi la mode ; mais son prix et sa valeur auraient péri avec ces modes. Et il n'y a pas d'avenir qui ne naisse, par réaction, par retouche, par élaboration et maturation, de quelque chose du passé. Je rappelle en passant que les Grecs ont inventé, entre autres choses, la démocratie directe, le théâtre populaire et l'idéal communautaire. Des gens formés à cette tradition ont peut-être, professionnellement, le goût de la tradition. Mais cette tradition est celle de la liberté. Et elle débouche, à chaque instant, sur le présent.

Inversement, je le sais : tout le monde ne peut pas faire du grec ; tout le monde ne peut pas avoir accès à la culture. Et j'ai vu des jeunes, généreux mais naïfs, que cette injustice initiale détournait du goût de l'étude.

Que leur répondre ? Ah ! tant de choses...

Personnellement, même si la culture était, en effet, un luxe, je n'aurais rien contre. Cessera-t-on de fabriquer des automobiles, parce que certains ne peuvent en avoir ? et les bicyclettes ? beaucoup d'enfants n'en ont jamais possédé. Supprimera-t-on l'électricité parce qu'il reste des villages qui n'en disposent pas, et parfois des pays entiers ? Ou plutôt, puisqu'il ne s'agit pas de biens extérieurs — de produits de consommation ! — renoncera-t-on aux championnats de ski parce qu'il y a des pays plats ? On essaiera plutôt d'ouvrir de plus en plus les voies d'accès à de tels luxes.

Or, de tous les luxes, la culture est celui qui est le moins réservé à l'argent, le plus propre à nier et transcender toute hiérarchie sociale.

Il est vrai que faire des études a toujours été quelque peu un privilège : il fallait être assez brillant pour se trouver, dès le départ, pris en charge par l'État ; et l'absence d'aide familiale rendait alors la tâche plus difficile. Mais enfin nous avons tous vu, au cours de nos carrières d'enseignants, des sujets bien doués, sortis de familles d'ouvriers ou de paysans, et tout à coup tirés vers l'étude par une vocation personnelle. Une politique systématique pourrait faciliter ces vocations et les encourager. L'important, c'est d'aimer cela. Et il est clair que si nos universités n'étaient pas encombrées de milliers d'enfants de bourgeois qui n'ont aucun goût pour l'étude, le malaise étudiant ne serait pas si grand. La culture est un luxe réservé à ceux qui l'aiment.

Je suis même surprise que ceux qui attaquent si fort notre société « de consommation » ne voient pas que la culture en est le seul contrepoids et le seul rachat. Par elle, et par elle seule, se trouvent rétablis des moyens de rayonnement, des plaisirs, des valeurs qui échappent au cycle de la vente et de l'achat. Par elle, et par elle seule, se trouvent ouvertes les voies d'un épanouissement autonome, individuel ou collectif.

Car — il ne faut pas l'oublier — la culture n'existe pas seulement sous sa forme savante. Le professeur a pour métier de perpétuer et de transmettre la culture ; mais, dans un pays civilisé, il n'est pratiquement personne qui n'en bénéficie à quelque degré. J'ajouterai qu'aujourd'hui la continuité existant entre le savoir et l'art d'une part, et les profanes d'autre part, est plus grande et plus aisée qu'elle ne l'a jamais été.

Nous sommes à une époque où le pouvoir de diffusion de la culture est multiplié au-delà de toute imagination. Des moyens comme le cinéma ou la télévision, s'ils sont souvent mal employés, mettent pourtant les œuvres sous les yeux de tous. Il n'y a guère de famille où l'on n'ait vu des adaptations de Stendhal et de Balzac. Tous les gosses connaissent plus ou moins *Guerre et Paix*. Des millions de téléspectateurs ont vu, il y a quelques années, *Les Perses* d'Eschyle, en grand spectacle exceptionnel. Et puis, il y a le livre de poche — qui est peut-être le plus grand fait dans l'histoire de la culture, avec l'invention du papier et celle de l'imprimerie. Nous sommes au siècle où des centaines de milliers de gens achètent Homère ou Sophocle, dans de bonnes traductions, au kiosque du coin, et l'on vient nous parler de la culture comme d'un luxe ? Que ces mécontents étudient donc les textes, qu'ils lisent, comparent, comprennent, puis qu'ils fassent des traductions, des adaptations, des films, des préfaces, des postfaces, des conférences, et qu'ils reviennent après, s'ils veulent, se plaindre de ce qu'est la culture ! Nous, nous l'avons fait ; nous le faisons. Et chacun sait que pour écrire une bonne traduction ou quelques pages claires, il faut avoir beaucoup peiné et s'être assimilé bien des domaines de pensée. La culture a pu, à certains moments de l'histoire et dans certains pays, être le fait de « mandarins », mais certes pas à notre époque.

J'ai voulu rappeler cela pour répondre à des critiques étudiantes qui risquaient de tromper les plus généreux : en fait, la culture est si manifestement ce qui sauve notre société, que seuls peuvent la renier ceux qui sont fermement décidés à détruire cette dernière jusque dans ses racines : laisser planer à cet égard la moindre confusion serait une malhonnêteté.

Et pourtant, par une étrange rencontre, cette attaque, délibérément destructrice, semble trouver un écho inattendu dans les sphères gouvernementales ; et nous avons, apparemment, un mal tout aussi grand à défendre la culture contre le pragmatisme de l'État que contre le nihilisme des révoltés.

Les étudiants, en effet, veulent des débouchés : l'État répond que l'Université est au service de la nation et doit dispenser une formation pratique, en fonction des besoins publics.

Au service... au service... au service... Oui, nous le sommes : au service des étudiants, au service de la nation, tant qu'on voudra, tout ce que l'on voudra ! Mais d'abord, et avant tout, au service de la culture. Que nos étudiants sortent des Facultés avec un métier en main, très bien ; mais, s'ils n'exercent pas ce métier avec la liberté, la noblesse, l'humanité de gens qui aiment la culture, autant, alors, que chaque technicien transmette lui-même sa propre technique : ce sera plus franc et plus efficace. Notre rôle, à nous, est ailleurs. Et je dirais même qu'il n'est pas vraiment nécessaire que chaque étude comporte un débouché[1]. Ce qu'il faut, c'est être sincère : c'est dire aux jeunes ce qui les attend ; mais les choix désintéressés restent permis, restent souhaitables. Il faut que les Facultés puissent accueillir des gens qui ne cherchent aucun débouché, soit parce

1. Je n'oserais sans doute plus écrire cette phrase aujourd'hui : les difficultés matérielles s'accroissant, l'idée d'études désintéressées

qu'ils ont déjà un métier, soit parce qu'ils en apprennent un ailleurs. J'en ai eu, de ces étudiants-là. Ils étaient chartistes, juristes, ou même professeurs : simplement, ils aimaient cela. Ils passaient un certificat pour le plaisir, ou une thèse de doctorat pour se sentir progresser. Et j'ai vu aussi beaucoup de jeunes professeurs, soucieux de commencer une thèse, venir me parler de grec ; ces dernières années, bravement, je leur disais de réfléchir : « Il y a trop de thèses de grec et trop peu de postes nouveaux ; vous risquez de ne jamais sortir du secondaire, ou alors bien plus tard qu'avec une autre discipline. » Ils écoutaient ; ils hésitaient ; et pour finir, ils répondaient : « Cela m'est égal ; c'est ce que je préfère. » C'était peut-être absurde ; mais c'était désintéressé. Et le désintéressement est lié à la culture.

Le désintéressement est la marque première de ceux qui vivent pour la culture. Ceux-là sont par nature désintéressés. Ils sont comme le philosophe qu'évoque Platon dans *Le Théétète* — ce philosophe qui prête à rire lorsqu'il s'agit de choses pratiques, mais dont la supériorité éclate dès que l'on sort des questions de fait pour s'élever jusqu'aux idées. Ils sont comme celui dont Platon dit qu' « une réelle liberté, un réel loisir l'ont formé », ce qui l'oppose aux âmes serviles.

Je sais bien : il y a le puits où tombe Thalès, parce qu'il ne regarde pas à ses pieds ; il y a nos ridicules, à nous autres professionnels de la culture, que l'action, parfois, dépayse. Mais il ne faut pas nous en faire trop grief. Car ils sont toujours compensés par des mérites autrement importants.

Ainsi, dans l'action politique, il est bien vrai que l'idéalisme égare beaucoup de professeurs. Ils ont lu les poètes, comme Don Quichotte, et se font parfois comme lui les champions un peu provocants de causes utopiques ou dangereuses. Mais, dans

---

semble une aberration : celles-ci commencent, en fait, avec le troisième âge et les retraités. Mais il reste qu'un peu plus de temps donné aux études désintéressées se révèle souvent pratiquement rentable, et que l'on peut pratiquer en même temps une formation pratique et l'ouverture à la culture.

les cas de vrais dangers, le même désintéressement joue, cette fois, en pleine vérité : des professeurs qui semblaient perdus dans leurs recherches érudites ont fourni, chacun le sait, les figures les plus pures de la résistance.

Et de même dans le temps de paix, il est bien vrai que nous semblons souvent naïfs ou ahuris : nous sommes mal habillés, nous nous émerveillons devant des nouveautés qui ont déjà quelques années ; quand on nous parle de personnes, nous répondons avec des principes ; et nous sommes terriblement ignorants de tout ce qui n'est pas l'enseignement. En face d'une décision à prendre, nous sommes souvent hésitants. On nous dupe sans difficulté. Mais qui n'a pas approché, dans sa vie, certains de ces vrais savants, à l'esprit libéral, aux manières aisées, à l'intelligence ouverte et tolérante, à qui leur richesse intérieure confère une sorte de souveraineté tranquille, même parmi les puissants du jour ? Et qui n'a connu de ces simples professeurs, aimant les livres et les vers, férus d'étymologies et de curiosités locales, des littéraires s'émerveillant de connaissances zoologiques, des scientifiques s'enchantant de Michelet ou d'Hérodote, des êtres sans tache, pleins de probité, respectueux des joies de l'esprit, innocents dans un monde sans innocence ? On les regarde avec indulgence ; mais, lorsqu'on les approche, on a soudain regret de n'être pas comme eux ; et l'on se dit qu'enfin, et malgré tout, il n'est pas si mal d'être homme.

Et surtout, par-delà le monde des professeurs, qui n'a connu des avocats, des médecins, des peintres, qui n'a connu des chefs d'entreprise, ou des ménages d'employés, des architectes, des mères de famille, des jeunes acteurs ou d'humbles retraités, chez qui les souvenirs de leurs classes ou de leurs lectures éveillaient une fidélité attendrie ? Ceux-là ont gardé de leurs études le goût des connaissances désintéressées, l'amour du loisir, et une sorte d'ouverture à tout ce qui n'est pas la simple poursuite de l'efficacité immédiate. Ils en ont gardé aussi le respect d'opinions diverses, dont ils savent qu'elles existent, le goût de la vérité, dont ils savent qu'elle doit se chercher dans l'objectivité et la modestie. Ils en ont gardé l'idée que certaines valeurs comptent plus que certains biens. Ils en ont gardé le libéralisme.

Tous ceux-là, pour qui le bonheur et la valeur même de la vie se lient au souvenir de leurs études, si brèves qu'elles aient été, sont autant d'îlots de pureté, en qui rayonne un idéal. Tous ceux-là sont nos anciens élèves, à nous autres les professeurs. Et, à des degrés divers, jusqu'aux hommes les plus enfoncés dans le confort matériel ou le désir de ce confort, tous participent à leur manière de ce feu nourricier. Tous les hommes, par leurs meilleurs côtés, sont redevables aux professeurs.

Mauvaise conscience ? Ils me font rire !... Non, je n'ai pas mauvaise conscience. J'ai tout entendu : contestations et quolibets, attaques justes et injustes, récriminations et accusations ; mais quand je pense à ce que tous, depuis toujours, nous nous employons à faire, avec des forces inégales et des réussites variables, j'ai envie de crier au monde que j'en suis fière. Je crois à la culture. Je crois au désintéressement. Je crois au libéralisme. Et, résolument, je le dis : je crois en l'Université que ses structures démodées n'ont jamais empêchée d'accomplir sa mission, et qui l'accomplirait avec plus de succès si l'on reconnaissait un peu mieux ses mérites.

Paris, juin 1968

II

AIMER LE GREC

> « Tu as étudié l'art de ces maîtres non pour en faire profession toi-même, mais en vue de la culture, comme il convient à un profane et à un homme libre. »
>
> PLATON, *Protagoras,* 311 b

— A quoi cela sert-il, le grec ?

Depuis tant d'années que j'entends répéter cette question, j'en suis, je l'avoue, excédée.

Et le reste ? A quoi cela sert-il ? Il serait temps de le dire franchement : aucune connaissance autre que technique ne sert jamais de façon directe. D'abord, parce que l'on oublie. En dehors des quitte ou double de la télévision, demandez un peu aux gens, dans la rue ou au bureau, au cinéma, où vous voudrez : est-ce qu'ils savent encore ce qu'ont fait Guizot ou Charles Martel, comment on calcule une racine carrée, par où passe le fleuve Amour, ou ce que c'est, chimiquement, qu'une base ? Nous en avons un souvenir vague, une certaine idée générale : le reste a été mis en veilleuse, très loin. Ce n'est pas mort, mais c'est parti ; cela ne peut plus nous servir.

Et nous servir à quoi, d'ailleurs ? On parle de l'utilité des langues, de l'utilité des mathématiques. Pourquoi cela ? Parce que la société a besoin d'interprètes ou d'ingénieurs ? Mais l'interprète a-t-il besoin d'avoir lu Shakespeare ? A-t-il besoin d'avoir appris par cœur des poèmes ? Ce que le futur interprète aura appris d'utile en quatre ans de classes secondaires, il l'apprendrait fort aisément en passant quatre mois dans le pays. Et l'ingénieur — le fameux ingénieur, l'ingénieur idéal, qui invente, qui découvre, et qui prend pour nos réformateurs le halo fascinateur que le cinéma réserve aux James Bond — je me demande s'il se sert tant que cela des parallélépipèdes qui ont occupé ses jeunes années ou des équations classiques qui peuplaient ses cahiers d'élève. Passé un certain stade, les mathématiques, me dit-on, emploient des démonstrations différentes. Les mathématiques ont changé. On changera donc l'enseignement. Mais pourra-t-on vraiment les faire commencer par la fin ? Et, en supposant que la méthode puisse vraiment être adaptée aux plus récentes découvertes, est-on bien sûr que les mathématiques auxquelles ces enfants s'adonneront plus tard ne se seront pas encore renouvelées ? N'y aura-t-il pas une autre école, d'autres méthodes ? Certes, ce qu'aura appris l'enfant lui servira dans la mesure où il aura appris à raisonner sur des figures ou sur des chiffres. Les leçons de son jeune âge lui auront formé l'esprit, lui auront enseigné le langage des formules mathématiques, l'utilité des hypothèses et la façon de délimiter le connu et l'inconnu. Mais, à ce compte, elles auront servi également à ceux qui n'en feront point métier. Et, inversement, il se peut que d'autres disciplines, également formatrices, présentent, pour le futur spécialiste, une utilité indirecte qui ne sera pas moindre. Ce qui sert n'est que rarement un bagage de connaissances, en soi toujours insuffisant : c'est une habitude d'esprit ; c'est une aptitude à penser.

Vouloir définir l'utilité d'une formation par son utilisation de fait dans un métier spécialisé mènerait, de proche en proche, à supprimer toutes les disciplines. L'éducation ne sert à rien. Ou plutôt elle sert à tout. Et la valeur d'une formation n'est point fonction d'une profession.

*
**

— A quoi cela sert-il, le grec ?

Le grec est le type même d'enseignement dont l'utilisation pratique est nulle et la valeur de formation la plus ample et la plus complexe.

De là vient le caractère flottant et hésitant des justifications que chacun en donne, et qui ne retiennent jamais qu'un aspect isolé des choses.

Quand on me demande : « A quoi cela sert-il, le grec ? », je n'ai pas envie de répondre. J'ai envie de prendre l'interlocuteur par la main et de le conduire dans une classe ou dans une salle de la Sorbonne. Là, je pourrais lui dire : « Voyez ! Il y a ceci, et ceci encore. Voyez cette rigueur dans l'analyse. Voyez ces nuances déliées. Voyez cette richesse de pensée » ; ou plutôt j'ai envie d'aller chercher un livre, et de lui faire lire une page, une phrase, quelques mots, que je lui commenterais sans fin. J'ai peut-être gardé cela de mon métier de littéraire : j'aime mieux montrer que démontrer. Et puis, il faut le dire : ce qui rend difficiles les plaidoyers *a priori* est qu'il s'agit précisément d'une réalité qui concilie des aspects contraires et des mérites faits pour s'exclure. La mariée est trop belle. Les arguments sont trop divers. Et il faudrait les donner tous.

Pourtant, les apparences ne sont pas en notre faveur.

C'est vieux, le grec. La langue même ne se parle plus. Elle s'écrit avec des caractères qui lui sont propres. Elle emploie des cas, des nombres, des modes, qui n'ont aucun équivalent dans les langues modernes. Et, quand on a fait l'effort de s'y initier, où cela mène-t-il ? La civilisation de la Grèce ancienne est une civilisation périmée. Les villes où elle florissait ont presque toutes disparu ; il n'en reste que des ruines, dont la beauté toucherait moins si elle ne nous venait pas de temps autrement si révolus. Les événements dont la Grèce fut le théâtre présentent avec la vie moderne une différence d'échelle si considérable qu'ils en paraissent volontiers dérisoires. A l'époque de la guerre nucléaire, occupera-t-on l'esprit des jeunes avec ces récits de batailles, où l'on se bat avec des flèches ou des lances, et où les combattants laissent sur le terrain moins de morts que n'en fait un banal accident d'avion ? A l'époque des voyages dans la lune, occupera-t-on l'esprit des jeunes avec ces querelles de ville à ville, entre gens parlant la même langue ? Les initiera-t-on au groupe réduit des élèves de Socrate, à une époque où, dans chaque pays, des milliers d'étudiants en philosophie se trouvent confrontés avec des problèmes où prédominent des données modernes, telles que la société industrialisée ?

Encore si ce n'était que cela ! Mais cette civilisation elle-même n'est-elle pas irrémédiablement archaïque ? Quelle leçon attendre de gens qui croyaient à des dieux anthropomorphes, sujets à des métamorphoses, et leur sacrifiaient des animaux, voire même des humains ? Quelle leçon attendre de gens qui pratiquaient l'esclavage, et qui arrêtaient un débat politique à cause d'une éclipse, ou même d'un éternuement ?

Devant des critiques de ce genre, les hellénistes, incertains, sentent que c'est injuste ; et ils se réfugient, selon leur tempérament, vers une réponse ou bien une autre.

Certains disent : « Mais oui, c'est vrai. Et pourtant le grec est utile, précisément à cause de ces distances. Son étude aide les esprits à sortir d'eux-mêmes. Elle demande aux enfants un long apprentissage, la conquête de notions nouvelles. Elle les fait accéder à une forme de pensée un peu différente. Voyez donc, dans une classe, comment les enfants butent, sur un cas, sur un nombre : ils apprennent ainsi à lire avec prudence, à comprendre le sens des accords grammaticaux ; ils apprennent à analyser. Et voyez, dans un amphithéâtre, la surprise des étudiants devant ces institutions où les droits de la cité étaient seuls considérés : ils s'étonnent et réfléchissent ; ils se posent des questions. L'étude du grec les oblige à reconnaître ce qui est le fait de l'époque, ce qui varie, se perfectionne, ce qui était autre, ou deviendra autre. Elle rompt les routines, élargit l'expérience. Elle arrache au présent, aux évidences inconscientes. Elle déroute ; elle dépayse. »

Naturellement, une telle défense peut paraître un peu gratuite. Cette étude coûte trop de peine pour un résultat aussi négatif. Et, finalement, pourquoi le grec, et pas le chinois ou la civilisation des Aztèques ?

Alors, d'autres défenseurs surgissent. Ceux-là disent le

contraire. Ils disent que le grec se retrouve partout dans la vie moderne, et qu'il est indispensable pour en comprendre les éléments. Ils rappellent l'amusement des enfants, dans une classe, quand ils retrouvent soudain, au détour de leur exercice, les racines des mots dont retentit leur vie quotidienne : ils voient naître sous leurs yeux le télé-phone et le thermo-mètre, en attendant que leur apparaissent, dans leur nudité première, des notions autrement suggestives, comme la démo-cratie et la philo-sophie. Ils découvrent qu'à chaque instant, eux Français, ils parlent grec. Et ce n'est pas seulement la langue. Car le grec leur fournit aussi les racines des idées ou bien des mythes. Ils apprennent les dangers de la tyrannie avant de se mettre à lire les journaux. Ils apprennent les noms de Médée ou d'Électre avant de voir les pièces d'Anouilh ou de Giraudoux. Et pourquoi s'arrêter là ? Quand les étudiants, dans une Faculté, s'interrogent sur le sens du tragique, sur le rôle des sciences dans l'éducation, sur les maux de l'impérialisme, où trouvent-ils les notions qui alimenteront leurs débats, sinon dans la lecture d'Eschyle ou de Sophocle, de Platon, de Thucydide ? Ils découvrent que leurs problèmes, toutes choses égales d'ailleurs, étaient déjà des problèmes grecs.

Naturellement, c'est un détour. D'autre part, il y a des mots anglais, en français ; il y a des idées allemandes, dans nos façons de poser les problèmes. Il n'y a pas que la Grèce. C'est pourquoi l'argument ne paraît qu'à moitié convaincant.

Seulement voilà : si chaque type de défense, considéré isolément, risque de sembler un peu faible, ils prennent une valeur tout autre si l'on veut bien penser que le grec a le privilège de les combiner l'un à l'autre. La force du grec serait alors de nous fournir une image si proche de nous, mais venant pourtant de si loin.

Et, du reste, cela se sent. Une phrase de Thucydide condamnant l'impérialisme n'apporte pas toujours une révélation bien frappante. Mais on la lit dans une sorte d'étonnement historique. On est un peu saisi qu'elle dise avec force ce que cherchent à dire nos journaux du soir, mais qu'elle le fasse dire à un ambassadeur de Mélos ou de Syracuse, plongé dans une guerre qui, pour nous, n'a plus de sens, et dont les étudiants de licence ne savent plus les dates. Je me souviens de ce silence, dans ma classe, quand nous lisions, en 1940, à l'époque du statut des juifs, un discours de Lysias, que je n'avais pas choisi à dessein. C'était le *Contre Ératosthène*. Qui connaît, aujourd'hui, le méchant Ératosthène ? Et même qui connaît le gouvernement de 404 avant J.-C. et les « trente tyrans » ? A en juger par mes étudiants — des spécialistes ! — pas grand monde. Mais quand la classe lisait les phrases toutes simples dans lesquelles Lysias rapporte la façon dont les collaborateurs athéniens décidèrent alors de confisquer les biens des métèques, en procédant à une rafle injustifiable, il se fit comme un creux de surprise, une émotion autour des mots. Sans que j'aie besoin du moindre commentaire, un sentiment confus mais fort sembla planer sur mes élèves : elles comprirent que certaines choses passent, que d'autres se répètent, et que cette rencontre improbable entre la classe et le présent éclairait d'un jour fulgurant la portée des mots qu'elles lisaient. C'était peut-être à peine conscient, mais le sentiment était là.

Cette émotion historique est la même que nous inspirent les restes en partie brisés d'une statue antique, ou encore ces colonnes de marbre, qui dressent vers le ciel leurs étais désormais inutiles : statues et colonnes semblent avoir traversé le temps avant d'arriver jusqu'à nous. Elles en portent les marques ; et ces marques, par contrecoup, donnent du prix à leur durée : leurs cicatrices mêmes les parent d'une sorte d'éternité. Le Parthénon entier, rutilant de couleurs, ne nous toucherait sans doute pas autant : tel qu'il est, mutilé mais debout, il évoque tout à la fois la ruine de toutes les civilisations et l'humaine permanence des arts. Et ce passé qui se survit aide à situer dans une perception plus riche les relations mutuelles du périssable et de l'impérissable.

L'héritage de la Grèce se présente donc par rapport à nous dans ce rapport double ; et il reçoit ainsi une dimension privilégiée.

« Soit ! dira-t-on. C'est notre passé. Il est toujours intéressant de connaître son passé. Mais, après tout, notre passé fut multiple et long. Et peut-être n'y a-t-il pas lieu de retourner sans cesse à la Grèce, pour la seule raison qu'un hasard historique fit de ces petites villes de la mer Égée le berceau lointain de notre culture. »

Croyez-vous ? Croyez-vous que des raisons chronologiques soient ici seules en cause ? Croyez-vous que ce fût par hasard, si ces petites villes de la mer Égée furent le berceau de notre culture ? Croyez-vous que ce soit par hasard qu'une civilisation si lointaine ait pu laisser dans notre vie et notre pensée des traces si tangibles et si profondes ? Croyez-vous que le rôle privilégié de la culture grecque tienne à sa place privilégiée dans une série temporelle ? Si vous croyez cela, vous ne connaissez guère cette culture et ne pouvez guère en donner une justification convaincante. Cette place privilégiée, les Grecs l'ont conquise et méritée. Ils ne sont pas nos débuts, mais un début, le début. Ils sont les inventeurs d'une civilisation qui vise à l'universel.

Ils sont partis de sociétés fermées, religieuses, ésotériques. Et les sociologues, penchés sur les origines, s'enchantent d'y trouver matière à mille comparaisons avec des sociétés primitives, situées sous d'autres latitudes, ou bien d'y relever des traditions mythiques, dont les schémas se retrouvent dans les légendes d'autres peuples. Mais il y a une différence. Car, partis de là, les Grecs ont, en quelques siècles, franchi presque toutes les étapes qui séparent ce stade du nôtre. Leur société, d'abord, s'est ouverte. Face aux maisons et aux clans, ils ont dressé une réalité nouvelle — la cité, dans laquelle il était convenu que chacun était associé, et devait s'employer pour le bien collectif. Qui avait le droit de cité était un participant : le mot était employé, déjà alors ! Et tous les participants avaient, en fait, leur rôle à jouer : bientôt, au moins à Athènes, naissait l'idée de démocratie ; et des mesures diverses cherchaient progressivement à faire que même les plus pauvres pussent avoir participation égale. Des clans à la démocratie, en quelques siècles, ce n'est pas mal. De plus, dans le même temps, leur pensée s'ouvrait également, et de façon plus large encore. Au lieu du prêtre et de ses secrets, du mage, des mythes, naissait une puissante aspiration à une connaissance raisonnée et communicable, rendant compte du monde en termes intelligibles. La raison est un peu la démocratie de l'esprit. Et c'est ainsi que l'on vit apparaître des savants et des philosophes, qui ne cherchaient pas l'utilité pratique de recettes efficaces, mais le savoir et la vérité. Cela était nouveau. Cela était propre à la Grèce. Et c'était aussi ce qui devait rendre la pensée grecque si largement universelle. Car, l'élan une fois pris, cette aspiration rationnelle allait continuer à soulever les esprits avec une force intérieure aussi puissante, et aussi révolutionnaire. Au lieu de se transmettre des listes de prêtres et de souverains, les Grecs se mirent à écrire l'histoire, à chercher à expliquer les faits, à en tirer la leçon humaine ou politique. Au lieu de fêter Dionysos par de simples danses rituelles, ils se mirent à railler les gens et les idées, ou bien à évoquer des héros, à propos desquels ils se posaient tous les problèmes relatifs à l'homme : ils avaient inventé ainsi la comédie et la tragédie. Au lieu d'attendre que les malades guérissent grâce à des amulettes ou à des prescriptions mystérieuses, ils cherchèrent à comprendre ce qui se passait dans le corps et risquèrent même des expériences : les écrits hippocratiques ouvrent ainsi la voie à une médecine rationnelle.

Mais pourquoi tout énumérer ? Dans chaque domaine, à chaque instant, dans chaque œuvre, chez chaque auteur, on rencontre le même élan. Quelquefois, des novateurs semblent aller un peu trop loin : les « sophistes » du ve siècle ont essuyé bien des reproches, en leur temps et de nos jours, pour avoir poussé trop avant la critique et l'irrespect en matière morale et religieuse. Mais qui donc s'attaque à eux, dans l'histoire intellectuelle ? C'est Socrate, puis Platon, qui le font au nom de la raison, en cherchant à mieux définir les fins de l'homme et le vrai bien. Les sophistes s'étaient employés en techniciens à définir des mots et des raisonnements : Platon emploie des dialogues entiers à définir le juste et à en établir la défense d'une façon logiquement solide. Un même désir de lucidité rationnelle anime toutes les entreprises de l'esprit grec, même les plus opposées.

« Eh bien, bon ! dira-t-on. Les Grecs ont eu le mérite de découvrir cette force intérieure, capable de donner aux hommes ces notions, ces formes de vie, ces habitudes de pensée susceptibles de s'étendre à tous et de s'élargir indéfiniment. C'est en effet un grand mérite. Mais maintenant c'est notre tour. Et nous n'avons plus besoin d'eux. »

C'est là que réside l'erreur de diagnostic, et le malentendu.

Car c'est une évidence banale que de rappeler le rôle de la Grèce dans une culture fondée sur la raison et ouverte au progrès. Mais l'important n'est pas ce service rendu jadis une fois pour toutes. L'important est qu'il se poursuit. L'important est de savoir que chaque auteur, chaque œuvre, chaque phrase, chaque tour de phrase, chaque substantif et chaque verbe porte en soi le témoignage de cette ouverture à la raison, et communique, par son seul contact, une force nouvelle au service des mêmes valeurs.

Il ne saurait en être autrement. La révolution accomplie par la Grèce dans le domaine de l'esprit a été si profonde et si prompte qu'elle devait nécessairement mobiliser tous les instruments de pensée et d'expression, tous les hommes, toutes les activités. Et tous l'expriment à leur manière. Si bien qu'en plus du sens de chaque mot ou de chaque œuvre, à tous les niveaux, qu'on le veuille ou non, on apprend, avec les Grecs, à rechercher toujours une conscience plus lucide et une pensée plus cohérente. La langue grecque a inventé des moyens de distinguer les sens ; elle a marqué les étapes du raisonnement ou les nuances de l'émotion avec des petits mots conçus exprès et appelés les « particules », qui font qu'aucune phrase ne peut être lue sans un fugitif étonnement devant la rigueur même de l'expression. Et, dans la pensée même, quelle vivante aspiration à une lucidité toujours accrue ! Les personnages des tragédies souffrent, gémissent, meurent ; mais à aucun moment ils ne perdent de vue la cause morale qu'ils servent ou le scandale humain que représente leur sort. Antigone, avant de mourir, discute contre Créon et lui dit à quels impératifs éternels elle a entendu obéir : son action est donc éclairée du dedans par une claire vision des problèmes qui sont en cause. Et on l'admire, Antigone ; mais on admire du même coup cette altière affirmation de ses propres mobiles, qui pourrait être la nôtre. Les personnages et les idées se superposent sans bavure. Les personnages d'Euripide raisonnent et plaident pour leur vie avec une dialectique d'orateurs. Des auteurs politiques comme Isocrate et Démosthène veulent toujours aller plus avant, dépasser le problème du jour, comprendre pourquoi la situation est ce qu'elle est, attaquer le mal en profondeur. Et Thucydide !... Et Platon !... L'un dans le domaine de la cité, l'autre dans celui de l'âme, ils ont tous deux poussé à la limite cet art de débattre, qui mène jusqu'au fond des choses, et ne s'arrête jamais avant d'avoir mis l'homme en face des options essentielles, dont le reste découle de façon nécessaire. Qui les lit apprend donc comment se posent, dans chaque cas, les grands problèmes ; mais il apprend aussi le principe, il acquiert ce goût passionné de savoir chercher le vrai, sans jamais tricher ni faiblir.

C'est bien pourquoi j'ai commencé par dire que j'aimerais mieux, pour expliquer le rôle du grec, ouvrir un volume au hasard, lire une page, commenter quelques mots. Je crois que l'on verrait alors comment l'amour de cette langue et l'amour de ces textes n'ont aucun caractère réactionnaire ou nostalgique. Leur beauté, en effet, se double de promesses. Ils donnent envie d'être lucide et perspicace. Ils donnent foi dans la raison.

Et puis aussi, avec les textes en main, je ne risquerais pas de déformer les choses. Car, là encore, il faut reconnaître que les mérites du grec sont complexes. Et ce n'est pas seulement dans le temps qu'ils supposent une conciliation entre des éléments contraires. Voyez plutôt : je parle de raison ; et je suis prête à parier que, pour vous, ce mot a quelque chose de froid. Mais la raison des Grecs n'a certes rien de froid. Et j'aurais dû dire tout de suite qu'elle s'allie chez eux à un goût obstiné du concret, à un sens aigu du tragique.

Je ne l'ai pas dit tout de suite, parce que l'essentiel de la découverte grecque est évidemment la raison. Alors, on la voit en premier, on insiste sur elle, on oublie le reste. Mais cette raison n'est pas encore une faculté spécialisée dont la prédominance reconnue constituerait une doctrine. Les Grecs ne sont nullement des rationalistes comme les gens du XVIIIe siècle. Ils viennent tout juste de l'inventer, cette raison. C'est un bel instrument neuf, qui s'exerce encore dans l'innocence de la vie concrète, et elle reste toujours associée à la profondeur instinctive où se nourrissent leurs traditions. Ils n'ont pas eu à faire de choix. Ils restent tout près des origines. Ils découvrent la raison sans en connaître les abus. Et celle-ci reste pour eux à la fois familière et tendre, passionnée, angoissée.

La clarté de leurs phrases est comme celle de leurs paysages . elle donne aux choses plus de présence et des contours plus nets. Leur goût de la généralité n'est point un goût de professionnels. Ils la pratiquent à propos de tout. Ils parlent de la vie de chaque jour, qu'ils aiment de tout leur cœur. La poésie d'Aristophane est faite de détails familiers. Celle d'Homère aussi. Et Socrate le raisonneur, toujours en quête de preuves et de définitions, était aussi un homme sans prétentions, aux façons amicales et ironiques, qui ne cessait de revenir aux exemples les plus concrets, et agaçait certains auditeurs, à force de parler de teinturiers ou de corroyeurs, d'architectes ou de potiers. Cette raison toute jeune restait merveilleusement ancrée dans le réel.

De même, elle restait liée à l'émotion, à ses secrets et à ses troubles. Socrate parlait de teinturiers et de corroyeurs : il parlait aussi de l'amour et de la voix de son démon, qui lui disait comment agir. Le livre célèbre d'E. R. Dodds, paru en Angleterre en 1951, sur *Les Grecs et l'irrationnel*, a eu ce mérite qu'il a fait justice des simplifications arbitraires par lesquelles un classicisme de convention entendait ne retenir de la littérature grecque que son inspiration rationnelle. Elle y est, cette inspiration. Elle y est dans toute sa forme triomphante. Et c'est pourquoi il est normal de parler d'elle en premier lieu. Mais elle y est encore en lutte ou en alliance avec autre chose. Elle y est encore mêlée à tout un substrat de craintes et de rites, d'angoisse et de mysticisme, qui donne une épaisseur vivante à ses silences comme à ses conquêtes. Les tragédies d'Eschyle, qui veulent obstinément donner un sens au destin humain, respirent en même temps la crainte religieuse, l'angoisse de ne pas comprendre. Et, à l'autre extrême de la pensée grecque, la dialectique non moins obstinée de Platon et son effort jamais lassé vers un bien intelligible s'achèvent en une contemplation d'ordre quasiment religieux, à laquelle est proposé un objet que lui-même déclare indicible.

Le grec est rationnel et proche du concret ; il est discursif et mystique : cela fait beaucoup. Mais une telle union est logique et tient à la position historique qu'occupe la Grèce au départ de notre culture.

Cette haute conciliation se retrouve au niveau des études. Elle explique, en effet, le rôle privilégié du grec à mi-chemin entre les disciplines littéraires et scientifiques. Pour la clarté, pour la rigueur, c'est une étude où réussissent les esprits précis, et qui confond ses avantages avec ceux des mathématiques. Pour le charme concret, la poésie, la profondeur, c'est une étude proprement littéraire, qui ajoute ses vertus à celles des lettres modernes. Par l'union de ces deux traits, c'est une discipline essentiellement formatrice, dont, pour cette raison, on ne saurait jamais commencer l'étude assez tôt.

Il y a donc de tout, dans le grec. C'est pourquoi chacun choisit ses arguments, selon ses goûts, selon les jours, et pourquoi l'on se sent triste de n'exprimer jamais à son sujet que des vérités incomplètes.

« A quoi cela sert-il, le grec ? » Je vous l'ai dit : pour le savoir, il faut pénétrer dans la classe. Car, là, tout se retrouve. Les grandes idées sur la civilisation ou sur la raison s'y transposent en expériences scolaires et immédiates, où chaque leçon apprise se prolonge de répercussions multiples ; et les balbutiements de nos grammairiens en herbe ouvrent dans les esprits, de façon à peine consciente, les voies royales de la culture.

***

L'apprentissage de la langue grecque apprend d'abord à raisonner.

Sans doute n'est-il pas de phrase, dans notre langue, dont la compréhension n'implique un certain nombre de raisonnements rapides, destinés, par exemple, à reconnaître le verbe ou à grouper les mots comme il convient. Mais l'habitude ne permet pas d'en isoler les étapes. Il se fait une sorte de compréhension immédiate, synthétique, qui nous semble aller de soi. De même, les langues vivantes les plus généralement enseignées tendent à devenir familières et ne mettent en jeu que des mécanismes assez simples. Au contraire, l'étude d'une langue morte, plus difficile, plus différente, suppose des opérations d'esprit multiples et exige de la méthode.

Aux débutants, on enseigne progressivement la pratique de cette méthode. « Vous ne voyez pas le sens ? Mais comment raisonnez-vous ? Où est, d'après vous, le verbe ? et le sujet ? Alors, essayez ainsi : pouvez-vous construire votre phrase à partir de cette hypothèse ? Non ? Et pourquoi cela ? Si tel mot n'a plus de fonction possible, il faut revoir votre hypothèse : n'y a-t-il pas de données suggérant un autre groupement ? Reprenez donc : ce mot, que vous preniez pour le sujet, ne peut-il être autre chose que sujet ? Supposons qu'il soit complément, quel serait alors le sujet ? » Ces phrases, je les ai répétées pendant des années, à tous les niveaux possibles d'enseignement. Je les ai répétées avec entêtement, avec patience, parce que j'éprouvais une joie réelle à mener un autre esprit à la vérité, par une suite de démarches rigoureusement correctes. C'était pour moi plus important que le fait de le voir tomber juste un peu par hasard. C'était plus instructif, plus utile.

On peut trouver la même joie et le même genre d'utilité dans l'enseignement des mathématiques. Mais il y a une différence ; et j'avoue qu'à mes yeux, elle serait plutôt à porter au crédit du grec.

Dans les mathématiques, le raisonnement se présente sous une forme pure, entièrement abstraite ; et le résultat n'a pas, en général, d'autre évidence que celle de la démonstration qui l'a établi. Il n'en est pas ainsi dans le grec. Quels que soient notre talent et nos efforts, à nous autres les professeurs, il y a des contresens dont on peut prouver qu'ils reposent sur une confusion de données ou une erreur de raisonnement : simplement, le sens « ne va pas », et il y en a un autre qui « va mieux ». Cela peut être considéré comme une impureté de notre discipline, comme une scorie : nous n'aimons pas tellement, du point de vue pédagogique, les fautes de sens qui ne sont pas démontrables à la façon de théorèmes. Mais cela veut dire aussi que l'élève a d'autres repères que ceux du raisonnement théorique : il doit encore se soucier de cohérence et de vraisemblance, il peut encore en tirer parti ; et, quand enfin il arrive au vrai, il a la confirmation immédiate d'un sens qui soit satisfaisant.

Je me souviendrai toujours de ma fierté, lorsque, pour la première fois, j'ai traduit une phrase latine. J'étais contente de moi, et je courus montrer à ma mère le résultat de mon effort : au lieu de quatre mots latins, d'allure mystérieuse, j'avais une phrase française, qui disait : « Vulcain avait un fantassin boiteux. » Ma mère me dit que je me trompais sûrement. Ma mère n'ayant jamais fait de latin, je fus quelque peu ulcérée et lui demandai raison de cette condamnation de profane. Elle me demanda qui je pensais qu'était Vulcain : ignorante et heureuse, je le prenais pour un général, dont la phrase en question eût ainsi déprécié les forces. Elle m'invita à me renseigner. Je découvris alors qu'il fallait un peu de savoir, et aussi un peu de bon sens, pour contrôler le résultat de mes savantes opérations. Et je dus bien reconnaître que cela « n'allait pas ». Comme j'avais confondu « pedem » et « peditem », le « pied » et le « fantassin », la méthode était sauve ; mais je devais retenir de cette aventure que le raisonnement, dans une langue, doit se mener par les deux bouts — la suite des opérations d'esprit aboutissant à un résultat dont je devais pouvoir juger, qui lui aussi devait être logique...

C'était du latin, et non pas du grec. Mais la même aventure arrive à chaque instant avec le grec. Et la rigueur du grec, sa distance par rapport au français, font de chaque traduction une véritable épreuve de raisonnement.

Chaque petit élément de la phrase est une donnée dans l'équation. Aucune confusion ne pardonne. Au niveau des débuts scolaires, chaque démarche demande de l'attention. Au niveau des études supérieures, l'ensemble s'organise assez vite, et le risque consiste dans l'apparente facilité, qui peut dissimuler des pièges : le jeu devient alors essentiellement affaire d'attention. Ah ! ces pièges !... les professeurs rodés au métier les connaissent et les aiment. Tantôt ce sera le voisinage de deux mots qui ont l'air d'aller ensemble parce qu'ils ont même terminaison, et dont la fonction dans la phrase est, malgré cela, différente ; tantôt ce sera une forme rare, ressemblant à une forme connue, et pouvant engager les esprits hâtifs dans des interprétations déraisonnables. Un instant d'inattention et le Pirée devient un homme ! On pourrait penser qu'il y a un peu de sadisme dans l'amusement du professeur qui guette les élèves à l'obstacle, comme on guette le cheval à la plus haute barrière du concours hippique. Mais ce ne serait là qu'une critique injuste : une de plus... En fait, ce que le professeur aime, dans ces pièges, c'est que chaque faute sanctionne un moment d'étourderie, une attitude d'esprit superficielle et peu soigneuse, ou bien un manque de jugement : chaque faute devient ainsi une éclatante leçon de rigueur.

Aussi bien, tout est toujours plus ou moins affaire d'attention ; et l'attention, cela s'exerce. Le grec a ainsi un petit mot *an*, que l'on emploie avec le verbe et qui en modifie la valeur, le rendant, dans certains cas, conditionnel, dans d'autres non, mais jouant toujours un rôle. J'ai peut-être dit vingt mille fois dans ma vie : « Mais attention ! Vous avez *an* ! » Celui qui aura appris à ne pas laisser passer *an* aura appris, du même coup, à ne pas se laisser séduire par des raisonnements sommaires ni convaincre sur des données incomplètes. Il aura appris à peser la valeur des mots.

L'analyse d'une phrase grecque, ou le corrigé d'une version, devient ainsi, avec des élèves, une sorte de jeu collectif, facilement aussi amusant que les jeux télévisés, mais beaucoup plus subtil et complexe. Et la joie de ceux qui triomphent, comme la surprise de ceux qui se trompent, les mène également vers une plus grande sûreté d'esprit.

Ce qui rend le jeu subtil et complexe, ce qui rend le jeu instructif, c'est le caractère même de la langue grecque, plus souple et précise qu'aucune autre.

En effet, cette langue, forgée et façonnée pour servir une pensée alors en plein essor, comporte mille petites finesses qui n'appartiennent qu'à elle, et qui, par-delà le jeu consistant à trouver le sens, apprennent à aiguiser la pensée, en découvrant des nuances multiples, que le français est souvent incapable de rendre. Citer ces diverses finesses serait faire une description entière du grec, et il y faudrait des volumes ; mais, pour l'amour du grec, on peut au moins citer quelques petits exemples.

Dans le verbe grec, il y a trois voix : non seulement l'actif et le passif, mais une troisième, appelée le « moyen ». Elle s'emploie lorsque l'action se rapporte directement au sujet du verbe. Voilà qui semble un peu bizarre. Et cela donne en mot-à-mot des formules encore plus bizarres. Si je commence par le moyen, c'est en souvenir d'une très vieille dame qui, apprenant que j'enseignais le grec, me dit un jour : « Ah ! le grec !... Mon frère, jadis, me faisait réciter ses leçons, et je n'oublierai jamais combien c'était bizarre ; il récitait : je délie pour moi, tu délies pour toi, il délie pour lui... » Le souvenir était exact : on apprend, en effet, à conjuguer un verbe, qui veut dire, au moyen : « je délie pour moi ». N'est-ce pas saugrenu, et parfaitement inutile ? Cela semble l'être et l'est moins qu'on ne croit, si l'on pense aux applications que peut prendre ce mode, et si l'on sait, par exemple, que l'idée d'établir une loi se rendra de façon différente, selon qu'il s'agit d'un législateur qui l'établit pour les autres, ou bien d'une cité qui « l'établit pour elle-même » : la différence peut donc prendre une valeur politique, qui n'est pas sans importance[1]. Cette nuance supplémentaire, en augmentant l'éventail des sens, demande donc une attention accrue. Et surtout, par-delà l'exigence d'attention, requise pour l'établissement d'un sens, il y a là une expérience, qui, en soi, est instructive. L'élève

1. Entre ces deux formules passe le principe même de la démocratie. Un autre exemple pourrait être celui du verbe grec qui signifie « délibérer », et qui, au moyen, signifie « délibérer pour soi », c'est-à-dire « réfléchir ».

remarque ce que le français est souvent inapte à rendre ; il constate l'existence de cette espèce de reliquat, de cette marge de rigueur dans l'expression de la pensée. Par-delà le sens brut, il s'initie à une précision d'esprit qui échappe au langage courant.

On pourrait en dire autant de la forme des substantifs. Le grec a la possibilité d'exprimer, avec des formes verbales et des articles, le fait de créer et l'agent qui crée, ou, comme disent encore nos philosophes, l'être et l'étant : le latin, qui n'a pas d'article, se prive en grande partie de cette latitude. Le grec peut aussi distinguer, par leur terminaison, sans bavure ni flottement, l'agent, l'action, et le produit de cette action — le poète, la poésie et le poème : le français, langue plus usée, n'a pas toujours cette clarté presque algébrique, et, en ce qui concerne l'exemple cité, il a fini par mélanger le second mot avec le troisième. Enfin et surtout, il faut ajouter à cela que les mêmes mots grecs, substantifs ou verbes, peuvent se modifier et se nuancer, de façon presque illimitée, par la composition. On ajoute au terme initial une petite préposition, et voilà que le mot qui voulait dire « voir », voudra dire, par exemple : « voir ensemble, d'un seul coup d'œil », ou bien « voir de haut, mépriser », ou bien « regarder autour, être indifférent », ou bien « voir à travers, discerner », ou bien « regarder en dessous, se méfier », ou bien « regarder à côté, ne pas remarquer ». Le clavier des sens est si large que chaque nuance peut être marquée ; et d'autre part, la composition du mot reste si transparente que la valeur originelle y reste clairement lisible. C'est un des traits qui font de la prose de Platon une langue si parlante et si difficile à traduire. Et le même procédé de composition est aussi ce qui donne à certains mots des poètes grecs une force si saisissante ; car les racines s'y agrègent les unes aux autres en termes rares et forts. Les mots s'adaptent à la vie même du sentiment ou de la pensée.

C'est une chose à la fois si mobile et si implacable qu'un mot grec ! Le grec ne connaît pas d'auxiliaires, ne traîne pas avec les verbes ces encombrants pronoms sujets. Il emploie une seule forme, dont le début et la fin varient, pour exprimer la personne, le nombre, le temps, la voix, le mode ; et à cette forme centrale se joignent un ou plusieurs préverbes, qui font varier le sens premier. Cela est clair et harmonieux comme une image de kaléidoscope ; cela se modifie aussi vite, par le déplacement d'un seul petit élément.

Un instrument si perfectionné s'explique, sans aucun doute, par le profond désir de rigueur qui animait la pensée grecque. Et d'ailleurs comment oublier ce goût avoué qu'ont eu les Grecs de l'époque classique pour un vocabulaire précis et différencié ? Le sophiste Prodicos était célèbre, au ve siècle, pour sa manie de distinguer les synonymes : « discuter » et « disputer », la « louange » et l'« éloge », la « joie » et le « plaisir », « vouloir » et « désirer » étaient de ces idées qu'il s'entendait à opposer ; et il est clair que Thucydide lui emprunte cette habitude, quand il s'efforce à définir la valeur exacte des mots dans les débats de politique. L'amour du grec donne le goût d'une expression parfaite. Et ceux qui ont traduit du grec en conservent l'aspiration tout au long de leur vie.

Et puis, à côté des mots de la phrase, il y a ces merveilleux petits mots, dont j'ai déjà eu l'occasion de mentionner l'existence en grec : il y a les particules.

Tout comme « je délie pour moi », les particules peuvent sembler aux profanes un encombrement plutôt saugrenu. Ou bien on les traduit par des formules passe-partout, et l'on obtient des phrases françaises alourdies de mots comme « certes », ou bien comme « assurément », qui n'y ajoutent rien du tout ; ou bien l'on a recours à des transpositions dites rigoureuses, et l'on traîne dans le texte des formules aussi gracieuses que « mais, ce qu'il y a de sûr, c'est que... » ou bien « évidemment, n'est-ce pas ? ». C'est dire que les particules ne peuvent pas normalement se rendre en français. Et pourtant, ici encore, elles font partie inhérente du sens et éclairent, par-delà ce sens, les nuances les plus vivantes de la pensée.

Deux petits mots (*men* et *dé*) servent à mettre en relation des éléments parallèles — que ce soit des mots isolés, des membres de phrase, ou bien des phrases entières. La place de ces mots dans le groupe à mettre en parallèle obéit à des lois fixes. Que l'on s'y trompe tant soit peu, et voilà une phrase par terre : pour un petit instant d'inattention, on arrive à une charpente fausse, on voit surgir un ou plusieurs contresens. Comme entraînement de l'attention, ce n'est pas mal. Mais en même temps, par-delà les constructions, les petits mots de cette espèce accentuent et nuancent le mouvement de la pensée. On dirait le ton de la voix (il y a des « particules » ironiques ou passionnées). On dirait le geste des mains (il y a des « particules » qui montrent et qui soulignent une évidence). Et surtout les « particules » lient entre elles les phrases, les phrases du texte, les idées. On les appelle, en fait, « particules de liaison ». Pas une phrase, en grec, ne peut en être dépourvue. Pas une idée ne peut être exprimée, au moins en prose, sans que son rapport avec la précédente soit signalé par un de ces petits mots. Et comme ces petits mots se combinent entre eux, se joignent, se multiplient, on conçoit assez quelle rigueur ils donnent à l'expression de la pensée. Par là on conçoit aussi quel goût de la cohérence et de la subtilité leur emploi aide à cultiver chez ceux qui s'initient au grec — sans parler de ce sens de la relativité du langage, si fort à la mode aujourd'hui.

Ces caractères du grec, choisis parmi beaucoup, expliquent la valeur privilégiée que peut prendre l'étude de cette langue, aussi bien pour les élèves de nos lycées que pour ceux qui, dès demain, seront appelés à y enseigner.

D'autres langues, dont les usagers obéissaient à des aspirations quelque peu différentes, n'ont jamais possédé les mêmes vertus. Et il faudrait ajouter encore que des langues très riches, mais moins proches des origines, ne sauraient avoir conservé la même pureté ni la même transparence. Avec le temps, les mots évoluent ; ils se chargent de mille dépôts, qui enrichissent leur histoire, mais qui brouillent leur valeur première. Des tours de phrase deviennent stéréotypés. Des finesses de langue se perdent, sous l'influence du langage parlé. Des influences étrangères s'exercent dans des sens divers. Il ne faut pas le regretter, bien sûr ! Car cette vie de la langue est son renouvellement. Mais elle rend aussi la leçon moins exemplaire.

Le grec est une langue encore naïve et concrète. Si l'on essaie de traduire en grec certains textes du XVIIe siècle français, leur pudeur aristocratique est souvent embarrassante ; et l'effort pour les traduire aide à mieux en percevoir la patine sociale et morale. Allez donc demander à des étudiants de parler en grec de l'« inclination » de Madame de Clèves pour Monsieur de Nemours ! Ou bien ils parleront d'amour et de désir ; ou bien ils garderont une image spatiale, qui, pour le bon sens de nos Grecs, devient parfaitement incongrue. De même, donnez-leur à traduire les effusions de George Sand et essayez seulement d'introduire dans ce romantisme un peu lourd la clarté tout attique des particules de liaison ! La difficulté même de l'opération rendra bien évidente la différence des deux langues, et celle, aussi, des deux pensées.

La langue grecque est directe et rationnelle, parce que les Grecs étaient épris de lucidité ; mais elle l'est aussi parce qu'elle constituait, au service de cette lucidité, une création toute neuve, encore sans opacité. C'est pour cela que, malgré l'obstacle de l'alphabet, elle s'enseigne si aisément, et pour cela aussi que cet enseignement est une école de réflexion.

Il faut ajouter aussi que cette étude de la langue se fait, dans la pratique, à l'occasion des textes. On essaie de dégager un sens ; on essaie de rendre compte de toutes les finesses qu'il implique. On aboutit ainsi à une compréhension raisonnée du passage proposé — compréhension d'autant plus complète qu'elle a été plus lente à conquérir. L'étude du grec devient par là une véritable école de lecture.

Une langue que l'on parle suppose, je l'ai dit, de la rapidité, des réflexes, une intuition immédiate du sens. On s'y entraîne par la pratique. On se plaît à en assimiler les expressions toutes faites. On se forme à la parler comme on parle sa propre langue — très vite. Et bientôt on la lit comme on lit sa propre langue — en voyant l'ensemble sans être conscient des détails.

L'utilité d'une telle lecture est évidente, mais ses périls ne le sont pas moins : l'étude du grec sert d'antidote.

Combien de fois, dans la vie courante, on voit des gens consulter un document, puis se plaindre qu'ils ne comprennent pas comment ils doivent y répondre ; ils prétendent que leur cas n'a pas été prévu ; et on leur dit : « Mais si ! Regardez : c'est ici ! » Ils l'avaient lu — trop vite. Combien de fois on répond à une lettre par une réponse un peu à côté, ou à une adresse inexacte ! Une phrase de la lettre nous avait échappé, ou quelques mots entre parenthèses. Nous l'avions lue, pourtant — trop vite. Eh bien ! il en est de même des textes littéraires. On ne les comprend mal, on ne les trouve enflés ou ennuyeux, que parce qu'on les lit de façon superficielle, sans analyser, sans remarquer. Au contraire, quand on a expliqué dans un cours dix ou vingt lignes de grec, on en a mis à nu tous les mots, tous les rouages, toutes les nuances. On a vu les formes, les places dans la phrase ; on a vu naître et s'affirmer une pensée souvent fort simple, mais que l'on s'est assimilée jusque dans ses moindres détails. On les sait presque par cœur, ces vingt lignes. On peut jouer à les réciter. D'une obscurité première plus épaisse, on est passé à une clarté également plus grande, parce que la présence d'obstacles a obligé l'esprit à s'arrêter, afin de mieux analyser.

Au reste, on mesure bien la différence, quand on pratique cet exercice, si facile à dénigrer et pourtant si essentiel, qu'est l'explication de textes.

L'explication de textes est mauvaise quand elle tourne à la paraphrase, ou qu'elle se perd en commentaires sur des faits qui n'apportent rien au sens. Ce risque est assez grand dans l'explication française, où l'on croit un peu trop vite que le sens est bien évident. L'expérience comparée des jurys d'agrégation m'a permis de m'en convaincre. Au contraire, l'explication de textes latins ou grecs, où l'on part d'un grimoire d'allure plus ou moins mystérieuse pour aboutir à un sens à chaque instant plus riche et plus complet, invite tout naturellement à tirer d'un texte, quel qu'il soit, tout ce qui en fait la richesse.

Ajouterai-je un paradoxe ? Moi qui me tue à mieux situer les œuvres grecques dans leur contexte historique ou biographique, je pense assez que, pour des élèves, leur nudité même peut constituer un stimulant. En effet, elles se présentent seules. Même ces précisions historiques ou biographiques, dont nous cherchons à les entourer, doivent leur être demandées, ou plutôt leur être arrachées, à force d'attention. Car nous ne possédons presque rien d'autre. Nous n'avons donc pas la tentation de mettre entre elles et nous ce bagage souvent encombrant où les déménagements de l'auteur voisinent avec ses notes de blanchisserie ou bien les noms de ses maîtresses. Nous ne pouvons qu'écouter les moindres vibrations de la page qui nous est offerte, et repérer les lignes de forces, où s'inscrit la structure des œuvres. Nous ne pouvons que lire. Et cette misère se tourne ainsi à notre avantage, ou à celui de nos élèves : elle restitue à la lecture sa prudence et sa plénitude.

Naturellement, il serait absurde d'aller, pour autant, prétendre que l'explication grecque est préférable à l'étude des langues vivantes, ou, mieux encore, à celle des textes français. Mon propos n'est pas à ce point réactionnaire, ni à ce point impérialiste. Il consiste seulement à dire que l'étude des langues vivantes, ou bien des textes français, présente une utilité immédiate, évidente, et quasiment incontestable, mais que l'étude des textes grecs, moins immédiatement utile, constitue, en revanche, l'aide la plus efficace pour les études les plus variées : elle prend, à tous égards, valeur vraiment propédeutique. Il fallait le dire en réponse à tous ceux qui veulent en retarder ou en limiter l'accès, pour ne la réserver qu'à de futurs spécialistes — et en réponse, aussi, à ceux qui pensent que des traductions feront aussi bien l'affaire. Si le grec ne servait qu'à comprendre ce qu'ont dit tels ou tels auteurs, il y a bien des siècles, de telles vues pourraient être défendables. Mais il est évident que tel n'est pas le cas. En tant que discipline d'enseignement, le grec occupe une place à part. Si bien qu'à la fameuse question avec laquelle on nous poursuit, il faudrait en réalité commencer par répondre, car c'est la vérité : « A quoi cela sert-il, le grec ? » — « A tout. »

*
**

A tout, c'est vrai. Mais pas seulement à tout.

Les textes grecs, une fois compris, débouchent sur une richesse intellectuelle, qui n'a rien à envier à aucune autre au monde. Il ne faudrait pas dire qu'ils ont valeur propédeutique, mais qu'ils ont aussi, d'abord, en plus, cette valeur propédeutique. En eux-mêmes, ils sont la clef de la pensée la plus utile qui soit, parce que tous les problèmes qui se posent à l'homme y sont posés sous une forme simple et dans leurs termes essentiels. Les Grecs ont été les premiers à les poser. Et le fait qu'ils les aient ainsi découverts, en une expérience originelle, sur laquelle les civilisations ultérieures n'ont fait que raffiner, nuancer, répéter et renier, corriger et élaborer, donne pour toujours à leurs écrits une clarté première, dont il faut toujours repartir : ceux-ci comportent, une fois pour toutes, une problématique à l'usage de tous, qui fait de leur étude une sorte d'apprentissage intellectuel.

Ici encore, devrais-je dire tout ce que la pensée doit aux Grecs ? Une vie n'y suffirait pas ; et là n'est pas la vraie question. Je voudrais plutôt partir de deux ou trois exemples concrets, pour montrer comment leur réflexion constitue, pour de jeunes esprits, l'A.B.C. à l'aide duquel ils pourront eux-mêmes réfléchir.

J'ai parlé jusqu'ici de mots ; et j'ai cité l'apparition du beau mot de démocratie. Mais les Grecs n'ont pas inventé que le mot : ils ont aussi inventé la chose ; et ils ont distingué, sous leur forme simple, les principaux arguments pouvant jouer pour ou contre. Si bien qu'il n'y a presque rien, dans les débats de n'importe quelle époque relatifs à ce régime, qui ne remonte, de quelque façon, à une analyse athénienne.

Instaurant chez eux la démocratie, les Athéniens du ve siècle avant J.-C. avaient une conscience aiguë des principes qui la justifiaient. Que ce soit dans leurs discours ou au théâtre, dans leurs pamphlets ou leurs entretiens philosophiques, ils parlaient de liberté, d'égalité. Et de partout fusent des déclarations pleines de fierté, auxquelles retournent les gens de tous pays, chaque fois que la démocratie est en danger et qu'ils s'en émeuvent. Ce peut être au théâtre, comme lorsqu'un personnage d'Eschyle dit à propos des Athéniens : « Ils ne sont esclaves ni sujets de personne », ou lorsqu'un personnage d'Euripide célèbre la beauté du principe démocratique, en disant : « Quant à la liberté elle est dans ces mots : " Qui veut, qui peut donner un avis sage à sa patrie ? " Lors, à son gré, chacun peut briller ou se taire. Peut-on imaginer plus belle égalité ? » Mais des écrits plus médités allaient plus loin dans la réflexion : on peut ainsi citer cette phrase difficile, presque chaotique, que Thucydide prête à Périclès, et où l'on comprend que la démocratie athénienne avait conscience de chercher à unir des exigences complémentaires : l'égalité pour tous et la notion d'une distinction, fondée sur les mérites de chacun, s'y combinent en une série de retouches et d'antithèses. Le texte dit, en effet : « S'agit-il de ce qui revient à chacun ? la loi, elle, fait à tous, pour leurs différends privés, la part égale ; tandis que pour les titres, si l'on se distingue en quelque domaine, ce n'est pas l'appartenance à une catégorie, mais le mérite, qui nous fait accéder aux honneurs ; inversement, la pauvreté n'a pas pour effet qu'un homme, pourtant capable de rendre service à l'État, en soit empêché par l'obscurité de sa situation. » A travers ce heurt de concepts et cette phrase où se condense, non sans gaucherie peut-être, un puissant effort d'analyse, on reconnaît le ton de gens qui entendaient justifier les principes essentiels sur lesquels ils vivaient. Et il faudrait ajouter que le même texte se poursuit, pendant des pages, à ce niveau. Il éclaire, au passage, le principe de la délibération politique dans une démocratie directe : « Une même personne peut à la fois s'occuper de ses affaires et de celles de l'État ; et, quand des occupations diverses retiennent des gens divers, ils peuvent pourtant juger des affaires publiques sans rien qui laisse à désirer. Seuls, en effet, nous considérons l'homme qui n'y prend aucune part comme un citoyen non pas tranquille, mais inutile ; et, par nous-mêmes, nous jugeons et raisonnons comme il faut sur les questions ; car la parole n'est pas à nos yeux un obstacle à l'action : c'en est un, au contraire, de ne pas s'être d'abord éclairé par la parole avant d'aborder l'action à mener... »

Je pourrais citer, plus loin dans le discours, des pages plus chaudes et plus émouvantes ; mais les phrases que l'on vient de lire montreront mieux, peut-être, ce qui est l'allure propre à la réflexion grecque ; car on y voit comment cette réflexion, partant d'une expérience sentie comme neuve et sans précédent, essayait aussitôt d'aller droit à l'essentiel, pour saisir les principes premiers présidant à cette expérience. Les Athéniens ne parlaient pas de leur démocratie, mais de la démocratie ; ils ne décrivaient pas les institutions, mais leur esprit.

En vertu de la même orientation de pensée, au fur et à mesure que leur expérience de ce régime les mettait en présence de difficultés, qu'ils étaient les premiers à connaître, ils les cernaient et en cherchaient la cause [1].

Il y eut d'abord, et très vite, une difficulté pratique : le peuple, n'étant pas riche, ne pouvait sacrifier son temps à l'État sans contrepartie. Pour qu'il pût participer aux fonctions politiques, il fallait un salaire. On en institua un. Mais le principe, aussitôt, choqua. Un salaire sans vrai travail ? N'était-ce pas une prime à la paresse ? Aristophane se moque ; Platon laisse échapper quelques allusions sévères ; Plutarque rapporte des interprétations malveillantes. Bref, on sent qu'il y avait un problème. Mais ce problème purement pratique intéressait moins les Grecs que les difficultés intellectuelles ou morales, relevant du principe démocratique.

La difficulté intellectuelle concernait la compétence du peuple. Dans l'analyse de Thucydide, cette compétence est admise *a priori* : on délibère avec la raison et la raison appartient à tous. Mais n'y a-t-il pas aussi l'expérience, l'instruction, le loisir de la réflexion ? Dans *Les Suppliantes* d'Euripide, le héraut thébain développait ce point de vue : « D'ailleurs, comment la masse, incapable elle-même d'un raisonnement droit, pourrait-elle conduire la cité dans le droit chemin ? Le temps, et non l'improvisation, nous donne ces lumières. Un pauvre laboureur, même instruit, n'aura point le loisir de vaquer aux affaires publiques... » On voit déjà se profiler, dans ces disputes de théâtre, la réflexion de Platon, cherchant inlassablement le

1. Cf. depuis lors notre livre *Problèmes de la démocratie grecque*, Hermann, 1975, Agora, 1986.

secret d'une science politique fondée sur la philosophie. On discute et on cherche à comprendre, dans la Grèce ancienne. On veut aller au fond des choses.

Et ainsi apparaît la difficulté la plus profonde, qui est d'ordre moral. Car ce qui faussera le jugement du peuple n'est pas tant son incompétence intellectuelle, que les forces étrangères, qui fausseront le débat. Les passions populaires sont là, qui ne demandent qu'à être flattées ; l'éloquence est là, elle aussi, qui permet si bien de le faire ; et l'ambition des orateurs les poussera à chercher à plaire, plutôt qu'à dire la vérité.

Ah ! ces périls de la parole, on les trouve partout dénoncés : chez Hérodote, chez Aristophane, chez Euripide, chez Thucydide, sans compter les orateurs. Chacun blâme les flatteurs, qui trompent le peuple, pour se l'attacher. Chacun blâme le peuple lui-même, qui risque d'abdiquer ainsi ses responsabilités. Un orateur, dans Thucydide, avant d'en venir au problème qu'il doit traiter, se livre à une longue analyse, dans laquelle il reproche aux gens de ressembler « à un public installé là pour des sophistes, plutôt qu'à des citoyens qui délibèrent de leur cité ». Et Démosthène, de même, chaque fois qu'il prend la parole, ne manque pas de remonter à ce qui est pour lui la source vraie du mal : à savoir la façon dont les gens se laissent mener ; ils « n'ont plus de nerfs », ils sont « citoyens de surcroît » : « Vous voulez qu'on vous adule, qu'on ne vous dise rien que d'agréable : mais les événements suivent leur cours et vous voici dans le suprême danger. »

Ainsi s'instruit, de proche en proche, le procès de la démocratie ; et l'expérience politique se mue, au fur et à mesure, en analyse intellectuelle. Si le ve siècle nous a laissé, dans l'œuvre de Thucydide, l'éloge le plus profond des principes qui animaient la démocratie de Périclès, le siècle suivant nous a laissé, pour faire pendant, la condamnation la plus radicale des abus qui vicient toute démocratie devenue trop libertaire. Dans cette petite ville d'Athènes, dans cette brève période de l'histoire, tout le monde est proche : certains mots du livre VIII de *La République* de Platon semblent répondre directement à Thucydide. Et pourtant la pensée ne tient en rien du pamphlet. Elle s'insère dans une vaste construction philosophique, où sont intéressés, avec la politique, la morale et la métaphysique, et, à côté de la démocratie, les divers régimes possibles. Là, parlant de la démocratie, Platon s'attache à montrer que la liberté, quand on ne lui pose pas de limites, aboutit à une décomposition au cours de laquelle naît la tyrannie : « Quand un État démocratique, altéré de liberté, trouve à sa tête de mauvais échansons, il ne connaît plus de mesure et s'enivre de liberté pure ; alors, si ceux qui gouvernent ne sont pas extrêmement coulants et ne lui donnent pas une complète liberté, il les met en accusation et les châtie comme des criminels et des oligarques... » L'accusation portée par le peuple est fausse ? Pas pour longtemps, car ces prétendus oligarques le deviennent par force : « Ils ont beau ne pas désirer de révolution : les autres ne les accusent pas moins de conspirer contre le peuple et d'être pour l'oligarchie. — Ils devaient s'y attendre. — Mais à la fin, quand ils voient le peuple, non par mauvaise volonté, mais par ignorance et séduit par leurs calomniateurs, essayer de leur faire du mal, alors, qu'ils le veuillent ou non, ils deviennent de vrais oligarques... » Et l'on connaît la suite : contre ces oligarques, le peuple se choisit un « protecteur ». Ce protecteur, une fois qu'il a goûté des entrailles humaines, c'est-à-dire versé le sang, engage une guerre sans merci contre ses ennemis ; et la porte est ouverte aux cruautés arbitraires d'un pouvoir qui vit dans la crainte.

Ces textes divers nous touchent : selon les cas, selon les jours, selon l'expérience que nous vivons à l'échelle nationale ou bien professionnelle, nous sommes atteints par les éloges de Thucydide, par les admonestations de Démosthène, par les critiques de Platon. Il nous semble rencontrer en eux une idée dont nous découvrons tout juste, de notre côté, l'existence ou la portée. Or, il est clair que cet écho n'est en rien l'effet du hasard. Il vient de ce que toutes les données essentielles de l'aventure démocratique ont été définies par les Grecs au fur et à mesure qu'ils en prenaient conscience et que leur exigence de raison s'attachait à les comprendre. C'est pourquoi il est si fécond de revenir à leurs écrits quand on veut véritablement réfléchir sur les principes.

Du reste, il faut bien préciser que la réflexion grecque, sur ce point, ne s'enferme nullement dans cette brève série d'arguments pour ou contre. Entre les deux, la pensée grecque offre mille nuances. Elle cherche, elle compare. Elle dresse des classements des divers régimes politiques et s'essaie à les définir. C'est ainsi qu'Hérodote, aux dépens de la vraisemblance historique, installe un vrai débat sur les divers régimes dans la Perse du VIe siècle ! Platon et Aristote ne font que témoigner en plus grand d'un pareil désir de synthèse. Et la ligne est continue, qui va des altercations entre orateurs rivaux et des grosses charges de la comédie jusqu'aux traités les plus savants de philosophie politique.

Naturellement, les choses ont changé. Les démocraties sont indirectes ; les puissances sont économiques ; les libertés sont syndicales. Et la Grèce ancienne ne fournira pas des solutions pour le monde moderne. Mais elle apprendra à comprendre quels sont les principes en cause. Par-delà les éditoriaux et les écrits de propagande, par-delà les débats publics et les revendications des uns et des autres, elle apprendra à dégager, à reconnaître, ce qui est ou non fondamental, ce qui est ou non inévitable. Elle apportera la figure géométrique simplifiée, qui éclaire et facilite les démonstrations, ou les empêche de s'égarer. Et elle le fera sans doute d'autant mieux qu'elle est plus petite et lointaine ; car elle a connu des expériences simples, réalisées à une échelle réduite, dans une société où tout se vivait au niveau de l'homme. Elle nous transmet les notions clairement pensées que lui inspire cette expérience simple.

Ce qui est dit ici des régimes et de la vie de la cité vaudrait naturellement aussi pour les rapports des cités entre elles.

Toute ma vie, j'ai traduit, commenté, étudié Thucydide. Et, toute ma vie, j'ai rencontré cette espèce d'écho dont je parlais tout à l'heure : comme si Thucydide parlait soudain pour moi, pour nous. C'était la guerre ; c'était l'après-guerre. Et je n'étais pas seule à penser que Thucydide avait laissé des pages susceptibles d'éclairer d'un jour soudain éblouissant les aventures répétées de l'agression ou de l'impérialisme, telles que nous les offrait le présent. On publiait, en France, *La campagne avec Thucydide*, en Allemagne *Thukydides und wir*, en Amérique *Thucydides and the World War*. Pourquoi cela ? Simple rencontre ? Elle serait bien miraculeuse et la vérité est moins loin. On peut dire qu'elle tient à deux faits. Le premier est que la Grèce de Thucydide vivait alors, pour la première fois, une guerre importante, s'étendant à toutes les cités, mettant en cause les régimes intérieurs, et impliquant des moyens de pression si divers que les gens commençaient à sentir qu'ils n'avaient pas toujours le choix des actions où ils s'engageaient. Le second fait est que Thucydide, formé à l'âge des sophistes et des médecins, à l'âge des raisonnements serrés et des grandes ambitions de l'esprit, a su pousser si loin sa réflexion sur ces événements, qu'il en a comme saisi l'essence, une fois pour toutes, et sans bavures. Une expérience politique neuve et une aspiration intellectuelle également neuve se sont donc combinées pour faire naître une analyse de portée toujours vivante. Dans l'œuvre de Thucydide, on entend bien parler des ambitions d'Athènes, mais on nous dit aussi ce qui l'entraîne et la contraint et pourquoi il est difficile de cesser d'être impérialiste. On nous laisse entrevoir le problème qui se pose à tout empire entouré d'hostilité, et la loi qui risque d'entraîner un tel empire, de conquête en conquête, vers des imprudences toujours plus grandes. On nous dit ce qui est propre aux pays continentaux, aux fédérations, aux peuples qui exercent la maîtrise de la mer. On nous dit le rôle du trésor et celui de la confiance, la part jouée par les armes ou bien par l'opinion. Tout est creusé, débattu ; et chacun des protagonistes cherche à expliquer son point de vue. Une fois, même, au centre de l'œuvre, il s'instaure un vrai dialogue, où s'opposent le droit et la force. Les Athéniens invitent le petit peuple de Mélos à se soumettre sans résistance. « Et comment notre intérêt se trouverait-il dans l'esclavage comme le vôtre dans la domination ? » demandent les Méliens. Les Athéniens soutiennent alors les avantages d'une soumission immédiate par rapport à une résistance ruineuse : « C'est que vous, au lieu des pires maux à subir, il ne vous arriverait que de vous soumettre, et que nous, en évitant de vous détruire, nous y gagnerions. » Les Méliens essaient tout, même une menace fondée sur la réflexion : « Prenez les peuples actuellement sans alliance d'un côté ni de l'autre : comment n'en ferez-vous pas des ennemis, lorsque, considérant ce qui se passe ici, ils se diront qu'un jour, vous irez les attaquer à leur tour ? Et par là que faites-vous, sinon renforcer vos ennemis actuels et pousser ceux qui n'y songeaient même pas à le devenir malgré eux ? » De tous côtés, les perspectives sont fouillées, sous leur forme la plus générale, dans un désir presque insoutenable de lucidité intégrale. Le résultat est que la portée du texte devient, elle aussi, générale. Il pourrait s'agir de Napoléon ou d'Hitler, ou bien de pays simplement colonialistes, ou bien de l'ambition d'un ou deux hommes au sein d'un petit groupe professionnel. La pensée vise si haut qu'elle prend la forme d'une épure. Et toute réflexion sur l'impérialisme, à quelque époque que ce soit, trouve ici ses schèmes premiers.

Doit-on dire que ce point de départ est trop ancien pour pouvoir encore nous servir ? Je crois tout juste le contraire. Je crois qu'ici encore son ancienneté même rend le texte plus proche de nous. Oh ! je sais : l'impérialisme athénien est un bien vieil impérialisme ; et la « maîtrise de la mer », dont Thucydide définit si bien les avantages et les exigences, s'applique seulement à la petite mer Égée. Mais pourquoi pas ? Dans ce champ restreint et familier, les problèmes se posent de façon d'autant plus claire. Et, d'autre part, cette expérience, comme celle de la démocratie, constitue une découverte, une exploration stimulante. C'est l'époque où l'on vient de découvrir la politique, le raisonnement, l'esprit scientifique : comment ne se jetterait-on pas à l'assaut de l'événement, pour en dégager les lignes toutes neuves ? Et celles-ci seront pures, justement parce qu'elles sont neuves. Impossible de brouiller les choses avec de fausses références à des précédents historiques, ou avec des idéologies toutes faites, traînant dans les esprits leur chargement de préjugés. L'expérience athénienne est avant. Elle constitue une donnée encore simple, pensée par une raison encore émerveillée de ses pouvoirs nouveaux. Elle ouvre la voie, non pas dans le domaine des faits, mais dans celui des idées. Et ainsi elle fournit les linéaments premiers qui aident encore à mieux penser les données autrement complexes de nos grandes guerres modernes.

Encore ai-je pris jusqu'ici mes exemples dans un domaine où les données ont plus changé que dans les autres. Mais ce n'est point ma faute si j'ai parlé d'abord de politique. Comme le monde moderne, le monde grec de l'époque classique vivait d'abord de politique. Chaque citoyen individuellement portait sa part de responsabilité ; il jugeait au tribunal, il votait à l'assemblée, il se prononçait sur tout ; et, s'il était un peu orateur, il devenait chef politique. Dans nos États modernes, tellement plus grands, les masses jouent plus que les hommes ; mais, grâce à la presse, écrite ou parlée, grâce aux groupements, d'opinion ou de profession, les débats d'ordre politique ont, à une échelle autre, repris l'importance qu'ils avaient jadis à Athènes. La prééminence de la politique est un trait commun entre l'époque moderne et la Grèce ancienne.

Seulement, les questions, que ne cessaient de se poser les Grecs, les menaient au-delà de la politique elle-même et les engageaient sur d'autres voies. Le dialogue de Mélos, dans l'œuvre de Thucydide, parle du juste, parle des dieux : on est à la limite de la philosophie. Et la conversion opérée plus tard par Platon consiste à dire qu'il faut, avant d'agir, avoir compris ce qu'est ce juste — qu'il faut, par conséquent, être d'abord un philosophe.

Un philosophe — encore une notion bien grecque, et où se reconnaît l'élan intérieur qui poussait ce peuple sur le chemin de la pensée ! Car la Grèce a connu à ses débuts, comme presque toutes les civilisations, des sages et des maîtres, dont on se répétait les assertions avec une foi soumise. Ils avaient eu des révélations. Ils étaient *sophoi*. Mais le philosophe est celui qui cherche, qui aspire à la sagesse : il ne la possède pas, cette sagesse ; simplement, il l'aime : philo-sophos. Et, pour tenter de la mieux atteindre, il se pose des questions, interroge et définit, débat et conteste. C'est bien pourquoi la Grèce, qui a inventé le philosophe, fournit encore à qui veut aujourd'hui y voir clair dans sa propre expérience son bagage le plus précieux et ses armes les plus efficaces.

Naturellement, la Grèce a connu des doctrines diverses, qui ont nourri de façon ininterrompue la pensée du monde occidental, pendant vingt à trente siècles. Pythagore et Héraclite, Platon et Aristote, Démocrite et Épicure, Plotin, les Stoïciens : il y en a, ici encore, pour tous les goûts et pour tous les esprits ; il y en a tant que l'on voudra, d'aussi grands que l'on voudra. Et sans doute est-il assez indispensable, pour qui veut penser les problèmes, de s'initier d'abord à ces doctrines mères : je crois même que de jeunes penseurs, tout fiers de leurs découvertes, pourraient alors s'apercevoir qu'ils avaient en Grèce des prédécesseurs plus proches d'eux qu'ils ne pensaient. Mais l'essentiel, à mon avis, se place bien avant les doctrines et en deçà d'elles. L'essentiel réside dans l'interrogation initiale qui fait se poser les questions et en définir les termes.

Le symbole, bien sûr, c'est Socrate. Socrate, qui rencontre le jeune Alcibiade, désireux de faire une carrière d'homme politique, et lui demande en quoi donc il est compétent et en quoi il se croit qualifié pour parler de ce qui est juste. Socrate, qui rencontre le devin Euthyphron, prêt à accuser son père d'avoir commis un crime impie, et qui, voyant cet homme si sûr de lui en matière d'impiété, n'hésite pas à lui demander : « Dis-moi donc, alors, comment tu définis ce qui est pieux et ce qui est impie... » Socrate, qui rencontre deux pères de famille cherchant à confier leurs fils à un maître d'armes, et qui, constatant que ces hommes veulent par là former leurs fils à être courageux, leur propose, presque aussitôt : « Cherchons donc d'abord, Lachès, à définir le courage. Nous verrons ensuite quel est le meilleur moyen d'en assurer la présence chez les jeunes gens, dans la mesure où les études et l'exercice peuvent y réussir. Essaie donc de répondre à ma question : qu'est-ce que le courage ? »

Sans doute y a-t-il dans ces amorces de dialogue une part d'artifice littéraire. Mais elles représentent aussi le mouvement intime d'une pensée qui rompt avec la routine et s'élance soudain à la recherche du vrai. Ce mouvement est éminemment caractéristique de la Grèce. Il est aussi éminemment communicatif. Le contact avec les Grecs habitue les esprits à se poser de telles questions ; il les habitue par suite à penser.

Indiscutablement, aussi, il les y aide. Car Socrate ne se contente pas de poser les questions. Il faut voir comment chaque dialogue s'attache à serrer de près les définitions proposées. On en essaie une, une autre ; on retouche, on réfute ; et l'interlocuteur de Socrate, parfois naïf et confiant, parfois furieux et insolent, se voit prendre dans un réseau d'une logique infrangible, qui lui révèle le flou de sa propre pensée. Un dialogue comme le *Gorgias* est vivant et tragique. Le débat, sur lequel la mort de Socrate jette sa grande ombre, traite des fins de la vie humaine, opposant la justice au privilège des forts. Mais l'intérêt ne vient pas seulement de la netteté dramatique avec laquelle ce choix nous est proposé : il vient aussi de la sûreté du jeu dialectique, de la façon dont Calliclès, par exemple, est traqué de définition en définition. Calliclès réclame tous les droits pour les plus puissants, pour les meilleurs ; mais qui sont-ils, ces meilleurs ? Les plus intelligents ? Cela veut-il dire que le médecin doit recevoir une part d'aliments plus grande que ses clients ? Ou bien, s'il s'agit d'intelligence en politique, faut-il admettre qu'on y inclut ceux qui ne sont pas maîtres d'eux-mêmes ? De proche en proche, les droits de la morale gagnent du terrain, et les prétentions du brillant Calliclès se révèlent plus inconsistantes. Mettons que le dialogue ne puisse jamais convaincre personne : il aura du moins fait le tour de ces deux positions extrêmes, montré ce qu'elles impliquent, dégagé la portée d'options trop souvent inconscientes. Il aura appris à chacun les exigences d'une pensée ferme.

Et, en fin de compte, cet effort d'analyse et de clairvoyance laisse aux lecteurs des œuvres grecques tout un jeu de problèmes à résoudre et de notions pour les résoudre — comme une grammaire de la pensée. Si bien qu'on ne peut aujourd'hui parler de la justice et de la force, du vrai et de l'erreur, de l'être et du non-être, sans reprendre des termes forgés par les Grecs, des idées inventées par eux, des débats instaurés par eux.

Mais que l'on ne se méprenne pas sur le sens de telles remarques. Je ne prétends pas que les Grecs méritent d'être lus parce qu'ils sont à l'origine de toute notre réflexion philosophique. Après tout, on n'est pas forcé de remonter toujours aux origines. Et, comme me disait le plombier aixois venu constater le caractère déplorable d'une installation dont il avait jadis été l'auteur : « Mais en vingt ans, Madame, on fait des progrès ! » On en fait aussi en vingt siècles. Et le fait que les Grecs aient été des promoteurs ne justifierait pas l'idée que leur étude apprend à penser.

Seulement il en va des notions philosophiques comme il en allait tout à l'heure de la réflexion politique. Là aussi, c'est parce qu'elles sont propres et nettes que les notions maniées par les Grecs ont une valeur privilégiée. Elles répondent à une découverte. Elles n'ont point été usées, déformées, sollicitées. Elles sont encore liées à la vie concrète ; elles sont encore liées à leur valeur étymologique ; elles sont encore libres de toute scorie historique ou idéologique. Elles ont encore la clarté de la lumière grecque.

Plus elles vivront, plus aussi elles se compliqueront. Il y aura des synthèses, des syncrétismes. Il y aura des glissements de mots et des à-peu-près. Et, en plus, il y aura des modes, plus ou moins vite périmées : prendre son point d'appui en ces domaines fuyants est à la fois bien moins facile et sensiblement moins sûr.

Enfin il convient d'ajouter que cette leçon dans l'art de penser s'exerce à des niveaux fort divers.

Celui qui sera philosophe — l'étudiant en philosophie, puis le maître et l'auteur d'une réflexion originale — aura sans nul doute intérêt à retrouver les notions sur lesquelles il devra se pencher dans cette lumière initiale et brillante. Mais le philosophe n'a pas l'exclusivité de la pensée — tant s'en faut !

Or, la force de la pensée grecque est qu'elle prend racine dans la vie de tous les jours. Le philosophe Socrate parlait à des gens de toutes sortes, qui n'étaient pas des philosophes. Thucydide était historien ; et, avant d'être historien, il avait commandé des troupes. Le peuple entier d'Athènes écoutait les tragédies de Sophocle et d'Euripide ; et les déclarations d'Antigone traduisaient la même exigence de lucidité, la même perception aiguë des problèmes, que les dialogues de Platon. C'est bien pourquoi les textes grecs, issus d'un peuple chez qui l'exercice de la pensée n'était pas une spécialité d'école, peuvent communiquer leur sens le plus riche à des gens qui ne sont pas des spécialistes et prendre valeur vivifiante pour des hommes qui ne sont même pas des intellectuels. Il n'est pas d'individu au monde qui n'ait un jour à réfléchir sur ses devoirs ou sur ses fins : le peu qu'il aura connu de la Grèce l'aidera à le faire seul, en profane, comme les Grecs eux-mêmes le faisaient. A son insu, il aura retenu du grec des bribes de doctrines, éclairant son conflit, ou bien des mots mieux définis, ou encore le désir de les mieux définir.

Il aura appris aussi à faire de tout un objet de pensée. Une histoire ou une défaite faisaient réfléchir Thucydide. Un petit problème pratique plongeait Socrate dans la méditation. Un mythe servait à démontrer que la vertu peut s'enseigner ; un mythe servait de justification dernière au choix d'un mode de vie. Enfin la mort du héros tragique était matière à s'interroger sur la condition de l'homme et ses divers devoirs. Cette profondeur humaine rend la pensée grecque plus émouvante, plus facile à assimiler, et, partant, plus stimulante. Le langage de cette pensée reste vivant et incarné. Les principes y ont pour figure Calliclès ou Socrate, Périclès ou Œdipe. Et les Grecs nous apprennent d'autant mieux à penser, qu'ils ne s'adressent pas à la seule pensée.

⁂

A vrai dire, on s'en doutait. Et pour qui connaît un peu les textes grecs, cette leçon intellectuelle qui s'y inscrit si fièrement n'en est pas, pour autant, le trait le plus frappant. Homère, ou même Eschyle, laissent surtout à leurs lecteurs le souvenir d'histoires très belles, qui, à des titres divers, les ont émus. Et les émules du grec, dans notre littérature, n'ont probablement pas été en majorité des penseurs, mais plutôt des gens que séduisaient les thèmes tout humains des auteurs grecs et les légendes anciennes où se nourrissait leur imagination.

Il faut donc enfin aborder cet aspect, qui pour être le plus visible, n'est pas nécessairement celui qui s'explique le mieux. Pourquoi ces histoires-là ? Pourquoi ces mythes ? Pourquoi ces héros, plutôt que d'autres ? Pourquoi, sinon parce que, dans ce domaine aussi, la culture grecque nous a laissé un langage qui peut encore nous être utile ?

Une des raisons est sûrement que ces mythes et ces belles histoires plongent très loin aux sources mêmes de notre sensibilité. La pensée grecque puise à un fonds de vieilles croyances, de légendes et de rites. Elle ne s'est élaborée que peu à peu à partir de ces thèmes irrationnels, où se traduisent les instincts cachés de l'homme. Les Grecs ont d'abord connu Achille, le héros promis à la mort ; ils ont connu Œdipe et Atrée, avec leur cortège angoissant de meurtres et d'incestes ; ils ont même connu le mystère de ces luttes sauvages entre dieux ou titans.

Or, c'est un fait que ces légendes semblent, par elles-mêmes, douées d'une vie latente, qui leur donne un retentissement durable. Est-ce un hasard si la psychanalyse s'en empare et les renouvelle ? Est-ce un hasard si les auteurs reviennent indéfiniment sur le sens de ces aventures ? On dirait que, si près des origines, ces mythes gardent une sorte de contact avec le mystère initial dont le secret vit encore en nous. Ces légendes obscures, ces assassinats, ces actions coupables ou héroïques, traduisent en termes de récits un peu de nos craintes et de nos tabous. Ils vont, ici encore, tout droit à l'essentiel.

Mais surtout, ces mythes ont pris valeur de langage par la façon dont les auteurs grecs ont su les exprimer et les élaborer.

Homère, d'abord : Homère qui traite d'un monde à demi divin en termes si parfaitement humains ! Grâce à lui, Achille, le héros terrifiant, issu d'une déesse, devient un jeune homme à notre mesure. Il s'irrite comme un petit noble, confronté pour la première fois avec l'injustice. Il pleure son ami avec un désespoir naïf. Il pleure et demande le secours de sa mère, comme un enfant dépossédé. C'est un héros qui attendrit. Et Hector ! Hector est son adversaire mais nous attendrit tout autant. La façon dont Homère le montre avec sa femme et son jeune fils fait de lui notre frère, notre ami. On voit Hector qui veut prendre son enfant dans ses bras ; mais l'enfant a peur du casque, avec sa crinière effrayante ; Hector et Andromaque s'amusent alors de cette frayeur, comme deux jeunes parents d'aujourd'hui. Hector ôte son casque, rassure son fils ; puis il le rend à Andromaque, qui le reprend, nous dit Homère, « avec un rire en pleurs » ; et c'est alors sa jeune épouse qu'Hector se doit de rassurer. Ce n'est point là le ton habituel dans les épopées. Par la grâce d'Homère, le monde épique est notre monde.

C'est un monde tout proche, fait d'exploits sportifs et de batailles, de tendresse et d'adieux, de festins et de deuils. Même les dieux, en un tel monde, sont des dieux pareils à des hommes, mêlés à eux, épousant leurs querelles, partageant leurs espoirs ; et ils ont chacun leur ton, leurs manies et leurs faiblesses, comme de braves gens de chez nous. L'histoire des dieux et des héros devient celle de chacun de nous.

Et, précisément pour cette raison, elle acquiert valeur de symbole. Achille est la jeunesse, Achille est l'amitié, Achille est le tragique d'une vie vouée à être courte. De même, Ulysse est la ruse, et l'époux absent, et le voyageur en butte à mille épreuves, que sa patience industrieuse finira par déjouer. Homère nous ouvre ainsi tout un univers amical, où chacun reconnaît ses peines et ses joies, en une image un peu agrandie, peinte aux couleurs de l'épopée. Il en va de même du monde tragique.

Car les héros de la tragédie grecque, malgré leurs masques et leurs cothurnes, restent profondément liés à la réalité quotidienne. Les guerriers d'Eschyle connaissent de la guerre ses fatigues, ses misères. Les jeunes femmes de Sophocle décrivent leurs incertitudes et leurs frayeurs, comme si elles vivaient avec nous. L'Électre d'Euripide est mariée à un paysan, plus réel que le jardinier auquel la marie Giraudoux, et impliquant de la part de l'auteur une audace autrement grande. Hécube, pleurant le jeune Astyanax, Médée, disant adieu à ses enfants, connaissent et disent, sans retenue, la douceur des caresses échangées avec de jeunes êtres. Tout cela se vit au ras du réel.

Que, d'autre part, tout cela soit fait pour toucher n'a pas besoin d'être énoncé. La tragédie, genre inventé par les Grecs, a pour principe la sympathie. Elle a donc pour fonction première de dégager dans les vieux mythes des histoires qui puissent toucher, parce qu'elles ont un écho humain.

Mais était-ce si facile ? Sûrement pas. Et l'on ne pense pas toujours assez aux choix et aux transpositions auxquels les auteurs ont dû se livrer pour rendre cette portée humaine plus présente et plus lisible.

On peut voir aisément le principe — même à propos d'Eschyle, et même à propos de la moins humaine des pièces d'Eschyle : la tragédie de Prométhée, qui ne se joue qu'entre dieux et demi-dieux. La légende parlait d'une ruse de Prométhée, qui aurait dissimulé la graisse des sacrifices pour frauder sur la part de Zeus, et qui aurait ensuite dérobé le feu « au creux d'une férule ». De ces ruses, Eschyle ne dit pas un mot : son Prométhée devient le héros qui donne aux hommes la civilisation, mais encourt de ce fait la colère du roi des dieux, grisé de son jeune pouvoir. Chacun pourrait souhaiter être ce Prométhée ; chacun pourrait s'effrayer de son arrogance ; chacun connaît des tyrans aussi sévères que Zeus. Ainsi est-il arrivé que ce Prométhée devienne le symbole de la révolte humaine, et d'une lutte désespérée contre un pouvoir trop absolu. Ce n'était sans doute pas le sens que lui attribuait Eschyle dans l'ensemble de la trilogie, dont deux pièces se sont perdues. Mais cette survie et cette déformation possible sont des preuves de la portée qu'Eschyle a su donner à l'histoire un peu embrouillée que lui apportait la tradition.

D'ailleurs, il suffit de voir l'Orestie. Là aussi, Eschyle a choisi. La tradition lui offrait des meurtres, des ruses, des enfants dévorés, mille monstruosités : il en a fait une toile de fond lointaine, une cause entrevue. En revanche, il a détaché, bien en lumière, deux meurtres successifs, dont l'un appelle l'autre, et dont l'enchaînement pose, dans tout son relief, le problème de la vengeance et de la justice. Comment, en effet, si un crime en appelle un autre, rompre jamais cet enchaînement ? Où s'arrêter ? Comment cesser ? C'est la question qui domine la trilogie et que doit résoudre la grande réconciliation de la fin. Une obscure série de violences anciennes revêt ainsi un sens humain. Et cet Oreste, victime d'un sort qui fait de lui un meurtrier, conscient mais involontaire, devient ainsi prêt à survivre, comme Prométhée, dans l'esprit des hommes à venir.

Et Œdipe ? Et Antigone ?... Sophocle est plus immédiatement accessible qu'Eschyle ; et la simplification qu'il impose aux données légendaires rend aussi ses héros plus directement exemplaires. Son Œdipe n'est pas le subtil déchiffreur d'énigmes qui s'oppose un beau jour à une bête monstrueuse, friande de chair humaine : il devient le héros qui eût voulu bien faire et qui se jette sans le savoir dans le piège que lui tend le destin. Son Antigone n'est pas une jeune fille qui, avec l'aide de sa sœur, prend parti contre une défense émanant de son jeune neveu : elle était cela dans la légende ; chez Sophocle, au contraire, c'est une jeune fille solitaire, qui, sans aide de personne, au nom de sa conscience, se dresse contre un pouvoir pleinement légitime. Ainsi son problème devient nôtre : elle se met à représenter les droits de la conscience contre une raison d'État par trop impérative. Elle se met à vivre une vie qui nous concerne. Et je me souviens d'une représentation d'*Antigone* donnée dans la cour de la Sorbonne, à la veille de la dernière guerre, dans un silence stupéfait : car tout à coup, sans qu'on eût rien dit, sans qu'on eût changé un seul mot du texte, voilà que Créon devenait Hitler, et qu'Antigone exprimait en clair la révolte des consciences. Elle avait osé passer outre à la loi du roi : « Oui, car ce n'est pas Zeus qui l'avait proclamée ! Ce n'est pas la Justice, assise aux côtés des dieux infernaux ; non, ce ne sont pas là les lois qu'ils ont à jamais fixées aux hommes, et je ne pensais pas que tes défenses à toi fussent assez puissantes pour permettre à un mortel de passer outre à d'autres lois, aux lois non écrites des dieux ! Elles ne datent, celles-là, ni d'aujourd'hui ni d'hier, et nul ne sait le jour où elles ont paru... » Les mots sonnent encore dans ma mémoire, avec leur écho de plein air et de silence ému. Ce jour-là, oui, ce jour-là, la cour de la Sorbonne était vraiment le lieu d'une révolte pure et fière.

Cette transposition, par où l'on rejoint l'humain, ne s'exerce d'ailleurs pas seulement à l'égard des données mythiques. C'est là qu'on la voit le mieux parce que les drames antiques ont normalement pour sujets des mythes. Mais, pour en revenir à Eschyle, il est clair qu'il a procédé de même le jour où, au lieu de mythes, il a porté sur la scène tragique un événement encore tout récent de l'histoire nationale. Il a alors écrit *Les Perses*. C'était, en principe, le type même de la pièce de circonstance. Mais il s'agit d'Eschyle : que choisit-il de dire ? Il ne nomme personne, et il n'entreprend pas de chanter victoire au nom de sa cité : il se penche sur la défaite perse ; il la montre dans sa réalité concrète, angoissante, endeuillée ; et il entend nous y faire lire le récit symbolique du châtiment des orgueilleux.

J'ai dit tout à l'heure : « il s'agit d'Eschyle » ; j'aurais dû dire plutôt : « il s'agit d'un Grec ». Car de même, dans Hérodote, le jeune conquérant perse n'est-il pas le symbole de l'homme trop orgueilleux, que son orgueil mène au désastre ? Et c'est l'habitude grecque : Solon reste pour nous le sage. Socrate demeure à tout jamais l'homme pur qui subit une mort injuste. Même de leurs fautes et de leurs légèretés, les Athéniens savaient tirer des leçons, des modèles, des symboles de la vie humaine. De la défaite où sombra l'empire, Thucydide tira un témoignage où s'inscrit la sagesse politique la plus haute ; de la condamnation de Socrate, Platon et Xénophon ont tiré l'image rayonnante du maître.

Socrate, sujet de dialogues, est représenté dans le même esprit que le sont, ailleurs, les mythes ou les faits historiques. C'est un maître infiniment familier, dont le ton est amical et les manies bien connues. Il n'est pas beau. Tout cela, on nous le montre. D'autre part, c'est un homme avec qui nous souffrons, que nous aimons et admirons. Sa mort nous bouleverse comme elle bouleverse ses disciples. Et enfin, tout comme dans Homère ou dans la tragédie, cette vie si concrète et ce relief si dramatique contribuent à donner à l'homme une valeur symbolique. Cet homme, dont il nous semble avoir vu la vilaine figure de Silène et entendu la voix railleuse, cet homme dont la condamnation nous indigne, devient un peu le modèle du maître (un maître en faveur du « dialogue », s'il en fut !), un peu aussi le modèle, auquel pourront se référer les citoyens qui font abandon de leur vie au nom de ce qu'ils jugent bien. Pendant la dernière guerre, l'auteur américain Steinbeck, écrivant à propos de l'occupation nazie le petit livre appelé *Nuits sans lune*, montrait son héros en train de lire, en attendant la mort, le récit de la mort de Socrate.

Il ne serait que trop facile de s'attendrir sur la valeur de rayonnement, d'encouragement, de stimulant, qu'impliquent de pareils exemples. Cette valeur existe. Mais elle n'est ici qu'un signe, et une conséquence. Ce qui compte est l'opération première par laquelle les textes grecs transposent tout ce qu'ils abordent ; c'est la façon dont ils demeurent concrets et familiers, mais prennent valeur intemporelle, et dont, sous une forme vivante, semée d'émois, irradiant la sympathie, ils fournissent comme une série de symboles, illustrant les aspects essentiels de la destinée humaine.

Ils sont pour nous une source. Je ne veux pas dire seulement une source historique, où notre curiosité peut saluer les origines de ce que les auteurs de notre pays ont aimé et assimilé : je veux dire une source où nous-mêmes nous puisons encore, parce que ces textes sont les premiers et qu'ils donnent de ces situations humaines l'image la plus pure. Une source, c'est l'eau la plus claire et la plus propre, celle qu'il est sain de boire, celle qui jaillit, toute fraîche, du terroir.

Le caractère privilégié des œuvres grecques ressort, en effet, aussi bien du contraste avec après que du contraste avec avant. Et si l'on compare ces œuvres avec celles qui leur firent suite, l'éclat originel garde toujours quelque chose d'exemplaire, même lorsque l'imitation a suscité les plus grands chefs-d'œuvre.

Hippolyte est, pour nous Français, le jeune héros dont s'est si malheureusement éprise la Phèdre de Racine. Ce jeune héros a reçu le reflet des intrigues sentimentales où se plaisait la cour de Louis XIV : il est épris d'une autre femme. D'où des jalousies et des rebondissements, qui enrichissent l'intrigue et la psychologie. Chez Euripide, rien de tel. Hippolyte n'est encore qu'un jeune chasseur, qui ne connaît rien de l'amour et ne veut rien en connaître. Il parle de prairies consacrées et ne veut pour soutien que la déesse pure entre toutes, Artémis, la chasseresse. Il est simple, tout d'une pièce, candide et honnête. Et la pièce se joue ainsi entre deux forces antagonistes, qui sont l'amour et la pureté. Je ne dis pas que ce soit mieux. Je ne le pense pas. Mais je dis que les lignes sont ainsi plus nettes, que l'eau est plus claire, et la source plus capable de désaltérer toutes les soifs.

Télémaque — mais vais-je vraiment parler du Télémaque de Fénelon ? Il n'est pourtant guère amusant. Dans ce monde où réfléchissent des moralistes de cabinet, Télémaque est devenu le porte-parole d'un éducateur aux idées précises. Il reste charmant, bien sûr ; mais il est devenu livresque. Il ne se bat plus contre des difficultés concrètes, avec l'aide de dieux amicaux : il a tout d'un élève des pères, qui écoute respectueusement des leçons sur tous les sujets. Le Télémaque originel était plus simple et plus vivant. Il ne devait rien à la mode. Et d'ailleurs, à quelle mode ? Le savons-nous ? Il vivait de sa vie première. Il était le prototype.

Et si une telle comparaison vaut pour les classiques français du XVIIe siècle, combien ne vaut-elle pas davantage pour les œuvres plus modernes, dans lesquelles l'imitation n'exerce plus des droits aussi stricts. L'Électre de Giraudoux scintille d'idées et de paradoxes. L'Antigone d'Anouilh s'enferme en un refus du bonheur obstinément systématique. L'Oreste de Sartre épilogue sur le devoir qu'a l'homme d'assumer abstraitement le destin où le sort l'engage. Autant d'auteurs, autant de philosophies, autant de modes, qui viennent et passent. Mais ce que ces auteurs ont fait a été d'exprimer leur pensée au moyen de ces signes humains que sont devenus Électre, Antigone et Oreste — ces signes qui se définissent dans les textes grecs d'une façon qui est encore simple, et qui est, pour nous, simplifiée par la distance.

Revenir aux sources n'implique donc pas le culte du passé, tout au contraire. C'est retrouver, dans leur fraîcheur première, les images d'un destin qui est le nôtre, afin de pouvoir, grâce à elles, vivre et sentir le présent ou l'avenir sous une forme plus humaine. Pleurer avec Achille la mort de Patrocle, avec Hécube la chute de Troie, espérer avec Priam la clémence du vainqueur, redouter avec Andromaque la perte d'un être cher, c'est donner à nos émotions quotidiennes un visage familier et comme épuré. Et tous ces visages, qui sourient ou qui pleurent, forment peu à peu, pour ceux qui se sont familiarisés avec eux, comme un univers intérieur, peuplé d'amis dont nous aurions partagé la vie.

C'est une des joies de la culture que ces références perpétuelles à des émotions partagées. Giraudoux a parlé un jour de l'espèce de grandissement naturel qui en résulte dans la vie de tous les jours. C'est dans *Simon le Pathétique*, quand il cherche à exprimer ce qu'il devait à ses professeurs : « Je leur devais, écrit-il, une vie large, une âme sans bornes. Je leur devais, en voyant un bossu, de penser à Thersite, une vieille ridée, à Hécube ; je connaissais trop de héros pour qu'il y eût pour moi autre chose que des beautés ou des laideurs héroïques. » Par-delà l'ironie, que révèle le choix des exemples, ce témoignage laisse deviner ce que peut apporter à un homme un tel système de références : il apporte comme une expérience symbolique, partagée avec tous ceux qui se sont abreuvés, s'abreuvent, ou s'abreuveront à la même source grecque.

Et je voudrais ici évoquer un souvenir. C'était pendant la guerre, dans une chambre d'hôtel où se réunissaient en cachette des gens guettés par la police ou en situation difficile. Je rencontrai là un juif allemand, qui était interné dans un camp du voisinage. Je ne sais trop s'ils avaient des jours de sortie (c'était en France) ou bien s'il s'était échappé. Il ne parlait que peu le français. Il était berlinois et s'occupait de confection. On nous présenta l'un à l'autre. Je vis un petit homme tourmenté, visiblement malmené par la vie. Et puis quelqu'un lui expliqua que j'étais professeur de grec. Alors son visage s'éclaira d'une espèce de joie nostalgique ; et, concentrant son attention, tout fier, il me cita en grec le premier vers de l'*Odyssée*. Il ne savait pas plus d'un vers. Mais le souvenir de ses études lointaines en un monde pacifique faisait de ce seul vers le symbole d'une vie de loisir et de beauté. Et puis aussi, c'était un pont. Entre lui et moi, il n'y avait rien de commun, pas même la langue. Nous n'avions de commun que ce seul vers d'Homère, qui évoquait des souvenirs analogues, des classes parallèles, des valeurs semblables. Et ce fut là comme une lumière dans la misère du présent.

Car il faut penser à cela aussi, en cette époque où l'on parle tant de l'Europe. Aucun enfant n'apprendra les diverses langues de l'Europe ; même si tel d'entre eux apprend très bien une autre langue, il n'enrichira pas sa sensibilité de tout le bagage d'idées qui devrait l'accompagner ; même s'il s'efforce de l'acquérir, ce ne sera jamais qu'un acquis postérieur, qui le placera, lui le petit néophyte, en position inégale, en terrain étranger. La culture grecque est, au contraire, le langage commun de l'Europe. Car la culture occidentale, dans sa diversité, part d'un fonds commun, qui est l'hellénisme. Et négliger d'entretenir ce fonds commun serait négliger une chance.

⁂

L'étude du grec sert à tout cela. Mais quelle étude ? et sous quelle forme ? et quels en seront les bénéficiaires ? Sous peine d'avoir l'air de débiter de vaines rêveries, il faut encore chercher à voir l'insertion du grec dans le monde actuel. Et, pour cela, deux hypothèques sont à lever, deux malentendus à dissiper.

La première est l'hypothèque constituée par le classicisme.

La culture grecque fait actuellement partie des études dites classiques ; mais, en la défendant, on ne défend nullement le classicisme. On ne regarde pas vers un passé nécessairement révolu. On ne veut pas revenir à ce qui était bon, mais n'est plus actuel. On n'entend pas plaider pour une culture stéréotypée, ni pour des formes d'art ou de pensée liées à des époques d'ordre, fort différentes de la nôtre.

La formation grecque, étant ce qu'on a dit, est, par essence, ouverte. Elle est éminemment adaptable à des façons de penser nouvelles, que nous ne prévoyons même pas. Après tout, il serait un peu étrange que l'on veuille faire appel à des gens qui étaient avant tout des novateurs, pour en faire les cautions d'une pensée figée et conservatrice. Et quand on dit que lire Platon est une façon d'apprendre à penser, il ne s'agit aucunement de faire des gens des platoniciens. Pas plus qu'en leur proposant la lecture d'Homère on ne peut avoir à l'esprit de restaurer le genre épique.

En fait, si la culture grecque représente une sorte de matrice, le retour à cette culture peut engendrer les formes de pensée les plus diverses et les plus neuves : il suffit, pour le comprendre, de voir les avatars multiples qu'a déjà connus cette culture.

Les clercs du Moyen Age vivaient dans la pensée d'Aristote. Les hommes de la Renaissance s'enchantaient de néoplatonisme. Montaigne lisait Plutarque. Racine lisait Euripide. Vint ensuite une époque où le classicisme, sclérosé, ne connut plus guère le souffle puissant de la Grèce. Et là-dessus on redécouvrit une Grèce archaïque et religieuse, déroutante, différente. De nos jours, avec l'importance de la guerre et l'angoisse que font peser les menaces guettant la vie humaine, Eschyle, qui paraissait naguère rude et désordonné, devient, en général, celui qui nous parle le plus directement. Et, au théâtre, au lieu de l'assagir en tirades solennelles, on insiste sur les rites, sur le mystère, sur l'étrangeté. L'Orestie de Jean-Louis Barrault eût scandalisé Leconte de Lisle. Qui a tort ? Qui a raison ? La Grèce offre à chacun la nourriture qu'il cherche. De même en philosophie. Il y a seulement un demi-siècle, on lisait avant tout Platon. Notre époque, lasse de rationalisme et de connaissance discursive, soucieuse de réalités physiques et de mystères ontologiques, se nourrit plus volontiers d'Empédocle ou d'Héraclite, ou encore de Parménide. Des voies s'ouvrent ; d'autres se ferment. Et la Grèce continue de fournir à chacun le stimulant et les moyens que requièrent ses tendances.

La façon même de commenter ces divers auteurs prouve assez que l'on tire d'eux des nourritures différentes. On voyait en eux des moralistes ; on parlait de leur sagesse. On voit en eux plutôt des penseurs ; on loue leur angoisse, leur grandeur. On évoque leurs passions. On s'attache à différencier leurs appartenances à un milieu, à un moment ; et l'on se plaît à chercher en eux l'écho de secrets lointains. Chacun sa Grèce.

Et puis surtout, on reconnaît aujourd'hui qu'en effet il y a eu plus d'une Grèce. Le classicisme, lui, immobilisait un seul instant de perfection et négligeait le reste, ou bien il télescopait l'ensemble et faisait comme si ce peuple si ardent à se transformer avait été, en tout, toujours, semblable à lui-même. Aujourd'hui la Grèce est pensée selon le rythme de l'histoire.

J'ai, comme tous mes collègues, un séminaire. Autrefois, on eût étudié, peut-être, un chef-d'œuvre en tant que tel, avec les secrets de sa beauté formelle. J'aime la beauté des textes et j'y crois ; mais ce que j'ai choisi d'étudier, chaque année, dans mon séminaire, c'est l'histoire d'une notion, depuis Homère jusqu'à Aristote. Il peut s'agir d'un mot, ou d'un groupe de mots — par exemple, l'ordre, la nécessité, la loi, la notion de cause historique ou bien l'idée panhellénique : tout ce que l'on voudra, pourvu que la notion soit vue dans son épanouissement historique, avec les sursauts, les retouches, les réajustements qui l'ont peu à peu façonnée.

Une telle étude du grec relève sans aucun doute des sciences humaines, au sens le plus moderne du terme. Elle ouvre aussi sur une culture dont rien ne délimite *a priori* les tendances, et qui peut prendre des formes encore imprévisibles.

Que cette culture ait son rôle à jouer est une évidence. Le problème est de lui en assurer les moyens. Et ceci nous ramène aux problèmes de l'enseignement et à l'hypothèque la plus lourde, qui est celle de la spécialisation.

J'ai parlé de la langue grecque et de la culture grecque, pour louer leur valeur formatrice. J'ai dit que l'étude de cette langue et de cette culture servait à tout, menait à tout. Mais où sont ces élèves chimériques, qui s'initieraient au grec suffisamment pour pénétrer le sens profond de l'hellénisme, et qui pourtant feraient cela avant d'étudier autre chose, et en plus ? L'idée même se révèle absurde. En fait, le grec tend, de plus en plus, à devenir affaire de spécialistes, pour qui la valeur formatrice compte moins que la connaissance scientifique. Et même s'il reste de jeunes élèves qui s'initient au grec avant de se tourner vers quelque autre étude, on peut douter qu'ils acquièrent jamais le moindre sens de cette culture. Ils auront ânonné des formes rébarbatives; ils auront, dans la meilleure des hypothèses, traduit quelques pages, choisies pour leur facilité et le plus souvent d'intérêt médiocre. Et la moitié de la classe au moins n'aura même pas vraiment saisi le sens de ces pauvres pages : les élèves seront restés l'esprit brouillé par des constructions mal vues, et auront oublié que le texte est autre chose qu'un exercice. Ils n'auront nullement apprécié les finesses de la langue et n'auront même pas entrevu l'existence d'une pensée, à supposer qu'il y en ait une dans ces extraits dépareillés. L'on dit même quelquefois que certains d'entre eux se seront par là accoutumés à écrire des choses dépourvues de sens, sans exercer d'esprit critique, à force de penser que ce grec, mal traduit par eux, peut dire, en somme, n'importe quoi.

Avouons-le : il y a un peu de vrai dans ce tableau. Et pourtant il ne suffit pas à me faire perdre confiance, non plus qu'à m'inspirer des doutes sur la valeur de l'effort auquel j'ai consacré ma vie.

Je vais dire d'abord comment j'imagine l'état idéal : c'est, depuis Platon, une habitude d'hellénistes que de tracer l'épure du régime idéal, pour essayer ensuite de s'en rapprocher tant bien que mal.

Je souhaite d'abord que la pratique de l'enseignement permette d'unir le plus étroitement possible les divers avantages de l'étude du grec. Pour cela, il faut deux choses. Il faut d'abord que l'aménagement des institutions scolaires laisse le plus grand nombre possible d'enfants aborder le plus tôt possible cette étude. Cela n'est pas une ambition impérialiste, mais un simple désir de survie. Car, si le grec est ce que j'ai dit, il est vraiment par trop absurde de ne pas l'ouvrir à des enfants qui feront des lettres ou des sciences, de la philosophie ou de l'histoire, de la politique ou des affaires. Et, d'autre part, il faut aussi qu'il soit convenablement enseigné. Tout comme il est salutaire que nos jeunes penseurs de l'enseignement supérieur se fassent un peu les dents sur des exercices dits scolaires et ne commencent pas trop tôt à vouloir faire connaître leurs points de vue sur Euripide avant de savoir seulement le lire, il est inversement salutaire que le grec enseigné dans l'enseignement secondaire ne reste pas par trop scolaire. Des élèves ânonnent des formes, traînent sur des constructions, peinent pour arriver jusqu'au sens : au professeur de veiller à ce qu'ils y arrivent vraiment, à ce que ce sens leur soit clair, à ce qu'il les amuse, les étonne, ou les touche. Il vaut mieux aller lentement, pourvu que l'exercice ne soit pas incomplet et que tout y intervienne : les raisonnements corrects, le sens exact de chaque mot, les étymologies qu'il suggère, les nuances de temps, les mots rares, et puis, pour finir, le contact direct avec un paysage de l'Attique ou un héros de la légende. Ce n'est pas facile, je sais. Mais le reste, croyez-vous que ce soit facile ? Ne connaissez-vous pas des enfants qui sont perdus en mathématiques, ou qui ne voient dans les textes de leur propre langue qu'une matière morte uniquement destinée à la classe ? C'est difficile, mais c'est faisable. Je le sais d'expérience. Et plus on nous donnera d'heures, plus l'exercice pourra s'épanouir en culture enrichissante.

Nous les donnera-t-on ? Nous les laissera-t-on ? Les arguments un peu faciles qui tendent à faire considérer le grec comme une discipline aristocratique parce que seuls les aristocrates poursuivaient, jadis, la culture, finiront-ils par céder devant les droits du bon sens ? Et ces bons professeurs de grec, dans notre poignée d'étudiants, plus ou moins bien préparés, saurons-nous les trouver, et leur donner le souffle, le talent, la confiance ?

Je l'espère. Je n'en suis pas sûre.

C'est pourquoi, après avoir décrit cet état idéal, je voudrais retrouver un peu la réalité et dire en quoi elle peut être bonne. Si je ne le faisais pas, j'aurais le sentiment que dans ce monde difficile, où beaucoup d'élèves doivent apprendre beaucoup de choses, avec peu de bons professeurs, peu d'argent, peu de loisirs, les arguments que j'ai donnés resteraient sans poids. Dans ce monde actuel, tel qu'il est, à quoi cela sert-il, le grec ?

Eh bien ! mettons les choses au pire. Imaginons l'étude du grec coupée en deux tronçons mal raccordés, et vouée à rester en fait plus ou moins amputée. Même ainsi, les utilités que j'ai revendiquées me paraissent garder leur place. Même ainsi, le grec sert à quelque chose.

Je déteste le travail sur traduction. Le texte y perd presque toute sa rigueur, presque toute sa finesse. Il perd aussi cette transparence que j'ai essayé de décrire. Professeur de langue et littérature grecques, j'éprouve à l'idée de commenter un texte traduit le même genre de consternation que peut éprouver un homme tout à coup réduit à ne s'exprimer que par gestes. Mais il vaut mieux s'exprimer par gestes que ne pas s'exprimer du tout. Et puis il y a, à tout le moins, la possibilité de commencer le grec après la fin des études secondaires et d'en apprendre assez pour pouvoir être éclairé sur les détails les plus frappants du texte que l'on lit avec l'aide d'une traduction. On peut même finir par le lire aussi bien que les autres. Ces « grands débutants », comme nous disons, sont de plus en plus nombreux dans nos Facultés. Au début, on expliquait leur décision par les obligations nées des règlements : il n'y avait pas d'agrégation de lettres modernes, et les jeunes littéraires soucieux de leur carrière étaient bien obligés de se mettre au grec. Là-dessus on a créé l'agrégation des lettres modernes, et le nombre des « grands débutants » s'est encore accru. Je sais bien que cela correspond à un déclin du grec dans l'enseignement secondaire, où l'on s'est arrangé pour qu'il exige d'élèves encore jeunes des choix radicaux et peu avantageux. Mais cela correspond aussi à un regret de la part de ces jeunes gens, de ces jeunes filles, à la conscience qu'ils ont que ces choix anciens les ont privés de quelque chose, et au désir tardif d'en réparer l'effet. Ils ont envie de faire du grec, par goût. Même en dehors de l'université, d'ailleurs, on rencontre constamment des gens qu'anime un regret analogue. Cela peut être parce qu'ils ont visité la Grèce, qu'ils ont découvert sa lumière et la façon rigoureuse et fière dont s'y détachent les colonnes de marbre. Cela peut être parce qu'ils sont tombés sur une traduction qui les a surpris, ou sur une représentation tragique qui les a émus. Nous avons, nous autres professeurs de grec, de bons agents de recrutement dans la vie quotidienne. En tout cas, ces gens-là regrettent. Et il faut dire qu'aussi, ceux qui ont vraiment fait du grec veulent en très grand nombre s'y spécialiser. La moitié des agrégés de lettres demande en vain à enseigner le grec dans leur lycée. Beaucoup commencent des thèses de grec, espérant pouvoir ainsi l'enseigner dans les Falcultés où sa vie semble plus solide. Et ils se lancent bravement dans des carrières à contre-courant. La culture grecque, heureusement, se laisse aimer. Et cet amour est notre salut contre les règlements imprudents.

Le malheur est qu'à l'autre bout, la langue grecque, enseignée dans des classes encore balbutiantes, où domine l'exercice scolaire, n'est nullement aussi attrayante. Les gens qui n'ont pas fait de grec, bien souvent, le regrettent : il arrive non moins souvent que ceux qui en ont fait le regrettent tout autant. On rencontre des adultes encore prêts à gémir sur le temps de cette enfance, en principe heureuse, où ils s'épuisaient à apprendre, sans aucune utilité apparente, les formes rebutantes d'une langue ne servant à rien. Peut-être ont-ils eu des professeurs médiocres ou chargés de besogne, qui ne les ont jamais menés jusqu'à la vraie compréhension d'un texte, si mince soit-il, et qui ne les ont jamais initiés au plaisir de rechercher une traduction à la fois claire et naturelle. Mais ils n'ont pas gardé un bon souvenir de ces études ; et ils affirment hautement n'en avoir tiré nul profit.

Je préférerais qu'ils aient eu de bons professeurs, qu'ils aient été de bons élèves. Je préférerais que l'étude du grec ait débouché pour eux sur quelque chose d'humain et de vivant. Mais même ainsi, même en mettant les choses au pire, je ne suis pas aussi sûre qu'eux que ces classes peu réussies ne leur aient point été utiles.

Je ne veux pas parler ici de l'entraînement incessant qu'ont reçu leur attention et leur pouvoir de raisonnement. Cet entraînement, on l'a vu, est de même nature que celui que permettent les mathématiques. Or, il y a aussi des gens qui gémissent sur les peines que leur ont coûtées tous ces problèmes et ces théorèmes, d'où ils ne tiraient aucune joie et dont la connaissance ne leur sert jamais à rien : condamne-t-on, pour cette raison, l'enseignement des mathématiques ? Je me souviens bien, quant à moi, de ces séances de gymnastique, à la barre fixe ou à l'espalier, qui m'étaient fort désagréables : croyez-moi, dans la vie courante, je n'ai pas beaucoup l'occasion de me servir d'une barre fixe ; mais qui donc irait prétendre que ces exercices, qui me semblaient à la fois pénibles et saugrenus, n'aient pas été, malgré cela, extrêmement bons pour moi ? L'entraînement aux sports n'est pas, je pense, plus immédiatement attrayant ni plus directement justifiable que les divers exercices destinés à entraîner l'esprit. Mais les uns et les autres servent plus qu'il n'y paraît.

Et de fait, par-delà l'exercice scolaire, je ne doute pas un instant, malgré ce que peuvent dire les intéressés, que leurs premiers pas titubants dans ce grec un peu difficile ne leur aient appris beaucoup dans le domaine de la pensée. Car il y a une imprégnation, à laquelle l'esprit, soucieux de ce qu'il doit encore acquérir, ne fait nullement attention. Il y a les choses qu'il retient, comme évidentes, sans le savoir : ici une étymologie, là le maniement d'un mode, une autre fois le nom d'un héros, ou bien un vers que, dans la classe, on aura récité par cœur. Puis ce seront des noms d'auteurs, des fiertés de victoires remportées, une idée que la tyrannie est quelque chose de détestable, un désir de revoir la mer, parce que Homère dit qu'elle est couleur de vin, un regret de n'avoir pas été là, pour que Socrate se sentît aidé.

Tout cela pénètre doucement, inégalement, profondément. C'est ainsi que se font les esprits. C'est ainsi que se forment les sensibilités. On ne le sait pas ; et on n'a pas besoin de le savoir. Est-ce que l'on sent le corps assimiler et transformer ce que les aliments lui fournissent ?

Et puis d'ailleurs, est-ce que l'on n'en a pas vaguement conscience, en cherchant bien ? Les gens évoquent ce vilain temps où ils peinaient inutilement sur des verbes irréguliers ; mais il y a dans leur évocation une sorte de nostalgie attendrie.

Des bribes de connaissance surnagent ; ils vous les citent pour vous montrer combien on avait martyrisé leur mémoire ; mais ce souvenir qui revient éclaire leur visage d'une lueur d'amitié. Quand l'Allemand dont j'ai parlé me citait, dans cette chambre d'hôtel, le premier vers de l'*Odyssée*, son souvenir était aussi celui d'un effort d'enfance ; il récitait le vers de ce ton monocorde que l'on adopte en général pour les récitations ; et il était visible que, dans son esprit, le souvenir de son labeur d'antan se mêlait confusément avec l'idée des valeurs humaines évoquées par cette citation — petit iceberg flottant, détaché d'un grand bloc invisible et parti à la dérive sur l'océan trompeur de l'oubli.

Avoir fait un peu de grec est utile, même si l'on s'imagine n'en avoir pas tiré profit. Se mettre tard au grec est utile, même si les bases sont fragiles. Tout est mieux que rien ; tout sert à quelque chose.

Nous ferons ce que nous pourrons, nous autres professeurs de grec, car nous avons l'amour du grec. Nous ferons nos cours le mieux possible, compte tenu des circonstances. Mais nous ne pouvons pas tout. Et il appartient au législateur de ne pas rendre, à l'avance, notre effort inutile. Car si l'on en venait à désavantager nos élèves, si l'on entreprenait de les pénaliser pour avoir choisi la voie la plus difficile, si l'on refusait d'admettre que leur effort en grec leur permet de devenir, au bout de deux ou trois ans, des scientifiques ou des philosophes, des architectes ou des médecins, si l'on refusait de donner une place suffisante, dans les enseignements littéraires, qu'il s'agisse de langue française ou de littérature, aux gens formés à cette discipline, alors on aurait tué le grec, par des moyens qui ne pardonnent pas.

On aurait tué sa valeur d'apprentissage de l'esprit. Et on aurait tué son avenir au niveau même de la recherche. Car c'est une discipline de longue haleine, que le grec. Pour y faire œuvre utile, après tant d'autres, il faut en avoir fait assez longtemps. Il ne s'agit pas, en effet, d'une *terra ignota* où il suffit de s'aventurer pour pouvoir faire des découvertes. Nous pouvons faire de notre mieux, improviser des méthodes, brûler des étapes ; mais il nous faut un minimum de temps, et aussi un minimum d'encouragement matériel[1].

Je suis professeur de grec, et j'aime mon métier. Le grec aussi, j'y crois. C'est pourquoi je n'aurais pas eu l'âme en paix, si, en ce mois d'octobre où tout s'essaie, s'improvise, se fait ou se défait, je n'avais pas au moins essayé de dire pourquoi j'y crois. Il ne s'agit pas là d'intérêts de clocher. Les professeurs de grec ne seront pas chômeurs. Mais si ce que j'ai dit du grec est vrai, il s'agit de valeurs humaines, dont il importe à tous que la vie ne soit pas menacée, et il s'agit de biens que nous ne cherchons pas à garder pour nous, mais à répandre de notre mieux.

Octobre 1968

1. Actuellement, en 1991, on n'a pas encore tué le grec, malgré une politique constamment hostile (voir *L'Enseignement en détresse*, p. 270) ; mais on lui a porté tant de coups que sa vie reste très menacée.

L'ENSEIGNEMENT EN DÉTRESSE

INTRODUCTION

C'est trop peu de dire que ce livre n'engage que moi : j'ai tout quitté pour l'écrire. J'ai renoncé aux présidences que j'exerçais, dans des associations que j'aimais ; j'ai renoncé à des fonctions que j'aurais pu, avec joie, continuer à remplir. Je ne voulais compromettre personne en soutenant des idées que certains prendront sans doute mal. Or on arrive à un moment dans la vie où il devient impérieux de pouvoir exprimer ce que l'on pense sans en faire retomber la responsabilité sur autrui, et sans non plus consulter chacun, atténuer, édulcorer, de manière à refléter les opinions de tous et à ne froisser personne. Il vient aussi un temps où l'on sent le péril trop grand pour ne pas réagir. J'ai toujours tenté d'être modérée : je n'ai plus aujourd'hui le choix qu'entre le désespoir et la protestation ouverte. Je ne suis, je l'ai dit, mandatée par personne ; mais quand on voit craquer de partout une institution à laquelle on a consacré sa vie, cela constitue un mandat plus que suffisant.

Il s'agit donc d'un témoignage personnel, né de mon expérience. J'y cite des faits et des souvenirs qui sont les miens. J'y emploie la première personne. J'y dis mes réactions. Que l'on ne s'y trompe pas, pourtant ! Des milliers de témoignages recouperaient le mien et le confirmeraient.

Il ne s'agit pas au demeurant d'exprimer un engagement politique. Traiter de l'enseignement, c'est traiter de politique, au sens large du terme ; car tout ce qui se décide en ce qui concerne la formation des enfants ou des jeunes aboutit, quelles que soient les mesures prises ailleurs, bonnes ou mauvaises, à préparer l'avenir de façon directe et inéluctable. Mais c'est en ce sens seulement que j'en traite. Je crois, en fait, que le mal qui me préoccupe a commencé il y a longtemps. Le nouveau régime n'a fait, à cet égard, que continuer le précédent. Seulement, il a soudain aggravé les choses, en accélérant l'évolution de façon délibérée. Il est vrai que, dans l'enseignement secondaire en particulier, les tendances égalitaires et la politisation ne datent ni d'aujourd'hui ni d'hier, non plus que l'insuffisance des crédits, le mépris des disciplines littéraires, ou la chute du niveau : tout cela existait déjà, de façon alarmante, avec la bénédiction du pouvoir. Mais, brusquement systématisées et installées au cœur d'une réforme de structure, ces tendances s'imposent aujourd'hui partout, faisant épanouir et proliférer le mal jusqu'alors larvé.

Je tenterai d'expliquer en partie comment ce mal s'est déchaîné au point de mener à une crise si aiguë. Ce sera, entre autres, l'objet des chapitres consacrés au refus de la sélection et à la politisation. Mais je voudrais d'abord décrire en quoi il consiste et comment il couvait depuis des années avant de se déclarer aujourd'hui ouvertement. Il n'est pas particulier à l'enseignement supérieur. Il ne saurait l'être ; car il existe de toute évidence entre le secondaire et le supérieur une étroite dépendance réciproque. Les élèves de l'un deviennent les étudiants de l'autre et retournent comme maîtres dans le premier. Le mal ne peut donc pas être considéré dans un de ces enseignements isolément. Il n'est pas non plus né simplement d'une loi, mais de toute une série de mesures, d'habitudes progressivement adoptées, de décrets et d'usages inavoués, qui, en fin de compte, se conjuguent et se renforcent les uns les autres.

Je ne parlerai donc des mesures en question qu'au détour de l'exposé et en fonction d'analyses plus générales. Cette attitude m'était naturelle (après tout, je ne suis pas journaliste, mais professeur) : j'y étais aussi encouragée par plusieurs raisons.

D'abord j'ai éprouvé qu'il n'est pas si facile que cela d'écrire sur ces mesures ou sur ces lois autrement qu'au jour le jour ; car l'époque présente est enveloppée de flottement de mystère et d'incertitude[1]. On entend dire que des décrets se préparent, puis qu'ils sont abandonnés et qu'il ne faut pas s'inquiéter. Là-dessus, on apprend qu'ils sont pris. Quand la loi vous inquiète, on vous renvoie à d'hypothétiques décrets d'application, qui devront tout arranger. Et, pendant que la loi se vote, une série de mesures isolées viennent mettre sens dessus dessous un autre enseignement. J'ai commencé à écrire ce livre à la fin de l'été, et je fais partie de beaucoup d'organismes où l'on doit se tenir au courant : or j'ai déjà dû supprimer des critiques, car quelqu'un m'apprenait au passage : « Non, non, c'est abandonné... » ; et déjà j'ai dû en ajouter parce qu'un coup de téléphone me signalait un fait nouveau et imprévu. On tente, dit-on, de simples « expériences » ; et l'expérience devient fait accompli... J'ai tâché de ne pas donner pour réalité ce qui ne l'était pas encore ou ne l'était plus, mais il n'est pas facile d'être fixé : peut-être certains sont-ils au courant ? Dans ce cas on se demande à quoi visent ces fausses nouvelles perpétuellement contredites.

Cette atmosphère — et c'est peut-être là son explication — a contribué à nous tenir tous silencieux : comment se battre sur des on-dit ? Ce n'est ni facile ni de bonne méthode universitaire ! On patiente, et l'on attend ; après quoi il est trop tard. Et les mauvais coups arrivent, comme à la boxe, là où l'on ne se gardait pas. On peut d'autant moins s'en défendre que l'on a l'impression oppressante de se battre contre un énorme édredon de plume, léger, mobile, insaisissable, mais très capable de vous étouffer pour finir.

Il fallait donc remonter plus haut, et viser les grands principes cachés derrière l'ensemble.

Aussi bien n'y avait-il pas de sens à critiquer des mesures qu'il était impossible de combattre. Déjà adoptées, déjà passées dans la loi, ou préparées, ou à venir, elles s'imposeront sans que nos avis, et moins encore mes critiques, aient rien à y voir. Je ne

1. Ceci a continué : voir Préface, p. 11.

suis pas de ceux dont l'opinion, aujourd'hui, peut compter. J'appartiens à toutes les catégories les plus suspectes : professeur de haut niveau, professeur de lettres, spécialiste de grec ancien, à orientation philologique, quoi de pire ? Et de toute façon, les faits sont là. Les mesures prises sont légales ; et non seulement elles sont légales, mais elles sont prises sous l'inspiration et selon les vœux de catégories d'enseignants dont le nombre fait la force.

Je n'ai donc pas choisi de faire porter ma critique sur telles mesures prises isolément, dans le passé, le présent ou le proche avenir. Et je n'ai suivi pour la présenter ni l'ordre des études ni celui des réformes. Ce propos fait que certaines mesures reparaîtront à divers endroits de l'exposé, selon le jour qu'elles jettent sur tel ou tel principe fondamental : un bref index permettra à ceux qui le voudraient de retrouver ce qui concerne chaque usage ou chaque projet. Le fait que les mêmes questions puissent être traitées sous divers aspects constitue une preuve de plus du caractère systématique et convergent des entreprises actuelles.

En me plaçant sur ce terrain, en tout cas, je pouvais espérer donner à ma critique un caractère plus constructif. Car, si ce qui est fait est fait, en revanche il pouvait n'être pas inutile, en vue des discussions futures et des combats éventuels à soutenir, de tenter d'expliquer un peu quelles valeurs sont en cause. Aux professeurs qui ont réfléchi sur leur métier, cela n'apportera guère d'éléments nouveaux : je serais déjà heureuse si cela leur fournissait quelque appui pour les débats ultérieurs où ils auront à intervenir, et si cela les aidait, au sein des institutions nouvelles, à exercer leur activité professionnelle de façon meilleure, grâce à une prise de conscience plus claire du rôle qui doit être le leur. En même temps, je ne puis m'interdire d'espérer que peut-être certains me liront qui ne connaissent pas ce que connaissent les professeurs, et qu'ils seront ainsi plus alertés sur une question qui touche directement leur avenir ou celui de leurs enfants, ainsi que l'esprit même qui régnera, dans dix ans ou dans vingt ans, parmi les jeunes Français d'alors.

Pour beaucoup de points, je ne suis ni la première ni la seule à m'inquiéter. Si je ne savais pas qu'un nombre considérable de collègues et de parents, quelles que soient d'ailleurs leurs idées politiques, partagent ma réaction, je n'aurais pas pris sur moi de l'exprimer. Au reste, même publiquement, d'autres ont déjà manifesté de l'alarme. De nombreux articles ont paru ici ou là. D'autre part, plusieurs chapitres de ce livre se trouvaient déjà écrits lorsque parut le livre de Laurent Schwartz intitulé *Pour sauver l'Université*. J'ai été heureuse de voir ces excellents avis formulés, avec force et clarté, par quelqu'un que ses opinions politiques ne rendaient pas suspect d'hostilité au régime, et à qui son grand renom scientifique donnait une autorité exceptionnelle. Cela ne m'a pas dissuadée de poursuivre ma propre tentative, qui, du reste, était différente. Mon étude, je le rappelle, ne s'attache pas uniquement aux mesures en cours. Elle porte plus d'attention à l'enseignement proprement dit qu'à la recherche en tant que telle ; dans cet enseignement, elle unit le secondaire et le supérieur ; et, quel que soit le niveau considéré, elle traite plus des lettres que des sciences. Je suis littéraire moi-même et parle de mon expérience propre ; aussi bien suis-je convaincue que les lettres sont aujourd'hui beaucoup plus menacées encore que les sciences — tout comme le secondaire semble plus atteint que le supérieur. Les deux derniers chapitres, qui portent sur la langue française et sur les lettres, correspondent directement au premier de ces deux soucis : l'autre se traduit dans le fait que les chapitres antérieurs traitent tous, autant que possible, des deux enseignements à la fois et des problèmes communs qui les touchent ensemble.

J'aurais aimé parler aussi des autres catégories, comme l'enseignement primaire, ou technique. Je suis sûre que, là aussi, tout se tient. Je ne l'ai pas fait car je n'ai voulu parler que de ce que je connaissais vraiment. J'ai été professeur dans des classes diverses de lycées, dans les classes de préparation à l'École Normale Supérieure de jeunes filles, dans les Écoles Normales Supérieures elles-mêmes. J'ai été assistante, maître de conférences, puis professeur, à l'Université de Lille puis à la Sorbonne ; j'y ai dirigé la section de grec (ou U.E.R.). J'ai fait partie du jury d'entrée à l'École Normale Supérieure et du jury d'agrégation. Bref, je parle d'expérience. Et, si le souvenir de mes débuts est lointain, il est renouvelé chaque année par les récits de mes étudiants, devenus professeurs à leur tour. Je ne connais que l'enseignement au monde ; mais je le connais bien.

Certains penseront que j'en donne une image trop sombre. Je serais la première à me réjouir si c'était vrai. Mais je crains qu'il n'en soit rien. J'ai été un professeur heureux et je connais encore quantité de professeurs heureux. Il y a encore aussi de bonnes classes, des élèves brillants et pleins d'ardeur, ainsi que des étudiants motivés et déjà savants. Et chaque fois qu'une classe est meilleure que celle de l'an passé, les professeurs, dans leur optimisme, sont prêts à croire que les choses reprennent. Mais ces moments privilégiés et ces îlots bénis ne doivent pas tromper ceux qui ont la joie de les connaître. Leurs impressions seraient différentes s'ils voyaient d'autres établissements et s'ils avaient, pour juger, la possibilité de comparer avec le passé et de percevoir ce qui se prépare. Si je noircis les choses, c'est parce qu'elles noircissent elles-mêmes, très vite.

Je n'étais pas, par tempérament, portée à les noircir. J'ai écrit en 1968 un petit livre intitulé *Nous autres professeurs*, qui était un acte de foi, de fierté, de confiance. J'ai toujours la même foi dans l'enseignement en tant que tel, mais j'ai perdu confiance, peu à peu ; et, depuis un an, je vis dans l'angoisse pour ce que j'ai connu et servi.

Si cette angoisse était désespoir, je n'aurais pas écrit ce livre. Il se veut, certes, un cri d'alarme ; mais il entend toujours entretenir l'espérance. On ne peut pas s'occuper de jeunes toute une vie et ne pas garder l'espérance.

I

MARASME

Le marasme n'est pas nouveau, dans l'Université ; mais il s'aggrave, ces temps-ci, du haut en bas du corps enseignant. Et il a pour résultat que des professeurs enseignent mal, ou bien quittent l'enseignement, par n'importe quel moyen.

Ce marasme est donc à la fois un signe net du mal dont souffre l'enseignement, et une cause de plus qui en précipite le développement.

Tout au long de la vie des enseignants, dans le secondaire et dans le supérieur, on en perçoit les symptômes ; et, à travers eux, on mesure tout ce qui ne va pas : depuis les débuts du jeune enseignant jusqu'au terme des carrières les plus réussies, le malaise est exactement le même et ne cesse de s'intensifier.

Il commence, naturellement, avec la première nomination. Je ne dis pas que les débuts aient toujours été faciles : passer de l'atmosphère savante des études à des enfants ignorants et mal dégrossis est, bien entendu, déroutant. Mais aujourd'hui le choc est devenu infiniment plus rude.

Les agrégés commencent dans des collèges. Les premières nominations, inspirées par le sens égalitaire et confiées à l'électronique, produisent souvent des résultats consternants. Ces jeunes filles et ces jeunes gens, après tant d'années de travail et tant de sacrifices, sont jetés loin des leurs, sans que leurs aptitudes ou leurs obligations familiales soient prises en considération. Le plus brillant normalien, après l'agrégation, et après un début dans la recherche, se voit expédié dans un petit collège éloigné de tout, où son savoir sert assez peu, où il est coupé de toute université et incapable de poursuivre le travail commencé. Qui plus est, il s'y trouve livré en pâture à des collègues ayant moins de titres et portés à la jalousie. Souvent il se cache d'être agrégé et se cache d'être normalien. Dans ces conditions-là, il va être heureux, notre jeune homme !

Vous me direz que cela vous est bien égal et que vous ne cherchez pas le bonheur d'un jeune privilégié qui a été assez gâté comme cela. J'en suis d'accord. Ou plutôt j'en serais d'accord, si je ne mesurais pas les conséquences pour l'ensemble et pour l'avenir de notre enseignement. Car notre jeune homme n'est pas un sot : il ne restera pas. Il ira tirer toutes les sonnettes, s'informer partout, préparer un autre concours ; et vous le retrouverez bientôt dans l'administration ou dans l'industrie, à l'étranger, ou bien dans quelque institution pour chercheurs et penseurs : le système des nominations le condamne à rester dans les privilégiés, et il ôte à l'enseignement ce que ce jeune homme lui aurait apporté. Cela sans compter que ses camarades, instruits par son exemple, lutteront, à l'avance, pour que les normaliens puissent, purement et simplement, échapper à l'enseignement. La mesure a failli être adoptée ; la revendication se comprenait ; mais la perte pour le secondaire se comprend mieux encore.

Encore n'ai-je parlé ici que des cas simples ; mais les gens mariés ! mais les problèmes de famille ! J'ai connu une jeune femme, enceinte, qui demandait un poste d'agrégée à Grenoble, où était nommé son mari : elle ne voulait pas rester à Paris, si loin de lui. Elle fut nommée dans la Marne et n'eut qu'à ajouter au voyage redouté un voyage supplémentaire, beaucoup plus compliqué que le simple Paris-Grenoble. Et quand une chose est faite, elle est faite. Ô Kafka !... Je connais aussi bien des femmes mariées et mères de famille, déjà expérimentées, qu'une nomination peu souhaitée oblige à des heures de trajet, en métro, en train, en autobus, et à des levers avant l'aurore, pour gagner leurs lieux de travail. De fait, chacun connaît des cas de ce genre : on pourrait en citer des centaines. Le résultat, là aussi, c'est la fuite. Pense-t-on au gaspillage que représente, pour le pays et pour l'esprit, le fait qu'une fille, qui a réussi, après cinq ans de travail assidu, à passer l'agrégation des lettres, qui a appris et compris tout ce que doit apprendre et comprendre un bon professeur, préfère en fin de compte devenir secrétaire ? J'en connais, hélas, plus d'un exemple.

Mais enfin supposons un enseignant qui, sans trop de drame, se trouve mis en présence de ses classes : cela devrait être amusant et excitant ; cela l'était ; mais, pour beaucoup, c'est devenu un peu comme une saison en enfer. Le niveau, en effet, a de quoi désespérer. Et nos jeunes enseignants désespèrent. Pour enseigner quoi que ce soit, il faut des repères. On ne peut corriger une dictée si l'enfant ne sait pas qu'il y a une différence entre l'infinitif « aimer » et le participe « aimé ». Et que faire quand on découvre que des étudiants de licence ignorent souvent l'existence de siècles avant J.-C. ? Et comment se débrouiller avec des élèves de latin qui ignorent qu'il y avait des consuls à Rome, parce que, tout simplement, on ne fait plus, ou ne faisait plus, d'histoire romaine en seconde ? On ne peut rien enseigner en histoire sans un minimum de perspectives. Aussi, lorsque tous ces repères s'effondrent, que les dates se télescopent, que les mots sont inconnus, aucune pédagogie au monde ne peut vous tirer d'affaire. Et je sais bien que la plupart de ces jeunes, s'ils ont un peu le feu sacré, se demandent alors souvent, le cœur lourd : « Moi qui aimais les choses de l'esprit, qu'est-ce que je fais ici ? » Ils me le disent, et je peux imaginer leur expérience, à voir ce que savent les bacheliers à leur entrée dans les universités. Mais, naturellement, on ne me croira pas. Collectionnez toutes les histoires que vous voudrez : du fait même qu'elles sont racontées elles deviennent des cas limites, des exceptions. Même à moi, ces anciens élèves répètent, avec cet air désolé de ceux qui n'espèrent plus convaincre : « Non ! vous ne pouvez pas imaginer ! »...

Ce manque total de repères a des causes diverses, sur lesquelles je reviendrai. En tout cas, une chose est sûre : c'est que, devant une telle situation, les professeurs se découragent. Or un professeur découragé devient un moins bon professeur. Qui plus est, le phénomène fait boule de neige ; les récits de ce professeur découragent les autres : ceux qui auraient pu bien enseigner ne souhaitent plus être professeurs ; ceux qui enseignent déjà n'y mettent plus l'ardeur qu'il faudrait. Peu à peu, le zèle s'éteint : expliquer un texte, quand les enfants ne savent plus le sens des mots, ne situent plus l'auteur dans une époque et n'ont jamais rien lu de lui, devient un effort déprimant, auquel tout doucement on renonce.

Encore si l'on pouvait s'y attacher dans la paix et la sérénité, s'y donner, et se dire que l'on fait œuvre utile envers tous ces moutards ignares ! Oui, mais voilà : cette paix et cette sérénité, on ne les a presque jamais. Le résultat combiné de l'élargissement brusque de l'enseignement et des pédagogies nouvelles, où l'autorité doit se taire, fait que l'on ne peut plus les aider, ces moutards ! Leur faculté d'attention, non exercée, n'est souvent que de dix minutes. Et ils ne savent pas non plus, même en sixième, rester plus de dix minutes assis à leur place. On m'a parlé d'un professeur dont les élèves étaient si incapables d'une attention soutenue qu'il lui fut recommandé de changer d'activité tous les quarts d'heure ; et comme ils étaient incapables de prendre tous ensemble leur cahier ou leur livre, le temps se perdait dans le désordre et l'inaction. Leur attention n'a pas été exercée. Pire : la discipline ne leur a pas été apprise. Comment enseigner au milieu du bruit, de l'insolence, en se heurtant à des résistances souvent hostiles ? Le premier choc que doit subir l'enseignant, aujourd'hui, c'est l'indiscipline.

Je ne prétends pas que ce soit le cas partout. Il y a des classes attachantes, des lycées ou des collèges parfaitement tranquilles, des enseignants écoutés. Mais il suffit de deux ou trois élèves, dans une seule classe, pour rendre la vie invivable aux autres. Petites pimbêches, qui veulent faire les malignes pour étonner les camarades, garçons brutaux, qui ne savent à quoi employer leurs forces et qui se sentent sûrs de l'impunité... Un professeur dit à un élève : « Asseyez-vous » ; l'élève répond : « Je vous emmerde. » Bon ! Et puis ? On le met à la porte ? Il revient et recommence. Les autres s'amusent. L'administration n'aime pas cela. Le professeur s'énerve. J'ai dit qu'il suffisait d'un ou deux élèves : en fait, il suffit d'un ; mais, en général, s'il y en a un, il y en aura vite plusieurs. On dit à une classe : « Entrez dans la salle » : personne ne bouge. Bon ! Et puis ? Cela fait là une heure perdue pour tout le monde, sans compter celles pour lesquelles le professeur, excédé, se donnera désormais moins de mal. Ce n'est d'ailleurs pas que cette classe soit hostile à ce professeur : c'est que l'épreuve de force est amusante, et réussit presque à tout coup. Le professeur accepte de parler dans une salle où l'on a cassé et arraché des fragments de sa table, volé les craies, dessiné sur les murs. Comment l'empêcher ? Peut-être est-ce par mesure d'économie, mais le nombre des surveillants a, dans certains établissements, diminué dans des proportions telles que tout devient possible. J'ai vu des avis officiels recommandant de fermer à clef les salles à l'instant où on les quitte : autrement tout est saccagé, et les agents de service se lassent. Je les comprends ; mais se demande-t-on si les professeurs, eux, ne sont pas également lassés ? Les chahuts, les violences, sont légion : le professeur, dans ce monde d'où l'on a délibérément banni le respect de l'ordre, n'a qu'à fermer les yeux. Mais quel cours fera-t-il dans cette atmosphère ?

Alors intervient la dépression nerveuse, qui est fréquente, ou, plus simplement, le marasme.

Naturellement, un peu d'estime aiderait ces enseignants. Et aussi le désir de réussir, de se faire entendre. Mais, depuis bien des années, qu'a-t-on fait pour les conforter ? On les a soumis à mille servitudes : on les a obligés à tenir compte, patiemment, des parents d'élèves et des représentants des élèves ; on les a obligés à rentrer plus tôt de vacances, à fournir plus d'heures ; on a restreint l'éventail des salaires et limité les initiatives ; on les a obligés à accepter les décisions d'une administration ennemie des histoires, et on leur a imposé l'humiliation de ne pouvoir sévir et de devoir garder, au détriment de tous, des élèves insolents ou incapables. Il arrive même que des membres de l'administration, dans certains établissements, agissent comme si leur rôle était, sacrifiant tout à un ordre illusoire, de mettre au pas les professeurs : semonces et emplois du temps de rétorsion sont alors la rançon des efforts imprudents pour défendre un minimum d'ordre. Une fois suffit, là aussi. Le professeur renoncera.

Quant à ceux qui étaient, hier encore, des professeurs heureux et généreux, ils deviendront, sur le tard, plus découragés encore, quand une longue expérience leur fera mieux percevoir tout ce qui s'est perdu depuis leurs débuts. Beaucoup, s'ils ne se tournent pas vers l'édition ou la politique (pour laquelle les chiffres sont éloquents), prendront une retraite anticipée. Et l'économie s'en réjouira sans doute, puisque cela libérera des postes ; mais les responsables de l'enseignement devraient voir là le plus grave des symptômes.

La chute du niveau entraîne le marasme des professeurs ; et, par contrecoup, ce marasme, en privant l'enseignement des personnes et des qualités qui en assuraient le maintien, abaisse encore le niveau.

C'est là un péril certain. Le bonheur des professeurs n'est pas le but du législateur. Mais le maintien des bons éléments dans l'enseignement est la condition même de sa qualité ; et la façon dont chacun enseigne est fonction des dispositions où on le met. La fuite hors de l'enseignement est donc, pour demain, un facteur de ruine redoutable.

C'est aussi le signe que quelque chose, désormais, ne va plus — et même plus du tout.

Or ce que je viens de dire de l'enseignement secondaire n'est pas moins vrai — il faut le savoir — de l'enseignement supérieur.

Naturellement, pour les jeunes du secondaire, le supérieur est le refuge. On fait une thèse, non pas par goût de la recherche, mais avec l'espoir d'échapper au secondaire. On essaie ; et l'effort représente autant de pris sur le temps et l'ardeur des enseignants du secondaire. Il représente aussi autant de pris sur la qualité des thèses en question. La plupart ne seront jamais finies : la thèse-fuite est un phénomène bien connu des enseignants du supérieur.

Mais ce paradis auquel aspirent les jeunes du secondaire n'en est pas un, pour personne.

Peut-être les assistants et maîtres-assistants, tout à la joie de leur victoire, applaudissent-ils aux mesures récentes : les voilà qui, recrutés à l'origine pour des fonctions provisoires devant leur permettre de préparer leurs thèses dans de meilleures conditions, ont été d'abord installés à vie, puis presque assimilés aux professeurs et pourvus de droits de vote proportionnellement supérieurs. Il y a de quoi applaudir. Mais beaucoup de ceux que je connais n'y sont pas si portés que cela. Car le statut qu'ils réclamaient n'est pas tout. Ceux que je vois le plus enseignent le grec ; or les mêmes mesures égalitaires et niveleuses, qui leur assurent tant d'avantages, ruinent le grec à tous les niveaux. Ils ne seront plus « assistants », mais « enseignants-chercheurs » ou « maîtres de conférences » ; seulement, s'ils ont trois étudiants, ils seront bien avancés ; et, s'ils en ont suffisamment, mais qu'à chaque vacance un poste de leur spécialité disparaisse, ce ne sera pas mieux. Je parle de grec, et le grec souffre plus que d'autres ; mais aucune discipline, sinon les plus en vogue, n'a actuellement assez de crédits pour fonctionner honorablement, et s'épanouir. Voilà donc les enseignants du supérieur ramenés au sort misérable et à l'insatisfaction dont on a vu l'existence dans le secondaire. Et, de fait, les mêmes causes de désaffection vont se retrouver, avec le même effet.

Le niveau, toutes proportions gardées, est également démoralisant. Un professeur de latin qui voit de futurs licenciés appeler « Axiom » la bataille d'Actium, et mentionner comme historien latin « Plot », c'est-à-dire le comique Plaute, ne tardera pas à déchanter.

De même ceux qui enseignent dans des salles couvertes de graffiti plus ou moins obscènes, et dans lesquelles manque tout ce qui pouvait se voler. Je connais des universités où l'on a ainsi dérobé jusqu'aux ampoules électriques ! Le secondaire n'a en effet nullement le privilège du désordre, loin de là.

A cela s'ajoute enfin, pour décourager les bonnes volontés, l'incertitude même dans laquelle les plonge l'instabilité des règlements. Ce n'est pas rien que de faire une thèse. C'est un travail qui prend des années — des années pendant lesquelles on doit, en plus de son enseignement, dans les lettres du moins, accumuler une masse de lectures, en des langues que l'on possède mal, passer des heures en bibliothèque, amasser des fiches, dans un domaine austère. Et, depuis quelques années, ceux qui le font sont là, à ne plus seulement savoir si les thèses sont maintenues, si tout ce travail a une utilité pour eux, si ce qui est maintenu le sera encore demain, si ce qui est supprimé ne sera pas plus tard rétabli. Ils s'interrogent, travaillent moins bien, attendent : l'instabilité, jointe au mystère qui plane, entretenu par les on-dit et les fausses nouvelles, n'est favorable ni à la qualité de la recherche ni à la confiance de ces jeunes. Et je crois que même ces jeunes ne voient pas toujours sans amertume l'égalitarisme actuel mettre ainsi sur le même plan ceux qui ont travaillé et les autres.

Tout cela n'a qu'un inconvénient, mais décisif : c'est de détourner les gens de l'enseignement, et de geler le zèle de ceux qui y sont.

Mais ces diverses misères comptent peu au regard de ce qui frappe les professeurs du plus haut niveau. Car, en vertu d'un paradoxe auquel l'époque présente nous habitue et que l'on a déjà observé dans le cas du jeune normalien, ceux vers qui les autres regardent avec envie sont ceux dont les autorités s'emploient, comme en manière de punition, à aliéner la bonne volonté. En plus des autres vexations qu'ils ont à subir avec tous, ils voient de surcroît leur statut, non pas s'améliorer, mais se réduire et s'abaisser.

Les professeurs d'université ont beaucoup travaillé pour arriver où ils en sont. Ils ont beaucoup appris au cours de ce travail. Et voilà que l'on ne veut reconnaître ni ce travail ni cet acquis, tout au contraire. Sous prétexte d'égalité, on leur accorde moins qu'aux autres. Pour l'instant — mais je dis bien « pour l'instant », car le monde universitaire est devenu si fluctuant que l'on ne tient plus rien pour stable, ce qui est, pour le moins, lassant — pour l'instant, donc, le « corps unique » où devaient se mêler tous les enseignants, de toutes les catégories, qualifiés ou non, expérimentés ou non, semble avoir été évité de justesse. Mais — pour l'instant, toujours — la réforme en cours a retenu ce qui s'en approche le plus. Les universités seront gérées par des conseils dont les membres seraient élus par un collège unique ; et, comme il y a beaucoup plus de jeunes assistants ou maîtres-assistants que de professeurs, il est clair que le système donne à ces derniers la part la plus faible ; ils auront, si cela se fait, moins de responsabilité que les jeunes dans l'organisation des enseignements et la vie des universités. Mais déjà leur traitement, en atteignant, pour les plus âgés, le degré où ne s'appliquent plus les augmentations, se trouve de ce fait diminué. Et leurs obligations, en revanche, sont accrues. Ces deux dernières mesures ne sont même pas l'effet de la loi, qui n'est pas encore en vigueur, mais de simples décrets, déjà appliqués. Que diraient les autres catégories de travailleurs, si, d'un simple trait de plume, on abaissait leur salaire et augmentait leur temps de travail ? C'est à l'honneur des professeurs d'université que l'on puisse dire seulement qu'ils ne sont pas heureux.

Et comment protester ? Le grand public ne s'indignera certes pas si on lui dit que les professeurs d'université, qui ont de longs mois de vacances, devront désormais enseigner cinq heures par semaine au lieu de trois. C'est que le public ne sait rien de la vie d'un professeur d'université ; même les administrateurs, même les assistants ne savent pas très bien ce qu'elle est. C'est pourquoi je veux ici le dire, ou le suggérer.

J'ai connu tous les degrés de l'échelle universitaire. Eh bien, je n'ai pas cessé un instant de voir mon travail augmenter, dévorer de plus en plus l'ensemble de ma vie, jusqu'à ce que je vive dans une sorte d'anxiété épuisante à l'idée de ne pouvoir y faire face, même en ne faisant plus rien d'autre.

D'abord, figurez-vous, un cours, cela se prépare ! Mais cela se prépare de façon fort différente selon le niveau des auditeurs et selon la responsabilité scientifique dont on est revêtu. Une heure ou deux peuvent suffire pour un cours dans un lycée ou à des débutants d'université : on met en ordre ce que l'on sait, on ravive quelques souvenirs, on choisit quelques textes... et vogue la galère ! Un vrai cours d'université, l'explication d'un auteur ou, plus encore, l'exposé d'ensemble d'une question est une autre affaire. Si le cours doit valoir quelque chose, il faut avoir tout lu et contrôlé ; il faut avoir consulté de multiples éditions et documents, souvent difficiles à trouver, avoir construit une synthèse, essayé des idées qui parfois ne mènent à rien, réuni patiemment les preuves. Un tel cours exige au moins une journée entière pour une heure d'enseignement. Au Collège de France, où nous ne faisons que peu de cours, je dirai sans hésiter que chaque heure représente au moins une semaine de travail — sans parler, naturellement, de l'expérience accumulée au cours des années : en lettres au moins, elle est indispensable.

Commence-t-on à comprendre ? Sans même parler des corrections d'exercices, qui occupent des journées entières, et sont d'autant plus longues et délicates qu'il s'agit de niveaux plus élevés, commence-t-on à voir ce qu'est le travail d'un professeur d'université ? Les heures de cours comptent bien peu. Je pourrais sans peine, quant à moi, enseigner huit heures par jour. Mais chaque augmentation d'heures à fournir implique une réduction équivalente de la qualité du cours. Les cours seront moins préparés, moins personnels, moins corrects scientifiquement. Il n'en sortira plus ni un livre, ni une édition, ni même un article. A des étudiants tombés au niveau secondaire, l'on va donc donner ainsi des enseignants secondarisés. C'est déjà désastreux en soi. C'est désastreux pour la recherche. Mais, pour le propos qui est le mien ici, pense-t-on que ce soit tonique pour l'ardeur des professeurs ? Ce corps, zélé entre tous, va à son tour se remplir de tire-au-flanc ; et, dans ce domaine où nul contrôle n'est possible, ceux qui ne tricheront pas sur les heures tricheront sur la qualité. Ils y sont forcés.

On me dira que, dans d'autres pays, des professeurs de renom ont assuré des services de ce genre. D'abord la situation de l'enseignement français n'est pas telle que l'on doive chercher à imiter les régimes les moins propres à l'améliorer. Mais surtout, gare ! En parlant de la préparation des cours, je n'ai évoqué qu'une très petite partie du service d'un professeur d'université.

Il y a d'abord les examens, qui occupent, à plein temps, au moins trois semaines avant les vacances et trois semaines après — ce qui diminue d'autant le sens des fameuses vacances si remarquées par ceux qui ne savent pas. Et quel tollé — justifié

— s'il y paraissait la moindre négligence ! Mais quelle hâte, pour achever dans les délais cette charge qui réclame une attention si constante !

Il y a aussi quantité d'obligations administratives : conseils, réunions, assemblées, conseils nationaux, jurys... Il y en a sans doute plus que dans aucun pays du monde, parce que la France a un système d'enseignement national et unique, où tout interfère avec tout. Naturellement, la plupart de ces réunions impliquent un consentement ; et les plus jeunes accepteraient fort bien d'y remplacer entièrement leurs aînés. Mais que diriez-vous d'un professeur qui a, pendant dix ou trente ans, formé des élèves, lu des thèses, exploré un certain domaine de la recherche, s'il renonçait à s'intéresser au sort de ces élèves, à l'impression de ces thèses, au développement de la recherche en ce domaine qu'il connaît mieux que d'autres ? Vous le traiteriez, ici encore, de tire-au-flanc, et à juste titre. De plus vous lui rappelleriez qu'en laissant ces responsabilités à d'autres qui n'ont ni la même expérience ni les mêmes connaissances il porte atteinte à la qualité de la recherche et de l'enseignement. Et vous auriez raison.

Le voilà donc chargé de ces commissions et de ces assemblées, qu'il le veuille ou non. Le voilà obligé de prendre le train quand il doit siéger dans des commissions en province, ou l'inverse. Le voilà donnant des journées entières que l'on ne compte pas.

Mais, passons : à l'extrême rigueur il pourrait refuser (du moins chacun le pourrait : tous ne le pourraient pas, sans quoi la machine ne tournerait plus) ; il reste qu'il ne peut pas refuser la direction de travaux.

La direction de travaux représente une bonne moitié du temps de travail d'un professeur d'université, du moins en lettres.

Je ne sais trop comment donner mes exemples, puisque les noms des différents diplômes changent tous les deux ou trois ans, et que peut-être ils changeront encore entre le temps où j'écris et celui où l'on me lira — à supposer que l'on me lise. Je parlerai en fonction de mon expérience personnelle, quand j'étais professeur à la Sorbonne, il y a dix ans.

On dirigeait d'abord des mémoires de diplôme (ou maîtrises) :

un travail d'un an, qu'aborde un étudiant n'ayant jamais pratiqué la recherche. Il faut d'abord lui choisir un sujet. Cela représente des heures de lectures et de réflexion, pour repérer des sujets propres à être traités en un an, qui débouchent sur quelque chose et n'aient pas été traités, soit dans quelque mémoire antérieur, soit dans telle dissertation inaugurale à l'étranger. Il faut aussi s'assurer que la bibliographie peut être maîtrisée par quelqu'un qui domine mal, selon les cas, ou l'anglais ou l'allemand. Cela fait beaucoup de temps. On prépare, d'une année sur l'autre, des sujets possibles. Et puis on les offre aux candidats qui viennent vous trouver ; on leur explique l'intérêt et les difficultés de chacun. Le candidat hésite, promet de faire quelques lectures et de revenir vous voir. Cela fait au moins trois visites de près d'une heure avant que rien ne commence. Mais, les sujets une fois retenus, on va avoir ces candidats sur les bras toute une année (dans la meilleure hypothèse) : ils reviendront vous voir, avec leurs problèmes, leurs plans, leurs incertitudes, au moins trois ou quatre fois dans l'année, parfois plus ; et ils réclameront un effort d'adaptation, de patience et de fermeté, considérable. Après quoi, il faudra lire leur mémoire, avec attention. Il s'agit d'une centaine de pages. Qu'est-ce que cela, direz-vous ? N'empêche que cela ne peut être fait en moins de six heures de travail soutenu. Faites l'addition : chacun de ces candidats représente au moins trente heures. Or j'avais, en moyenne, vingt de ces candidats par an. Certains en avaient moins, d'autres plus. Mais vingt candidats à trente heures font six cents heures de plus dans l'année.

Or les travaux qui suivent la licence ne sont pas, de loin, les plus lourds. Les thèses de troisième cycle et les thèses d'État sont une responsabilité bien pire. Je ne puis l'apprécier en heures, car cela dépend beaucoup des cas. Je laisserai donc de côté les rendez-vous interminables pour le choix d'un sujet, qui répètent en plus grave les charges du niveau inférieur. Mais rien que lire ! Lire d'année en année des essais fragmentaires, provisoires, se suivant mal ! Les lire la plume à la main en notant chaque maladresse, afin que le candidat puisse y remédier à l'avenir, puis le voir, et lui expliquer ces critiques ! Et lire encore, quand il arrive au terme, l'ensemble ! Combien d'heures prend une thèse de lettres à celui qui la dirige ? Cela se compterait par centaines. Or on dirige facilement une vingtaine de thèses en même temps. Certains professeurs de littérature française en dirigent plusieurs fois autant. De fait, je puis bien dire que, tous les étés, je m'arrange pour grouper les thèses à lire — un des rares travaux que l'on puisse faire dehors : ces fameuses vacances universitaires sont consacrées à lire des thèses pendant au moins six heures par jour.

Ce travail, d'ailleurs, n'est pas tout. On fait aussi partie du jury pour des thèses que l'on n'a pas dirigées. Il faut les lire — ce qui est parfois long —, vérifier quantité de faits, puis assister à la soutenance et y intervenir... Si l'on comptait toutes ces heures, qui relèvent de notre service, on s'apercevrait vite qu'apprécier notre travail en heures d'enseignement est un peu comme si l'on ramenait ce qu'une mère fait pour son enfant aux heures prises par l'accouchement.

Je sais bien que je parle là de Paris, et que les universités de province, avec des effectifs plus modestes, un personnel moins diversifié, et par suite beaucoup moins de thèses, sont aussi moins accablées de charges. Mais j'ai aussi été en province ; et ce n'était pas absolument une sinécure : mon inexpérience relative exigeait deux fois plus de temps pour chaque sujet, pour chaque conseil. Et j'avais souvent recours, après bien des doutes et des tergiversations, à l'aide de mes maîtres parisiens. Les professeurs moins entraînés, même avec tous les titres de leurs aînés, ont en plus à apprendre le métier : et cela prend du temps.

Je ne me plains pas, d'ailleurs : j'explique. Et je voudrais bien éviter les réponses trop faciles, du genre : « déchargez-vous sur les assistants ! » ou encore « supprimez les thèses ».

Franchement, ce n'est pas sérieux. L'assistant (pardon ! le jeune maître de conférences) n'a pas encore fait de thèse. Il n'en a encore lu aucune (sinon par hasard, à propos d'un programme, et c'était alors une thèse achevée et ancienne). Il ne sait pas ce qui se fait à l'étranger. Il n'a pu s'initier aux bibliographies que depuis très peu d'années. Est-ce pensable de vouloir lui confier la responsabilité d'enseigner aux autres ce qu'il n'a pas encore pratiqué lui-même ? Oui, c'est pensable : tout, aujourd'hui, est pensable. Mais on peut imaginer la qualité de la recherche qui serait élaborée dans ces conditions et le tort qui serait ainsi porté aux futurs maîtres de demain.

Quant à supprimer les thèses, pourquoi pas, tant qu'on y est ? Cette idée, dans le domaine des lettres, me fait horreur, et j'y reviendrai ; mais d'autres idées m'ont fait frémir et sont devenues réalité. Cependant, même ainsi, même en supposant toutes les suppressions les plus folles, veut-on dire que l'on supprimera la recherche ? Même des thèses plus courtes, même des articles, même des mémoires exigent d'être guidés, critiqués, orientés. Le travail sera le même et la responsabilité identique.

On commence peut-être à voir et à comprendre ?

Et pourtant, n'ai-je pas oublié l'essentiel ? Après tout, même la réforme actuelle parle d'« enseignants-chercheurs », avec un beau trait d'union que j'apprécie ! Mais ce beau trait d'union veut dire que, pendant tout ce temps, et en plus de tout cela, le professeur se devra de poursuivre sa propre recherche, d'apporter sa contribution à la science, de publier. Et, à cette fin, il devra ou devrait passer des journées entières à dépouiller des articles, à lire des manuscrits et des documents anciens, ce qui l'oblige à des déplacements divers. Il devra aussi, s'il ne veut pas trahir les intérêts de sa discipline et ceux du progrès scientifique, participer à des rencontres, à des colloques, à des congrès, préparer les communications qu'il y fera, donner des conférences, répondre à des invitations de l'étranger, accueillir en retour des collègues du dehors... Quand fera-t-il tout cela ? Comment y arrivera-t-il ? Nous essayons, c'est tout ce que je puis dire. Mais, si l'on accroît encore telle ou telle de nos charges, ce ne pourra être qu'au détriment de telle autre : la qualité, ici encore, paiera les frais de l'opération.

Enfin, comme si ce n'était pas assez, sait-on bien qu'à tous les détours l'État ne manque pas de gagner sur le temps des professeurs ? Sait-on qu'un professeur, nommé d'une université dans une autre, doit en général assumer pendant au moins un an les deux services à la fois, dans deux villes différentes ? Le procédé, instauré sous le régime précédent, est pratiquement, aujourd'hui, devenu la règle. Cela fait une économie, bien entendu : on paye une personne pour le travail de deux. Mais ce que l'on sacrifie, en l'occurrence, c'est encore notre temps, et, par suite, la qualité de notre enseignement.

Je sais au reste ce que certains m'objecteront : je décris là un état idéal, qui ne se rencontre plus guère : les professeurs d'université ne se donnent que rarement tant de mal. N'est-ce pas là tout juste ce que je tente de montrer ? Ils ne se donnent *plus* tant de mal ; ils s'en donnent et s'en donneront de moins en moins. Et ce sera tant pis pour leurs étudiants et pour les savants de demain.

Mon intention n'est d'ailleurs ni de nous donner pour des saints ni d'accorder trop d'importance aux petites mesures vexatoires augmentant nos charges. Ces mesures ont été l'occasion des explications que j'ai données ; mais en elles-mêmes elles comptent peu. Elles ne font que s'ajouter au reste et apporter une explication de plus à un marasme qui n'en a déjà que trop.

Les enseignants du secondaire cherchent la fuite vers le supérieur : les meilleurs, dans le supérieur, cherchent la fuite ailleurs, vers le Collège de France par exemple, ou encore à l'étranger.

Ils ne la trouvent pas tous. Et, dans ce cas, une sorte de démission intérieure les guette bien souvent. Depuis quelque temps déjà, le Collège de France se plaint de ne pas trouver de savants remarquables dans bien des disciplines littéraires ; et ce n'est nullement un hasard. Beaucoup étaient en passe de le devenir ; et puis, selon les cas, ils ont bifurqué vers d'autres activités, ou bien ils ont donné tout leur temps à faire marcher la maison en dépit des difficultés sans cesse renaissantes et ont ainsi perdu l'élan vers le savoir ; ou encore ils se sont détachés d'obligations qui les lassaient et ont accompli leur métier comme on fait son ménage, parce qu'il le faut. La couvée des futurs grands professeurs n'a pas éclos. Le titre tant convoité de professeur d'université ou de professeur à la Sorbonne s'est alors trop souvent appliqué à des enseignants médiocres, à des tâcherons.

Las, où est notre Sorbonne d'antan ? Les meilleurs sont parfois ailleurs ; ou bien on les a peu à peu usés et rabaissés.

Alors, nos jeunes maîtres de conférences ? Ils seront les rois, comme ils l'ont voulu. Mais de quel royaume ? et dans quelle atmosphère ? La qualité de l'enseignement est chose communicative. Du plus spécialisé au moins spécialisé, et réciproquement, il se fait un échange stimulant. Un professeur vraiment qualifié, par des remarques en passant, par des livres prêtés, par l'annonce d'une publication, améliore la recherche de tous ses collaborateurs, tout comme l'intérêt avec lequel il suit leurs travaux renouvelle son expérience et étend encore son information. Un professeur mal informé, morose, amer ne répand plus rien, ne reçoit plus rien.

C'est là que, précisément, il sied de parler d'équipes. Il reste dans le secondaire de bons lycées, où tout le monde sait que la discipline est respectée et le niveau honorable, des lycées où beaucoup voudraient pouvoir inscrire leurs enfants. Sans doute ces établissements comptent-ils dans leur personnel enseignant ou administratif quelques personnes ardentes et capables, qui prêchent d'exemple et font régner, par leur seule présence, une bonne atmosphère. Sans doute aussi bénéficient-ils de l'existence d'une tradition, à laquelle tout contribue, depuis l'aspect de locaux encore dignes de leur fonction jusqu'à la présence de professeurs plus anciens revêtus d'une autorité acquise. De même, il y a des sections d'université qui vont bien, qui sont saines, actives, brillantes. Mais ôtez, dans l'un et l'autre cas, les têtes de file, et vous verrez ! Il existe une contagion de la qualité.

Je souhaite que les jeunes gardent la notion de ce qu'ils doivent à leurs aînés et continuent en retour à leur communiquer de leur chaleur et de leur dynamisme. Mais ce ne sont point là choses qui se commandent. En revanche, les mesures officielles dépendent du gouvernement. Le respect des professeurs et du savoir devrait les inspirer : telle est la condition première pour la bonne marche de l'enseignement. Les mesures les plus graves et les plus fâcheuses le sont surtout par le fait qu'elles sapent ce respect et, avec lui, le zèle qui en découle. Les bonnes mesures sont à l'avance ruinées si elles ne s'accompagnent d'un changement d'attitude en ce domaine. Ce changement doit comporter la reconnaissance des compétences diverses au sein du corps enseignant, et une considération accrue envers ce corps dans son ensemble. Les deux dispositions, en effet, sont liées, et dans la logique et dans la pratique. Autrement, l'hémorragie, avec l'affaiblissement qu'elle entraîne, ne cessera pas de s'aggraver et videra l'enseignement de ses forces vives.

Mais cela même ne suffit pas. Les égards pour les personnes seraient artificiels et inopérants s'ils ne se fondaient sur une reconnaissance ouverte du rôle et de la dignité du corps enseignant en tant que tel.

Toutes les vexations qui privent peu à peu les enseignants de leur efficacité ne sont que les petites marques extérieures, et en apparence dépourvues de gravité, du mépris latent qui vise leur fonction, et qu'inspire un matérialisme, aujourd'hui souverain.

Je devrais peut-être dire une rencontre de matérialismes. La société de consommation est « à droite », et elle est matérialiste ; le marxisme est « à gauche », et il est matérialiste. Les hommes d'État successifs ne nous parlent, indéfiniment, que de ventes à l'étranger, de profits et de pertes. Et voici que maintenant l'État lui-même, chargé d'organiser la formation des jeunes, semble n'avoir à cœur que d'arbitrer des conflits d'intérêts et de régir une bureaucratie de fonctionnaires aigris.

Je sais bien que des règlements et des instructions ne suffiront pas à rendre leur place aux valeurs spirituelles : ils pourraient au moins, dans le domaine qui est entre tous celui de l'esprit, ne pas contribuer systématiquement à l'éteindre. Or c'est très exactement ce qui a lieu.

Le marasme actuel, accru par la confusion et aggravé par la réglementation, est devenu presque un coma. Et ce qui se prépare ne semble guère laisser espérer une prompte réanimation.

J'essaierai de le montrer. Mais, ayant ici mis en cause le niveau des études et sa chute, je crois d'abord nécessaire de m'expliquer un peu sur ce point. Pour juger du traitement, il faut être sûr des symptômes.

II

LE FLOT MONTANT DE L'IGNORANCE

> « Un cordonnier, en faisant des souliers, ne saurait gâter un morceau de cuir qu'il n'en paie les pots cassés ; mais ici l'on peut gâter un homme sans qu'il en coûte rien. »
>
> MOLIÈRE, *Le Médecin malgré lui*, acte III, scène 1

Tous les enseignants, de tous les niveaux, se plaignent de l'actuel niveau de leurs élèves ; et je viens d'y faire allusion. Mais la critique a besoin d'être précisée. Car, sous cette forme générale, elle est vague, contestable, et en tout cas impropre à suggérer des explications.

Un rapport récent publié par le service d'information du Ministère (rapport Prost, de décembre 1983) indique que ce niveau ne serait pas vraiment en baisse — sauf pour certains aspects (qui ne me semblent pas négligeables) comme « l'expression écrite » ou « la capacité de soutenir une opinion par des raisons nouées entre elles de façon cohérente » (p. 29 et 30). C'est déjà beaucoup. D'autre part ce rapport n'obtient cette impression relativement rassurante qu'en faisant entrer en ligne de compte le nombre des élèves instruits, qui vient ici compenser la qualité de l'instruction reçue.

En fait, rien n'est difficile à apprécier globalement comme un niveau.

Il y a d'abord une question de tête et de queue. Dans les concours de l'enseignement supérieur, tout le monde reconnaît que la tête reste au moins aussi bonne que par le passé. Seulement, elle est beaucoup plus réduite en nombre. Il s'agit d'une poignée de bons éléments, pour lesquels ont pu jouer l'influence du milieu familial ou des dons ainsi que le rôle des bons professeurs : Dieu merci, il y en a encore. Mais, après ces bons éléments, la chute s'accélère, et, tout en bas de l'échelle, une masse de plus en plus grande tombe si bas que les correcteurs, déroutés, regrettent en général de ne pouvoir noter au-dessous de zéro. C'est là le phénomène vraiment grave. Et s'il venait à s'accentuer, il est clair que la contagion, peu à peu, atteindrait progressivement jusqu'au plus haut niveau : associés dans les mêmes classes, ces élèves plus faibles obligeront l'enseignant à s'adapter de proche en proche à leur ignorance et à faire perdre leur chance aux autres.

Mais surtout, comment comparer, comment mesurer ce savoir ? Il est certain que les enfants savent aujourd'hui des choses que nous ne savions pas, et qui, dans bien des cas, n'existaient pas de notre temps. Ils ont un vocabulaire technique plus étendu, une expérience du monde concret plus riche. Mais s'ils ne savent ni raisonner, ni s'exprimer, ni critiquer cette information recueillie ici ou là, où sera le bénéfice ? Et que feront-ils de ces informations ? Comment mesurera-t-on la valeur relative attachée à ce que nous savions et qu'ils ignorent et à ce qu'ils connaissent et que nous ne connaissions pas ? Le mal que je voudrais dénoncer ne porte pas sur une somme de connaissances éparpillées : il porte sur un vice fondamental, qui rend caduques ces informations de fortune et explique l'espèce de paralysie intérieure entraînant ces tristes fins de listes, dont je parlais à l'instant.

Ce mal est criant, patent, indéniable.

Il commence avec les connaissances les plus élémentaires — lire et écrire. Les rapports que j'ai pu voir nous apprennent qu'à l'arrivée en sixième un enfant sur quatre ou sur cinq ne sait ni lire ni écrire. Beaucoup, semble-t-il, savent *un peu*, c'est-à-dire qu'ils ânonnent, avec peine, et à voix haute. Dans une classe de cinquième sur laquelle j'ai eu des renseignements, tel serait le cas pour l'ensemble des enfants, à l'exception de trois redoublants. Ne pas savoir lire et écrire, c'est être analphabète : voilà où nous en sommes tombés. Et des établissements ont, dans certaines régions, pris l'initiative d'organiser des cours de rattrapage.

On ne peut plus s'étonner, après cela, qu'il y ait en France, parmi les adultes, plus d'un million d'analphabètes. On a parlé de deux millions. Même en comptant dans ce nombre les immigrés, il est clair que cette carence extraordinaire ne concerne pas des cas d'exception seulement.

Ne pas savoir lire ou écrire à onze ou douze ans ! Comment espérer dans ces conditions de bonnes études dans les années qui suivront ? Et comment ne pas mettre en cause les principes pédagogiques en vigueur ?

Je n'emploie pas ce mot sans appréhension. Car je ne pense pas à la pédagogie constituée et officialisée, qui enseigne les procédés destinés à intéresser les enfants sans les lasser : je pense au rôle même de l'enseignement.

Longtemps entouré d'autorité, de règles, de notes et de rites, il a soudain évolué vers plus de liberté. On a voulu laisser les enfants s'épanouir, inventer, se distraire, choisir. C'était sans doute un bon principe. Mais, partant de ce bon principe, on est vite tombé dans l'excès : la liberté risque toujours de conduire au laxisme.

Or, dans le cas des enfants, c'était là renier la fonction même de l'enseignement, qui est de développer, de fortifier et d'entraîner, grâce à l'effort, les moyens encore virtuels chez ceux que l'on veut former ou aider à se former. Si les enfants n'apprennent pas à rester assis en place et à fixer leur attention, ils n'apprendront évidemment pas à lire ni à écrire. On cherche à les distraire, à les laisser libres, à les faire jouer : ils se lasseront vite des distractions, et même de la liberté, et même du jeu, si leur attention n'a pas été entraînée. Et ils sortiront de là ignorants. C'est justement ce qui arrive.

Certains disent — je l'ai lu dans la presse — que le même fléau sévit aux États-Unis ; le nombre des analphabètes y serait considérable ; et l'on met ce mal en relation avec la suppression des examens et des contrôles, jugés opprimants.

Ne pas savoir lire, n'est-ce pas plus opprimant encore ? Ces enfants sont bien évidemment les victimes des expériences tentées sur eux. C'est pour eux, dans leur intérêt, dans l'intérêt des moins doués et des plus instables que l'on doit réclamer à tout prix le retour vers un peu plus d'ordre et de volonté. Un coureur cycliste, quand il s'entraîne, se force. Un pianiste, lorsqu'il travaille, se force. Et c'est ainsi que les jambes ou les doigts se font plus forts et plus agiles. Il est si facile d'obtenir qu'une classe se livre aux choses sérieuses comme à un jeu, que chacun y lutte d'attention, de curiosité, de savoir ! J'ai enseigné le grec, matière austère, à des enfants : même la grammaire et même la recherche du sens peuvent devenir le plus amusant des jeux — à condition que ce jeu ait des règles strictes, comme tous les jeux, qu'il ait des vainqueurs, comme tous les jeux, et ne soit pas trop facile.

Les enfants sont créatifs, peut-être ; mais ils sont aussi courageux, combatifs, curieux. Il est grand temps de renoncer à les laisser pieusement flotter dans l'ignorance et l'inattention. Par respect pour leur avenir, il faudrait rétablir la discipline. Par respect pour leur avenir, il faudrait leur apporter ce qu'ils ne peuvent ni inventer ni désirer apprendre, mais sans quoi ils ne pourront rien : les dates, la grammaire, les mots abstraits, les idées, les œuvres du passé. Il faut même les obliger à apprendre par cœur : heureux enfants, ils peuvent encore le faire ! Plus on les y entraînera, plus ils y parviendront aisément. Et peu à peu les mots, les dates, les vers, feront partie de leurs réflexes, de leurs ressources.

Réactionnaire ? Sans aucun doute ! On voit les inconvénients d'un excès puis d'un autre : il est grand temps que le pendule reparte en sens inverse.

Il en est d'autant plus temps que chacun sait le rôle que joue actuellement la télévision. Elle peut enseigner beaucoup. Mais elle engendre de façon indiscutable la passivité ; et elle crée l'habitude d'une attention non obligatoire, non active, et non continue, qui serait peu de mise au lycée. Celui-ci devrait donc apporter une compensation : utiliser les avantages de cette autre information, mais en corriger les inconvénients.

Cette réaction, que j'appelle de mes vœux, ne va pas, quoi qu'il en semble, à l'encontre de la fameuse créativité. J'ai vu, l'an passé à Clermont-Ferrand, une grande exposition sur la Grèce antique, dans laquelle chaque panneau, chaque dessin, chaque maquette, était l'œuvre d'une classe, d'un des établissements de l'Académie. Créatifs, certes, ces enfants l'avaient été et ils avaient tout lieu d'être fiers de leur œuvre. Mais ils s'étaient renseignés, ils avaient appris, compulsé des livres, recouru à la chronologie, vérifié les orthographes de ces noms grecs souvent difficiles, étudié et tracé des cartes... C'était là une réussite ! On assistait au double mariage de l'initiative avec l'étude la plus sérieuse, et de la réalisation artisanale avec une connaissance théorique approfondie.

Mais, avant d'en venir là, qu'on leur apprenne à lire ! Certains peuvent inventer la lecture tout seuls ; mais, quel que soit le génie créatif de cet âge, les faits que j'ai cités font que je ne m'y fierais pas trop.

Si, de ces débuts et de cette première initiation, on passe à l'enseignement secondaire, on retrouve les mêmes retards ; mais leurs causes ne sont plus exactement les mêmes. Il est vrai que, dans une large mesure, ils proviennent eux-mêmes des retards antérieurs, dus à ce laisser-aller. Il est vrai aussi que celui-ci continue à poursuivre ses effets. Mais il s'y joint dorénavant d'autres facteurs, mettant en cause les méthodes mêmes que l'on a, dans certains cas, adoptées afin de renouveler le vieil enseignement. Il y a d'ailleurs parenté entre les deux cas, puisqu'il s'agit toujours d'un zèle expérimentateur dont l'imprudence a porté les fruits que l'on pouvait craindre.

Le cas de l'histoire offre un premier exemple bien connu.

On enseignait jadis une histoire dite événementielle, où les dates jouaient un grand rôle. Cela faisait un enseignement parfois aride, où la mémoire entrait en ligne de compte et d'où la vie concrète était souvent absente. Une nouvelle école d'historiens a, de la façon la plus heureuse, réagi, et avec force, essayant de restituer une certaine réalité, sociale et quotidienne, à côté des grands événements, souvent militaires, qui en masquaient l'importance. C'était là un progrès indiscutable et une voie enrichissante.

Très bien ! Mais là-dessus les historiens, grisés par ces perspectives nouvelles, ont voulu conformer l'enseignement scolaire à ces perspectives nouvelles. Et voici que l'on s'aperçoit que rien ne va plus. Car les savants, en ouvrant ces voies à la connaissance, supposaient malgré tout connus un certain nombre de grands cadres. Et nul ne s'est avisé que le rôle de l'enseignement secondaire était précisément de les communiquer aux enfants.

Actuellement, les enfants sauront beaucoup de choses sur la nourriture ou le mariage sous Louis XIV ou au Moyen Age ; mais ils ne savent pas quand vivait Louis XIV ni ce que c'est que le Moyen Age. Autant dire que leurs connaissances concrètes n'auront aucune espèce de sens ni de valeur. Qui plus est, leurs connaissances littéraires deviendront également caduques. Avec la disparition du cadre chronologique, aucune connaissance ne s'accroche plus à rien.

On en a parlé dans la presse. On s'est inquiété de voir qu'entre Louis XIV, Napoléon, la Révolution française, aucun ordre ne s'instituait plus. Les plus hautes autorités de l'État ont dénoncé ce mal. Mais, malgré ces réactions, personne ne semble avoir mesuré jusqu'où va cette ignorance, ni l'effet qu'elle exerce bien au-delà de l'histoire proprement dite.

Quand, dans une copie de Lettres supérieures, donc d'une classe de bacheliers, on lit que « le décor Régence prouve tout de suite que l'action se passe au Moyen Age », on croit d'abord à une bévue, à une étourderie : mais si personne n'a appris aux jeunes les dates du Moyen Age et de la Régence (quelle régence ? Se le sont-ils seulement demandé ?), pourquoi l'absurdité ne sortirait-elle pas de la pure et simple ignorance ? Dans une autre classe, une copie déclare bien que « le cinéma est né au XIVe siècle, par le Français Jean Lumière » ! Pourquoi pas, quand les siècles se télescopent, quand ils ne forment plus une suite cohérente, jalonnée de repères ? Tel autre élève a, paraît-il, été surpris d'apprendre que Voltaire était mort. Aussi bien ne faut-il pas oublier que le cinéma et la télévision nous présentent quotidiennement des événements passés sous leur forme restituée et vivante. Cela est heureux, ou du moins cela le serait si, ailleurs, on fournissait aux enfants les cadres où situer ces reconstitutions. Peut-être le gamin qui ignorait que Voltaire était mort l'avait-il vu peu auparavant sur une chaîne de télévision, entre Mauroy et Chirac... Et cette classe de quatrième, gentille et zélée, qui demandait cette année à son professeur de latin ou de grec si ces langues étaient déjà des langues mortes quand elle-même avait fait ses études, n'est-ce pas simplement une classe pour qui le temps et la durée n'existent pas ?

On me dira que je prends des exemples limites, et c'est bien vrai. Mais ces exemples sont réels et je pourrais en allonger la liste presque indéfiniment. Au reste, je ne suis pas seule à signaler le mal. Le dernier rapport établi à la demande du Ministre sur l'enseignement de l'histoire et de la géographie, et publié en 1983 par le service d'information du Ministère, nous révèle ainsi qu'en seconde il se trouve 43,5 % des élèves pour placer Voltaire sous Louis XIV, 43,1 % pour placer Mozart sous le second Empire, et 13,9 % pour y placer Picasso. Ce sont des minorités, c'est vrai ; mais, dans les deux premiers cas, les chiffres sont assez élevés pour traduire une défaillance générale ; et le seul fait que de telles erreurs soient possibles constitue un symptôme qui ne trompe pas.

Et puis l'ignorance, dont certains pourraient peut-être se consoler, se prolonge automatiquement en incompréhension dans tous les domaines : ce n'est pas un hasard si les Grecs avaient un même mot *amathia* pour désigner l'ignorance et la sottise. Que comprendra en effet un enfant privé de ces repères à la beauté d'une œuvre littéraire ou artistique ? Allez donc lui expliquer Racine comme si c'était une production du XIXe siècle et vous verrez ce qu'il en restera ! Ou allez lui expliquer Voltaire et Rousseau, ou Beaumarchais, sans tenir compte du fait qu'ils se placent avant la Révolution ! Ou attendez donc qu'il soit ému par les restes de

Rome, si l'histoire n'est pas là ! Même le sens du progrès humain s'effacera, se noiera, dans un monde inconsistant...

A la limite, il se pourrait que le sens même du temps devienne flou et imprécis. Tel professeur d'une classe de cinquième dans la région parisienne se plaignait récemment que, dans un récit, ses élèves aient tendance à confondre toujours les temps, mêlant le présent, le futur et le passé au point d'être inintelligibles. La fameuse « expression écrite » trahit ici le désordre intérieur que suscite l'ignorance.

Si l'on n'avait pas, par prétention, confondu les recherches récentes avec les connaissances de base, on n'en serait pas là. Le mal ainsi suscité s'étend bientôt aux autres disciplines et brouille les idées, de façon, pour les enfants, presque irrémédiable.

Mais déjà cette considération de l'histoire confine, on vient de le voir, à l'expression écrite, commandée par la grammaire. Or nous découvrons en cet autre domaine un mal de même nature. Les élèves de cinquième, quatrième et troisième ne savent plus analyser une phrase, c'est-à-dire reconnaître ce que nous appelions naguère le sujet, le verbe, les compléments directs et indirects, ou les propositions relatives, causales et circonstancielles. Cela veut dire qu'ils ne comprennent plus la phrase et que, s'il s'agit de passer à une autre langue, dont les moyens d'expression sont différents — comme l'allemand, ou, pour ceux qui en font encore, le latin —, ils sont complètement désemparés. Et ce n'est pas leur faute. Car, là aussi, on a voulu aligner l'enseignement secondaire sur les méthodes nouvelles, et encore contestées, de la linguistique. Et le résultat est, par le biais de la prétention, un inextricable gâchis.

Tel dictionnaire de la linguistique se plaignait déjà, il y a une dizaine d'années, de l'incertitude des termes employés, dont certains ne sont dus qu'à des traductions improvisées de termes étrangers, comme « structurel » et « structural », « receveur » et « récepteur », etc. ; déjà alors, on réclamait de n'employer dans l'enseignement que des termes sur lesquels les savants fussent tous d'accord. Ce conseil n'a pas été suivi. Quiconque ouvre, à cinquante ans, un livre de grammaire en a le souffle coupé. Il découvre alors que l'analyse procède par groupes, comme si tous les mots n'en faisaient qu'un (je vois « le-chapeau-de-ma-mère-posé-sur-l'armoire ») : le collectivisme s'empare même de la grammaire, ou plutôt de l'analyse grammaticale !... Ces groupes à leur tour s'organisent en arbres ramifiés, qui effraieraient les plus rompus à la réflexion : on y distingue un « groupe nominal 1 », un verbe, des groupes nominaux 2 et 3, ce qui permet les abréviations habituelles à notre temps : on parle de G.N.^{2}, de G.N.^{3}. Trop heureux quand l'auteur a la gentillesse de noter entre parenthèses que ce G.N.^{3} est un « c.o. secondaire » (c'est-à-dire un complément d'attribution). Il se trouve en effet que les appellations ont changé, et que, par exemple, il peut très bien arriver à l'ancien « sujet » de s'appeler (eh oui !) un « complément de rang zéro » !... Peut-être a-t-on là le reflet d'une théorie fort utile en linguistique. Mais il y a quand même de quoi ouvrir des yeux ronds ! De même le « prédicat » remplace à l'occasion notre vieux « verbe » ; le complément d'attribution (je donne quelque chose « à mon frère ») est devenu un « objet second » ; l'attribut se confond avec le complément d'objet (mon père est *médecin*). Si bien que ce vocabulaire, qui ne peut qu'effrayer des jeunes, a aussi pour effet de leur masquer les vraies valeurs, et de les amener, s'ils traduisent, à faire des fautes de cas. Mieux encore, on trouve, pour désigner des propositions, des formules comme « la que P » ou « la qui P » (ce qui représente, avec la simplicité habituelle, les propositions commençant par « qui » ou « que ») ; mais la « que P » sera-t-elle complétive ou relative ? on ne le sait pas ; et la dénomination commune n'attire pas l'attention sur la différence, pourtant grammaticalement essentielle. Et nos compléments circonstanciels ! Les voici ramenés, eux aussi, à des « objets seconds », confondus les uns avec les autres, sous un titre global qui ne permet pas l'analyse, ou au moins n'y invite pas.

D'ailleurs la structure simple d'une proposition devient une sorte de champ de forces, et je découvre dans un manuel pour la classe de sixième que le G.N. est sujet à l'expansion (quand on ajoute, par exemple, un adjectif), à l'effacement (quand, au lieu de dire « il faut avancer », on dit « avançons »), voire à

« l'enchâssement », quand un verbe devient négatif... Je m'en suis étonnée d'abord ; j'ai vu bientôt dans d'autres manuels que cet « enchâssement » était courant et qu'il y avait même des éléments « enchâssants » et « enchâssés ».

Pauvres enfants, armés de crayons rouges, bleus et verts, ils essaieront de s'y reconnaître ; et certains, j'imagine, y parviendront plus aisément que moi. Mais tant que les termes seront aussi ambitieux et les divers éléments définis de façon aussi extérieure, je crains que la plupart n'éprouvent du mal ! Ils ne sauront plus parler : « Et voilà pourquoi votre fille est muette », pourrait-on dire avec Sganarelle, à la suite de tous les mots savants, français et latins, qu'il venait tout juste de forger...

Je pense, à la vérité, que l'effort pour renouveler les méthodes, en utilisant les jeux, les images, et même l'allure scientifique qu'aiment les jeunes, part d'intentions excellentes. Mais mêler à ce souci du concret un vocabulaire abstrait digne de la scolastique, et finir par dire à des élèves de cinquième (comme je l'ai lu dans un des meilleurs manuels) : « Cette ultériorité imminente peut être relative à un moment du passé » me semble décidément abusif... Est-ce au *Médecin malgré lui* que l'on pense, comme je le suggérais, ou bien aux *Femmes savantes ?* En tout cas, c'est à Molière...

Encore si ce vocabulaire correspondait au moins à une doctrine lucide, et tenue pour valable par tous, on s'en consolerait peut-être. Pour ma part, je ne m'en consolerais pas, car je trouve ce vocabulaire tout à la fois prétentieux et imprécis ; mais enfin j'admettrais : on a bien procédé de même pour les mathématiques et, si cela a compliqué les choses, si cela a réduit la part de la rigueur abstraite et celle de la géométrie, on peut penser que, pour relier le secondaire à la recherche et à ses applications pratiques, la mesure avait un sens : je rappellerai pourtant que, même là, on est un peu revenu sur l'ambition et l'obscurité des premiers manuels, et cette leçon pourrait être méditée. Mais ce dont nul ne saurait se consoler, c'est que, dans le domaine de la grammaire, il n'y a même pas accord. On a bien tenté, devant un mal si évident, d'arriver à une entente : on a édité, à l'usage des professeurs de français, une *Nomenclature grammaticale* (brochure 6082 de l'I.N.R.D.P.). Je doute fort qu'elle donne satisfaction à tous. Mais, de toute manière, elle ne vaut que pour le français. Et l'on verra le même enfant voué à une terminologie différente selon qu'il s'agit du cours de français, ou de celui de latin, ou de celui d'allemand. Et on le comprend : des langues dont la structure est autre ne se prêtent pas avec une égale facilité à ces réformes improvisées. Comment, alors, l'élève s'y retrouverait-il, et comment comprendrait-il ? Il n'y a pas non plus accord entre les divers enseignants : selon l'âge, ceux-ci adopteront une forme d'analyse ou bien une autre, un vocabulaire ou un autre ; ils varieront aussi selon les écoles auxquelles ils ont été formés.

Le résultat ? J'ai indiqué déjà que dans des classes de cinquième ou de quatrième les enfants ne savaient absolument pas la différence entre le participe « aimé » et l'infinitif « aimer ». De même, je connais des classes de troisième qui, interrogées sur les fonctions d'un adjectif, en énuméraient de multiples, sauf les seules que nous connaissions, mais qui sont passées de mode, l'épithète et l'attribut. Si ces enfants-là faisaient du grec, ils auraient une faute à chaque fois, puisque la place du mot varie selon cette division essentielle... Le sens aussi, bien sûr ! Mais s'occupe-t-on du sens ?

Et ce qui est vrai de l'analyse l'est aussi de la morphologie. L'une rejoint souvent l'autre. Et, une fois que l'on a accepté de laisser toutes les fonctions grammaticales dans le vague, en les coiffant de mots peu compréhensibles, une fois que l'on a laissé échapper l'effort de distinction et de compréhension lucide, comment le jeu des désinences et des accords serait-il autre qu'arbitraire ? Le pluriel et le singulier se mêlent au hasard, les formes se chevauchent. Non ! il ne s'agit pas de purisme ! Quand un bachelier signale qu'il faut qu'un rapport « soit remplisse » pour « rempli », est-ce purisme que de s'alarmer ? Quand un substantif fait son pluriel en -nt (les cathédralent), est-ce purisme que de gémir ? Oui, vraiment, si l'on dit que le niveau se maintient, on a raison de mettre à part l'expression écrite.

On a diffusé récemment un recueil de phrases recueillies dans des copies d'élèves de l'I.U.T. de Metz ; or les preuves sont là : pas un accord n'est fait ; les mots sont mal coupés, les verbes sans désinence de personne ; je renvoie à ce recueil : il révèle un fléchissement de la grammaire qui confine à l'incapacité totale de s'exprimer.

Certes, je cite, ici encore, des cas extrêmes. Mais qu'ils soient possibles, et dans toutes les classes, prouve assez que quelque chose ne va pas, et dans les méthodes, et dans les exigences à faire valoir pour le passage d'une classe dans l'autre.

Il est vrai que jadis on apprenait aussi le français par la lecture des textes : hélas ! trois fois hélas ! l'enseignement de la littérature est le troisième perdant...

Il est clair que les deux défaillances que j'ai signalées jouent ici leur rôle. On ne peut comprendre un texte littéraire si l'on ne se débrouille pas dans la construction des phrases, et l'on ne peut l'apprécier sans le situer dans une époque. Mais il faut ajouter à cela que d'autres causes interviennent, qui vont des plus simples aux plus profondes.

J'ai indiqué la difficulté que beaucoup d'enfants trouvent dans le seul fait de lire. Mais, une fois passé le stade des petits exercices simples, il faut aussi comprendre les mots que l'on lit. Or il semble qu'en quatrième les élèves, désormais capables de lire, achoppent sur les termes abstraits, qu'ils ne connaissent pas. Le résultat est, de toute évidence, que le sens des textes se dérobe. Je ne compte plus les récits dans lesquels il apparaît que la lecture d'une pièce classique comme *L'Avare* est un véritable décryptage (ceci, encore, en quatrième) ou que le spectacle d'une adaptation des *Troyennes* d'Euripide (par Sartre) laisse une classe de troisième absolument ahurie et incapable de reconstituer l'histoire ou le sujet de la pièce. Qui dira quels auteurs sont totalement inconnus des jeunes bacheliers les plus doués ? Ronsard ? Bossuet ? Vigny ? Tout le monde ne peut pas être Boris Vian, seul auteur connu, semble-t-il, de certains jeunes enseignants...

Cela suggère nettement un désintérêt. Car enfin, si le but poursuivi était de faire connaître et comprendre les textes, on y arriverait. Mais tel n'est pas le cas.

On le voit dans les matières qui ne concernent pas directement la littérature. Si je me reporte aux statistiques établies pour l'histoire, je constate que, pour une classe de seconde, dans cette matière, on obtient plus de 67 % de réponses justes s'il s'agit de la vie quotidienne, et moins de 42 % s'il s'agit d'art et de civilisation. Dans le domaine de la langue, les indices concordent. Pour ce qui est des manuels de langue française que j'ai pu compulser, les exemples ne sont à peu près jamais littéraires ; ils sont souvent constitués par des articles de journaux relatifs aux événements politiques du jour : pour chercher à reconnaître un verbe passif ou un complément, était-ce indispensable ? En ce qui concerne les langues il en va de même. C'est un fait que, dans l'enseignement de l'anglais, il est bel et bien interdit de recourir aux textes littéraires. Et en allemand, même, sait-on que tel manuel récent, destiné à remplacer ceux d'avant, ne comporte plus aujourd'hui *aucun* texte littéraire ? Plus d'écrivains, plus de notices biographiques permettant de les situer dans une époque, plus de possibilité de faire découvrir aux jeunes un style, le style ! Au lieu que la littérature pénètre les divers enseignements, elle s'efface un peu partout.

On me dira qu'il reste des manuels pour enseigner à lire les textes littéraires français. Et c'est vrai. Mais beaucoup de ceux que j'ai eus entre les mains ne m'ont guère rassurée, tant le désir d'être modernes pèse sur eux. D'abord, même là, les extraits de journaux et les textes publicitaires se mêlent encore à la littérature. Ensuite les écrits de toutes les époques sont confondus et présentés comme s'ils étaient nés côte à côte. Enfin la préférence est toujours donnée aux auteurs vivants. J'ai vu tel manuel de quatrième où Christine de Rivoyre et Christiane Rochefort étaient chacune aussi représentée que Molière, Simone de Beauvoir que Victor Hugo. Dans tel autre, Astérix figure entre *Germinal* et *Iphigénie*. Je n'ai rien contre ces auteurs de notre temps, bien entendu. Mais je me méfie de cette facilité accrocheuse ; et je me méfie du désordre chronologique. D'ailleurs les textes sont le plus souvent groupés par thèmes — en fonction, là encore, des thèmes les plus modernes, comme les rapports sociaux, la vitesse, la bande dessinée. Le but est évidemment le dossier, non l'œuvre. La littérature en tant que telle n'est plus nulle part à l'ordre du jour.

Il est possible qu'ici aussi la prétention et la mode y soient pour beaucoup. Car c'est un fait que les jeunes enseignants ont été formés aux sciences humaines, qui cherchent, très légitimement, à reconnaître dans les œuvres des témoignages sur les conditions sociales qu'elles traduisent ou qu'elles impliquent, sur ce qu'elles apportent d'informations, à propos, par exemple, de la condition des femmes, de la nourriture, du travail, ou des rites funéraires. Que ces œuvres soient en même temps littéraires, qu'elles puissent toucher, demeurer, élargir notre univers intérieur de tout un jeu de souvenirs et de symboles, de sentiments et d'espérances, peut, au niveau de la recherche, passer pour un présupposé. Je regrette que ce présupposé soit si souvent laissé dans l'ombre, que la merveille de la transposition artistique et de la création poétique, avec ses procédés et ses découvertes incessantes, soit aujourd'hui trop peu étudiée. Mais enfin on peut admettre que le domaine de la recherche accorde un privilège à la nouveauté. Ce qu'on ne peut admettre, c'est que ce souci de l'art, de l'expression, de l'affinement psychologique ou dramatique disparaisse du même coup de la formation des enfants : la littérature, comme telle, s'efface dans l'enseignement. Le fait est d'ailleurs officiellement reconnu : je renvoie au rapport Prost, déjà cité, et à ce qu'il dit aux pages 29 et 30.

Je ne sais si l'on mesure bien la catastrophe que cela implique. Quand nous lisons des mémoires de personnes de soixante ans, leur jeunesse est en général remplie et éclairée par la découverte des œuvres. Ces jours derniers encore, je lisais les mémoires de Zoé Oldenbourg, et je m'émerveillais de voir comment cette petite fille, émigrée de Russie, découvrait à douze ans la beauté de Racine : « Je connaissais par cœur la plupart des scènes importantes et pouvais me les redire mentalement. » Je me souviens moi-même d'une petite fille, mon élève, qui montait sur une chaise pour réciter du Cicéron, parce que la rondeur des phrases la portait. Je me souviens d'une classe de seconde qu'emportait la tendresse pour la Didon de Virgile, la colère contre Énée (c'était une classe de filles...). Je me souviens de la ferveur pour Antigone, et même de nos ferveurs de petites filles pour *Le Lac* de Lamartine. Hélas ! Trois fois hélas ! Maintenant, à une soutenance de thèse sur Euripide, on découvre que l'*Andromaque* de Racine est inconnue du futur docteur ! Mesure-t-on ce dont on prive ainsi ceux à qui l'on n'ouvre plus ce trésor d'harmonies, de présences exaltantes, de créations plus belles que la vie qui les entoure ? Mesure-t-on ce qu'il en coûte de ne plus leur transmettre le modèle moral que représente tant d'idéal exprimé à travers des figures vivantes ? Il n'y a plus d'éducation religieuse. On n'ose plus parler de morale. On se détourne des textes où respirait encore la ferveur pour des valeurs humaines...

Dans tout cela, le zèle aveugle des jeunes enseignants, étourdis par les modes récentes, a une part de responsabilité réelle, que je n'ai pas cherché à minimiser.

Mais il ne la porte pas seul — tant s'en faut ! J'en connais beaucoup qui voudraient, de toutes leurs forces, remédier aux maux que j'ai dits. S'ils ne le peuvent pas, c'est à cause de l'esprit et des conditions qui règnent depuis quelque temps dans l'enseignement et s'y affirment de plus en plus nettement aujourd'hui.

En tout cas, on imagine assez combien les enfants ainsi formés auront de peine à suivre un enseignement supérieur. Tous n'iront pas jusque-là, bien entendu ; mais ceux qui y parviendront, retenus et retardés par les autres, seront en deçà de ce qu'il faudrait.

Ils le seront même tant que l'on en viendra — c'est le cas à présent — à modifier la nature de cet enseignement, pour le mettre à la portée de leur ignorance. Les fautes de français et les ignorances historiques se retrouvent chez nos candidats à la licence, à l'agrégation, au doctorat. Avouons-le : elles se retrouvent même chez ceux qui sont reçus... D'où le désir, maintenant, de transformer les cours les plus élevés en cours élémentaires.

On peut se demander, non sans inquiétude, comment

enseigneront à leur tour certains de nos étudiants. Mais leur cas n'est pas encore le pire ! Ils ont quand même beaucoup appris en Faculté, parmi des condisciples qui ont choisi cette voie et semblaient capables de la suivre. Or ce n'est pas le cas de tous ceux qui enseignent.

Beaucoup des enseignants du secondaire, peut-être la majorité, y ont été promus sans les titres prévus pour cela, avec la formation du primaire prolongée. Or, du point de vue du savoir, cela peut poser des problèmes.

On songe bien, semble-t-il, à réparer un peu le défaut des méthodes actuellement en vigueur, en particulier en histoire ; mais que fait-on pour la qualité du corps enseignant ? Où voit-on que l'on s'en soucie ? On voudrait l'abaisser exprès que l'on n'agirait pas autrement que l'on fait.

Tendez vos rouges tabliers : tout au cours de ce livre, il pleuvra en abondance des vérités premières ! Notre terre assoiffée en a grand besoin... La vérité première qu'ici je voudrais rappeler est qu'on n'enseigne bien que ce que l'on sait.

Il y a une bonne dizaine d'années que les responsables de l'enseignement, au Ministère, ont commencé à dire le contraire. Lorsque l'on a confié la « sensibilisation » puis l'initiation au latin à des enseignants qui n'en avaient jamais fait et que je m'en suis plainte, on m'a répondu qu'ils apprendraient avec leurs élèves. On a vu ce que cela donnait ! Les moins zélés ont simplement omis de faire ce qu'ils ne pouvaient pas faire. Les plus zélés se sont renseignés auprès de collègues plus informés : on ne saurait qu'approuver ce zèle, mais imagine-t-on ce que vaut un enseignement où un professeur non préparé pour son rôle court redire en classe ce qu'il vient d'apprendre dans la cour de récréation ou dans la salle des professeurs ? Il répète ce qu'il ne sait pas. Il ne pourrait pas répondre aux questions. Il déforme. Il se trompe. Et quantité d'histoires nous reviennent aux oreilles sur les erreurs grossières qui se colportent ainsi. Ce n'est pas la faute de ces enseignants ; c'est celle d'un système qui, à force de tenir compte des revendications syndicales ou sociales, confie à des gens des tâches qu'ils ne peuvent pas assumer dans des conditions convenables.

Cela se voit avec éclat dans le cas du latin, parce que les catégories d'enseignants en question n'en ont pas fait *du tout*. Mais il faut bien comprendre que, toutes proportions gardées, le sort des autres disciplines est comparable. Sans doute un professeur d'histoire qui a peu poussé ses études peut-il se remémorer les faits dans un manuel et lire un ou deux livres ; sans doute le professeur de littérature qui a peu poussé ses études peut-il lire à l'avance les œuvres qu'il va expliquer. Mais il faut plus que de la naïveté pour imaginer que l'un et l'autre, même après cet effort, et même s'ils ne laissent pas échapper d'erreurs, enseigneront bien. L'art de dominer une question, de proposer des rapprochements, de se montrer choqué jusqu'à l'âme par des contre-vérités et de faire ainsi mesurer leur portée, l'art de répondre vite aux questions, avec cette certitude qui donne confiance, de remarquer la moindre faute, de mettre en place tout ce qui compte, de suggérer juste assez les perspectives qui donnent à une œuvre ou à un événement son prix, l'art de se mouvoir avec aisance dans ce que l'on enseigne, d'en faire naître l'amour, de montrer des exemples concrets et de faire pressentir des idées abstraites, non, cet art-là ne s'acquiert pas sans la grande familiarité avec la connaissance que seules peuvent donner des études suffisantes.

Je veux bien que l'expérience, dans certains cas, compense ces études. Je sais aussi que les bons professeurs de lycée enseignent mieux les bases du grec que ne font nos jeunes chercheurs. Je me félicite donc de penser qu'une possibilité de promotion interne permet à ces gens expérimentés de passer à des degrés supérieurs, où ils seront tout à fait à leur place. Mais pas en masse ! Pas systématiquement ! Pas sans contrôle de leurs connaissances ! Et si un tel contrôle existe, pas sur des critères de faveur, établissant deux poids et deux mesures !

La montée des instituteurs dans le secondaire date du régime précédent. Actuellement, pour l'histoire et la géographie, il y a dans le secondaire environ une fois et demie autant de P.E.G.C. (professeurs d'enseignement général des collèges) que de professeurs ayant reçu une formation spécialisée. Parmi ces P.E.G.C., le rapport que j'ai cité précédemment admet que 25 % seulement ont reçu une formation spécifique convenable, 40 % s'étant formés « sur le tas » et 35 % n'ayant reçu aucune formation. Ces chiffres donnent à penser ! Certains ont dit, dès le début, que la réforme avait, d'instituteurs heureux, fait des professeurs malheureux : personnellement, je n'en sais rien ; je ne sais pas non plus quelle est parmi eux la proportion de ceux qui, formés ou non, enseignent bien : la qualité des résultats et la logique tout court m'interdisent d'être fort optimiste, c'est tout ce que je puis dire. Mais quand maintenant on vient nous expliquer qu'il faudrait à de tels maîtres une agrégation sur mesures [1], et tous les privilèges attachés au titre d'agrégé sans aucune des garanties correspondantes — que dis-je ? avec des privilèges plus importants que ceux des autres puisqu'ils n'auront pas à subir la valse des déménagements et des postes lointains — je ne puis pas ne pas m'indigner du principe, et ne pas m'effrayer des conséquences. Ces enseignants qui doivent lutter pied à pied contre le flot montant de l'ignorance sont eux-mêmes voués à un savoir de plus en plus réduit : ils accompliront leur tâche moins bien ; et la marée montera, toujours plus...

Ceux qui se sont penchés sur ces questions en ont conscience. Le même rapport sur l'enseignement de l'histoire et de la géographie, déjà cité, a, lui aussi, tenu à rappeler que, pour tous les enseignants, une formation minimale serait nécessaire ; et il signale que beaucoup (il ne s'agit pas du latin) « sont contraints d'enseigner des matières jamais (ou presque jamais) étudiées » (p. 53).

Or où voit-on que l'on s'inquiète de cette formation du corps enseignant ? Ce qui était à l'origine l'exception tend au contraire à devenir la règle. Et peu à peu, comme toujours, la mauvaise monnaie chasse la bonne.

On envisage bien, dans certains cas, ce que l'on appelle la formation continue.

---

1. Celle-ci existe maintenant : voir Préface, p. 11.

L'alibi pudique est que les maîtres ont besoin d'être tenus au courant des derniers résultats de la science qui évolue et se renouvelle : la vérité est que les bases sont trop fragiles et ont besoin d'être consolidées. C'est pour cela qu'il faut des stages à tout prix, soit dans les universités, soit dans des groupes d'établissements.

Peut-être eût-il mieux valu commencer par les études ; mais, la situation étant ce qu'elle est, mieux vaut tard que jamais. Dieu veuille donc que ces stages soient organisés, malgré la pénurie des moyens financiers, et surtout qu'ils portent sur des connaissances et non pas uniquement sur des jeux pédagogiques et sur la découverte des vidéo-cassettes ! Celles-ci sont utiles et précieuses ; mais elles ne peuvent remplacer la formation spécifique des maîtres. Et le fait même d'envisager, pour des gens qui enseignent, ce rattrapage éventuel prouve assez que l'orientation actuelle a tenu compte de tout plutôt que du savoir.

Du reste, les mesures officielles montrent clairement en quelle faible estime il est tenu. L'on entend parler, ces temps-ci, d'une réforme qui tendrait, dans les collèges, à « diminuer l'horaire hebdomadaire des cours et faire une place plus importante aux activités extérieures à l'enseignement » — ce qui signifie que l'on remplacera l'enseignement proprement dit par ce que l'on appelle les activités d'animation. De même on mange le temps des étudiants avec de la pédagogie à haute dose, au lieu de les laisser s'instruire. Et on oblige les enseignants, quels qu'ils soient, à des conseils, des débats et des réunions, qui semblent devenir une de leurs fonctions majeures, mais où le savoir n'a évidemment aucune part.

Pauvre savoir, toujours remis à plus tard, toujours plus mince, et que toujours on souhaite, ouvertement, amincir encore ! Les jeunes savaient peu et apprenaient peu : ils sauront moins encore.

Il faut reconnaître au surplus que le phénomène a une explication : il n'y a pas tant d'années que la population scolaire a pris une extension soudaine, faisant craquer les anciens cadres et substituant l'éducation de masse à l'enseignement bourgeois des années antérieures.

L'explication est aussi indéniable que le mal. Mais elle ne constitue en aucune façon une excuse ou une justification.

Il aurait fallu dépenser plus d'argent, développer l'encadrement : on ne l'a pas fait. Mais à présent que l'on mesure les conséquences, va-t-on continuer ? Va-t-on brandir cet alibi, comme s'il était normal et admis qu'une éducation destinée à la masse ne peut être qu'inférieure, comme s'il était tolérable d'envoyer tous les enfants dans les mêmes classes, mais non pas pour apprendre ce que l'on y apprenait, avec les maîtres en rapport et les espoirs naguère permis ? Donner à tous un enseignement au rabais n'est pas une idée démocratique. Si c'est une idée égalitaire, elle l'est au mauvais sens du mot et porte détriment à tous. Encore maintenant, on devrait ne songer qu'aux remèdes, élever à tout prix la qualité des enseignants et des méthodes, encourager la progression — et ménager, surtout, les passerelles les plus nombreuses pour orienter chacun vers ce qui lui convient et vers ce qu'il peut faire. Or c'est le contraire que l'on fait : on nivelle de plus en plus ; et l'on descend la pente.

Au reste, même l'explication par l'éducation de masse ne peut être donnée seule et sans correctif. Car plusieurs des défauts que j'ai signalés ne lui sont pas imputables. Pourquoi a-t-on laissé se relâcher la discipline et le sens de l'effort précisément quand on accueillait une population scolaire plus nombreuse et moins préparée ? Les pédagogies du genre Montessori ne sont pas le fait d'une éducation de masse ; et la faute, que l'on continue à commettre, est d'avoir voulu combiner les deux. De même, les méthodes trop savantes que j'ai critiquées relèvent beaucoup plus de l'imprudence des intellectuels que de l'incapacité prétendue de cette nouvelle population scolaire. On peut tout juste dire, ici encore, qu'elles se prêtent particulièrement mal à un tel public et que la combinaison des deux facteurs est, ici encore, malencontreuse. Enfin, l'installation dans les grandes classes de professeurs parfois insuffisamment préparés à ce rôle peut sembler d'autant plus regrettable que l'on avait plus besoin d'eux pour les débutants.

Tout cela devrait être repris en main, de façon urgente, sous peine d'avoir accordé aux jeunes l'emballage du cadeau qu'est l'enseignement, sans le cadeau lui-même. Si l'on ne réagit pas, l'ignorance continuera de monter, noyant tout sous son flot, qu'on le veuille ou non.

Il n'est pas sûr que tous veuillent s'attacher à cette tâche : les gens se moquent volontiers des connaissances qu'ils ne possèdent pas. Et, en les répandant mal, on n'en a pas développé le goût, tant s'en faut.

Mais, si cet obscurantisme latent, et parfois agressif, existe chez certains, c'est là une raison de plus pour qu'un gouvernement et ceux qui le représentent tentent de résister et d'y remédier, enrayant tout ensemble le mal lui-même et les dispositions d'esprit qui y sont attachées et qui ne peuvent que l'accroître.

Or que fait-on, ou que s'apprête-t-on à faire ? On vient de voir le danger de certaines mesures ponctuelles. Mais celles-ci s'insèrent dans tout un ensemble de réformes générales actuellement en cours et inspirées du même esprit. C'est à elles qu'il est temps d'en venir.

On constatera alors qu'en présence de cette crise aiguë, qui atteint les connaissances des élèves et l'ardeur de leurs professeurs, on envisage de tout changer, mais non pas pour corriger les erreurs du présent : on semble plutôt chercher à en généraliser le principe, accroissant ainsi le marasme et précipitant la marée noire de l'ignorance. Alors que la qualité est en baisse, ces mesures livrent l'enseignement à un égalitarisme aveugle qui en sape le principe même. Elles font passer la politique avant les autres critères, sacrifiant ainsi des valeurs essentielles. Et elles privilégient les fins pratiques au détriment de la culture, même dans les études supérieures.

Elles peuvent avoir par ailleurs et d'autres défauts et d'autres qualités. Mais, quel que soit le reste, ces trois orientations, elles, risquent de tout perdre.

C'est pourquoi elles seront ici étudiées à tour de rôle, avant l'analyse des dangers particuliers qui concernent plus spécialement les lettres.

On trouvera que cela fait beaucoup de dangers : je le trouve aussi, et je le déplore.

III

L'ÉGALITARISME CONTRE L'ÉMULATION ET LA SÉLECTION

L'émulation et la sélection sont le ressort de l'enseignement. Elles sont indispensables. Et elles sont bonnes et fécondes.

On me pardonnera de soutenir une évidence, quand cette évidence est battue en brèche par l'égalitarisme actuel. Et on me pardonnera de le faire avec insistance, ou même avec passion, quand je vois se multiplier les mesures allant directement à l'encontre de ce principe, dont j'ai pu mesurer le prix dans l'expérience de toute une vie.

Cela commence très tôt. Je n'ai besoin d'aucun effort pour retrouver les souvenirs des classes que j'ai faites jadis. Ces souvenirs sont les mêmes pour nous tous. Je revois les mains des petites filles [1], levées, ou plutôt tendues, très fort, avec le bras gauche soutenant parfois le bras droit, et de petits gémissements accompagnant la requête d'être interrogées. Celles qui avaient travaillé, celles qui savaient, brûlaient d'être interrogées, de montrer leur savoir, d'être approuvées et distinguées. Elles étaient fières, tout juste un peu timides, heureuses.

Pourquoi donc avaient-elles travaillé ? Le sens de la vertu, direz-vous ? Si vous le dites, je suis heureuse de constater qu'il y a plus naïf que moi. Ou bien le désir de briller ? Il est si naturel ! Tous les enfants sont heureux de réussir, tout farauds d'un

1. Cet exemple n'est pas teinté de féminisme : l'enseignement féminin était alors séparé de l'autre.

compliment, d'un prix, et jadis même d'une médaille. Ils étaient aussi, hélas, jusqu'à cette année, tout heureux d'une mention au baccalauréat. Cela va avec les compliments des parents. Cela va aussi avec le désir naturel de gagner dans le jeu, quel qu'il soit, que l'on pratique. Aiment-ils perdre, nos sportifs ? Et le bon lecteur égalitaire, quand il lit son journal, aime-t-il lire que l'équipe française a été battue ?

Si c'était là pure vanité, on pourrait à la rigueur comprendre la réprobation qui s'attache à cette émulation. Mais tel n'est pas le cas. On n'est pas fier d'avoir gagné au loto. On est fier d'une réussite que l'on juge avoir méritée et, dans le cas de mes écolières, d'une réussite pour laquelle on a travaillé. L'émulation fait travailler : c'est son premier bienfait.

1. *Pour le travail*

Étrange circonstance qui veut que sous le régime socialiste, sans cesse occupé à exalter les « travailleurs », il me revienne à moi de devoir faire l'éloge du travail ! Car c'est bien de cela qu'il s'agit. J'ai entendu ainsi rappeler à de jeunes lauréats du Concours général qu'ils devaient leur succès à la chance — celle des dons et celle de l'environnement. De telles formules sont déprimantes, et surtout très injustes. Certes il faut, là comme partout, des conditions premières, à commencer par la santé et par un milieu familial propice — c'est-à-dire qui ait, non pas de l'argent, mais le respect du travail. De même, il faut avoir la santé pour jouer au tennis, et des parents qui vous aient donné l'idée du jeu, et permis de commencer tôt. Pourtant, cela ne suffit pas. Et les petites écolières, je peux vous le dire, ne sauraient réussir qu'en travaillant.

C'est même cela la merveille, qu'en travaillant en vue de briller on s'améliore, on s'enrichit, on se transforme. C'est peut-être une leçon inutile et vouée à l'oubli que l'on apprend ce jour-là, en classe : mais apprendre compte. On entraîne sa mémoire comme on entraîne ses muscles. On tient son esprit en éveil et l'on devient plus rapide dans ses réflexes, comme au tennis. On apprend à dire les choses clairement, de mieux en mieux, comme on apprend à mieux nager. On repasse la leçon la veille, pour se rendre plus disponible, mieux prêt. Et l'on accumule des ressources, qui peut-être ne serviront jamais, comme un boxeur s'entraîne à des coups que peut-être il n'utilisera pas. C'est cela, apprendre. C'est cela, se former. Et c'est en encourageant le goût de briller que l'enseignement peut ainsi susciter cet effort actif, qui seul est rentable.

Je sais bien que tout le monde ne peut pas être premier et que certains même n'en ont pas envie. Mais le rôle de l'enseignement est de faire que le plus grand nombre possible d'enfants ait cette envie, et qu'elle vaille à tous les niveaux. On peut espérer simplement atteindre la moyenne, ou améliorer son score. Tout cela est profitable, et créateur. Et celui qui aura fait un tout petit effort, avec des dons minimes, pour se classer un peu moins mal, celui-là aura acquis un tout petit peu plus de mémoire, ou de rapidité, bref de qualités pour l'avenir.

Il semble absurde d'avoir à défendre de pareilles évidences ; mais le fait est qu'on y est contraint, si superflu que cela paraisse : des gouvernements successifs, en supprimant ou en atténuant les systèmes de notations et de compositions, puis, le dernier en date, en supprimant jusqu'aux mentions au baccalauréat, ont, indépendamment des autres inconvénients que comportent de telles mesures, prouvé avec éclat que ce ressort de l'éducation leur échappait du tout au tout. Bientôt toutes les formes de concours, de classements et, comme on dit, de sélection ont été attaquées et souvent abolies. Et le mal s'est étendu à l'ensemble avec une telle ampleur que cette méconnaissance des principes peut difficilement être toujours tenue pour innocente.

Car j'ai parlé des enfants, mais leurs professeurs sont dans le même cas. Il est très facile d'être un mauvais professeur, ignorant, peu consciencieux, peu patient. En revanche, le désir d'un meilleur poste et d'un statut plus honorable a toujours poussé les enseignants à chercher à se distinguer. Déjà la préparation des concours, quel stimulant ! En dehors même du fait que le concours d'agrégation est la forme la plus équitable et la plus démocratique pour le recrutement de bons maîtres, que de choses ils apprennent, cette année-là, les futurs maîtres! Beaucoup vivront, d'année en année, sur l'acquis de cet unique programme, étudié avec un zèle si exceptionnel, et ils en vivront de la même façon, qu'ils aient été reçus ou non. Car ce travail en vue du concours compte plus que le concours même. De plus, une fois en place, n'y avait-il pas l'espoir toujours vivace et tonique d'accéder à des postes plus honorables à la suite de rapports d'inspection générale ? Or nous avons vu ces temps derniers égaliser les diverses sources de recrutement, attaquer le système des concours, et amorcer la suppression de l'inspection. On ne veut pas vexer les mauvais professeurs. C'est là une aimable pensée ; mais on admet très bien qu'ils restent mauvais et l'on ne veut en rien les encourager à faire leur métier comme il faut. Les petites filles qui n'ont pas appris leur leçon ne lèvent pas la main : les professeurs qui n'aiment pas leur métier ne se font pas inspecter, et voilà tout ! Ils avanceront à l'ancienneté et imposeront la même condition aux autres : pourquoi se donneraient-ils du mal ?

Certes, ils pourraient s'en donner par ce naturel désir de bien faire, dont je célébrais tout à l'heure l'existence. Mais ce désir, n'ai-je pas dit aussi que l'éducation devait le stimuler et l'entretenir, de façon qu'il puisse subsister en nous toute une vie ? C'est la psychologie que l'on appelle par dérision celle du « bon élève ». C'est la mienne, encore aujourd'hui. J'ai maintenant soixante-dix ans ; mais je ne fais pas un cours sans espérer qu'il sera bien, et sera apprécié ; en somme, je souhaite toujours « être reçue ». Mais je l'avoue sans crainte du ridicule : car, sachez-le, je fais encore des progrès ; et c'est beaucoup au nom de ce petit sentiment qui me vient du temps où je suivais, en tablier, les cours de la classe enfantine...

C'est seulement ces derniers temps, à force de déceptions, que je commence à me dire que j'ai été bien bête, et que nul ne souhaitait ni cette ardeur de ma part, ni ce zèle à la transmettre. Ce sont là pour moi simples bouffées d'amertume : je ne puis plus devenir « mauvaise élève ». Mais beaucoup de professeurs le peuvent encore. Et ils y sont, vraiment, par trop encouragés.

Mais voici qu'entraînée par les aveux je suis passée — c'est l'ordre de ma vie — de l'enfantine au Collège de France. Et c'est aller trop vite : je ne puis sauter les intermédiaires sans affaiblir ma cause; je ne puis omettre de dire que le même esprit de compétition joue à tous les degrés, et chaque fois de façon différente.

Dans l'enseignement supérieur, les étudiants, c'est bien certain, ont pour principal objectif d'acquérir un métier. Mais s'ils l'acquièrent et si alors ils le font mal, l'État y perd, eux-mêmes y perdent, sans compter, dans le cas des enseignants, les multiples générations d'enfants qui passeront entre leurs mains. C'est bien pourquoi l'on avait multiplié les incitations au travail et au perfectionnement. Il y avait les réussites matériellement rentables, liées aux examens. Et il y avait aussi les réussites d'ordre moral, avec les mentions. Comme, depuis l'Antiquité la plus lointaine, on a toujours défendu les valeurs morales par le biais de l'utilité, on disait bien que les mentions comptaient, pouvaient plus tard vous valoir des avantages, en vous faisant remarquer. Mais la jeunesse n'est ni si retorse ni si crédule. On aimait réussir, pour soi. J'en prendrai pour exemple ce mémoire que l'on met un an à écrire, et qui constitue l'initiation à la recherche. Je ne crois pas que personne, l'ayant achevé et présenté dans des conditions décentes, y ait jamais été refusé; dans mon domaine, en tout cas, je n'en ai point connu d'exemple. Mais la note ! Mais la mention ! Je rencontre encore parfois d'anciens étudiants, qui se rappellent la note obtenue il y a quinze ou vingt ans. Et dans ce long travail d'un an, qui vous oblige à lire quantité d'ouvrages arides, à serrer des idées de près, à rédiger pendant plusieurs semaines, comment expliquer les angoisses du candidat, l'émotion atterrée à voir le sujet déjà traité en quelque lointain pays, ou à découvrir tardivement une source d'information négligée ? Ces sentiments sont naturels : le candidat voudrait faire bien, faire mieux, faire très bien... Et de la sorte il apprend ce qu'est la recherche, il apprend la rigueur et l'abnégation qu'elle impose, l'impossibilité de se satisfaire, la patience de toujours reprendre. Pourquoi donc des étudiants veulent-ils si souvent emprunter un mémoire antérieur qui a été bien noté ? La recherche, cela s'apprend, comme le reste, parce que l'on désire réussir. Et apprendre la recherche, c'est aussi apprendre des qualités de lucidité et d'honnêteté qui serviront toute la vie, que l'on poursuive ou non une vie de savant. C'est grâce à elle, en tout cas, que les professeurs de nos lycées échappent le mieux à l'autoritarisme buté de qui connaît la pédagogie et quelques vérités transmises, mais n'a pas côtoyé de près les incertitudes et les pièges du savoir.

Encore, je parle de recherche à propos de mémoires, parce que c'est, en effet, le début. Mais la vraie recherche, celle qui consomme des années, et change un peu l'état de la science, se situe dans la même perspective. Sans doute est-elle animée et entretenue par une passion beaucoup plus rare, qui est celle de la vérité. Mais qui imagine une recherche où n'interviendrait à aucun degré l'esprit de compétition ? Il ne s'agit plus ici de prix ni de mentions ; mais le souci de ne pas déroger à la réputation que l'on s'est acquise, de faire mieux apprécier sa discipline, ses maîtres, son équipe, son laboratoire, de faire honneur à une école, ou bien à un pays, comment lui refuser toute valeur stimulante ? Ce n'est pas le sentiment qui anime les gens au départ, mais c'est celui qui fait vérifier des détails, chercher des arguments, et un peu aussi, avouons-le, apprécier les marques d'estime. De la petite fille qui lève le doigt au prix Nobel, le rapport des divers mobiles se modifie, mais la valeur tonique de la compétition ne change pas[1].

Après tout, n'est-ce pas elle qui s'est manifestée tout au long de notre histoire, depuis le temps du pithécanthrope jusqu'à celui de l'homme tout fier de s'en aller dans l'apesanteur interplanétaire ?

1. Elle se joint au rôle stimulant de la curiosité et du désir de connaissance, deux sentiments qui, notons-le en passant, sont également naturels et spontanés, chez les enfants comme chez les adultes.

2. *La qualité*

Cependant, avec le domaine de la vraie recherche, cette valeur stimulante passe au second plan, je l'ai dit : inversement, on découvre ici le second versant de cette utilité de la compétition. A côté de l'action psychologique qu'elle exerce sur les individus, et qui me paraît essentielle, on découvre l'action pratique qu'elle exerce dans la collectivité, et que tous, sauf le législateur, sentent aujourd'hui la nécessité de défendre, sans distinction de spécialité ni d'appartenance politique.

La collectivité a besoin de la qualité de ceux qu'elle forme et qu'elle emploie. L'industrie en a besoin. La culture en a besoin. La recherche en a besoin. Le besoin est, pour tous, impérieux et prioritaire. On le reconnaît d'ailleurs publiquement, tout en agissant à l'inverse.

Depuis quelques années déjà, et de façon frénétique ces derniers mois, on s'est détourné de cette considération. On songeait surtout à organiser les débouchés, à faire régner l'égalité, à se pencher sur le problème que posent les échecs scolaires à tous les niveaux. J'ai entendu des voix officielles et qualifiées le dire : « C'est aux collés que nous pensons. »

Eh bien ! Il faut assurément penser aux collés, se demander pourquoi ils l'ont été, et s'ils étaient bien à leur place là où ils étaient : un enseignement bien organisé ne mène en effet pas à tant d'échecs. Mais les responsables de l'enseignement devraient penser aussi aux bons et aux reçus, qui sont la force vive de la France. Et surtout le souci des collés ne devrait pas amener le résultat aberrant de recevoir tout le monde, systématiquement, ce qui est une pensée hautement déraisonnable et incohérente.

Imaginez plutôt : il n'y a plus désormais de collés à l'examen de passage d'une classe dans l'autre (celui-ci est pratiquement supprimé). Il y aura peut-être encore quelque temps des collés au baccalauréat, ce n'est pas sûr [1] ; en tout cas il n'y a déjà plus de distinction entre bacheliers. Très bien : on entre à l'université, et la tendance actuelle voudrait qu'après cela tout soit dit : on sortira donc professeur, sans autre contrôle ni sélection ! Voilà tous les bacheliers de France en passe de devenir professeurs à la Sorbonne. Ce serait, bien sûr, un désastre ; mais le désastre n'est pas à craindre, car c'est d'abord une impossibilité. Supposons un instant qu'il y ait, seulement, un millier de professeurs dans l'enseignement supérieur : que fera-t-on des milliers d'autres postulants ? On les aiguillera vers d'autres voies, sans doute. Mais d'après quels critères ? S'il ne s'agit pas de sélection, il va s'agir très vite de syndicats et de politique. Et pourquoi, en tout cas, attendre le milieu des études supérieures pour procéder à une répartition sensée ? La sélection à l'université est légitimement impopulaire, car il s'agit de jeunes gens qui ont à gagner leur vie ; mais elle est le résultat inéluctable de l'absence de sélection dans les lycées et collèges.

Or elle est partout indispensable si l'on considère la qualité des résultats à obtenir.

Cela est évident pour l'enseignement supérieur et pour la recherche à laquelle il conduit. Comment espérer que celle-ci progressera, si, ni à l'entrée ni au cours des études, il ne s'opère de tri, si les meilleurs ne sont pas décelés de façon sûre par des contrôles divers, s'ils ne sont pas regroupés en un dernier peloton formé des plus aptes en ce domaine ? Comment aussi penser qu'il peut être bon pour la recherche de confier les enseignements les plus spécialisés à tous les enseignants indistinctement, sans tenir compte ni des différences d'expérience ni des différences de titres ? C'est là une tendance sur laquelle je reviendrai ; mais, pour l'instant, une première constatation s'impose : en supprimant les divers contrôles du supérieur et les distinctions entre enseignants, la loi nouvelle ne peut que placer

1. On parle depuis peu de 80 % de reçus ; et déjà des bruits circulent, évoquant la possibilité d'une suppression pure et simple : voir Préface, p. 12.

la recherche française en état d'infériorité et l'empêcher de tenir sa place dans l'élaboration des connaissances en général.

Il faudrait au contraire organiser une compétition constante[1] : ne prendre au départ, dans certaines universités tout au moins, que les étudiants capables de suivre avec profit les études, contrôler leur travail et leurs résultats, et ne laisser s'engager dans les voies les plus spécialisées que les plus aptes à y progresser.

C'est là une exigence impérieuse. C'est aussi le point sur lequel la loi sur l'enseignement supérieur, actuellement en cours d'adoption, pouvait susciter les plus graves critiques, et les a effectivement suscitées.

Mais je voudrais aussi rappeler que les mêmes principes sont également valables dans l'enseignement des lycées et collèges, où une autre sorte de qualité est menacée par le même égalitarisme.

J'ai évoqué la misère de ces classes, où il y a de tout : des analphabètes, des caractériels, des enfants d'immigrés non assimilés. Il faut, évidemment, les aider, les sauver. Mais le fera-t-on en imposant à tous de se mettre à leur niveau ? Répandre le mal n'est pas le soigner.

Un professeur ne peut pratiquement plus, aujourd'hui, renvoyer un élève qui n'est pas assez fort ni le contraindre à redoubler : à plus forte raison tout un groupe. D'autre part, s'il doit garder ces éléments, à qui s'adressera-t-il ? Tous les jeunes enseignants ont le même problème : « Si je m'occupe des plus mauvais, toute la classe perd son temps... »

Eh oui ! Il faut choisir. Ou bien laisser à l'abandon un groupe

---

1. Cela ne veut absolument pas dire que l'on entretienne les élèves dans un climat de tension perpétuelle et de « bachotage », comme cela semble être le cas dans certaines classes scientifiques de préparation à des concours. Entre l'émulation et le bachotage, il y a toute la différence qui sépare un enseignement cherchant la formation et celui qui poursuit des savoirs immédiatement utilisables. Dans l'ensemble, d'ailleurs, le contrôle continu des connaissances étend un tel climat sur toute l'année, et le favorise plus que les examens.

d'élèves, de plus en plus inadaptés, ou bien faire perdre leur temps aux autres. Le fameux niveau, dont j'ai déjà tenté d'expliquer la baisse par divers facteurs techniques, ne gagne rien à cet égalitarisme, qui précipite sa ruine. Et ce sont les Français de demain que lèse ce souci insistant des moins bons.

D'ailleurs est-ce là se soucier d'eux de la bonne manière ? Est-il vrai que ces enfants soient heureux dans des classes qu'ils ne sont pas normalement en état de suivre ? Est-il vrai que ce contact forcé avec ceux qui sont meilleurs qu'eux ne les braque pas davantage ? Est-il vrai que leur future vie professionnelle ne souffrira pas gravement de l'abaissement général du niveau français ? On peut ménager dans l'enseignement des ponts et des raccourcis pour ceux qui ne souffriraient que d'un développement tardif. On peut tout faire pour ne pas heurter les amours-propres. Mais sans la qualité des petites classes, puis des grandes classes, il est inutile de chercher ailleurs : on n'a plus la qualité nulle part.

Il faut donc admettre franchement qu'il y a lieu de veiller à cette qualité de façon prioritaire, et partout : à l'école et au lycée, chez les professeurs et les chercheurs. Il faut, à cause de cela, renoncer aux mesures qui (comme on le veut aujourd'hui) admettent de désigner des professeurs sans contrôle sérieux et de faire dépendre leurs carrières d'instances peu qualifiées. En le disant, je ne cherche pas à protéger, pour eux, le privilège des plus compétents : je pense aux futurs élèves et à leurs droits, que ces mesures entament de façon grave pour tous.

On le comprend parfois, dans le public, quand il s'agit des médecins. On n'est pas très favorable à l'idée d'avoir un médecin dont les aptitudes n'ont pas été vérifiées de près par des gens vraiment au courant. On est moins convaincu pour les autres professions. Il n'est pourtant pas de domaine où la qualité soit plus impérieusement requise que celui de l'éducation. Les hommes ne prétendent-ils pas aimer leurs enfants plus qu'eux-mêmes ?

Quand j'entends mettre à part les médecins, qui, eux, ont droit à la qualité — il l'ont tout récemment marqué, à coup de grèves et de manifestations —, il m'arrive de repenser au début du *Protagoras* de Platon, et à ce passage où un jeune homme arrive chez Socrate, tout exalté à l'idée de pouvoir se faire l'auditeur du grand maître de l'intelligentsia d'alors ; Socrate, alors, lui fait remarquer qu'il est bien imprudent : « Avant de confier ton corps à quelqu'un, s'il devait en résulter pour lui un grand risque de bien ou de mal, tu examineras longuement le parti à prendre et tu demanderais conseil à tes amis, à tes proches, passant bien des jours à délibérer. Et quand il s'agit d'une chose plus précieuse à tes yeux que ton corps, quand il s'agit de ton âme, de laquelle dépend tout ton bonheur ou ton malheur, selon qu'elle sera bonne ou mauvaise, dans ce cas tu ne consultes ni ton père, ni ton frère, ni aucun de nous qui sommes tes amis... » Déjà au ve siècle avant J.-C., la qualité semblait essentielle chez les médecins ; mais, alors du moins, on savait aussi qu'elle ne l'était pas moins en matière d'enseignement et de formation générale.

Encore Socrate ne pense-t-il qu'à l'individu, et au choix personnel que fait, pour un temps, un jeune adulte curieux d'apprendre ; or ce dont la dernière loi refuse de tenir compte est la qualité de la formation qui attend des milliers de jeunes, depuis leurs débuts jusqu'à leur entrée dans la vie professionnelle.

Peut-être cette remarque réclame-t-elle un mot d'explication. Car la loi nouvelle, ici mise en cause, vise en principe le seul enseignement supérieur. Et certains s'imaginent peut-être que c'est un domaine limité. Mais il est évident que les divers degrés de l'enseignement communiquent et qu'ils se conditionnent l'un l'autre. Si l'enseignement supérieur est en crise et semble à certains réclamer une réforme, ce n'est pas tant parce que ses institutions et ses règlements méritent la critique, c'est parce que son organisation n'était plus adaptée au grand nombre d'étudiants, à leur insuffisance, à leur mauvaise formation ; c'est à cause de cela que l'on a dû, d'abord, inventer des années intermédiaires, une « propédeutique », un « premier cycle », etc. Pour la même raison, on a dû multiplier les enseignements non magistraux, les travaux pratiques, les travaux dirigés, les groupes. Maintenant, on en vient aux

« tuteurs ». Et les programmes suivent la même courbe. L'enseignement supérieur se modifie pour remplacer l'enseignement secondaire, dont la qualité n'est plus suffisante. Mais, inversement, comment pourrait-on oublier que la mission de l'enseignement supérieur est de former les maîtres de l'enseignement secondaire ? Dans la mesure où la qualité du supérieur doit nécessairement s'abaisser, la qualité du secondaire, déjà menacée par des problèmes divers, relatifs à la clientèle scolaire, est nécessairement compromise, dès le départ. Tout se tient.

De même le secondaire tend à se rapprocher du primaire, voire à se confondre avec lui. La différence entre collèges et lycées est pratiquement nulle. La classe de seconde elle-même est désormais indifférenciée. Les anciens élèves de l'E.N.S. sont aussi bien nommés dans des petits collèges que dans des lycées, je l'ai dit, et, inversement, les instituteurs ou anciens instituteurs ont peu à peu conquis une place prépondérante ; et leur avis est décisif, même lorsqu'il s'agit d'enseignement supérieur. Cela aurait été une bonne chose si ces instituteurs avaient conservé dans ces postes nouveaux les solides qualités de bon sens, d'esprit critique et de générosité qui caractérisaient jadis le primaire : cela ne semble pas avoir été toujours le cas. Et il se trouve que cette promotion s'est accompagnée de l'écrasement progressif du niveau et des méthodes, aux divers stades de la formation, désormais confondus. Je ne prétends nullement qu'il y ait là un rapport de cause à effet. Mais le même processus d'unification et d'égalisation a joué en ce qui concerne les personnes et les enseignements. Il a contribué à éliminer la spécificité de chacun, et du coup sa valeur propre.

Certains tenteront de dire (on le lit dans le rapport relatif aux lycées) que l'enseignement est devenu plus sélectif, car il y a plus de redoublants dans les classes menant à des diplômes désirés : on penserait plutôt, me semble-t-il, que le grand nombre des redoublants provient, précisément, de l'insuffisance de la sélection antérieure et des erreurs de l'orientation ! En fait, le désir d'éviter toute sélection est si vif aujourd'hui que l'on songerait à des systèmes compliqués, où les classes se diviseraient en groupes, homogènes et hétérogènes, tels que chacun, dans la même classe, travaillerait selon ses aptitudes... Pourquoi ne pas avouer la différence ? Pourquoi retarder les meilleurs ? Pourquoi les lasser et en même temps exaspérer les moins bons ?

Toutes les mesures égalitaires, en fait, vont à l'encontre de la qualité, pour l'ensemble du pays. La qualité de la licence retentit sur la qualité du licencié, sur celle de l'enseignement qu'il donnera, sur celle des élèves qu'il formera — c'est-à-dire sur celle de tous : le fonctionnaire, le marchand, l'architecte, l'ingénieur... Et même, oui, même le « travailleur », qui, je crois, travaillera mieux s'il a jadis appris quelque chose dans une classe bien faite.

C'est bien pourquoi l'on remarque que ceux qui viennent au secours des études littéraires et réclament que tout soit fait pour en préserver la qualité sont, le plus souvent, les industriels et les représentants des grandes entreprises [1]. Ils nous disent — et cela nous touche — qu'ils ont besoin de gens sachant s'exprimer clairement et pourvus d'une certaine culture, et qu'ils sont étonnés d'en rencontrer si peu dans leurs services. Ce n'est pas, croyez-le bien, parce que ces qualités sont plus nécessaires dans l'industrie que dans l'enseignement ou l'administration : c'est un peu parce que le monde de la vie pratique exige l'efficacité et n'a pas l'emploi du verbiage ; mais c'est surtout parce que l'industrie demeure nécessairement compétitive. Il faut vendre et, pour cela, il faut faire mieux que les concurrents, du haut en bas, dans tous les domaines.

Mais si cela est vrai d'une entreprise...

Non ! je ne vais pas aller jusqu'à développer l'idée qu'un État a besoin de la qualité de ses citoyens. C'est trop évident. Personne ne le nierait. Et finalement ce n'est pas vraiment à ce principe que l'on s'en prend : l'attitude actuellement adoptée part de sentiments différents, rarement formulés, et terriblement entachés de confusion.

On n'est pas contre la qualité, on est contre l'élitisme. Et cette

---

1. Voir Préface, p. 23.

haine est si violente qu'elle entraîne dans son sillage la ruine de la qualité de tous. C'est là le mal. C'est là la clef.

3. *Élites et élitisme*

En fait, il est difficile d'imaginer une application plus absurde du principe d'égalité.

Le principe d'égalité est inscrit dans les droits de l'homme. Il s'oppose aux privilèges de la naissance, que ceux-ci s'attachent à la noblesse, ou à la race, ou à l'argent. Il exige que tout enfant ait droit à l'instruction et reçoive, au départ, les mêmes chances que les autres.

Je sais bien qu'il ne peut, dans aucun régime, être appliqué de façon stricte. Même si l'on abolissait le milieu familial et ses secours indirects, il resterait toujours que certains enfants sont aimables et donc aimés, que certains sont plus robustes et plus doués, d'autres lymphatiques ou arriérés. Dès la première leçon, l'inégalité se fera donc jour.

Mais enfin on peut se rapprocher autant que possible de l'idéal d'égalité. On peut veiller à ce que les meilleures conditions soient réunies. On peut se soucier de compenser les inégalités naturelles par une aide et une patience accrues. On aura entièrement raison de le faire.

Seulement, gare ! Cette égalité au départ, de toute façon, n'est pas faite pour durer, et ne doit pas durer.

Une famille, une entreprise ou un pays gagne à compter dans ses membres les gens les plus capables possible. Et il suffit d'avoir participé à n'importe quelle action commune pour savoir que, de surcroît, les meilleurs entraînent les moins bons. C'est bien ce qu'il y a d'alarmant dans les classes trop réduites ou les disciplines en état de semi-abandon, ou encore dans les petites universités, que l'on a eu tort de créer. Sans l'émulation, on végète ; la présence d'un « bon » rend les autres meilleurs. Et je n'ai jamais oublié cette phrase d'Alexandre de Humboldt, à propos de son séjour à Paris : « Je ne travaille bien que là où les autres, autour de moi, travaillent mieux. »

C'est d'ailleurs pour cela que les élèves veulent tous entrer, pour préparer un concours, dans les classes les plus réputées : la qualité des professeurs peut y être pour quelque chose, mais celle des concurrents joue tout autant.

Et puis, pour quitter un peu le milieu scolaire, n'est-il pas clair que tous les progrès et toutes les inventions se font en position de pointe ? Un savant, ou un inventeur, a, avant les autres, une idée ; un autre vient, qui juge que ce dernier ne l'a pas assez exploitée, puis un troisième, qui rectifie et qui complète. L'ordinateur n'est pas né sans que l'esprit de progrès s'en soit mêlé et l'émulation avec lui.

On peut dire, par conséquent, que l'idée d'une égalité constante et artificiellement entretenue est la plus follement conservatrice et immobiliste qui soit.

Comment a-t-elle donc pu naître ? Et comment a-t-elle pu séduire des gens de gauche, soucieux, en principe, de promotion et de brassage ? L'idée est tellement absurde qu'elle a, de toute évidence, des racines cachées.

Naturellement, je veux bien admettre qu'il y a la sollicitude : on s'intéresse aux mauvais élèves, comme on s'intéresse aux personnes les plus pauvres et les plus défavorisées... Le sentiment est bon, même s'il est, comme beaucoup de bons sentiments, dangereux.

Mais cela ne suffit pas. Car on pourrait s'intéresser à eux en les orientant autrement et sans sacrifier tous les autres. Il semble donc bien y avoir au fond de tout cela un postulat inavoué, et différent. J'en ai parfois senti l'existence dans des conversations privées, mais j'ai mis longtemps à admettre qu'il puisse avoir gagné ceux-là mêmes qui ont mission d'organiser l'enseignement.

Il consiste, en effet, à penser que l'enseignement ne sert à rien.

Ce n'est point là invention gratuite de ma part : des auteurs assez connus ont écrit contre l'utilité de l'école (ainsi Ivan Illich), et ont trouvé des partisans déclarés. Mais il reste pourtant curieux d'en trouver parmi ceux qui ont assumé la mission d'organiser et de gérer l'enseignement. Or une telle attitude me semble impliquée par le refus de la sélection.

Si l'on ne croit pas à l'émulation, c'est parce qu'on ne croit pas vraiment que le bon élève soit supérieur au mauvais. Sans doute, être bon élève n'est pas tout. Il y a de bons élèves qui ne font rien de très brillant dans leur vie. Il y a des cancres qui s'épanouissent sur le tard. Il y a de mauvais élèves qui sont devenus de grands poètes (pas tous, néanmoins !). Mais la question n'est pas là. Si l'on ne croit pas à l'émulation, c'est parce qu'on ne croit pas que là, tout de suite, la bonne copie soit meilleure que la mauvaise. C'est parce que l'on ne croit pas que ce que l'un écrit sur Racine soit plus vrai que ce qu'écrit l'autre. C'est parce que l'on ne croit pas vraiment que réussir un problème d'algèbre implique des qualités d'esprit et un effort d'attention qui seront également utiles dans les problèmes d'une entreprise ou d'une gestion publique. C'est parce que l'on ne croit pas qu'un français correct vaille mieux qu'un français incorrect, ni que l'orthographe ait un sens, ni que Platon ou bien Descartes puissent être utiles à connaître.

Dans ce cas, oui, adieu l'émulation ! Mais adieu aussi l'enseignement !

Et, ne croyant pas à l'utilité profonde de l'instruction, ne comprenant pas qu'à tous les niveaux elle forme les esprits, les caractères, les intelligences, les volontés, ces désabusés ne croient pas non plus aux examens. Ils s'imaginent que c'est une sorte de loterie. Dans une époque où un lapsus doit révéler tous les secrets d'un être, ils ne croient pas qu'un effort d'une heure pour s'exprimer et raisonner permette de juger les capacités d'une personne à s'exprimer ou à raisonner. Ils ne comprennent pas non plus que l'ardent désir de réussir ce jour-là à bien s'exprimer et à bien raisonner justifierait l'examen, quand bien même la part du hasard y serait plus grande qu'elle n'est. Et, jaloux de cette réussite dont ils ne perçoivent pas la portée, ils se rabattent sur l'égalisation aveugle.

Alors, il se fait un glissement. La différence entre les bons et les moins bons, perdant son fondement et son caractère ouvert, devient comme un reflet de la lutte des classes. On nous dit que la culture est « aristocratique » parce que beaucoup ne l'ont pas. Et l'on conçoit la sélection comme une « ségrégation ».

Rien n'est plus déraisonnable. Comme si les bons élèves constituaient un corps à part et sans justification, comme si l'on accédait à ce corps par l'oppression, comme si les autres ne pouvaient pas, à tout instant, y accéder ! Les bons élèves ne sortent pas nécessairement des milieux aisés : la prétendue classe qu'ils constitueraient, et contre laquelle on veut se défendre, rassemble très exactement tous ceux que l'on appelle à l'école les travailleurs.

En fait, si j'ai associé dans ce chapitre les deux notions d'émulation et de sélection, c'est parce que l'on s'est trop souvent plu à présenter la sélection comme un barrage, comme un élément négateur et oppressif. Or, c'est le contraire : il faut se la représenter comme un appel vers le haut, ouvert à tous, stimulant, prometteur de progrès. Un sportif se juge-t-il opprimé s'il n'est pas sélectionné pour les Jeux Olympiques ?

Cela ne veut pas dire que les autres voies soient inférieures. Le meilleur technicien répond au même appel vers le haut que le meilleur germaniste et mérite autant de respect. Il sera également, je pense, aussi fier et satisfait de son succès que l'autre.

Cette fausse vue de la compétition encourage malheureusement chez les jeunes les deux sentiments les plus nuisibles et à l'enseignement, et au progrès. On inspire aux meilleurs une sorte de mauvaise conscience, toute proche de la mauvaise humeur, qui décourage leurs efforts ; et l'on inspire aux moins bons, au lieu de cette émulation joyeuse qui leur montrerait une voie ouverte, la jalousie, l'hostilité, et une rancune qui ne mène qu'à la violence.

Le grec avait deux mots pour désigner le sentiment que vous inspire la réussite : la jalousie qui refuse, c'est *phthonos ;* la compétition qui stimule, c'est *zèlos :* c'est notre « zèle ». Nous avons besoin du zèle, partout ; et il est la clef même du progrès. Or c'est lui qu'aujourd'hui l'on tue.

4. *Les confusions du temps présent*

Tout cela devrait être évident. Et il serait facile de multiplier les preuves à coups de souvenirs, de citations, d'exemples venant d'hier ou d'ailleurs et d'éventuels témoignages. Il semble plus urgent de dénoncer aussi clairement que possible les deux confusions graves qui président aux réformes en cours et à leur intempestif égalitarisme.

La première est une simple affaire de préposition. On confond l'égalité *devant* l'enseignement et l'égalité *dans* l'enseignement. Or, je l'ai déjà dit, les deux idées n'ont aucun rapport. L'une est démocratique, l'autre est totalitaire. L'une fait respecter les droits des plus faibles, l'autre porte atteinte à ceux des meilleurs et, partant, à la collectivité même.

Car enfin l'égalité devant l'enseignement comme l'égalité devant la loi sont réclamées parce qu'elles sont justes. Mais qui donc trouvera juste que celui qui n'a pas travaillé et n'a fourni aucun effort reçoive même traitement, même approbation, mêmes fonctions que l'autre ! Cette fausse idée de la justice a pénétré toutes les mesures prises depuis deux ans, et un peu davantage celles qui concernent l'enseignement. Car, en même temps que l'on supprime les notes et les classements pour les élèves, on tend à effacer les distinctions entre les enseignants. Les professeurs, certifiés ou agrégés, se valent. Les professeurs d'université voient leurs responsabilités et leurs traitements assimilés de proche en proche à ceux de leurs assistants. On oublie seulement les années de travail, de privations, d'efforts, les sacrifices d'argent pour faire dactylographier puis imprimer une thèse, les soirées de détente perdues, les dimanches d'étude solitaire, les menues occasions de gagner un peu d'argent écartées, tout cela pour obtenir en échange ce titre dont on leur dit maintenant qu'il ne signifie rien et ne fait aucune différence. On oublie aussi toutes ces années de lectures, de renseignements accumulés, qu'il s'agisse de bibliographies savantes, de culture (car on explique autrement un auteur si on a lu les autres), ou même d'informations pratiques, de contacts à l'étranger, destinés à favoriser l'audience des recherches à venir. Tout cela, qui coûte du temps, de l'argent, de la santé, ne sera plus reconnu. Et vous pensez vraiment que, devant cette injustice, les plus jeunes se lanceront dans ce détour austère ? Mais que dis-je ? On le leur interdit presque, puisque l'on parlait de supprimer, et que l'on veut du moins réduire à peu de chose, les thèses de doctorat. Donc, plus de différences ! Cette égalité-là est si absurde, que l'on pourrait vraiment en pleurer. Surtout quand on pense que déjà mes Grecs, il y a vingt-cinq siècles, avaient si lucidement posé le problème, si finement distingué l'égalité arithmétique, qui donne à tous la même chose, et l'égalité géométrique, ou proportionnelle, qui tient compte des mérites. Platon, dans *La République* et dans *Les Lois*, avait bien dit que la seconde forme était la seule bonne, elle qui donne, « par exemple », dit-il, « aux mérites plus grands les plus grands honneurs »... Oubliées, ces analyses ! Et pourtant nos législateurs, quand ils établissent l'impôt, n'ignorent pas la proportion...

Si l'on veut rendre à l'enseignement français sa qualité et sa valeur compétitive, il faudrait au contraire encourager la concurrence. Il y a, dans toute classe d'un lycée ou d'un collège, des bons élèves et des mauvais : est-il salutaire de leur imposer le même rythme ? Il y a aussi de bons et de mauvais lycées, de bonnes et de mauvaises universités : comment la concurrence n'encouragerait-elle pas le progrès ? Je ne suis pas sûre que les modes d'évaluation proposés par Laurent Schwartz soient facilement applicables aux lettres ; mais je souscris sans réserve à son idée que les universités doivent être concurrentielles et que, si tous, ou presque, doivent pouvoir accéder à une forme d'enseignement supérieur, les universités les plus exigeantes ont le devoir de faire respecter leurs exigences. C'est évidemment la condition pour une recherche de qualité : c'est aussi celle d'une formation de qualité pour les esprits. On ne nivelle jamais que par le bas.

Cette sélection et cette émulation existent d'ailleurs encore dans les faits. Tout le monde admet qu'il y a des établissements meilleurs que d'autres. Simplement, là aussi, il est plus simple de mettre tout le monde dans le même sac, ou plutôt sur le même lit de Procuste, en retranchant ce qui dépasse.

J'écris ces remarques avec le cœur lourd, parce que tout ce que j'ai connu de bon, au cours d'une vie qui touche à son terme, se trouve soudain détruit, de fond en comble, par une poignée de gens qui n'ont pas l'expérience que j'ai. Ils renversent tout, comme ils feraient d'un château de sable, au nom de principes mal cernés, voire même au gré de sentiments aveugles.

Si encore je pensais que cette ruine est liée au fameux changement de société et que l'évolution politique la rendait inévitable, je prendrais peut-être les choses avec plus de calme. Mais le plus bête est qu'il n'y avait aucune raison au monde pour que la gauche adoptât, en matière d'enseignement, de telles idées — au contraire.

La gauche française a toujours été ouverte, éprise de progrès dans tous les domaines, fière de ses braves petits, confiante dans la raison humaine, dans la science, et dans les vertus du libéralisme. Et la voilà qui, à peine au pouvoir, nivelle, impose, égalise ; la voilà qui ne croit plus à l'émulation, qui n'a plus confiance dans les bons élèves ni dans les bons savants, qui ne veut plus le progrès de la science, qui doute de la raison, et réagit comme le feraient les sans foi de la dictature ; la voilà qui apparaît triste, hargneuse, jalouse ; la voilà qui endigue et bride de partout la compétition dont ses grands chantres, jadis, auraient réclamé l'extension à tous.

C'est tout juste si l'on peut, dans cette attitude, reconnaître le modèle totalitaire du communisme soviétique : assurément c'est lui qui, contrairement aux traditions françaises, fournit ces modèles draconiens. Mais, s'il est égalitaire en tout, il a trop le sens de l'État et de l'intérêt collectif pour ne pas encourager la qualité, dans le domaine de la science en particulier, ou encore de la musique[1]... Alors, pourquoi cette rigueur aveugle et cet

1. Cette dernière remarque me paraît aujourd'hui, à la lumière de ce que nous avons appris, trop optimiste. Quant au rapprochement que je ne retire pas, il concerne une parenté dans le style et l'inspiration plus qu'une imitation pratique.

esprit de destruction, qui semble presque systématique ? Pourquoi cette obstination à vouloir, sous couleur de générosité, miner et rabaisser nos forces futures ?

Pourtant, le fait est là. Le gaspillage de personnes, de talents et de compétences qu'entraîne ce nivellement de l'éducation est terrifiant. Dans ce domaine, on peut dire à coup sûr que la loi nouvelle vide le trésor ; et c'est un trésor autrement long et difficile à reconstituer que celui des finances.

IV

LA POLITISATION

Le critère de la qualité s'efface donc progressivement en même temps que s'écrase la hiérarchie. Mais le fait est encore aggravé par l'apparition d'autres critères, qui livrent l'enseignement, et surtout l'Université, aux débats et aux pressions de la politique.

Certes, la politisation n'a pas commencé sous le régime actuel ; et elle ne sévit pas uniquement dans l'enseignement. Mais elle y est peut-être plus grave encore qu'ailleurs ; et elle s'y accroît, ces temps-ci, à toute allure.

Depuis un certain temps la France, au lieu d'être divisée en partis divers, est scindée en deux groupes, d'autant plus violemment opposés entre eux qu'ils sont d'importance comparable. Il en résulte une tendance à sacrifier tout le reste pour mieux soutenir une lutte de plus en plus âpre. Et cette tendance est encore renforcée du fait que ces deux groupes rejoignent plus ou moins les deux grands blocs entre lesquels se divisent les nations, et qu'incarnent, en gros, les États-Unis et l'U.R.S.S.

On sait depuis longtemps quelles conséquences risque d'entraîner une telle division. Thucydide, au ve siècle avant J.-C., les a déjà décrites, en distinguant même les deux degrés que je viens d'indiquer pour notre France d'aujourd'hui. Tout d'abord, il a montré, à propos d'Athènes et des successeurs de Périclès, que, lorsque s'affrontèrent des chefs politiques rivaux dont les mérites se valaient, leur ambition se déchaîna ; alors, dit-il, « ils cherchèrent le plaisir du peuple, dont ils firent dépendre la conduite même des affaires ». Ce mal ne nous est pas inconnu. Mais surtout il a montré comment les deux camps, dans la vie internationale, s'opposèrent de façon si acharnée qu'ils déclenchèrent dans toutes les cités la guerre civile. Et, là, il se lance dans une longue digression (s'il est permis d'appeler digression ce qui touche directement à l'essentiel) : il fait voir comment chaque camp, dans chaque ville, fait appel à un des deux grands et comment le résultat de ce double appel à l'étranger se traduit par l'extension de la guerre civile un peu partout dans le monde grec. Et il fait voir aussi comment l'âpreté de cette lutte politique ruine, du coup, la morale. Elle change en effet les valeurs : « Une audace irréfléchie passa pour dévouement courageux à son parti, une prudence réservée pour lâcheté déguisée, la sagesse pour le masque de la couardise, l'intelligence en tout pour une inertie totale. (...) En vérité, la parenté même devint un lien moins étroit que le parti, où l'on était prêt davantage à oser sans détour... » Je voudrais tout citer; et tout donnerait à réfléchir. Sans aller, en France du moins, jusqu'au massacre, nous ne connaissons que trop cette redoutable évolution et le poids dont elle pèse sur notre vie publique et parfois privée.

La façon dont elle intervient dans l'enseignement est moins spectaculaire, moins sanguinaire, mais peut-être plus grave encore. Car, en fin de compte, dans la mesure où l'enjeu est la formation de jeunes esprits, peu armés pour se défendre, la lutte y est à la fois plus déloyable et plus lourde de conséquences : on prépare dans les classes les partisans de demain.

Qui plus est, une telle distorsion implique le rejet de tout ce qui doit, précisément, former ces jeunes esprits : elle implique que l'on fasse passer au second plan ce qui devrait être essentiel, à commencer par le goût de la vérité, l'habitude de lutter pour l'atteindre, et l'emploi de l'esprit critique.

L'influence des médias a souvent été dénoncée; mais les médias s'adressent à des adultes : un enseignement engagé reporte cette influence en un domaine où elle est infiniment plus dangereuse et où aucune pluralité d'information ne peut même être imaginée. L'enseignement engagé passe pour vérité admise. Il règne seul.

Il est, certes, difficile pour quiconque enseigne d'échapper aux tentations de l'engagement. Nul ne peut être certain de l'avoir toujours fait avec succès. Du moins nous apprenait-on, autrefois, comme la vertu première de l'enseignant, l'impartialité. Impartialité entre les élèves, quels que soient leur origine, leur milieu politique, leur race, leur caractère. Impartialité également, à un autre niveau, dans les votes concernant des personnes. Les institutions elles-mêmes s'inspiraient de ce principe en imposant l'anonymat des copies et la constitution de jurys le plus possible nationaux : surtout, les esprits l'adoptaient pour règle. Je ne suis même pas sûre que, dans la vieille école libérale à laquelle je devais ma formation, il ne nous soit pas arrivé, à tous, d'être injustes par crainte de l'être, et de nous montrer plus favorables à une candidature parce qu'elle venait d'un bord intellectuel contre lequel nous aurions pu être prévenus. Et, encore tout récemment, le simple fait de poser une question sur l'orientation politique d'un candidat était accueilli par un sursaut de blâme : jamais l'imprudent n'aurait obtenu une réponse.

Hélas ! ces temps-là sont révolus. Et les barrières éthiques sont d'autant plus facilement renversées que la politisation s'inscrit ouvertement dans les institutions. En tout cas c'est ce qu'il semble, à voir comment un certain nombre de nouvelles mesures tendent à installer dans la loi cet esprit partisan qu'il fallait combattre à tout prix.

Cela est surtout sensible dans le cas de l'enseignement supérieur et de la recherche. Là, diverses décisions, ouvertement suggérées par les syndicats politiques, tendent à leur livrer l'enseignement et à remplacer, du haut en bas, les critères du savoir par ceux de l'appartenance politique.

Cela a commencé avec les élections au Centre National de la Recherche Scientifique (C.N.R.S.). Celles-ci se font au scrutin de liste. Peut-on imaginer mesure plus aberrante ? Établir une liste sur le plan national est une entreprise absorbante et coûteuse. Qui peut le faire ? Les syndicats, et, dans les syndicats, ceux qui ont le plus large champ d'action et ne sont pas exclusivement universitaires. De fait, presque toutes les listes ont été syndicales. Du moins faut-il saluer l'heureuse initiative de certains scientifiques, qui, sensibles au péril, ont formé une association se réclamant de la « Qualité de la science française ». Ils ont été suffisamment suivis pour révéler que les chercheurs comprenaient l'enjeu ; et, ayant à leur tête des personnalités de gauche, ils ont été moins suspects. Pour une fois, ce n'était pas une réaction politique ! On relève dans leur manifeste ce paragraphe clair et décisif : « Il est essentiel de ne pas confondre la défense des personnels et l'élaboration des choix scientifiques. En particulier, l'association s'oppose à la généralisation du scrutin de liste et à la fusion des collèges électoraux envisagées dans les projets de la loi d'orientation. Elle considère que ces dispositions entraîneront inévitablement une politique nuisible à l'efficacité des choix scientifiques. »

On ne saurait mieux définir le danger. Mais le scrutin de liste — c'est-à-dire le scrutin politique — n'en continue pas moins à gagner du terrain. Et les élections des délégués aux divers conseils des universités risquent de s'aligner sur cet exemple, quand ce n'est pas déjà fait.

D'autre part, des élections politisées pouvaient, dans certains cas, être corrigées par la présence de membres nommés. En particulier, quand une spécialité importante se trouvait mal représentée, cela permettait d'y remédier, ou encore quand des personnalités compétentes, mais sans activité syndicale, se trouvaient de ce fait absentes. Malheureusement, dans un monde politisé comme le nôtre, la nomination par le gouvernement devient aisément, on s'en doute, une affaire elle aussi politique. Je ne citerai certes pas de noms et il ne s'agit pas ici de faire le procès des personnes ; mais je ne crois pas que le risque ici indiqué puisse être mis en doute. Le Conseil Supérieur provisoire des Universités (qui, au niveau national, contrôle les avancements, les inscriptions sur les listes d'aptitude et les nominations) vient, lui, d'être (pour une fois il est vrai ; car tout flotte, et ce flottement même décourage les résistances) tiré au sort. Je dis bien : tiré au sort. Le procédé est certes moins politique que le scrutin de liste ; et l'on peut s'en féliciter. Mais, pour les plus hautes responsabilités de l'enseignement supérieur et de la recherche, il est pour le moins burlesque de renoncer à tout critère de compétence et d'expérience. Et, quand on pense au nombre de petites universités créées un peu partout avec des effectifs sommaires, et au peu d'exigences que suppose le recrutement dans ces cas-là, on peut aisément imaginer ce que doivent être l'expérience et la compétence de certains de leurs enseignants. Le résultat d'un tel recrutement avait plus que tout autre besoin d'être complété par l'addition de membres nommés : dans les disciplines que je connais, ces nominations ont souvent été politiques.

J'ai fait partie, pendant des années, de ce Conseil; j'ai longtemps été vice-présidente d'une de ses sections ; et j'ai vu les autres à l'œuvre : on ne saurait imaginer le poids que représente une telle charge. Il y a les dossiers, énormes, à répartir, à étudier, les centaines de pages à lire, les attestations à regarder et à éplucher de près, les renseignements à recueillir, les souvenirs de candidatures antérieures à retrouver. Pour juger de ces centaines de pages, il faut de la compétence et de l'expérience ; pour apprécier le poids de ces attestations, il faut de l'habitude et de l'indépendance ; pour fournir tout ce travail et le faire correctement, il faut du dévouement (encore n'ai-je pas parlé des séances elles-mêmes, qui, pour certaines sections, durent parfois plusieurs semaines !). Et l'on attend tout cela d'un tirage au sort, combiné avec des nominations politiques ? Or, rappelons-le : le classement des candidats et la désignation des enseignants des divers niveaux (si divers niveaux il y a) sont la seule garantie de la qualité, tant pour l'enseignement lui-même que pour la recherche.

Dans l'avenir, ce même Conseil sera élu par deux collèges distincts, mais encore, et toujours, au scrutin de liste ! La politique s'installe partout et devient le seul critère.

En ira-t-il mieux dans les universités elles-mêmes ? Loin de là ! J'en voudrais citer pour preuve les deux conseils qui semblent, ces jours-ci, en voie d'être créés. Il n'y en avait qu'un, jadis, à la tête d'une université. Il se composait, tout bonnement, de l'ensemble des professeurs. Ils avaient la charge de la gestion de l'université, des études et des orientations scientifiques. Lorsque le système a été démocratisé, et que la gestion des universités a été ouverte, non seulement aux autres enseignants (qui naguère n'existaient pas et sont de création récente), mais aux étudiants, il s'est constitué, à part, un conseil moins important, appelé « Conseil scientifique » : il était trop évident que les orientations de la recherche ne pouvaient être confiées à l'appréciation de ceux qui n'y étaient pas encore initiés. Dans les derniers projets adoptés ou en voie de l'être, ils y seraient, me dit-on, représentés. Oui : même là ! et en dépit de ce que la prose semble avoir d'illogique ou de dangereux ! Comme eût dit un de mes Grecs, cela doit être une mesure adoptée « pour faire plaisir ». Quand ils disaient cela, ce n'était pas un éloge.

Quoi qu'il en soit, pour en revenir aux deux conseils (ou trois ?) qui régiront les universités, l'un des deux serait, selon ce que l'on en dit aujourd'hui, élu par un collège unique — ce qui signifie, non pas l'égalité entre professeurs, assistants et maîtres-assistants, mais la souveraineté de ces deux dernières catégories, dont le nombre est beaucoup plus élevé. S'il doit en être ainsi, leur représentation sera donc, proportionnellement, beaucoup plus forte aussi que celle des professeurs. De plus, dans les deux cas, il s'agira encore une fois d'un scrutin de liste, donc à nouveau d'un vote politique. Et ce mode de scrutin contribuera encore à avantager les mêmes catégories. Car, comme l'écrit Laurent Schwartz, président de l'Association que je viens de mentionner : « Il s'agit d'autre part des corps les plus syndicalisés. Or le scrutin proportionnel de liste favorise les groupes structurés par rapport aux individus. Pour s'en tenir au seul Conseil scientifique, on va donc faire élire les représentants des enseignants non pas sur des critères scientifiques, mais sur des critères syndicaux. » Reste, ici encore, l'élément venu du dehors, et constitué par les « personnalités extérieures ». J'ai été très favorable, naguère, à l'intervention de ces personnalités extérieures : elles pouvaient aider l'Université à prendre contact avec le monde du dehors et à organiser ses débouchés ; et puis elles échappaient aux querelles intérieures et à la logorrhée irréaliste dont sont trop souvent victimes les universitaires. Mais échapperont-elles au clivage politique ? On peut bien craindre que non. Si c'est la partie élue du Conseil qui les désigne, le principe du scrutin par liste se répercutera sur cette désignation ; et si le gouvernement y a part, il y a peu de chances, dans l'état actuel des choses, que le choix soit moins politique. Tout cela est d'autant plus grave que les professeurs, qui auparavant constituaient les conseils, n'y auront plus qu'une trop faible représentation. Je ne sais pas, à l'heure où j'écris, quelle sera cette proportion. Divers chiffres ont été mentionnés, tous terriblement bas. En tout cas, il est clair qu'ici encore, et à un niveau particulièrement important, le critère des compétences le cède au critère politique. J'aurais pu, en fait, mentionner ces projets en cours d'adoption parmi les causes du marasme des professeurs, ou bien comme un signe de plus de l'égalitarisme actuel : ils me paraissent relever, de façon non moins frappante, de la politisation.

Au reste, on peut rappeler la réforme introduisant une troisième voie d'entrée à l'E.N.A., avec des candidats présélectionnés sur dossiers, en fonction du dévouement dont ils ont fait preuve dans leurs activités syndicales, associatives ou politiques : six membres actifs de la C.G.T. et de la C.F.D.T. (sur dix nouvelles recrues) ont ainsi rejoint les élèves reçus au concours.

Le fait est le même partout : les nouvelles mesures, prises sous l'influence des syndicats, renforcent la politisation, l'imposent, et en font le seul critère. On votera un de ces jours, je pense, au scrutin de liste, pour savoir le sens exact d'un mot ou l'interprétation d'une trouvaille archéologique ! En attendant, cette politisation accrue est autant de perdu pour la science, de toute évidence.

Laurent Schwartz, que je viens de citer, écrit joliment : « Le pilote d'un avion n'est pas élu par le personnel de bord et les passagers. » Je me demande s'il savait, en écrivant cette phrase (fort sensée), qu'il retrouvait exactement Platon, imaginant un navire où des matelots en discorde se disputeraient le commandement du navire et n'auraient d'éloges que pour ceux qui les aideraient à s'en assurer le commandement : « Ils ne se doutent même pas que le vrai pilote doit étudier les temps, les saisons, le ciel et les astres, les vents et tout ce qui a rapport à son art, s'il veut réellement savoir commander un vaisseau. » La même évidence s'impose à vingt-cinq siècles de distance.

On conçoit donc que quiconque veut rendre à l'Université un peu d'éclat et d'efficacité doit à tout prix écarter d'emblée toutes les mesures, quelles qu'elles soient, qui risquent d'aggraver la politisation aujourd'hui triomphante.

Je dirais même que certaines mesures, en elles-mêmes admissibles, voire excellentes, risquent de devenir néfastes dans la bipolarité actuelle. Le tutorat est du nombre. Car remettre la charge d'un étudiant à un enseignant pour toute la durée de ses études revient à le livrer à une propagande politique à laquelle il lui sera impossible d'échapper, de niveau en niveau. Et je ne parle pas de ces tuteurs prévus dans les collèges, où il est admis que les enseignants devraient devenir des conseillers personnels, s'occupant du domaine affectif et des diverses crises de la petite adolescence : même si une certaine formation morale me semble indispensable, je crains qu'ici encore la politisation ne rende ce rôle redoutable. Les tuteurs m'inquiètent là comme à l'université, et pour des raisons analogues. De même, l'évaluation des résultats acquis par la recherche, dans les universités littéraires, pourrait fort bien être également politisée : l'objectivité, dans les lettres, est plus difficile à atteindre, l'accord moins net, les progrès plus contestés, la recherche inévitablement plus orientée. Ce n'est pas le seul cas — et j'y reviendrai — où il apparaisse que les lettres et les sciences ne peuvent être traitées de façon absolument semblable et où des correctifs deviennent nécessaires quand on passe d'un domaine à l'autre.

De même, le principe consistant à remplacer les thèses par l'habilitation sur dossier serait fort acceptable (en dépit de la perte subie pour la science), si l'on ne vivait en un temps où les jurys peuvent être constitués en fonction des complaisances et des amitiés politiques. Un long travail écrit ne peut prêter aux manœuvres et aux verdicts partisans : une série d'articles plus ou moins engagés le peut fort aisément.

D'ailleurs, est-ce un hasard si les barrières de la compétition démocratique sont brusquement abaissées au moment même où se développe la mainmise des syndicats politisés sur l'enseignement ? On me permettra d'en douter.

Mais si ces périls attachés à la politisation sont, dans l'enseignement supérieur, bien nets et souvent dénoncés, s'ils s'y voient dans l'organisation des votes, des classements et des conseils, s'ils s'y opposent clairement à la qualité scientifique, il est possible que le danger attaché à la politisation soit plus grave encore dans l'enseignement secondaire, où se forment les esprits.

Les jeunes gens instruits dans ce monde politisé de l'enseignement supérieur ne se tournent pas tous vers la recherche : ils deviennent les maîtres de l'enseignement secondaire, les maîtres des lycées et collèges. Là, ils ont la responsabilité de former les enfants. Et comment apporteraient-ils à cette tâche un esprit différent de celui dans lequel ils ont fait leurs études ? Dans le domaine des connaissances, un professeur du secondaire nourrit tout son enseignement, année après année, de ce qu'il a appris à l'université. Il fait lire de préférence les textes dont il a alors découvert les beautés, propage les doctrines dont il s'est alors pénétré. Et il le fait sans qu'intervienne dès lors aucun contrôle ni aucune critique. Il est libre de ses propos, de ses orientations, de ses plaisanteries, de ses éclats, de ses sarcasmes. Qui plus est, il s'adresse, seul, à des esprits encore presque vierges, auprès de qui tout ce qu'il dit se trouve revêtu (si cela existe encore) du sceau de l'autorité, et tenu (dans la mesure où cela existe encore) pour vérité. Chaque décision facilitant la politisation de l'enseignement supérieur se répercute donc, en mille fois plus puissant, sur les enfants du secondaire.

Et cela me paraît, à bien des égards, plus grave encore que le déclin de notre recherche. L'École est l'endroit entre tous d'où la politisation devrait être bannie, parce qu'elle s'adresse, je l'ai dit, à des esprits qui sont, selon les âges, ou sans défense ou moins bien armés que les adultes, et parce que toute formation, intellectuelle et morale, digne de ce nom exige l'atmosphère sereine que l'on recommande tant aux parents de ces enfants.

Ceux qui nient que, pour ces raisons, l'École doive rester un monde à part et respecté ne font qu'apporter la preuve des progrès déjà accomplis par la politisation et du danger que je dénonce. Ils tirent notre 1984 dans le sens de celui d'Orwell.

Ce danger est surtout sensible dans les enseignements littéraires, où l'objectivité absolue est impossible et l'engagement toujours plus ou moins présent. Il y a donc, en histoire, en philosophie, en littérature, une sorte de partialité involontaire chez les plus honnêtes. On peut enseigner une histoire de droite ou une histoire de gauche, en tronquant et en déformant à peine. L'une insistera sur les misères des peuples et sur les révolutions, l'autre sur les services rendus par les chefs d'État ou sur les victoires militaires. De même, il y a deux façons d'enseigner la littérature, l'une centrée sur Zola ou sur Aragon, l'autre sur Racine ou Stendhal, l'une insistant sur le témoignage social, l'autre sur l'œuvre considérée dans son unicité. Il y a aussi deux façons d'enseigner la philosophie : Descartes et Kant ou bien Marx et Hegel. C'est un choix que chacun a le droit de faire, mais à condition de laisser le même droit aux autres, et surtout aux enfants — c'est-à-dire à condition de fournir à ces derniers tous les éléments nécessaires pour un tel choix. Or, le fait-on ? A vrai dire l'influence du parti au pouvoir se marque du haut en bas et du bas en haut. Il ne se traduit pas seulement dans la façon de choisir les professeurs, mais dans la définition des programmes, dans les manuels, et, indirectement, dans l'accueil que font les médias aux livres nouveaux, aux thèses, et aux interprétations opposées.

Ce mal, déjà si sensible, est encore aggravé quand sont autorisés les essais indépendants et incontrôlés de pédagogies nouvelles. Je connais tel établissement de Paris où l'étude du régime soviétique occupe (déjà !) tous les premiers mois de l'année, d'autres où le premier livre de lecture est la vie de Mao. Et qu'y faire[1] ? Tout est permis, qui va dans le sens soit du

1. Les secousses de l'histoire ont dû, j'imagine, amener là un changement, qui aurait dû venir de nous.

pouvoir soit des groupes de pression qu'il écoute. On a parlé, même à l'étranger, de certains manuels d'histoire délibérément orientés en ce sens… Hélas ! je connais aussi telle petite réfugiée d'un pays de l'Est, placée dans un établissement parisien, où elle réussissait très bien : elle eut une crise de dépression grave, en retrouvant les déformations que, dans le pays d'où elle venait, elle avait appris à haïr comme des signes de l'oppression. Ses petites camarades, qui n'avaient pas mûri dans la même expérience et les mêmes épreuves, se laissaient endoctriner sans la moindre méfiance.

De tels faits, dont on pourrait allonger indéfiniment la liste, mettent tout l'avenir en péril. On me dira que je prends mes exemples à l'extrême gauche et qu'il doit y en avoir dans les deux sens : je n'en suis pas si sûre ! L'extrême gauche se réclame non pas d'opinions politiques mais d'une foi absolue en un système qui englobe tout et doit exclure les autres. Elle est animée par l'idée de la lutte des classes, qui encourage à la lutte sur tous les plans. Le bonheur futur qu'elle entrevoit pour l'avenir autorise tous les moyens dans le présent. Et la neutralité politique s'accorde mal avec de telles doctrines. C'est bien ce qui rend la lutte inégale. Car cette neutralité politique est le fait d'un libéralisme, que son application unilatérale affaiblit d'autant. Il se renierait s'il y renonçait, mais il se paralyse en y obéissant seul. Il en va d'ailleurs de même pour les élections de l'enseignement supérieur dont je parlais en premier lieu : un syndicat qui ne veut pas confier l'enseignement à la politique se trouve gêné et ligoté quand on l'invite à une compétition politique pour laquelle ses membres ne sauraient être aussi mobilisés que les autres.

Et c'est bien là que l'on découvre qu'il n'y a, en l'occurrence, ni hasard ni accident : il y a, derrière toutes ces mesures et toutes ces habitudes nouvelles, comme derrière l'émoi qu'elles soulèvent chez beaucoup d'entre nous, un problème, et un vrai : celui de la neutralité scolaire.

Elle a subi, il faut le dire, un curieux retournement au cours des dernières décennies.

Certes, il y a des domaines pour lesquels il est admis que

l'enseignement doit observer une certaine neutralité. Depuis longtemps, l'ensemble des questions religieuses a été rangé dans cette catégorie (au point que l'on n'enseigne même pas les données bibliques, si essentielles pour l'étude de tous les arts [1]). Mais, sur les autres, on a évolué.

Autrefois, et jusqu'aux vingt dernières années, on aurait considéré comme une faute professionnelle grave de laisser percer dans son enseignement la moindre trace de ses opinions politiques : à présent, on ne se cache plus de le faire et l'on met en avant le bien de la communauté. Mais presque personne ne remarque que, par un effet contraire, on considérerait comme une faute, et une atteinte aux droits individuels, d'enseigner aux enfants la morale élémentaire — du moins en y attachant quelque prix et en tentant de l'inculquer. La morale est devenue « bourgeoise » ; et, à ce titre, elle est répudiée.

Peut-être était-elle en effet « bourgeoise » par certains traits ; le respect de la famille et des parents, le sens même du patriotisme sont aujourd'hui plus ou moins suspects : beaucoup, d'ailleurs, le déploreront. Mais qui peut, dans n'importe quelle société, rejeter la franchise, l'honnêteté, le civisme ? Qui peut rejeter le respect d'autrui, la maîtrise de soi, la pitié ? Aucune société ne peut vivre sans ces valeurs ; aucun individu ne peut s'épanouir sans une certaine ferveur pour le bien. Autrefois, on n'avait pas honte, en classe, de qualifier des actes de bons ou de mauvais ; on citait des exemples de courage et de noblesse dans les textes, et on les faisait aimer. Sur qui compte-t-on donc pour tenir ce rôle, dans un État laïc comme le nôtre ? Sur les familles ? On ne les a guère préparées à ce rôle ; et beaucoup d'entre elles ne seraient guère qualifiées pour l'assumer. Elles-mêmes comptent sur l'école pour cela.

J'ai, dans un chapitre précédent, plaidé pour la place du savoir dans l'enseignement : l'examen de la politisation et des attitudes d'esprit auxquelles elle correspond m'amène à plaider

---

1. L'affaire récente du tchador a été rendue confuse par le fait que les revendications étaient à la fois religieuses et ethniques.

cette fois pour un autre aspect, moins reconnu encore que le savoir, et qui, faisant de l'enseignement une éducation, se définit par la prise de conscience de ces valeurs.

On juge indiscret d'y mêler l'enseignement : le résultat n'est que trop visible. C'est d'abord, dans notre société, le pullulement de la délinquance.

Les faits ne sont que trop clairs. Je ne connais pas une personne, autour de moi, qui n'ait été au moins une fois cambriolée, ou victime soit d'agressions, soit d'actes de vandalisme. En ce qui me concerne, je suis arrivée, ce printemps dernier, au record de trois fois en un mois. Or, ce sont là les agissements de jeunes : on a souvent l'occasion de le constater. Il y a aussi la drogue, les sectes, le chômage délibéré et calculateur, la fraude aux élections, le manque de parole, l'inexactitude, les fautes professionnelles de toute sorte, le vol dans les églises, dans les cimetières, dans la demeure de ceux que leur famille est en train de porter en terre... Il y a le jeu des étudiants, faisant des concours à qui volera le plus de livres. Il y a des enfants en classe, jetant à terre et maltraitant telle petite camarade parce que — les mots sont authentiques — « elle ne leur plaisait pas ».

Je ne suis pas sûre que le Garde des Sceaux ait raison de recommander comme il fait l'indulgence[1]. Moi qui ai été victime ou témoin de chacun des faits que je viens d'énumérer, je ne ressens pas les choses comme lui. Cependant, ce n'est pas mon affaire ; et, dans la mesure où je m'inquiète de voir si peu de sanctions, c'est simplement parce que je pense, en professeur, que celles-ci auraient peut-être une valeur d'exemple et un effet de dissuasion. En tout cas une chose est sûre ! Même si l'on renonce à donner ces leçons de civisme et d'honnêteté lorsque le mal est fait, il reste que l'enseignement, lui, devrait absolument y parer à l'avance. Je pense en effet que cette petite délinquance (qui n'est pas toujours si petite que cela) implique, entre autres

1. Allusion à des faits aujourd'hui oubliés ; mais la recommandation a été largement écoutée.

causes, une lacune grave dans l'enseignement, et qu'il lui reviendrait, au moment où une influence s'exerce encore sur les jeunes esprits, de veiller à enrayer cette détérioration. Il doit apporter une éducation. Et, à ce titre, il doit faire une place aux devoirs de l'homme et du citoyen.

Je connais une femme, professeur suppléant dans un lycée de Paris, qui, il y a quelques années, a surpris un élève en train de casser à coups de pierres les carreaux d'une salle de classe. Elle est allée signaler le fait à l'administration ; mais l'administration tend à fuir les complications, et on lui a répondu, avec d'autant plus de mépris qu'elle n'était que suppléante : « Laissez-nous donc tranquilles ; ce ne sont pas vos carreaux ! » C'était d'ailleurs en partie faux, car ce sont nos carreaux à tous. Mais le principe d'une telle démission explique assez que les choses aillent mal.

Or la délinquance n'est pas le pire. Le pire est le manque de zèle, de foi, de certitudes humaines. Le pire est l'indifférence, ou l'égoïsme matérialiste. On a laissé toutes ces mauvaises herbes se développer dans les classes, en vertu d'une abstention précautionneuse, cause manifeste de cette décadence...

Si bien que tout se passe comme si la neutralité scolaire, abandonnée en politique, s'était reportée sur notre vieille morale. Le trait confirme les progrès foudroyants de la politisation. Il confirme aussi l'analyse de Thucydide, qui a été citée, et qui montre la morale faisant les frais de l'affrontement entre les deux camps. En même temps, il ouvre les yeux sur la contradiction dans laquelle nous vivons.

La morale représente ce qui est, en tout cas, nécessaire à tout le corps civique dans son ensemble, s'il doit garder quelque homogénéité et quelque santé : l'orientation politique, au contraire, n'est que celle d'un groupe. Dans le domaine moral, il peut y avoir épanouissement ou déclin de certaines valeurs, il peut même y avoir des cas de conscience ; mais il ne s'agit pas d'option. Tant que l'État garde sa forme démocratique, l'engagement politique y reste une option. Un État qui laisse pratiquement la morale dans l'ombre et encourage la politisation n'est donc plus l'État : il adopte une attitude partisane, dont la visée ne peut qu'être le changement de la forme de l'État lui-même. Les défaillances en apparence bénignes de notre secondaire nous orientent sans faute vers le totalitarisme.

Depuis la recherche la plus poussée jusqu'à la leçon de lecture, le péril est partout : les appartenances politiques tendent à l'emporter sur le sens de la vérité et de l'équité, indispensables dans la vie universitaire et dans la recherche, et sur le sens des valeurs morales, indispensables dans la vie quotidienne. Elles monopolisent tout, balaient tout.

On me dira : mais les remèdes ? Le mal est si général qu'on ne l'enrayera pas d'un coup. Il peut même fort bien triompher de nous. Mais, dans le domaine précis de l'enseignement, un certain nombre de précautions sont possibles, et un certain nombre de glissements à éviter absolument. Pour l'enseignement supérieur, on a indiqué ici quelques-unes des mesures qui risquent de précipiter le désastre. Et, de toute manière, j'aimerais rappeler que l'enseignement avait précisément multiplié les précautions contre les méfaits de la politisation. C'était, dans le recrutement, l'existence des concours, comme pour l'entrée à l'École Normale Supérieure ou pour l'agrégation. Ils ont beaucoup d'avantages, car ils stimulent l'émulation et garantissent la qualité, autant que faire se peut. Mais ils ont aussi l'avantage d'être une sauvegarde absolue contre tout recrutement politisé. Est-ce pour cela, peut-être, qu'on les attaque ? C'est au moins pour cela aussi. Sinon, pourquoi aurait-on ouvert une « troisième voie » à l'E.N.A. [1] ? Et puis avec les concours vont l'anonymat, le rejet des recrutements parallèles et locaux, non contrôlés par des instances nationales. Et aussi le fait que ces instances nationales soient elles aussi préservées, par le rejet des scrutins politiques. A cela peuvent se joindre les instructions, émanant du Ministre ou des divers niveaux de l'Inspection, et restituant une place plus grande au citoyen en tant que tel. Enfin l'effort de tous ceux que l'on tente de

1. On commence à parler aujourd'hui de mesures analogues pour l'École Normale Supérieure.

décourager et qui, j'espère, ne se laisseront pas décourager. A vrai dire, je ne sais pas du tout comment on mettra jamais fin à la politisation de la vie quotidienne ; mais il devrait être possible, et même facile, avec un peu de bonne volonté, de protéger le seul secteur où elle ne devrait pas pénétrer, et qui est, je l'ai dit, l'enseignement. Si l'on sauvait l'enseignement de ce mal, qui pourrait dire les limites de l'espoir ainsi restauré ?

Inversement, si l'on ne freine pas ce mouvement, et qu'au contraire on l'encourage, il risque d'emporter bien des choses : je ne pense plus seulement ici à la qualité de l'enseignement, ni aux problèmes et aux pressions indirectes auxquels des enseignants risquent d'avoir à faire face ; je pense bien plutôt au redoutable instrument que sont en train de forger ceux qui introduisent ainsi la politique du haut en bas de l'enseignement. L'enseignement instauré par eux conduit inexorablement à la formation d'une jeunesse également politisée, et politisée dans le même sens, prête, au surplus, à tout sacrifier au but politique. Peut-être certains, obéissant déjà à ces dispositions qu'ils visent à répandre, le désirent-ils de façon consciente : les autres devraient au moins savoir sur quelle voie ces mesures et ces habitudes en apparence techniques orientent clairement l'avenir.

J'ajouterai un mot, qui me coûte un peu. L'évolution de l'enseignement public, qui tend à y introduire partout la politisation, mais à en écarter pudiquement la morale, constitue un argument sans pareil pour la défense de l'École libre.

J'ai passé quant à moi toute ma vie dans l'École publique et laïque, celle de l'État. Mon père y enseignait. J'y ai été élève. J'y ai enseigné pendant presque cinquante ans ; j'appartiens, par toutes les fibres de mon être et par mes souvenirs, à cette tradition que j'aimais et que je trouvais admirable. Mais, à voir comment l'enseignement change, je comprends maintenant que des parents s'attachent avec l'obstination du désespoir à l'École libre. Le principe de la liberté m'est cher. Mais ce n'est pas tout : je comprends aussi que, dans l'atmosphère actuelle, l'on tienne de toutes ses forces — politisation pour politisation — au respect de certaines valeurs, encore vivaces dans l'enseignement libre ; je comprends également que l'on se méfie de la qualité de l'enseignement et de la culture dispensée par l'État dans les conditions que j'ai dites. Enfin et surtout, je reconnais trop bien la politisation — toujours elle ! — dans le mouvement qui, ces temps-ci, veut détruire l'École libre ; et, du coup, l'attaque m'indigne. Depuis mon enfance, je n'ai jamais entendu parler du problème de l'École libre que comme d'un problème aussi dépassé de nos jours que celui de la révocation de l'édit de Nantes : le voir renaître est un signe de plus du mal qui semble se développer partout. Quand ce ne serait que pour cette raison, je me sens désormais obligée de défendre ceux que visent ces attaques.

C'est un des inconvénients de la politisation, et tout simplement de la politique, qu'elle disjoint ce qui était uni et entraîne des réactions en chaîne, dont les effets, parfois, ne se mesurent que lorsqu'ils sont devenus irréparables. Ils peuvent, en l'occurrence, le devenir très vite : le poids de la politique fait aujourd'hui basculer les assises mêmes de l'enseignement.

V

L'URGENCE PRATIQUE OU LA CULTURE

Aussi bien faudrait-il être au moins d'accord sur le but à poursuivre, et, pour cela, le définir.

Dans un exposé des motifs, joint à un avant-projet de la réforme de l'enseignement supérieur, on relève avec plaisir un souci, *a priori* satisfaisant, consistant à relier l'Université à la vie réelle et au monde moderne. Qui n'approuverait ? On y lit qu'il faut « que chaque enseigné cesse d'être désorienté face aux événements qui font l'histoire du monde » ; on y lit aussi qu'il sera proposé « une forme d'enseignement qui permette à l'enseigné d'acquérir des connaissances, des méthodes de travail, les informations nécessaires à son orientation, d'être en mesure de se situer au sein de la société, de se préparer au choix d'un cursus professionnel ». Sur quoi, en vue d'un tel but, on modifie radicalement le contenu des débuts de l'enseignement supérieur.

Voilà une conséquence importante ! Cela donne envie de relire soigneusement les phrases précédentes. Et alors, le malaise surgit, les questions lèvent, les problèmes, soudain, s'imposent.

D'abord on peut s'inquiéter des conséquences que les orientations ainsi définies peuvent avoir sur notre enseignement supérieur : ces conséquences sont alarmantes, pour au moins trois raisons.

La première est l'insistance sur l'aspect pratique. Car il est bien vrai que l'enseignement universitaire a pu être, en France, dans le passé, un peu trop coupé du réel et indifférent aux débouchés. Je l'avoue. Mais je ne suis pas rassurée non plus quand je vois cet enseignement commandé presque exclusivement par le souci de situer les jeunes « dans la société » ou de les préparer « au choix d'un cursus professionnel ». Rien pour les débouchés, c'était un peu léger : mais tout pour les débouchés, c'est franchement trop. Cela relève de ce matérialisme dont on subit les effets partout et qui est finalement, avec son souci de toujours modeler les individus sur le groupe, plus ou moins teinté de marxisme. Et surtout, pratiquement, quel sera le résultat ? L'enseignement des universités, dont le principe était la science et le progrès des connaissances, risque de se muer en une sorte d'école étroitement professionnelle. Je crains que l'on ne perde beaucoup au change : que l'épanouissement des individus et le progrès scientifique, coupés de cette gratuité dont ils ont si grand besoin, ne paient le prix de ces bonnes intentions.

D'autre part, puisqu'il s'agit, dans ces années, de s'informer et de se préparer au choix d'une profession, cela signifie que la spécialisation sera presque absente — autrement dit que les deux ou trois ans qui se situent après le baccalauréat remplaceront les anciennes classes du secondaire, aujourd'hui défaillantes, et que le véritable enseignement « supérieur » se réduira aux deux ou trois années qui suivront — si vraiment elles suivent (les menaces imprécises qui couvent sur l'agrégation et les thèses laissent à cet égard quelque incertitude). Par conséquent, au lieu de remédier, comme on l'aurait dû, à l'insuffisance de la formation secondaire, on raccourcit ce véritable enseignement supérieur — ce qui ne saurait qu'en abaisser la qualité. A la vérité, c'est là, poussé à sa limite, le phénomène du « tronc commun », qui prolonge de plus en plus loin le caractère non spécialisé des études. Si le principe est déjà discutable dans l'enseignement secondaire, qui ne voit qu'il est absurde dans l'enseignement supérieur ? Aucun travail de qualité, à un tel niveau, ne se poursuit à la va-vite, ni à la dernière minute. Secondariser l'enseignement supérieur, sous prétexte que le secondaire s'est primarisé, ou simplement affaibli, c'est en supprimer le principe même, et en ruiner inévitablement la qualité.

Enfin, si l'on relit ce texte et que l'on cherche à en préciser les intentions, on peut se demander s'il n'y a pas une certaine confusion entre deux notions : celle d'une « forme d'enseignement » et celle des « informations nécessaires » à l'orientation des jeunes. Qu'ils aient manqué, ces jeunes, d'informations sur les carrières, les chances, les nombres, c'est incontestable et nous avons été nombreux à le dire depuis longtemps. Qu'ils aient ignoré des possibilités qui leur étaient ouvertes, ce n'est pas douteux. Qu'ils n'aient pas connu les charges, les méthodes, l'intérêt général et les avantages pratiques des divers métiers, cela saute aux yeux. Et il était urgent d'y remédier. Mais est-ce l'affaire de l'enseignement supérieur ? C'est l'affaire de centres pratiques, cela requiert des brochures, des conférences, des visites, qui peuvent d'ailleurs s'adresser à des jeunes de terminale au moins autant qu'aux bacheliers. Le choix d'une carrière n'est jamais fait assez tôt et la multiplication de gens semi-cultivés, indécis et tâtonnant, n'est bonne ni pour les individus ni pour la collectivité. Mais quel rapport avec la « forme d'enseignement » donnée après le baccalauréat ? Une école professionnelle, disions-nous. Mais qu'est-ce qu'une école professionnelle destinée à des gens qui n'ont pas choisi leur profession ? On tombe un peu dans l'absurdité. Et sans doute il serait facile de dire que je force les choses, que j'invente l'absurdité et que le danger pour l'enseignement supérieur est insignifiant. Voire ! Je ne crois pas me tromper en reconnaissant, dans ce désir de changer la « forme d'enseignement », une vieille rancune de ceux qui ne savent pas contre ceux qui savent, des assistants chargés d'enseignements pratiques contre le professeur et son cours magistral. Car ce n'est pas la première fois que l'on voit, dans l'enseignement supérieur, le savoir théorique reculer devant l'information pratique. Qui les donnerait, ces enseignements susceptibles de faciliter le choix d'une carrière ? Pas les professeurs spécialisés, bien entendu. Et en quoi consisteraient-ils, ces enseignements d'une nouvelle forme ? Pas en savoir, pas en science, pas en découverte des merveilles de l'esprit humain et des moyens de le mener plus loin encore, c'est trop évident. L'enseignement supérieur, soumis à ces nouvelles finalités, risque donc — ou est donc assuré — de perdre tout ensemble son niveau désintéressé, son déploiement dans la durée, et la spécificité même de son contenu et de son personnel.

Oh ! je sais : on me répondra : « Mais ce sont les années préliminaires... » Exact ! Ce sont les années qui appartenaient à l'enseignement supérieur et qu'on lui dérobe. Et en outre, dans ce domaine écourté qu'on lui laisse, et qui sera trop bref, a-t-on pensé aux genres d'esprit qui auront été ainsi formés, adoptant des perspectives pratiques, éparpillées, superficielles, au moment d'aborder les études théoriques, spécialisées, approfondies ? Non, vraiment, la qualité de l'enseignement supérieur n'y gagne pas : à vrai dire, elle perd sur tous les tableaux.

Mais ces dangers, si graves qu'ils soient, pourraient sans doute être évités, à coups de négociations et de correctifs, et grâce à des bonnes volontés réciproques, s'il ne s'agissait que de conséquences accidentelles, insuffisamment prévues ou dénoncées. Or je crains bien que le débat ne soit beaucoup plus profond qu'il n'y semble, et qu'en fait il ne vise la démarche même de tout enseignement destiné à former les esprits, qu'il soit secondaire, supérieur, ou semi-supérieur. Ce débat se joue entre l'actuel et l'inactuel, entre l'expérience et la théorie.

Comme le texte dont on a cité quelques phrases le dit de façon formelle, il s'agit « que chaque enseigné cesse d'être désorienté face aux événements qui font l'histoire du monde ». C'est reconnaître fort justement qu'il y a en ce moment une crise des esprits et des consciences, que les jeunes ne comprennent pas le monde qu'on leur propose, tirent de sa complexité du découragement, de sa mobilité un profond scepticisme, de son évolution accélérée un sentiment de désarroi. Peut-être ne sont-ils pas les seuls dans ce cas, si l'on en juge par la littérature. Et peut-être ces sentiments sont-ils plus que compréhensibles, au rythme où vont les choses. Que toute éducation, de l'enfance jusqu'à la formation la plus haute, vise à y remédier me paraît raisonnable et même impératif. Le désaccord commence lorsque l'on envisage les moyens de le faire.

Le monde actuel est complexe, changeant. L'idée du législateur semble être qu'il faut donc faire à ces complexités et à ces changements la plus grande place possible, afin d'y habituer les jeunes en leur enseignant les données : les données sociales, en premier lieu, évidemment, et aussi les données politiques, techniques — en bref, l'actualité. Cela leur plaira plus, les intéressera plus, dans la mesure où l'enseignement rejoindra la presse, la télévision, les débats de la table familiale ou du groupe syndical. Ils ne seront pas désorientés, parce qu'ils seront immédiatement insérés, jetés dans le bain.

Je passe sur ce qu'un tel enseignement peut avoir de politisé et de partisan : c'est là un mal que j'ai déjà écrit. En revanche, je voudrais plaider, de toute mon âme, pour une démarche exactement inverse.

Je crois que la force de tout enseignement par rapport aux « événements qui font l'histoire du monde » est d'imposer aux esprits un détour. Si l'on veut s'orienter convenablement, dans une promenade au cours de laquelle on doit retrouver son chemin, il faut prendre, en pensée, du recul. Il faut se retourner, voir d'où vient le chemin que l'on est en train de parcourir et où sont les repères, recourir à une carte, sur laquelle le paysage confus, masqué de buissons et d'arbres, d'ombres et de creux, se ramène à un tracé schématique, couvrant un horizon bien plus étendu et qui soudain rend compte du paysage. Il en va de même dans les choses de l'esprit.

Complexe, notre société ? Ô combien ! Mais dans ce cas pour l'appréhender, pour la comprendre, pour en comprendre les problèmes et les tendances, il faut précisément faire le détour et apprendre à connaître d'autres sociétés plus simples. J'ai l'air en disant cela de présenter, une fois de plus, un plaidoyer pour le grec et le latin. En un sens, c'est parfaitement vrai. Je reste convaincue que l'on comprend mieux la collectivité qu'est l'État quand on connaît la cité grecque, avec les dévouements qu'elle suscitait si largement et les crises qu'elle traversa et surmonta, que l'on comprend mieux les relations entre les pays quand on a pratiqué la relation toute simple qui s'établit au niveau de deux cités de régime politique différent et luttant pour la suprématie, ou bien entre des cités grecques et un envahisseur barbare. Après tout, si l'on ne cesse de découvrir, dans la littérature grecque, « l'actualité » de tel passage ou de tel autre, cela n'est point dû au hasard de situations qui se répéteraient, mais au fait que des situations simples, analysées avec rigueur, fournissent divers schèmes d'interprétation susceptibles d'être appliqués à des situations plus complexes. Je crois aussi que, dans l'ordre des conduites humaines, les problèmes peuvent être posés avec une force accrue, lorsque se découvre, au niveau de la famille ou de la cité, le premier exemple éclatant d'un dilemme humain : la mort d'Antigone et la mort de Socrate aident à comprendre l'héroïsme et à le sentir dans sa simplicité absolue. Je plaide donc bien pour le grec et le latin. Mais pas seulement. Je plaide pour tout ce qui est lointain, différent, et pourtant humain. Je plaide pour la sociologie[1], je plaide pour l'histoire, je plaide pour tout ce qui n'est pas notre temps, pour tout ce qui lui ressemble et en diffère, pour tout ce qui nous donne, je le répète, du recul.

Et ce qui est vrai de la complexité du monde actuel l'est aussi pour le changement accéléré que connaît aujourd'hui notre civilisation. On dirait que le progrès scientifique et technique s'est emballé, que l'évolution sociale et les transformations morales se sont précipitées à un rythme sans précédent. Ma petite maison de Provence devait être, il y a quarante ans, une maison tenue pour confortable et moderne, voire raffinée. Or les jeunes qui y viennent croient un peu visiter une maison médiévale. Pourtant, au cours de ces quarante années, nous pensions l'avoir modernisée. Nous avions désormais l'eau sous pression, les tuyaux plastiques, les asperseurs... Les jeunes

---

1. Ceci était, je pense une sorte de *captatio benevolentiae* de ma part : la sociologie se débrouille fort bien sans mon aide. Il aurait fallu écrire : « pour la littérature, pour la philosophie, pour l'histoire ».

croient avec peine que cela n'existait pas, que l'on se débrouillait avec des petits canaux et des vannes, comme dans l'Antiquité ! Mais, inversement, la génération d'il y a quarante ans serait encore plus ahurie devant ces jeunes couples, dont l'union est instable et instable le gagne-pain, qui travaillent pour quelques semaines, à n'importe quoi, quand ils ont besoin d'argent, circulent en stop, et partent soudain vers le Grand Nord ou bien vers Chypre... Et cependant je suis la même personne, assise sur la même terrasse, et il me semble qu'il ne s'est guère écoulé de temps... Ces jeunes, qui sont d'ailleurs fort gentils, se sont mis au rythme du changement universel. Qu'est-ce qu'aller dans le Grand Nord quand d'autres s'en vont dans la lune, ou que changer de copain quand d'autres changent de sexe ?

Seulement ces changements, dans le domaine moral du moins, peuvent avoir un aspect grave qui intéresse l'enseignement : ils peuvent en effet susciter le désarroi. Quand tout change, on ne sait plus très bien à quoi ou à qui se retenir. Parce que tout change, on condamne ce qui est venu avant. Parce que tout change, on ne croit plus ni aux valeurs d'hier, ni à celles d'avant-hier, et peut-être pas à celles de demain. Parce que tout change, on ne sait plus si ce qui était bien hier l'est encore, si ce qui était mal hier présente un risque ou un inconvénient. On flotte, on s'étourdit, parce que, dans cette grande marée du temps présent, toutes les amarres ont lâché.

Je ne vois aucun moyen d'aider les jeunes à trouver leurs valeurs ni leur voie : c'est à eux de le faire. En revanche, du point de vue intellectuel, je crois que l'enseignement peut les aider — à condition qu'il s'attache à l'intemporel et non à l'éphémère.

Même la littérature d'avant-garde, où le réel se pulvérise en phrases inachevées, en voyages ou en coucheries, se réclame tout à coup d'une phrase de Shakespeare, d'un passage de Bach, d'un tableau à jamais fixé dans sa forme conquise. Même cette littérature, si elle vaut quelque chose, s'ancre dans le durable. Et pourtant sa fonction est d'exprimer le plus fuyant, et celle de l'enseignement est inverse.

C'est vrai : il s'agit de l'enseignement. Tout se tient de si près que j'allais l'oublier. Et pourtant il est clair qu'en ce domaine-là le dossier du durable est plus facile à plaider qu'ailleurs.

D'abord la modernité a ceci de fâcheux qu'elle passe. On a depuis quelque temps découvert qu'il serait pratiquement plus utile d'étudier l'anglais dans le *Times* que dans Shakespeare et l'allemand dans le *Berliner Tagesblatt* plutôt que dans Goethe — trop heureux encore quand il s'agit de journaux sérieux et non de publications adonnées à l'argot ! Mais imaginez seulement un esprit nourri des problèmes, des idéologies, des vocabulaires de la presse d'il y a dix ans ! Et imaginez l'argot d'il y a dix ans ! Il y aurait de quoi rire. Ce serait pis assurément que pour les jeunes et ma maison de Provence ; car le vocabulaire et les idéologies se périment plus vite que les maisons : pas de doute là-dessus ! On débouche donc sur un enseignement tourné vers le pratique, mais voué à l'inutilité, et tourné vers le modernisme, mais déjà, demain, périmé. Et, indirectement, cet enseignement ne fera qu'aviver l'effet de désarroi dû au rythme du changement en général. Le jeune qui avait étudié Shakespeare faisait peut-être rire les chauffeurs de taxi londoniens, mais il avait acquis des images, des symboles, des vers, des reflets d'amour ou de désespoir, dont il pouvait soudain éclairer son expérience et rehausser sa réflexion. Je n'exige pas Antigone ou Socrate, je m'arrange très bien de Hamlet ou de Faust.

Cette armature de l'esprit et ces jalons du cœur, dont les classes de première supérieure fournissaient un exemple accompli, nul ne les a évoqués de façon plus charmante que Giraudoux, quand il écrit qu'il ne pouvait voir une pauvre vieille sans penser à Hécube ou un bossu sans penser à Thersite. Or c'est grâce à cette formation hors du temps qu'il a écrit les pièces les plus modernes qui soient. Car c'est une grande force, en vérité, que d'être hors du temps : de vivre dans les idées, dans le contact avec des auteurs de pays divers et de temps lointains, qui sont très différents et qui pourtant vous touchent, donc vous ressemblent. Cela fortifie, cela aide. Cela vous forme comme les voyages forment la jeunesse. Cela vous aide à jauger les « événements qui font l'histoire du monde » comme y aide la vue des ruines, des temples, des palais, dont, au demeurant, chacun recherche avec passion la connaissance.

Serait-ce qu'il faut à tout prix se tourner vers le passé? Évidemment non! Mais il faut, à l'aide du passé, de sa permanence ou de son altérité révolue, sortir du temps présent, ou mieux encore : sortir du temps. Pour maîtriser le temps par l'esprit, il faut grâce à l'étude se placer en dehors et au-dessus. Alors seulement le retour au présent se fait dans la clarté et prend un sens. Alors seulement on peut n'être pas « désorienté ». Pour voir comment vont une plante, un animal, un homme, il faut avoir observé comment ils étaient hier, comment étaient ceux qui avaient le même mal ou le même régime. Autrement, les feuilles qui tombent vous laissent « désorienté ».

Encore n'est-ce pas tout, car la connaissance digne de ce nom ne va pas par rapprochements confus glanés au cours de l'expérience. Et une autre forme de détour permet seule d'en assurer les bases : il faut passer par la théorie, par l'abstraction, et par l'idée.

Je sais bien que cela sonne un peu trop platonicien et qu'il serait plus adroit d'éviter le mot « idée » : on se sera peut-être aperçu que je ne poursuis pas ici l'adresse. Autrement parlerais-je de l'abstrait et de la pensée? Rien n'est moins à la mode. On aime la sensation, le geste, les choses, la peau, le bruit. Et nul ne saurait s'en étonner. Le changement et le sensible vont ensemble. Et tous deux vont avec le renoncement à comprendre. Le concret, les données de fait multiples, les connaissances éparpillées, le miroitement des sensations subies : voilà précisément ce qui « désoriente ».

Je ne serais pas éprise de la culture qui a donné au monde l'*Iliade* et l'*Odyssée* si je n'avais pas le sens, moi aussi, du concret. Mais la merveille de la Grèce est d'avoir fait coïncider l'un avec l'autre, d'avoir fait vivre des personnages, présents et vivants, sur une scène de théâtre, cela tout en plaçant en face d'eux un chœur d'hommes ou de femmes étrangers à l'action, cherchant à comprendre et à faire comprendre ce que l'action en cours signifiait pour l'homme. Et la merveille de la Grèce est aussi, après avoir donné au monde Homère, de lui avoir donné la philosophie : la philosophie, c'est-à-dire la réflexion abstraite, générale, qui réclame le pourquoi de tout.

On devine où je veux en venir ? Les signes de la crise actuelle concordent si parfaitement entre eux que la même démarche se reconnaît partout ; et le fait est que l'on a voulu, depuis quelques années déjà, supprimer la classe de philosophie. Cela allait dans le même sens que tout ce que j'ai dit. On ne voulait plus de l'abstrait, on ne voulait plus de l'intemporel, on ne voulait plus de ce qui n'était pas concret, actuel, sensible. Et là où l'on enseigne la philosophie, savez-vous ce que l'on enseigne ? Eh bien ! ce qui est le plus récent et le plus directement lié à l'expérience concrète ou à la vie pratique : la psychanalyse et le marxisme. Ô Descartes, ô Kant, vous n'êtes plus à la page ! Et de ma Grèce on retient surtout Héraclite, parce qu'il a dit que tout s'écoule — et parce qu'il est obscur.

Ceci n'est qu'un indice : je ne me plains certes pas que l'on apprécie Héraclite. Le vrai point noir est que l'on apprécie si peu la philosophie en tant que telle, sous tous ses aspects, et principalement sous les plus abstraits. C'est aussi que l'on refuse d'en voir le sens au sein des études, même pour ceux qui ne seront pas philosophes de profession.

A quoi cela sert-il donc, ce détour par l'abstrait ? A penser, tout simplement. A penser avec fermeté, prudence, cohérence. A penser en distinguant les notions de façon rigoureuse. A penser selon la logique. A poser des questions, à distinguer la faiblesse des réponses, à reconnaître dans une démonstration le chaînon manquant. A repérer sous ce qui se dit une tradition, une doctrine, ou un sophisme. Et tout cela est ce que l'on fait constamment, dans tous les domaines de la recherche et dans toutes les activités, fussent-elles les plus pratiques.

J'ai dirigé au cours de ma vie bien des mémoires de grec : si le candidat était passé par une première supérieure et avait, après le baccalauréat, pratiqué pendant au moins deux ans cet entraînement philosophique, je savais que son mémoire, quel qu'en soit le sujet, aurait de la rigueur intellectuelle et conduirait à des conclusions. Dans le cas contraire, c'était — ou c'était souvent — ce que l'on appelle de la bouillie pour les chats. Et pourtant je tentais toujours de donner les sujets les plus dignes de réflexion aux candidats les mieux armés. On me dira peut-être que cela est surtout vrai du grec, car les auteurs grecs, en ce temps d'indivision, étaient tous plus ou moins philosophes. Je ne le nierai pas. Mais ce n'est pas la vraie raison. On peut donner le sujet le plus concret qui soit — disons, par exemple, « les animaux dans le théâtre d'Euripide » — et il est clair que, plus l'auteur du mémoire saura se poser de questions et recourir aux comparaisons, plus il aura de chances de débusquer des remarques intéressantes. Il pensera que les animaux ont parfois valeur religieuse et s'informera sur l'histoire comparée des religions : il pensera que la différence entre l'homme et l'animal est caractéristique d'une certaine idée de la civilisation, et qu'en revanche les traits humains prêtés aux animaux reflètent une morale... J'invente, et je pourrais inventer bien d'autres questions : toutes peuvent faire jaillir une découverte ; toutes supposent le détour par l'abstrait, toutes sont fonction d'un entraînement de l'esprit en ce domaine.

Or cela se retrouve au cours de toute la vie : n'admettons-nous pas que, si l'on ne veut pas être « désorienté face aux événements qui font l'histoire du monde », il faut pouvoir faire intervenir, de façon moins technique mais non moins ferme, les mêmes démarches ? Même le marxisme, puisque marxisme il y a, est, dans son principe, une philosophie. Même une société complexe et changeante, puisque tels sont les traits de la nôtre, se définit par des principes et des valeurs, se juge avec des concepts et se comprend par des comparaisons et des théories.

Et si les textes officiels que j'ai cités se plaignent que les élèves des lycées aient perdu la faculté de raisonner de façon cohérente, s'ils vont jusqu'à voir dans ce mal une menace contre le rationalisme (rapport Prost, p. 30 et p. 45), on peut au moins se demander si ce fameux détour par l'abstrait, qui me semble aussi essentiel pour le secondaire que pour le supérieur, n'est pas justement ce qui naguère y remédiait et pourrait encore y remédier demain. L'analyse grammaticale des phrases, l'analyse intellectuelle des textes, la traduction méthodique, les raisonnements mathématiques, la philosophie sont justement ce qui forme à cet art de raisonner, sans lequel aucune connaissance n'a plus d'utilité.

Mais voilà : ce détour paraît superflu à beaucoup, et pour des raisons très diverses, qui toutes ont pu, de près ou de loin, jouer sur les nouvelles perspectives proposées à l'enseignement supérieur.

J'en indiquerai deux.

Il y a d'abord la pression matérialiste. On en rencontre l'effet chez les élèves, chez les parents, et même chez certains enseignants.

On aime, ces temps-ci, interroger les goûts des élèves et des parents. On en retient que beaucoup d'élèves déclarent ne pas aimer aller en classe et l'on en tire la conséquence qu'il faut réformer la classe. Il faut, certes, tenir compte de cet état d'esprit et tenter d'y remédier ; mais faut-il trop lui accorder ? Les mêmes élèves n'aiment pas non plus se brosser les dents ; or, même s'ils ne le savent pas, il est bon pour leur avenir de le faire. De même une bonne moitié des parents (des sondages l'ont dit et les chiffres ont paru dans la presse, puis dans les rapports du Ministère) se plaint que l'école ne mène pas leurs enfants à une profession et ne les prépare pas bien à vivre dans une société moderne. Le savent-ils, ces parents ? Peut-être les difficultés économiques sont-elles plus en cause que l'éducation reçue. Et peut-être l'absence de formation morale est-elle plus en cause qu'un excès de culture.

Cependant je ne saurais condamner ni les uns ni les autres, appelés à juger ce qu'ils ne connaissent que du dehors. En revanche, il est un autre facteur, plus pénible à supporter : l'ironie facile de ceux qui touchent, de près ou de loin, à l'enseignement, mais ont peu pratiqué la culture : ceux-là n'en voient que la gratuité apparente ; et le plus facile est pour eux de juger périmée une recherche de la vérité qui ne mène pas de façon immédiate à un profit tangible. Les ennemis de la culture sont ceux qui l'ont côtoyée sans l'avoir. Et il ne faut pas s'y tromper : ni les enfants ni les parents ne réagiraient comme ils le font, si cette dérision arrogante n'avait trouvé à pénétrer trop souvent non seulement les médias, mais l'enseignement même et l'esprit que les nouvelles institutions risquent d'y instaurer. Les réglementations se fondent sur l'opinion des utilisateurs ; mais qui dira jusqu'où elles l'inspirent et l'orientent ?

Ces opposants à la culture trouvent d'ailleurs une aide imprévue dans les modes intellectuelles de notre temps, qui, vues du dehors tout au moins, ne prédisposent guère au respect de la vérité ni aux efforts qu'exige sa poursuite.

Ce facteur-là est moins évident : c'est pourquoi je voudrais m'y arrêter un moment ; car il fait apparaître une crise profonde dont nous souffrons, et à laquelle le progrès même de la recherche prête une apparence de justification. C'est la seconde raison expliquant l'attitude de refus que j'ai mentionnée. Et elle nous mène à une désaffection qui concerne, cette fois, non plus seulement l'enseignement et son utilité, mais l'idée même de vérité.

C'est qu'elle a subi bien des coups, cette idée, avec les orientations nouvelles de la recherche ! Même les sciences pures, ou, comme on dit, exactes, ont été secouées et renouvelées par le principe de relativité. Et l'analyse des phénomènes, l'arithmétique, la géométrie, la physique, la chimie se sont bientôt révélées, aux yeux des vrais savants, comme une des lectures possibles de l'univers, alors qu'il y en aurait beaucoup d'autres. De même les progrès de l'astronomie et de l'astrophysique ont mené les savants au seuil de l'incompréhensible, de ce qui n'a pas de sens pour notre entendement. Einstein avait ôté toute rationalité au temps : l'astrophysique nous laisse devant une antimatière et un « envers du monde », qui déroutent notre raison, radicalement. Et je ne parle pas de ces aventures au sein même des cellules vivantes dont la science moderne décrit désormais la folle complexité, presque les passions, presque la liberté. Le résultat est, bien évidemment, que l'on ne peut plus penser, philosophiquement, comme avant ; mais c'est aussi, dans la pratique et de façon indirecte, une perte de confiance dans la raison et dans la vérité. Raison et vérité sont relatives, limitées, et constituent des conventions plus que des absolus.

La même orientation se retrouve dans les sciences humaines,

mais elle y a des conséquences beaucoup plus graves. On peut en effet accepter sans trop de peine des limitations et une relativité liées à la condition de l'homme en face des mystères de l'univers ; mais les sciences humaines, dans leurs développements récents, ont introduit cette relativité dans des domaines multiples, où elle ébranle tout.

La grande nouveauté et le grand succès du xxe siècle est en ce domaine la sociologie[1]. Elle impliquait des curiosités, des enquêtes, des moyens d'information, qui n'existaient pas auparavant. Et elle n'a pas fini de nous apprendre la relativité des usages humains, des valeurs et même des concepts. Du coup elle nous a appris aussi que notre propre pensée était pour une très large part fonction de la société dans laquelle nous vivons et dont nous adoptons naturellement les valeurs, les mots, et les croyances. Relativité ! Voilà que chaque philosophe, s'imaginant chercher le vrai, traduit seulement les structures mentales de la société à laquelle il appartient !

Mais il y a plus ; car la sociologie, contemporaine du marxisme et de la doctrine de la lutte des classes, n'a pas tardé à appliquer la même façon de voir — fort légitimement — à ces microsociétés que sont les classes sociales et les partis. On a appris à rechercher et à discerner ce que chaque écrivain ou chaque penseur doit au milieu auquel il appartient ou bien a jadis appartenu. On a appris à faire la part des conventions de ce milieu, dont l'auteur, lui, n'avait pas conscience, et à mettre ainsi en lumière la part de distorsion inévitable qu'il apporte dans ses jugements ou ses témoignages. Et, comme cela était nouveau, et important, on a bientôt considéré que l'œuvre même de cet auteur était plus intéressante encore par ce qu'elle révélait de cette société, de ce milieu, et de cette époque, que par ce qu'elle apportait de personnel et d'intemporel. Les mentalités ont pris le pas sur la création propre et les idéologies

1. « Sociologie » est à prendre au sens large, et englobe l'anthropologie et les diverses écoles qui ont voulu y puiser des sources de scepticisme pour tout ce qui appartient à notre culture.

sur les idées. De fait, qu'elle le veuille ou non, on a découvert que toute pensée était engagée, et se ramenait à cet engagement, fût-il inconscient...

S'il s'agit d'engagement politique, le fait est déjà un peu accablant, et il n'est pas vraiment scientifique ; mais l'appartenance à une société et à un groupe social n'est pas tout ! L'auteur qui va s'exprimer utilise un langage et des genres littéraires. Or, dans le temps où s'épanouissait la jeune sociologie, commençait d'apparaître la jeune réflexion sur le langage. Là aussi, il avait fallu une expérience élargie, des comparaisons multiples, et la découverte de différences dans la structure des langues, qui touchaient véritablement la pensée. Cette science admirable de notre siècle, la linguistique, n'étudia donc pas seulement les familles de langues et leur explication historique, mais la théorie de la langue, de ce qu'elle impliquait, et de ce qu'elle imposait à la pensée. La réflexion sur le « discours » — ce mot que je mets entre guillemets tant on se lasse de l'entendre répéter, à tort et à travers — montra donc sa dépendance par rapport à la langue, en même temps qu'à la société. Et la vogue même de ce mot « discours » correspond à l'idée sous-jacente que le contenu d'une affirmation, d'une théorie, d'une œuvre, est toujours marqué par cette double relativité. Ce mot fait référence à des recherches théoriques inattaquables ; mais en même temps il jette le discrédit sur tout ce qui se dit et s'écrit, en mettant plus l'accent sur l'expression et la rhétorique que sur le contenu intellectuel.

A la jonction des deux — la société et la langue — se placent, naturellement, les études relatives aux modes d'expression : les genres littéraires et leurs exigences, le poids du public et l'accueil fait aux œuvres, etc. De même, s'il s'agit de théâtre, la représentation, dans son aspect social, momentané, concret, intéressera plus que l'intention de l'auteur — sauf dans la mesure où celle-ci reflète un état de société. La relativité, une fois lancée, s'installe partout, commande tout...

Mais, si nous remontons à l'époque où s'épanouissaient soudain la sociologie et la linguistique, encore à leurs débuts, nous rencontrons une troisième science, non moins nouvelle, et dont l'influence allait être plus grande encore. En effet, on peut s'arranger du fait que notre pensée soit fonction de la société à laquelle nous appartenons et du langage que nous employons : encore faut-il que cette pensée, malgré toutes ces servitudes, garde quelque valeur intrinsèque et soit au moins l'expression de notre témoignage propre. Or la psychanalyse, une des découvertes de notre temps, vient à son tour jeter un doute sur ce point. L'étude des maladies mentales et, à leur propos, de l'inconscient a révélé que souvent des sentiments essentiels sont relégués loin de la conscience, et subsistent à notre insu, commandant de loin nos réactions, nos actions, et jusqu'à nos pensées en apparence les plus objectives. Le psychanalyste connaît nos vrais sentiments et nous les ignorons, si sains d'esprit que nous soyons ou pensions être. La valeur scientifique de la découverte est indiscutable. Mais les conséquences lointaines peuvent être graves, si, du coup, la lucidité est niée, les raisonnements frappés de suspicion et le travail intellectuel assimilé à une sorte d'autodéfense aveugle et confusément passionnelle. Sans compter que ce qui est vrai de nous l'est aussi des auteurs, des artistes, des philosophes : vouée à la relativité par sa dépendance à l'égard de la société et du langage, leur pensée l'est aussi, et avant cela, par sa dépendance à l'égard d'un inconscient toujours plus ou moins sexuel et entaché de traumatismes inavoués.

A la rencontre de ces diverses tendances, d'ailleurs, apparaît une autre discipline, aux facettes diverses, qui justement s'occupe de ces œuvres littéraires, en y cherchant non pas ce que l'auteur a voulu y mettre, mais ce qu'il y a mis malgré lui. Le sens s'y reconnaît à des accidents de style : la sémiotique, ou sémiologie, cherche le moyen de découvrir ces accidents et de les exploiter. Certes, c'est une méthode. Certes, c'est une forme de vérité sur l'œuvre. Mais quelle vérité ? Une vérité que l'auteur a ignorée et qu'il renierait de toutes ses forces, une vérité qui nous renseigne sur lui, ou peut-être sur la psychologie humaine, mais non pas sur ce qu'il a cherché et cru trouver : c'est une vérité comme celles de la sociologie, qui traite les œuvres comme des témoignages et des repères, mais non comme des jalons marquant, de façon directe, la quête commune vers une compréhension élargie de la vérité.

On conçoit que, devant cette soudaine efflorescence de découvertes et de disciplines nouvelles, diverses formes de scepticisme se soient subrepticement propagées.

Je ne m'inquiéterais guère du scepticisme authentique, né de résultats sérieux, et qui en effet apporte d'utiles barrières à notre naturel désir de tout croire vrai sans plus d'examen. Tenir compte des contraintes de toute sorte qui pèsent sur la pensée est excellent. Et il est clair que, passé le zèle premier des découvertes, on ne tarde pas à retrouver le rôle de la pensée, à tous les niveaux[1].

Après tout, les diverses dépendances qui pèsent sur un écrivain ou sur un penseur n'empêchent pas qu'il reste le seul, à une époque donnée et en un pays donné, qui ait écrit ce qu'il a écrit. Ce qui n'exprimait que l'époque et la mode a péri, sans laisser de trace. Et tous les hommes marqués par des traumatismes enfantins n'ont pas pour autant élaboré ni la même philosophie ni la même œuvre d'art.

D'autre part, il serait absurde de croire que le zèle des disciplines nouvelles peut se passer de la rigueur. A l'intérieur de tout système, il y a du vrai et du faux, des démonstrations justes et des erreurs, des conclusions prudentes et imprudentes. Einstein a établi la relativité du temps et de l'espace, mais il n'aurait pas admis une erreur sur le calcul d'une durée ou d'une distance. En sociologie, en linguistique, en psychanalyse, en sémiotique, il existe du vrai et du faux. Pour toutes les disciplines, par conséquent, la rigueur et le raisonnement droit sont nécessaires : ils sont aussi nécessaires pour les vérités nouvelles que pour l'ancienne Vérité.

En revanche, je m'inquiéterais davantage des conclusions hâtives que suscitent toutes ces découvertes dans un public imparfaitement averti. Car les gens retiennent surtout l'impres-

---

1. On le verrait aussitôt s'il n'y avait pas l'écran que constituent les modes intellectuelles et les vogues de la propagande culturelle.

sion de certitudes qui lâchent, de nouveautés qui ruinent tout ce qui précédait, et d'un jeu plus ou moins gratuit auquel peut jouer n'importe qui.

C'est là une réaction normale, habituelle dans toutes les périodes où un esprit nouveau secoue les vieilles habitudes. J'en citerai pour exemple l'extraordinaire effervescence qui se développa à Athènes, à la fin du ve siècle avant J.-C., avec l'arrivée de ces professeurs illustres qui s'appelaient eux-mêmes, sans aucune nuance péjorative, les sophistes. Ils battaient en brèche l'ancienne éducation, lançaient une pensée neuve, centrée sur l'homme, sans les dieux, enseignaient l'art de raisonner, de plaider, de discuter sur tous les sujets. Le résultat fut un engouement sans pareil : tout le monde imita leurs procédés ; et l'on utilisa leur influence au service d'un amoralisme déclaré. On se moquait parfois d'eux et on les attaquait, dans la comédie par exemple ; mais ces moqueries mêmes faisaient partie de leur vogue.

Et puis, au siècle suivant, surgit Platon. Et Platon réfléchit sur les reproches que son maître Socrate faisait aux sophistes. Sur quoi, après avoir vu les mille désordres de la fin du siècle et la mise à mort injuste de Socrate, voici que Platon consacra sa vie entière à montrer que ces sophistes n'enseignaient pas ce qu'il eût fallu. Ils allaient trop vite. Ils visaient au succès pratique et immédiat. C'étaient des charlatans.

Ce n'étaient pas des charlatans ; et Platon lui-même est, à son tour, injuste dans sa réaction contre une mode dont les conséquences morales dépassaient de beaucoup l'enseignement des maîtres. Mais l'important est qu'il y ait eu cette réaction : l'exemple prouve assez que les modes et leurs excès n'empêchent pas le dialogue entre des idées de se poursuivre, la vérité elle-même de se nuancer, de se cerner, de se renforcer. Il n'y a même rien au monde de plus beau que cette conquête incessante, poursuivie à coups de chocs successifs et successivement surmontés.

Cela implique seulement que, pour créer ces chocs et pour les surmonter, il faille des esprits toujours plus entraînés à la rigueur et à la précision. La nature des découvertes et des orientations du dernier demi-siècle, ainsi que les malentendus possibles auxquels prête leur utilisation abusive, imposent donc, en fin de compte, un renforcement des entraînements de la culture, une information d'autant plus étendue, et des habitudes critiques d'autant plus aiguisées.

Il est temps en effet d'en revenir à l'enseignement. Je recommande les détours : je viens d'en faire un de taille. Mais je ne crois pas m'être écartée beaucoup du sujet, qui est la finalité de l'enseignement.

Pour le secondaire, déjà, on oublie trop facilement qu'il s'agit de former des êtres humains, de leur apprendre à raisonner, à s'exprimer, à se comprendre les uns les autres. On oublie qu'ils auront besoin, toute leur vie, d'avoir appris le sens de la vérité et de la rigueur, celui de l'honnêteté et de l'effort, celui de la patience et du respect d'autrui. Oubliant cela, on les jette en plein modernisme ; on les confronte aux auteurs et aux hommes de notre temps, qu'ils ne peuvent évidemment ni situer ni dominer ; on privilégie, non pas la solidité de l'esprit, lentement acquise et renforcée, mais la créativité — comme si n'importe quelle création ne réclamait pas, d'abord, le sens d'une tradition. On veut les adapter au monde, et non pas à la vérité.

La même finalité ne saurait être absente du supérieur, car il prépare lui aussi à la vie. De plus, il prépare à la recherche, qui exige des esprits bien armés. Or jeter les jeunes étudiants, directement, dans la complexité et la mouvance du monde moderne postule que la préparation conceptuelle, la formation des esprits et le détour par l'intemporel sont des précautions inutiles. Ces précautions sont, pour ces jeunes, la condition même de leur stabilité morale et de leur fécondité intellectuelle. Par là elles assurent la qualité de leurs activités futures, et celle de leur recherche.

C'est bien pourquoi, dans le domaine des lettres tout au moins, on peut être vivement alarmé de voir l'urgence pragmatiste l'emporter sur la culture. Au lieu d'enseigner à penser, on veut mettre les êtres en état de réussir le plus vite possible dans la vie pratique. Au lieu de fournir des bases, on met l'accent sur toutes les disciplines du présent, alors qu'il conviendrait d'enseigner en même temps ce qui peut aider à en contrebalancer les dangers et à en mieux situer l'acquis. Bref, on fait exactement ce qui peut le mieux aboutir à ce que ces jeunes soient « désorientés face aux événements qui font l'histoire du monde ».

« École » vient d'un mot grec signifiant « loisir ». L'étude doit être la pause féconde et enrichissante où l'on s'arme pour la vie et pour la réflexion, et où l'on entre en possession de tout un trésor humain, que plus tard on n'aura plus, en général, ni le temps ni l'occasion de découvrir. Peu importe que les jeunes, au sortir de l'Université, soient un peu hors du temps, un peu trop entourés d'amis tels que Socrate ou Descartes, Antigone ou Ruy Blas, Virgile ou Rimbaud : la télévision, la radio, le cinéma, rétabliront toujours bien assez vite l'équilibre. Mais si ce sont juste de petits énarques ou de petits syndiqués bien au courant des dernières réglementations et du cours des monnaies, qui rétablira l'équilibre ?

Socrate n'est plus là ; mais j'aimerais bien rappeler à ceux qui sont si pressés de jeter les jeunes dans les débats d'actualité la façon dont ce vrai professeur retenait le jeune Alcibiade, que le monde politique attirait si fort et qui se sentait si bien armé pour y réussir. Alcibiade veut conseiller les Athéniens à l'Assemblée ? A quel titre ? Parce que, dit le jeune homme, il s'agit de questions qu'il connaît mieux qu'eux. Et qu'a-t-il donc appris, qu'il sache mieux que les autres ? Il a appris à lire et à écrire, à jouer de la cithare, à lutter... Dans quel cas, avec un tel bagage, jugera-t-il bon d'intervenir ? Pas dans les problèmes qui relèvent d'une connaissance technique précise, bien entendu. Alors, dans les questions de politique générale ? Mais où a-t-il appris ce qui est juste ou bien injuste ? Il ne l'a appris d'aucun philosophe et ne saurait l'avoir trouvé tout seul, car il ne l'a pas cherché. S'il veut jouer un rôle, et un rôle utile, il faut qu'il prenne soin de lui-même, qu'il apprenne à se connaître lui-même, qu'il acquière la justice et la sagesse... Après un long dialogue, le jeune ambitieux est conquis : « En tout cas, c'est décidé : je vais commencer dès à présent à m'appliquer à la justice. »

Le plus beau des détours, en vérité ! Mais Alcibiade ne l'a pas fait ; il s'est jeté dans les événements qui faisaient le monde d'alors : il a été stratège, puis condamné, il est passé à l'ennemi, a vécu à Sparte, puis en pays barbare, a été rappelé à Athènes, et pour finir est mort comme un fugitif, en Asie, abandonné de tous. Il eût mieux fait d'écouter Socrate.

Pour tout, il faut du temps, et des exercices austères. Il en faut pour le piano, pour la danse. L'enseignement supérieur a lui aussi besoin de temps et d'exercices austères. Il a besoin de ce qui paraît inutile et inactuel. C'est cela que l'on appelle la culture, au sens actif du terme. Cultiver un arbre, ce n'est pas le transplanter déjà chargé de ses fruits, propres à être consommés, et puis le laisser mourir ensuite, avant la récolte suivante.

C'est pourtant là, avec l'égalitarisme et la politisation, la troisième orientation qui se fait jour aujourd'hui, et dont nous aurons tous à payer le prix. Dans la mesure même où elle menace la culture, elle se révèle plus redoutable pour les lettres que pour les sciences : elle nous conduit ainsi tout droit à l'examen de certains cas plus spécifiques, mais non pas moins graves.

VI

LA DÉGRADATION DE LA LANGUE FRANÇAISE

L'Université craque de partout et l'on pourra s'étonner que je m'arrête ici à un problème qui ne relève pas des projets de réforme en cours, ni même vraiment de l'enseignement supérieur. Mais il relève de l'enseignement en général ; et il est grave. Il concerne le déclin accéléré du français.

Ce déclin est double. A l'étranger, le français se parle et s'enseigne de moins en moins : en un demi-siècle, à peine, nous l'avons vu disparaître ; et seuls les plus de cinquante ans le pratiquent dans les pays où toute la jeunesse, jadis, l'apprenait. Je suppose que cela est lié au déclin de notre importance nationale et industrielle ; mais on aurait pu le défendre et on ne l'a pas fait. J'ai été nommée, il y a quelques années, au Haut Comité de la Langue Française ; et je m'en suis félicitée, croyant naïvement que tel était le but de son action. Dès la première séance, j'ai été fixée : on m'a clairement signifié que la qualité de la langue n'était pas en question, non plus que la culture littéraire ; il s'agissait — comme partout ! — de marchés et d'économie ; d'autre part, on entendait se battre au niveau des règlements appliqués dans les assemblées internationales, à la rigueur dans les congrès et les publications ; mais on ne s'interrogeait nullement sur le problème d'ensemble ni sur les causes de ce déclin.

Or, de toute évidence, le français, à l'étranger, ne peut se défendre à l'heure actuelle que comme langue de culture, représentée par ses écrivains passés et présents : chacun exporte ce qu'il a. En renonçant à défendre, en France, le français comme langue de culture, et dans sa rigueur même, on se condamne à d'absurdes escarmouches d'arrière-garde sur le plan international.

Ce renoncement se voit partout; et il se voit d'abord dans l'enseignement : le déclin de notre langue y accuse une chute vertigineuse, dont nos classes sont le reflet et qu'elles contribuent à précipiter.

C'est là que réside le mal. Et il ne sert à rien de multiplier les litanies amères sur les fautes de français qui émaillent les propos de notre presse ou de notre radio et les discours de nos hommes politiques : ces fautes n'ont rien de surprenant : elles ne font qu'illustrer le mal qui sévit dans les lycées et collèges; elles viennent de ce que l'on n'enseigne plus assez le français.

Et voilà! rien que pour écrire cela, je vais passer pour réactionnaire! Le bon français serait-il la propriété de la droite?

Il ne l'est pas et ne doit pas l'être. Simplement, divers facteurs interviennent, qui aident à jeter le discrédit sur cette idée d'une langue correcte. Il y en a qui se veulent théoriques, d'autres qui se veulent sociaux : les uns et les autres reposent sur la confusion intellectuelle.

Dans l'ordre théorique, ce scepticisme méprisant renvoie à des doctrines historico-sociologiques que l'on invoque à la légère. On s'est aperçu en effet — et ce n'était pas une grande découverte — que les langues ne cessent d'évoluer, que certains usages grammaticaux se perdent, de même que certains mots, et que d'autres habitudes surgissent, en même temps que de nouveaux mots. Une langue vit et se transforme. L'orthographe, de même, change avec le temps. Et l'usage, à l'origine fautif, devient bientôt la règle nouvelle. Par exemple, nous assistons en ce moment à la disparition de l'imparfait du subjonctif. Certains puristes l'emploient encore (et j'en suis); mais déjà ils évitent les formes qui se remarquent; et déjà ils y mettent une pointe d'ironie et de nostalgie, l'employant comme entre guillemets, un peu à la façon des hommes qui mettent, pour dîner, une fleur à leur boutonnière, parce que c'est un bel usage du passé, aujourd'hui périmé... Les linguistes, eux, n'ont point de ces coquetteries : seul compte à leurs yeux un constat de décès. Certains d'entre eux vont même plus loin ; car, se fixant l'usage pour seul et unique critère, ils se refusent à établir la moindre différence de valeur entre la langue écrite que l'on nous enseignait naguère et la langue parlée, qui n'en observe plus les règles. Et ils professent que toute possibilité d'expression qui disparaît, si du moins elle correspond à quelque chose qui mérite d'être exprimé, est bientôt remplacée par une autre, qui la vaut.

Or, je n'hésiterai pas à le dire : même sur le plan doctrinal, cette dernière idée ne tient pas. J'ai passé ma vie à enseigner le grec ancien. J'ai suivi l'histoire de cette langue depuis ses premiers témoignages jusqu'à ses formes les plus modernes. J'ai eu la faveur d'approcher les meilleurs spécialistes de l'histoire du grec, de parler avec eux, de lire leurs travaux. J'ai pratiqué, et enseigné à pratiquer, l'art difficile de la traduction dans lequel se trouvent confrontées les possibilités d'expression de deux langues. Je sais ainsi que cette prétendue égalité entre divers états de langue n'existe pas.

Il y a des moments où une langue se différencie, s'affine et développe à fond ses possibilités : le ve siècle avant J.-C., à Athènes, en fournit un exemple qui enchanterait n'importe qui. On voyait alors des maîtres connus qui s'occupaient avec passion à distinguer les synonymes, et aidaient les auteurs à prendre conscience des différences encore incertaines entre mots voisins : cet exercice à son tour séduisait les auteurs, qui le pratiquaient tous ; et la langue devenait ainsi plus souple et plus précise. Un poste de radio ou de télévision peut être plus ou moins sélectif : un langage aussi. De même, les Athéniens du ve siècle avaient inventé, en quantité, des adjectifs en *-ikos* (c'est-à-dire en -ique), permettant de définir les genres et les domaines, de trier, de classer : nous en avons encore beaucoup. La langue se modifiait pour prêter aux analyses. Et je me retiens pour ne pas dire [1] toutes les finesses de la syntaxe, où des formes

1. En fait, ces idées sont développées dans *Nous autres professeurs*, p. 87-90.

différentes permettaient de dire, par de toutes petites variations, si une action prenait du temps ou non, si un temps du passé insistait sur la répétition, sur l'achèvement, ou simplement sur l'idée verbale, sans plus, ou bien si une conséquence était considérée dans sa réalité effective ou dans sa possibilité. Et cette incroyable richesse s'enrichissait encore de petites particules, qui ajoutaient une nuance d'ironie, ou d'évidence, ou mettaient l'accent sur un mot, et qui articulaient la phrase en éléments charpentés : il suffisait d'en déplacer un pour que la phrase, amollie et boiteuse, devînt obscure, informe, inintelligible. Que de possibilités ! Quelle gamme variée ! Et quelle palette pour tout exprimer, avec légèreté et clarté ! Oui, dans ce siècle d'essor intellectuel, la langue se faisait, s'affinait et la pensée y gagnait d'autant, ainsi que l'art de suggérer chaque nuance du sentiment. C'était un peu comme ces grandes boîtes de crayons de couleur, permettant toutes les combinaisons, en comparaison du crayon rouge et bleu confié aux petits enfants...

Et puis, tout cela s'est perdu. La langue de la Grèce asservie a bien gagné des mots — les mots de l'occupant, ou les mots des réalités nouvelles qui surgissaient dans la vie concrète. Mais ce bel outil raffiné, complexe comme un ordinateur, peu à peu, s'en alla, en même temps que la lucidité conquérante dont il avait servi les efforts. La langue de Platon et d'Aristote avait cent façons d'atteindre l'abstrait. Les désinences des mots indiquaient tantôt l'action elle-même, tantôt son résultat (la poésie ne se confondait pas avec le poème) ; et surtout cette langue avait toutes sortes de formes d'infinitif permettant de penser l'action, abstraitement. Il y avait un infinitif présent, ou futur, aoriste (c'est-à-dire intemporel) ou parfait (c'est-à-dire révolu)... Eh bien ! le grec moderne, lui, n'a plus d'infinitif du tout. Adieu ce bel éventail des moyens ! Il faut maintenant tourner autrement pour dire les choses simples ; et pour les pensées plus subtiles, force est bien d'y renoncer. Une langue se fait : elle se défait aussi.

Elle peut acquérir d'autres qualités : le grec moderne a bien montré au monde ses possibilités dans le domaine de la poésie.

De même telle langue peut avoir des possibilités que telle autre n'a pas : il suffit, lorsque l'on maîtrise bien le français et l'anglais, d'avoir une fois voulu rédiger un article dans les deux langues pour mesurer ce que le français gagne en rigueur abstraite et l'anglais en évidence concrète : les philosophies nées dans ces deux pays auraient pu le suggérer.

Mais ces différences d'esprit n'impliquent nullement que tout état de langue en vaille un autre : elles montrent au contraire combien le lien est étroit entre la langue et la pensée, combien les possibilités de l'une conditionnent l'autre, et, par conséquent, combien est essentiel l'effort pour approfondir les ressources d'une langue.

Il est vrai que l'on peut se passer des riches possibilités que j'ai évoquées pour le grec ancien et que le monde s'est débrouillé depuis. On s'est aussi débrouillé en français quand se sont perdues les possibilités du latin. Notre participe « étant » ou « aimant » est aussi invariable que celui du grec moderne. Et l'on se débrouille. Mais on se débrouille avec des rallonges, des lourdeurs, des obscurités. On se débrouille toujours, mais plus ou moins bien. On se débrouille aussi, quand il n'y a plus de café, avec du gland. A la limite, on se débrouillerait même sans mots, avec des images, et sans langage, avec des gestes.

Mais passons ! Du moment que l'évolution existe (et qui le niera ?), il est secondaire de rappeler qu'elle peut s'exercer en bien ou en mal. En revanche, il faut dire nettement que l'argument de l'évolution n'est qu'une mauvaise excuse, brandie mal à propos. Admettons le renouvellement : est-ce vraiment par les classes, et chez les enfants qui n'ont pas encore la maîtrise de l'instrument, qu'il faut laisser se faire ce renouvellement ? Autant en revenir franchement au parler « bébé » ! Ou autant adopter les usages des étrangers qui ne connaissent qu'assez peu notre langue ! En fait, tout cela est mal pensé. Et on ne saurait arriver à rien si l'on ne part de la double idée qu'une langue, sans doute, évolue, mais qu'à chaque moment de son histoire correspond une codification qu'il faut connaître, maîtriser et respecter. Les lois aussi changent parfois ; mais on doit pourtant obéir à la loi en vigueur, sous peine, pour le pays, d'un chaos complet.

Ne nous inquiétons pas pour ce renouvellement en cours ! les œuvres littéraires, les médias, le cinéma, sont assez soucieux de peindre la vie telle qu'elle est, et souvent un peu pire : apprendre la langue aux enfants ne risque pas de la figer. Ce n'est pas à ce niveau que se renouvelle une langue : une faute d'orthographe n'est pas une réforme de l'orthographe ni un mot mal compris une manifestation de créativité.

Ne nous laissons donc pas impressionner par ces arguments d'allure scientifique ; ils ne font que couvrir un phénomène dont les sources sont en général beaucoup moins ambitieuses. Elles nous ramènent même à cet égalitarisme facile qui veut que la langue correcte soit suspecte parce que tous ne la parlent pas, et parce que, naguère encore, elle allait avec l'éducation, donc avec la supériorité sociale.

J'ai l'air de prêter à autrui des sentiments mesquins : en fait, je les connais par ma propre expérience. Je parlais bien, jadis. Mais un professeur redoute de paraître distant, soit avec ses élèves ou ses étudiants, soit avec des maîtres plus jeunes. Alors, il affecte de parler comme eux. Il emploie leur vocabulaire. Il copie leurs tours familiers. Et peu à peu il en acquiert l'habitude. Je parlais bien, jadis : cela m'a passé... Plus les fonctions sont hautes et les honneurs teintés de majesté, plus la tentation est grande de se les faire ainsi pardonner. J'entends parfois, sortant de ma bouche, cette fausse familiarité qui se veut geste vers autrui mais est le contraire du respect d'autrui et n'est qu'un mauvais respect humain.

Et puis, ce n'est pas simple désir de contact : l'imitation existe, comme un automatisme. Je mettais aussi très correctement l'orthographe jadis : maintenant j'ai tant vu de fautes, dans tant de copies et même de thèses, que j'écris difficilement sans un petit Larousse à côté de moi. L'orthographe aussi, cela se défait.

La vraie générosité serait juste à l'inverse, surtout quand on a l'honneur et la responsabilité d'enseigner. Ce serait de ne rien laisser passer, d'offrir à ceux que l'on approche l'exemple du meilleur langage possible, de les en juger dignes, au lieu d'admettre au départ que de telles possibilités sont hors de leur portée, et de ne pas agir comme s'il était plus simple d'y renoncer nous-mêmes que de les leur offrir. Curieuse démocratie et curieux sens de l'égalité ! On s'efforce pourtant de guérir même les sourds-muets...

Guérir le mauvais français est une tâche qui en vaut la peine. Répandre l'art de s'exprimer avec précision et la possibilité de communiquer le mieux possible, chasser l'ambiguïté, le malentendu, avec la solitude qui les accompagne, chasser la vulgarité, qui marquera les êtres toute leur vie — non ! ce n'est pas là une tâche secondaire.

Or, si l'on n'y prend pas garde, tous ces dangers sont là, gagnant comme une lèpre.

Les mots, qui étaient notre prise même sur le monde en même temps que notre moyen de communiquer, et entre nous et avec les œuvres du passé — ces mots peu à peu disparaissent.

Je citerai deux cas limites.

L'un m'a tellement frappée que je l'ai déjà cité ailleurs : c'est l'histoire du professeur qui demandait à ses élèves ce que c'est qu'un crucifix. Un seul tenta une réponse, suggérant que c'était « une sorte de tournevis ». Bon ! Tout le monde n'en est pas là ! Mais que ce soit possible, dans une classe, en France, en 1983, laisse quand même aussi terrifié qu'un cas de peste apparu soudain dans les rues de Paris. L'exemple aide aussi à comprendre combien il est vain de mesurer, avec des chiffres, le nombre de mots connus par des enfants. Car ils ont appris des mots techniques que nous ne connaissons pas ; ils connaissent les tournevis cruciformes. Mais, s'ils ne connaissent plus le crucifix, le français est condamné.

Ou bien voulez-vous des exemples sur l'écrasement du vocabulaire ? Je pourrais répéter l'histoire de cet admirateur d'un chanteur à la mode qui, installé au premier rang, et béat d'extase, disait d'abord que le chanteur « n'était pas con », et à un autre moment s'écriait, charmé : « Ah ! le con !... »

Je ne dis pas que tout le monde s'exprime ainsi ; mais

l'écrasement et la confusion du vocabulaire, qui trouvent là leurs cas limites, sont des symptômes présents partout. Dans un texte qu'un élève note en classe, les mots un peu rares ne sont pas reconnus : il écrit des mots qui, à l'oreille, ressemblent — et qui font une phrase absurde. Ou bien, rédigeant lui-même, il confond les mots de même famille, mais de sens clairement distincts ; et parfois l'on s'en amuse — comme lorsque sont confondus « sensuel » et « sensoriel » ou « luxurieux » et « luxueux ». Mais je ne voudrais pas multiplier ce genre d'histoires et d'exemples. Ils ennuient souvent ceux qui ne sont pas enseignants ; en outre ils sont assez peu probants, car les bourdes sont de tous les temps. Mais surtout une autre raison me retient ; c'est que déjà je me demande si mes lecteurs éventuels seront encore à même de s'indigner, tant le mal empire vite !

Il ne s'agit déjà plus seulement des mauvais élèves des petites classes, mais de tous les élèves, ni des admirateurs un peu frustes de chanteurs qui le sont aussi, mais de nous tous.

Qui plus est, la langue, déjà victime de ces menaces, attachées à l'ignorance et à la facilité, se trouve exposée en même temps à des atteintes en apparence fort différentes, émanant de ceux-là mêmes qui font profession de penseurs. Les intellectuels en effet se sont mis à pratiquer un jargon spécial, qui ressemble à un langage d'initiés, et où la lourdeur abstraite des mots ne vise certes pas la clarté. Allant de « structures » et de « structurations » en « déconstructions », selon des « niveaux » et des « plans », qui définissent des « statuts » et renvoient à des « discours », ce langage qui veut « démythifier » ou même « démystifier », en fait, nous mystifie et nous laisse pantois. Il implique un mépris de la langue commune bien plus coupable assurément que celui des puristes. Et finalement il rejoint le simple abus du langage parlé. Comme lui, il trahit une démission intérieure. Comme lui, il remonte à la décadence des études proprement littéraires dans l'enseignement secondaire et à l'insuffisance de l'entraînement à s'exprimer.

Devant un péril si net, que tout le monde sent plus ou moins, qui étonne les étrangers les plus cultivés, consterne beaucoup de maîtres, et ne cesse d'empirer — devant ce péril, que fait le Ministère ? Il déclare raisonnable de réduire d'une heure hebdomadaire l'enseignement du français dans toutes les classes de collège et en seconde. Il s'appuie pour cela sur l'argument que tout professeur qui enseigne en français enseigne du même coup le français !

On a envie d'ajouter : « sic ». On a envie de s'excuser et de préciser qu'il n'y a là nul canular...

Il faut n'avoir jamais fait la classe à des enfants et n'avoir jamais tenté de leur enseigner une langue, quelle qu'elle soit, pour compter sur un tel remède. A supposer même que le français des professeurs de sciences ou d'histoire soit excellent (et je ne vois pas pourquoi il le serait ou comment il pourrait l'être, à en juger par les enseignants de lettres eux-mêmes et par le commun des adultes), ce n'est pas ainsi, et par la simple audition, que s'apprend vraiment une langue. On peut apprendre ainsi à se tirer d'affaire dans la vie pratique. Mais la qualité de la langue, sa rigueur, son exactitude, sa finesse grammaticale et sa richesse de vocabulaire se situent ailleurs, complètement ailleurs.

Et ces qualités s'enseignent. Elles s'enseignent directement par la compréhension des mécanismes d'une langue, en étudiant les fonctions, les formes, les règles. Mais elles s'enseignent aussi par des exercices particuliers de diverses sortes.

Je n'insisterai pas sur celle qui m'est le plus chère, et qui est la traduction. Lorsqu'il s'agit du latin ou du grec et qu'un même professeur enseigne ces trois matières, il est évident que le gain pour le français est considérable, à long et à court terme. Ainsi, l'élève prend peu à peu conscience des possibilités et des limites d'une langue. Cela se fait de façon d'autant plus efficace qu'il s'agit d'une langue plus éloignée du français et où les automatismes jouent moins. Mais déjà, s'apercevoir que l'on a employé un mot quelque peu impropre, ou que l'on n'avait pas tout à fait compris la phrase proposée, constitue un type de découvertes faciles, qui se multiplient indéfiniment au cours d'une seule heure. Et l'effort pour trouver mieux, pour trouver juste, pour serrer la pensée, pour ne pas tomber à côté, devient alors le plus amusant des jeux et le plus stimulant des entraînements. De façon insensible, il enseigne à exprimer clairement ce que l'on a à l'esprit et à comprendre véritablement ce que l'autre veut dire. Cela est facile, vivant, utile. Mais une double condition est requise : il y faut du loisir, donc un nombre d'heures suffisant, et il faut que le souci de posséder à fond le français soit encouragé en haut lieu et non traité par le mépris.

La même condition vaut pour un autre exercice, qui est peut-être encore plus beau, et qui porte sur les textes.

Qui, parmi les orateurs politiques, n'aurait des mots émus pour nos racines, dont nous ne devons pas être coupés ? Qui ne saluerait dans les formes l'idée que nos auteurs constituent une tradition de culture précieuse et que leurs œuvres sont une part de la « mémoire » d'un peuple ? Un grand coup de chapeau s'impose. Et j'avoue que je suis si peu gâtée que j'arrive encore à me réjouir de ces coups de chapeau, comme de promesses. Mais se rend-on seulement compte que la plupart des enfants et déjà beaucoup d'adultes ne comprennent plus les auteurs des XVIe, XVIIe et XVIIIe siècles ? C'est pour cela que, souvent, ces auteurs ennuient. Comprendre leur langue, apprendre le sens des mots, mesurer leurs nuances, leurs réserves, leurs implications : c'est cela, apprendre le français. Et, croyez-moi, le professeur de sciences physiques a beau enseigner en français, il ne parle à coup sûr ni comme Racine ni comme Montesquieu. Ce français-là doit s'étudier. Et la joie des formes devenues familières vient alors doubler celle de la lecture, de la récitation, de la remémoration.

De surcroît, ce français-là éveille au sens de la vie des mots, de leur passé, de leur évolution. Est-ce un hasard si le mot « étymologie », qui désigne le radical d'où vient, historiquement, un mot, signifiait, au départ, « exactitude » ?

Les fautes d'orthographe trahissent cette ignorance des racines vivantes d'un mot. L'enfant qui écrit dans sa copie « les malades manteaux » ne fait évidemment aucun lien avec les « mentalités » (et si c'est étourderie, n'ai-je pas raison de demander que l'on soigne à tout prix l'étourderie ?). Celui qui parle vertueusement des bienfaits de « l'hortograf » ne se doute évidemment pas que le mot latin désignant le jardin a donné en français « l'horticulture », tandis que le mot grec désignant la correction et la conformité aux règles y a donné tous les composés en ortho-, depuis l'orthopédie jusqu'à l'orthodoxie. Hélas, trois fois hélas ! Le latin et le grec servaient le français. Ceux qui les ont fait écarter ont porté un coup au français. Ils auraient dû au moins songer à compenser la perte, et attirer constamment l'attention sur les parentés entre les mots et sur leur histoire ! Car, même au sein du seul français, ces mêmes enfants seraient moins surpris de la force du mot « étonner » au XVIIe siècle s'ils y reconnaissaient le tonnerre, et s'ils retrouvaient là le même phénomène d'usure que dans notre emploi des mots « formidable », puis « terrible ».

Par contrecoup, les textes, enfin compris, reprendraient vie.

Il faut l'avouer : c'est cela, pour moi, la merveille. Les œuvres littéraires font le bonheur de ma vie. Les expliquer m'enchante. Vivre en leur compagnie ne cesse de m'enrichir. Et, en vertu d'un phénomène que ceux qui déplorent la difficulté de communiquer ne mesurent pas assez, cela me rapproche aussi, de façon singulièrement étroite, de tous ceux qui les aiment. Peut-être les jeunes, qui s'ouvrent si bien à la culture musicale, comprendront-ils, à travers l'exemple de la musique, ce que peuvent être ces joies, ce que peut valoir le rôle de l'interprète — en l'occurrence le professeur — et ce en quoi la communion autour d'une œuvre rendue claire peut unir entre eux ceux qui y ont participé. Cependant, je ne chercherai pas à dire si je défends la langue française en vue de l'accès à la littérature ou la littérature en vue de la langue française : les deux sont, doivent être, inséparables, et l'étude en est constellée de bienfaits réciproques. De même, je ne séparerai jamais l'étude du latin et du grec de celle des textes de ces langues, ni d'ailleurs le latin et le grec du français.

Mais précisément, ne touche-t-on pas là à un mal plus étendu encore qu'il ne semble au premier abord ? On parle mal français. On lit de moins en moins les classiques. Et si c'était le principe même des études littéraires qui se trouvait frappé de désaffection et menacé dans les institutions ?

Là aussi, les indices sont alarmants et les règlements en vigueur ou en cours d'élaboration sont révélateurs.

Il en est un, en particulier, qui donne à penser : c'est le déclin qui frappe ces études dans l'organisation du baccalauréat. Seules les sciences font l'objet, aujourd'hui, d'un examen fort, et pourvu d'avantages pratiques pour la poursuite des carrières. Jadis, les bons élèves préparaient un baccalauréat A ou A′ (A′ impliquait, de mon temps, l'égalité scientifique : les meilleurs élèves de lettres faisaient aussi des sciences) : à présent les bons élèves préparent le baccalauréat C. Ce n'est pas qu'ils l'aient choisi : on le leur impose, par un certain nombre de règlements qui exigent ce baccalauréat pour quantité d'études supérieures, d'écoles, d'instituts. En vertu d'un paradoxe presque incroyable, on l'exige même pour certaines études d'ordre littéraire.

Cela signifie que l'organisation du baccalauréat oblige tous les bons élèves à devenir des scientifiques même si leur orientation ne les désigne nullement pour devenir de bons scientifiques, et les empêche de devenir de bons littéraires alors qu'ils avaient tout pour le devenir. Un souci évident des débouchés futurs rend le choix des lettres déraisonnable. Je suis une littéraire s'il en fut, mais je n'oserais pas conseiller à un jeune, dans l'état actuel des choses, de passer un autre baccalauréat que C !

De surcroît, il est évident qu'une bonne étude des lettres doit pouvoir comporter l'étude des langues anciennes, dont la connaissance est d'un tel prix, non seulement pour l'étude du français lui-même et pour celle des œuvres littéraires françaises, si souvent nourries de modèles latins ou grecs, mais aussi pour la philosophie, qui ne l'est pas moins, pour l'histoire, qui commence en Grèce, pour le droit, qui part du latin, pour les langues vivantes, dont certaines partent, elles aussi, du latin, et dont les autres impliquent souvent des moyens linguistiques délicats, dont le grec et le latin offrent l'équivalent schématique, ou pour les œuvres étrangères qui, à très peu d'exceptions près, sont elles aussi nourries de latin et de grec. Or cet apprentissage du latin et du grec, ainsi que des littératures correspondantes, avec tout leur trésor de symboles, de mythes et d'exemples, qu'en fait-on ? Eh bien ! malgré ces avantages, il est, par les règlements, rendu quasiment impossible. D'abord on garde la vieille mesure, datant de 1968, qui empêche la plupart des enfants d'étudier à la fois le latin et le grec et leur impose en fait un choix entre l'un *ou* l'autre. Choix absurde ! Que dirait-on de ne permettre que les mathématiques *ou* la physique ? Ensuite, quand des enfants ont fait l'effort de s'initier, plus tard, à la seconde de ces deux langues (de façon évidemment sommaire et au prix d'un effort supplémentaire, qui n'est même pas toujours possible et que les difficultés pratiques rendent souvent presque héroïque), on leur offre un baccalauréat où cet effort n'est payé que par des points supplémentaires en vue d'une mention. Et cette situation aberrante, qu'un gouvernement éclairé eût dû corriger à tout prix et de toute urgence, tourne soudain, cette année, au désastre quand est décidée brusquement, d'un trait de plume, la suppression des mentions au baccalauréat. Les classiques ne tirent plus aucun avantage pratique de leur effort, et celui-ci ne reçoit même plus un encouragement de simple estime.

Ne dirait-on pas que tout est fait, par des régimes en principe contraires, pour arriver au même but, qui serait de tuer en France toute véritable culture littéraire ?

Je sais bien que la société a besoin de bons scientifiques, d'informaticiens, d'ingénieurs, de savants. Mais je ne suis nullement certaine que ces scientifiques par contrainte deviennent de bons scientifiques. Et surtout — Seigneur ! est-il vraiment besoin de le dire ? — la société a aussi besoin de bons littéraires.

C'est pour sa tradition littéraire, pour ses écrivains et ses penseurs, que la France est estimée au-dehors. Ce sont ses traditions qui attirent et émeuvent les voyageurs. Les universités littéraires voient encore affluer des étudiants de tous les pays qui viennent apprendre chez nous l'histoire et la philosophie, la critique littéraire et artistique, et même — oui, il faut le savoir ! — la recherche latine et grecque. Et pourtant, autre sujet d'alarme : la France n'offre rien aux étrangers qui viennent travailler chez elle. Il n'y a pas de logements prévus, pas d'équivalences claires leur permettant de s'insérer dans notre système, et pas la moindre bibliothèque de recherche où ils puissent aller travailler, s'asseoir, obtenir des livres et les poser sur une table, pour les étudier... Malgré cela, malgré ces carences à peine imaginables, ils viennent. Je ne sais pas pour combien de temps encore, mais ils viennent.

Dans notre époque où ne comptent plus que les gros sous et les profits, j'ai même entendu un éminent scientifique faire valoir que les lettres, par le biais du tourisme, rapportaient plus que bien des sciences. Je n'ai pas les éléments du calcul. Mais, pour en revenir à l'étude du français et à son rayonnement, il est quand même surprenant — pour ne pas dire plus — que l'on gémisse sur le déclin de la langue française dans le monde et que l'on ne fasse rien pour aider matériellement ceux qui viennent encore s'initier aux recherches françaises dans le domaine des lettres, ni rien non plus pour manifester, dans les diverses mesures présidant à notre enseignement et à notre recherche, qu'un tel but est, en France, reconnu pour légitime.

J'ai demandé naguère la création à Paris d'une bibliothèque des Lettres, destinée à la recherche. Je demande aujourd'hui que l'on n'ampute pas l'enseignement de la langue française, que l'on ne ruine pas la possibilité de l'associer ensuite avec le latin et le grec, que l'on crée un baccalauréat de lettres fort, assez difficile et assez complet pour ouvrir l'accès à de multiples professions. Toutes ces demandes sont sœurs : toutes sont une protestation contre le même mal, que j'ai vu progresser d'année en année, et qui devient ruineux pour les lettres en général.

D'où vient-il donc, ce mal, qui touche tout ensemble le français, le latin et le grec, la philosophie, les lettres ? D'où vient que depuis trente ans j'ai passé ma vie à lutter, et que, depuis deux ans, je suis tentée de désespérer ?

Serait-ce le développement des sciences ? En aucune façon !

Il est bien vrai que les programmes de sciences sont lourds : les progrès et les révolutions qu'ont connus certaines disciplines scientifiques ne peuvent être laissés dans l'ombre et demandent du temps, quand ce ne serait que pour être compris. Mais là n'est pas la question. Un bon bachot littéraire n'empêcherait pas un bon bachot scientifique. Aussi bien, de toute façon, les nouvelles découvertes passent-elles les possibilités des enfants. Et c'est à quoi je voudrais en venir : les scientifiques sont en général les premiers à réclamer une meilleure formation littéraire, à tous les niveaux.

J'ai cité l'argument inattendu d'un scientifique éminent en faveur des lettres : c'est aussi lui qui m'a soutenue dans le projet de création d'une bibliothèque de recherche pour les lettres ; et d'autres collègues, également scientifiques et chargés de responsabilités, ont bien voulu s'y intéresser après lui. En dehors même de l'Université, il est bien connu que beaucoup de médecins sont de véritables lettrés, depuis les plus modestes jusqu'aux plus grands : ils aiment les poètes, quand ils ne pratiquent pas eux-mêmes la poésie ; ils sont curieux d'art et d'archéologie, lisent les classiques et se tiennent au courant des études qui se publient à leur sujet. Enfin, en ce qui concerne la formation de leurs futurs élèves, les scientifiques ont toujours attaché du prix à un enseignement de base où les enfants — et même ceux qui feraient plus tard des sciences — apprendraient à s'exprimer avec précision et clarté. J'en ai connu qui, sans en avoir l'air, examinaient comment de futurs médecins, par exemple, pouvaient traiter un thème brièvement, de façon correcte et sensée. Ils savaient que la formation normale de nos lycées ne le leur garantissait pas. Et sans doute constataient-ils, par l'expérience, ce qu'Isocrate avait si fermement dit il y a vingt-cinq siècles, à savoir que le langage et la pensée vont de pair, et que la précision de l'un permet la rigueur de l'autre. Il disait, notre Grec : « C'est grâce à la parole que nous formons les esprits incultes et que nous éprouvons les intelligences : car nous faisons de la parole précise le témoignage le plus sûr de la pensée juste. » L'Académie des Sciences a émis des vœux énergiques en ce sens. La cause des lettres n'a pas de meilleurs défenseurs que les plus éminents scientifiques.

Alors ?

Peut-être l'existence des sciences humaines est-elle plus

dangereuse à la cause des lettres ; car, tendant à couvrir le même domaine que celles-ci, elles prêtent par là à confusion. Je ne puis m'empêcher de me rappeler ce jour où nos Facultés des Lettres ont disparu, prenant un nom plus redondant et d'allure plus respectable : elles sont devenues Facultés des Lettres et Sciences Humaines. Je ne suis pas sûre que le mot « Lettres » ait subsisté partout ni toujours. En tout cas, aux dernières nouvelles, la Bibliothèque des Lettres dont j'avais demandé la création s'appelait déjà, bien qu'il n'y ait eu aucun début de réalisation, Bibliothèque des Sciences Humaines. Je veux bien ! Il est parfaitement vrai qu'au niveau de la recherche les études sur les hommes et les sociétés ont pris un tour plus scientifique, qui justifie leur vogue et la place qu'elles occupent. Mais, même au niveau de la recherche, les progrès qu'elles ont accomplis risquent de masquer l'existence de tout un secteur, moins neuf, mais non moins fécond, centré sur les textes, les moyens d'expression, les poétiques, les doctrines. L'explication sociologique ou économique peut apporter sa part en ce domaine : elle ne peut en aucune façon l'annexer.

C'est là un malentendu dont je n'accuse nullement les tenants de ces disciplines : ils n'y sont pour rien. Mais il n'est pas de malentendu auquel ne cèdent nos réformateurs : nous en payons le prix quotidiennement.

Pourtant, si lourds de conséquences que soient ces malentendus, ils constituent eux-mêmes des signes plutôt que des causes. Et il se pourrait bien qu'il faille chercher l'explication plus loin.

Je voudrais en effet revenir au problème du latin et du grec, qui représente un cas limite. Dans l'ensemble, je me suis autant que possible retenue d'insister sur ces disciplines qui me tiennent si fort à cœur et que je ne cesserai jamais de défendre. Mais leur sort peut ici servir d'image grossie et de témoignage révélateur.

Je sais fort bien que les difficultés qu'elles rencontrent sont souvent affaire d'opportunité. Comme elles constituent des options, elles présentent une gêne pour l'administration, en compliquant encore des problèmes de salles, d'horaires, ou de simple pénurie[1]. Aussi l'administration s'emploie-t-elle souvent à décourager la demande, par tous les moyens. Et c'est une pitié ; car cette demande existe, ne demande qu'à exister. Sait-on bien que, pour les débutants en grec, les chiffres sont récemment remontés plus haut qu'avant 1968 ? Seule l'organisation du baccalauréat, instituant une nouvelle dissuasion, plus efficace encore, arrive à faire renoncer les jeunes lorsque l'échéance approche. Les options sont ainsi menacées d'un bout à l'autre, comme toutes les minorités, parce qu'elles gênent.

Mais cette explication, qui est vraie, n'en exclut pas une autre, plus profonde. Pourquoi, en effet, la même entreprise de dissuasion se poursuit-elle avec tant d'obstination, encouragée pas tant de gens ? Hélas ! il n'y a guère de doute : l'ironie du ton, les sarcasmes, les haussements d'épaules lassés, nous connaissons ! J'y retrouve, quant à moi, ce mauvais égalitarisme qui veut que chacun trouve désuet ce qu'il n'a pas lui-même pratiqué, et ce qui, naguère, n'était pratiqué que dans certains milieux (comme, au surplus, la salle de bains ou l'automobile, que l'on n'a pas bannies pour autant). J'y retrouve aussi ce souci de ne songer qu'à la profession, de refuser le détour par la culture, souci qui perçait — je l'ai indiqué — dans certaines définitions des finalités de l'enseignement. Mais ce refus peut prendre des formes diverses, des visages plus ou moins durs et négateurs. Et je crains bien que, combinant égalitarisme et mépris de la culture, beaucoup n'éprouvent envers celle-ci une véritable hostilité : « Nous ne l'avions pas : ce sera détruit. » Il en passe quelque chose dans les lois, beaucoup dans la façon dont elles sont appliquées, plus encore dans le ton et les manières de ceux qui se rient de nous, et qui, par là, se trahissent.

On me dira que je m'écarte beaucoup de la langue française et des classes de français ? Peut-être pas tant que cela ! Et si la même hostilité, les mêmes sarcasmes visaient aussi la langue correcte — celle que tout le monde, au départ, ne parle pas, et

1. Voir page 270 et Préface, p. 18.

que beaucoup de parents, dans des milieux simples, ne parleront jamais ? Les sarcasmes ne viennent pas d'eux ; car ils aspirent en général à voir leurs enfants en savoir plus qu'eux. Mais écoutez seulement la radio, et les ironies qu'elle nous offre parfois, à propos d'un mot un peu savant, ou d'une formule qu'ils jugent prétentieuse ! Après tout, chacun est-il bien sûr qu'en s'exprimant avec correction et précision il n'éprouve pas un petit peu de gêne et comme une pudeur honteuse ?

Ceux qui souhaitent garder à la langue française ses qualités bien connues doivent savoir que ce sera impossible tant qu'un tel esprit sera encouragé et trouvera son chemin jusque dans les manuels, jusque dans les programmes, jusque dans les lois. Ce sera impossible tant que les lettres en tant que telles seront tenues pour un luxe d'antan.

L'enseignement des lettres est menacé avec celui du français. Cela tombe d'autant plus mal que ces deux enseignements ont déjà à souffrir d'une autre menace. Et comment ignorer cette autre menace, quand une réforme à l'emporte-pièce oblige l'enseignement des lettres à s'aligner sur celui des sciences, et à s'insérer dans des formes auxquelles sa nature même ne peut en aucune façon se prêter ? Ce danger est assez grand pour mériter un chapitre à part.

VII

LETTRES ET SCIENCES, OU L'IMPOSSIBLE UNIFORMITÉ

Une des caractéristiques de l'enseignement supérieur français est sa complexité et sa diversité : c'est aussi ce qui fait sa richesse. A côté des universités, il y a des Instituts de Technologie, des Écoles Normales Supérieures, des « grands établissements » divers, comme l'École Pratique des Hautes Études, le Muséum d'Histoire Naturelle, l'E.N.A., le Collège de France : autant de statuts, de styles et d'orientations diverses. Dieu veuille que cette diversité soit préservée ! Elle embrouille un peu les étrangers qui viennent en France ; mais elle représente la meilleure garantie de qualité qui soit, grâce à la différenciation qu'elle permet.

Cela, d'autres l'ont dit. Je le répète de toutes mes forces : on ne le dira jamais assez.

Mais une autre diversité me paraît au moins aussi essentielle : c'est celle qui distingue, au niveau de l'enseignement supérieur, les grandes orientations intellectuelles, et en particulier les lettres et les sciences.

C'est, bien entendu, trop peu dire : à côté des lettres et des sciences, la médecine ou le droit ont aussi des exigences à part, des statuts différents, des titres qui leur sont propres, ou bien qui, dans le cas du droit, couvrent du même mot des réalités tout autres que les nôtres (la thèse de droit, formant des juristes, vient avant l'agrégation ; celle-ci est destinée aux professeurs de droit, qui sont par définition, comme les médecins, professeurs d'université). Si je parle de préférence des lettres et des sciences, c'est parce que la distinction est dans ce cas moins reconnue. La médecine et le droit, contrairement aux lettres et aux sciences, débouchent sur des activités professionnelles spécifiques ; et ceci a toujours facilité le maintien de leurs statuts propres. Les enseignants et les étudiants ont d'ailleurs, de ce fait, plus de moyens d'action pour faire respecter quelques exigences fondamentales.

En revanche, les lettres et les sciences prêtent souvent à confusion. La dénomination de « sciences humaines » encourage cette confusion. Et l'esprit simplificateur qui préside à toute réforme d'ensemble s'autorise de cette confusion pour légiférer de façon uniforme à propos d'enseignements qui ne sont guère comparables. Ce qui est bon dans un domaine est souvent mauvais dans l'autre ; et les observations qui ici sont justes deviennent fausses là. Je voudrais en définir la raison, puisque cette distinction est si souvent méconnue, et que les conséquences en sont si souvent graves.

Il y a, en fait, deux différences fondamentales.

La première est que, dans le domaine des lettres (entendu au sens le plus large et englobant toutes les formes des sciences humaines ou sociales), le savoir est cumulatif.

Les sciences peuvent, j'imagine, cesser d'enseigner une méthode périmée quand une découverte récente a ouvert d'autres perspectives. Quand une propriété d'un corps a été découverte, il n'y a pas à la redécouvrir. Quand on a trouvé un procédé efficace contre un microbe ou un virus, on n'aura plus à étudier la façon dont on procédait auparavant.

Or, il n'en va pas ainsi en lettres. Certains dépouillements de sources peuvent bien servir pendant assez longtemps. Mais, même en ce travail de simple documentation, il apparaîtra de nouvelles sources et tout sera à recommencer. Sait-on bien que, même dans le domaine de la Grèce ancienne, il apparaît encore au jour, chaque année, un bon millier d'inscriptions nouvelles, et des fragments nouveaux d'œuvres littéraires jusqu'alors perdues ? Ou bien on lit une nouvelle écriture et des documents jusqu'alors dépourvus de sens s'éclairent. Les écrits sont à réviser, les répertoires et les index à reprendre, périodiquement.

Mais ce qui est vrai du renouvellement des données l'est plus encore lorsque l'on commence à interpréter. Qu'il s'agisse d'une œuvre littéraire, d'une doctrine, d'une période de l'histoire, les questions ne cessent d'être posées différemment, de susciter de nouveaux rapprochements et de nouvelles méthodes. Et, contrairement à ce qui se passe dans les sciences exactes, ce renouvellement perpétuel ne frappe en rien de nullité les efforts des prédécesseurs. Il y a, de toute évidence, des travaux qui se périment, et qui, probablement, n'étaient pas excellents au départ. Mais il est toujours imprudent de l'admettre *a priori*. Qui de nous n'a peiné sur un problème, puis envisagé, un beau jour, avec espoir, un rapprochement d'où surgirait quelque lumière, et n'a enfin, au moment où la joie du succès lui donnait des ailes, rencontré son rapprochement, avec beaucoup d'autres non moins bons, dans un vieil article oublié, consacré, peut-être bien, à un problème différent ? Et en dehors même des études savantes, dans lesquelles chacun a apporté son écot, sa solution, ou sa suggestion, qui de nous ne s'est aperçu que le problème sur lequel il peinait n'était pas propre à son texte ou à son époque, qu'il fallait comparer le grec avec le latin, avec le français, ou bien, dans d'autres cas, avec l'araméen, l'hébreu et l'égyptien ? Qui de nous, étudiant un siècle, ne s'est aperçu qu'il fallait regarder de près le précédent et le suivant ? Qui de nous, en lisant certaines synthèses des grands maîtres, n'a pensé un jour que ce qu'il a fait dans sa vie était terriblement partiel, parce qu'il n'avait pas la maîtrise de données, de textes, de langues en assez grand nombre ? La recherche, dans le domaine littéraire, exige des lectures qui, à la limite, seraient infinies : presque rien ne peut être rejeté : au contraire, la matière à dominer augmente sans arrêt.

De cette première grande différence découlent des conséquences importantes pour l'organisation des études supérieures — des différences dont, ces jours-ci, on semble, hélas, méconnaître l'existence.

La principale concerne la thèse de doctorat, en lettres. Une thèse de sciences (ou de droit, ou de médecine) peut porter sur un point précis, apporter une nouveauté, faire la preuve d'une méthode ; elle peut donc être probante, même après un bref nombre d'années. Il n'en est pas ainsi en lettres. Il faut au moins deux ou trois ans de lectures à hautes doses avant que ne commence l'effort personnel d'organisation des données. Si les lectures sont insuffisantes, la thèse ne vaut, très exactement, rien. On étudiera par exemple tel mot, telle notion, tel usage, telle idée, soit dans un auteur donné, soit dans une époque donnée ; on arrivera à des conclusions, qui sembleront nouvelles, ou en tout cas solides ; mais on ignorera que l'auteur contemporain, ou antérieur, que l'époque précédente ou le pays immédiatement voisin renversent complètement ces perspectives. Ou bien on ignorera que des bas-reliefs, des inscriptions, des témoignages, traduits en une autre langue, auraient changé toutes les données ; ou bien l'on ignorera telle interprétation antérieure, qui offre du texte ou bien du fait une interprétation différente ; ou bien l'on ignorera que le texte sur lequel on s'appuie a été soupçonné d'être inauthentique, que certains manuscrits suggèrent une lecture différente, que la prosodie, la métrique, l'histoire du vocabulaire imposent de réviser le sens couramment adopté. Une thèse de lettres ne peut avoir de valeur, ni garantir la compétence de son auteur, que si elle a été faite en un temps assez long. Qui plus est, elle n'a pas non plus de valeur scientifique ou de caractère probant, si elle n'est pas suffisamment développée. Car, pour reprendre l'exemple cité en dernier, comment jugerait-on un travail qui dirait : « Je choisis telle lecture du texte » ou « J'adopte tel sens pour ce texte » sans donner ses raisons, sans montrer que le tour de la question a été fait et que le raisonnement repose sur des preuves contrôlées avec rigueur ?

Je sais mieux que personne que la plupart des thèses de lettres étaient, depuis dix ou quinze ans, beaucoup trop longues. Tout le monde a protesté là contre. J'ai obligé des candidats à couper, à récrire. Mais le système qui leur imposait, pour être inscrits, promus, nommés, et recevoir tels autres avantages de ce genre, de montrer, au fur et à mesure, des passages rédigés trop tôt encourageait une tentation dangereuse : celle de trop écrire avant de dominer l'ensemble. Car c'est la hâte qui entraîne la surabondance, et non pas le loisir ou le recul. Quoi qu'il en soit, l'excès était manifeste ; il faut donc fixer une limite. Mais, de là à supprimer la vraie thèse, il y a un abîme !

Or c'est un peu ce que font les projets actuellement retenus, en assimilant la « grande thèse » à la thèse de troisième cycle, beaucoup plus vite écrite et plus brève.

J'ai dirigé des thèses de troisième cycle (faites en trois ans, le plus souvent) et des thèses pour le doctorat d'État (soutenues au bout d'une dizaine d'années, en général) : il n'y a aucun rapport entre les deux. Sur dix thèses de doctorat de troisième cycle, neuf sont des exercices utiles pour apprendre à travailler, pour apprendre à manier les instruments de travail, et pour apprendre à rédiger clairement à partir d'une matière très vaste ; une seule exceptionnellement, parce que le sujet s'y prête et que l'auteur est très capable (ou jouit de loisirs suffisants), apporte des résultats dignes d'être connus et publiés. En revanche, sur dix thèses de doctorat d'État, je dirais que neuf sont dans ce cas, contre une malheureuse exception, pour laquelle le jury a fait preuve de faiblesse ou d'excessive humanité.

Or, que fait le gouvernement ? Il envisage de supprimer la vraie thèse et de ne garder que la première — parce que les thèses de sciences se font plus vite et sont plus courtes. On ne peut rien trouver qui tue plus radicalement la recherche littéraire, ni qui jette une plus grande menace de désordre sur le recrutement à venir [1].

Je sais bien que c'est long, de travailler tant d'années à une thèse, et que c'est souvent ennuyeux et fatigant, très fatigant. Vu du dehors, c'est un exercice peu compréhensible. Et l'incompréhension se double du fait qu'il existe des pays étrangers où les thèses de lettres sont brèves et vite achevées. Mais il faut les voir, ces thèses ! Et surtout il faut se rappeler que, dans ces pays, les universités sont pratiquement indépendantes les unes des autres ; il n'y existe pas comme chez nous des règles uniformes et des compétitions nationales. On y est

---

1. Voir Préface, p. 11.

recruté dans une université par une comparaison ouverte, avec des interventions multiples et des lettres de spécialistes. Le rôle des patrons — et celui des copains — remplace la sélection directe. Mais que serait-ce avec notre système ? La thèse courte, jointe au recrutement contrôlé par l'État, devient indéfendable.

Et puis il y a autre chose : même si le système court pouvait être plus agréable, et aussi probant que l'autre, il resterait encore que, dans le domaine de la compétition internationale, cela constituerait un suicide. On ne lit plus beaucoup le français, hors de France, mais on tente encore de lire nos thèses parce que l'on sait qu'elles représentent quelque chose de sérieux, une documentation complète, et une présentation digne d'un savant. Si, pour les lettres, la France ne produisait plus au-dehors que ces essais sommaires rédigés en trois ans, on ne tiendrait plus compte d'elle — sinon pour quelques grands ténors, ayant fait leurs preuves autrement.

Je me rallie — sans joie — à l'idée que l'on puisse être docteur sur un ensemble de travaux et d'articles ; mais cela devrait, en lettres, demeurer l'exception. Je me rallie — sans joie — à l'idée de thèses plus vite achevées ; mais cela ne devrait jamais représenter moins de six bonnes années. Il s'agit ici encore de la qualité ; simplement, il se trouve qu'en l'occurrence la qualité de la recherche littéraire est menacée — entre autres facteurs — par l'esprit d'uniformité.

J'ajouterai — et ce n'est point démagogie — que j'aimais le principe ancien, permettant à un professeur du secondaire de consacrer ses loisirs à une longue recherche, pour laquelle il a peu de loisirs, mais qu'il continue au cours des années, enrichissant son travail d'enseignant de tout ce que la recherche lui apprend et enrichissant sa recherche de tout ce que l'enseignement lui apprend. Va-t-on, à ceux-là aussi, imposer une limite de temps ? La recherche, en sciences, est nettement séparée de l'enseignement ; et ce n'est pas vrai en lettres. Des professeurs de cinquante ans soutiennent parfois des thèses remarquables. Nos jeunes maîtres de conférences, en plus des autres avantages qu'ils réclament et obtiennent, vont-ils aussi confisquer la recherche ? Cela est peut-être admissible en sciences, mais ce serait ruineux pour les lettres, et l'effet en atteindrait le secondaire autant que le supérieur.

D'ailleurs tout ce qui concerne les temps et les âges diffère selon qu'on parle de lettres ou de sciences. J'appartiens à un établissement qui groupe des littéraires et des scientifiques. Or les scientifiques sont beaucoup plus jeunes que les littéraires, toujours. Cela se comprend d'après la nature du travail en ces deux domaines. Laurent Schwartz, dans le livre excellent que j'ai cité à plusieurs reprises, donne comme l'âge de plein épanouissement du chercheur scientifique trente ou trente-cinq ans. C'est à cet âge-là qu'en ce domaine, où le savoir n'est pas cumulatif, apparaissent les découvertes, la notoriété, le plein épanouissement du travail. Eh bien ! il n'est pas question de cela en lettres. A cet âge-là, il commence à avoir un certain bagage dans le domaine qu'il a choisi, le jeune chercheur de lettres ; et il commence à entrevoir des idées que ses lectures lui suggèrent et que peu à peu il précisera, confirmera, rectifiera ; il commence à s'affranchir des influences qui l'ont formé. Mais il est loin d'être au plein épanouissement de ses moyens. Et, pour la même raison, le chercheur en lettres est loin de décliner, ou de faire moins de recherche, après cette date. Je suis donc prête à croire que Laurent Schwartz a raison dans son domaine quand, tirant les conclusions de son analyse, il écrit (p. 88) : « Des professeurs plus âgés, qui font moins de recherche, mais sont en revanche d'excellents enseignants, pourraient faire davantage de cours, et en général avec plaisir. » Bon ! Mais pour les lettres, cela ne va pas. Je ne parle pas, bien entendu, du plaisir d'enseigner qui n'est pas moindre en mon domaine : je nie seulement qu'en lettres les professeurs plus âgés fassent moins de recherche. Ils peuvent avoir moins de loisir pour en faire, parce que les charges de toutes sortes ne cessent de s'accroître au long d'une vie ; mais ils ont enfin l'acquis nécessaire pour faire de la recherche utile. La masse des connaissances s'est accrue ; les idées et les méthodes se sont précisées. Et c'est souvent en fin de carrière que les hypothèses lentement esquissées peuvent enfin s'épanouir en synthèses et en œuvres vraiment personnelles.

En ce qui me concerne, je sais que chaque année a apporté sa moisson et, si la vie était plus longue, si les forces ne baissaient pas, je dirais que je distingue seulement à présent, à la veille de la retraite, ce qui serait à faire d'essentiel, et ce que j'aurais enfin les moyens de bien faire... Je puis le faire aussi plus vite : j'ai moins besoin de vérifications, je sais mieux, tout de suite, ce qui est une impasse ou non et quelles sources pourraient me servir ou non. Le professeur de lettres n'accède à la maturité, pour la recherche, que bien après les scientifiques ; mais cette maturité ne fait encore que gagner, pendant un temps beaucoup plus long. Kant a écrit la *Critique de la raison pure* à cinquante-sept ans, et ses autres grands ouvrages de philosophie sont postérieurs ; Michelet a publié son *Histoire de la Révolution* à cinquante-cinq ans : et tous ses ouvrages les plus célèbres sont postérieurs. Si l'on se rapproche de nos travaux universitaires, et de ceux que je connais le mieux, le grand helléniste d'Oxford, E. R. Dodds, a écrit son livre fameux sur *Les Grecs et l'irrationnel* à quarante-sept ans et ses éditions des *Bacchantes* et du *Gorgias* ont paru lorsqu'il avait cinquante et soixante-dix ans ; le grand helléniste de Vienne, Albin Lesky, est connu de tous pour son *Histoire de la littérature grecque,* qui parut lorsqu'il avait soixante ans ; et toutes ses études si personnelles sur la psychologie d'Euripide se placent quelques années après ; enfin le grand savant en philologie grecque que fut Pierre Chantraine commença son *Dictionnaire étymologique de la langue grecque* à cinquante-six ans, et était sur le point de l'achever quand il mourut, à soixante-quinze ans. Nous sommes donc loin des jeunes découvertes de nos jeunes scientifiques. Les littéraires sont comme le bon vin : ils gagnent en vieillissant. Et c'est de quoi tous les projets auraient raison de tenir compte.

Mais indépendamment même des âges et des dates, il est clair qu'il y a là, entre les deux domaines, une différence fondamentale dans la formation. Et ici nous retrouvons, au-dessous des thèses, l'agrégation. J'ai défendu ailleurs et défendrai toujours ce merveilleux moyen de recrutement, qui ne fait intervenir ni la politique ni les appartenances syndicales, et ne retient que la qualité. Mais je voudrais aussi expliquer que, pour la formation qu'il représente, le concours d'agrégation représente aussi en lettres autre chose que pour les sciences. Car, en dehors même du recrutement qui se fait par les résultats, il faut tenir compte de la formation, qui se fait sur des programmes.

Ces programmes diffèrent chaque année. Ils obligent tous les candidats à avoir, une fois dans leur vie, étudié de très près un certain nombre d'auteurs ou de questions, définis exprès chaque année. Même s'ils ne sont pas reçus, cet acquis subsiste et leur servira toute une vie. Un certain nombre de points fixes, connus avec précision, pour des époques diverses, constitue un trésor sans pareil et garantit la qualité de l'enseignement que donneront ces jeunes. Cet acquis est irremplaçable. Il ne s'agit pas en effet de dons, plus ou moins trompeurs, ni d'une méthode, qui ne vaut évidemment rien si elle ne s'accompagne pas des connaissances correspondantes : il s'agit du contenu même de leur enseignement, de sa vérité, de sa richesse, de sa correction. Il s'agit de l'essentiel.

Or que fait le gouvernement ? Si l'on en croit les bruits qui courent et certaines mesures déjà prises, il crée partout des concours parallèles [1], qui donneront les mêmes droits, mais ne correspondront plus à la même formation, qui tiendront compte de la pédagogie et n'exigeront plus la préparation aussi approfondie d'un programme. Il se peut qu'en sciences ce soit possible et que la science à enseigner aux enfants soit assez différente des recherches de pointe pour pouvoir s'enseigner avec seulement un minimum de formation technique. Mais ce n'est pas le cas en lettres, où un professeur qui n'aura point accumulé ce bagage de connaissances qu'implique la préparation à l'agrégation sera presque toujours moins bon professeur. Mille histoires me reviennent aux oreilles sur ces enseignants qui exposent aux élèves ce qu'ils ne savent pas — jusqu'à celui qui leur fait croire que le latin *magnus* fait au comparatif *magnior* et au superlatif *magnissimus*. Ô « magnissime » erreur ! Cela est moins grave cependant que celui qui parle d'un auteur sans en

1. Cela a été fait : voir Préface, p. 11.

avoir jamais étudié à fond une seule page ou d'une époque de l'histoire dont il ignore comment, aujourd'hui, on l'aborde.

Je veux donc bien que l'on organise la promotion interne le plus libéralement possible — elle existait déjà, sous diverses formes, que l'on peut développer encore. Mais d'abord je ne comprends pas que l'on donne le même nom à des concours différents, qui n'auront pas, sans doute, les mêmes épreuves ni les mêmes coefficients et qui seront, chacun l'avoue, de niveau fort différent. Et, ensuite, je ne saurais admettre sans une amertume profonde que, pour les lettres, l'on encourage dans la formation des maîtres des voies qui réduisent la part des connaissances, des programmes, et de la culture. Un professeur pouvait se présenter à tout âge à l'agrégation, la vraie. On pouvait lui en faciliter l'accès, lui donner pour cela des loisirs, des congés, ou des cours par correspondance. Mais l'enseignement d'un professeur de lettres, même en seconde et même en quatrième, vaudra ce que vaudra son savoir. Et la qualité, ici encore, souffrira au moins autant que la justice, si l'on suit la voie actuellement ouverte.

Il faut donc de longs délais pour la recherche littéraire ; et il faut un apprentissage précis et poussé pour un bon enseignement littéraire. Ce sont là des différences notables, qui devraient être respectées dans chaque mesure prise. Mais, inversement, on a pu remarquer au passage une autre différence, qui se joint à celle-ci et la corrige : c'est que la recherche et l'enseignement sont, en lettres, beaucoup moins dissociés qu'en sciences.

Cette seconde différence entraîne deux applications, qui ne sont pas dénuées d'importance.

La première concerne le danger qu'il y aurait, en ce domaine, à séparer, précisément, l'enseignement de la recherche.

Cela a été l'originalité de la France depuis plusieurs siècles, que de les lier étroitement. Et on ne saurait assez dire le bien qui en a résulté dans le domaine des lettres. Dans une université, chaque cours a toujours reflété une enquête personnelle, donc un esprit nouveau, des vues originales, un élément stimulant et excitant pour tous. Les grands professeurs de philosophie ou d'histoire étaient des philosophes, des historiens; et leur enseignement se nourrissait de leur pensée et de leurs progrès. La façon même d'expliquer un texte français changeait, elle aussi, du tout au tout selon les travaux de celui qui l'expliquait. Les cours de Brunschvicg ou de Bergson, de Mathiez ou de Marc Bloch, de Paul Hazard ou de Paul Mazon, étaient des événements intellectuels. Inversement, l'habitude d'enseigner en même temps que l'on poursuit sa propre recherche apporte à celle-ci une qualité exceptionnelle. D'abord on est talonné par le cours à faire, obligé de préciser, de vérifier, de démontrer. Ensuite, on doit être compris. Lorsque l'on n'y réussit pas, cela se voit, tout de suite et sans erreur possible. On dit beaucoup aujourd'hui que l'on apprend de ses élèves : j'en demande pardon aux miens, pour qui j'ai de l'affection : ils ne m'ont pas appris grand-chose. En revanche leur existence, leur présence, les réactions de leurs visages, m'ont appris beaucoup. A chaque cours, j'ai par là senti ce qui les surprenait et devait être creusé, ce qui les ennuyait et devait par conséquent être présenté autrement, ce qui leur paraissait peu convaincant et devait donc être contrôlé. Sans doute est-ce à cette constante association de l'enseignement et de la recherche qu'est due la réputation, bien établie à l'étranger, qui veut que les érudits français possèdent une maîtrise rare de l'exposé clair et bien conduit. L'association de la recherche et de l'enseignement garantit, dans notre domaine, la qualité de chacun des deux.

On peut même dire que les bienfaits de cette association retentissent sur le secondaire. Car les jeunes professeurs de lettres formés à l'université en ont gardé le souvenir souvent excitant d'une vérité qui se cherche, de découvertes qui se font, de curiosité et d'ardeur, mais aussi de soin, de conscience, et de longues vérifications au service de petites certitudes. Ils ne répéteront pas, sans conviction, des formules toutes faites, s'ils n'ont pas entendu répéter, sans esprit critique, des doctrines venues d'ailleurs.

Je croyais cela acquis, évident, éclatant. Je ne pensais pas que l'on y toucherait jamais. Je tenais même si fort à cette association que j'étais de ceux — fort nombreux alors — qui demandaient de voir les boursiers du C.N.R.S. prêter leur concours à l'enseignement et les professeurs de lycée obtenir des bourses provisoires pour poursuivre un travail commencé.

Mais je découvre qu'en ce domaine aussi perce un danger.

On s'aperçoit d'abord que la chute du niveau interdit de commencer la recherche au début de l'enseignement supérieur. Cela est vrai, et le véritable remède qu'offrirait la sélection a été délibérément écarté. Les étudiants, par conséquent, ne seront pas mûrs, et il faudra leur donner l'enseignement général qu'ils auraient dû recevoir dans le secondaire. Reste le niveau supérieur. Mais attention ! En augmentant de diverses manières le temps de travail des professeurs (ils feront plus de semaines dans l'année et plus d'heures par semaine), n'accepte-t-on pas l'idée qu'ils n'auront plus ni le loisir de préparer des cours vraiment fouillés, ni celui de poursuivre leur propre recherche ? On en fait des fonctionnaires, chargés de transmettre des connaissances admises, élaborées par d'autres.

Par qui donc ? Eh bien c'est là que l'on découvre la vraie portée de tels glissements : ces connaissances seront élaborées par d'autres, et en particulier par les chercheurs reconnus du C.N.R.S. (ou Centre National de la Recherche Scientifique). Le glissement s'est fait en douce. Il y a seulement trois ans, tous les professeurs titulaires, en tant que tels, étaient électeurs aux commissions du C.N.R.S. Et puis, un beau jour, ils ne l'ont plus été [1]. Ou, du moins, seul un petit nombre d'entre eux l'a été ; et encore cette concession n'aurait, me dit-on, été obtenue que de justesse !... Là-dessus, on réforme le système des thèses. J'ai dit déjà ce qu'il faut penser, dans nos disciplines, de ces thèses courtes. Mais je n'ai pas parlé des bourses qui seraient accordées pour la préparation de ces thèses ; or elles semblent bien être prévues. « Vous vous en plaignez ? » demandera-t-on. — Évidemment pas ! Je n'ai cessé de me déclarer en faveur des

1. Ils le sont à nouveau. En revanche, les chercheurs ont été fonctionnarisés en 1987, ce qui favorise la recherche scientifique, mais introduit une coupure plus profonde encore entre la recherche et l'enseignement. Voir aussi Préface, p. 14.

détachements provisoires pour les jeunes enseignants dont la thèse s'annonçait bonne. Mais je m'inquiète néanmoins, à la lumière des autres mesures que j'ai vu prendre ailleurs. Je m'inquiète à la pensée de qui décernera ces bourses : dans la meilleure hypothèse, ce seront les commissions du C.N.R.S., élues au scrutin de liste, donc largement politisées, qui feront la loi pour une discipline. Le professeur dirigeant la thèse comptera moins que ces représentants officiels de la recherche, dont dépendra le sort des jeunes. Et puis je m'inquiète aussi de savoir quel sera le nombre de ces bourses, et dans quelle mesure ceux qui n'en auront pas bénéficié pourront cependant travailler, publier, être reconnus. A la lumière du reste, ces mesures d'apparence généreuse me laissent entrevoir le double spectre omniprésent de la politisation et du dirigisme. En tout cas, en admettant même que ces dangers soient illusoires, il est clair qu'une faille apparaît entre le corps des professeurs, dans son ensemble, et l'organisation de la recherche.

Je ne sais quel peut en être l'effet dans le domaine de la recherche scientifique proprement dite, qui demande moins de durée et de maturation; mais je sais bien que, dans le domaine de la recherche littéraire, on perdrait tous les avantages que j'ai tenté d'évoquer. Quant à l'enseignement supérieur des lettres, sa qualité en souffrirait plus gravement encore : il se ressentirait de ce nouvel aplatissement et de ces nouvelles restrictions.

Quant à l'autre remarque, relative, elle aussi, au lien qui associe, en lettres, l'enseignement et la recherche, elle concerne, au contraire, les débuts de cette dernière.

J'ai en effet mieux mesuré la distinction à faire, ici, entre lettres et sciences, en lisant le livre de Laurent Schwartz, auquel j'ai déjà fait allusion : les livres honnêtes ont, entre autres mérites, celui de faire réfléchir ceux qui les lisent.

Ce livre déplore, à propos des classes préparatoires aux grandes Écoles et des grandes Écoles elles-mêmes, que certaines filières, autrement excellentes, excluent l'initiation à la recherche; or je n'ai pas le sentiment qu'il en soit ainsi dans les lettres. Et ma remarque vaut aussi bien pour les classes préparatoires aux grandes Écoles que pour les grandes Écoles elles-mêmes.

Je passerai sur les Écoles : il semble bien que l'enseignement scientifique y soit fort différent de ce qu'il est en lettres. Je crois comprendre qu'en sciences il est essentiellement confié à des professeurs d'université détachés à plein temps. Tel n'est pas le cas en lettres, où il y a des jeunes « agrégés-répétiteurs » qui restent jusqu'à leur départ éventuel pour une université, et d'autre part une série d'enseignements spécialisés, confiés à des professeurs éminents, de Paris ou de province, parfois pour des années et parfois pour une durée assez brève, mais toujours en plus de leur service, jamais à plein temps. J'ai connu ce système lorsque j'ai enseigné dans les deux Écoles normales de la rue d'Ulm et de « Sèvres ». Il présente toute la variété, la souplesse et la haute spécialisation qui semblent faire défaut en sciences.

En revanche, je voudrais m'arrêter un moment au problème des classes préparatoires que sont, pour nous, les « khâgnes ». On a trop parlé d'elles, ces derniers temps, et elles me tiennent trop à cœur, pour que je n'indique pas ici certains traits qui me semblent les distinguer des classes scientifiques, ou « taupes », et qu'il peut n'être pas inutile de tirer au clair.

D'abord, peut-on dire, comme on le dit de la taupe, que la khâgne exclut pendant deux ans toute initiation à la recherche ? Avec ma double expérience d'ancien professeur de khâgne et d'ancien professeur d'université, je répondrai certainement : non !

Je reconnais volontiers que l'orientation est différente. Les élèves de khâgne doivent pouvoir se débrouiller dans beaucoup d'auteurs et de questions, avec rapidité : le professeur traite donc de sujets variés, et insiste sur les points essentiels, sur ce qui peut servir en des cas multiples. Au contraire, le professeur d'université traite d'un programme bien défini (la caractéristique est la même que pour l'agrégation) et il s'arrête aux difficultés, aux sens douteux, aux théories contestées. En cela consiste l'initiation à la recherche. L'élève de khâgne apprend à savoir et l'étudiant apprend à douter.

Mais, ce point une fois reconnu, il faut bien reconnaître aussi que le texte ou la question sont cependant les mêmes, dans les deux enseignements, et cela à dessein, et que les deux approches sont remarquablement complémentaires. Un bon professeur de khâgne ne manquera pas de consulter les divers ouvrages savants et de donner à ses élèves une idée des problèmes qui restent ; de même, un bon professeur d'université ne manquera pas de s'assurer que les réflexions auxquelles il invite son auditoire seront d'abord étayées par une bonne connaissance générale du sens des textes, du cadre des événements, du contenu des doctrines ; aucune recherche ne peut valoir quoi que ce soit sans de telles bases.

Les deux types d'enseignement sont donc, dans les lettres, parents et complémentaires. D'autre part, si les autres cours spécialisés de l'université peuvent ouvrir les yeux des jeunes vers des aspects de la recherche qu'ils ne connaissaient pas et qui n'ont guère de place en khâgne, en revanche la grande culture de base qui y est donnée oblige le futur spécialiste de littérature à avoir travaillé l'histoire, la philosophie, ainsi qu'au moins une langue vivante ; et elle fournit ainsi pour la recherche littéraire un point d'appui que rien, jamais, ne remplacera.

Il serait toutefois inexact de s'en tenir à cette euphorie. Car si, jusqu'à présent, l'on a pu constater les divergences de principe entre les lettres et les sciences, la seule mention de ces disciplines qui n'ont pas leur place en khâgne invite à introduire une seconde distinction, qui porte cette fois sur diverses sortes de disciplines dites littéraires.

Il reste en effet exact que la formation des khâgnes se combine fort bien avec la recherche littéraire, dans la mesure où celle-ci est représentée dans les khâgnes. Mais il existe des disciplines dont ce n'est pas ou n'était pas le cas ; la jeune ambition des sciences sociales, par exemple, s'est récemment avisée, fort justement, que les normaliens arrivaient à l'École Normale Supérieure, ou au moins sortaient de khâgne, sans aucune information ou préparation en ces domaines. Et, renonçant à préciser à ce sujet une vue d'ensemble, on s'est empressé de leur faire de la place, en bousculant l'organisation du concours d'entrée et l'enseignement dans les khâgnes. On peut aujourd'hui entrer à l'E.N.S. avec des sciences sociales et de l'économie, mais sans latin (et, bien entendu, sans grec).

Je suis de ceux qui ont essayé en vain de l'éviter, et qui s'en consolent mal. Mais, ici encore, il importe de bien mesurer à quelle idée des khâgnes et de la culture littéraire une telle réforme correspond.

Il y avait en effet deux solutions.

La première consistait, puisqu'il y avait quatre Écoles Normales, à leur donner à chacune une orientation différente et à les spécialiser. La fameuse égalité aurait, pour une fois, été satisfaite. Or, elle ne l'a pas été. On a porté atteinte, gravement, à la qualité de la sélection en instituant, une fois de plus, deux concours parallèles. On a contribué à tuer la tradition littéraire classique, dont le concours devient, par comparaison, plus difficile. On a encouragé la disparition des langues classiques dans le secondaire en leur ôtant le dernier de leurs lieux d'implantation. On a fait une cote mal taillée, combinant la recherche et la formation de base, la sélection et l'orientation, la culture et l'éparpillement. Car enfin ce coup si grave porté à la formation classique va-t-il mener très loin la spécialisation de nos futurs maîtres en sciences sociales ou en économie ? Ils ne pourront jamais en avoir fait beaucoup, ni se mettre au niveau des étudiants de droit ou de sciences économiques. Ils auront plus de culture qu'eux, sans doute ; mais la belle unité, qui était la règle des khâgnes, ayant ainsi été battue en brèche, la force de cette culture aura subi un premier coup. Et elle n'avait pas besoin de cela.

La vérité est que les sciences sociales ont tous les titres à s'affirmer et à s'ouvrir aux futurs normaliens, mais que le prestige du nom, en voulant tout mettre ensemble à la rue d'Ulm, a poussé à mêler une fois de plus les exigences de chaque espèce de discipline. On jugera aux résultats ; s'ils sont ce que j'imagine, on aura sacrifié le latin à une illusion.

C'est d'ailleurs l'hésitation entre la spécialisation de la recherche et la formation de la culture qui explique toutes les contradictions, tous les flottements des réformes actuelles. Car, c'est un fait, on tend à ouvrir les khâgnes à des enseignements spécialisés au moment même où l'on tend à transformer l'enseignement spécialisé des universités en une formation générale et encore indécise.

Or ce qui était possible dans les khâgnes parce que celles-ci sont faites pour un petit nombre de gens, qualifiés et motivés, qui sont admirablement encadrés et prêts à fournir un effort énorme en vue du concours, ne l'est pas dans les universités qui accueillent un public plus nombreux, plus libre, et moins stimulé, puisque aucun concours n'est à la clef : ce qui peut être une haute culture dans les khâgnes ne peut être que bachotage ailleurs. Inversement ce qui peut être essai de spécialisation dans le monde des universités, où chacun choisit sa voie, ne peut avoir dans les khâgnes assez d'importance pour être utile, s'il ne s'agit que de matières ajoutées dans un programme déjà chargé et chez des gens que talonne la compétition à venir.

Et puis, osons le dire (à force de nous attaquer de toutes parts, nous autres littéraires, on nous a rendus terriblement timides) : osons déclarer que toutes les disciplines n'ont pas le même genre de valeur. Il se peut que des disciplines neuves, où tout est à faire, mènent à des résultats remarquables, soit dans la simple pratique quotidienne, soit dans la recherche : il ne s'ensuit pas qu'elles aient la même valeur formative pour fournir à la pensée des bases solides, et des racines profondes. Les études qui touchent aux sociétés contemporaines et à leur mouvance n'ont pas nécessairement le même genre d'utilité pour une culture préliminaire que les disciplines tournées vers une tradition intellectuelle qui, avant tout, arrache au présent. Aussi bien n'y prétendent-elles pas. Et l'on peut se demander s'il n'y a pas quelque ingratitude chez ceux qui défendent avec tant de talent et de foi ces disciplines nouvelles. Après tout, ils sont sortis, pour la plupart, des anciennes khâgnes, et ne se sont orientés qu'ensuite vers les voies nouvelles : il ne semble pas qu'ils en aient tant pâti.

Les solutions ne devraient donc pas être dans les moyens termes et les combinaisons boiteuses destinées à flatter les soucis de chacun, mais dans le respect des différences. Une fois ces différences reconnues, dans leur source profonde et méthodologique, il aurait suffi — il suffirait encore — de ménager des facilités pratiques pour concilier les avantages des diverses formes d'enseignement. Pour les littéraires propres, il n'y aurait besoin que d'informations, de rectifications d'horaires, et peut-être, dans certains cas, d'une meilleure organisation des équivalences : les avantages de la khâgne se combineraient alors avec l'initiation à la recherche. Pour les semi-littéraires (du type de ces sciences sociales, dont je parlais à l'instant), les passerelles pourraient être multipliées, les grands débutants pourraient être avantagés, l'initiation pourrait même être étendue à tous. (On m'a tellement dit que l'on pouvait si bien commencer le grec à l'université !...) Mais la première règle devrait être de ne pas porter atteinte à ce qui va bien ; et la deuxième de ne pas confondre les gens ni la nature des disciplines.

J'en indiquerais bien une troisième ; mais elle a déjà été abondamment rendue évidente à chaque instant de cette réflexion : les demi-mesures que je viens d'évoquer sont, de toute évidence, le résultat de compromis entre revendications diverses : c'est bien pourquoi elles aboutissent toujours à des cotes mal taillées. Un arbitrage entre des réclamations contraires ne peut tenir la place d'une vue d'ensemble, pas plus que le marchandage entre partis ou syndicats ne peut définir une politique cohérente ; et, quand il s'agit d'enseignement, le procédé est plus grave encore. Il faut des commissions, des échanges de vues, des vœux, des revendications et tout ce dont se remplit aujourd'hui la vie quotidienne des intellectuels. Mais il faut que ceux-ci produisent une information suffisamment différenciée pour ne pas tout mêler, en alignant les lettres sur les sciences et en combinant à la diable les lettres proprement dites aux sciences sociales. Tant qu'on ne groupera pas les gens en fonction de leurs disciplines diverses, et avec le souci de respecter leurs différences, on détruira plus qu'on ne construira. Pardon : on « déconstruira ! » : comme le mot a été forgé avec à-propos pour notre temps !

Je pourrais ajouter qu'il en est de même pour la simple répartition des crédits. Et c'est pourquoi je demandais une bibliothèque de recherche en lettres, qui eût été l'équivalent, pour les lettres, de tous les laboratoires de recherche dont ont besoin les sciences. Mais je ne veux pas suivre la mode en soulevant encore et toujours des questions d'argent : je préférerais ajouter, à ces devoirs du législateur envers les disciplines différentes, et leurs exigences spécifiques, un mot sur ses devoirs en faveur des disciplines à protéger.

On protège ce qui est menacé : les espèces animales en voie de disparition, les espaces verts, les demeures historiques, les manuscrits de nos auteurs. Il est incroyable que l'on ne protège pas les disciplines menacées. Au contraire, emportés dans un élan de réglementation uniforme, à la Napoléon, les gens au pouvoir laissent jouer la loi du nombre et sont prêts à rayer, sans plus, ce qui tombe au-dessous d'une certaine barre.

S'il n'y a pas assez d'élèves de grec une année dans un établissement, adieu le grec ! S'il n'y a pas assez d'élèves de russe, adieu le russe ! Et, comme il faut bien faire des économies, on charge les établissements de ces coupes sombres, sans en prendre vraiment la responsabilité. Mais est-il normal, ou sain, de laisser disparaître d'un établissement le grec, ou le russe ? Je suis bien placée pour connaître les faits dans le cas du grec : je sais que le chiffre des élèves varie du tout au tout selon le professeur, et varie aussi du tout au tout selon le chef d'établissement. Est-il normal, ou sain, que le goût de l'administration pour les horaires sans bavures la pousse à tuer une discipline, qu'il sera ensuite presque impossible de rétablir quand auront disparu l'habitude, l'exemple des précédents, et la confiance même des professeurs ? Ce sera le rocher de Sisyphe. Et peu à peu, d'un établissement à l'autre, ce que la loi prévoyait d'offrir ne sera plus offert. Qui plus est, cela continuera dans l'enseignement supérieur où le grec et le latin représenteront toujours, lors des votes, des effectifs moins importants que l'histoire ou bien l'anglais. Et peu à peu on verra, au départ des professeurs, les postes disparaître. Un ministre naguère avait dit que jamais un poste de grec ne serait supprimé dans une université. Depuis quelques années, ils le sont souvent. Les professeurs, devenant moins nombreux, ne peuvent plus offrir le même éventail de spécialisation ; et la qualité risque de pâtir avec la quantité. En même temps, ce rétrécissement de la peau de chagrin devrait décourager les jeunes ; et c'est un beau miracle — le vrai miracle grec ! — qu'il ne soit point encore parvenu partout à ce résultat.

On me dira que je ne m'en prends plus là au caractère uniforme des projets valables pour tous. C'est bien vrai, car il n'y a plus de projet du tout. En ce domaine, le gouvernement se contente de laisser faire, attendant que les gens se partagent comme ils pourront des crédits souvent gravement insuffisants. Il ne se soucie pas du résultat, même s'il consiste à démanteler des citadelles dont naguère la France pouvait justement être fière. Il laisse se régler les choses au coup par coup. Et il est, lui, hors du coup.

C'est évidemment le contraire des grands projets à cadres fixes. Mais c'est la même ignorance des exigences propres à chacun. Et le résultat de ces petits abandons non prémédités rejoint en définitive les grandes législations non nuancées.

Dans les deux cas, l'enseignement des lettres est le grand perdant. Ou plutôt c'est la France, puisqu'elle en subit et en subira le déclin.

CONCLUSION

UNE GERBE DE CRITIQUES POUR UN SEMIS D'ESPOIR

Les critiques et les inquiétudes manifestées dans ce livre sont de divers ordres ; et leur importance varie également.

Je ne les ai pas formulées, comme certains l'imagineront peut-être, sous l'effet d'un attachement systématique au passé en tant que tel. Il est bien vrai que je plaide pour la connaissance du passé : je ne crois pas que celle-ci ralentisse en rien les innovations, la libre création, ou l'élan qui mène de l'avant ; l'histoire même de l'humanité, qui en a vécu jusqu'ici, suffit à en faire foi. Quant aux institutions d'hier, elles n'étaient pas bonnes en tout et il n'était pas question qu'elles puissent durer toujours sans s'adapter et se renouveler. Simplement je suis guidée, dans tous les cas où je les défends, par trois considérations. D'abord, ces institutions d'hier contenaient un certain nombre d'éléments excellents, qui ont fait leurs preuves ; et c'est un gaspillage cruel que de les abolir. Ensuite, l'enseignement dans son ensemble constitue une combinaison d'une grande complexité, où tout retentit sur tout ; et chaque réforme globale en matière d'enseignement introduit le désordre, entraînant souvent, sur tels ou tels points, des conséquences ruineuses. Mais surtout — surtout ! — les pressions de la lutte politique et sociale risquent d'être en ce domaine encore plus mauvaises conseillères qu'ailleurs et d'aboutir à sacrifier, précisément, les finalités d'éducation nationale aux finalités politiques.

Le chapitre relatif à la politisation occupe la place centrale de ce livre : je pense que le phénomène auquel il s'attache forme effectivement comme la clef de voûte du système. L'égalitarisme et le souci de niveler d'une part, le matérialisme et le refus de la culture d'autre part, s'y rattachent visiblement et en sont le reflet — comme si la lutte des classes se traduisait dans ces deux tendances également désastreuses.

A voir les textes et leurs justifications, on pourrait en douter ; et je suis prête à croire que beaucoup de ceux qui engagent les choses dans cette voie ne sont pas mus par de tels mobiles, ou n'ont pas conscience de l'être. Mais depuis quelque temps déjà le tour des choses dans l'enseignement ne permet guère d'étendre cette confiance à tous. Les mesures officielles ne font en effet qu'encourager — et révéler — un esprit que trop de partisans, peu à peu introduits dans les rouages de l'enseignement, y faisaient progressivement régner partout où ils le pouvaient et où l'occasion leur en était donnée.

Or il est grave que les finalités propres à l'enseignement soient ainsi subordonnées à d'autres. La dégradation qui en résulte est d'ores et déjà visible. La qualité de l'enseignement, celle des enseignants, celle des diplômes, ont déjà souffert. Ouvertement, on se rit du savoir et on s'en détourne, on écarte la morale, on renonce à la littérature, à la culture. Ces attitudes se traduisent dans l'évolution des programmes et dans la réforme des institutions. Encore un peu, et l'on risque d'aboutir à une ruine irréversible. Beaucoup d'enseignants, qui sont indiscutablement de gauche, mais qui ont l'expérience et l'amour de leur métier, l'ont ressenti comme moi et vivent dans la même stupeur devant ce qui se passe.

Si j'ai pris sur moi d'exprimer notre commune inquiétude, ce n'est pas de gaieté de cœur. Il m'est pénible de heurter un certain nombre de personnes envers qui j'ai de l'amitié, voire de la reconnaissance. Mais le souci que je voyais se développer, non sans raisons, autour de moi, méritait d'être connu et expliqué — cela d'autant plus qu'à mes yeux tout effort d'explication lucide peut comporter une efficacité. C'est pourquoi j'ai voulu montrer ce qui me paraissait devoir être sauvé à tout prix aujourd'hui, d'abord dans les institutions essentielles de notre enseignement (j'ai dit lesquelles, chemin faisant), ensuite dans l'esprit même auquel elles correspondent et qui est au moins aussi important.

Car il est temps de le dire : les critiques que j'ai formulées ont un envers. Elles partent d'un sentiment très vif de ce que cet esprit de l'enseignement avait, et pourrait encore avoir, de précieux et de magnifique. C'est là un sentiment que nous sommes beaucoup à éprouver et qui est la base même de notre expérience.

Voyant se développer un peu partout (et, par voie de conséquence, dans l'enseignement) une sorte de défiance et d'hostilité à l'égard du savoir, comment ne pas désirer rappeler que cette acquisition du savoir est aussi entraînement intellectuel, apprentissage de la rigueur, perfectionnement des aptitudes à s'exprimer, à raisonner et à juger ? Comment ne pas vouloir montrer que le savoir permet de comprendre la pensée d'autrui et de nourrir la sienne propre ? C'est là une fonction que l'enseignement remplissait et que, d'après des jugements autorisés, il ne remplit plus ou plus assez. Et, me souvenant de la joie qu'il peut y avoir à guider, rectifier, et encourager un esprit encore malhabile, puis à le voir progresser, j'ai voulu dire ce qu'il en coûterait de laisser proliférer ces doutes et cette démission, ce qu'il en a coûté déjà.

De même, voyant se développer un peu partout (et, par voie de conséquence, dans l'enseignement lui-même) une sorte de dénigrement à l'égard de l'enseignement comme formation morale, comment n'aurais-je pas désiré rappeler que tous ces exercices intellectuels ont pour base et pour sens la recherche de la vérité, et le refus de toute tricherie, que, d'autre part, les enseignements littéraires y joignent l'éveil à bien des valeurs essentielles — à la beauté, à la générosité, à l'humanité ? Quand on parle de s'adapter au changement, de coopérer, de s'insérer dans une action commune, et que l'on écrit que cela ne s'apprend pas dans les livres, comment n'aurais-je pas souhaité répondre : Si ! A travers l'assimilation des découvertes de l'esprit, que développent les livres, à travers le progrès de l'attention et de l'esprit critique qu'exige leur lecture, et à travers l'effort collectif pour les comprendre, cela, précisément, s'apprend ! Et, me souvenant de ces moments rayonnants où une classe soudain se passionne pour un problème, ou bien s'enflamme d'affection pour un héros ou une image, comment n'aurais-je pas voulu rappeler ce qu'il coûterait et ce qu'il en a coûté déjà de céder aux finalités économiques ou au matérialisme ambiant et de laisser disparaître de tels moments, ou, pis encore, d'en effacer la portée humaine pour les couler dans le moule d'une certaine actualité ?

Voyant enfin les moyens manquer, les exigences diminuer, et les différences de compétence s'estomper au niveau où s'élabore la recherche, comment n'aurais-je pas voulu rappeler combien il faut de patience, d'expérience et d'entraînement, si l'on veut qu'en ce domaine le travail vaille quelque chose, et combien, au surplus, les lettres y ont des exigences différentes des sciences ? Or elles méritent aussi d'être prises en considération. En quelques années de relâchement, c'est toute une tradition de progrès qui risque de se perdre. Aussi, me souvenant de ces dialogues, de ces révisions, de ces conseils, d'où l'on a enfin le bonheur, dans certains cas, de voir sortir le livre réussi de quelqu'un que l'on a connu débutant, et qui se révèle au bout du compte un savant indépendant, capable de faire ce que soi-même l'on n'a pas fait mais à quoi l'on a indirectement contribué, j'ai voulu rappeler ce qu'il en coûterait de brader ces efforts obstinés au service de petites vérités, dont aucune n'est une révélation, mais dont la somme constitue la science.

Ces exercices de l'esprit, ces moments de révélation, ces efforts de clarification et de précision, n'ont rien de bourgeois, ni d'aristocratique, ni de fermé. Tous y sont invités. Tous, au départ, y participent à égalité. Et tous en bénéficient.

Tous sans doute ne poursuivent pas jusqu'au bout les voies de la culture. Des choix et des orientations diverses s'imposent et devraient intervenir assez tôt. Mais précisément ces choix et ces orientations devraient préserver la qualité de la culture chez ceux qui continuent en ce sens, tout en évitant aux autres les contraintes qui lassent. Et ces autres eux-mêmes, tout en bifurquant vers des voies différentes, en auraient au moins connu les rudiments ; et ils ne sauraient qu'y gagner ; ils en garderaient, consciemment ou non, un acquis durable.

Jusqu'à présent, je tiens à le dire, c'était le cas. Et nous nous donnions à cette tâche, sous ses formes diverses, sans nous soucier jamais ni des opinions ni des milieux sociaux, mais simplement du but à atteindre. Jamais un mot non plus, dans mon enseignement, n'a, à aucun moment, reflété des opinions politiques, même sous forme voilée. Aussi, me souvenant de cette réserve, et du mal scrupuleux avec lequel nous corrigions ces épreuves anonymes des grands concours nationaux, de l'attention avec laquelle nous nous efforcions de dégager les meilleurs, pour les aider à poursuivre plus loin encore, comment n'aurais-je pas voulu rappeler ce qu'il en coûterait de renoncer à cet effort attentivement impartial, et ce que, déjà, il en a coûté d'affaiblir un tel principe ?

Tel est pour moi cet esprit même de l'enseignement, que l'on est aujourd'hui en train de sacrifier.

Périmé, tout cela ? Périmée, la culture ? Les jeunes, me dit-on avec un sourire indulgent (ou plutôt narquois), n'en veulent plus. Et pourquoi tant de hâte à le croire, et à ratifier cette tendance ? On voudrait répondre : « Patientez ! Essayez ! Laissez-les au moins y goûter ! Et laissez ceux qui en ont encore le goût en profiter ! » Car il y en a, et plus que l'on ne croit, et pas nécessairement dans les milieux où l'on s'attendrait à les trouver. Je me défie des règlements pris en fonction de sondages hâtivement généralisés. Quand bien même ceux qui en ont le goût seraient une minorité, elle compte. Et qui sait si le dégoût des autres n'est pas une crise provisoire, née d'une initiation trop hâtive et trop peu organisée, puis encouragée par les moins jeunes ? Être menacé ou être périmé sont deux choses bien différentes.

Et puis est-il jamais raisonnable de renoncer pour de telles raisons ? Si l'enseignement a l'inconvénient que toute mesure malencontreuse se répercute sur au moins une génération, inversement la moindre étincelle peut, de proche en proche, faire de grandes flammes. Combien étaient-ils, à la

Renaissance, à vouloir le retour à la culture ? Or c'est ainsi qu'est née toute notre littérature et toute notre pensée.

Alors, si l'on vient me demander à quoi bon ces critiques contre des mesures dont la plupart sont déjà prises et devront être appliquées, ou contre une tendance aujourd'hui si puissante qu'elle semble tout balayer sur son passage, je répondrai que toute critique se double toujours d'une possibilité d'espérance, et qu'au nom de cet esprit de l'enseignement, que je viens d'évoquer, je ne saurais désespérer.

Certes, le mal est là, menaçant ; les ravages déjà exercés en témoignent. Parfois il me semble qu'il s'aggrave si vite que ce qui nous guette à plus ou moins long terme ressemble fort à la barbarie. Tout cela pourrait décourager. Mais précisément l'urgence même du danger doit être un stimulant : elle doit aujourd'hui susciter une prise de conscience et un appel à tous. C'est une des raisons d'être de ce livre, ou plutôt sa seule raison d'être.

En essayant de montrer ce qui est en jeu et quel avenir se prépare, il constitue tout d'abord un appel à tous ceux de qui dépend ou dépendra, de près ou de loin, l'organisation de l'enseignement. Il est aussi un appel à tous ceux qui, par leurs enfants ou par leurs proches, ou simplement en tant que Français, sont les usagers de l'enseignement et dont l'opinion peut, aujourd'hui ou demain, ici ou là, un peu ou beaucoup, exercer son influence. Des règlements nouveaux, parfois même en cours d'élaboration, peuvent toujours être rapportés, modifiés, corrigés. Ils peuvent aussi être appliqués de façon plus ou moins dure ou plus ou moins heureuse. Ils peuvent enfin être suivis d'autres, qui, selon les cas, les aggraveraient ou en atténueraient les inconvénients. Les choses humaines vivent et évoluent. Elles peuvent donc, aussi, évoluer en bien — à condition du moins que l'on veuille bien les y aider. Or il est grand temps de s'y mettre : plus on laisse aller les choses et plus il deviendra difficile de remédier au mal.

Mais ce livre est aussi écrit pour tous ceux qui enseignent et dont l'expérience est voisine de la mienne, afin d'empêcher que les bouleversements actuels ne les frappent de doute et ne paralysent leur ardeur. Cet esprit de l'enseignement, que je viens d'évoquer, dépend de nous. Il est possible de préserver par-devers soi ces valeurs, quels que soient les règlements qu'il conviendra d'appliquer, quels que soient aussi les conditions matérielles, les pressions morales, les déboires, ou le poids des habitudes. Il faut pour cela que chacun sache qu'il n'est point seul à les respecter. Il faut que tous gardent, quand ils l'avaient, le sens de la mission qui est la leur et de son importance. Pourquoi imaginer qu'ils n'y réussiront pas ? Qu'ils fassent partie de toutes les associations qui les y aideront ! Qu'ils se rencontrent et échangent leurs expériences et leurs projets ! Qu'en même temps ils prennent conscience du trésor qui leur est confié et des dangers que celui-ci est aujourd'hui en train de courir. Il se peut que ce soit difficile, et souvent décourageant. Mais j'ai au moins deux raisons de penser que ce sera possible. D'abord, je l'ai dit, je crois en la lucidité : je crois donc que, plus on a mesuré les implications d'une tâche, plus on est en mesure de l'assurer, quelles que soient les circonstances. Ensuite je crois que la difficulté stimule presque toujours l'ardeur et le courage. Ceux entre les mains de qui repose la charge de transmettre le savoir, le sentiment du bien et le zèle au service de la vérité sauront que tout dépend de leur fermeté et que, pour le moment, on ne les aide pas : cela même, peut-être, les aidera.

Devant bientôt cesser d'enseigner, tout ce qu'il me restait à faire était, avec cette gerbe de critiques, d'apporter au moins ma contribution morale, afin d'éveiller l'attention et de stimuler le courage de ceux qui peuvent encore, à quelque niveau que ce soit, exercer une action et faire pencher la balance.

L'enseignement libéral que j'ai connu est aujourd'hui bafoué, meurtri, et menacé dans sa vie même. C'est une situation dans laquelle nous pouvons toujours nous inspirer d'une phrase célèbre, et dire que, s'il a perdu une bataille, il n'a pas perdu la guerre.

INDEX

Organismes et institutions
dont il est fait mention dans le livre

TABLE

Cet ouvrage a été composé
par l'Imprimerie BUSSIÈRE
et imprimé sur presse CAMERON
dans les ateliers de la S.E.P.C.
à Saint-Amand-Montrond (Cher)
en septembre 1991

N° d'édition : 124. N° d'impression : 2430-1773
Dépôt légal : septembre 1991.
Imprimé en France

Th [illegible] ed

Complete Guitar Handbook

Publisher and Creative Director: Nick Wells
Project Editor: Polly Willis
General Editor: Michael Leonard
Editor: Paul Robson
Picture Research: Melinda Révész
Art Director: Mike Spender
Digital Design and Production: Chris Herbert
Layout Design: Mike Spender

Special thanks to: Chelsea Edwards, Julie Pallot and Claire Walker

09 11 10 08

1 3 5 7 9 10 8 6 4 2

First published 2005

This edition published 2008
for Index Books Ltd

Created and produced by
FLAME TREE PUBLISHING
Crabtree Hall, Crabtree Lane
Fulham, London SW6 6TY
United Kingdom

www.flametreepublishing.com

Music information site: www.musicfirebox.com

Flame Tree Publishing is part of the Foundry Creative Media Co. Ltd.

ISBN 978-1-84786-221-1

A CIP record for this book is available from the British Library upon request.

Printed in China

Note:
The Publisher of this book is the proud owner and user of a Fender 1975 American Standard Stratocaster, Rickenbacker 360 (6 string), Rickenbacker 1964 electric 12 string, Framus 1969 Atilla Zolla semi-acoustic, JJ special edition blues acoustic, Morris TF 50T acoustic, Almeria Classical, Yamaha classical, Rodriquez Flamenco cutaway and Abrines (red) Flamenco, many of which are pictured throughout the book. Also, on the Mac OS X platform, software apps Cubase SX and Sibelius.

The Illustrated Complete Guitar Handbook

Rusty Cutchin, Cliff Douse, Adam Perlmutter,
Richard Riley, Michael Ross, Tony Skinner

General Editor: Michael Leonard

Foreword by Juan Martín

FLAME TREE
PUBLISHING

CONTENTS

Complete Guitar Handbook

Complete Guitar Handbook

INTRODUCTION

If music is a universal language, there is no instrument more global than the guitar. It is easy to see why. It's a great do-it-yourself invention: like the piano, on a guitar it's relatively easy to play a melody and rhythm simultaneously but, unlike a piano, a guitar is portable. There is no other instrument that's musically as versatile either: 'guitar player' can mean African bushman, preening metal axe-god, classical virtuoso, rural bluesman and much more. The guitar itself has become an icon, too. In medieval times, it was a metaphor for spirituality and seductiveness. Picasso and other Cubist painters used guitars – albeit, strange, square-ish ones – to signify humankind. In more recent times, the electric guitar has become a potent phallic symbol – those 'cock rockers' derided by high-brow art commentators inevitably have 'geetars' in their hands. Depending on your world view, these might be good or bad things. However, this simply doesn't happen with trumpets...

It is this allure and power that keeps the guitar at the forefront of music. The guitar's key role in the birth of rock'n'roll is there for all to see (without the electric guitar, would Chuck Berry have been anything more than a flamboyant hairdresser?), and the guitar continues to defy predictions of its impending demise brought on by the innovations of synthesizer technology and computer-driven music. Every decade of every year, someone, somewhere, manages to play something new that wows another group of kids and makes them, in turn, pick up the guitar.

In the 1950s, Chuck Berry established the electric guitar as the ultimate new instrument for show-offs and bands who (suddenly) didn't need horns to play melodies. The 1960s saw Jimi Hendrix take that showmanship and skill to another level, yet he also rewrote the rules by making the electric guitar an eloquent yet wordless vehicle for political protest with his incendiary Woodstock version of 'The Star Spangled Banner'. The 1970s saw Eddie Van Halen blend technological advances (the Floyd Rose vibrato-arm) with unrivalled dexterity to herald a new era of hi-tech guitar virtuosity. Under fire from synthesizer music in the 1980s, the guitar simply adapted, yielding the effects-heavy, synth-esque lines of U2's The Edge and jazz player Pat Metheny. By the 1990s, anger was an energy for guitars once again, be it in the bald rage of Nirvana or the more intricate, sinister textures of Radiohead.

Complete Guitar Handbook

More than 50 years after rock'n'roll nominally began, the guitar is still providing numerous players with new sounds, new tones and avenues for expression. That's why the guitar is the most inspiring of instruments, ever. Not convinced? Well, you've heard the phrase 'guitar hero', right? Well, have you ever heard of a 'piano hero'? Ever encountered a 'sequencer hero'? What about a 'bassoon god' or a 'tuba don'? It doesn't happen. The guitar, simply, is out on its own...

But enough of the psycho-sociological banter. You've got *The Illustrated Complete Guitar Handbook* in your hands so you've grasped all this already. What you need to know is that this book will help you become a better guitar player. And with the rich heritage and history of the guitar – acoustic and electric – we've got plenty to cover. *The Guitar Handbook* aims to cover just about every aspect of playing you could wish for. There's plenty of technique – from basic tuning and simple chord sequences to string-bending, tapping and bottleneck tricks. We dissect guitar styles for you – from flamenco to metal, funk to country. We profile 22 legendary players, from Clapton and Jimi Hendrix, through Brian May and Keith Richards, up to Jonny Greenwood. Add a gallery section on great guitars, plus advice sections on amps, recording, maintenance and more, and you have a lifelong companion for your life as a guitar player. Importantly, all your lessons and guides come from some of the most respected writers in the business, players who regularly teach and write in magazines such as *Guitar One*, *Guitarist*, *Guitar World* and *Total Guitar*.

Still, you'll want better inspiration than my mere testimonials. And what better than the call of one of the first ever electric guitar players, Charlie Christian, who back in 1939 declared: 'Guitar-men, wake up and pluck – wire for sound, let 'em hear you play!'

Michael Leonard

Complete Guitar Handbook

FOREWORD

by Juan Martín

The guitar, *la guitarra, la guitare, la chitarra*; what a wonderful and diverse instrument we are involved with. Yet an E chord is an E chord whether you play blues, rock, jazz, flamenco or any other style; there is a common musical language no matter how much the guitar or style we play differs. Very often it is what we do with our right hand that gives the clue to our musical genre. In my world the key to my particular musical style is the *rasgueado*, a right-hand roll or strum that is unique to flamenco; Django Reinhardt's attack is his signature sound, and through it one can identify with a precise geographical area.

Complete Guitar Handbook

The guitar is one of the few instruments where the fingertips of one's right hand or the pick one is holding come into direct contact with the vibrating medium, the strings. The guitar's body is held close to one's own, and becomes almost an extension of oneself. It is a very personal and intimate experience. If you consider that to produce a note on a piano you must first press the key that activates a hammer which then hits a string, or that with a violin the bow is what produces the sound, one realises just how special a guitar's sound is, and with what care we must make it.

The Illustrated Complete Guitar Handbook will suit those who wish to accompany songs through to those who are keen to get seriously involved with the instrument. The basics are covered for beginners, with tuning and simple chord sequences; if you wish to understand timing or music notation and scales, then these and many other topics are covered in the various sections of the book.

For the electric guitarist, there is a wealth of information from fuzz and distortion to ambient effects, to volume and wah-wah pedal. For those wanting to play lead guitar, there are scales and modes, as well as tips on better playing and performing. The various musical styles covered range from my own area of flamenco through myriad forms, including reggae, soul and funk, African, metal, blues and jazz to classical and folk. Chords and tunings, string-damping, slurs, slides, information on rhythm charts and strumming patterns are also covered.

If I'd come across this book when I first started playing I think I would have arrived where I am now a lot quicker! *The Guitar Handbook* will help you achieve true precision and knowledge and, if you love the instrument enough, may see you realise your dreams!

Juan Martín,
London

Complete Guitar Handbook

START HERE

There are a number of ways of uisng *The Illustrated Complete Guitar Handbook*: you can follow the contents page to find out where to start, work your way through each section or use this **Start Here** guide to identify your aims.

I WANT TO START PLAYING THE GUITAR RIGHT AWAY

- *Do you have a guitar and want to get to grips with how to get the most out of it, as quickly as you can?*
- **Go to page 14** to learn how to tune it – an essential skill to master.
- **Go to page 16** to learn how to hold it – you don't want to start any bad habits now that are hard to break.
- **Go to page 18** for some simple chords and you will soon be strumming away.

I JUST WANT TO LEARN A FEW SONGS

- *You know how to get a sound out of your instrument, and some basic chords, but want to take it one step further.*
- **Go to page 26** for easy-to-learn chords: the more you learn, the more songs you can play.
- **Go to page 28** to learn about keys and key signatures, and to understand more about major and minor keys.

I WANT TO PLAY CLASSICAL GUITAR

- *Rock'n'roll not for you?*
- **Go to page 24** to learn how to finger-pick – the foundation of the classical technique.
- **Go to page 150** to discover more about classical-guitar technique, and some of its greatest players.

I WANT TO PLAY FOLK GUITAR

- *Do you want to release your inner singer-songwriter?*
- **Go to page 98** to find out about plectrum technique, an essential skill to master.
- **Go to page 158** for more information on this most diverse of styles.

Complete Guitar Handbook

I WANT TO PLAY JAZZ

- *Fancy adding jazz to your repertoire?*
- **Go to page 38** to understand more about the basic chord progressions used by jazz players.
- **Go to page 190** to get the low-down on essential skills and the great masters.

I WANT TO PLAY ROCK GUITAR

- *There are many skills to master in order to become a good rock guitarist.*
- **Go to page 82** to learn about power chords – good for producing a strong sound.
- **Go to page 182** to discover more about the history of rock, some of its greatest exponents and some top tips on technique.

I WANT TO PLAY LEAD GUITAR

- *Want a chance to shine in front of the other band members?*
- **Go to page 46** to learn about how to improvise – lead guitarists do this to add flourish to their solos.
- **Go to page 50** to discover the secrets of scales: no self-respecting lead guitarist should go any further without this knowledge.

I WANT TO LEARN ABOUT RHYTHM-GUITAR PARTS

- *As a rhythm guitarist you will provide solid groove in your band.*
- **Go to page 30** to find out more about rhythm-guitar playing, the essential backbone of most songs.
- **Go to page 36** to discover the secrets of rhythm notation so that you get the most of song transcriptions.
- **Go to page 38** to learn how to follow a chord chart.

I WANT TO CHOOSE THE RIGHT EFFECTS FOR PLAYING ELECTRIC

- *Adding effects to your playing can enhance it no end, or detract from it, so choose wisely.*
- **Go to pages 118 to 141** for information on what different effects are available and how best to use them.

I WANT TO EXPLORE DIFFERENT STYLES OF MUSIC

- *Can't decide what style you want to adopt?*
- **Go to pages 142 to 205** for plenty of ideas.

WHAT ARE FINGER-PICKING AND FLAT-PICKING?

- *These are both essential techniques to master for different styles.*
- **Go to page 24** to learn how to finger-pick.
- **Go to page 160** for details about flat-picking techniques.

I WANT TO PLAY IN A BAND

- *Do you feel that it is time to put your new skills into action?*
- **Go to page 32** to learn about timing – essential if you are to play with other people.
- **Go to page 116** to discover more about stagecraft before you get your band on the road.

I WANT TO RECORD MY SONGS

- *Before you commit your masterpiece to vinyl (or hard-drive!), read some top tips.*
- **Go to page 304** to learn the essentials of good recording.
- **Go to page 312** to discover how to record from the comfort of your own home.

I WANT TO EXPLORE NEW SOUNDS OR CHANGE MY SOUND

- *Want a change from the old routine?*
- **Go to page 106** and discover how adding harmonics can add interest to your playing.
- **Go to pages 142 to 205** for inspiration and ideas.

Complete Guitar Handbook

I WANT TO LEARN SOME DIFFERENT CHORDS

- *The more chords you learn, the more you have to draw upon as a player.*
- **Go to page 72** to be shown how to play extended and altered chords.
- **Go to page 328** and take your pick from a huge variety of chords.

I WANT TO LEARN ABOUT SCALES AND MODES

- *Once mastered, these will form the foundation of playing and songwriting.*
- **Go to page 50** to discover more about scales.
- **Go to page 56** to find out all about modes.

I WANT TO LEARN ABOUT DIFFERENT GUITAR SOUNDS

- *What's the difference between a Fender Strat and a Gibson SG?*
- **Go to pages 232 to 255** to be inspired by how some of the all-time great guitars sound.
- **Go to page 302** to discover the set-ups used by great players.

I WANT TO LOOK AFTER MY GUITAR

- *It pays to invest some time in your instrument.*
- **Go to page 258** to learn about acoustic guitar anatomy
- **Go to page 260** to learn about electric guitar anatomy.
- **Go to page 274** for some tips on cleaning and storage.

I WANT TO TEACH MYSELF TO READ MUSIC

- *Not happy with playing by ear?*
- **Go to page 48** for the basics of notation.

I WANT TO PLAY LIVE

- *Once you feel ready to step on to a stage, your guitar will need to be heard by your adoring public.*
- **Go to page 290** for the low-down on amplification.
- **Go to page 300** for more information on set-ups and sounds.

I WANT TO LEARN ABOUT THE SOUNDS OF THE GREAT GUITARISTS

- *Learn from the great and the good.*
- **Go to pages 206 to 231** for further information on your favourite players.

Complete Guitar Handbook

THE BASICS

TUNING

Tuning is the most essential skill any guitarist has to master: it doesn't matter how many hours you spend learning chords, scales or riffs – they won't sound any good if the guitar is out of tune! Although you can use an electronic tuner, the ability to tune by ear will always prove useful.

PITCH

A guitar can be tuned so that all the strings are 'in tune' with one another, and this can sound fine if you are just playing chords on your own. However, if you intend to play with other instruments or a CD then you'll need to make sure that your guitar is tuned to the correct pitch. Traditionally, guitarists use a 'tuning fork' so that they can hear the exact pitch that either the E or A string should be tuned to. If you have access to a keyboard, or a well-tuned piano, this could be used instead. The open strings of the guitar, from the lowest note (thickest string) to the highest (thinnest string) should be tuned as shown below.

TUNING AT THE FIFTH FRET

Once you have tuned the low string to the pitch of E you can use this as the starting point from which to tune all the other strings.

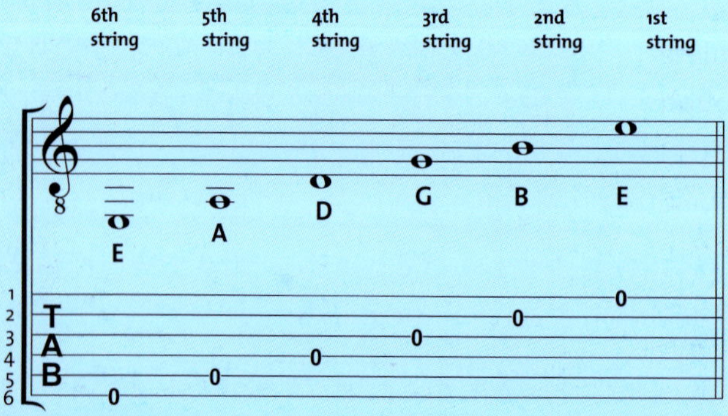

Tip

Unless you are fitting new strings, you will not need to make large turns on the machine heads. If you tune your guitar regularly, then a few small tuning adjustments should be all it normally needs.

Complete Guitar Handbook

1. Begin by playing a note on the fifth fret of the low E string; this will produce the note A. You should then turn the fifth string machine head (tuning peg) until the pitch of this open string matches the fretted note on the lower string. If the open fifth string sounds higher than the fretted A note then you should rotate the machine head to slacken the string; if the open fifth string sounds too low then you should tighten the string.

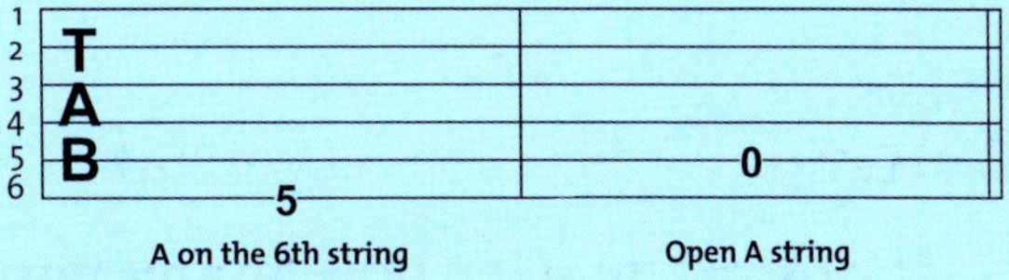

2. Once you have tuned the A string, you can produce the note of D by playing at the fifth fret; this will provide you with the pitch to tune the open D string accurately. You can then use the same method for tuning the open G string, i.e. by adjusting it to match the note on the fifth fret of the D string.

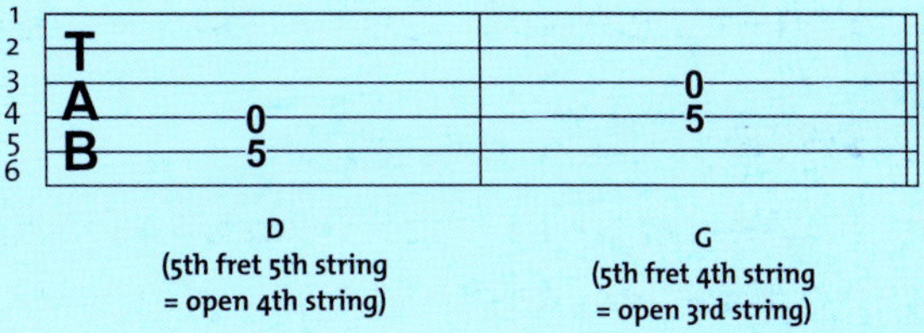

3. The system alters slightly when you come to tune the B string. You need to tune this to the pitch of the note on the fourth fret of the G string. Once the B string is in tune, fretting it at the fifth fret will produce the note E; you should adjust the open first string to match this pitch.

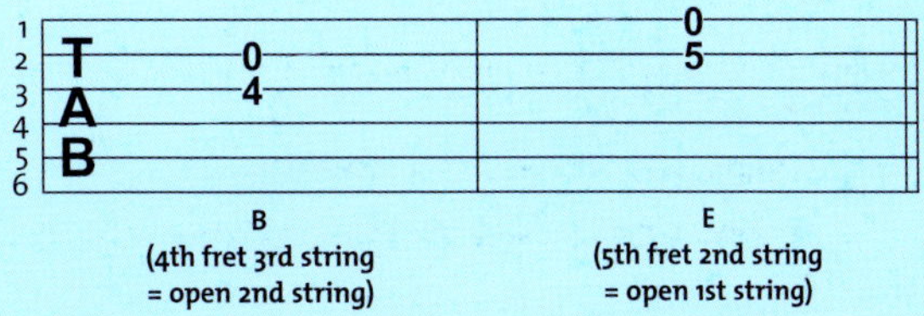

Once this process is complete you should pick slowly through the notes of a chord that you are very familiar with and make any final tuning adjustments that may be needed.

▶ *You should now be able to have a go at tuning your guitar.*

Section One: The Basics

HAND POSITIONS

If you don't position your hands in the optimum way, learning to play guitar might prove to be an uphill struggle; playing with a good technique from the start, by positioning your hands correctly, will make learning new things relatively easy.

FRETTING HAND

▲ *The optimum position for your hand when you are fretting a note: fingers are close to the frets which minimizes any fret buzz.*

1. Regardless of whether you are playing chords or single notes, you should always press the fretting-hand fingers as close to the fretwire as possible. This technique minimizes the unpleasant 'fretbuzz' sounds that can otherwise occur. Pressing at the edge of the fret also greatly reduces the amount of pressure that is required, enabling you to play with a lighter and hence more fluent touch.
2. Try to keep all the fretting-hand fingers close to the fingerboard so that they are hovering just above the strings ready to jump into action when needed. This minimizes the amount of movement required when moving from one chord or note to another.
3. Unless you are playing more than one note with the same finger, you should always use the tips of your fingers to fret notes; this will produce the sound more directly and cleanly than using the fleshier pads of the fingers.

PICKING HAND

1. If using a plectrum (pick), grip it between the index (first) finger and the thumb. Position the plectrum so that its tip extends only just beyond the fingertip, by about 1/10 in (25 mm). Whilst this measurement doesn't have to be exact, make sure that the amount of plectrum that extends beyond the

Complete Guitar Handbook

▶ *Avoid holding the plectrum at right angles to your index finger, otherwise your wrist may lock.*

index finger is not excessive: this would result in a lack of pick control, making the plectrum liable to flap around when striking the strings – reducing both fluency and accuracy. Alternatively, if you find that when you try to pick a string you often miss it completely, the cause is most likely to be not enough plectrum extending beyond the fingertip.

2. Although you need to hold the plectrum with a small amount of pressure so that it doesn't get knocked out of your hand when you strike the strings, be very careful not to grip the plectrum too tightly. Excessive gripping pressure can lead to muscular tension in the hand and arm, with a subsequent loss of flexibility and movement.
3. The most efficient way to pick single notes is to alternate between downstrokes and upstrokes. Unless you want to achieve a particular staccato sound, this 'alternate picking' technique should be used for all melodies or lead guitar playing. (For information on fingerpicking, see pages 24–25.)

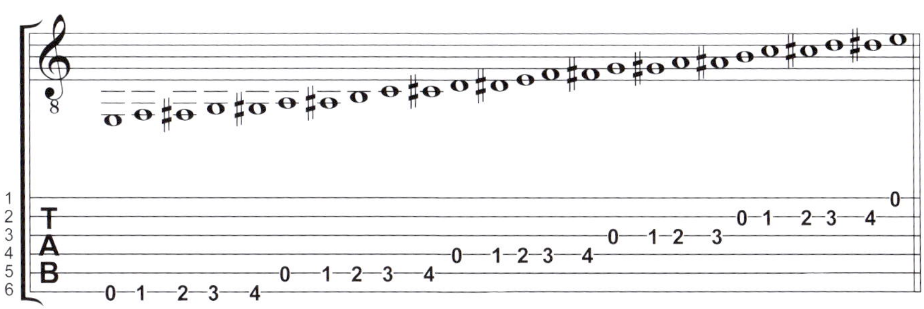

▲ *The E chromatic scale consists of a continual series of half steps, which means that every note in 'open position' is played. This makes the scale ideal for building technique as it uses all four fingers to fret notes. It should be played using alternate down and up plectrum strokes.*

Section One: The Basics

FIRST CHORDS

Chords form the backbone of all music. As soon as you've mastered a few chord shapes you'll be well on the road to music-making. The really great thing about chords is that once you've learnt them they'll last you a lifetime: you'll still be using any chord you learn today 20 years from now.

CHORD SYMBOLS

There are two main types of chords that form the core of most popular music: 'major chords' and 'minor chords'.

1. The chord symbol that tells you when to play a major chord is simply the letter name of the chord written as a capital. For example, the chord symbol for the G major chord is 'G' and the chord symbol for the D major chord is 'D'. Major chords have a bright, strong sound.

FRETBOXES

Guitar chord fingerings are written in diagrams known as 'fretboxes'. These indicate which strings and frets to play on, and which fingers should be used for fretting the notes.

1. In this book, fretboxes are written with vertical lines representing the strings: the low E string is represented by the line on the far left and the high E string by the line on the far right.
2. The thick line at the top of the fretbox represents the nut of the guitar, and the remaining horizontal lines represent the frets.
3. The recommended fret-hand fingering is shown in numbers: 1 = the index finger and 4 = the little finger.
4. An o above a string line means this string should be played open (unfretted).
5. An X above a string line means this string should not be played.

Complete Guitar Handbook

2. Minor chord symbols consist of the capital letter of the chord name followed by a lowercase 'm'. For example, the chord symbol for the E minor chord is 'Em' and the chord symbol for the A minor chord is 'Am'. Minor chords have a mellow, sombre sound.

Chord Name	Chord Symbol
G major	G
D major	D
E minor	Em
A minor	Am

STARTING CHORDS

Begin with E minor, as this involves only two fretted notes and uses plenty of open strings. Place your fingers on the strings, pressing lightly yet securely with the fingertips, and then strum across all six strings. Once you're familiar with this chord, move your two fretting fingers from E minor on to the adjacent higher strings, and add the first finger on the first fret of the B string – this is A minor. Notice that the low E string should be omitted when you strum A minor.

Next try some major chords. If G major seems like too much of a stretch between the second and third fingers, allow your thumb to move down to the centre of the back of the guitar neck until the chord feels comfortable. Notice that only the top four strings should be strummed when playing D major.

Em

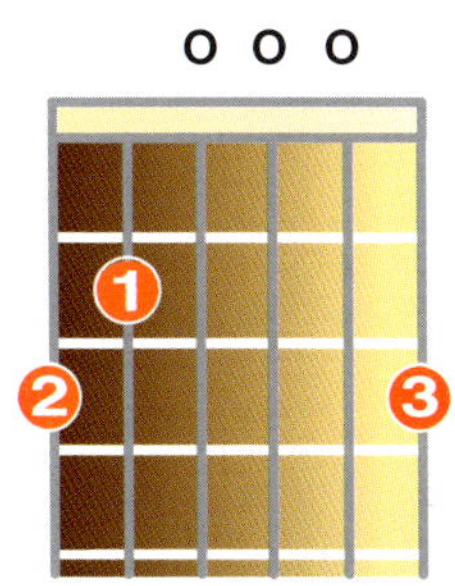

G

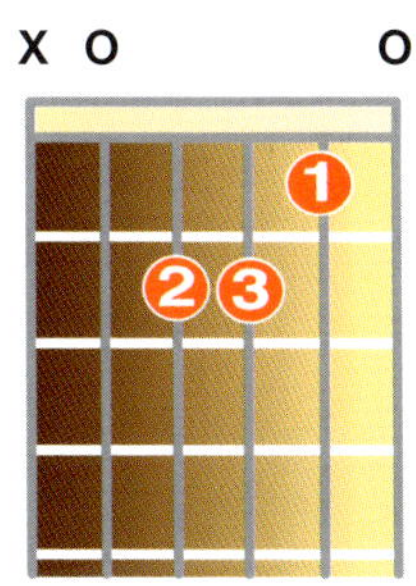

Am

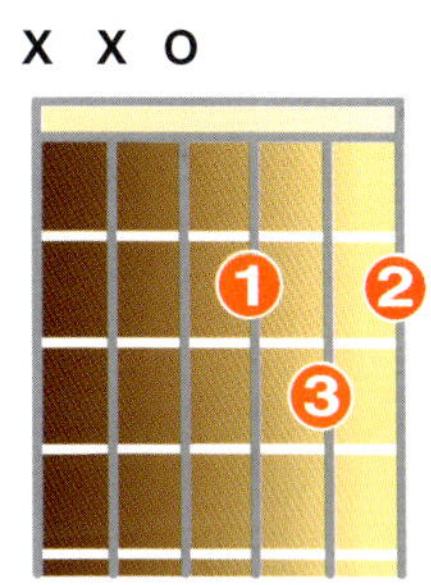

D

Section One: The Basics

SIMPLE CHORD SEQUENCES

Many songs consist of a short chord sequence that is repeated throughout. Once you have learnt a couple of basic chord shapes you can start playing a chord sequence by changing from one chord to another. It's then only a short step before you can play the chords to a complete song.

MINOR CHORDS

Begin by strumming downwards four times on an E minor chord, then without stopping change to A minor and play another four strums, keeping the same tempo. Without stopping or hesitating, move your fingers back to E minor and continuing strumming so that the whole sequence begins again.

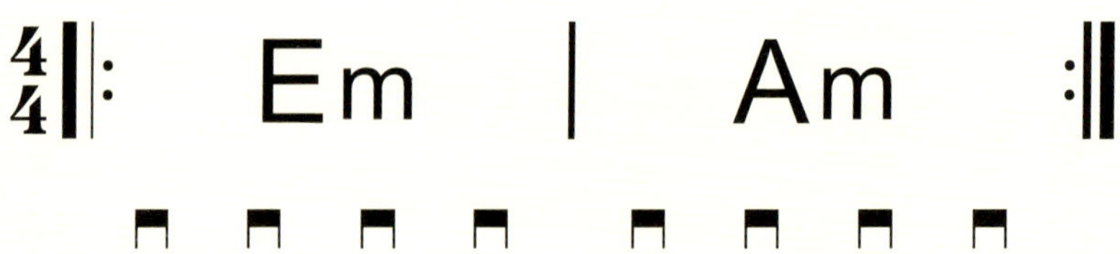

Notice the similarity of the E minor and A minor chord shapes: the second and third fingers are used at the second fret in both chords, the only difference being that they move from the A and D strings in E minor to the adjacent D and G strings in A minor. Try to keep this in mind when you change between these chords, so that you can minimize the amount of finger movement you make – this will make changing between the chords easier and quicker.

Complete Guitar Handbook

MAJOR CHORDS

Begin by playing four downstrums on a G major chord then, without stopping, move your fingers to D major and play another four strums. Repeat the sequence from the beginning by changing back to G major. Try to keep an even tempo throughout and practise slowly until you are able to change between the chords without pausing or hesitating.

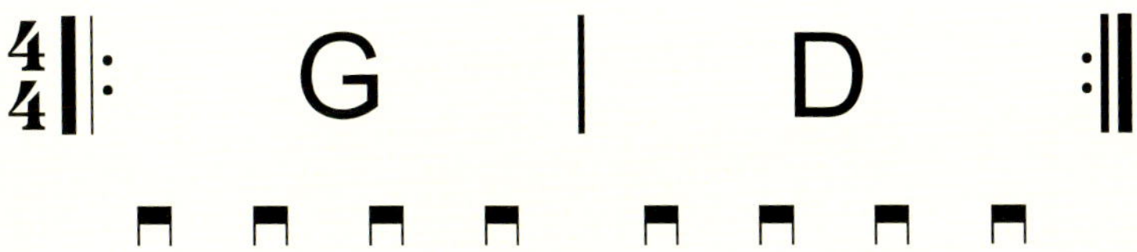

Notice how the third finger stays at the third fret for both G and D major. Use this as a pivot point to lead the chord change. Try to move all three fretting fingers as one shape when changing chord, rather than placing the fingers on one at a time; this will make the chord changes smoother.

COMBINING CHORDS

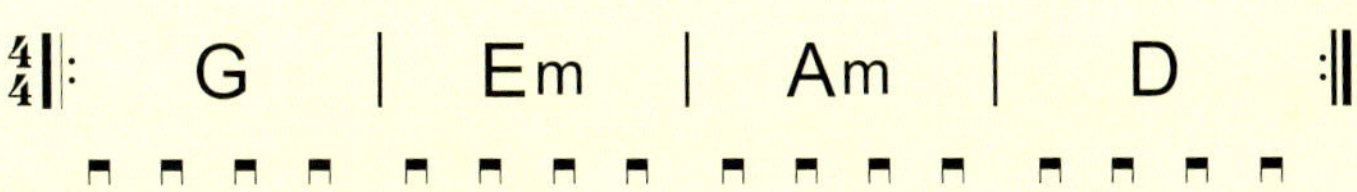

Once you feel fully familiar with the four chord shapes, try and combine them in this four-chord sequence, playing four downstrums for each chord.

1. Look for any links between the different chord fingerings so that you can minimize the amount of finger movement you need to make.
2. Remember to place the fingers for each complete chord shape on the fretboard together, rather than finger by finger.
3. Practise very slowly so that you don't develop a habit of slowing down or stopping between chord changes.

Section One: The Basics

STRUMMING

Strumming chords forms the foundation of any guitar player's range of techniques. Strumming can be used to accompany your own or some else's singing; it can also be used to provide a backing for lead-guitar playing. Being able to strum in a variety of styles will enable you to play rhythm guitar in a wide range of musical genres.

STRUM TECHNIQUE

For the music to flow smoothly it's essential to develop a relaxed strumming action. It will aid the fluency of rhythm playing if the strumming action comes from the wrist: a fluid and easy strumming action is best achieved this way, with the wrist loose and relaxed. If the wrist is stiff and not allowed to move freely then excessive arm movement will occur, as the strumming action will be forced to come from the elbow instead. As this can never move as fluently as the wrist, there will be a loss of smoothness and rhythmic potential.

STRUMMING EXERCISES

1. Begin by strumming an E minor chord using four downstrums per measure, and then experiment by inserting a quick upstrum between the second and third beats. The upstrum should be played by an upwards movement generated from the wrist, as though the strumming hand is almost effortlessly bouncing back into position ready for the next downstrum. Keep practising this technique until it feels natural, always making sure that the arm itself isn't moving up and down when you're strumming.

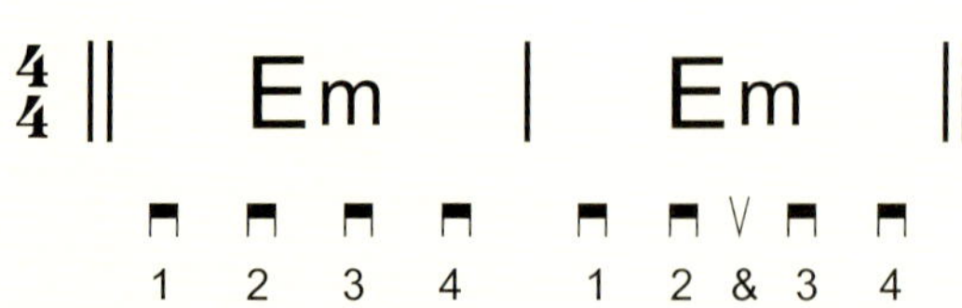

Complete Guitar Handbook

2. Progress to adding two upstrums per bar: one between beats two and three, and one after the fourth beat. After the first two bars, try changing chord to A minor and see if you can keep the strumming pattern going. If you can't change chord quick enough then start again from the beginning, playing at a much slower tempo.

4/4 || Em | Em | Am | Am |

⊓ ⊓ V ⊓ ⊓ V ⊓ ⊓ V ⊓ ⊓ V ⊓ ⊓ V ⊓ ⊓ V ⊓ ⊓ V ⊓ ⊓ V

1 2 & 3 4 & 1 2 & 3 4 & 1 2 & 3 4 & 1 2 & 3 4 &

3. To really get the strumming hand moving try adding an upstrum after every downstrum. Although this strumming style would be too busy for most songs, this exercise does provide practise in building a fluent strumming technique. Make sure that you have the plectrum positioned correctly, with its tip extending only just beyond the index fingertip, so that it does not drag on the strings as you strum.

4/4 || Em ||

⊓ V ⊓ V ⊓ V ⊓ V

1 & 2 & 3 & 4 &

Tip

You don't need to strum all the strings, particularly when playing upstrums. You'll often get a much clearer sound if you only strum the top three or four strings.

▲ *Strumming is an essential technique to master.*

Section One: The Basics

FINGER-PICKING

Finger-picking can provide a really interesting alternative to strumming. The technique is not just confined to classical or folk guitarists – many rock and pop players also use finger-picking as a method of bringing melodic interest to a chord progression and as a way of introducing musical subtleties to a song.

FINGERING

In music notation, each picking finger is identified by a letter: 'p' represents the thumb, 'i' the index finger, 'm' the middle finger and 'a' the third finger. (As it is much shorter than the others, the little finger is rarely used in finger-picking.)

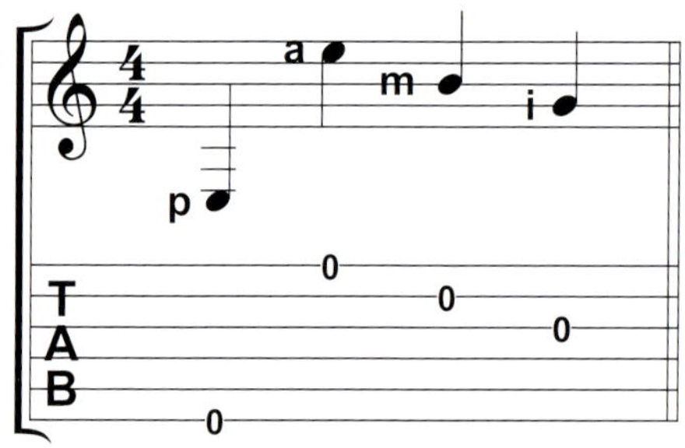

The thumb is mostly used for playing the bass strings (the lowest three strings), while the fingers are used for playing the treble strings. There are many different ways of finger-picking, but one of the easiest is to use the a finger for picking the first string, the m finger for the second string and the i finger for the third string.

PICKING PATTERNS

Many songs use a repetitive finger-picking pattern throughout to create a continuity of sound. Picking patterns nearly always begin by playing the root note of the chord (i.e. the note that gives the letter name to the chord) on the bass string using the thumb. For example, the low E string would be the first note of a pattern when fingerpicking on a chord of E minor, and the open A string would be the first note when fingerpicking on a chord of A minor.

Complete Guitar Handbook

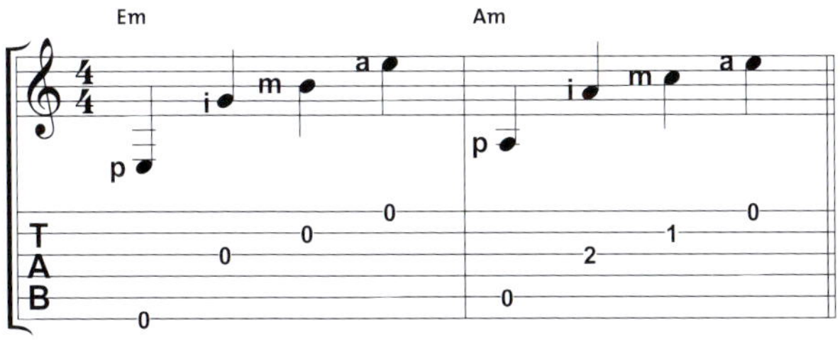

If the picking pattern on a chord is repeated then sometimes a different bass is used the second time. This will normally be another note from the chord, usually the adjacent bass string. This technique can completely transform a simple chord progression, making it sound quite complex because of the moving bass line. This style of finger-picking is known as 'alternating bass'.

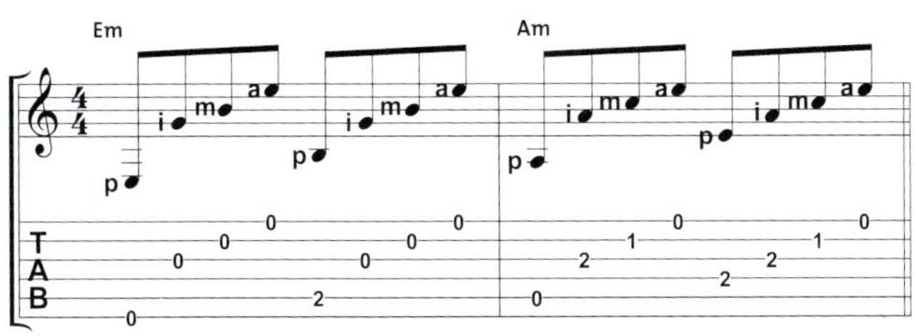

In some musical styles, more complex picking patterns might be used on the treble strings. It is best to practise these types of patterns on one chord until the picking pattern feels totally comfortable. Once you are familiar with a pattern it's relatively easy to apply it to a chord progression. You just need to take care about which bass note to pick on each chord, ensuring you use the root note as your starting point.

Tip

It's easier to finger-pick if you let your fingernails grow a little. Using nails to pick the strings will also give you a crisper, clearer and stronger sound.

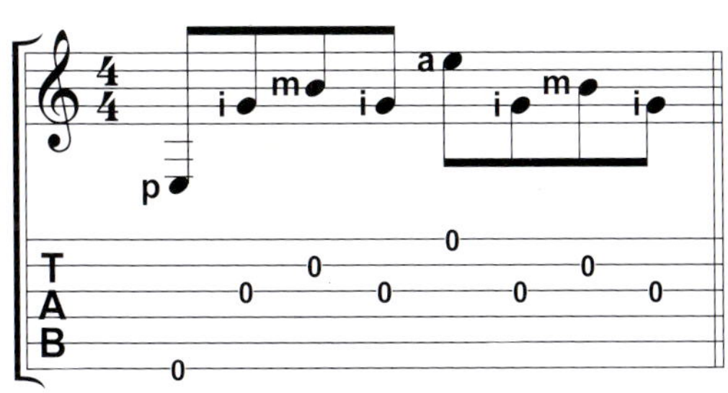

Section One: The Basics

MORE CHORDS

The more chords you learn, the more songs you'll be able to play. Developing knowledge of only the 10 most common chords will enable you to play literally thousands of songs, providing you practise them enough so that you can change fluently from chord to chord.

MAIN CHORD TYPES

Although there are dozens of different chord types, all of these can be considered as just variations of the two core types of chords: major chords and minor chords. For example, if you come across a chord chart that includes Am7, playing a simple A minor chord will work almost as well. Consequently, developing a good knowledge of the most popular major and minor chords will provide a firm foundation for all future chord playing.

MAJOR CHORDS

In addition to the G and D major chords that were covered on pages 18–19, some other important major chords to start with are A, C, E and F.

A

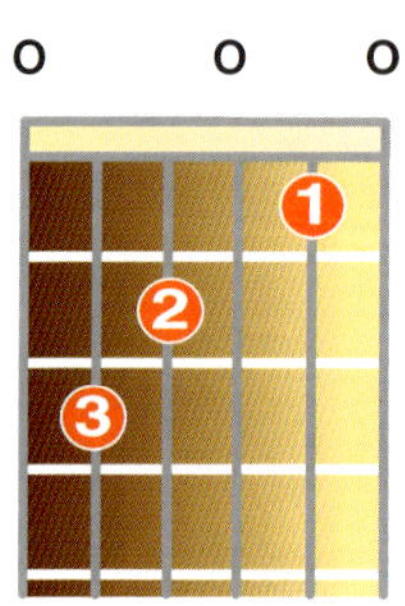

C

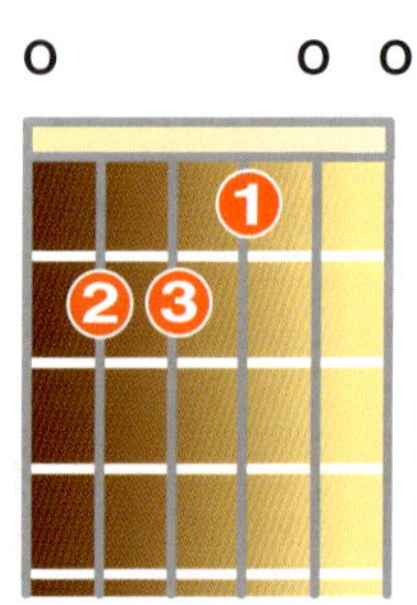

E

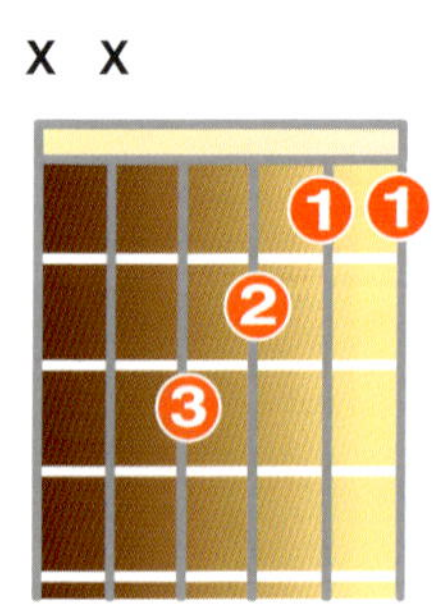

F

Complete Guitar Handbook

Notice that all the strings can be strummed on the E major chord, whereas the sixth string should be omitted when the A or C chords are strummed. The F major chord is different from the other chord fingerings in that the first finger needs to lie flat across both the first and second strings. You will find this easier if you ensure that your thumb is positioned quite low at the back of the guitar neck; this will help you keep your first finger flat while the second and third fingers press with the fingertips. Make sure that you only strum the top four strings when playing the F major chord.

MINOR CHORDS

In addition to the Am and Em chords that were covered on pages 18–19, the other most important minor chords to learn at first are Dm and F♯m.

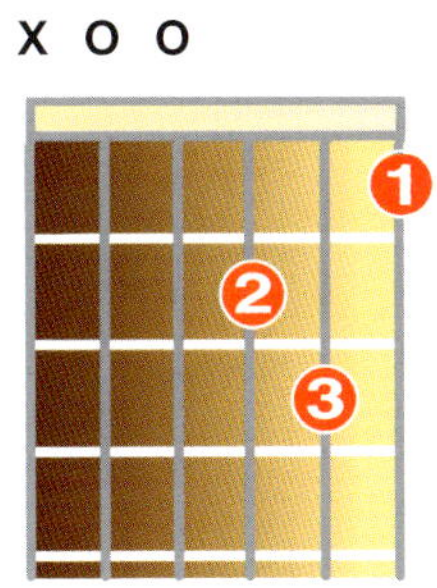

Dm

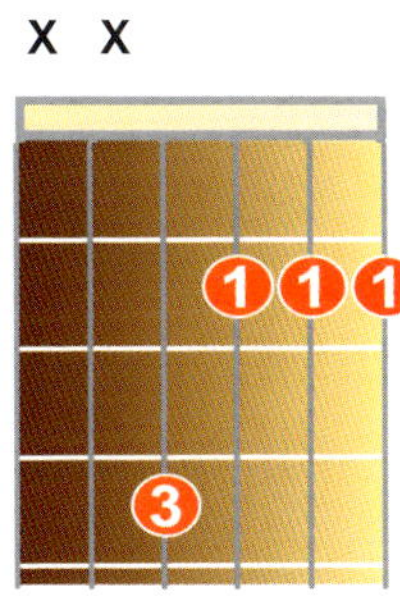

F♯m

Both Dm and F♯m are four-string chords (i.e. the fifth and sixth strings should be omitted when playing these chords). The F♯m chord is a development of the technique that you gained when learning to play the F major chord, but this time the first finger needs to fret all the top three strings. If you find this tricky, you might like to try resting the second finger on top of the first finger; this will add extra weight and strength to help the first finger hold down all three strings. Positioning the fretting finger as close as possible to the fretwire will reduce the amount of finger pressure required.

▶ *Jazz guitarist Barney Kessel added variety to his music by experimenting with many different chords.*

Section One: The Basics

KEYS

The 'key' of a song refers to its overall tonality, and dictates which scale will be used as the basis of the melody and which chords will occur. Understanding which chords go together in a key will help you work out the chord structure of songs, and will provide a framework to begin writing your own songs.

MAJOR KEYS

In each major key, three major chords occur – as shown below:

Key	Major Chords in the Key
C major	C F G
G major	G C D
D major	D G A
A major	A D E

A song or chord progression will normally begin with the tonic (keynote) chord. This is the chord that has the same name as the key. For example, in the key of C major, C is the tonic (keynote) chord.

Minor chords also occur in major keys. Some of the most commonly used minor chords in the keys of C and G major are shown below.

Key	Minor Chords in the Key
C major	Dm Em Am
G major	Am Bm Em

Although there are no fixed rules about which chords can be combined when you are composing a song or chord progression, if you select chords from the

Complete Guitar Handbook

same key they will always fit together well. Below is an example of a chord progression using chords in the key of C major.

|| C | Dm | Em | F | Am | G | F | C ||

MINOR KEYS

In each minor key, three minor chords are closely related, and most commonly occur in popular songs. For example, in the key of A minor the chords of Am, Dm and Em are the most important. Three major chords also occur in each minor key. For example, in the key of A minor, C, F and G major chords occur. As all these chords are within the same key they can be combined in any order (after starting with the tonic/keynote chord) to make a pleasant-sounding chord sequence. An example is shown below, but you can experiment with rearranging the chords in a different order and then playing them through to hear the musical result.

Here are a few chord progressions demonstrating some of the most common chord sequences used in a few of the most popular major and minor keys.

|| Am | F | G | C | Am | Dm | Em | Am ||

▲ *Chord progression in the key of A minor.*

|| G | D | C | G | Em | Am | D | G ||

▲ *Chord progression in the key of G major.*

|| D | Em | F♯m | Em | G | A | G | D ||

▲ *Chord progression in the key of D major.*

|| A | E | F♯m | E | D | E | A | A ||

▲ *Chord progression in the key of A major.*

|| Em | D | C | D | Am | G | D | Em ||

▲ *Chord progression in the key of E minor.*

Section One: The Basics

INTRODUCTION

Knowing a number of chord shapes is useful, but it's only when you can put some of these chords together with an interesting strumming pattern, and change fluently between them, that you'll really start making music by playing rhythm guitar.

IMPORTANCE OF RHYTHM

Rhythm guitar playing is rarely given as much attention as lead playing, but it's important to remember that it's rhythm playing that forms the backbone of most songs. If you join a band, regardless of the musical style, you'll almost certainly spend more time playing rhythm guitar than lead guitar.

Notable rhythm guitar specialists are Bo Diddley (b. 1928), John Lennon (1940–80), Pete Townshend (b. 1945), Noel Gallagher (b. 1967), Paul Weller (b. 1958), Peter Buck (b. 1956) of REM, Fran Healy (b. 1973) of Travis and Badly Drawn Boy (b. Damon Gough, 1970).

GOOD RHYTHM

1. The first essential of becoming a good rhythm guitar player is the ability to keep in time: practising with a metronome, drum machine or backing tracks will provide the ideal preparation; always listen out for the drums and bass and try to stay in time

◄ *One of the features of Damon Gough's unique sound is his rhythm guitar playing that underpins the majority of his tracks.*

Complete Guitar Handbook

with them. Remember that as a rhythm guitar player you are part of the 'rhythm section' of any band, and you should try to interact closely with the other rhythm section musicians. (See pages 32–33.)

▲ *Pioneering guitarist Pete Townshend was a master of rhythm guitar.*

2. Another core skill is the ability to change fluently from one chord to another: always look for links, or common notes, between consecutive chords – so that you can minimize the amount of finger movement needed when changing chords; you may be able to keep some fingers on, or at least slide them along a string to the next chord. Leaving gaps between chords when strumming through a song or chord progression is a recipe for musical disaster – the performance will sound fragmented and if you're playing with a singer or other musicians it will prove impossible to keep in time. (See pages 80–81.)

3. Developing a reliable strumming technique is an essential part of becoming a good guitar player. Once you have mastered these basic rhythm-playing skills, then it's time to become inventive with your strumming patterns. It's the uniqueness and inventiveness of strumming that distinguishes great rhythm players from the rest. (See pages 44–45.)

4. Being able to understand and follow chord charts is another required skill for any rhythm guitar player. Depending on the style of music and who has prepared the chord chart, these could appear in a variety of formats, from a simple handwritten list of chords to a fully typeset chart with time signatures, notated rhythms and interpretation markings included. (See pages 38–43.)

Section One: The Basics

TIMING

The most important skill any rhythm guitar player needs is the ability to maintain an even tempo and keep in time with other band members. It's essential that your rhythm playing sits in the same groove as the other members of the rhythm section.

DEVELOPING TIMING SKILLS

Some people have a natural sense of rhythm and timing that just needs nurturing, while others have to concentrate on developing a secure sense of timing. A simple test to discover how well-developed your sense of timing is would be to try and clap along to a recording by one of your favourite bands. While listening to the recording, focus your attention on the drums and try to clap a regular beat that matches the main rhythmic pulses within the song. Listen carefully to your clapping and see if you can stay in time throughout the whole song – stamina is an important aspect of rhythm playing. Before you try to play through a song make sure that you have mastered any technical challenges, such as awkward chord changes, in advance. Otherwise, the temptation will be to slow down when approaching the difficult bits and perhaps speed up on the easy bits. You should try to avoid developing such poor timing habits from the start by always choosing a slow practice tempo at which you can master the whole song – difficult bits and all! Once you can play the song without any mistakes or hesitations, it's relatively easy to gradually increase the tempo each time you practise.

◄ *Nile Rodgers is known for the crisp timing of his rhythm chops.*

Tip

Record yourself playing along to a CD or a drum machine. Listen really carefully to hear if your playing is exactly in time.

Complete Guitar Handbook

TIMING AIDS

Ideally you should always try to practise your rhythm playing with a device that keeps regular time. The simplest method is to practise with a metronome. This is a small mechanical or electronic device that sounds a click on each beat. You can set it to click in increments from a very slow to a super-fast tempo. It's always best to practise anything new at a slow tempo, increasing the metronome setting by a couple of notches each time you've successfully played it the whole way through.

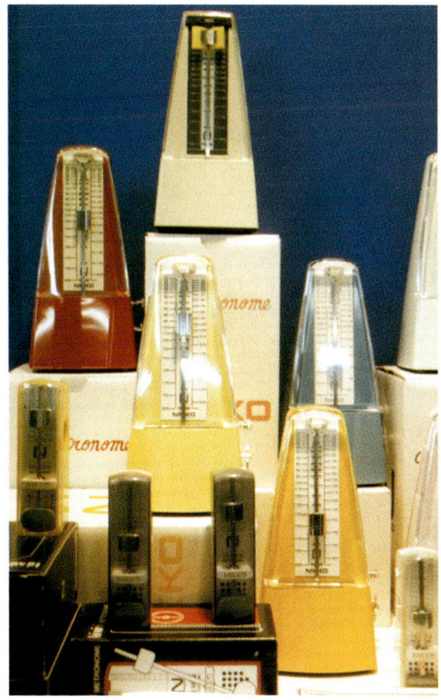

▲ *A metronome – a tried and tested way to keep in good time.*

If you have access to a drum machine this can be used in a similar way to a metronome. The advantage of the drum machine is that you can set it to play back interesting drum patterns to help inspire your strumming style. You can program the machine, or use preset patterns, so that it emulates different musical genres.

Playing along to records is also a good method of developing a secure sense of timing: the band on the recording won't wait around if you lose time or hesitate over a chord change. Because there will be a longer space between beats, playing along with songs at a slow tempo emphasizes any timing inconsistencies – so don't forget to practise a few ballads alongside the thrash metal!

◀ *A drum machine can help you play in time.*

Section One: The Basics

TIME SIGNATURES

The time signature is the most important element in setting the musical feel and mood of a piece of music. It provides the framework for the rhythmic structure of a song and plays a large part in establishing the character of the music.

RECOGNIZING TIME SIGNATURES

The symbol indicating the time signature is always written at the start of the music or chord chart. The time signature is normally written as two numbers, one above the other. The top number represents the number of beats per measure (bar), while the bottom number refers to the type of beats.

The most common time signature used in all styles of popular music is $\frac{4}{4}$ time. This indicates that there are four beats in a measure, and that these are quarter notes (crotchets). Sometimes the $\frac{4}{4}$ symbol is replaced with **C**, meaning 'common time'.

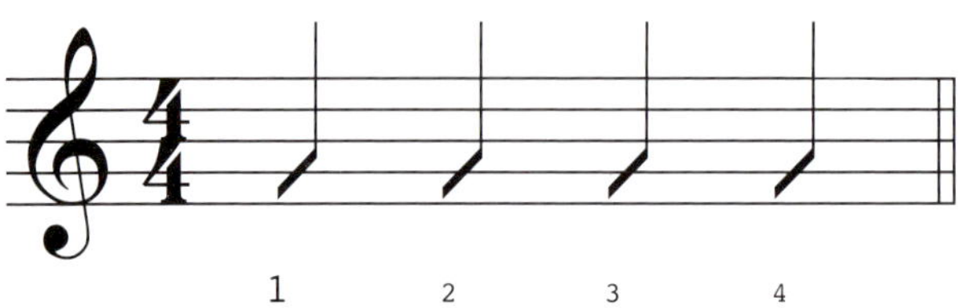

▲ *A bar in 4/4 time.*

Note that the time signature only tells you the number and type of 'beats' that will occur in a measure; this is not the same as the number of 'notes' you can play in the measure. For example, a measure of music in $\frac{4}{4}$ time will last for the equivalent duration of four quarter beats, but in this space you might play less longer-lasting notes or more shorter notes. In fact, you can play any combination of long, medium or short notes providing the duration per measure is equivalent to four quarter-note beats. (See pages 36–37 for more information on understanding notation.)

Complete Guitar Handbook

Other commonly used time signatures:

$\frac{2}{4}$: this has two quarter-note beats per measure. This time signature tends to give a march-like feel to the music.

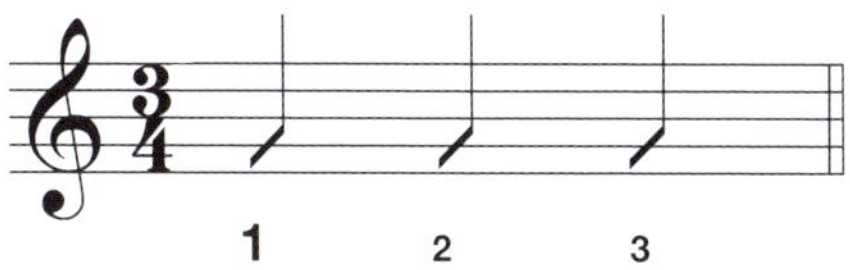

$\frac{3}{4}$: this has three quarter-note beats per measure. This time signature gives a waltz like character to the music and is often used in country and folk ballads.

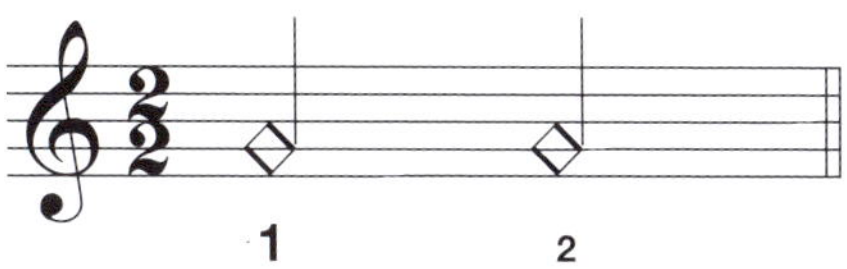

$\frac{2}{2}$: this has two half-note beats per measure. This is equivalent in length to $\frac{4}{4}$ time, but with two long beats per measure instead of four quarter-note beats.

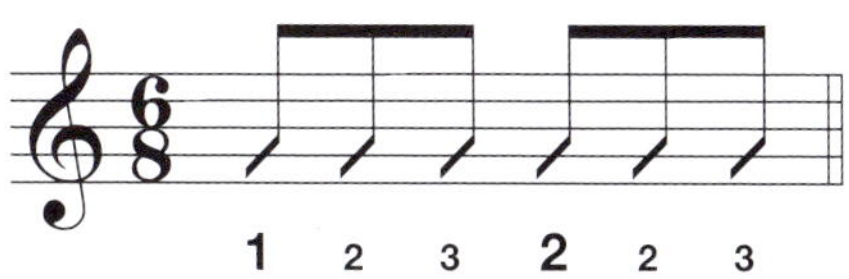

$\frac{6}{8}$: this has six eighth-note beats per measure. However, these are normally played as two groups of three.

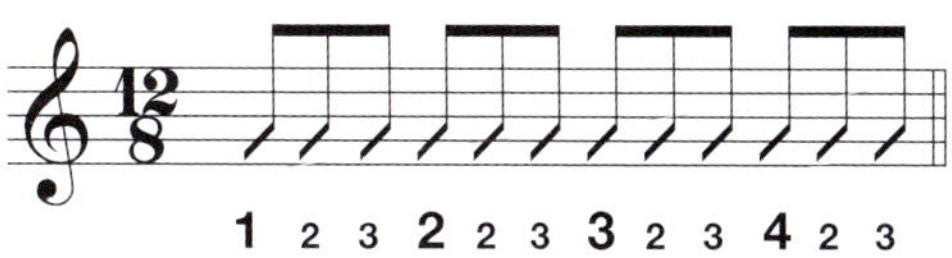

$\frac{12}{8}$: this has 12 eighth-note beats per measure. These are normally played as four groups of three. $\frac{12}{8}$ is commonly used in blues and jazz.

ESTABLISHING THE TIME SIGNATURE

If you were just to play a long series of chords all of equal strength it would be hard for the listener to recognize any rhythmic structure in the music – in other words, they wouldn't be able to 'feel the groove'. So normally the first beat of each measure is slightly accented, as this helps the sense of rhythm in a piece of music. In $\frac{6}{8}$ and $\frac{12}{8}$ time, an accent is normally played on the first of each group of three notes. (If you're playing in a band it might be the drums or other instruments that emphasize these accents.)

Section One: The Basics

RHYTHM NOTATION

Understanding how rhythms are written down will help you play through notated chord charts. The ability to notate your own rhythms is useful for passing the information to other players and as a memory aid. Even if you intend to rely mainly on tablature, a knowledge of rhythm notation will help you get the most out of the many song transcriptions that provide the full notation with the tab.

NOTE VALUES

Rhythm notation consists of pitchless notes and rests. The type of note used tells you how many beats a chord lasts; the type of rest used tells you how many beats a silence lasts. The diagram below shows the names of the most common types of notes, their symbols and how many of each type of note can occur in a single measure in $\frac{4}{4}$ time.

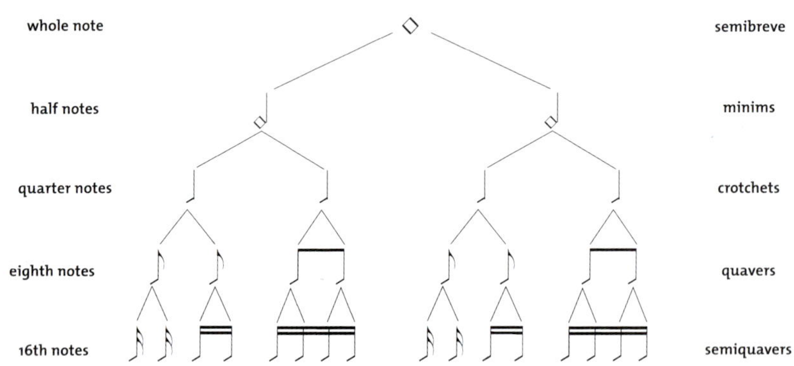

▲ *The terminology that is widely used in North America (and increasingly amongst pop, rock and jazz musicians in the UK and elsewhere) is different to that traditionally used by classical musicians in many parts of the world. In the diagram the modern names are shown on the left and the traditional names are shown on the right.*

RESTS

The table on the right shows the names of the most common types of rests, their symbols, their note equivalents, and the duration of each type of rest in $\frac{4}{4}$ time.

Name	Rest symbol	Note equivalent	Duration in $\frac{4}{4}$ time
semibreve rest (whole rest)	𝄻	𝅝	4 beats
minim rest (half rest)	𝄼	𝅗𝅥	2 beats
crotchet rest (quarter rest)	𝄽	𝅘𝅥	1 beat
quaver rest (eighth rest)	𝄾	𝅘𝅥𝅮	1/2 beat
semiquaver rest (16th rest)	𝄿	𝅘𝅥𝅯	1/4 beat

DOTTED NOTES

A dot after a note or rest means that the note or rest lasts for half as long again. This chart shows the values of dotted notes and dotted rests in $\frac{4}{4}$ time.

Name	Note	Rest	Duration in $\frac{4}{4}$ time
dotted minim (dotted half note)	𝅗𝅥.	𝄼.	3 beats
dotted crotchet (dotted quarter note)	𝅘𝅥.	𝄽.	1 1/2 beats
dotted quaver (dotted eighth note)	𝅘𝅥𝅮.	𝄾.	3/4 of a beat

TIES

A curved line known as a 'tie' is used to join together two notes of the same pitch in order to increase the duration of the note.

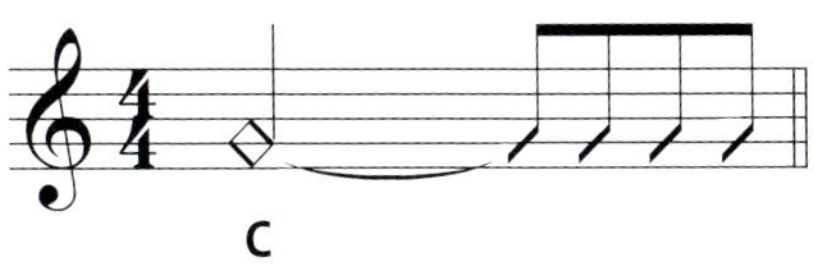

◀ *In this example, the first chord would be allowed to sustain for the equivalent of five eighth notes. It is not possible to use a dot after the initial chord as this would have increased the duration of the note to the equivalent of six eighth notes.*

Another common instance where ties are used is across bar lines as a method of sustaining a note beyond the end of a measure.

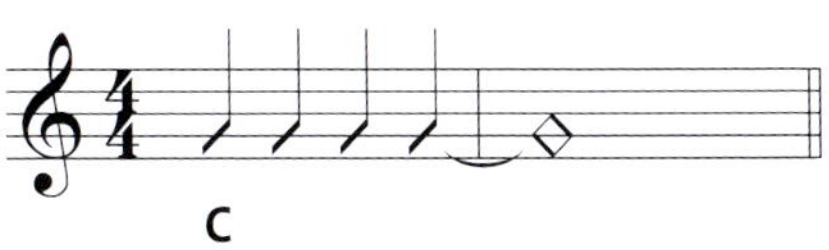

◀ *In this example, a tie is used so that the chord at the end of measure one can sustain into measure two.*

TRIPLETS

A triplet sign indicates where three notes should be played in the space of two notes of the same value.

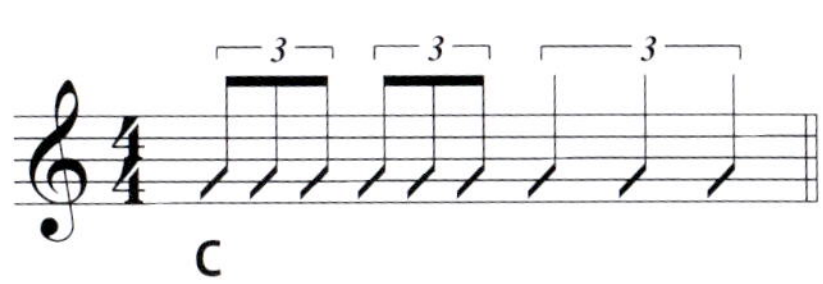

Section One: The Basics

CHORD CHARTS

Simple chord charts are the most commonly used way of notating the chord structure of a song or progression. If you audition for a pop or rock band, the music you'll be asked to play with will most likely be presented as a simple chord chart.

READING CHORD CHARTS

A chord chart normally has the time signature written at the very beginning. If there is no time signature then it's usually safe to assume that the music is in $\frac{4}{4}$ time.

Each measure is separated by a vertical line, with two vertical lines indicating the end of the piece. Chord symbols are used to show which chords should be played.

|| $\frac{4}{4}$ C | Am | Dm | G | F | Em | G | C ||

SPLIT MEASURES

When more than one chord appears in a single measure it can be assumed that the measure is to be evenly divided between the chords that appear within it. In a song in $\frac{3}{4}$ time, if three chords all appear in the same measure then you can assume that the measure is to be divided equally – with one beat per chord.

|| $\frac{3}{4}$ C | Am | Em F G | C ||

▲ *In the penultimate measure, each chord lasts for one beat.*

Complete Guitar Handbook

In many chord charts, in order to make the intention very clear and avoid any possible confusion, any division within a measure is shown by either a dot or a diagonal line after each chord: each dot or diagonal line indicates another beat.

|| 4/4 C ⁄ Am ⁄ | Dm ⁄ G ⁄ | F ⁄ Em ⁄ | G ⁄ C ⁄ ||

▲ *Each chord lasts for two beats: one beat indicated by the chord symbol and an additional beat indicated by the diagonal line.*

|| 4/4 C Em ⁄ ⁄ | F G ⁄ ⁄ | Am Em ⁄ ⁄ | G C ⁄ ⁄ ||

▲ *In this example, the first chord in each measure lasts for just one beat and the second chord lasts for three beats.*

|| 4/4 C . . Dm | Em . . F | Dm . . G | F . . C ||

▲ *In this example, instead of diagonal lines, dots are used to show the rhythmic divisions within each measure. The first chord in each measure lasts for three beats and the second chord lasts for one beat.*

INTERPRETING CHORD CHARTS

In standard chord charts, while the duration of each chord is clearly shown, the rhythm style that should be played is left to the discretion of the performer. In theory this means that you could interpret the chart in any way you wish in terms of the number of strums per beat, however you should make sure that your rhythm playing relates to the musical style and mood of the song.

◀ *Noel Gallagher's song-writing technique is based on a good understanding of chords.*

Section One: The Basics

FOLLOWING CHORD CHARTS

If every bar of a whole song was written out in a chord chart it would take up several pages and become cumbersome to read. Instead chord charts are normally abbreviated by using a number of 'repeat symbols'. In order to follow a chord chart accurately it is essential to understand what each repeat symbol means.

REPEAT SYMBOLS

𝄎 This symbol is used when one bar is to be repeated exactly.

$\overset{2}{𝄏}$ This symbol is used when more than one bar is to be repeated. The number of bars to be repeated is written above the symbol.

Here is an example of these symbols in use.

|| $\frac{4}{4}$ G | 𝄎 | C | D | $\overset{2}{𝄏}$ | Em | 𝄎 ||

should be played as

|| $\frac{4}{4}$ G | G | C | D | C | D | Em | Em ||

SECTION REPEATS

A double bar-line followed by two dots indicates the start of a section, and two dots followed by a double bar-line indicates the end of the section to be repeated. If there are no dots at the start of the section, then repeat from the beginning of the piece. If the section is to be repeated more than once, the number of times it is to be played is written above the last repeat dots.

|| $\frac{4}{4}$ Em | D |: G | C | Am | Em :| (x 4)

Complete Guitar Handbook

If two sections of music are identical, except for the last measure or measures, repeat dots are used in conjunction with first-time and second-time ending directions, as shown here.

```
|: 4/4  Am | G | F |1. Em :|2. Dm | Am ||
```

should be played as

```
|| 4/4 Am | G | F | Em | Am | G | F | Dm | Am ||
```

As well as repeat dots there are several other commonly used repeat signs:

• D.C. (an abbreviation of Da Capo) means play 'from the beginning'. For example, if the entire piece of music is to be repeated, D.C. can be written at the end to instruct you to play it again from the beginning.

• D.S. (an abbreviation of Dal Segno) means play 'from the sign': 𝄋 . For example, if the verse and chorus of a song are to be repeated, but not the introduction, D.S. can be written at the end of the music with the D.S. sign written at the start of the verse. This instructs the performer to start again from the sign.

• Coda is the musical term for the end section of a piece of music. The start of the coda is marked by the sign 𝄌.

• Fine is the musical term for the end of a piece of music.

Some of the above repeat signs might be combined together in a chord chart.

```
                          Fine
|| 4/4  Em | Am | D | Em ||
                     D.C. al Fine
| G | C | D | D ||
```

In this example, after eight measures repeat from the beginning and then end after measure four where the sign 'Fine' appears.

```
                       To Coda 𝄌
|| 4/4  C | Em | Am | F |
                    D.C. al Coda
| C | Dm | F | G ||

𝄌
Coda | Dm | G | C | C ||
```

In this example, after eight measures repeat from the beginning and then after measure four jump to the coda section.

```
          𝄋                  To Coda 𝄌   D.S. al Coda
|| 4/4 G | Em | C | D | Am | C | D | D ||

𝄌
Coda | Am | C | D | G ||
```

In this example, after eight measures repeat from the start of measure three to the end of measure six, then jump to the coda section.

Section One: The Basics

RHYTHM CHARTS

While standard chord charts are commonly used by pop and rock bands, more detailed and complex charts known as 'rhythm charts' are often presented to guitarists involved in recording sessions and those who play in theatre and function band settings. Learning to read rhythm charts will help expand your employability as a guitarist.

CHART STYLES

Some rhythm charts can be quite elaborate and may include a fully notated rhythm part, as well as detailed instructions about dynamics and tempo. Others may contain notated rhythms only at the beginning, in order to establish the feel of the song, with further rhythm notation only being used where specific rhythmic accents or features occur. The type of rhythm charts you might come across will depend on the context and the transcriber's personal preferences.

DYNAMIC MARKINGS

Symbols are often used in rhythm charts to indicate changes in volume – e.g. when you should play softly and when you should strum strongly. The symbols do not refer to any precise decibel volume level, instead their main function is to highlight changes in overall volume. The most common dynamic markings are shown to the right.

Symbol	Name	Meaning
pp	pianissimo	very soft
p	piano	soft
mp	mezzo-piano	medium soft
mf	mezzo-forte	medium loud
f	forte	loud
ff	fortissimo	very loud
<	crescendo	getting louder
>	diminuendo	getting softer

Complete Guitar Handbook

Accents, where certain individual beats are played stronger than others, are marked by this sign: >. The letters 'sfz' (*sforzando*) may be also used to indicate an accent.

TEMPO

Most rhythm charts will contain an indication of the speed at which the music should be played, and will usually be written at the start of the music. The tempo indication may appear in either traditional Italian musical terms or their English equivalents. Alternatively, a metronome marking may be shown to indicate the exact number of beats per minute (b.p.m.). The most common tempos are shown in the table on the right.

Italian Term	Meaning	Approximate speed
Largo	very slow	40–60 b.p.m.
Adagio	slow	50–75 b.p.m.
Andante	walking pace	75–100 b.p.m.
Moderato	moderate tempo	100–120 b.p.m.
Allegro	fast	120–160 b.p.m.
Presto	very quick	160–200 b.p.m.

Some music may contain changes in tempo. These are usually indicated through the use of Italian terms. The most widely used are:

- *Accel.* (an abbreviation of *accelerando*) means play gradually faster.
- *A tempo* indicates that you should resume the normal tempo after a derivation.
- *Meno mosso* (less movement) means that you should slow down at once.
- *Rall.* (an abbreviation of *rallentando*) means play gradually slower.
- *Rit.* (an abbreviation of *ritenuto*) means to hold back the tempo.

PLAYING RHYTHM CHARTS

Below you'll see a sample rhythm chart, incorporating some of the terms and symbols described above. Refer to pages 36–37 if you need to be reminded of the note values.

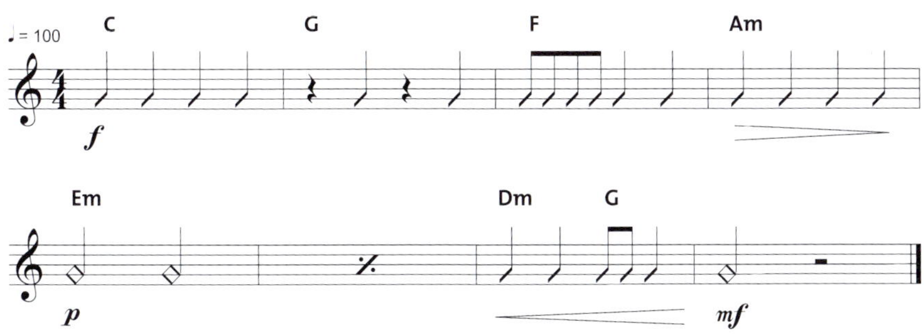

Section One: The Basics

STRUMMING PATTERNS

Building up a repertoire of useful strumming patterns is a good way of developing your rhythm guitar playing. Once you've mastered the core patterns used in rock and pop you can easily expand these by adding variations.

STRUM TECHNIQUE

Playing with a loose wrist action is an essential ingredient of developing a good strumming technique. Keeping the wrist tight and strumming by using the whole forearm will severely restrict the potential speed and fluency of your rhythm playing – so make sure that the strumming action comes from your wrist. It's a good idea to practise in front of a mirror, or film yourself playing guitar, so that you can see if you're using the right technique.

CHORD TECHNIQUE

Be careful not to over-grip with the fretting-hand thumb on the back of the neck as this will cause muscle fatigue and tend to limit freedom of the thumb to move. It is essential that the fretting-hand thumb is allowed to move freely when changing chords. If the thumb remains static this restricts the optimum positioning of the fingers for the next chord, which may result in unnecessary stretching and the involuntary dampening of certain strings (as the fingers are not positioned upright on their tips). Be aware that for the fingers to move freely the wrist, elbow and shoulder must be flexible and relaxed: try to ensure that this is not inhibited by your standing or sitting position.

STRUM PATTERNS

Opposite you'll find several examples of popular strumming patterns. It's a good idea to start by playing all the progressions using just four downstrums per measure – this way you'll become familiar with the chord changes before tackling the strum patterns.

Complete Guitar Handbook

In nearly all styles of music, there is no need to strum all the strings on every beat – feel free to add variety, particularly by omitting some bass strings on upstrokes and some treble strings on downstrokes.

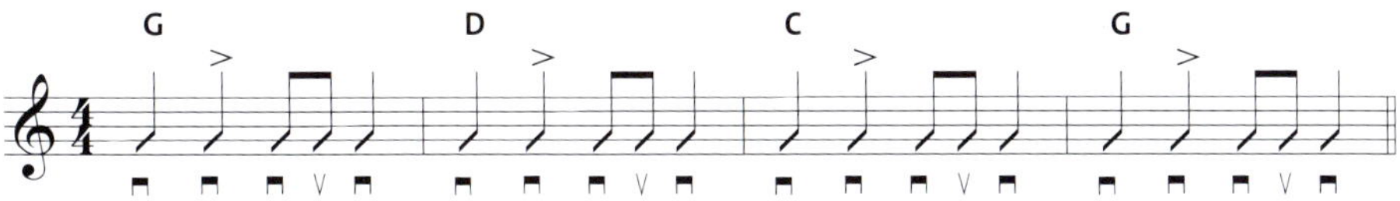

▲ *The second beat of the measure is accented to create dynamic variety. An upstroke is used after the third beat of the measure.*

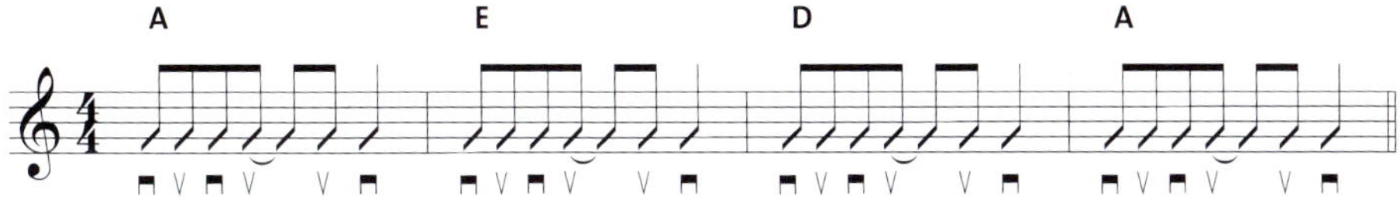

▲ *This pattern uses a mixture of down and upstrokes, but notice how the fourth strum and the last strum are held longer than the others. This variety creates an effective rhythm.*

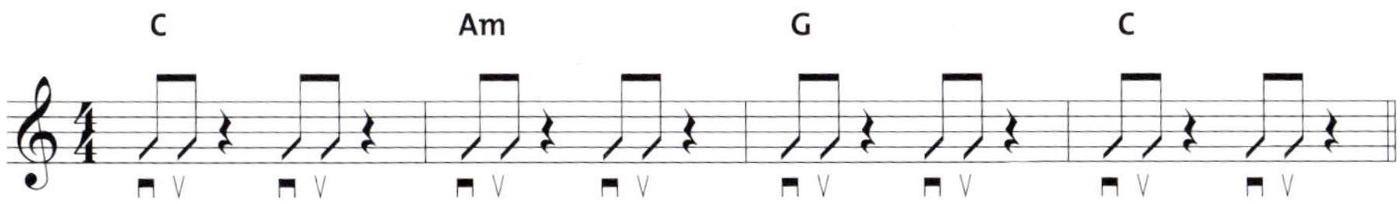

▲ *A simple down-up strum pattern, but the use of rests creates a very distinctive rhythmic effect.*

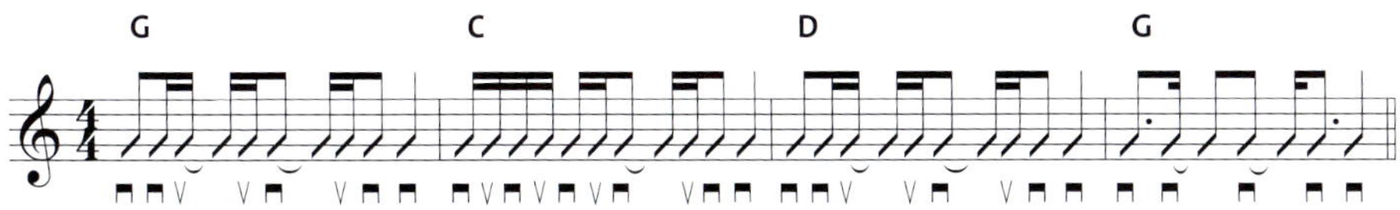

▲ *This 'Bo Diddley' type pattern is a good example of how to use rhythmic variations: notice that measure 1 and 3 are the same, while measures 2 and 4 are each variations on the first measure.*

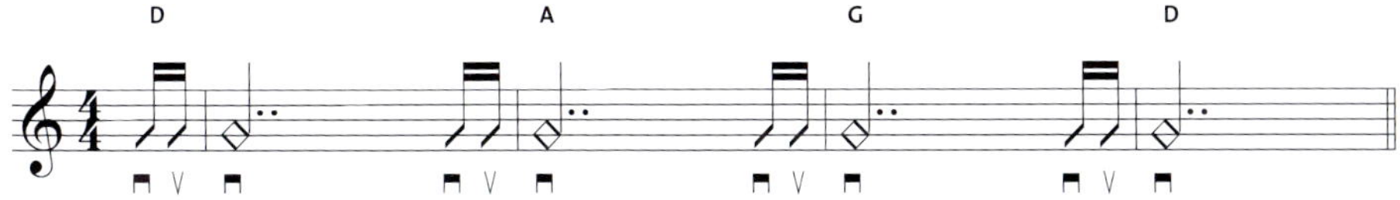

▲ *This typical rock strumming pattern is essentially just one strum per measure. What makes it distinctive is the rapid down-up 'pre-strum' before the main beat. These 'pre-strums' do not need to be played across all the strings, and open strings can be used on the second of them to help get to the main chord quickly.*

Section One: The Basics

INTRODUCTION

Whether letting rip in an aggressive rock solo or playing a subtle blues, lead guitar playing is a great way to express your emotions through your instrument. However, underlying every great guitar solo is a foundation of scales and fingerboard knowledge that enables players to turn their musical ideas into reality.

▲ *The opening to 'Stairway to Heaven', as first played by Jimmy Page of Led Zeppelin is one of the most-copied intro riffs of all time.*

INFLUENTIAL PLAYERS

Some of the early pioneers of modern lead guitar styles are B. B. King (b. 1925), Buddy Guy (b. 1936), Eric Clapton (b. 1945), Jimmy Page (b. 1944), Jeff Beck (b. 1945), Ritchie Blackmore (b. 1945) and Carlos Santana (b. 1947). If you've never heard these players, try to check out some of their recordings.

Complete Guitar Handbook

▲ *Buddy Guy has inspired thousands over the years with his strong and inventive lead-guitar playing.*

IMPROVISATION

Later in this chapter all the essential scales that underpin lead guitar playing will be illustrated, but it's important to remember that playing scales up and down doesn't make a solo in itself.

Scales simply set the range of notes that will be in tune in any key. It's how well you improvise with a scale that dictates how good your solo will be. To get a feel for the song, it's always a good idea to play through the chord sequence before you play any lead guitar.

SIX STAGES TO IMPROVISING

1. When you first start playing lead guitar you could begin by simply playing the correct scale up and down over the chord progression. This way you can begin to hear the overall sound and tonality of the key, but always bear in mind that just playing scales up and down isn't enough to make a good solo.
2. As the first stage in learning to improvise, rather than playing the scale in straight time, experiment by playing some notes quickly while allowing others to ring on; you'll notice that this sounds more musical and inventive, even though you're still playing the same notes in the same order.
3. Next, try repeating series of notes, so that you begin to establish licks or phrases that will stick in the listener's ear. Once you have a phrase that you like, try to vary it slightly when you repeat it – that way it will sound fresh, while still giving the listener something recognizable to latch on to.
4. Leave some gaps between your phrases so that the music has space to breath. There's no need to fill every second with notes.
5. Try to make your lead playing fit with the musical style and mood of the song, so that it enhances what else is being played or sung.
6. The most important thing is to let your ears, rather than your fingers, guide you. Listen carefully to the musical effect of every note you play.

Section One: The Basics

BASICS OF NOTATION

There are three ways in which scales, licks and solos are written down: traditional notation, tablature and fretboxes. While you don't need to be a great sight-reader to play lead guitar, having a good understanding of each of the notation systems will help you learn lead guitar relatively easily.

TABLATURE

Tablature (TAB) uses six lines to represent the six strings of the guitar, with the top line representing the high E string and the bottom line representing the low E string. Numbers are written on the lines to indicate which fret to play at. A zero indicates that the string is played open. TAB is great for notating scales or chords and, although it doesn't usually include any rhythm notation, its simplicity means it's ideal for learning music that you have heard before.

▲ *This means play at the third fret on the second string.*

MUSIC NOTATION

Traditional music notation is written on a staff of five lines. Each line, and each space between them, represents a different note. For guitar music, a treble clef is written at the start of each line of music. Temporary extra lines (ledger lines) are used for any notes that are either too high or too low to fit on the staff.

▲ *Notes on the lines and spaces in the treble clef.*

▶ *Using ledger lines, this diagram shows the notes from the open low E string to the E at the 12th fret on the first string.*

Complete Guitar Handbook

A sharp sign (♯) is written in front of a note, on the same line or space, to raise its pitch by a half step (semitone) i. e. equivalent to one fret higher.

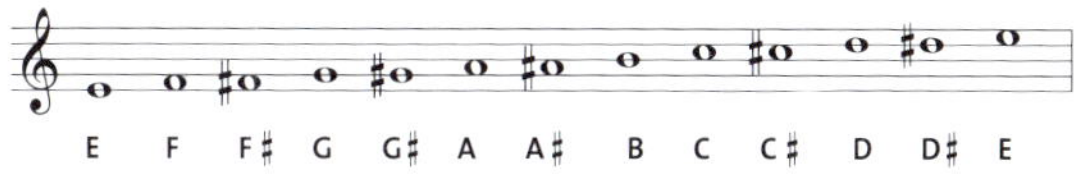

A flat sign (♭) is written in front of a note, on the same line or space, to lower its pitch by a half step (semitone). Any sharps or flats affect all the notes of the same pitch within the bar. A natural sign (♮) on the same line or space is used to cancel the previous sharp or flat.

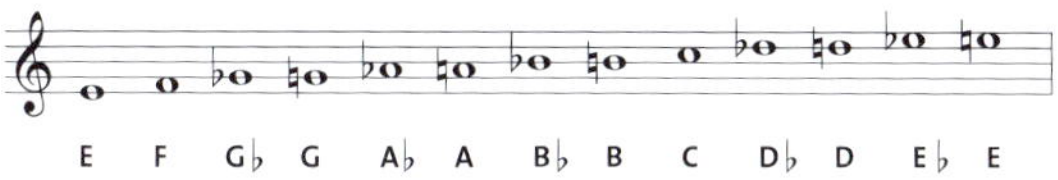

KEY SIGNATURES

The key of a piece of music determines the main notes that will be included in it. In music notation a key signature is written at the beginning of every line of music to indicate the key. Key signatures make music easier to read because any sharps or flats in the key need only be written at the start of each line and will then apply to all those notes throughout the piece, rather than needing to write a sharp or flat sign every time such a note occurs. Each major key has a unique key signature, consisting of a collection of sharps or flats written in a set order; these sharps and flats match those that occur in the major scale for that key. The key of C major is unusual in that no sharps or flats occur in the keyscale, and therefore the key signature is blank.

Minor keys share key signatures with their relative major keys (i.e. major keys that have a keynote three half steps higher than the minor key).

Sharp key signatures

Flat key signatures

FRETBOXES

See page 18 for a description of fretboxes.

Section One: The Basics

MAJOR SCALES

By far the most important scale in music is the major scale. All other scales, and even all chords, can be considered as stemming from the major scale. The major scale is used as the basis for the majority of popular melodies. When used in lead playing it gives a bright and melodic sound.

SCALE CONSTRUCTION

The major scale is constructed by using a combination of whole steps/whole tones (W) and half steps/semitones (H). Regardless of the key, the pattern of tones and semitones is as follows: W W H W W W H.

For example, the C major scale, is constructed as follows:

C plus a **whole** step = D
D plus a **whole** step = E
E plus a **half** step = F
F plus a **whole** step = G
G plus a **whole** step = A
A plus a **whole** step = B
B plus a **half** step = C

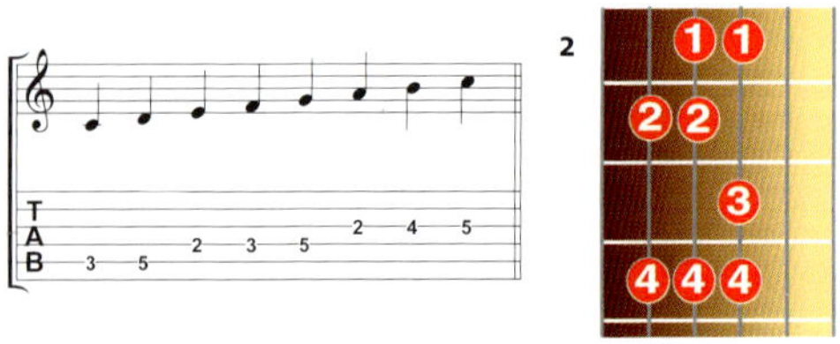

▲ *C major scale.*

TRANSPOSING SCALES

All the scales illustrated in this chapter are 'transpositional': they can be played in other keys simply by starting the finger pattern at a different fret. For example, to play the D major

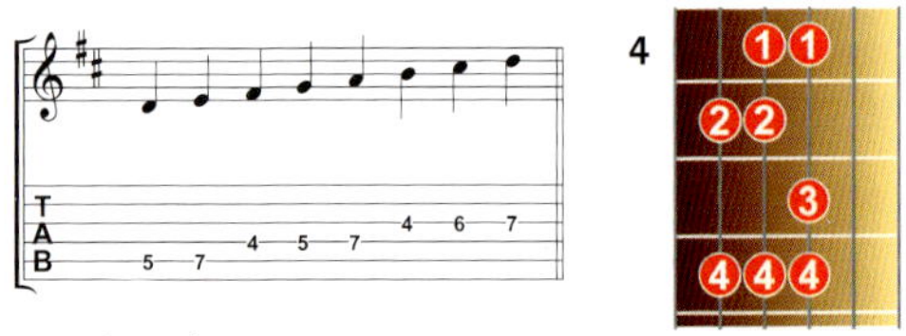

▲ *D major scale.*

Complete Guitar Handbook

scale, use the exact fingering shown for C major but start two frets higher. For some keys, for example G major, you might prefer to start the scale pattern on the low E string in order to avoid high fingerboard positions.

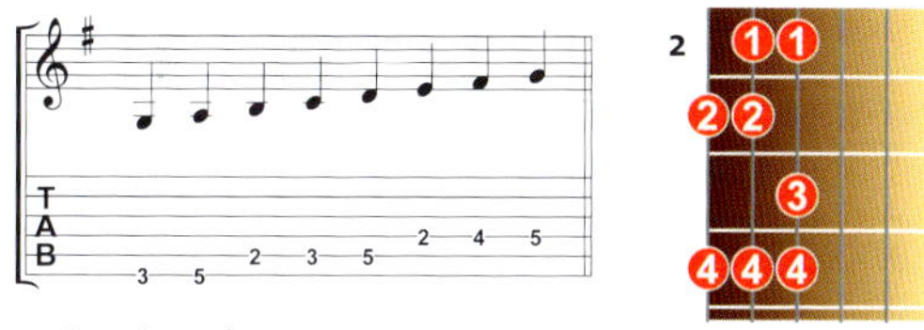

▲ *G major scale.*

PENTATONIC MAJOR SCALE

The term 'pentatonic' means 'five-note'; the pentatonic major scale is a five-note abbreviation of the standard major scale, with the fourth and seventh degrees of the major scale omitted. For example, the notes in the C major scale are C D E F G A B. To convert this into the C pentatonic major scale omit the notes F (the 4th) and B (the 7th), resulting in C D E G A.

The pentatonic major scale has none of the overtly sugary sound often associated with the standard major scale – instead it has a great combination of brightness with a cutting edge. It is a very useful scale for improvising in major keys; because it contains fewer notes than the standard major scale there is less chance of any of the notes clashing with the accompanying chords.

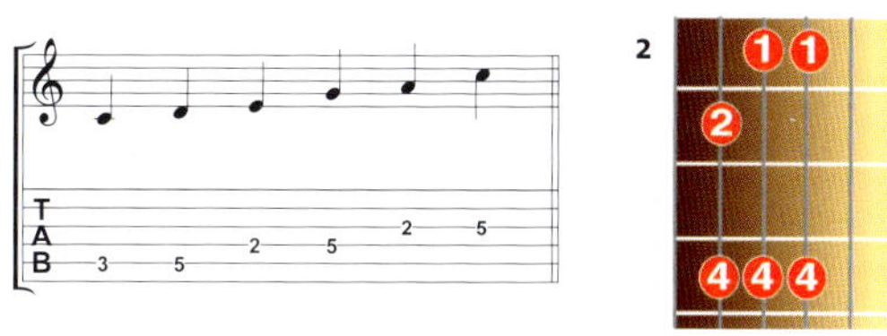

▲ *C pentatonic major scale.*

Traditionally, pentatonic major scales have been used in country music, but many rock bands – from the Rolling Stones and Free to Travis and Supergrass – have used them frequently on their recordings.

Brit Rock bands were great fans of the pentatonic major scale, particularly Noel Gallagher, who relied on them almost exclusively for his solos on the first few Oasis albums. Some of its greatest exponents were country rock players like Danny Gatton (1945–94) and Albert Lee (b. 1943).

Section One: The Basics

MINOR SCALES

There is a variety of minor scales to suit all musical styles, from the soulful natural minor scale to the exotic harmonic minor scale. But it is the rock-edged pentatonic minor scale that is by far the most widely used scale in lead guitar playing.

NATURAL MINOR SCALE

The natural minor scale is constructed using a combination of whole steps/tones (W) and half steps/semitones (H) in the following pattern: W H W W H W W. For example, C natural minor scale, is constructed as follows:

C	plus a **whole** step	=	D
D	plus a **half** step	=	E♭
E♭	plus a **whole** step	=	F
F	plus a **whole** step	=	G
G	plus a **half** step	=	A♭
A♭	plus a **whole** step	=	B♭
B♭	plus a **whole** step	=	C

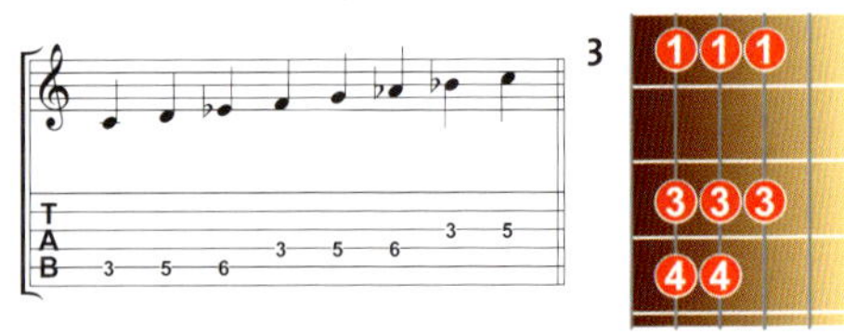

▲ *C natural minor scale.*

The interval spelling for the natural minor scale is 1 2 ♭3 4 5 ♭6 ♭7 8, meaning that, in comparison to the major scale with the same keynote, the third, sixth and seventh notes are flattened by a half step. The natural minor scale is widely used in rock and blues based music. The scale has a soulful, yet melodic sound. Carlos Santana and Gary Moore (b. 1952) are two of its best-known exponents.

PENTATONIC MINOR SCALE

In all forms of rock music, the pentatonic minor scale is the most commonly used scale for lead guitar playing. The interval spelling is 1 ♭3 4 5 ♭7 8. It is a popular scale for improvising in minor keys because it contains fewer notes than the natural minor scale – this makes the scale easy to use and means that there is

Complete Guitar Handbook

little chance of any of the notes clashing with the accompanying chords.

▲ *C pentatonic minor scale.*

HARMONIC MINOR SCALE

The harmonic minor scale is very similar to the natural minor scale. The only difference is that, in the harmonic minor scale, the note on the seventh degree is raised by a half step. This results in a large interval between the sixth and seventh degrees of the scale, giving the scale its distinctive, exotic sound. The interval spelling is 1 2 ♭3 4 5 ♭6 7 8. Ritchie Blackmore (b. 1945) was one of the first rock guitarists to exploit the melodic potential of this scale.

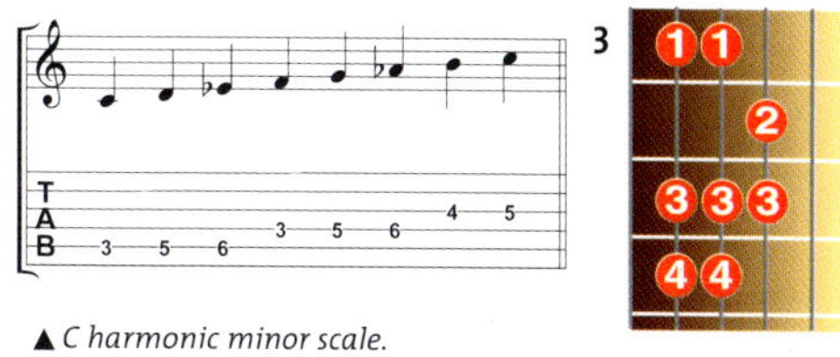

▲ *C harmonic minor scale.*

MELODIC MINOR SCALE

The step pattern of this scale alters depending on whether it is being played ascending or descending. When played descending it has the same notes as the natural minor scale; when played ascending the sixth and seventh degrees are each raised by a half step. The interval spelling is 1 2 ♭3 4 5 6 7 8 ascending and 1 2 ♭3 4 5 ♭6 ♭7 8 descending. The scale is mostly used in jazz-rock and fusion.

▲ *C melodic minor scale ascending.*

JAZZ MELODIC MINOR SCALE

The jazz melodic minor scale is the same as the ascending version of the standard melodic minor scale. The sixth and seventh degrees of the scale are raised by a half step in comparison to the natural minor scale, giving it a much brighter tonality that is well suited to some forms of jazz music. The interval spelling is 1 2 ♭3 4 5 6 7 8.

Section One: The Basics

FURTHER SCALES

Expanding your knowledge of scales beyond the common major and minor scales will broaden your musical vocabulary, enabling you to play lead guitar in a wide range of musical styles. A grasp of a broad collection of scales will also facilitate improvisation over complex chord progressions.

BLUES SCALE

The blues scale contains all the notes of the pentatonic minor scale, but with the addition of a ♭5 note. It is this note that gives the blues scale its distinctive blues flavour. All blues lead guitar playing uses the blues scale as its foundation. The interval spelling of the blues scale is 1 ♭3 4 ♭5 5 ♭7. C blues scale contains the notes C E♭ F G♭ G B♭.

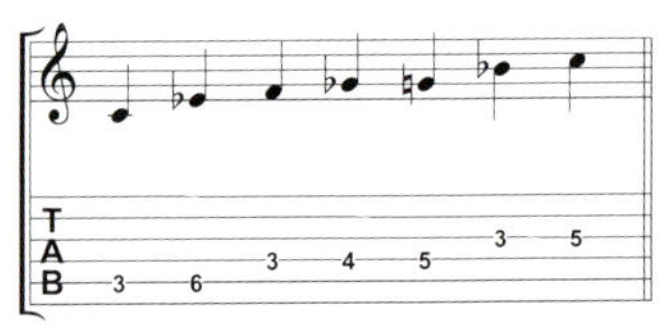

▲ *C blues scale.*

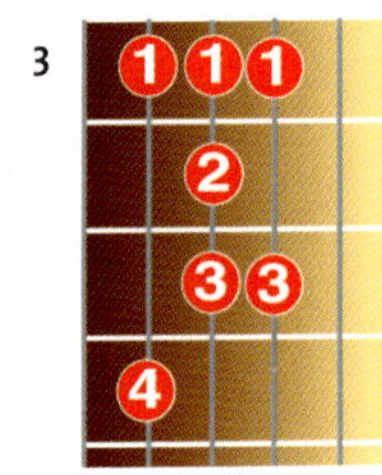

CHROMATIC SCALE

This scale contains every half step between the starting note and the octave. It is the only 12-note scale in music and does not relate to any particular key. Instead, when improvising, notes from the chromatic scale can be added to introduce notes that are not in the key of the backing. Including these 'outside' notes as chromatic passing notes within a lead guitar solo can help provide moments of harmonic tension.

▲ *C chromatic scale.*

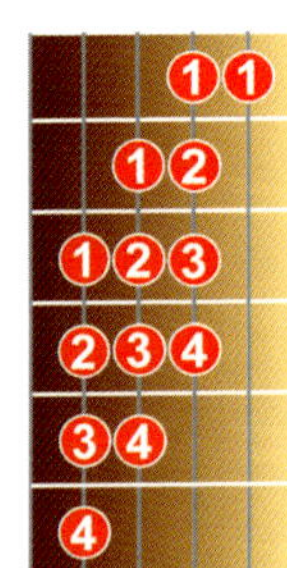

Complete Guitar Handbook

COUNTRY SCALE

The country scale contains all the notes of the pentatonic major scale, but with the addition of a minor 3rd note. This gives it a slightly bluesy edge that suits 'new country' and 'country rock' guitar styles. The interval spelling is 1 2 ♭3 3 5 6 8.

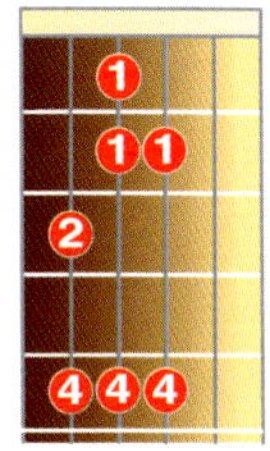

▲ *C country scale.*

DIMINISHED SCALES

These are eight-note scales comprising alternating whole-step and half-step intervals. Diminished scales can start either with a whole step or a half step. Diminished scales that start with a whole step are described as whole/half diminished scales. These are generally used to improvise over diminished seventh chords. The interval spelling is 1 2 ♭3 4 ♭5 ♭6 𝄫7 7 8. Diminished scales that start with a half step are described as half/whole diminished scales. These are widely used in jazz and fusion to create a sense of musical tension and colour when improvising over dominant seventh chords. The interval spelling is 1 ♭2 ♯2 3 ♯4 5 6 ♭7 8.

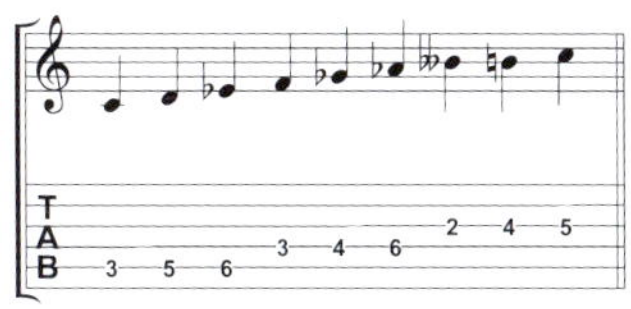

▲ *C whole/half diminished scale.*

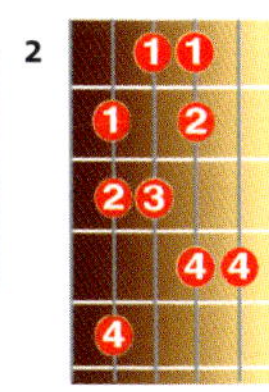

▲ *C half/whole diminished scale.*

WHOLE-TONE SCALE

The whole-tone scale is constructed using only whole steps. Between any note and its octave there are six whole steps, therefore the whole-tone scale contains six different notes. Whole-tone scales are rarely used as key scales, but instead tend to be used for improvising over dominant altered chords (such as 7♯5). The interval spelling is 1 2 3 ♯4 ♯5 ♭7 8.

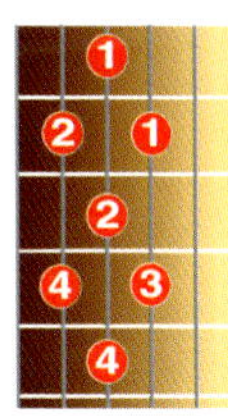

▲ *C whole tone scale.*

Section One: The Basics

MODES

Modes are scales that are formed by taking the notes of an existing scale but starting from a note other than the original keynote. This results in each mode having a unique tonality. The most common modes played on the guitar are those of the major scale, in particular the Dorian, Lydian and Mixolydian modes.

DORIAN MODAL SCALE

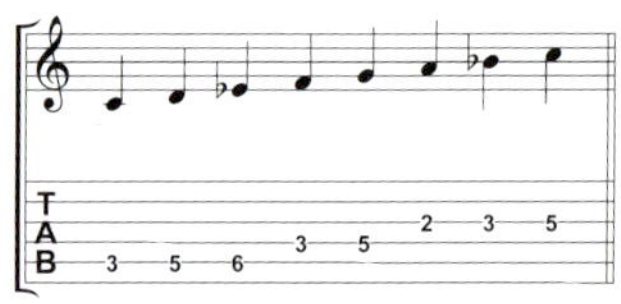

▲ *C Dorian modal scale.*

2

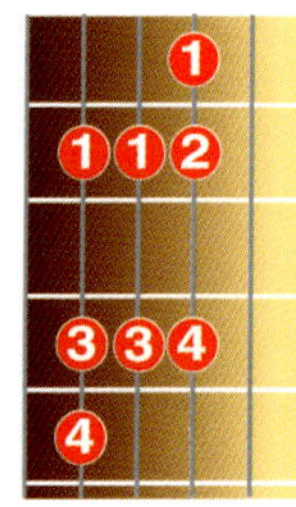

Taking the notes of the major scale starting from its second degree creates the Dorian modal scale. For example, the notes of the B♭ major scale are B♭ C D E♭ F G A B♭. The second note in the B♭ major scale is C, so the C Dorian modal scale contains the notes C D E♭ F G A B♭ C. The interval spelling is 1 2 ♭3 4 5 6 ♭7 8.

Even though the B♭ major scale and the C Dorian mode derived from it contain the same notes, they have a very different sound and character. For example, the major scale has a major third interval from the first to the third note and a major seventh interval from the first to the seventh note. In contrast, the Dorian modal scale contains minor third and minor seventh intervals – making it a type of 'minor' scale. Compared to the natural minor scale, the Dorian modal scale has a brighter, less melancholic, sound and is often used in funk, soul and jazz styles.

LYDIAN MODAL SCALE

The Lydian modal scale has a laid-back sound that is well-suited to jazz, fusion and soul music. The mode is formed by taking the notes of the major scale starting from its fourth degree. For example, the notes of the G major scale are

Complete Guitar Handbook

G A B C D E F♯ G. The fourth note in the G major scale is C, so the Lydian modal scale that is generated from the G major scale is the C Lydian modal scale – comprising the notes C D E F♯ G A B C. The interval spelling is 1 2 3 ♯4 5 6 7 8.

▲ *C Lydian modal scale.*

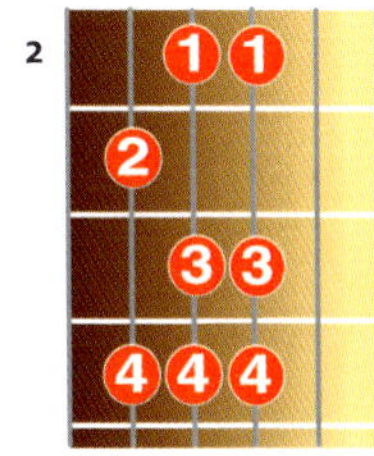

You might notice that when compared to the 'tonic major' (the major scale with the same starting note) the only difference is the inclusion of the ♯4 note in the Lydian modal scale.

MIXOLYDIAN MODAL SCALE

The Mixolydian modal scale is used in blues and rock music. It is formed by taking the notes of the major scale starting from its fifth degree. For example, the notes of the F major scale are F G A B♭ C D E F. The fifth note in the F major scale is C, so the Mixolydian modal scale that is generated from the F major scale is the C Mixolydian modal scale – comprising the notes C D E F G A B♭ C. The interval spelling is 1 2 3 4 5 6 ♭7 8.

▲ *C Mixolydian modal scale.*

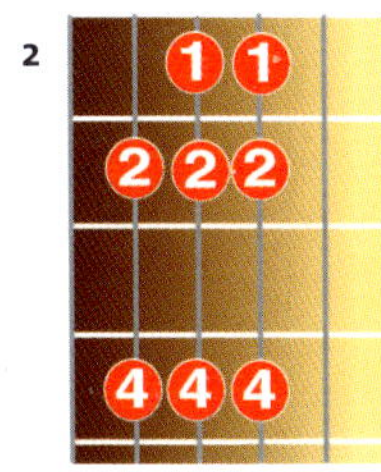

When compared to the 'tonic major' (the major scale with the same starting note) the only difference is the inclusion of the ♭7 note in the Mixolydian modal scale. This gives the scale a bluesy, yet melodic, sound.

Tip

The Ionian modal scale is an alternative name for the major scale, and the Aeolian modal scale is another name for the natural minor scale.

Section One: The Basics

FURTHER MODES

Learning some of the more esoteric modal scales can be a useful method of making your playing more individual. It can lead you to investigate musical styles and create sounds that you might otherwise leave unexplored; your playing might begin to include elements of Spanish flamenco or avant-garde jazz that you'd never even dreamed of.

PHRYGIAN MODAL SCALE

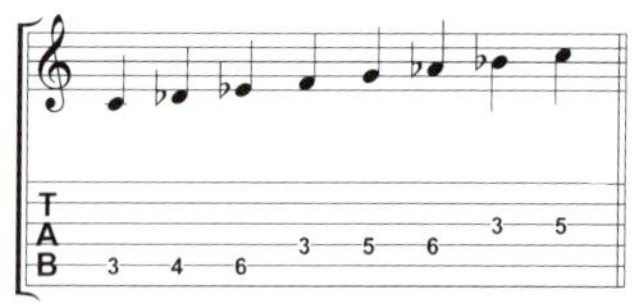

▲ *C Phrygian modal scale.*

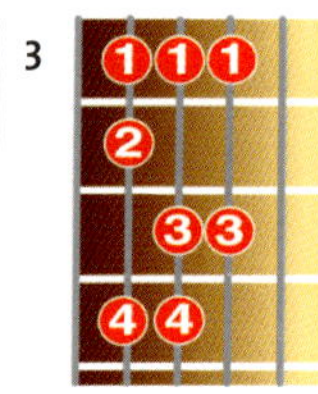

The Phrygian modal scale is quite unusual in that it starts with a half-step interval between the first two degrees. This gives it a typically Spanish flamenco sound. The scale is formed by taking the notes of the major scale starting from the third degree. For example, the notes of the A♭ major scale are A♭ B♭ C D♭ E♭ F G. The third note in the A♭ major scale is C, so the Phrygian modal scale that is generated from the A♭ major scale is the C Phrygian modal scale – comprising the notes C D♭ E♭ F G A♭ B♭ C. The interval spelling is 1 ♭2 ♭3 4 5 ♭6 ♭7 8.

PHRYGIAN MAJOR MODAL SCALE

▲ *C Phrygian major modal scale.*

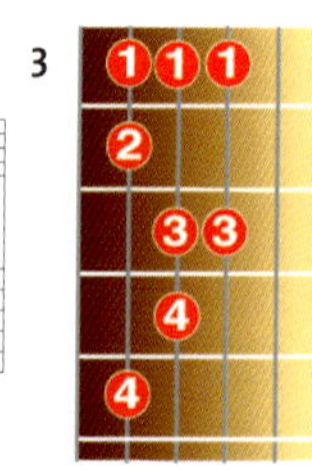

The Phrygian major modal scale is actually the fifth mode of the harmonic minor scale, but it can be considered as a variation of the Phrygian modal scale: all the notes are the same except that

Complete Guitar Handbook

the Phrygian major modal scale contains a major (rather than flattened) third. The interval spelling is 1 ♭2 3 4 5 ♭6 ♭7 8.

As well as flamenco, it is commonly used in heavy metal guitar styles.

LOCRIAN MODAL SCALE

The Locrian modal scale is the mode that starts on the seventh degree of the major scale. For example, C is the 7th note in the scale of D♭ major, so the Locrian modal scale that is generated from the D♭ major scale is the C Locrian modal scale. The C note becomes the keynote of the Locrian modal scale and the remaining notes in the D♭ major scale make up the rest of the C Locrian modal scale. The interval spelling is 1 ♭2 ♭3 4 ♭5 ♭6 ♭7 8.

▲ *C Locrian modal scale.*

The Locrian modal scale is a minor scale with a diminished tonality, making it well suited for improvising over half-diminished chords.

LYDIAN DOMINANT MODAL SCALE

The Lydian dominant modal scale is actually the fourth mode of the jazz melodic minor scale. However, the scale is often referred to as the Lydian ♭7 modal scale. This is because, apart from containing a ♭7 interval, it comprises the same notes as the Lydian modal scale. The interval spelling is 1 2 3 ♯4 5 6 ♭7 8.

▲ *C Lydian dominant modal scale.*

The scale is mostly used in jazz and fusion styles.

> **Tip**
>
> **Modes can be treated as key centres in their own right, with a group of chords to accompany each modal scale. Alternatively, modes can be used as chord scales – using a different mode over each chord.**

Section One: The Basics

PITCH

In this chapter, scales have been shown with a starting note of C. You can alter the pitch of any scale easily by starting the same finger pattern at a different fret. However, you may need to change the fingering for each scale to play it in a higher or lower octave – or simply in a different fingerboard position.

FINGERBOARD POSITIONS

One of the interesting things about the guitar fingerboard is that the same note can be played at exactly the same pitch in several different places on the fingerboard.

If you play through the example to the right, you'll notice that each E note, although at exactly the same pitch, has a slightly different tonal quality. The same applies to scales and riffs – they will have a slightly different tone depending upon the chosen fingerboard position. You will also find that some riffs or licks might be easier to play in one fingerboard position compared to another.

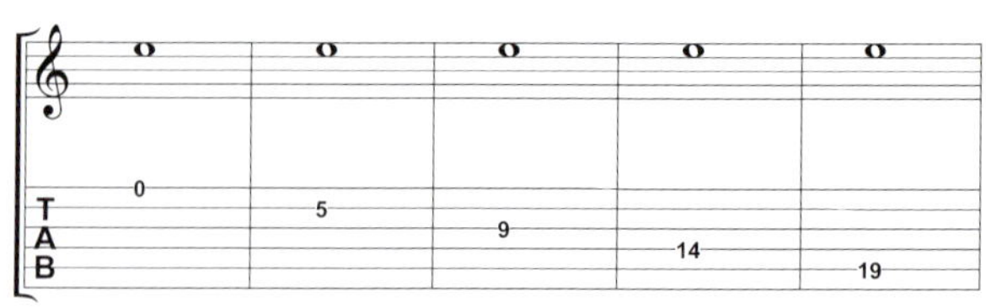

▲ *The note of E can be played at exactly the same pitch in five different fingerboard positions.*

If you're really serious about studying the guitar, you should make it a long-term aim to learn as many different fingerboard positions as possible for all your scales, because this will provide you with the maximum amount of flexibility in your playing.

Complete Guitar Handbook

To start you on your way, here are three positions of the C major scale – all at the same pitch.

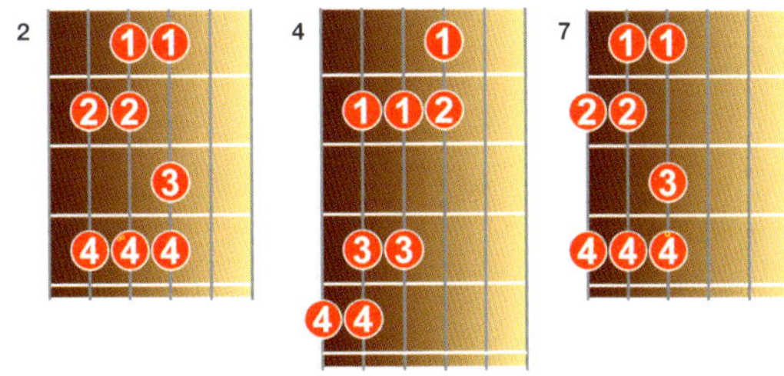

CHANGING OCTAVE

As well as learning scales of the same pitch in different fingerboard positions, you also need to be able to play them in different octaves. This will give you a wider sonic range to play across – from deep bassy riffs to high-pitched screaming solos. This fingerboard knowledge will help you play sympathetically with other elements in a song, for example, playing in a range that will merge well with the vocals or other instruments in some sections of the song, while moving to an octave that will make the guitar jump out of the mix in other sections.

Practising scales in a variety of fingerboard positions and octaves will help you develop a good knowledge of the location of notes on the fingerboard; this in turn will enable you to target notes to match with the chord structure when improvising.

Ideally you should aim to develop a practise regime that will enable you, over a period of time, to learn all the scales in this book in all keys and in all possible octaves and fingerboard positions.

As a starting point, the fretboard diagrams below show the same C major scale that is illustrated above, but this time in a higher octave and in five different fingerboard positions.

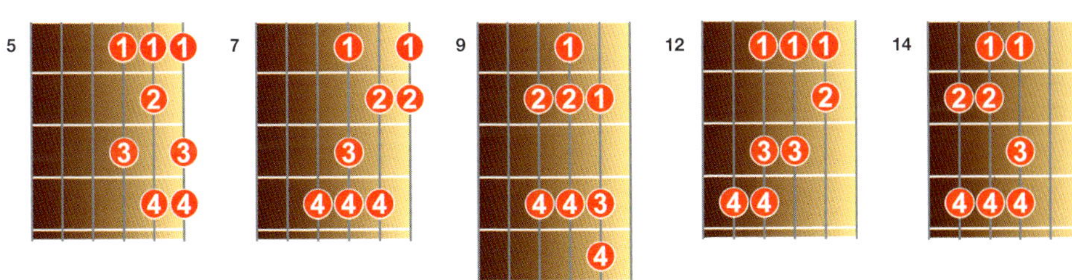

Section One: The Basics

CHORDS AND TUNINGS

INTRODUCTION

Knowledge of a wide range of chord types will enable you to play songs from almost any musical genre, and will provide a platform for writing your own songs. Understanding the music theory behind chord construction means that you'll be able to explore chord fingerings that suit your playing style, without reliance on a chord book.

EXPLORING CHORDS

While some players prefer the simplicity of sticking to common major and minor chords, others have made their music unique by exploring the range of chordal variations that can be played on the guitar. Some of the most experimental chord players include Barney Kessel (1923–2004), Pat Metheny (b. 1954), Peter Buck, Johnny Marr (b. 1963), Joe Pass (1929–94) and John McLaughlin (b. 1942).

CHORD FINGERINGS

Because the guitar has a three to four octave range, and some notes can be played at exactly the same pitch in several fingerboard positions, the harmonic possibilities on the instrument are almost endless: even simple major or minor chords can be played in numerous fingerboard positions – each with a multitude of possible fingerings. It's important to remember this, because no instruction books will have space to illustrate all the possible fingering options available for every chord type. Therefore,

◄ *Peter Buck provides the complex chordal structure that's integral to REM's sound.*

Complete Guitar Handbook

gaining an understanding of how chords are formed will allow you to devise your own chord fingerings – using shapes that suit your fingers and that work well with the other chord shapes you're playing in the song. Often you'll find that, rather than having to jump around the fingerboard to play the next chord in a song, you can devise an alternative fingering near to the previous chord.

BUILDING CHORDS

Although there are dozens of different chord types that exist in music, all of them stem from the basic major and minor triads (illustrated on pages 66–69). Once you have a good knowledge of the basic triads and an understanding of chord construction you'll realize that all other chords are merely extensions or variations of these foundation chord types.

TUNINGS

Using alternative tunings opens up a whole new world of harmonic possibilities on the guitar. You'll be able to discover chords that might be difficult or even impossible to play in standard tuning, yet which fall easily under the fingers in a new tuning. Of course, the main disadvantage is that none of the chord or scale shapes you've learnt in standard tuning will produce the same results when played in a different tuning. This means that a lot of effort will have to be put into exploring the possibilities of any new tuning – but, given the tremendous musical potential, you might just decide it's worth it (see pages 76–77).

▶ *Johnny Marr adds texture to his playing by making full use of a huge variety of chords.*

Section One: The Basics

INTERVALS

Intervals are the spaces between notes from the major scale, or other scales. Chords are constructed by combining various intervals. The name of a chord is often based upon the largest interval contained within that chord.

MAJOR SECOND

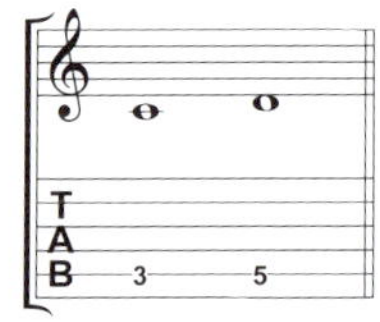

A major second is the interval from the first to the second note of the major scale (e.g. in the key of C, from C to D).

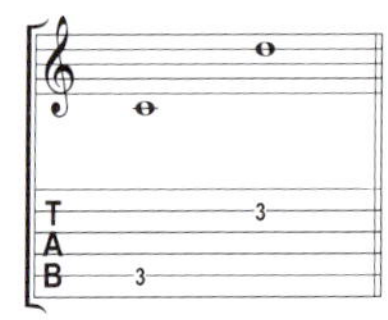

If you play the major second note an octave higher it forms a major ninth interval. This interval is included in all major, minor and dominant ninth chords.

MAJOR THIRD

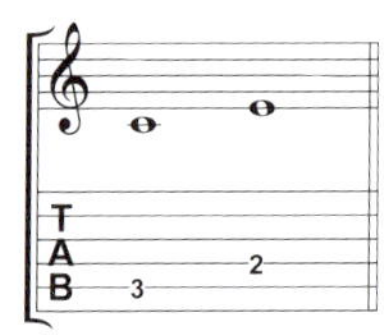

A major third is the interval from the first to the third note of the major scale (e.g. in the key of C, from C to E). This interval is important in that it defines the tonality of a chord; a chord that is constructed with a major third interval from its root note will always be a type of major chord.

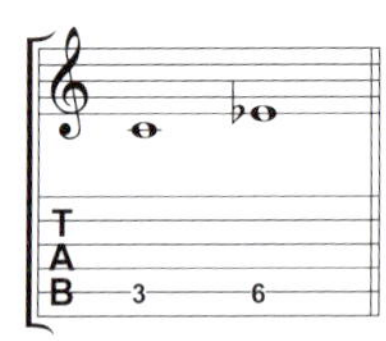

If you lower the major third interval by a half step it becomes a minor third. Just as the major third interval determines that a chord has a major tonality, the minor third interval determines that a chord is minor.

PERFECT FOURTH

A perfect fourth is the interval from the first to the fourth note of the major scale (e.g. in the key of C, from C to F).

Complete Guitar Handbook

PERFECT FIFTH

A perfect fifth is the interval from the first to the fifth note of the major scale (e.g. in the key of C, from C to G). The perfect fifth occurs in nearly all chords, apart from diminished or augmented chords.

If you lower the perfect fifth interval by a half step it becomes a diminished (flattened) fifth. This interval occurs in diminished chords and any chords labeled with a flattened fifth note.

If you raise the perfect fifth interval by a half step it becomes an augmented (sharpened) fifth. This interval occurs in augmented chords and any chords labeled with a sharpened fifth note.

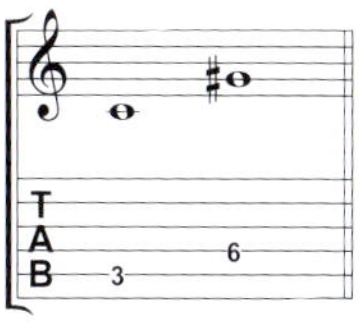

MAJOR SIXTH

A major sixth is the interval from the first to the sixth note of the major scale (e.g. in the key of C, from C to A). The major sixth occurs in both major and minor sixth chords.

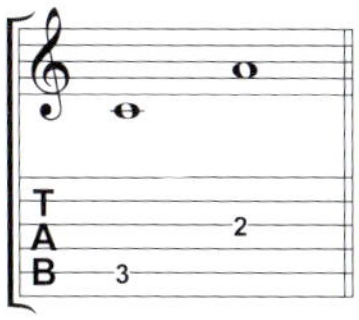

If you add an octave to a major sixth it becomes a major 13th interval. This interval is used in all 13th chords.

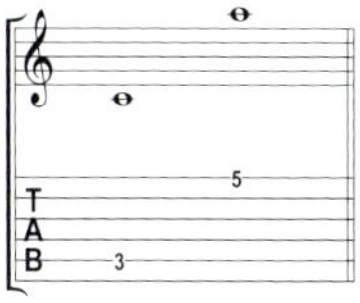

MAJOR SEVENTH

A major seventh is the interval from the first to the seventh note of the major scale (e.g. in the key of C, from C to B). The major seventh interval occurs in major seventh chords.

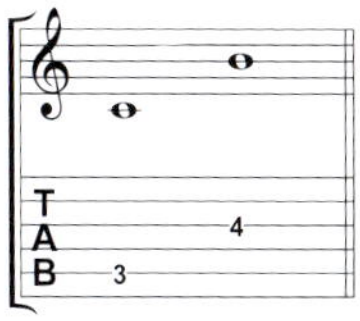

If you lower the major seventh interval by a half step it becomes a minor seventh. This interval occurs in both minor seventh and dominant seventh chords.

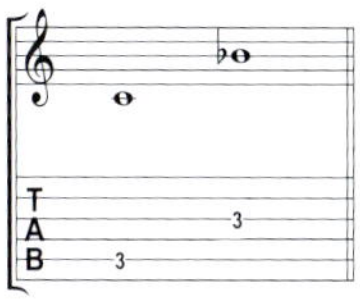

Section One: The Basics

MAJOR TRIADS

Chords that contain three different notes are known as 'triads'. All standard major chords are triads. All other chords, no matter how elaborate, can be considered simply as variations or extensions of these triads. Therefore, learning all the major triads will provide a firm foundation for learning any other chords.

	C Major Scale	C Major Triad
1	**C**	**C**
2	D	
3	**E**	**E**
4	F	
5	**G**	**G**
6	A	
7	B	
8	C	

The first, third and fifth notes of the major scale make up a major triad. For example, the C major triad is formed by taking the first, third and fifth notes of the C major scale.

You can work out which notes are in any major triad by selecting the first, third and fifth notes from the major scale with the same starting note as the chord. This would give the following results:

Major Triads	Notes in Triad
C	C E G
G	G B D
D	D F♯ A
A	A C♯ E
E	E G♯ B
B	B D♯ F♯

Major Triads	Notes in Triad
F♯	F♯ A♯ C♯
F	F A C
B♭	B♭ D F
E♭	E♭ G B♭
A♭	A♭ C E♭
D♭	D♭ F A♭

Although major triads only contain three different notes, strumming three-string chords could result in quite a thin sound, so quite often major chords are played with

Complete Guitar Handbook

some of the notes doubled so that five or six strings can be strummed. For example, in this open position G major chord, the G note is played three times (on the sixth, third and first strings), the B note is played twice (on the fifth and second strings) and the D note is played once.

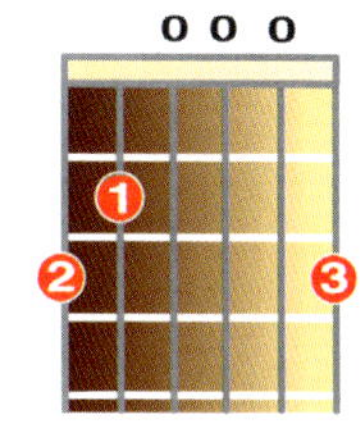

G G Major
1st (G), 3rd (B), 5th (D)

Now that you know the notes contained in each major triad you can devise as many different fingerings for each chord as you wish. To help you get started, there follows one fretbox example for each major triad. Other shapes are shown in the chord dictionary at the back of this book.

A A Major
1st (A), 3rd (C♯), 5th (E)

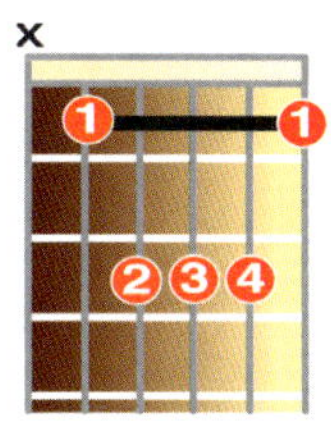

B♭/A♯ B♭ Major
1st (B♭), 3rd (D), 5th (F♯)

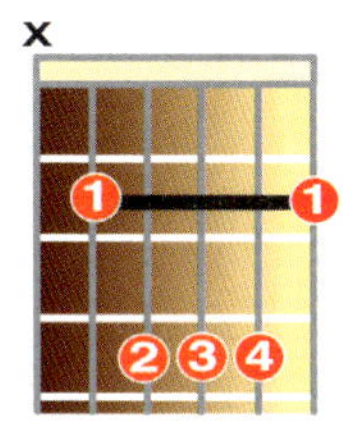

B B Major
1st (B), 3rd (D♯), 5th (F)

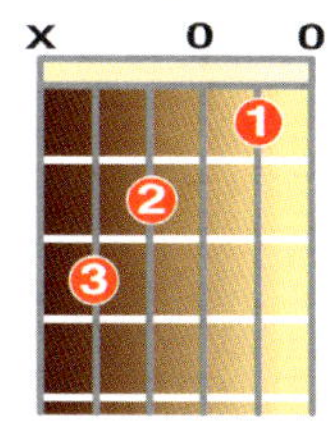

C C Major
1st (C), 3rd (E), 5th (G)

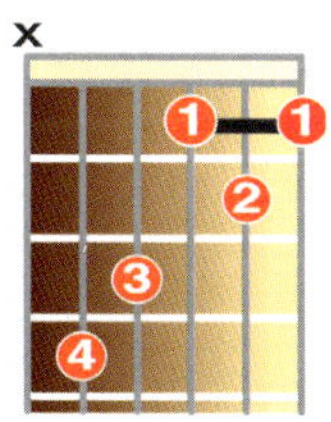

C♯/D♭ C♯ Major
1st (C♯), 3rd (E♯), 5th (G♯)

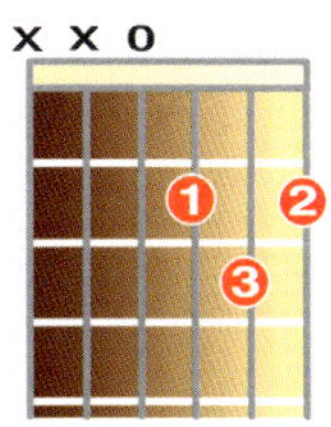

D D Major
1st (D), 3rd (F♯), 5th (A)

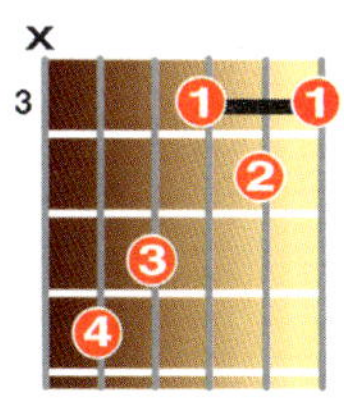

E♭/D♯ E♭ Major
1st (E♭), 3rd (G), 5th (B♭)

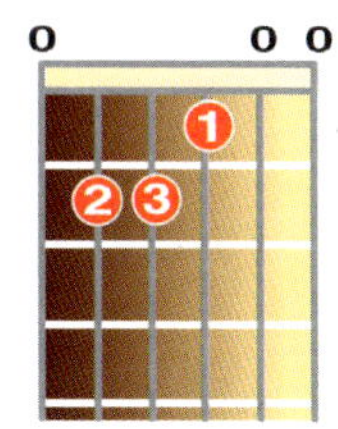

E E Major
1st (E), 3rd (G♯), 5th (B)

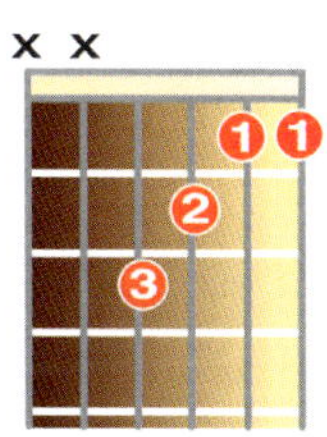

F F Major
1st (F), 3rd (A), 5th (C)

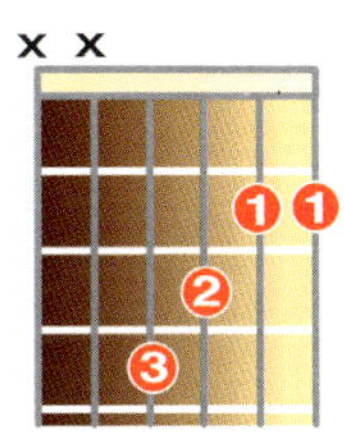

F♯/G♭ F♯ Major
1st (F♯), 3rd (A♯), 5th (C♯)

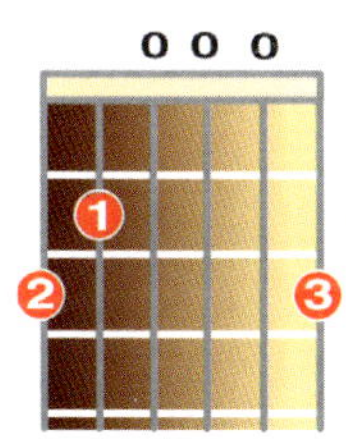

G G Major
1st (G), 3rd (B), 5th (D)

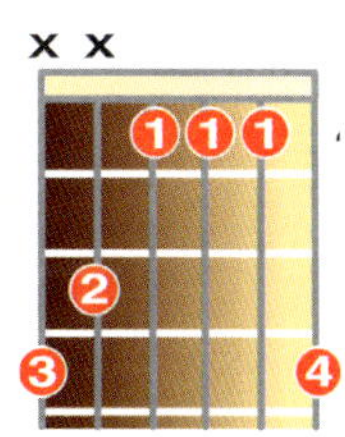

A♭/G♯ A♭ Major
1st (A♭), 3rd (C), 5th (E♭)

Section One: The Basics

MINOR TRIADS

Minor triads have a more mellow, mournful sound than major triads but, just like major triads, they also contain only three different notes. All other minor chords are built on the foundation of these minor triads, so learning at least the most common minor triads is essential for any rhythm guitar player.

	C Natural Minor Scale	C Minor Triad
1	**C**	**C**
2	D	
3	**E♭**	**E♭**
4	F	
5	**G**	**G**
6	A♭	
7	B♭	
8	C	

Minor triads contain the first, flattened third and fifth notes of the major scale. (The flattened third note can be found one fret lower than the major third note.) For example, the C minor triad contains the notes C E♭ and G. Taking the first, third and fifth notes from the natural minor scale will give the same results.

Minor Triads	Notes in Triad
Am	A C E
Em	E G B
Bm	B D F♯
F♯m	F♯ A C♯
C♯m	C♯ E G♯
G♯m	G♯ B D♯

Minor Triads	Notes in Triad
D♯m	D♯ F♯ A♯
Dm	D F A
Gm	G B♭ D
Cm	C E♭ G
Fm	F A♭ C
B♭m	B♭ D♭ F

You can work out which notes are in any minor triad by selecting the first, third and fifth notes from the natural minor scale with the same starting note as the chord.

Complete Guitar Handbook

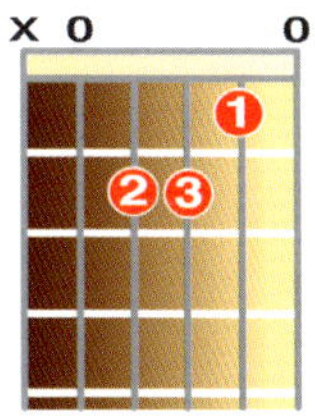

Am A Minor
1st (A), ♭3rd (C), 5th (E)

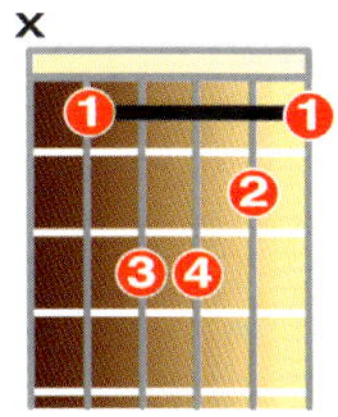

B♭m/A♯m B♭ Minor
1st (B♭), ♭3rd (D♭), 5th (F)

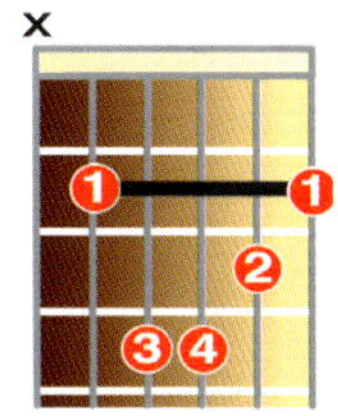

Bm B Minor
1st (B), ♭3rd (D), 5th (F♯)

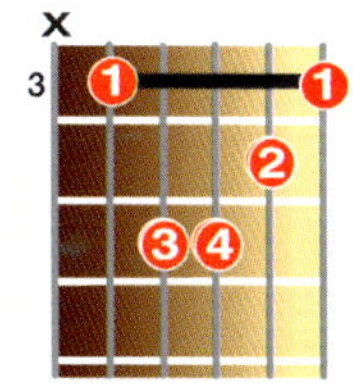

Cm C Minor
1st (C), ♭3rd (E♭), 5th (G)

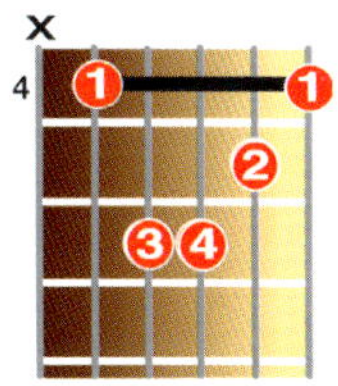

D♭m/C♯m C♯ Minor
1st (C♯), ♭3rd (E), 5th (G♯)

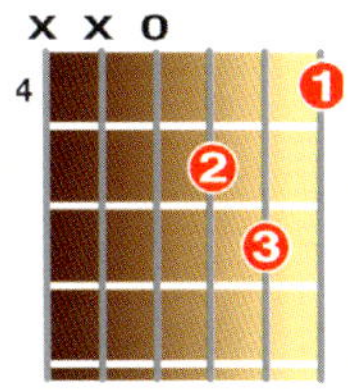

Dm D Minor
1st (D), ♭3rd (F), 5th (A)

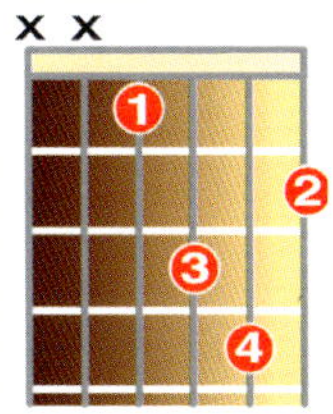

E♭m/D♯m E♭ Minor
1st (E♭), ♭3rd (G♭), 5th (B♭)

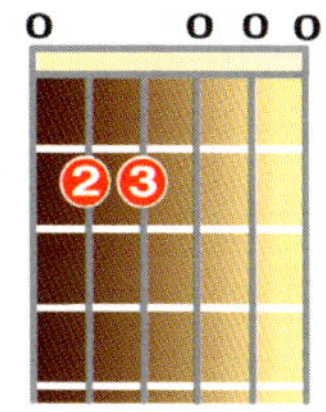

Em E Minor
1st (E), ♭3rd (G), 5th (B)

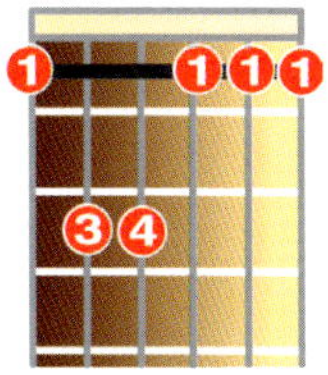

Fm F Minor
1st (F), ♭3rd (A♭), 5th (C)

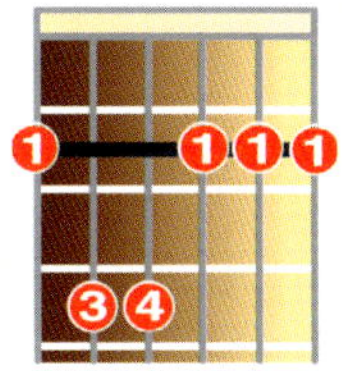

F♯m/G♭m F♯ Minor
1st (F♯), ♭3rd (A), 5th (C♯)

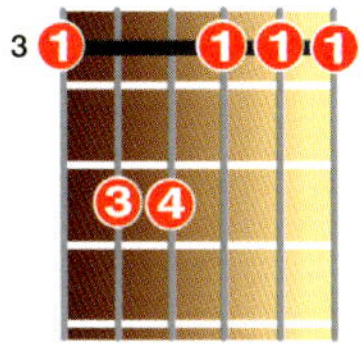

Gm G Minor
1st (G), ♭3rd (B♭), 5th (D)

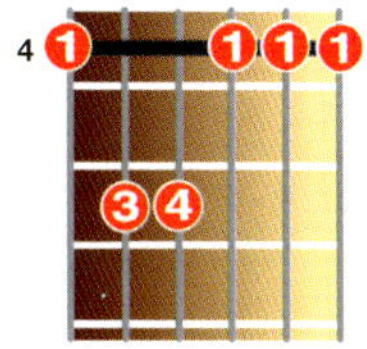

A♭m/G♯m A♭ Minor
1st (A♭), ♭3rd (C♭), 5th (E♭)

Remember that although triads consist of only three different notes, you can repeat one of more of the notes when playing them as chords on the guitar.

OTHER TRIADS

As well as major and minor triads, there are other triads: diminished, augmented and suspended (see pages 70–73). There are also some chords, known as 'diads', that contain only two different notes (see 'Fifth Chords' page 71).

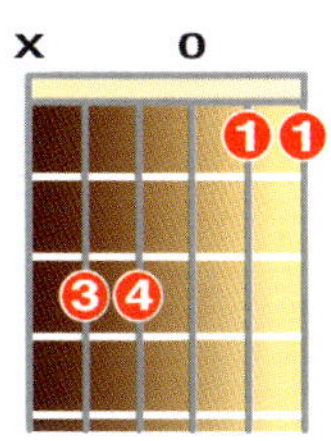

Csus4 C Suspended 4th
1st (C), 4th (F), 5th (G)

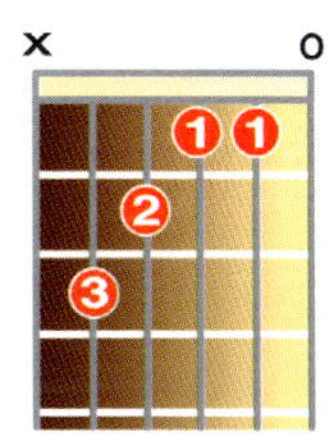

C+ C Augmented
1st (C), 3rd (E), ♯5th (G♯)

Section One: The Basics

CHORD CONSTRUCTION

Having studied the basic major and minor chords on the previous pages, the good news is that all other chords can be viewed as variations or extensions of these. To convert the basic triads into other chords, all that's normally required is to add to the triad a note from the major scale.

SIXTH CHORDS

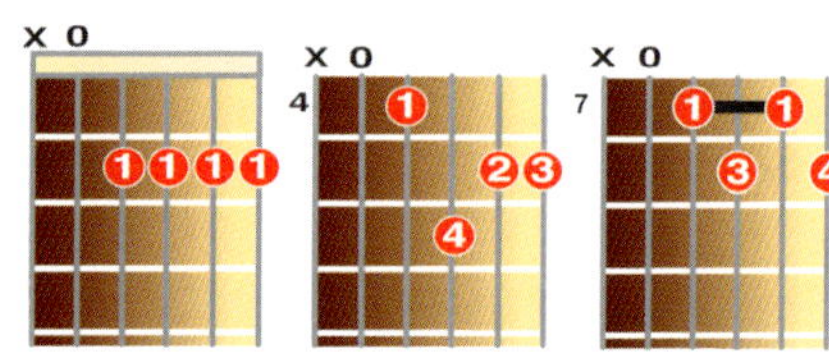

A6

To work out how to play any major sixth chord you just play through the major scale until you reach the sixth note in the scale. Find out the name of this note by counting up the fretboard and then add this note to the basic major triad – thereby converting it into a major sixth chord. For example, to play A major 6 (A6) you should add F♯ (the sixth note of the A major scale) to the A major chord. (You will find an F♯ note on the second fret of the first string.)

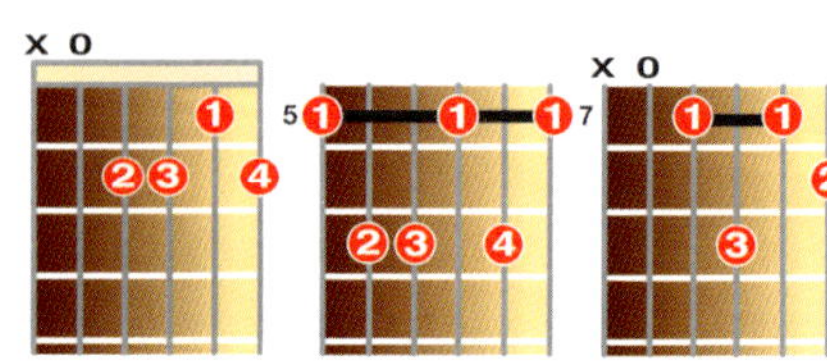

Am6

Minor sixth chords are formed in the same way, by adding the sixth note of the major scale to the minor triad. Notice that you always use the major scale – even if the chord is minor!

SEVENTH CHORDS

There are three main types of seventh chord: major seventh (maj7), dominant seventh (7) and minor seventh (m7). Only the major seventh chord uses the seventh note of the major scale; the other two types use the flattened seventh note of the scale.

Complete Guitar Handbook

The major seventh chord is formed by taking the basic major chord and adding the seventh note of the major scale to it. For example, Amaj7 comprises A C♯ E G♯.

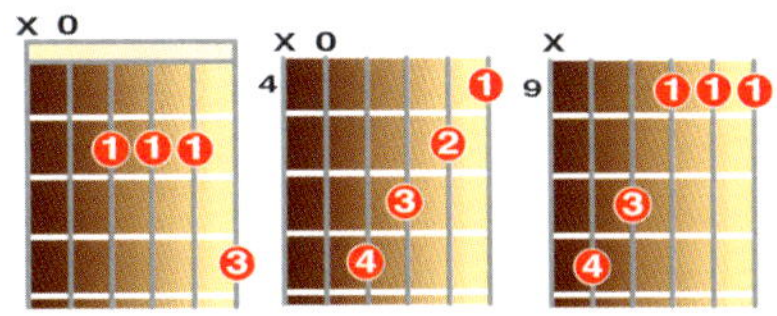

Amaj7

The dominant seventh chord is formed by taking the basic major chord and adding the flattened seventh note of the major scale to it. For example, A7 comprises A C♯ E G.

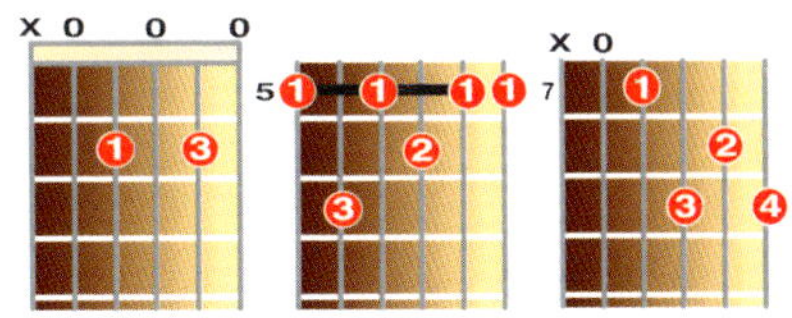

A7

The minor seventh chord is formed by taking the basic minor chord and adding the flattened seventh note of major scale to it. For example, Am7 comprises A C E G.

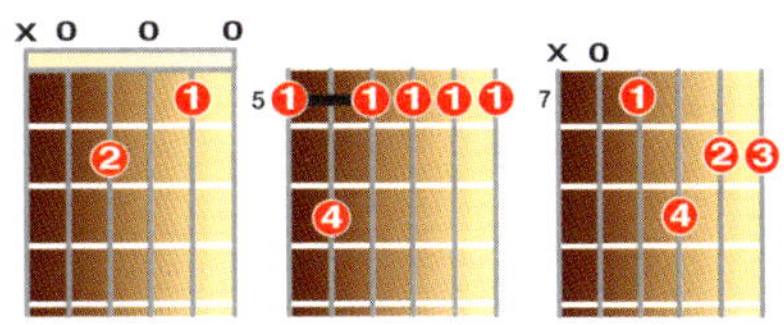

Am7

SUS CHORDS

Some chords are formed by replacing a note, rather than adding one. Sus chords are a good example of this, as the chord's third is replaced by the fourth note of the major scale in sus4 chords, and by the second note of the scale in sus2 chords. For example, Asus2 comprises A B E, and Asus4 comprises A D E.

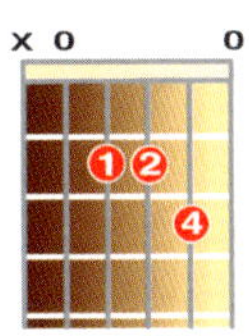

Asus4

Asus2

Tip

When adding notes to chords, it's normally best if you can find the note on the first string before looking on the lower strings. Sometimes you might need to take a finger off a string to allow the new note to sound.

FIFTH CHORDS

Fifth chords, also known as 'power chords', are unusual in that they do not include a major or minor third. They consist only of the root note and the fifth. For example, A5 comprises A and E.

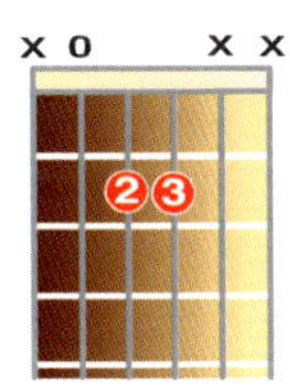

A5

Section One: The Basics

EXTENDED AND ALTERED CHORDS

Using extended chords, containing five or six notes, helps to create a rich sound and to extend your chordal vocabulary. Altered chords provide an ideal method of creating a sense of tension and adding harmonic dissonance to a chord progression.

EXTENDED CHORDS

Just as seventh chords are built by adding an extra note to a basic triad, extended chords are built by adding one or more extra notes to a seventh chord. The most common types of extended chords are ninths, 11ths and 13ths. Each can be played in either a major, minor or dominant form.

NINTH CHORDS

Major ninth chords are extensions of major seventh chords. They are formed by adding the ninth note of the major scale (with the same starting note) to a major seventh chord. The interval spelling is 1 3 5 7 9. For example, Cmaj9 contains the notes C E G B (the notes of Cmaj7) plus the note of D (the ninth note of the C major scale). Major ninth chords have a delicate sound that makes them highly suitable for use in ballads.

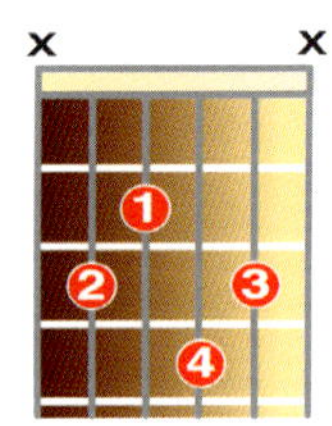

Cmaj9

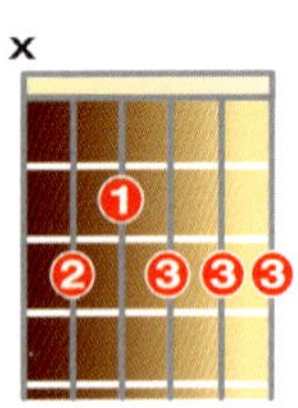

C9

Dominant ninth chords are formed by adding the ninth note of the major scale to a dominant seventh chord. For example, C9 contains the notes C E G B♭ (the notes of C7) plus D (the ninth note of the C major scale). The interval spelling is 1 3 5 ♭7 9. Dominant ninth chords have a rich, bluesy sound.

Complete Guitar Handbook

Minor ninth chords are extensions of minor seventh chords, formed by adding the ninth note of the major scale. For example, Cm9 contains C E♭ G B♭ (the notes of Cm7) plus D (the ninth note of the C major scale). The interval spelling is 1 ♭3 5 ♭7 9. Minor ninth chords have a suave, mellow sound and are often used in soul and funk music.

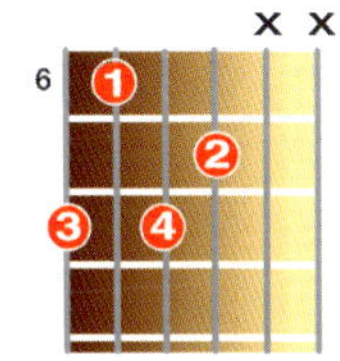

Cm9

ELEVENTH CHORDS

There are three main types of 11th chord as shown here. You'll notice that each incorporates some form of ninth chord, plus the 11th note of the major scale. In practise, the ninth note is normally omitted when playing 11th chords on the guitar.

Dominant 11th:	1 3 5 ♭7 9 11
Minor 11th:	1 ♭3 5 ♭7 9 11
Major 11th:	1 3 5 7 9 11

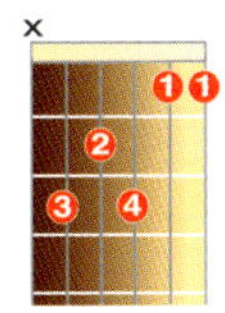

C11

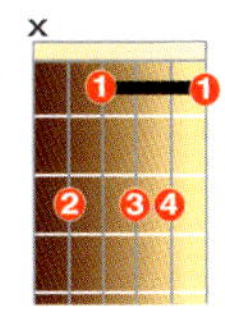

Cmin11

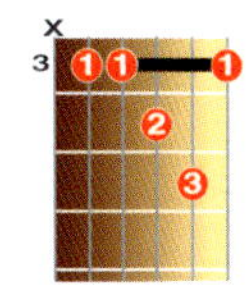

Cmaj11

THIRTEENTH CHORDS

There are three main types of 13th chord, as shown in the table below. In practice, it is not possible to play all seven notes of a 13th chord on guitar, therefore some notes (normally the 9th, 11th and sometimes the 5th) are omitted.

Dominant 13th:	1 3 5 ♭7 9 11 13
Minor 13th:	1 ♭3 5 ♭7 9 11 13
Major 13th:	1 3 5 7 9 11 13

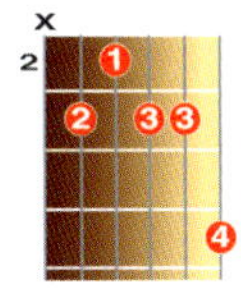

C13

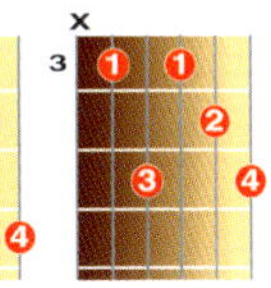

Cm13

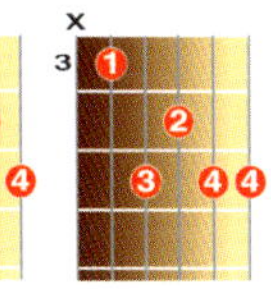

Cmaj13

ALTERED CHORDS

These are chords in which the fifth and/or ninth has been 'altered' – i.e. either raised or lowered by a half step. Altered chords are most commonly used in jazz. These are examples of commonly used altered chords. See the chord dictionary for sample chord fingerings.

Augmented triad: 1 3 ♯5	Dominant 7th ♭5: 1 3 ♭5 ♭7
Diminished triad: 1 ♭3 ♭5	Dominant 7th ♭9: 1 3 5 ♭7 ♭9
Diminished 7th chord: 1 ♭3 ♭5 ♭♭7	Dominant 7♯9: 1 3 5 ♭7 ♯9

Section One: The Basics

CHORD SUBSTITUTION

You can make your own interpretations of chords in a songbook by using chord inversions, embellishments and substitutions instead of the original chords. You can also use this approach when songwriting, by starting with a simple chord progression and turning it into something quite elaborate.

CHORD EMBELLISHMENT

Chord embellishment consists of varying a chord by substituting a note within it for a new note, or by adding an extra note. Whichever method is used, the new note should be taken from the 'key scale' of the chord: for example, you could add any note from the C major scale to the C major chord without changing the fundamental harmonic nature of the chord. By sticking to notes from the key scale, the new embellished chord can normally be used as a direct replacement for the simpler basic chord without causing any clashes with the melody of the song.

Chord embellishments are often easier to play than the basic major or minor chords. If you lift the finger off the first string when playing an open position D major chord shape, it will become a Dsus2 chord.

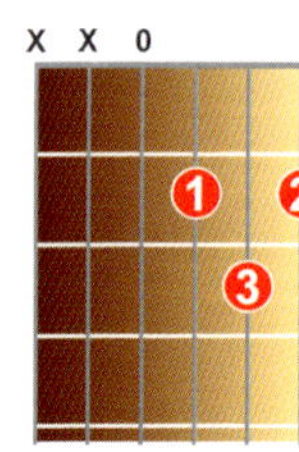

D

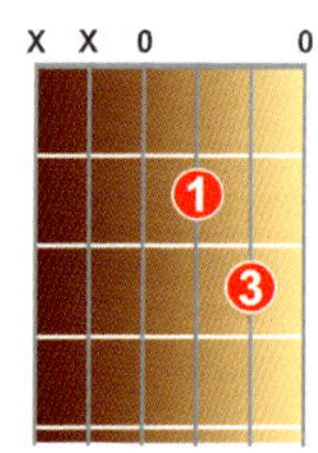

Dsus2

Adding an extra note to a chord is also an effective way of creating an embellishment. The ninth note of the major scale is often used, as this brings a certain warmth when added to a basic major chord.

The same approach can be taken with minor and dominant seventh chords. The table opposite gives examples of the most commonly used chord embellishments

Complete Guitar Handbook

– none of which will cause problems within an existing chord progression as the basic chord's harmonic nature will not be changed.

Basic Chord	Possible Embellishments
Major	major 6th, major 7th, major 9th add 9, sus2, sus4, major 6th add 9
Minor	minor 7th, minor 9th, sus2, sus4
Dominant 7th	dominant 9th, dominant 13th dominant 7th sus4

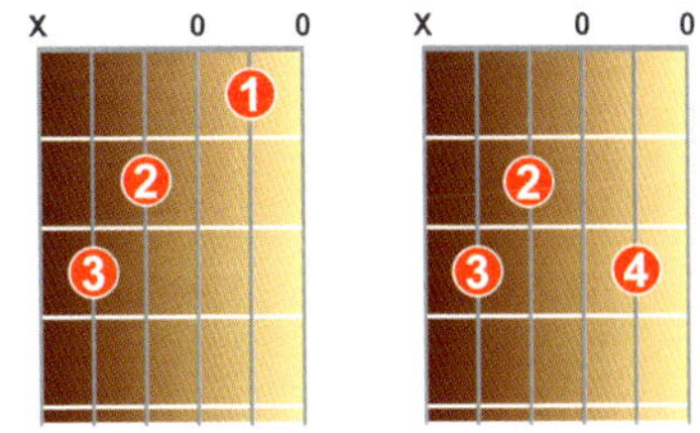

▲ *C major is extended to become Cadd9 by the addition of the ninth note, D.*

CHORD INVERSIONS

Rather than play every chord starting from its root note, you can play an 'inversion' by choosing another chord tone as the lowest note. There are three main types of inversion:

- First inversion: the third of the chord is played as the lowest note.
- Second inversion: the fifth of the chord is played as the lowest note.
- Third inversion: the extension of the chord is played as the lowest note.

Inversions are normally notated as 'slash chords': C/E is 'C major first inversion'.

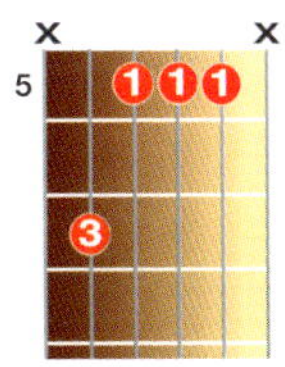

C/E (C major first inversion)

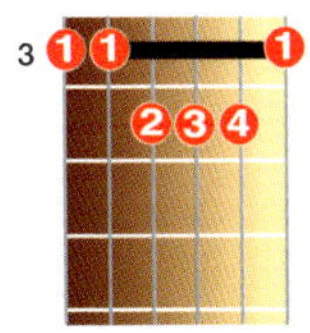

C/G (C major second inversion)

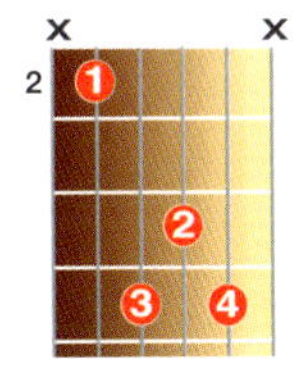

Cmaj7/B (C major seventh third inversion)

CHORD SUBSTITUTION

An interesting effect can be achieved by substituting one chord for another. Most commonly, a major chord can be replaced by its 'relative minor' (i.e. the minor chord with a root note three half steps lower). For example, A minor might be substituted in place of C major. Alternatively, a minor chord could be replaced by its 'relative major' (i.e. the major chord with a root note three half steps higher). For example, C major might be substituted in place of A minor.

Section One: The Basics

ALTERED TUNINGS

Discover a new range of beautiful chordal harmonies by simply tuning your guitar in a different way. If you sometimes start to feel restricted by sticking to the same chord shapes you've played before, then experimenting with alternative tunings is a great way of generating some fresh sounds and ideas.

DROPPED D TUNING

There are numerous ways in which a guitar can be retuned, but the simplest and most commonly used is 'dropped D tuning'. All you need to do is lower the pitch of the low E string by a whole step until it reaches the note of D (an octave lower than the open fourth string). You can check that you've retuned correctly by playing on the seventh fret of the sixth string and comparing the note to the open fifth string – they should produce exactly the same pitch.

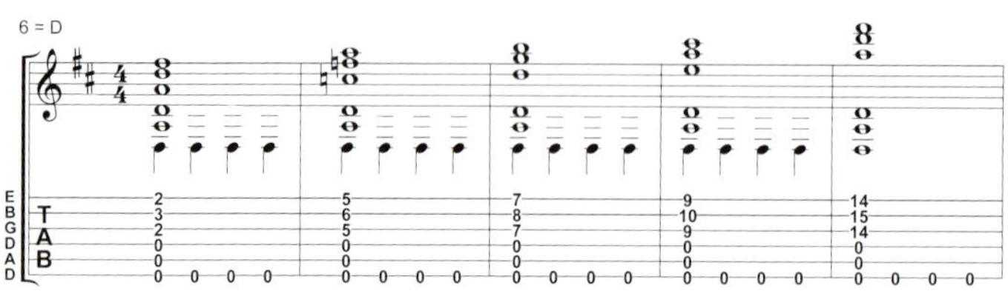

Dropped D tuning is perfect for playing songs in the keys of D major or D minor. Having the low D bass string is almost like having your own built-in bass player – it can add great solidity and power to your sound. To make the most of this bass effect many guitarists use the low D string as a 'drone' – i.e. they repeatedly play this low D note while moving chord shapes up and down the fingerboard. Moving a simple D major shape up the fingerboard while playing a low D drone gives a very effective sound.

D MODAL TUNING

Tuning the sixth, second and first strings down a whole step creates what is known as 'D modal tuning': D A D G A D. When you need to reach this tuning

Complete Guitar Handbook

unaided just remember that the A D and G strings are tuned as normal. Playing the open D string will give you the pitch for the lowered sixth string when it is played at the 12th fret. Playing the A string at the 12th fret will give you the pitch to tune the second string down to, and playing the D string at the 12th fret will give you the pitch to tune the first string down to. Once the guitar is correctly tuned it will give you a Dsus4 chord when the open strings are all strummed, thus creating instant ambiguity and a sense of interest. When first using this tuning, playing in the key of D will prove the easiest: by placing the first finger on the second fret of the G string you will make a nice deep-sounding D major (D5) chord. Traditional chord shapes will not work in the same way with any altered tuning, so it's really a case of experimenting to find chord sounds that you like. The secret is to be adventurous and see what ideas you can come up with when freed from the restrictions of conventional chord shapes.

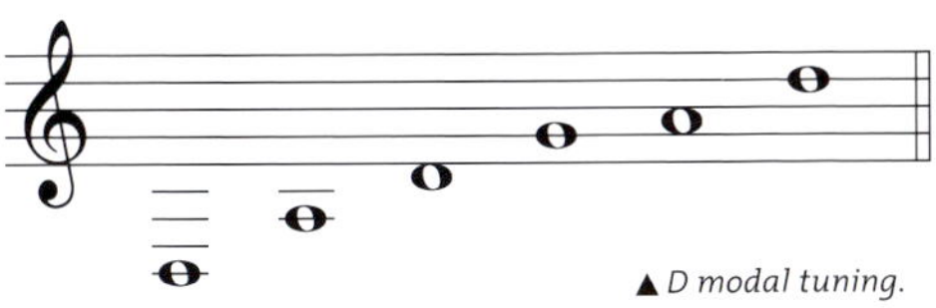

▲ *D modal tuning.*

OTHER TUNINGS

If the two altered tunings described above have given you the taste for experimentation, then here are a few other tunings you can try (all shown starting with the low sixth string).

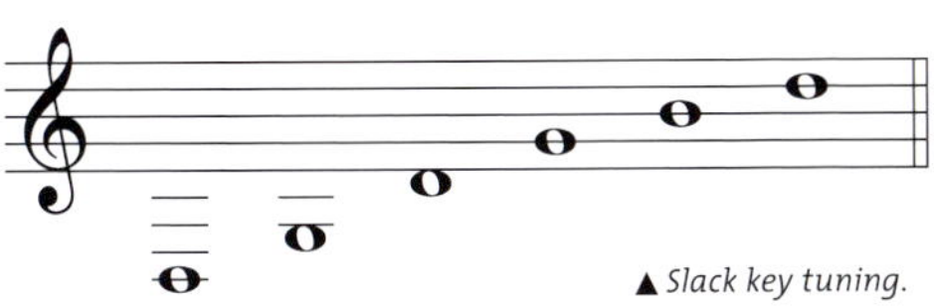

▲ *Slack key tuning.*

Slack key tuning – D G D G B D (the first, fifth and sixth strings are 'slackened' down a whole step to form a G major chord).

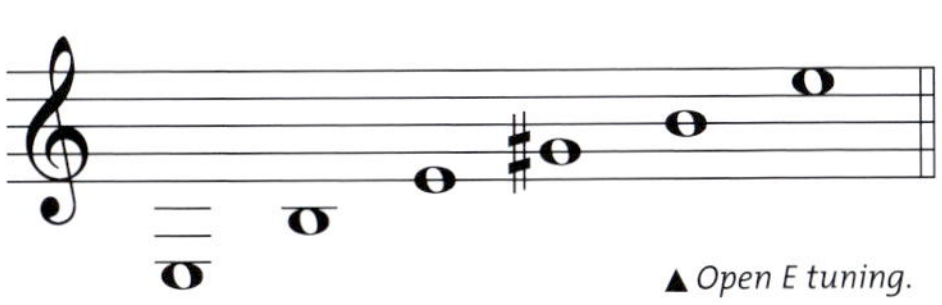

▲ *Open E tuning.*

Open E tuning – E B E G# B E (the third, fourth and fifth strings are tuned higher than normal to make an E major chord).

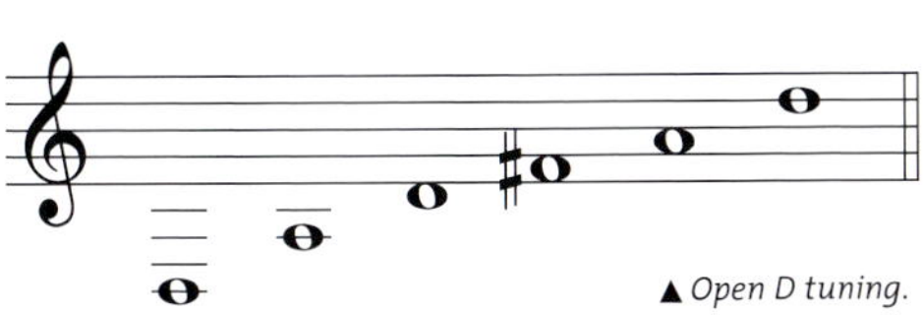

▲ *Open D tuning.*

Open D tuning – D A D F# A D (the first, second, third and sixth strings are tuned down so that the open strings form a D major chord).

Section One: The Basics

INTRODUCTION

Once you've learnt the fundamentals of guitar playing, such as scales and chords, it's time to put these into action in a practical music-making setting. Applying specialist guitar techniques, such as string bending and vibrato, will enhance the sound of your performance and enable you to add your own individuality to both lead and rhythm playing.

LEAD TECHNIQUES

Throughout this chapter the most essential lead guitar techniques will be explained in some depth. Some of these techniques, such as hammer-ons and pull-offs, will help you develop fluency and smoothness in your playing. Others, such as vibrato and string bending, will enable you to make your lead playing more expressive and individual. Guitarists who are renowned for their skill in using string bends include David Gilmour (b. 1946), Gary Moore, Eric Clapton and Buddy Guy.

Blues guitarist B.B. King is widely acknowledged as the master of vibrato playing. Other guitarists who excel with this technique include Peter Green (b. 1946), Albert Collins (1932–93) and Paul Kossoff (1950–76).

▶ *Blues legend B.B. King uses a well-practised vibrato technique to add richness to his playing.*

Complete Guitar Handbook

An arpeggio is created by playing the notes contained within a chord individually rather than simultaneously. When playing licks or solos, arpeggios can provide just as important a role as scales, in fact, some players – such as Yngwie Malmsteen (b. 1963), Albert Lee and Mark Knopfler (b. 1941) – rely very heavily on arpeggios in their lead guitar playing.

RHYTHM TECHNIQUES

Techniques that can make your rhythm guitar playing more creative and exciting are also covered in this chapter. These include topics such as using string damping as a method of extending the dynamic range of your rhythm playing, and playing riffs using chord shapes rather than just single notes. Listen to the guitar playing of Dave Davies of the Kinks (b. 1947), Mick Ronson (1946–93), Angus Young (b. 1953) and Paul Weller for some of the best examples of rhythm guitar techniques in action.

▲ *Dave Davies (far left) used chords in the introductory riff of the Kinks' hit song' 'You Really Got Me'.*

SPECIALIST TECHNIQUES

Exploring some advanced techniques, such as octave playing and harmonics, can really add range and variety to your playing. If your guitar is fitted with a tremolo arm, experimenting with this can lead to some interesting sonic discoveries. Compare the subtle use Hank Marvin (b. 1941) makes of the tremolo arm with the wild sounds made by Steve Vai (b. 1960) and Jeff Beck.

If you don't already own one, try to get hold of a bottleneck (slide). Using one of these will provide you with musical possibilities unobtainable through normal playing. Although their use originated in blues and country music, many rock players also regularly use slides as an alternative to their usual solo styles. Some great slide players include Duane Allman (1946–71), Ry Cooder (b. 1947), Muddy Waters (1915–83) and George Thorogood (b. 1950).

Section One: The Basics

CHANGING CHORDS

It's one thing to know some chord shapes, but it's a far more difficult skill to change fluently between them without leaving any gaps in between. Luckily, there are a few short cuts you can take to make your chord changes easier and faster.

MINIMUM MOVEMENT PRINCIPLE

It's essential that chord changes are crisp and prompt. This might not be too hard when using chords that you're very familiar with, but it can seem daunting with chords that are new to you. However, changing between any chords can be made much easier if you follow the 'minimum movement principle'. This involves making only the smallest finger movement necessary between chords, and avoiding taking fingers off strings or frets only to put them back on again for the next chord. Excess movement between chords is what slows chord changes down; the less your fingers move, the faster your chord changes will be.

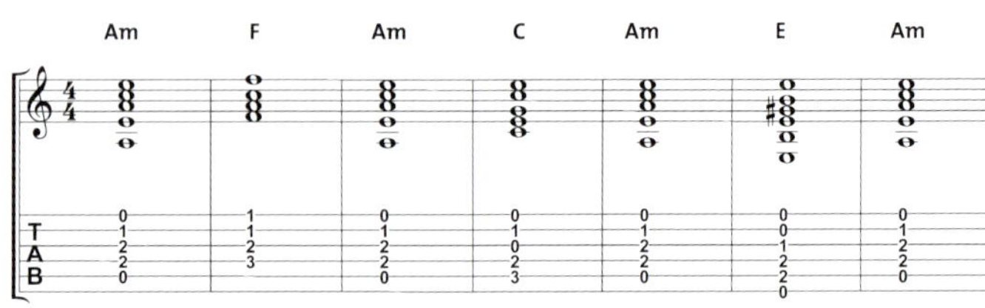

▲ *When moving from Am to F, keep the first finger on the second string first fret, but flatten it to cover the first string as well. Between Am and C only move the third finger; keep the others in place. Notice how E major is the same 'shape' as Am – just on different strings.*

Some chords have one or more notes in common. For example, the open position A minor and F major chords both include the note C (first fret on the B string). The C major chord also includes this note and, in addition, has another note in common with the A minor chord (E on the second fret of the D string). The chord progression shown above uses the chords Am, F, C and E: notice the common fingering between each

Complete Guitar Handbook

chord change; in particular, how the first finger stays on the first fret and how the second finger stays on the second fret throughout.

Even if different chords don't contain too many common notes, changing between them can still be made easier if you look out for any possible links. For example, when changing between the D and A major chords the third finger can be slid along the second string (between frets two and three) rather than being taken off the string only to be put back on a fret higher a moment later.

Following the principle of minimum movement saves time and makes the chord changes smoother. No matter how remote a chord change appears to be, there will always be some kind of link between the chords; once spotted, this will make changing between them easier.

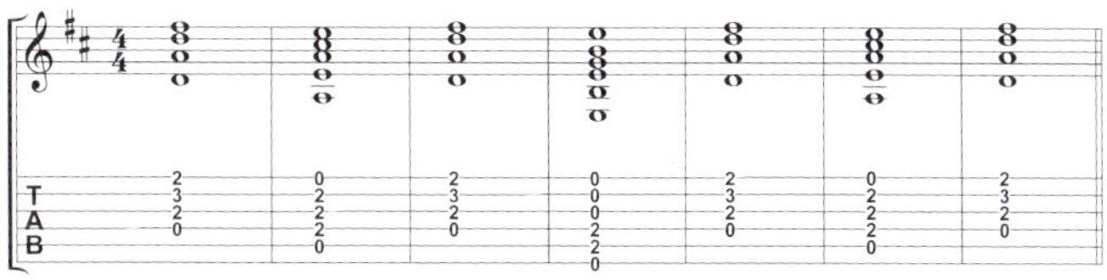

▲ *Try to spot the common links between consecutive chord shapes. For example, between the D and A chords the third finger could just slide along the second string, while the first and second fingers move up or down across the strings.*

'OPEN VAMP' STRUM

If all else fails, there is a 'pro-trick' you can use that will mask any gap between chord changes: using an 'open vamp' strum. This simply involves strumming the open strings while your fingers move between the chord change. While not ideal, it does mean that, crucially, the overall fluency and momentum of the performance is maintained. In fact, some players actually make a feature of this technique to bring out accents within their rhythm playing. Whatever technique you use, the golden rule in rhythm playing when you come across difficult passages is 'never stop – always keep strumming'.

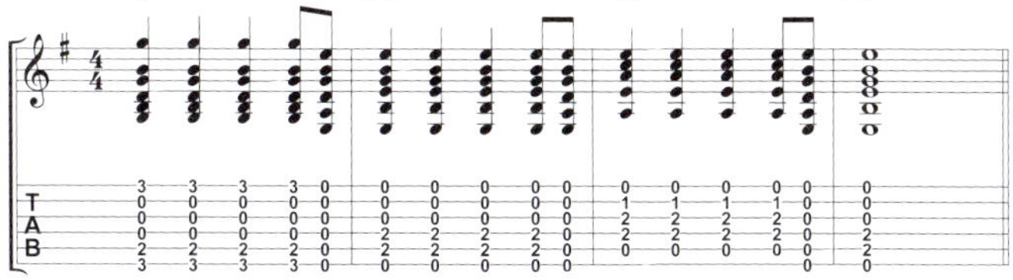

▲ *Chord changes can be made much easier by using an 'open vamp string' between each chord. Strumming the open strings between each chord gives you a little breathing space to move your fingers on to the next chord shape.*

Section One: The Basics

POWER CHORDS

Playing only selected notes from a chord can actually give a stronger sound than playing the whole chord – especially when you add a touch of distortion. You can get a tighter and more easily controlled sound by just using two or three notes from a chord.

FIFTHS

In rock music, instead of full chords, abbreviated versions just using the root and fifth note are often played. These 'fifth chords' are commonly called 'power chords'. Apart from the tone, one of the main advantages of using fifths is that it's much easier to move quickly from chord to chord because there are only a couple of fingers involved. To play a fifth power chord, simply fret a note on any bass string and add a note two frets up on the adjacent higher string.

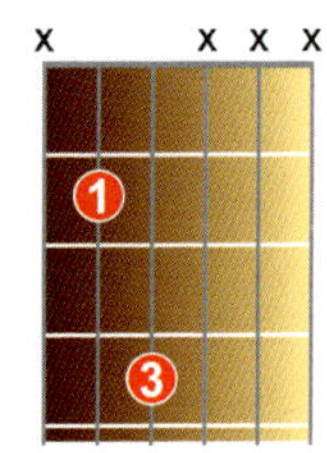

C5 power chord

Songs that use fifths are normally in minor keys, so learn a minor scale in fifths as this will prepare you for the type of progressions commonly used.

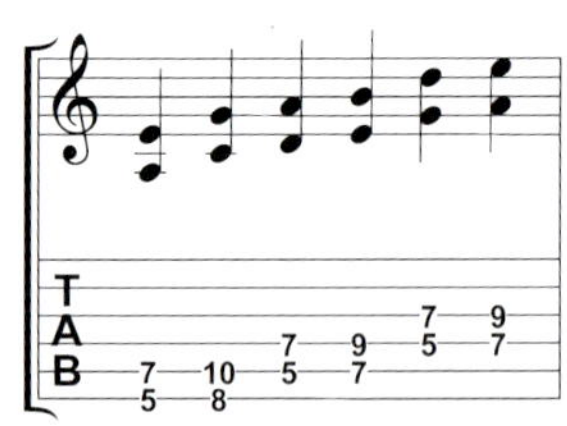

▲ *A pentatonic minor scale in fifths.*

To hear the differences in sound between fifths and standard chord shapes, play through the following short chord sequence, first using normal open position chords and then with the chords as fifths. Once you've done this, you could experiment by converting songs that you already play with open chords into a version using fifths.

Complete Guitar Handbook

Seventies rock bands like Judas Priest and Black Sabbath (the heavy metal pioneers) specialized in writing songs based upon riffs played in fifths – often adding an octave note to the chord to get a more powerful sound.

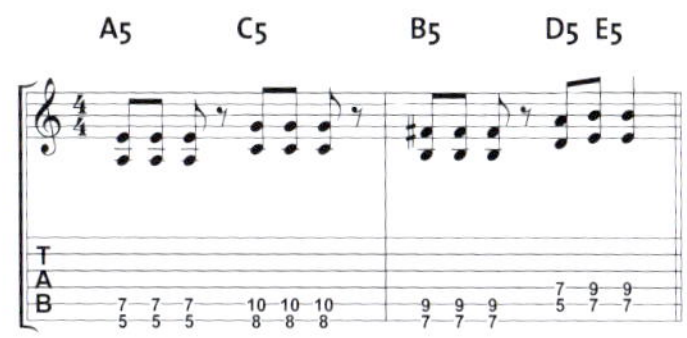

▲ *A typical 1970s rock riff. Octave notes could be used as well as the fifth to give a heavier sound.*

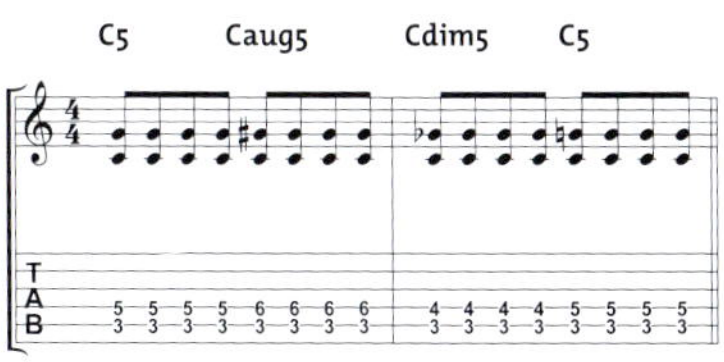

▲ *An 1980s metal riff, using variations on the standard fifth chord.*

Eighties heavy metal bands like Iron Maiden and Metallica used plenty of fifths in their songs, but often varied the fifth shape a little by using augmented or diminished fifths to create a more foreboding sound.

In the early 1990s, the Seattle grunge sound was based on the use of fifths. Bands like Pearl Jam and Nirvana tended to use a less distorted sound than their metal predecessors and also tended to strum using down and up strokes.

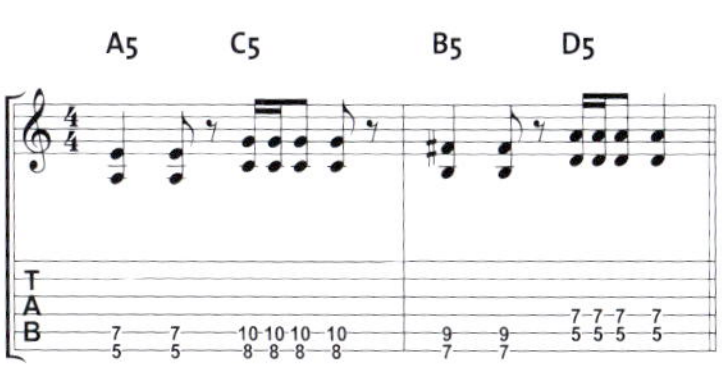

▲ *Down and up strums capture the grunge spirit.*

More recent rock bands such as Slipknot and Blink-182 base much of their rhythm playing on fifth power chords, often using dropped tunings to create an even stronger sound.

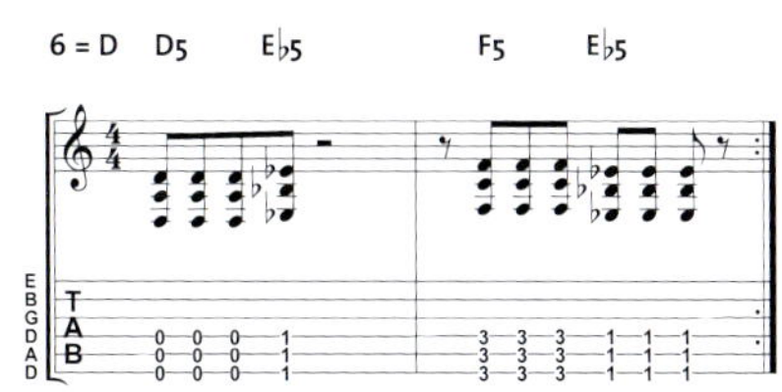

▲ *The low E string is de-tuned to D, enabling fifth power chords to be played on the 6th and 5th strings on a single fret – making fast chord changes much easier.*

To make sure that power chords are played clearly you need to do the following:

- Adapt your hand stretch to the size of the fret at which you're playing (fret-spacing gets narrower as you progress up the fingerboard).
- Move your whole hand (not just reaching with the fingers) when you change fret position.
- Only strum the strings that you are fretting; beware of hitting unwanted open strings.

Section One: The Basics

BARRE CHORDS

Playing open position chords is a great way to begin learning the guitar, but if you take a careful look at any professional players you'll soon notice that most of their chord positions are further up the fretboard; more often than not they'll be playing shapes known as 'barre chords'.

ADVANTAGES OF BARRE CHORDS

Playing a barre chord involves re-fingering an open position chord so as to leave the first finger free to play the barre by fretting all six strings. The whole chord can then be moved up the fingerboard to different pitches. The main advantage of using barre chords is that you can move the same shape up or down the fingerboard to create new chords without the need to memorize a whole host of different fingerings for each chord. Using barre chords will allow you to play more unusual chords (like B♭ minor or F♯ major), which are unobtainable in open position.

MAJOR BARRE CHORDS

To play major chords in barre form, begin by re-fingering an open position E major chord using the second, third and fourth fingers. Then move this up to different fingerboard positions, with the first finger fretting all the strings on the adjacent lower fret. Most guitars have marker dots on frets three, five and seven, and moving the barre of the E major shape to these positions will give the chords of G, A and B major.

► G major barre chord – based upon an E major shape. Move this shape to the fifth fret for A major and to the seventh fret for B major.

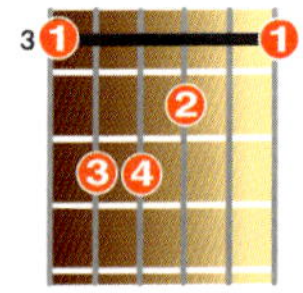

In theory, you could play all major chords with just this one barre chord shape. In practise, however, this would involve leaping around the fingerboard too

Complete Guitar Handbook

much when changing from one chord to another. Therefore, knowing at least two shapes for each chord type will enable you to play through most songs without ever having to shift more than a couple of frets for each chord change. The second major shape you can convert to a barre chord is the open position A major shape; moving this shape with the barre on the marker dots on frets three, five and seven of the A string will give the chords of C, D and E major.

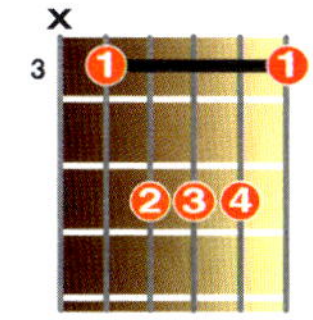

▶ C major barre chord – based upon an A major shape. Move this shape to the fifth fret for D major and the seventh fret for E major.

MINOR BARRE CHORDS

Open position minor chords can also be converted to barre chords. The E minor and A minor shapes can be re-fingered to leave the first finger free to make the barre. When the E minor shape is moved up, the pitch of the chord should be taken from the barre position on the E string. When the A minor chord is moved up, the pitch should be taken from the barre position on the A string.

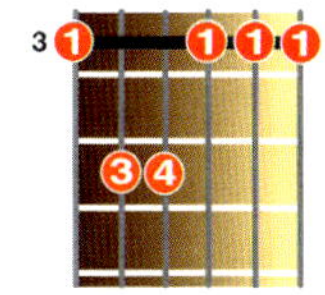

▶ G minor barre chord – based upon an E minor shape. Move this shape to the fifth fret for A minor and to the seventh fret for B minor.

MIXING BARRE CHORDS

Most songs will combine a mixture of major and minor chords. Whether you decide to use an E or A shape barre chord will depend on the position of the previous and the following chord; the trick is to choose the shape that will avoid any large fingerboard shifts.

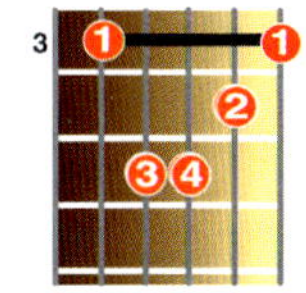

▶ C minor barre chord – based upon an A minor shape. Move this shape to the fifth fret for D minor and to the seventh fret for E minor.

Barre Chord Technique

- Keep the first finger straight and in line with the fret.
- The creases between the joints of the barring finger should not coincide with strings.
- Position all the fretting fingers as close to the fretwire as possible.
- Press down firmly, but avoid using excessive pressure.
- When you move between barre chords ensure your thumb also shifts, so that your whole hand position is moving with each chord change.

Section One: The Basics

CHORD RIFFS

Don't assume that chords are used purely for strumming an accompaniment – in some musical styles chords are quite frequently used to create the main riffs within songs. Some of the strongest and most memorable riffs in the history of rock music have been created using chords rather than single notes.

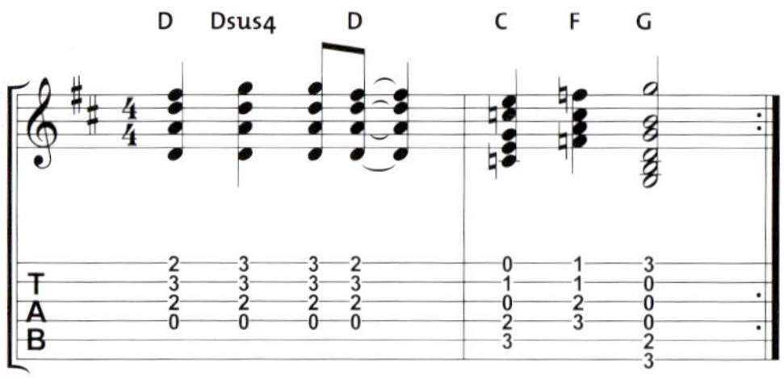

▲ *Example of a riff using open position chords.*

CREATING RIFFS

A riff is a short musical phrase that is repeated many times throughout a song. Using chords to play riffs will nearly always result in a much more powerful sound than a riff played just using single notes. Listen to anything by the Rolling Stones, AC/DC or the White Stripes to hear some fine examples of chordal riffing. When creating riffs with chords, you'll normally need to use more than one chord per measure in order to give a sense of movement. This might mean changing quickly to a totally different chord, or the riffs may just consist of chordal variations (such as major chords changing to suspended chords).

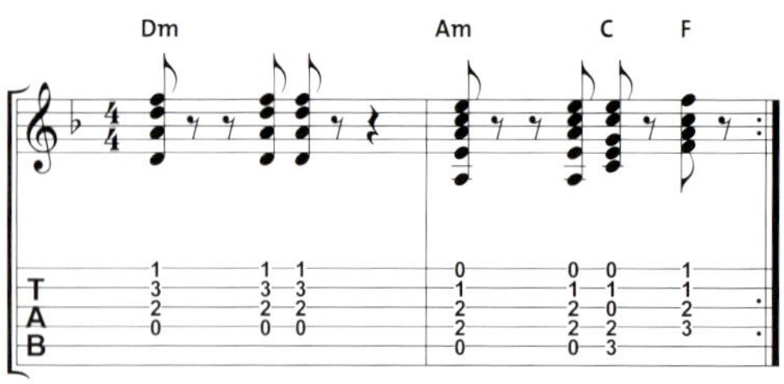

▲ *The rests give this riff its distinct rhythmic character.*

USING RESTS

Using rests (silences) between chords will help add a well-defined rhythm to your riff, giving it musical shape and character. Place the strumming hand against the strings when you wish to mute them.

Complete Guitar Handbook

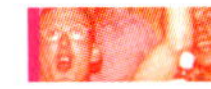

SEPARATING STRINGS

An effective technique for chord riffing is to separate the bass and treble strings when a chord is played. This will allow you to create a piano-like effect, with the bass part clearly separated from the treble.

▲ *Begin the E and G major chords by striking only the bass strings, followed by just the treble strings of each chord.*

USING POWER CHORDS

When playing chord riffs it's not always necessary to strum all of the strings – often just strumming the root and fifth notes of a chord (normally the bottom two strings of the chord) will suffice. In fact, for riffing, playing 'power chords' often sounds better than strumming all the strings of the complete chord shape as the sound will be tighter and better defined.

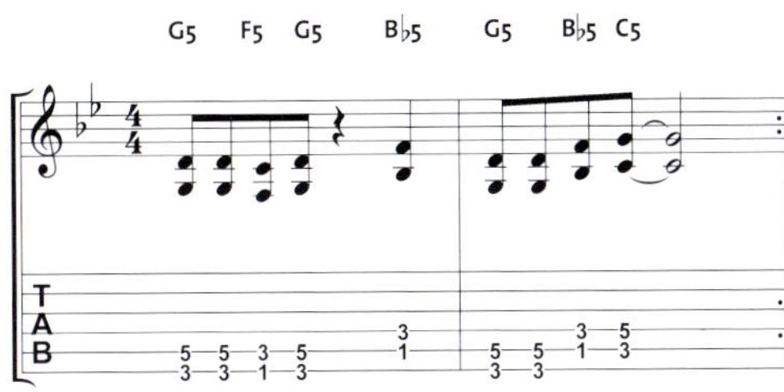

▲ *Example of a riff using power chords.*

Tip

Playing chord riffs will inevitably involve the need for some fast chord changes. Practise the chord changes very slowly at first – only speeding up once you are totally secure in moving between the chords.

ADDING SINGLE NOTES

Chord riffs do not need to consist exclusively of chords: adding an occasional single note, particularly an open bass string, can add variety to a riff and often make it easier to play.

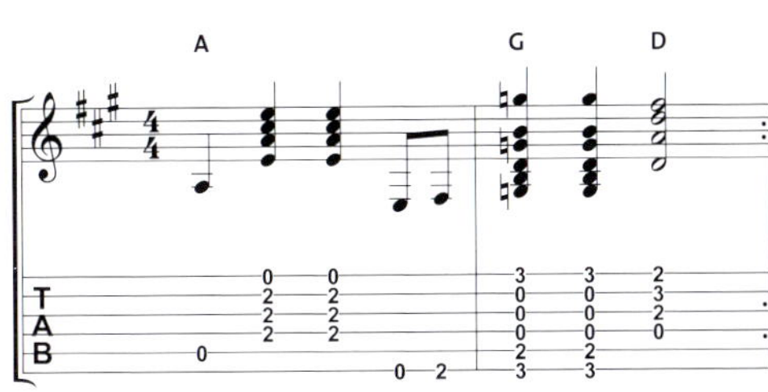

▲ *On the A major chord the bass and treble strings are strummed separately, the E and F# bass notes then facilitate the change to the G major chord.*

Section One: The Basics

STRING DAMPING

Nearly all rock and blues players use string damping as a way of controlling the guitar's volume and tone. By resting the side of the strumming hand lightly on the strings, close to the saddle, a choked or muted sound can be achieved by deadening the sustain of the strings.

DAMPING TECHNIQUE

String damping is an essential technique for varying the tone and volume of your guitar playing. The technique can be used after a note or chord has been played to achieve a short and detached 'staccato' effect. The technique can also be used to bring out accents in a rhythm, by maintaining the muting effect throughout and releasing only intermittently on the beats to be accented.

STRUMMING-HAND DAMPING

To learn this technique, first strum slowly across all the open strings to hear the natural sound of the guitar. Then, place your strumming hand at a 90-degree angle to the strings, close to the saddle, with the side of the hand (in line with the little finger) pressing lightly against all six strings. Maintain contact with the strings with the edge of your hand, and then rotate the hand towards the strings and strum again. The pressure of the hand against the strings will dampen the volume and sustain – this is known as 'palm muting'. Notice how this is very different from the normal sound of strummed open strings. Now try this again with an E minor

▸ *String damping, using 'palm mute' technique: the edge of the fretting hand rests against the strings next to the bridge; the hand stays in position when you strum, to mute the strings.*

Complete Guitar Handbook

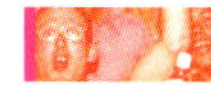

chord. When you use string damping it's not necessary to always strum all the strings of the chord; often – particularly in rock styles – it's better just to strum the bass string and a couple of others. Vary the amount of pressure with which the side of the hand rests on the strings: if you press too hard the notes will just become dead thuds, but if you press too lightly the strings will start to ring and sustain again. Be aware that it's all too easy at first to pull the damping hand away from the strings as you begin to strum, so losing the muting effect. Although it may take a while to gain control of this technique, and to strike the right balance of pressure and release, it's well worth the effort as string damping is an essential tool in any guitarist's technique.

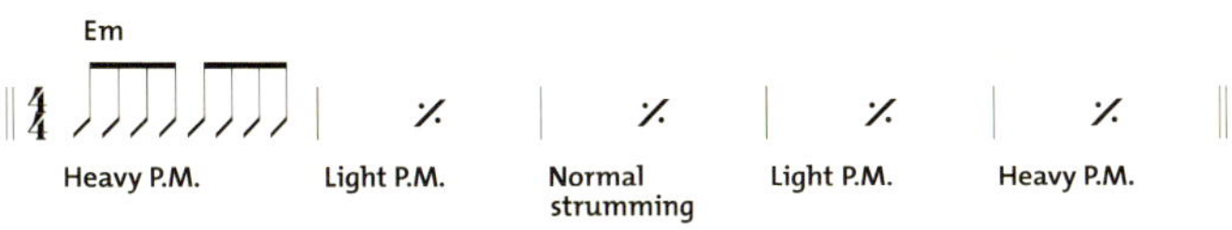

◀ *Palm muting. Measure 1: press firmly against the strings. M. 2: lighten the pressure. M. 3: release damping hand. M. 4: re-apply damping hand, increasing pressure in the final measure.*

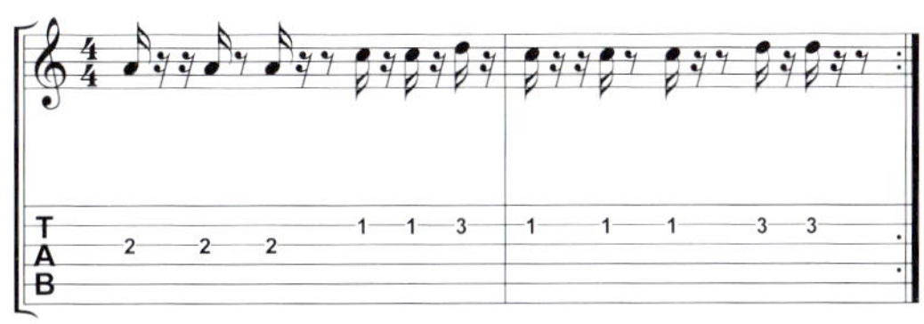

▶ *Palm muting can also be used in lead playing, resulting in a very staccato sound (with all the notes short and detached). This technique is often used in funk music.*

FRETTING-HAND DAMPING

You can also mute the strings by slightly relaxing the pressure on the strings that you are fretting; the fingers still touch the strings, but do not press them all the way down to the fretboard. This technique can be used after a note has been picked to achieve a staccato effect, or after a chord has been strummed to achieve a chord 'chop'. The technique can also be used to bring out accents, by damping the fretting hand continuously while the strumming hand plays a rhythm – the fretting hand only pressing the chord intermittently, so that it sounds only on the beats to be accented.

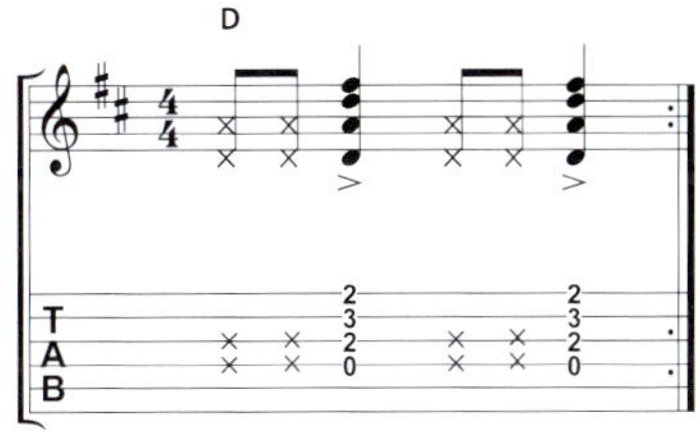

▶ *Fretting-hand damping: the fretting hand begins by touching, rather than pressing, the strings. This causes the notes to be muted. On the accented beats, the notes of the chord are fretted normally so that the chord sounds clearly when strummed strongly.*

Section One: The Basics

SLURS

Slurring is a method that not only enables you to play much faster than with normal picking, but also provides a much smoother (legato) sound. There are two slurring techniques: 'hammering-on' and 'pulling-off'.

HAMMER-ONS

To 'hammer-on' a note, don't pick the string; instead, rapidly hammer the tip of your finger right next to the fret of the note that you want. It's important to make sure that you hammer-on as close as possible to the fretwire, otherwise it will be very difficult to get the note to sound clearly. Ideally, the note should come out just as though you had picked it normally. If it doesn't, then you're probably not hammering hard enough – the string should leave a slight imprint on your fingertip if you're doing it right.

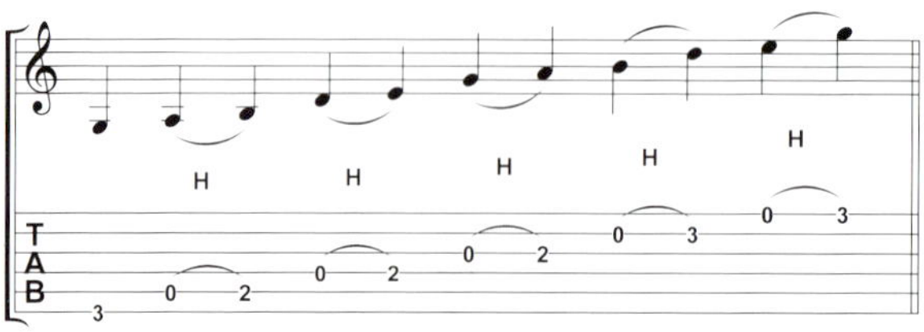

◀ *G pentatonic major scale played ascending using hammer-ons. The curved slur line and the H sign indicate which notes should be hammered-on.*

PULL-OFFS

To 'pull-off', first fret a note, then pull your fretting finger lightly downwards until it plucks the string, and the open string or a lower fretted note, is sounded.

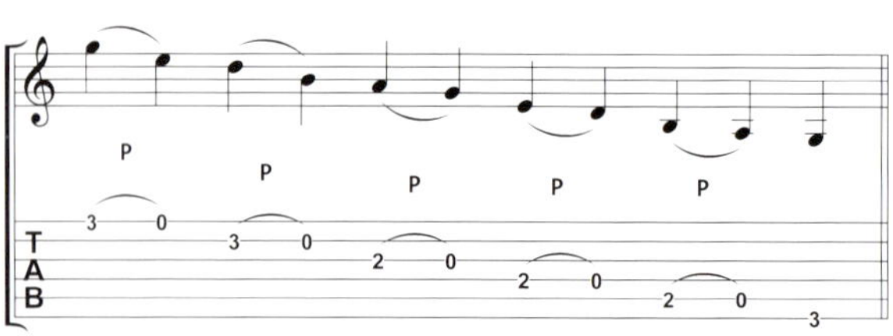

◀ *G pentatonic major scale played descending using pull-offs. The curved slur line and P sign indicate which notes should be pulled off.*

Complete Guitar Handbook

Avoid just lifting your finger off into the air – you have to make a slight downward movement for the note to sound clearly.

COMBINING HAMMER-ONS AND PULL-OFFS

Once you have mastered the basic techniques described above, try the slurring exercises below, which combine both hammer-ons and pull-offs.

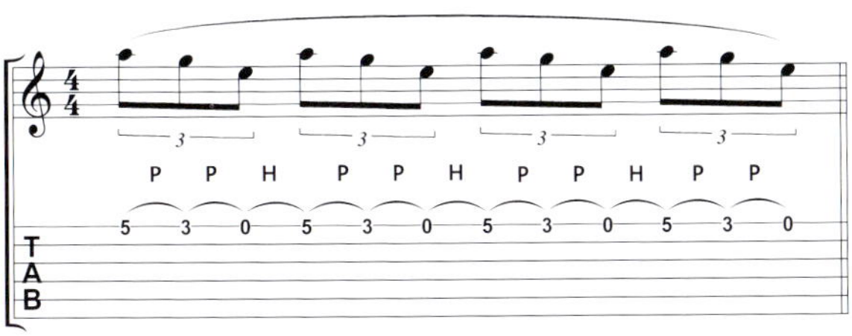

◀ Combination slur, Exercise 1. Two pull-offs lead to an open string, then hammer back on and start again, so that only the very first note is picked.

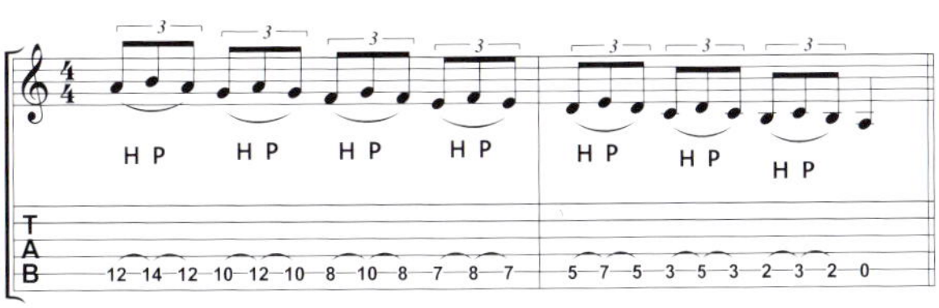

◀ Combination slur, Exercise 2. Use a hammer-on, then a pull-off, on each note of the A natural minor scale descending along the fifth string – picking only the first of each three notes.

TRILL

If you repeatedly hammer-on and pull-off between the same two notes it is known as a 'trill'. This is a technique favoured by many rock guitarists, from Jimi Hendrix to Steve Vai.

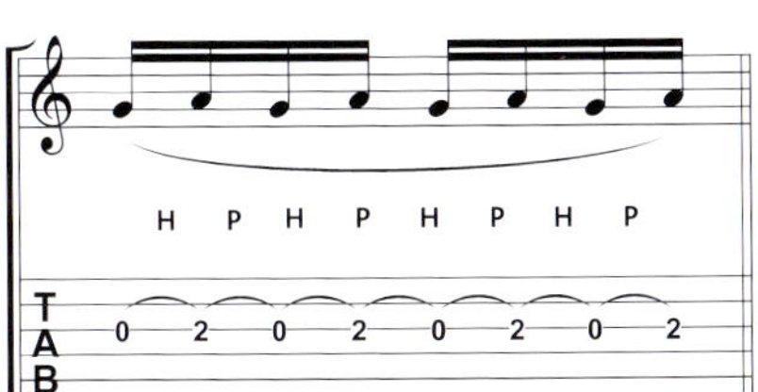

▲ Trill: alternately hammering-on and pulling-off rapidly between the notes G and A.

Tip

Slurring is much easier if your guitar is adjusted to have a low action. Using distortion will also result in less effort being needed when playing slurs.

Section One: The Basics

SLIDES

Sliding from one note or chord to another is a great way of creating a seamless legato sound that can make your playing sound relaxed and effortless. The technique also provides an easy way of adding passing notes to make your playing more individual and inventive.

SLIDE TECHNIQUE

To slide a note means to fret it and then, while maintaining the fretting pressure, to move the finger to another fret on the same string without picking the note again. The second note is sounded only because of the continued pressure of the fretting hand; it is not picked again.

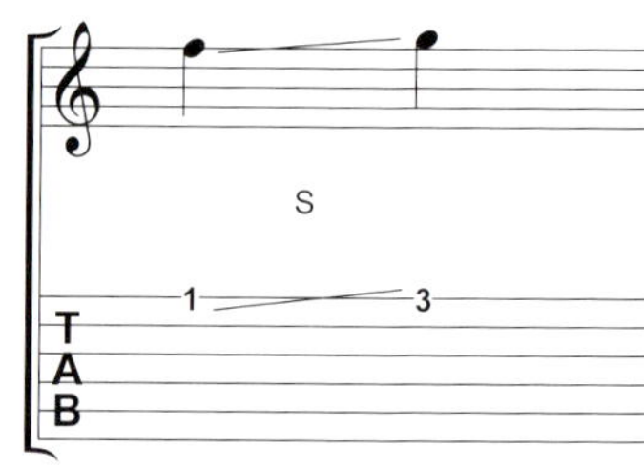

▲ Slide: pick the F note then, using the force of the fretting finger alone, sound the G note by quickly sliding the first finger along the E string.

In a standard slide you only hear the first and last notes. However, you can also play a 'glissando' type of slide, in which all the intervening notes are also sounded.

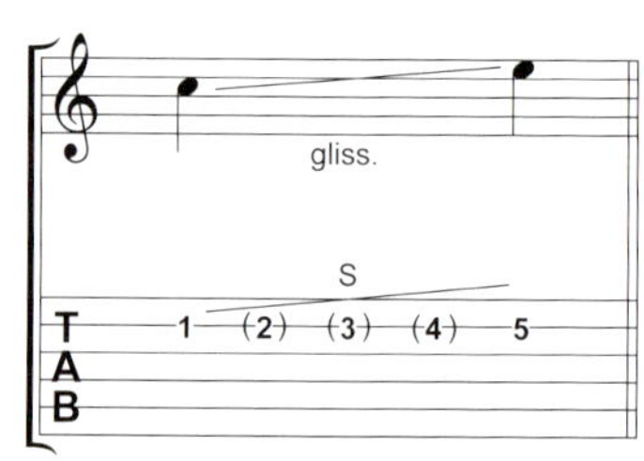

▲ Glissando slide: pick the C note then, using the force of the fretting finger, slide along the B string up to the E note, allowing the notes in between to sound.

Controlling the amount of grip with the fretting hand is the secret to good sliding. You should try to ensure that the thumb at the back of the guitar neck relaxes its grip when you are in the process of sliding a note up or down. This doesn't mean that the thumb needs to be released totally, but simply that it shouldn't be squeezing tightly

Complete Guitar Handbook

against the back of the guitar neck. However, just as your hand reaches the note that you want to slide into, the thumb should squeeze the neck slightly harder to act as a brake, preventing your fingers sliding beyond the destination fret.

SLIDING CHORDS

The guitar is one of the few instruments on which you can slide chords up and down, changing their pitch easily and smoothly; the technique creates a fluidity and smoothness of sound that piano players can only dream of! Because slides are so natural to the guitar they form a core component of any good rhythm guitarist's technique. Slides are used by guitarists in nearly all musical styles, from metal and blues to country and ska.

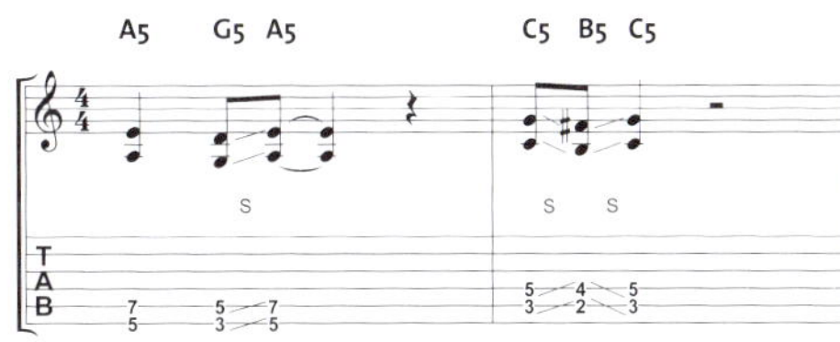

▲ *Example of using slides with power chords. Start with an ascending slide, from two frets below the destination chord, followed by a double slide (sliding down and then back up one fret).*

When sliding chords it is important to ensure that the chord shape is maintained, so that one finger doesn't end up a fret ahead of the rest! The trick is to achieve a neutral balance whereby the chord shape is kept under control, yet at the same time the fingers are relaxed enough to slide up or down the fingerboard.

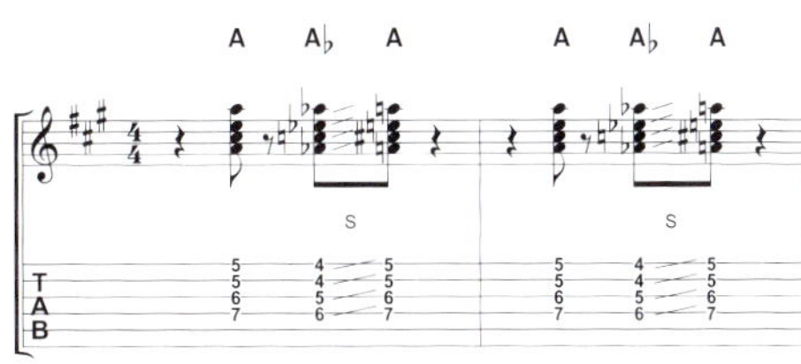

▲ *Example of using slides with major chords. Note that the first finger frets the top two strings. You'll need to keep a strong pressure with the fretting finger in order to maintain volume.*

Playing fifth 'power chords', where only two notes are fretted, is the ideal introduction to sliding chords. Playing power chords with a copious amount of distortion is the easiest way to begin chord sliding, the distortion will provide sustain which will encourage you not to grip too hard when sliding the chords. Using ascending slides (raising the pitch of a chord) is easier at first – the volume tends to disappear quite quickly with descending slides.

Section One: The Basics

VIBRATO

By repeatedly varying the pitch of a note very slightly you can achieve an effect known as 'vibrato'. This is used on most string instruments, but it is particularly useful on electric guitar because of the instrument's potentially long sustain – especially if an overdriven sound is used.

▲ *Paul Kossoff is well known for his excellent use of vibrato.*

Using vibrato can turn a plain solo in something that sounds really classy. Vibrato can help you make the most of the guitar's sustain, and make your playing more expressive.

Vibrato is often confused with string bending (see page 96), but in fact they are two completely different techniques (although the two are sometimes played together within a lick). The main difference between the two techniques is that string bending involves substantially changing the pitch of a note (usually by a half step or more), whereas vibrato is more subtle, with the note being only 'wavered' with a very small variation in pitch (always returning to, and alternating with, the original pitch).

VIBRATO TYPES

There are three main types of vibrato.

1. Horizontal vibrato: rock the fretting hand from side to side, along the direction of the string. Keep the fretting finger in contact with the string, but release the pressure of the thumb on the back of the neck. This type of vibrato will give you increased sustain with just the tiniest variation in pitch. You can rock the hand either slowly or quickly, and for as short or long a time as you

Complete Guitar Handbook

wish, depending upon the sound you want to achieve. Classic exponents of this type of vibrato include Mike Oldfield (b. 1953), Mark Knopfler, Dominic Miller (b. 1960), Carlos Santana and John Williams (b. 1941).

2. Wrist vibrato: while the first finger frets a note, the pitch can be wavered by rotating the wrist away from the fingerboard and back again repeatedly. This is one of the best-sounding vibratos, and can result in a sweet singing tone. However, it can only be used on notes that are fretted by the first finger. The undisputed master of this technique is blues legend B.B. King. Modestly he states: 'I won't say I invented it, but they weren't doing it before I started.' This style of vibrato has been an everyday tool of blues and rock guitar players. B.B. King tends to keep his thumb pressed on the back of the neck to get a fast but short pitch-range, 'stinger' vibrato. Other players, such as Eric Clapton, prefer to release the thumb in order to achieve a slower, wider-ranging vibrato.

3. Vertical vibrato: while fretting a note, repeatedly waggle the tip of the fretting finger to move the string up and down slightly. You don't need to move it too far and you should always make sure that you return the string to its starting position. This type of vibrato is ideal for adding to a string bend. Once a note is bent you can add vibrato to it to add a subtle enhancement to the bend and add sustain. Peter Green and Paul Kossoff were two of the classic exponents of this technique. Other guitarists employed their own variations on the technique: Buddy Guy and Ritchie Blackmore for example, often prefer to use a very fast 'stinging' vibrato after a bend, while Gary Moore and Yngwie Malmsteen tend to use wider, more extreme vibrato.

VIBRATO NOTATION

In music notation, vibrato is indicated by a horizontal wavy line. Sometimes the abbreviation 'vib.' is also written. Occasionally, the word 'wide' might be written to indicate wide vibrato, but generally the type of vibrato used is left to the discretion of the performer.

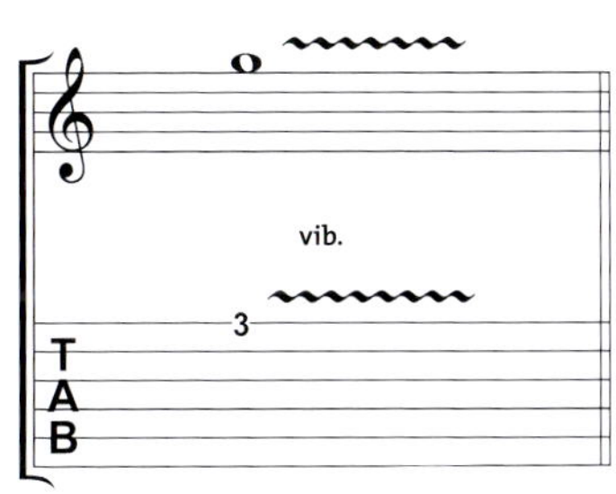

Section One: The Basics

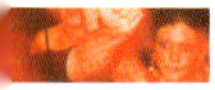

STRING BENDS

String bending is one of the most essential techniques for any electric guitarist. Nearly every rock or blues guitarist since the 1950s has used string bending as part of their technique, and as a way of expressing emotion through their playing.

String bending is the perfect vehicle for adding emotion, expression and individuality to your lead playing. By carefully pushing a string upwards while fretting it you can alter the pitch of the note that you are playing without needing to move to another fret. Classic exponents include Jimi Hendrix, Eric Clapton, B. B. King, David Gilmour and Ritchie Blackmore, but listen to any guitar-based band today and you'll still hear the technique in regular use in almost every solo.

BENDING TECHNIQUE

In theory, you can bend any note in any scale as long as you bend it up to reach another note in that scale. In practise, most bends will be restricted to the next note in the scale – i.e. a half step (the equivalent of one fret) or a whole step (the equivalent of two frets) higher than the fretted note. You can use any finger to bend a note but, so as not to move out of position and lose fluency, it's best to use the finger that you would normally use to fret the note within the scale. If you're executing the bend with the third or fourth finger, it's really important that you use the remaining fingers, on the same string, to give you added strength when bending. Ignoring this advice will mean that your bends won't go high enough to be in tune, or if they do, then you could end up straining your finger.

BENDING IN TUNE

In order to get your string bends in tune, it's a good idea to practise fretting the higher note first, and then singing that note aloud, while bending the note into tune with your voice. Another method is to repeatedly pick the string while

Complete Guitar Handbook

bending it up very slowly so that you can hear the note gradually bend into tune. The essential thing is to listen as you bend because not much sounds worse than badly out-of-tune string bending! It's important to practise string bends in a range of keys, because the amount of pressure that you need will vary greatly depending upon your position on the fingerboard. For instance, bending a note on the third fret of the third sting will be much harder than bending on the 12th fret on the same string.

Once you feel confident that you are able to bend a note in tune, try playing through these examples, which start with third-finger half-step bends, before progressing to third- and fourth-finger whole-step bends.

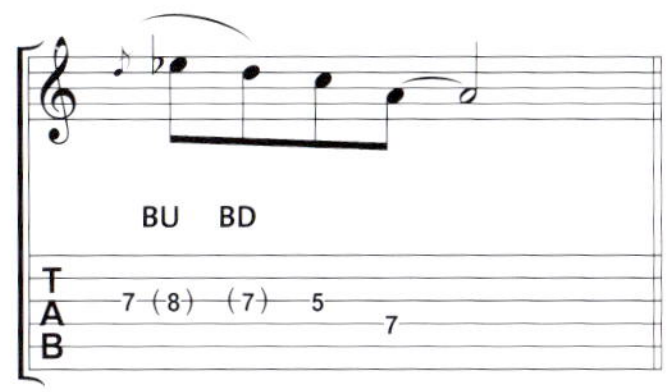

▶ *Third-finger half-step bend: using the A blues scale, the D note on the G string is bent up a half step to E♭, then let down to D, using the third finger.*

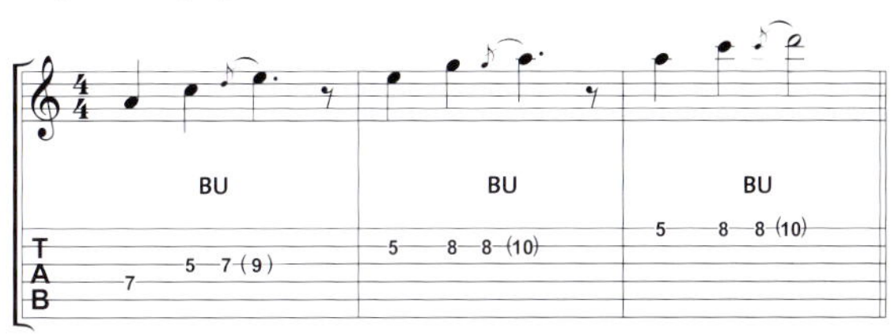

▶ *Third- and fourth-finger whole-step bend: using the A pentatonic minor scale, all the bent notes are raised up a whole step. Bend each note slowly until it's in tune, and then hold it there. Use the fourth finger to bend the notes on the second and first string; when doing so, make sure that the second and third fingers are also on the string to give extra strength and support to the fourth finger.*

Types of String Bends

- **Choke**: bend the note, and then quickly choke the sound by letting the right hand touch the strings.
- **Hold**: bend the note slowly until it's in tune – then just hold it there.
- **Release**: bend the note up without picking it – then pick it and slowly release it.
- **Up-and-down**: bend the note up and then without re-picking let it down.
- **Double**: bend the note up, let it down, and then bend it up again – but only pick the string the first time.
- **Unison**: while bending a note, fret and play the same note on the next string – or alternate between the two.
- **Vibrato**: bend the note up and then add vibrato by lowering and raising the note repeatedly.
- **Rising**: rapidly pick the string while bending it up very slowly.
- **Harmony**: bend a note while playing or holding a note higher in the scale.
- **Teasing bend**: use several very small bends before fully bending the note into tune. This creates almost a speaking effect – much used by blues players.

Section One: The Basics

PLECTRUM TECHNIQUE

Nearly all electric guitarists want to play fast, but this relies upon having great control over your plectrum. If you start by holding the plectrum the wrong way you can slow down your playing for years to come.

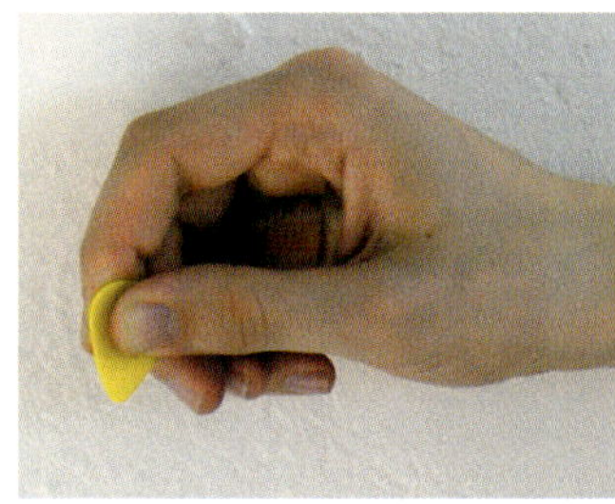

▲ *How to hold your plectrum. Notice the angle and amount of plectrum tip showing.*

GRIPPING THE PLECTRUM

The best method is to grip the plectrum between the thumb and index finger. Position the plectrum so that its point is about half a centimetre beyond the fingertip. Use only the tip of the plectrum to pick the strings or you will create a physical resistance that will slow down your playing. However, bear in mind that if you show too little plectrum you might end up missing the string altogether. Experiment until you get just the right balance. Also, be careful how tight you grip the plectrum. If you use too much pressure your hand muscles will tighten and so reduce your fluency, but if you hold it too loosely you'll keep dropping it.

Hold the plectrum so that it is in line with your fingernail. Avoid holding it at right angles to your index finger, as this will cause your wrist to lock.

ALTERNATE PICKING

If you want to achieve any degree of speed with the plectrum for lead playing then it's best to use 'alternate picking' as the mainstay of your plectrum technique. This involves alternating downstrokes and upstrokes. Alternate picking is the most logical and economical way of playing, since once you have picked a string downwards, the plectrum will then be ideally positioned to pick upwards, whereas if you try to play two downstrokes in a row you will need to raise the plectrum back up before you can strike the string again.

Complete Guitar Handbook

When alternating down and upstrokes, make sure that the picking action is generated by swivelling the wrist; try to avoid moving the elbow up and down as this will make your picking style much too cumbersome and will hamper your fluency. For fast lead playing, alternate picking and a relaxed wrist action are the fundamental requirements.

PICKING EXERCISES

Begin by practising alternate picking on the open sixth string. Once you have a secure plectrum technique you can make your licks sound faster by doubling, or even quadrupling, your picking on some notes. The fretting hand may be moving quite slowly, but the lick will sound more mobile because of the activity of the picking hand. Practise this technique at first by playing scales with double and quadruple picking.

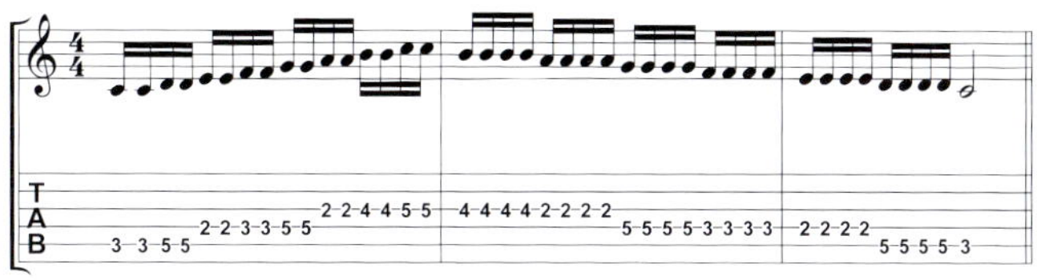

▲ *C major scale, played ascending with double picking and descending with quadruple picking.*

A fast rock sound can be achieved by mixing fretted notes with an open string – while the right hand keeps picking with alternate down and up strokes.

TRIPLET PICKING

A great way of making your playing sound super-fast is to use triplet picking patterns. Because these patterns cut across the standard 4/4 rhythm, they give the impression of being much faster than they really are. This repeated 'down-up-down' picking style can give a rolling or galloping effect to a piece of music. (The term 'triplet' here refers only to the three-part picking action; the rhythm doesn't have to be a triplet in the traditional musical sense.)

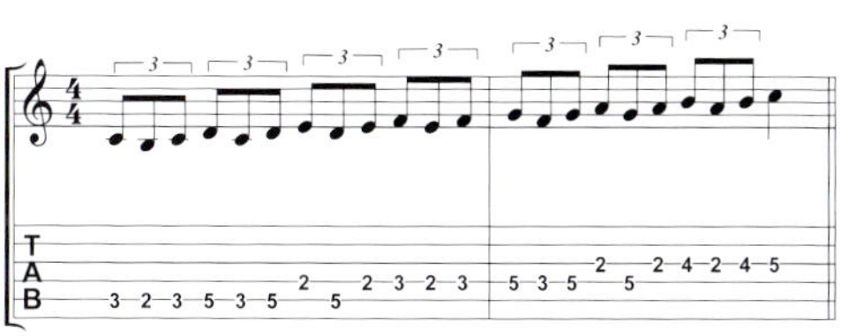

▲ *Use a 'down-up-down' picking pattern for each triplet.*

Section One: The Basics

BASIC ARPEGGIOS

Learning arpeggios is a good way of developing a comprehensive knowledge of the guitar fingerboard. But arpeggios aren't just technical exercises – they're great for soloing and can make your lead playing more melodic by emphasizing the harmonic structure of the underlying chord progression.

CONSTRUCTING ARPEGGIOS

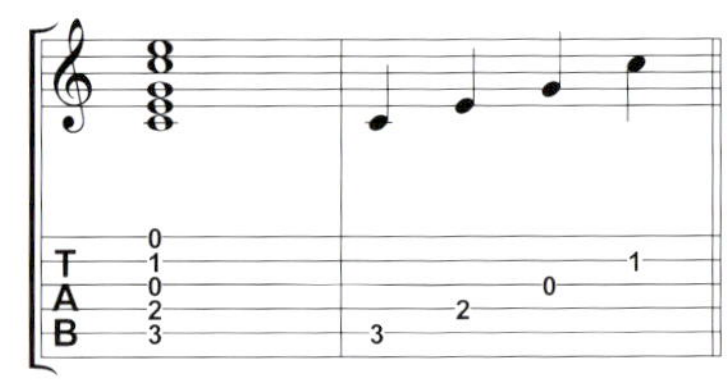

C major chord C major arpeggio

An arpeggio is simply the notes of a chord played individually. Standard major and minor chords, and therefore their arpeggios, contain only three different notes. For example, if you look closely at the open position C major chord you'll notice that although you're playing five strings, there are in fact only three different notes (C E G) in the chord. If you play these notes consecutively, rather than strum them simultaneously, this forms the C major arpeggio.

When you're first learning arpeggios it's helpful to practise them in the set order (1st, 3rd, 5th, 8th), but once you know them you can improvise freely by swapping the notes around, or repeating some, to make up an interesting lick or riff, just as you would when improvising with a scale. The really useful thing is that, because the C major arpeggio contains exactly the same notes as the C major chord, whatever notes you play from the C major arpeggio when improvising will always be totally in tune with a C major chordal accompaniment.

MAJOR AND MINOR ARPEGGIOS

Each basic major or minor arpeggio will only contain three notes; you can work out which notes these are by analyzing the relevant chord shape. Another

Complete Guitar Handbook

method is to take the first, third and fifth notes of the major scale with the same starting note (for example, C E G are the 1st, 3rd and 5th notes of the C major scale and so form the C major arpeggio).

To work out minor arpeggios flatten the third note of the major arpeggio by a half step (e.g. C minor arpeggio contains C E♭ G).

Aim to acquire knowledge of all major and minor arpeggios in as many fingerboard positions as possible. Here are some fingerboard positions for C major and C minor arpeggios. They can be transposed to other pitches by moving them up or down the fingerboard.

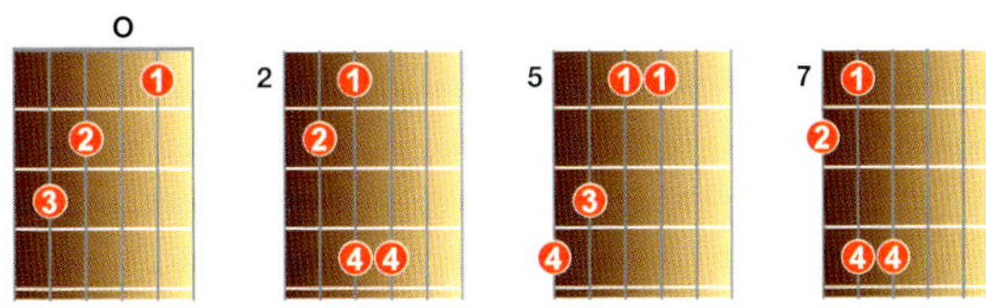

C major arpeggio patterns

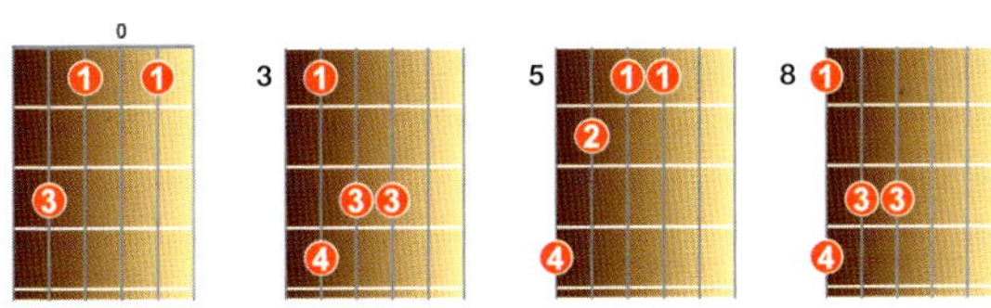

C minor arpeggio patterns

USING ARPEGGIOS

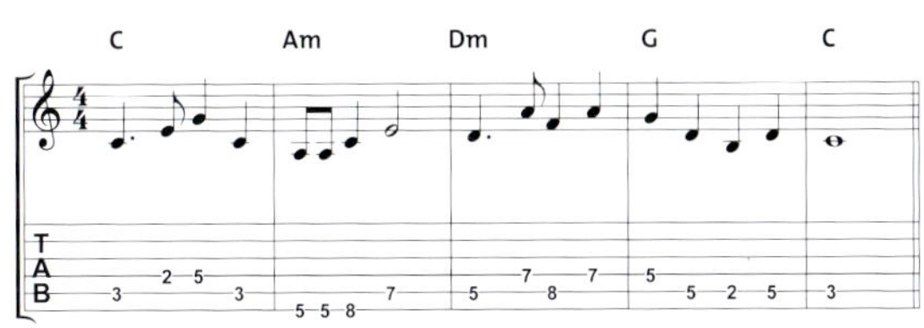

▲ *Lead line using notes only from the arpeggios of each chord.*

You can use arpeggios for riffs and lead playing. When you use a scale for a lead solo you'll have noticed that some notes sound more resolved against certain chords than other notes. This problem disappears when you use arpeggios; because the notes of each arpeggio are taken from the chord they will all sound completely 'in tune' – providing you're playing the right arpeggio for each chord. If you've only used scales before, this takes a little getting used to as you'll need to change arpeggio every time there is a chord change.

In a normal playing situation guitarists rarely use arpeggios throughout a whole solo, as this approach can tend to sound almost too 'in tune'. Instead, arpeggios are used to add colour over just a couple of chords, and the normal key scale is used for the majority of the solo.

Section One: The Basics

MORE ARPEGGIOS

Once you've learnt the basic major and minor arpeggios it's not too difficult to extend these to learn the arpeggios for other chords, such as sevenths and even extended and altered chords. A secure knowledge of arpeggios will mean that you'll always be able to improvise over any chord progression.

SEVENTH ARPEGGIOS

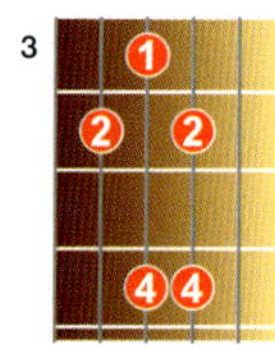

C dominant 7th arpeggio
C E G B♭

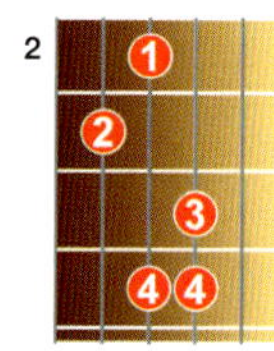

C major 7th arpeggio
C E G B

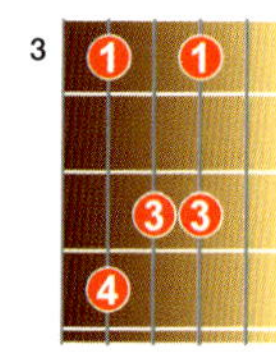

C minor 7th arpeggio
C E♭ G B♭

These are formed by taking the notes of the relevant seventh chord and playing them in a scale-like pattern. There are three main types of seventh chord arpeggios: dominant seventh, minor seventh and major seventh. Although they have some notes in common, the sound varies considerably between each one: dominant seventh arpeggios are great for blues and R&B, minor sevenths are used a lot in both rock and funk, and major sevenths give a very melodic sound suited to ballads.

SIXTH ARPEGGIOS

Major and minor sixth arpeggios are commonly used for creating riffs. The typical rock 'n' roll riff on the right is taken directly from the C major sixth arpeggio.

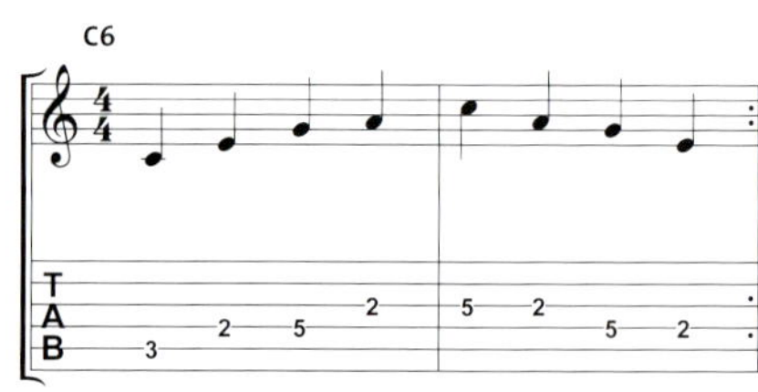

ALTERED ARPEGGIOS

One of the most useful applications of arpeggios is over altered chords, such as diminished or augmented chords. Although you may have difficultly choosing a

Complete Guitar Handbook

scale to improvise over such chords, arpeggios will always work – because they contain exactly the same notes as the chords you cannot fail to play in tune. Therefore, a thorough knowledge of altered arpeggios will prove highly useful if you wish to improvise over advanced chord progressions, such as those used in jazz and fusion. Here are some of the most useful altered arpeggios. They are all illustrated with a root note of C, but can be easily transposed simply by starting at a different fingerboard position.

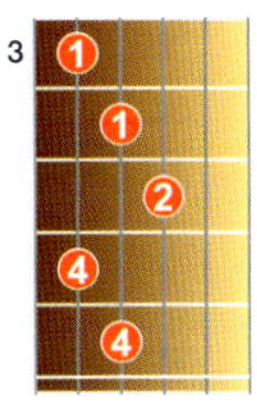

C diminished 7th arpeggio
C E♭ G♭ B♭♭

C augmented 5th arpeggio
C E G♯

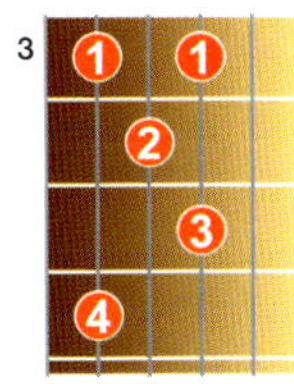

C minor 7th ♭5 arpeggio
C E♭ G♭ B♭

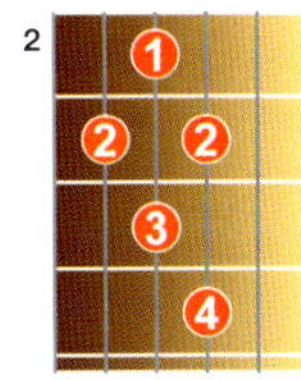

C dominant 7th ♭5 arpeggio
C E G♭ B♭

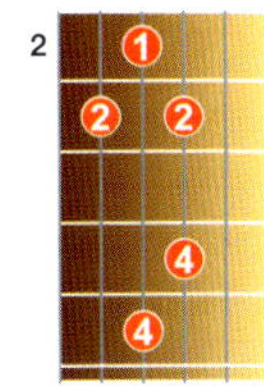

C dominant 7th ♯5 arpeggio
C E G♯ B♭

EXTENDED ARPEGGIOS

When improvising or creating riffs, using arpeggios over extended chords, such as ninths or 13ths, is an ideal way to explore the full melodic potential of these chords. Scale-based lead playing, unlike arpeggio playing, will rarely be able to exploit the full range of chord tones that these extended chords have available. Below you'll find some of the most frequently used extended arpeggios. Remember to shuffle the notes around and play them in a musical and improvised way when using arpeggios in your lead playing. This way they won't sound like a series of technical exercises.

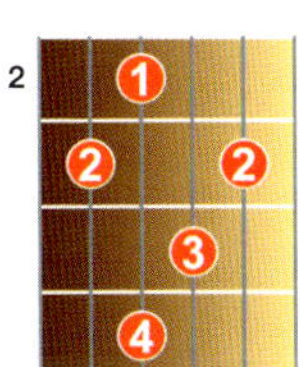

C major 9th arpeggio
C E G B D

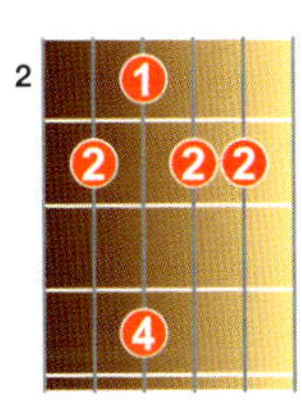

C dominant 9th arpeggio
C E G B♭ D

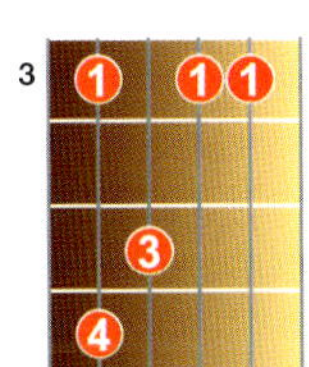

C minor 9th arpeggio
C E♭ G B♭ D

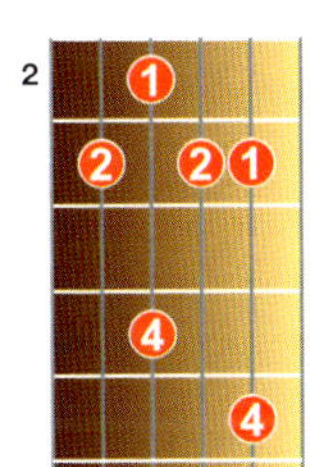

C dominant 11th arpeggio
C E G B♭ D F

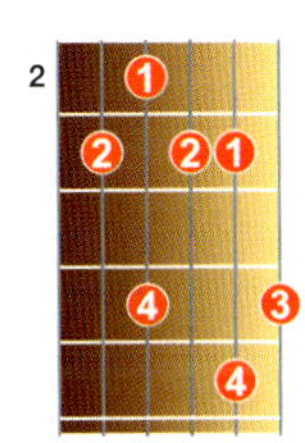

C dominant 13th arpeggio
C E G B♭ D F A

Section One: The Basics

OCTAVES

Octave playing is an instant way of giving more power and solidity to your playing, and because of this it is a technique that is often used by jazz and rock musicians alike. Learning octaves is also one of the quickest ways of getting to know all the notes on the fretboard.

Playing octaves involves playing two of the same notes together (e.g. C and C), but with one of those notes at a higher pitch (i.e. an octave above). The fact that the two notes are the same is what gives octave playing its very powerful sound and avoids any of the sweetness that is often associated with other pairings of notes.

BASS OCTAVES

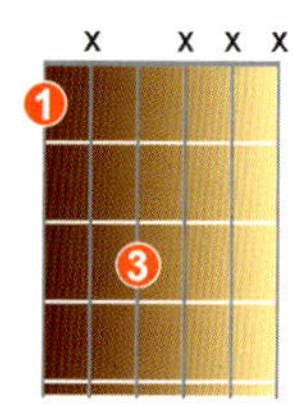

Octave shape based upon the 6th string

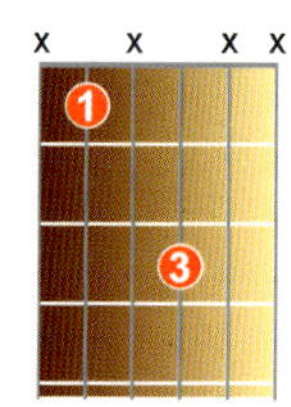

Octave shape based upon the 5th string

There are various ways in which octaves can be played, but for notes on the bass strings by far the most common way is to add a note two frets and two strings higher. For example, if your original note is A on the fifth fret of the sixth string, then the octave A will be on the seventh fret of the fourth string. Similarly, if your original note is D on the fifth fret of the fifth string, then the octave D will be on the seventh fret of the third string. This system, of finding the octave two frets and two strings higher than the original note, will work for all notes on the sixth and fifth strings. The lower note should be played with the first finger, while the octave can be fretted with either the third or the fourth finger.

The most important technique when playing bass octaves is to ensure that the string between the lower note and the octave is totally muted. This should be done by allowing the first finger to lie across it lightly – not fretting the string

Complete Guitar Handbook

but just deadening it. You should also be careful not to strum the strings above the octave note, and as a precaution it's a good idea to mute them by allowing the octave-fretting finger to lightly lie across them.

TREBLE OCTAVES

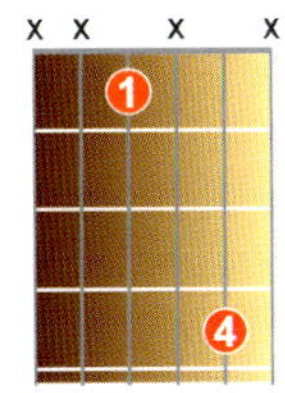

Octave shape based upon the 4th string

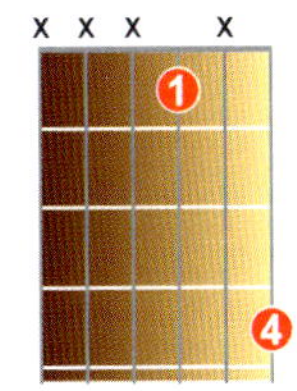

Octave shape based upon the 3rd string

The easiest way of playing octaves on the treble strings is to use a similar approach to that described above, but with the octave note requiring a further one-fret stretch. For the fourth and third strings the octave notes can be found by playing three frets and two strings higher. For example, if your original note is G on the fifth fret of the fourth string then the octave G will be on the eighth fret of the second string. This system of finding the octave three frets and two strings higher than the original note will work for all notes on the fourth and third strings.

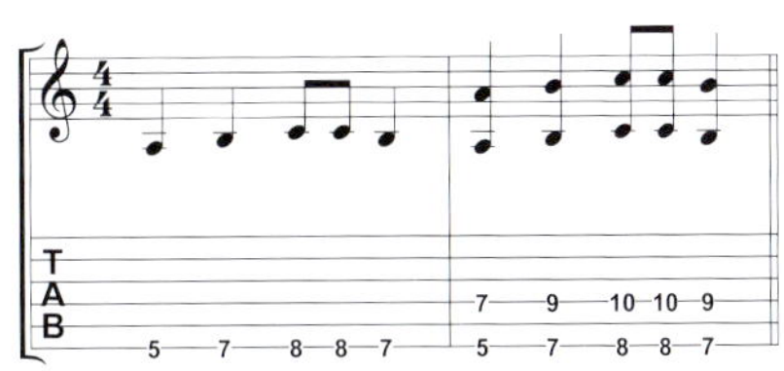

▶ *Sixth string octave riff. Notice how much stronger this riff sounds when it is played the second time with the octave note added.*

PLAYING OCTAVES

Once you're familiar with the octave shapes shown above, try to play through the examples of octave use given below.

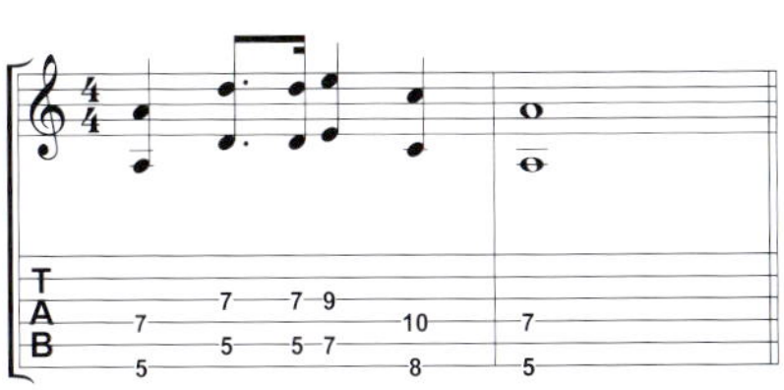

◀ *Sixth and fifth string octaves. Using octaves starting from two strings can minimize the amount of fingerboard movement needed. Just be careful to strum the correct strings and make sure that unwanted strings between the fretted notes are fully muted.*

FINGERBOARD KNOWLEDGE

Once you're familiar with the octave shapes you can use them to learn the notes all across the fingerboard. For example, assuming that you can memorize the notes on the sixth string you can then use your octave shape to work out instantly where the same notes will appear on the fourth string.

Section One: The Basics

HARMONICS

Harmonics can add interesting bell-like chimes to your guitar playing, and are a useful way of sustaining notes. Harmonics are also a great way of adding an extended pitch range to your playing by enabling you to play notes that are much higher than the pitch you can normally reach on the fingerboard.

NATURAL HARMONICS

There are various forms of harmonics that can be played on the guitar, but natural harmonics are the easiest to learn at first. Natural harmonics occur on all strings on frets 12, seven and five (and 12 frets up from these). Natural harmonics also occur on frets nine and four, although making these ring clearly is a bit harder.

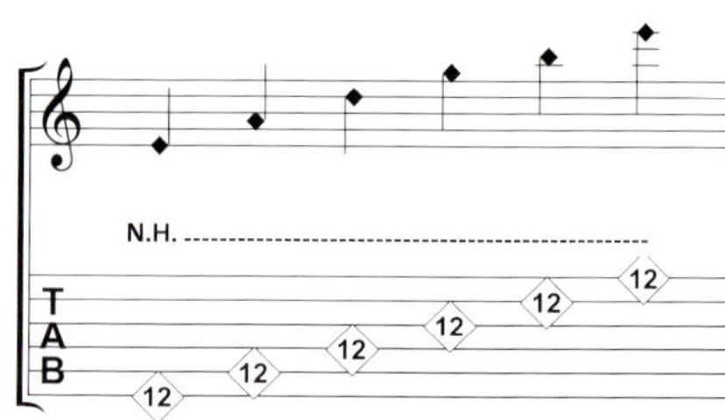

▲ *Natural harmonics at the 12th fret.*

The best way to start playing natural harmonics is to pick the low E string and then touch that string right above the 12th fret. Do not fret the note in the normal way by pressing down on to the fingerboard; instead just lightly touch the string directly over the fretwire.

The harmonics on fret 12 produce the same notes (although with a different tone) as the 12th-fret fretted notes, but harmonics at all other fingerboard positions affect the pitch of the note produced: the harmonic notes on fret seven are an octave higher than the fretted notes;

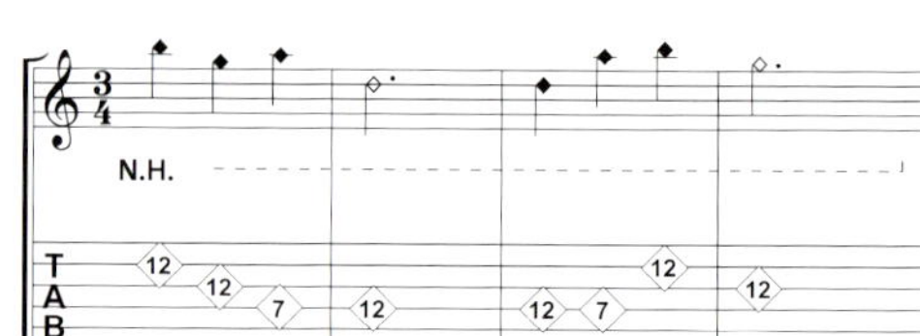

▶ *Natural harmonics have a chiming bell-like quality.*

Complete Guitar Handbook

the harmonic notes on fret five are the same as the 12th fret fretted notes but an octave higher; the harmonic notes on fret four are two octaves higher than the fretted notes. Natural harmonics also occur on fret nine, and 12 frets up from the previously mentioned fret numbers (e.g. 17, 19, 24).

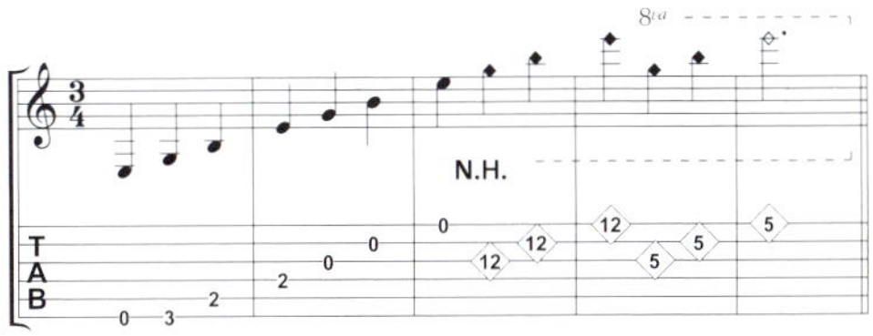

▲ *The E minor arpeggio is extended to four octaves by the use of harmonics. Unless you have a 24-fret guitar, the last note would be impossible without using harmonics.*

OTHER HARMONICS

- 'Tapped harmonics' (also known as 'touch harmonics') are most easily played by fretting and picking a note as normal and then touching the same string 12 or seven frets higher.
- 'Artificial harmonics' are similar to tapped harmonics, in that you touch the string 12 frets higher than the fretted note. However, in this technique, instead of picking the fretted note first, you pick the string with the third finger of the picking hand after you have positioned the first finger over the 'harmonic note'.
- 'Pinched harmonics' are often used in rock for making screeching high notes appear out of nowhere in the middle of a lick. The effect is achieved by fretting a note as normal and then picking the string with the side edge of the plectrum while allowing the side of the thumb to almost immediately touch the string – so creating a harmonic. The quality and pitch of the sound that you achieve depends upon where you pick the string. Start by trying to locate the 'nodal point' – that is the equivalent of 24 frets (i.e. two octaves) higher than the note you are fretting.

▲ *Harmonics enable notes higher than those fretted to be played.*

Tip

Harmonics are easier to execute if you select the treble pickup and turn the treble up on the amplifier. Playing near the bridge (for natural harmonics) and adding some distortion will also help.

Section One: The Basics

BOTTLENECK

A bottleneck (also known as a 'slide') is a tubular device that can be used instead of the fingers for sounding notes. Using a bottleneck is perfect for musical styles such as blues, country and rock music when you want to slide between notes and achieve smooth glissandos.

Originally, the bottleneck guitar sound was created by running a glass neck from a bottle along the strings. Early blues players sometimes used other objects, such as whiskey glasses, knives and beer cans. Nowadays guitarists can benefit from specially manufactured metal, glass or plastic tubes. The metal versions are technically known as 'slides', although in practise the terms 'slide' and 'bottleneck' are often interchanged. Glass bottlenecks give a more rounded tone, but they have less sustain than the metal versions.

▲ *When using a bottleneck, the centre of the tube must rest over the centre of the fret, rather than just behind it.*

USING THE BOTTLENECK

Most players tend to place the bottleneck on the third or fourth finger: using the fourth finger enables the third finger to remain free for normal fretting, but this is dependent upon the fourth finger being large enough to support the bottleneck. To reach the correct pitch,

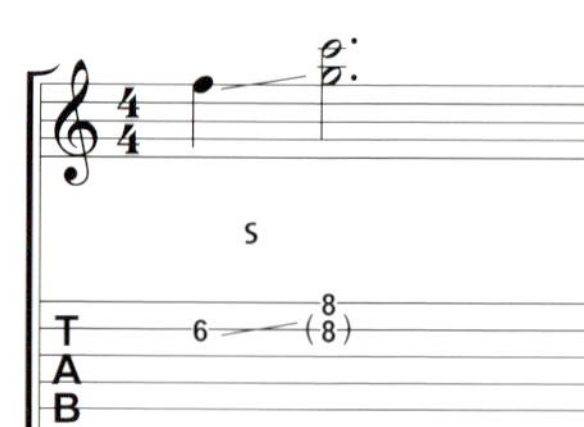

▶ *Bottleneck guitar lick in standard tuning. A slide movement is made on the second string from two frets below up to a two-note chord. Be sure to mute unused strings with either the side of the picking hand or with the lower fingers of the bottleneck hand.*

Complete Guitar Handbook

the middle of the bottleneck should be held directly over the fret, rather than behind it as when fretting a note. The bottleneck only needs to touch the strings; you should not try to press against the frets with the bottleneck as this will cause fretbuzz and result in the notes being out of tune.

Bottleneck is usually played using some vibrato. This is achieved by moving the bottleneck slightly backwards and forwards along the strings above the target fret.

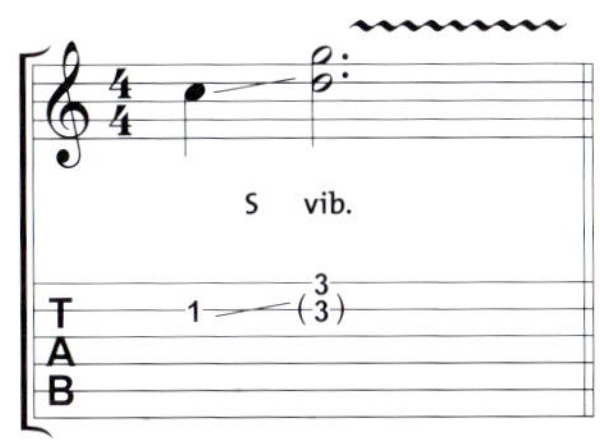

▲ *Vibrato is essential for any bottleneck guitarist. It can be achieved by keeping the bottleneck vertical and moving slightly from left to right above the fret, but always returning to the correct pitch.*

TUNING

So that a full chord can be played with the bottleneck over just one fret, altered tunings are often used when playing bottleneck guitar. The most common bottleneck tunings are D tuning (D A D F♯ A D) and G tuning (D G D G B D). Using a D tuning and placing the bottleneck across all strings over the 12th fret will produce a D major chord. Doing the same on the seventh and fifth frets will produce the two other major chords in the key: A and G. By picking the strings one at a time as arpeggios you can make interesting melodic licks.

▲ *Bottleneck arpeggio lick using D tuning.*

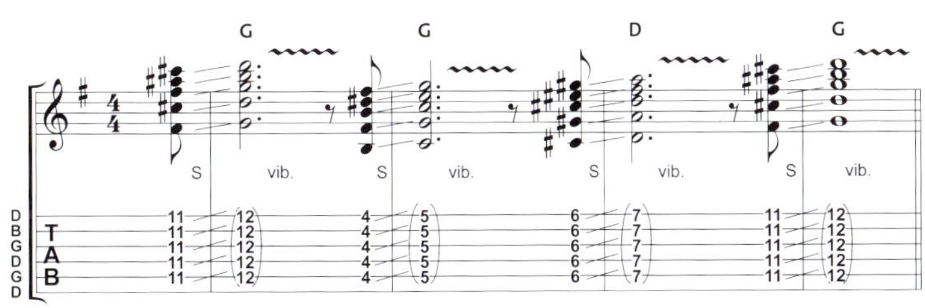

▲ *Bottleneck chords using G tuning.*

To take advantage of the chordal-based tuning, quite often block chords are used in bottleneck playing – usually sliding into a chord from a fret below, as shown to the left.

Section One: The Basics

TREMOLO ARM

The tremolo arm can be one of the most expressive tools available to the electric guitarist. Note that tremolo means a variation in volume, so the arm – which produces a variation in pitch – should really be called a vibrato arm.

To compound the misnomer, the device is often referred to amongst rock guitarists as a 'whammy bar'. The arm or bar can be used in a wide variety of ways, from very subtle vibrato to extreme variations in pitch.

No matter what style of music you might be playing, using the tremolo arm can always add that extra something to give your playing a lift, enabling you to add some extra expression and individuality to your playing. Duane Eddy (b. 1938) and Hank Marvin (of the Shadows) were two of the first guitarists to pioneer the use of the tremolo arm – putting it to good use in their many instrumental hit records of the 1960s. Marvin remains one of the true experts of the technique – often called 'the master of the melody' because of his ability to use the tremolo arm to make his guitar lines expressive and almost vocal-like.

▲ *The tremolo arm (or whammy bar) of an American Deluxe Stratocaster HSS.*

TREMOLO ARM TECHNIQUES

1. The tremolo arm can be used simply as a way of adding vibrato (either subtle or wide) to a note, by gently but repeatedly raising the bar up and down. In fact, this was what the bar was first invented for. This technique generally works best on notes either at the start or end of a phrase, or on any individual

Complete Guitar Handbook

notes that you might wish to emphasize – but, just as with a vocal performance, too much vibrato can sound contrived, so use this technique with care and thought.

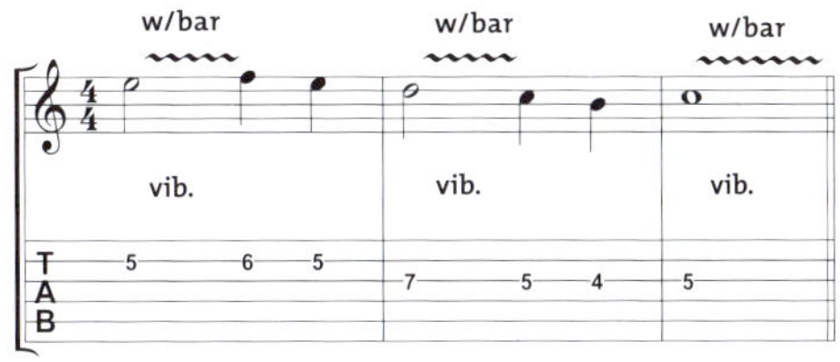

▲ *Shake the tremolo arm up and down very slightly to get a typical Shadows-style vibrato.*

2. By pushing or pulling the bar a little further you can actually change the pitch of the note – rather like bending a string. You can lower a note by pushing the bar inwards or you can raise a note by pulling the bar upwards. It takes some practise, but you'll soon begin to get a feel for the amount of pressure required in order to reach the exact pitch of the note you require; notice that less tremolo arm movement is required to alter the pitch of notes higher up the fingerboard compared to lower-fretted notes.

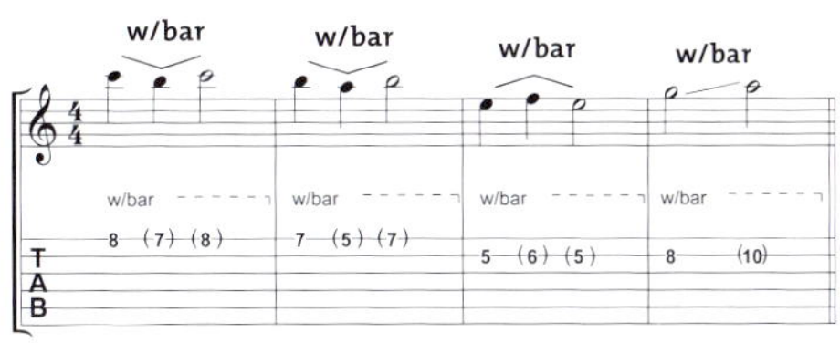

▲ *Depress the tremolo arm bar to achieve the downwards dips in pitch, and then release the bar back to return each note to its original pitch. Pull the tremolo arm upwards to raise notes.*

3. Use of the tremolo arm need not be restricted to single notes – it also works really well with chords, giving a keyboard-like effect to a single strummed chord.

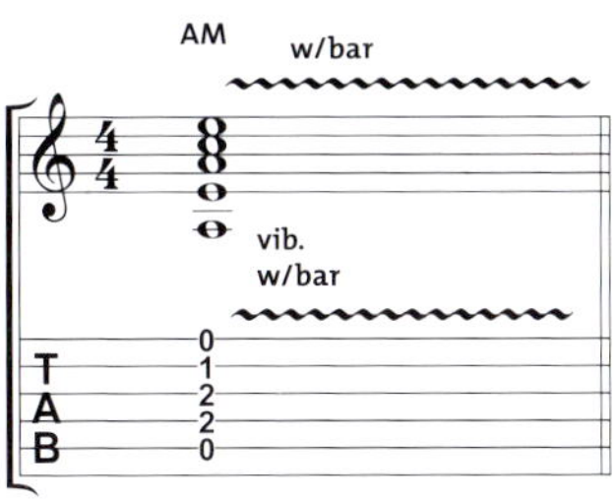

▲ *When striking a single chord, a quite strong but steady movement of the tremolo arm will result in a powerful sweeping sound.*

4. Rock players from Jeff Beck to Eddie Van Halen (b. 1957) and Steve Vai have extended the range of whammy bar techniques with effects like the 'dive bomb' (depressing the bar to lower the note fully until the strings are completely slack).

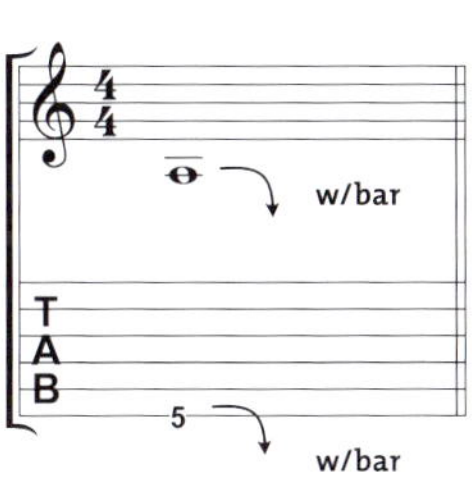

◀ *The tremolo arm is gradually fully depressed to create a 'dive-bombing' effect.*

Section One: The Basics

TAPPING

Rather than using a plectrum to pick a note, you can play it by tapping the string firmly against the fretboard using a picking-hand finger. Rock guitarists, such as Eddie Van Halen, Randy Rhodes (1956–82), Nuno Bettencourt (b. 1966) and Joe Satriani (b. 1956), use tapping as a regular part of their lead playing.

Tapping allows the guitarist to change between low and high notes on the same string, making possible large interval leaps that are unobtainable in normal playing. Eddie Van Halen was one of the pioneers of tapping. His straightforward approach was 'since you've got fingers on both hands why not use both of them to fret notes?' The world of rock guitar has never looked back, and today tapping is a widely used technique in rock circles.

TAPPING TECHNIQUES

If you intend to play an entire solo with nothing but tapping, you could jettison your plectrum and use your first finger to tap. However, most guitarists prefer to keep the plectrum ready for use between the first finger and thumb, and instead use the second finger to tap notes. Whichever finger you use, make sure that you tap with the bony tip of the finger, rather than the soft fleshy pad to get the clearest sound.

You can angle your tapping finger so that it is in line with the fretboard (horizontal tapping, or position the tapping finger at right angles to the fretboard (vertical tapping) – either method will suffice for basic tapping patterns, but a vertical tapping

▶ *Eddie Van Halen's tapping technique is showcased on 'Eruption' and 'Spanish Fly'.*

Complete Guitar Handbook

▶ *Tapping enables guitarists to mix high and low notes.*

technique will provide you with more possibilities as your playing develops. To get a good tone, tap the fingerboard with a fast, strong action just behind the fretwire.

Although you can perform tapping with a clean sound, it's easier at first to use some distortion because the extra sustain means that you don't need to tap so hard to fret each note.

TAPS AND SLURS

Tapping is often combined with pull-offs to create fast legato licks. These are often based upon arpeggio patterns, with the high tapped notes taken from the same arpeggio as the fretted notes.

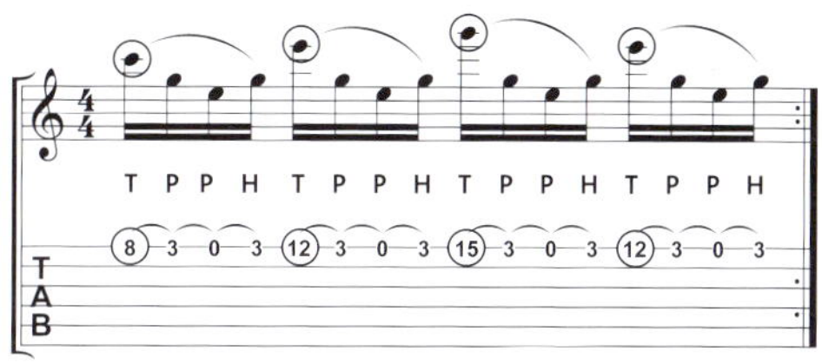

▲ *Tapping, Example 1. The tap hand moves, while the fret hand plays the same phrase. The tapped notes are circled.*

GUITAR SET-UP

The lower the action on your guitar the easier you'll find it to produce notes clearly when tapping. Make sure that your guitar's intonation is set up accurately, as the large interval leaps that tapping allows will highlight any intonation problems. Many tap specialists use a string damper near the nut in order to minimize the unwanted ringing of adjacent strings. Tapping is easiest on an electric guitar with powerful pickups; try adjusting your pickups so that they are close to the strings. Using compression will help disguise any volume imbalances between notes.

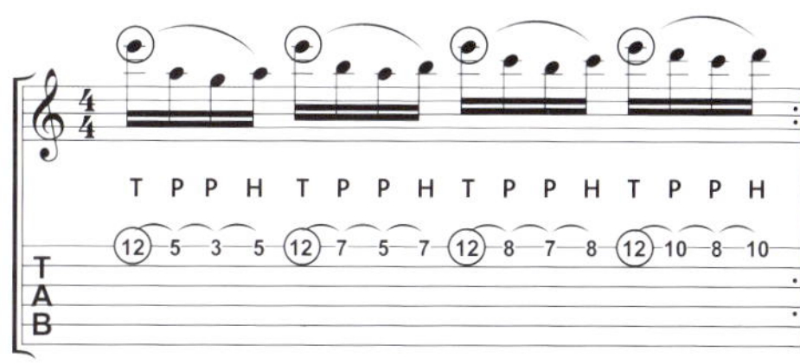

▲ *Tapping, Example 2. The tap hand plays the same note, while the fret hand moves along the fretboard.*

Section One: The Basics

CONSTRUCTING SOLOS

The real benefit of having studied all the scales and lead playing techniques covered in the earlier pages of this book can be realized when you begin to put all this knowledge into action by constructing your own lead guitar solos.

USING SCALES

To solo over any chord sequence you'll need a scale, as this will set the range of notes that will fit with the backing chords. For example, if a song uses chords from the key of C major, all the notes of the C major scale can be used as the basis for your solo. However, you don't need to play all the notes of the scale, or play them in any set order. You should always aim to make your solo sound fresh and inventive, rather than scale-like.

PHRASING

Once you've spent hours practising a scale it's all too easy to keep playing it in a continuous way when soloing. The best method of breaking this habit is to leave spaces between notes so that you start to create short phrases. Within these phrases use notes of different lengths: some long notes that you sustain, balanced by some very quick short notes. This rhythmic variety will add interest and shape to your phrases. To start with, experiment with the C major scale; instead of playing it in strict time, vary the length of some notes and leave some gaps.

▲ *C major scale played ascending and descending with rhythmic shaping. Leave gaps between some notes and make some notes shorter or longer than others.*

Try to incorporate rhythmic variety into your improvisations, remembering that you should also vary the direction in which you play: there's no need to

Complete Guitar Handbook

play up the whole range of the scale before you play some descending notes. Adopt a melodic approach in which your improvisation can weave up and down the scale.

▲ *Sample melody using the C major scale.*

USING INTERVALS

One thing that always makes a solo sound too scale-like is using notes that are adjacent to each other in a scale. This type of playing gives the game away to the listener – they can hear, almost instantly, that the improvisation is derived from a scale. Using interval gaps when playing a scale is a perfect way to break away from this scalic sound.

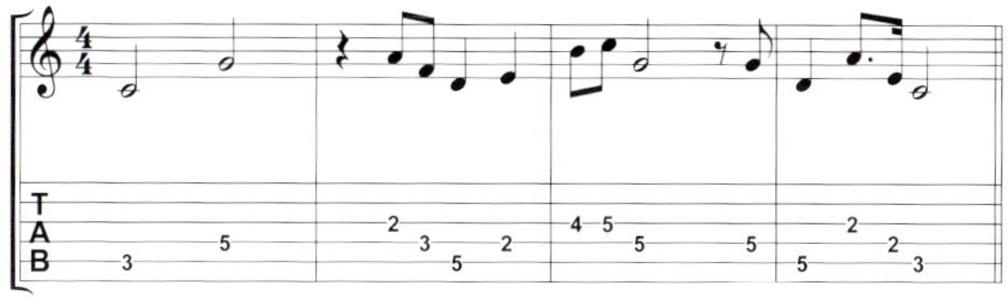

▲ *Use intervals to make a solo less scale-like.*

REPETITION

By repeating short series of notes you will begin to establish phrases that will give your solo a sense of structure. By repeating these phrases, or variations on them, you will give the listener something recognizable to latch on to, instead of a seemingly random series of notes with no direction.

▲ *Use repetition of phrases to give your solo structure.*

SPECIALIST TECHNIQUES

Don't forget to use some of the specialist guitar techniques that have been covered in this chapter. String bends, vibrato, slides or slurs will all help give your solo an individual character and will turn it from a melody into a true guitar solo.

Section One: The Basics

STAGECRAFT

Once you feel confident that you can cope with the technical challenges of rhythm and lead guitar playing covered so far in this book, then it's time to think of joining a band and playing your first gig. Spending a little time thinking about stagecraft will mean you are fully prepared.

CABLES

Avoid cost cutting when it comes to buying guitar cables. For stage work you need a cable you can rely upon: one in which the connections won't pull loose as you leap across the stage. Choose a cable long enough to allow you freedom of movement around a stage. If you're planning a really boisterous stage act you should consider investing in a radio transmitter – this will eliminate the need for a cable between the guitar and amplifier.

▲ *Buy the best cables you can afford to suit your needs, and ensure that they are long enough.*

TUNING

Once you set foot on the stage the show begins – so always get your guitar in tune before you come on stage. Obtain an electronic tuner so that you can tune-up easily in noisy environments. You can even set up the tuner in line between the guitar and amplifier so that you can check the tuning between songs.

NOISE

Consider buying a compressor, or even a volume pedal, so that you can cut down on unwanted signal noise from distortion pedals or high amp settings, both between songs and during quiet passages.

Complete Guitar Handbook

▶ *Using a footswitch will allow you to change sounds without stopping playing.*

FEEDBACK

Unless you want to attract feedback (a high-pitched screaming sound) for special effect, try not to stand right next to and facing into the amplifier if the volume is set very high. If your guitar feeds back too easily, ask a guitar technician to check it over.

BALANCE

Adjust the volume of your amplifier and guitar so that it blends well with the other instruments, but don't be scared of turning it up for solos so that you can be heard when playing single notes.

LISTENING

It's essential that you listen to what other musicians in the band are playing, so that you can play together as a cohesive unit. Listen to how your guitar tone and volume blends with or stands out from the band, and adjust this to make it musically appropriate for each song.

FOLDBACK

Get to the venue early and conduct a soundcheck so that levels can be set. If possible, use monitors (small wedge-shaped speakers that face towards the musicians) so that you can hear the vocals clearly. At large venues a sound engineer may provide you with a full foldback mix – if so, make sure the sound is adjusted so that you can hear not only your guitar, but also the rest of the band clearly.

SAFETY

As a gigging musician you could be plugging your amplifier into mains circuits with sometimes dubious wiring. Always use a circuit breaker – it could save your life!

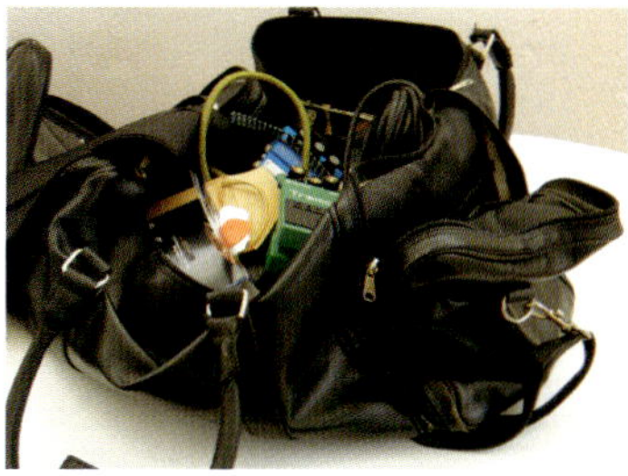

▶ *Be prepared and organize all your gear before you go and play.*

Section One: The Basics

USING EFFECTS

INTRODUCTION

Music starts with sound; the thoughts and emotions you feel when first hearing a live performance or recording are influenced by the sound of the voice or the instruments as much as by the notes they are producing. Part of a guitar sound can be the proper use of effects.

There are few things as stirring as the sound of a great guitar plugged directly into a great amplifier. That said, proper use of effects can add emotional impact for the listener. But improper use can detract as well, so there are a few things to keep in mind when confronting the plethora of sound-altering devices available. Generally the 'less-is-more' principle applies. While lathering on the distortion or delay may sound great when playing alone in your room, it can result in your parts being lost in the mix when competing with bass, drums, keyboards and other guitars. Also, the variety of processors available can be daunting; try to hear the sound that you are seeking in your head or on record first, then look for an effect to create it. This is not to say that just grabbing a pedal and playing with it can't provide musical inspiration of its own sort, but try to avoid using effects just because you can.

▶ *Jimi Hendrix's pioneering electric guitar sound made the most '1960s' effects.*

Complete Guitar Handbook

THE GREAT MASTERS

The rock history books are full of effects masters, some of whom achieved their marvellous tone with surprisingly few effects. Jeff Beck usually uses just a little distortion and delay to wrest an amazing number of tones out of his Stratocaster. Jimi Hendrix used much less distortion than you might think; tunes like 'Little Wing' were built on clean or only mildly distorted tones. A few pedals – Fuzz Face, Octavia, Uni-Vibe and wah-wah – were all he needed to reinvent the electric guitar. At the other end of the spectrum Pink Floyd's David Gilmour and U2's The Edge's (b. 1961) effects and rigs would take books of their own, and Adrian Belew's (b. 1949) style is largely informed by his use of a car-load of effects that allow him to make his guitar sound like an elephant, rhinoceros, cello, trumpet or seagull – anything but a guitar.

▲ *Jeff Beck uses minimum effects for maximum impact.*

In the following sections we will cover individual types of effects: how they work, how to use them and how some of these artists make magic with them. The more fully you understand the principles of each one, the more easily you will recognize their use by your favourite guitarist.

▶ *U2's The Edge favours effects such as delay, compression and pitch-shifting to achieve his band's trademark sound.*

Section One: The Basics

COMPRESSION

You may have wondered how professional guitarists get their notes to resound so clearly and evenly, or how country guitarists get that 'squeezed-out' sound in their notes. Partly it is the years of practise that has evolved into their technical skill, but another factor is the use of compression.

To understand the use of compressors it helps to understand the difference between distortion and sustain. Distortion is a quality of sound; sustain refers to how long the note, clean or distorted, remains audible. Compression can be used to increase 'apparent' sustain without any distortion.

▲ *Adrian Belew's playing with King Crimson and the Bears, as well as his solo material, has made heavy use of compression.*

It helps if you think of a compressor as an automatic volume pedal; regardless of how hard or how soft you strike the strings, the compressor brings the signal sent to the amplifier to a pre-set level. As the string vibration slows and the guitar volume drops, an amplifier in the compressor raises it back to the same level as the initial attack.

WHAT DOES IT SOUND LIKE?

To illustrate how this works, set your amplifier for a clean sound, strike a note and as the volume falls off, turn up your amplifier volume. You will hear the note appearing to sustain longer. To understand why it is 'appearing', as opposed to actually sustaining, try again without turning up the volume. Listen closely.

Complete Guitar Handbook

▶ *Pedal compressors such as this are used to control volume levels, and reduce dynamic range.*

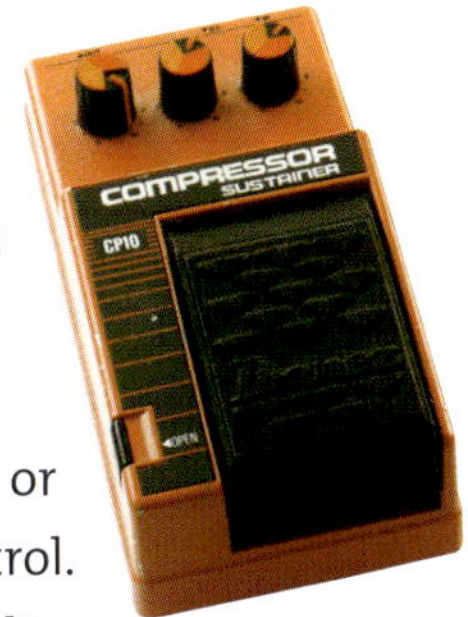

You will hear that the note ends at the same time; it just doesn't remain as loud for as long.

Pedal compressors usually have controls called sustain or threshold, gain or level, and sometimes an attack control. The first knob adjusts the amount of compression. Since adding compression can initially lower the volume, the gain knob helps raise it back up to compensate. The attack control sets how quickly the compression will begin.

COMPRESSOR APPLICATIONS

1. For clean rhythms, or country 'chicken picking', you can create a squeezing effect by setting a quick attack.
2. The added sustained volume helps to make chorusing and flanging effects much more dramatic.
3. It can provide controlled feedback with minimal distortion and volume.

You can hear these applications used to great effect by Adrian Belew and Andy Summers (b. 1942).

A compressor will also lower the sound of loud notes and raise the volume of the quieter ones, stabilizing an uneven instrument or player. Compressors are often used on acoustic guitars so that the bass strings do not overpower the treble strings, and in the studio to prevent overloading and to help the guitar stand out in the mix.

▶ *Andy Summers' sparse, tasteful rhythm guitar reveals a mastery of effects, including compression, delay and chorus.*

Section One: The Basics

DISTORTION

Distortion is the sound of rock guitar, though even the horn-like tone of Charlie Christian's jazz solos was the product of an amplifier driven to its limits. What is distortion? Without getting into the physics of it, when the ear hears certain overtones surrounding a clean tone it discerns that as distortion.

One way of getting a distorted guitar tone is with a pedal (for the other, see 'Amplifiers', pages 290–303). Discussing these pedals can be confusing because terms like distortion, overdrive and fuzz, are often interchanged; while technically they describe different levels of distorted sound – overdrive being the least amount, distortion next, and fuzz the greatest. For the purposes of this discussion we will use distortion (lower case) as a general term.

▶ *Charlie Christian's distorted sound resulted largely from problems with the amplification of the electric guitars that he played.*

Complete Guitar Handbook

◀ *The sound from an overdrive pedal maintains the character of the original signal.*

FUZZTONES

Early distortion boxes sounded very little like an overdriven tube amplifier. Dubbed 'fuzztones' due to their buzzsaw-like tone, they have been used creatively by Jeff Beck, Jimi Hendrix, and later by Adrian Belew who showed that you could produce synthesizer, cello and even animal sounds with a fuzz unit. Fuzz has been used for every kind of pop music, from psychedelia to swamp.

GETTING THE RIGHT EFFECT

To emulate the sound of an overdriven amplifier more accurately you might want a distortion or overdrive effect. Some pedals use an actual tube, while others use increasingly sophisticated chips to offer the feel and sound of an overdriven amp. Most distortion devices come with controls marked distortion, drive or gain; level or volume; and tone.

To get the most out of your distorted sound, remember that the level of the input signal will affect the distorted sound – i.e. single-coil pickups will react differently to higher-powered humbuckers plugged into the same pedal. So if your favourite guitarist plays a Les Paul and you play a Strat, you will have to turn the distortion knob up further on the pedal to achieve a similar effect. Also remember the less-is-more theory: too much distortion can make your notes indistinct, especially if you are playing fast. Check out Van Halen or Hendrix and you will find that they are using less distortion than you might think. If your amplifier is already slightly distorted when your guitar volume is fully up, you only need add a little gain on the pedal to make it sing. Fuzz units tend to sound better through a slightly distorted amplifier and/or with the tone rolled back on the instrument.

▶ *A distortion pedal produces a grittier, crunchier sound than an overdrive pedal.*

Section One: The Basics

CHORUS

Think about the rich sound of a 12-string guitar, or the sound of two guitars playing identical parts at the same time. Twelve-strings, and the doubling of guitars, have long been used to fill out recordings. To emulate that sonic girth when you are playing live and alone, with only six strings, is where you'll need chorus.

The fullness of sound and chiming characteristics that you experience in the aforementioned situations are created by notes that are out of sync and out of tune. If you were somehow able to get the strings of the 12-string exactly in tune and pluck them all at the same time, they would not sound nearly as rich. Likewise, if two guitarists play perfectly in tune and in time, the sound won't be much bigger than if only one guitar was playing. It is the delay of the pick hitting one of the doubled strings after the other, and the slight tuning variations, that give a 12-string its distinctive sound, and

◄ Jimmy Page often used a double-neck guitar when playing 'Stairway to Heaven' to achieve a fuller sound.

Complete Guitar Handbook

it is the timing inconsistencies and tuning differences of two guitarists, or an overdubbed part, that expand the sonic field. The chorus pedal was developed in an effort to duplicate this effect in a live situation and uses delay and pitch-shifting to achieve its end.

HOW DOES IT WORK?

A chorus device, be it analogue pedal or digital rack-mounted unit, delays the original signal by approximately 20 milliseconds, constantly varying this delay time over a range of up to about five milliseconds (plus or minus). If you take a standard delay pedal, and play a note while turning the delay time control knob back and forth, you will hear the pitch of the note vary. A chorus uses a minimal delay fluctuation and mixes it in with the original signal, thus emulating the effect of twice as many strings being played slightly out of time and tune.

▲ *A chorus pedal works by mixing a delayed signal with the original sound.*

Chorus pedals are provided with at least rate and depth controls. The depth control increases the amount of pitch fluctuation, while the rate knob determines how quickly it fluctuates. Some pedals include a blend or level control that allows you to set the amount of effect versus dry signal. This is preferable, especially if you plan to use chorus on solos, where too much can muddy your tone, especially if you are using distortion. Sometimes a feedback control is included to send the delayed signal back to be delayed again for a more intense effect.

▲ *A digital chorus unit such as this allows you to control the exact amount of delay time you want.*

Section One: The Basics

FLANGING AND PHASING

The accepted explanation of the origin of the term flanging is that an engineer placed a thumb on a recording tape reel, or 'flange', as they are known in the UK, and liked the whooshing sound that it produced. This whoosh became a favourite sound of the psychedelic era – think 'Itchycoo Park' by the Small Faces.

Our engineer's thumb caused a very short, but extremely irregular delay effect that is simulated in flanger devices by sweeping a short delay (shorter than a chorus – about five to 10 milliseconds) over a wide range (from one to 10, or two to 20 milliseconds) with a certain amount of feedback, or recycling of the delay.

DON'T CONFUSE EFFECTS

Flangers are confused with phase shifters due to the similar sweeping sound. Phase shifters use an even shorter delay and almost no feedback; this acts like a filter, sweeping the tone of the signal continually from treble to bass and back. A phase

▲ *The Small Faces made use of the distinctive 'jet-taking-off' flanging effect that was perfected in the early 1960s.*

Complete Guitar Handbook

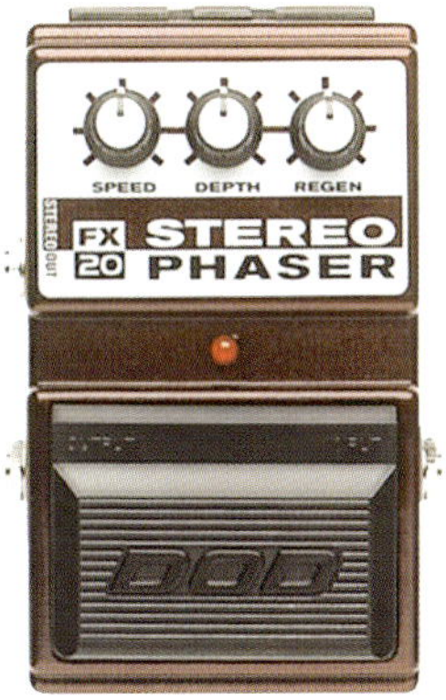

◀ *A phaser has a characteristic swirling sound that can be varied with a speed control to provide colour to a rhythm-guitar part or increased to produce a bubbling effect.*

shifter is desirable over flanging in cases where a more subtle effect is required, or where it is important that the pitch remains unaffected.

A DISTINCTIVE SOUND

In addition to the speed or rate controls found on chorus pedals, flangers often have an added control marked feedback or regeneration. This recycles the delay back through itself. Here, it increases the 'metallic' sound of the effect. Extremely fast rate settings on both flangers and phasers can result in a kind of Leslie speaker effect, à la Stevie Ray Vaughan. Setting a flanger for a medium rate, a lower depth, and minimal feedback can mimic a mild chorus effect. A flanger set like this, rather than a chorus, helped define Andy Summers' sound in the Police. A slow sweep with more intense depth and feedback settings will get closer to the Hendrix or Van Halen sound. Eddie also uses a phaser for this type of effect.

ADVANCED FUNCTIONS

Some more upscale flanging and phasing units will allow you to tap in the time of the sweep to match the tempo of the song that you are playing; some even have a 'trigger' setting that starts the sweep anew each time you strike the strings; this can work well for funk applications.

Stereo versions of these effects (including chorus) can work in one of two ways. One version sends the dry signal to one output and the effect to the other. The other version sends effects to both outputs but sweeping out of phase.

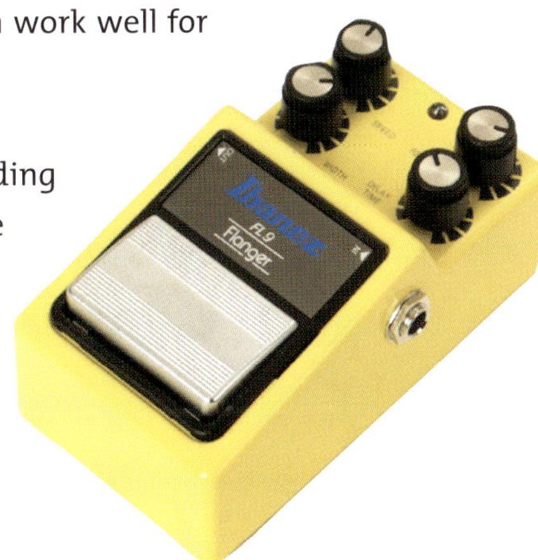

▶ *As well as producing a whooshing sound, the flanger also produces a metallic warbling reminiscent of sci-fi ray guns.*

Section One: The Basics

AMBIENT EFFECTS: DELAY AND REVERB

Your guitar sound does not exist in a vacuum but in the air around it. Musicians are often required to play and record in clubs and studios that are less than acoustically ideal. Luckily, engineers have invented methods of modifying the ambience artificially. (Ambience literally means 'the surrounding air'.)

AMBIENCE

Room ambience is due in part to the time delay between a sound leaving its source (the amplifier) and its return from obstacles in its path. The ear hears the sound first from its source and then again – after various delays – bounced off walls, ceiling and floors. The amount, length and tone of these delays allows the

▲ *Some ambient effects will make it sound as if you are playing in a concert hall, even if you are in your bedroom.*

Complete Guitar Handbook

brain to gauge the size and nature of the room in which the sound is produced. To counteract the effect of close miking and dead-sounding rooms, engineers came up with some effects to restore a natural room ambience. These effects allow the guitar to sound like it is being played in a huge empty hall, even in a small basement-size club or recording room.

TAPE DELAY

Les Paul (b. 1915) not only invented his legendary guitar, but was also one of the first to discover tape delay. Running a signal into a reel-to-reel tape recorder, he recorded it on the 'record' head and played it back as it passed over the same machine's 'playback' head. The signal coming off the playback head was delayed by the distance between the two heads. This delayed signal, added to the original signal on the main recording, creating a delay effect. By recycling the delayed signal over the record and playback heads, additional repeats were achieved.

Varying the length of tape delay is done in a number of ways. The speed of the tape can be changed from seven to 15 to 30 inches per second (ips), causing the delay to get shorter as the speed increases; or the playback head can be moved further away from the record head to lengthen the delay. Multiple playback heads can also be used, allowing multiple delays. Recycling the repeats and mixing them further back is one way of creating the illusion of a much larger room.

The 'slap' echo used on early rockabilly recordings was also produced in this way. Used more as an effect than as a means of recreating ambience, it is one of the earliest examples of using 'effects' in recording.

▶ *Elvis's early singles were noted for their slap-back echo.*

Section One: The Basics

DELAYS

As with flanging, the discovery of the tape delay effect in the studio created a tremendous demand for a unit that could recreate the effect live. Thus the Echoplex, a portable tape echo, was born. Alternatives quickly appeared in the form of analogue and digital delays.

ANALOGUE DELAY

Tape and tape heads have certain attendant problems that caused researchers to seek a way of creating the effect using the budding chip technology. They quickly developed 'analogue' delays, eliminating tape by passing the signal along a series of IC chips. This 'bucket-brigade' technology allows tape-type effects using smaller devices (tape delays are about the size of a desktop stereo speaker, while analogue units are more the size of a trade paperback).

▲ *Analogue delays appeared in the 1970s and are the link between tape and digital delays.*

In analogue delays the sound quality of the echoes diminishes significantly as the delay times and number of repeats increases. They are usable only up to about half a second of delay, after which even the highest-quality units add so much noise and unpleasant distortion that they became pretty worthless. But for many purposes that is plenty. Many guitarists value analogue delays for their warmth, and the fact that the degradation of the signal with each repeat adds naturalness, as well as preventing the ensuing signal from obscuring the original. The Edge and Andy Summers used analogue delays to set up rhythmic patterns, while Adrian Belew placed one on a microphone stand and manipulated the feedback by hand to create insect sounds. Bucket-brigade chips have become increasingly rare, so newly manufactured analogue delays can be quite expensive.

Complete Guitar Handbook

DIGITAL DELAY

Digital technology solved some of the problems inherent in analogue delays. The easiest way to grasp the difference between analogue and digital is to think about it like this: analogue deals with the signal itself, while digital breaks that signal down into a digital code. The code is then processed and translated back into a signal again before sending it to the output. Since the encoded signal is less subject to degradation, it allows longer delays with less distortion.

▲ *You can hear The Edge's use of delay on 'Where The Streets Have No Name'.*

Digital delays allow delay times of 16 seconds, 32 seconds, and beyond. These extremely long delay times have applications like playing along with yourself, much like Robert Fripp's (b. 1946) heavily effected guitar style, his self-styled Frippertronics. The other result is that shorter delay times are extremely clean, to the point where the delayed signal can be virtually indistinguishable from the original.

▶ *Digital delays sample the guitar's sound and play it back after a defined period.*

Section One: The Basics

USING DELAY

As we have already seen, delays have a number of uses. They can be used for ambience, for doubling, for creating rhythmic patterns, and for many other effects. Delay plays a subtle but distinct role in the sound of artists like Jeff Beck, David Gilmour, Eddie Van Halen and Robben Ford (b. 1951).

Confusion in using delay effects stems from an inability by manufacturers to agree on terminology. Most delays have three controls. One is delay length; this can be called delay time, effect, range or simply delay. Another control affects the number of repeats, from a single repetition of the signal to 'runaway' feedback; this knob can be called feedback, regen (regeneration) or repeat. The third controls the amount of effect added to the original or 'dry' signal (a signal with no effects is called dry; with effects it is wet). This may be called mix, blend, delay or effect, depending on the unit. Many delays will also have a dry output and an effect output, allowing an unaffected signal to be sent to one amplifier or recording track, and just the delay signal or a blend of dry and effected signal to another amplifier or track.

▶ *Robben Ford makes use of a small amount of delay, as well as volume and wah-wah pedals.*

Complete Guitar Handbook

▲ *Ensure that you tailor the amount of delay you use to the room size you are playing, and to monitor this during performance.*

ARTIFICIAL AMBIENCE

To sound like you are playing in a garage or basement with concrete walls there are a couple of things to remember:

1. Use a short delay and a number of repeats, with quite a bit of effect signal in the mix.
2. Increasing the length of the delay increases the room size, but you should reduce the amount of effect or the repeats will obscure your original signal. Also, decrease the number of repeats as you increase the length of the delay or you will sound like you are playing in a cave (unless that is the effect you want).

Too much delay will sink your instrument into the mix, to an indistinguishable level. That said, when playing your guitar alone, it might seem that you have your mix right, but when the rest of the band is added the sound becomes too dry. Be prepared to add delay to your signal as a club fills up, since bodies will absorb the ambience.

Digital delays work well for a doubling effect. For this you need the delay to be as clean as possible since it will be mixed equally, or almost equally, with the original. The delay should be long enough to fatten the sound, but short enough so that it is not a rhythmic pattern. Use a single repeat or it will start to sound like reverb.

◀ *When you are trying to create a natural ambience remember that delay is never louder than the direct signal.*

Section One: The Basics

RHYTHMIC DELAYS AND LOOPING

Digital delays are also good for setting up rhythmic repeat patterns. They can turn your guitar into a sequencer, or result in polyrhythmic patterns like those created by Andy Summers or The Edge. Looping delays can provide a single guitarist with extra parts, or can create highly textured, atmospheric pads.

▲ *When playing in a band with a large drum kit, ensure the drummer can hear the delays otherwise you will lose the beat.*

To use rhythmic delays with a live drummer, he or she must be able to hear you clearly because your delay time will set the tempo. Some digital delays allow you to set the delay length by tapping a switch, so you can make adjustments on the fly if the drummer wavers.

Complete Guitar Handbook

LOOPING EFFECTS

Digital delays with longer delay times (two seconds or more) allow you to create 'looping' effects by playing along with yourself, in the manner of Robert Fripp, Bill Frisell (b. 1951) and others. This can be done in one of two ways. The first is to set a very long delay time, with the mix at near equal, and the feedback at just below 'runaway'. This way, as old patterns fade, you can overlay new ones. The second method is to use the hold button (present on almost all digital delays) to lock in what you have played up until that point (called 'loops'), then perform improvisations that will not be recorded. These improvisations may sound very dry unless you are running your guitar signal through a second delay or reverb. Some delays include specific 'looping' functions, and some devices are meant for looping alone.

Dedicated loopers or combination looper/delay pedals often permit the player to slow the recorded loop to half speed or jump it up to double speed. Some devices also allow the signal to be thrown into reverse, for 'backwards guitar' effects.

▶ *Listen to* Exposure *by Robert Fripp to hear the first recorded evidence of his pioneering looping technique.*

▲ *A looping device can add texture to your playing.*

THE SEQUENCER EFFECT

Emulating a sequencer requires only a short delay time and any sort of device will do.

1. Set the device for a single repeat.
2. Set your delay for 110 to 130 ms. If the device doesn't have a read-out use your ears to set a short slap.
3. Set the blend for the same level delay as original signal (50 per cent).
4. Play an arpeggio with one note on each beat.
5. The delay will double the note, creating a sequencer-like pattern.
6. If you wish to accent the original note, back off the delay blend a little.

Section One: The Basics

REVERB

From surf music to ECM jazz records, reverb plays a major role in defining a guitarist's sound. Even the lack of reverb makes a statement about the kind of music you are making. In general, it is an effect that moves the sound further away from the listener the more it is applied.

WHAT IS REVERB?

Natural ambience is not the result of a single delay length or evenly spaced repeats. Sound is being constantly echoed back at us at various delay times, and the echoes are heard not as repeats, but as the ambience, size, type and emptiness or fullness of the room.

The distinction and the identical nature of their repeats limit delay units in their ability to reproduce ambience. Although they are adequate for sounds with little or no attack, like volume swells and lightly picked or strummed chords, the repeats become too distinct and the regularity of their spacing too pronounced when any hard picking or tight, funky chord work is required. The creation of a space around your sound is more the provenance of reverb.

◄ *The Beach Boys' early recordings give great examples of the all-time classic use of reverb.*

Complete Guitar Handbook

SPRING REVERB

An early type of mechanical reverb was the spring reverb. Found in many guitar amplifiers, it employs a transducer to convert the signal from electrical energy to mechanical energy, then sends it down a spring or springs to another transducer, where it is converted back to electrical energy. The time it takes to travel the length of the spring adds delay. The spring degrades the frequency response in a more uneven manner than analogue or digital delays, creating a more natural effect. More springs means a more natural effect, and longer springs create longer delays. Tube-driven spring reverbs offer extra warmth. Prone to a 'sproi-oi-oing' sound when subjected to hard attack, these are a must when searching for the true Duane Eddy surf tone.

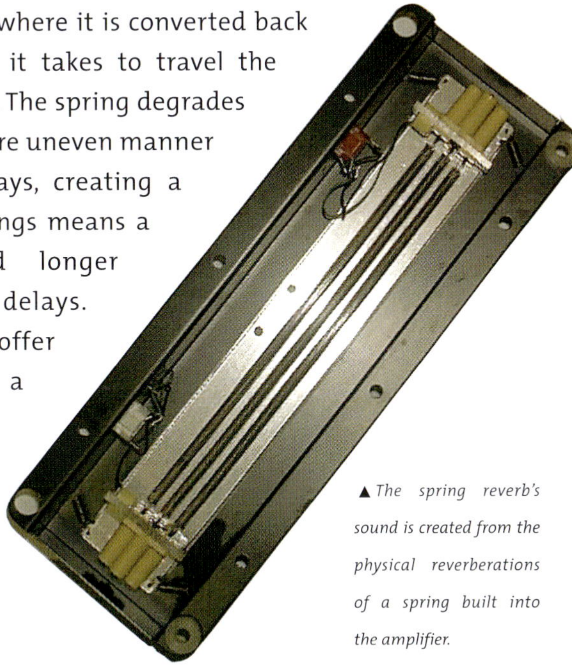

▲ *The spring reverb's sound is created from the physical reverberations of a spring built into the amplifier.*

DIGITAL REVERB

The accuracy of digital reverbs allows them to simulate virtually any size and type of room, and place the sound anywhere in it. This technology gives us the airy ECM jazz sound (Pat Metheny, John Abercrombie (b. 1944), Bill Frisell et al). Similar to digital delays, digital reverbs take the signal and convert it to digital code, then add delays and frequency changes to simulate the desired room size and to place the sound in the desired location within it.

▶ *As well as simulating the sound of different room spaces, digital reverb can also mimic the sound of artificial reverb devices, such as reverb plates and chambers used in studios.*

Section One: The Basics

VOLUME AND WAH-WAH PEDALS

By placing volume and/or tone controls, like those on your guitar, into a pedal, manufacturers have managed to make those quotidian items into creative effects. George Harrison (1943–2001) and Larry Carlton (b. 1948) have turned the simple volume pedal into an expressive tool, while the wah-wah has provided rhythmic and vocal-like effects from Isaac Hayes' 'Shaft' to Hendrix.

VOLUME PEDAL

The volume pedal is simply a passive potentiometer placed in a pedal. Simple though it is, it has myriad uses. At its most basic, it allows you to adjust your volume without interrupting play, maintaining the proper mix with the band. If you are experiencing hum, or buzz, from your guitar, it can act as a noise-gate by instantly lowering your sound during quiet passages.

Many guitarists were inspired to get creative with volume pedals by pedal-steel players, who constantly manipulate one while playing. You will find that your pedal-steel licks sound more authentic if you swell into them with a pedal. You can also create lush

◄ *George Harrison: master of the volume pedal?*

Complete Guitar Handbook

▲ *Mark Knopfler and Dire Straits had great success with a wah-wah pedal.*

GETTING PEDAL-STEEL EFFECTS

1. Plug your guitar into the volume pedal.
2. Plug the pedal into a delay and then into your amplifier.
3. Set the delay for a longer delay (500–700 ms), with six or seven repeats, and the blend at about 30 per cent delay.
4. Play a chord and gradually increase the volume with the pedal from zero to full.
5. If your guitar has a vibrato arm, gently rock it – this will cause modulation as the different pitched notes echo against one another.

pads with a volume pedal and a delay: add distortion and play single low notes for a cello effect, or higher ones for a violin sound.

WAH-WAH

The wah-wah is similar to a volume pedal, but it has tone control. Unlike a guitar tone, the pedal has active circuitry that doesn't merely roll off high end, but actively boosts the highs at one end and the lows at the other. Often rocked in time for rhythmic effect, it can also be used for expressive tonal effects. The riff on the Dire Straits' hit 'Money for Nothing' is the sound of a partially backed-off wah-wah pedal. Accenting the treble on bent notes gives a distinct vocal effect, while slowing sweeping through the range as you play a rhythmic part can emulate a synthesizer filter.

COMBINING EFFECTS

Once you understand the workings of individual effects you will want to combine them to create sounds you have heard, or to make some exciting new sounds of your own. Whether you just throw some pedals in a bag or use an elaborate rack system, multiple effects can enhance your music. Remember, though – what doesn't add, detracts.

Effects can be combined in a number of ways. Pedals can be thrown in a bag and set up for each gig, attached to a pedalboard, or placed in a rack pedal drawer and triggered remotely along with rack devices. Or, you may want to use one of the many multi-effects units available in either rack or pedal form. Let's examine some of the possibilities.

Carrying a bag of pedals is the most compact way to transport them, but setting up can be time consuming, and they can be jostled and disconnected. Attaching the pedals to a board

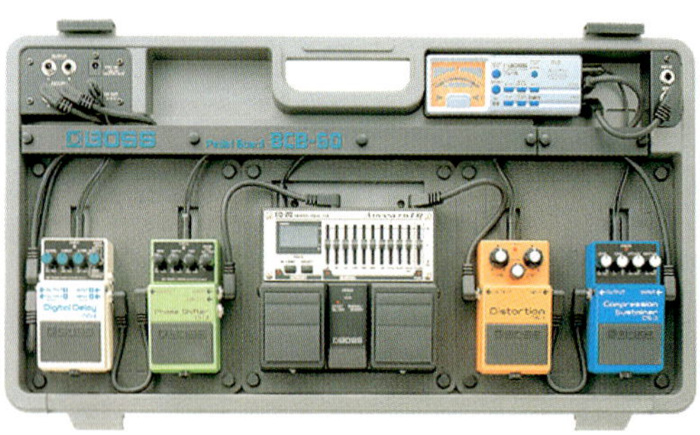

▲ *Securing your pedals to a board makes it easy to see exactly what you are working with.*

PEDALS ON A BOARD

No matter how you combine pedals, the order does make a difference. Ultimately the only rule is what sounds good to you, but here is a good starting order for your effects (from the guitar to the amplifier):

1. Compressor
2. Tuner
3. Fuzz
4. Wah-wah
5. Distortion or overdrive
6. Chorus/flanger/tremolo
7. Volume
8. Delay
9. Reverb

Complete Guitar Handbook

▶ *Pedal-board cases are a good idea if you are on the move: your effects will be far more portable as well as secure.*

of some sort can greatly speed up set-up time and add stability. Attaching the pedals with Velcro will allow you to experiment with different effects and orders.

MULTI-EFFECTS UNIT

Many manufacturers offer multi-effects units containing all those effects that we have discussed – and more. These can come in a floorboard system or a rack unit that requires a separate controller, usually using MIDI, a protocol that allows devices to talk to one another. The advantage of a multi-effects unit is that you can program it to switch numerous effects on and off simultaneously. Thus, with one motion you could conceivably turn your distortion and delay on and your chorus and compressor off. The disadvantage is that modifying the settings of the effects is not as easy as bending down and turning a knob on a pedal. A common compromise is a rack with a drawer for pedals and a switcher that brings the pedals in and out of the signal path in pre-set combinations.

There is a wealth of sonic modifiers available that we have been unable to cover here, but the ones we have discussed are the basic building blocks of electric guitar tone.

The guitarists mentioned previously, as well as players as diverse as Steve Vai, John Scofield (b. 1951) and Pat Metheny have used these effects to craft their distinctive instrumental voices. You can use them to find yours.

▶ *A multi-effects unit can be useful if you don't have a lot of space.*

Section One: The Basics

REGGAE

Reggae is a Jamaican style of music with four beats to the measure and the off-beats (beats two and four) strongly accented. It evolved from ska, a music style born in the early 1960s when Jamaican musicians changed the emphasis of the basic R&B rhythm from the first and third beats in the meaure to the second and fourth.

SKA

The most influential ska group was The Skatalites, a collection of classically trained musicians who played to dance-hall crowds in Jamaica's capital, Kingston. They adopted a tight, disciplined rhythm, designed to whip the dancers up into a frenzy, but kept the beat steady so nobody lost their footing.

ROCK STEADY

During the late 1960s, top Jamaican producers Leslie Kong and Coxsone Dodd slowed the beat down to create a more soulful, laid-back reggae style called rock steady. The main exponents of this style included Desmond Dekker, who had the No. 1 hit 'Israelites' (1969), and Jimmy Cliff, singer of 'Wonderful World' (1969). Many of their hits featured charismatic guitar lines from Ernest Ranglin (b. 1932) a renowned reggae session guitarist.

▶ *Officially formed in Jamaica in 1964, the Skatalites were central to the ska era.*

Complete Guitar Handbook

ROOTS

Roots reggae had come along by the early 1970s and it introduced an even more laid-back rhythm with a prominent bass line. Eric Clapton's cover of Bob Marley's 'I Shot the Sheriff' (1974) helped to introduce the style to the UK and the rest of the world, and Marley (1945–81) later became a megastar with songs like 'No Woman No Cry' (1975), 'Jamming' (1977) and 'Is This Love' (1978), before, tragically, he died of cancer in 1981. The roots reggae era has always been associated with heavy cannabis use and this is hardly surprising as practically all of the musicians, Marley included, were regular pot smokers. In fact, reggae artist Peter Tosh (1944–87) made his views clear on his album *Legalise It* (1976).

REGGAE TODAY

▲ *Hugely popular in the 1980s, Madness revived the ska style for a new audience.*

Although the popularity of ska, rock steady and roots reggae styles has waned over the past 20 years, they spawned a number of other sub-genres: dub, an instrumental style with all the vocals (except voice effects) removed; ragga, a harsher, more jagged style; and dance hall, a stripped down version with just drums, bass and vocals. Ska and reggae also influenced groups like Madness, UB40, Aswad, the Police and Musical Youth, who all had considerable chart success during the 1980s, and even pop, punk and alternative artists as diverse as 10cc, The Clash and Frank Zappa have employed catchy reggae rhythms at one time or another. More recently, artists like Ms Dynamite, Roni Size and Massive Attack have been keeping the style alive by mixing it with rock, soul, indie and rap influences.

► *Artists such as Ms Dynamite have brought reggae to the attention of a new audience.*

Section Two: Musical Styles

PLAYING REGGAE GUITAR

Reggae rhythm guitar is usually played as clean 'skanks' (downstrokes), with the strings damped as soon as the chord is sounded, although double-skank rhythms, where the downstrokes are swiftly followed by upstrokes,

▲ *Reggae music is characterized by the emphasis on the off-beat, which pulls the tempo back and gives the music a laid-back feel.*

are sometimes employed. The chord progressions are simple and often major based (e.g. D A D A) or minor based (e.g. Dm Am Dm Am). There is rarely any lead guitar in the style, although a second guitarist will often play repetitive note phrases with note damping (with the palm of the picking hand) to give the groove an even more rhythmic feel. If you have a 'portastudio', software sequencer or other multi-tracking device you can easily record both of these rhythms by yourself.

Guitar-wise, you can use just about any electric solidbody instrument and any reasonable amp to play reggae, but you will probably want to keep the sound clean and turn down your bass and mid-range controls so that your guitar doesn't end up fighting against that heavy bass!

Reggae rhythms can be very repetitive, so you might want to use some effects pedals to create more interest in the rhythm guitar parts. A digital delay unit

Complete Guitar Handbook

with the delay time set to your song's tempo beat can be used to make things sound psychedelic, while a wah-wah pedal, flanger, phaser or chorus unit can create more sonic variety and movement in the rhythm. You can also switch between your guitar's bridge and neck pickups to produce different tones for different songs or sections of a song.

PLAYING SKA GUITAR

Ska is a little trickier to play; while reggae uses two skanks per bar, ska uses four, and each of these is between the beats, so you need to be even more accurate with your strumming and use only upward strums over the guitar's thinner strings.

▲ *Ska features a very simple bass on the beat with the keyboards and guitar bouncing off the beat. The um-ska sound given, which gave ska its name, is the basis for virtually all reggae styles that followed.*

Whenever you're playing any reggae guitar style, you also need to consider how your guitar complements what the bassist and drummer in your band are playing so it sounds like you're working together as one, playing a steady, even rhythm. Listen to recordings by the Wailers, Desmond Dekker, Peter Tosh, Duke Reid or Aswad and you'll soon get the idea!

▲ *Aswad have a unique sound combining jazz, funk, soul and fusion layered over a rock-steady reggae beat.*

Section Two: Musical Styles

FLAMENCO

Flamenco music can be traced back to mid-nineteenth century Spain, when Andalucian musicians developed a 'café cantante' guitar style to accompany singers and dancers at local cafés. Although the earliest Spanish guitar players had relatively unrefined skills, the style evolved over the next half century until Ramon Montoya emerged in the early twentieth century as the first celebrated modern flamenco player.

Ramon was born in Madrid in 1880. He spent his early years cattle trading with his gypsy parents and bought a guitar. Swiftly learning the instrument, he was accompanying singers in Madrid cafés by the time he was 14. He formed a musical allegiance with one of the greatest Spanish singers of the time, Antonio Chacon, and they became a famous act. By then Montoya had developed an unprecedented level of virtuosity on his instrument, and singers had to change the way they sang to accommodate his playing; modern flamenco was born!

Montoya made more than 700 recordings with top cantantes and was a huge influence on the next generation of flamenco guitarists, including his nephew, Carlos Montoya, who developed the style further between the 1940s and 1960s.

◄ *Flamenco dancing was developed by Spanish gypsies in the fifteenth century.*

Complete Guitar Handbook

FLAMENCO TODAY

Today a number of talented flamenco guitarists are recognized worldwide, but the most respected of all these is Paco de Lucía. Born in 1947, Paco took up the guitar at an early age and was performing on Spanish radio by the time he was 12. As a teenager he toured with flamenco dancer José Greco and met Sabicas, an influential guitarist who encouraged Paco to pursue a more personal style. He took this advice and evolved into a highly individual player with a formidable technique, stretching well beyond the boundaries of traditional flamenco.

Paco also made a number of critically acclaimed acoustic guitar trio recordings with jazz-rock maestros Al Di Meola (b. 1954) and John McLaughlin including *Friday Night In San Francisco* (1980) and *The Guitar Trio* (1996). Despite this, his style has always remained decidedly Spanish: 'There was a time when I was concerned about losing myself,' he once said, 'but not now. I realize that, even if I wanted, I couldn't sound like anything other than flamenco.'

▲ *Renowned flamenco guitarist Paco de Lucía has one of the fastest, most intricate finger-picking techniques in the world.*

Section Two: Musical Styles

PLAYING FLAMENCO

While classical guitarists aim for a clean, elegant style, flamenco players tend to favour a more earthy, powerful and dynamic sound. Flamenco guitarists use a number of specialist techniques, including rasgueado, tremolo and golpe. A rasgueado is a unique strumming technique created by fanning or brushing the fingers across the strings to generate a circular effect. To achieve this, hold your strumming hand tightly closed and then strum the strings by releasing the fingers in quick succession. A tremolo involves playing a single note repeatedly and swiftly with the picking-hand fingers to produce long, sustained notes. To play a tremolo, pick a string with your third finger, then your middle finger and then your index finger of the picking hand in quick succession and repeat the pattern again and again. A golpe is a percussive effect performed by tapping the instrument's body with the picking hand to reinforce rhythms and accents in the music.

▲ *The guitar provides the accompaniment to strong, rhythmic, passionate dancing in traditional flamenco.*

There are dozens of different flamenco styles and these are defined by characteristic melodic, rhythmic and harmonic structures. The most popular of these styles include bulerías, soleares, alegrías, fandangos, rondeña and tanguillos. Each one has a distinctive mood, although many are actually regional variants of each other. Flamenco guitarists

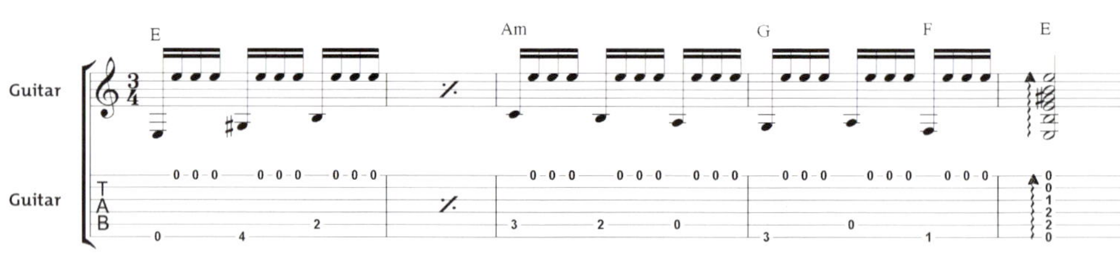

▲ *In flamenco, the exact guitar lines played are normally improvized around a standard theme.*

Complete Guitar Handbook

also play a number of other folk and Latin influenced styles including garrotín, farruca, guajiras and rhumba. The traditional flamenco posture has the guitar resting against the upper part of the body and held tightly between thigh and upper right arm.

▲ *A capo is a simple device that allows the pitch of the guitar's open strings to be changed.*

TECHNIQUES

While the capo is rarely used in classical guitar playing, it is commonly used in flamenco music as it allows the guitarist to change keys while preserving his or her favourite chord voicings. Flamenco players also use the capo because it shortens the vibrating string length and can thus brighten the instrument's sound. Flamenco guitarists also make greater use of their thumbs and fingers than classical players: in classical music, the thumb is usually limited to playing the bass notes, while the next three fingers concentrate on the higher strings; in flamenco, the thumb can range over all six strings and all four picking-hand fingers are usually employed. Flamenco players also mute the strings with their left hand while strumming with the right to produce a percussive rhythmic style.

FLAMENCO GUITAR

Although flamenco guitars look similar to classical instruments, they are actually quite different; classical guitars tend to have deep rosewood bodies while flamenco instruments are thinner and usually constructed from cypress. Flamenco guitars tend to produce a louder, more penetrating sound than classical instruments. They also have their strings set lower and feature a plastic shield on the soundboard to protect the body from damage caused by the energetic finger rasgueados and golpes employed by the players.

► *A flamenco guitar is deceptively similar to but slightly smaller than a typical classical guitar.*

Section Two: Musical Styles

CLASSICAL

Although guitar-like instruments have been around since the Middle Ages, the 'classical' guitar as we know it today didn't appear until the middle of the nineteenth century. And its repertoire was non-existent until Andrés Segovia started performing 50 years later.

Segovia was born in Grenada, Spain in 1893. He started playing guitar at an early age and quickly developed a virtuoso playing style. He created a basic classical guitar repertoire by adapting music composed for other instruments to his own and, by the time he was 20, had arranged pieces by Bach, Handel, Tarrega, Chopin, Schumann and Mozart. By the late 1920s, Segovia's arrangements had become standards and he was performing them in front of Spanish royalty. Composers of the period took note, and the likes of Villa-Lobos, Falla, Castelnuovo-Tedesco and Ponse began to write music specifically for the classical guitar.

▲ *Self-taught, Andrés Segovia plucked the strings with a combination of flesh and nail that helped him produce a wide range of tones.*

Segovia put the classical guitar on the map as a 'serious' instrument and personally taught a further generation of classical virtuosos, including Alirio

Complete Guitar Handbook

Diaz (b. 1923), Julian Bream (b. 1933), Christopher Parkening (b. 1947), Eliot Fisk (b. 1954), John Williams and Alexandre Lagoya (1929–99). These players took the classical technique to new heights and broadened its repertoire further by performing contributions from other new composers.

▲ *Taught by Andrés Segovia, Julian Bream also studied piano, cello, harmony and composition at the Royal College of Music, London.*

PLAYING CLASSICAL GUITAR

To adopt the correct classical guitar posture, sit on a chair and rest the centre of your instrument's body on your left leg. Angle the neck upwards so that your left arm (assuming you're a right-handed player) can reach the fingerboard without any obstructions. Rest your right arm on the upper edge of the guitar's body so that you can position your right hand's fingers directly over the strings near the sound hole. You might also want to place your left foot on a small footstool to bring your left leg up a little to better support the instrument. Practise picking up the guitar and getting into playing position so that it feels natural and easy. Make sure you feel relaxed and there is no tension in your limbs when you do this.

▲ *The classical guitar was the first to feature struts – pieces of wood inside the body to improve volume and tonal response.*

Section Two: Musical Styles

CLASSICAL TECHNIQUES

The classical guitar is picked by the tips/nails of the thumb and first three fingers of the right hand (or left hand for left-handed players) so it is important to keep these tidy. These fingers are labelled as follows after their Spanish names: P = pulgar (thumb), I = indice (index finger), M = medio (middle finger) and A = anular (third finger).

▲ *Classical guitarists use their thumb and first three fingers to pick strings, as opposed to a plectrum.*

To get a basic idea of how it all works, start to play the open sixth string (the thickest string) with a downward movement of the tip of your thumb, and then, while this low note is still ringing out, strike the open third, second and first strings consecutively with upward movements from your index, middle and third fingers respectively. Repeat this series of movements again and again so that you are following the pattern PIMA PIMA PIMA PIMA. Now start to reverse the order of your finger movements so that your thumb stroke is followed by your third finger, your middle finger and then your index finger: PAMI PAMI PAMI PAMI. Then combine the two exercises so that you alternate between the two: PIMA PAMI PIMA PAMI. Once you feel comfortable with these variations, you'll be in a position to start learning classical guitar music.

▲ *Student Eurico Pereira learns the correct technique from Eliot Fisk.*

Complete Guitar Handbook

The fretting hand is equally important as it has to articulate the notes you are picking. With your thumb behind the neck, position your fingers so that they arch around and their fingertips are perpendicular to the strings. You must have very short fingernails on this hand so that you can press down on the strings and articulate notes cleanly and accurately. The fretting hand switches between chordal positions (for playing arpeggios) and a one-finger-per-fret style (for scalar melodies).

TREMOLO

Classical guitarists also employ a tremolo technique which involves the I, M and A fingers playing a continuous, repeating pattern on a single note, a 'ligado' technique which involves striking a note and then hammering on to another note on the same string with a finger, and rubato, a technique involving the use of subtle tempo changes to accentuate and embellish specific parts of the music.

READING MUSIC

Although you can learn how to play the classical guitar by ear, it is normally taught conventionally with traditional music notation. It is therefore a good idea to familiarize yourself with the notes on the conventional music stave, but bear in mind that to make guitar music easy to read, the notes on the fingerboard are often written one octave higher than their actual pitch. If you're serious about playing classical guitar, we recommend you see a tutor regularly to ensure that you learn to sight-read properly and do not develop any bad playing habits.

▲ *If you can read music, try playing through this excerpt from Francisco Tárrega's* Étude in E Minor, *for a true idea of how music for the classical guitar can sound.*

Section Two: Musical Styles

COUNTRY

Country music originally grew out of American folk music and it now encompasses a variety of styles, including bluegrass, American folk, hillbilly, country-rock, zydeco (cajun music) and C&W (country and western). At its core, country is a simple music and most of its songs are built around simple chord progressions and melodies played on guitars, fiddles and other instruments.

The country genre was 'born' in the late 1920s when Jimmie Rodgers (1897–1933) and the Carter Family signed recording contracts with Victor Records. Rodgers had a unique voice and the Carters had an impressive repertoire of 'old-style' American folk tunes. They appeared regularly on the Grand Ole Opry, a legendary Nashville-based national radio show.

THE FIRST COWBOY SINGERS

By the 1930s, a number of other country music strands started to become popular: 'cowboy' singers such as Roy Rogers (1911–68) and Gene Autry (1907–98) appeared in popular films; western swing bands like Bob Wills' Texas Playboys successfully fused country-folk with big band, blues, Dixieland and Hawaiian steel sounds; and Bill Monroe introduced a more Celtic-influenced bluegrass style.

◄ *Gene Autry had one of the most visually stunning Martin guitars, the D-45, made for him in 1932.*

Complete Guitar Handbook

HONKY TONK

In the 1940s, a style called 'Honky Tonk' defined two country music clichés: stories about drinking and losing the one you love. Hank Williams' (1923–53) 'Lovesick Blues' (1949) epitomizes this. Ironically his last hit, 'I'll Never Get Out Of This World Alive', was released just before his death on New Year's Day 1953, after a heart attack brought on by drinking.

NASHVILLE

▲ *Willie Nelson and Waylon Jennings were the 'most wanted' of the outlaw movement.*

Another milestone was 'the Nashville sound', a blend of country and pop that appeared during the 1950s. It propelled artists such as Jim Reeves, Eddy Arnold and Patsy Cline into the limelight with well-recorded ballads and honky-tonk stories. Then 'outlaw' artists Johnny Cash (1932–2003) and Willie Nelson (b. 1933) added a little danger into the equation during the 1960s, and Lynyrd Skynyrd and Alabama fused country with rock in the 1970s.

MODERN COUNTRY

During the 1980s and 1990s, artists such as Garth Brooks (b. 1962), Ricky Skaggs (b. 1954), the Judds and Randy Travis (b. 1959) had considerable success, with some of their albums even outselling mainstream pop artists such as Michael Jackson and Madonna.

Country music has had its fair share of guitar virtuosos over the years, and these have included fingerpicking pioneers like Merle Travis (1917–83) and Doc Watson (b. 1923); Hawaiian steel specialists such as Sonny Garrish (b. 1943) and Lloyd Maines (b. 1951); and dynamic electric players like Albert Lee, Danny Gatton (1945–94) and Steve Morse (b. 1954). It is worth checking out recordings by all these great players.

Section Two: Musical Styles

PLAYING COUNTRY

Much country music is based around the pentatonic major scale (see page 51). This scale is often confused with the pentatonic minor scale (used in blues) as they use the same finger patterns across the guitar neck, but they are in fact different modes in the same scale family.

▲ *Randy Travis is a neo-traditionalist, and his music is built on foundations established by the likes of Merle Haggard.*

To explain further, the A pentatonic minor shape between the fifth and eighth frets of the fingerboard is identical to the C pentatonic major shape in the same position. The reason for this is that they both consist of the same notes; C, D, E, G, A and C. The difference is that the A pentatonic minor uses A as its first (tonic) note while the C pentatonic major scale begins on the C note; playing the shape over an A bass note will make it sound bluesy, whereas playing it over a C bass note will make it sound 'country'. The pentatonic major scale is actually the regular major scale ('do-re-mi') with the fourth and seventh notes removed. Because of this it is easier to play and it harmonizes better with the simple chord progressions used in country music.

▲ *The classic country music guitar figure would be played on an acoustic instrument, providing a simple but steady melodic and rhythmic structure.*

Complete Guitar Handbook

◀ *Violining: the little finger of the picking hand adjusts the volume while playing.*

ELECTRIC COUNTRY

Electric country guitar players use a lot of note bends in their solos. Of particular importance is the 'harmony bend', a pedal-steel type effect where some notes are held while another is bent. Country players also use double-stops (two-note chords), hammer-ons, pull-offs and slides to add further colour to their solos. Another specialist country technique is 'chicken picking', a damped, staccato right-hand style employed by James Burton (b. 1939) and others for fast, funky phrases.

You can play a basic country rhythm guitar style by separating the bass notes in each chord you play from the rest of the notes in the chord; play the bass notes first and then follow with the rest. Another neat country trick is to use the guitar's volume control (or a volume pedal) to fade chords and notes in from nothing to give a nice, soft attack to the tone – a technique known as 'violining'.

THE RIGHT GUITAR

If you're serious about playing electric country guitar, you should consider getting a Fender Telecaster as it produces a clean, twangy sound and has probably been favoured by more country players than any other electric guitar. If you haven't got a Telecaster, you can approximate its sound by choosing the bridge pickup on any single coil guitar, selecting a clean amplifier sound and cutting back on your mid-range.

▲ *A Fender Telecaster, the first production-made solid electric guitar.*

FOLK

Folk music can be described as 'the natural expression of a people'. It exists in every country, whether it comes in the form of African tribal chants, Irish reels, Indian ragas, nursery rhymes, Hungarian gypsy tunes or Native American ceremonial songs.

Folk music is rarely written for profit and it is passed down from generation to generation, musician to musician. Often lacking the technical sophistication and complexity found in other music styles, it can be extraordinarily beautiful and stirring.

▲ *Prolific songwriter and performer Woody Guthrie sang songs about economic, political and social problems.*

Popular folk music, as we know it today, can be traced directly back to the singer-songwriter Woody Guthrie. Born in 1912 in Okemah, Oklahoma, Guthrie grew up in a poor but musical family. As a teenager he experienced first the tragic death of his older sister, Clara, and then his family's financial ruin when the town's boom period went bust. They moved to Pampa, Texas, where Woody fell in love, married and formed his first band, the Corn Cob Trio.

GUTHRIE'S INFLUENCE

After a great dust storm hit the area (chronicled in John Steinbeck's novel *The Grapes of Wrath*) the Guthrie family headed west with a mass migration of refugees known as 'Okies'. These unemployed workers from Oklahoma, Kansas,

Complete Guitar Handbook

Tennessee and Georgia had all lost their homes and had set out in search of opportunities elsewhere. Penniless and hungry, Woody walked and hitchhiked over to California, where he wrote songs about his experiences. He later travelled all over the US and became a champion for oppressed migrant workers, as well as a controversial critic of politicians, lawyers and businessmen. He made a number of recordings during the 1940s and the honesty, humour and wit expressed in these influenced the likes of Bob Dylan (b. 1941), Joan Baez (b. 1941) and Paul Simon (b. 1941), who all had unprecedented chart success with folk-style songs during the 1960s. Guthrie died after a long struggle with Huntington's Chorea in 1967, and has since been acknowledged as the most important folk artist of the first half of the twentieth century.

▲ *Joan Baez and Bob Dylan were responsible for a folk revival in the 1960s.*

UK FOLK SCENE

Over in the UK, Renaissance lute music and American folk styles inspired the likes of Martin Carthy (b. 1941), Bert Jansch (b. 1943) and John Renbourn (b. 1944) to write strong, original guitar material during the 1960s. Ralph McTell (b. 1944) also helped to popularize English folk with his hit 'Streets of London' (1974).

Although traditional folk has always been popular, the global 'folk scene' has often been in a state of flux, with new musicians adding their own voices to the throng. John Martyn (b. 1948) and Christy Moore (b. 1945) had developed unique and earthy folk styles by the 1970s and influenced many other singer-songwriters, while today artists such as Ani DiFranco (b. 1970), the Levellers and Asian Dub Foundation are all fusing elements of folk with different popular music cultures.

Section Two: Musical Styles

PLAYING FOLK MUSIC

The acoustic guitar is the main instrument used in folk music, and it can either be finger-picked or strummed with a plectrum. Typical folk finger-pickers will normally play the bass strings with the thumb and the treble strings with the index, middle and third fingers of their right hand (assuming they are right-handed), although some just use their index and middle fingers for the treble strings and rest their other two fingers on the guitar body for support.

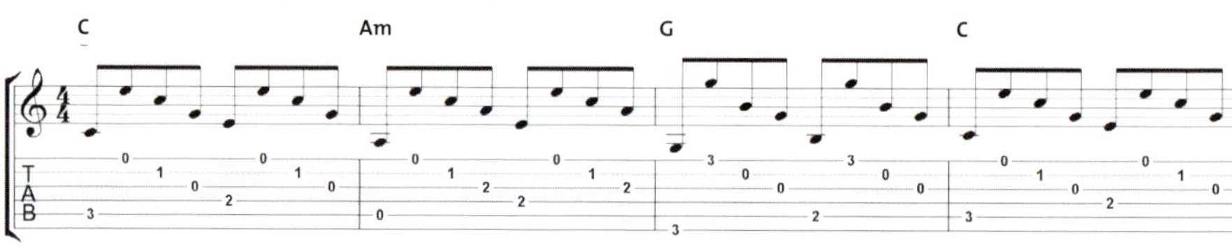

▲ *With any folk song, the words are the main focus, leaving the melody and structure simple, as in this example.*

Most folk tunes played in this way use the same finger-picking pattern – or a series of variations of it – for the whole song. Some virtuoso players adopt a more elaborate style with all four fingers playing the treble strings, or separate contrapuntal harmonies being played on the bass and treble strings at the same time.

FLAT-PICKING

There are also a number of folk flat-pickers who use a plectrum to play chord arpeggios across the strings, along with scales and licks. Such players use strumming techniques to play the guitar in a rhythmic context and, like finger-pickers, they tend to keep the same rhythm for an entire song. To strum with a plectrum, finger your

► *Flat-picking is a playing style where all notes, scalic and chordal, are articulated with a plectrum or thumb pick.*

Complete Guitar Handbook

chord with your left hand and angle the plectrum in towards the strings and pointing slightly upwards with your right hand. Then stroke the plectrum across the strings, making sure that all the notes in the chord ring out cleanly.

Some acoustic flat-pickers can play extremely fast scalar solos with a plectrum by alternating between upstrokes and downstrokes of the right hand, while the left hand is fingering the notes. A number of bluegrass players and 'crossover' guitarists like Al Di Meola (b. 1954), Steve Morse and Ricky Skaggs have used this style to devastating effect.

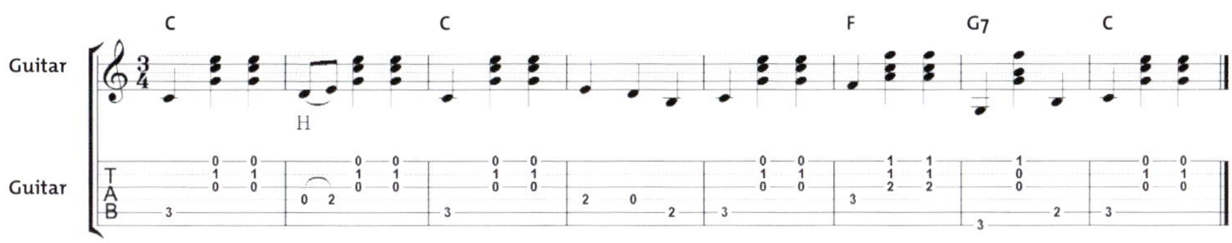

▲ *Typically, most traditional folk guitar playing is based on finger-picking. The bass strings are usually picked by the thumb, whilst the index, middle and ring fingers are used to pick the treble strings. It is very rare for the little finger to be used.*

AMPLIFICATION

While most traditional folk music can be performed without any amplification, anything in a more modern band context should be performed through a dedicated acoustic amplifier such as the Roland AC60, the Behringer Ultracoustic ACX1000 or one of Marshall's AS series amplifiers. These are specifically designed to bring out the natural characteristics of an acoustic guitar which is playing at a typical 'live band' volume.

► *Folk singer Ani DiFranco started her own record label.*

Section Two: Musical Styles

SOUL AND FUNK

Soul music emerged out of R&B during the 1950s, and Ray Charles is widely acknowledged as the first soul star. Born Ray Charles Robinson in Albany, Georgia in 1930, and blind since the age of six, he became interested in gospel and blues music, and developed a unique singing and songwriting style.

Atlantic Records snapped him up and they had an almost instant hit with 'I Got a Woman' (1955). This was followed up with a string of other chart toppers that combined his unmistakably soulful vocal delivery with R&B rhythms.

THE MOTOWN SOUND

By the mid 1960s, Berry Gordy had established the Tamla Motown company in Detroit, and artists such as Smokey Robinson, the Four Tops, Marvin Gaye, the Supremes and Stevie Wonder ensured that soul music was well and truly on the map. The Motown system was both revolutionary and controversial, with the artists signed on salaries and under orders to perform whatever material Gordy wanted. He used an in-house team of producers and

▶ *Motown's legendary house band, the Funk Brothers, featured Bob Babbit (pictured) on bass.*

Complete Guitar Handbook

composers, plus a formidable house band, the Funk Brothers, consisting of Dave Hamilton (guitar), Joe Hunter (piano), Benjy Benjamin (drums) and the legendary James Jamerson (bass, 1936–83). They forged the famous 'Motown sound' that has since been mimicked by countless soul producers worldwide.

▲ *James Brown was key in turning soul music into funk and disco.*

FUNK

Funk also emerged out of R&B and soul during the 1960s, when artists such as James Brown and his guitarist Jimmy Nolan developed a rhythm style so powerful that the melody and harmony were forced to take a back seat. It was popularized even further during the 1970s by acts such as Chic, Funkadelic, the Isley Brothers and Earth Wind And Fire.

GUITARS IN FUNK

Guitars played a more prominent part in funk music than they did in soul, and many funk stars, including Ernie Isley (b. 1952), Prince (b. 1958) and Johnny 'Guitar' Watson (1935–96) were also guitar heroes. Watson grew up listening to bluesmen T-Bone Walker (1910–75) and Clarence 'Gatemouth' Brown (b. 1924), and developed a biting high-treble guitar tone that he already used to effect on albums such as *Gangster Of Love* (1958) and *Johnny Guitar Watson* (1963). He had developed a more funky style by the 1970s and became known for his eccentricities as much as his music; clad in brightly coloured suits with massive flares and lapels, he would play the guitar standing upside down and use a 45-m (150-ft) cord to get on top of the auditorium with his instrument.

Section Two: Musical Styles

PLAYING SOUL GUITAR

Although soul and funk are both primarily played by electric guitarists, the styles are contrasting. Soul guitar is usually simple guitar chords or repetitive licks that fit in with a groove but don't interfere with a song's main focus – the vocals. Funk guitar is usually a series of short licks that form a part of the groove upon which the whole tune is based. These licks are usually syncopated with the rest of the instruments and, along with the bass line, give it that funk 'edge'.

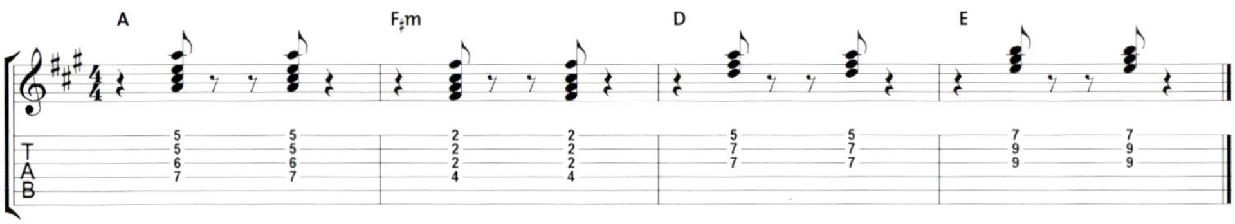

▲ *Playing guitar in a soul music context is all about timing and the interaction between instruments.*

PLAYING FUNK GUITAR

Funk guitar tends to be played on treble strings and away from the chord root notes, as the bass player usually has the job of playing these. Funk guitarists often play extended chords such as ninths, minor ninths and 11ths to give the groove an almost jazzy feel. In fact it is no surprise that 'jazz-funk', a more instrumental style with extended solos, evolved naturally out of funk because of such chords. Guitarists usually play these chords with simple shapes that can be moved all around the guitar neck, and funk tunes are often based around simple chord progressions based on just a couple of these chords; Am9 and Bm9, for example.

▲ *Rather than playing long, elaborate solos, funk players tend to play short, rhythmic riffs, repeated throughout the song.*

Complete Guitar Handbook

Another funk technique is to perform rhythmic strumming on strings muted by the fretting hand. Funk players alternate this with ringing extended chords or simple licks. Isaac Hayes' 'Shaft' is an excellent example of this style.

▲ *This album sold a million copies and proved to be Funkadelic's breakthrough.*

FUNK'N'SOUL EFFECTS

Both soul and funk music require a clean rhythm guitar sound, and this is best obtained by playing a single coil guitar such as a Fender Stratocaster through an amplifier with the bass and mid-range trimmed down and a little bit of compression added. Wah-wah pedals such as the Dunlop Cry Baby have often been used to add more interest (again, listen to Isaac Hayes' 'Shaft'), while some guitarists have even used auto-wah effects like the MXR Auto Q to make things more funky.

Other effects that have been commonly used with funk guitar styles include phasers and flangers. You can easily get these sounds today with the current range of pedals and virtual effects available with computer music programs. Remember, however, the most important ingredient to make your guitar sound really funky is the rhythmic way you play it. Keep to the groove and keep it tight!

▲ *Wah-wah pedals can be used to create a 'wack-wacka' funk rhythm.*

► *Guitarist and singer Curtis Mayfield developed his own style of funk that combined beautiful falsetto vocals with lyrical pleas for social justice.*

Section Two: Musical Styles

LATIN

'Latin' music is a generic term used to describe a diverse range of musical styles from various regions of Central and South America. These include well-known dance rhythms such as the tango, samba, bossa nova, rhumba, mambo, cha cha and salsa, as well as Latin pop and rock.

THE TANGO

The first popular Latin dance rhythm to achieve worldwide recognition was the tango. Characterized by long, gliding steps and sudden pauses, the style was popular with working-class Argentinians during the 1890s and it became internationally established by 1910. The stop-start choreography was erotic and employed close contact between the male and female dancers; in fact, it was originally devised in brothels to mimic the violent relationship between prostitutes, pimps and male rivals.

BOSSA NOVA

By the middle of the twentieth century, a number of more 'regular' Afro-Cuban rhythms, such as the mambo, samba and cha cha had been established, but the guitar did not become a prominent instrument in the genre until Antonio Carlos Jobim

◀ *Rio de Janeiro, Brazil, is home to the world-famous carnival, as well as to rhythms such as the samba.*

Complete Guitar Handbook

helped popularize the laid-back bossa nova rhythm.

▲ *Santana, in 1968. Their music is a fusion of Latin styles and blues-rock.*

Jobim was born in Rio de Janeiro in 1927. He grew up in a musical family and learned to play the piano and the acoustic guitar. He had started composing his own songs, playing in nightclubs and working in recording studios by the early 1950s, but he remained unknown outside Brazil until Stan Getz and Charlie Byrd scored a surprise hit with his laid-back bossa nova tune 'Desafinado' (1962). The whole world suddenly went mad for the new Brazilian rhythm and Jobim recorded a number of successful easy-listening albums during the early to mid 1960s. The hit trend ran out of commercial steam in the late 1960s, but the bossa nova remains a popular background music style today, played extensively in nightclubs, restaurants and hotels.

The next guitarist to popularize Latin music on a grand scale was Carlos Santana. Born in Mexico in 1947, Carlos started playing the electric guitar at an early age, and performed in Tijuana nightclubs as a teenager before moving to San Francisco in 1962 and forming his own band, Santana. Their music, a unique blend of blues-rock, Latin grooves and psychedelia, brought Latin music rhythms to a wider rock audience and they are still as popular now as they were back in the 1970s. Other notables who have fused rock and blues guitar sounds with Latin grooves include Ry Cooder (b. 1947), an acclaimed multi-genre electric guitarist; Sepultura, the most popular heavy metal band to emerge from Brazil; and Iconoclasta, an influential Mexican prog-rock band.

Section Two: Musical Styles

▲ *Brazilian band Trio Mocoto have been around since the late 1960s, and have created a distinctive samba-soul-rock sound.*

THE SAMBA

The samba is another hugely popular Afro-Cuban rhythm. Unlike the laid-back bossa nova, it is upbeat and projects a party vibe. It is heavily featured at the annual Rio de Janeiro carnivals and has been employed by artists as diverse as Latin band Trio Mocoto, fusion guitarist Pat Metheny and prog-rock keyboardist Patrick Moraz (b. 1948). Latin rhythms have also been featured in many pop hits during the past 40 years, and artists such as Astrud Gilberto (b. 1940), Edmundo Ros (b. 1910), Ruben Blades (b. 1948), Los Lobos, Gloria Estefan (b. 1958) and Ricky Martin (b. 1971) have all enjoyed successful careers as Latin pop stars.

PLAYING LATIN GUITAR

Latin guitar music can be played on both acoustic and electric instruments. If you're an acoustic player, Jobim's bossa nova tunes should be approached on a mellow-sounding guitar, preferably with

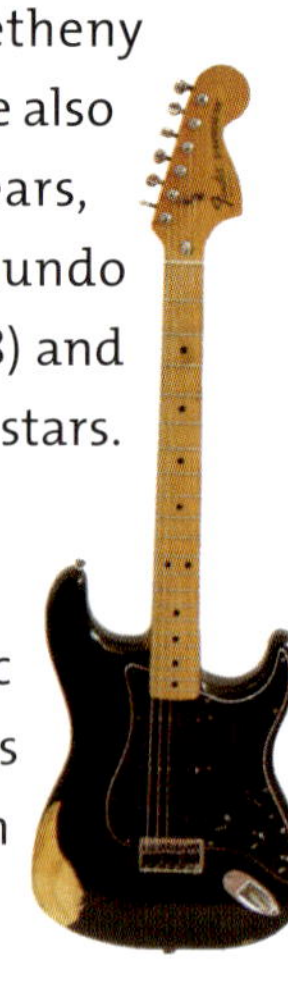

► *Emulate Carlos Satana's distinctive sound with a guitar such as this solid-body Fender Stratocaster.*

Complete Guitar Handbook

▶ *Pat Metheny is well-known for incorporating Latin styles, such as samba, into his music.*

gut or nylon strings. If you are playing by yourself, you probably won't need an acoustic amplifier, unless you are performing at a nightclub or restaurant. However, if you want to play this music with a band, you will need a decent acoustic amplifier to give your instrument enough volume and reverb to cut through all the other instruments. It is worth pointing out that bossa nova tunes tend to be intimate and understated affairs, so care is needed not to ruin a piece by overplaying!

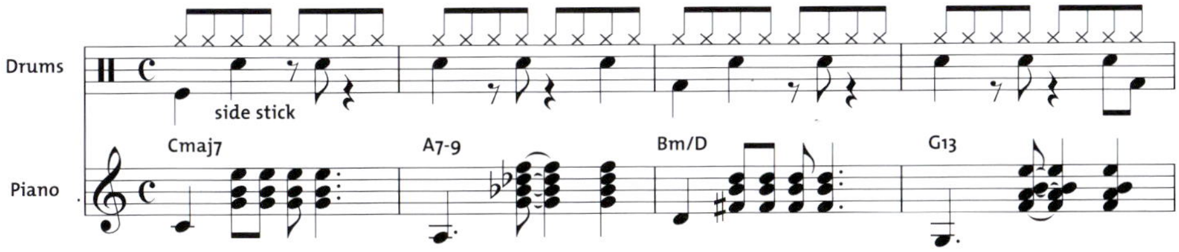

▲ *An example of a typical bossa nova rhythm. The drum pattern is played over the top of an off-beat counter rhythm. The guitar chords are given along with the piano music.*

If you want to get a Santana-style electric sound, you'll need a solidbody guitar with humbucking pickups – Carlos currently uses PRS, but a number of cheaper models will also do the job – and a reasonably powerful amplifier that will allow you to add just enough pre-amp gain to give your sound an edge without throwing it into overdrive. The Santana lead guitar style is pentatonic-based, with additional phrases based upon the Dorian and Mixolydian modes, so all these scales will work well within an electric Latin context. The most important thing to bear in mind while playing any Latin style, though, is to articulate and phrase in a way that emphasizes or complements the underlying groove – because it is this groove that gives all Latin music its distinct vibe.

Section Two: Musical Styles

AFRICAN

Although African music clearly laid down the foundations for the guitar-based genres of blues and rock, relatively few African guitar players have been celebrated outside their own continent. This is mainly because the harmonies and melodies in African musical styles are often different to those that 'western' ears are used to hearing.

The African concept of music is different to that in the west; while western musicians make music that is intended to be pleasing to a listener's ear, traditional African musicians are expressing life as they know it through the medium of sound. Their mixture of complex rhythms, spoken language and natural sounds may sound cacophonous to the uninitiated, but their music does have a meaning.

▲ *Kanda Bongo Man emigrated to Paris from the Congo region to achieve recognition away from the competition.*

SOUKOUS

A number of guitar-based African music styles have appeared since the beginning of the twentieth century and one of the most documented is soukous, a style which emerged from the Congo region 100 years ago. This music style was originally performed on guitar, likembe ('thumb piano') and bottle at European work camps during the first quarter of the twentieth century. From these humble beginnings it evolved into a popular 'rhumba' style played by extended band line-ups featuring numerous guitars, bass, keyboards, brass, drums and vocals (sung in Lingala, the trade language of the Congo region). Modern performers of this style include Souzy Kasseya (b. 1949), Kanda Bongo Man (b. 1955), Theo Blaise, Fidele Zizi, Victoria and Orchestre Virunga.

The best-known guitarist to hail from the Congo region was Franco (Francois Luambo Makiadi). Born in 1938, Franco began playing a homemade guitar made out of tin cans and stripped electrical wire. He formed the group OK Jazz and became well-known for his social commentary and satire as much as his dexterous guitar playing. His most notable releases include 'Jackie' (1974), a sexually explicit song for which he was briefly sent to jail, and 'Tailleur' (1980), a dance piece lampooning the prime minister of Congo. Franco died of an AIDS-related illness in 1989.

ALI FARKA TOURE

Mali is another important music hotspot in Africa and it boasts the continent's most celebrated electric guitarist, Ali Farka Toure. Toure was born in 1939 into a North Malian noble family that can trace its roots back to the Spanish moors who first crossed the Sahara to control the salt trade. He grew up in Niafunke, a village in the Timbuktu region of Mali, and started to learn the guitar at the age of seven. Deeply rooted in African tradition and mythology, he later claimed that an intense spiritual experience with a snake suddenly resulted in him becoming a better player at the age of 12. At any rate, he practised obsessively and developed his own blues style, characterized by a rhythmic, foot-stomping guitar style and a low vocal delivery.

▶ *Ali Farka Toure is a blues guitarist often compared to John Lee Hooker.*

Section Two: Musical Styles

► *The music of King Sunny Ade and the African Beats is known as 'juju'. They use both traditional African and modern Western instruments.*

Although he became established as a prominent musician while still a young man in Mali, he did not gain worldwide recognition until his eponymous first album was released when he was nearly 50. He has often been called the 'African John Lee Hooker' because of similarities between his style and that of the legendary American bluesman. However, Toure's delivery and song style is smoother than Hooker's. Toure sings in several African languages and only occasionally in English, and his lyrics, according to him, are concerned with the 'education, work, love and society around me'. Toure has recorded and performed with many other internationally acclaimed musicians including Ry Cooder, Taj Mahal (b. 1942) and the Chieftains.

PLAYING AFRICAN GUITAR

Most African guitarists play electric instruments with regular tuning, and a typical African band will have two, three or even four guitar players. A clear tone with a fair amount of treble and mid-range is essential for African popular music, and you can best achieve this with a Fender Stratocaster or Telecaster, or any other instrument fitted with single coil pickups. Amp-wise, just about any decent electric guitar amplifier will do for African-style music, as long as it is capable of projecting a clear treble tone. A generous dash of reverb on top will help to make it sound even more authentic.

A number of African players with limited financial resources made their own guitars out of oil cans, and the idea caught on after it became clear that these guitars produced a surprisingly charismatic sound. The African Guitars company now makes high-specification models, called Afri-cans, on a commercial scale for those who crave that 'homemade' sound.

Complete Guitar Handbook

▲ *Biggie Tembo, lead singer of Zimbabwean guitar band the Bhundu Boys, named the group after his experiences as a runner – or 'bhundu boy' – for the rebels in his country's struggle for liberation.*

Most African guitar playing is rhythm guitar, and this can range from simple strumming to two or three contrapuntal rhythm melodies being played at the same time by different players. Major chords are used extensively and sometimes even in places where you might expect to hear minor chords. This approach lends a bright, optimistic, 'carnival' vibe to the material that makes it very infectious. African pop melodies also tend to be major-scale oriented and this contributes towards the lively, celebratory sound of the music.

◀ *These 'Afri-can' guitars have been made using oil cans for the body.*

Section Two: Musical Styles

BLUES

The blues has played a larger role in the history of popular music than any other genre. It is a direct ancestor to music styles as diverse as rock 'n' roll, rock, heavy metal, soul, funk and pop. Without the blues there would have been no Beatles, Jimi Hendrix, Led Zeppelin, James Brown, Stevie Wonder or Oasis, to name but a few!

▲ *Blind Lemon Jefferson's lack of sight resulted in expressive playing and vocals.*

The blues emerged out of the hardships endured by generations of African-American slaves during the late nineteenth and early twentieth centuries. By 1900, the genre had developed into a three-line stanza, with a vocal style derived from southern work songs. These 'call and response' songs were developed further by early blues guitar players, who would sing a line and then answer it on the guitar. By the 1920s, rural African-Americans had migrated to the big cities in search of work, bringing their music with them. Early street musicians such as Blind Lemon Jefferson (1893–1929), a guitar-playing blues singer, started to make recordings and these inspired the next generation of blues guitar players.

DELTA BLUES

The 1930s were a crucial period in the development of the blues, for it was then that acoustic Mississippi Delta blues performers Charley Patton (1891–1934), Son House (1902–88) and Robert Johnson (1911–38) travelled throughout the southern states, singing about their woes, freedom, love and sex to community after community. Johnson, who allegedly made a mysterious pact with the devil to become a better guitar player, was the first true blues performance artist.

Complete Guitar Handbook

Over on the East Coast, musicians such as Blind Boy Fuller (1907–41), Sonny Terry (1911–86) and Gary Davis (1896–1972) developed a more folky 'Piedmont' blues style.

▲ *The intricate guitar work and unusual tunings of Robert Johnson were a revelation.*

CHICAGO BLUES

By the 1940s, Chicago bluesmen took Mississippi Delta ideas and played them on electric guitars. Lone performers became more scarce while small bands sprang up everywhere. By the 1950s, electric blues was in full swing, with B.B. King, Muddy Waters, John Lee Hooker (1917–2001),T-Bone Walker and Howlin' Wolf (1910–76), all playing to packed houses in major cities. King pioneered across-the-string vibrato and note-bending techniques on his beloved guitar, 'Lucille', and these techniques are now used by all blues lead guitar players. Hooker developed a completely different style, in which he stomped continuously with his right foot while singing and playing. Wolf injected more power and frustration into the blues, and Walker jazzed things up, but it was perhaps Muddy Waters' passionate singing and biting guitar tones that popularized the style more than anyone else from this period. Some bluesmen, such as Big Bill Broonzy (1893–1958), visited England, where their performances inspired British musicians to adopt the style.

◀ *Blues legend Howlin' Wolf contributed to the post-war Chicago blues explosion.*

Section Two: Musical Styles

BRITISH BLUES

The 1960s witnessed a musical and cultural revolution when British guitar players such as Eric Clapton and Peter Green started to mimic American bluesmen. They used solidbody guitars and more powerful amplifiers to get a harder, more driving sound than their American mentors. Clapton's electric guitar sound led to the birth of a number of other styles, including blues-rock, hard rock and even heavy metal.

From the 1970s onwards, artists including Stevie Ray Vaughan, Robert Cray and Robben Ford have added more voices and sounds to the blues repertoire, and the genre is still thriving today.

PLAYING THE BLUES

Blues is based around the blues scale (see page 54), which is a pentatonic minor scale with an added flat fifth note (the 'blue' note). Blues music is usually played in the keys of A, D, E and G as they are all easy keys to play on the guitar. The style has an odd harmonic structure, as the blues scale is usually played or sung over chords that are all dominant sevenths (e.g. A7, D7 and E7 in the key of A) or chords derived from them.

▲ *Buddy Guy was a leading exponent of the Chicago blues sound.*

ACOUSTIC BLUES

There are two main blues styles: traditional acoustic blues and urban electric blues. Acoustic blues normally requires a 'fingerstyle' approach, in which the thumb of the right hand – assuming the player is right-handed – plays a steady bass-note groove while the melody or licks are picked out by the first and second fingers. Most of this is performed quite forcefully, although acoustic blues

Complete Guitar Handbook

players rest the side of their picking hand across the strings at times to make sure the bass notes don't ring out too loudly. Son House, Leadbelly (1889–1949) and Big Bill Broonzy were all masters of this style, so if you want to play it you should familiarize yourself with their recordings. It is important to realize, however, that a lot of their guitar playing was improvised and designed to accompany their own vocal phrasings.

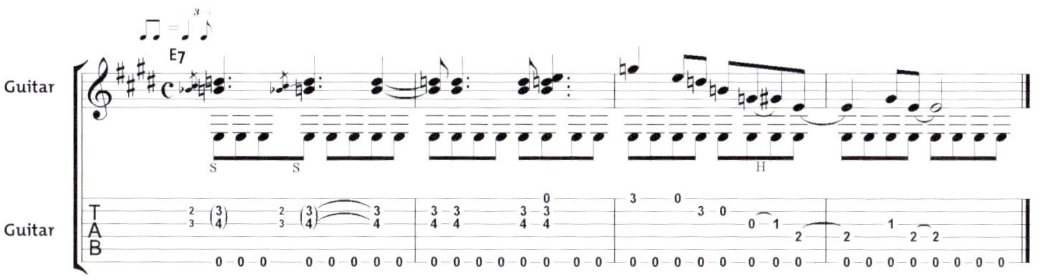

▲ *Acoustic blues finger-style playing. The low E string is played repeatedly with the thumb, establishing a traditional blues rhythm.*

ELECTRIC BLUES

Urban electric blues guitar is usually played within the context of a band, so it is normally restricted to lead or rhythm playing at any one time. Some electric guitar players use a plectrum to achieve accurate pick articulation, while others favour a more earthy fingerstyle approach. Electric blues guitarists play in a wider range of keys than their acoustic counterparts, as they often work with horn players who prefer to play in B♭ and C. Lauded electric blues guitar players include B. B. King, Freddie King, Albert Collins, Buddy Guy, Eric Clapton, Robben Ford and Stevie Ray Vaughan.

▲ *An example of an electric blues solo. A 'lead-in' before the bar, and the use of string bends, makes this a typical Chicago-style solo.*

PLAYING ELECTRIC BLUES

Electric blues stylists often embellish their phrases with expressive techniques such as string bending, sliding and vibrato. String bending should simply be thought of as another way of moving from one pitch to another on the fretboard. To bend a string accurately, you must know your target note – this will usually be a note pitched a half step, a whole step or a step and a half above your unbent note. If your target note is a half step higher, for example, you can play the note behind the next fret up on the same string to hear what it should sound like. When you perform the bend, push the string over towards the bass strings until you hear your target note.

▲ *Bending strings is one of the oldest techniques of lead guitar playing. You can bend one, two, or even three strings at the same time.*

You can produce a blues slide effect when you play a note on a string and, while holding the string firmly down, slide along the fingerboard to another note. You can even slide across two or more strings at a time by barring your fretting finger across the strings and moving it along the neck in the same way. To obtain a vibrato effect, play a fretted note and move the string from side to side – across the fingerboard – with your fretting finger. This makes a sustained note sound more expressive or even aggressive.

|| C7 | C7 | C7 | C7 |

| F7 | F7 | C7 | C7 |

| G7 | F7 | C7 | G7 :||

▲ *Tens of thousands of blues songs are based around the most common chord-progression in the history of popular music: the 12-bar blues sequence.*

GOING SOLO

There are many different approaches to soloing over a blues progression, but the simplest way to learn is to target the root notes of each chord in the progression. In the key of C, for example, the

Complete Guitar Handbook

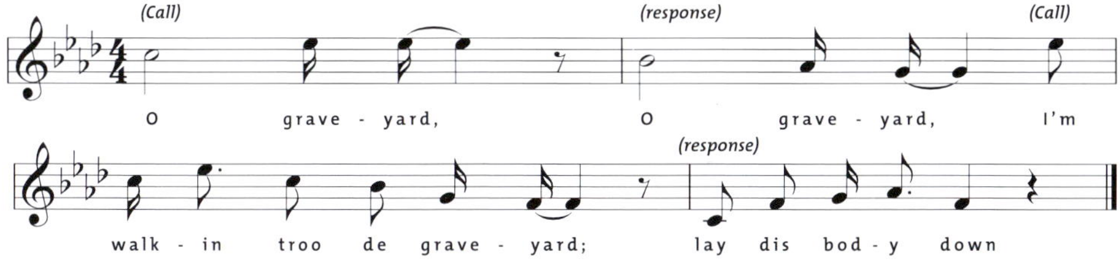

▲ *Work songs such as this retain a strong African influence, with irregular rhythms that often follow speech patterns.*

main blues chords are C7, F7 and G7. You can begin by playing the C pentatonic minor scale and targeting the notes C, F and G (which are all in the scale) over their respective chords. Try bending or sliding to these notes to make things sound more bluesy.

It is also a good idea to practise blues lead phrasing by using the 'call and response' approach favoured by early blues musicians; sing a phrase and then reply to it with a guitar line, and so on. This should help you to get an authentic blues feel, even if you're not a singer. It will enable you to put comfortable, natural rests between your phrases and notes so it all ends up sounding more musical and logical. You should also jam with other like-minded musicians, as this not only is fun but will also motivate you to become a better player.

◀ *Stevie Ray Vaughan had a stunning, high-energy blues style.*

Section Two: Musical Styles

▲ *Duane Allman of the Allman Brothers was renowned for his use of a bottleneck.*

USING A BOTTLENECK

Some blues players, including Elmore James (1918–63) and Duane Allman, have used a bottleneck made out of glass or metal to obtain a distinctive sliding effect between notes. Bottlenecks are inexpensive and fun to play with, but you'll need a little patience to master the technique properly. Special tunings such as D A D F♯ A D are often used for bottleneck pieces, as they enable the guitarist to play whole chords up the guitar neck with just one finger!

GETTING A BLUES SOUND

To get an authentic blues sound you'll need an appropriate guitar. Almost any acoustic instrument will do for acoustic blues, although resonators, guitars that use thin aluminium cones to mechanically amplify their sound, will give you a

Complete Guitar Handbook

particularly 'bluesy' tone. If you're after an authentic electric blues sound, you should pick an instrument similar to one played by your favourite blues artist. If you want to sound like B.B. King, for example, you should consider a Gibson ES-335, as this is the guitar he has favoured over the years, while a Fender Stratocaster will enable you to sound more like Robert Cray or Stevie Ray Vaughan, and a Telecaster would be essential for that biting Albert Collins sound.

▲ *The wings on a Gibson 335 allow for a rich, jazz tone.*

Amplification is important too, and most blues artists favour valve amplifiers such as the Marshall Bluesbreaker combo or Fender's Twin and Deluxe models as they give a warm, fat sound with a big dynamic range.

Transistor amplifiers are cheaper but they sound more synthetic. If you're just playing guitar in your bedroom you should consider getting an amp modelling box such as a Line 6 POD, or a virtual amp software package such as IK Multimedia's AmpliTube or Native Instruments' Guitar Rig. Each of these comes armed with a surprisingly authentic set of blues presets, and you can use them without upsetting the neighbours.

Tone control settings are important as well; boosting an amplifier's bass and mid-range will give a fat B. B. King sound, while boosting the treble will help to emulate the 'icy' tones of Albert Collins. All in all, it is important to find a guitar tone that you feel comfortable with – if you sound great, you'll play well!

▶ *The IK Multimedia AmpliTube, an amplifier simulator plug-in.*

Section Two: Musical Styles

ROCK

By the late 1960s, many popular acts had grown tired of producing chart songs, and injected more attitude, experimentation and social conscience into their music. 'Rock' was born. The pioneers of this new style included Eric Clapton, the Rolling Stones and Jimi Hendrix (1942–70), whose music appealed to record buyers who saw mainstream pop as tame.

Clapton first made a name for himself with John Mayall's Bluesbreakers in 1965 when he turned his amp up loud to get a more aggressive, sustained guitar tone. He formed Cream two years later with bassist Jack Bruce and drummer Ginger Baker, and they were the first popular group to feature extended virtuoso solos in their music. By 1967, Hendrix had also extended the range of the electric guitar by coaxing sounds out of it that hadn't been heard before. Clapton and Hendrix based their playing around the blues scale and their solos were often long improvisations. Pop guitar solos were usually brief instrumental fills between vocal passages, but 'classic rock' solos would often take up half of the song.

▲ *In the 1970s, the Rolling Stones moved from their blues roots to a more polished rock sound.*

Complete Guitar Handbook

BIRTH OF THE RIFF

Another prominent feature in early rock music was the riff – a repeated note or chord phrase over which the vocals and solos were projected. A classic example of this is Cream's 'Sunshine of Your Love' (1968), a whole song based upon a simple, grinding riff. Other players such as Jimmy Page, Ritchie Blackmore and Tony Iommi (b. 1948) latched on to the sheer power of this device and started to create even more powerful riffs, such as Led Zeppelin's 'Whole Lotta Love' (1969), Deep Purple's 'Speed King' (1970) and Black Sabbath's 'Paranoid' (1970).

▲ *Ritchie Blackmore of Deep Purple was famous for his complex and lengthy guitar solos.*

Rock music marked a shift away from singles and towards albums; projects such as Led Zeppelin's acclaimed *Led Zeppelin II* (1969), Pink Floyd's psychedelic *Dark Side of the Moon* (1973) and Mike Oldfield's instrumental *Tubular Bells* (1973) were all bestselling albums by artists who rarely recorded singles.

Section Two: Musical Styles

PUNK

In 1976, punk suddenly appeared and bands like the Sex Pistols, the Clash and the Damned introduced a basic rock style that relied more on attitude than technique. However, it was a short-lived trend and by the late 1970s rock began to fragment into a number of sub-genres, including new wave (an offshoot from punk), stadium rock (the likes of Bruce Springsteen and Queen) and the various strands of heavy metal that were beginning to develop in the US and UK.

New wave was essentially a generic term used for the wide range of British bands that followed on from punk. These included idiosyncratic artists such as Elvis Costello (b. 1954) and XTC, straight-ahead rockers like the Pretenders and the Cars, white reggae or ska pop bands including Madness and the Police, and a legion of synthesizer-driven bands. The genre died out when new bands such as the Smiths and REM began to appeal to more alternative rock fans.

◀ *For many, the Clash were the ultimate punk rock band.*

INDIE

The Smiths were the dominant British 'indie' rock band of the 1980s, and this was mainly down to the unique combination of singer Morrissey's forlorn crooning and the uncluttered rhythm guitar work of Johnny Marr (b. 1963). They recorded a number of hit singles and albums that laid down the foundations for the next

Complete Guitar Handbook

generation of British guitar bands, before splitting up in 1987. REM also boasted a unique singer/guitarist combination – Michael Stipe's cryptic vocals and the ringing guitar hooks of Peter Buck (b. 1956). They are still going strong today.

GRUNGE

Despite the influx of fresh indie bands into the album and singles charts during the 1980s, most of the popular bands from this period, including Bon Jovi and Guns N' Roses, were purveyors of straight-ahead rock. By the end of the decade, however, grunge – a vibrant mixture of punk and heavy metal – became a prominent movement with Nirvana, a Seattle-based band, at the helm. Nirvana's success was down to a combination of strong material, stop-start dynamics, and the manic intensity of singer-guitarist Kurt Cobain (1967–94). Unfortunately, Cobain suffered from drug addiction and manic depression, a combination that ended in suicide.

VARIETY OF ROCK STYLES

A number of major song-orientated rock styles emerged during the 1990s including Britpop, which mixed songwriting – inspired by bands like the Beatles – with the more indie vibe of the Smiths. Suede, fronted by the quasi-glam vocals of Brett Anderson and sweeping guitar of Bernard Butler (b. 1970), pioneered this style, and they paved the way for the huge success of Oasis and Blur, bands from the north and south of England respectively. The decade also saw the rise of inventive alternative rock bands including Radiohead, who combined intense guitar sounds with electronic drones and angst-driven lyrics. Today there is an unprecedented variety of rock styles and this range is still growing.

▶ *Bernard Butler helped make Suede a huge success with his virtuoso riffs and squalls.*

Section Two: Musical Styles

PLAYING ROCK

If you want to be a proficient rock guitarist, you'll need to know a variety of basic chord shapes. The most common open chords (ones that include open strings as well as fretted ones) are A, Am, B7, C, C7, D, Dm, D7, E, E7, F, G and G7, which will allow you to play songs in the popular rock keys of A, C, D, E and G. The barre chords you should know are the barred versions of the A and E shapes (major barre chords) and Am and Em shapes (minor barre chords). These will allow you to play in any key you want, as barre shapes can be played anywhere on the fingerboard. Open chords are good for earthy strumming and would suit, for example, an Oasis-style song, while barre chords can be used to create a more powerful, aggressive sound for punk and hard-rock styles. Major chords are ideal for upbeat rock riffs, while minor ones are more suitable for ballads.

POWER CHORDS

You should also familiarize yourself with the basic 'power chords' used in grunge and hard rock. These are two note chords consisting of the first and fifth notes of the major scale, played on any two adjacent strings (such as the sixth and fifth strings, or fourth and third strings) with your index finger fretting the root note (on the thicker string) and your third finger fretting the fifth note (on the lighter string) two frets further up the fingerboard. To play an A power chord on the sixth and fifth strings (E and A strings), for example, place your index finger behind the fifth fret on the sixth string and your third finger behind the seventh fret on the fifth string and then strum those strings only. To play a B power chord on the same two strings, simply move the shape two frets further up the guitar neck and so on.

▲ *Fifth chords are often referred to as 'power chords' because of their solid sound.*

STRUMMING AND PICKING

Rhythmically, rock is fairly straightforward, with emphasis mainly on the first and third beats of the bar. Strumming is usually performed with downstrokes, as these supply more power, although more intricate rhythms might require alternating downstrokes and upstrokes. Many rock guitarists also play chords as arpeggios (playing all the separate notes in ascending or descending order) with a plectrum or the fingers of their picking hand, to produce a more melodious sound. This is used to great effect in rock classics such as Led Zeppelin's 'Stairway to Heaven' and the Animals' 'House of the Rising Sun'.

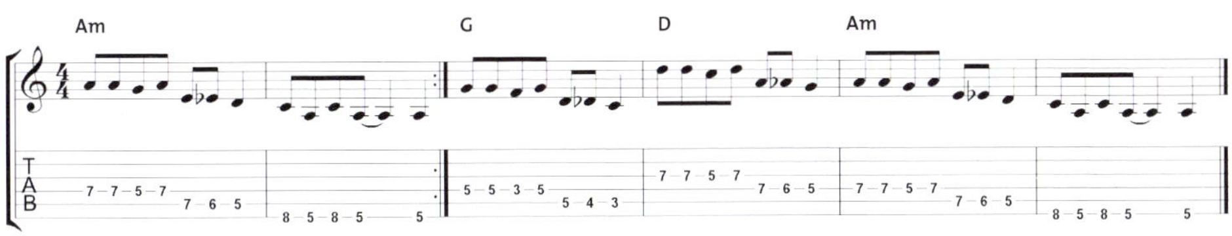

▲ *In classic rock, repetitive guitar riffs such as this one, often open and then form the basis of the songs.*

All rock solos feature the pentatonic minor and blues scales (pages 52–54), and you should familiarize yourself with these scales if you want to play basic rock lead guitar. If you want to take things further, the major scale and the Mixolydian mode (pages 50–51 and 57) will add greater depth to your upbeat solos, and the Aeolian mode will come in handy for those haunting rock ballads.

▲ *Chords in grunge rhythm playing are largely played as fifth chords in order to achieve a controlled, tighter sound.*

Section Two: Musical Styles

GETTING AN AUTHENTIC ROCK SOUND

If you want to get a good rock guitar sound you'll need an electric guitar and some sort of amplifier. The guitar can be a solidbody instrument (one made out of solid wood) or a semi-solid model (hollowed out). Solidbody guitars are great for producing a clear, sustained tone with minimal feedback, while semi-solid instruments produce a fat, warm sound but tend to feedback more when used at higher volumes.

CHOOSING THE RIGHT AMPLIFIER

When it comes to amplifiers, you have a number of options, the most traditional of which would be a hardware amp. These come in two flavours: valve amps, which are expensive but produce a fat, warm sound; and transistor amps, which are more affordable

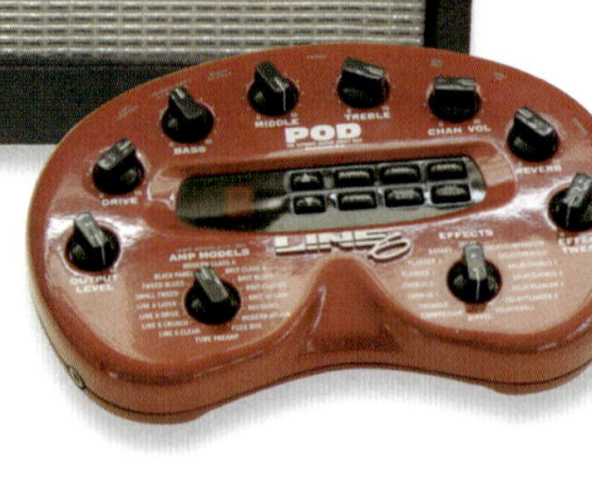

Complete Guitar Handbook

and reliable but not ideal if you're after a 'vintage' tone. If you do choose to buy a hardware amp, make sure it has a built-in preamp so you can optimize the amount of distortion in your guitar sound.

Hardware amps can get loud, and playing through one at home might upset your neighbours. In such a case, you should consider using an amplifier modelling box such as a Line 6 POD, or a virtual amp software package such as IK Multimedia's AmpliTube. These come with an arsenal of realistic and ready-to-go rock presets, and you can use them at any volume you like. You can even gig with them, as long as the venue at which you're playing has a PA system.

THE RIGHT EFFECTS

Effects pedals have been used extensively by rock players over the years and you too can use them to colour your guitar sound. A wah-wah pedal will come in handy for Hendrix-style soloing, while a phaser or flanger can be used to create psychedelic textures and tones. An overdrive pedal might be useful for adding extra distortion during solos, and a compressor can be great for ironing out excessively loud sounds so that you end up with a more consistent signal. Most virtual amps come with a selection of built-in effects that you can use, so don't forget to try them out if you've got such equipment!

▶ *Queen, with Freddie Mercury at the helm, are a classic rock act, with soaring guitars and vocals competing for space.*

◀ *The Gibson SG produces a truly great rock sound from its humbuckers. Combine it with a great valve amp like this Fender Deluxe, and you're really rocking.*

◀ *Some people are advocates of effects pedals like the Line 6 POD which can replicate the sounds of different amplifiers.*

Section Two: Musical Styles

JAZZ

Eddie Lang is widely acknowledged as the first significant jazz guitarist. His single-note playing with jazz orchestras during the 1920s marked the beginning of the guitar as a solo instrument in the genre.

Born in Philadelphia in 1902, Lang was the son of a guitar maker. He started learning the violin at an early age but had switched to the guitar by the time he was 10. After working with bands in his home town, he joined the Mound City Blue Blowers in 1924. They toured the US and Europe, and Lang quickly earned a reputation as 'America's best jazz guitarist'. He joined Paul Whiteman's orchestra in 1929 before becoming Bing Crosby's accompanist. He was soon one of the best-paid musicians of the day but, tragically, he died at the peak of his career in 1933, after a 'routine tonsillectomy operation' went wrong.

▲ *Before musicians such as Eddie Lang began to play single-line lead solos, guitars were just part of the rhythm section.*

LANG'S LEGACY

Lang's pioneering guitar work in the 1920s paved the way for the two jazz guitar giants of the 1930s: Django Reinhardt (1910–53) and Charlie Christian (1916–42).

Reinhardt lost the use of two fingers in his left hand after a horrific caravan fire. Astonishingly, he overcame the disability and developed a way of playing the guitar with just the first two fingers of his left hand. He formed the Quintette du Hot Club de France with violinist Stephane Grappelli and other musicians in 1933 and they were a resounding success, recording more than 100 songs and touring all over Europe. Django's soloing set new standards in jazz lead guitar and

Complete Guitar Handbook

▶ *Django Reinhardt developed a unique style of playing after damaging two fingers.*

influenced practically every other jazz guitarist from the 1930s through to the 1950s. Charlie Christian was also hugely influential; he emerged in the early 1940s as the first electric guitar virtuoso, playing saxophone-like lead lines at a volume that could compete with other jazz instruments.

BEBOP

By the 1950s, the more complex bebop style was well established and a number of exciting guitarists began to appear: Barney Kessel was an acclaimed 'bop' soloist who became a session ace and played in bands fronted by Chico Marx and Oscar Peterson; Tal Farlow (1924–98) expanded the jazz guitar chord vocabulary and was one of the first guitarists to be able to play a harmonic note from every fret of the instrument. Johnny Smith (b. 1922) developed a subtle chord-oriented style and had a hit with the mellow 'Moonlight in Vermont' (1952).

◀ *Acclaimed bop guitarist Tal Farlow has influenced everyone from Al Di Meola to Scotty Moore and John McLaughlin.*

Section Two: Musical Styles

JAZZ SUPERSTARS

▲ *Joe Pass began playing the guitar aged nine and covered a huge range of styles, including jazz, bebop, blues and Latin.*

Jim Hall (b. 1930), Wes Montgomery (1925–68) and Kenny Burrell (b. 1931) were the big jazz guitar names during the 1960s. Hall, unlike most other virtuosos, did not play lots of notes in his solos. In fact, he took the opposite approach and his phrases were usually thoughtful and lyrical, displaying a depth and subtlety that few other guitarists have ever been able to achieve. Wes Montgomery developed an unusual style by using his thumb as a pick. He was one of the first solo guitar players to effortlessly mix single notes with octaves and chords. Kenny Burrell forged a cool, tasteful bop style that established him as one of the most popular instrumental voices in jazz. It was also during the 1960s that the first jazz guitar supergroup, Great Guitars, was born. Featuring Charlie Byrd (1925–99), Herb Ellis (b. 1921) and Barney Kessel, Great Guitars was an eclectic mainstream band that pitted Byrd's Latin and classical style against the other two players' straight-ahead bop.

Joe Pass (b. 1929) was another great jazz guitar player to emerge during the 1960s, although he didn't become truly popular until the following decade. Using a phenomenal right-handed finger technique, he was able to play melodies, chords and bass lines all at the same time, and usually performed as a solo player. His album *Virtuoso* (1973), recorded for Norman Granz's Pablo label, made him a jazz star and he later accompanied the likes of Ella Fitzgerald, Count Basie, Duke Ellington and Oscar Peterson.

Complete Guitar Handbook

▲ *Fusion player Allan Holdsworth (left) uses a hammer-on technique for a smooth sound.*

JAZZ FUSION

During the 1970s, a number of guitar players began to fuse jazz with rock; the most influential of these were John McLaughlin, Al Di Meola and Allan Holdsworth (b. 1946). McLaughlin was the lead guitar player on Miles Davis's pioneering jazz-rock album *Bitches Brew* (1969), and he took the direction further with his own band the Mahavishnu Orchestra. Al Di Meola developed a formidable picking technique and fused jazz with Latin and rock styles on his critically acclaimed albums *Elegant Gypsy* (1977) and *Casino* (1978). Allan Holdsworth developed a truly unique and idiosyncratic style, characterized by spectacular chord voicings and fleet, legato solos. He became one of the decade's most sought-after fusion players.

A number of other great jazz guitar players have emerged during the past 30 years, including Pat Metheny, Larry Carlton, Martin Taylor (b. 1956), Stanley Jordan (b. 1959), John Scofield, Bill Frisell and Scott Henderson (b. 1954). Of all these, Pat Metheny has enjoyed the most commercial success. He has forged an earthy and mellow jazz style that appeals to both hardcore jazzers and easy listeners. Few other jazz players have made their music so accessible without sacrificing their integrity.

Section Two: Musical Styles

PLAYING JAZZ GUITAR

All accomplished jazz musicians have a thorough knowledge and understanding of chords and scales, and you will need this too if you want to want to progress with this most demanding of musical styles. Most jazz tunes are based around extended chords (sevenths, ninths, 11ths and 13ths) so make sure you know how to play these all over the fingerboard. Jazz composers also like to raise or lower the fifth and ninth intervals in chords to create more colour within a piece, so it is a good idea to learn these chords as well. Another jazz trick is chord substitution, which is often done by taking a chord with a dominant seventh note, and replacing it with another chord with a root note a tritone (a flattened fifth) higher – for example, substituting a D-flat 7 chord for a G minor chord.

CHORD PROGRESSION

The most common chord progression in jazz is the II-V-I, which uses chords based on the second, fifth and first notes of the major scale respectively. The II chord is a minor 7 chord, while the V is a dominant 7 and the I is a major 7 chord. So in the key of C, the basic II-V-I progression is Dm7, G7, CMaj7. You should familiarize yourself with this chord progression in different keys and in different positions on the fingerboard.

|| C | Am | Dm | G ||

can become:

|| Cmaj9 | Am11 | Dm9 | G13 ||

|| Cmaj9 | Am7♯5 | Dm7♭5 | G 7♯5♯9 ||

|| Cmaj9 | E♭7 | A♭9 | D♭13 ||

▲ *Try playing through these examples of jazz chord extensions, substitutions and altered jazz chords.*

IMPROVISATION

Jazz soloing involves a fair degree of improvisation, and to do this you will need to know a variety of scales and understand which chords they complement. All the major scale modes can be used, but the Dorian, Mixolydian and Ionian modes are of particular importance as they complement the minor 7, dominant 7 and major 7 chords and extensions that are so frequently used in jazz. Most

Complete Guitar Handbook

jazz tunes also feature key changes, so the big challenge in jazz improvisation is to play over these changes without interrupting the melodic flow of a solo.

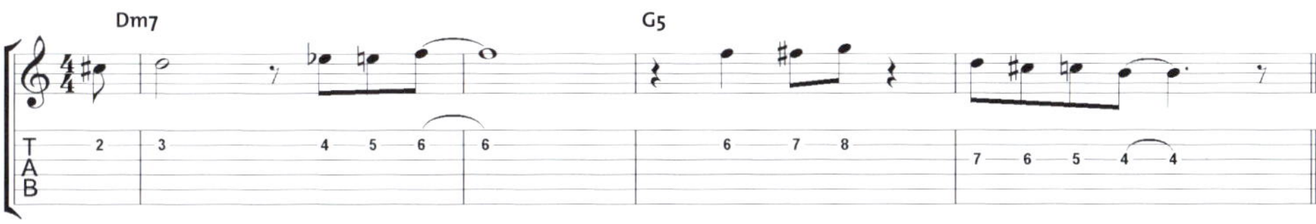

▲ *Play through this example of chromatic playing in jazz improvisation, and then see if you can come up with your own.*

Other scales featured in jazz improvisation include the melodic and harmonic minor scales, the whole tone scale, the diminished scale and the chromatic scale. The latter is often used as it contains notes outside the key scale, which can be used to create extra tension in a melody or solo. Chromatic notes are usually played briefly in phrases that resolve on to key notes, although they can also be sustained to create more tension in the music.

▲ *Jazz guitarist Stanley Jordan employs a unique, two-handed approach to create his sound.*

Section Two: Musical Styles

Improvisation within a set piece is best approached by starting with the basic melody of a tune and playing around with variations of it. You should also jam regularly with other musicians as this will make you comfortable with playing over different chord progressions. Start with simple progressions that allow you to improvise with one or two scales, and then work at jamming over key changes. If you like a real challenge, you can also try 'free improvisation' – trying to create music on the spot with other improvisers without any obvious chord progressions or grooves.

COMPING

Another important jazz guitar skill you should work on is 'comping' – playing chord progressions as an accompaniment while others improvise. When you're comping, try substituting different chords and using different strum patterns to create more harmonic and rhythmic interest. The challenge here is to make the rhythm section sound as cool and varied as possible without losing the underlying groove.

▲ *Guitarists Pat Metheny and John Scofield are known for their fusion sound, a mixture of jazz and rock.*

◀ *Gibson ES-175 guitars were developed in the 1940s. Archtop guitars like this are the favourite instruments of many jazz guitar players.*

Complete Guitar Handbook

GETTING A JAZZ SOUND

Although jazz can be played on just about any type of guitar, you might want to try an electric archtop model such as the Gibson ES-175, as this produces a warm, mellow tone. A relatively clean amplifier such as a Polytone Mini Brute or Roland Jazz Chorus will complement this guitar perfectly. Set your amplifier to boost the low and mid-range frequencies, and cut back on the high frequencies to accentuate the warmth of the guitar.

▲ *A Roland Jazz Chorus amplifier works well with a Gibson ES-175.*

If you want to play jazz-rock, try a solidbody or semi-solid guitar with a rock amplifier as this will allow you to play soaring, sustained solos with minimal feedback. You can also use a chorus pedal to smoothen your chords, and an overdrive unit to make your solos sound more dynamic. Another effect worth trying is the ring modulator, a pedal that produces metallic, atonal sounds, and is great for creating a really 'out there' vibe!

You can also use an amp modelling box like the Line 6 POD, or a virtual amp software package such as IK Multimedia's AmpliTube to create a realistic jazz amp sound. If you're using a software sequencer package such as Cubase SX, Logic or Sonar to make recordings on your computer, you can also use the sequencer's built-in effects to add more colour and spice to your guitar sound.

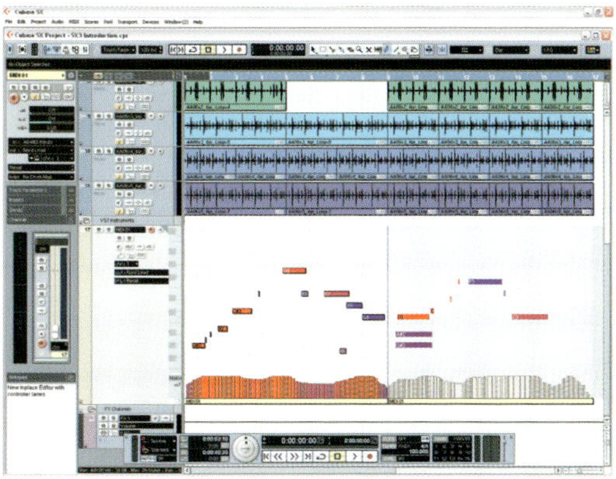

◀ *Cubase has long been one of the most popular MIDI and audio sequencers for home recording.*

Section Two: Musical Styles

METAL

Although the term 'heavy metal' did not become firmly established until the late 1970s, the roots for this popular genre were firmly planted when Led Zeppelin and Black Sabbath formed a decade earlier in the UK. Led Zeppelin was born when the Yardbirds split up and their guitarist, Jimmy Page, assembled a band of his own.

Influenced by the high-volume electric blues-rock guitar styles of Clapton and Hendrix, Page worked on his own ideas and came up with a heavy riff style that featured heavily – alongside Robert Plant's screaming vocals – in Zeppelin's 'Whole Lotta Love' (1969). Black Sabbath formed that same year in Birmingham when guitarist Tony Iommi, singer Ozzy Osbourne, bassist Geezer Butler and drummer Bill Ward decided to start their own band. They developed a more basic heavy riff style that they used on 'Paranoid' and 'Iron Man' (both 1970). Although critics of the time mocked the band's obsession with death, destruction and mental illness, these themes were soon adopted by other bands such as Motörhead, Rainbow and the leather-clad Judas Priest – heavy metal was born!

▲ *Iron Maiden's trademark galloping rhythms and lyrics about fantasy or the devil have changed little over the years.*

Complete Guitar Handbook

NWOBHM

▲ *Van Halen revived interest in hard rock after a period of punk music.*

By the late 1970s, a number of new British bands began to emerge, including Iron Maiden, Saxon, Def Leppard and Samson. Although their music exuded less depth, range and invention than that of their predecessors, it was a huge commercial success, and later categorized as a distinct sub-genre: the New Wave Of British Heavy Metal (NWOBHM). Meanwhile in the US, Van Halen introduced a new style of technically oriented heavy rock, showcasing the pioneering two-handed tapping techniques of guitarist Eddie Van Halen (b. 1955) and dazzling showmanship of extrovert singer David Lee Roth, while over in Australia, school uniform-clad guitarist Angus Young (b. 1955) and his pals had already forged their own heavy brand of 'no-nonsense rock 'n' roll' in AC/DC.

THRASH

By the middle of the 1980s, the various hard rock and metal styles had evolved further into other styles. Guitarists bored with the NWOBHM style decided they wanted to spice things up by playing harder and faster; thrash metal was born. The six primary thrash bands were Metallica, Slayer, Anthrax, Megadeth, Sepultura and Pantera. Metallica were by far the most successful of these. Their first few albums, *Kill 'Em All* (1983), *Ride the Lightning* (1984) and *Master of Puppets* (1986), expanded the limits of metal by introducing intricately structured compositions played at an unheard-of speed.

◀ *Metallica were the most successful of the thrash metal bands, gradually developing their sound into heavy metal.*

Section Two: Musical Styles

▲ *Dave Grohl, Krist Novoselic and Kurt Cobain of Nirvana, the band that both created and epitomized the grunge movement.*

Despite this, their attitude was refreshingly down-to-earth and unpretentious – they had street cred. Slayer developed an even faster style, delivering a stream of full-throttle metal with formidable chops, manic solos and deranged lyrics. Their fifth album, *Reign in Blood* (1986), is widely regarded as a metal classic. Various other sub-styles later evolved out of thrash, including death metal and black metal.

A SOLO EFFORT

While Kirk Hammett (b. 1962) of Metallica and Kerry King (b. 1964) of Slayer were thrashing their way around the globe, a handful of other heavy rock soloists such as Steve Vai and Yngwie Malmsteen adopted a more 'arty' approach to their soloing. Vai played for Alcatrazz, David Lee Roth and Whitesnake during the 1980s, while releasing a series of solo albums showcasing his then unheard-of whammy bar pyrotechnics and sublime modal soloing. Along with his former mentor, Joe Satriani (b. 1956), Vai raised the standard for rock guitar virtuosity and, while neither of them are considered to be heavy metal players, both have been emulated by lead guitarists within the genre. Malmsteen fused metal with the classical styles of Bach and Paganini, and became the main pioneer of a style that later earned the amusing tag 'baroque and roll'.

Complete Guitar Handbook

NU-METAL

As the 1980s drew to an end, young audiences veered away from thrash and 'flash' and opted for grunge bands like Nirvana and Pearl Jam, but the early 1990s saw a new style emerge; nu-metal bands such as Korn and Slipknot took the best elements of metal and grunge, donned seven-string guitars, with the extra string tuned down to a low B, and played a new style of subversive riff that was hugely popular by the middle of the decade. The novelty of all this wore off after a few years, although offshoot bands including System of a Down, who mix quirky syncopations with political lyrics, and Linkin Park, a rap-influenced nu-rock band, have had success well into the new millennium.

▲ *The hate-driven, theatrical metal of Slipknot fuses jagged, grinding riffs with barbaric percussion.*

RETURN OF THRASH

As nu-metal began to wane, the thrash style suddenly became cool again, and the metal genre seemed to turn full circle as new American bands such as Shadows Fall, Chimaira, Killswitch Engage and Lamb of God fronted the unimaginatively named New Wave Of American Heavy Metal, while across the Atlantic, the likes of Rhapsody, Soilwork, Lacuna Coil, In Flames and Nightwish have kept the European metal flag flying.

▲ *The unpredictability and sheer energy of bands like Lamb of God ensures their continuing appeal.*

Section Two: Musical Styles

PLAYING METAL

Although most metal guitarists know a variety of chord shapes, you can play a lot of music in this style with power chords. The most basic of these are two-note chords consisting of the first and fifth notes of the major scale, played on any two adjacent strings (such as the sixth and fifth strings, or fourth and third strings) with your index finger fretting the root note (on the thicker string), and your third finger fretting the fifth note (on the lighter string) two frets further up the fingerboard. To play a G power chord on the sixth and fifth strings (E and A), for example, place your index finger behind the third fret on the sixth string and your third finger behind the fifth fret on the fifth string and then strum those strings only. To play an A power chord on the same two strings, simply move the shape two frets further up the guitar neck, and so on.

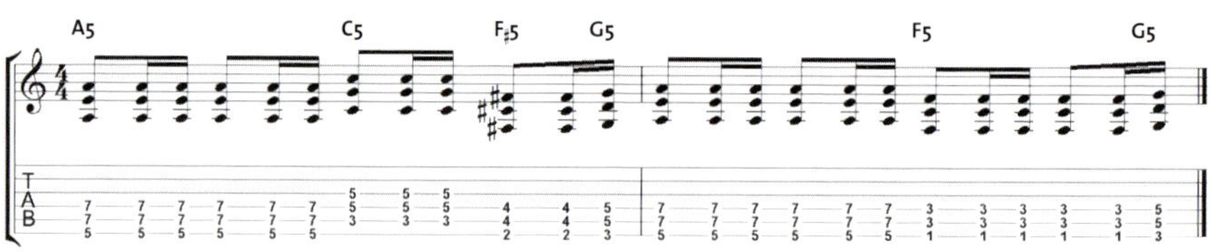

▲ *Try this example of metal rhythm playing which uses sixteenth notes and power chords.*

ADD POWER TO POWER CHORDS

▲ *Power, or fifth chords, are often used in heavy metal and rock music along with distortion.*

You can strengthen your power chords further by adding an extra note, one that is an octave higher than your root note, on the next adjacent string. This is easy to do as it is in the same fret as the fifth interval note; to play a three-note G power chord on the sixth, fifth and fourth strings, adopt the fingering position already described, and place your fourth (little) finger behind the fifth fret on the fourth string to get that octave note. Bear in mind, though, that when you're playing any power chords, you should only strum the strings you are fretting – strumming any of the others will almost certainly produce a dreadful sound!

Complete Guitar Handbook

You should also learn the barred versions of the open A and E shapes and the open Am and Em shapes. These will allow you to play full major or minor chords in any key you want, as the shapes can be used anywhere on the fingerboard. Diminished and augmented chords can also be useful for metal as they produce a dissonant, disturbing effect – ideal for making threatening music!

GETTING IN RHYTHM

Rhythmically, metal is usually relentless, with emphasis on insistent eighth- or sixteenth-note rhythms and a heavy accent on the first and other beats. Strumming is usually performed with downstrokes as these supply more power, although more intricate rhythms will sometimes require alternating downstrokes and upstrokes. Metal guitarists also perform muted versions of their riffs by resting the side of their picking hand against the strings. This creates a great dynamic effect when combined with unmuted versions of the riffs.

▲ *Strumming is an essential technique for the rhythm guitarist to master.*

Section Two: Musical Styles

Scale-wise, you should learn the pentatonic scales and all the common major scale modes. If you want to play a thrash-related style you will have to learn to play them fast with alternate picking – realistically this might take a couple of years. If you want to get quicker results, practise hammer-ons and pull-offs (see pages 90–91), as these can easily be combined with picked notes to create rapid phrases within a solo. Another technique often used in metal is sweep-picking (also called economy-picking). By applying this technique to notes on adjacent strings, you can play an ascending line with a downstroke or a descending line with an upstroke. This works best for arpeggios, which are often one note per string.

GETTING AN AUTHENTIC METAL SOUND

If you want to get an authentic metal guitar sound you'll need a solidbody electric guitar and an amplifier with preamp distortion capabilities. Solidbody guitars are essential for producing a sustained, overdriven tone with minimal feedback at reasonably high volumes. All the classic Gibson models are great for this purpose but there is also a range of dedicated metal instruments available, including the ESP JH2, BC Rich Warlock, PRS Singlecut, Jackson Kelly

▲ *Buying the right equipment is vital if you're trying to achieve an authentic metal sound. Pictured here is a Washburn Special Edition and a Marshall head amplifier.*

Complete Guitar Handbook

and Washburn Dime models. All these guitars have humbucking pickups, which are ideal for an aggressive metal sound. You can also use guitars fitted with traditional single coil pickups if you use an extra distortion pedal.

A thick pick is essential for metal music. A wide one (0.9 mm/0.003 in or thicker) will make a firmer contact with your strings than a thin one, making it easier to play riffs accurately and severely. Try several different picks out before you decide which one is best for you.

WHICH AMPLIFIER IS BEST?

Amp-wise, there are a number of dedicated metal amplifiers which can deliver a truly mean sound. These include valve-style models such as the Mesa Boogie Dual Rectifier, Marshall Mode 4, Hughes & Kettner Warp 7, Peavey 5150 and Randall Warhead models.

Metal can get rather loud, and if you want to play it without upsetting your neighbours, try an amp modelling box such as a Line 6 POD, or a virtual amp software package like IK Multimedia's AmpliTube or Steinberg's Warp VST. All of these feature some great metal presets, and you can use them at any volume you like. Get moshing!

▶ *No logo is more synonymous with heavy rock than the white-on-black Marshall stamp.*

Section Two: Musical Styles

ERIC CLAPTON

English blues-rock legend, born in Ripley, Surrey in 1945. He grew up with his grandparents and became interested in blues music as a teenager. His early influences included Muddy Waters, Robert Johnson, Freddie King and Big Bill Broonzy.

▲ *With John Mayall's Bluesbreakers, Eric Clapton redefined electric blues guitar.*

After a spell with the Yardbirds in the early 1960s, he joined John Mayall's Bluesbreakers in 1965. They released the landmark album *Blues Breakers* (1965), which featured Eric's revolutionary guitar sound heavily; he cranked his amp up and pioneered the use of feedback-assisted sustain and overdrive, playing solos of a previously unheard of intensity. Mayall later recalled 'The things he did with a slow blues could send shivers down your spine.' Eric became an instant cult figure and graffiti proclaiming 'Clapton is God' started to appear on walls, signposts and even rocks in the UK. He left Mayall's band in 1966 to form the supergroup Cream with bassist Jack Bruce and drummer Ginger Baker. They were the first rock band to gain mass appeal through their instrumental abilities, and many of their songs, now regarded as rock classics, featured extended soloing from the band members.

Complete Guitar Handbook

GOING SOLO

▲ *Eric Clapton has enjoyed a hugely successful solo career. The acoustic* Unplugged *album sold millions.*

Cream split up in 1969 and Clapton spent brief periods with Blind Faith (with Stevie Winwood and Ginger Baker) and Delaney & Bonnie & Friends. He formed Derek & the Dominos in 1970 and they recorded the legendary 'Layla' with guest guitarist Duane Allman. Clapton then embarked on a long and successful solo career, although he had considerable problems with drug and alcohol addiction during the 1970s. Standout solo albums include *461 Ocean Boulevard* (1974), which launched the number one hit single 'I Shot The Sheriff', *Slowhand* (1977), which spawned 'Wonderful Tonight' and a great cover of J. J. Cale's 'Cocaine', and *Unplugged* (1992), an acoustic album which featured 'Tears In Heaven', a haunting song about the death of his son.

ENDURING INFLUENCE

More recently, he released *Me & Mr Johnson* (2004), a selection of tunes honouring the legendary Mississippi bluesman Robert Johnson. Eric's blues-style solos and memorable riffs have been a huge influence on many other rock and blues players including Brian May, Paul Kossoff, Gary Moore, Robert Cray, Jimmy Page and Eddie Van Halen. He also helped to introduce the music of the original black blues artists to a wider audience. He has played a number of different electric guitars over the years: a Gibson Les Paul with the Bluesbreakers; a Gibson SG and a Gibson ES-335 with Cream; and a Fender Stratocaster for most of his solo career.

◄ *Played by Clapton and others, the Fender Stratocaster is the quintessential rock guitar.*

Section Three: Galleries

JIMI HENDRIX

Legendary rock guitarist, singer and songwriter, born James Marshall Hendricks in Seattle, Washington in 1942. Jimi grew up in a musical environment – his parents Al and Lucille were professional tap dancers – and had started playing guitar by the time he was 10.

▲ *Hendrix backed the Isley Brothers and Little Richard before forming his own band.*

By this time he had already been exposed to blues artists such as Muddy Waters and B. B. King through his father's record collection. Jimi was left-handed and played a right-handed guitar upside down, with the order of the strings reversed. He enlisted in the US army in 1959, but a parachute jump went wrong and he injured himself and was discharged 26 months later.

A NEW EXPERIENCE

Jimi toured with a variety of acts during the early 1960s and soon earned a reputation as an outstanding sideman. By 1965 he had worked with James

Complete Guitar Handbook

Brown, Ike & Tina Turner, Little Richard, B. B. King, Wilson Pickett and the Isley Brothers. He formed his own band, Jimmy James & the Blue Flames, later that year. Chas Chandler (bass player with the Animals) heard Jimi and was so impressed he brought him over to London and hastily introduced him to drummer Mitch Mitchell and bass player Noel Redding; the Jimi Hendrix Experience was born.

▲ *The ultimate showman, Hendrix embellished his performances with long improvisations.*

The group was an immediate success in Europe and had hits with 'Hey Joe', 'Purple Haze' and 'The Wind Cries Mary' in 1967. Jimi's fame spread back to America when he played at the 1967 Monterey Pop Festival. His use and control of distortion amazed the audience, and their jaws dropped when he set fire to his guitar on stage. The same year, Jimi released *Are You Experienced* (1967), one of the classic rock albums of all time, and followed up with *Axis: Bold As Love* (1967) and *Electric Ladyland* (1968). Although it was a huge success, the band drifted apart by 1969 and Hendrix formed the Band Of Gypsys with bassist Billy Cox and drummer Buddy Miles. They were less successful but talk of reforming the Experience came to nothing.

GONE BUT NOT FORGOTTEN

Hendrix died in London in 1970 after choking in his sleep following a drink and drugs overdose. His death shook the music world, as he had been an exceptionally gifted guitar player who had expanded the instrument's range considerably. He was included in *Guitar Player* magazine's 'Gallery of the Greats' for his lifetime achievement (1983). Posthumous compilations include *The Essential Jimi Hendrix* (1978), *The Singles Album* (1983), *The Ultimate Jimi Hendrix* (1993) and *His Greatest Hits* (1999).

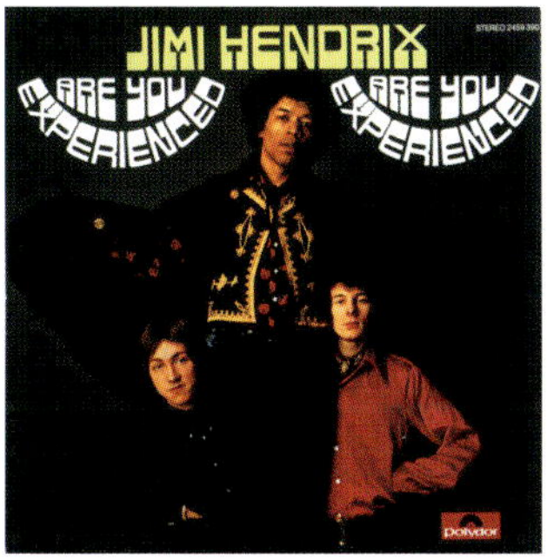

◄ Are You Experienced *was one of only five albums released in Hendrix's lifetime.*

Section Three: Galleries

ANDRÉS SEGOVIA

Classical guitar pioneer, born in Grenada, Spain in 1893. Segovia started playing guitar aged 10, although his parents were concerned because it was not seen as a 'respectable' instrument in those days.

▲ *Andrés Segovia increased the popularity of the guitar wherever he went.*

Segovia took a dislike to the region's traditional flamenco style and developed his own formal approach, adapting music composed for other instruments to the guitar, thus creating the basic classical guitar repertoire. Initially he encountered from other musicians and the press, but his reputation as an outstanding performer grew and he was invited to play for Queen Victoria of Spain in 1920. By 1928 he had captivated audiences around the world with his performances, and his arrangements of pieces by Bach, Handel, Tarrega, Chopin, Schumann and Mozart became standards for the classical guitar. He also commissioned works by composers such as Villa-Lobos, Falla, Castelnuovo-Tedesco, Ponse and Tansman, thus broadening the repertoire of the instrument.

Complete Guitar Handbook

GIFTED TEACHER

The outbreak of the Spanish Civil War forced Segovia to give up his home in Spain in 1936, and he lived by turns in Italy, Uruguay and the United States. During the 1960s and 1970s, he played in many other countries at a rate of around 100 concerts a year. As well as being an exceptional performer, he also had a reputation as an excellent teacher, and his pupils included many outstanding classical guitar players, such as Julian Bream, Christopher Parkening, John Williams, Alirio Diaz, Oscar Ghilia and Alexandre Lagoya. Segovia tirelessly promoted the classical guitar with his own recitals, records and books. However, he was also well-known for his scorn towards popular guitar playing styles and the more radical side of twentieth-century music.

▲ *Segovia taught classical guitarist John Williams among many others.*

AWARD-WINNER

Segovia received countless awards and honours during his lifetime, including the Gold Medal of the Royal Philharmonic Society of London, the Grand Cross of Isabella and Alfonso, and many honorary degrees. He was included in *Guitar Player* magazine's 'Gallery of the Greats' after being voted Best Classical Guitarist by the magazine's readers for five consecutive years (1970–74). King Juan Carlos of Spain knighted him in 1981, and later the Segovia International Guitar Competition was launched in his honour. He died in 1987. Posthumous CD releases include *Guitar Recital* (1995), *The Legendary Segovia* (2000), *The Art of Segovia* (2002), *Complete Bach Recordings* (2002) and *Segovia – The Collection* (2003).

▶ *Segovia was largely responsible for the first nylon guitar strings in 1947.*

Section Three: Galleries

EDDIE VAN HALEN

Heavy metal legend, born in Nijmegen, Holland in 1957. His family moved to Pasadena, California in 1962, and Eddie and his brother Alex developed an early interest in music. Eddie initially started on drums, while Alex played guitar, but they soon swapped instruments and never looked back.

Eddie's early influences included Eric Clapton and Jimi Hendrix, as well as heavy metal pioneers Black Sabbath and Led Zeppelin. The brothers formed Van Halen (originally called Mammoth) in 1973, with bassist Michael Anthony and singer David Lee Roth. They played the LA club circuit during the mid-seventies, and their exciting and flamboyant stage act soon brought in a large following. Eddie stunned audiences with his playing; he was the first rock guitarist to use sophisticated two-handed techniques and squealing harmonics. Gene Simmons (of Kiss) was impressed and convinced Warner Brothers to sign them up.

▲ *Rock legend Eddie Van Halen (right) reinvented how to play the electric guitar.*

EARLY SUCCESS

Their first album, *Van Halen* (1978), made the US Top 20 and sold two million units in a year. It boasted a killer version of the Kinks' 'You Really Got Me' and 'Eruption', an explosive solo guitar track, which became a showcase for the

Complete Guitar Handbook

▶ *Van Halen revived the rock music genre with this eponymous 1978 debut album.*

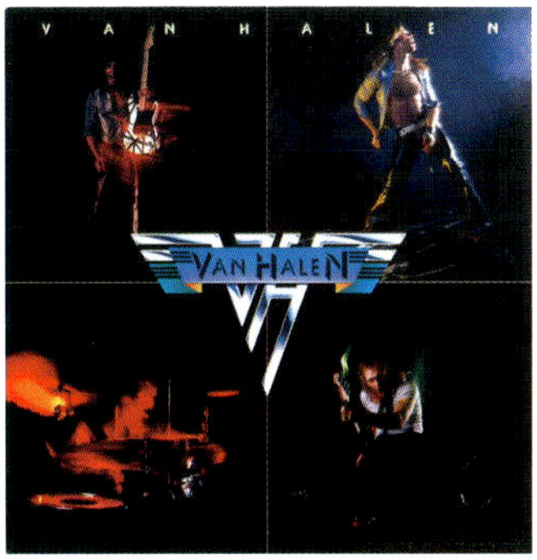

guitarist. They went on to have further success with *Van Halen II* (1979), *Women and Children First* (1980), *Fair Warning* (1981) and *Diver Down* (1982). Eddie then surprised the music world by playing a synthesizer instead of his guitar for the riff of 'Jump' (1984), a huge hit single from their *1984* (1984) album. Egos clashed and Roth left the following year; he was replaced by platinum award-winning star Sammy Hagar on vocals. Van Halen continued with further successful albums: *5150* (1986), *OU812* (1988), *For Unlawful Carnal Knowledge* (1991) and *Van Halen Live: Right Here, Right Now* (1993). Eddie also played the solo on Michael Jackson's 'Beat It' in 1982.

REVOLUTIONARY PLAYER

Alongside Jimi Hendrix, Eddie Van Halen redefined what electric guitar could do, developing an incredibly fast technique with effects that mimicked animals and machines. He influenced a whole new generation of players, including Steve Vai, Joe Satriani, Jennifer Batten, Kirk Hammett (Metallica), Kerry King (Slayer) and Yngwie Malmsteen. In redefining the sound of heavy rock guitar, he secured his place in history as one of the most influential guitar players of all time. He was included in *Guitar Player* magazine's 'Gallery of the Greats' after being voted Best New Talent (1978) and Best Rock Guitarist (1979–83).

▶ *Eddie Van Halen's speciality is virtuoso soloing, using wide stretches, tapping, hammer-ons and pull-offs.*

Section Three: Galleries

CHET ATKINS

Country fingerstyle pioneer, born in Luttrell, Tennessee in 1924. Atkins took an early interest in country music, and played fiddle with Bill Carlisle's Dixieland Swingers on the radio while he was still at school.

He later switched to guitar and developed an advanced thumb-and-three-fingers technique that inspired many other players. He toured with Archie Campbell and Maybelle Carter during the 1940s and became a radio staff guitarist. RCA signed him up in 1947 and released his debut album, *Chet Atkins Plays Guitar* (1951). He became an A&R director with RCA and helped supervise the careers of Elvis Presley, the Everly Brothers, Jim Reeves, Don Gibson, Charley Pride and many others. Later recordings include *Chet Atkins' Gallopin' Guitar* (1953), *In Three Dimensions* (1956), *Fingerstyle Guitar* (1958), *Chet Atkins' Workshop* (1960), *Down Home* (1961), *Picks on the Beatles* (1965), *Pickin' My Way* (1971), *Work It Out* (1983), *Stay Tuned* (1985), *Sweet Dreams* (1986), *Sails* (1987) and *CGP* (1988).

Atkins also collaborated with Les Paul on *Chester & Lester* (1978), and Mark Knopfler on *Neck & Neck* (1990). He was included in *Guitar Player* magazine's 'Gallery of the Greats' after being Best Country Guitarist for five consecutive years (1970–74). He died in 2001, after a long battle with cancer.

Complete Guitar Handbook

JEFF BECK

Legendary rock player, born in Surrey, England in 1944. As a child, Beck started singing in a church choir and playing violin, cello and piano. Inspired by Les Paul, Muddy Waters and Cliff Gallup, he built his first electric guitar out of wood, homemade frets, wire and a pickup.

Beck played with local bands before replacing Eric Clapton in the Yardbirds in 1965. He left the group during a gruelling 1966 tour of America and went solo with producer Mickey Most. They made the successful hit single 'Hi Ho Silver Lining' (1967). Beck then formed his own band and evolved his unique playing style. By the mid 1970s, he had recorded instrumental jazz-rock albums such as *Blow by Blow* (1975) and *Wired* (1976), whch featured some pioneering lead guitar work, lyrical solos with tasteful bends, unique nuances and brilliant harmonics.

These characteristics grace all his later recordings, including *There And Back* (1980), *Flash* (1985), *Jeff Beck's Guitar Shop* (1989), *Crazy Legs* (1993), *Who Else!* (1999) and *Beck* (2003). Beck is one of the most admired guitarists in the world, drawing equal respect from rock, blues and jazz musicians.

Section Three: Galleries

RY COODER

Multi-genre guitarist, born in Los Angeles in 1947. He started learning the guitar at the age of four and, as a youngster, took lessons from the Reverend Gary Davis, a local blues star.

Cooder formed a duo with Jackie DeShannon as a teenager and later became a successful Hollywood session man, working with Taj Mahal, Captain Beefheart, Randy Newman, Phil Ochs and the Rolling Stones during the late 1960s and early 1970s. He developed a unique and much-admired slide guitar style and recorded a number of critically acclaimed solo albums, including *Ry Cooder* (1970), *Into the Purple Valley* (1971), *Boomer's Story* (1973), *Paradise & Lunch* (1974), *Chicken Skin Music* (1976), *Jazz* (1978), *Bop Till You Drop* (1979), *Borderline* (1980), *Why Don't You Try Me Tonight?* (1986) and *Get Rhythm* (1987). He has also worked on many notable film soundtracks, including *Southern Comfort* (1981), *Alamo Bay* (1985), *Paris, Texas* (1985), *Crossroads* (1986) and *Trespass* (1992).

Cooder is well-known as a collaborator, and has recorded projects with Nick Lowe, Ali Farka Toure, Ruben Gonzalez and many other blues, folk and world musicians. *Guitar Player* magazine included him in their 'Gallery of the Greats' after he won several blues and acoustic guitar categories in readers' polls during the 1980s.

Complete Guitar Handbook

DAVID GILMOUR

Rock guitarist, born in Cambridge, England in 1944. He developed an early interest in rock 'n' roll and began learning guitar at the age of 14.

Gilmour joined Pink Floyd as a fifth member but ended up replacing Syd Barrett after the band's successful debut, *Piper at the Gates of Dawn* (1967). They recorded the unusual *A Saucerful of Secrets* (1968) and signed to the Harvest label to release other groundbreaking progressive rock albums, including *Ummagumma* (1969), *Atom Heart Mother* (1970), Meddle (1971) and *Obscured by Clouds* (1972). Their big break came with *Dark Side of the Moon* (1973); it was superbly produced and sold over 10 million copies worldwide, staying high in the album charts for more than two years. Two of the album's strongest tracks, 'Time' and 'Money', boasted excellent, soaring rock solos by Gilmour.

Further success followed with *Wish You Were Here* (1975), *Animals* (1977) and *The Wall* (1979), and the band performed massive concerts before splitting up in the early 1980s. Gilmour later reformed the group without Roger Waters and an infamous lawsuit ensued. Gilmour's guitar solos are melodic, spacey and punctuated by tasteful use of the vibrato arm.

Section Three: Galleries

JONNY GREENWOOD

British prog-pop guitarist, born in 1971. He became interested in music as a child and started playing guitar while at Abingdon School in Oxfordshire. He formed Radiohead with fellow Oxford University friends Thom Yorke (vocals, guitar), Ed O'Brien (guitar, vocals), brother Colin Greenwood (bass) and Phil Selway (drums) in 1988.

The band drew from influences as diverse as REM, My Bloody Valentine, Pink Floyd and the Pixies. Their debut album, *Pablo Honey* (1993), was well received but greater success and acclaim came with *The Bends* (1995) and *OK Computer* (1997). By then, the band's sound had fully developed into a unique blend of prog rock, angst-ridden lyrics and eldritch electronic textures. They became one of the biggest and most original acts of the nineties, and Greenwood's raw, expressive guitar work was an essential ingredient of their sound. Later recordings *Kid A* (2000) and *Amnesiac* (2001) were more outlandish and a disappointment to many, even though they demonstrated the band's progressive and intelligent nature, but *Hail to the Thief* (2003) was welcomed as a return to form.

Radiohead were clearly the most original, popular guitar band to emerge at the end of the twentieth century, and it looks like they will be around for many years to come.

Complete Guitar Handbook

PACO DE LUCÍA

Flamenco virtuoso, born Francisco Sánchez Gómez in Algeciras, Spain in 1947. He grew up in a musical family – his father was an established flamenco player and his brothers also played guitar.

Paco started playing flamenco guitar at the age of seven, and became influenced by Niño Ricardo, Sabicas and Mario Escudero. He practised for 12 hours a day and developed a formidable technique. His first recording, *Los Chiquitos de Algeciras* (1961), caused a sensation in the flamenco world and his later offerings reinforced his reputation as one of Spain's foremost flamenco players: *The Fabulous Guitar of Paco de Lucía* (1967), *Fuente y Caudal* (1973), *Paco de Lucía en Vivo Desde el Teatro Real* (1975), *Almoraima* (1976), *Solo Quiero Caminar* (1981), *Sirocco* (1987), *Zyryab* (1990) and *Cositas Buenas* (2004). He also recorded three incredible acoustic trio albums, *Friday Night in San Francisco* (1981), *Passion, Grace & Fire* (1983) and *The Guitar Trio* (1996) with fusion virtuosos Al Di Meola and John McLaughlin.

Paco is a supremely gifted player who has redefined flamenco and introduced it to a wider audience. He has influenced countless other flamenco, jazz and world musicians.

Section Three: Galleries

JUAN MARTÍN

A native of Andalucia, Juan is a respected flamenco player. He became interested in the Moorish flamenco, and took up the Spanish guitar at an early age.

He developed a distinctive compositional style that won many admirers and led the US magazine *Guitar Player* to acknowledge him as one of the world's top players. Reviews of his solo compositions such as *The Andalucian Suites* (1991) and *Luna Negra* (1993) have compared him to the great Spanish composers Tárrega and Turina. He has recorded more than 17 albums and his method book, *El Arte Flamenco de la Guitarra*, has helped introduce the world to the techniques behind the complex art of flamenco guitar.

Martín was the first flamenco artist to record with the Royal Philharmonic Orchestra, and has also performed with musicians as diverse as fellow guitarist Paco de Lucía, the legendary jazz trumpeter Miles Davis, and the Nash Ensemble, a highly regarded classical ensemble. He has also performed at major international arts festivals, including Edinburgh, Ludwigsburg, Montreux Jazz, Istanbul, Bosporus, Bergen and Hong Kong, and broadcast on BBC, ITV, Channel 4, Spanish RTE, German ZDF and US CNN television. He continues to perform to receptive audiences around the world.

Complete Guitar Handbook

BRIAN MAY

British rock guitarist, born in Hampton, Middlesex in 1947. May grew up in nearby Feltham and had started learning ukulele, banjo and guitar by the time he was 10.

As a teenager, his influences included Lonnie Donegan, Buddy Holly, the Shadows, Eric Clapton, B. B. King, Jeff Beck and Jimi Hendrix. He made his own guitar at age 17 and studied physics at London University's Imperial College. He formed the group Smile with vocalist Tim Staffell and drummer Roger Taylor. They broke up in 1970 and May and Taylor formed Queen with Freddie Mercury (Staffell's flatmate) and bass player John Deacon. By their second album, *Queen II* (1974), the band had developed a unique sound based around Mercury's quasi-operatic vocals and May's rich multi-layered guitar parts.

Moderate chart success came with singles 'Seven Seas of Rhye' and 'Killer Queen' (both 1974), but the band achieved major success when the epic 'Bohemian Rhapsody' (1975) topped the UK and US singles charts for many weeks. Queen remained a huge, worldwide stadium band until Mercury died of an AIDS-related illness in 1991. May used the same homemade guitar for all Queen's recordings and employed an old English sixpenny piece as a pick.

Section Three: Galleries

PAT METHENY

Guitarist and composer, born in Lee's Summit, Missouri in 1954. He started playing guitar aged 13, influenced by Wes Montgomery, Kenny Burrell, Jim Hall and Jimmy Raney, and later studied at the University of Miami while playing in Gary Burton's band.

He recorded two solo albums before forming the Pat Metheny Group with keyboardist Lyle Mays and others. The first two band albums, *Pat Metheny Group* (1978) and *American Garage* (1980), were successful commercially and artistically; Metheny had forged a new earthy, mellow jazz sound, incorporating elements from bebop, folk and rock. Other notable albums include *Offramp* (1982), *Travels* (1983), *First Circle* (1984), *Still Life Talking* (1987), *Letter from Home* (1989), *We Live Here* (1995) and *Speaking of Now* (2002).

Metheny has also collaborated with many big names in jazz, including Ornette Coleman, John Scofield, Dave Holland and Roy Haynes. He has used many guitars over the years, but his favourites include a Gibson ES-175 semi-acoustic, a Coral electric sitar and a guitar-controlled Synclavier synthesizer. He was included in *Guitar Player* magazine's 'Gallery of the Greats' after being voted Best Jazz Guitarist by the magazine's readers for five consecutive years (1982–86).

Complete Guitar Handbook

JIMMY PAGE

Legendary rock guitarist, born in Heston, London in 1944. He started playing guitar at the age of 14, influenced by Scotty Moore, James Burton and B.B. King.

Page became a successful studio guitarist in London, playing up to three sessions a day with artists as diverse as the Who, Tom Jones and Joe Cocker. He joined the Yardbirds in 1966 and played alongside Jeff Beck. They split up in 1968 and Page formed heavy rock group Led Zeppelin with Robert Plant (vocals), John Paul Jones (bass) and John Bonham (drums). They became one of the most original and successful rock bands of all time and, along with Black Sabbath, paved the way for heavy metal music as it is known today. Highlights include the monster riff of 'Whole Lotta Love', from *Led Zeppelin II* (1969) and the haunting, earthy epic 'Stairway to Heaven' from *Led Zeppelin IV* (1971), although the albums *Led Zeppelin III* (1970), *Houses of the Holy* (1973) and *Physical Graffiti* (1975) all feature quality material.

Led Zeppelin disbanded in 1980 after John Bonham died following an all-day drinking binge. Page later remastered the band's back catalogue for the mammoth 10-disc box set, *The Complete Studio Recordings* (1993).

Section Three: Galleries

DJANGO REINHARDT

Gypsy jazz pioneer, born Jean Baptiste Reinhardt in Liverchies, Belgium in 1910. He showed an early interest in music and was a proficient guitar player by his mid-teens.

He settled in Paris, where he discovered American jazz, and made a living there as a street musician. However, tragedy struck at the age of 18, when he lost the use of two fingers in his left hand after a caravan fire. For most guitarists this would have meant the end of a musical career, but Reinhardt not only overcame the disability but also developed a new, unique way of playing the guitar, delivering extraordinary solos with just the first two fingers of his left hand.

In 1933, he formed the Quintette du Hot Club de France with violinist Stephane Grappelli, brother Joseph Reinhardt and Roger Chaput on guitars and Louis Vola on bass. They recorded hundreds of songs and earned international recognition. The band's sound was dominated by Reinhardt's lyrical swing and melodic interplay with Grappelli's violin, and it was a huge influence on younger jazz guitarists during the 1940s and 1950s. Reinhardt favoured French-made Maccaferri guitars, although he did try some electrics during his later years. He died after a stroke in May 1953.

Complete Guitar Handbook

KEITH RICHARDS

Legendary rock guitarist, born in Dartford, Kent in 1943. 'Keef' received his first guitar at the age of 13.

He went to the same school as singer Mick Jagger and they shared a passion for blues and rock 'n' roll music. They met Brian Jones, a multi-instrumentalist, at Alexis Korner's blues club in London and formed the Rolling Stones, named after a Muddy Waters song.

By 1963 they were joined by bass player Bill Wyman and drummer Charlie Watts, completing the now-famous line-up. After a string of unsuccessful covers, they decided to write some original songs, and developed a fresh and raunchy two-guitar sound. Their single 'Satisfaction' went to No. 1 on both sides of the Atlantic in 1965 and helped popularize the fuzztone guitar sound. They followed it up with a number of instantly recognizable hits, including 'Jumping Jack Flash' (1968), 'Honky Tonk Women' (1969), 'Brown Sugar' (1971), 'Angie' (1973) and 'It's Only Rock 'N' Roll' (1974), and they remain one of the world's most popular live acts.

The Stones became notorious for their drug and alcohol excesses, and earned a 'bad boys of rock' image – a tag that they have always embraced. Richards' rhythm guitar style is basic but devastatingly effective.

Section Three: Galleries

CARLOS SANTANA

Rock guitarist and songwriter, born in Mexico in 1947. He started playing the guitar at an early age and performed in Tijuana night clubs as a teenager.

Santana moved to San Francisco in 1962, where he developed a melodic blues-influenced lead guitar style, and formed the band Santana (originally Santana Blues Band). Their debut album *Santana* (1969), a unique blend of blues-rock, Afro-Cuban rhythms and psychedelia, made the US Top 5. *Abraxas* (1970) was even more successful and spawned hits such as 'Black Magic Woman', 'Oye Como Va' and 'Samba Pa Ti'. The next two albums, *Santana III* and *Caravanserai* (both 1972), had a more jazz-rock feel. Carlos became spiritually influenced by guru Sri Chimnoy and recorded *Love, Devotion, Surrender* (1973) with fellow guitarist and fusion pioneer John McLaughlin. *Amigos* (1976) and *Moonflower* (1977), marked a return to his trademark Latin-rock style.

His popularity waned throughout the 1980s and most of the 1990s, but the release of *Supernatural* (1999), a collaboration with contemporary musicians such as Lauryn Hill, Matchbox 20's Rob Thomas, and Eric Clapton, sold more than 20 million copies worldwide. Santana's lead guitar style is blues-rooted, sustained and sensuous.

Complete Guitar Handbook

JOE SATRIANI

Rock virtuoso, born in Long Island, New York in 1956. He started to play drums as a teenager but switched to guitar after being exposed to Jimi Hendrix, Wes Montgomery and John McLaughlin.

'Satch' soon developed a formidable technique and decided to pass his skills on to others; famous pupils have included Steve Vai, Kirk Hammett of Metallica, Larry LaLonde of Primus, and David Bryson of Counting Crows. Attention quickly came after Vai's success during the mid-1980s, and Satriani made a number of critically acclaimed recordings, including *Not of this Earth* (1986), *Surfing with the Alien* (1987), *Flying in a Blue Dream* (1990), *The Extremist* (1992), *Time Machine* (1993), *Joe Satriani* (1995), *Crystal Planet* (1998), *Engines of Creation* (2000), *Live in San Francisco* (2001), *Strange Beautiful Music* (2002) and *Is There Love in Space?* (2004). He also formed the G3 guitar supergroup with Steve Vai and Eric Johnson (later replaced by Yngwie Malmsteen), and created his own line of signature JS guitars for the Ibanez company.

Satriani was one of the most influential players of the 1980s and 1990s, combining formidable scalar soloing with strong use of the vibrato arm, two-handed techniques, unusual harmonics and other effects.

Section Three: Galleries

PETE TOWNSHEND

Rock guitarist and songwriter, born in Chiswick, London in 1945. He started playing guitar when he was 12 and met bass player John Entwistle while playing banjo in a traditional band.

They formed the Who (formerly the Detours) with singer Roger Daltrey and drummer Keith Moon. The band had numerous major hits in the 1960s, including 'My Generation' (1965) and 'Substitute' (1966), and went on to become one of the world's most original and popular rock bands, although they gained notoriety for smashing up their instruments on stage. Townshend's powerful rhythm style was an essential component of the band's sound and he is considered by many to be the inventor of the rock power chord. Highlight albums by the Who include *Tommy* (1969), *Live at Leeds* (1970), *Who's Next* (1971), *Quadrophenia* (1973), *The Who By Numbers* (1975) and *Who Are You* (1978).

Townshend has released a number of solo albums, including *Who Came First* (1972), *Empty Glass* (1980), *All the Best Cowboys Have Chinese Eyes* (1982), *White City* (1986), *Iron Man* (1989) and *Psychoderelict* (1993). His songs have also been recorded by artists as diverse as Elton John, David Bowie, Billy Fury and Tina Turner.

Complete Guitar Handbook

STEVIE RAY VAUGHAN

Electric blues guitarist, born in Dallas, Texas in 1954. He started playing guitar aged eight, inspired by his older brother Jimmy, as well as Lonnie Mack, Albert King, Albert Collins and Django Reinhardt.

Vaughan played in a number of bands throughout the 1970s before forming Double Trouble (named after an Otis Rush song) with Tommy Shannon (bass) and Chris 'Whipper' Layton (drums) in 1981. They became a popular live act and received rave reviews after a performance at the Montreux Jazz Festival in 1982. Their debut album *Texas Flood* (1983) featured a strong mixture of originals and covers, and it became an instant blues classic. Around this time, Vaughan also played guitar on Bowie's album *Let's Dance* (1983).

The next Double Trouble album, *Couldn't Stand the Weather* (1984), was also impressive but Vaughan battled with drink and drug addictions during the mid-1980s, giving a number of sub-par performances and recordings. He cleaned up his act and returned to form with *In Step* (1989) but tragically died the following year in a helicopter crash. He had an awesome high-octane approach to lead blues guitar, and many consider him to be the finest player the genre has ever produced.

Section Three: Galleries

JOHN WILLIAMS

Classical virtuoso, born in Melbourne, Australia in 1941. He started playing guitar at the age of seven and his family moved to London in 1952.

As an 11-year-old, Williams impressed Segovia, who agreed to tutor him, and later studied at the Academia Musicale Chigiana in Siena and the Royal College of Music in London. After highly successful debuts in Europe, he toured Russia and the United States throughout 1962–63, and even made several appearances at Ronnie Scott's Jazz Club in London. He became an artistic director of the Wavendon Theatre in 1970 and premiered André Previn's Guitar Concerto in 1971. Williams also recorded a number of successful and critically acclaimed classical albums including *Concerto de Aranjuez* (1976), *Cavatina* (1979), *Paul Hart's Concerto for Guitar and Jazz Orchestra* (1987), *Takemitsu: To the Edge of Dream* (1991), *Vivaldi Concertos* (1991), *The Seville Concert* (1993) and *Schubert and Giuliani* (1999).

He formed the well-known classical-rock fusion group Sky in the late 1970s with other notable UK musicians to record *Sky* (1979), *Sky 2* (1980) and *Sky 3* (1981), and made a number of award-winning collaborations with the respected British classical guitar virtuoso, Julian Bream.

Complete Guitar Handbook

FRANK ZAPPA

Composer-guitarist and rock icon, born Frank Vincent Zappa, Jr. in Baltimore, Maryland in 1940. He started playing drums when he was 12 and switched to guitar at 18.

Early influences included blues guitarists and twentieth-century composers. He formed the Mothers of Invention in the mid 1960s and the group made a number of original and groundbreaking recordings, including *Freak Out* (1966), *We're Only In It For The Money* (1967) and *Uncle Meat* (1968). From the outset, Zappa's material boasted a previously unheard of blend of musical intelligence, adventure and humour. By 1970 the Mothers had split and Zappa assembled more virtuosic line-ups for jazz-rock recordings such as *Hot Rats* (1970), *Overnite Sensation* (1973) and *Roxy & Elsewhere* (1973).

By the early 1980s his music was stretching over from rock through to complex orchestral pieces. He was also a notable guitarist, and *Shut Up and Play Yer Guitar* (1981), a multi-album box set of end-to-end solos, demonstrated this in abundance. Zappa continued recording and archiving his material right up until his death, of prostate cancer, in 1993. He is widely considered to be the most accomplished, original and versatile composer of the rock era.

Section Three: Galleries

GALLERIES

FENDER STRATOCASTER

While Fender's Telecaster was an extremely popular model, some players criticized the instrument for its 'Plain Jane' appearance and for its sharp edges, which could be uncomfortable to hold. Heeding these complaints, Leo Fender (1909–91) and colleague Freddie Tavares (1913–90) went back to the drawing board, introducing the Stratocaster in 1954.

Now universally renowned as a classic of twentieth-century design, the Stratocaster is one of the best selling guitars ever made. While it has spawned many imitations, the guitar remains in production some 51 years after its debut; Fender currently offers a full Stratocaster line, from its inexpensive, though high-quality, import versions (under the Squier brand) to the costly, exacting reissues made at the Custom Shop in California.

THE CONSTRUCTION

The Stratocaster was designed with a sleek, sports-car inspired body, smoothly contoured for the player's comfort. Its double-cutaway style afforded players access to high notes and made the guitar more balanced, at the same time as adding visual appeal. The Stratocaster had advanced electronics; it was the first solidbody to incorporate three pickups, enabling an unprecedented variety of sonic options. The pickups possessed staggered polepieces, providing for even volume levels across all six strings. Furthermore, players discovered that the instrument's three-way switch could be set in between

◀ *Jeff Beck plays a signature Strat built according to his specifications with a particularly thick neck. He uses minimal effects and plucks the strings with his fingers.*

Complete Guitar Handbook

positions, activating in tandem either the front and middle or back and middle pickups; this created a unique 'out-of-phase' sound, exploited to excellent effect by Jeff Beck and Jimi Hendrix, among others. Five-way switches were later introduced to make this sound easily accessible.

Another Fender first was represented by the Stratocaster's built-in vibrato device (also called a tremolo bar or whammy bar), which was an all-in-one bridge, tailpiece and tremolo bar. With its six individual saddles – one for each string – moveable in both height and length directions, the new bridge portion was fully adjustable. By releasing tension on the strings, the tremolo bar allowed a player to bend notes with the pick hand, resulting in a shimmering sound effect. This unit worked like a fulcrum, its pivot being six screws that attached it to the guitar's body. Inside the body, the strings were counterbalanced by a series of springs – up to five could be easily removed or installed – accessible via a plastic cavity cover at the back of the guitar.

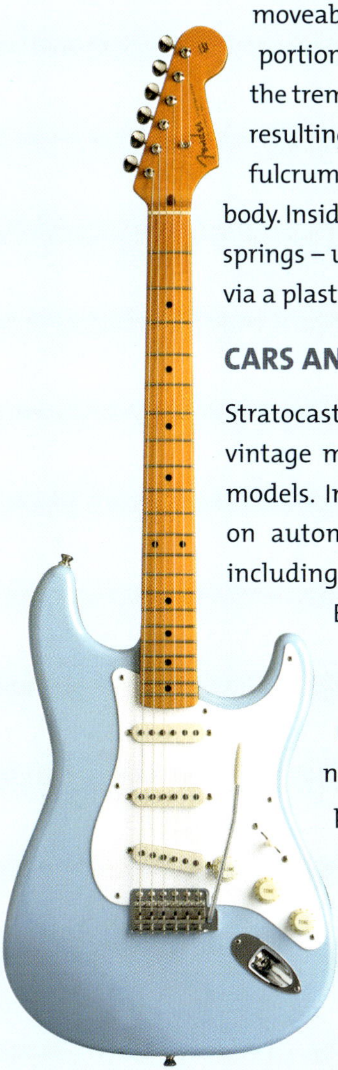

CARS AND GUITARS

Stratocasters are among the most in-demand guitars on the vintage market. Most desirable are the late-1950s Custom Color models. Inspired by the paint jobs on automobiles, these finishes – including Fiesta Red, Lake Placid Blue (pictured left), Foam Green and Shoreline Gold – are rare; a Custom Color Stratocaster can now command over 20 per cent more than its sunburst- or blonde-coloured counterpoint in identical condition.

GUITAR SPEC

Model Pictured: Daphne Blue Stratocaster
Pickups: Three
Controls: Three-way (later five-way) switch, volume, two tone
Characteristics: wide tonal range, versatile, vibrato arm
Played by: Jeff Beck, Buddy Guy, Jimi Hendrix, Mark Knopfler, Stevie Ray Vaughan

Section Three: Galleries

FENDER TELECASTER

In the late 1940s, inventor Leo Fender set about making an electric guitar that would be resistant to the feedback associated with amplified hollowbodies. His concept was commercially introduced in 1950 with the Fender Esquire, a single-pickup solidbody guitar, followed shortly after by the Broadcaster, a twin-pickup version.

In 1951, the name of the latter guitar was changed to Telecaster, in order to avoid infringing on the Gretsch Company's drum line, as well as to suggest state-of-the-art technology, similar to the name television. The world's first mass-manufactured solidbody, the Telecaster has remained in continuous production for more than five decades.

THE CONSTRUCTION

The Telecaster has a rather plain appearance; its design is a classic example of form following function. In making the Telecaster, Fender set out to create a dependable, minimalist guitar – one that would sound excellent while being cheaply and efficiently manufactured. Accordingly, the Telecaster was devoid of the hand-carved select tone-woods characteristic of acoustic guitars, stripped of superfluous ornamentation, and constructed from easy-to-assemble parts.

Basic as it was, the Telecaster featured a number of innovations in addition to its solid ash body. Attached with four screws, its bolt-on, one-piece maple neck could easily be replaced and the neck's moveable truss rod allowed for precision adjustment. The guitar's 21 frets were set directly into

Complete Guitar Handbook

the neck, precluding the need for a separate fretboard and, to some ears, enhancing the sound. The Telecaster's fully adjustable metal bridge, the first of its kind, could be tweaked lengthwise with three screws, as well as raised or lowered with six screws. Furthermore, the bridge allowed the strings to pass through the body, arguably enhancing the tone.

THE LEGACY

At the time of the Telecaster's introduction, the western lap-steel guitar was extremely popular, and Fender had wanted to create a standard guitar that sounded like a steel version. With its bright, clear tone, the Telecaster ended up producing a sound somewhere between an acoustic guitar and a lap steel. Initially, western swing players were drawn to the instrument's cutting, twangy tone. Guitarist Jimmy Bryant (1929–80), best known for his impossibly swift duets with pedal-steel monster Speedy West (1924–2003), was among the first well-known Telecaster players, and his television appearances helped popularize the new instrument.

As the Telecaster's reputation spread, it became the country and western guitarist's instrument of choice. But due to its straightforward design and durability, the instrument came to be associated with a variety of genres. Bluesman Muddy Waters used a Telecaster to create his signature electric sound, as did a diverse set of other legends including, among others, modern jazzman Mike Stern (b. 1953) and punk rocker Joe Strummer (1952–2002), frontman for the Clash.

◀ *After tuning his Telecaster to open G, Keith Richards explored this alternate tuning and created a whole new style of guitar playing.*

GUITAR SPEC

Model Pictured: 1950s Telecaster
Pickups: Two
Controls: Three-way switch, tone, volume
Characteristics: Versatile; bright, twangy sound
Played by: Jimmy Bryant, Roy Buchanan, James Burton, Danny Gatton, Albert Lee, Keith Richards, Muddy Waters

Section Three: Galleries

GIBSON LES PAUL

Before the Gibson Les Paul was introduced, Les Paul had established himself as one of America's top guitarists. He was also an innovative engineer, having pioneered multi-track recording with his 1948 Capitol release, 'Lover'.

In addition to this, Les Paul had been experimenting with solidbody guitars since the 1930s. Two of his handmade, experimental solidbodies – the 'Log' and the 'Clunker' – led to the 1952 release of the Les Paul model, Gibson's first solidbody, which was to become one of the world's most influential guitar designs.

THE CONSTRUCTION

Relative to the Fender Telecaster (introduced in 1951), the Les Paul's construction was complex. A two-pickup guitar, it was built from a mahogany neck with a rosewood fingerboard, set into a mahogany body with an arched, carved maple top, distinguishing it from a Fender, which had a plain flat top. In addition, the Les Paul's controls – two tone, two volume and selector switch – were mounted on to the top and accessed by two separate plastic covers in the back, necessitating a complex routing system. In any case, the set-neck construction and choice tonewoods, in conjunction with hardware that was screwed directly into the top, made for a warm, creamy tone with considerable sustain. The original Les Paul was completed with a lavish gold-coloured metallic finish, earning it the nickname 'Gold Top', although some models had gold-coloured sides and backs as well.

In response to the popularity of the Gold Top, Gibson created several Les Paul variations. Introduced in 1954, the Custom was an extra-fancy version, with a black-finished all-mahogany body, gold-plated hardware, ebony fretboard, separate tailpiece and ('Tune-o-matic') bridge, and fancier binding. At the other end of the spectrum was the no-frills Les Paul Junior, with a one-piece mahogany body, single pickup, and lack of binding.

▲ *Al Di Meola uses his Les Paul to great effect.*

The most coveted Les Paul is the Standard, introduced in 1958. On that model, the original gold finish was replaced with a transparent cherry sunburst finish – which graduated from red to orange – revealing the instrument's maple top; this was sometimes covered with spectacular 'flames' or figuring in the grain. The Standard featured two powerful humbucking pickups, introduced by Gibson's Seth Lover (1910–97) in 1957. A humbucker had two separate coils, one of which, as the name suggests, was used to cancel out hum. These pickups were louder than their single coil counterparts, and they further enhanced the thick, sustaining tone facilitated by the Les Paul's construction.

Dwindling sales caused the Standard to be discontinued in 1960, but as players like Eric Clapton and Jimmy Page picked up the instrument later that decade, it essentially became the first collectible electric guitar. Owing to its quality and rarity – only 643 models were produced in 1959 – the original Standard is now considered the Holy Grail of electric guitars, with clean examples currently fetching more than $200,000.

GUITAR SPEC

Model Pictured: 1959 Standard

Pickups: Two

Controls: Three-way switch, two volume, two tone

Characteristics: Versatile, rich, powerful tone, excellent sustain

Played by: Duane Allman, Jeff Beck, Mike Bloomfield, Eric Clapton, Al Di Meola, Billy Gibbons, Jimmy Page, Slash

Section Three: Galleries

MARTIN D-45

The Martin guitar company was founded in 1833, when German immigrant Christian Frederick Martin set up shop in the United States. Martin's first instruments were modelled after those made by Johann Stauffer, an Austrian builder under whom he had apprenticed in the 1820s.

Soon, however, Martin began to experiment with his own construction ideas, and created the design principles that would result in the modern flat-top acoustic guitar, ultimately earning the six-string status as a respectable instrument.

THE DREADNOUGHT LINE

Launched in 1931, Martin's dreadnought line of guitars was named after the hulking British battleship of the First World War. With its $15\frac{5}{8}$-in (40-cm) wide, $4\frac{5}{8}$-in (11.6-cm) deep body, the dreadnought (first made by Martin for the Ditson company in 1916) was designed with increased volume, tone and projection in mind. The first Martin dreadnoughts were called D-1 and D-2, changed to D-18 and D-28 respectively in 1932. While the plainer D-18 had a mahogany body and the fancier D-28 had a rosewood body, both had a neck that joined the body at the 12th fret; beginning in 1934, the neck joined the body at the 14th fret, effectively extending the guitar's range by a whole step.

► *Neil Young playing a Martin Dreadnought, a guitar favoured by folk musicians for the full, expressive sound it produces.*

Complete Guitar Handbook

GUITAR SPEC

Model Pictured: 1988 D-45
Construction: Rosewood body, spruce top, mahogany neck with ebony fretboard
Characteristics: Excellent bass response, full tone, loud, well-balanced, magical sound
Played by: Gene Autry, Stephen Stills, Neil Young

Curiously, the earliest dreadnoughts were marketed as 'bass guitars'. However, these instruments, did not occupy the low range of the bass guitar as known today in its electric incarnation; rather, the designation 'bass guitar' referred to the enhanced low-end response provided by the dreadnought's larger body. Accordingly, the D-28 first gained acceptance amongst country and bluegrass guitars, who needed a massive sound to compete with fiddlers and banjoists. The D-28 eventually became the benchmark for flat-top guitar design; virtually all guitar manufacturers now have a dreadnought line. And having been made continuously since 1932, the D-28 has proven Martin's top-selling model, currently accounting for 80 per cent of its total yearly production.

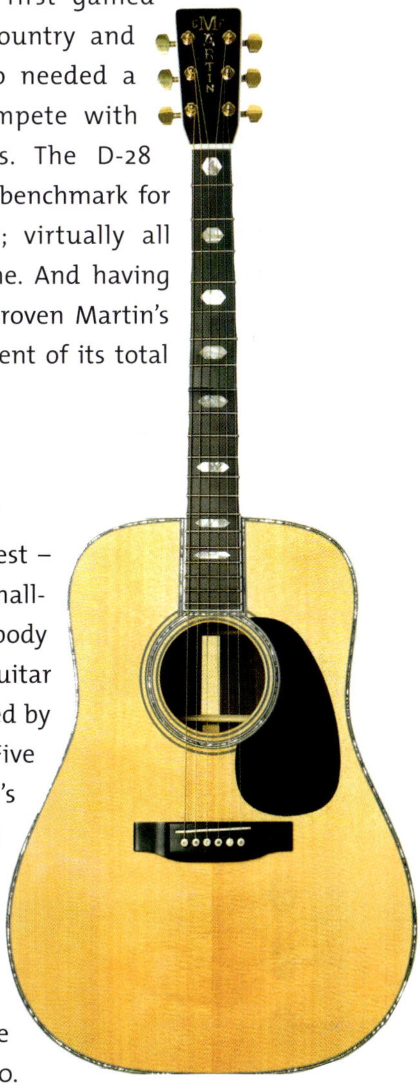

THE SINGING COWBOY

In 1933, the singing cowboy star and country singer Gene Autry approached Martin with a special request – he wanted a guitar like his hero Jimmie Rodgers' small-bodied 000-45, but with the larger, dreadnought body style. This resulted in the first D-45, an ultra-swanky guitar with fabulously intricate abalone trim, complemented by Autry's name inlaid in pearl script on the fretboard. Five additional D-45s were built before the instrument's formal introduction in 1938. But costing a staggering $200 in the Depression era, the D-45 proved too expensive to manufacture, and it was temporarily discontinued in 1942; at that point only 91 had been made. While the D-45 has been back in production since 1968, the pre-war versions are the most desirable of all flat tops, currently fetching upwards of $100,000.

Section Three: Galleries

FENDER PRECISION

In the early 1950s, having created and mass-produced a solidbody electric guitar – the Telecaster – Leo Fender realized that a bass version was in order.

Commercially introduced in 1952, Fender's Precision bass marked the birth of the electric bass guitar, and forever altered the landscape of popular music. The instrument became so commonplace that for many years all electric basses – regardless of make – became known as 'Fender Basses'.

FRETTED WONDER

Prior to the Precision bass, bulky upright contrabasses were used, which were difficult to transport, and hard to make heard amidst other instruments. Lacking frets, these instruments required masterful technique to be played in tune. With its small double-cutaway body, manageable 34-in (83-cm) scale fretted neck and powerful pickup, the radical Precision bass – named for its ease of intonation and clear tone – freed bassists from the problems associated with upright instruments.

GUITAR SPEC

Model Pictured: Precision Bass
Pickups: One
Controls: Volume, tone
Characteristics: Versatile, crisp, clear tone in all registers
Played by: James Jamerson, Monk Montgomery, Jaco Pastorius, Sting

The P Bass, as it is known, has a round, crisp sound in all its registers, perfectly complementing the standard rock 'n' roll set-up of electric guitar and drums. It blends well in a variety of genres, including blues, country, and jazz. Much popular music in second half of the twentieth century was indebted to the P Bass's colourful bottom end.

Complete Guitar Handbook

GIBSON L-5

In 1922, Gibson introduced a masterpiece – the 'Master Line Guitar L-5 Professional Grand Concert Model'.

Priced at $275, this elegant, top-of-the-line model was by far Gibson's most expensive guitar, and its revolutionary, modernistic design represented the birth of the f-hole archtop jazz box.

A JAZZ ADVANCE

Finished in a luxurious Cremona brown sunburst, the debut L-5 had a 16¼-in (41-cm) wide, 3½-in (9-cm) deep body with an arched spruce top and birch back (replaced by maple in 1924); a maple neck with an ebony fingerboard; and a metal tailpiece, which added sustain. The L-5 was the first guitar to feature violin-style f-holes – as opposed to an oval soundhole – which provided a unique tonal response. To further enhance its sonic capabilities, an occasional example was also fitted with a Virzi Tone Producer – a wooden disc suspended inside the guitar's body. But even without this device, the L-5 was essentially America's first orchestra guitar; it possessed a huge, well-balanced sound that effectively cut through the din of horns in a jazz ensemble.

The L-5 has gone through numerous alterations – both cosmetic and structural – throughout the years, and remains one of the most revered jazz guitars. Several versions are currently manufactured in small quantities at Gibson's Nashville, Tennessee Custom Shop.

GUITAR SPEC

Model Pictured: 1924 L-5
Construction: Arched spruce top, maple back and neck, ebony fingerboard
Characteristics: Classic jazz sound, pristine tone and excellent projection
Played by: Eddie Lang, Russell Malone, Wes Montgomery

Section Three: Galleries

GIBSON ES-150

The ES-150 (ES for 'Electric Spanish', 150 for the model's list price – $150 with amplifier, case and cord) was effectively the first mass-produced electric guitar, and was made famous by Charlie Christian, in his work with clarinettist Benny Goodman.

HIGH FIDELITY

With its 16-in (40-cm) carved spruce top, maple back and sides, mahogany neck, and rosewood fretboard, the ES-150 was ultimately an amped-up version of Gibson's mid-level L-50 archtop. The 150's earliest pickup, later called the Charlie Christian model, had one solid, straight pole piece and two magnets. A matching amplifier, the EH-150, was a six-tube, 15-W unit wired to a 10-in (25-cm) High Fidelity Ultrasonic Reproducer (i.e. speaker). This package is primitive by today's standards, but in the late 1930s it was a bold, state-of-the-art rig.

Charlie Christian was quick to exploit the ES-150's voluminous capabilities. 'Amplifying my instrument has made it possible for me to get a wonderful break,' he told *Down Beat* magazine in a feature proclaiming 'Guitarmen, Wake Up and Pluck!' Whereas previous ensemble guitarists had been largely relegated to accompaniment chores, Christian was able to pioneer the horn-like, single-note soloing style to which all modern jazz guitarists are indebted.

GUITAR SPEC

Model Pictured: 1930s ES-150
Pickups: One
Controls: Volume, tone
Characteristics: Historically significant, warm rich tone
Played by: Charlie Christian

Complete Guitar Handbook

GIBSON SJ-200

In the 1930s, as the flat-top acoustic guitar gained increasing popularity, players demanded improved features.

The Martin company responded by introducing big, loud dreadnought models, and in 1934, Gibson followed suit with its first line of jumbo flat-tops, the most fancy of which – the SJ-200 – was introduced in 1938.

THE COWBOY WAY

Hollywood movies of the 1930s were rife with singing cowboys. One of the earliest stars, Ray Whitley, provided Gibson with the ideas – a deeper body, relocated bridge and increased scale length – that resulted in the Super Jumbo model. This advanced flat-top had a 17-in (43-cm) wide spruce top with a new narrow-waist shape. Its 4½-in (11-cm) deep body, combined with a 26-in (66-cm) scale-length fretboard, provided a deep booming sound perfectly suited to cowboy strumming, blues riffing, and a variety of other applications.

The Super Jumbo was available in two versions: a fairly simple, mahogany-bodied SJ-100 and the fancier, rosewood-bodied SJ-200 (later replaced with maple), which has remained in continuous production. With its pearl fingerboard inlays, nine-ply binding, elaborate bridge and decorated pickguard, the opulent SJ-200 was, according to Gibson literature, 'The King of the Flat-Top Guitars'.

GUITAR SPEC

Model Pictured: 1952 SJ-200
Construction: Rosewood body, spruce top, maple neck with ebony fretboard
Characteristics: Versatile, excellent bass response, loud, well-balanced sound
Played by: Reverend Gary Davis, Emmylou Harris, Ray Whitley

Section Three: Galleries

GIBSON ES-335

In 1958, Gibson unveiled yet another brilliant innovation – the ES-335 TD ('ES' stood for 'Electric Spanish'; 'T' for thinline; and 'D' for double-cutaway).

In continuous production since its introduction, the ES-335 has proven one of Gibson's most enduring designs, and vintage ES-335s are highly collectible – only 209 TDNs (the model in natural finish) were made between 1958 and 1960, and a clean example can now fetch upwards of $40,000.

NOVEL CONSTRUCTION

In the late 1950s, solidbody electrics were becoming increasingly popular as they offered sustaining tone and resistance to feedback. Hollowbody electrics, on the other hand, possessed a certain tonal warmth. So Gibson created a neat hybrid – the ES-335 was built from a laminated, 16-in (40-cm) wide, $1\frac{3}{4}$-in (4-cm) thick hollow maple body with a solid maple block in its centre. The guitar's semi-solid, double-cutaway construction allowed its mahogany neck (with rosewood fingerboard) to be joined to the body at the 19th fret, which permitted access to the uppermost registers. Two humbuckers, controlled by a three-way switch, afforded a number of timbral possibilities. In short, the ES-335 had the best of both worlds – the warmth of a hollowbody with the sustain and feedback resistance of a solidbody.

GUITAR SPEC

Model Pictured: ES-335 TDN
Pickups: Two
Controls: Three-way selector, two volume, two tone
Characteristics: Versatile, hollowbody warmth with solidbody sustain
Played by: B.B. King, Eric Clapton, Larry Carlton

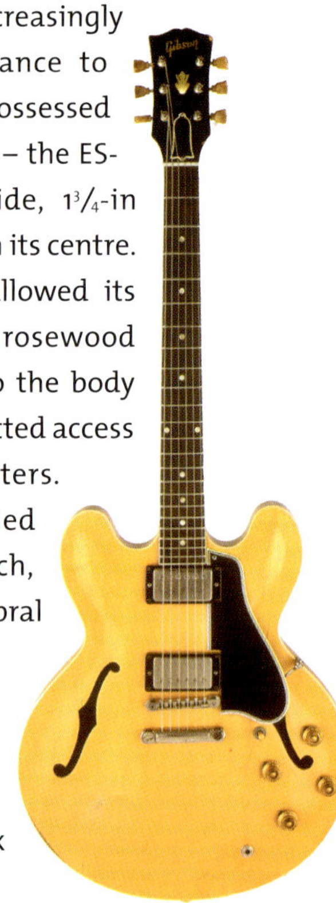

Complete Guitar Handbook

GIBSON FLYING V AND EXPLORER

With the rise of rock 'n' roll the late 1950s, Gibson began to lag behind as players gravitated towards Fender's more radical designs, like the Stratocaster and the Jazzmaster.

Gibson responded in 1958 by supplementing its line with audacious 'modernistic' models, breaking away from conventional curves with oddly shaped guitars, including the Flying V and the Explorer.

ART GUITAR

A solidbody guitar produces sound primarily through the interaction of its strings and pickups, so it needn't be crafted in a traditional shape to produce a decent tone. Capitalizing on this principle, Gibson's Ted McCarty, in conjunction with a local Michigan artist, designed several unconventional guitars; one was fashioned after an arrow, but a staff member at Gibson thought it looked more like a 'flying v', hence the name.

GUITAR SPEC

Model Pictured: 1950s Flying V
Pickups: Two
Controls: Two volume, one tone
Characteristics: Bold design, classic humbucker tone
Played by: Dave Davies, Rick Derringer, Lonnie Mack

Initially, the guitars were commercial disasters; players found the instruments too radical. Only 98 Flying Vs were shipped in 1958–59, and fewer than 25 Explorers were made during the same period. Nonetheless, these guitars, which have been continuously reissued, inspired the radical shapes of experiments by later manufacturers. And today, due to their scarcity, they are among the most collectible of electric guitars.

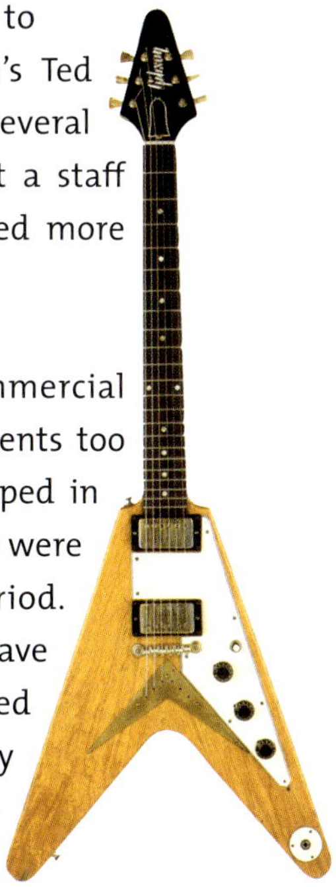

Section Three: Galleries

GIBSON SG

By 1960, sales of the now iconic Les Paul Standard had become sluggish. So in 1961, Gibson gave the instrument a thorough redesign.

With its double-cutaway, light, thin mahogany body, long-looking mahogany neck, twin humbuckers, vibrato unit and deep cherry finish, the new Les Paul was at first known as the new Standard. It was renamed the SG (solid guitar) in 1963, when Paul's contract with Gibson expired.

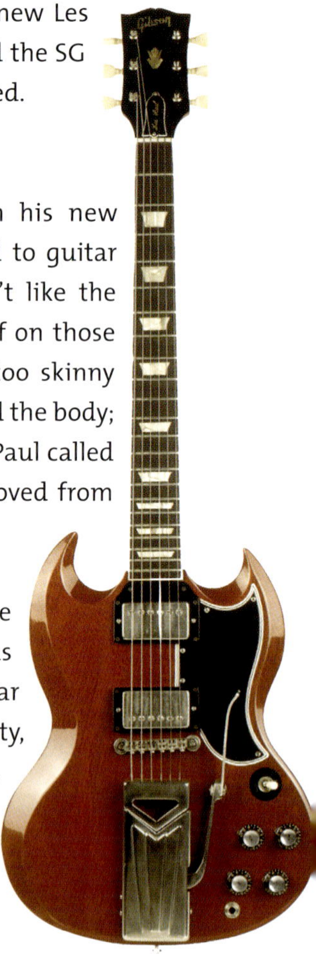

GUITAR SPEC

Model Pictured: SG
Pickups: Two
Controls: Three-way switch, two volume, two tone
Characteristics: Lightweight and versatile, powerful, honking sound
Played by: Duane Allman, George Harrison, Tony Iommi, Derek Trucks, Angus Young

LES NO MORE

Paul was not impressed with his new namesake guitar. As he related to guitar historian Tom Wheeler: 'I didn't like the shape – a guy could kill himself on those sharp horns. ... The neck was too skinny and I didn't like the way it joined the body; there wasn't enough wood.' So Paul called Gibson and had his name removed from the instrument.

Despite Paul's disapproval, the SG has remained in continuous production since 1961. The guitar is now a rock 'n' roll icon. Its pointy, devil-horned silhouette and raw sound have proved indispensable for heavy acts such AC/DC and Black Sabbath. A comfortable, versatile instrument, the SG has also been employed to excellent effect by slide guitarists such as Duane Allman and Derek Trucks.

Complete Guitar Handbook

GRETSCH WHITE FALCON

Founded by German immigrant Friedrich Gretsch in New York in 1883, Gretsch Guitars is best known for its instruments of the 1950s and 1960s. By far the flashiest Gretsch was the White Falcon.

NOT-SO-FREE BIRD

Intended as a promotional item, the White Falcon was designed to impress visitors at a trade show in Chicago in the mid-1950s. It was so spectacular, though, that it was demanded as a production model. In 1955, the ultra-expensive ($600) White Falcon was commercially introduced; this mono guitar featured a hollow, single-cutaway 17-in (43-cm) wide body, twin DeArmond pickups, Cadillac-inspired tailpiece and a nifty, falcon-emblazoned pickguard. Lacquered in white and trimmed in sparkling gold, complemented by 24-K hardware, this was exactly the showpiece for which guitarists had hoped.

While maintaining its overall opulent appearance, the White Falcon saw a number of variations: in 1959, a stereo version was issued; the 1963 model was a double-cutaway; and in 1965, a number of knobs and switches were added, affording access to new tonal variations. The rarest of these birds, however, was the semi-solid White Penguin, made in extremely small quantities between 1955 and 1961.

GUITAR SPEC

Model Pictured: 1950s White Falcon
Pickups: Two
Controls: Three-way selector, volume for each pickup, master volume, master tone
Characteristics: Flashiness, classic Gretsch twang
Played by: Stephen Stills, John Frusciante, Neil Young

Section Three: Galleries

HOFNER 500/1

In their eight years together, the Beatles amassed many fabulous instruments, the most famous of which was Paul McCartney's violin-shaped electric bass guitar.

McCartney played a 500/1 throughout the Beatles' career; so synonymous was the instrument that it became known as the 'Beatle' or 'Cavern' bass, after the Liverpool club where the Beatles got their start.

BASIC NECESSITY

In the early 1960s, Paul McCartney apparently couldn't afford a Fender bass, so he opted for the less expensive, more distinctive Hofner 500/1, which he first encountered in Hamburg's Steinway shop in 1961. As an added bonus, with its symmetrically shaped body, the 500/1 looked normal when played left-handed, as required by McCartney.

Made from a small, hollow spruce/maple body and a thin maple neck with a short-scale (30-in/76-cm) rosewood fretboard, the 500/1 is extremely comfortable to play. Its two pickups are controlled by individual on/off switches and volume knobs, plus a master boost knob, allowing for subtle tonal variation. The 500/1's basic tone is rich and round, with a pronounced mid-range; in its upper register, the instrument sounds especially heavy – as heard on the bass line from the Beatles' 'Come Together' (1969).

GUITAR SPEC

Model Pictured: 1960s 500/1

Pickups: Two

Controls: Two on-off switches, two volume, master boost

Characteristics: Excellent playability, warm, round tone

Complete Guitar Handbook

IBANEZ JEM

In the 1980s there emerged an extreme type of guitar playing, often referred to as 'shred'.

This over-the-top style was characterized by impossibly swift picking, two-handed tapping and crazed whammy-bar manipulation. Such pyrotechnics necessitated specialized instruments. In the late 1980s, guitar hero Steve Vai collaborated with the Ibanez company to produce the JEM – a 'Superstrat' based upon traditional Fender principles, coupled with modern advances.

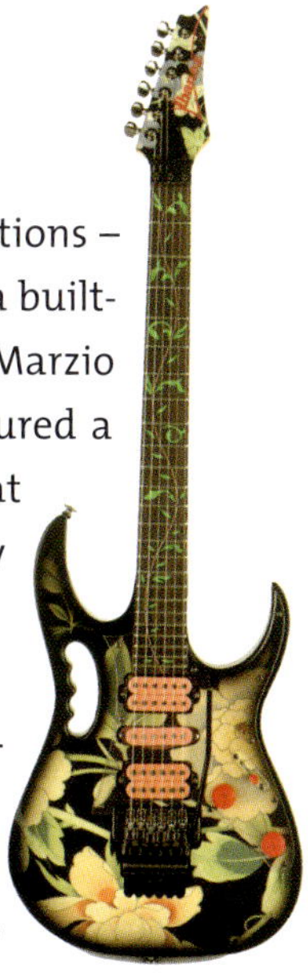

A GEM OF A GUITAR

First available in 1987, the JEM was built to Vai's exacting specifications – a contoured, lightweight basswood body with a 'monkey grip' (i.e. a built-in handle for doing 'stupid stuff', as Vai once put it); high-output DiMarzio pickups and a 24-fret rosewood fingerboard. The guitar also featured a recessed Ibanez 'Edge' whammy bar with locking nut, so that pitch could be radically lowered and raised without creating any tuning problems.

An early, limited edition of the JEM – painted green and known as 'Loch Ness' models – were signed, numbered, and decorated with tiny drawings by Vai, making them instant collector's items. Regular production versions included a yellow model with pink pickups, a shocking-pink one with disappearing pyramid inlays and a floral-patterned one with vine inlays, fashioned after the curtains in Vai's home. JEMs have proved to be wildly successful over the years, and they're still in production, albeit with toned-down finishes.

GUITAR SPEC

Model Pictured: 1980s JEM
Pickups: Two
Controls: Five-way selector, volume, tone
Characteristics: Versatile, crisp, clear tone in all registers, advanced tremolo bar
Played by: Steve Vai

Section Three: Galleries

KAY BARNEY KESSEL ARTIST

Based in Chicago, the Kay company manufactured affordable guitars in all styles – including a number of archtop variations – from the 1930s through to the 1960s.

In the late 1950s, in an attempt to bolster its chintzy image, Kay teamed up with leading jazz guitarist Barney Kessel to create several artist models.

WE THREE KINGS

Made from 1957–60, Kay's three Kessels included the 13-in (33-cm), semi-solid Pro ($200), the 15½-in (39-cm), single-cutaway Artist ($300) and the 17-in (43-cm) single-cutaway Jazz Special ($400). Each version had a number of fun touches, including Kessel's gold signature on the pickguard, and an art-deco style 'Kelvinator' headstock overlay, named after a similar-looking refrigerator. This piece of ornamentation was injection-moulded from clear plastic and studded with gold dots.

While outfitted with good hardware, the Kessels were all made from inexpensive veneered bodies and therefore lacked the full tone of a traditional archtop; tellingly, Kessel was never known to perform or record with one of his models. Yet these striking instruments tend to have an attractive punch and an indisputably cool vintage vibe, and in recent years they have become quite collectible.

GUITAR SPEC

Model Pictured: Kay Barney Kessel Artist
Pickups: Two
Controls: Three-way switch, two volume, two tone
Characteristics: Vintage vibe, punchy tone
Played by: Sarah McLachlan

Complete Guitar Handbook

NATIONAL STYLE O

Before the advent of amplification, guitarists struggled to be heard above woodwinds and brass in popular ensembles.

Consequently, in the mid-1920s, the Los Angeles guitarist George Beauchamp had an idea for a built-in 'ampliphonic system', which he took to John Dopyera and his brother Rudy – Czechoslovakian immigrants known for their sonic improvement of banjos. From this meeting came the National Triple Resonator – a guitar amplified by three metal cones, enhanced by a metal body – which debuted in 1927, followed several years later by a single-cone version, the Style O.

HOW DO THEY WORK?

On a tri-cone guitar, three thin, 6-in (15-cm) aluminium speaker cones – two on the bass side and one on the treble side – are arranged in a triangle. An aluminium, T-shaped bridge with a wooden saddle connects the centre of each cone. When the strings' vibrations excite the saddle, the bridge and the cones are in turn vibrated, creating a sweet, sustaining tone with complex harmonics, perfectly suited to Hawaiian-style slide guitar.

Single-resonator models feature a 9½-in (24-cm) cone topped with a maple 'biscuit'; the strings pass over a wooden saddle attached to the biscuit. As there is a more direct course from the strings to the cone on a single-resonator guitar, it is a louder instrument than the tri-cone version. Preferred by blues players, the single-resonator guitar produces a harsher, more staccato sound, rather like a banjo.

GUITAR SPEC

Model Pictured: Style O
Construction: Brass alloy body, mahogany neck, cone resonator
Characteristics: Loud, aggressive tone
Played by: Son House, Tampa Red, Bukka White

Section Three: Galleries

OVATION ADAMAS

In the twentieth century the guitar was subject to many innovations; one of the most visible was the rounded back of the Ovation guitar, developed by Charles H. Kaman (b. 1919).

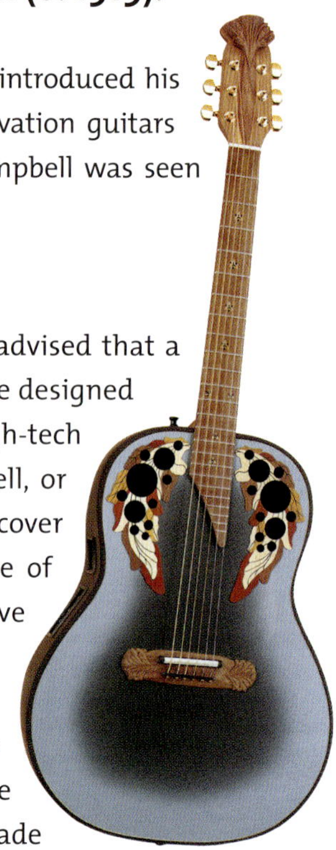

An engineer who had founded an aircraft company, Kaman introduced his first round-back guitar in 1966. At first slow to catch on, Ovation guitars began to gain acceptance when singer/songwriter Glen Campbell was seen playing one on his TV show in 1969.

THE SYNTHETIC CONSTRUCTION

Before he designed the first Ovation, Kaman had been advised that a guitar made of synthetics would be unmarketable but he designed a prototype anyway. After many experiments with high-tech sonic equipment, Kaman devised a one-piece body shell, or Lyrachord bowl, made from fibres that were also used to cover helicopter blades. Coupled with a solid spruce top, one of Ovation's first models, the Balladeer, was an effective marriage of radical and traditional design.

GUITAR SPEC

Model Pictured: Adamas
Construction: Lyrachord bowl body, birch/carbon top
Characteristics: Bright tone, exceptional projection
Played by: Glen Campbell, Al Di Meola, Rick Nielsen

Introduced in 1976, the Adamas was Ovation's top-of-the-line guitar. Its synthetic top was made of a thin $^{1}/_{32}$-in (0.8-mm) birch core, with thinner layers of carbon graphite fibres. A series of small soundholes at the body's top end facilitated greater projection than a traditional, centred round hole. Surrounding the soundholes, a wooden epaulette in the shape of leaves, added a rustic touch to this space-age instrument.

Complete Guitar Handbook

PRS CUSTOM 24

In the summer of 1975, a young Paul Reed Smith set up a workshop in his parents' home and began making guitars.

Before long, he was peddling his creations at local concerts, to legendary guitarists like Al Di Meola, Ted Nugent and Carlos Santana. By the mid-1980s, Smith, having absorbed the traditional principles of Fender and Gibson guitars, arrived at his own strikingly modern design. Now made at a state-of-the-art facility in Maryland, PRS guitars are legendary in their own right.

THE BEST OF BOTH WORLDS

Basically the same instrument that Smith shopped at his first trade show in 1985, the Custom 24 is at the core of the PRS line. The guitar effectively combines elements of Gibson- and Fender-style design: its double-cutaway silhouette was inspired by Gibson's Les Paul Special, and its mahogany body with maple top and mahogany neck is informed by the Les Paul Standard. The Custom 24's vibrato bar updates that of the Fender Stratocaster; a five-way pickup selector includes coil-tap positions, converting the guitar's humbuckers to single coils and thus facilitating both Gibson- and Fender-like tones.

GUITAR SPEC

Model Pictured: Custom 24
Pickups: Two
Controls: Five-way rotary selector, volume, tone
Characteristics: Versatile, robust creamy tone
Played by: Nils Lofgren, Al Di Meola, Carlos Santana

The Custom 24 has been offered in a dazzling array of finishes, and a number of other special touches. For a surcharge, the rosewood fretboard can be inlaid with abalone birds in flight (a PRS hallmark), and the top can be upgraded to highly figured maple. Some variations have proved less inspiring. The Custom 24 Metal – a heavy metal version with a custom striped finish – was only made from 1985–87.

Section Three: Galleries

RICKENBACKER 360-12

Having produced a 'Frying Pan' electric guitar in 1931 and an Electro Spanish archtop in 1932, the Rickenbacker company helped usher in the era of amplification.

Overshadowed by Fenders and Gibsons, Rickenbacker electrics were obscure until the early 1960s, when the Beatles' John Lennon picked up his 325 model. Soon after, bandmate George Harrison got an early 12-string version, as did the Byrds' Roger McGuinn, who used a 360-12 to create his trademark jingle-jangle sound.

THE BASIC CONSTRUCTION

First made in 1964, the 360-12 was a deluxe mono/stereo guitar, constructed of a slender, semi-hollow maple body and a set-in maple neck with rosewood fretboard, inlaid with white triangles. Commonly sprayed with a Fireglo (pink-to-red sunburst) finish, the guitar was outfitted with twin high-output 'Toaster Top' pickups, a two-tiered white pickguard, and a custom 'R' tailpiece.

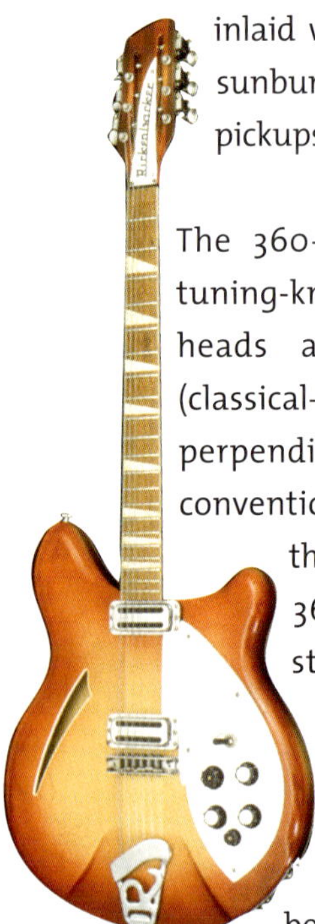

The 360-12 employs an unconventional tuning-knob configuration – its machine heads are alternately placed slotted (classical-guitar style) and in the regular perpendicular fashion. This allows for a conventionally sized headstock, ensuring that the instrument is balanced. The 360-12 has the six strings of a standard guitar, doubled at the octave on the bottom four strings, and at unison on the top two, resulting in a big, chorusing sound, like that of two guitars being played at once.

GUITAR SPEC

Model Pictured: 1964 360-12

Pickups: Two

Controls: Three-way selector, two volume, two tone, one balance

Characteristics: Jangly, shimmering tone

Played by: George Harrison, Roger McGuinn, Peter Buck

Complete Guitar Handbook

VOX MK VI

In the 1960s, England produced some of the most famous rock bands, but the country's guitar manufacturers had difficulty competing with American brands like Fender, Gibson and Gretsch.

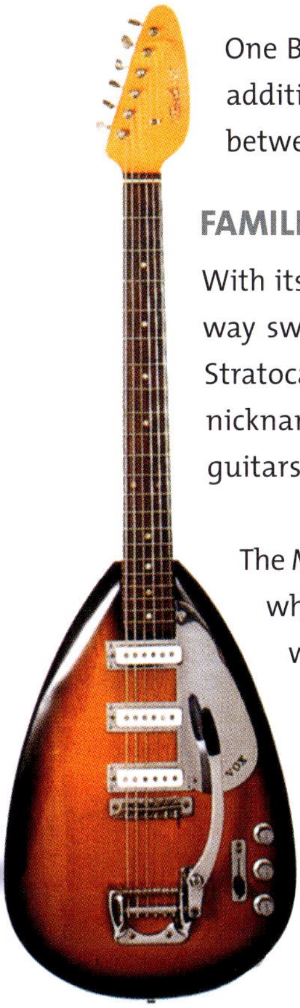

One British company to achieve a measure of success was Vox, which in addition to a fine line of valve amplifiers, made guitars in England between 1961 and 1964, later outsourcing them to Italy.

FAMILIAR CONSTRUCTION, NEW SHAPE

With its bolt-on maple neck, three single-coil pickups controlled by a five-way switch, and vibrato unit, the Mk VI was clearly inspired by Fender's Stratocaster. But with its egg-shaped body and headstock, the instrument, nicknamed the 'Teardrop' was one of the most unconventional-looking guitars of the early 1960s.

The Mk VI gained considerable exposure when a rare, two-pickup white version was seen being played by Rolling Stones guitarist Brian Jones on *The Ed Sullivan Show*. While this appearance did not create instant, overwhelming demand for the instrument, the guitar steadily gained interest amongst players and collectors alike; since the 1980s the Mk VI has been reissued in several different versions, and original 1960s models perform well on the vintage market.

GUITAR SPEC

Model Pictured: 1960s Mk VI
Pickups: Three
Controls: Five-way switch, volume, two tone
Characteristics: Bright, clear tone; novel body shape
Played by: Ian Curtis (Joy Division), Tony Hicks (the Hollies), Brian Jones

Section Three: Galleries

REFERENCE

THE ELECTRIC GUITAR

The electric guitar is a marriage of twentieth-century technology and design with a simple plucked instrument from ancient Persia. These first gut-stringed instruments were carried along trade routes from Asia to Europe.

The guitar as we recognize it now was developed from these first instruments, and electric versions of the acoustic guitar were made in the early 1900s. In the 1950s Leo Fender developed the first mass-produced and affordable electric guitar.

The electric guitar is the result of half a century of ideas and imagination. But the first commercially successful electric guitars – the Fender Stratocaster and Telecaster – are still produced today. Anyone transported in time from 1950 to today would see nothing unusual in a guitar built in a South Korean factory just the day before. The design classic has stood the test of time.

HOW DO THEY WORK?

Electric guitars make sound by creating electromagnetic induction through pickups containing copper wire wrapped around a magnet. The discovery by Michael Faraday and Joseph Henry in 1831 of electro-magnetic induction brought about many technological benefits, including the invention of the telephone some 45 years later. Some say that it was not long before guitar players were experimenting with telephone receivers attached to acoustic guitars in an effort to become amplified.

THE FIRST ELECTRIC GUITARS

True or not, guitar players have spent forever trying to find ways to get their acoustic guitars heard above the stomping 88-key acoustic piano and doghouse bass at

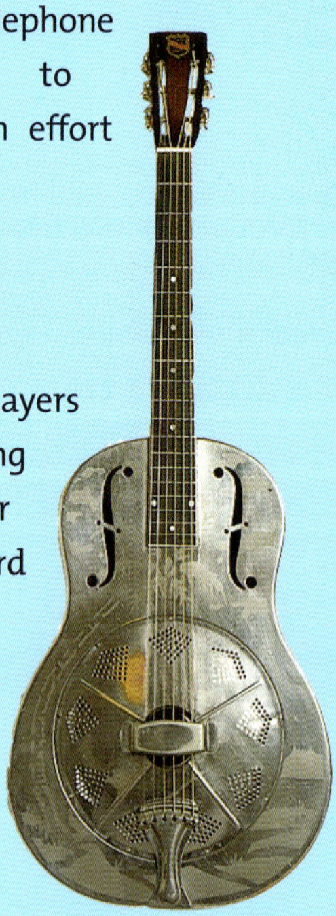

◀ *First created in 1954 by Leo Fender, the Stratocaster is a design classic.*

▶ *The National Style O is the most famous style of guitar produced by the National (Dobro) company.*

Complete Guitar Handbook

▲ *Single-coil pickups on a Fender Stratocaster. These are used to detect the vibrations of a guitar string that can then be amplified.*

gin joints somewhere in the Southern states of the US. Some players even tried to attach a gramophone horn to the front of the guitar. This development, turned inside out, became the 'Dobro' – an all-metal guitar with a resonator inside the body. During the 1940s, a magnetic guitar pickup was developed and finally mass produced by Leo Fender for the Telecaster (first called a Broadcaster) guitar in 1949 and the Stratocaster in 1954. These designs have become classics. Seth Lover patented his high powered 'PAF' (patent-applied-for) pickup in 1955.

FUTURE DEVELOPMENTS

More recent developments in technology have brought us instruments such as the Line 6 Variax; a guitar with a computer inside able to instantly recreate the sound of any guitar you need to use at the time. Who knows what developments are around the corner? But one thing is for sure, guitar players will experiment for as long as the guitar is around.

If the fundamental design and components of the electric guitar are so old fashioned, why it is still so popular? Why hasn't the guitar become another retro trademark like an old car or a toaster oven? The answer is that nobody ever created a heartbreaking tune on a toaster and that old cars just rust and die. The electric guitar is still young, fun and sexy after more than 50 years in mass production.

▲ *The future of guitar playing? Variax 500 guitars have computers inside them that recreate the sound of any guitar.*

Section Four: Reference

ANATOMY OF AN ACOUSTIC GUITAR

The acoustic guitar in all its forms has been around for about as long as we have. From simple instruments made from gut and turtle shell to the highly ornamental seventeenth-century lute and chittara, our love affair with the most portable and still the most lyrical of all acoustic instruments remains undiminished.

WOODS

The wood used for body, top and neck of the guitar has an enormous effect on the tone and performance of the instrument. Mahogany has been a traditional material for back and sides as it has strength and tone.

The top of the guitar can be made from spruce, which has a warm sound, maple with a brighter sound or koa wood, which has a similar sound to mahogany but with an enhanced mid-range. Rosewood, alder, poplar, basswood and even bamboo can all be used in the manufacture of acoustic instruments.

1 TOP

The top of the guitar is usually made of one piece of close-grained spruce, split in two and laid in half over the top. This process is called 'book-matching'. To enhance the appearance of the guitar a rosette may be inlaid around the soundhole or a thin strip of darker wood may sometimes be inlaid along the guitar behind the bridge.

2 BRIDGE

Steel string guitars have non-adjustable bridges fixed to the guitar top. The function of the bridge is to transmit the string vibrations to the guitar top, which will vibrate in turn and amplify the sound of the guitar. The bridge is often made of rosewood or ebony and is fitted with a bone or plastic saddle. The acoustic guitar bridge doesn't compensate for intonation.

3 BRACING

Braces, or 'ribs', are thin pieces of wood glued to the top and back of the guitar inside the guitar body. The braces add strength to the guitar and, depending on the number and positioning of the ribs, can greatly affect the guitar tone. The steel string guitar uses the traditional 'X' brace pattern, with the centre of the X just below the soundhole.

4 BODY

The acoustic guitar has a hollow body, usually of mahogany. The body has waisted sides and, depending on the model, may also have a cutaway on the lower bout to enable access to the higher frets. Binding is inlaid around the body at the point where the top and back meet the sides of the guitar. The guitar is finished with polyester, polyurethane or nitro-cellulose lacquer depending on model and maker.

5 NECK

Necks are traditionally made of the same wood as the guitar's back and sides. The neck has an adjustable truss rod running from the nut to the heel of the guitar where the body meets the neck. Nylon string acoustic guitars are not subject to as much tension as steel string guitars and so do not require a truss rod. Acoustic guitars are built to the same scale as the electric guitar, but the neck normally meets the body at the 14th fret.

6 FRETS AND FINGERBOARD

The rosewood or ebony fingerboard is laid on top of the neck and is fitted with 20 or 21 frets. As with the electric guitar, position markers are inlaid into the fingerboard to aid the guitarist. Dots are also laid into the edge of the fingerboard at the same position.

Section Four: Reference

ANATOMY OF AN ELECTRIC GUITAR

The electric guitar is not complex, but the pieces of the electric guitar must fit together and match each other perfectly or the guitar will never reach its potential to move mountains. Here are some of the most important ingredients.

1 FINGERBOARD

The fingerboard covers the face of the neck and provides a playing surface for the guitarist. The fingerboard can be made of any suitable material but they are usually made of rosewood or maple. Frets are set into the fingerboard to enable the guitarist to find and stop the string at the desired point quickly.

The fingerboard can have 21, 22 or 24 frets, depending on the model of guitar. Fingerboard material also influences the tone of the guitar. Maple and ebony produce a brighter tone while rosewood has a darker tone. Some manufacturers are making fingerboards from synthetic materials such as graphite these days.

Complete Guitar Handbook

2 BODY

This is usually wooden, made of ash, elder or basswood depending on the origin of your instrument. Expensive US-produced guitars are made of rare hardwoods such as mahogany and maple. As good-quality wood becomes harder to obtain, guitars are nearly always made of one or more pieces of wood sandwiched together to create a body of the required depth. Modern guitar manufacturers such as Ibanez have created guitars with no wooden parts, while Gibson has a range of 'Smart Wood' guitars made from wood cut from sustainable forests.

3 NUT AND FRETS

The nut of the guitar is placed at the end of the fingerboard just below the headstock, where it provides one of the two anchor points (the other being the bridge saddle) for the string. Nickel silver frets are fitted to the fingerboard underneath the strings. The frets are placed at precise points on the fingerboard to enable the guitarist to play in tune. Frets wear down over time and change the tone of the guitar as they do so. The distance between the nut and the bridge saddle is extremely important and dictates the scale of the guitar. Fender instruments have a 25-in (63.5-cm) scale while Gibson instruments have a slightly smaller 24-in (61-cm) scale.

4 HARDWARE

Pickups, bridge and electronics are fundamental to the tone of the electric guitar. Single-coil pickups produce a very bright sound; twin-coil pickups have a warmer, less defined sound. Bridges are either fixed or vibrato models (aka tremolo). Vibrato models enable the player to produce amazing sounds by pressing on the vibrato arm to lower the tension in the strings. Tension is returned when the player releases the arm and springs pull the bridge back into place.

5 NECK

The neck of the guitar is often made from dense maple or ash. The wood needs to be hard and stable as the neck is under tension. Depending on the model of guitar the neck may either be joined to the body with three or four long screws, or by a traditional wood joint and string glue. If the neck is screwed to the body it is called a 'bolt-on neck'. Necks that are jointed to the body are called 'set-in'. Bolted and jointed necks have different tonal characteristics: bolted necks are thought to be brighter while set-in neck guitars have a rounded tone.

Section Four: Reference

CHOOSING STRINGS

Strings are the voice of your guitar. The right strings will make your guitar sound great, feel fantastic and last much longer than a cheaper set. The wrong strings will sound terrible, will turn your expensive guitar into an unplayable plank and, worst of all, will break just at the worst moment. So buy the most expensive set you can afford. Your guitar and your ears will thank you for it.

Strings for electric and acoustic guitars are either 'wound' (rhymes with round) or 'plain'. The difference is that wound strings are in fact two separate strings, one wound around the other. Plain strings are simply a single length of wire. Both wound and plain strings have a ball attached to one end of the string. This enables the string to be attached to the guitar bridge. Nylon strings mostly do not have this ball end, although some beginner's sets do have a ball as it makes the string easier to attach.

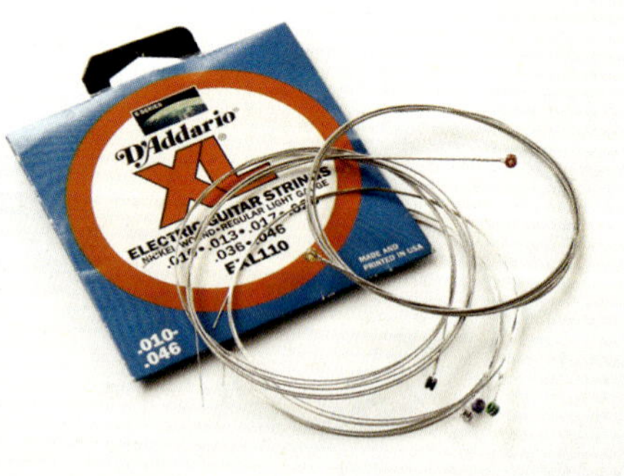

▲ *Light gauge strings aren't the only size: try any set for a week or two to see if they are comfortable.*

STRINGS FOR ELECTRIC GUITARS

If playing an electric guitar choose a medium set of .009-gauge nickel-steel strings and play with them for a week or so. If they do not feel quite right change up a gauge to .010 or down a gauge to .008.

Strings are sold in packs of six and described by the weight of the first (thinnest or highest in pitch) string. A set of .009 gauge strings will have a top E just nine-thousandths of an inch thick. The other strings are graded to suit. Each of the strings in a .010-gauge set will be heavier than their equivalent in a .009 set and much heavier than in a .008-gauge set.

Ernie Ball and other manufacturers make hybrid sets. For instance, a 'heavy bottom/skinny top' set has the three highest strings from a light-gauge set (.008) and the lower strings from a heavier set. Some players like this bottom-heavy feel and sound. The trade-off is always feel against stability.

Complete Guitar Handbook

Thinner .008 or even .007 strings feel easy on your fingers but quickly go out of tune and break. Heavier .010 or .011 strings are harder work but last much longer and sound louder. One thing that Jimi Hendrix, Stevie Ray Vaughan and many other fantastic players have in common is that they all had big, strong fingers and used heavy strings.

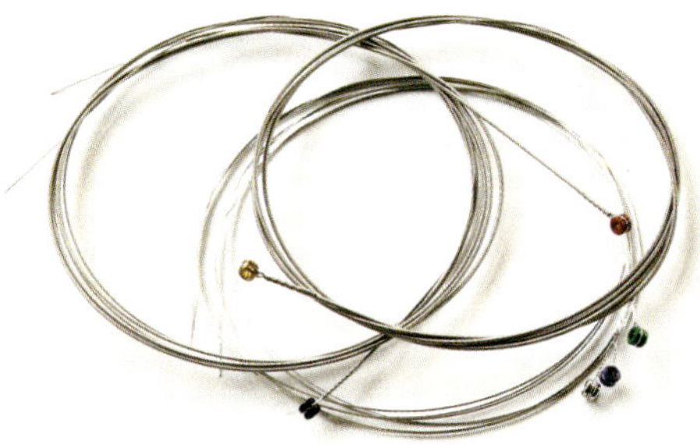

▲ *The gauge of a string is the technical term for its width.*

STRINGS FOR ACOUSTIC GUITARS

Acoustic guitar strings are also sold in light, medium and heavy sets. However, acoustic sets are always heavier than electric. An extra-light set of .010 acoustic strings is a medium-weight electric set and so on. Acoustic string sets have two other major differences. Firstly, the wound strings are usually made of bronze and steel alloy instead of nickel-silver. This has a brighter sound more suited to acoustic music. Secondly, the third string (G) is wound instead of the plain G in an electric set.

▲ *Bronze string are usually used with acoustic guitars.*

Nylon strings are used on classical guitars. Nylon produces a round, mellow sound which is preferred for classical, Latin and many pop/folk styles. This type of string requires a lower string tension, making a classical guitar easier to play than a steel-string acoustic. The longer string length from saddle to nut enhances the bass response and sustain.

▲ *Nylon strings are used on classical guitars for a softer tone.*

Section Four: Reference

FITTING STRINGS: ACOUSTIC

To fit new strings on an acoustic guitar, place the instrument on a clean, flat surface – a workbench, table or even your knee. Loosen the strings using the (tuning) machine heads until the end of the string can be pulled back through the centre hole. At the other end of the guitar remove the wooden or plastic bridge pin using a bridge-pin remover/string-winding tool and keep safely. The ball end can now be pulled out of the bridge and the string is free from the guitar.

▲ *When changing a string on an acoustic guitar, first remove the pin that holds it in place.*

CLEAN IT UP

Repeat this process for each string and discard the old set safely. Before fitting the new set, take a few minutes to wipe down the fingerboard. Use a soft cloth with some lemon or olive oil, or even a specialist fingerboard cleaner, to remove the dirt from between the frets. Buff the fingerboard and frets with a soft cloth but resist the urge to take metal cleaner or polish to the frets. If shiny frets are a must, wipe frets gently with 000-gauge synthetic steel wool and buff with cotton cutting cloth available from specialist carpentry or finishing suppliers (or an old cotton shirt will do).

ATTACH THE STRING

Take the thickest string from the packet of new strings and uncoil. Bend the new string 30 degrees, one inch from the ball end and push the ball end into the first hole in the bridge. Seat the bridge pin in the hole and pull the string gently. Remember that the bridge pin is not there to hold the string down. The pin simply pushes the string against the side of the hole, thereby trapping the ball end under the bridge. If the pin keeps slipping out, buy a new set from your local guitar store. Wooden pins are always better than plastic.

Complete Guitar Handbook

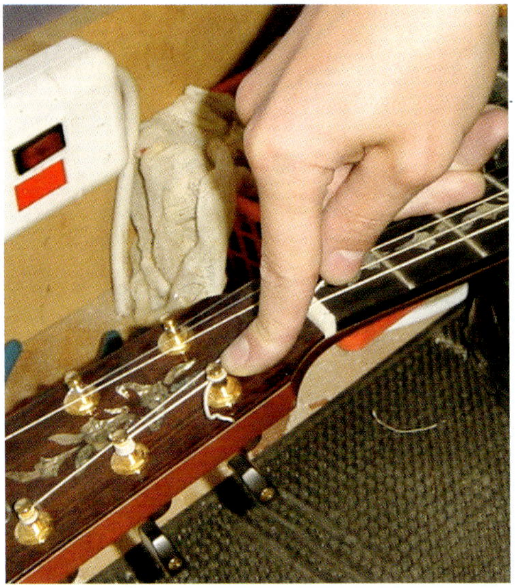

▲ *Once the new string has been inserted through the capstan, ensure enough slack has been left to wind it round the post.*

WIND IT THROUGH

With the string attached under the bridge it's time to take the other end of the string over the bridge saddle, up the fingerboard, over the nut and then push it through the hole in the first machine-head. Turn the machine-head key until the hole is pointing towards the string, then pass the first few inches of string through the head. The actual amount of string to pass through the head depends on which string it is in the set, the scale of your guitar, the weight of the string and even the manufacturer. Only experience will give you that perfect 'one, three, three, five, eight, eight' winding – and even guitar players with many years experience get it badly wrong sometimes. Always aim for at least four windings on any plain string, two windings on any wound string. Ensure that the windings are neat and placed on top of each other; never leave so much loose that the new winding is lying on top of the string already wound round the post.

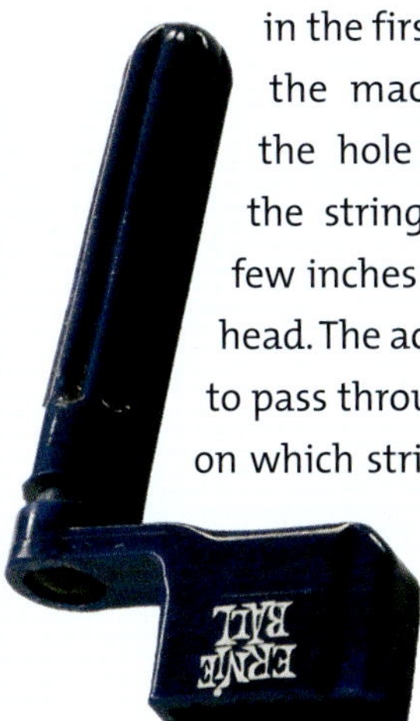

▲ *This is how the strings on an acoustic guitar should appear once secured.*

FINISHING OFF

Finally, when all the strings are fitted to the guitar take a pair of side cutters and give your guitar a haircut. Six inches of wire in the eyeball is enough to take the edge off anyone's day!

◀ *A fast winder is a simple device that lets you quickly wind the capstan of the tuning peg, wrapping the string evenly.*

Section Four: Reference

FITTING STRINGS: ELECTRIC

Electric guitar players love to abuse and destroy their strings as quickly as possible. Unlike acoustic players, electric guitar players believe that two gigs is a very long time between string changes and that 'medium weight' .013 strings are best left to bass players. Fit your electric guitar strings so that they will come up to tune quickly, stay there and can be replaced just as quickly – ideally in the time it takes to sing a chorus of 'Living on a Prayer' and at the same time!

ATTACH THE STRING

Pass the ball end through the bridge of the guitar, either from the back if you have a Stratocaster, Telecaster or some other model with a through-body bridge, or through the back of the bridge as fitted to Les Paul, PRS and other solid-top models. Tug the string firmly a couple of times to seat the ball end and pass the string up to the machine heads. As usual, turn the machine head key until the hole in the shaft is pointing down at the string.

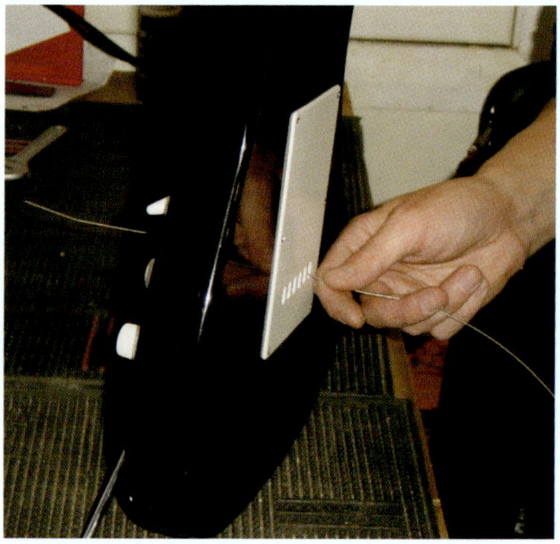

▲ *Push the string through the bridge block in the back of the guitar and up through the hole in the centre of the saddle.*

WIND IT THROUGH

Pass the string through the machine head but leave enough slack to enable the string to be pulled about three inches from the fingerboard. Bring the loose end clockwise around the shaft and tuck it under the string as it enters the string post. Turn the key so the string is wound on to the post, trapping the loose end under the new winding. This is tricky but

▲ *Fast winders can help you wind new strings round the post.*

Complete Guitar Handbook

it comes with practise and when you have the knack you'll find that strings fitted like this are easier to tune and stay in tune. Repeat for each of the other strings. If your headstock is 'three a side', you'll need to pass the loose end clockwise around the post for the G, B and E strings to trap the end successfully.

STRETCH YOUR STRINGS

Stretch the new strings immediately after fitting. Place the guitar on your knee in the playing position and place the flat of your thumb under the low E string. Push the string firmly away from the guitar and repeat for each string. Now retune and stretch again. You should find that you can repeat this three or four times before the guitar remains roughly in tune after stretching. Replace any broken strings immediately. If a string is poor enough to break during this procedure, it's a safe bet that it would not have lasted until the end of your first song.

▲ *Stretching new strings once fitted helps tuning stability.*

MAKING STRINGS LAST LONGER

To increase the life of your new strings, as well as stretching them, you could try applying a very thin coat of three-in-one oil to each saddle before fitting the new strings. This fine layer of oil will prevent moisture from creeping between the string and the saddle. When you have fitted the new strings, wipe a soft cloth dipped in three-in-one over the strings and saddle. This will prolong the life of your strings and also keep intonation and height adjustment screws from seizing up. After playing, wipe down the strings with a piece of soft cotton, and use a string-care product such as Fast Fret to remove grease and grime from the strings.

▲ *Cleaning your strings helps reduce grime building up.*

Section Four: Reference

SETTING THE ACTION

Action is incorrectly known as the height of the string above the fingerboard. In truth, the 'action' of the guitar is a combination of string height, intonation and neck relief, and it refers to how the guitar feels when played.

The great majority of guitar players prefer a comfortable action, though some jazz players are proud of the difficult action of their instruments as it enables the purity of tone that jazz players prefer. Rock players could not use a heavily strung jazz instrument, as rock relies on super-fast playing with extreme hammering and pull-offs that are only possible on a guitar with a very low and comfortable action.

STRING HEIGHT

String height on all electric and some acoustic guitars can be adjusted at the bridge. Optimum string height is dictated by player preference and the physical characteristics of the guitar, such as fret height or the angle of the neck. Generally, players prefer to have the strings as close as possible to the fingerboard without buzzing or false tones that are produced when the vibrating string meets the frets or even the top of the pickup.

Depending on the model of the guitar, the individual saddles or even the whole bridge can be adjusted to whatever height is suitable. Adjustments should

▲ *The action of a guitar significantly affects the sound – the higher the action, the louder the volume.*

▲ *The gap between the bottom of the low E string and the top of the seventh fret should be about 0.013 inches.*

Complete Guitar Handbook

▶ *The saddle is the place on a guitar's bridge for supporting the strings. Acoustic guitars tend to have a one-piece saddle.*

always be made with the guitar tuned to concert pitch. Make small changes to the height of the bridge saddles before retuning and playing at the top of the neck close to the pickups. Listen closely for rattles caused by the strings meeting the frets and if possible, check with the guitar through an amplifier. Stratocasters and other guitars with individual bridge saddles, can be adjusted to produce a profile at the bridge that mirrors or closely resembles the camber (curved radius) of the fingerboard. Some guitars have bridges that may only be raised or lowered using wheels or screws at each bridge pillar. Height adjustment with this kind of bridge can only be a compromise and if you find that you are unable to get the adjustment you need it may be time to talk to a repairman about a more adjustable bridge for your guitar. Often the strings will appear to mysteriously rattle or buzz around the 13th or 14th fret. This is caused by fret wear or even a poorly fitted fret behind the point where the buzz is heard. If you do not have the tools or experience to put it right yourself, the only option is to raise the bridge until the string stops buzzing and make plans to take the guitar for a service.

Guitar bridges trap muck and grease from your hands and if left for a while they will rust and eventually stick. Adjusting a stuck bridge saddle is difficult and sometimes destructive as the small grub screws inside the saddle are easily broken. Use a small amount of penetrating oil or 'Plus Gas' on the screws and other moving parts, then set aside for a couple of hours before trying again. A stuck bridge probably needs more maintenance than just a simple wipe over with a little oil, but a can of WD-40 in the guitar case comes in handy for emergencies.

▲ *Electric guitar saddles usually have six substructures, each with a groove over which a string passes.*

Section Four: Reference

SETTING THE BRIDGE FOR INTONATION

The electric guitar bridge has a moveable string saddle under each string. These saddles can be adjusted in two ways – backwards or forwards for intonation or up and down for string height. Bridge adjustment involves correctly setting both string height and intonation for each string to make the guitar comfortable to play and to play in tune.

▲ *Use a hex key to raise or lower the bass and treble side of the bridge by screwing or unscrewing each of the retaining pillars.*

Some bridges do not have height-adjustable saddles. For these guitars the whole bridge must be moved up or down using screws set into the bridge posts. Height adjustment in this way is not as precise but it is easier than setting the height for each string.

▲ *Raise or lower the height of the bridge by turning the milled thumb wheel under the bass or treble sides.*

DIFFERENT BRIDGES

Because each string is larger than the next, the distance between the string and the top of the fret is greater or smaller depending on the thickness of the string. This tiny difference causes the guitar to go gradually out of tune as the notes are fretted higher up the neck. Electric guitars have bridge saddles that can be moved

Complete Guitar Handbook

▶ *Adjusting the intonation should be done whenever changes are made to string gauge, neck relief or string height.*

forwards or backwards to compensate for this difference. Acoustic guitars have the same problem, but bridges with this kind of correction are not common on acoustic guitars as notes above the 12th fret are not as easy to play. It is important to correctly adjust the bridge as the guitar will permanently be 'out of tune' above the 12th fret if this is not done. This adjustment should also be checked each time the strings are changed as the new set may have different characteristics.

CHECK THE INTONATION

To check the intonation you will need an electronic tuner and a screwdriver or 'Allen wrench', depending on the model of bridge. Prepare to move the string saddle using the screwdriver or key to turn the adjustment screw behind each string saddle. Play the harmonic note at the 12th fret and note the reading on the tuner. Tune to concert pitch (a=440) if necessary and recheck the harmonic note – it should be reading dead centre on the tuner. Now play the fretted note at the 12th fret and check the reading. If the fretted note is lower (flat) the saddle must be moved forward by 1/16 in (1–2 mm). If the fretted note is sharp, the saddle must be moved back towards the bottom of the guitar. Retune and check that the harmonic and fretted notes are the same, then move on to the next string.

TINY ADJUSTMENTS

Following this adjustment you may find that the string height has also changed. After adjusting the string height you will have to recheck the intonation. Either the string height or the intonation of the guitar will change each time the saddle or the bridge is moved. Optimum bridge adjustment involves making tiny adjustments and then checking both height and intonation. Eventually the bridge will be balanced and your guitar will play in tune and feel great. It is a hassle, and it may take some time, but it will be worth the trouble.

Section Four: Reference

ADJUSTING THE NECK RELIEF

The neck of the guitar has a slight concave bow in it. This bow is there by design to allow for the vibrating string at its widest excursion above the seventh fret. If the bow was not there, or if it was not deep enough, the vibrating string would catch on the frets causing the guitar to rattle as it was played.

The amount of bow set into the neck is called the 'relief'. The relief is held by a metal rod, which lies at tension under the fingerboard. This is called the truss rod. One end of the truss rod has a key or nut allowing for more or less tension to be applied to the neck. Neck relief is the third most important adjustment you have to make to your guitar. It must also be made in conjunction with string height and intonation and, most importantly, the bridge must be reset following adjustment of neck relief.

HOW MUCH RELIEF?

If your guitar is not rattling when played it may be that your neck relief is perfectly set. On the other hand if your guitar feels

▲ *A Gibson Les Paul-style truss rod (pictured top) and a Fender Stratocaster-style truss rod (pictured bottom).*

'stiff' when playing around the seventh fret it may be that there is too much relief. To check the amount of relief you must tune the guitar to concert pitch and hold it in the playing position. Lay a steel ruler on its edge along the neck of

Complete Guitar Handbook

◀ *Check for faults in the guitar's neck by looking along it.*

the guitar between the low E and A strings. Examine the gap between the ruler and the seventh fret. There should be enough space to slip a thin piece of card or even a .010 flatpick between the ruler and the fret. Any thin material will do. If this gap appears to be too large you may be able to reduce the gap and so ease the playing of the guitar without causing string rattle.

TRUSS-ROD ADJUSTMENT

Depending on the model of your guitar, use a nut spinner or Allen wrench to loosen the truss-rod adjustment screw by a very small amount. The adjustment screw is normally found at the headstock just behind the nut and is often covered with a plastic plate. Check the measurement again, play the guitar and see how it has reacted to this adjustment. You may have to adjust and play several times before you have the optimum neck relief. Check string height (action) and intonation at the bridge following the final adjustment.

The truss-rod adjustment key may be stiff and difficult to turn. This could indicate that the guitar neck has suffered some damage (maybe from extreme changes in heat or humidity, causing warping) or it may be that the truss rod is damaged. If the adjustment cannot be made you must take the guitar to a professional repair shop. Truss-rod adjustment is always made with the guitar tuned to concert pitch and in the playing position. Allowances should also be made for further changes in the neck in the hours following adjustment; any adjustment that is made should always following a change in choice of string gauge.

◀ *Measure the guitar's action with a ruler. It should be no more than 0.013 inches.*

Section Four: Reference

GUITAR CARE

Your guitar is a living, breathing instrument. The wood of your guitar contains hundreds of thousands of tiny holes. These holes trap moisture, swell and contract, and can make your guitar change its mood overnight if not carefully looked after.

The golden rule is never keep your guitar anywhere that you would not be happy yourself. That means not storing it under the bed, hung on a wall above a radiator or put at the back of the garage for the winter. Seasonal change spells danger for the guitar. Your instrument can experience extreme changes in temperature just on the journey from the house to the car. Invest in a moulded case with a waterproof seal to check the ingress of moisture into the case (SKB and Hiscox have a fine selection).

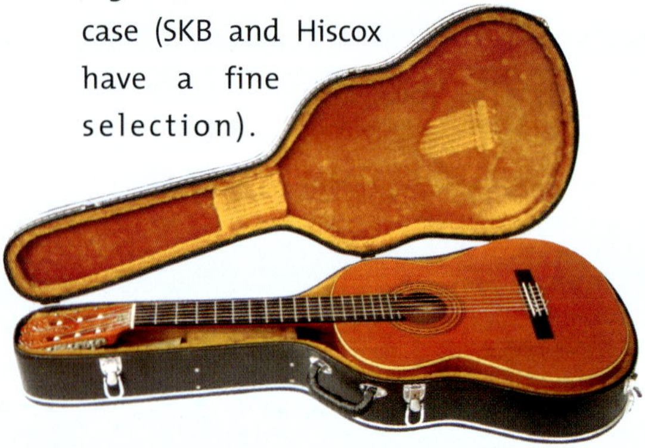

▲ *A glass of water left in a centrally heated room can stop guitars drying out.*

A packet or two of silica gel can be placed inside the case to absorb the moisture evaporating from the guitar. In winter, travel with your guitar in the car rather than the unheated boot or trunk.

Inside the house your guitar should be on a guitar stand away from radiators or sources of heat. In dry conditions place a glass of water near the guitar stand and, if you do have to leave the guitar in storage for more than a few months, do not take the strings off! Your guitar was made to be under tension and removing the strings will enable the neck to twist and warp. In short, make your guitar as comfortable as you would be yourself. But do not forget that the best thing you can do to keep your guitar in premium condition is to regularly pick it up and play it!

◀ *A hard case is the heaviest but most sensible option for transporting your instrument safely.*

Complete Guitar Handbook

KEEP IT CLEAN

When cleaning your guitar, use as little domestic cleaning product (furniture spray or silicone-based polish) as possible. Use a little white automotive polishing compound to take off the grease and grime, then use clean cotton cutting cloth to bring up the original finish. Use a tack rag (a cotton cloth moistened with light machine oil) to wipe down the bridge and other hardware. The tack rag will also do a good job on the metal pickup covers, but watch out for metal pieces that will stick to the magnets and fur up your tone. A clean tack rag moistened with a little WD-40 is as good as any shop-bought product when used along a dirty string. Unfinished fingerboards of ebony or rosewood can be helped with a little lemon oil or olive oil rubbed well into the grain. Finished maple fingerboards can be treated like the body of the guitar.

The plastic parts of your guitar can be treated with the same white automotive compound but may need a little silicone spray polish on a soft cloth when buffing back. Be careful with the control surfaces that may be screen printed 'Rhythm/ Treble' or similar. The printed words can be rubbed off if you use too much force and can't be rubbed back into view.

▲ *Cleaning your guitar every time you play is an important habit to get into to prolong the life of your instrument.*

▲ *Wipe the strings down after every performance or practise.*

Section Four: Reference

FRET CARE

Frets are both hardwearing and fragile at the same time. With normal use your guitar will last for years without needing a re-fret. Drop it on its face and those nickel frets will quickly acquire more grooves than your dad's record collection. Dented or badly worn frets can, with care, be brought back into line with a crowning file (available from any good luthier) and some fine needle files and steel wool.

▲ *Fret files are used to sand down uneven or protruding frets.*

REPLACING FRETS

The key is to carefully draw the needle files over the fret, taking as little material off the fret as possible. When the top of the fret is as smooth you can get it, take

▶ *Frets are metal strips placed across the radius of a guitar's fingerboard to mark out notes a half tone apart.*

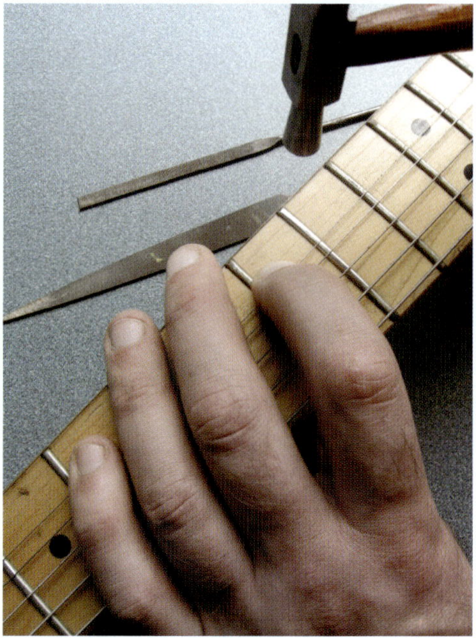

▲ *A loose fret can cause string buzzing. Tap the loose fret into place with a small hammer or remove carefully with pliers.*

the crowning file over the top of the fret to bring back the rounded shoulder of the fret. Finish off with same fine steel wool. This process takes a lot of time and is not easy. The problem is that taking material off the fret means lowering its height.

Complete Guitar Handbook

A string stopped at this fret will probably buzz on the fret in front because it can no longer clear it. If this is happening you have a choice. You could lower all the frets on the neck, but this is a bad choice as it will take a lot of time, is highly destructive, completely irreversible and will probably be disastrous for your guitar. The other thing to do is to raise or re-adjust the string height to clear all the frets. This is much simpler, is completely non-destructive and could even improve the sound of your guitar. It will be harder to play – but at least it will be playable and you can spend your time making enough money from all those gigs to pay for a complete re-fret.

CLEANING FRETS

Polished frets are impressive and one of the best ways to get a great reaction from a customer is to make sure that when you open the case on their newly set-up instrument, the frets are polished enough to see your face in them. Shop polishes like this are simple to achieve and can look fantastic.

Start by taping between the frets with low-tack masking tape until you can't see the wooden fingerboard and only the crowns of each fret are exposed. Use a pad of very fine ooo-grade synthetic steel wool, available from DIY stores. Wipe (do not rub) over the tops of the frets along the length of the guitar neck using minimal pressure. Brush off the grime that has collected by each fret and carefully polish the sides of each fret using a soft toothbrush if necessary. Do not be tempted to use any metal polish, particularly Brasso or anything with abrasive qualities. This kind of polish is too much for the nickel silver. Even worse, the residue will work its way on to the fingerboard – a nightmare on an open-grained rosewood board. Use only hard cotton cutting cloth and some firm rubbing to bring the nickel silver right up.

Remove the tape, wipe the fingerboard over with lemon oil, wipe down again, restring, check action, intonation and relief ... and you are done!

◀ *Your guitar's fretboard can accumulate a lot of dirt and grease from your fingers, so it is important to clean it regularly.*

Section Four: Reference

CUSTOMIZE YOUR GUITAR

▲ *Bridges can be replaced fairly easily, but you should check with a professional that you have chosen the right size.*

NEW PICKUPS

Pickups are simple to replace and offer the very best return for your money. Most stock guitars, including famous name models, aren't fitted with the very best pickups for a number of reasons. Replacing the stock pickups with beefed-up 'aftermarket' parts will give your guitar a better tone and provide you with a better experience. Replacement pickups are designed to slot straight into the holes left by the other pickups. You can often use the old screws and springs too. Stock single coil pickups may be 'two-wire' pickups – hot and ground. Replacement pickups for the same guitar may be two- or even five-wire pickups. The latter can simply be attached using two-wire instructions. It's not necessary to use all five conductors if you do not want to. Choose a new pickup from Seymour Duncan, DiMarzio or one of the new manufacturers such as Bare Knuckle.

NEW HARDWARE

After pickups, the second most popular aftermarket part is a new bridge. Replacement bridges are available for all models of guitar and are very popular, which is surprising. After all – when did you last wear a hole in a solid steel bridge? Replacement bridges are popular because a new bridge can be easier to adjust and will probably hold the adjustment longer than a stock bridge. Fitting is easy, but take your guitar to the dealer when you choose your bridge just in case there is a difference in dimensions. Guitars from the Far East often have parts that are slightly smaller than similar parts from Europe or the USA. A worthwhile alternative to a whole new bridge is a new set of bridge saddles. Special saddles are now available that will actually help your strings to last longer (String Savers), and they are well worth the minimal expense.

Complete Guitar Handbook

CUSTOM CONTROL KNOBS, SCRATCHPLATES AND OTHER HARDWARE

Check out suppliers Pincotts, Stewart Macdonalds or Allparts for groovy multi-coloured control knobs and scratchplates. Replacing a scratchplate takes about an hour of your time and the results can be truly spectacular.

▲ *Scratchplates stop damage occurring to the guitar's body and can also add decoration to the instrument.*

A NEW PAINT JOB

An old Stratocaster-style guitar is like an artist's canvas just waiting to be turned into something beautiful. Take off all the hardware, remove the neck and rub down the old finish with very fine steel wool until the guitar is extremely smooth to the touch. Then attach the body to a piece of wood using the bolt holes in the heel, and let go with a few cans of your favourite automotive spray paint. Take a tip from the experts and always spray outside on a windless day (unless you have a very expensive custom spray booth in your house). Use short, even strokes and do anything to avoid drips or runs in the paint. Wait 12 hours between coats and at least 48 hours after the final coat before you go near it with finishing compound. Practise makes perfect, so do not use your favourite guitar. Old American, English or Japanese guitars are also a bad choice for a re-spray, as the best-selling prices always go to un-refinished instruments.

▶ *Guitar bodies can be completely refinished using automotive spray paint.*

Section Four: Reference

HOW THE ELECTRICS WORK

The standard electric guitar contains a few relatively simple components. Electromagnetic pickups harness the vibrating metal string to produce energy, which is attenuated (made weaker) if desired by rotary controls called potentiometers further along the signal chain. These are called volume controls on the guitar.

Very similar potentiometers attached to capacitors bleed more energy from the signal in the form of tone controls. If the guitar has more than one pickup, a switch is placed in the path between the pickups and the tone and volume controls to enable the guitarist to select which pickup is activated. Finally, the signal appears at a jack socket which mates very closely with a jack or 'phone' plug, which is attached to high-quality copper strands protected by a rubber or cloth sleeve. The other end of the copper is attached to another phone plug, which connects the guitar to an amplifier. The purpose of the amplifier is to take the signals from the guitar and make them into something you want to hear.

▲ *Switches and pickups are the basic electronic components of the electric guitar.*

ACTIVE TECHNOLOGY

Modern guitars take these basic principles and add more switching or tone controls to enable a wider range of tones to be achieved from the guitar. Active guitars boost the signal after it leaves the pickups using power from a battery situated in the guitar. Active pickups are fitted to non-active guitars to achieve the same thing. Some pickup manufacturers use high technology to produce clean, glassy sounds from the guitar (EMG, Actodyne). Many pickup manufacturers pride themselves on using very old equipment and NOS (New Old Stock) components to produce brand-new pickups that look, sound and feel exactly like pickups made 40 years ago (Seymour Duncan).

Complete Guitar Handbook

◀ *Most electric guitars have a selector switch that allows the player to choose whichever pickup is desired.*

IN WITH THE NEW

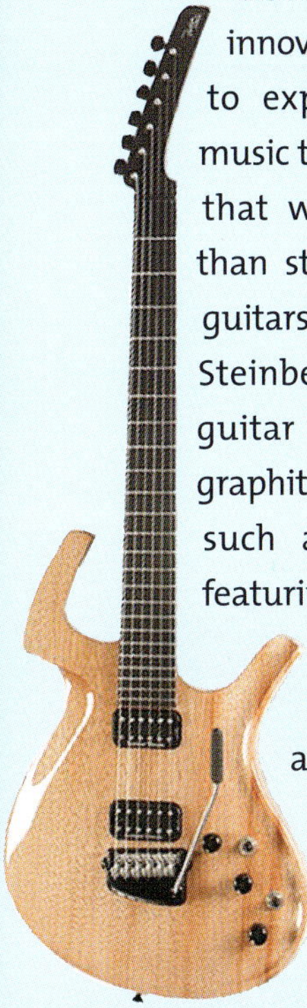

During the 1980s some innovative manufacturers began to experiment with computer music technology to create guitars that were more like keyboards than stringed instruments (Bond guitars). In the early Eighties, Ned Steinberger produced the 'L-2' guitar with a wholly carbon-graphite composite body. Guitars such as the Parker Fly Mojo, featuring a mahogany body and composite neck, offer the best of traditional and modern.

In the new millennium the crown belongs to 'modelling' guitars such as Line 6 Variax. These computer-aided instruments create convincing real-time guitars using the characteristics of sounds stored in their memory blended with the artist's own performance. Because the sounds are created from a list of instructions held in the computer's memory the guitarist is able to produce a rock sound, then a country sound, even an acoustic guitar or banjo sound one after the other without having to put down a plectrum. Instruments like the Variax offer so much in the way of convenience to the player that it's difficult to believe guitarists will lose sight of these instruments in the way that previous innovations have gone by the wayside. But however popular the Variax might get, it's still never going to be as easy to fix or as much fun to customize as an old electric guitar. The pickup isn't dead yet!

▲ *The Parker Fly Mojo guitar is made using an effective mix of traditional and modern.*

▶ *The Variax 500 may be the future for guitarists, but don't write off the Fender just yet.*

Section Four: Reference

TOOLS

Some say that all you need to fix an electric guitar is a sharp knife and a roll of gaffa tape. That's true up to a point, but lasting repairs are made by skilled technicians and these guys need a few simple tools to get the job done.

SCREWDRIVERS

Get a Philips #2 and flat-bladed screwdriver with a high-quality tip that won't blunt and leave the tops of domed screws in a mess. Fender bolt-on necks need a larger Philips tip, while Gibson AB-1 bridges and stop-bar tailpieces need a large, good-quality flat-bladed tip. Rubber grips are much more pleasant to bounce off a glassy finish than hard plastic.

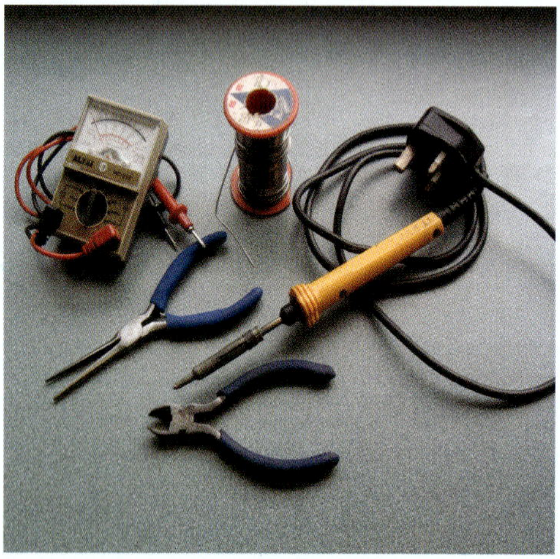

▲ *It is possible to equip yourself to handle the majority of electrical tasks with just a few inexpensive tools.*

KEYS

A complete set of 'Allen' or hex keys in US (inches) and European (metric) sizes. Allen keys hold everything together, from bridges to locking nuts to control knobs. Many guitars have hex nuts at the truss rod too. Many US guitars need a ½-in (1.2-cm) key for bridge adjustment and a ⅛-in (3-mm) hex key for truss-rod adjustment. A set of nut drivers or box spanners is also useful for truss-rod adjustments on Gibson guitars and some others.

NEEDLE FILES

A set of fine modeller's files is vital for removing burrs from bridges and nuts. Other abrasives such as 000-gauge synthetic steel wool and glass paper are also useful for fretwork and for removing very shallow scratches. Deeper scratches and dents require filling with specialist materials available from luthier suppliers. A very fine modeller's saw is also useful for cutting nut slots.

▲ *You may need an Exacto saw to deepen the B and E string slots when replacing a nut.*

Complete Guitar Handbook

▲ *Have the right tools to hand so you can make vital repairs.*

FILLERS AND LIQUID ABRASIVES

Holes can be filled with automotive fibreglass filler then rubbed smooth before spraying. Liquid abrasives are good for cutting back around shallow scratches but should never be used on unfinished wood such as fingerboards.

SOLDERING IRON

A good-quality soldering iron with variable heat is vital for perfect solder joints. Resin flux solder is required along with the hot iron to make the joint. Always use safety glasses when working with hot solder and a mask to avoid directly inhaling the fumes. If you are considering a lot of soldering, make a rig at the right height with enough light to see by, and ventilation to bring clean air into the room and to extract the fumes that may build up.

SIDE CUTTERS AND THIN PLIERS OR PINCERS

Side cutters are essential for trimming excess wire and snipping the untidy guitar strings from the headstock. Needle nose pliers are useful if you have to hold cables within a cavity. Crocodile clips or locking clamps can make tricky wiring jobs much easier.

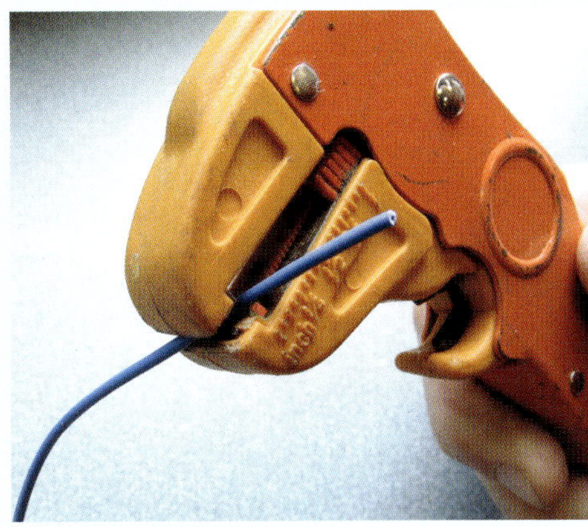

▲ *A useful tool for cutting wires and trimming strings.*

TAPE AND GLUES

Low-tack masking tape is essential for masking areas around the working point. High-speed glue is occasionally useful for repairs to pickups or other parts inside the body, but has very low shear strength and doesn't stand up well to handling or moisture. High-speed glue repairs are often highly visible as well. If you need to join two plastic parts use Araldite and smooth the excess if you can with glass paper.

Section Four: Reference

PICKUPS

Pickups create the sound of the electric guitar. Every guitar has at least one pickup placed under the strings and, depending on the model of the guitar, there may be two or even three pickups. The function of the pickup is to detect the vibrating string of the guitar and turn the vibrations into electric current that can be amplified enough to move a speaker cone. The electric guitar pickup does this by electro-magnetic induction.

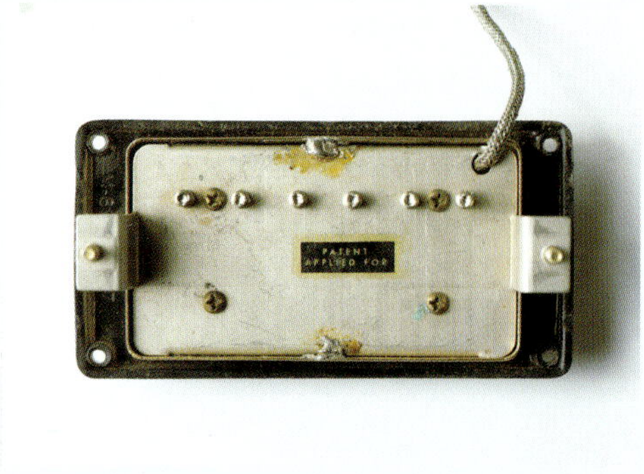

▲ *The Patent Applied For (PAF) humbucker pickup is perhaps the most sought-after of all Gibson electric guitar pickups.*

Each pickup is a coil of some 7,000 turns of copper wire wrapped around a magnet. The vibrating metal strings of the guitar push and pull the magnetic field created by the magnet and so create an alternating electric current in the coil of wire. Stronger magnets, combined with a greater number of turns of wire, will produce a more powerful pickup but will eventually lose definition. Smaller magnets and fewer turns produce a more musical sound but are lower in power. Pickup manufacturers use these characteristics to produce a range of pickups for country, rock or metal players. This simple explanation can't take into account the decades of experimentation and innovation that have produced the amazing electric guitar pickups available today. However, the principle of wires and magnets remains at the heart of every electric guitar.

HUMBUCKERS

Electric guitar pickups have one or two coils of wire. Pickups with a single coil have a bright, clean sound which is full of detail and popular with country and blues players. Pickups with two coils are much more powerful and can overdrive

▲ *The inside view of a humbucker pickup.*

Complete Guitar Handbook

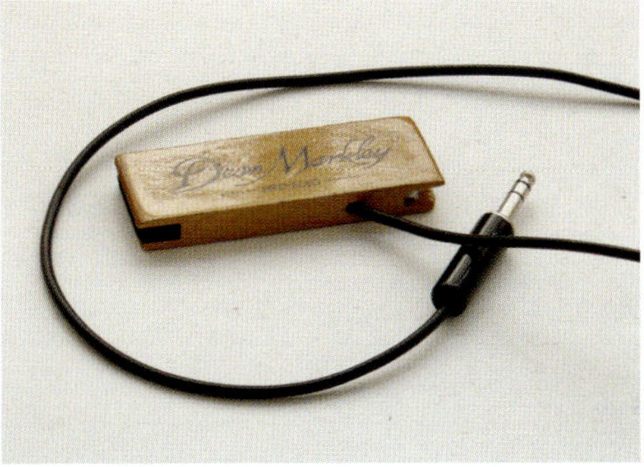

▶ *Piezo pickup systems are fitted to most electro-acoustic and some purely electric guitars.*

an amplifier to produce a distorted sound which is associated with rock. Pickups are sensitive to electromagnetic noise or 'hum', which is amplified along with the strings causing the sound to be unclear. While working on ways to avoid this interference, an engineer working with the Gibson guitar corporation of America found that by reversing the polarity of one of the coils in a double-coil pickup, the hum would almost disappear. This became the famous 'humbucking' pickup, the design of which has been copied many times over.

▲ *A humbucking pickup can translate vibrations into energy.*

PICKUPS FOR ACOUSTIC GUITARS

The sound of acoustic guitars, pianos, violins and every sort of acoustic instrument can also be amplified using transducers or contact microphones. This kind of pickup also uses electromagnetism but, instead of relying on the strings to disturb the magnetic field, these pickups sense acoustic vibration. The magnet and coil is mounted underneath a small metal plate placed against the instrument's soundboard. When the soundboard vibrates, the vibrations are converted by the electromagnet into small electric currents, which are amplified in the same way as electric guitar pickups.

MAGNETIC MAGIC

Inventors and engineers have stretched the simple principle of electromagnetism almost to breaking point. Pickups can be single or twin coil at the touch of a switch. The electric guitar bridge can also be turned into a pickup by placing transducers below each bridge saddle. The pickups can be battery powered to produce massive distortion and can be placed underneath the wooden top of the guitar to aid its appearance.

Section Four: Reference

TROUBLE-SHOOTING

Guitar electronics lend themselves to simple troubleshooting. Here are a few common problems and remedies....

NOISY SWITCHING

Pickup selector switches fail over time as the point of contact inside the switch becomes dirty or broken. This usually results in pickups not seeming to work, a big problem but one that can easily be resolved. Spray contact cleaner (Servisol) inside the switch and move the selector to work the fluid into the contacts. If the problem doesn't go away you will have to remove the rear cover or scratchplate and examine the switch. Check for loose or missing wiring. Finally, consider having the switch replaced with a new one.

PROBLEMS WITH THE JACK SOCKET

The jack socket is a weak point on the guitar. If the instrument appears to work only when the barrel of the jack plug is pushed to one side you have a bent or corroded socket. Remove the control plate or scratchplate and gently squeeze the long spring arm towards the centre hole. Gently rub with a little fine glass paper to remove corrosion, then test.

▲ *The jack sockets are the parts of your guitar most vulnerable to damage and should be replaced whenever necessary.*

DULL OR SCRATCHY VOLUME AND TONE CONTROL

Carbon tracks inside the tone control become worn with age and use. Remove the scratchplate or rear cover and apply contact cleaner to the inside of the potentiometer through the small space in the metal can above the solder connections. Work the control backwards and forwards to ease the fluid along the track. The pot will have to be replaced if this procedure fails to solve the problem.

HUMMING OR NOISE THAT STOPS WHEN THE STRINGS OF THE GUITAR ARE TOUCHED

This problem indicates poor grounding of the guitar. Remove the rear cover or scratchplate and look for a grounding

Complete Guitar Handbook

wire connecting the metal can of the volume pot to the bridge of your guitar. Replace if this connection is missing or broken on your Stratocaster or Telecaster guitar. This ground wire is missing on Les Paul-style guitars. Unfortunately most copy Les Paul guitars have a hum problem because the electronics in these instruments are shielded with a metal can. Copy Les Paul guitars don't have the can and also don't have the ground wire.

Adding a ground wire between the bridge and ground will help protect your copy Les Paul from noise. Electric foil or conductive paint should completely cover the walls of the cavity containing the electronics. A few strips attached to the scratchplate won't be enough. Check out Stewart-Macdonald or any good electronic parts supplier. Some players also add a 0.022uF capacitor to the ground wire. This will help to protect you from lethal mains voltage if your amplifier should have a poor or missing ground. Ensure that the capacitor is taped or wrapped in bubble wrap to avoid touching and shorting on any other components.

'FURRY' PICKUPS

Pickups attract metal particles from strings and other metal parts of the guitar. Over time these can cause the pickup to lose definition. Use Blu Tack to remove the metal particles by dabbing around the pickups, paying attention to the small gaps between the cover and the pole pieces.

▲ *Copper tape can be used to deal with humming or any other noise that stops when the strings are touched.*

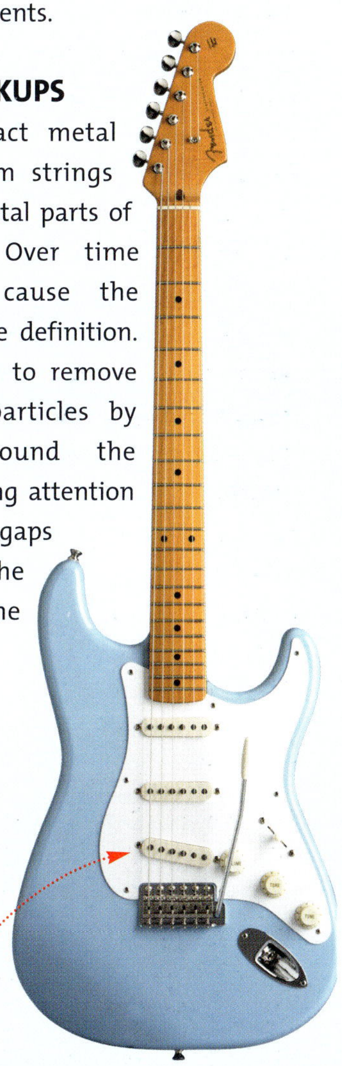

▲ *Dab Blu Tack around the pickups to remove accumulated metal particles.*

Section Four: Reference

CABLES

The electric guitar and amplifier are usually connected by a guitar lead or cable. The typical guitar cable has a stranded copper core screened with stranded or braided steel wire, called a 'screen', as a protection against atmospheric radio waves.

The screen is always connected to a solid pathway to ground through the metal chassis of the amplifier and the ground wire of the electric cord connecting the amp to the power supply. The small amount of energy created when the stray radio waves reach the screen is channelled to ground rather than being amplified along with the guitar signal. It is vitally important to make sure that your amplifier has a good-quality earth connection. Doing so will clean up your tone and may also save your life.

COPPER CABLES

The 'hot' stranded copper wire core of the guitar cable needs to be both flexible and high quality. Treble sounds can quickly be degraded by passing the signal through poor-quality cable, so the guitar lead must use high-purity copper for the signal path. Some manufacturers, such as Planet Waves, sell guitar cables with two very high-quality cores. The central cores overlap to encourage noise cancellation along the length of the cable. Planet Waves also has cables with connectors labelled 'guitar' and 'amp'. When connected as directed the guitar cable is almost noise free and will reject noise created by 'earth loops'.

▲ *Most guitar cables have a stranded copper core screened with stranded or braided steel wire.*

JACK PLUGS

Each end of the guitar cable is terminated with a metal connector called a 'jack plug'. These connectors

◀ *Jack plugs: the standard cable connection for most effects and guitars.*

Complete Guitar Handbook

have two signal paths: the ground connection is made along the shaft of the jack plug, while signal connections are made through the very tip of the plug. The dark band between the shaft and the tip is insulating material separating the signal from the ground. A short circuit would be created if these were to be connected, and the guitar cord would stop working. Some bass guitars use 'balanced' leads terminating in a round connector with three pins. These leads are for use with special 'low-impedance' instruments or microphones. A balanced cable has two signal wires and a ground wire, sometimes with an additional screen. These cables are able to carry a high-quality signal along a longer distance than a normal guitar cable with very little signal loss.

FIXING BROKEN CABLES

Guitar cables fail either because one or more of the jack connectors has been damaged or because the wire itself has become broken. It's simple to check the plugs by unscrewing the metal barrel and examining the connections. If the hot connection has come away it will need to be soldered back on or else a new lead must be obtained. A broken wire is more difficult to detect as the connections will be fine even though the lead appears to be broken. Sometimes 'waggling' or stretching the cable will tell you where the break is. In this case the cable could be cut behind the break and a new plug fitted. However, it's usually more efficient to simply buy a new cable. Guitar cables with moulded plugs cannot be repaired without replacing the jack plugs and are usually discarded after breaking.

◄ *The sound from a typical guitar-and-amplifier setup such as this relies on good-quality cables being used.*

Section Four: Reference

AMPLIFIERS

THE AMPLIFIER

The electric guitar amplifier has generated almost as much mythology as the instrument itself. Beginning with the radio-like amps of the 1940s, up through the Fender Tweed amps of the 1950s, and on to the coveted Blackface Fenders, Marshall combos or stacks, and the Beatlesque Vox AC15s and 30s.

When it comes to playing electric guitar, the amplifier is an extension of the instrument itself. As the guitar replaced banjo in the dance bands of the 1930s and 1940s, guitarists began experimenting with pickups in order to equal and surpass the louder banjo, and ultimately to be able to solo above the horns and piano.

HOW DO THEY WORK?

We have seen how a guitar pickup works. In order for the relatively low electrical output generated by the coil windings to drive the cone of a speaker (see page 294), it must be increased – or 'amplified'. A guitar amplifier takes power from an external electrical source (outlet or battery) and controls the delivery of that power to the speaker according to the level of the voltage from the pickups. This can be accomplished by using valves (tubes), solid-state chips or a combination of both.

The first amplifiers were of relatively low wattage (10–20 watts), while some of the early pickups were quite powerful, easily capable of driving those fledgling combos into a mild distortion. Tales of slashed speakers and loose tubes notwithstanding, you can hear Charlie Christian's Gibson guitar pushing his amplifier hard on his famous records with Benny Goodman. The guitars on blues and western swing records from that era were also usually breaking up

▶ *The hard bop music of performers such as Wes Montgomery benefitted from the cleaner tone of a more powerful amp.*

▲ *Although you may not need as many amplifiers as AC/DC, choose one that will suit your specific playing requirements.*

the amp to some degree. It was only later, as the amps got more powerful, and some of the single-coil pickups less so, that you began to hear cleaner tones in the surf music of the Ventures, the instrumental pop of the Shadows, the be-bop of Wes Montgomery, the funk of Chic and the country guitar of James Burton.

NEW AMP TECHNOLOGY

As popular music became more, well, popular, venues got larger and amplifiers continued to grow into the multiple stacks of heads and speakers that you sometimes see today. For over half a century after its invention, the guitar amplifier remained virtually unchanged. Only with the advent of cheap DSP (digital signal processing) chips have we started to see some new twists on the old formula. Multiple onboard effects and amp modelling have become possible, but certain things still remain the same: for the most part, more volume requires a bigger amplifier. The trend towards more power in smaller cheaper packages that has swept through most technologies has not quite overtaken the art of guitar amplification. In the quest for guitar tone, bigger still produces louder and better still tends towards being more expensive.

▲ *Mackie's UAD-1 digital signal processor (DSP) card comes with Nigel, a guitar-amp simulator and effects suite.*

Section Four: Reference

TUBE (VALVE) AMPLIFIERS

In the beginning, there were only tube amplifiers. Initially they were adapted from radio and record players, though unlike hi-fi buffs and radio operators, guitarists were not concerned with strictly accurate transmission of sound. Instead they found that they liked the colouration and distortion that tubes added; this tone that became touchstone for years to come.

HOW DOES IT WORK?

In simplest terms, a tube amplifier takes the electricity generated by your guitar's pickups into a control grid. The grid reads the fluctuations of electricity that represent your playing, sending this voltage to the tubes to be amplified by the first stage of preamp tubes. It is then passed through (usually) passive tone controls that can roll off bass, treble and sometimes mid-range (some amplifiers have active tone controls that add as well as subtract these frequencies). The next stage of preamp tubes brings back the voltage lost in the passive tone roll-off. The power tubes then turn the increased voltage into current before sending it to the speakers.

TYPES OF TUBE AMPLIFIERS

The sound of a tube amplifier can be determined by a number of factors. One is the type of power tubes used in the design. The four most common types used are the 6V6, the 6L6, the EL84 and the EL34.

PROS AND CONS

Even though the tube sound has been the industry standard for many years, tube amplifiers are far from a perfect solution. For starters, tubes are made of glass, making them somewhat fragile when it comes to road work; even if they don't

◄ *Valve amplifiers are the preferred choice of many guitarists as they respond particularly well to playing dynamics. Companies such as Groove Tubes (see inset) currently produce sought-after valves for guitar amps.*

Complete Guitar Handbook

▲ *The Vox company was started by Tom Jennings and Dick Denny, who manufactured small combos for the UK market.*

actually break, the shock of bouncing up and down in the band bus can wear them out over time. They are also sensitive to heating up and cooling off, so it is best to leave the amplifier on during a gig rather than turning it off between sets; many amplifiers have standby switches that allow you to kill the sound without shutting down the tubes. That said, some amplifiers can also sound different after being left on for a length of time, so if you are trying to match sounds in the studio and your amplifier is one of these you should shut it off between takes. You should try to replace all your tubes at the same time so that they match; if a tube goes out on an amplifier that has four tubes, and you are low on cash, you can replace the outside two or the inside two.

Despite its faults the tube amplifier is still the most popular amplifier design. Solid-state and digital amplifiers attempt to emulate it, and guitarists worldwide put up with its quirks in exchange for its warmth and character. As much as its sound appeals, so does the elusive 'feel' of playing through a great tube amplifier. The 'give' one experiences in reaction to a hard attack, and the natural tube compression that kicks in when the amplifier is pushed, are an integral part of the electric guitar experience.

◀ *Vox amplifiers are made today by Japanese electronics giant Korg, and are claimed to be every bit as good as the originals.*

SOLID-STATE AMPLIFIERS

In the late 1960s solid-state technology replaced tubes in most electronic devices, and amplifier design got swept up in the trend. Despite some advantages it was not universally welcomed as these fledgling designs suffered in the tone department. Solid-state has come along way since then.

In solid-state amplifiers, transistors take over from tubes to convert the voltage from the pickups into the current necessary to drive the speakers. The elimination of tubes allows for lighter weight, cooler, more reliable amplifiers. In early designs this was weighed against the fact that transistors produce 'hard clipping', as opposed to the 'soft clipping' of tubes. This means that a solid-state amplifier would remain clean up to a certain volume and then suddenly begin to distort, whereas tubes gradually shift from a clean sound to a more distorted one. Once distorted, the quality of tube distortion was found to be much more pleasing by most guitarists. Later developments in solid-state design have led to a more tube-like response.

Today solid-state amplifiers are favoured by players seeking maximum clean headroom for jazz or funk, and some heavy metal guitarists for the tightness of the low end when playing in drop-tunings. Jazz player George Benson still uses Polytone solid-state amplifiers for his music, and Jim Hall will often use a small Walter Woods transistor amp. In proper hands, some solid-state amplifiers can produce a smooth distortion as well.

SPEAKERS

An often-overlooked part of the tone chain is the guitar amplifier's speaker. Different speakers can alter your sound as much as changing guitars or even

◄ *Early transistor amplifiers had a bad reputation for their limited dynamic range, but modern designs are much improved.*

Complete Guitar Handbook

◀ *Marshall speakers are iconic and have graced the stages of everyone from Eric Clapton to the Who.*

amplifiers. Speaker cabinet design can also influence the sound, so let's look at this important link.

A speaker works like a pickup in reverse: the fluctuating current created by the amplifier is passed through a coil and magnet – the 'voice coil' – that reacts with a magnet on the speaker diaphragm. As your playing causes the level of current to change, the diaphragm moves back and forth, moving air and creating sound.

The size of the speaker, the number of speakers, the size of the magnets, the design of the cabinets and the material of the diaphragm all influence the quality and volume of the sound that ultimately ensues. Some speakers are more efficient than others; that is, they produce more volume from the same wattage amplifier. Guitar speakers tend to come in 10-in (25.4-cm) and 12-in (30.5-cm) diameters (and the occasional 15-in/38-cm). Speakers have impedance ratings, expressed in Ohms – either 8 or 16.

SPEAKER WIRING

Speakers can be wired together in series, parallel, or both.

1. Series doubles the impedance: 8 Ohms + 8 Ohms in series = 16 Ohms.
2. Parallel halves the impedance: 8 Ohms + 8 Ohms in parallel = 4 Ohms.
3. In a speaker cabinet with four or more speakers, both wirings are employed to bring the impedance back to the Ohm-age of the original single speaker: 8 Ohms + 8 Ohms = 16 Ohms, 16 Ohms + 16 Ohms in parallel = 8 Ohms.
4. This impedance should be matched to the amplifier output Ohms.

Section Four: Reference

CLASSIC AMPLIFIERS

Despite advances in electronic technology, guitarists gravitate to the same basic tube amplifier sounds. Most amplifiers are judged on how well they reproduce the sounds of a few classic archetypes from the 1950s and 1960s. The Big Three are Fender, Marshall and Vox.

FENDER

Fender represents the 'American' sound: sparkling, full-range clean tones and smooth, warm distortion, suitable for blues, country, surf and jazz. Leo Fender began by developing amplifiers for lap-steel guitarists and his original tweed-covered amps from the late 1940s and early 1950s still sound great today, with tweed Bassmans being sought after by rock and blues guitarists. Later models, covered in black Tolex, with black control panels, are called Blackface Fenders and are also prized. The Super Reverb was an integral part of Stevie Ray Vaughan's sound, and the Twin reverb helped define the country twang of James Burton and others. The powerful Showman models were developed for surf artists like Dick Dale, who loved to play clean but loud! Classic Fender amplifiers use 6V6 and 6L6 power tubes. Amplifiers like the affordable Peavey Classic series and the more expensive, early Mesa Boogies and boutique Victoria amplifiers are based upon Fender designs.

In the 1960s, Leo sold his company to CBS. During this period, the control panels changed to silver and the power of many models was increased. These Tweed, Blackface and early Silverface amps are all hand-wired (most current production amps use printed circuit boards), and are extremely rugged. Even at collectors' prices, they can still be cheaper than many boutique amplifiers.

MARSHALL

In the early 1960s Jim Marshall owned a music shop in London, where the Fender Bassman combo was a favourite amongst guitarists. As the sound of rock 'n' roll was becoming louder and edgier, the players expressed a wish

▶ *Mesa Boogie amps have a harmonically sweet distortion.*

Complete Guitar Handbook

for 'dirtier' amplifiers. Marshall developed an amplifier based upon the Bassman, replacing the 12AY7 preamp tubes with the hotter 12AX7 model. In addition, he moved the tone controls from before the preamp stage to after, and eventually began using EL34 tubes instead of Fender's 6L6s. Fortunately for him, in 1965 Eric Clapton and John Mayall's Bluesbreakers virtually invented the sound of modern rock guitar using a Marshall JTM45 2 x 12 combo (on the so-called *Beano* album). Marshall had originally designed the amplifer as a separate head and 4 x 12 cabinet combination. At the behest of Pete Townshend, Marshall then created a 100-watt head, stacking a slanted 4 x 12 on top of a straight 4 x 12 cab. This 'stack' configuration became synonymous with the heavy metal and hard rock sound of artists such as Jimi Hendrix, Joe Satriani, Kiss and Deep Purple. Amplifiers in the Marshall tradition include, Soldano, Mesa Boogie (Rectifier) and Peavey Triple XXX.

VOX

In the 1960s, a battle raged between Jim Marshall's new amplifiers and the Vox amplifiers being sold by the British Jennings Musical Industries. The Beatles were the most visible users of Vox amplifiers, but the company's classic AC30 2 x 12 combo was put to good use by Jeff Beck, the Rolling Stones, and later by Queen's Brian May. The EL84 powered AC30 and AC15 combos remained fashionable among the pop and softer rock bands for a while but eventually the lower-priced and louder Marshalls gained sway. The AC30 regained popularity in the 1980s as artists like Tom Petty tried to recapture the sound of 1960s' pop groups. What few originals there were available were notoriously unreliable, giving rise to companies like Matchless, which were able to create workhorse amplifiers with the AC30 sound.

OTHER CLASSICS

If you want a vintage amplifier and can't afford one of the Big Three, there are other old amplifiers that offer hand-wiring and classic tube tones of their own. Look out for old Ampeg Jets, Geminis and Rockets, as well as Silvertone and Supro amps, as played by Jimmy Page on Led Zeppelin records. Early Gibson amplifiers can also sound great. They are all increasing in value but are not yet priced like vintage Fender, Vox and Marshall amplifiers.

▶ *Ampeg is best known for its Portaflex bass guitar amps.*

Section Four: Reference

AMPLIFIER MODELLING

Having used various rented classic amplifiers for use in making a record, players find themselves unable to produce those sounds live. With the rise of home recording, many urban-dwelling guitarists own great amplifiers but risk eviction trying to record them in the usual fashion. Hence the rise of amplifier modelling.

▲ *Known now as the SansAmp Classic, this pedal was the first analogue amplifier modeller available to guitarists.*

HARDWARE

In 1982 Tom Scholz, guitarist for the band Boston, began manufacturing the Rockman, a device that permitted players to plug directly into the mixing board (deck) and still sound a bit like the guitar was plugged into a miked amplifier. In 1989, Tech 21 brought out the first SansAmp, an analogue, pedal-sized device that offered more varied and more realistic amp tones. In 1996, the company also began offering a line of amplifiers that incorporated their technology. Shortly afterwards, the Line 6 company began to make use of the increasingly powerful and increasingly inexpensive DSP technology in their amplifiers to create software that modelled the interaction of guitar amp components and their effect on the signal. In the late 1990s, they placed this software in a red, kidney-shaped container called the POD. It gave guitarists emulations of numerous amplifier sounds, cabinet and speaker types, as well as a range of vintage and modern effects. Other companies followed suit, and soon Vox, DigiTech, Johnson, Fender, Behringer and others were offering tabletop modellers

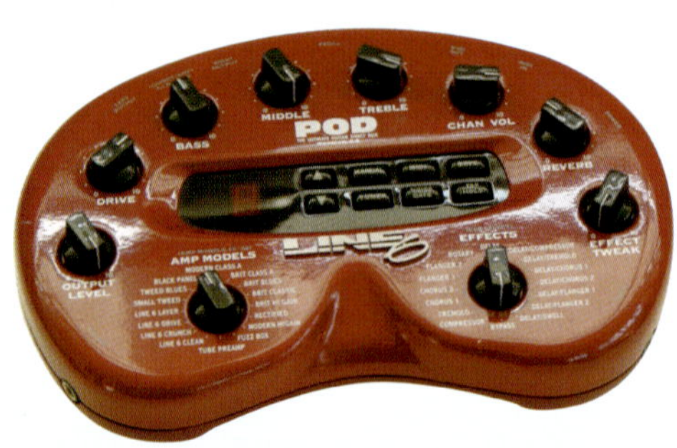

▶ *Amplifier simulators, such as the POD, are great for any guitarist who needs a wide variety of sounds.*

Complete Guitar Handbook

and/or amplifiers, making it possible to reproduce various sounds live without carting a van of amps.

SOFTWARE

The first Line 6 product was actually Amp Farm, a plug-in for Pro Tools TDM recording systems (exclusively). Plug the guitar into the board, and Amp Farm displays pictures of virtual Fenders, Marshalls and Vox amplifiers as it changes straight guitar tone into one resembling the results of plugging into a miked amplifier. An advantage of software modelling is that it is possible to record guitar parts and not commit to the final amplifier, or tone, until the final mix. For other recording systems, there is now similar software available, like IK Multimedia's Amplitube and Native Instruments' Guitar Rig. In fact, modelling software has become a part of most recording packages, hardware or software.

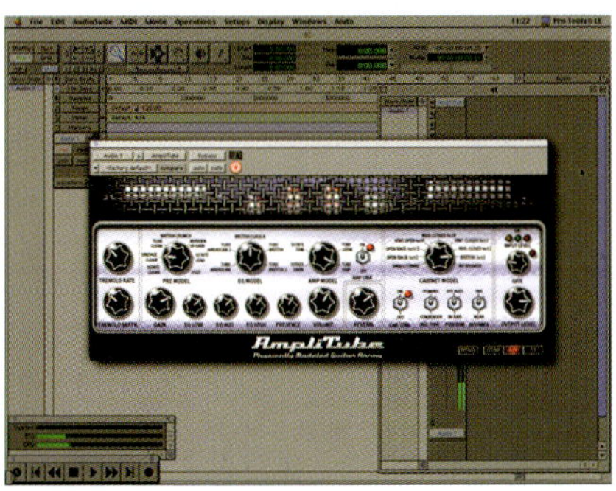

▲ *IK Multimedia AmpliTube is a popular amplifer simulator.*

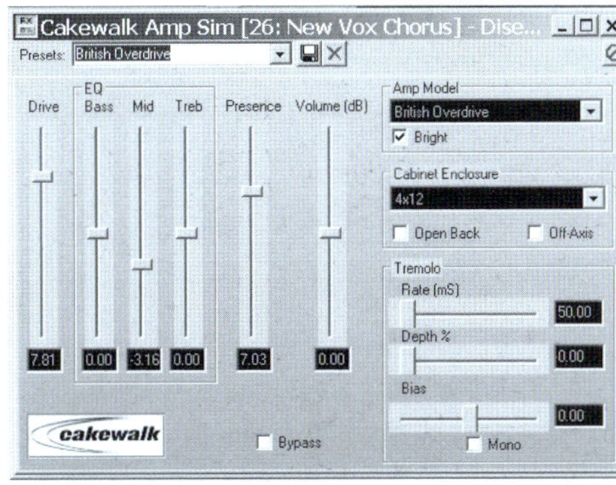

▲ *Cakewalk features Amp Sim, a guitar amplifier simulator.*

The reaction to modelling has been much the same as the one to digital recording. Just as die-hard tape fanatics are yielding to the convenience and affordability of digital recording, amplifier aficionados have caved in to the convenience of modelling. Does it sound like the real thing? Played solo, head to head, few will contend that a modelled vintage amplifier sounds exactly like the original. But in a mix or played live with a band, it sounds close enough – at least millions think so.

▲ *Software modelling using a plug-in like Amp Farm allows you to record guitar parts and not commit until the final mix.*

Section Four: Reference

REAL WORLD RIGS

Most professionals agree that the ideal guitar tone comes from owning the perfect amplifier for the music and playing it at its optimum volume. Ideally you would own amplifiers in different sizes and tonal colours, bring them all to each gig, and play the one that matches the tune and the venue. Unfortunately, few of us have that luxury.

If you play primarily only one style of music you should start with an amplifier that is best suited to that style. It is better to have too much headroom than too little; you don't want to be caught in a situation where the amp is distorting more than you wish.

POWER ATTENUATOR

Amplifiers – even solid-state ones – sound best when they are pushing their output stages. Sometimes achieving this requires louder volume than the venue permits. One solution is a Power Attenuator. This plugs in between your speaker output and your speakers, allowing you to push your output stage, then lower the final volume. If you use a separate amp head, another trick is to use a cabinet with higher impedance than is recommended for the amp, this will act similarly to an attenuator. (NEVER use a cabinet rated lower than the amp.) If you tour with a band in a controlled sound situation, using a lower wattage amp put through the PA will result in a better overall band sound, giving the engineer more control over the mix. Also, keep in mind that a small amp can sound huge in the studio.

For players who cover many musical styles, manufacturers offer versatile amplifiers that can handle any and all of them, as well as many playing situations. They feature master volumes that permit high gain distortion sounds at low volumes, and plenty of effects options. As we have seen, modelling amplifiers also offer different amplifer tones in one package.

► *Even a small practise amplifier can come to life with a microphone in front of it.*

Complete Guitar Handbook

Most multipurpose amplifiers feature multiple channels with control knobs marked gain, volume and/or master. Usually one channel will be optimized for clean sounds and the other for distortion. Sometimes the 'clean' channel has both gain and volume controls so that you can get mild distortion sounds from it as well, and still higher gain sounds from the overdrive channel.

▲ *A metal player, such as Steve Harris of Iron Maiden, would most likely select a clean or distorted channel on his amplifier.*

SAMPLE SETTINGS

STYLE: COUNTRY

Channel: Clean

Settings: Gain-3 Treble-7 Mid-5 Bass-5 Master-10

STYLE: JAZZ

Channel: Clean

Settings: Gain-2 Treble-3 Mid-7 Bass-7 Master-10

STYLE: FUNK

Channel: Clean

Settings: Gain-4 Treble-9 Mid-4 Bass-5 Master-10

STYLE: ROCK

Channel: Clean

Settings: Gain-9 Treble-6 Mid-7 Bass-7 Master-8

Channel: Distortion

Settings: Gain-3 Treble-6 Mid-7 Bass-7 Master-6

STYLE: POP

Channel: Clean

Settings: Gain-5 Treble-6 Mid-4 Bass-7 Master-10

Channel: Distortion

Settings: Gain-7 Treble-6 Mid-7 Bass-7 Master-8

STYLE: METAL

Channel: Clean

Settings: Gain-8 Treble-6 Mid-4 Bass-7 Master-10

Channel: Distortion

Settings: Gain-10 Treble-9 Mid-3 Bass-9 Master-10

These settings are all starting points – feel free to experiment. Virtually all major amplifier manufacturers offer a variety of channel-switching amplifiers, in all sizes, making it easy to find one to suit your needs.

Section Four: Reference

SET-UPS OF THE STARS

▲ *Fender amplifiers have been used by many guitar legends.*

Below you will find information about the equipment used to help create the classic tones of some the world's most famous guitarists. Like the rest of us, these players often try out new and different rigs; but their signature tone came from a combination of this gear and their distinctive touch.

JEFF BECK

Beck has played Les Pauls, Stratocasters and Telecasters through very few effects, including a Pro-Co Rat, a delay, a wah-wah and either Fender or Marshall amplifiers.

ERIC CLAPTON

Clapton has often changed musical styles, at times playing a Les Paul into a Marshall 2 x 12 combo, a Stratocaster through a Pignose portable amplifier and a Fender Champ ('Layla'), and in more recent years, a Stratocaster through Soldano and Fender-style amplifiers.

KURT COBAIN

Cobain's basic set-up consisted of plugging left-handed Fender Jaguars and Mustangs with humbuckers installed at an angle to the bridge into a Boss DS-2 Turbo Distortion and an Electro-Harmonix Poly-Flange, Poly-Chorus or Small Clone. He used a Big Muff pedal for distortion. His amplification consisted of a Mesa Boogie Studio or Quad preamp set clean, wired into a Crest 4801 power amplifer and a number of 4 x 12 speakers.

THE EDGE

U2's The Edge used an Electro-Harmonix Deluxe Memory Man to add multiple rhythmic delays to the signal put out by his Gibson Explorers or Fender Strats. More recently his huge rack has housed an array of analogue and digital effects, routed into multiple Vox AC30s.

ROBBEN FORD

Robben originated the smooth LA guitar tone playing a Gibson Super 400 archtop through a Fender Bassman. He later switched to Gibson ES-335s, the Fender Robben Ford model, and Baker guitars.

Complete Guitar Handbook

These go through a wah-wah and a volume pedal into a T.C. Electronic 2290 for chorus and delay, and a Lexicon PCM-70 for reverb, into a Howard Dumble amplifier.

JIMI HENDRIX

Jimi used his upside-down Fender Stratocaster through Fender, Sunn and Marshall amplifiers, creating an astonishing array of sounds with relatively few effects: Fuzz Face, Octavia, Uni-Vibe, and wah-wah, tape delay and flanging among them.

MARK KNOPFLER

Mark Knopfler, associated with the 'out-of-phase' Stratocaster sound, used a stock Strat early on but has since employed Schecter Custom Shop Strat copies, Strat style Pensa-Suhr guitars and a Gibson Les Paul. He has used Fender, Soldano, Jim Kelly and other amplifiers over the years.

PAT METHENY

Metheny modernized jazz guitar by adding ambience. Using multiple delays and amplifiers, he spreads his sound across the stage. His guitar synthesizer goes into a Synclavier for his harmonica and trumpet sounds. Originally using Acoustic solid-state amplifiers he now uses a Digitech multi-effects unit and his own monitors.

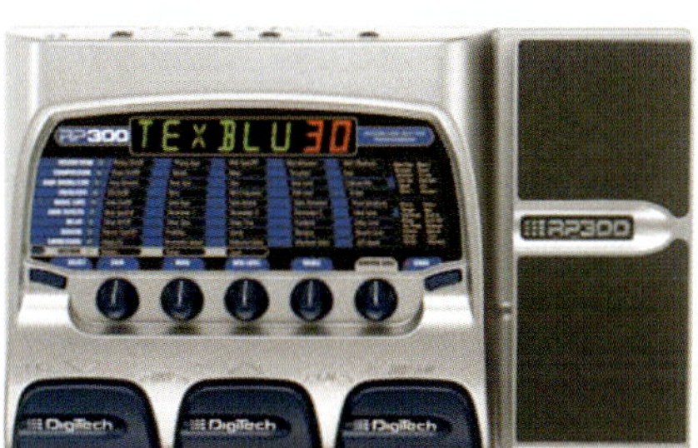

ANDY SUMMERS

Summers revolutionized pop guitar tone with an Electro-Harmonix Electric Mistress flanger, a Memory Man and an MXR Dynacomp compressor through mostly Marshall amplifiers.

EDDIE VAN HALEN

Eddie began playing his home-built guitars through Marshalls. Later he employed Peavey, Music Man and Charvel guitars bearing his name through Peavey 5150 amplifiers, along with MXR phasers and flangers.

STEVIE RAY VAUGHAN

An important ingredient in SRV's sound was his use of heavy-gauge (.013–.058) strings on his '63 Strat. He tuned down to E♭, and ran his signal through a Fuzz Face, Octavia, Ibanez TS808 Tube Screamer, wah-wah and Leslie rotating speaker cabinets on its way to combinations of Fender Vibroverbs or Super Reverbs, Marshalls and Dumble amplifiers.

◄ *Pat Metheny uses a Digitech multi-effects unit.*

Section Four: Reference

TO BEGIN

Whether your taste runs to Charlie Christian or Good Charlotte, there's a particular recording method that can make your guitar sound as good on playback as it does through your amplifier, though it will take practise and experience to achieve results similar to those of famous artists.

You probably first heard a guitar in a recording rather than a live performance. The second half of the twentieth century saw the guitar replace the piano as the dominant musical instrument in the western world, and the success of rock 'n' roll ushered in the big business of creating as many different guitar 'tones' as there are colours in a paint store.

▲ *Les Paul, guitar inventor and pioneer of multi-tracking recording techniques.*

Many thousands of records exist with guitar sounds for you to study, emulate and duplicate. Of course, the great guitar heroes came up with their own unique sounds, and your primary task when you're ready to record is to accurately capture the sound you've already created with either your chosen acoustic guitar or your preferred combination of electric guitar, amplifier and effects.

EAR TRAINING

Learning to recognize the relationship between notes on the scale by their sound is called ear training. But another kind of ear training is crucially important in becoming an accomplished guitar stylist, producer or recording engineer: learning to analyze the sound of your own gear and the guitar sounds you hear on records.

For example, you may know that Eric Clapton played a Gibson ES-335 when he was in Cream, but in later years he preferred the Fender Stratocaster. If you rush out and buy a 335 or a Strat 'off the

Complete Guitar Handbook

▶ *A good producer can turn a lacklustre performance of a song into a polished gem.*

shelf' and start recording with them, you'll have little chance of emulating Clapton's sound, let alone his reputation and success.

More study will inform you that the guitar sound of Cream came not only from the model of guitar, but also from the year it was made (1964), the type and design of its pickups, the string gauge, Clapton's preferred amplifier and of course the guitarist's style and technique. Repeated listening to the records of your favourite player will help train your ear to recognize the variety of tones the artist created with his own gear. But the guitar sound you hear is influenced by other factors as well.

THE RECORDING CHAIN

Because you know your favourite player best from his recordings, you must also factor in the equipment used at the recording sessions. This will include the type of microphone that captured the sound, the microphone preamp that was used to boost the level of the signal, the type of mixing console that was used to route the signal, and any number of outboard effects units used to enhance its quality.

The system of electronic devices through which the signal flows on its journey from guitar to tape (or, more likely, computer) is called the recording chain. A chain is only as good as its weakest link, so attention must be paid at every stop along the signal's way. The first stop – the selection and maintenance of your instrument – is the most important stage of recording. You should make sure your sound is at its best before you get anywhere near a recording studio. The rules are different for each guitar, but we can take a general look at the recording challenges facing players of electric and acoustic guitars.

◀ *Large-diaphragm microphones are versatile and will serve you better than lower-cost dynamic or condenser microphones.*

Section Four: Reference

ELECTRIC OR ACOUSTIC?

Although the acoustic guitar dates back centuries, the sound of electric guitar dominates modern records.

Electric guitar sound, which is often heavily processed by stompboxes and outboard effects devices, can create a wide variety of tones, but acoustic guitar typically creates a wider frequency response – the range of sound to which our ears can respond. Generally, in an acoustic guitar recording the 'lows' are lower and the 'highs' are higher. This is an important distinction when you begin to understand how recording engineers approach a mix.

▶ *Many of Joe Pass's great tracks were recorded using the simple combination of archtop guitar and amplifer.*

ELECTRIC GUITAR SOUND

Electric guitar used to sound similar to acoustic guitar. The earliest electrics sported pickups designed simply to amplify the natural acoustic tone of the guitar. Pioneer recordings by Charlie Christian and Django Reinhardt exhibit the result of this early approach as well as primitive recording technology.

Traditional jazz guitarists often play a semi-hollowbody archtop guitar that follows this tradition, such as the Gibson L-5. This type of guitar is usually matched with a simple amplifier designed to reproduce the rich archtop sound. It is almost never processed with extra effects, and emphasizes bass tones, sounding 'dark'. Classic examples can be heard on records by the jazz greats Joe Pass and Wes Montgomery.

The vast majority of modern players, however, prefer the solidbody electric. Thousands of recordings illustrate the endless range of solidbody tones, from the sultry fire of Carlos Santana, to the bright plucking of Nashville 'chicken pickers' like Brent Mason, to the seven-string thunder of virtuosos like Steve Vai. Despite the wide range of tones these electric players create, the universally

Complete Guitar Handbook

▼ *A versatile industry standard dynamic microphone like the Shure SM57 is an excellent investment.*

preferred way of capturing these sounds is to place a simple dynamic microphone in front of the amplifier's grille cloth.

Dynamic microphones work best with limited frequency ranges like those produced by snare drums and individual vocalists. Most modern electric guitar tones occupy a similar space in the middle of the audible frequency spectrum. This keeps guitar chords from competing with lower-frequency sounds like bass or higher-frequency sounds like female vocals or cymbals. It also helps an electric guitar 'cut through' a mix during a solo.

ACOUSTIC GUITAR SOUND

Conversely, acoustic guitar is more like a piano in that its bass notes can be very bass-y indeed and its high notes can approach a frequency range only dogs can appreciate. Although the *pitch* of notes is the same in electric and acoustic guitar, the *tones* are very different.

▲ *Use your ear to decide how to mike an acoustic guitar.*

The guitars of well-known players can sound as unique as those of electric guitarists, though typically with far less effects processing. Acoustic guitars can sound so thin and bright as to resemble an autoharp, an effect seemingly favoured by a number of Nashville producers, or comparatively dark, such as on classic rock recordings by the Beatles or Yes.

The most popular method for recording an acoustic guitar is to place at least one condenser microphone in an effective area between the lower body and neck of the guitar. Condenser microphones are more sensitive to tones at the extreme ends of the frequency spectrum.

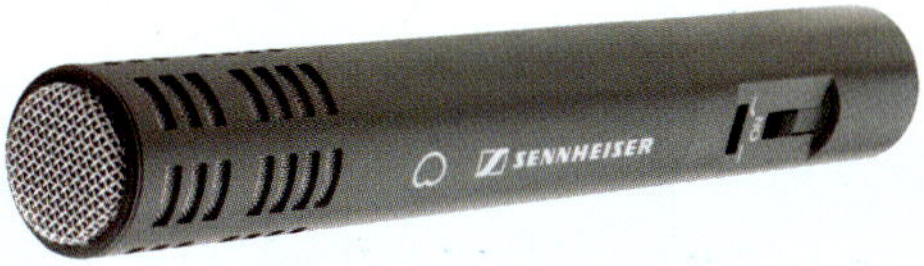

▶ *Small-diaphragm condenser mikes record sensitive sounds.*

Section Four: Reference

PREPARING FOR THE STUDIO

Recording a performance or a song you've composed can be one of the most rewarding experiences of your musical life. The process is fun, and the recorded result can be an accomplishment in which you take a lot of pride – if everything goes well.

The trick is to determine the type of project early on in the process, and your exact role as a guitar player. Are you a sideman who's been hired to enhance someone else's work? Are you adding a crucial guitar part to your own demo, which has to be in the record company's hands tomorrow morning? Are you sitting around your own studio informally jamming with friends?

Different mindsets are required for these varying roles. The first example in the list given above, recording guitar parts for a producer in an outside studio, requires the most preparation on your part. Look at yourself and your guitar as an element of the process known as pre-production.

▲ *Recording in a professional studio can be a great experience.*

SHIPSHAPE

If you've been hired to work on a commercial recording, in some ways you have the easiest role. You don't have to worry about engineering, studio mechanics or gear maintenance (other than your own). In all likelihood you've been hired because your sound is good and the producer, songwriter or contractor who hired you likes your work.

In this case focus on your equipment and your playing. If you're an experienced session musician you're already prepared. Your guitar is in top shape, with new strings that are already stretched and broken in. The guitar's controls and pots are clean and noise-free. Your frets are well maintained, your neck is unbowed, and your head is on straight, so to speak.

Complete Guitar Handbook

▲ *Ensure your pickups are clean before entering the studio.*

Your guitar also stays in tune, and you can correct it quickly if it goes out. The poles of your pickups are matched, creating no uneven volumes between strings and no noise, other than what's expected with single-coil pickups. You may have even modified your guitar with hotter pickups or 'silent' single-coils from companies like EMG, Seymour Duncan or DiMarzio.

READY TEDDY

Your amplifier and accessories are also in top condition. Your amplifier sounds as clean and noise-free as the day it came off the assembly line. Your cables are short-run for the least signal degradation and you have high-quality spares, as you do of picks, straps and strings. (It is not a pretty sight when a commercial recording session stops dead because a guitarist has no spare high E string, or has left his strap at home.)

▶ *Make sure that you have fully prepared for your session in the recording studio in order to get the most out of it.*

Most important, you are ready to play. You have warmed up before arriving at the studio or have done so unobtrusively during other studio pre-session activity. If you're not already familiar with the material to be recorded you are looking over a chart (printed music) of the piece.

Once your amplifer has been positioned and miked by the assistant engineer, you have positioned yourself where you can hear your amplifer and play comfortably. You have indicated any adjustments that need to be made to the mix in the headphones you've been given for monitoring the other musicians or previously recorded tracks. You know and are ready for your cues. It's time for the engineer to start rolling and press Record.

Section Four: Reference

THE COMMERCIAL STUDIO

A professional recording studio offers every aid a guitarist needs to make his or her sound the best it can be.

▲ *You can make gobos out of foam or any other thick material.*

Some guitarists are much more than sidemen, handling the roles of engineer or producer as well. Even if you only want to work in a modest home-recording studio, you'll want to know your way around a professional facility.

THE LIVE ROOM

The live room – sometimes just called the studio – is a vanishing breed in the world of computer-based recording studios, but as long as live bands make records we'll still need the big galoots. Developed in the days when all recorded music required an orchestra, the live room is where musicians make noise. It is separated from the control room, where engineers can supposedly work in peace.

◀ *You may not need as much hardware as percussionist Evelyn Glennie, but some kit will be very useful.*

The band, ensemble, or orchestra sets up in the live room; microphones are set up to capture the individual instruments; and the microphones' cables connect to a multi-connector 'mic box', usually mounted on a wall in the live room. The cables connect to the mixing console in the control room.

Usually, all the studio's microphone stands are kept in the live room, as is the studio's grand piano, if it owns one. Often, you'll find tall moveable baffles known as

Complete Guitar Handbook

▶ *Even small studios may need a patch bay for routing signals.*

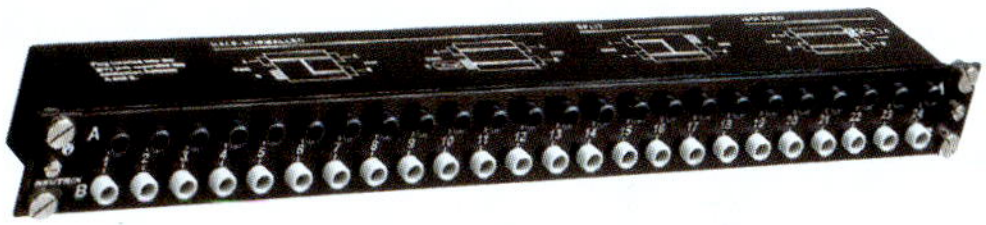

gobos, which are very important for controlling bleed from say, one extremely loud amplifier into the microphone of another extremely loud amplifier nearby, and vice versa. Since bleed can ruin a good recording, if a gobo doesn't provide enough isolation from other instruments a guitarist may have to set up in a different area, such as a vocal booth.

THE CONTROL ROOM

Every guitarist probably knows that the giant structure in the middle of a studio control room is the mixing console, but other elements in the control room are just as important to a successful guitar recording.

OUTBOARD GEAR

Usually housed in racks on a sidewall or in an island, outboard gear includes the standard 19-in (48.3-cm) wide 'effects boxes' that are used to enhance all audio signals. Rackmount effects include dynamics processors such as compressors and noise gates, along with true effects such as reverbs and digital delay lines. You will also find instruments such as samplers and synthesizer modules, as well as power amplifiers and sometimes even modified computers in racks.

THE PATCH BAY

The patch bay lets the engineer connect ('patch') any audio signal in the control room or live room to any other device that can accept the signal. This means you can hear your sound through the megabucks outboard reverb in the control room instead of the cheap reverb in your amplifier, if you wish, without moving from your playing position. The patch bay makes things much more convenient; without it you'd have to crawl into the tight spaces behind those racks every time you wanted to plug in a different piece of gear.

THE COMPUTER

The newest member of the standard studio control room – the computer – is now frequently the most important element of the commercial recording studio – as it is in the home studio. Besides replacing the tape recorder, the computer stores sounds, automates the mixing console, saves all the settings of gear used in the session and provides fun and entertainment during 'down time'. It still doesn't make the coffee though; that's what assistant engineers are for.

Section Four: Reference

HOME RECORDING

Guitar tracks are now frequently recorded in home studios, which provide relaxed, low-pressure environments for creating music.

In a home studio you can usually spend more time experimenting with various sounds, techniques and mix decisions. You can mix one section while you're tracking another. You can record whenever inspiration hits you rather than conform to a set schedule. Best of all, you can leave your Marshall stack set up and not have to haul it to another studio!

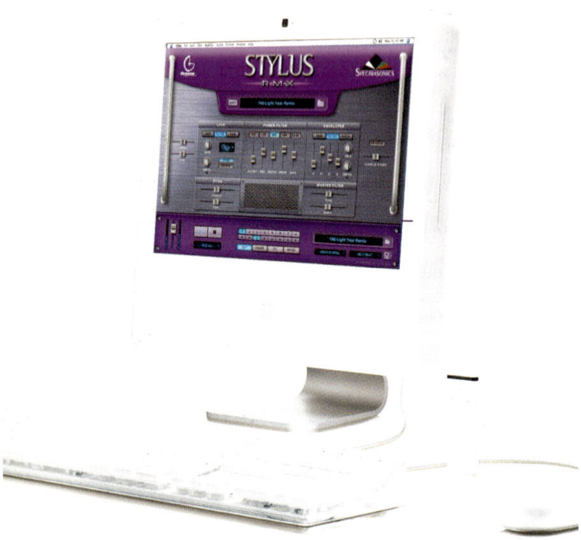

▲ *A computer with the appropriate sound card, sequencer software, virtual instruments and plug-in effects is essential.*

However, staying focused on an important project when the distractions of home and family are close by can be difficult. To be as efficient as possible, approach a home-recording project as you would a session at an outside studio.

ORGANIZE YOUR WORKSPACE

It's easy to let your home studio become as dishevelled as your bedroom. But a messy, disorganized workspace inhibits the music-making process. You may feel completely at home with that old pizza box underfoot, but do your band-mates or clients feel the same way?

A knack for tidiness is even more important when it comes to session-critical items like computer files, CDs of important data, adaptor plugs and other recording paraphernalia. Designate an identifiable space for similar items (like a drawer for unlabelled CDs and tapes), and use it!

CONTROL YOUR ROOM

Although a thorough discussion of studio design, acoustic treatments and soundproofing is beyond the scope of this book, an acceptable recording

Complete Guitar Handbook

▶ *Commercial studios use professional gobos, but even hanging heavy blankets will help keep signals in and noise out.*

environment can be set up without you having to make a major investment in either labour or materials.

For starters, most residential living rooms and bedrooms are usable natural recording spaces. Rooms with carpets, couches, drapes and other absorbent materials control unwanted reflections and enable an average guitar or voice to sound pretty good.

Commercial recording studios have an advantage in the areas of sound isolation and treatments for problems like bass build-up in the corners of a room. Of course there are other reasons your bedroom won't sound as good as Abbey Road, but for recording demos, some simple tasks can improve the results:

1. Choose your work area wisely. If you're setting up a studio in a bedroom, use a corner (preferably against exterior walls) for your workstation and monitors. Try various placements for your amplifier, angling it up if necessary to hear its sound at ear level. Keep blankets handy to help isolate an amplifier microphone from any ambient noise in the room.
2. Find the 'sweet spot'. Keep your monitors at least a foot or two from surrounding walls. Listen to a familiar CD in various parts of the room. If the sound is different every few steps or in one particular area, experiment with workstation and furniture placement until you find the best spot for your monitors.
3. Use a small amplifier. These days, combo amps with one small speaker can sound frighteningly similar to concert stacks. Consider using a guitar processor such as the Line 6 POD to avoid miking an amplifier at all. Chances are the convenience and quality will more than make up for the loss of your beloved amplifier's sound.

For more on studio set-up techniques, see the companion volume, *The Illustrated Home Recording Handbook*.

Section Four: Reference

STUDIO RECORDING

Your role as a guitarist in a recording session may be as simple as adding a syncopated single-note background rhythm to a complex production, or it may be to perform multiple parts in a completely guitar-based arrangement. Either way, getting the sound on tape involves the same process.

▲ *The Roland VS-2400 CD, which can record up to 24 tracks of 24-bit/48-kHz audio simultaneously.*

With your equipment ready to go and the music in your head or in print on a music stand, you will begin recording at the beginning of the song or punch in (resume recording somewhere in the middle of a track you've already begun).

Two methods of working have dominated the way guitarists record: working with engineers in a commercial studio and recording by themselves in a home studio. The environment may dictate the type of equipment you use.

If you have prepared wisely, your instrument, amplifier and effects already form an efficient system that sounds exactly the way you and the producer want it (see pages 320–321). It is now the recording engineer's job to get that sound on to a recording medium, most likely a digital audio recorder or workstation (DAW). The DAW may be a dedicated personal digital workstation (PDW) such as Yamaha's AW2816 or Roland's VS-2400CD. However, it's more likely that you'll be recording to a computer application with supporting hardware, such as one of Digidesign's Pro Tools systems, Steinberg's Cubase or Nuendo, or MOTU's Digital Performer.

GOING DIGITAL

Any digital recording system converts the analogue signals created by your guitar rig into binary code, the ones and zeros that computers understand. These

Complete Guitar Handbook

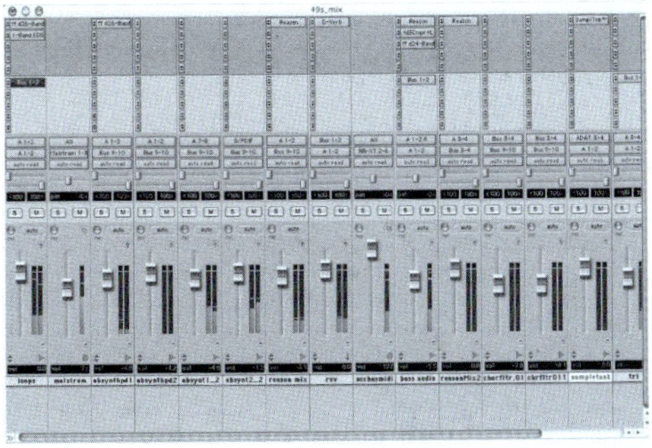

◀ *Digidesign's Pro Tools is the market leader, and is able to record and play back multiple audio tracks simultaneously.*

days that conversion may take place in the computer, in an add-on card, in a separate unit (audio interface) that is connected to the computer, or in the guitar rig itself.

While you are playing along with the song, the digital converters are doing their job and the recording application is sending the converted data to the computer's hard drive. The recording application is designed to function just like a multi-track tape recorder, allowing you to record on individual tracks and perform overdubs as you listen to previously recorded tracks. The application also works like a conventional analogue mixer, allowing you to route individual tracks to digital signal processors (DSP) called plug-ins, before combining these processed tracks into a final stereo or surround mix.

▶ *Many engineers prefer the sound of tape reproduction over digital, as produced by the Otari MTR90 24-track tape recorder.*

STICKING WITH ANALOGUE

You might own or work at a studio that still uses an analogue recording system based upon a multi-track tape recorder. Many people feel that printing analogue signals on tape imparts a warm quality to the audio signal that is preferable to the sound created by digital recorders. However, the guitar sound you've created is more likely to become altered and possibly degraded by all but the most sophisticated (and increasingly rare) analogue recorders.

Successful analogue recording requires wide tape (2-in/5-cm tape for multi-track recording) and a fast tape speed (15 or 30 in/38 or 76 cm per second) or a noise-reduction system such as those made by Dolby or dbx to compensate for noise and loss of fidelity generated by thin, slow-moving tape. Maintenance issues and the high cost of supplies are all factors that have made analogue recording an unattractive option in an age of more affordable and pristine-sounding digital equipment.

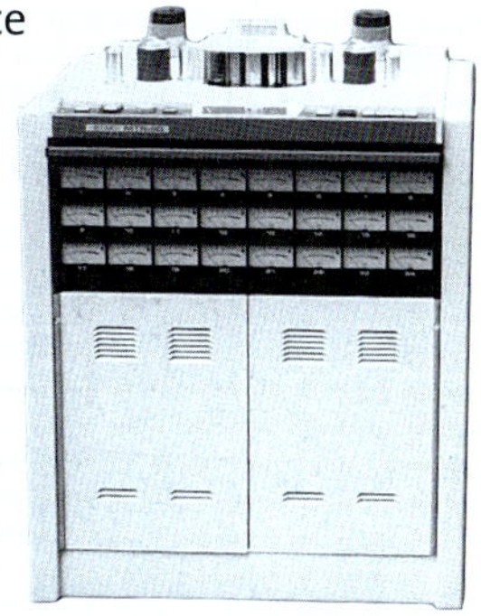

Section Four: Reference

PERFORMING

The quality of your playing can sometimes suffer when you're also wearing the hats of producer and recording engineer. Simplify your recording system so it requires as little attention as possible when you're recording that important track.

Inexperienced guitarists often find the pro recording studio a daunting experience. But when you trade the pressure for the control you exercise in your own studio, another set of problems arises. How do you operate the controls of a recording system when you're playing your instrument? How can you hear the mix in your monitors when your amplifier is so loud? How do you communicate with your band and engineer at the same time?

ON LOCATION

The easy solution to most of these problems is to enlist the help of others. If you're a sideman working in an outside studio, let the engineer or producer handle the logistics of recording while you concentrate on your performance. Good preparation is the best prescription. Make sure you and your rig are ready to go, learn the material in advance, and set up your rig according to the engineer's instructions.

When recording, bear in mind that technical flaws like squeaky strings, noisy pots and badly voiced chords generate noises that will show up in the mix. These may not have been apparent when you were playing in your bedroom or jamming with the band. You don't want a producer, engineer or fellow musician staring at you wondering why all your retakes are slowing down the work and costing somebody (perhaps you) time and money. Thoroughly practising and preparing before the session starts avoids that nightmare.

HOME SWEET HOME

If you are the producer and engineer you will not only have to get a good performance but also solve the technical problems that occur in the session.

Here are some tips for handling common challenges when recording at home.

1. Use guitar processors or modellers for recording. Units like the Line 6 POD have revolutionized guitar recording by giving the player access to dozens of simulated guitars, amplifiers, speaker cabinets and effects in small desktop cases that can be transported anywhere. They generate great

Complete Guitar Handbook

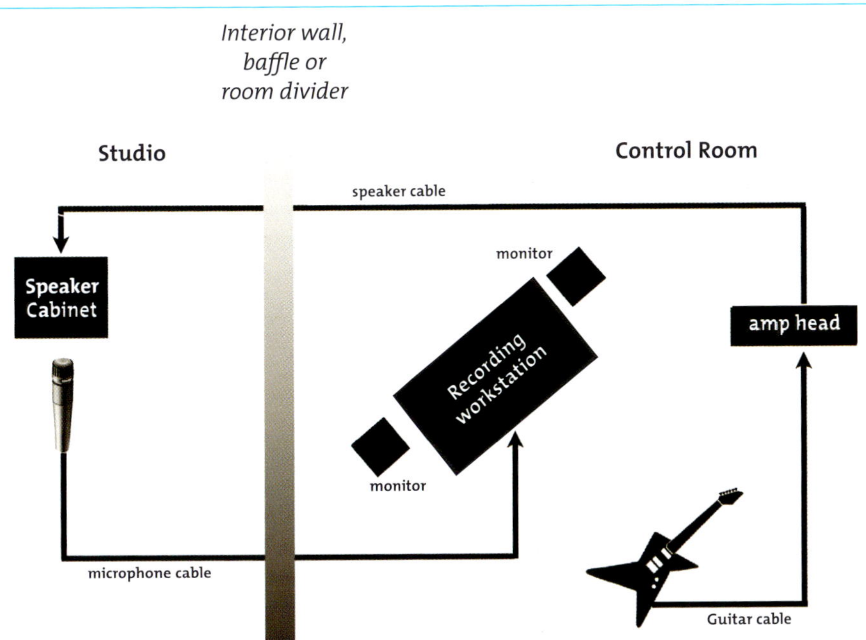

When recording a guitar amp in a home studio, try to isolate your amplifier from your monitor system as much as possible. By setting up a speaker cabinet and microphone in an area (the 'studio') separate from your recording space (the 'control room') and keeping your amp head close by, you'll be able to monitor the guitar sound you're recording accurately, without hearing bleed from the amplifier.

sounds that could take you days to duplicate when miking an amp in your home studio. It is easy to sit at your recording workstation and alternate between operating the recorder and playing.

2. Isolate your amplifier. If you're only happy with the sound of your own amp and speaker cabinet, you'll get the best results by placing the amp in a room separate from your recording area. This works best with a two-piece amp like a Marshall stack, because you can keep the head with you in the control room and run speaker cable to the cabinet. Place the speaker cabinet in a closet or bathroom, position microphones and run the cables back to your recorder or mixer. Now you can control the amplifier's sound by listening to it through your studio monitors. You'll only need to leave the control room if you have to reposition the microphone.

Section Four: Reference

MIXING

Creating a final mix has always been more art than science, but the modern guitarist has more options than ever for getting his sound right before recording and during mixdown.

Assuming your sound was the best it could be before recording and you've executed your parts to your or the producer's satisfaction, what other options will be present for fine-tuning your sound after recording?

PLUG-INS

Traditionally, guitarists got the best sound they could before recording, sometimes using stompbox versions of signal-processing tools like compression and gating to even out and clean up the signal. Although a more dramatic effect like phase shifting or flanging would be considered so crucial to the sound that it would be recorded with the guitar part, usually these effects would be reserved for mixdown, where they could be better controlled while maintaining the fundamental guitar part that was recorded.

Digital recording allows scores of effects to be auditioned and employed at any step of the process. (See pages 324–325.) A guitar can be recorded 'bone dry' into the computer and processed later by dynamics or effects plug-ins, completely altering the character of the original guitar sound.

Because digital recording is a 'non-destructive' process, the original part can be referred to at any time. An effect will be accessed during a mix by selecting it from a list of effects that accompanies the guitar track in the recording application. A recordist has access to any effect imaginable without keeping a roomful of outboard effects on the premises.

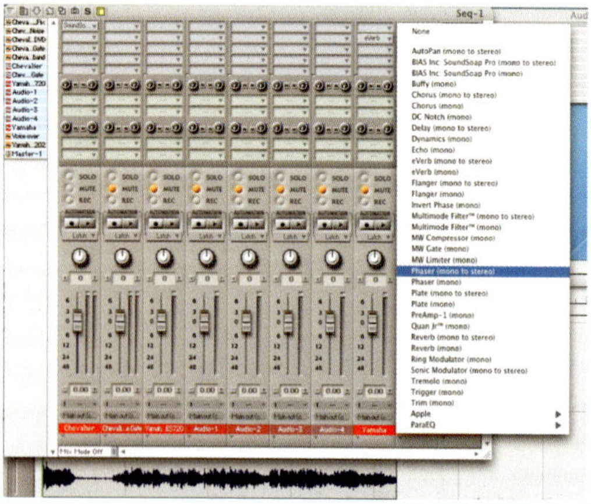

◀ *A channel strip pull-down menu allows you to add any number of effects to your original recording.*

Complete Guitar Handbook

RE-AMPING

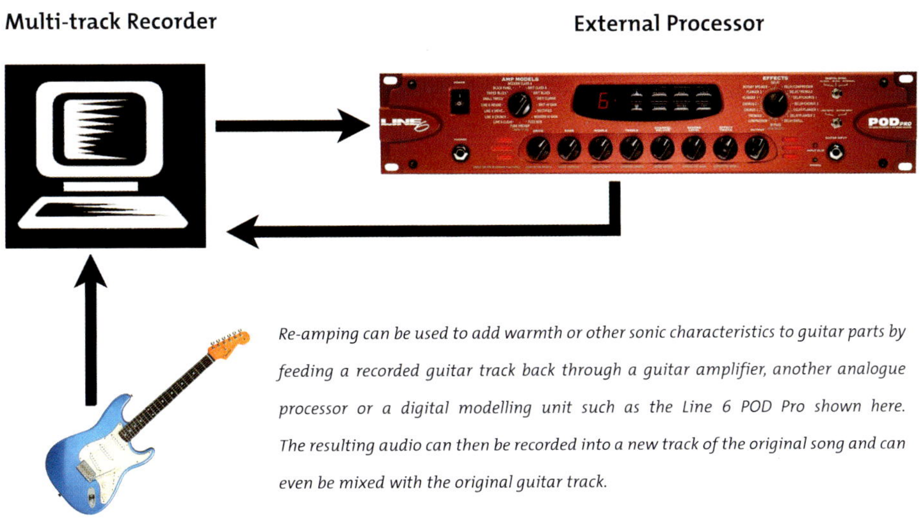

Re-amping can be used to add warmth or other sonic characteristics to guitar parts by feeding a recorded guitar track back through a guitar amplifier, another analogue processor or a digital modelling unit such as the Line 6 POD Pro shown here. The resulting audio can then be recorded into a new track of the original song and can even be mixed with the original guitar track.

RE-AMPING

During mixdown, guitar tracks can also be routed back to amplifiers from a recorder. This is increasingly becoming a popular method for injecting a warmer sound created by analogue equipment into digitally recorded tracks. If the processing amp has digital inputs and outputs, re-amping means you can use a digital amplifier to reprocess a signal without converting it back to analogue, thereby maintaining the integrity of the digital signal. This might be a good option when taking previously recorded tracks to a different studio for mixing.

▲ *A mixer, hard or soft, can be intimidating. Nuendo's mixer allows the user to configure it to his or her own needs.*

Section Four: Reference

GETTING A GOOD SOUND

A successful recording session begins the same way as a successful performance – by getting not only a good sound but also a sound that's right for the project at hand.

As with any other technique related to guitar performance, a thorough command of your sound requires practice, and well-known recording stars who are guitarists have practised for years, honing their sound and making adjustments to enhance their identifiable style or to fit new music trends. Today, because of 'modelling' devices, a guitarist can have an unprecedented wealth of sounds for recording at his fingertips.

ACOUSTIC GUITAR

If you play acoustic guitar exclusively, you may own a collection of guitars with unique tones. That makes it much easier to pick the right sound for a recording session. Body size, body shape, type of strings and string gauge all affect the guitar's sound. Certain acoustic guitars are more 'boxy' sounding than others, which means that the guitar's tone exhibits greater response in the lower mid-range frequencies around 400 Hz. Other guitars, such as large dreadnoughts and jumbo models with a deeper bass, a brighter high-frequency response and a subdued mid-range can sound full and rich in a solo setting.

However, the full, rich solo sound is not necessarily the best choice for recording with other instruments, a fact that illustrates one of the cardinal rules of

Complete Guitar Handbook

recording: a sound that is beautiful by itself, or when 'soloed' in a mix, is not necessarily the best sound *in* the mix, where an instrument needs to occupy its own sonic 'space'. A guitar with lots of bass or high-frequency content can interfere with other instruments in those frequency ranges and turn the entire mix to mud!

If you don't own a collection of acoustic guitars, be prepared to modify your guitar's tone during the miking or mixdown process. Either process may require some trial and error to get the right sound for the job. The process starts with the guitar itself.

ACOUSTIC-ELECTRIC GUITAR

Before you tackle the art and science of miking an acoustic guitar, consider an alternative that may provide the sound you want – the acoustic-electric guitar. These guitars have built-in electronics and an output jack that enables you to connect the guitar directly to a mixer or audio interface. The primary means of creating the signal is either through the use of a specialized magnetic pickup mounted in the guitar's soundhole or a piezo transducer mounted in the bridge.

The acoustic-electric is very popular for stage use because it allows the player freedom of movement from a microphone stand. Its unique character is often fine for recordings where an aggressive, biting acoustic sound is appropriate. However, many acoustic players, especially those playing traditional folk or country styles, would never consider an acoustic-electric for studio work.

Still, the convenience of a direct output, the ability to adjust EQ from the guitar itself, and its unique sound all add up to make the acoustic-electric a viable choice in many cases. It can work very well in mixes that require some acoustic guitar flavour rather than authenticity.

► *Acoustic-electric guitars produce a crisp, acoustic sound with plenty of sustain and little feedback.*

◄ *Acoustic artists such as James Taylor will have different guitars to suit different musical styles and playing requirements.*

Section Four: Reference

ACOUSTIC GUITAR MIKING

The most important decision in recording acoustic guitar, besides picking the guitar itself, is choosing the right microphone.

There are as many ways to mike an acoustic guitar as there are guitars themselves. However, getting a pro-quality sound has become easier in recent years as the price of high-quality condenser microphones has come down.

DIAPHRAGM MICROPHONES

Condenser microphones in general capture a wide frequency response with excellent detail, and have traditionally been the preferred choice for acoustic guitars. A condenser with a small diaphragm (less than 1-in/2.5-cm diameter) generally has a faster transient response than a microphone with a large one. Engineers associated the large-diaphragm microphone with a warmer sound, and those microphones became the most popular choice for vocals. Small-diaphragm condensers enjoy a similar popularity for recording acoustic guitar.

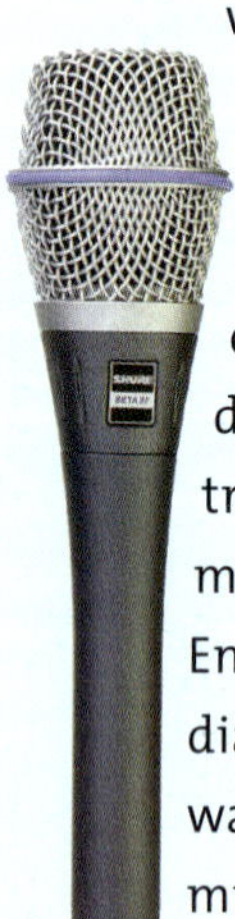

◄ Condenser microphones are far more sensitive than dynamic microphones and so are used to record quiet or subtle sounds.

For many years Neumann was the acknowledged leader in producing high-quality small and large diaphragm condensers, such as the KM 184 and U 87. Today there are many high-quality, affordable alternatives including those from AKG, Audio-Technica, Shure, Soundeluxe, Studio Projects and many others. Both types of condenser can provide excellent results on acoustic guitar.

▲ *Condenser microphones are perfect for acoustic recordings.*

POSITIONING

The best microphone position for an acoustic guitar will depend on your style of playing, the ambience of the room, and the guitar itself. Because you cannot totally isolate yourself from the guitar in order to monitor its sound in your control room, recording the acoustic guitar yourself is one of the most challenging tasks for the guitarist and/or engineer. Some trial and error is therefore unavoidable.

Complete Guitar Handbook

A standard procedure for miking acoustic guitar involves using two small-diaphragm condenser microphones. One microphone is placed about 6–8 in (15–20 cm) from, and pointed at, the soundhole. Another microphone is positioned opposite the neck and pointed towards the upper frets. If a third microphone is available, it can be placed 3 ft (1 m) or further away to pick up some of the natural reverberation in the room. All three microphones are mixed to create one composite signal that is recorded.

This is only a starting point . Most home recordists cannot dedicate three microphones to this task, and many have to use the same large-diaphragm condenser for acoustic guitar that they use for vocals. There is no magic 'sweet spot' for microphones. The most important job in placing the microphone is getting the sound as good as it can be in the room first. That may involve wall coverings to control reflections, several changes of playing position, and lubricants to control squeaky chairs, microphone stands or visitors.

ACOUSTIC GUITAR MIKING

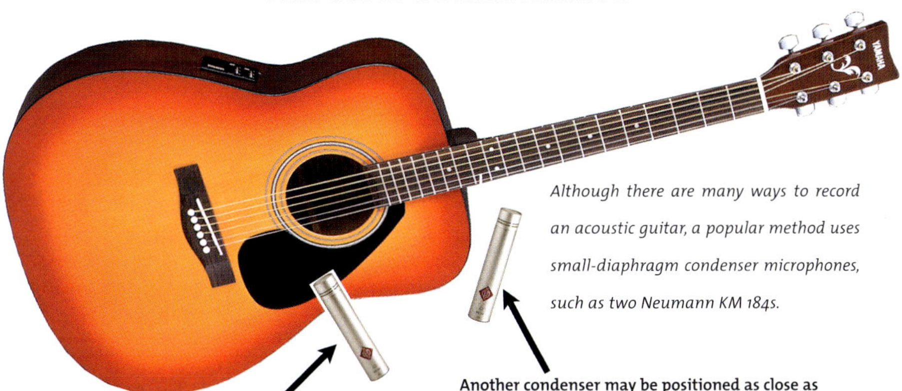

Although there are many ways to record an acoustic guitar, a popular method uses small-diaphragm condenser microphones, such as two Neumann KM 184s.

One condenser is generally positioned at an angle to the guitar's soundhole and pointed towards the lower bout of the guitar.

Another condenser may be positioned as close as 3 in (7.6 cm) above the neck of the guitar near its intersection with the body to provide extra brightness.

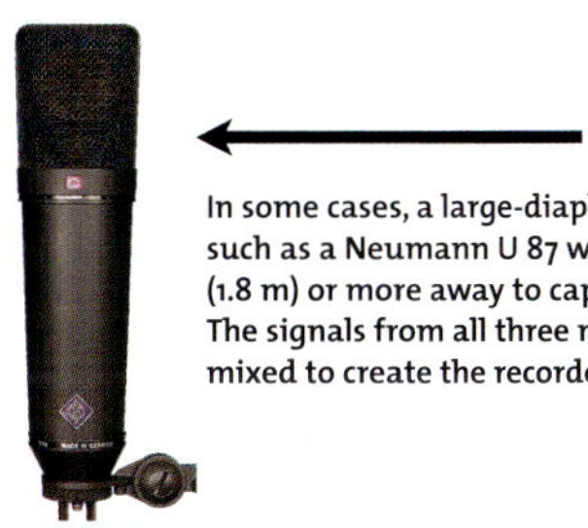

In some cases, a large-diaphragm condenser, such as a Neumann U 87 will be positioned 6 ft (1.8 m) or more away to capture room ambience. The signals from all three microphones will be mixed to create the recorded sound.

Section Four: Reference

ELECTRIC GUITAR MIKING

Practise will introduce nuance into your playing and give you a range of tones that can be created by the simple interaction of your fingers, your pickups and your amplifiers. After that, it's stompbox time!

By now you have learned many different ways to start off with the guitar sound you want. Single-coil pickups with five-position selector switches on Stratocaster-style guitars sound very different from dual-humbucker Les Pauls and the model's various knockoffs, which sound very different from single pickup archtops.

But your chosen guitar does not start to shine until you've matched it with the right amplifier, solid-state or tube, piggyback or combo. Even with the right amplifier (see pages 290–303), your guitar sound will come alive when you begin to understand and develop a knack for using a whole range of effects, which might include compression, distortion and delay (see pages 118–141).

Of course, effects don't have to come from stompboxes like the popular ones made by BOSS and others. You can use a studio's outboard compressor or digital delay unit. Often, though, guitarists consider these units too clean and prefer to use an effect they've tailored to their playing style on live gigs. If that's your method (and if your amplifier is like one of your children, never to be separated from its instrument and effect siblings) then you'll want to mike the amplifier.

MIKING YOUR AMP

Most studio engineers prefer to use a small dynamic microphone (or two), such as the hugely popular and time-tested Shure SM57 on a combo amp or cabinet stack. Dynamic microphones are rugged and are able to handle high sound pressure levels (SPL), which make them well-suited for loud sound sources like 1,000-watt amplifiers and 200-pound drummers! Though generally able to capture less detail than condenser microphones, dynamic microphones often don't need to. Heavily compressed and distorted lead guitar sounds and crunchy rhythm parts tend to occupy a limited frequency range in the middle of the spectrum. Dynamic microphones seem to enhance the warmth and fire that most electric guitarists want.

Complete Guitar Handbook

▲ *Most recording engineers get good results miking a combo amplifier such as the Fender Twin reverb with a single dynamic microphone, like a Shure SM57, positioned about 3 in (7.6 cm) in front of the amp's grille and pointed towards the outside area of the speaker's cones. With larger amplifiers, multiple-microphone set-ups may be used, and as with acoustic guitars, a condenser microphone may be used to capture some of the natural room ambience contributing to the amplifier's sound.*

Dynamic microphones like the SM57 are 'front address', meaning that the capsule faces out the end of the microphone. (Large diaphragm condensers like the Neumann U 87 or AKG C 414 models are 'side address' microphones.) Generally a dynamic microphone will be placed on a stand 6–12 in (15–30 cm) from the amplifier or speaker cabinet's grille cloth. Best results are often obtained by angling the microphone toward the outside edge of a speaker's cone rather than dead centre, but once again, experimentation, trial-and-error and experience will be necessary to optimize your guitar sound in your studio.

Different styles of music create different amplifier requirements.

Section Four: Reference

THE FINAL MIX

In the modern studio, many new options are available for creating an entirely unique sound that separates you from other guitarists.

▲ *A Roland GR-33 guitar synth deals with the problem of string vibrations in a very compact package.*

Though traditional acoustic guitar and amp miking techniques still dominate record production, a guitarist has many new tools for modifying his or her sound and creating new ones.

GUITAR SYNTHESIZERS AND CONTROLLERS

For decades companies have sought to free creative guitarists from the sonic limitations of string vibrations. Early versions of guitar synthesizers suffered from tracking problems, the inherent latency in converting a string vibration into a signal (and later a computer instruction) that could control the broad palette of sounds available through synthesizers. But Roland achieved the greatest refinement of the process and success with its GR series of guitar synthesizers. At the beginning of 2005, the company's GR-33 guitar synthesizers possessed the internal architecture of an entire JV-1080 synthesizer module.

Roland also developed emulation technology that brought the sounds of multiple guitars, amplifiers, speaker cabinets and even pickup models and alternate tunings to players using the company's VG (virtual guitar) line of processors and amps with the GK series add-on pickups.

The VG devices could also be driven by the built-in piezo bridge pickup of other guitars with 13-pin outputs, such as the Brian Moore Guitars' iGuitar. This set-up enables you to summon up realistic versions of the sound of any guitarist from Jimi Hendrix to Joe Satriani and beyond while playing your favourite axe.

SOFTWARE HEAVEN

Whether your recorded guitar sound comes from a miking job or a guitar processor or synthesizer, the development of digital processing gives the computer-

Complete Guitar Handbook

◀ *Guitar amp plug-ins, such as Guitar Rig, give a technology friendly guitarist more options then ever before..*

savvy guitarist more tools than ever before. After concentrating on conventional effects like reverbs and delays, software programmers turned their attention to guitar-oriented plug-ins. Pro Tools, the first and most popular digital audio platform in commercial studios, led the way with Line 6's Amp Farm for Pro Tools TDM-based systems.

TDM requires costly external hardware, but many guitar plug-ins and stand-alone applications are now available for host-based audio programs such as Cubase, Logic and Digital Performer, which may be able to utilize various plug-in platforms such as VST, AU or MAS. In early 2005, some of these plug-ins included IK Multimedia's Amplitube, Native Instruments' Guitar Rig and Apple's Guitar Amp.

These plug-ins allow you to bypass hardware amps and effects, and create or remix your sound using only the plug-in's processing power either before or after recording. After assigning your guitar input to a track in the recording application, a pull-down menu is generally the means of selecting the plug-in you wish to use. You can also record a dry guitar signal and call up the plug-in during mixdown to select amp models, compression and distortion levels and other effects.

◀ *The built-in piezo bridge pickup of the Brian Moore iGuitar allows you to emulate the sound of any guitarist.*

Section Four: Reference

CHORD DICTIONARY

The chord fretboxes in this section will help you learn the shapes of hundreds of chords, and will be a useful reference guide when you are playing and composing your own music. These next few pages are by no means comprehensive, but should contain enough chord formations for you, whatever your needs.

While learning the fingerings might not seem particularly interesting, you should remember that the wider your chord vocabulary becomes, the more you will be able to vary your compositions and your playing style. If you jam with other musicians, it is very important to know your chords – you don't want to be struggling to find the right fingering when the leader shouts 'G'!

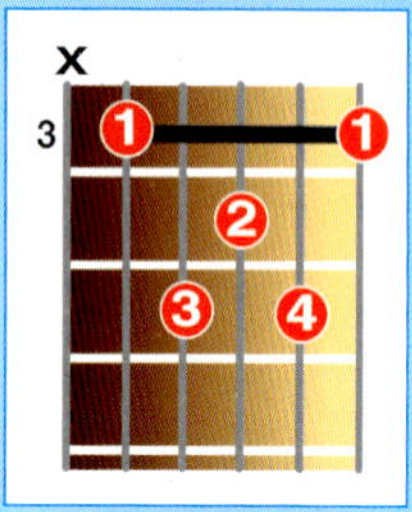

Cmaj7 C Major 7th
1st (C), 3rd (E), 5th (G), 7th (B)

The chords are divided by key, from A to G♯, with the key's notes shown at the bottom of the right-hand page. There are two double-page spreads devoted to each key. The first spread outlines the main chords you will need to learn, each shown in three different fingerings or positions. It can be useful to know a variety of positions for each chord, especially when fitting them into a progression – when you are playing in high fingerboard positions, you do not want to have to stop and scramble about, trying to find a chord position back on the first few frets.

The second spread shows some of the more advanced chords that can be useful when playing progressions, for linking chords or for use when you are improvising. There are only two positions shown for these, so as to include a greater variety of chords.

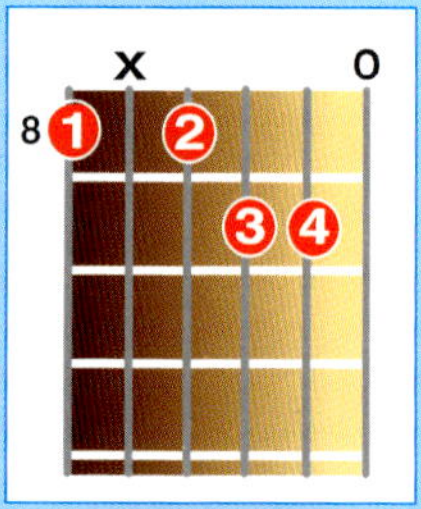

C7♯5 C Dominant 7th ♯5
1st (C), 3rd (E), ♯5th (G♯), ♭7th (B♭)

Complete Guitar Handbook

All the diagrams show the guitar fretboard in an upright position, with high E on the right. The nut appears at the top if the chord is played on the lower frets. If the chord is in a higher position, the fret number on which it begins is given to the left of the diagram.

The notes to be played are shown as circles, with the finger number that should be used for each note (❶ = index finger; ❷ = middle finger; ❸ = ring finger; ❹ = little finger). An **X** above the string indicates that the string should not be played in the chord and should be muted to prevent it from sounding accidentally. An **O** above the string shows that it should be played as an open string.

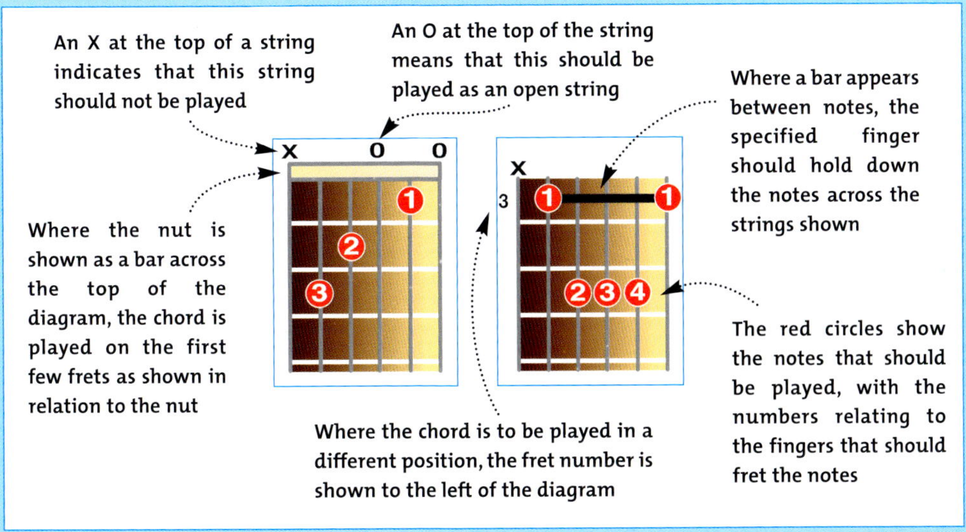

This section should not be difficult to use. Where there is a choice of note name (e.g. C♯ or D♭) we have selected the one that you are more likely to come across in your playing.

Where a chord contains a flattened (♭) or sharpened (♯) interval (e.g. ♯5th), you can find the notes by playing a fret lower (for a flat) or a fret higher (for a sharp) than the interval note indicated at the bottom of the right-hand page. In the keys that contain a large number of sharps or flats, double flats (𝄫) and double sharps (x) sometimes occur in the augmented or diminished chords. A double flat is the note two frets below the named note, while a double sharp is two frets up.

Section Five: Chord Dictionary

A MAIN CHORDS

A

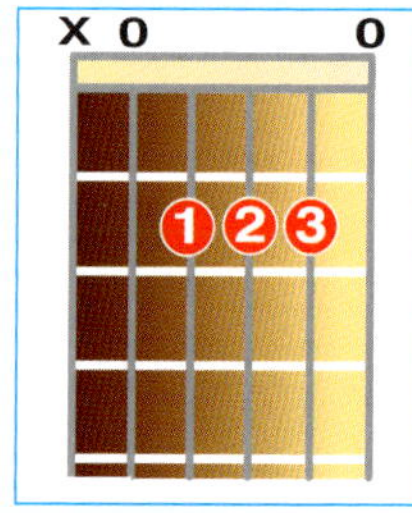

A A Major
1st (A), 3rd (C♯), 5th (E)

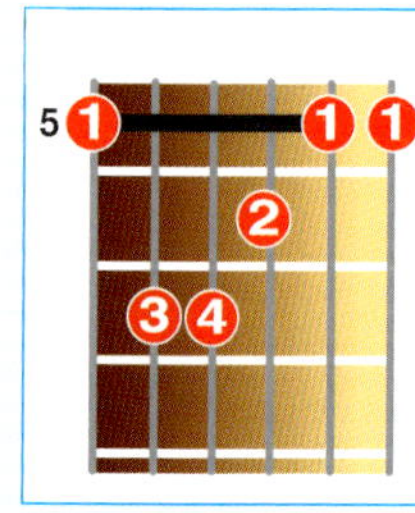

A A Major
1st (A), 3rd (C♯), 5th (E)

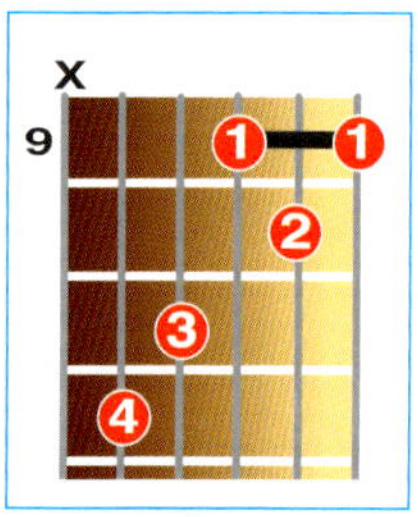

A A Major
1st (A), 3rd (C♯), 5th (E)

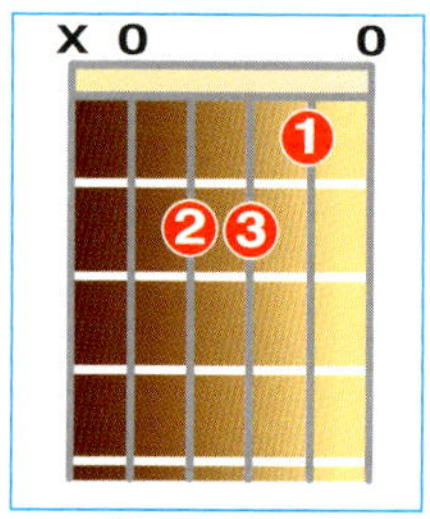

Am A Minor
1st (A), ♭3rd (C), 5th (E)

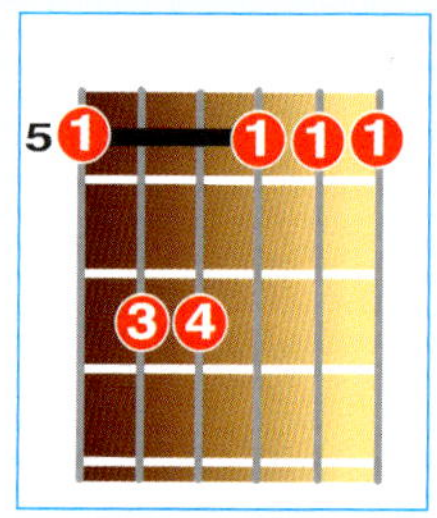

Am A Minor
1st (A), ♭3rd (C), 5th (E)

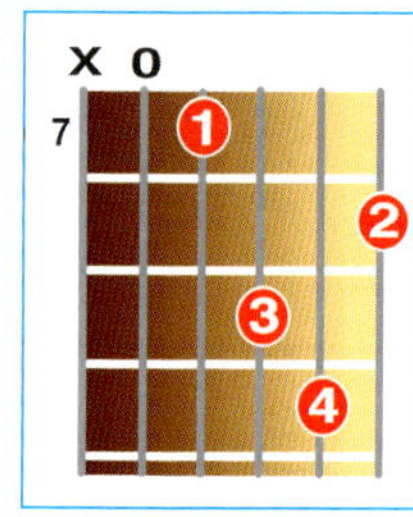

Am A Minor
1st (A), ♭3rd (C), 5th (E)

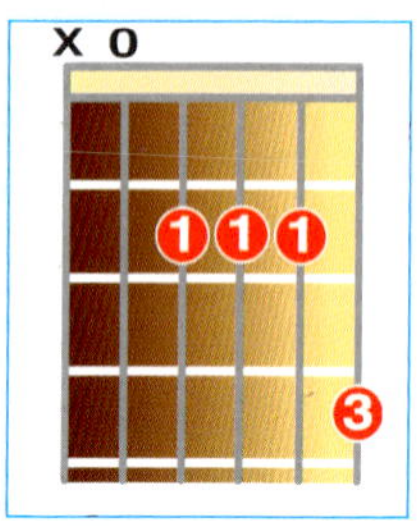

Amaj7 A Major 7th
1st (A), 3rd (C♯), 5th (E), 7th (G♯)

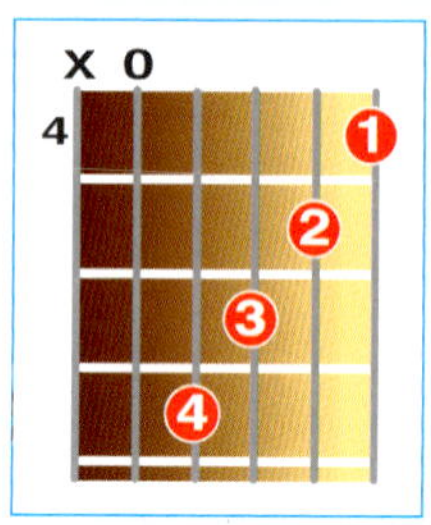

Amaj7 A Major 7th
1st (A), 3rd (C♯), 5th (E), 7th (G♯)

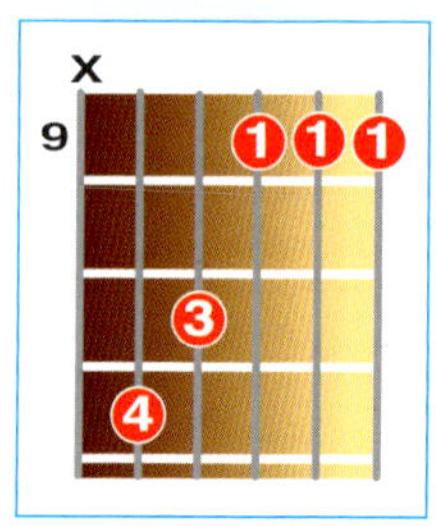

Amaj7 A Major 7th
1st (A), 3rd (C♯), 5th (E), 7th (G♯)

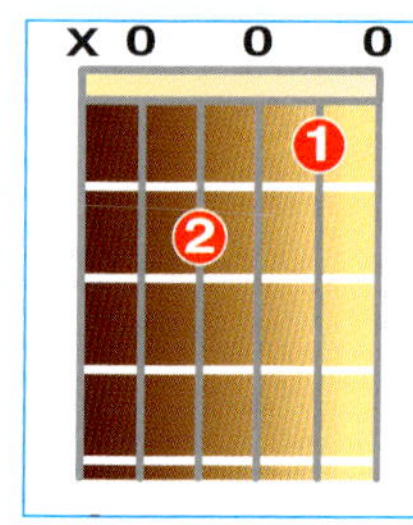

Am7 A Minor 7th
1st (A), ♭3rd (C), 5th (E), ♭7th (G)

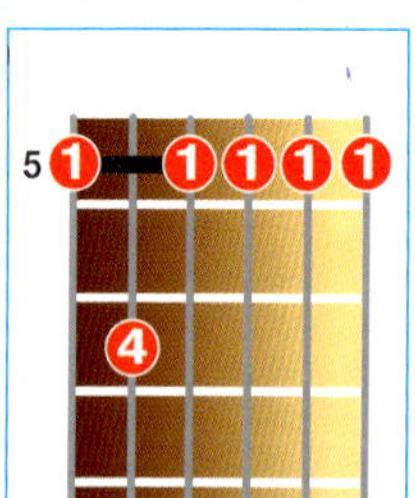

Am7 A Minor 7th
1st (A), ♭3rd (C) 5th (E), ♭7th (G)

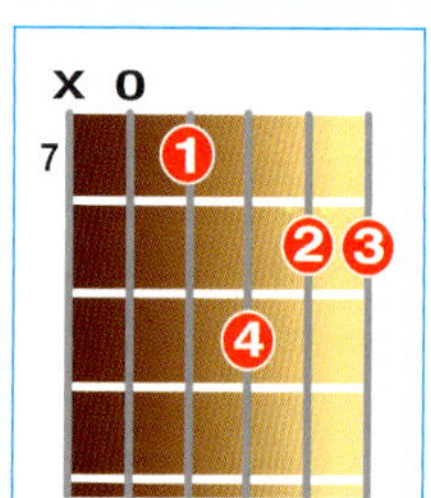

Am7 A Minor 7th
1st (A), ♭3rd (C),5th (E), ♭7th (G)

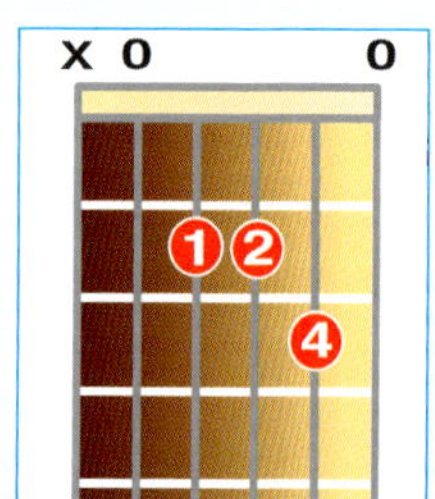

Asus4 A Suspended 4th
1st (A), 4th (D), 5th (E)

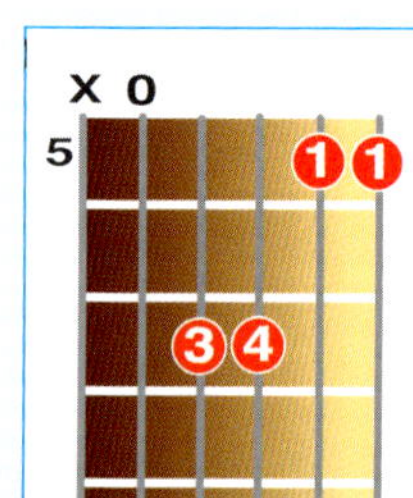

Asus4 A Suspended 4th
1st (A), 4th (D), 5th (E)

Complete Guitar Handbook

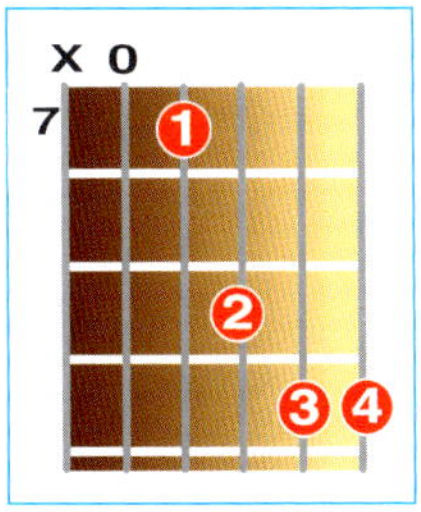

Asus4 **A Suspended 4th**
1st (A), 4th (D), 5th (E)

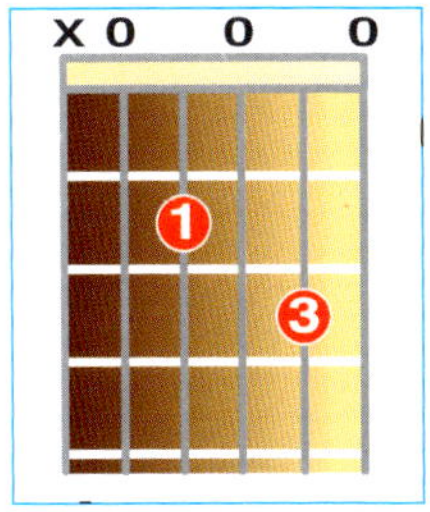

A7sus4 **A Dominant 7th sus4**
1st (A), 4th (D), 5th (E), ♭7th (G)

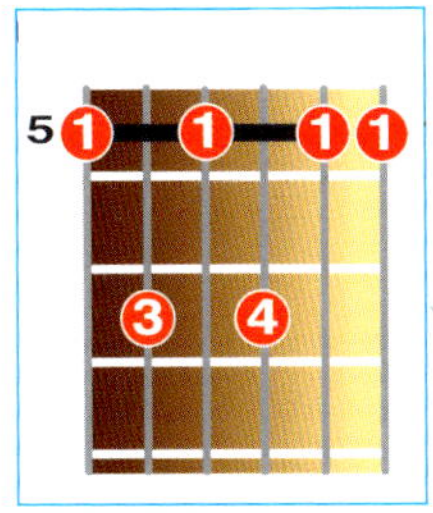

A7sus4 **A Dominant 7th sus4**
1st (A), 4th (D), 5th (E), ♭7th (G)

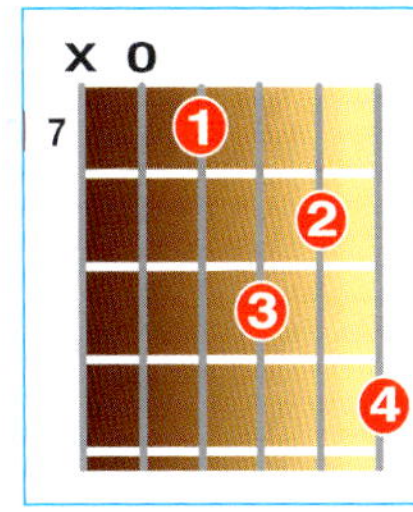

A7sus4 **A Dominant 7th sus4**
1st (A), 4th (D), 5th (E), ♭7th (G)

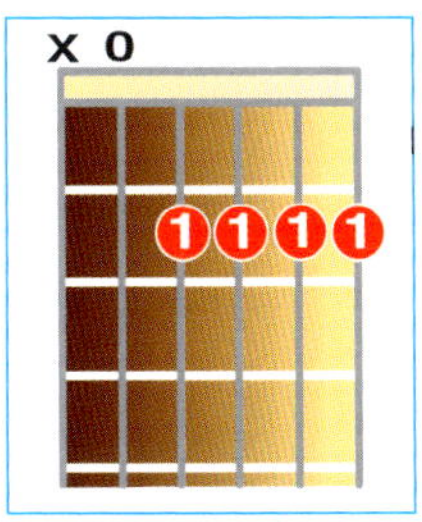

A6 **A Major 6th**
1st (A), 3rd (C♯), 5th (E), 6th (F♯)

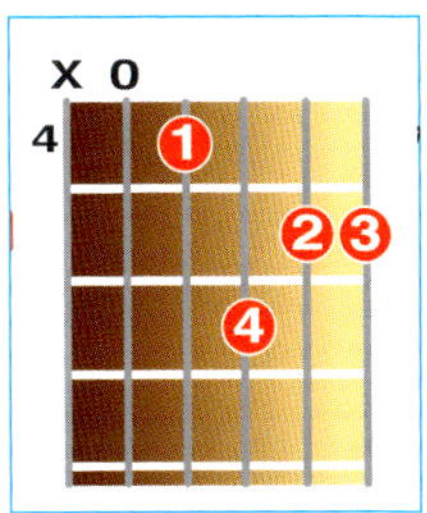

A6 **A Major 6th**
1st (A), 3rd (C♯), 5th (E), 6th (F♯)

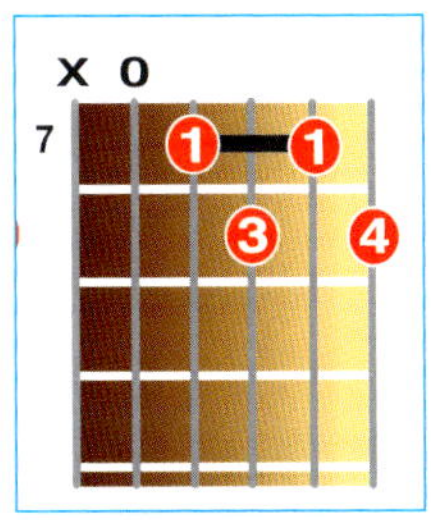

A6 **A Major 6th**
1st (A), 3rd (C♯), 5th (E), 6th (F♯)

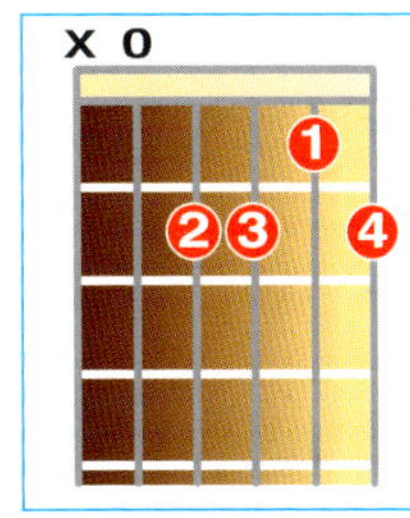

Am6 **A Minor 6th**
1st (A), ♭3rd (C), 5th (E), 6th (F♯)

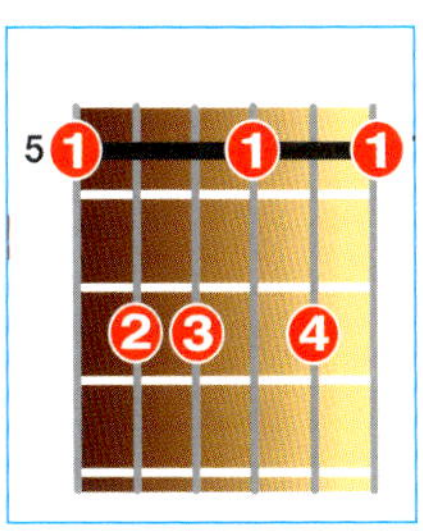

Am6 **A Minor 6th**
1st (A), ♭3rd (C), 5th (E), 6th (F♯)

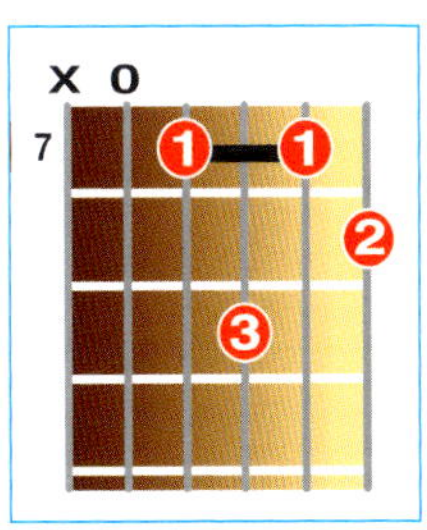

Am6 **A Minor 6th**
1st (A), ♭3rd (C), 5th (E), 6th (F♯)

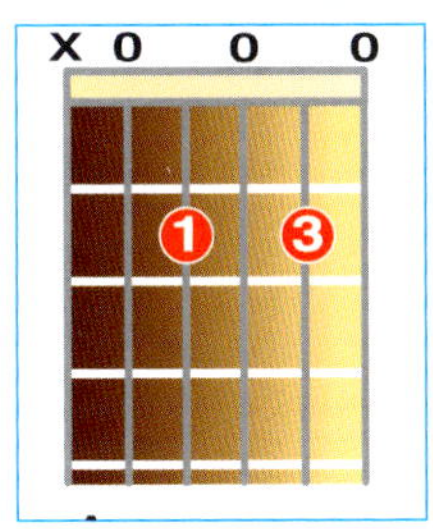

A7 **A Dominant 7th**
1st (A), 3rd (C♯), 5th (E), ♭7th (G)

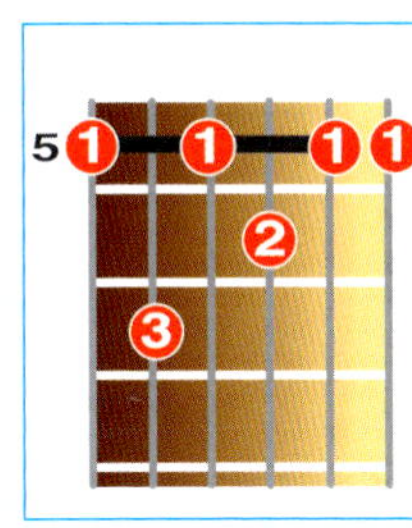

A7 **A Dominant 7th**
1st (A), 3rd (C♯), 5th (E), ♭7th (G)

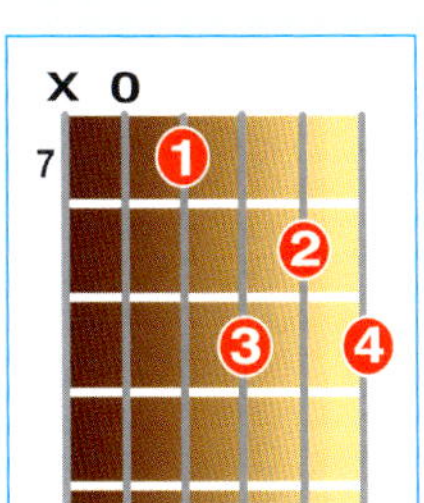

A7 **A Dominant 7th**
1st (A), 3rd (C♯), 5th (E), ♭7th (G)

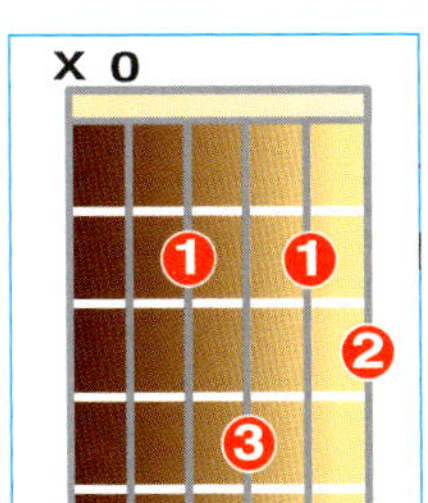

A9 **A Dominant 9th**
1st (A), 3rd (C♯), 5th (E), ♭7th (G), 9th (B)

A9 **A Dominant 9th**
1st (A), 3rd (C♯), 5th (E), ♭7th (G), 9th (B)

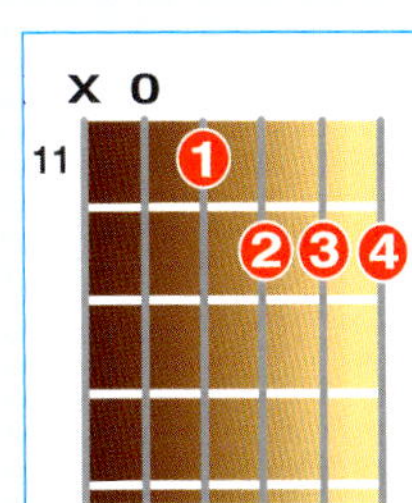

A9 **A Dominant 9th**
1st (A), 3rd (C♯), 5th (E), ♭7th (G), 9th (B)

Section Five: Chord Dictionary

A ADVANCED CHORDS

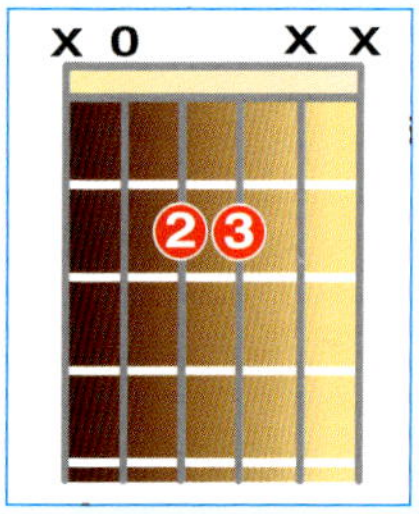

A5 A 5th (power chord)
1st (A), 5th (E)

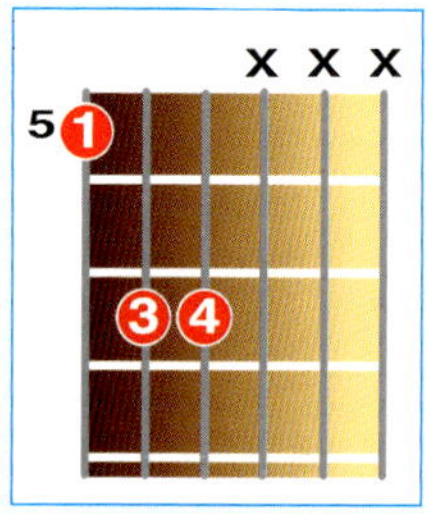

A5 A 5th (power chord)
1st (A), 5th (E)

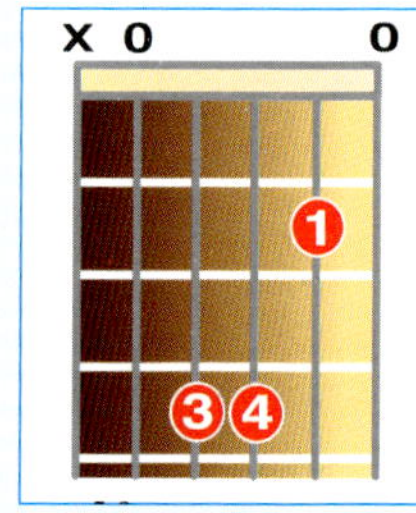

A 6/9 A Major 6th add 9th
1st (A), 3rd (C♯), 5th (E), 6th (F♯), 9th (B)

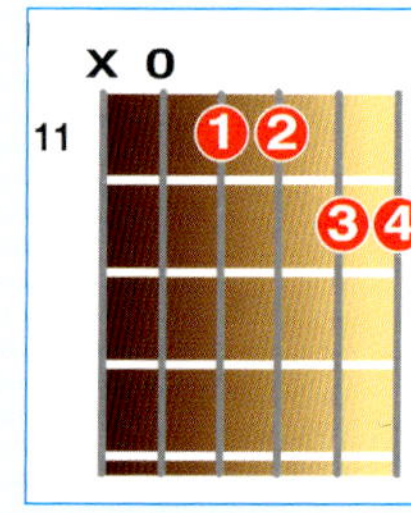

A 6/9 A Major 6th add 9th
1st (A), 3rd (C♯), 5th (E), 6th (F♯), 9th (B)

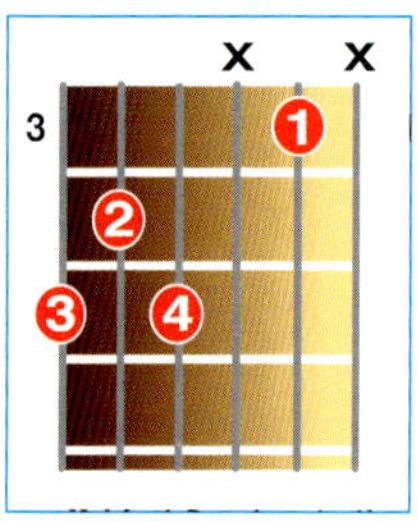

A11 A Dominant 11th
1st (A), 3rd (C♯), 5th (E), ♭7th (G), 9th (B), 11th (D)

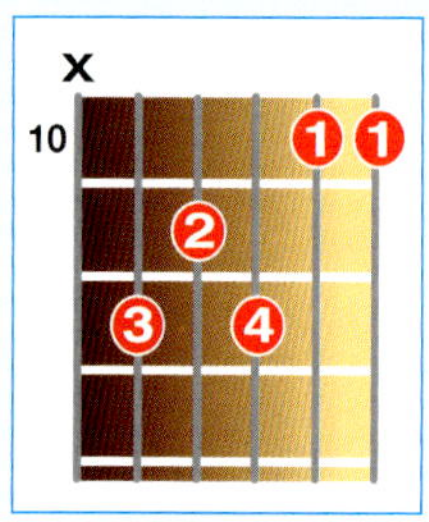

A11 A Dominant 11th
1st (A), 3rd (C♯), 5th (E), ♭7th (G), 9th (B), 11th (D)

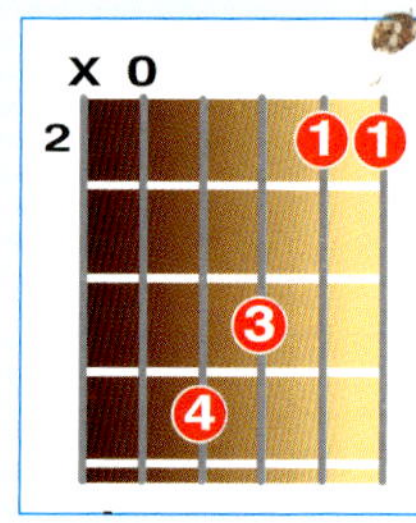

A13 A Dominant 13th
1st (A), 3rd (C♯), 5th (E), ♭7th (G), 9th (B), 13th (F♯)

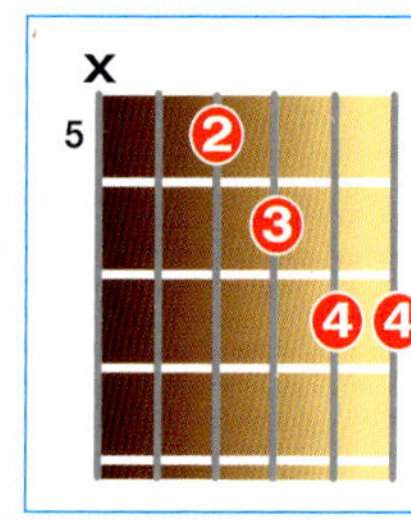

A13 A Dominant 13th
1st (A), 3rd (C♯), 5th (E), ♭7th (G), 9th (B), 13th (F♯)

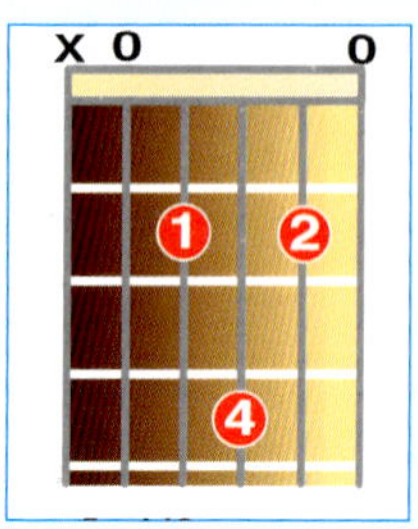

Aadd9 A Major add 9th
1st (A), 3rd (C♯), 5th (E), 9th (B)

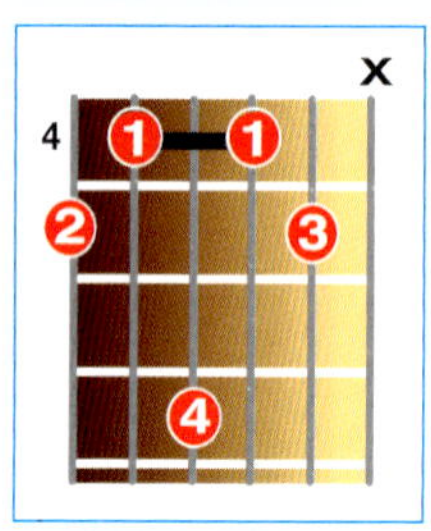

Aadd9 A Major add 9th
1st (A), 3rd (C♯), 5th (E), 9th (B)

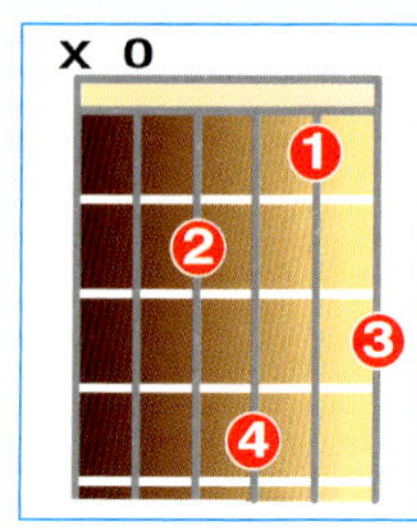

Am9 A Minor 9th
1st (A), ♭3rd (C), 5th (E), ♭7th (G), 9th (B)

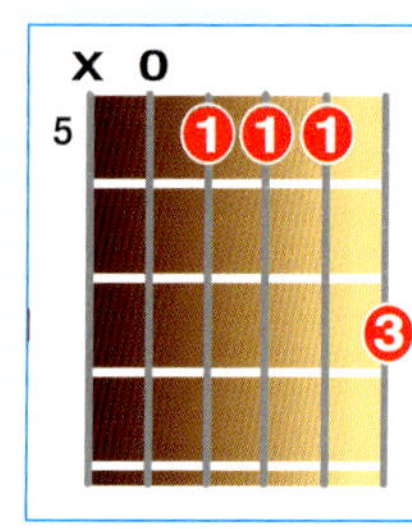

Am9 A Minor 9th
1st (A), ♭3rd (C), 5th (E), ♭7th (G), 9th (B)

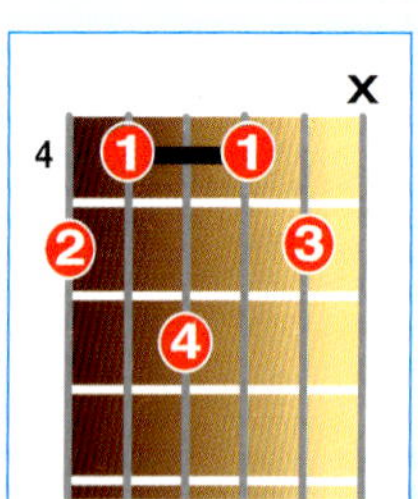

Amaj9 A Major 9th
1st (A), 3rd (C♯), 5th (E), 7th (G♯), 9th (B)

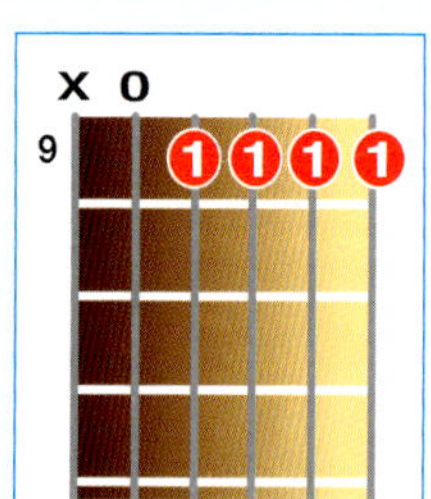

Amaj9 A Major 9th
1st (A), 3rd (C♯), 5th (E), 7th (G♯), 9th (B)

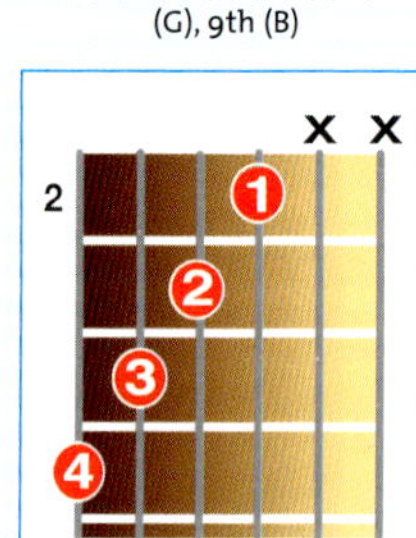

A+ A Augmented
1st (A), 3rd (C♯), ♯5th (E♯)

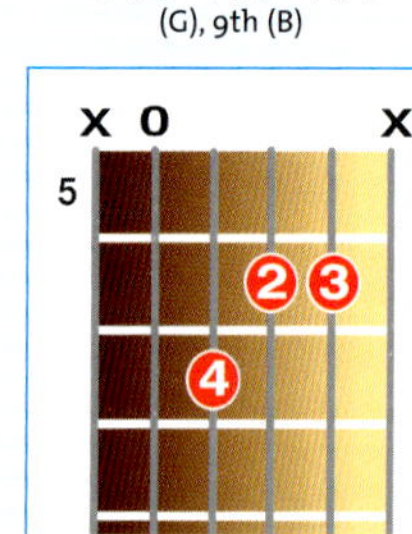

A+ A Augmented
1st (A), 3rd (C♯), ♯5th (E♯)

Complete Guitar Handbook

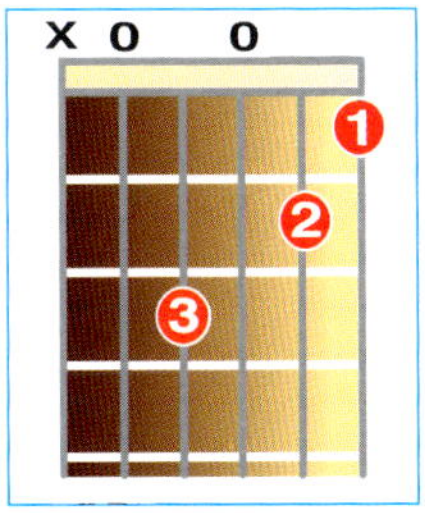

A7♯5 A Dominant 7th ♯5
1st (A), 3rd (C♯), ♯5th (E♯), ♭7th (G)

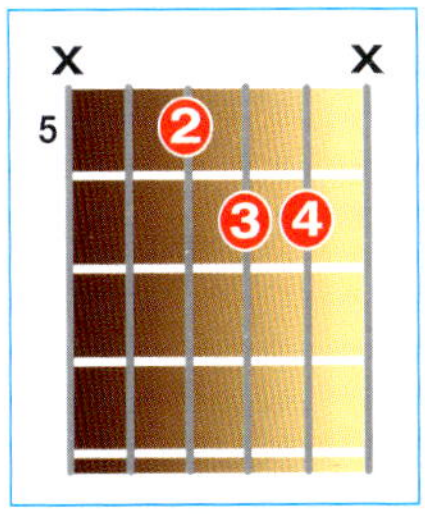

A7♯5 A Dominant 7th ♯5
1st (A), 3rd (C♯), ♯5th (E♯), ♭7th (G)

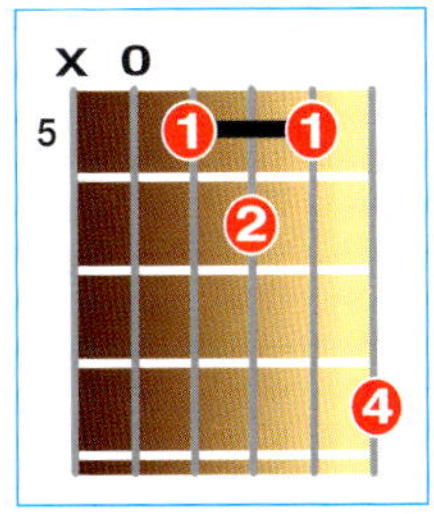

A7♯9 A Dominant 7th ♯9
1st (A), 3rd (C♯),
5th (E), ♭7th (G), ♯9th (B♯)

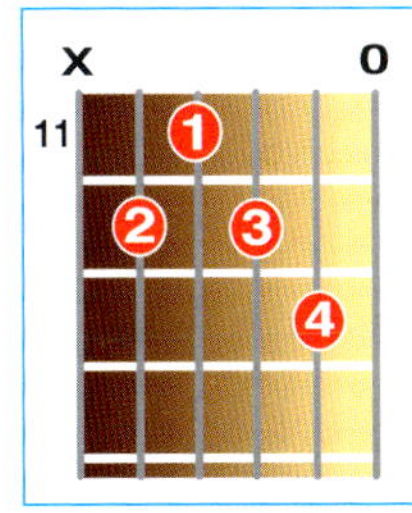

A7♯9 A Dominant 7th ♯9
1st (A), 3rd (C♯),
5th (E), ♭7th (G), ♯9th (B♯)

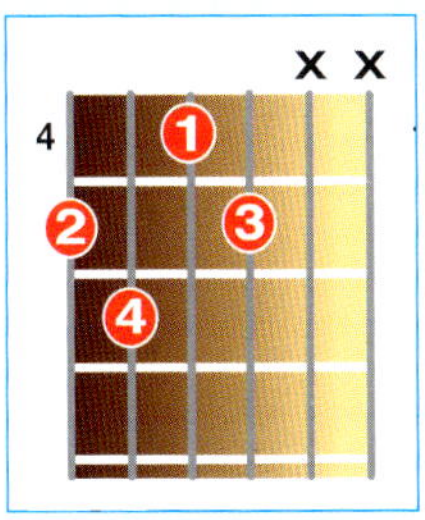

Ao7 A Diminished 7th
1st (A), ♭3rd (C), ♭5th (E♭), ♭♭7th (G♭)

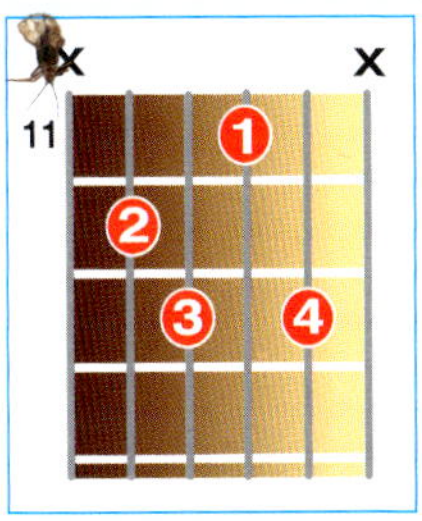

Ao7 A Diminished 7th
1st (A), ♭3rd (C), ♭5th (E♭), ♭♭7th (G♭)

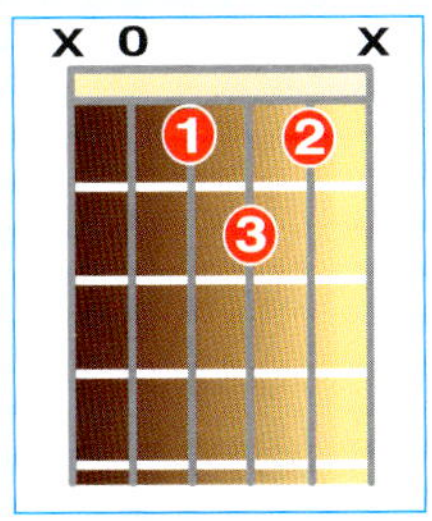

Ao A Diminished triad
1st (A), ♭3rd (C), ♭5th (E♭)

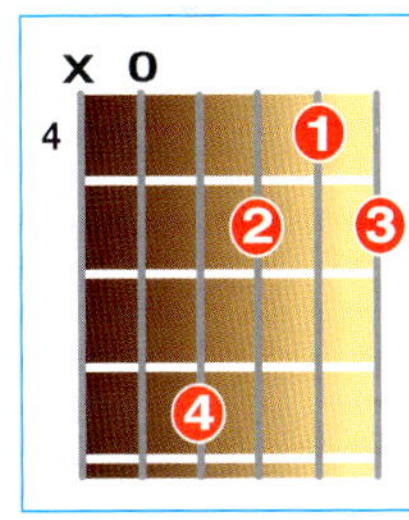

Ao A Diminished triad
1st (A), ♭3rd (C), ♭5th (E♭)

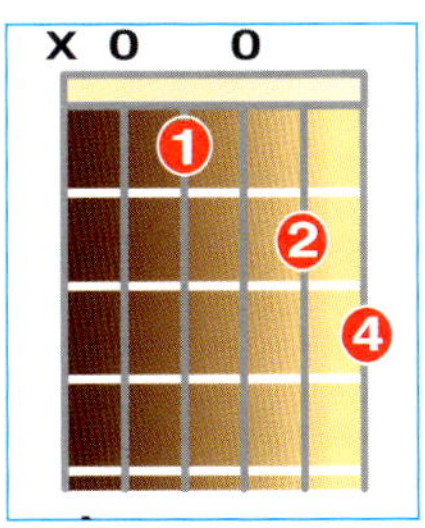

A7♭5 A Dominant 7th ♭5
1st (A), 3rd (C♯), ♭5th (E♭), ♭7th (G)

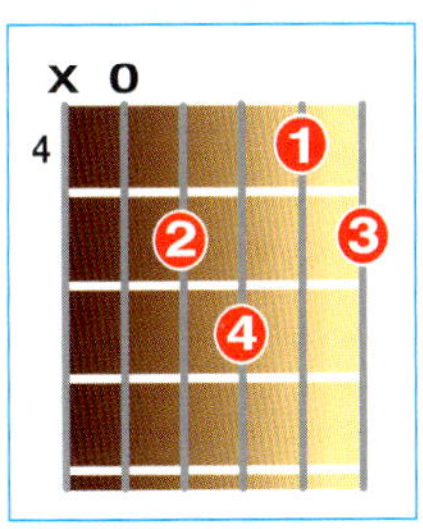

A7♭5 A Dominant 7th ♭5
1st (A), 3rd (C♯), ♭5th (E♭), ♭7th (G)

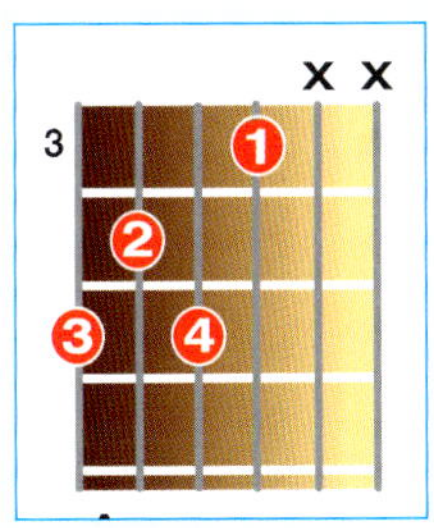

A7♭9 A Dominant 7th ♭9
1st (A), 3rd (C♯),
5th (E), ♭7th (G), ♭9th (B♭)

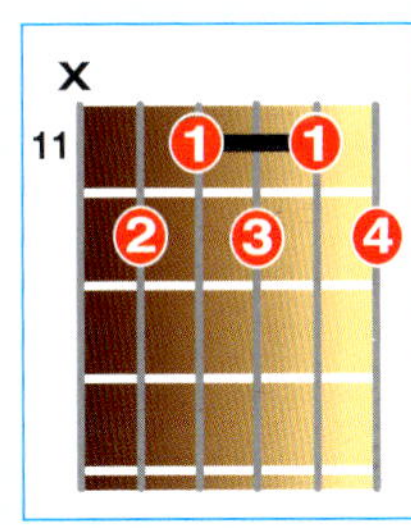

A7♭9 A Dominant 7th ♭9
1st (A), 3rd (C♯),
5th (E), ♭7th (G), ♭9th (B♭)

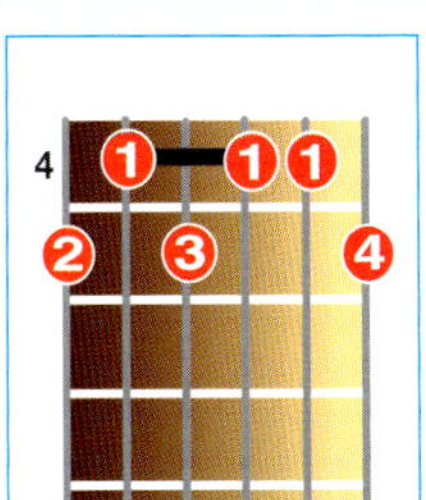

A9♭5 A Dominant 9th ♭5th
1st (A), 3rd (C♯),
♭5th (E♭), ♭7th (G), 9th (B)

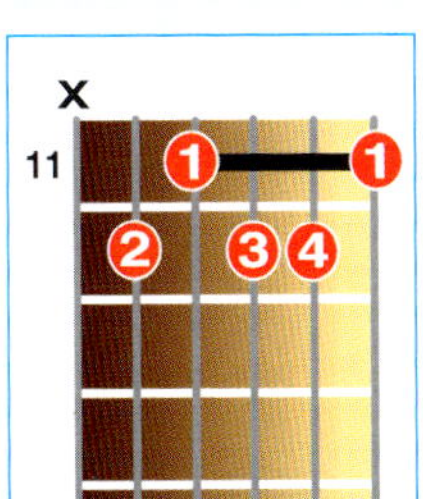

A9♭5 A Dominant 9th ♭5th
1st (A), 3rd (C♯),
♭5th (E♭), ♭7th (G), 9th (B)

Scale of A major

A	B	C♯	D	E	F♯	G♯
1st	2nd	3rd	4th	5th	6th	7th
	9th		11th		13th	

Section Five: Chord Dictionary

B♭/A♯ MAIN CHORDS

B♭/A♯

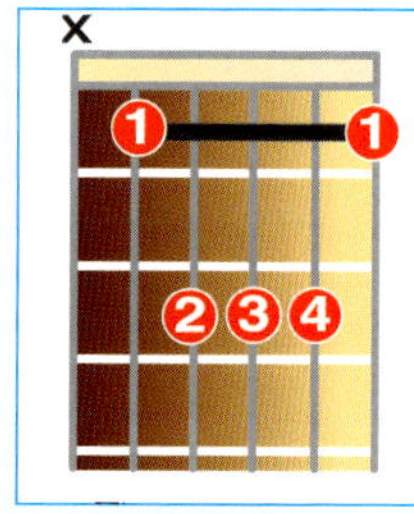

B♭ B♭ major
1st (B♭), 3rd (D), 5th (F)

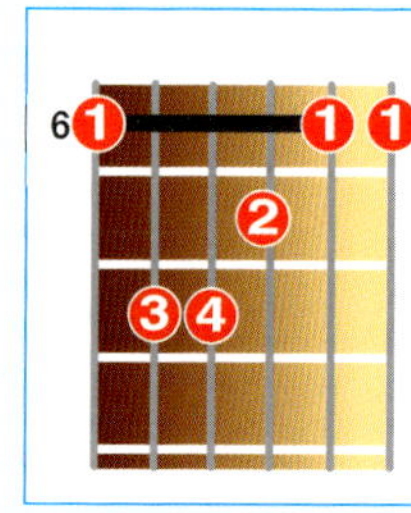

B♭ B♭ major
1st (B♭), 3rd (D), 5th (F)

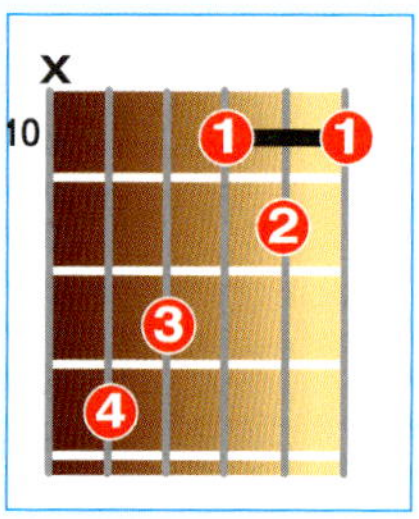

B♭ B♭ major
1st (B♭), 3rd (D), 5th (F)

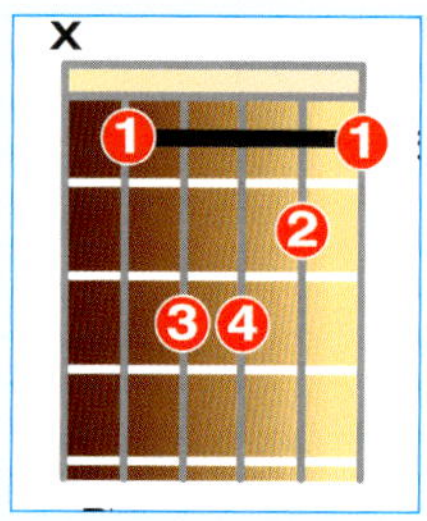

B♭m B♭ Minor
1st (B♭), ♭3rd (D♭), 5th (F)

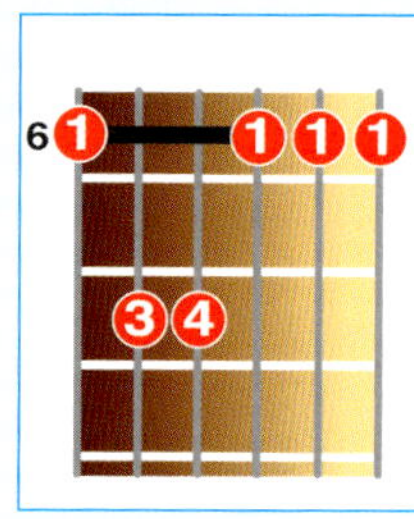

B♭m B♭ Minor
1st (B♭), ♭3rd (D♭), 5th (F)

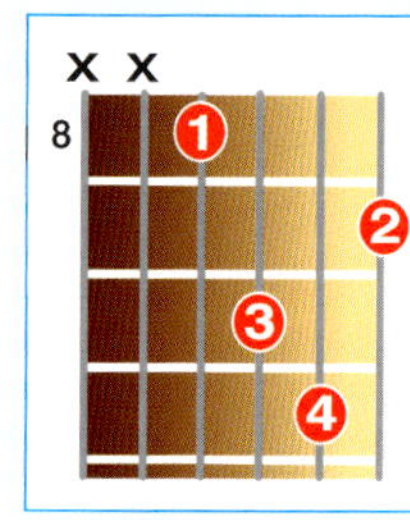

B♭m B♭ Minor
1st (B♭), ♭3rd (D♭), 5th (F)

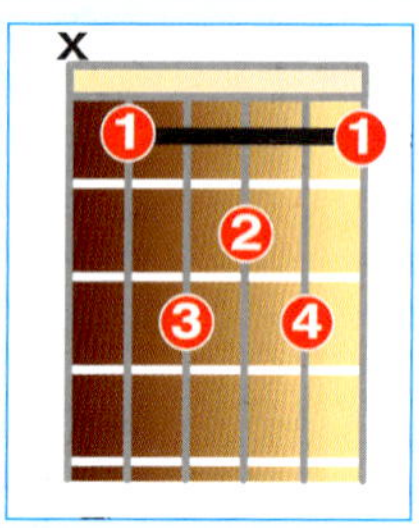

B♭maj7 B♭ Major 7th
1st (B♭), 3rd (D), 5th (F), 7th (A)

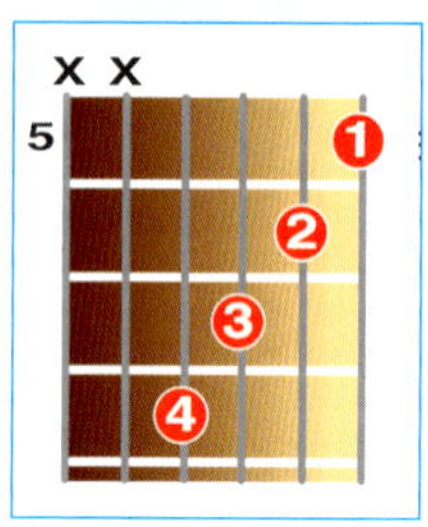

B♭maj7 B♭ Major 7th
1st (B♭), 3rd (D), 5th (F), 7th (A)

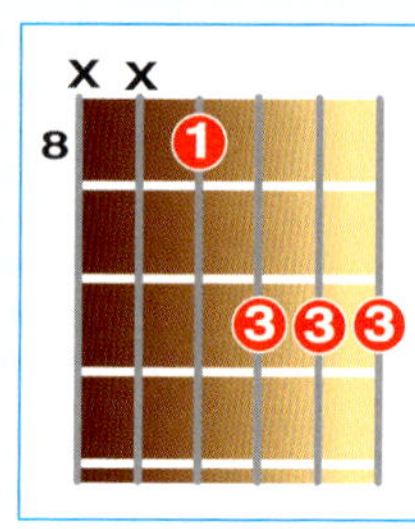

B♭maj7 B♭ Major 7th
1st (B♭), 3rd (D), 5th (F), 7th (A)

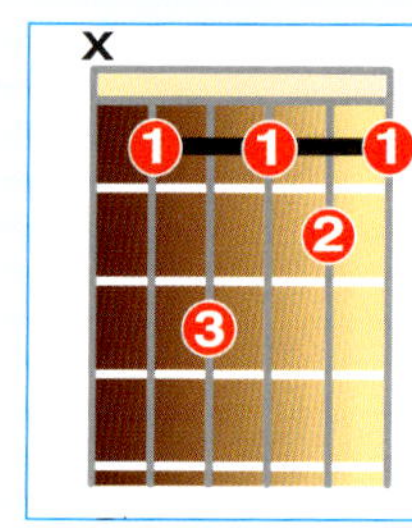

B♭m7 B♭ Minor 7th
1st (B♭), ♭3rd (D♭), 5th (F), ♭7th (A♭)

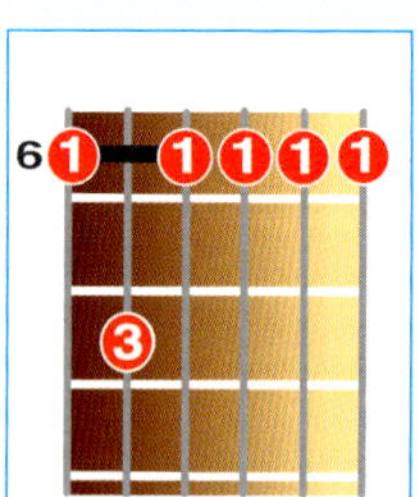

B♭m7 B♭ Minor 7th
1st (B♭), ♭3rd (D♭), 5th (F), ♭7th (A♭)

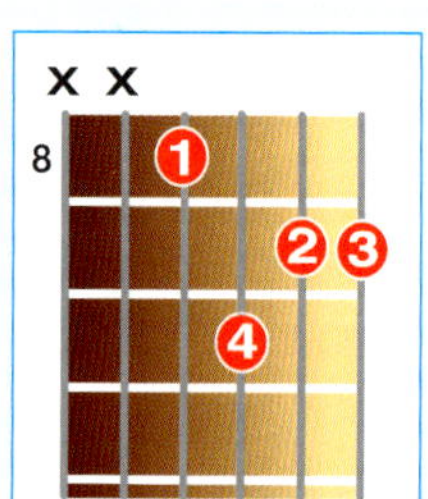

B♭m7 B♭ Minor 7th
1st (B♭), ♭3rd (D♭), 5th (F), ♭7th (A♭)

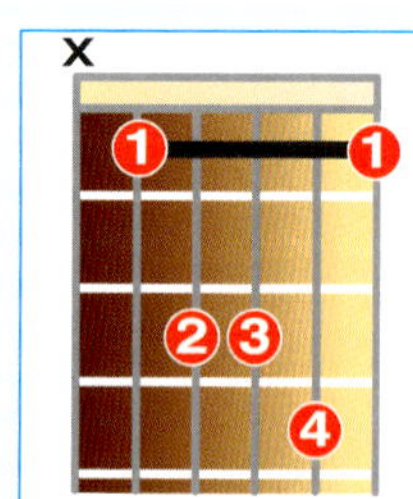

B♭sus4 B♭ Suspended 4th
1st (B♭), 4th (E♭), 5th (F)

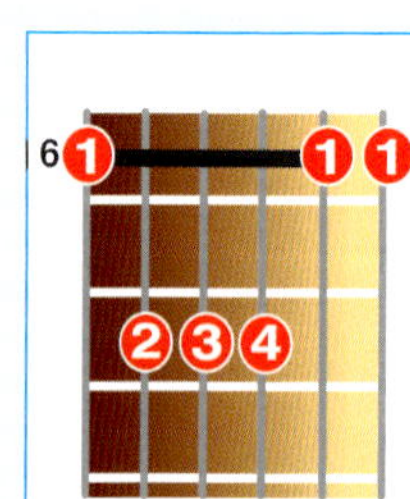

B♭sus4 B♭ Suspended 4th
1st (B♭), 4th (E♭), 5th (F)

Complete Guitar Handbook

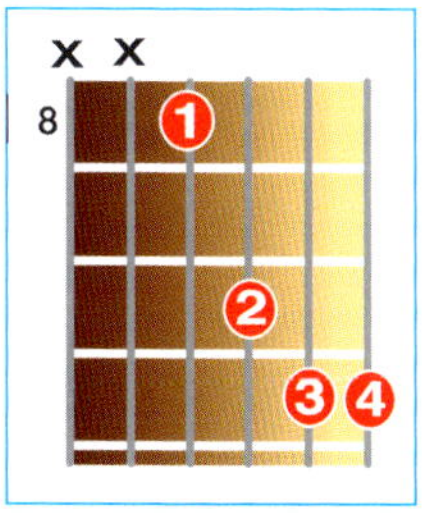

B♭sus4 B♭ Suspended 4th
1st (B♭), 4th (E♭), 5th (F)

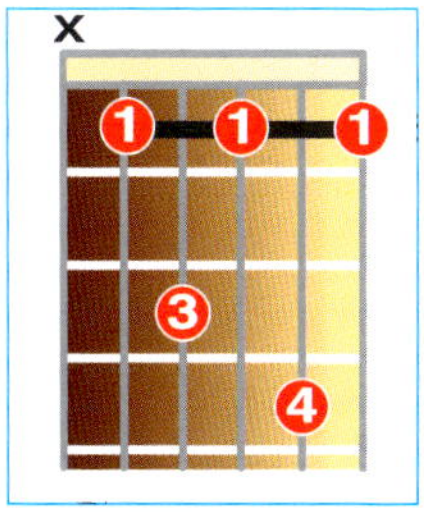

B♭7sus4 B♭ Dominant 7th sus4
1st (B♭), 4th (E♭), 5th (F), ♭7th (A♭)

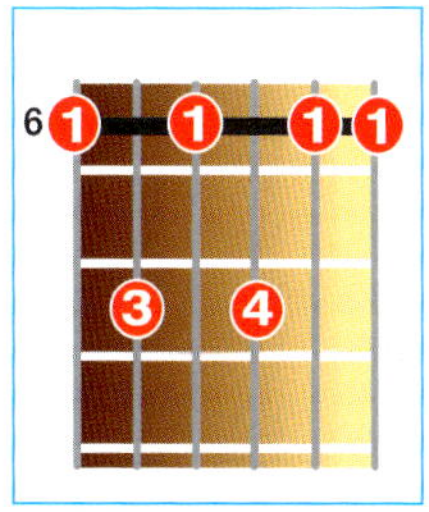

B♭7sus4 B♭ Dominant 7th sus4
1st (B♭), 4th (E♭), 5th (F), ♭7th (A♭)

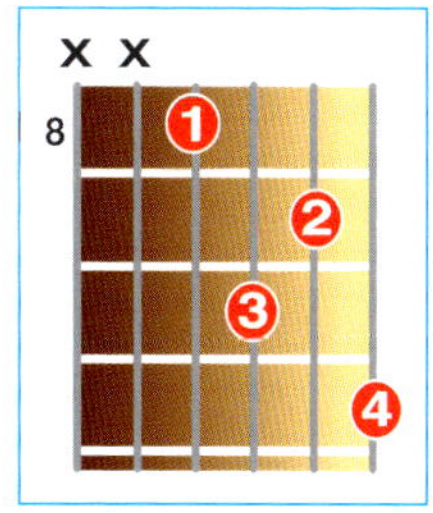

B♭7sus4 B♭ Dominant 7th sus4
1st (B♭), 4th (E♭), 5th (F), ♭7th (A♭)

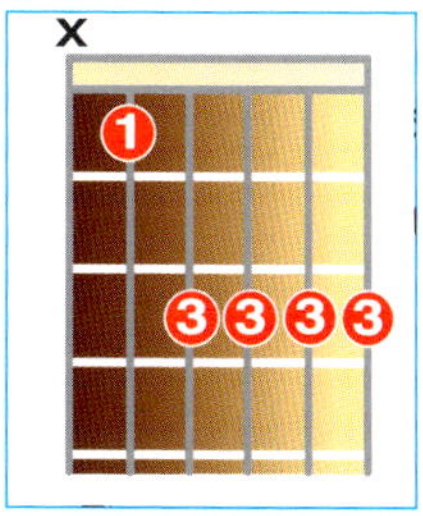

B♭6 B♭ Major 6th
1st (B♭), 3rd (D), 5th (F), 6th (G)

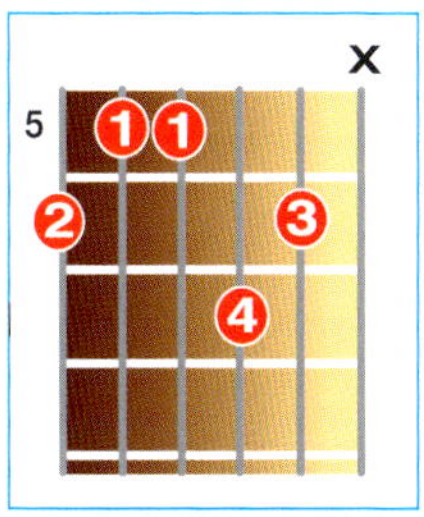

B♭6 B♭ Major 6th
1st (B♭), 3rd (D), 5th (F), 6th (G)

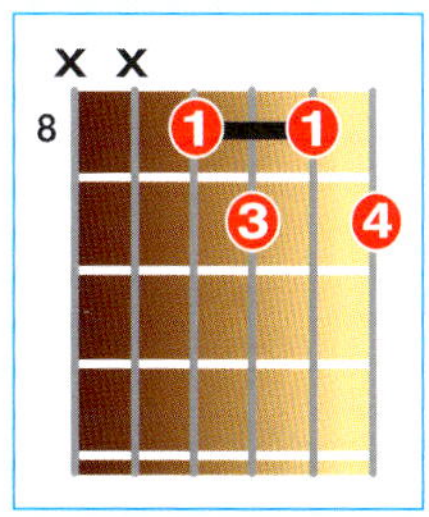

B♭6 B♭ Major 6th
1st (B♭), 3rd (D), 5th (F), 6th (G)

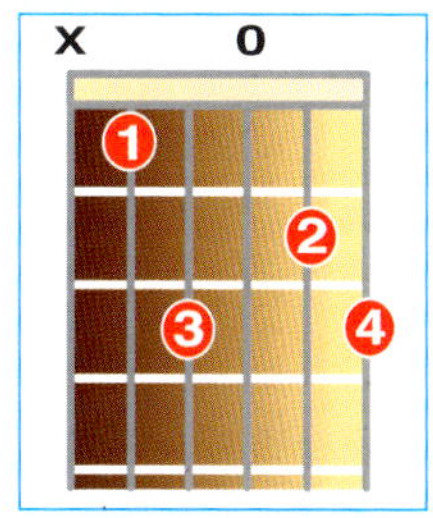

B♭m6 B♭ Minor 6th
1st (B♭), ♭3rd (D♭), 5th (F), 6th (G)

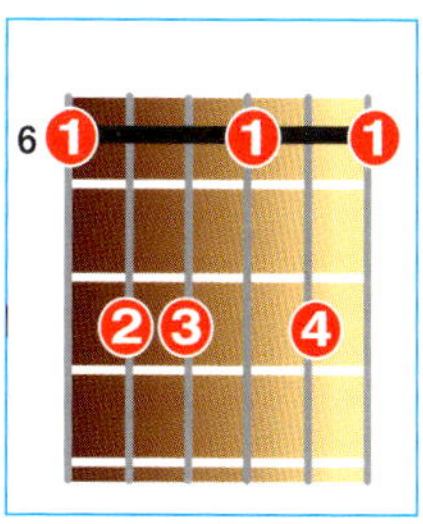

B♭m6 B♭ Minor 6th
1st (B♭), ♭3rd (D♭), 5th (F), 6th (G)

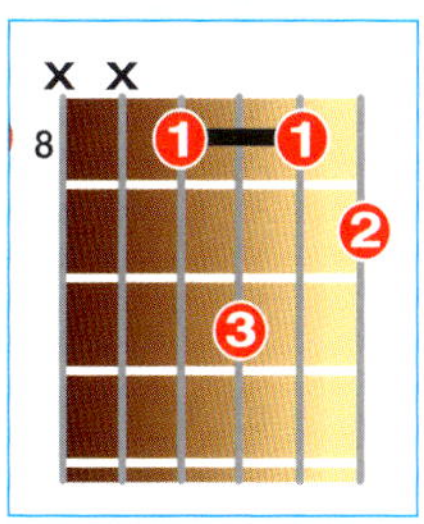

B♭m6 B♭ Minor 6th
1st (B♭), ♭3rd (D♭), 5th (F), 6th (G)

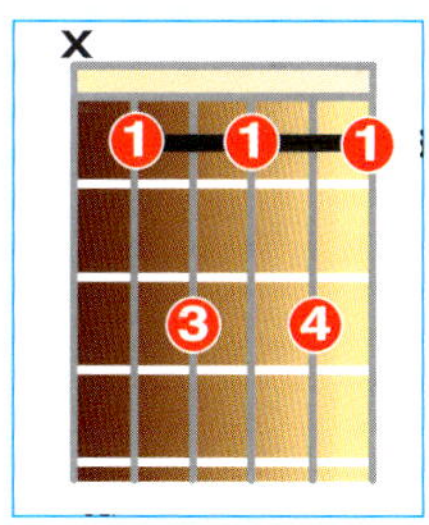

B♭7 B♭ Dominant 7th
1st (B♭), 3rd (D),
5th (F), ♭7th (A♭)

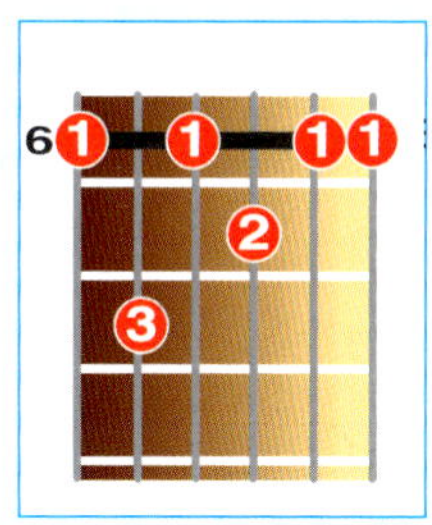

B♭7 B♭ Dominant 7th
1st (B♭), 3rd (D),
5th (F), ♭7th (A♭)

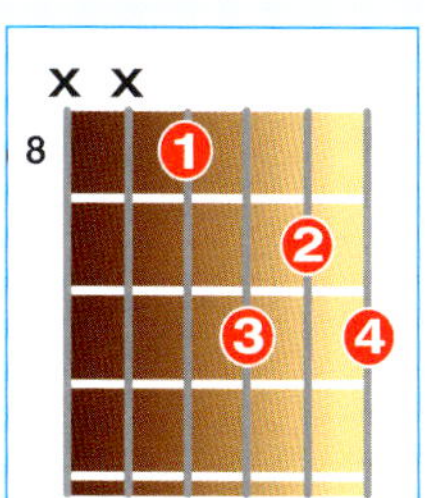

B♭7 B♭ Dominant 7th
1st (B♭), 3rd (D),
5th (F), ♭7th (A♭)

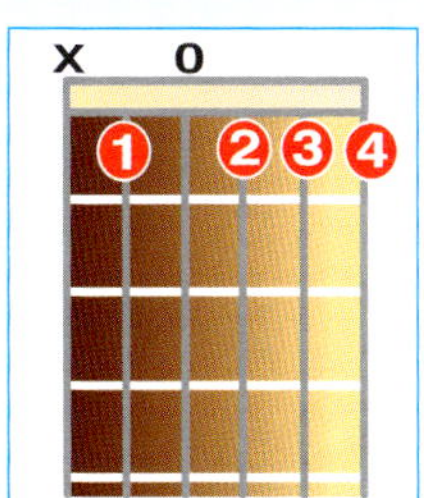

B♭9 B♭ Dominant 9th
1st (B♭), 3rd (D), 5th (F),
♭7th (A♭), 9th (C)

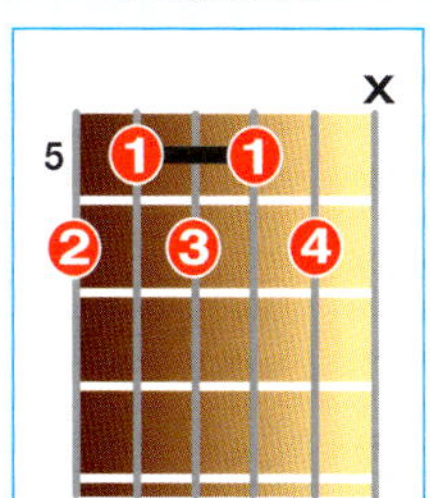

B♭9 B♭ Dominant 9th
1st (B♭), 3rd (D), 5th (F),
♭7th (A♭), 9th (C)

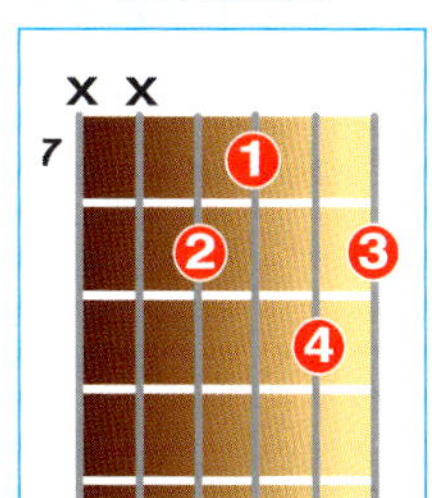

B♭9 B♭ Dominant 9th
1st (B♭), 3rd (D),
5th (F), ♭7th (A♭), 9th (C)

Section Five: Chord Dictionary

B♭/A♯ ADVANCED CHORDS

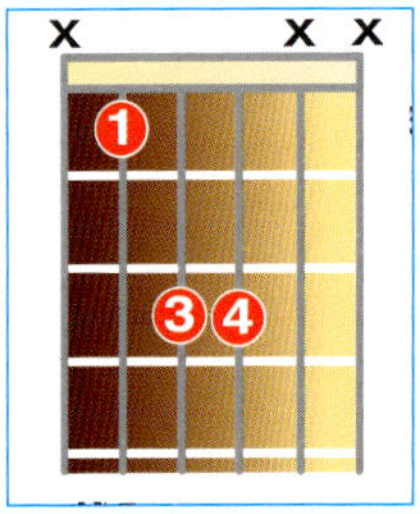

B♭5 B♭ 5th (power chord)
1st (B♭), 5th (F)

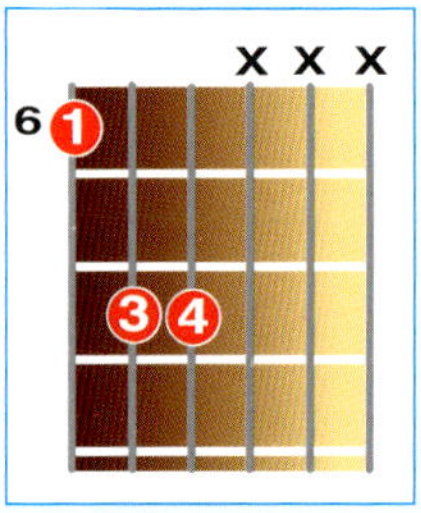

B♭5 B♭ 5th (power chord)
1st (B♭), 5th (F)

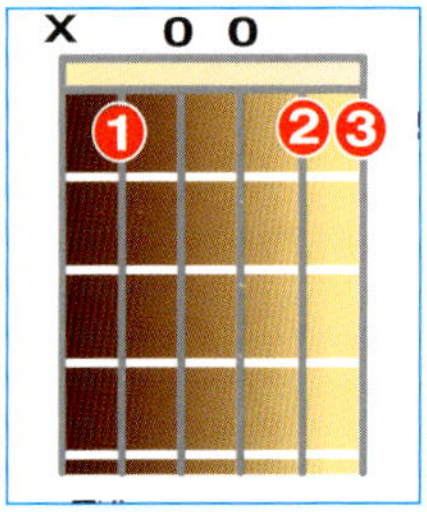

B♭6/9 B♭ Major 6th add 9th
1st (B♭), 3rd (D), 5th (F), 6th (G), 9th (C)

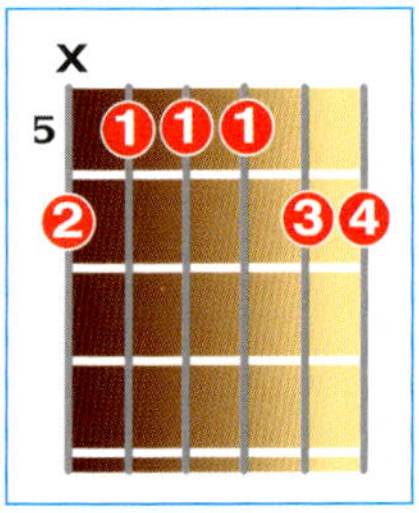

B♭6/9 B♭ Major 6th add 9th
1st (B♭), 3rd (D), 5th (F), 6th (G), 9th (C)

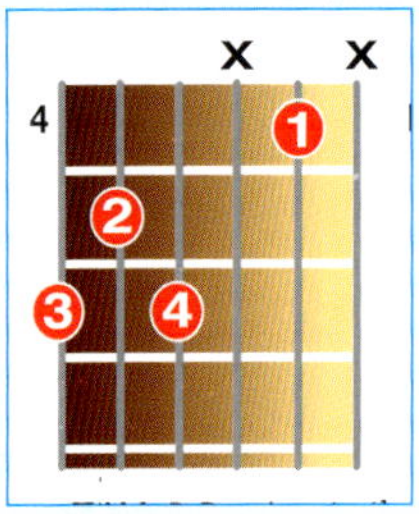

B♭11 B♭ Dominant 11th
1st (B♭), 3rd (D), 5th (F), ♭7th (A♭), 9th (C), 11th (E♭)

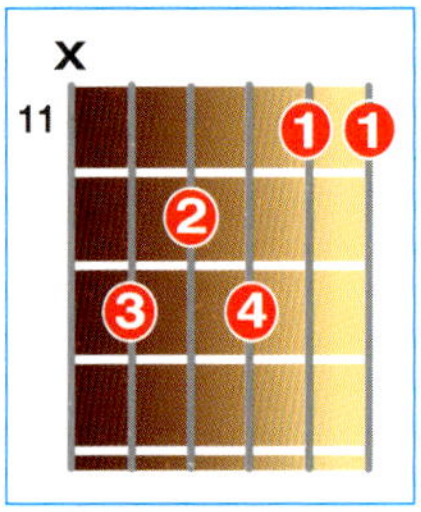

B♭11 B♭ Dominant 11th
1st (B♭), 3rd (D), 5th (F), ♭7th (A♭), 9th (C), 11th (E♭)

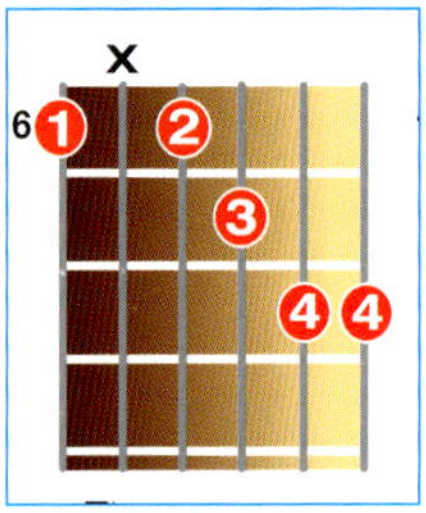

B♭13 B♭ Dominant 13th
1st (B♭), 3rd (D), 5th (F), ♭7th (A♭), 9th (C), 13th (G)

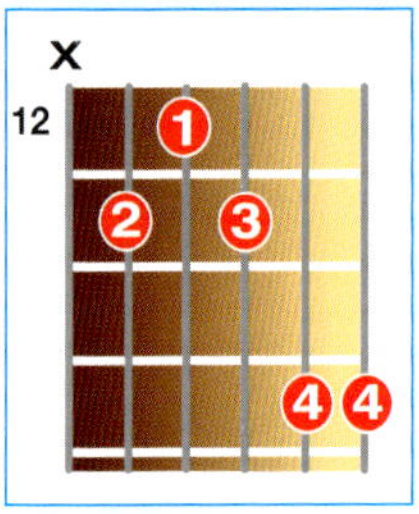

B♭13 B♭ Dominant 13th
1st (B♭), 3rd (D), 5th (F), ♭7th (A♭), 9th (C), 13th (G)

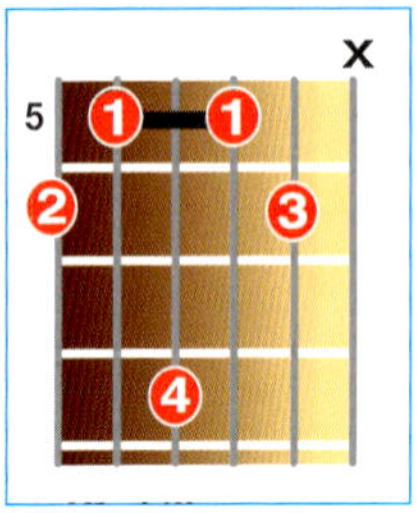

B♭add9 B♭ Major add 9th
1st (B♭), 3rd (D), 5th (F), 9th (C)

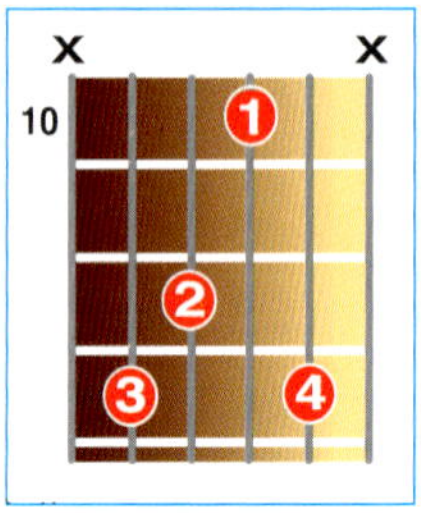

B♭add9 B♭ Major add 9th
1st (B♭), 3rd (D), 5th (F), 9th (C)

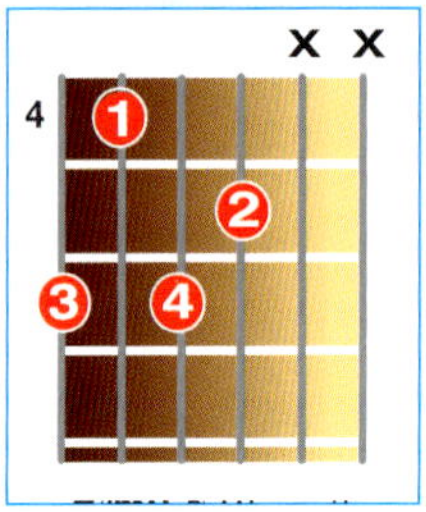

B♭m9 B♭ Minor 9th
1st (B♭), ♭3rd (D♭), 5th (F), ♭7th (A♭), 9th (C)

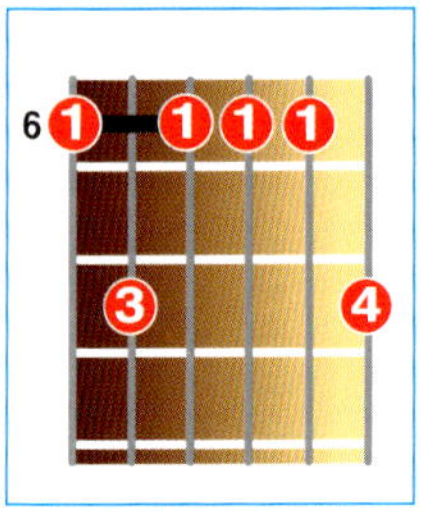

B♭m9 B♭ Minor 9th
1st (B♭), ♭3rd (D♭), 5th (F), ♭7th (A♭), 9th (C)

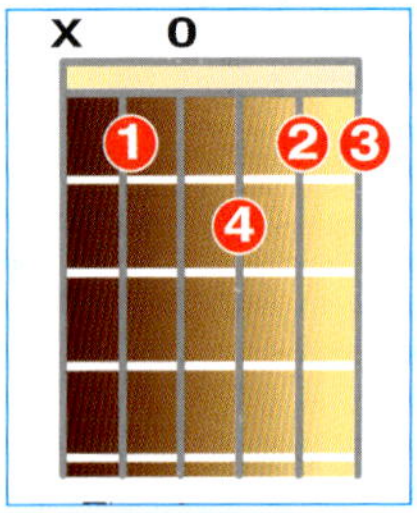

B♭maj9 B♭ Major 9th
1st (B♭), 3rd (D), 5th (F), 7th (A), 9th (C)

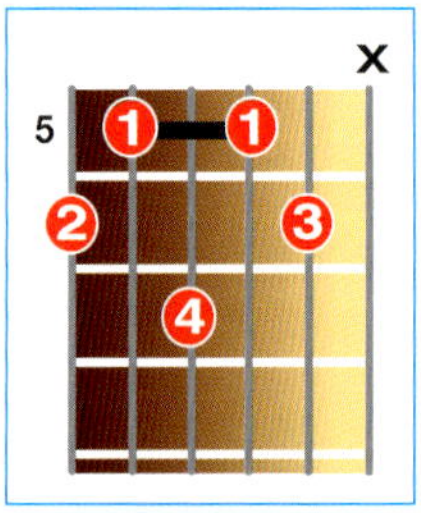

B♭maj9 B♭ Major 9th
1st (B♭), 3rd (D), 5th (F), 7th (A), 9th (C)

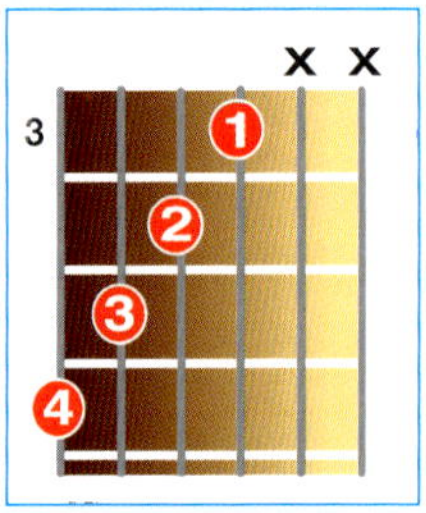

B♭+ B♭ Augmented
1st (B♭), 3rd (D), ♯5th (F♯)

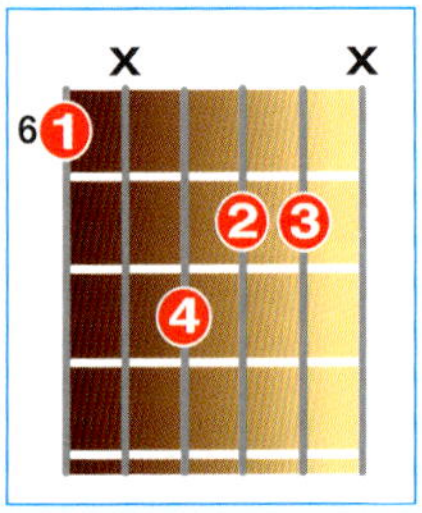

B♭+ B♭ Augmented
1st (B♭), 3rd (D), ♯5th (F♯)

Complete Guitar Handbook

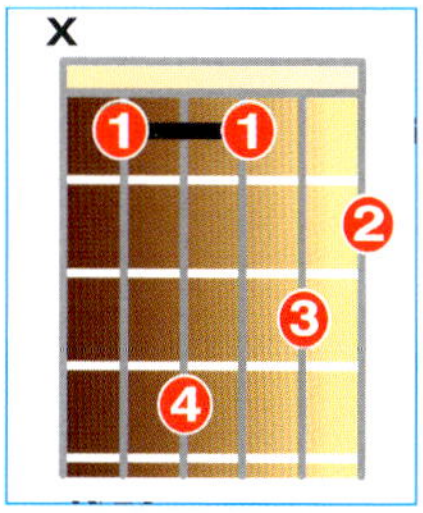

B♭7♯5 B♭ Dominant 7th ♯5
1st (B♭), 3rd (D), ♯5th (F♯), ♭7th (A♭)

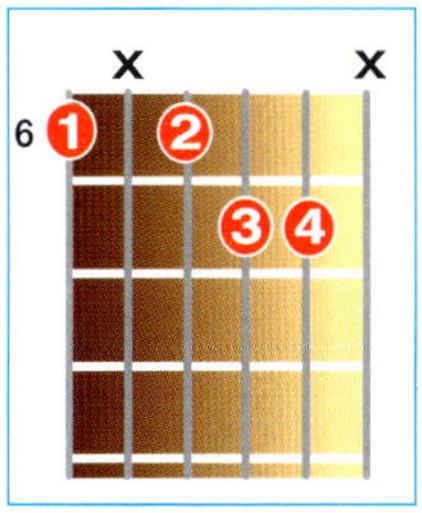

B♭7♯5 B♭ Dominant 7th ♯5
1st (B♭), 3rd (D), ♯5th (F♯), ♭7th (A♭)

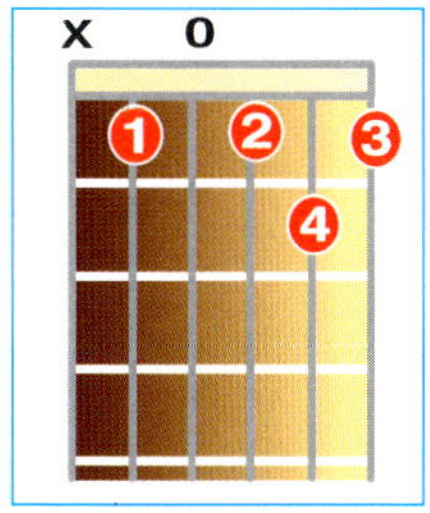

B♭7♯9 B♭ Dominant 7th ♯9
1st (B♭), 3rd (D), 5th (F), ♭7th (A♭), ♯9th (C♯)

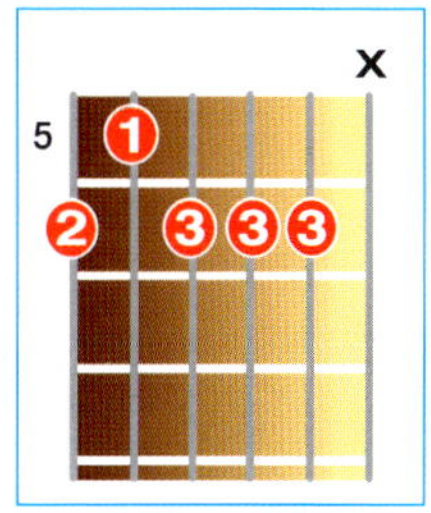

B♭7♯9 B♭ Dominant 7th ♯9
1st (B♭), 3rd (D), 5th (F), ♭7th (A♭), ♯9th (C♯)

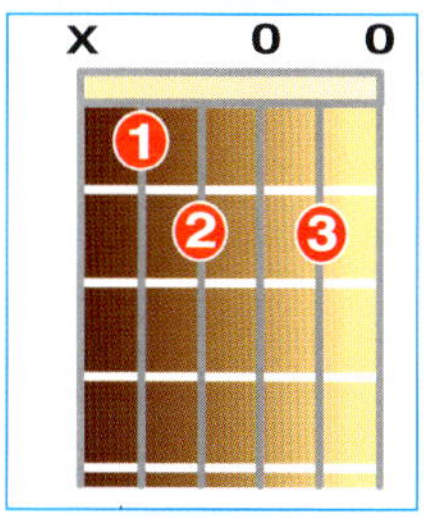

B♭o7 B♭ Diminished 7th
1st (B♭), ♭3rd (D♭), ♭5th (F♭), ♭♭7th (A♭♭)

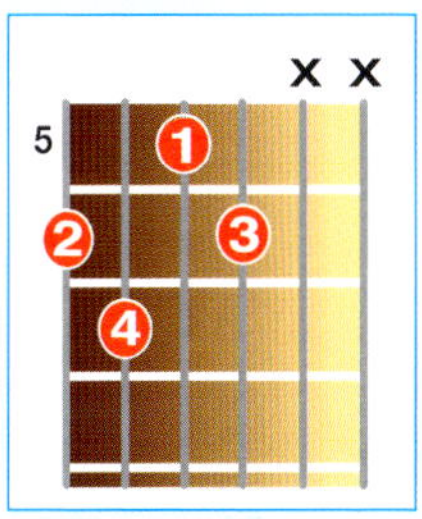

B♭o7 B♭ Diminished 7th
1st (B♭), ♭3rd (D♭), ♭5th (F♭), ♭♭7th (A♭♭)

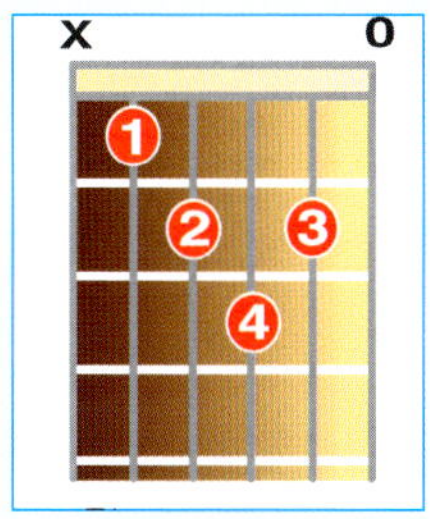

B♭o B♭ Diminished triad
1st (B♭), ♭3rd (D♭), ♭5th (F♭)

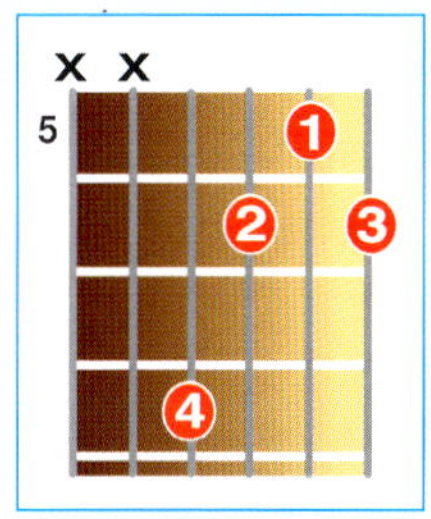

B♭o B♭ Diminished triad
1st (B♭), ♭3rd (D♭), ♭5th (F♭)

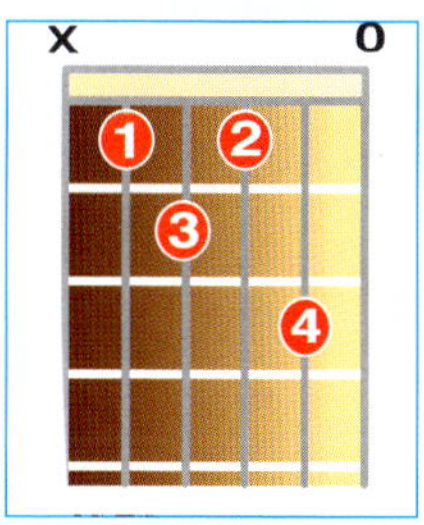

B♭7♭5 B♭ Dominant 7th ♭5
1st (B♭), 3rd (D), ♭5th (F♭), ♭7th (A♭)

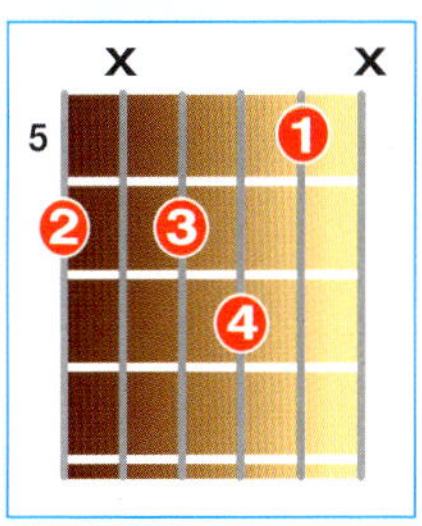

B♭7♭5 B♭ Dominant 7th ♭5
1st (B♭), 3rd (D), ♭5th (F♭), ♭7th (A♭)

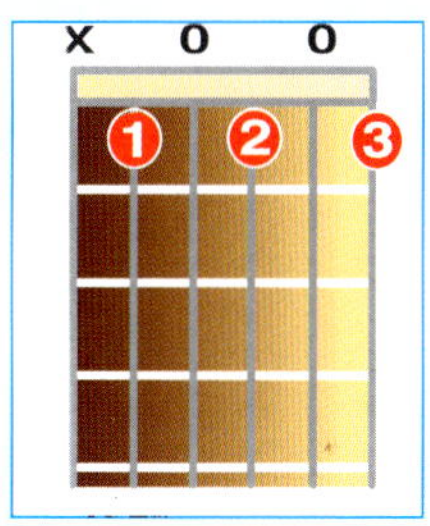

B♭7♭9 B♭ Dominant 7th ♭9
1st (B♭), 3rd (D), 5th (F), ♭7th (A♭), ♭9th (C♭)

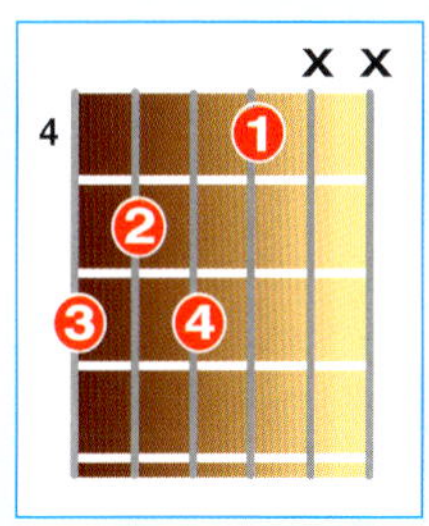

B♭7♭9 B♭ Dominant 7th ♭9
1st (B♭), 3rd (D), 5th (F), ♭7th (A♭), ♭9th (C♭)

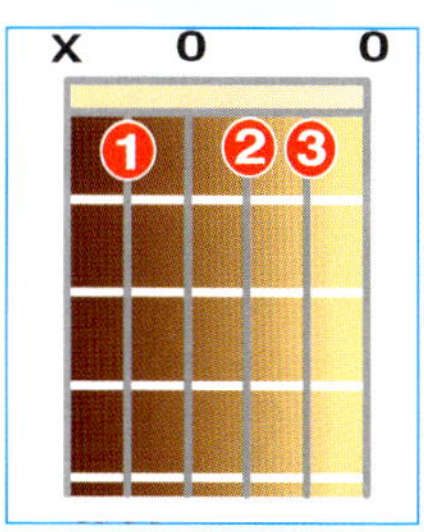

B♭9♭5 B♭ Dominant 9th ♭5th
1st (B♭), 3rd (D), ♭5th (F♭), ♭7th (A♭), 9th (C)

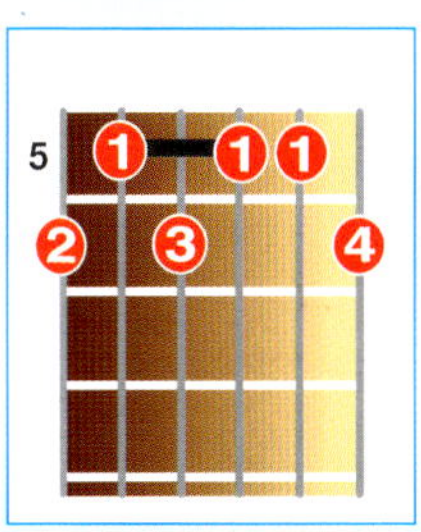

B♭9♭5 B♭ Dominant 9th ♭5th
1st (B♭), 3rd (D), ♭5th (F♭), ♭7th (A♭), 9th (C)

Scale of B♭/A♯ major

B♭	C	D	E♭	F	G	A
1st	2nd	3rd	4th	5th	6th	7th
	9th		11th		13th	

Section Five: Chord Dictionary

B MAIN CHORDS

B

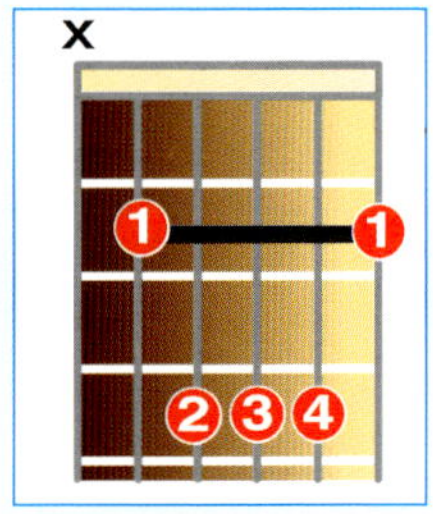

B B Major
1st (B), 3rd (D♯), 5th (F♯)

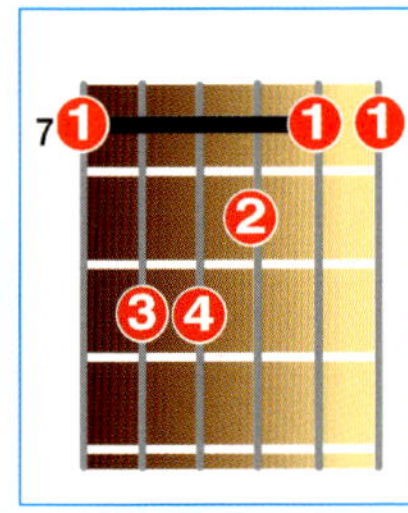

B B Major
1st (B), 3rd (D♯), 5th (F♯)

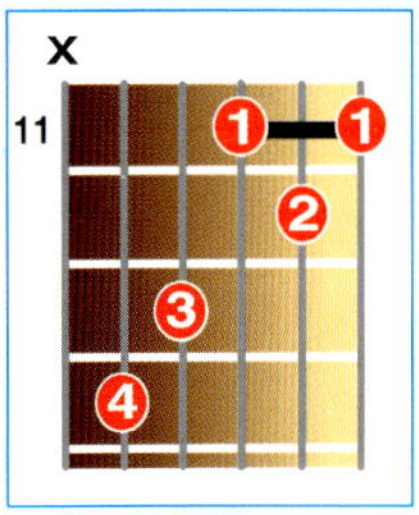

B B Major
1st (B), 3rd (D♯), 5th (F♯)

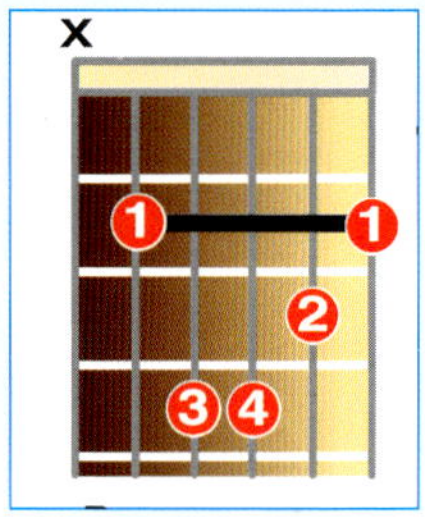

Bm B Minor
1st (B), ♭3rd (D), 5th (F♯)

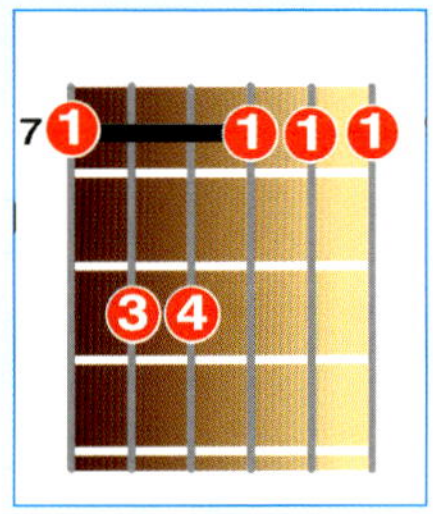

Bm B Minor
1st (B), ♭3rd (D), 5th (F♯)

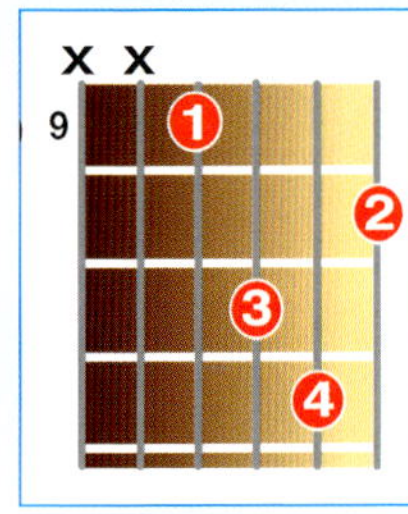

Bm B Minor
1st (B), ♭3rd (D), 5th (F♯)

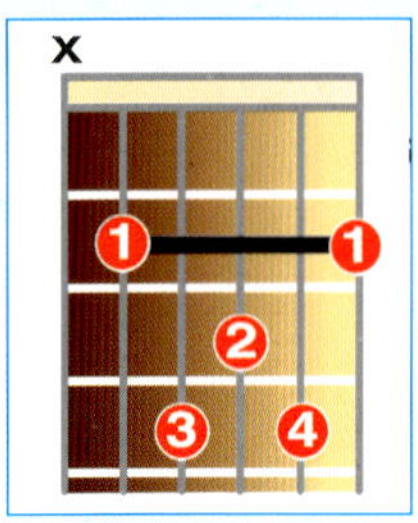

Bmaj7 B Major 7th
1st (B), 3rd (D♯),
5th (F♯), 7th (A♯)

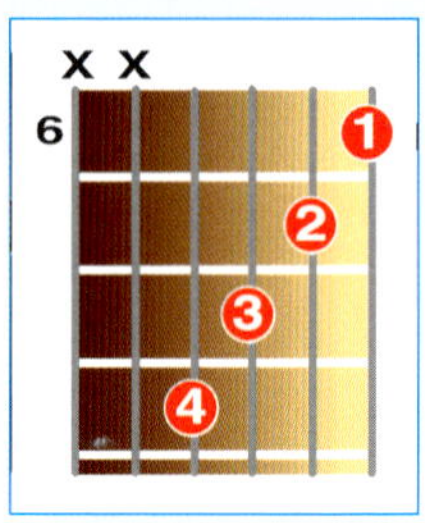

Bmaj7 B Major 7th
1st (B), 3rd (D♯),
5th (F♯), 7th (A♯)

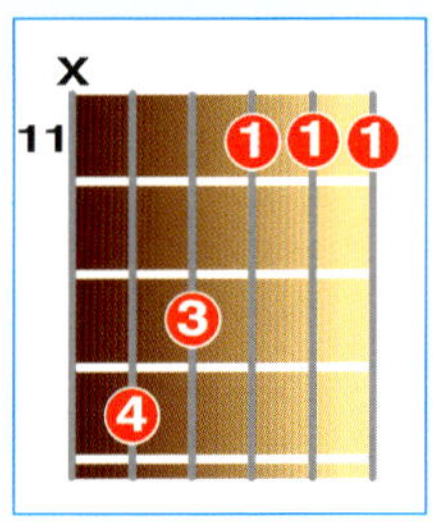

Bmaj7 B Major 7th
1st (B), 3rd (D♯),
5th (F♯), 7th (A♯)

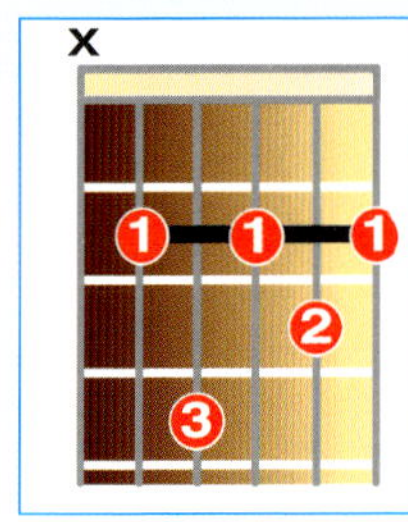

Bm7 B Minor 7th
1st (B), ♭3rd (D),
5th (F♯), ♭7th (A)

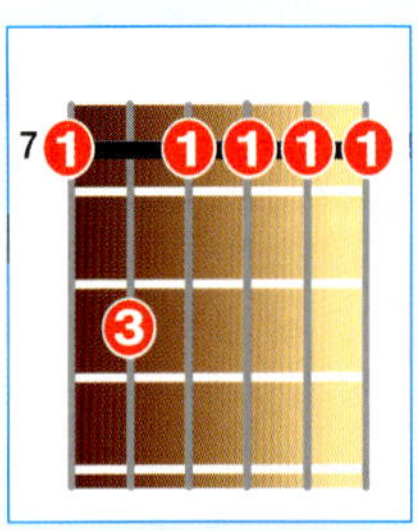

Bm7 B Minor 7th
1st (B), ♭3rd (D),
5th (F♯), ♭7th (A)

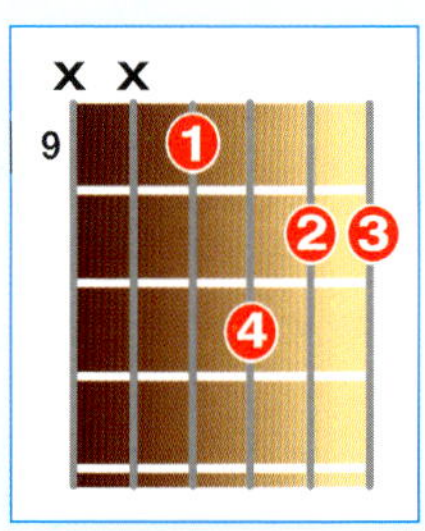

Bm7 B Minor 7th
1st (B), ♭3rd (D),
5th (F♯), ♭7th (A)

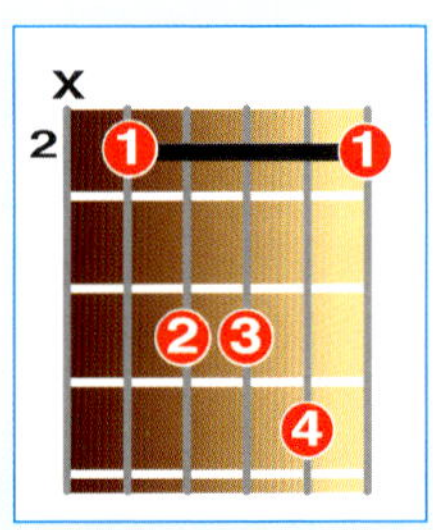

Bsus4 B Suspended 4th
1st (B), 4th (E), 5th (F♯)

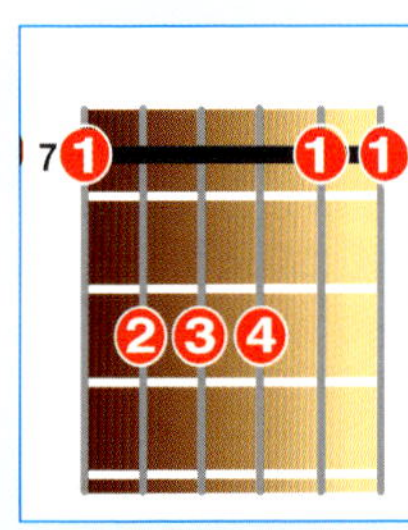

Bsus4 B Suspended 4th
1st (B), 4th (E), 5th (F♯)

Complete Guitar Handbook

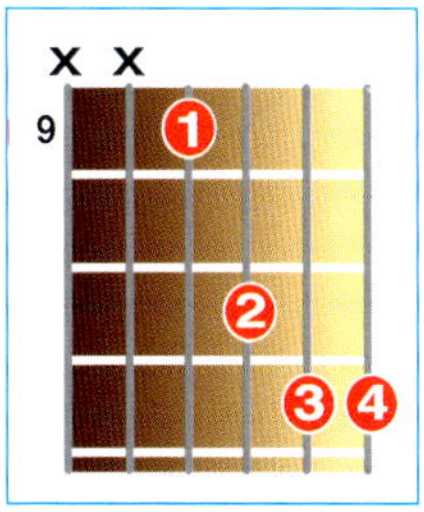

Bsus4 B Suspended 4th
1st (B), 4th (E), 5th (F♯)

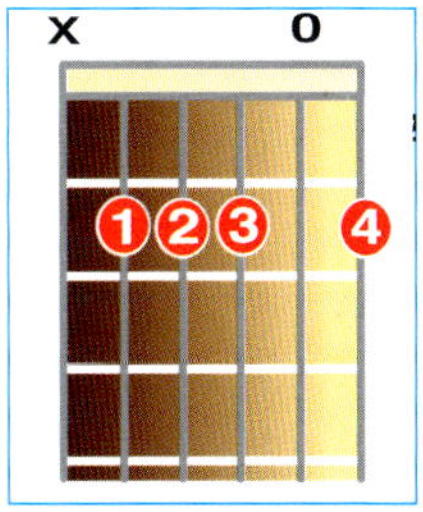

B7sus4 B Dominant 7th sus4
1st (B), 4th (E), 5th (F♯), ♭7th (A)

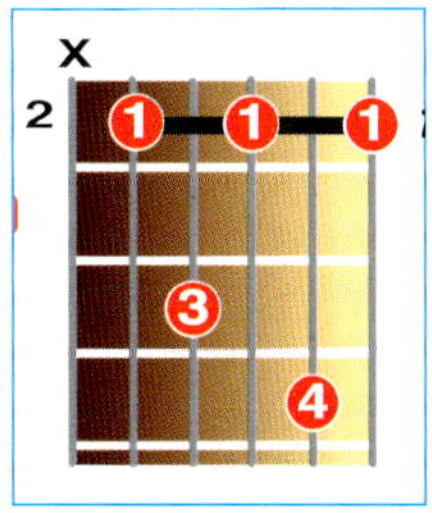

B7sus4 B Dominant 7th sus4
1st (B), 4th (E), 5th (F♯), ♭7th (A)

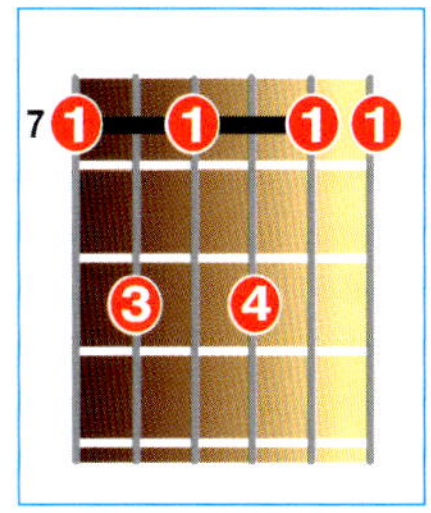

B7sus4 B Dominant 7th sus4
1st (B), 4th (E), 5th (F♯), ♭7th (A)

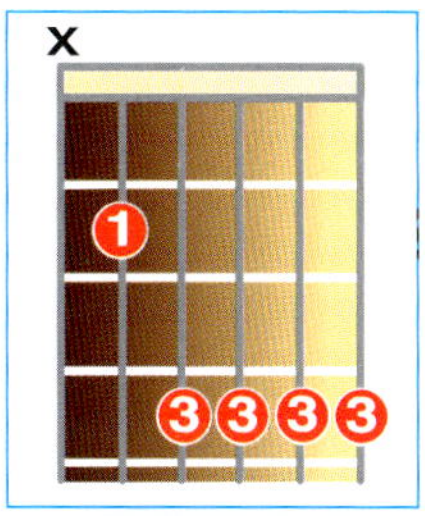

B6 B Major 6th
1st (B), 3rd (D♯), 5th (F♯), 6th (G♯)

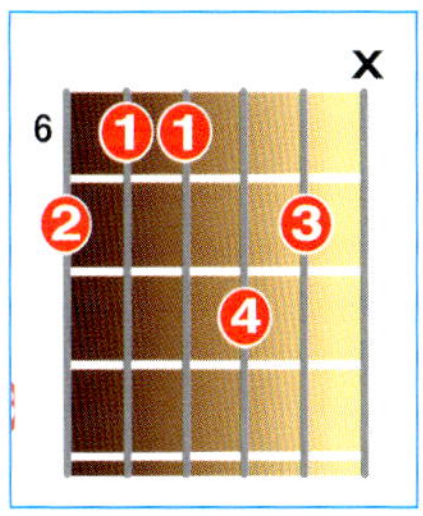

B6 B Major 6th
1st (B), 3rd (D♯), 5th (F♯), 6th (G♯)

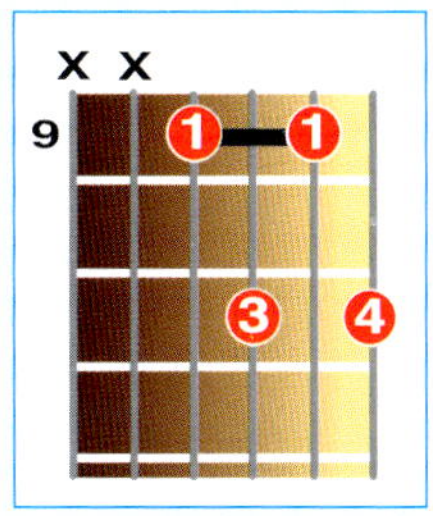

B6 B Major 6th
1st (B), 3rd (D♯), 5th (F♯), 6th (G♯)

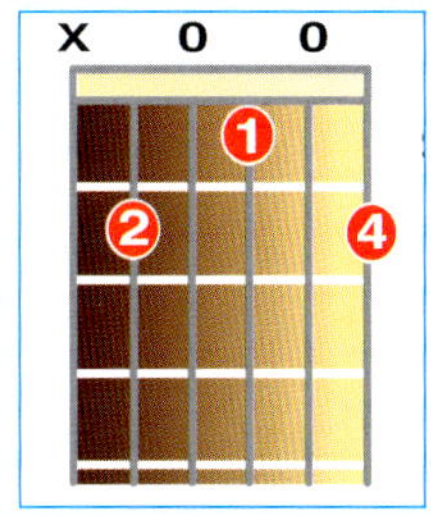

Bm6 B Minor 6th
1st (B), ♭3rd (D), 5th (F♯), 6th (G♯)

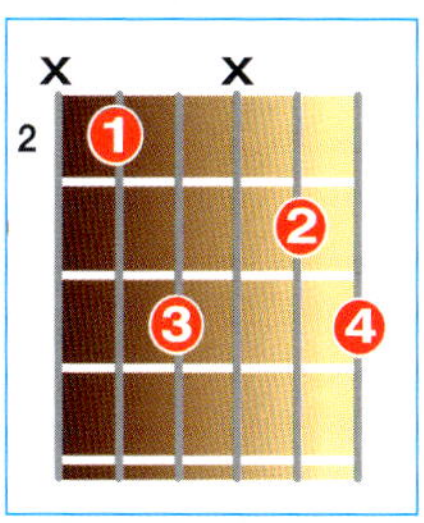

Bm6 B Minor 6th
1st (B), ♭3rd (D), 5th (F♯), 6th (G♯)

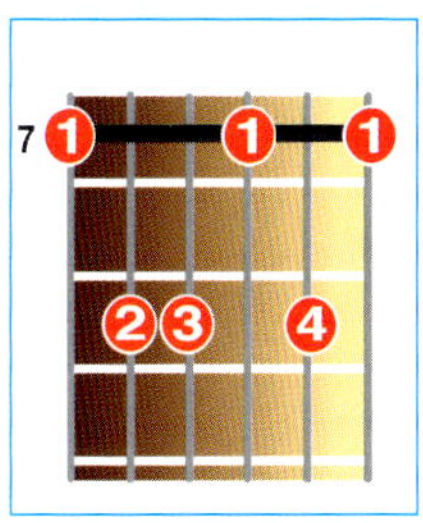

Bm6 B Minor 6th
1st (B), ♭3rd (D), 5th (F♯), 6th (G♯)

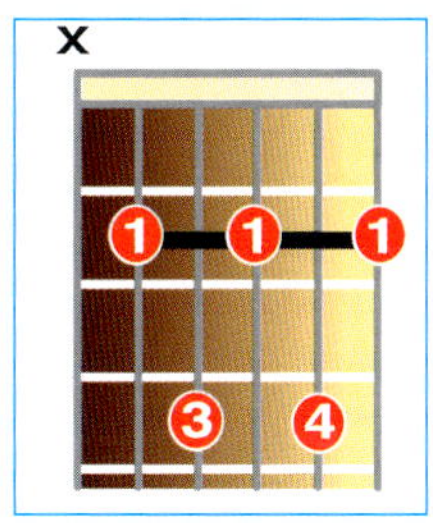

B7 B Dominant 7th
1st (B), 3rd (D♯), 5th (F♯), ♭7th (A)

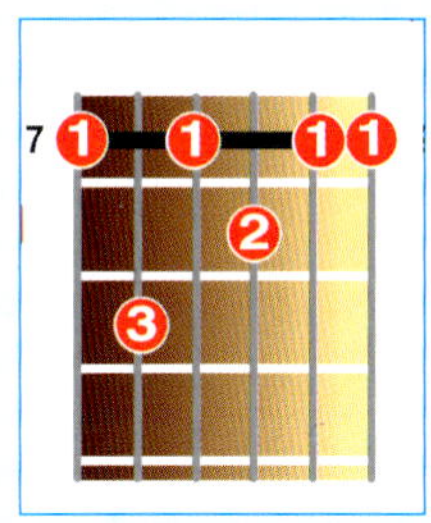

B7 B Dominant 7th
1st (B), 3rd (D♯), 5th (F♯), ♭7th (A)

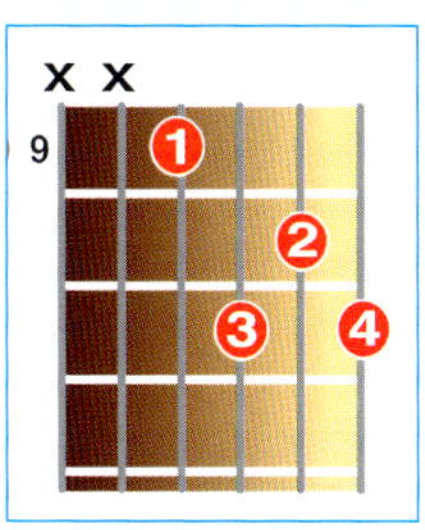

B7 B Dominant 7th
1st (B), 3rd (D♯), 5th (F♯), ♭7th (A)

B9 B Dominant 9th
1st (B), 3rd (D♯), 5th (F♯), ♭7th (A), 9th (C♯)

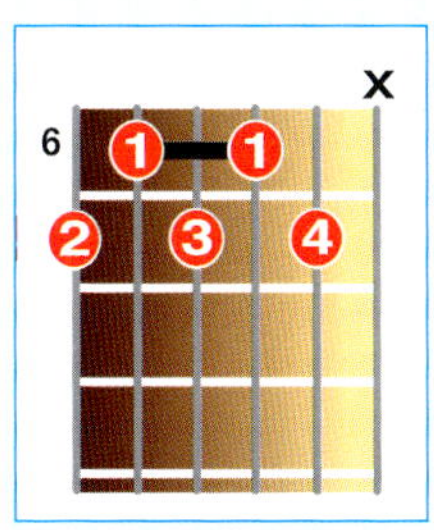

B9 B Dominant 9th
1st (B), 3rd (D♯), 5th (F♯), ♭7th (A), 9th (C♯)

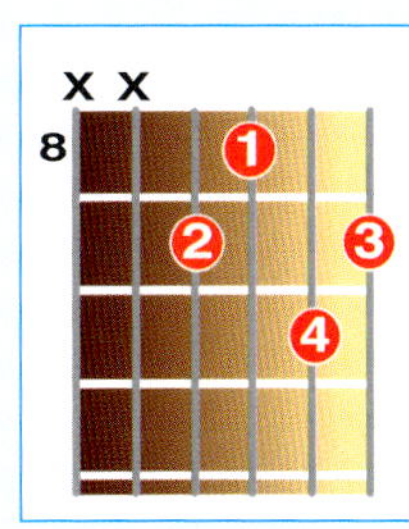

B9 B Dominant 9th
1st (B), 3rd (D♯), 5th (F♯), ♭7th (A), 9th (C♯)

Section Five: Chord Dictionary

B ADVANCED CHORDS

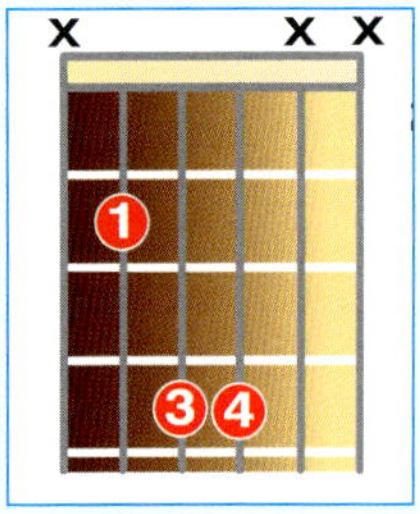

B5 B 5th (power chord)
1st (B), 5th (F♯)

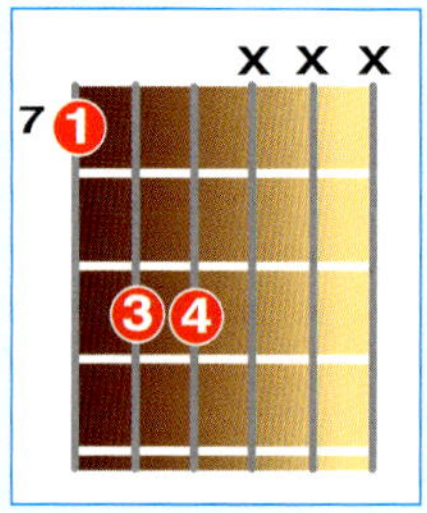

B5 B 5th (power chord)
1st (B), 5th (F♯)

B 6/9 B Major 6th add 9th
1st (B), 3rd (D♯), 5th (F♯),
6th (G♯), 9th (C♯)

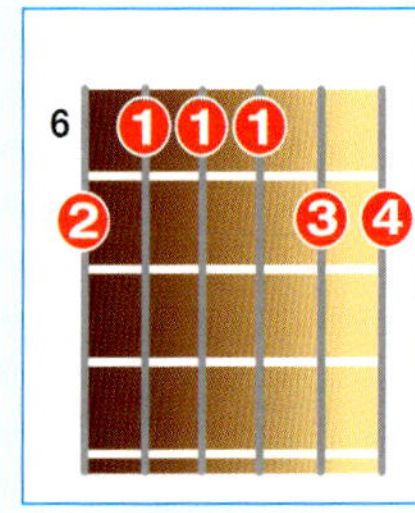

B 6/9 B Major 6th add 9th
1st (B), 3rd (D♯), 5th (F♯),
6th (G♯), 9th (C♯)

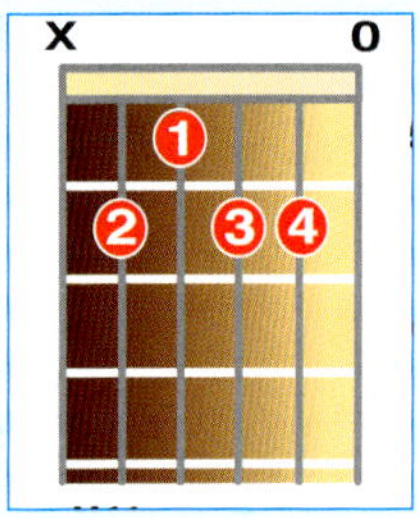

B11 B Dominant 11th
1st (B), 3rd (D♯), 5th (F♯),
♭7th (A), 9th (C♯), 11th (E)

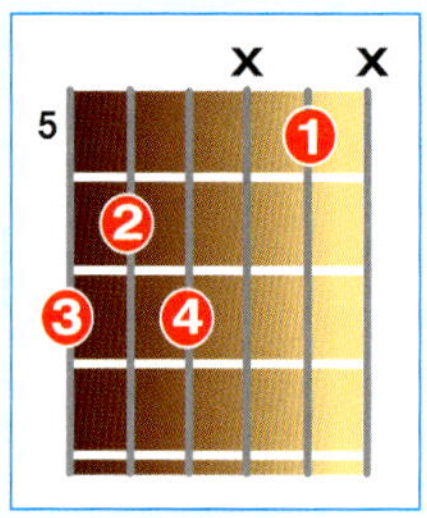

B11 B Dominant 11th
1st (B), 3rd (D♯), 5th (F♯),
♭7th (A), 9th (C♯), 11th (E)

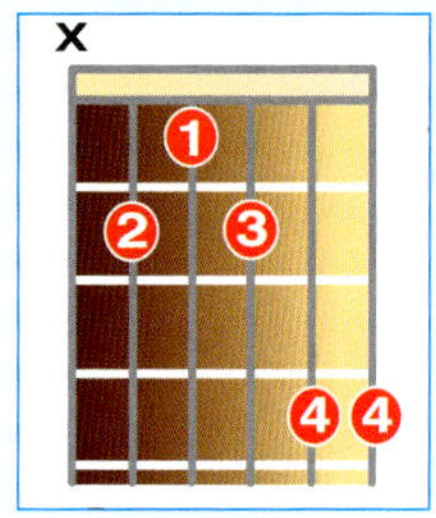

B13 B Dominant 13th
1st (B), 3rd (D♯), 5th (F♯),
♭7th (A), 9th (C♯), 13th (G♯)

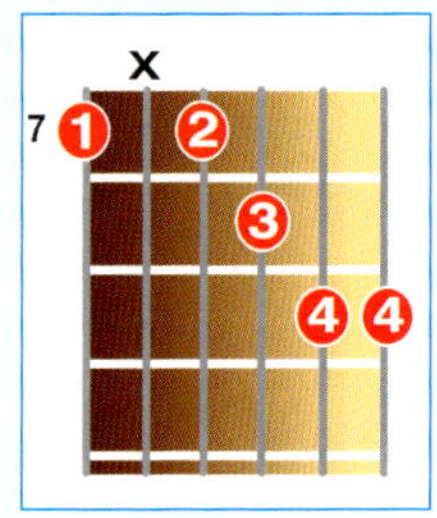

B13 B Dominant 13th
1st (B), 3rd (D♯), 5th (F♯),
♭7th (A), 9th (C♯), 13th (G♯)

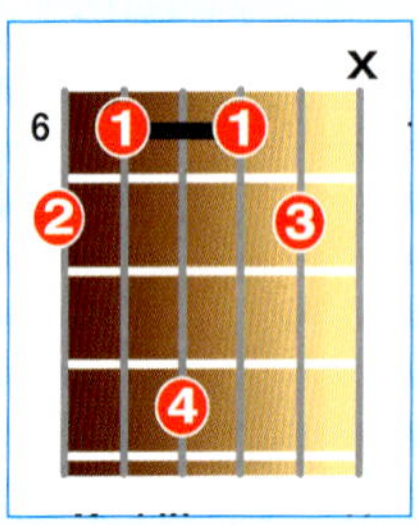

Badd9 B Major add 9th
1st (B), 3rd (D♯), 5th (F♯), 9th (C♯)

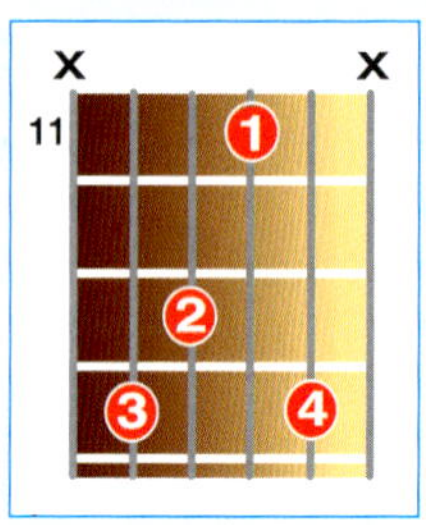

Badd9 B Major add 9th
1st (B), 3rd (D♯), 5th (F♯), 9th (C♯)

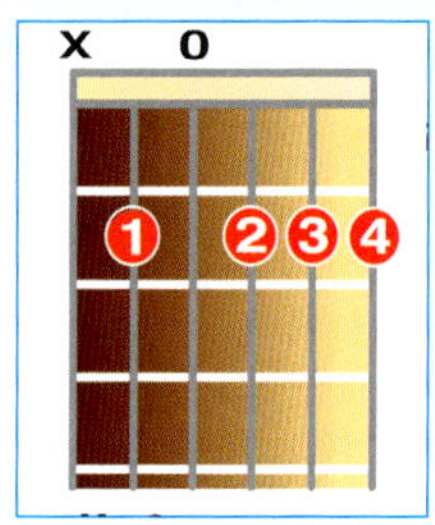

Bm9 B Minor 9th
1st (B), ♭3rd (D), 5th (F♯),
♭7th (A), 9th (C♯)

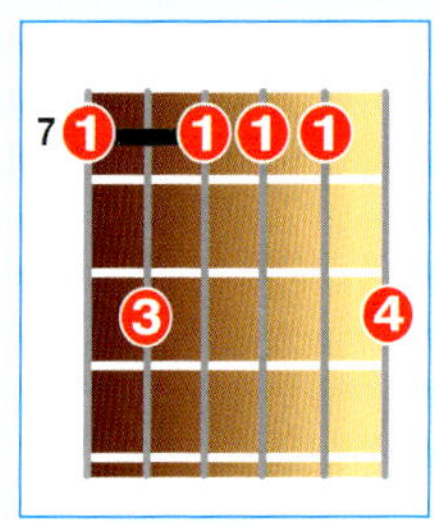

Bm9 B Minor 9th
1st (B), ♭3rd (D), 5th (F♯),
♭7th (A), 9th (C♯)

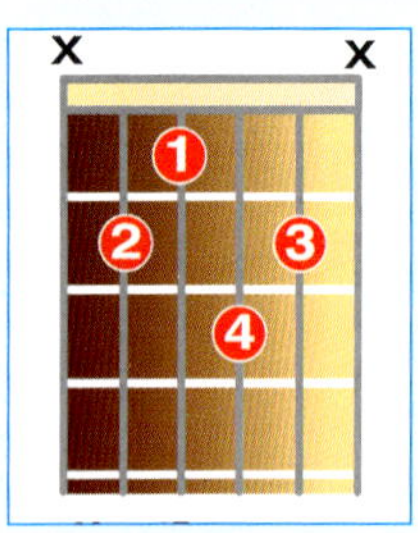

Bmaj9 B Major 9th
1st (B), 3rd (D♯), 5th (F♯),
7th (A♯), 9th (C♯)

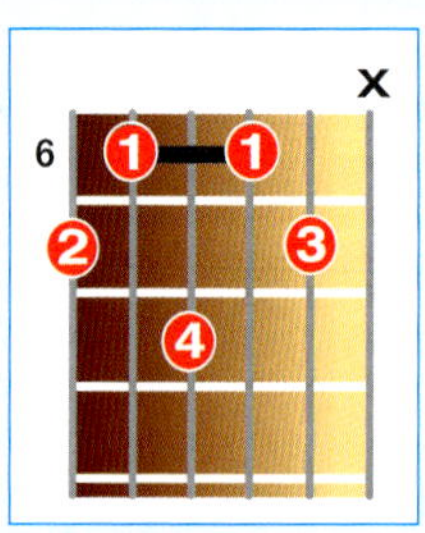

Bmaj9 B Major 9th
1st (B), 3rd (D♯), 5th (F♯),
7th (A♯), 9th (C♯)

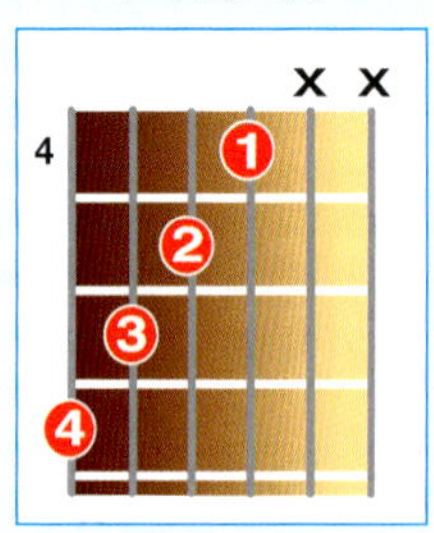

B+ B Augmented
1st (B), 3rd (D♯), ♯5th (Fx)

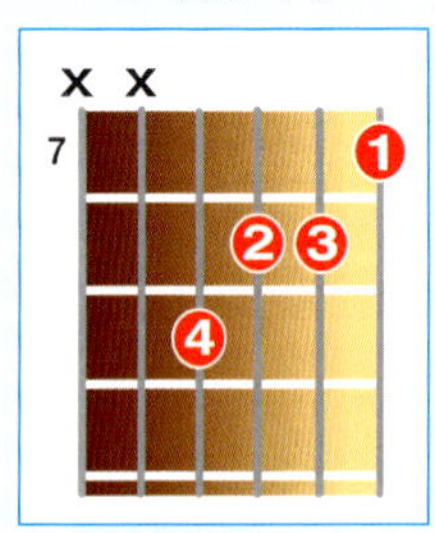

B+ B Augmented
1st (B), 3rd (D♯), ♯5th (Fx)

Complete Guitar Handbook

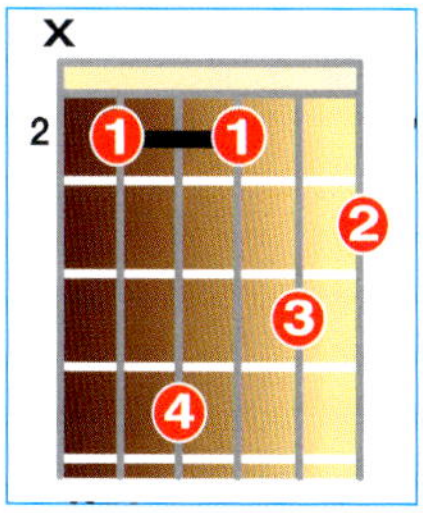

B7♯5 B Dominant 7th ♯5
1st (B), 3rd (D♯), ♯5th (Fx), b7th (A)

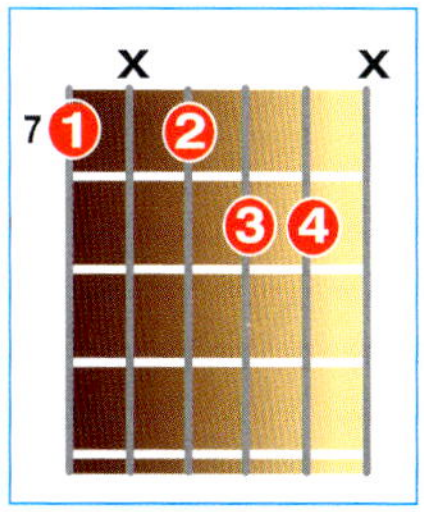

B7♯5 B Dominant 7th ♯5
1st (B), 3rd (D♯), ♯5th (Fx), b7th (A)

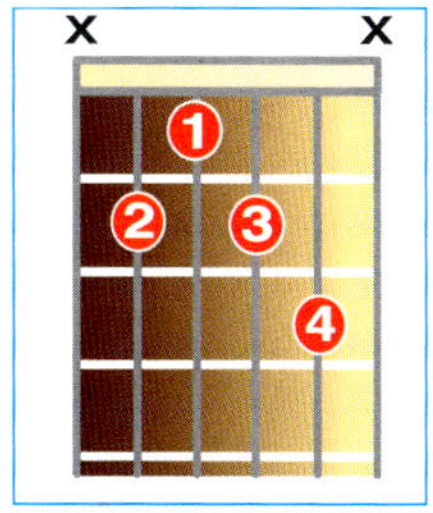

B7♯9 B Dominant 7th ♯9
1st (B), 3rd (D♯), 5th (F♯), ♭7th (A), ♯9th (Cx)

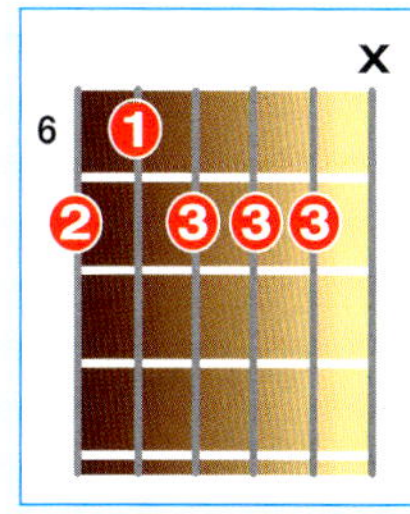

B7♯9 B Dominant 7th ♯9
1st (B), 3rd (D♯), 5th (F♯), ♭7th (A), ♯9th (Cx)

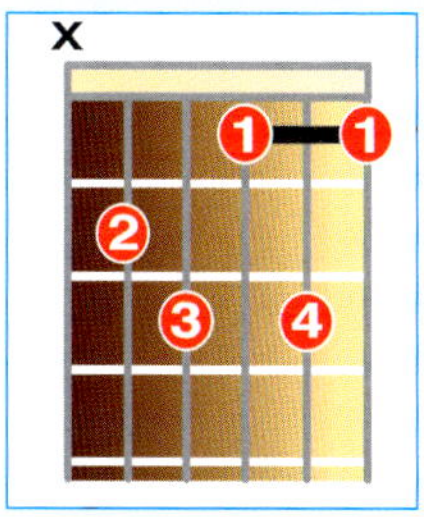

Bo7 B Diminished 7th
1st (B), ♭3rd (D), ♭5th (F), ♭♭7th (A♭)

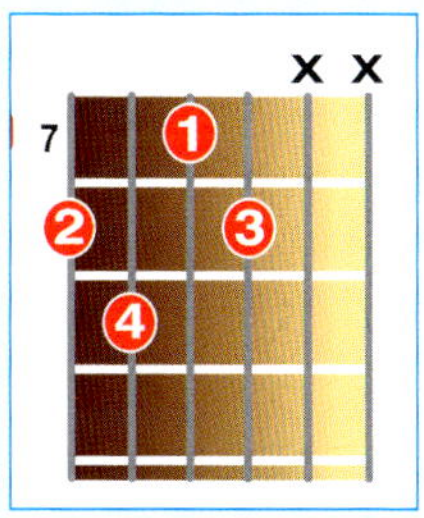

Bo7 B Diminished 7th
1st (B), ♭3rd (D), ♭5th (F), ♭♭7th (A♭)

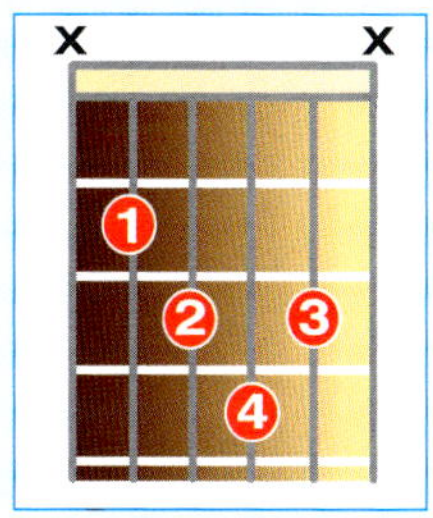

Bo B Diminished triad
1st (B), ♭3rd (D), ♭5th (F)

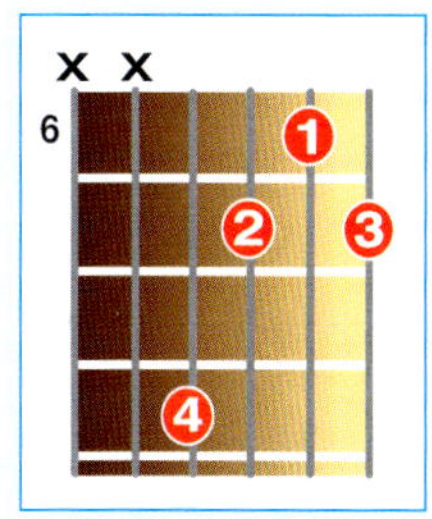

Bo B Diminished triad
1st (B), ♭3rd (D), ♭5th (F)

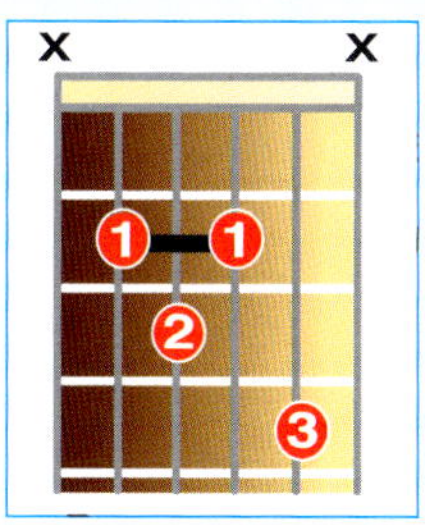

B7♭5 B Dominant 7th ♭5
1st (B), 3rd (D♯), ♭5th (F), ♭7th (A)

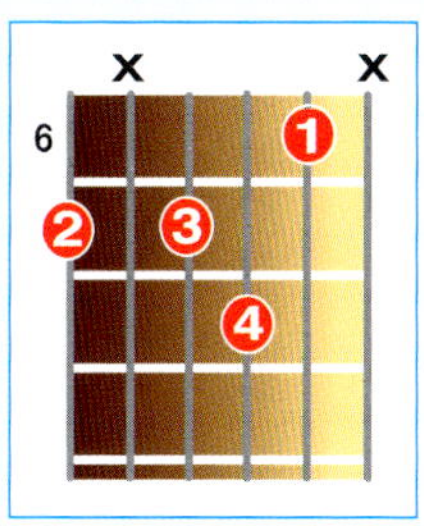

B7♭5 B Dominant 7th ♭5
1st (B), 3rd (D♯), ♭5th (F), ♭7th (A)

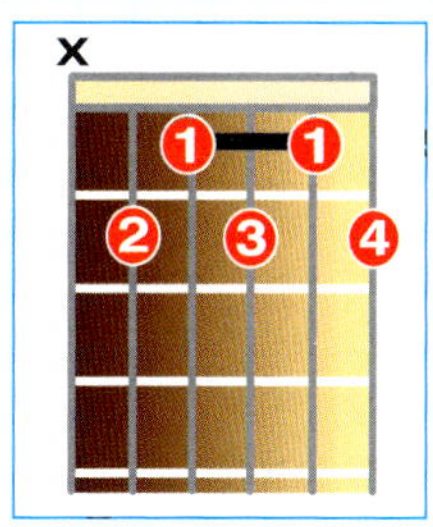

B7♭9 B Dominant 7th ♭9
1st (B), 3rd (D♯), 5th (F♯), ♭7th (A), ♭9th (C)

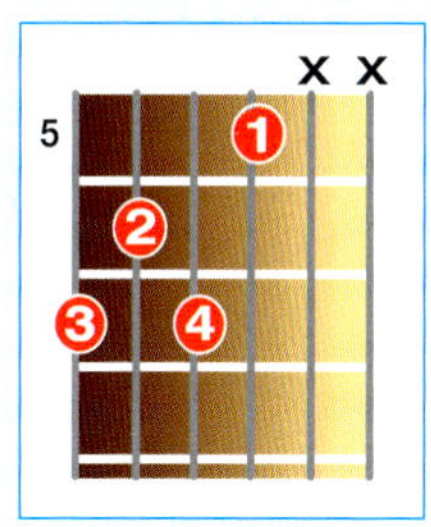

B7♭9 B Dominant 7th ♭9
1st (B), 3rd (D♯), 5th (F♯), ♭7th (A), ♭9th (C)

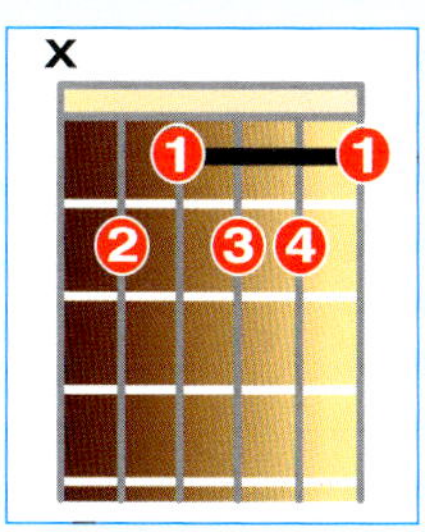

B9♭5 B Dominant 9th ♭5th
1st (B), 3rd (D♯), ♭5th (F), ♭7th (A), 9th (C♯)

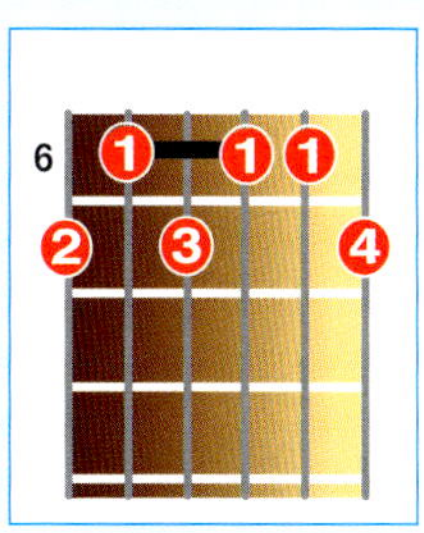

B9♭5 B Dominant 9th ♭5th
1st (B), 3rd (D♯), ♭5th (F), ♭7th (A), 9th (C♯)

Scale of B major

B	C♯	D♯	E	F♯	G♯	A♯
1st	2nd	3rd	4th	5th	6th	7th
	9th		11th		13th	

Section Five: Chord Dictionary

C MAIN CHORDS

C

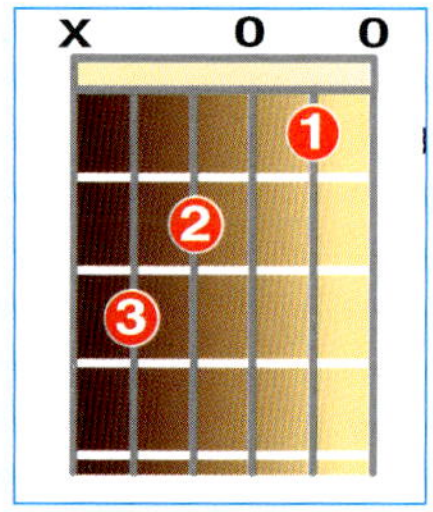

C C Major
1st (C), 3rd (E), 5th (G)

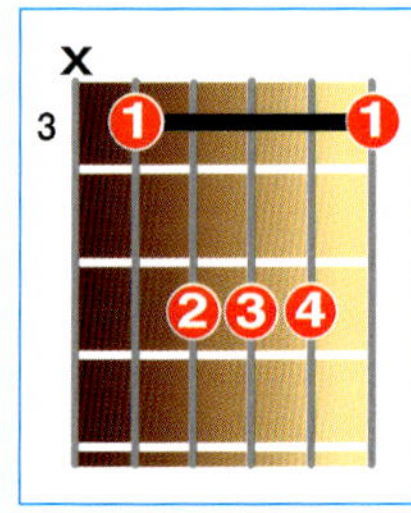

C C Major
1st (C), 3rd (E), 5th (G)

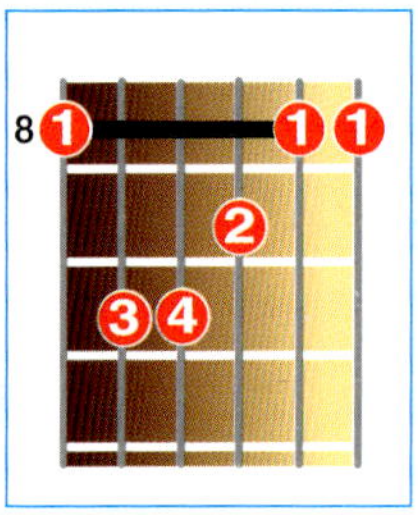

C C Major
1st (C), 3rd (E), 5th (G)

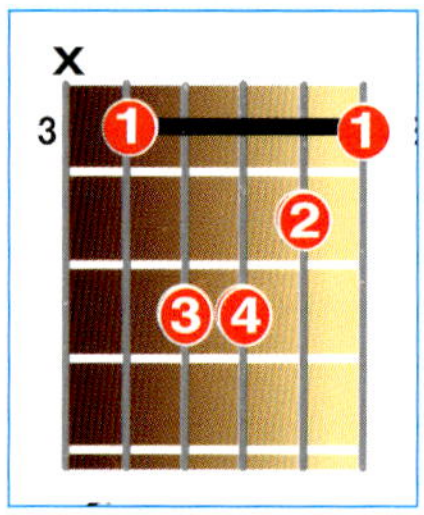

Cm C Minor
1st (C), ♭3rd (E♭), 5th (G)

Cm C Minor
1st (C), ♭3rd (E♭), 5th (G)

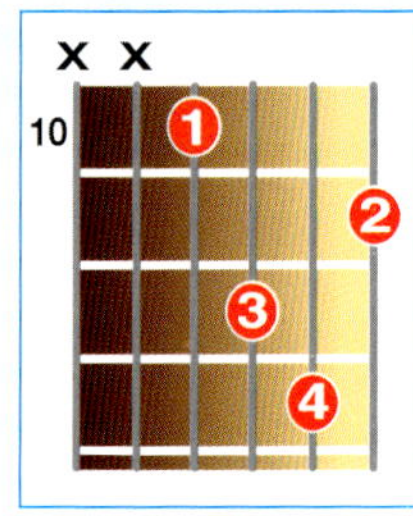

Cm C Minor
1st (C), ♭3rd (E♭), 5th (G)

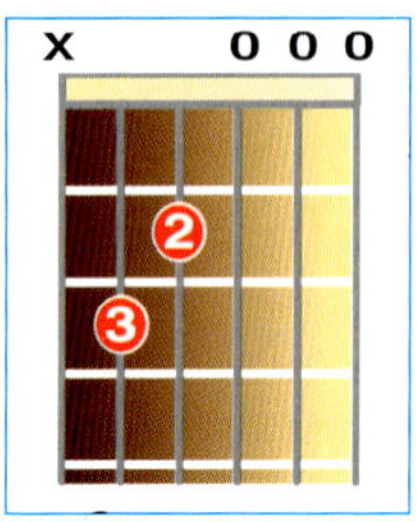

Cmaj7 C Major 7th
1st (C), 3rd (E), 5th (G), 7th (B)

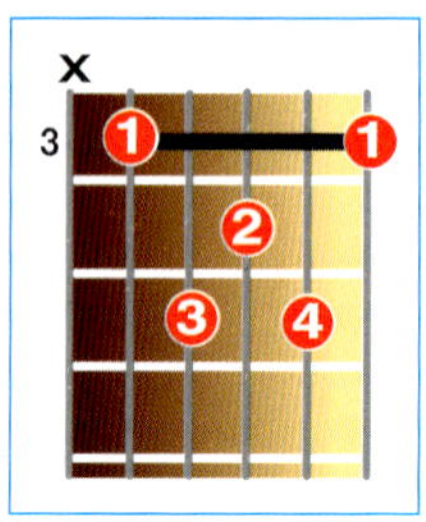

Cmaj7 C Major 7th
1st (C), 3rd (E), 5th (G), 7th (B)

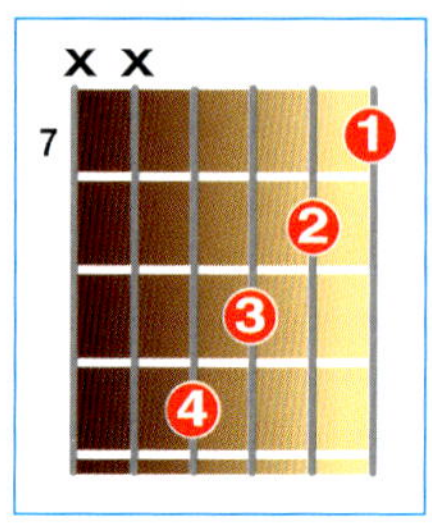

Cmaj7 C Major 7th
1st (C), 3rd (E), 5th (G), 7th (B)

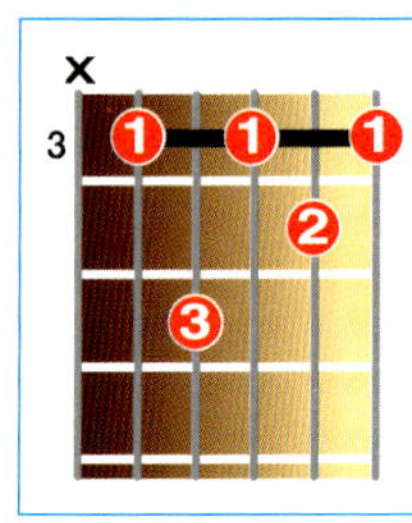

Cm7 C Minor 7th
1st (C), ♭3rd (E♭),
5th (G), ♭7th (B♭)

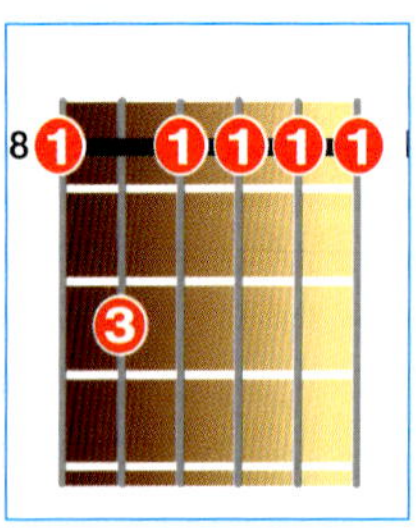

Cm7 C Minor 7th
1st (C), ♭3rd (E♭),
5th (G), ♭7th (B♭)

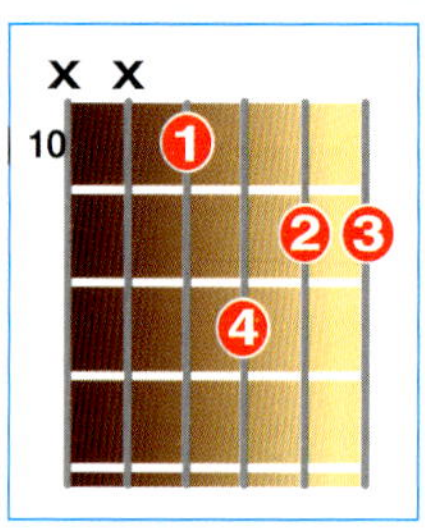

Cm7 C Minor 7th
1st (C), ♭3rd (E♭),
5th (G), ♭7th (B♭)

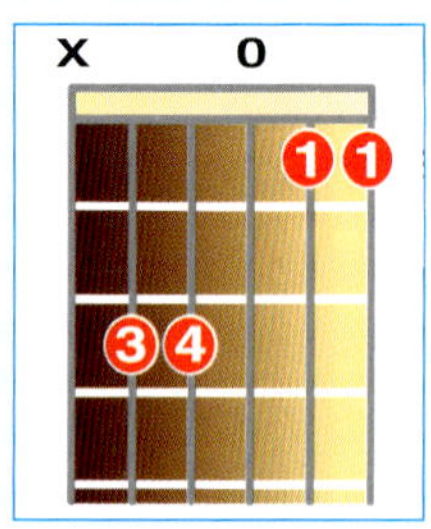

Csus4 C Suspended 4th
1st (C), 4th (F), 5th (G)

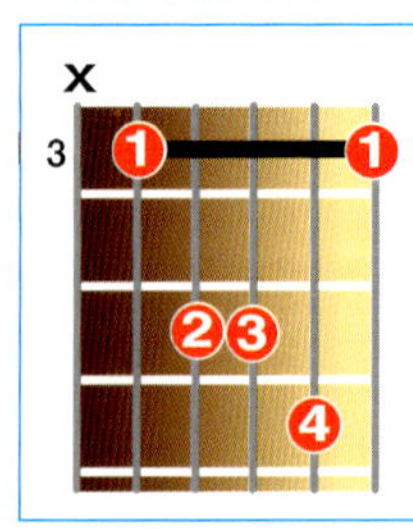

Csus4 C Suspended 4th
1st (C), 4th (F), 5th (G)

Complete Guitar Handbook

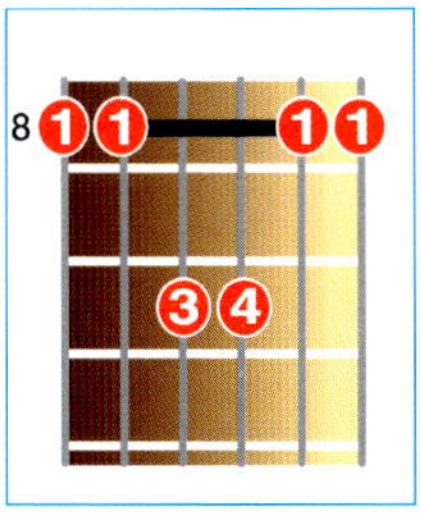

Csus4 C Suspended 4th
1st (C), 4th (F), 5th (G)

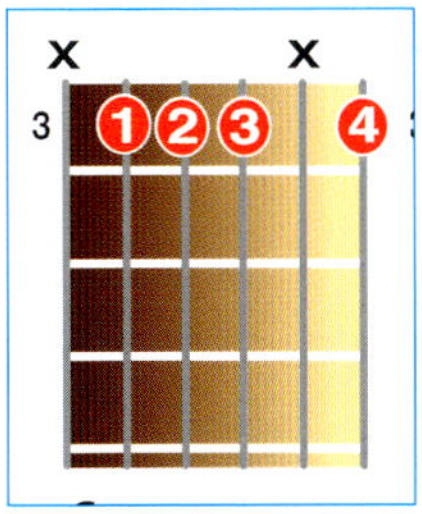

C7sus4 C Dominant 7th sus4
1st (C), 4th (F), 5th (G), ♭7th (B♭)

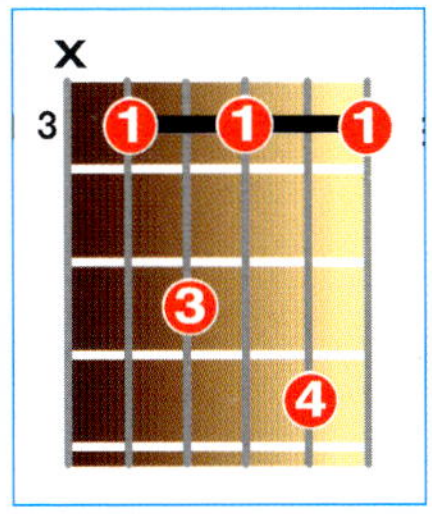

C7sus4 C Dominant 7th sus4
1st (C), 4th (F), 5th (G), ♭7th (B♭)

C7sus4 C Dominant 7th sus4
1st (C), 4th (F), 5th (G), ♭7th (B♭)

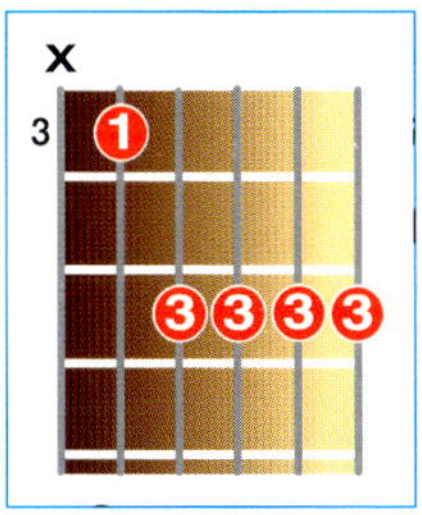

C6 C Major 6th
1st (C), 3rd (E), 5th (G), 6th (A)

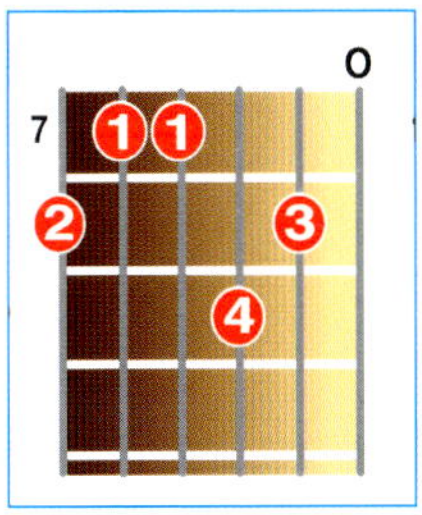

C6 C Major 6th
1st (C), 3rd (E), 5th (G), 6th (A)

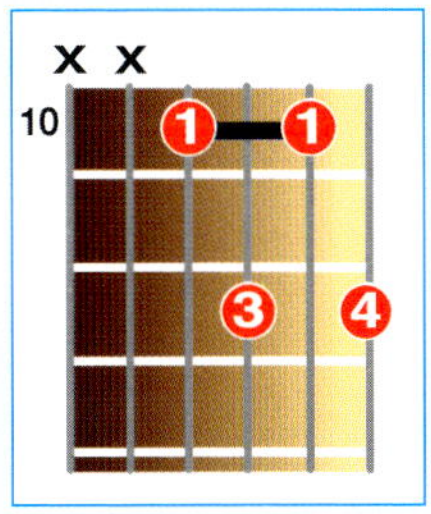

C6 C Major 6th
1st (C), 3rd (E), 5th (G), 6th (A)

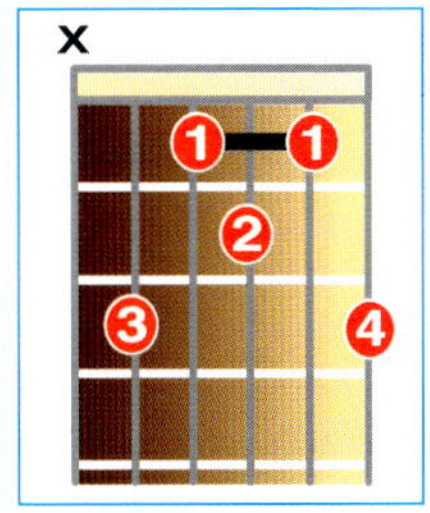

Cm6 C Minor 6th
1st (C), ♭3rd (E♭), 5th (G), 6th (A)

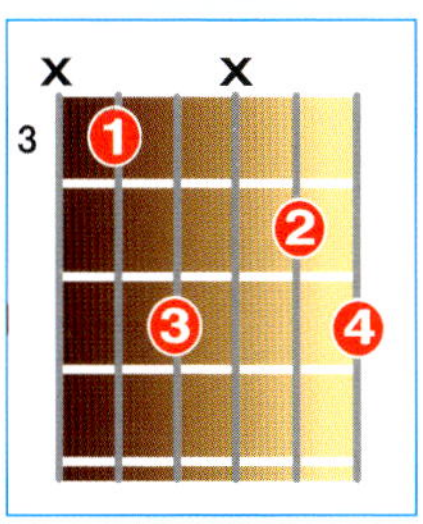

Cm6 C Minor 6th
1st (C), ♭3rd (E♭), 5th (G), 6th (A)

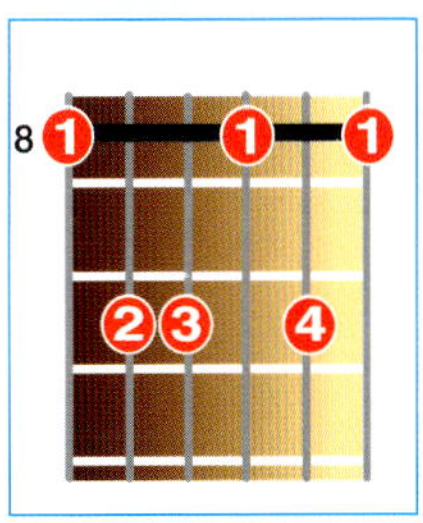

Cm6 C Minor 6th
1st (C), ♭3rd (E♭), 5th (G), 6th (A)

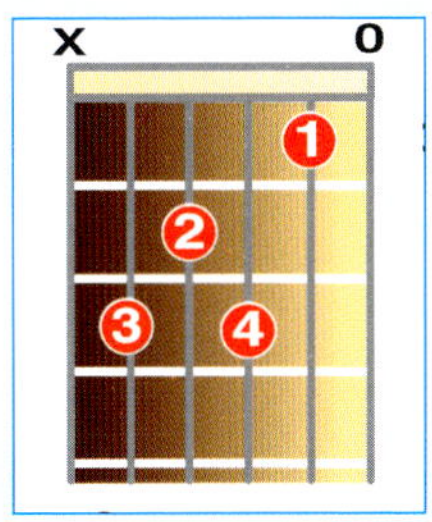

C7 C Dominant 7th
1st (C), 3rd (E), 5th (G), ♭7th (B♭)

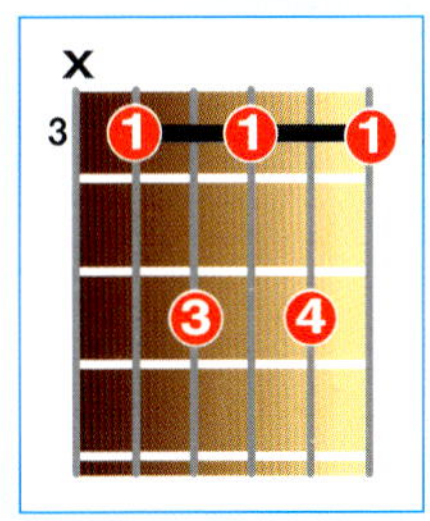

C7 C Dominant 7th
1st (C), 3rd (E), 5th (G), ♭7th (B♭)

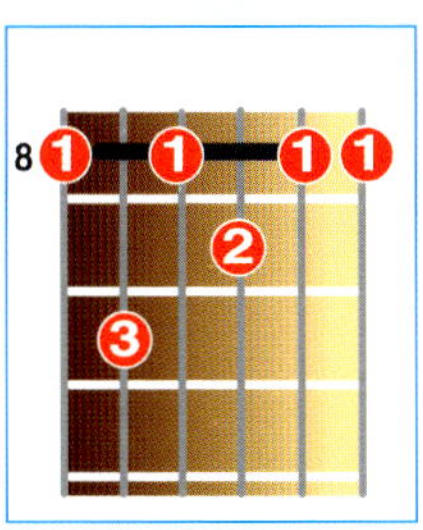

C7 C Dominant 7th
1st (C), 3rd (E), 5th (G), ♭7th (B♭)

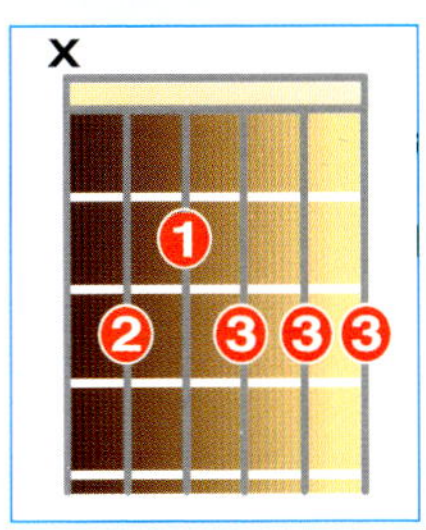

C9 C Dominant 9th
1st (C), 3rd (E), 5th (G),
♭7th (B♭), 9th (D)

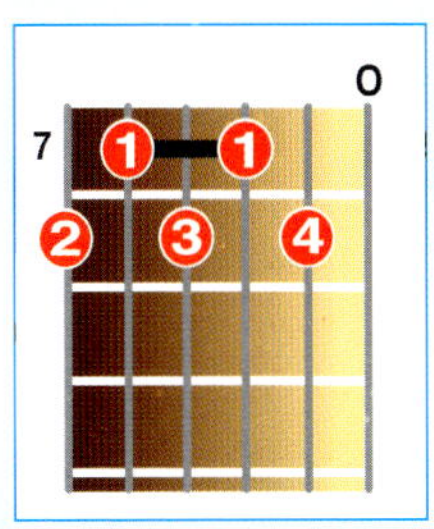

C9 C Dominant 9th
1st (C), 3rd (E), 5th (G),
♭7th (B♭), 9th (D)

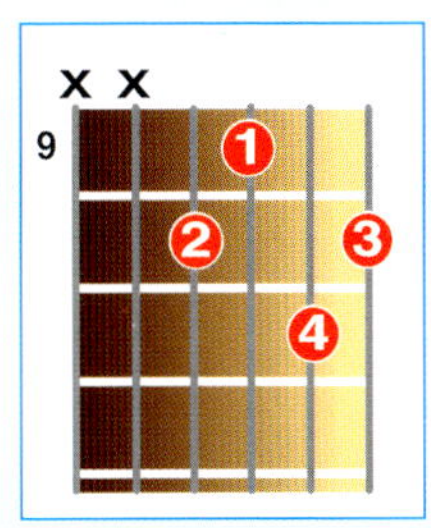

C9 C Dominant 9th
1st (C), 3rd (E), 5th (G),
♭7th (B♭), 9th (D)

Section Five: Chord Dictionary

C ADVANCED CHORDS

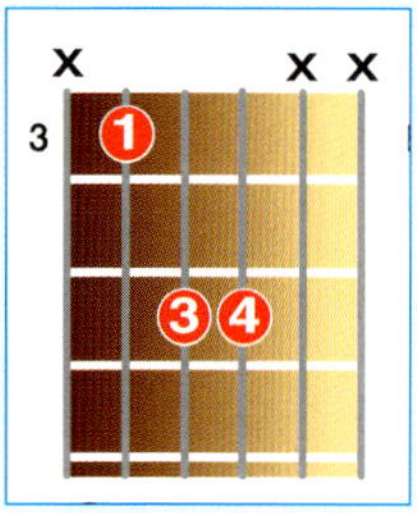

C5 C 5th (power chord)
1st (C), 5th (G)

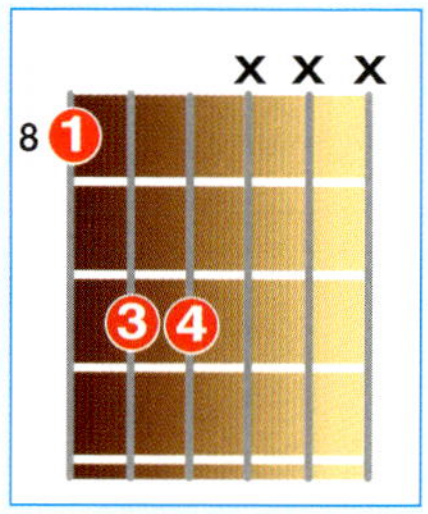

C5 C 5th (power chord)
1st (C), 5th (G)

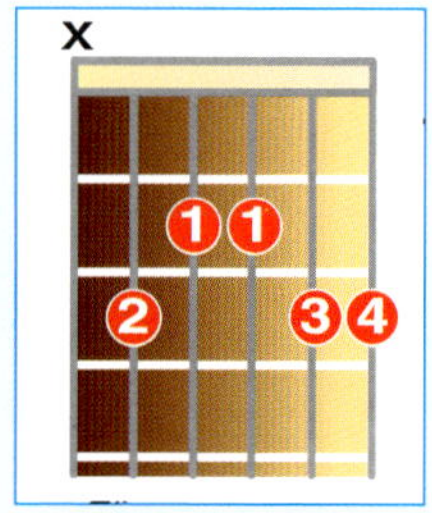

C 6/9 C Major 6th add 9th
1st (C), 3rd (E), 5th (G), 6th (A), 9th (D)

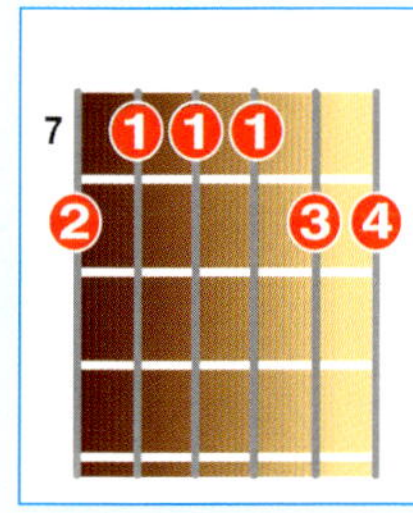

C 6/9 C Major 6th add 9th
1st (C), 3rd (E), 5th (G), 6th (A), 9th (D)

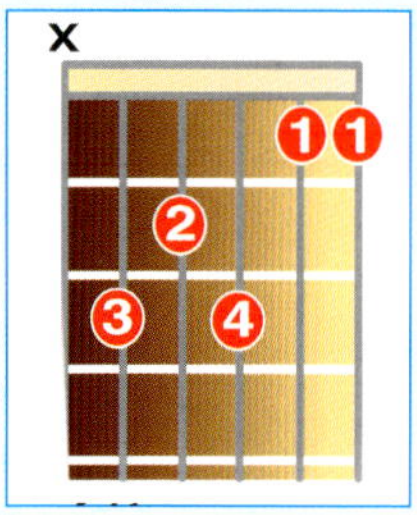

C11 C Dominant 11th
1st (C), 3rd (E), 5th (G), ♭7th (B♭), 9th (D), 11th (F)

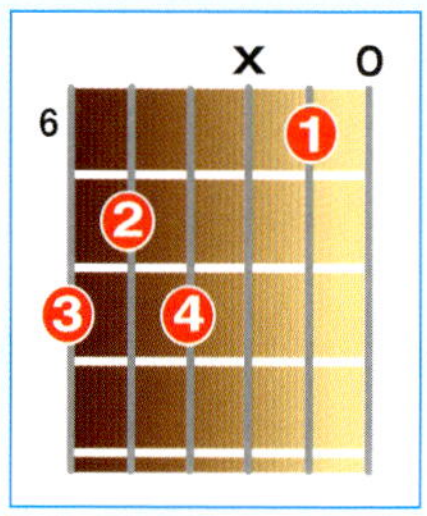

C11 C Dominant 11th
1st (C), 3rd (E), 5th (G), ♭7th (B♭), 9th (D), 11th (F)

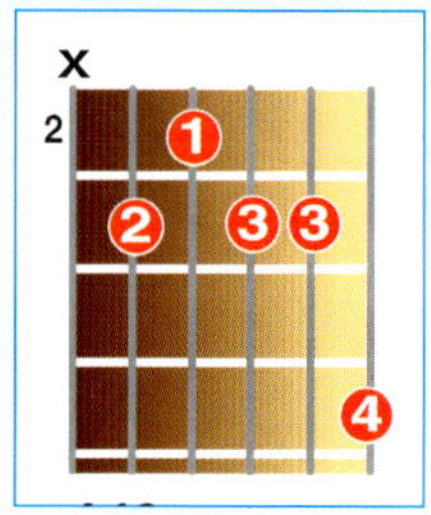

C13 C Dominant 13th
1st (C), 3rd (E), 5th (G), ♭7th (B♭), 9th (D), 13th (A)

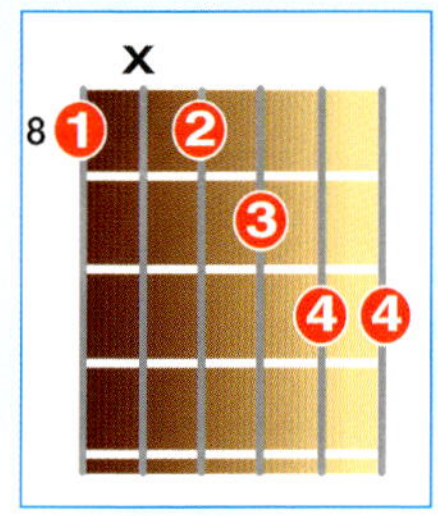

C13 C Dominant 13th
1st (C), 3rd (E), 5th (G), ♭7th (B♭), 9th (D), 13th (A)

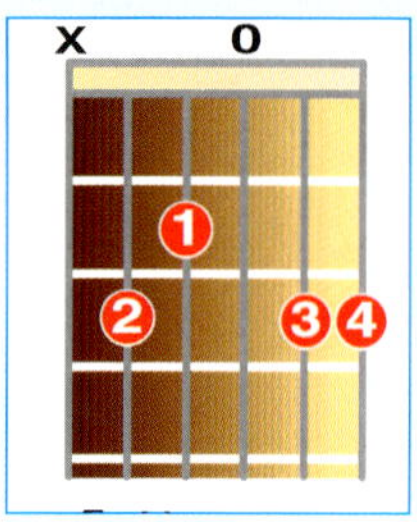

Cadd9 C Major add 9th
1st (C), 3rd (E), 5th (G), 9th (D)

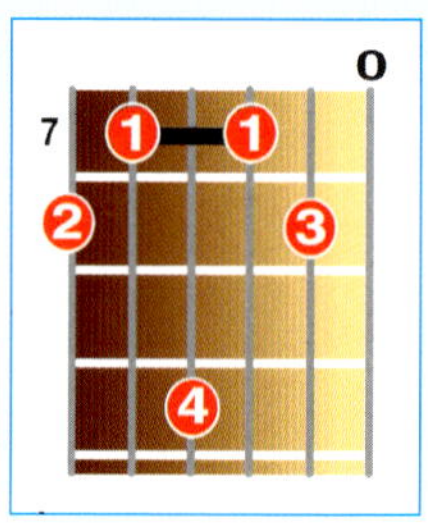

Cadd9 C Major add 9th
1st (C), 3rd (E), 5th (G), 9th (D)

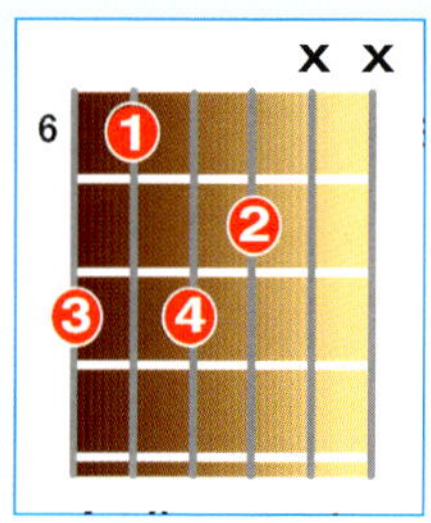

Cm9 C Minor 9th
1st (C), ♭3rd (E♭), 5th (G), ♭7th (B♭), 9th (D)

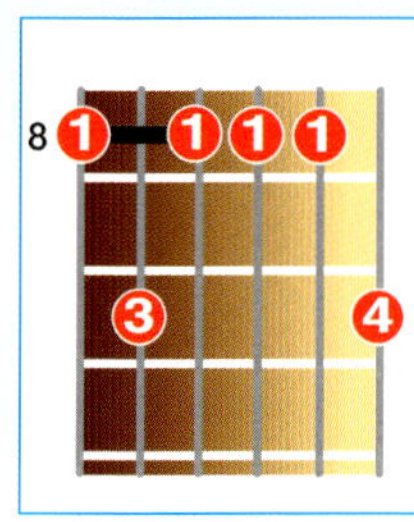

Cm9 C Minor 9th
1st (C), ♭3rd (E♭), 5th (G), ♭7th (B♭), 9th (D)

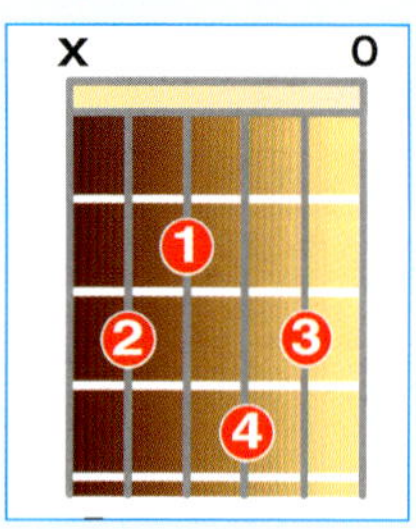

Cmaj9 C Major 9th
1st (C), 3rd (E), 5th (G), 7th (B), 9th (D)

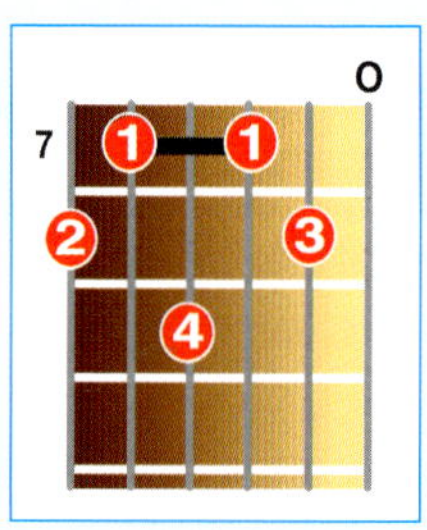

Cmaj9 C Major 9th
1st (C), 3rd (E), 5th (G), 7th (B), 9th (D)

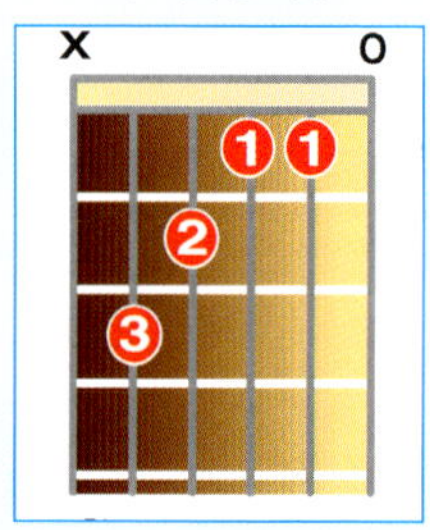

C+ C Augmented
1st (C), 3rd (E), ♯5th (G♯)

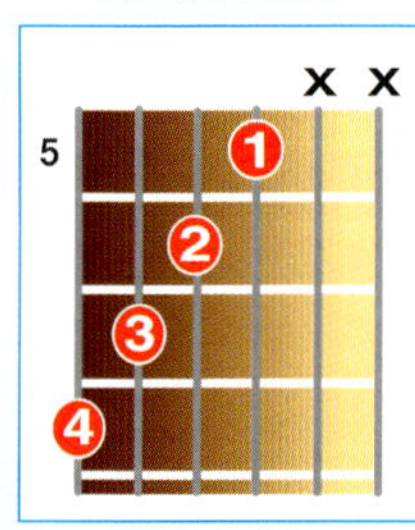

C+ C Augmented
1st (C), 3rd (E), ♯5th (G♯)

Complete Guitar Handbook

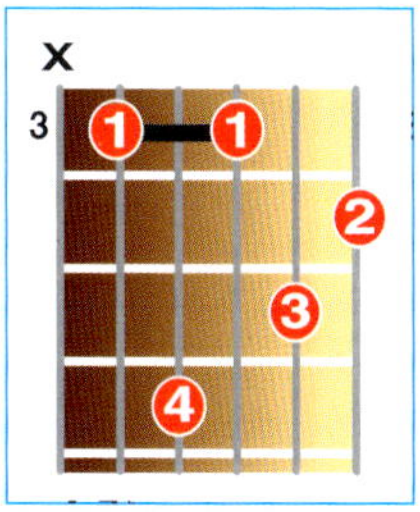

C7♯5 C Dominant 7th ♯5
1st (C), 3rd (E), ♯5th (G♯), ♭7th (B♭)

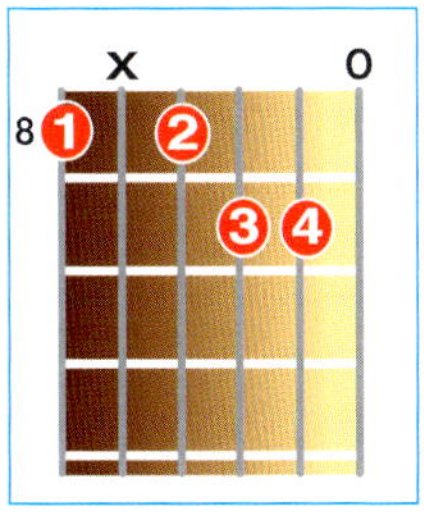

C7♯5 C Dominant 7th ♯5
1st (C), 3rd (E), ♯5th (G♯), ♭7th (B♭)

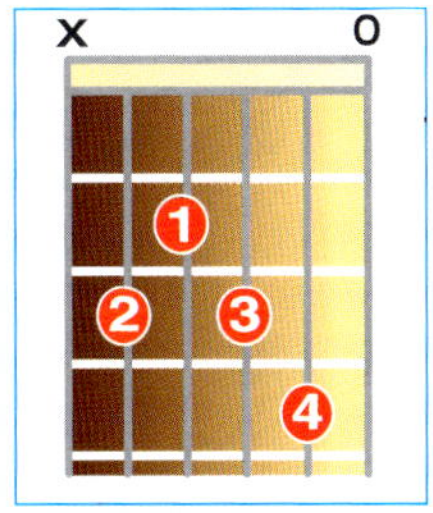

C7♯9 C Dominant 7th ♯9
1st (C), 3rd (E), 5th (G),
♭7th (B♭), ♯9th (D♯)

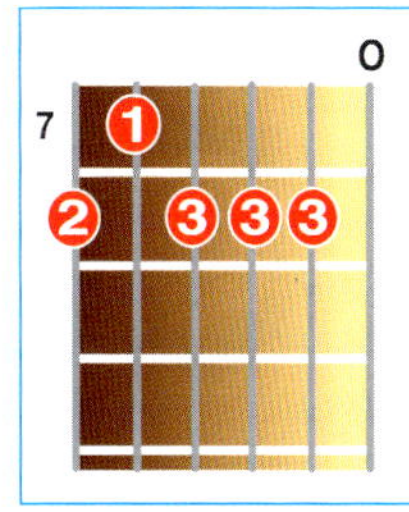

C7♯9 C Dominant 7th ♯9
1st (C), 3rd (E), 5th (G),
♭7th (B♭), ♯9th (D♯)

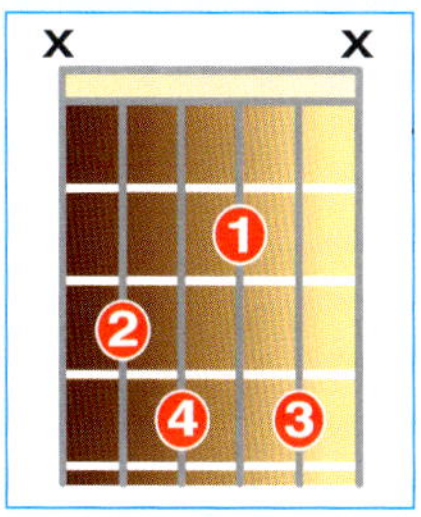

Co7 C Diminished 7th
1st (C), ♭3rd (E♭), ♭5th (G♭), ♭♭7th (B♭♭)

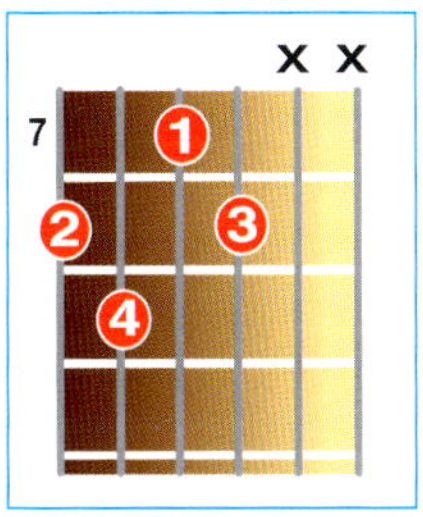

Co7 C Diminished 7th
1st (C), ♭3rd (E♭), ♭5th (G♭), ♭♭7th (B♭♭)

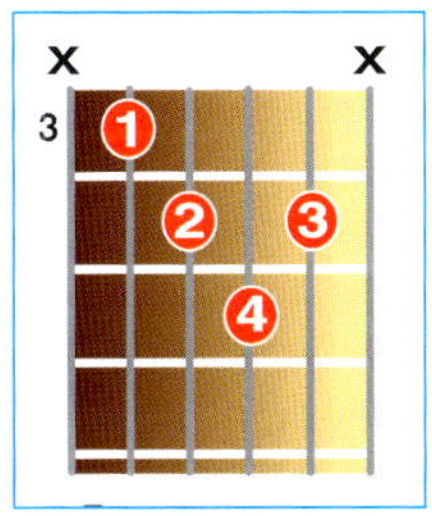

Co C Diminished triad
1st (C), ♭3rd (E♭), ♭5th (G♭)

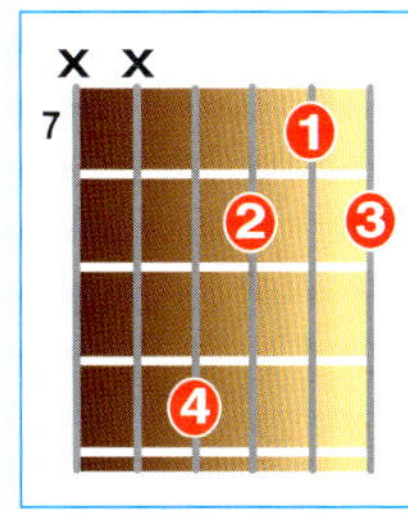

Co C Diminished triad
1st (C), ♭3rd (E♭), ♭5th (G♭)

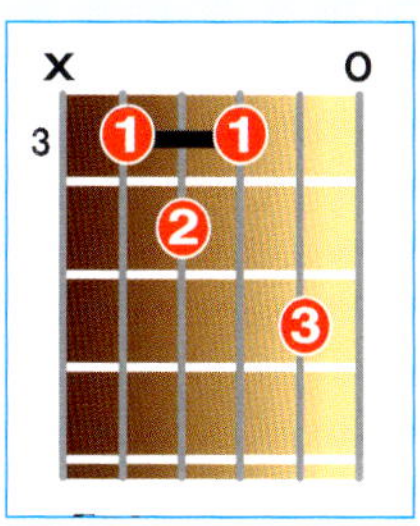

C7♭5 C Dominant 7th ♭5
1st (C), 3rd (E), ♭5th (G♭), ♭7th (B♭)

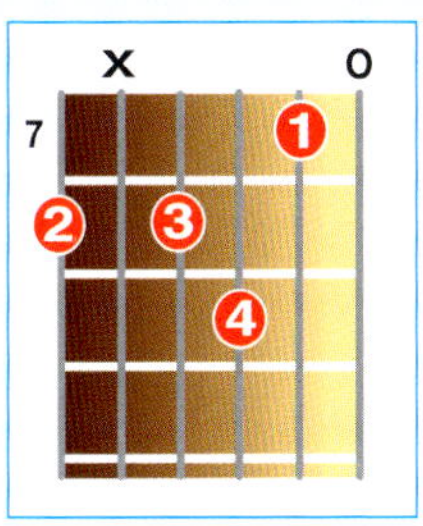

C7♭5 C Dominant 7th ♭5
1st (C), 3rd (E), ♭5th (G♭), ♭7th (B♭)

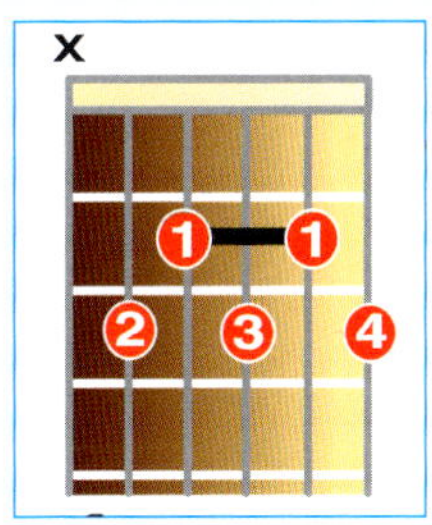

C7♭9 C Dominant 7th ♭9
1st (C), 3rd (E), 5th (G),
♭7th (B♭), ♭9th (D♭)

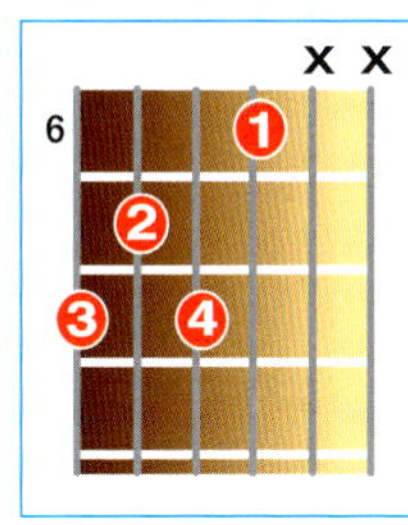

C7♭9 C Dominant 7th ♭9
1st (C), 3rd (E), 5th (G),
♭7th (B♭), ♭9th (D♭)

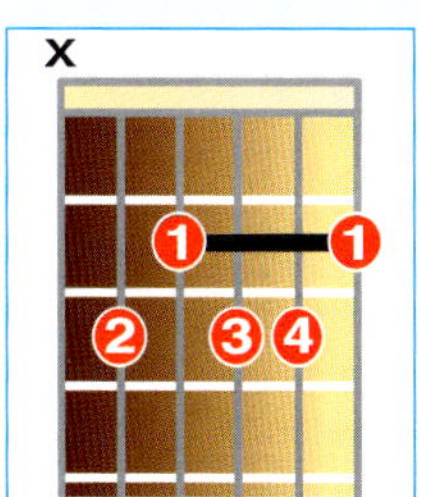

C9♭5 C Dominant 9th ♭5th
1st (C), 3rd (E), ♭5th (G♭),
♭7th (B♭), 9th (D)

C9♭5 C Dominant 9th ♭5th
1st (C), 3rd (E), ♭5th (G♭),
♭7th (B♭), 9th (D)

Scale of C major

C	D	E	F	G	A	B
1st	2nd	3rd	4th	5th	6th	7th
	9th		11th		13th	

Section Five: Chord Dictionary

C♯/D♭ MAIN CHORDS

C♯/D♭

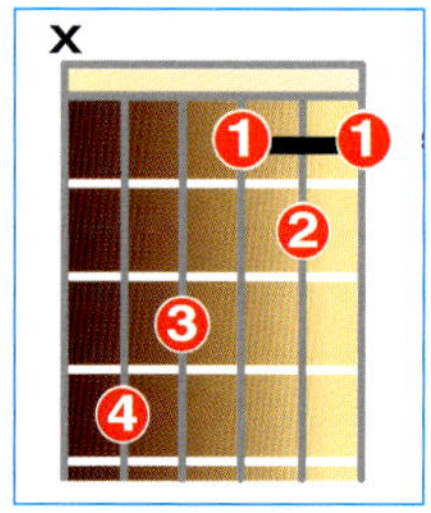

C♯ C♯ Major
1st (C♯), 3rd (E♯), 5th (G♯)

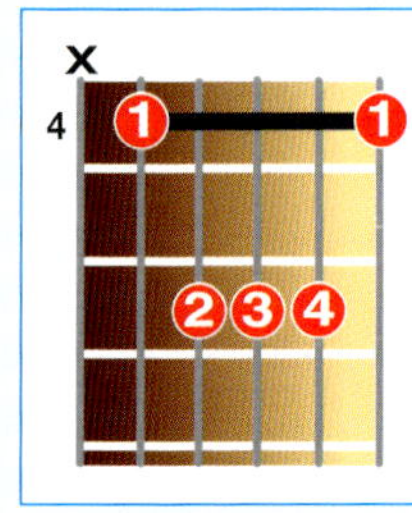

C♯ C♯ Major
1st (C♯), 3rd (E♯), 5th (G♯)

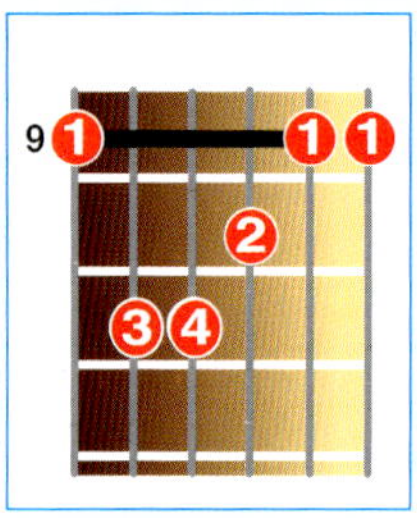

C♯ C♯ Major
1st (C♯), 3rd (E♯), 5th (G♯)

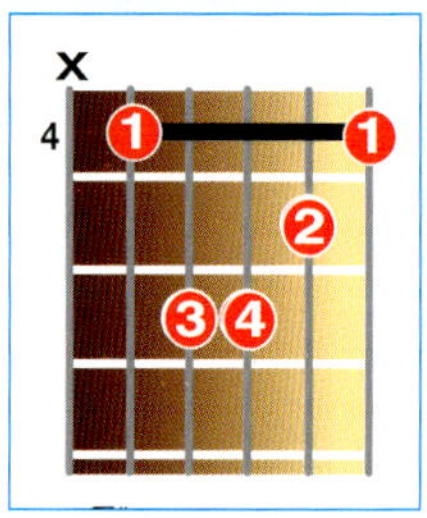

C♯m C♯ Minor
1st (C♯), ♭3rd (E), 5th (G♯)

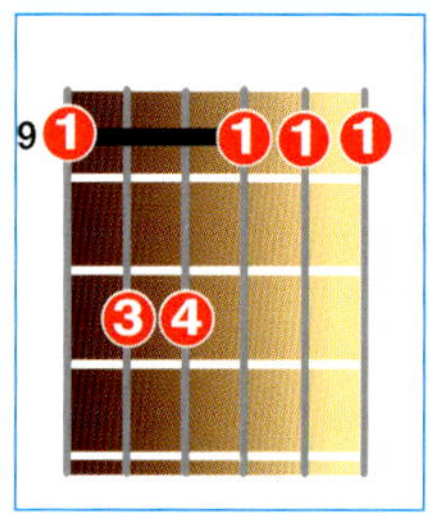

C♯m C♯ Minor
1st (C♯), ♭3rd (E), 5th (G♯)

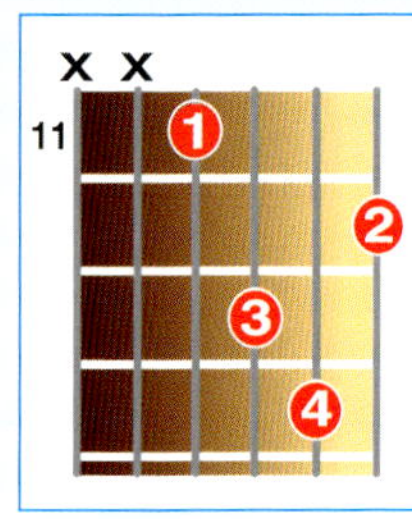

C♯m C♯ Minor
1st (C♯), ♭3rd (E), 5th (G♯)

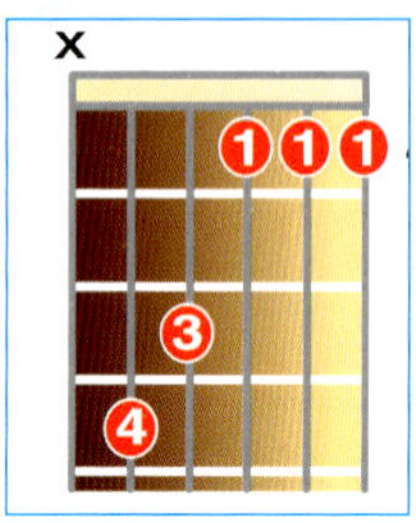

C♯maj7 C♯ Major 7th
1st (C♯), 3rd (E♯), 5th (G♯), 7th (B♯)

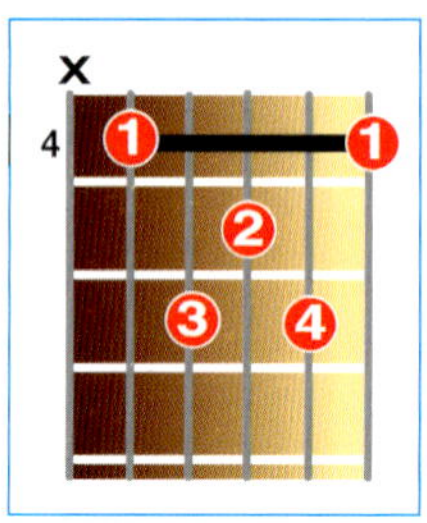

C♯maj7 C♯ Major 7th
1st (C♯), 3rd (E♯), 5th (G♯), 7th (B♯)

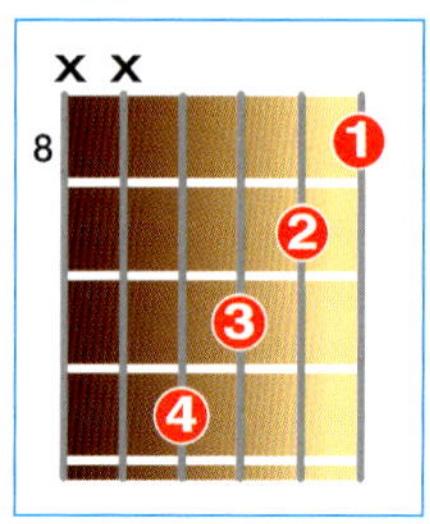

C♯maj7 C♯ Major 7th
1st (C♯), 3rd (E♯), 5th (G♯), 7th (B♯)

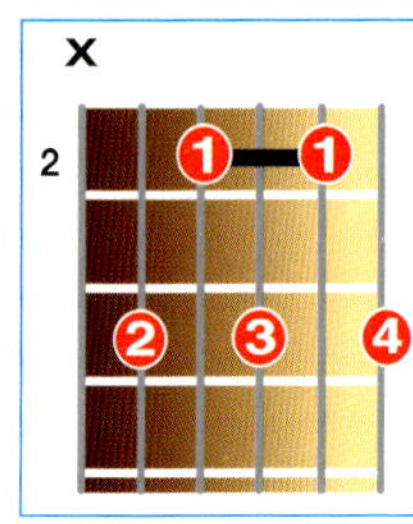

C♯m7 C♯ Minor 7th
1st (C♯), ♭3rd (E),
5th (G♯), ♭7th (B)

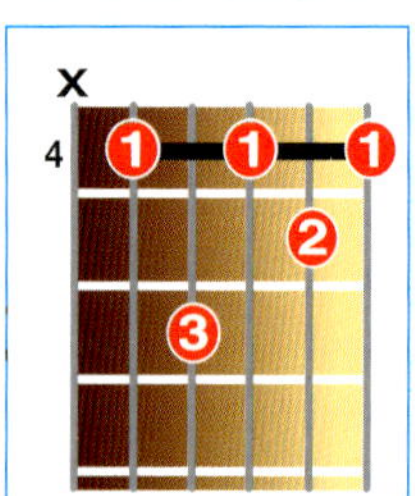

C♯m7 C♯ Minor 7th
1st (C♯), ♭3rd (E),
5th (G♯), ♭7th (B)

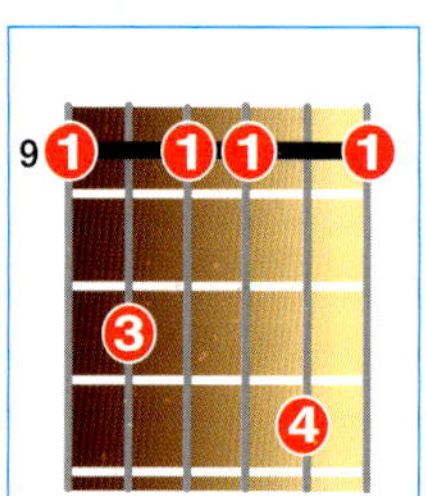

C♯m7 C♯ Minor 7th
1st (C♯), ♭3rd (E),
5th (G♯), ♭7th (B)

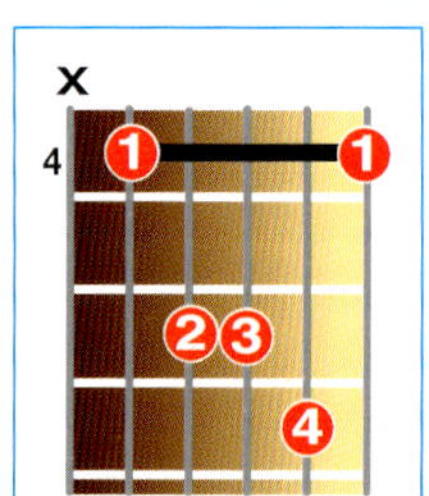

C♯sus4 C♯ Suspended 4th
1st (C♯), 4th (F♯), 5th (G♯)

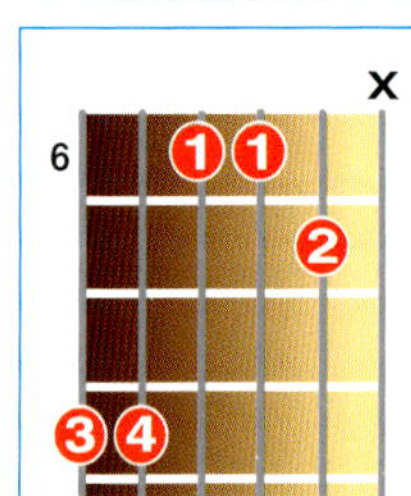

C♯sus4 C♯ Suspended 4th
1st (C♯), 4th (F♯), 5th (G♯)

Complete Guitar Handbook

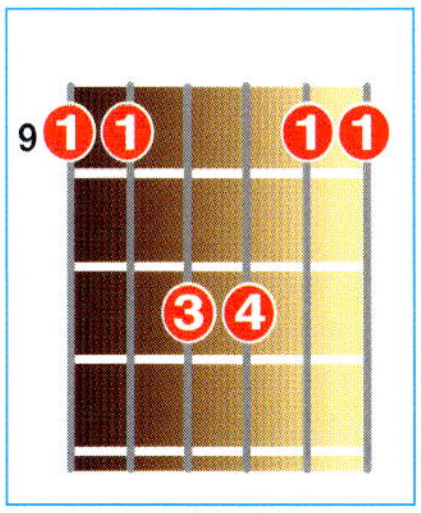

C♯sus4 C♯ Suspended 4th
1st (C♯), 4th (F♯), 5th (G♯)

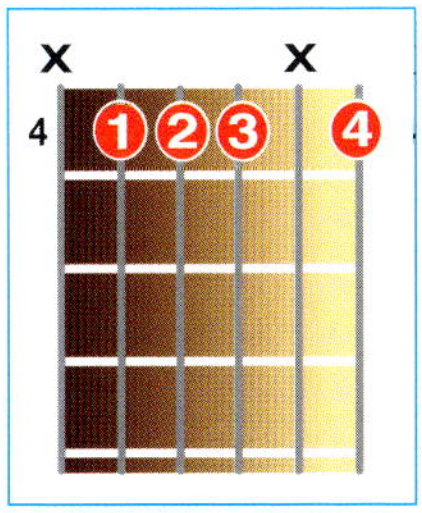

C♯7sus4 C♯ Dominant 7th sus4
1st (C♯), 4th (F♯), 5th (G♯), ♭7th (B)

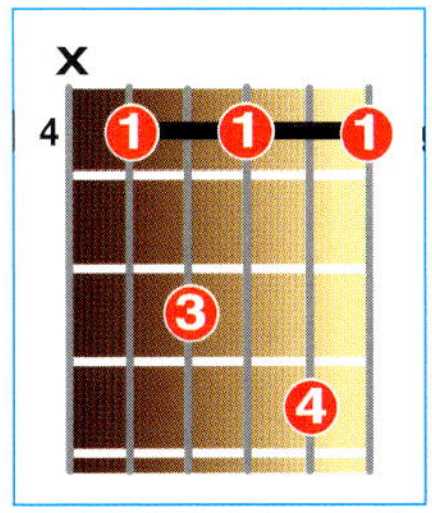

C♯7sus4 C♯ Dominant 7th sus4
1st (C♯), 4th (F♯), 5th (G♯), ♭7th (B)

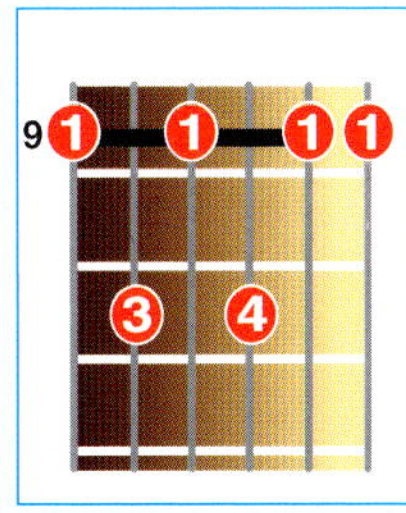

C♯7sus4 C♯ Dominant 7th sus4
1st (C♯), 4th (F♯), 5th (G♯), ♭7th (B)

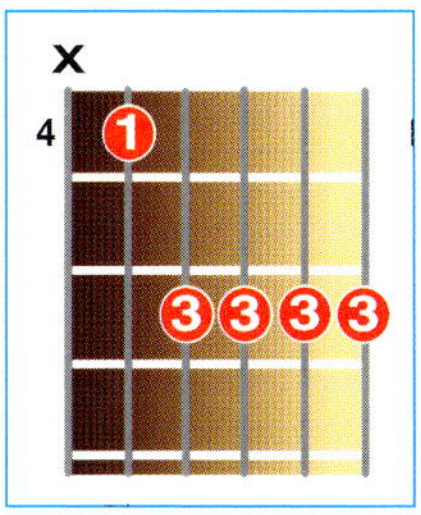

C♯6 C♯ Major 6th
1st (C♯), 3rd (E♯),
5th (G♯), 6th (A♯)

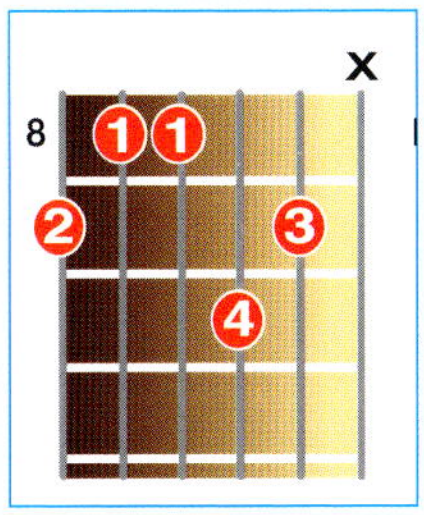

C♯6 C♯ Major 6th
1st (C♯), 3rd (E♯),
5th (G♯), 6th (A♯)

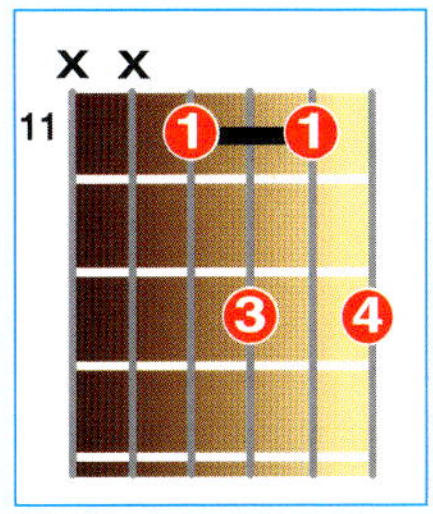

C♯6 C♯ Major 6th
1st (C♯), 3rd (E♯),
5th (G♯), 6th (A♯)

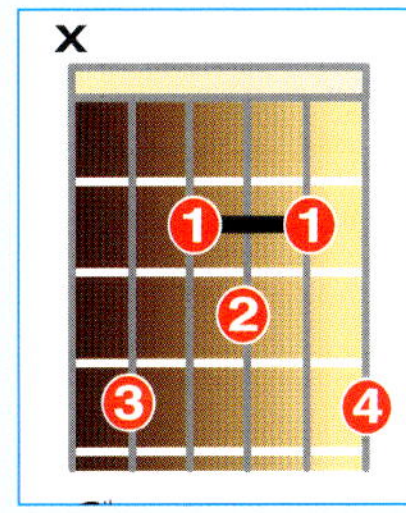

C♯m6 C♯ Minor 6th
1st (C♯), ♭3rd (E),
5th (G♯), 6th (A♯)

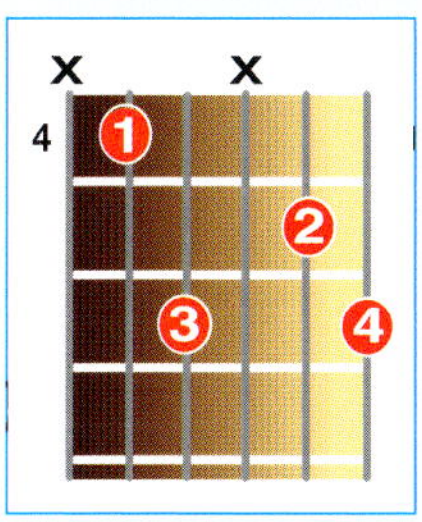

C♯m6 C♯ Minor 6th
1st (C♯), ♭3rd (E),
5th (G♯), 6th (A♯)

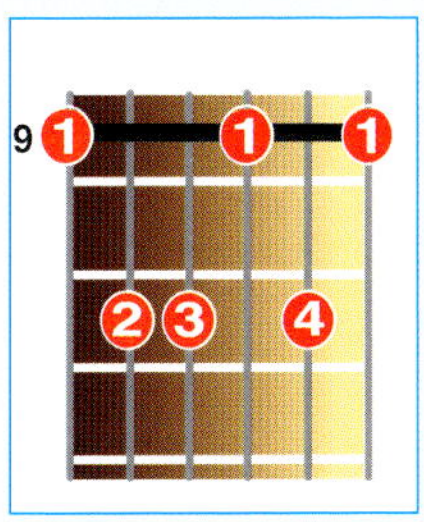

C♯m6 C♯ Minor 6th
1st (C♯), ♭3rd (E),
5th (G♯), 6th (A♯)

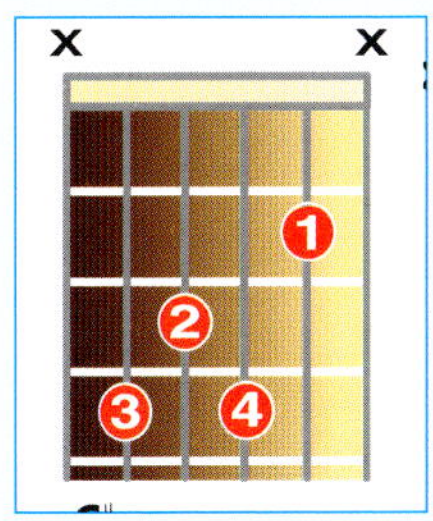

C♯7 C♯ Dominant 7th
1st (C♯), 3rd (E♯),
5th (G♯), ♭7th (B)

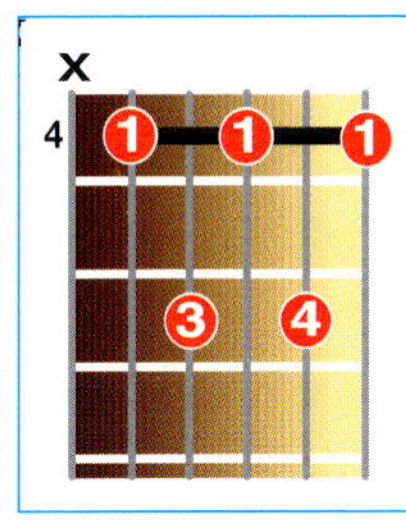

C♯7 C♯ Dominant 7th
1st (C♯), 3rd (E♯),
5th (G♯), ♭7th (B)

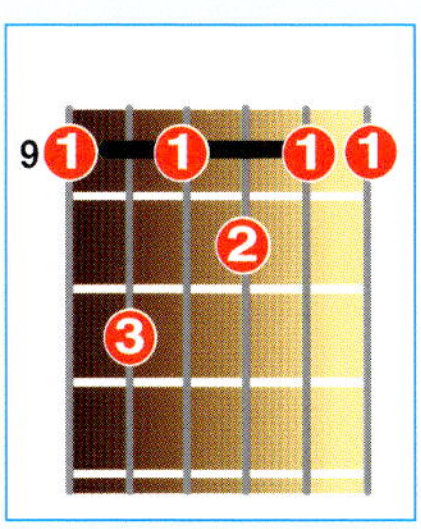

C♯7 C♯ Dominant 7th
1st (C♯), 3rd (E♯),
5th (G♯), ♭7th (B)

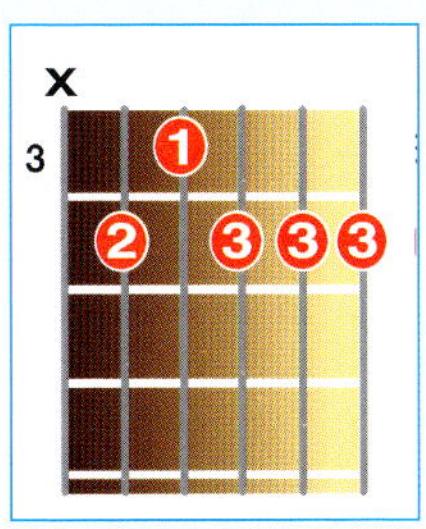

C♯9 C♯ Dominant 9th
1st (C♯), 3rd (E♯), 5th (G♯),
♭7th (B), 9th (D♯)

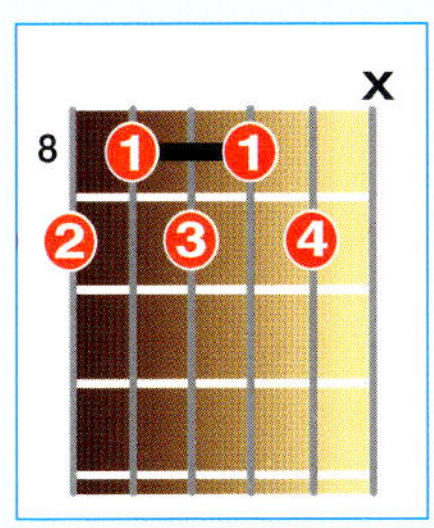

C♯9 C♯ Dominant 9th
1st (C♯), 3rd (E♯), 5th (G♯),
♭7th (B), 9th (D♯)

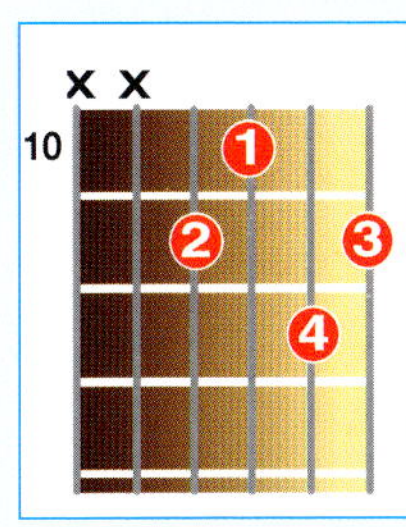

C♯9 C♯ Dominant 9th
1st (C♯), 3rd (E♯), 5th (G♯),
♭7th (B), 9th (D♯)

Section Five: Chord Dictionary

C♯/D♭ ADVANCED CHORDS

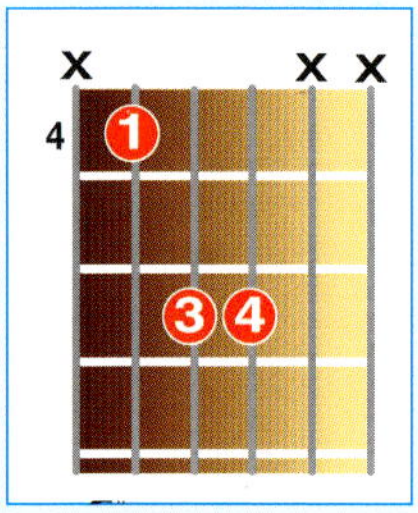

C♯5 C♯ 5th (power chord)
1st (C♯), 5th (G♯)

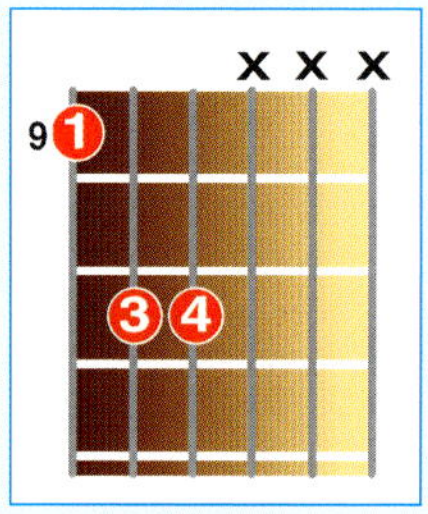

C♯5 C♯ 5th (power chord)
1st (C♯), 5th (G♯)

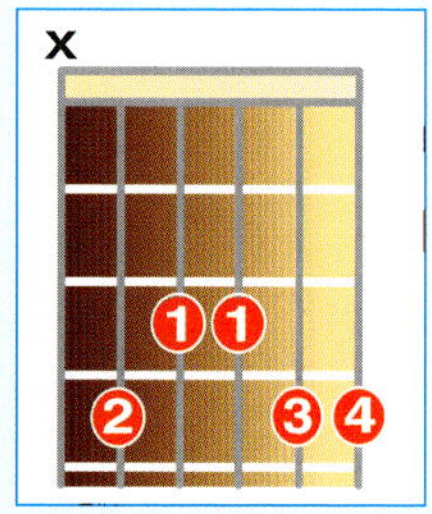

C♯ 6/9 C♯ Major 6th add 9th
1st (C♯), 3rd (E♯), 5th (G♯), 6th (A♯), 9th (D♯)

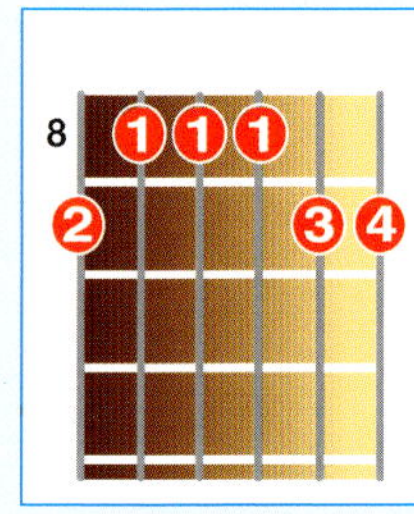

C♯ 6/9 C♯ Major 6th add 9th
1st (C♯), 3rd (E♯), 5th (G♯), 6th (A♯), 9th (D♯)

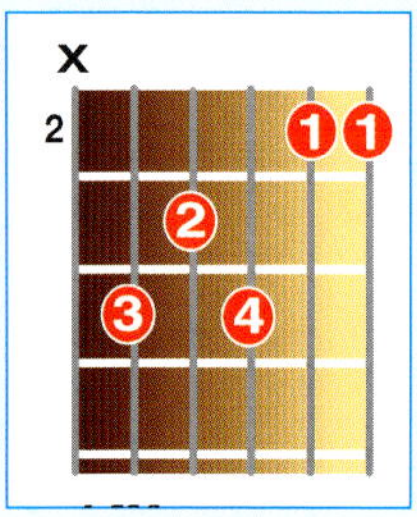

C♯11 C♯ Dominant 11th
1st (C♯), 3rd (E♯), 5th (G♯), ♭7th (B), 9th (D♯), 11th (F♯)

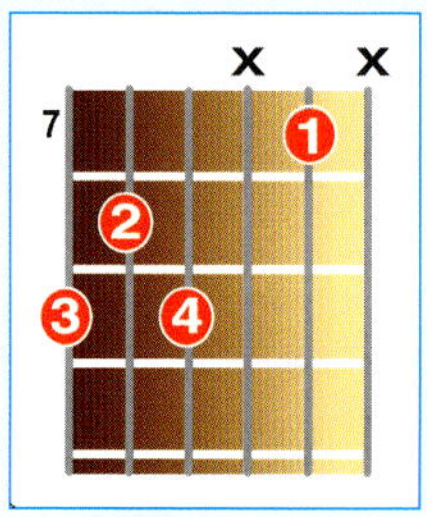

C♯11 C♯ Dominant 11th
1st (C♯), 3rd (E♯), 5th (G♯), ♭7th (B), 9th (D♯), 11th (F♯)

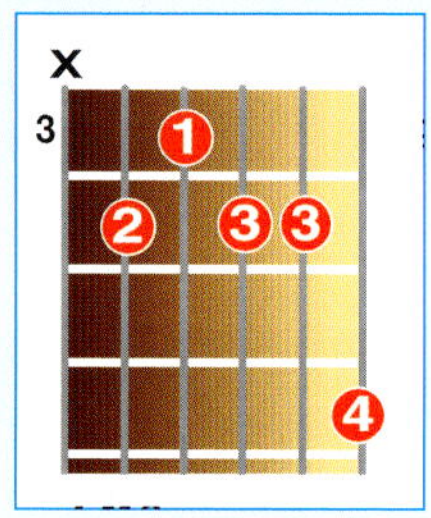

C♯13 C♯ Dominant 13th
1st (C♯), 3rd (E♯), 5th (G♯), ♭7th (B), 9th (D♯), 13th (A♯)

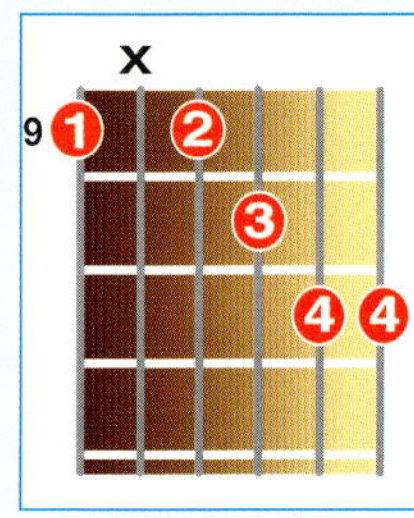

C♯13 C♯ Dominant 13th
1st (C♯), 3rd (E♯), 5th (G♯), ♭7th (B), 9th (D♯), 13th (A♯)

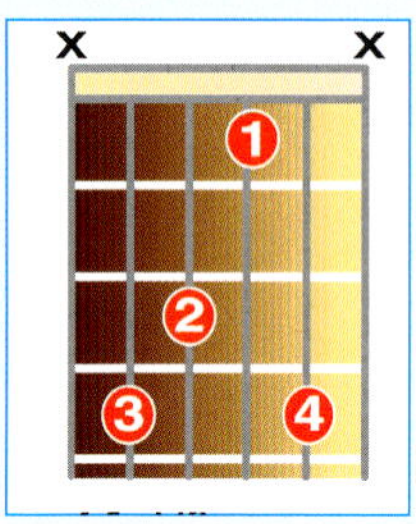

C♯add9 C♯ Major add 9th
1st (C♯), 3rd (E♯), 5th (G♯), 9th (D♯)

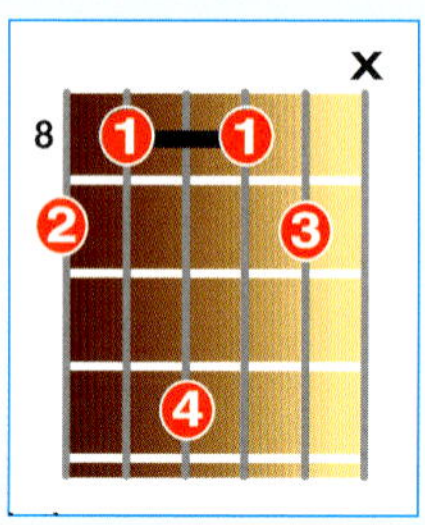

C♯add9 C♯ Major add 9th
1st (C♯), 3rd (E♯), 5th (G♯), 9th (D♯)

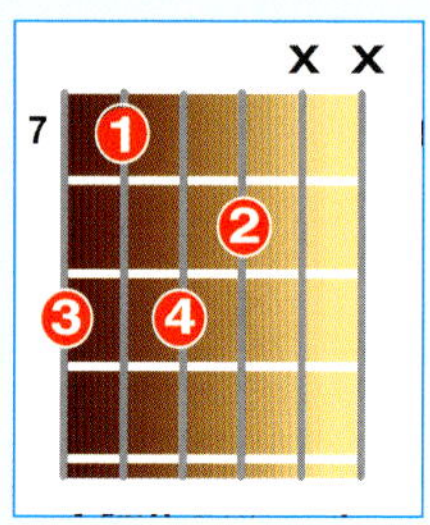

C♯m9 C♯ Minor 9th
1st (C♯), ♭3rd (E), 5th (G♯), ♭7th (B), 9th (D♯)

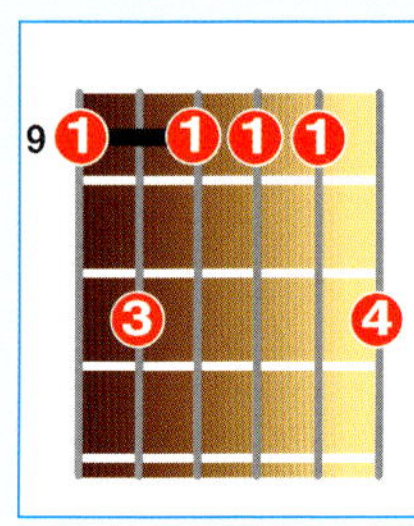

C♯m9 C♯ Minor 9th
1st (C♯), ♭3rd (E), 5th (G♯), ♭7th (B), 9th (D♯)

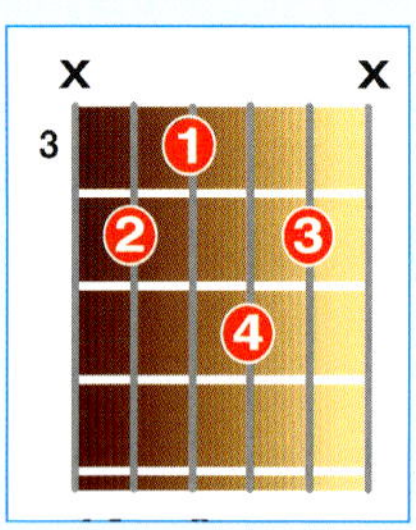

C♯maj9 C♯ Major 9th
1st (C♯), 3rd (E♯), 5th (G♯), 7th (B♯), 9th (D♯)

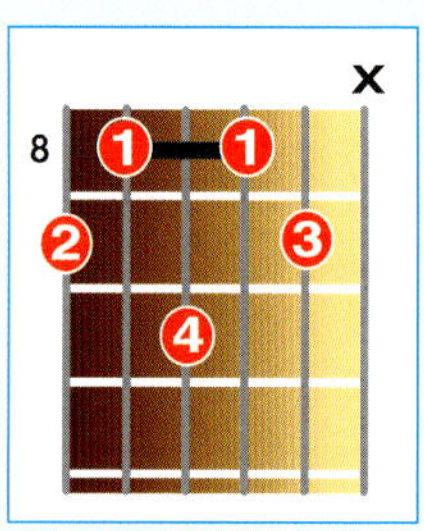

C♯maj9 C♯ Major 9th
1st (C♯), 3rd (E♯), 5th (G♯), 7th (B♯), 9th (D♯)

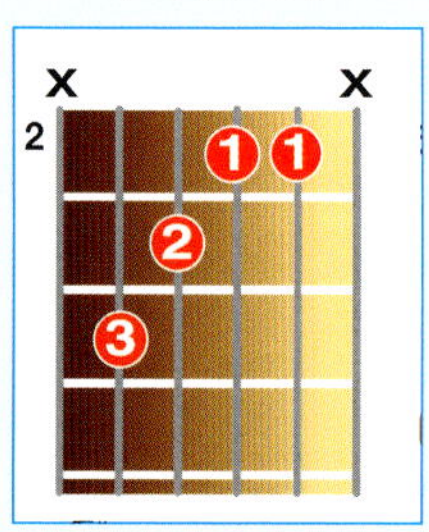

C♯+ C♯ Augmented
1st (C♯), 3rd (E♯), ♯5th (Gx)

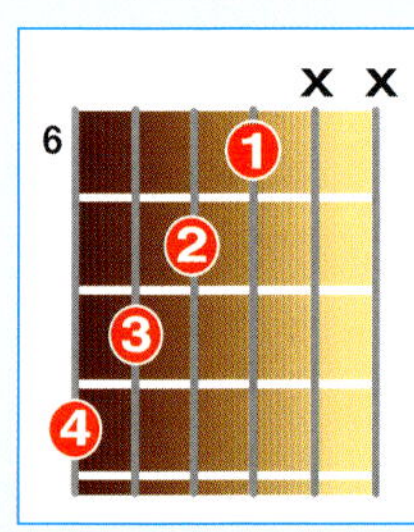

C♯+ C♯ Augmented
1st (C♯), 3rd (E♯), ♯5th (Gx)

Complete Guitar Handbook

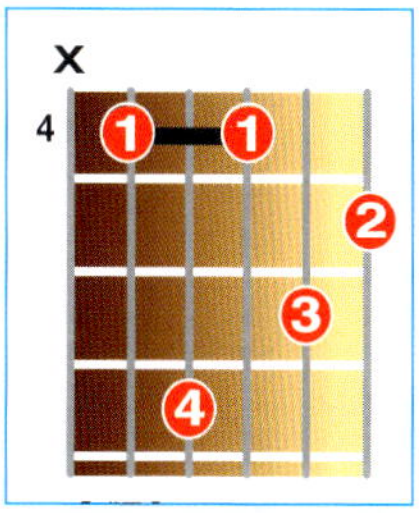

C♯7♯5 C♯ Dominant 7th ♯5
1st (C♯), 3rd (E♯), ♯5th (Gx), b7th (B)

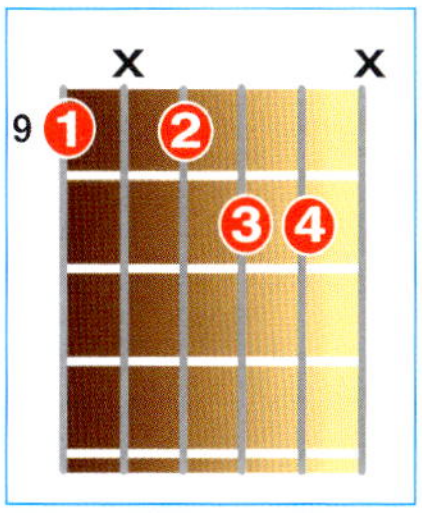

C♯7♯5 C♯ Dominant 7th ♯5
1st (C♯), 3rd (E♯), ♯5th (Gx), b7th (B)

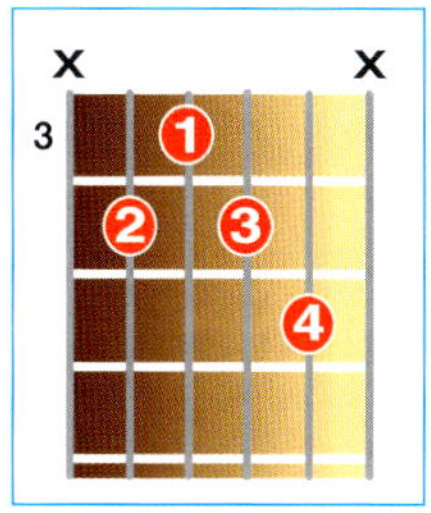

C♯7♯9 C♯ Dominant 7th ♯9
1st (C♯), 3rd (E♯), 5th (G♯), ♭7th (B), ♯9th (Dx)

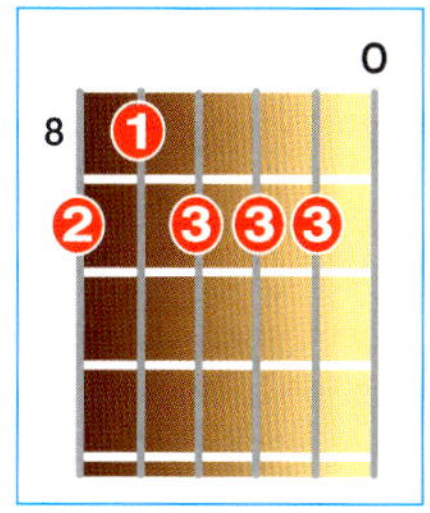

C♯7♯9 C♯ Dominant 7th ♯9
1st (C♯), 3rd (E♯), 5th (G♯), ♭7th (B), ♯9th (Dx)

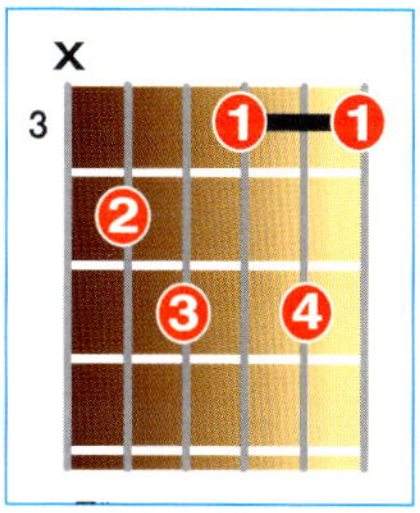

C♯o7 C♯ Diminished 7th
1st (C♯), ♭3rd (E), ♭5th (G), ♭♭7th (B♭)

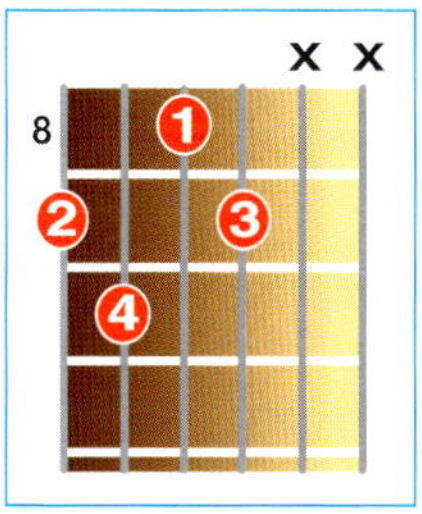

C♯o7 C♯ Diminished 7th
1st (C♯), ♭3rd (E), ♭5th (G), ♭♭7th (B♭)

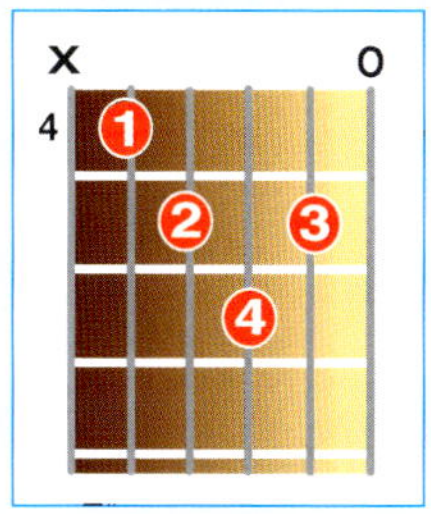

C♯o C♯ Diminished triad
1st (C♯), ♭3rd (E), ♭5th (G)

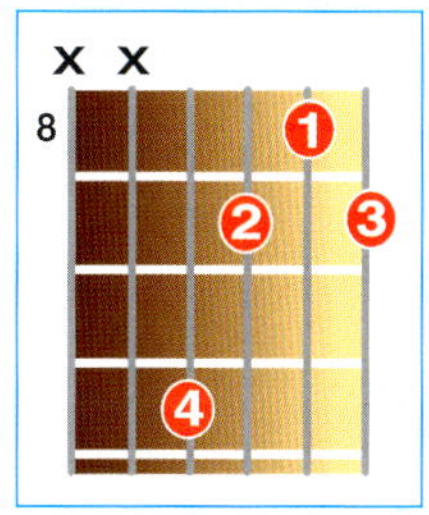

C♯o C♯ Diminished triad
1st (C♯), ♭3rd (E), ♭5th (G)

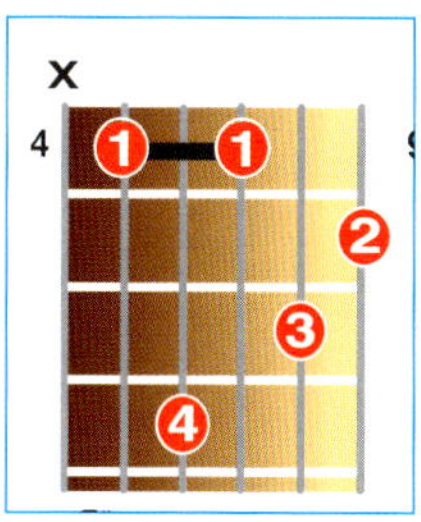

C♯7♭5 C♯ Dominant 7th ♭5
1st (C♯), 3rd (E♯), ♭5th (G), ♭7th (B)

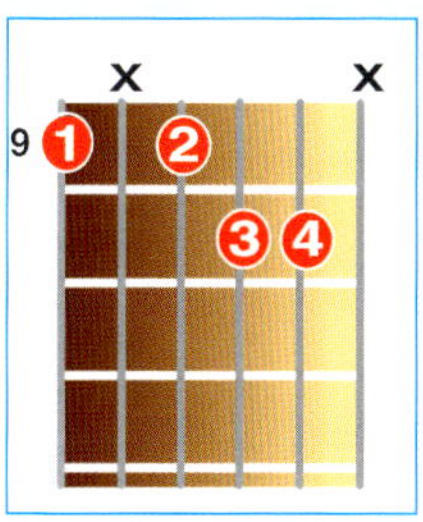

C♯7♭5 C♯ Dominant 7th ♭5
1st (C♯), 3rd (E♯), ♭5th (G), ♭7th (B)

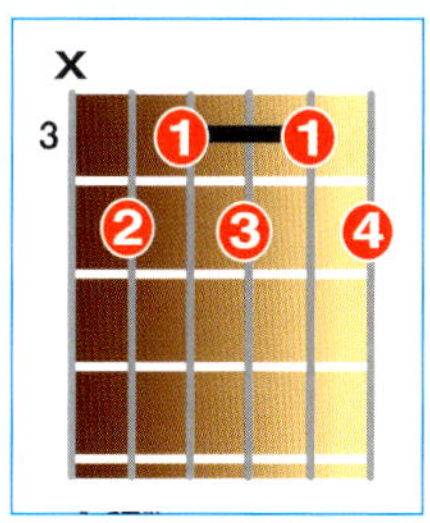

C♯7♭9 C♯ Dominant 7th ♭9
1st (C♯), 3rd (E♯), 5th (G♯), ♭7th (B), ♭9th (D)

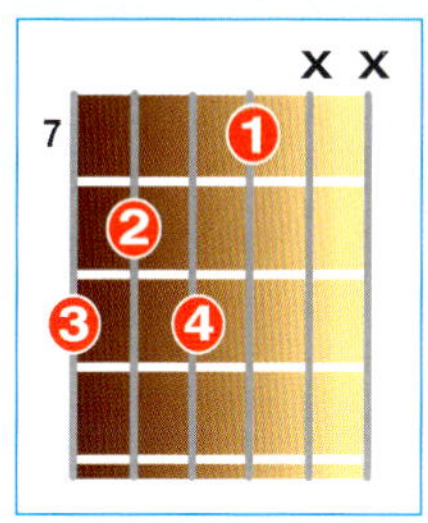

C♯7♭9 C♯ Dominant 7th ♭9
1st (C♯), 3rd (E♯), 5th (G♯), ♭7th (B), ♭9th (D)

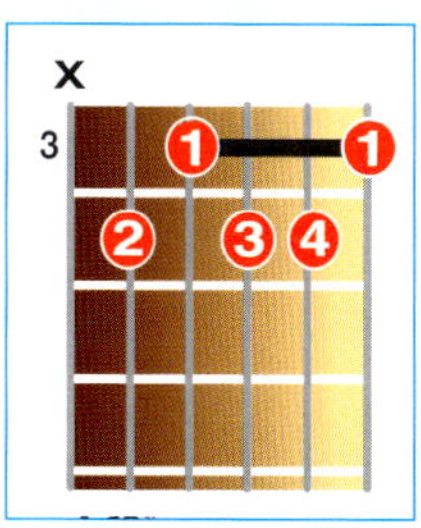

C♯9♭5 C♯ Dominant 9th ♭5th
1st (C♯), 3rd (E♯), ♭5th (G), ♭7th (B), 9th (D♯)

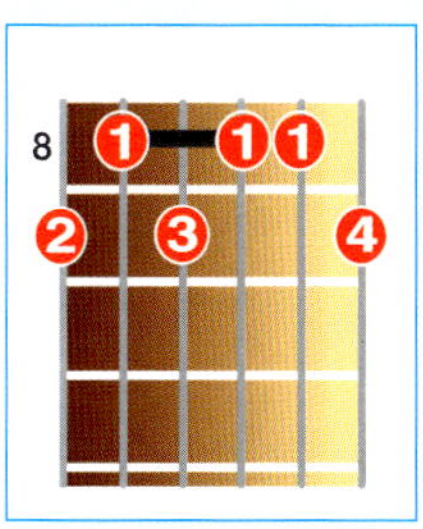

C♯9♭5 C♯ Dominant 9th ♭5th
1st (C♯), 3rd (E♯), ♭5th (G), ♭7th (B), 9th (D♯)

Scale of C♯/D♭ major

C♯	D♯	E♯	F♯	G♯	A♯	B♯
1st	2nd	3rd	4th	5th	6th	7th
	9th		11th		13th	

Section Five: Chord Dictionary

D MAIN CHORDS

D

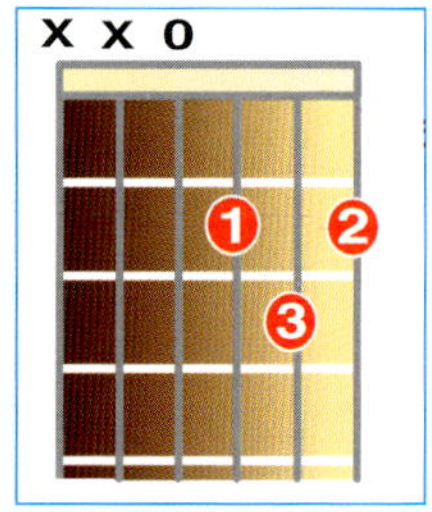

D D Major
1st (D), 3rd (F♯), 5th (A)

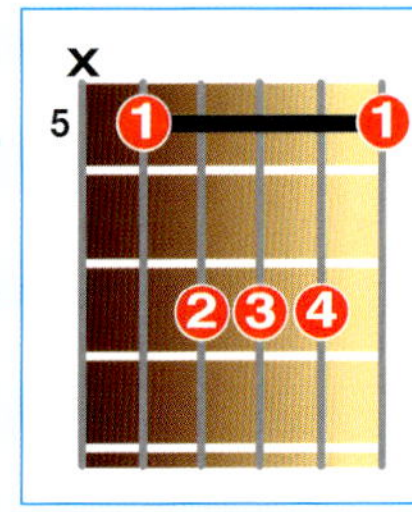

D D Major
1st (D), 3rd (F♯), 5th (A)

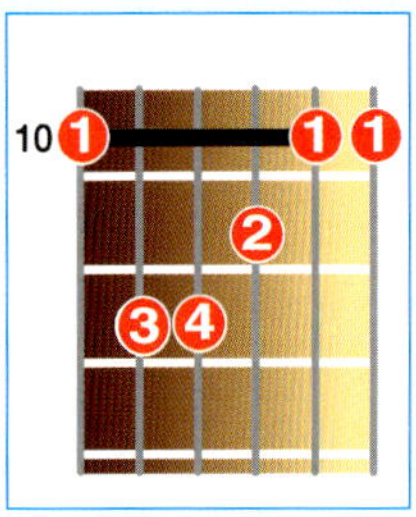

D D Major
1st (D), 3rd (F♯), 5th (A)

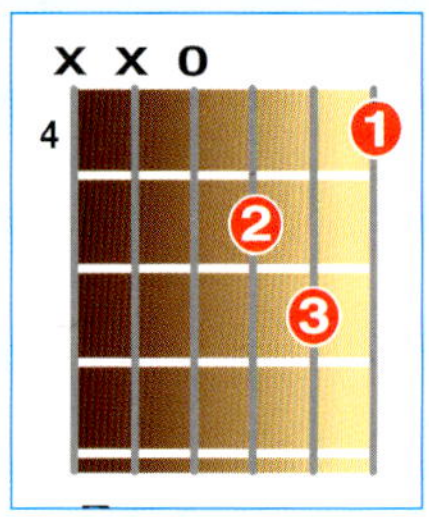

Dm D Minor
1st (D), ♭3rd (F), 5th (A)

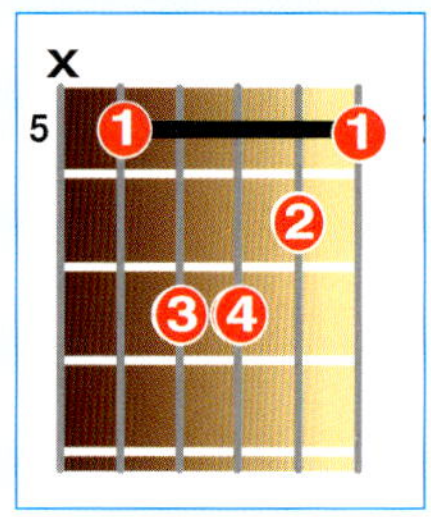

Dm D Minor
1st (D), ♭3rd (F), 5th (A)

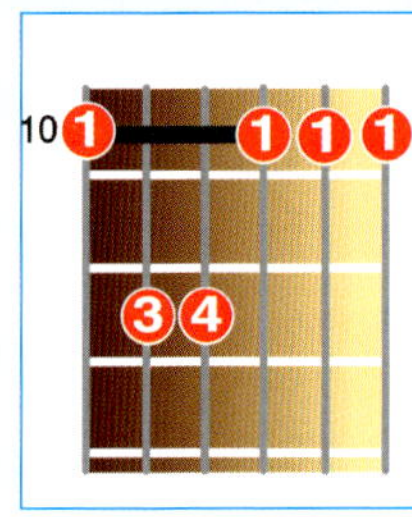

Dm D Minor
1st (D), ♭3rd (F), 5th (A)

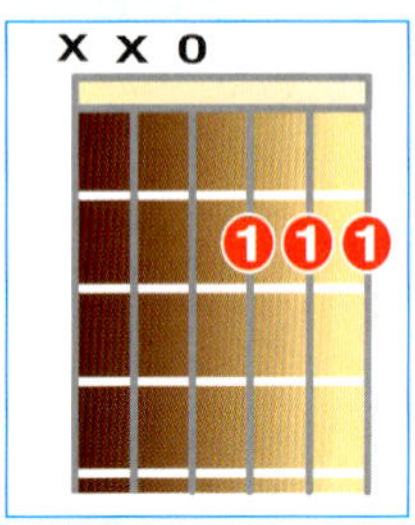

Dmaj7 D Major 7th
1st (D), 3rd (F♯), 5th (A), 7th (C♯)

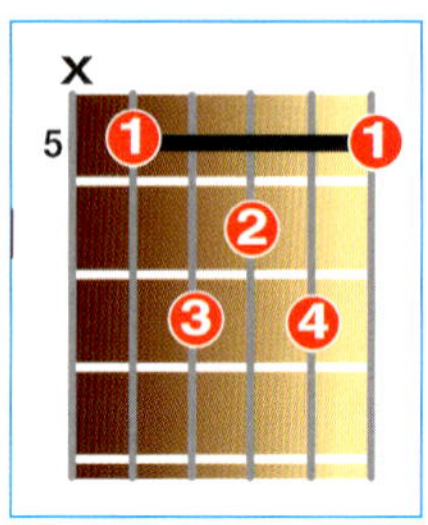

Dmaj7 D Major 7th
1st (D), 3rd (F♯), 5th (A), 7th (C♯)

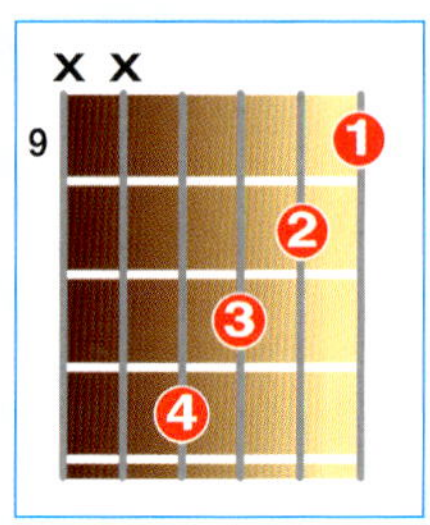

Dmaj7 D Major 7th
1st (D), 3rd (F♯), 5th (A), 7th (C♯)

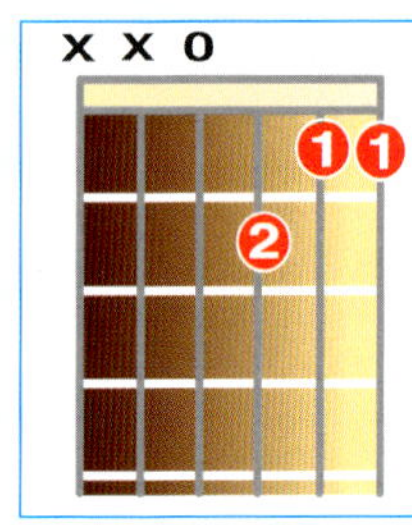

Dm7 D Minor 7th
1st (D), ♭3rd (F), 5th (A), ♭7th (C)

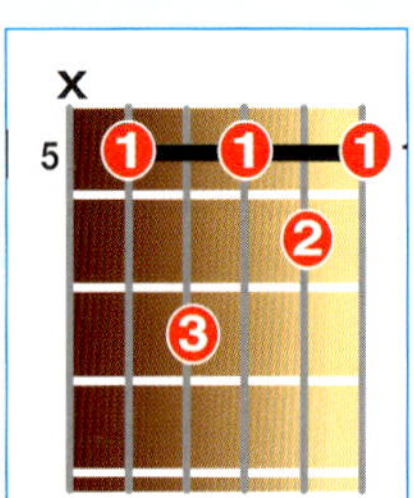

Dm7 D Minor 7th
1st (D), ♭3rd (F), 5th (A), ♭7th (C)

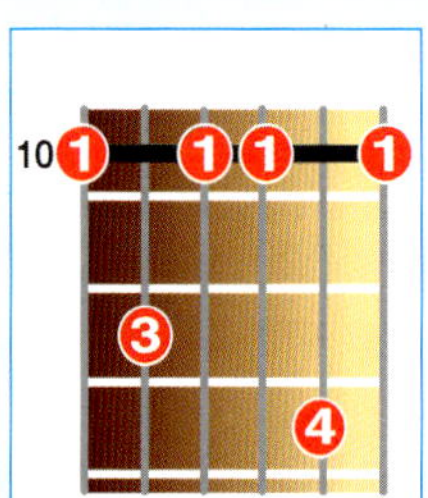

Dm7 D Minor 7th
1st (D), ♭3rd (F), 5th (A), ♭7th (C)

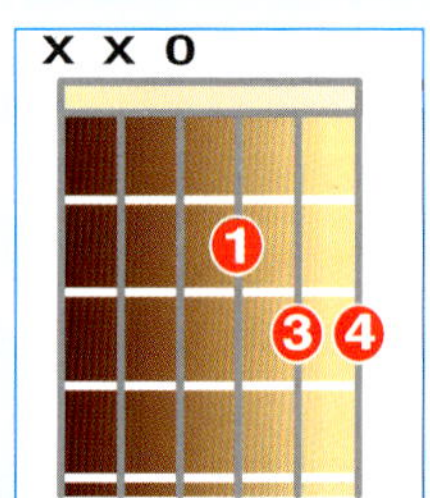

Dsus4 D Suspended 4th
1st (D), 4th (G), 5th (A)

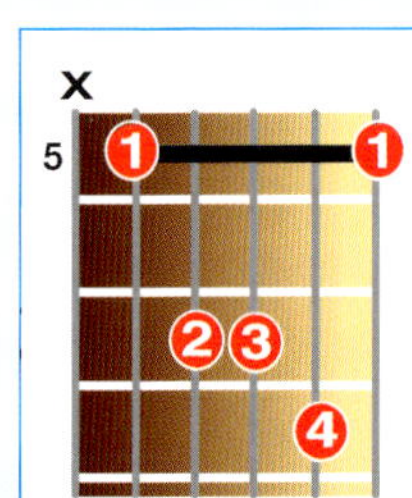

Dsus4 D Suspended 4th
1st (D), 4th (G), 5th (A)

Complete Guitar Handbook

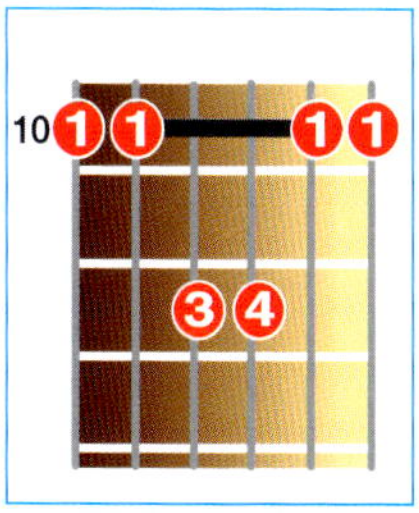

Dsus4 D Suspended 4th
1st (D), 4th (G), 5th (A)

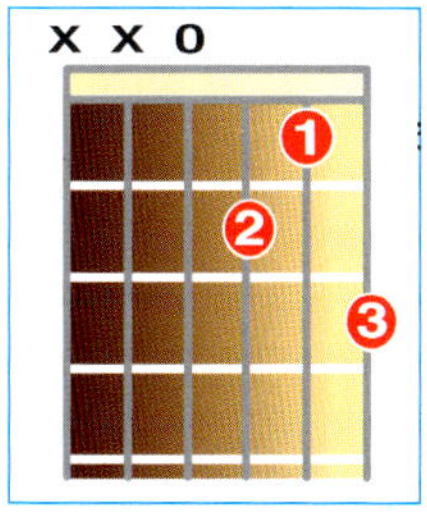

D7sus4 D Dominant 7th sus4
1st (D), 4th (G), 5th (A), ♭7th (C)

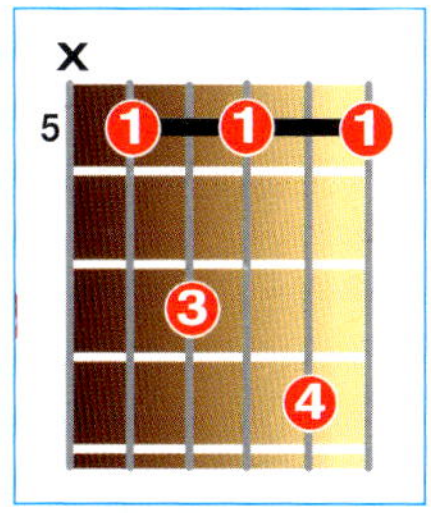

D7sus4 D Dominant 7th sus4
1st (D), 4th (G), 5th (A), ♭7th (C)

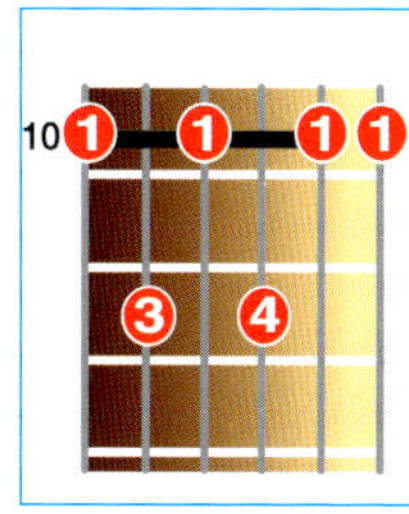

D7sus4 D Dominant 7th sus4
1st (D), 4th (G), 5th (A), ♭7th (C)

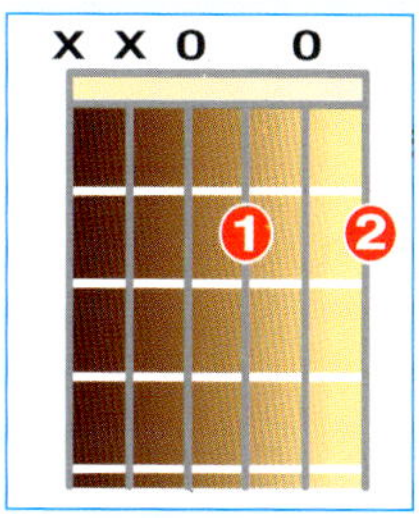

D6 D Major 6th
1st (D), 3rd (F♯), 5th (A), 6th (B)

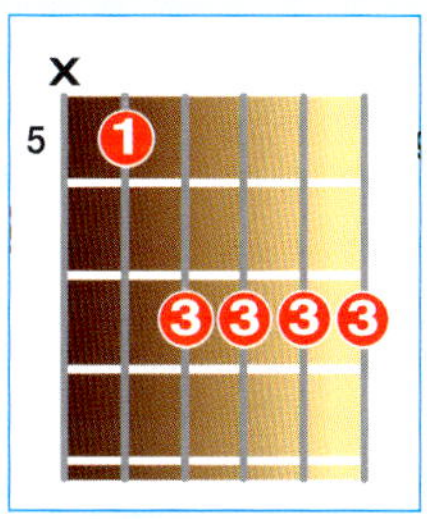

D6 D Major 6th
1st (D), 3rd (F♯), 5th (A), 6th (B)

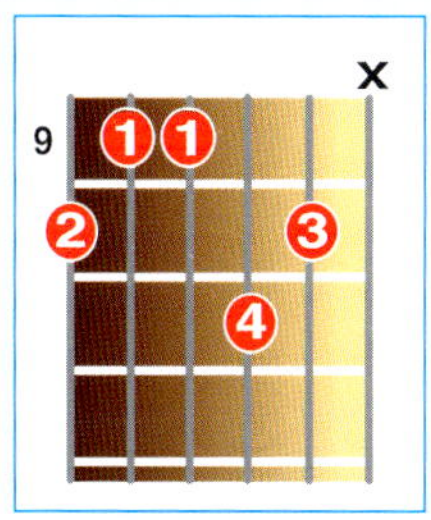

D6 D Major 6th
1st (D), 3rd (F♯), 5th (A), 6th (B)

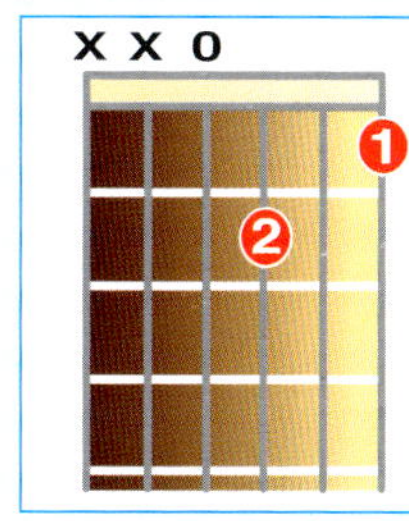

Dm6 D Minor 6th
1st (D), ♭3rd (F), 5th (A), 6th (B)

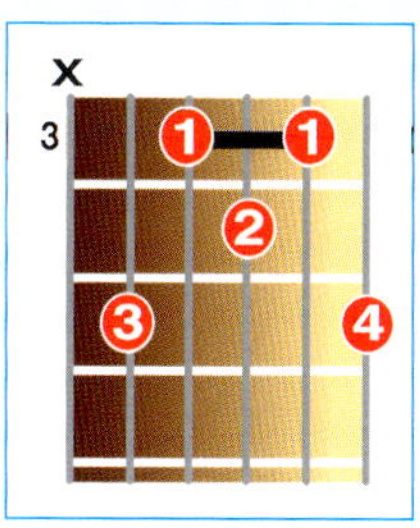

Dm6 D Minor 6th
1st (D), ♭3rd (F), 5th (A), 6th (B)

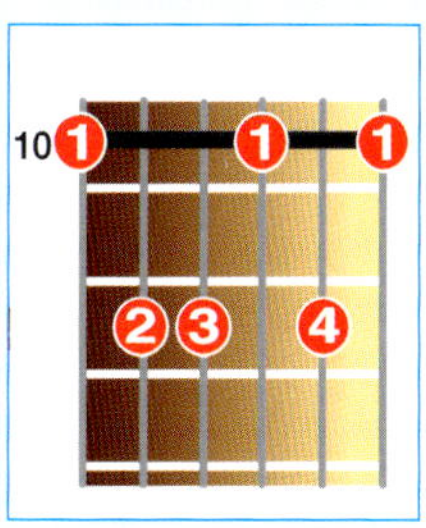

Dm6 D Minor 6th
1st (D), ♭3rd (F), 5th (A), 6th (B)

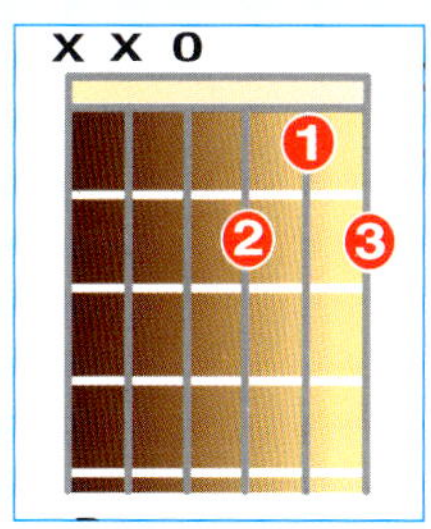

D7 D Dominant 7th
1st (D), 3rd (F♯),
5th (A), ♭7th (C)

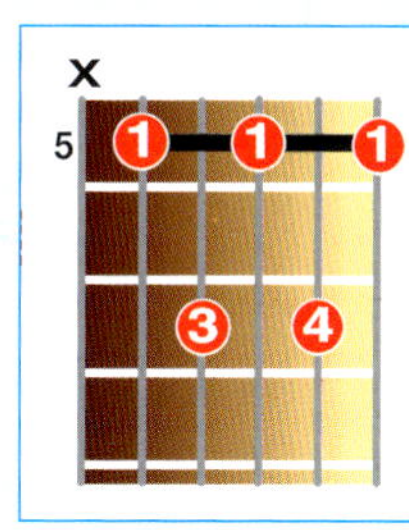

D7 D Dominant 7th
1st (D), 3rd (F♯),
5th (A), ♭7th (C)

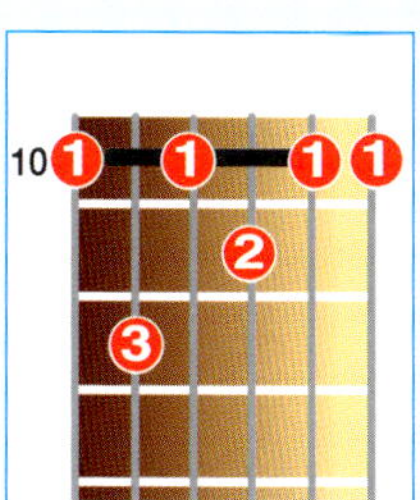

D7 D Dominant 7th
1st (D), 3rd (F♯),
5th (A), ♭7th (C)

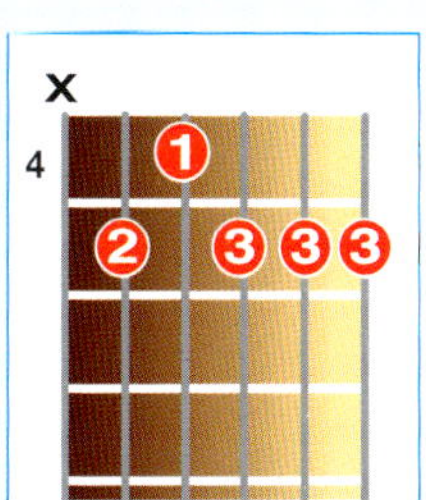

D9 D Dominant 9th
1st (D), 3rd (F♯), 5th (A),
♭7th (C), 9th (E)

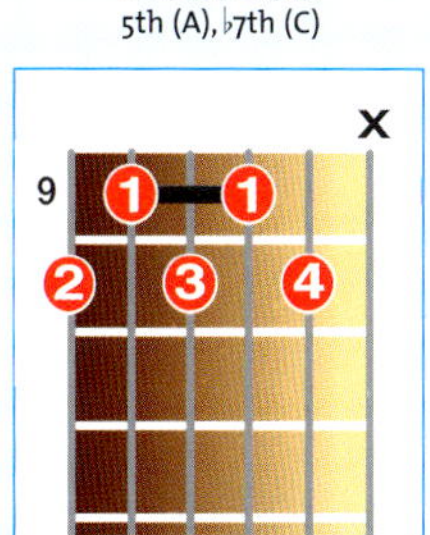

D9 D Dominant 9th
1st (D), 3rd (F♯), 5th (A),
♭7th (C), 9th (E)

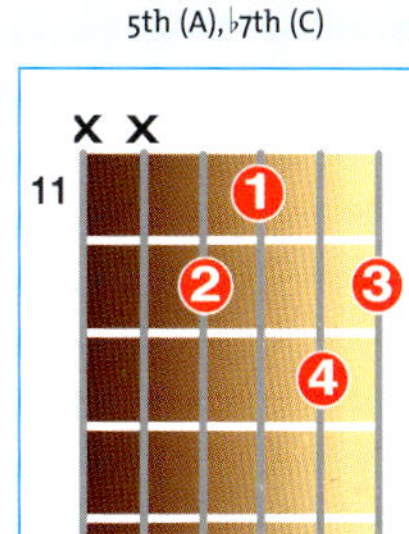

D9 D Dominant 9th
1st (D), 3rd (F♯), 5th (A),
♭7th (C), 9th (E)

Section Five: Chord Dictionary

D ADVANCED CHORDS

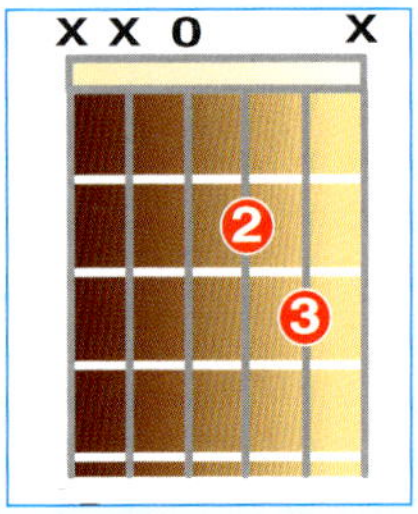

D5 D 5th (power chord)
1st (D), 5th (A)

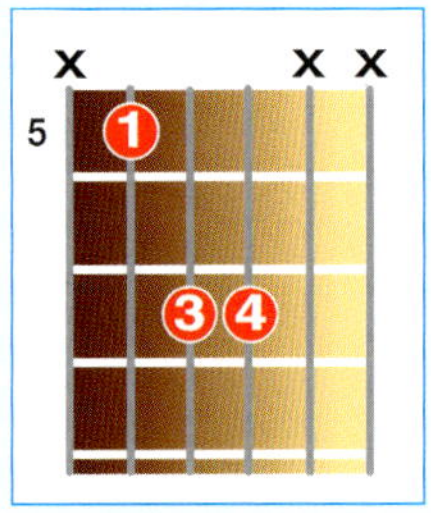

D5 D 5th (power chord)
1st (D), 5th (A)

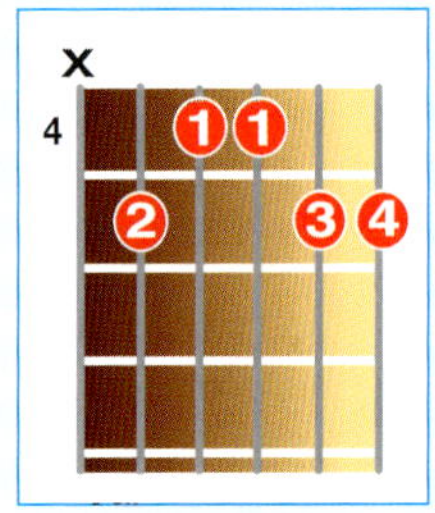

D 6/9 D Major 6th add 9th
1st (D), 3rd (F♯), 5th (A), 6th (B), 9th (E)

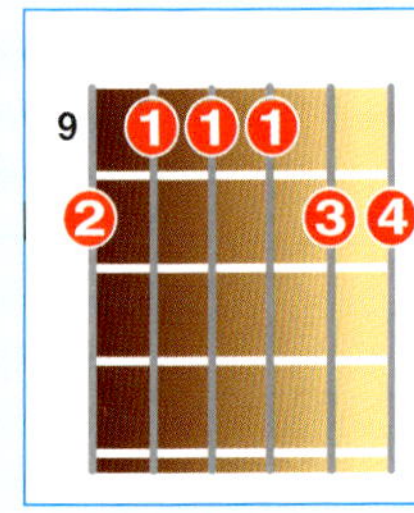

D 6/9 D Major 6th add 9th
1st (D), 3rd (F♯), 5th (A), 6th (B), 9th (E)

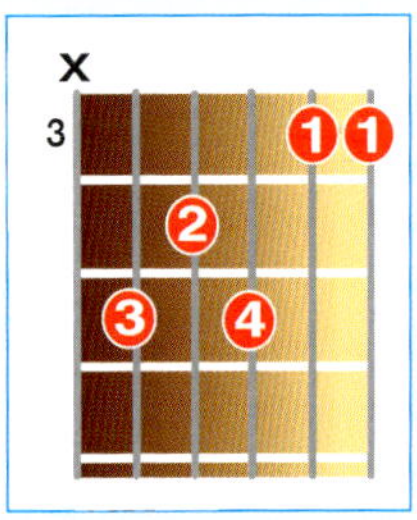

D11 D Dominant 11th
1st (D), 3rd (F♯), 5th (A), ♭7th (C), 9th (E), 11th (G)

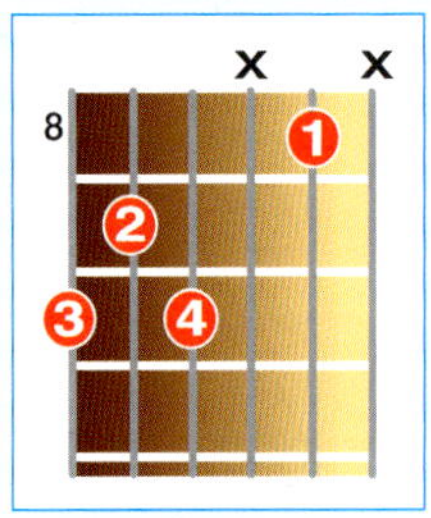

D11 D Dominant 11th
1st (D), 3rd (F♯), 5th (A), ♭7th (C), 9th (E), 11th (G)

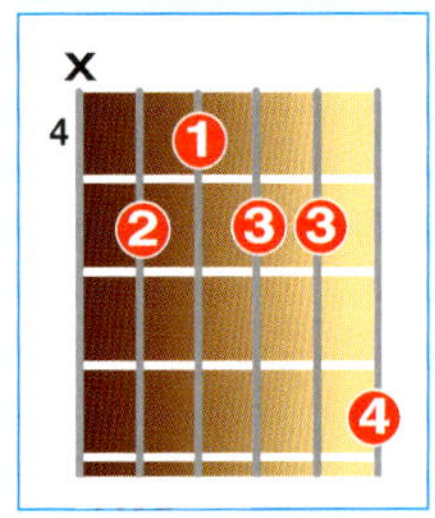

D13 D Dominant 13th
1st (D), 3rd (F♯), 5th (A), ♭7th (C), 9th (E), 13th (B)

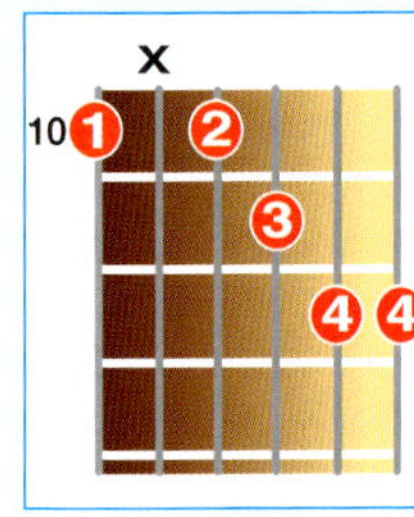

D13 D Dominant 13th
1st (D), 3rd (F♯), 5th (A), ♭7th (C), 9th (E), 13th (B)

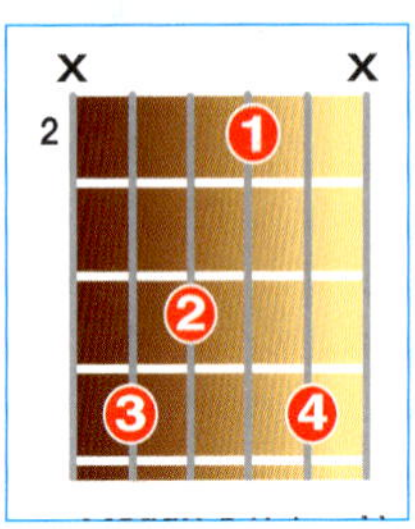

Dadd9 D Major add 9th
1st (D), 3rd (F♯), 5th (A), 9th (E)

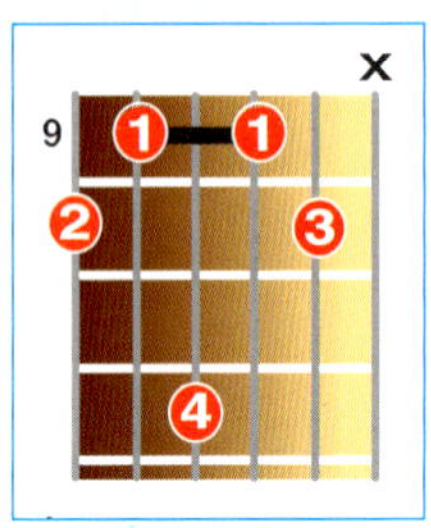

Dadd9 D Major add 9th
1st (D), 3rd (F♯), 5th (A), 9th (E)

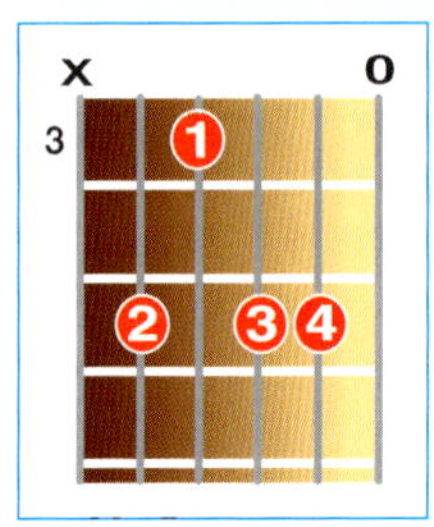

Dm9 D Minor 9th
1st (D), ♭3rd (F), 5th (A), ♭7th (C), 9th (E)

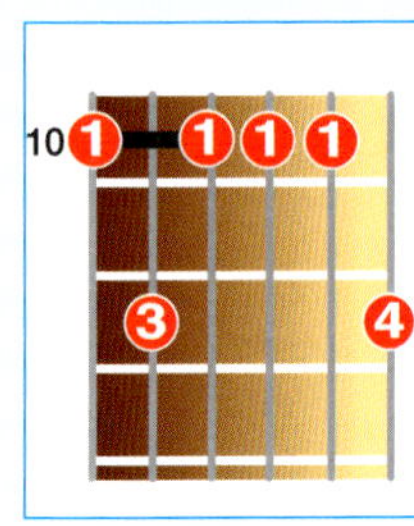

Dm9 D Minor 9th
1st (D), ♭3rd (F), 5th (A), ♭7th (C), 9th (E)

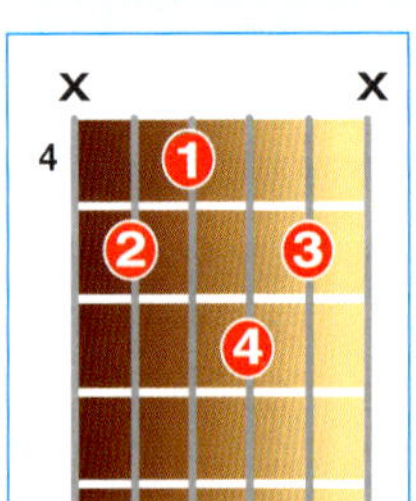

Dmaj9 D Major 9th
1st (D), 3rd (F♯), 5th (A), 7th (C♯), 9th (E)

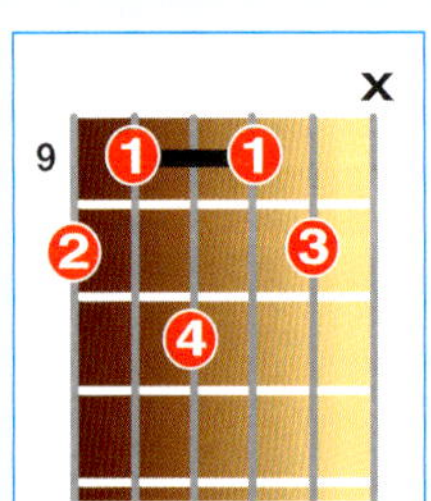

Dmaj9 D Major 9th
1st (D), 3rd (F♯), 5th (A), 7th (C♯), 9th (E)

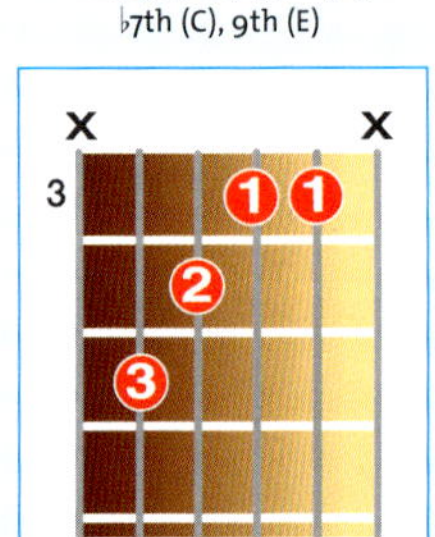

D+ D Augmented
1st (D), 3rd (F♯), ♯5th (A♯)

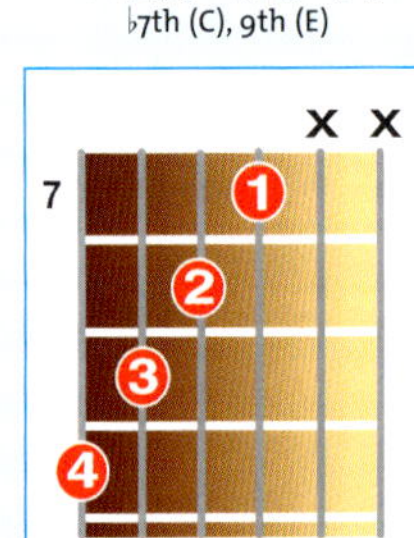

D+ D Augmented
1st (D), 3rd (F♯), ♯5th (A♯)

Complete Guitar Handbook

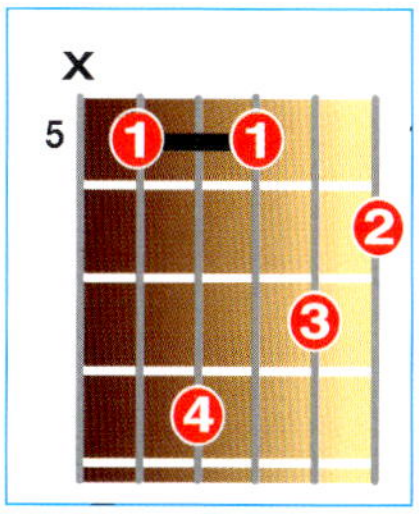

D7♯5 D Dominant 7th ♯5
1st (D), 3rd (F♯), ♯5th (A♯), ♭7th (C)

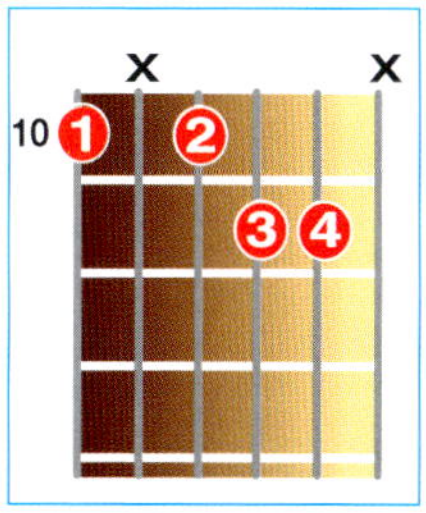

D7♯5 D Dominant 7th ♯5
1st (D), 3rd (F♯), ♯5th (A♯), ♭7th (C)

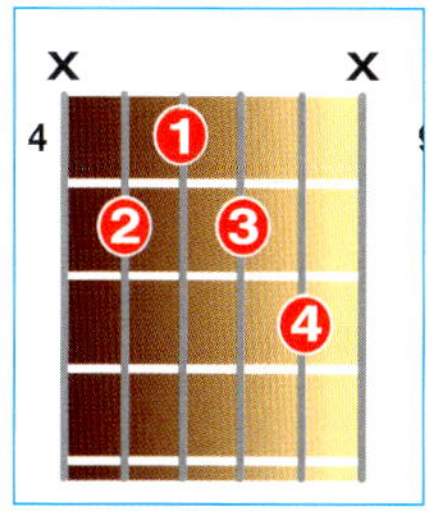

D7♯9 D Dominant 7th ♯9
1st (D), 3rd (F♯), 5th (A), ♭7th (C), ♯9th (E♯)

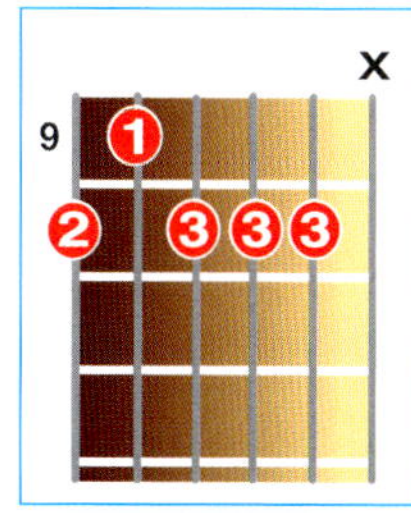

D7♯9 D Dominant 7th ♯9
1st (D), 3rd (F♯), 5th (A), ♭7th (C), ♯9th (E♯)

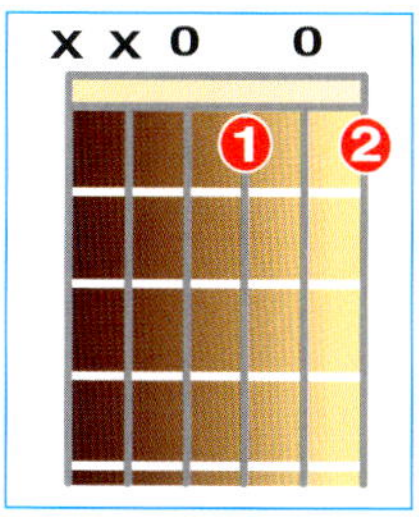

D°7 D Diminished 7th
1st (D), ♭3rd (F), ♭5th (A♭), ♭♭7th (C♭)

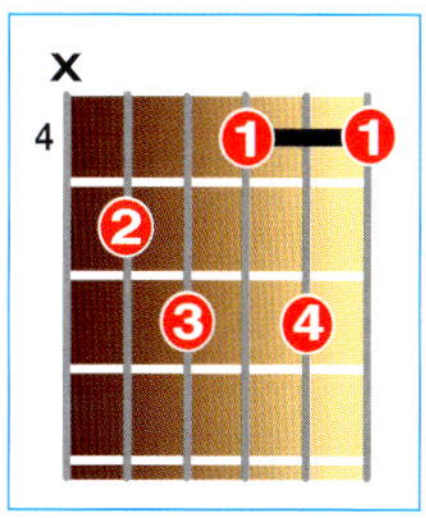

D°7 D Diminished 7th
1st (D), ♭3rd (F), ♭5th (A♭), ♭♭7th (C♭)

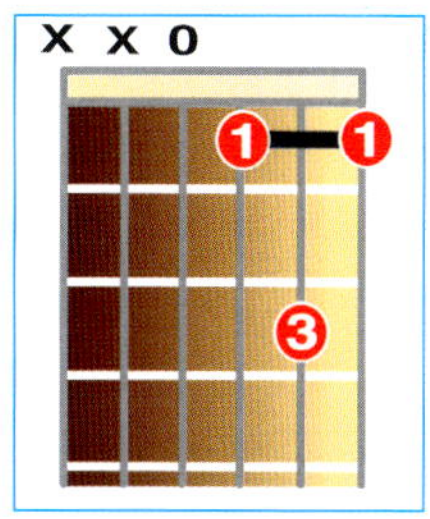

D° D Diminished triad
1st (D), ♭3rd (F), ♭5th (A♭)

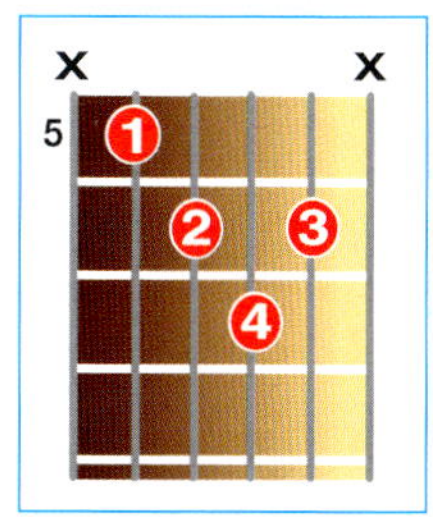

D° D Diminished triad
1st (D), ♭3rd (F), ♭5th (A♭)

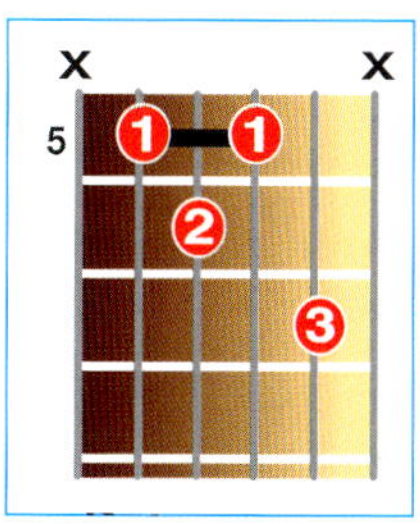

D7♭5 D Dominant 7th ♭5
1st (D), 3rd (F♯), ♭5th (A♭), ♭7th (C)

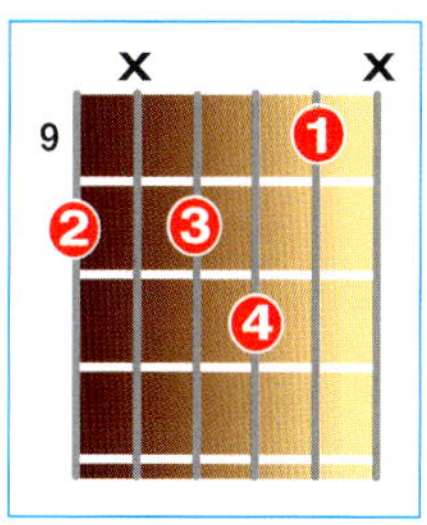

D7♭5 D Dominant 7th ♭5
1st (D), 3rd (F♯), ♭5th (A♭), ♭7th (C)

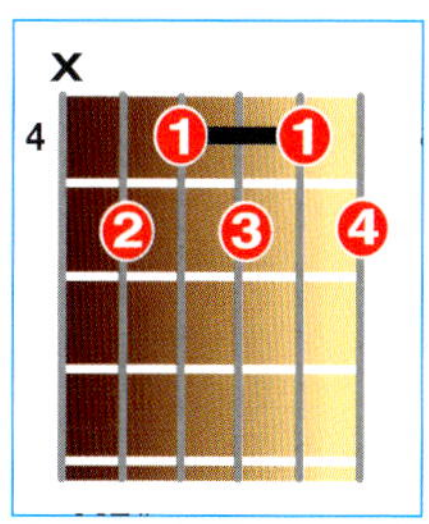

D7♭9 D Dominant 7th ♭9
1st (D), 3rd (F♯), 5th (A), ♭7th (C), ♭9th (E♭)

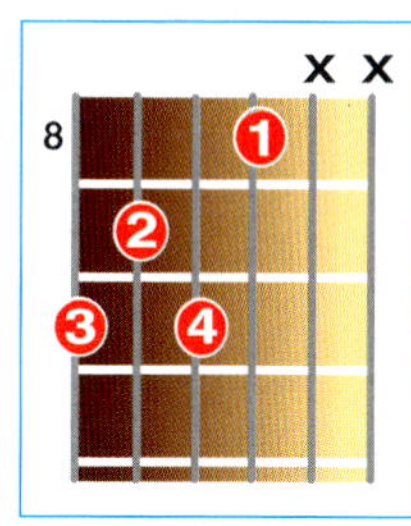

D7♭9 D Dominant 7th ♭9
1st (D), 3rd (F♯), 5th (A), ♭7th (C), ♭9th (E♭)

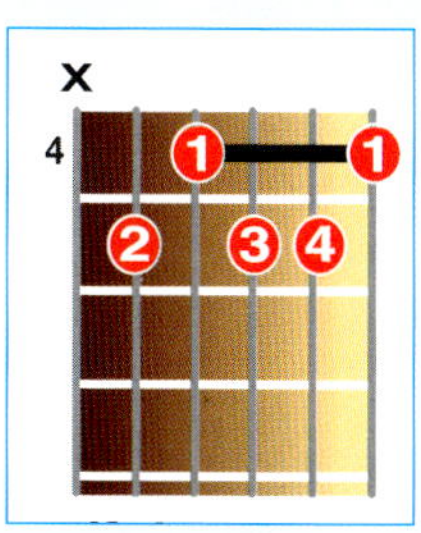

D9♭5 D Dominant 9th ♭5th
1st (D), 3rd (F♯), ♭5th (A♭), ♭7th (C), 9th (E)

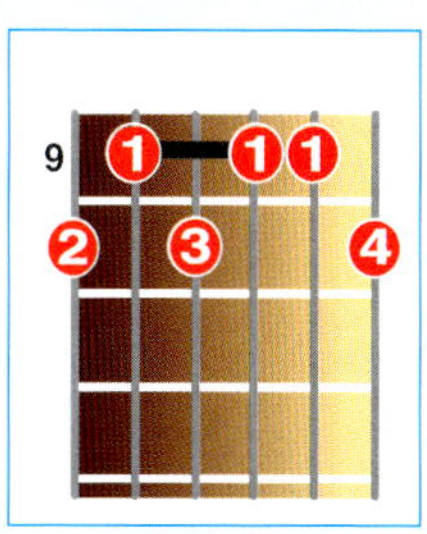

D9♭5 D Dominant 9th ♭5th
1st (D), 3rd (F♯), ♭5th (A♭), ♭7th (C), 9th (E)

Scale of D major

D	E	F♯	G	A	B	C♯
1st	2nd	3rd	4th	5th	6th	7th
	9th		11th		13th	

Section Five: Chord Dictionary

E♭/D♯ MAIN CHORDS

E♭/D♯

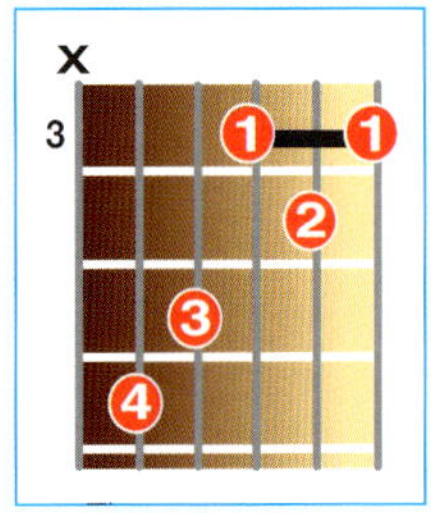

E♭ E♭ Major
1st (E♭), 3rd (G), 5th (B♭)

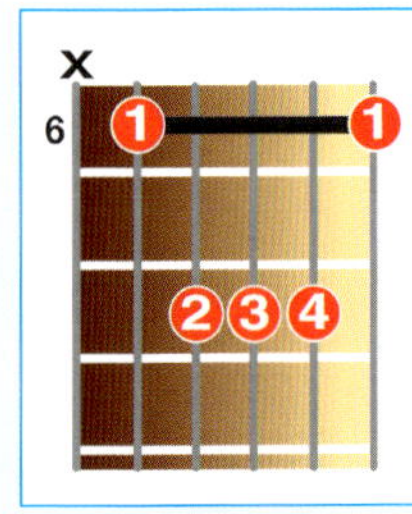

E♭ E♭ Major
1st (E♭), 3rd (G), 5th (B♭)

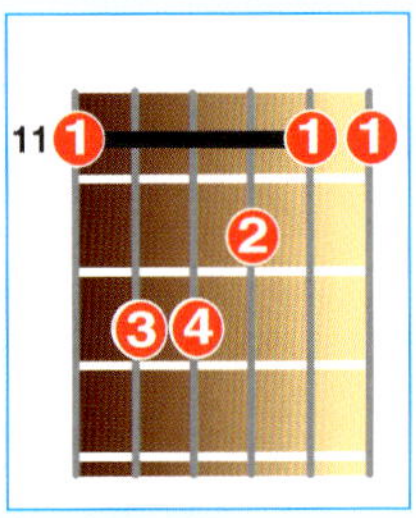

E♭ E♭ major
1st (E♭), 3rd (G), 5th (B♭)

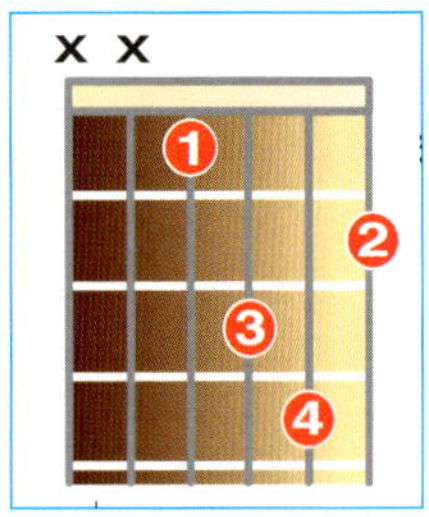

E♭m E♭ Minor
1st (E♭), ♭3rd (G♭), 5th (B♭)

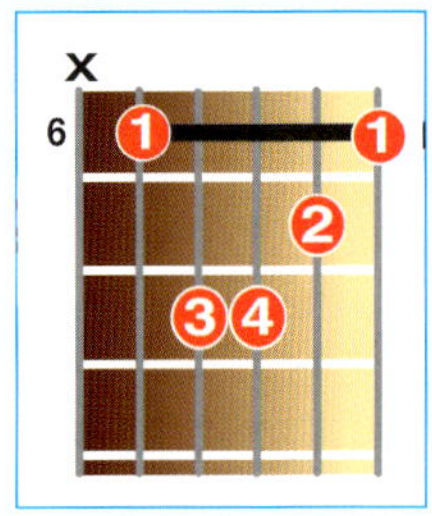

E♭m E♭ Minor
1st (E♭), ♭3rd (G♭), 5th (B♭)

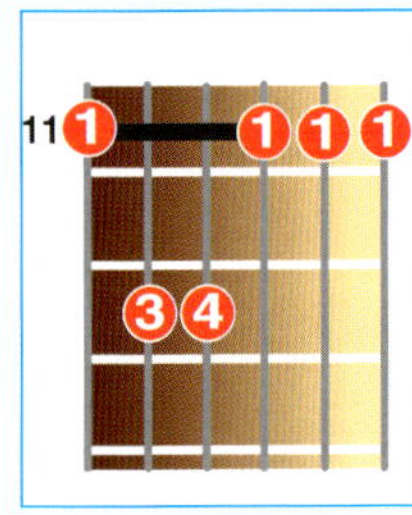

E♭m E♭ Minor
1st (E♭), ♭3rd (G♭), 5th (B♭)

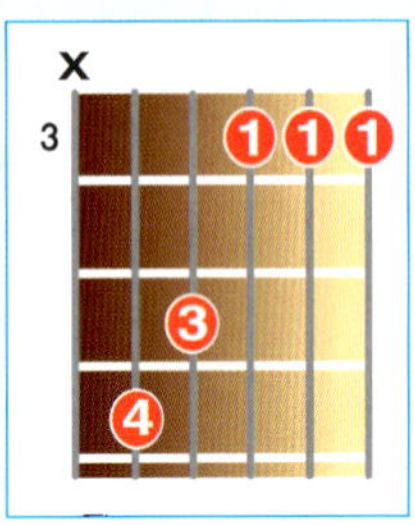

E♭maj7 E♭ Major 7th
1st (E♭), 3rd (G),
5th (B♭), 7th (D)

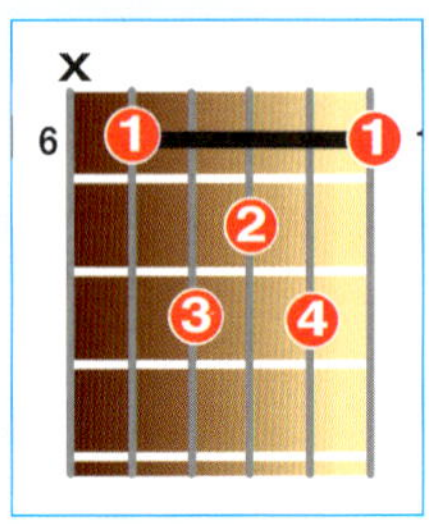

E♭maj7 E♭ Major 7th
1st (E♭), 3rd (G),
5th (B♭), 7th (D)

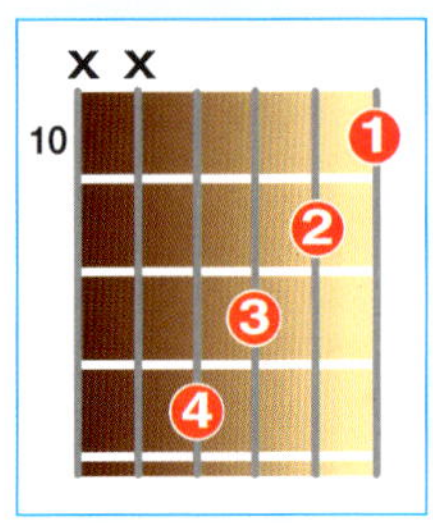

E♭maj7 E♭ Major 7th
1st (E♭), 3rd (G),
5th (B♭), 7th (D)

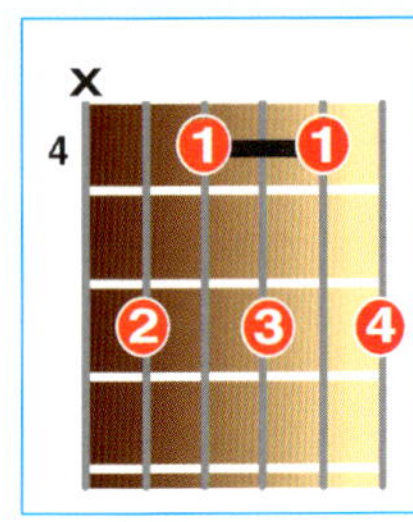

E♭m7 E♭ Minor 7th
1st (E♭), ♭3rd (G♭), 5th (B♭), ♭7th (D♭)

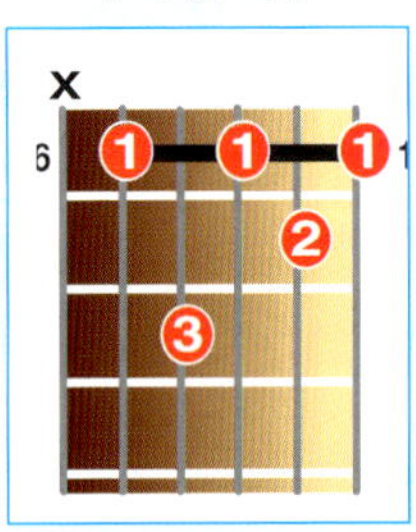

E♭m7 E♭ Minor 7th
1st (E♭), ♭3rd (G♭), 5th (B♭), ♭7th (D♭)

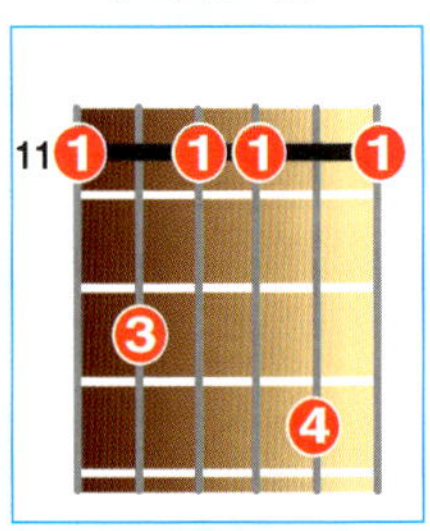

E♭m7 E♭ Minor 7th
1st (E♭), ♭3rd (G♭), 5th (B♭), ♭7th (D♭)

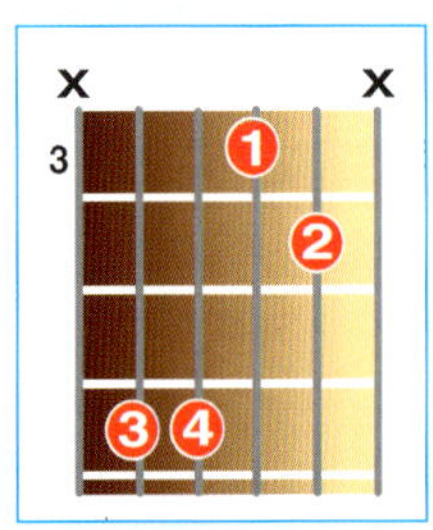

E♭sus4 E♭ Suspended 4th
1st (E♭), 4th (A♭), 5th (B♭)

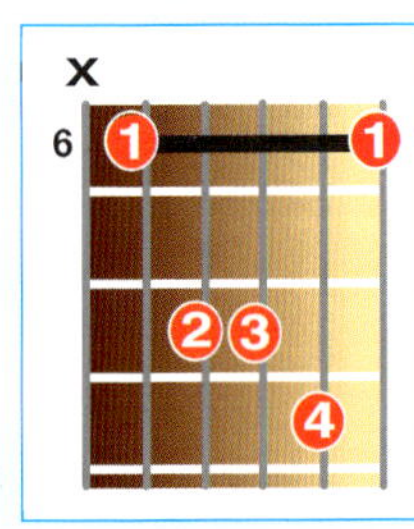

E♭sus4 E♭ Suspended 4th
1st (E♭), 4th (A♭), 5th (B♭)

Complete Guitar Handbook

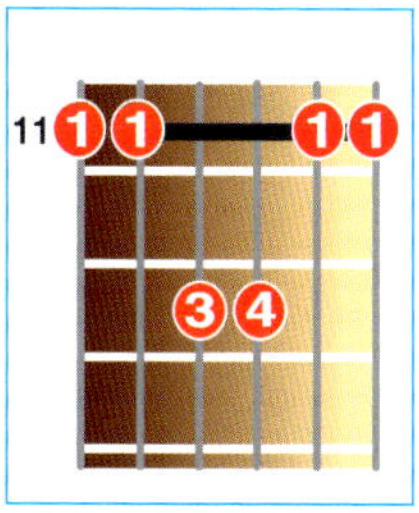

E♭sus4 E♭ Suspended 4th
1st (E♭), 4th (A♭), 5th (B♭)

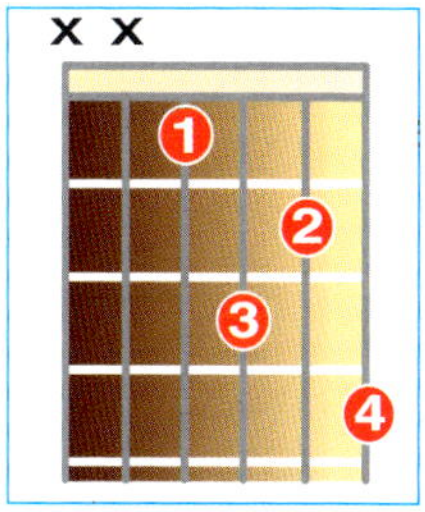

E♭7sus4 E♭ Dominant 7th sus4
1st (E♭), 4th (A♭), 5th (B♭), ♭7th (D♭)

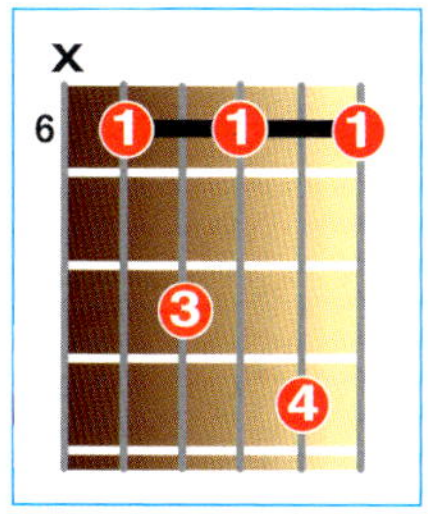

E♭7sus4 E♭ Dominant 7th sus4
1st (E♭), 4th (A♭), 5th (B♭), ♭7th (D♭)

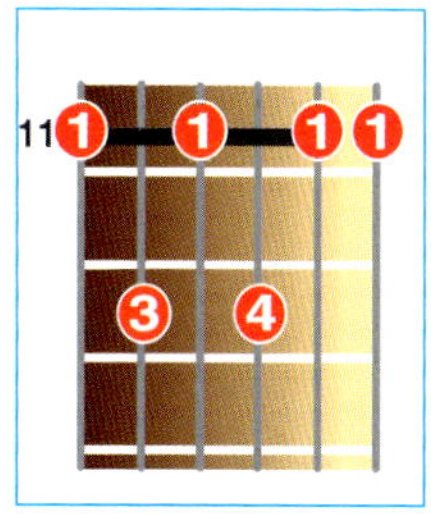

E♭7sus4 E♭ Dominant 7th sus4
1st (E♭), 4th (A♭), 5th (B♭), ♭7th (D♭)

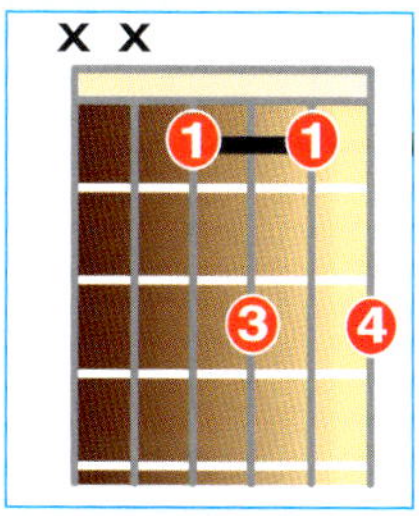

E♭6 E♭ Major 6th
1st (E♭), 3rd (G),
5th (B♭), 6th (C)

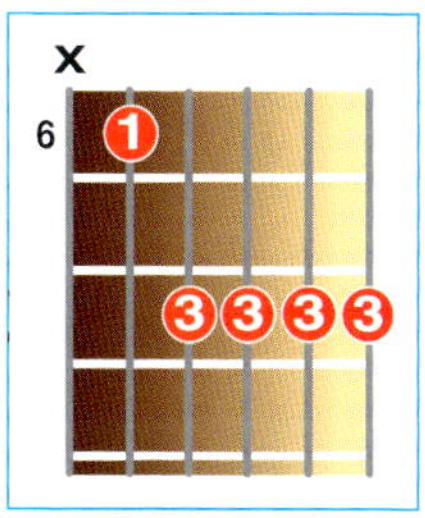

E♭6 E♭ Major 6th
1st (E♭), 3rd (G),
5th (B♭), 6th (C)

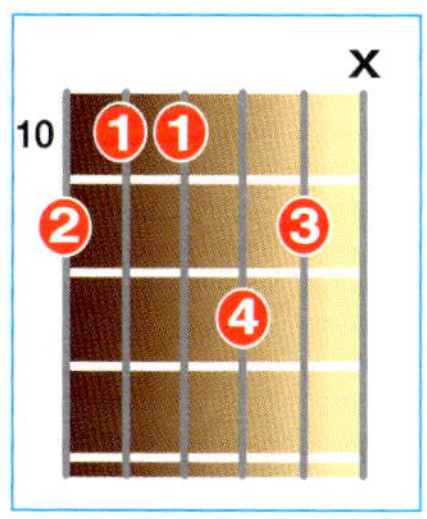

E♭6 E♭ Major 6th
1st (E♭), 3rd (G),
5th (B♭), 6th (C)

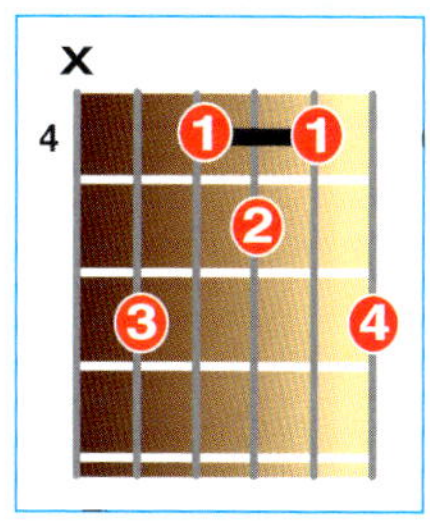

E♭m6 E♭ Minor 6th
1st (E♭), ♭3rd (G♭),
5th (B♭), 6th (C)

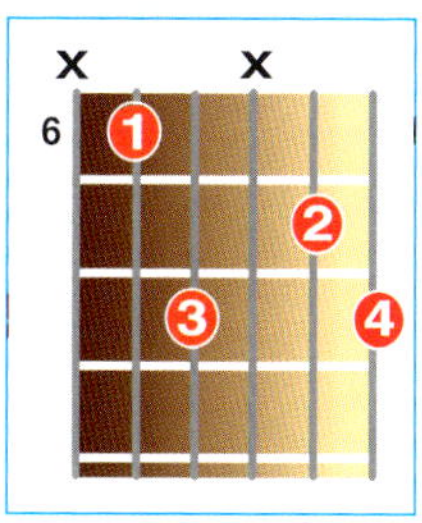

E♭m6 E♭ Minor 6th
1st (E♭), ♭3rd (G♭),
5th (B♭), 6th (C)

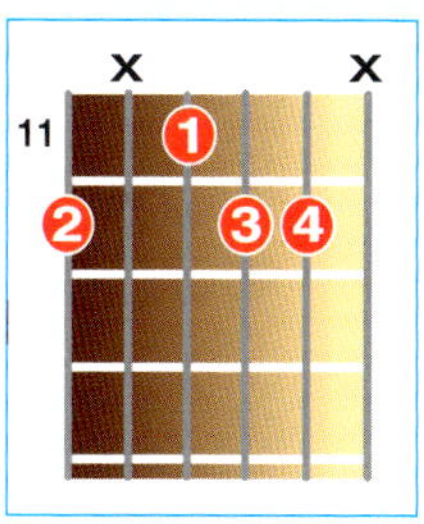

E♭m6 E♭ Minor 6th
1st (E♭), ♭3rd (G♭),
5th (B♭), 6th (C)

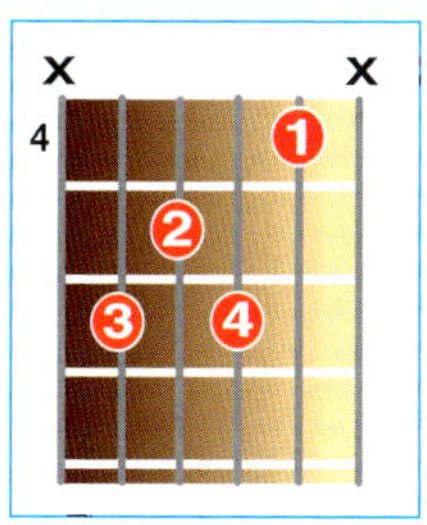

E♭7 E♭ Dominant 7th
1st (E♭), 3rd (G), 5th (B♭), ♭7th (D♭)

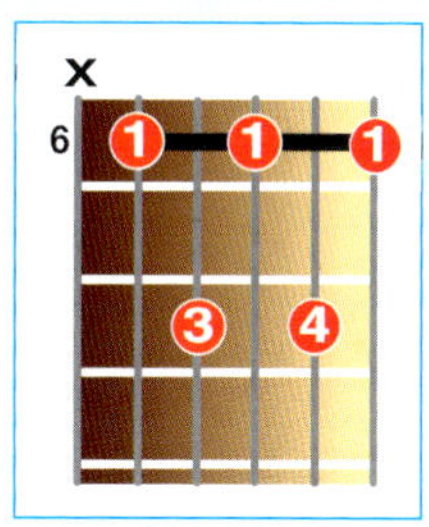

E♭7 E♭ Dominant 7th
1st (E♭), 3rd (G), 5th (B♭), ♭7th (D♭)

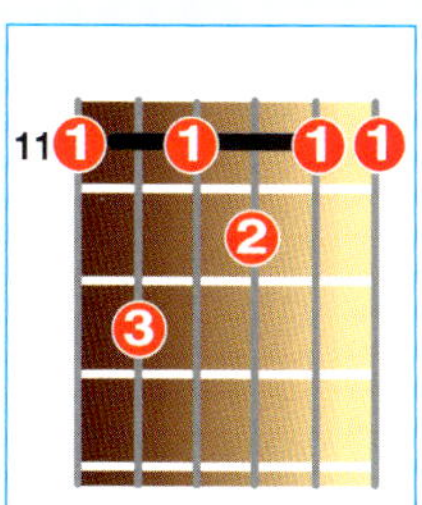

E♭7 E♭ Dominant 7th
1st (E♭), 3rd (G), 5th (B♭), ♭7th (D♭)

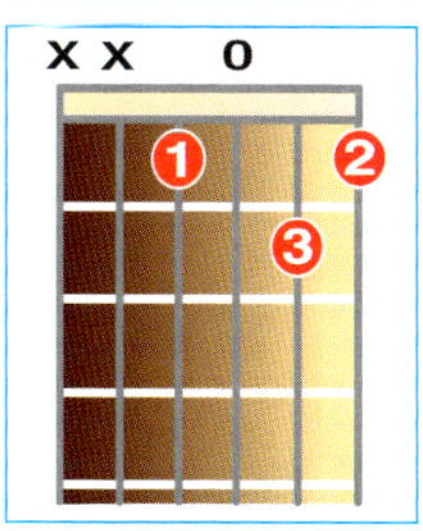

E♭9 E♭ Dominant 9th
1st (E♭), 3rd (G), 5th (B♭),
♭7th (D♭), 9th (F)

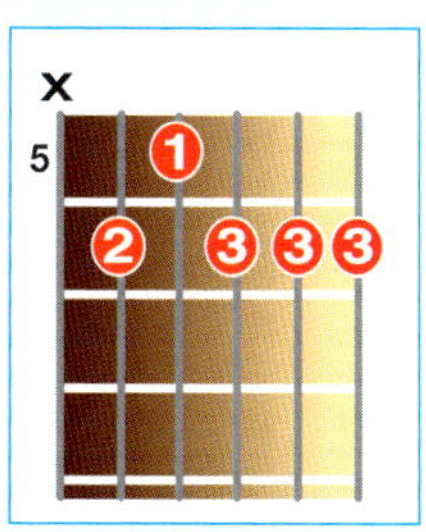

E♭9 E♭ Dominant 9th
1st (E♭), 3rd (G), 5th (B♭),
♭7th (D♭), 9th (F)

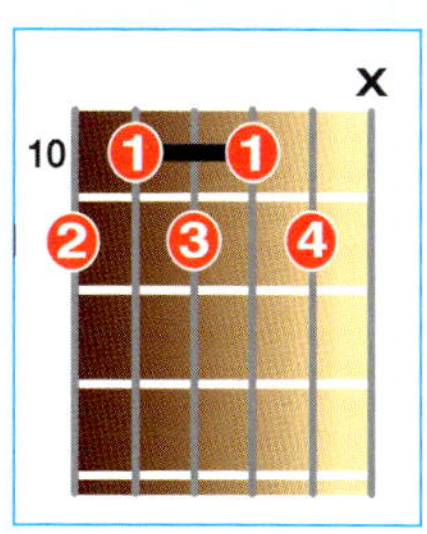

E♭9 E♭ Dominant 9th
1st (E♭), 3rd (G), 5th (B♭),
♭7th (D♭), 9th (F)

Section Five: Chord Dictionary

E♭/D♯ ADVANCED CHORDS

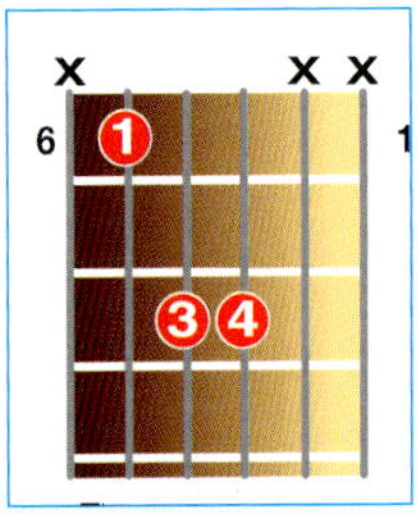

E♭5 E♭ 5th (power chord)
1st (E♭), 5th (B♭)

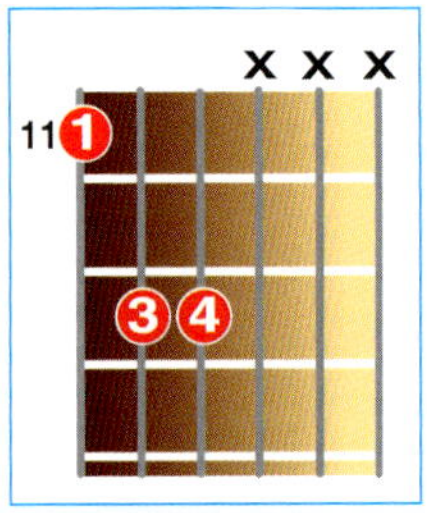

E♭5 E♭ 5th (power chord)
1st (E♭), 5th (B♭)

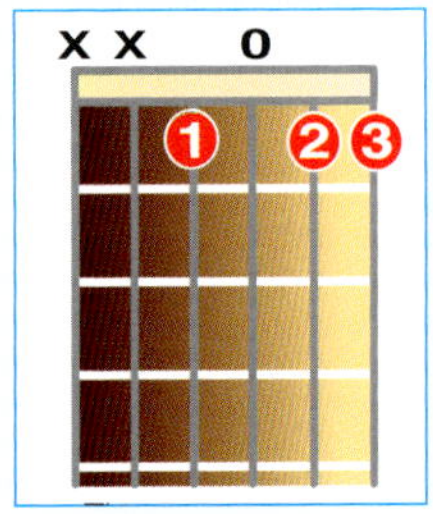

E♭6/9 E♭ Major 6th add 9th
1st (E♭), 3rd (G), 5th (B♭),
6th (C), 9th (F)

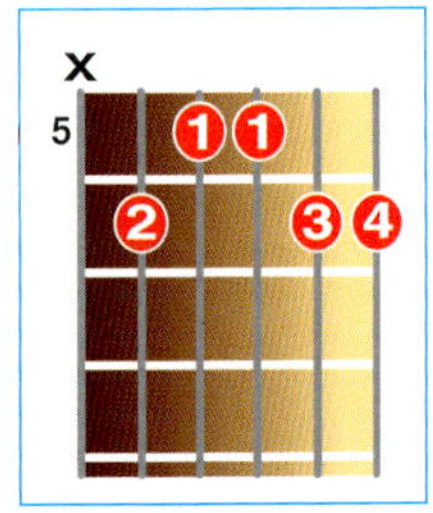

E♭6/9 E♭ Major 6th add 9th
1st (E♭), 3rd (G), 5th (B♭),
6th (C), 9th (F)

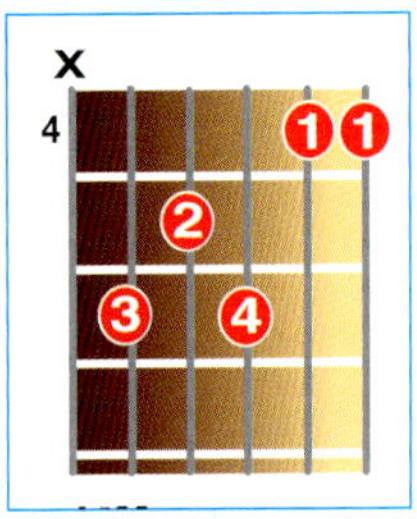

E♭11 E♭ Dominant 11th
1st (E♭), 3rd (G), 5th (B♭),
♭7th (D♭), 9th (F), 11th (A♭)

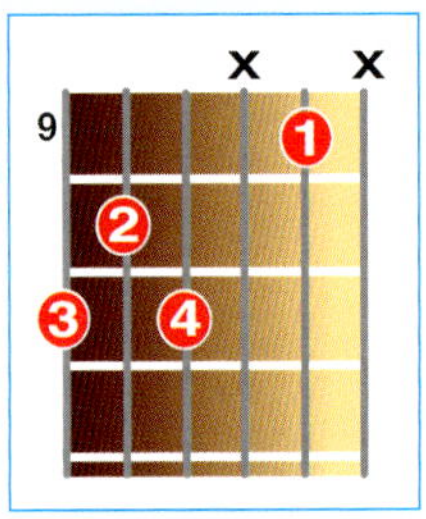

E♭11 E♭ Dominant 11th
1st (E♭), 3rd (G), 5th (B♭),
♭7th (D♭), 9th (F), 11th (A♭)

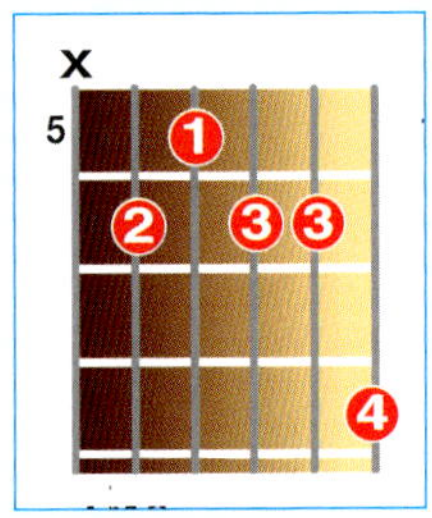

E♭13 E♭ Dominant 13th
1st (E♭), 3rd (G), 5th (B♭),
♭7th (D♭), 9th (F), 13th (C)

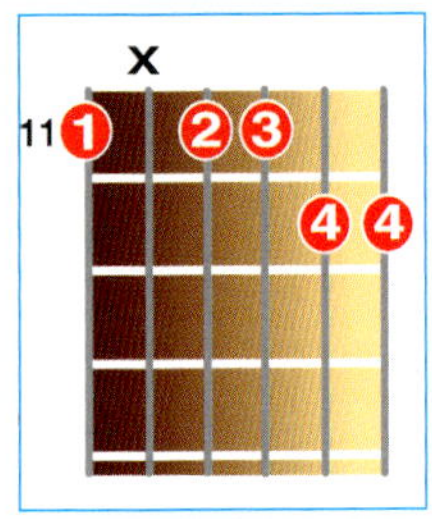

E♭13 E♭ Dominant 13th
1st (E♭), 3rd (G), 5th (B♭),
♭7th (D♭), 9th (F), 13th (C)

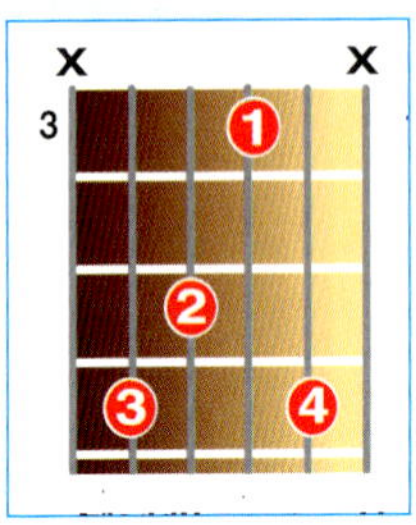

E♭add9 E♭ Major add 9th
1st (E♭), 3rd (G), 5th (B♭), 9th (F)

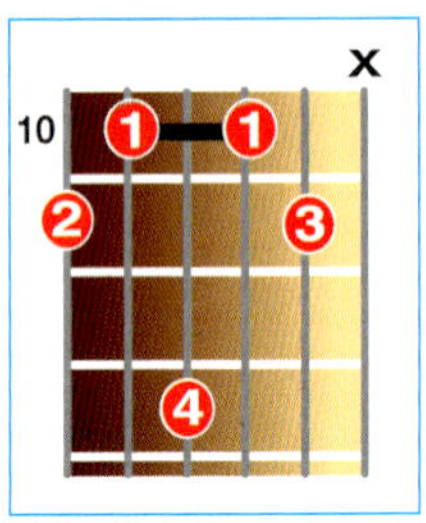

E♭add9 E♭ Major add 9th
1st (E♭), 3rd (G), 5th (B♭), 9th (F)

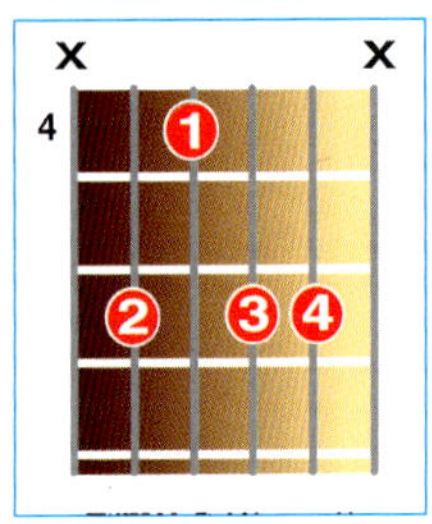

E♭m9 E♭ Minor 9th
1st (E♭), ♭3rd (G♭), 5th (B♭),
♭7th (D♭), 9th (F)

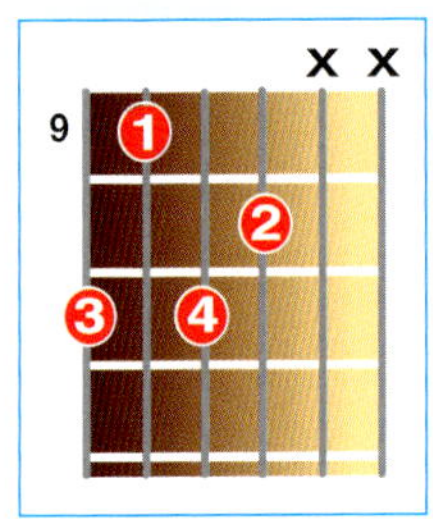

E♭m9 E♭ Minor 9th
1st (E♭), ♭3rd (G♭), 5th (B♭),
♭7th (D♭), 9th (F)

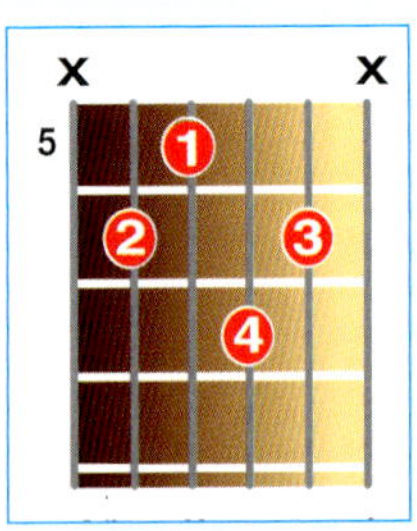

E♭maj9 E♭ Major 9th
1st (E♭), 3rd (G), 5th (B♭),
7th (D), 9th (F)

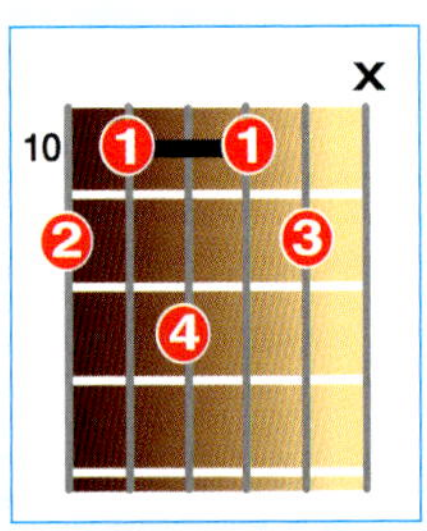

E♭maj9 E♭ Major 9th
1st (E♭), 3rd (G), 5th (B♭),
7th (D), 9th (F)

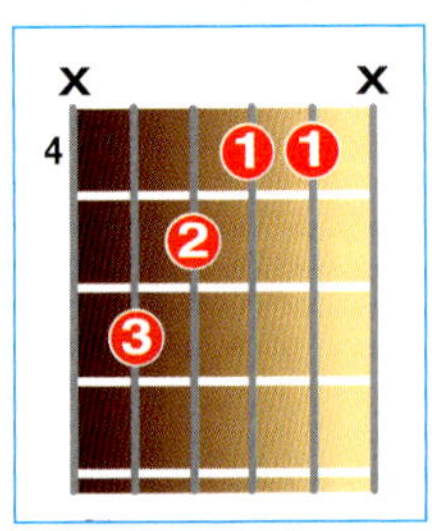

E♭+ E♭ Augmented
1st (E♭), 3rd (G), ♯5th (B)

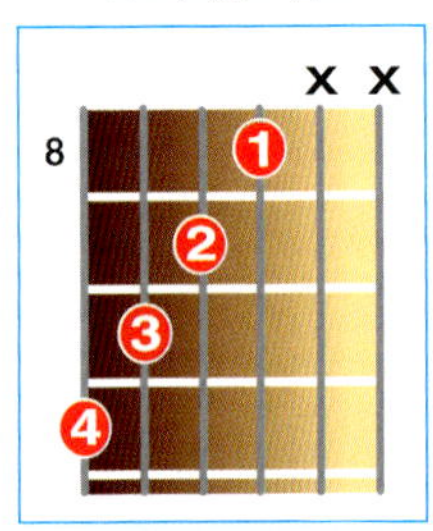

E♭+ E♭ Augmented
1st (E♭), 3rd (G), ♯5th (B)

Complete Guitar Handbook

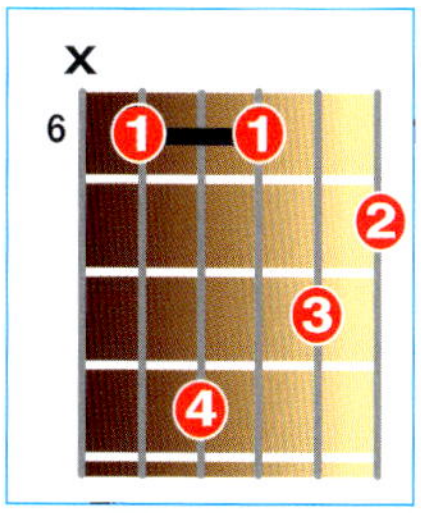

E♭7♯5 E♭ Dominant 7th ♯5
1st (E♭), 3rd (G), ♯5th (B), ♭7th (D♭)

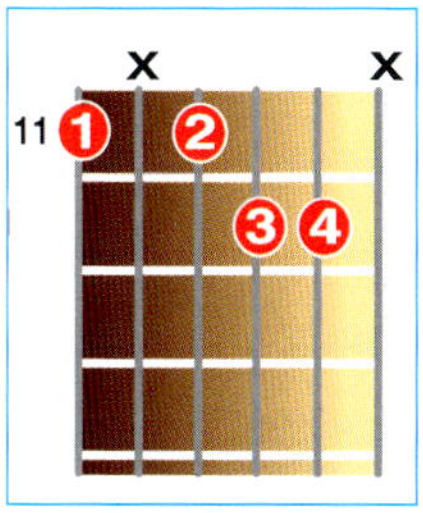

E♭7♯5 E♭ Dominant 7th ♯5
1st (E♭), 3rd (G), ♯5th (B), ♭7th (D♭)

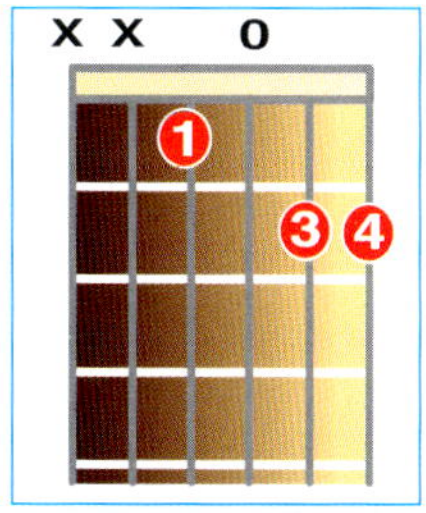

E♭7♯9 E♭ Dominant 7th ♯9
1st (E♭), 3rd (G), 5th (B♭), ♭7th (D♭), ♯9th (F♯)

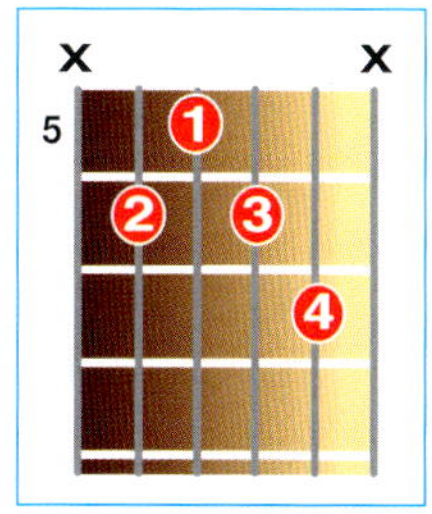

E♭7♯9 E♭ Dominant 7th ♯9
1st (E♭), 3rd (G), 5th (B♭), ♭7th (D♭), ♯9th (F♯)

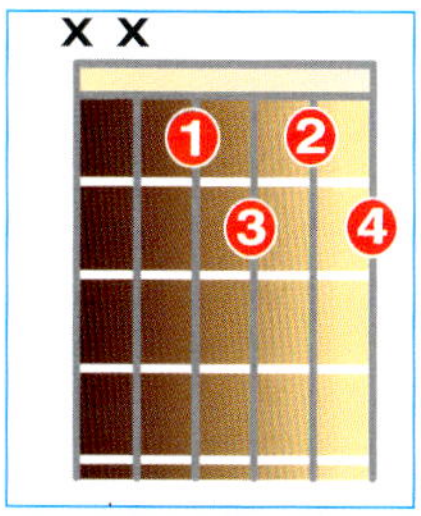

E♭o7 E♭ Diminished 7th
1st (E♭), ♭3rd (G♭), ♭5th (B♭♭), ♭♭7th (D♭♭)

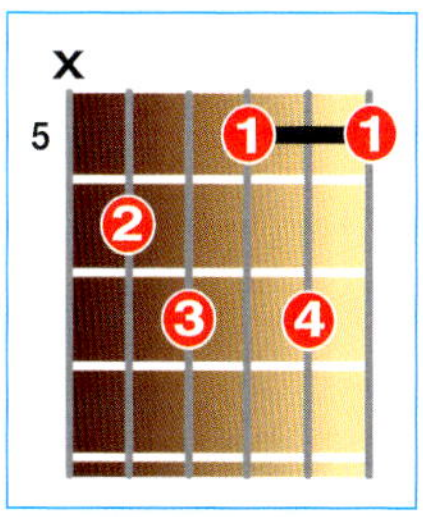

E♭o7 E♭ Diminished 7th
1st (E♭), ♭3rd (G♭), ♭5th (B♭♭), ♭♭7th (D♭♭)

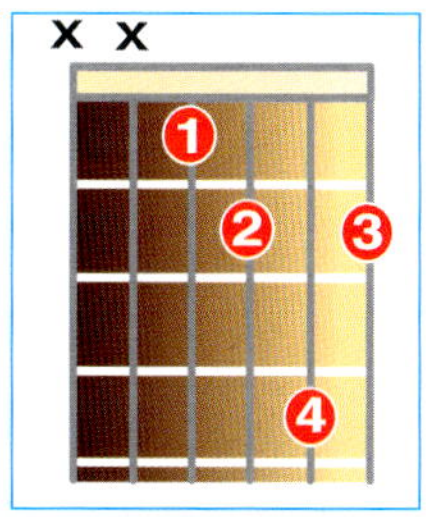

E♭o E♭ Diminished triad
1st (E♭), ♭3rd (G♭), ♭5th (B♭♭)

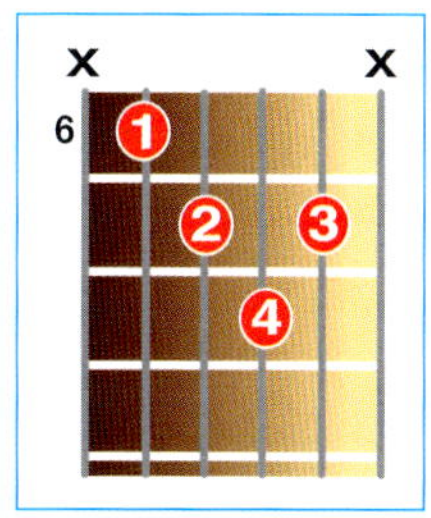

E♭o E♭ Diminished triad
1st (E♭), ♭3rd (G♭), ♭5th (B♭♭)

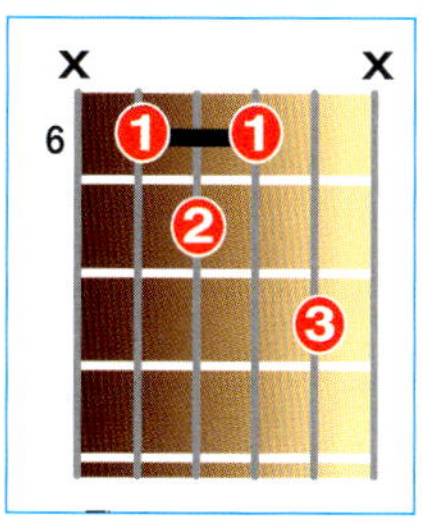

E♭7♭5 E♭ Dominant 7th ♭5
1st (E♭), 3rd (G), ♭5th (B♭♭), ♭7th (D♭)

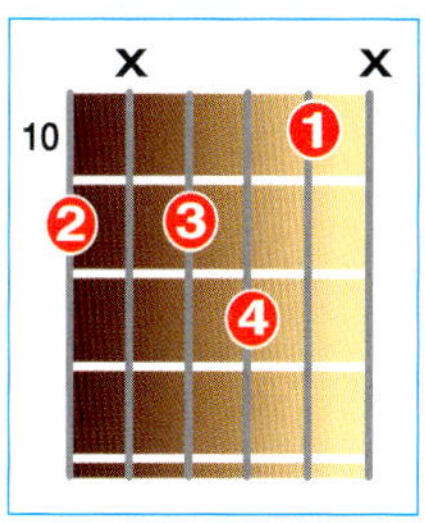

E♭7♭5 E♭ Dominant 7th ♭5
1st (E♭), 3rd (G), ♭5th (B♭♭), ♭7th (D♭)

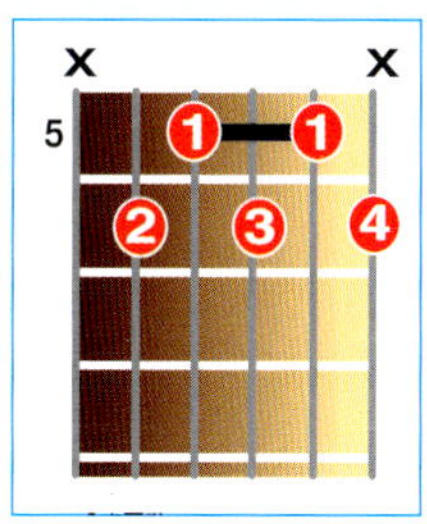

E♭7♭9 E♭ Dominant 7th ♭9
1st (E♭), 3rd (G), 5th (B♭), ♭7th (D♭), ♭9th (F♭)

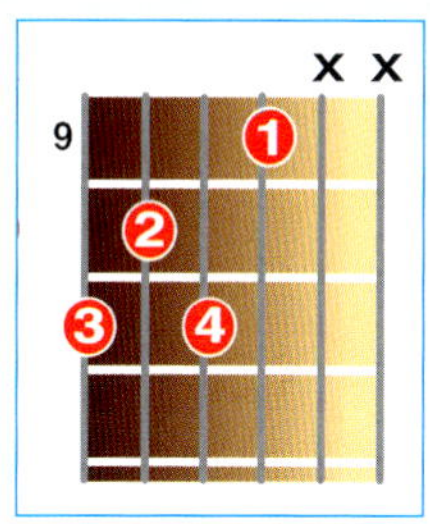

E♭7♭9 E♭ Dominant 7th ♭9
1st (E♭), 3rd (G), 5th (B♭), ♭7th (D♭), ♭9th (F♭)

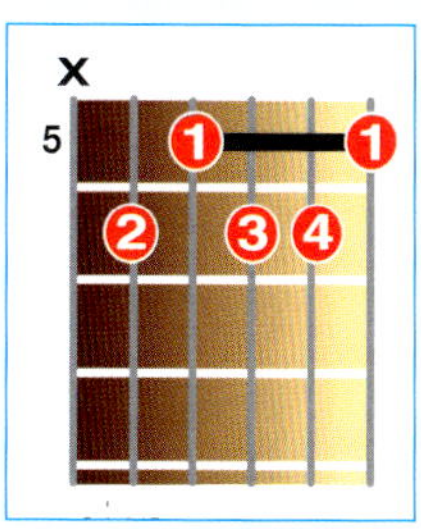

E♭9♭5 E♭ Dominant 9th ♭5th
1st (E♭), 3rd (G), ♭5th (B♭♭), ♭7th (D♭), 9th (F)

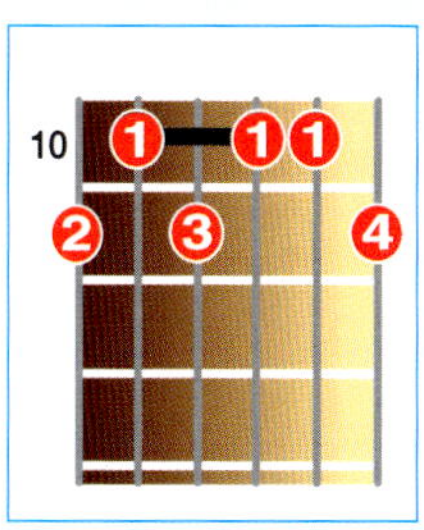

E♭9♭5 E♭ Dominant 9th ♭5th
1st (E♭), 3rd (G), ♭5th (B♭♭), ♭7th (D♭), 9th (F)

Scale of E♭/D♯ major

E♭	F	G	A♭	B♭	C	D
1st	2nd	3rd	4th	5th	6th	7th
	9th		11th		13th	

Section Five: Chord Dictionary

E MAIN CHORDS

E

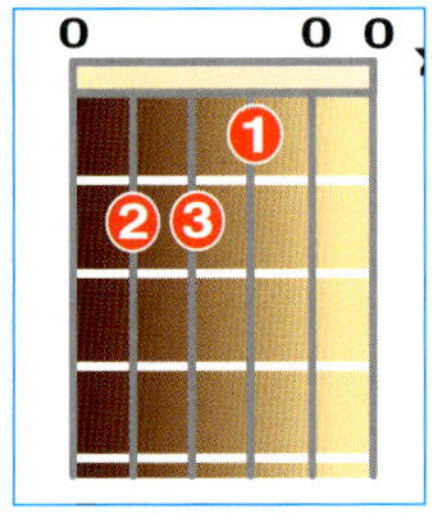

E E Major
1st (E), 3rd (G♯), 5th (B)

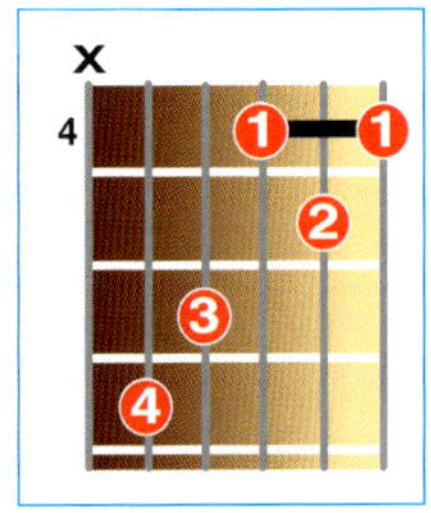

E E Major
1st (E), 3rd (G♯), 5th (B)

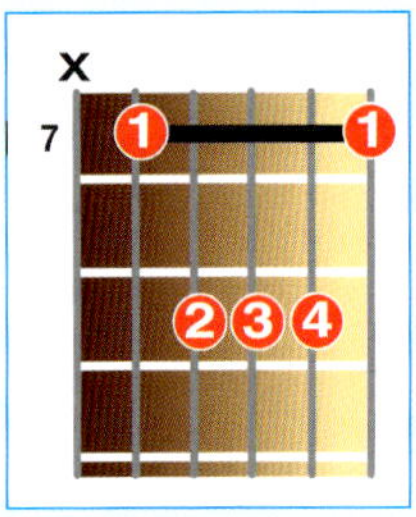

E E Major
1st (E), 3rd (G♯), 5th (B)

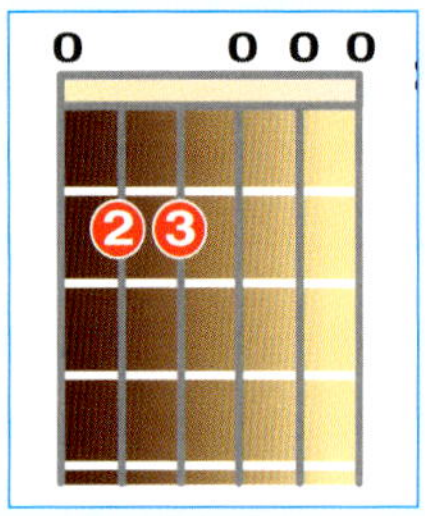

Em E Minor
1st (E), ♭3rd (G), 5th (B)

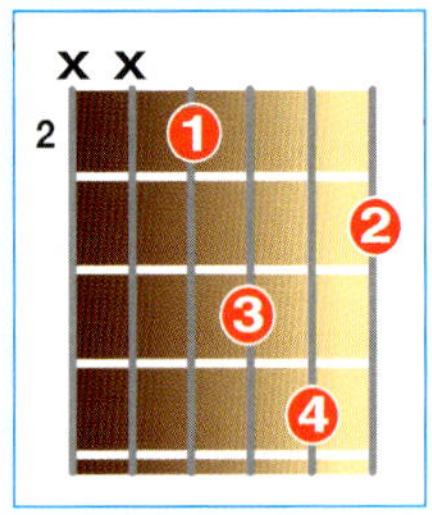

Em E Minor
1st (E), ♭3rd (G), 5th (B)

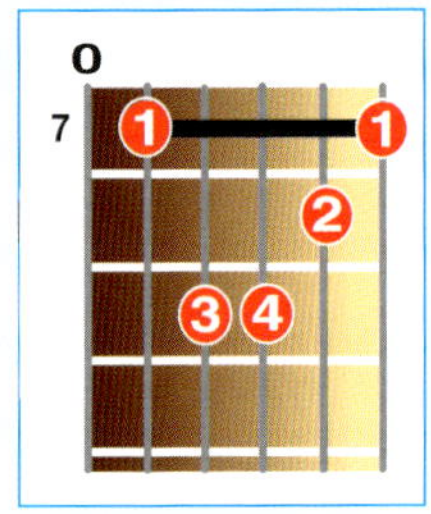

Em E Minor
1st (E), ♭3rd (G), 5th (B)

Emaj7 E Major 7th
1st (E), 3rd (G♯), 5th (B), 7th (D♯)

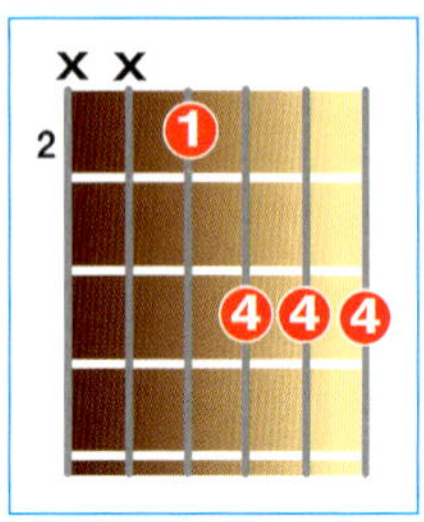

Emaj7 E Major 7th
1st (E), 3rd (G♯), 5th (B), 7th (D♯)

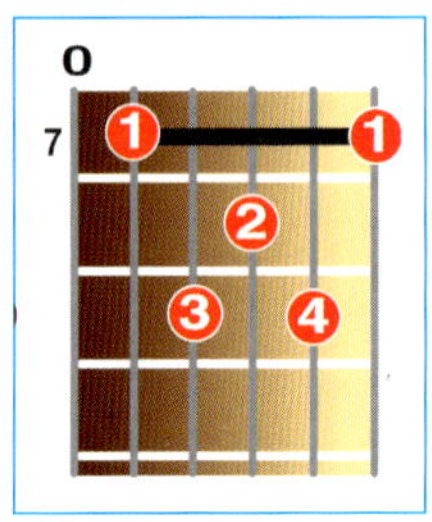

Emaj7 E Major 7th
1st (E), 3rd (G♯), 5th (B), 7th (D♯)

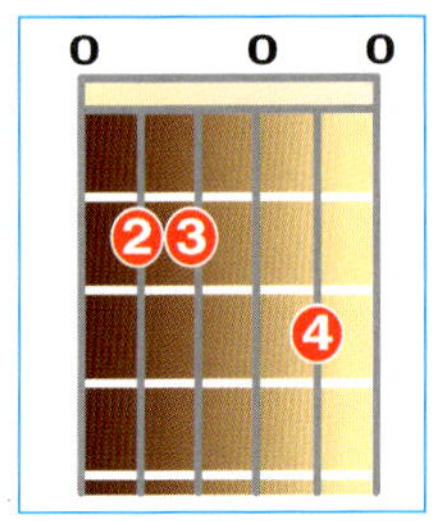

Em7 E Minor 7th
1st (E), ♭3rd (G),
5th (B), ♭7th (D)

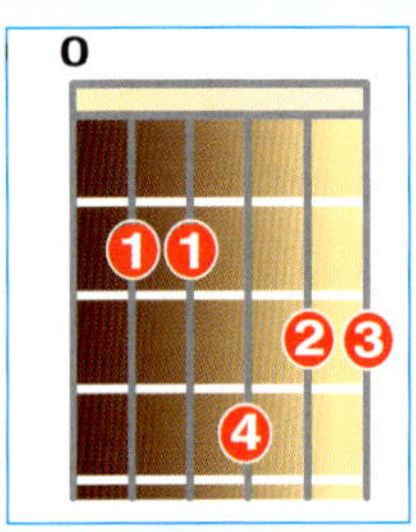

Em7 E Minor 7th
1st (E), ♭3rd (G),
5th (B), ♭7th (D)

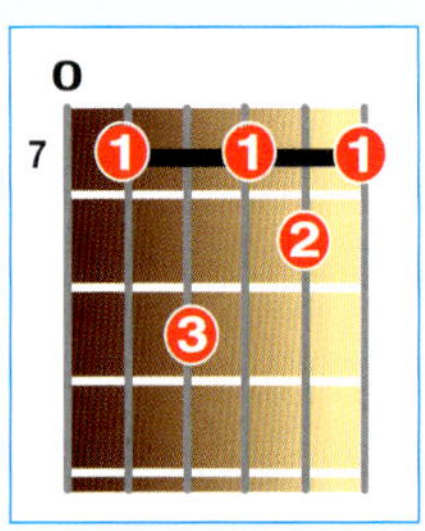

Em7 E Minor 7th
1st (E), ♭3rd (G),
5th (B), ♭7th (D)

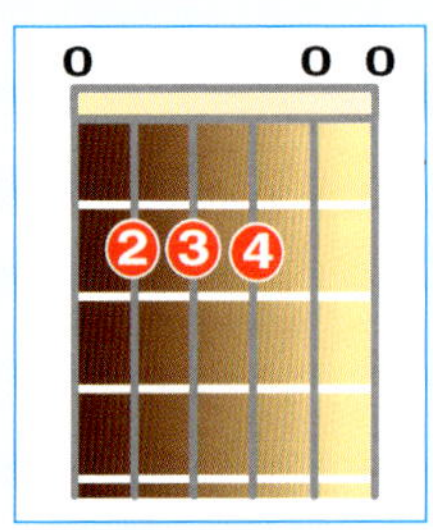

Esus4 E Suspended 4th
1st (E), 4th (A), 5th (B)

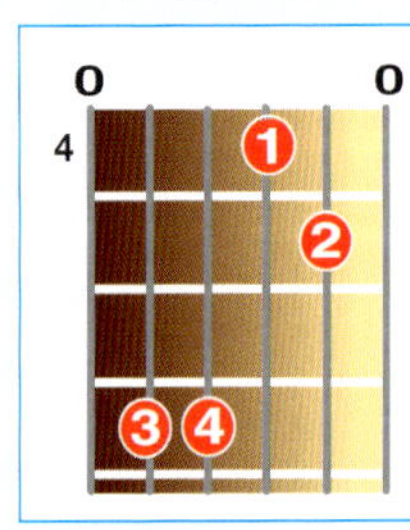

Esus4 E Suspended 4th
1st (E), 4th (A), 5th (B)

Complete Guitar Handbook

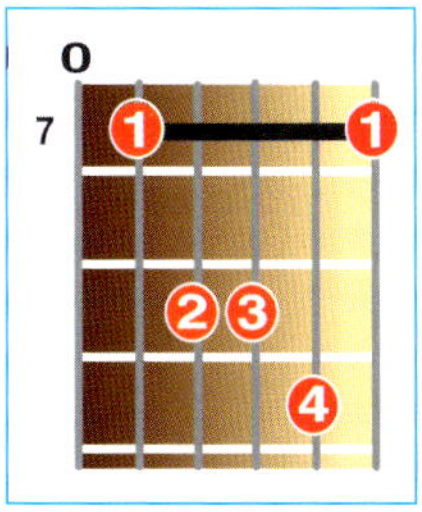

Esus4 E Suspended 4th
1st (E), 4th (A), 5th (B)

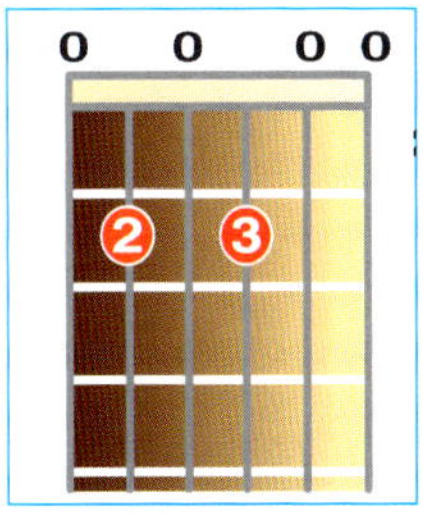

E7sus4 E Dominant 7th sus4
1st (E), 4th (A), 5th (B), ♭7th (D)

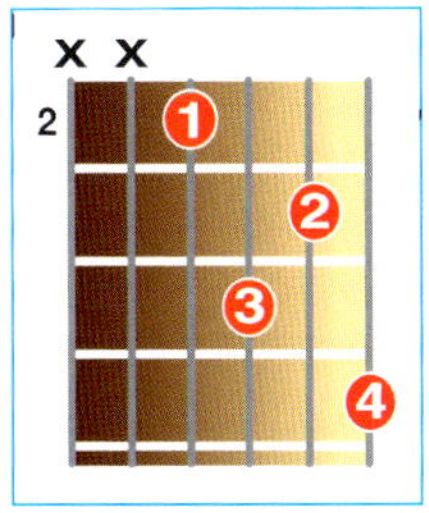

E7sus4 E Dominant 7th sus4
1st (E), 4th (A), 5th (B), ♭7th (D)

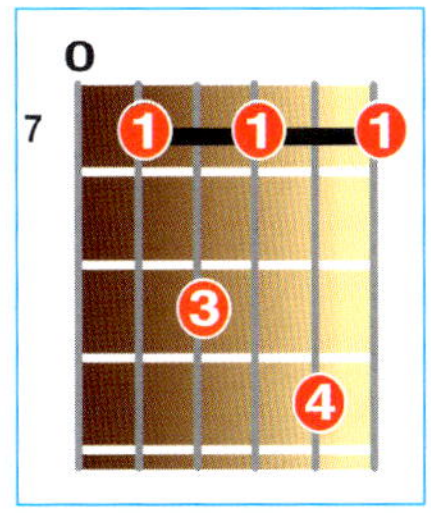

E7sus4 E Dominant 7th sus4
1st (E), 4th (A), 5th (B), ♭7th (D)

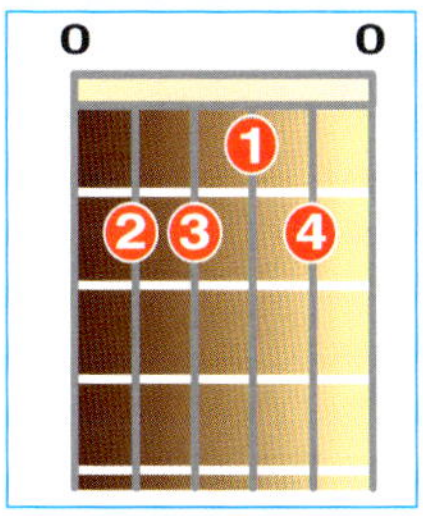

E6 E Major 6th
1st (E), 3rd (G♯), 5th (B), 6th (C♯)

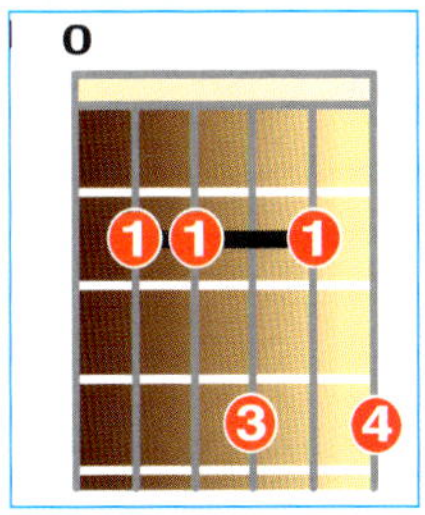

E6 E Major 6th
1st (E), 3rd (G♯), 5th (B), 6th (C♯)

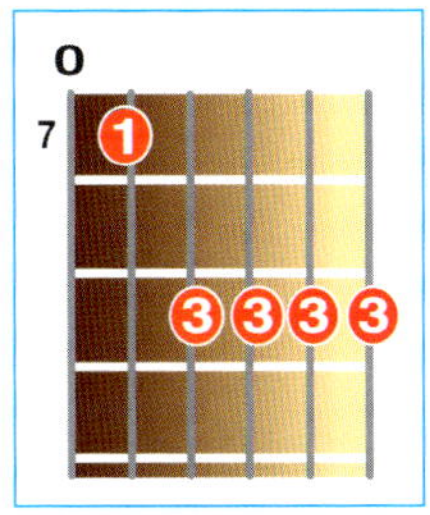

E6 E Major 6th
1st (E), 3rd (G♯), 5th (B), 6th (C♯)

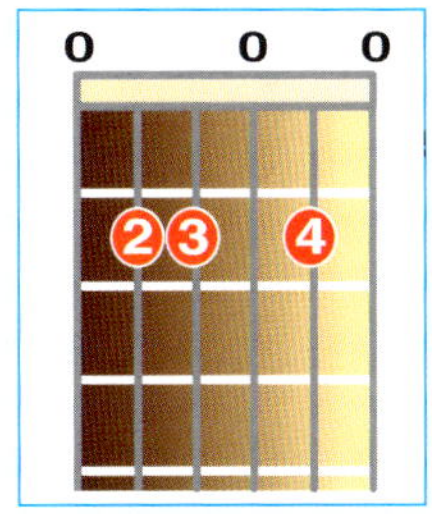

Em6 E Minor 6th
1st (E), ♭3rd (G), 5th (B), 6th (C♯)

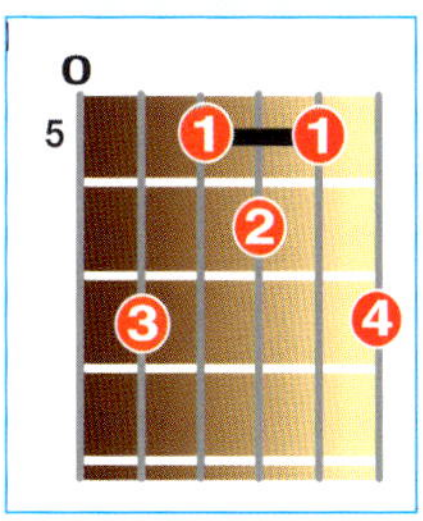

Em6 E Minor 6th
1st (E), ♭3rd (G), 5th (B), 6th (C♯)

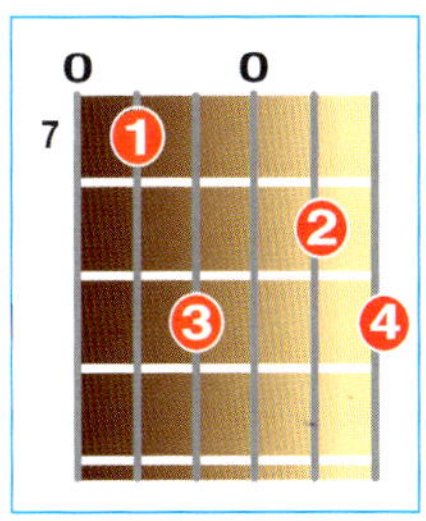

Em6 E Minor 6th
1st (E), ♭3rd (G), 5th (B), 6th (C♯)

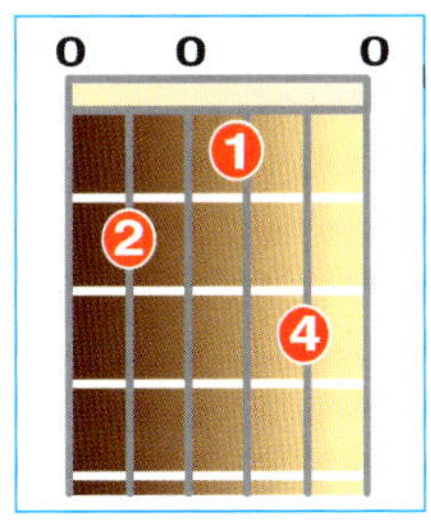

E7 E Dominant 7th
1st (E), 3rd (G♯), 5th (B), ♭7th (D)

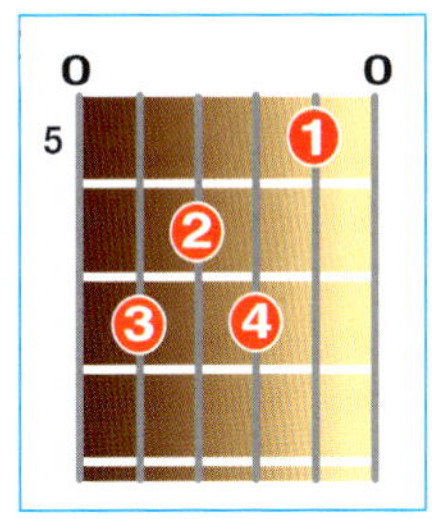

E7 E Dominant 7th
1st (E), 3rd (G♯), 5th (B), ♭7th (D)

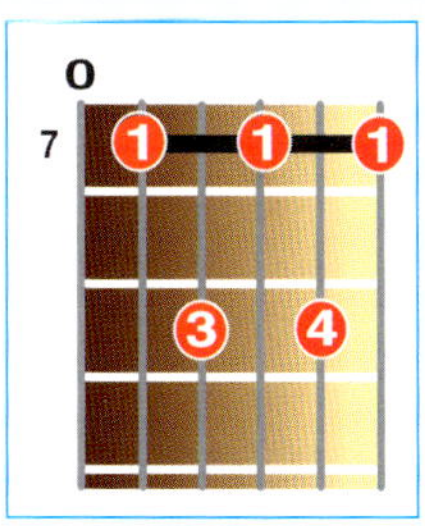

E7 E Dominant 7th
1st (E), 3rd (G♯), 5th (B), ♭7th (D)

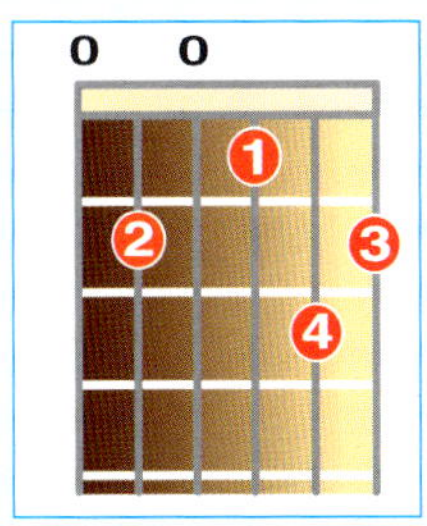

E9 E Dominant 9th
1st (E), 3rd (G♯), 5th (B), ♭7th (D), 9th (F♯)

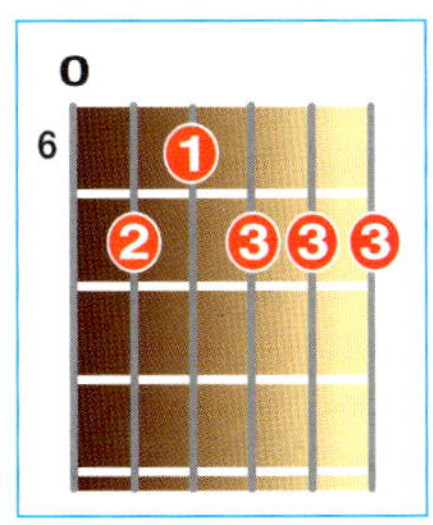

E9 E Dominant 9th
1st (E), 3rd (G♯), 5th (B), ♭7th (D), 9th (F♯)

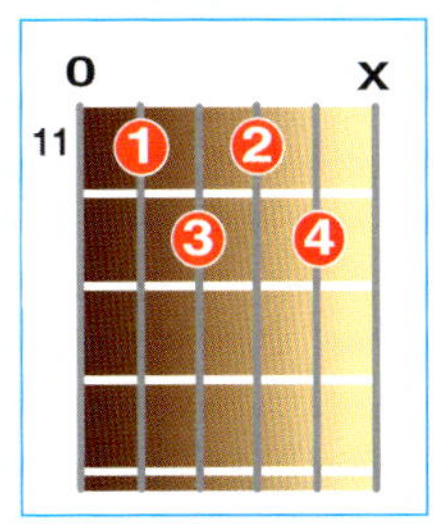

E9 E Dominant 9th
1st (E), 3rd (G♯), 5th (B), ♭7th (D), 9th (F♯)

Section Five: Chord Dictionary

E ADVANCED CHORDS

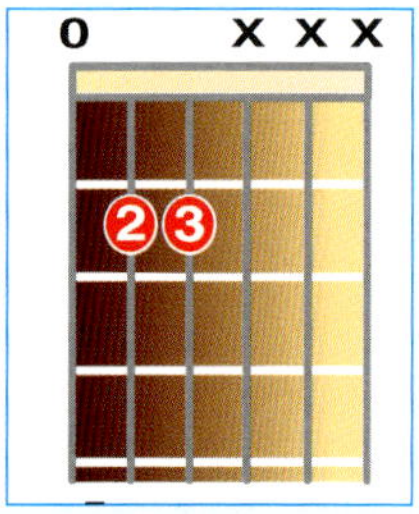

E5 E 5th (power chord)
1st (E), 5th (B)

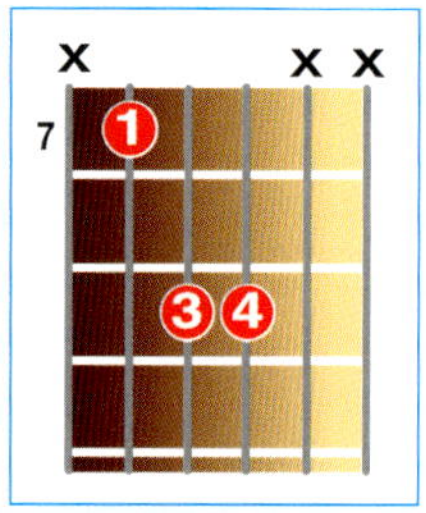

E5 E 5th (power chord)
1st (E), 5th (B)

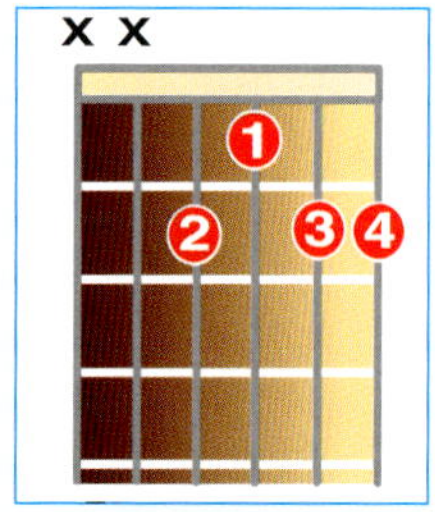

E 6/9 E Major 6th add 9th
1st (E), 3rd (G♯), 5th (B), 6th (C♯), 9th (F♯)

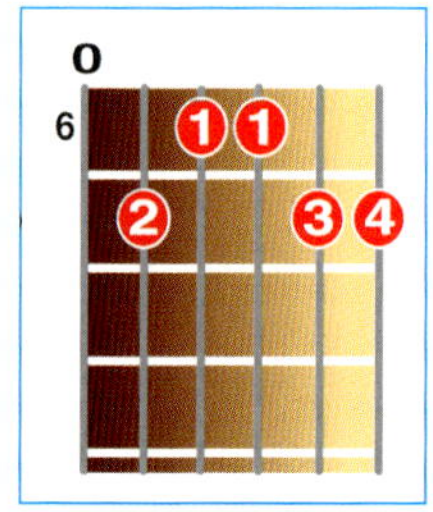

E 6/9 E Major 6th add 9th
1st (E), 3rd (G♯), 5th (B), 6th (C♯), 9th (F♯)

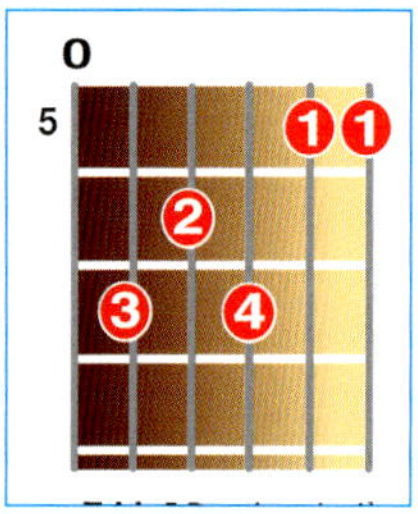

E11 E Dominant 11th
1st (E), 3rd (G♯), 5th (B), ♭7th (D), 9th (F♯), 11th (A)

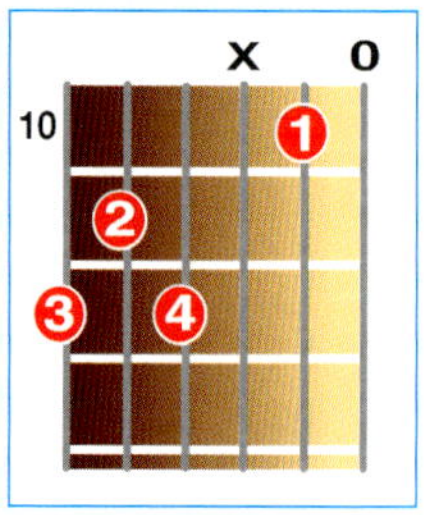

E11 E Dominant 11th
1st (E), 3rd (G♯), 5th (B), ♭7th (D), 9th (F♯), 11th (A)

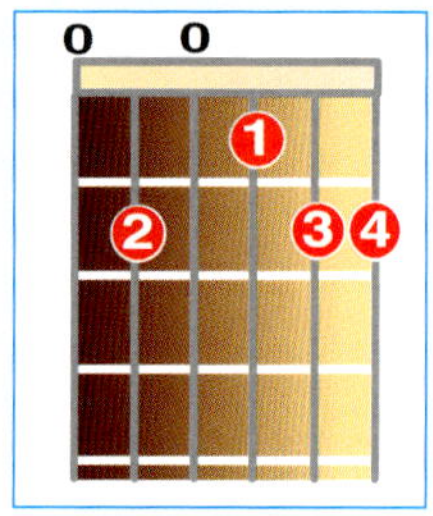

E13 E Dominant 13th
1st (E), 3rd (G♯), 5th (B), ♭7th (D), 9th (F♯), 13th (C♯)

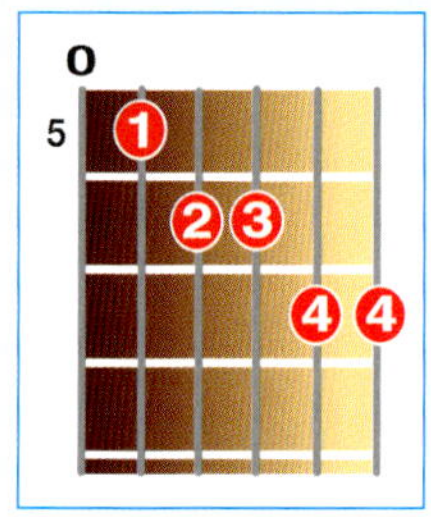

E13 E Dominant 13th
1st (E), 3rd (G♯), 5th (B), ♭7th (D), 9th (F♯), 13th (C♯)

Eadd9 E Major add 9th
1st (E), 3rd (G♯), 5th (B), 9th (F♯)

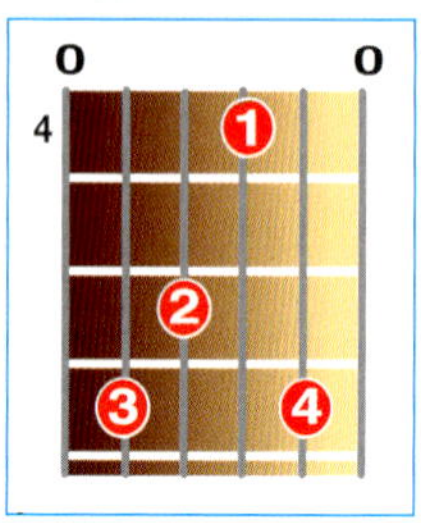

Eadd9 E Major add 9th
1st (E), 3rd (G♯), 5th (B), 9th (F♯)

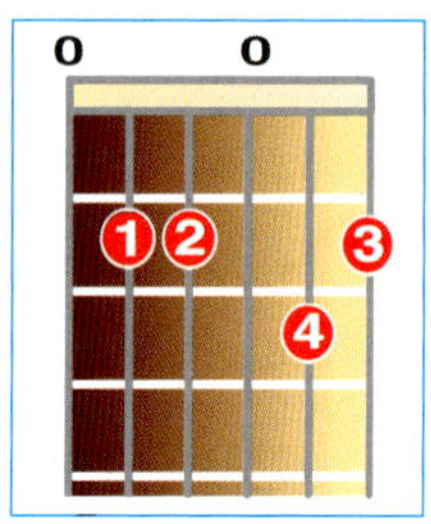

Em9 E Minor 9th
1st (E), ♭3rd (G), 5th (B), ♭7th (D), 9th (F♯)

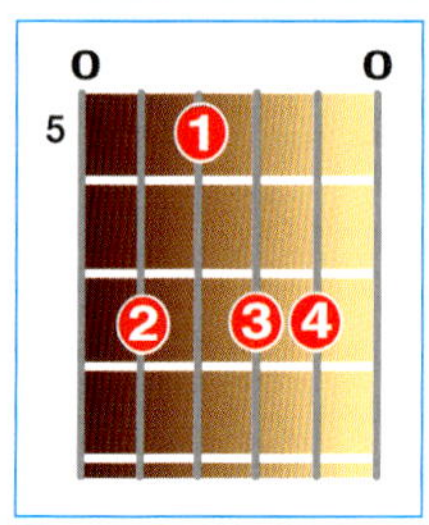

Em9 E Minor 9th
1st (E), ♭3rd (G), 5th (B), ♭7th (D), 9th (F♯)

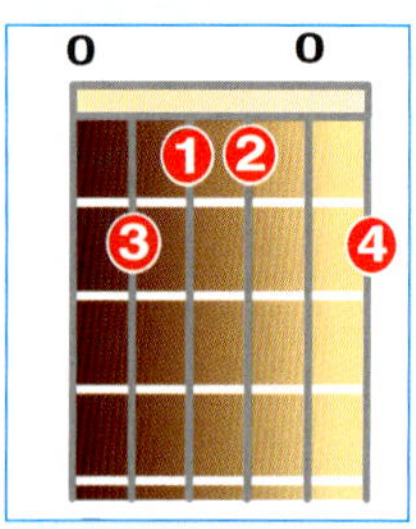

Emaj9 E Major 9th
1st (E), 3rd (G♯), 5th (B), 7th (D♯), 9th (F♯)

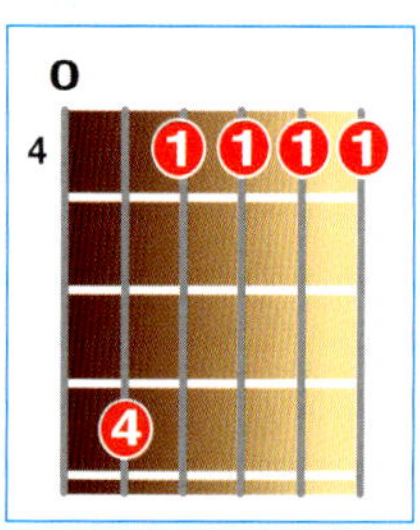

Emaj9 E Major 9th
1st (E), 3rd (G♯), 5th (B), 7th (D♯), 9th (F♯)

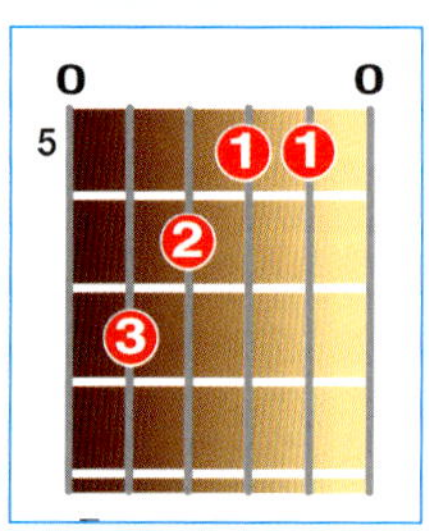

E+ E Augmented
1st (E), 3rd (G♯), ♯5th (B♯)

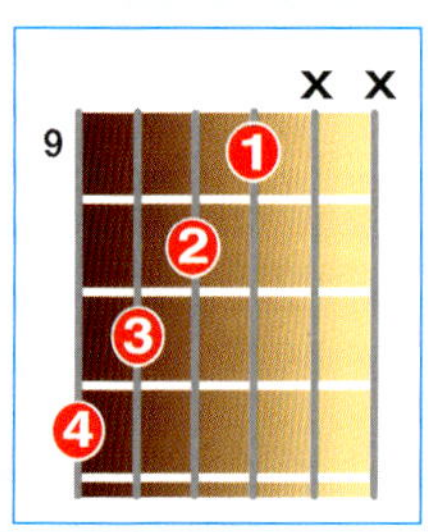

E+ E Augmented
1st (E), 3rd (G♯), ♯5th (B♯)

Complete Guitar Handbook

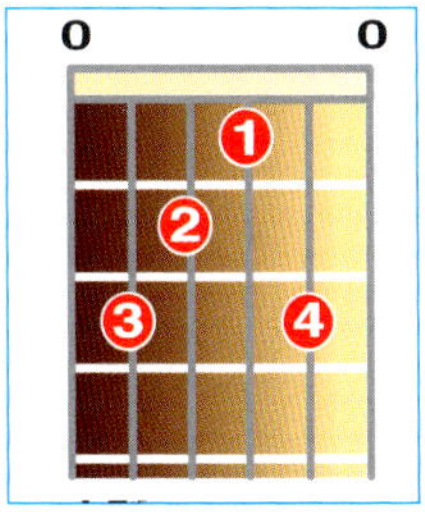

E7♯5 **E Dominant 7th ♯5**
1st (E), 3rd (G♯), ♯5th (B♯), ♭7th (D)

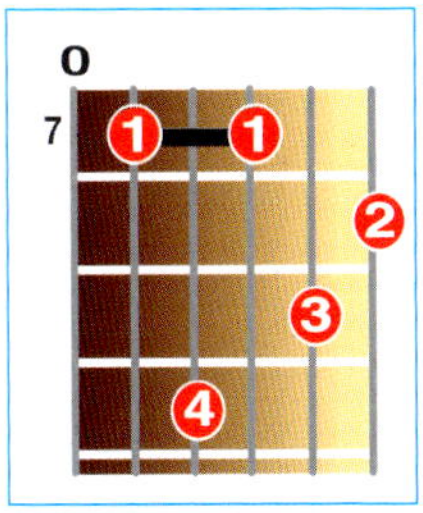

E7♯5 **E Dominant 7th ♯5**
1st (E), 3rd (G♯), ♯5th (B♯), ♭7th (D)

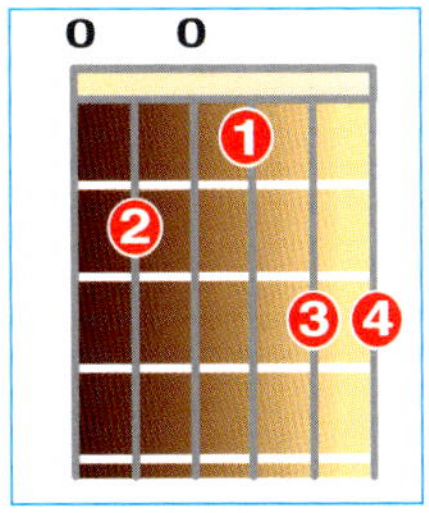

E7♯9 **E Dominant 7th ♯9**
1st (E), 3rd (G♯), 5th (B), ♭7th (D), ♯9th (Fx)

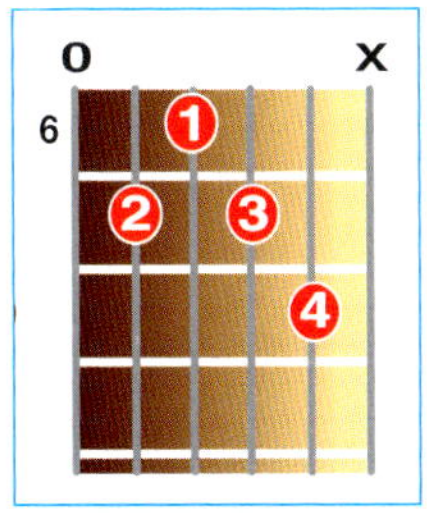

E7♯9 **E Dominant 7th ♯9**
1st (E), 3rd (G♯), 5th (B), ♭7th (D), ♯9th (Fx)

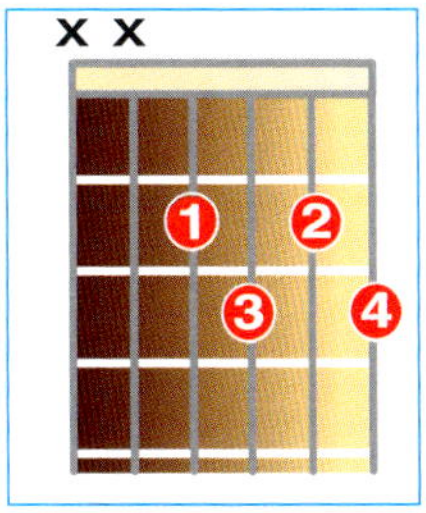

Eo7 **E Diminished 7th**
1st (E), ♭3rd (G), ♭5th (B♭), ♭♭7th (D♭)

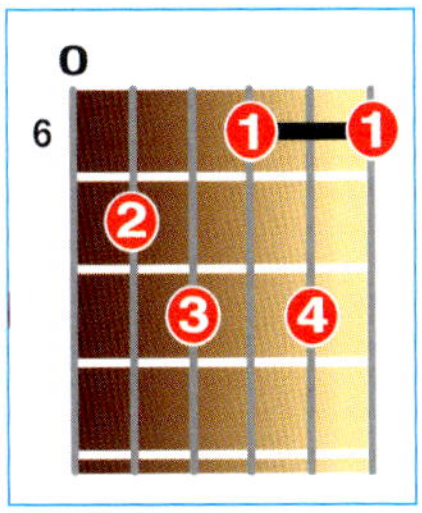

Eo7 **E Diminished 7th**
1st (E), ♭3rd (G), ♭5th (B♭), ♭♭7th (D♭)

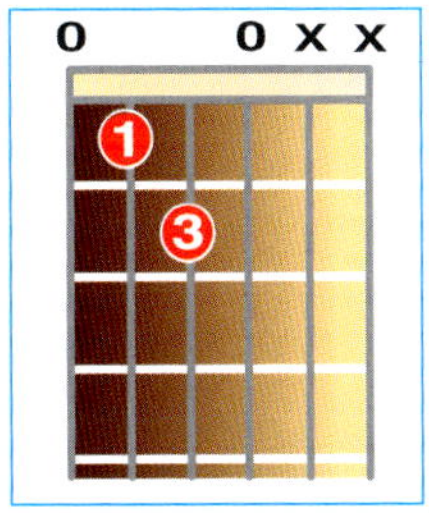

Eo **E Diminished triad**
1st (E), ♭3rd (G), ♭5th (B♭)

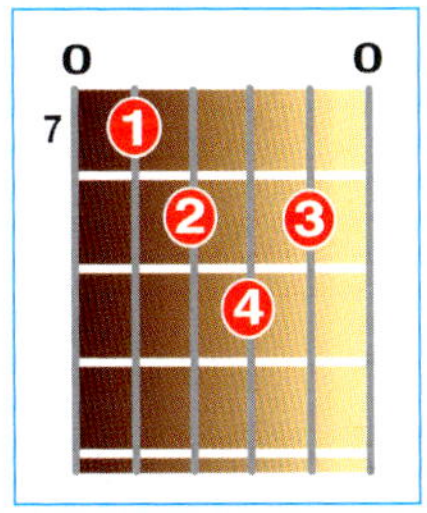

Eo **E Diminished triad**
1st (E), ♭3rd (G), ♭5th (B♭)

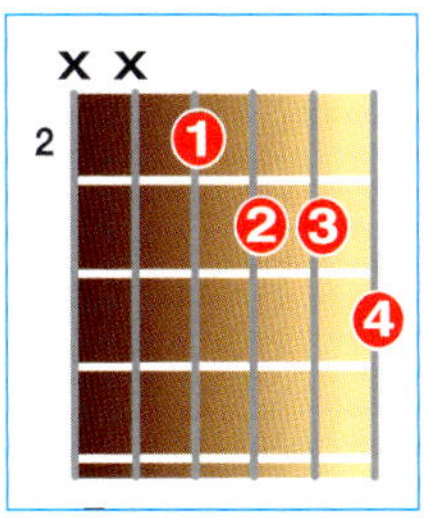

E7♭5 **E Dominant 7th ♭5**
1st (E), 3rd (G♯), ♭5th (B♭), ♭7th (D)

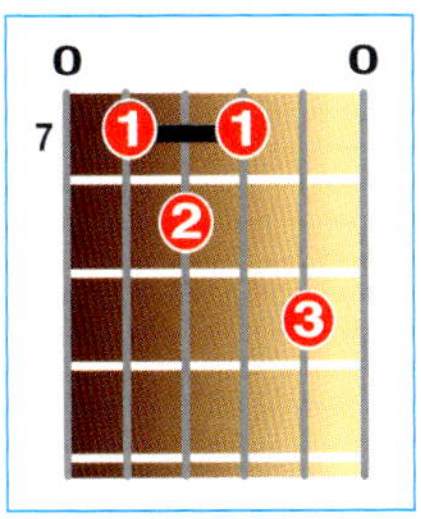

E7♭5 **E Dominant 7th ♭5**
1st (E), 3rd (G♯), ♭5th (B♭), ♭7th (D)

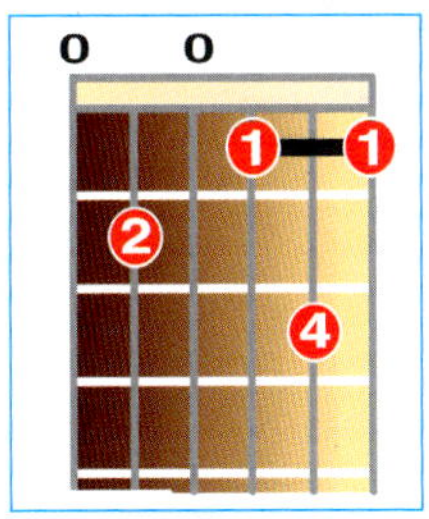

E7♭9 **E Dominant 7th ♭9**
1st (E), 3rd (G♯), 5th (B), ♭7th (D), ♭9th (F)

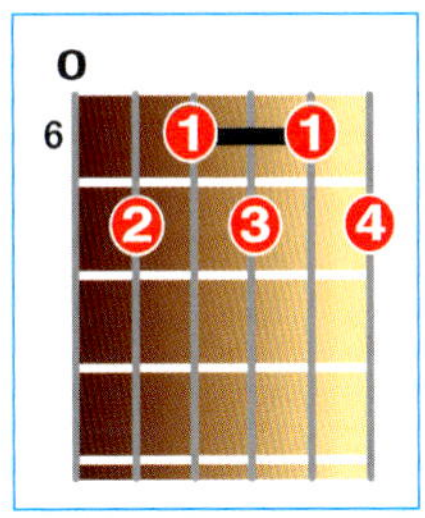

E7♭9 **E Dominant 7th ♭9**
1st (E), 3rd (G♯), 5th (B), ♭7th (D), ♭9th (F)

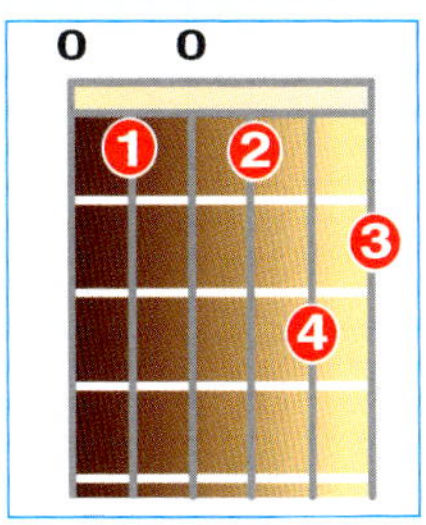

E9♭5 **E Dominant 9th ♭5th**
1st (E), 3rd (G♯), ♭5th (B♭), ♭7th (D), 9th (F♯)

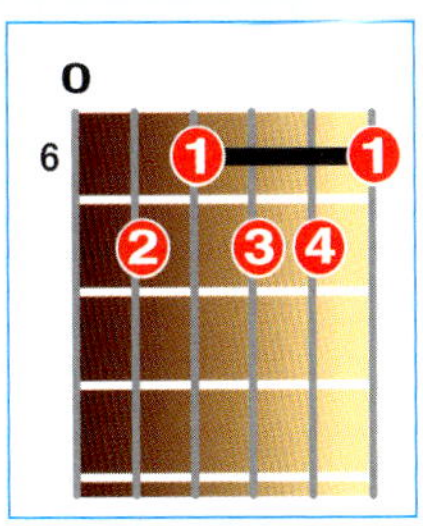

E9♭5 **E Dominant 9th ♭5th**
1st (E), 3rd (G♯), ♭5th (B♭), ♭7th (D), 9th (F♯)

Scale of E major

E	F♯	G♯	A	B	C♯	D♯
1st	2nd	3rd	4th	5th	6th	7th
	9th		11th		13th	

Section Five: Chord Dictionary

F MAIN CHORDS

F

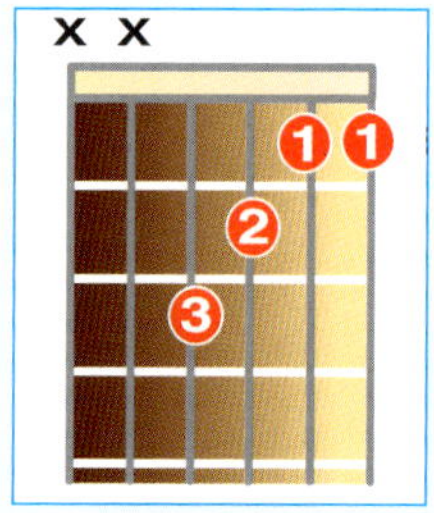

F F Major
1st (F), 3rd (A), 5th (C)

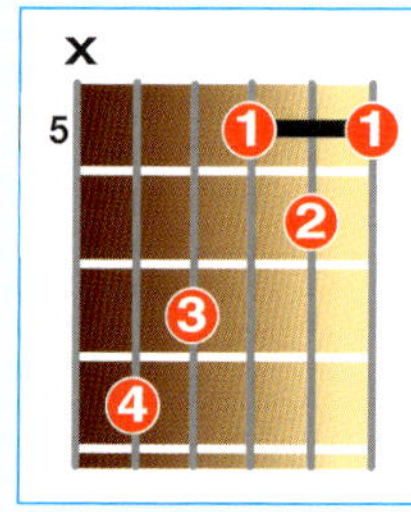

F F Major
1st (F), 3rd (A), 5th (C)

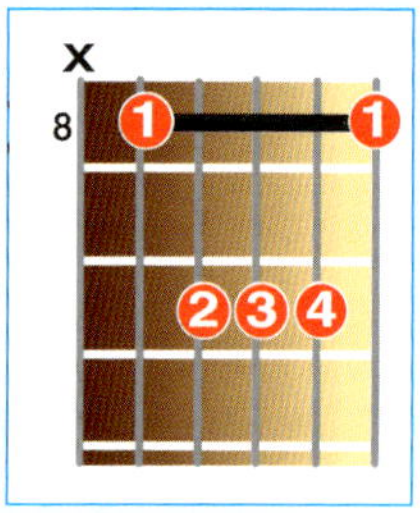

F F Major
1st (F), 3rd (A), 5th (C)

Fm F Minor
1st (F), ♭3rd (A♭), 5th (C)

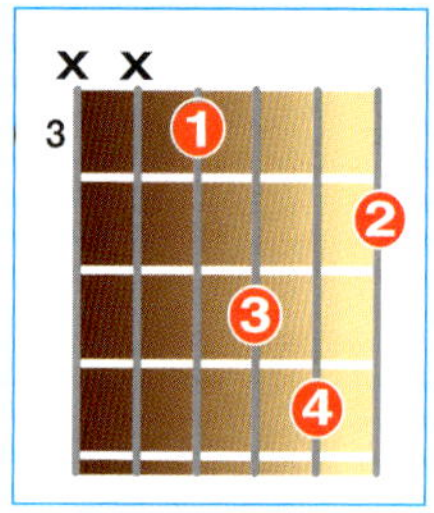

Fm F Minor
1st (F), ♭3rd (A♭), 5th (C)

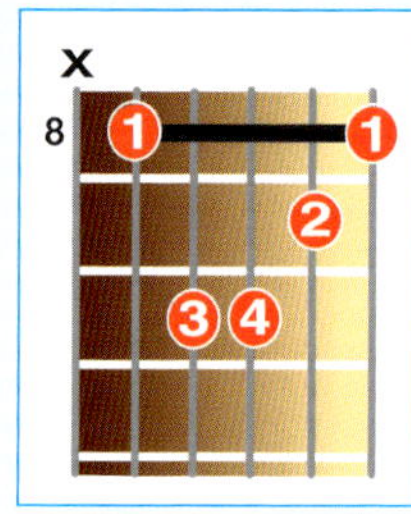

Fm F Minor
1st (F), ♭3rd (A♭), 5th (C)

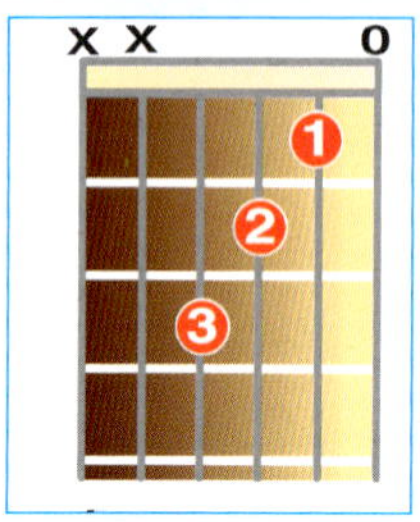

Fmaj7 F Major 7th
1st (F), 3rd (A), 5th (C), 7th (E)

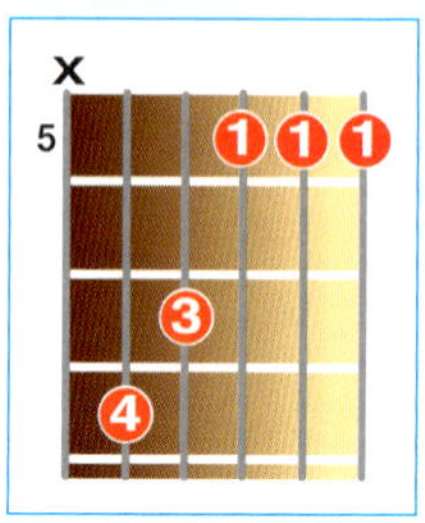

Fmaj7 F Major 7th
1st (F), 3rd (A), 5th (C), 7th (E)

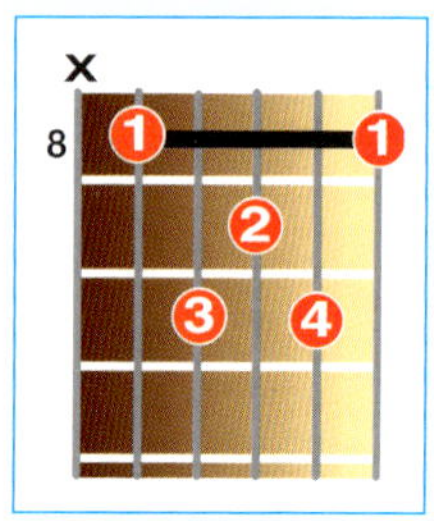

Fmaj7 F Major 7th
1st (F), 3rd (A), 5th (C), 7th (E)

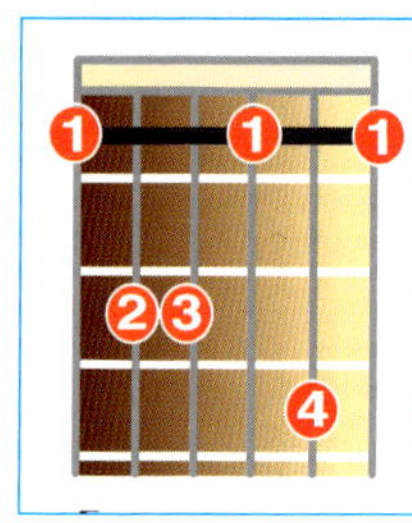

Fm7 F Minor 7th
1st (F), ♭3rd (A♭),
5th (C), ♭7th (E♭)

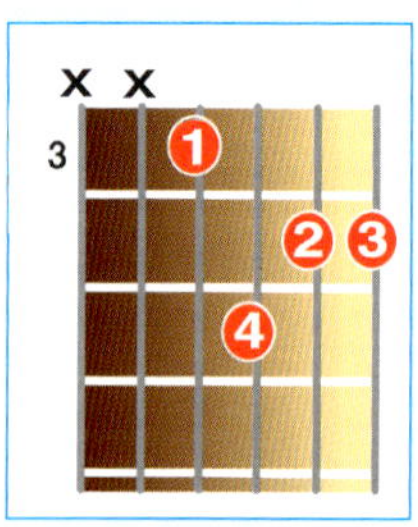

Fm7 F Minor 7th
1st (F), ♭3rd (A♭),
5th (C), ♭7th (E♭)

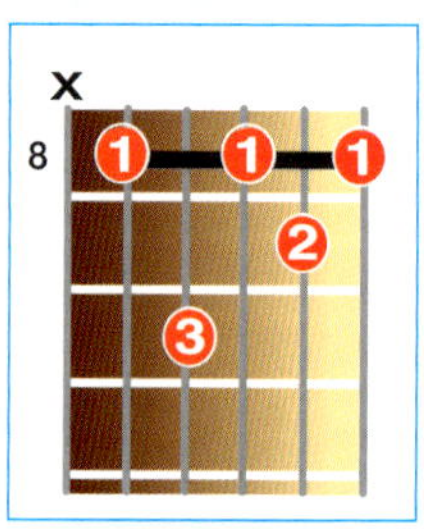

Fm7 F Minor 7th
1st (F), ♭3rd (A♭),
5th (C), ♭7th (E♭)

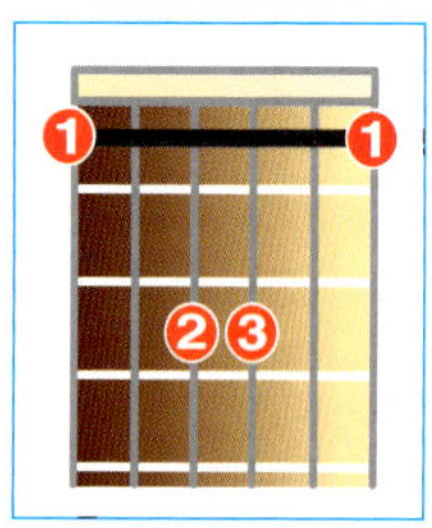

Fsus4 F Suspended 4th
1st (F), 4th (B♭), 5th (C)

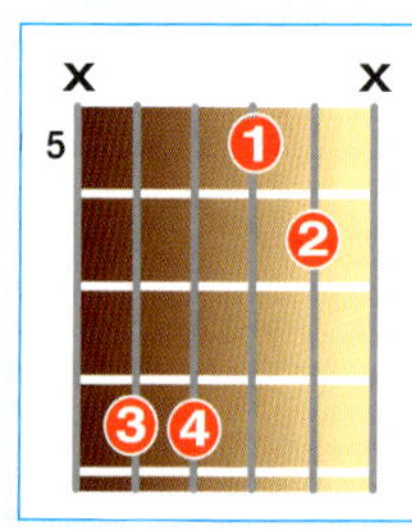

Fsus4 F Suspended 4th
1st (F), 4th (B♭), 5th (C)

Complete Guitar Handbook

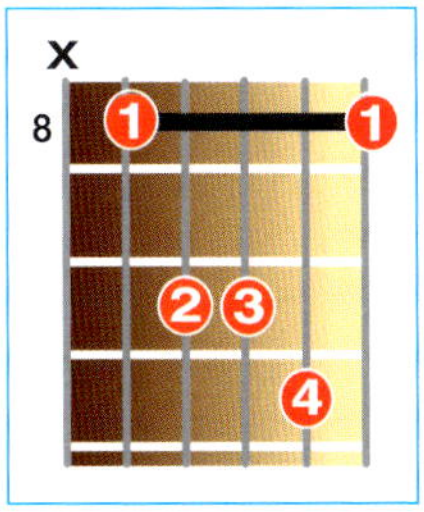

Fsus4 F Suspended 4th
1st (F), 4th (B♭), 5th (C)

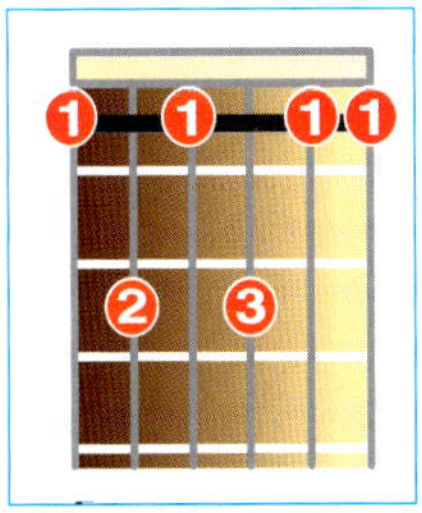

F7sus4 F Dominant 7th sus4
1st (F), 4th (B♭), 5th (C), ♭7th (E♭)

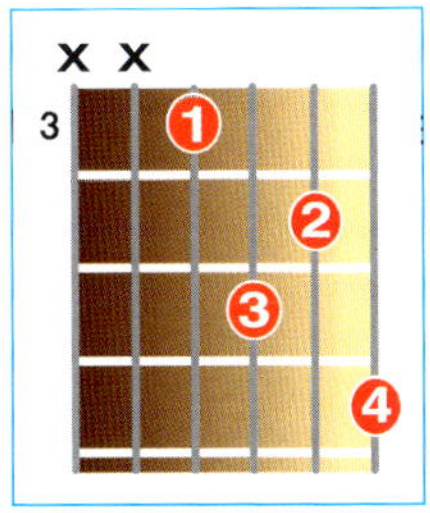

F7sus4 F Dominant 7th sus4
1st (F), 4th (B♭), 5th (C), ♭7th (E♭)

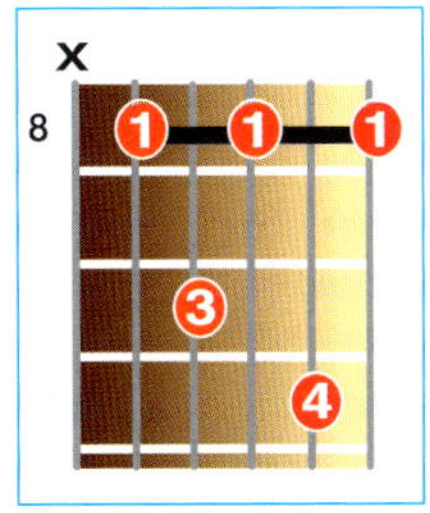

F7sus4 F Dominant 7th sus4
1st (F), 4th (B♭), 5th (C), ♭7th (E♭)

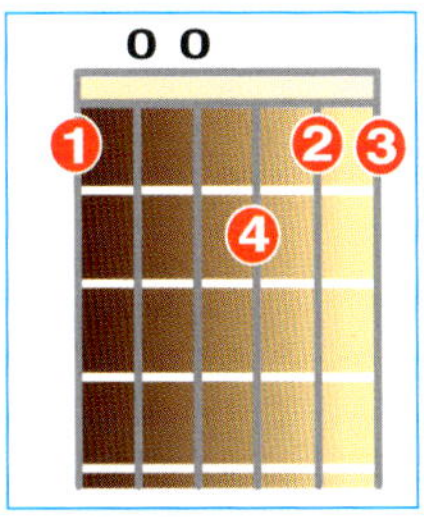

F6 F Major 6th
1st (F), 3rd (A), 5th (C), 6th (D)

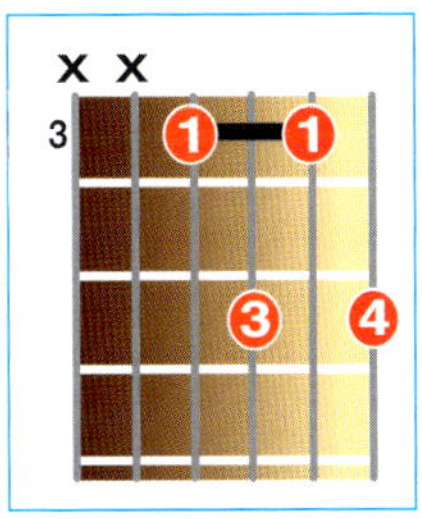

F6 F Major 6th
1st (F), 3rd (A), 5th (C), 6th (D)

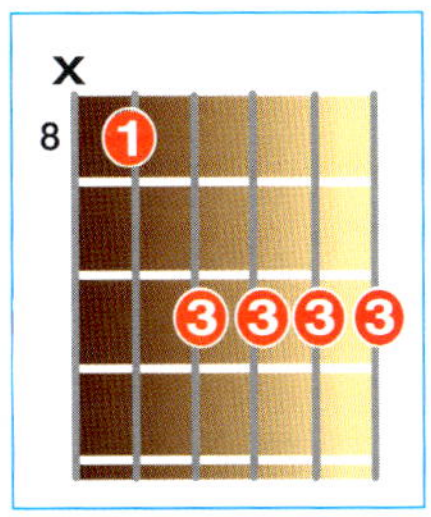

F6 F Major 6th
1st (F), 3rd (A), 5th (C), 6th (D)

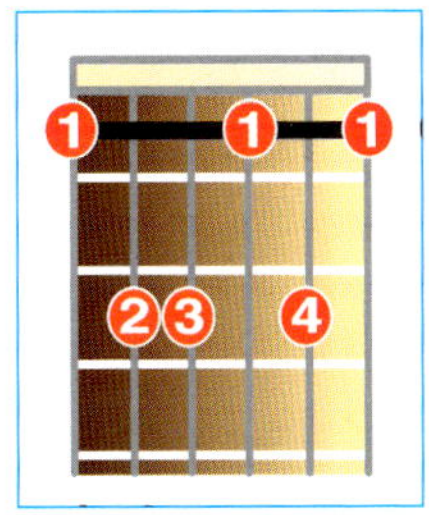

Fm6 F Minor 6th
1st (F), ♭3rd (A♭),
5th (C), 6th (D)

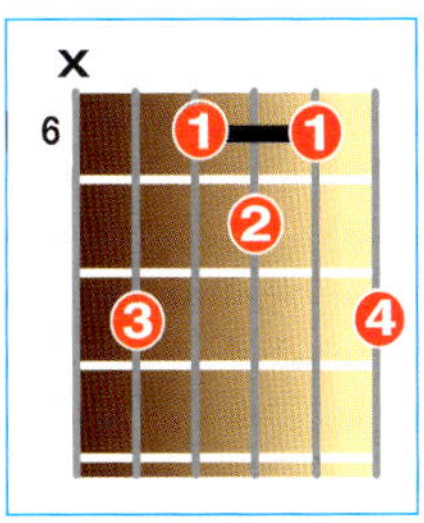

Fm6 F Minor 6th
1st (F), ♭3rd (A♭),
5th (C), 6th (D)

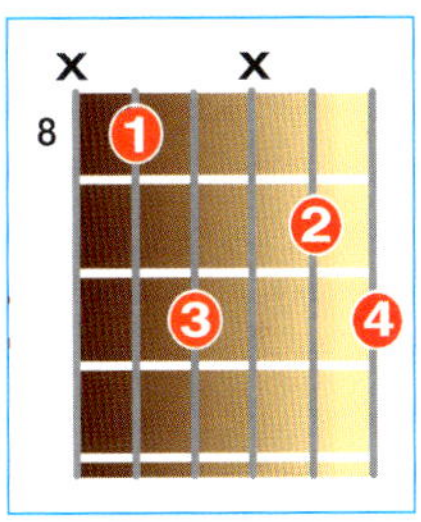

Fm6 F Minor 6th
1st (F), ♭3rd (A♭),
5th (C), 6th (D)

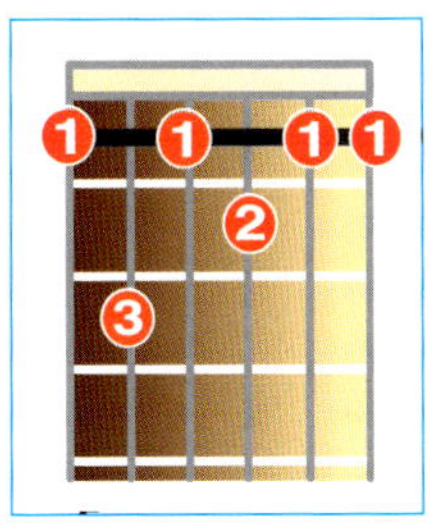

F7 F Dominant 7th
1st (F), 3rd (A), 5th (C), ♭7th (E♭)

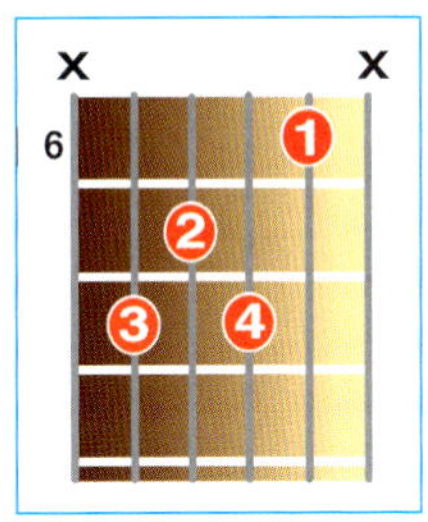

F7 F Dominant 7th
1st (F), 3rd (A), 5th (C), ♭7th (E♭)

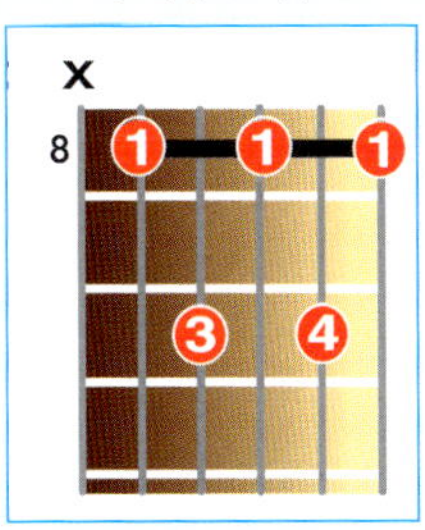

F7 F Dominant 7th
1st (F), 3rd (A), 5th (C), ♭7th (E♭)

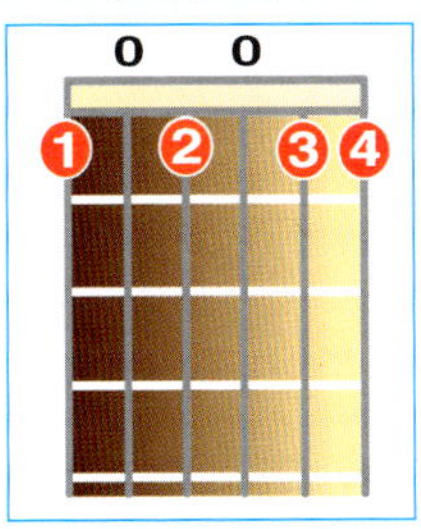

F9 F Dominant 9th
1st (F), 3rd (A), 5th (C),
♭7th (E♭), 9th (G)

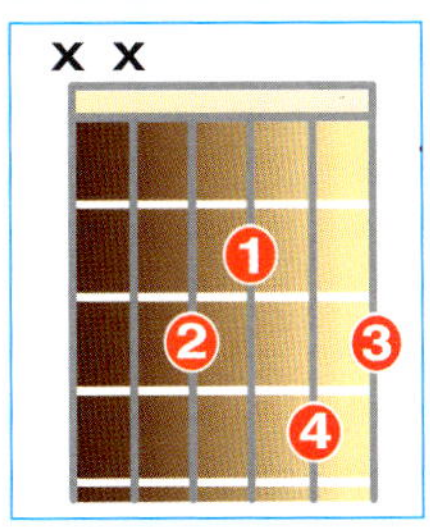

F9 F Dominant 9th
1st (F), 3rd (A), 5th (C),
♭7th (E♭), 9th (G)

F9 F Dominant 9th
1st (F), 3rd (A), 5th (C),
♭7th (E♭), 9th (G)

Section Five: Chord Dictionary

F ADVANCED CHORDS

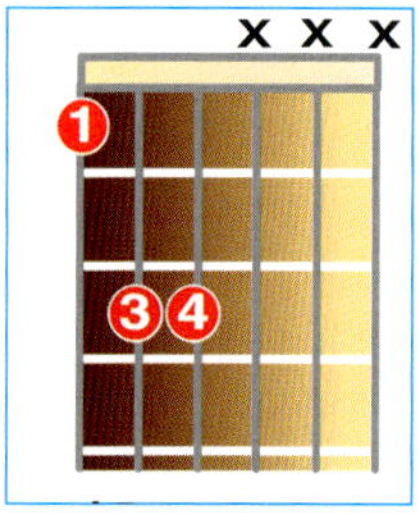

F5 F 5th (power chord)
1st (F), 5th (C)

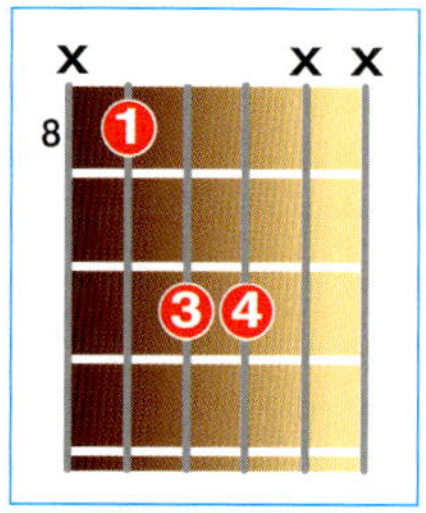

F5 F 5th (power chord)
1st (F), 5th (C)

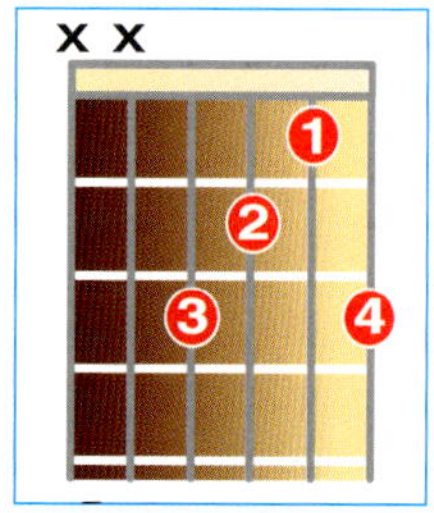

F 6/9 F Major 6th add 9th
1st (F), 3rd (A), 5th (C), 6th (D), 9th (G)

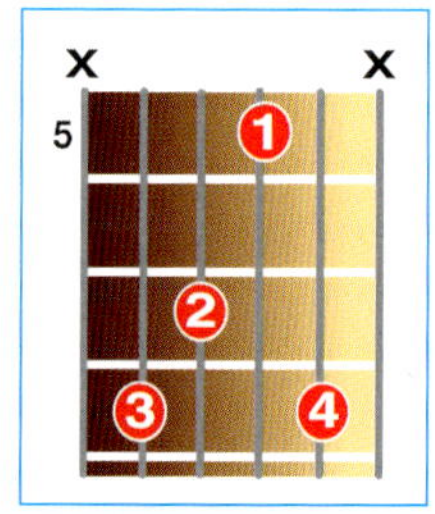

F 6/9 F Major 6th add 9th
1st (F), 3rd (A), 5th (C), 6th (D), 9th (G)

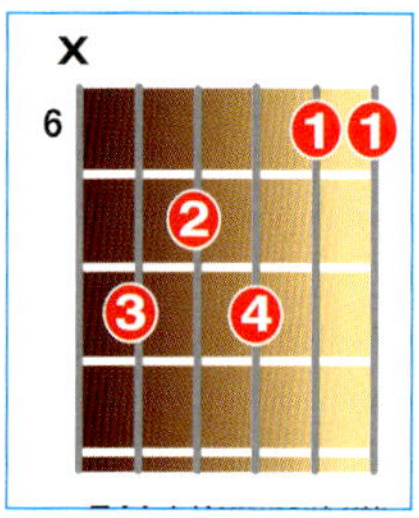

F11 F Dominant 11th
1st (F), 3rd (A), 5th (C), ♭7th (E♭), 9th (G), 11th (B♭)

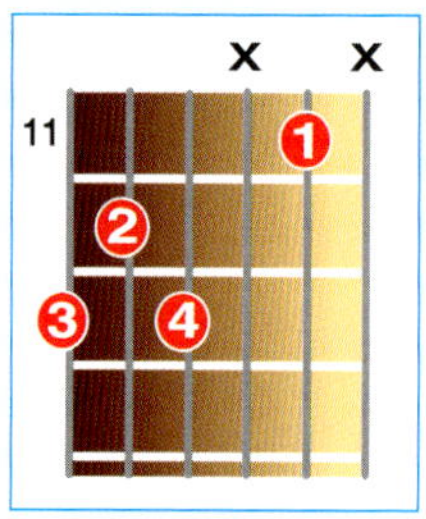

F11 F Dominant 11th
1st (F), 3rd (A), 5th (C), ♭7th (E♭), 9th (G), 11th (B♭)

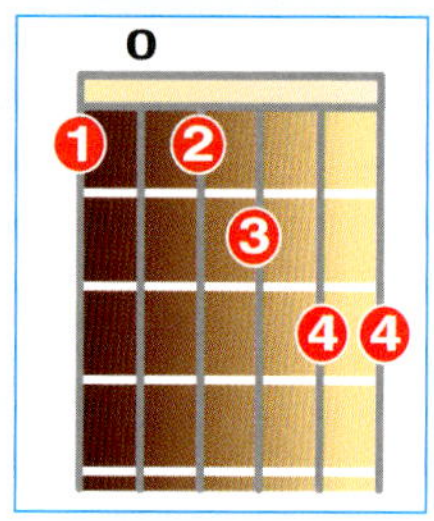

F13 F Dominant 13th
1st (F), 3rd (A), 5th (C), ♭7th (E♭), 9th (G), 13th (D)

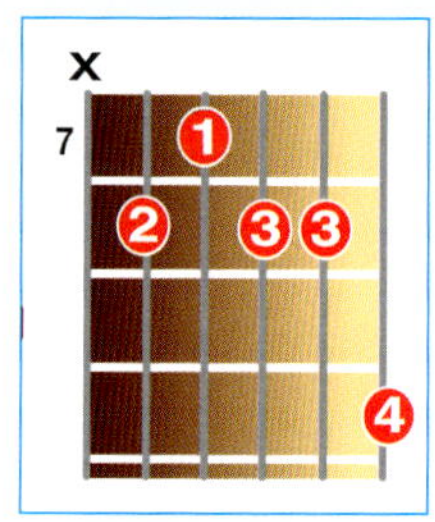

F13 F Dominant 13th
1st (F), 3rd (A), 5th (C), ♭7th (E♭), 9th (G), 13th (D)

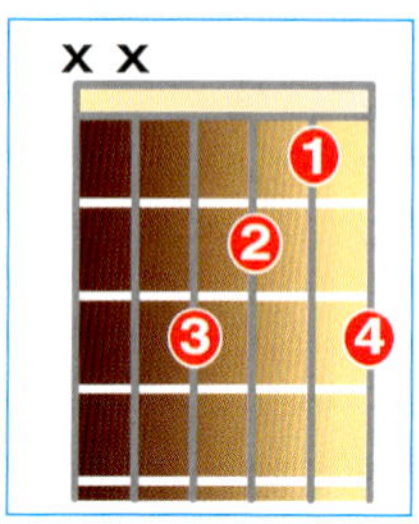

Fadd9 F Major add 9th
1st (F), 3rd (A), 5th (C), 9th (G)

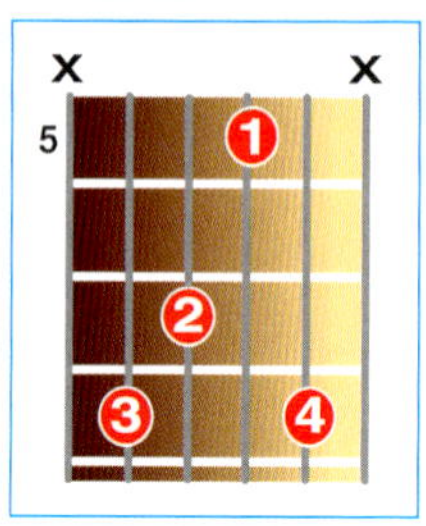

Fadd9 F Major add 9th
1st (F), 3rd (A), 5th (C), 9th (G)

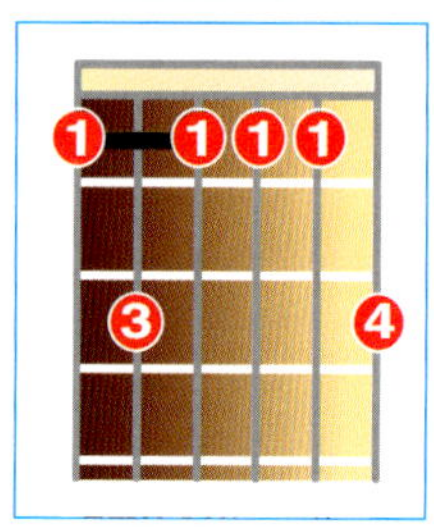

Fm9 F Minor 9th
1st (F), ♭3rd (A♭), 5th (C), ♭7th (E♭), 9th (G)

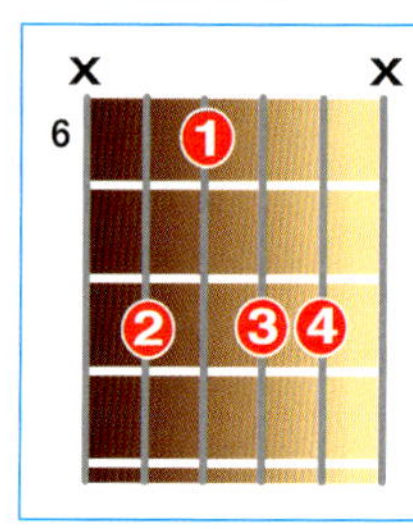

Fm9 F Minor 9th
1st (F), ♭3rd (A♭), 5th (C), ♭7th (E♭), 9th (G)

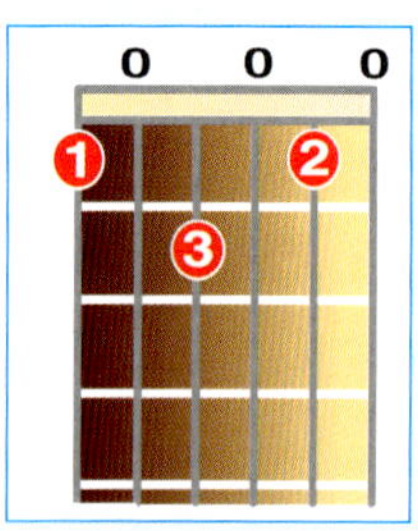

Fmaj9 F Major 9th
1st (F), 3rd (A), 5th (C), 7th (E), 9th (G)

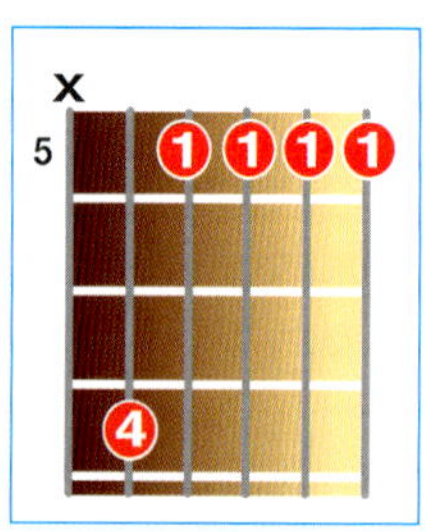

Fmaj9 F Major 9th
1st (F), 3rd (A), 5th (C), 7th (E), 9th (G)

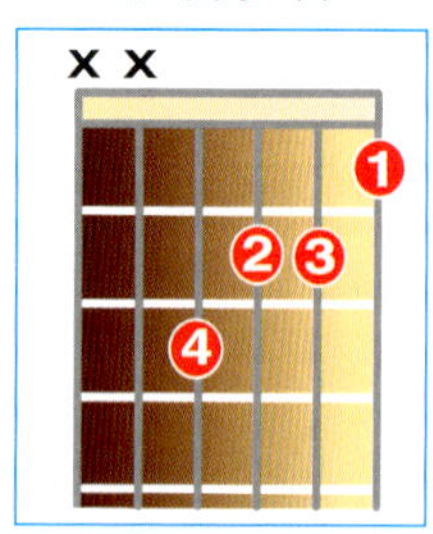

F+ F Augmented
1st (F), 3rd (A), ♯5th (C♯)

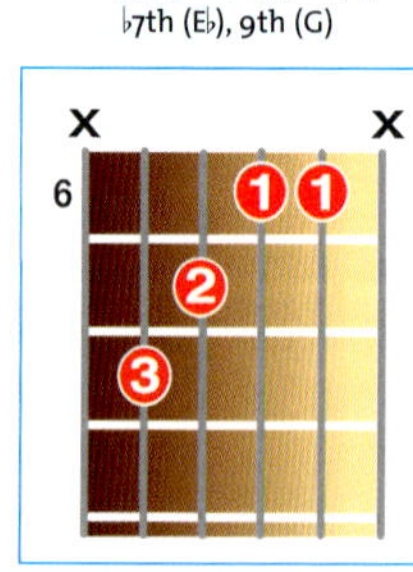

F+ F Augmented
1st (F), 3rd (A), ♯5th (C♯)

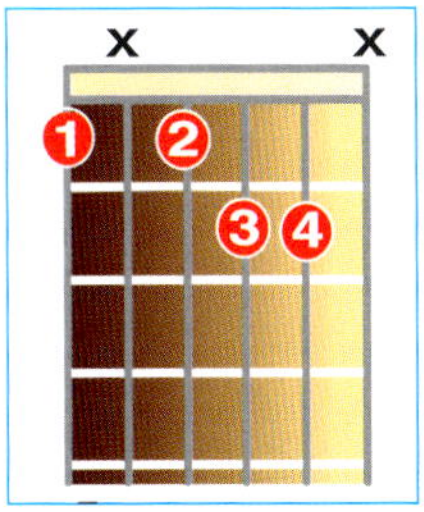

F7♯5 F Dominant 7th ♯5
1st (F), 3rd (A), ♯5th (C♯), ♭7th (E♭)

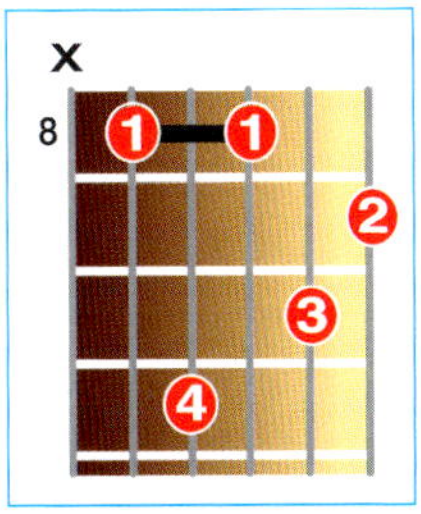

F7♯5 F Dominant 7th ♯5
1st (F), 3rd (A), ♯5th (C♯), ♭7th (E♭)

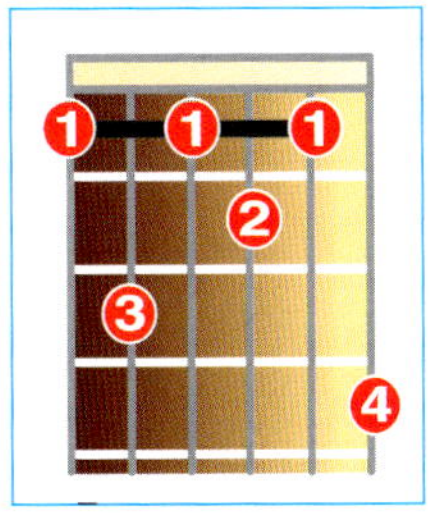

F7♯9 F Dominant 7th ♯9
1st (F), 3rd (A), 5th (C),
♭7th (E♭), ♯9th (G♯)

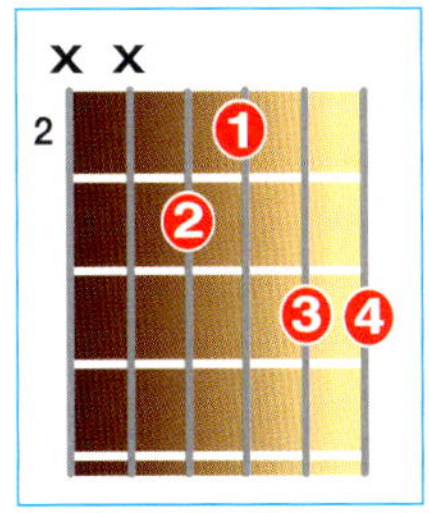

F7♯9 F Dominant 7th ♯9
1st (F), 3rd (A), 5th (C),
♭7th (E♭), ♯9th (G♯)

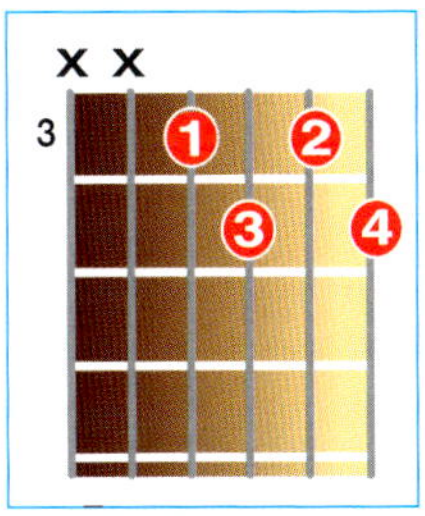

Fo7 F Diminished 7th
1st (F), ♭3rd (A♭), ♭5th (C♭), ♭♭7th (E♭♭)

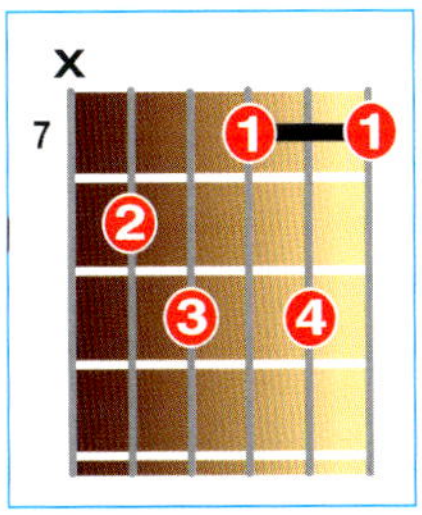

Fo7 F Diminished 7th
1st (F), ♭3rd (A♭), ♭5th (C♭), ♭♭7th (E♭♭)

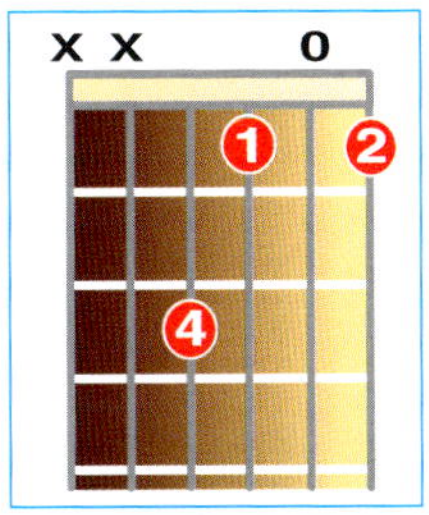

Fo F Diminished triad
1st (F), ♭3rd (A♭), ♭5th (C♭)

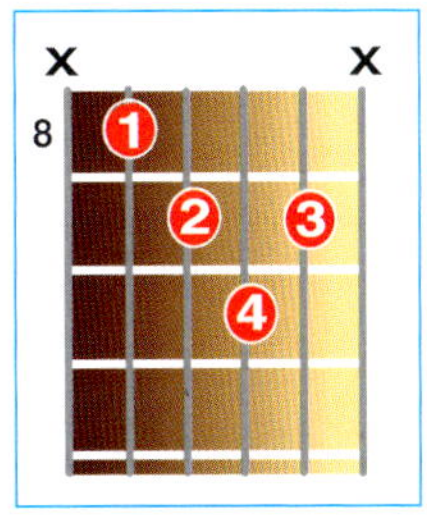

Fo F Diminished triad
1st (F), ♭3rd (A♭), ♭5th (C♭)

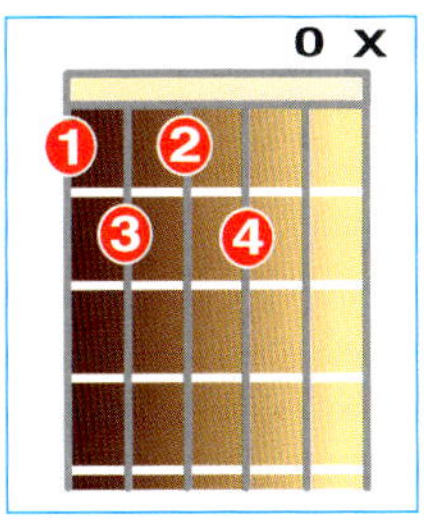

F7♭5 F Dominant 7th ♭5
1st (F), 3rd (A), ♭5th (C♭), ♭7th (E♭)

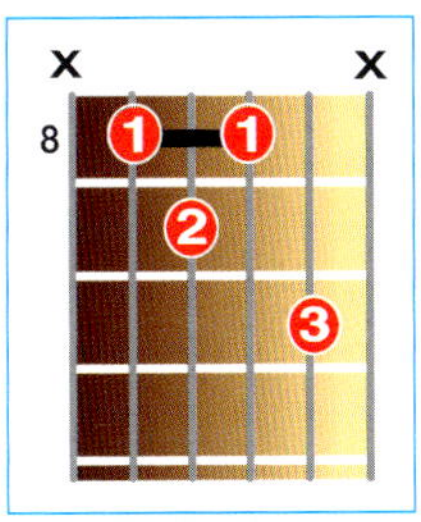

F7♭5 F Dominant 7th ♭5
1st (F), 3rd (A), ♭5th (C♭), ♭7th (E♭)

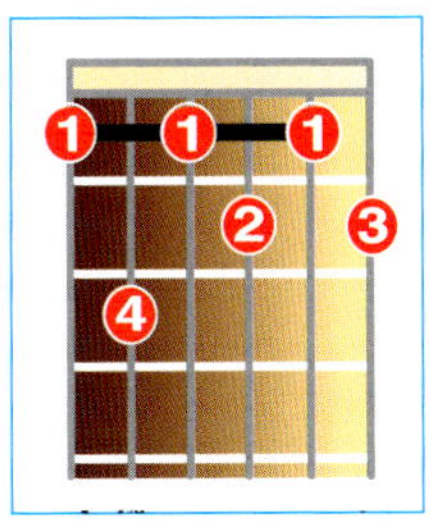

F7♭9 F Dominant 7th ♭9
1st (F), 3rd (A), 5th (C),
♭7th (E♭), ♭9th (G♭)

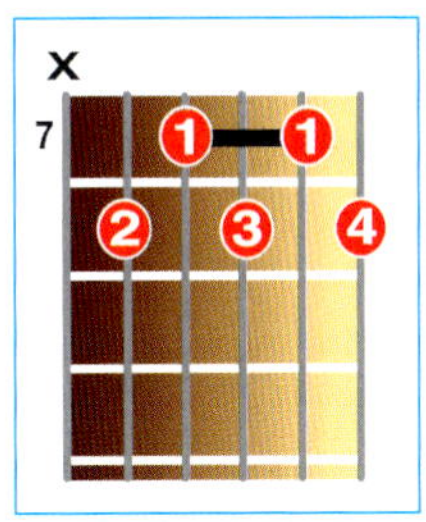

F7♭9 F Dominant 7th ♭9
1st (F), 3rd (A), 5th (C),
♭7th (E♭), ♭9th (G♭)

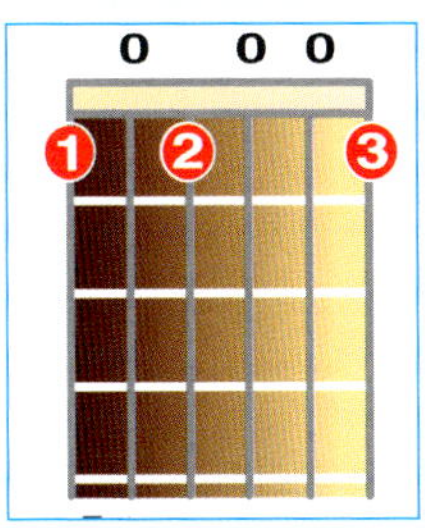

F9♭5 F Dominant 9th ♭5th
1st (F), 3rd (A), ♭5th (C♭),
♭7th (E♭), 9th (G)

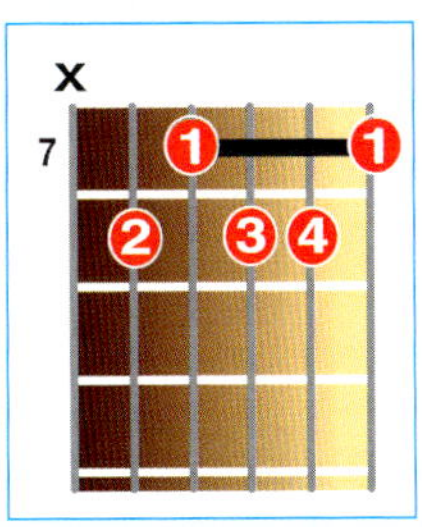

F9♭5 F Dominant 9th ♭5th
1st (F), 3rd (A), ♭5th (C♭),
♭7th (E♭), 9th (G)

Scale of F major

F	G	A	B♭	C	D	E
1st	2nd	3rd	4th	5th	6th	7th
	9th		11th		13th	

Section Five: Chord Dictionary

F♯/G♭ MAIN CHORDS

F♯/G♭

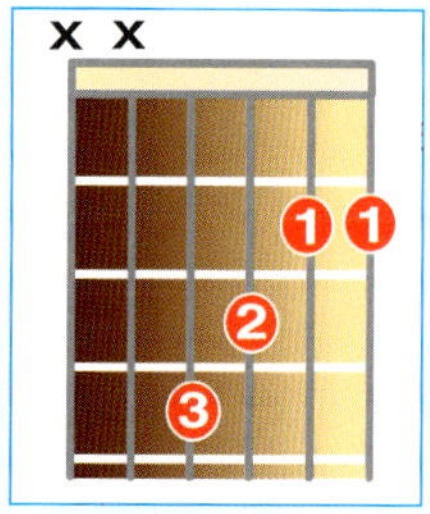

F♯ F♯ Major
1st (F♯), 3rd (A♯), 5th (C♯)

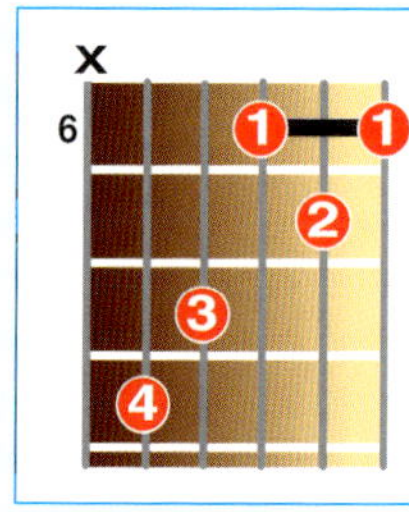

F♯ F♯ Major
1st (F♯), 3rd (A♯), 5th (C♯)

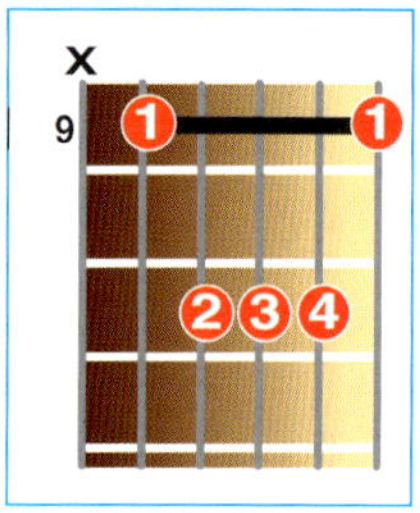

F♯ F♯ Major
1st (F♯), 3rd (A♯), 5th (C♯)

F♯m F♯ Minor
1st (F♯), ♭3rd (A), 5th (C♯)

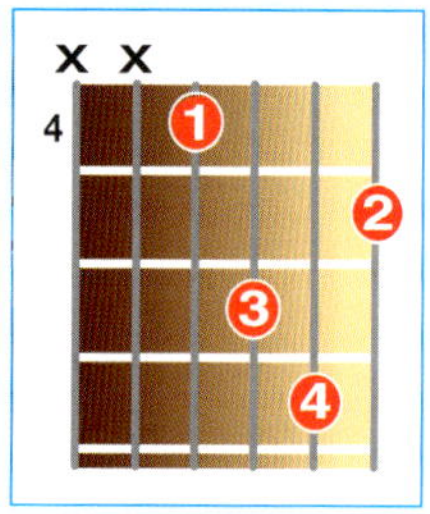

F♯m F♯ Minor
1st (F♯), ♭3rd (A), 5th (C♯)

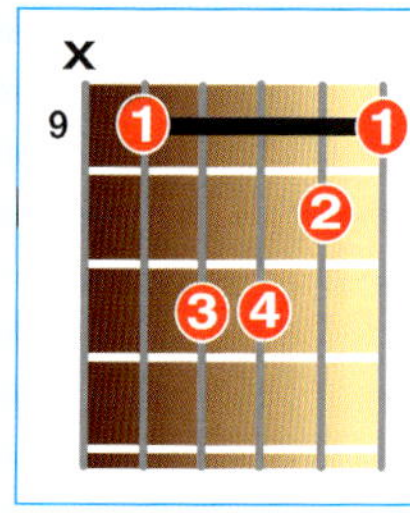

F♯m F♯ Minor
1st (F♯), ♭3rd (A), 5th (C♯)

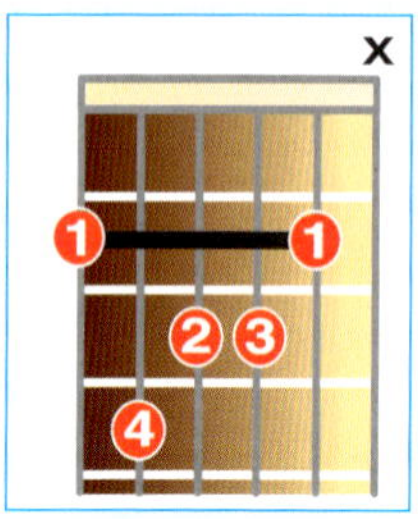

F♯maj7 F♯ Major 7th
1st (F♯), 3rd (A♯), 5th (C♯), 7th (E♯)

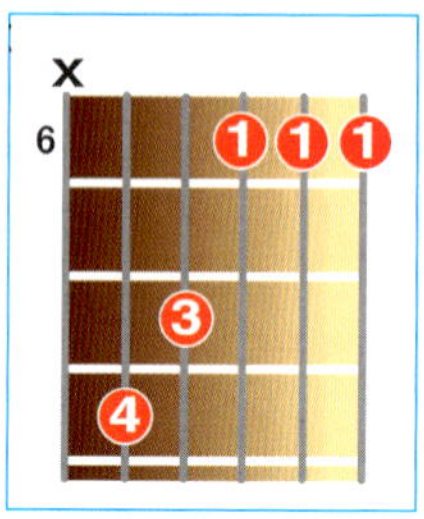

F♯maj7 F♯ Major 7th
1st (F♯), 3rd (A♯), 5th (C♯), 7th (E♯)

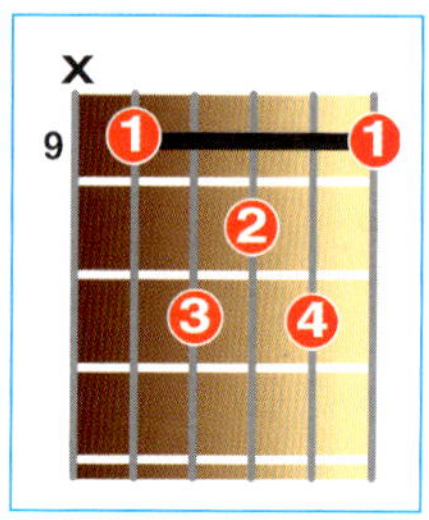

F♯maj7 F♯ Major 7th
1st (F♯), 3rd (A♯), 5th (C♯), 7th (E♯)

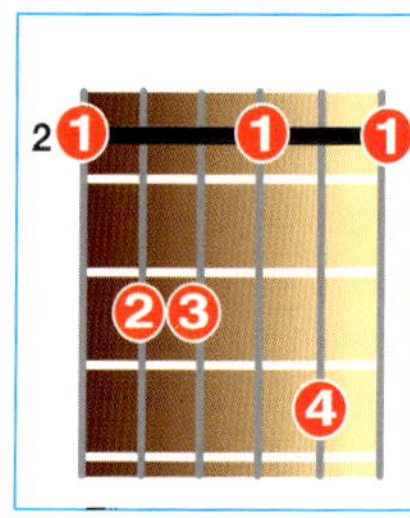

F♯m7 F♯ Minor 7th
1st (F♯), ♭3rd (A), 5th (C♯), ♭7th (E)

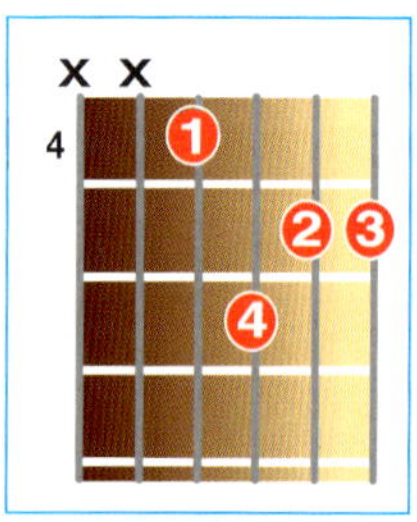

F♯m7 F♯ Minor 7th
1st (F♯), ♭3rd (A), 5th (C♯), ♭7th (E)

F♯m7 F♯ Minor 7th
1st (F♯), ♭3rd (A), 5th (C♯), ♭7th (E)

F♯sus4 F♯ Suspended 4th
1st (F♯), 4th (B), 5th (C♯)

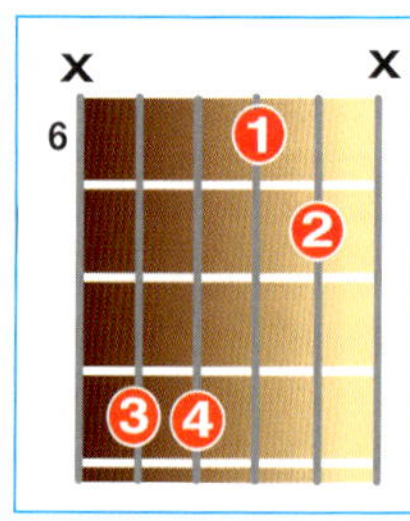

F♯sus4 F♯ Suspended 4th
1st (F♯), 4th (B), 5th (C♯)

Complete Guitar Handbook

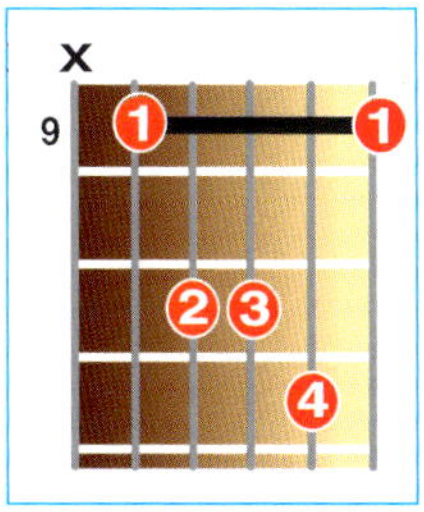

F♯sus4 F♯ Suspended 4th
1st (F♯), 4th (B), 5th (C♯)

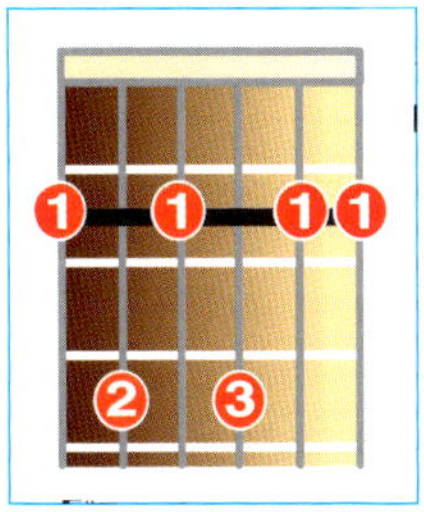

F♯7sus4 F♯ Dominant 7th sus4
1st (F♯), 4th (B), 5th (C♯), ♭7th (E)

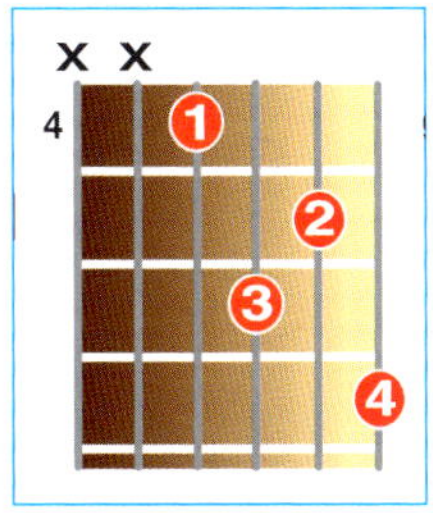

F♯7sus4 F♯ Dominant 7th sus4
1st (F♯), 4th (B), 5th (C♯), ♭7th (E)

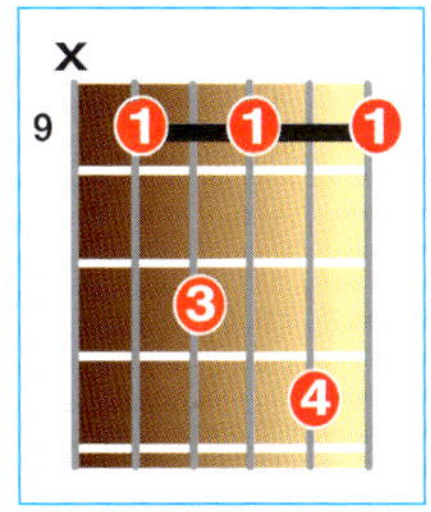

F♯7sus4 F♯ Dominant 7th sus4
1st (F♯), 4th (B), 5th (C♯), ♭7th (E)

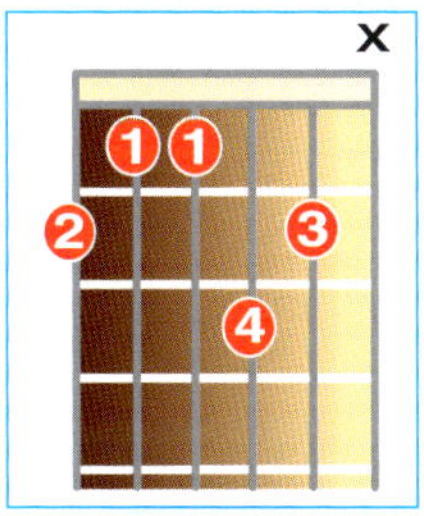

F♯6 F♯ Major 6th
1st (F♯), 3rd (A♯),
5th (C♯), 6th (D♯)

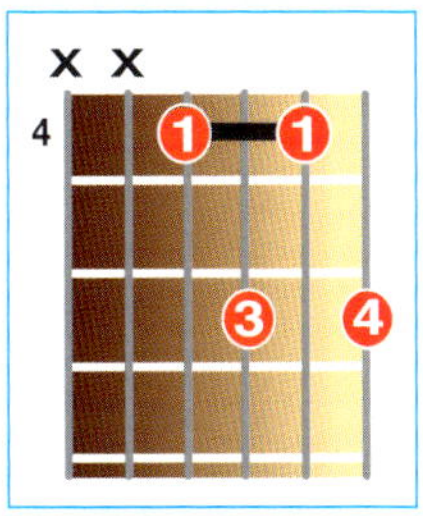

F♯6 F♯ Major 6th
1st (F♯), 3rd (A♯),
5th (C♯), 6th (D♯)

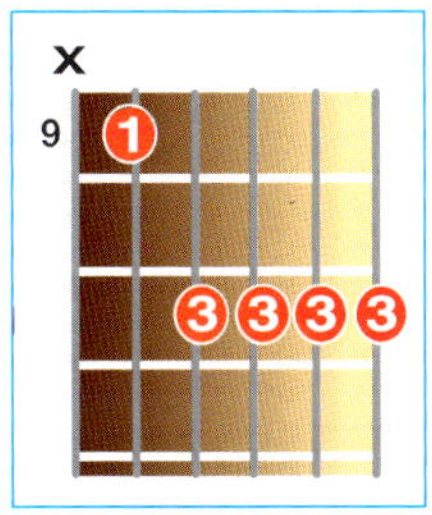

F♯6 F♯ Major 6th
1st (F♯), 3rd (A♯),
5th (C♯), 6th (D♯)

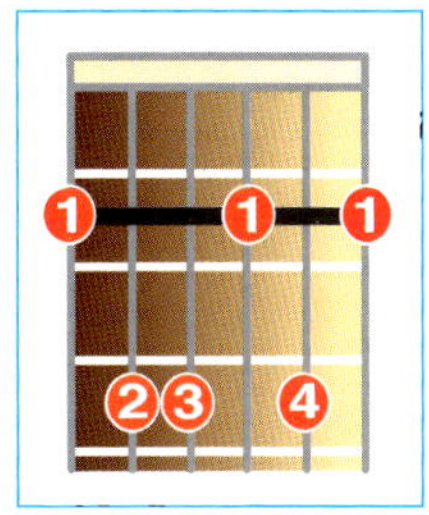

F♯m6 F♯ Minor 6th
1st (F♯), ♭3rd (A), 5th (C♯), 6th (D♯)

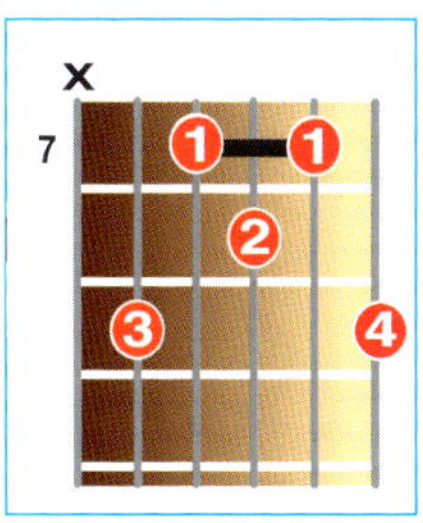

F♯m6 F♯ Minor 6th
1st (F♯), ♭3rd (A), 5th (C♯), 6th (D♯)

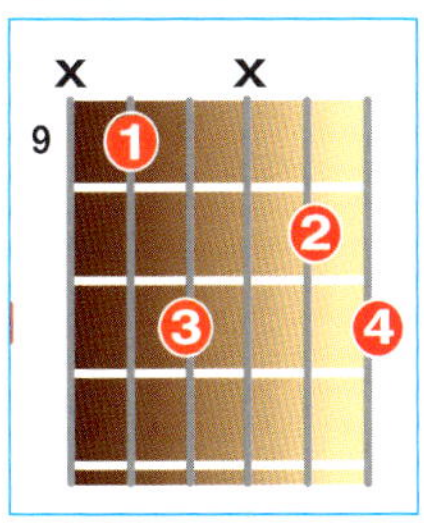

F♯m6 F♯ Minor 6th
1st (F♯), ♭3rd (A), 5th (C♯), 6th (D♯)

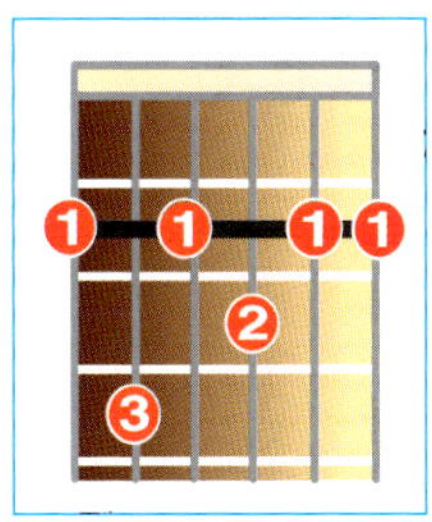

F♯7 F♯ Dominant 7th
1st (F♯), 3rd (A♯),
5th (C♯), ♭7th (E)

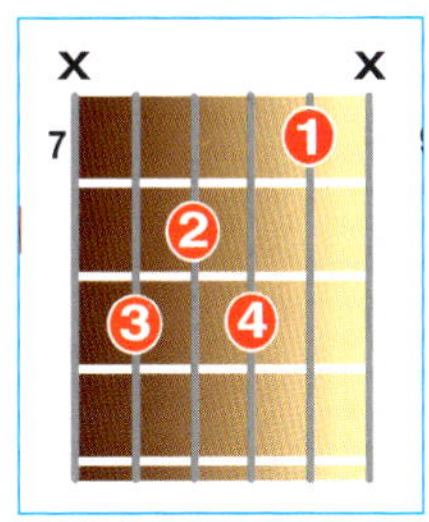

F♯7 F♯ Dominant 7th
1st (F♯), 3rd (A♯),
5th (C♯), ♭7th (E)

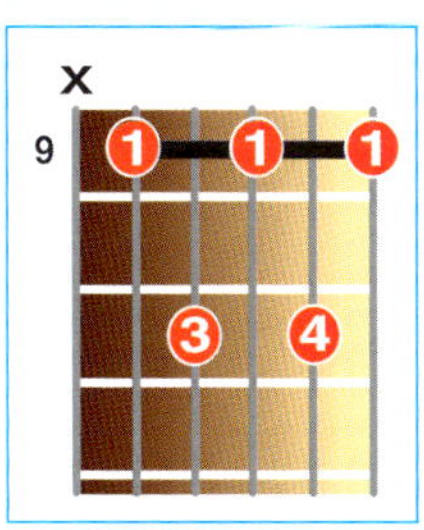

F♯7 F♯ Dominant 7th
1st (F♯), 3rd (A♯),
5th (C♯), ♭7th (E)

F♯9 F♯ Dominant 9th
1st (F♯), 3rd (A♯), 5th (C♯),
♭7th (E), 9th (G♯)

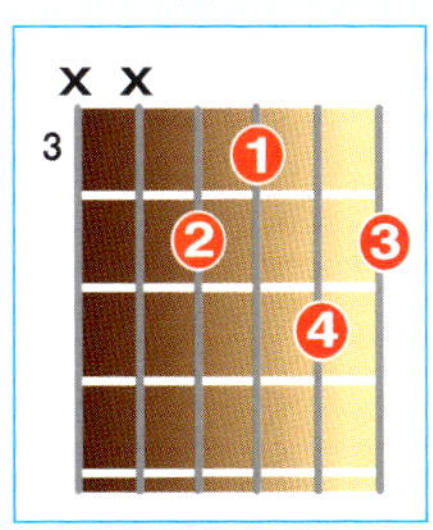

F♯9 F♯ Dominant 9th
1st (F♯), 3rd (A♯), 5th (C♯),
♭7th (E), 9th (G♯)

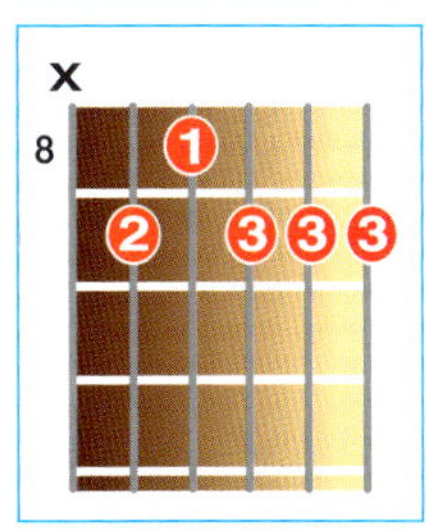

F♯9 F♯ Dominant 9th
1st (F♯), 3rd (A♯), 5th (C♯),
♭7th (E), 9th (G♯)

Section Five: Chord Dictionary

F♯/G♭ ADVANCED CHORDS

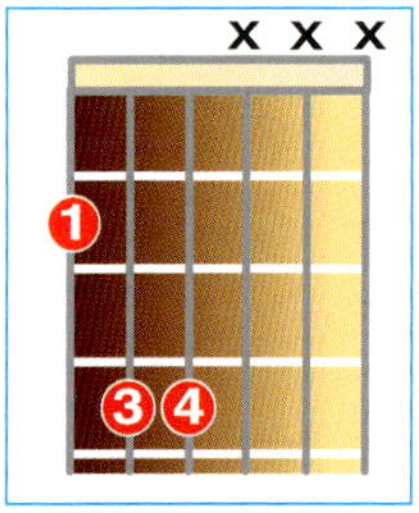

F♯5 F♯ 5th (power chord)
1st (F♯), 5th (C♯)

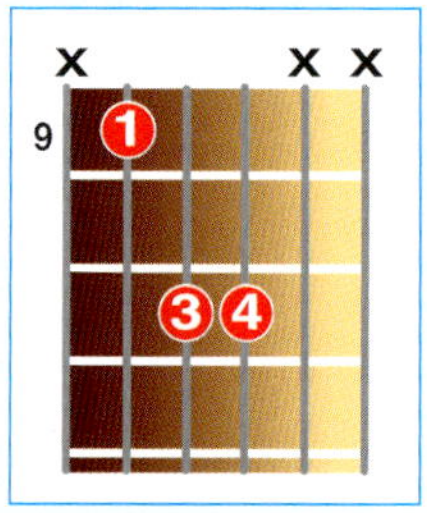

F♯5 F♯ 5th (power chord)
1st (F♯), 5th (C♯)

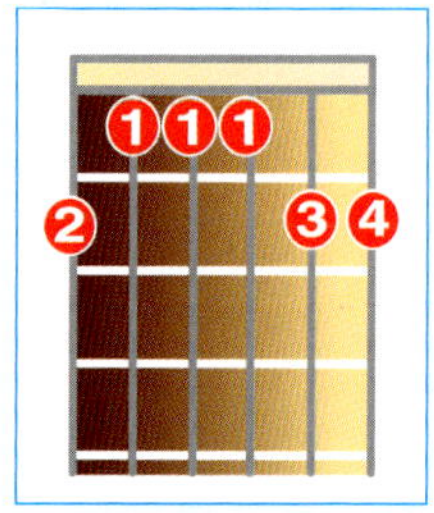

F♯ 6/9 F♯ Major 6th add 9th
1st (F♯), 3rd (A♯), 5th (C♯), 6th (D♯), 9th (G♯)

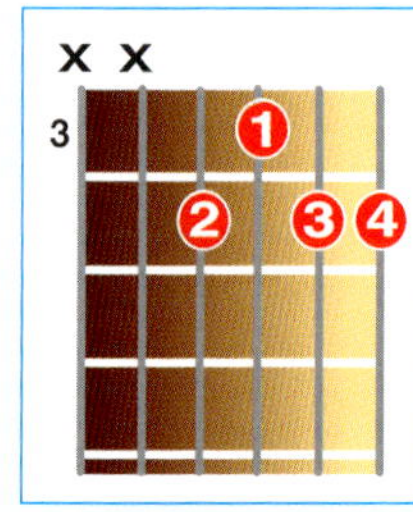

F♯ 6/9 F♯ Major 6th add 9th
1st (F♯), 3rd (A♯), 5th (C♯), 6th (D♯), 9th (G♯)

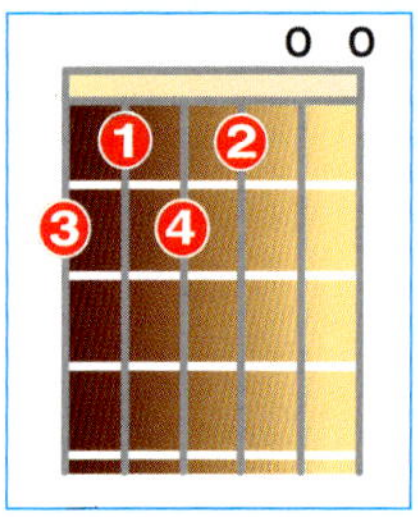

F♯11 F♯ Dominant 11th
1st (F♯), 3rd (A♯), 5th (C♯), ♭7th (E), 9th (G♯), 11th (B)

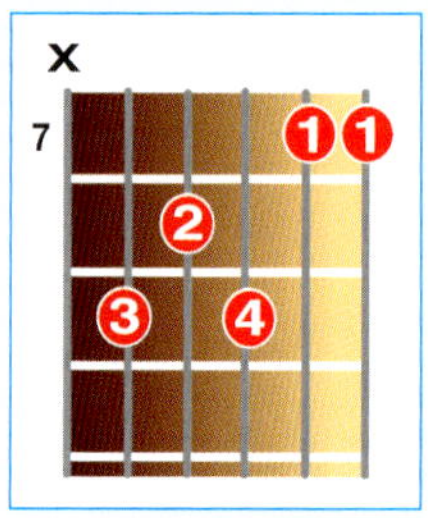

F♯11 F♯ Dominant 11th
1st (F♯), 3rd (A♯), 5th (C♯), ♭7th (E), 9th (G♯), 11th (B)

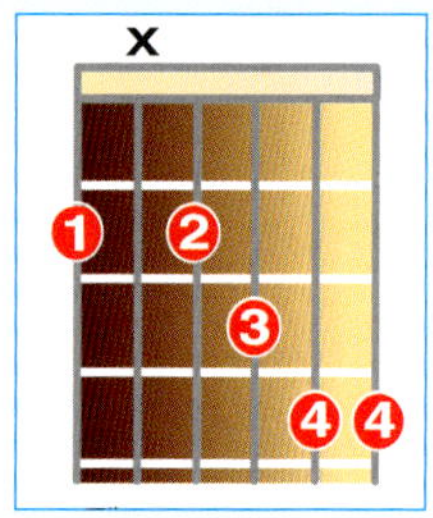

F♯13 F♯ Dominant 13th
1st (F♯), 3rd (A♯), 5th (C♯), ♭7th (E), 9th (G♯), 13th (D♯)

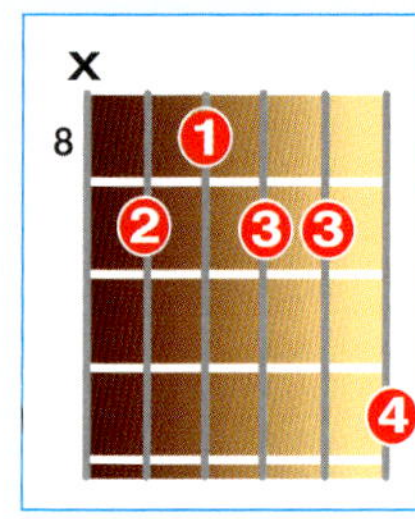

F♯13 F♯ Dominant 13th
1st (F♯), 3rd (A♯), 5th (C♯), ♭7th (E), 9th (G♯), 13th (D♯)

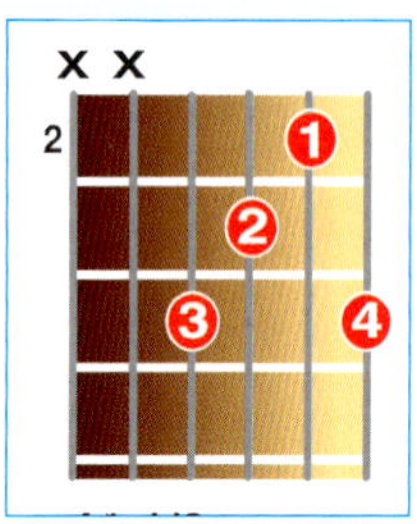

F♯add9 F♯ Major add 9th
1st (F♯), 3rd (A♯), 5th (C♯), 9th (G♯)

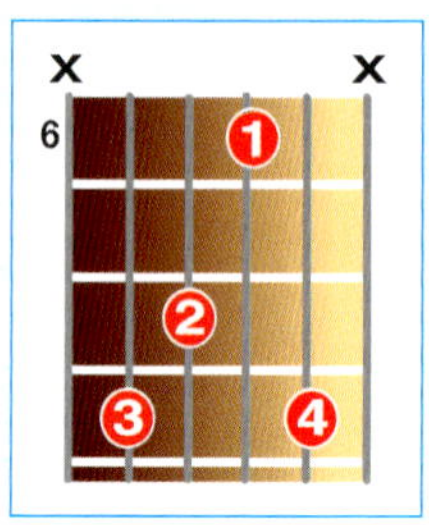

F♯add9 F♯ Major add 9th
1st (F♯), 3rd (A♯), 5th (C♯), 9th (G♯)

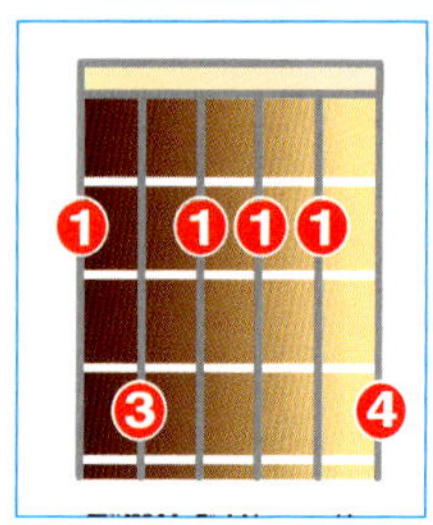

F♯m9 F♯ Minor 9th
1st (F♯), ♭3rd (A), 5th (C♯), ♭7th (E), 9th (G♯)

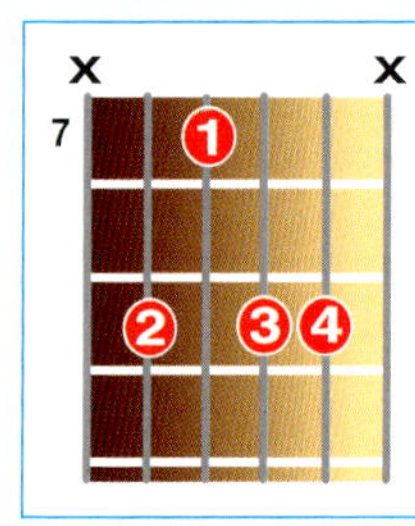

F♯m9 F♯ Minor 9th
1st (F♯), ♭3rd (A), 5th (C♯), ♭7th (E), 9th (G♯)

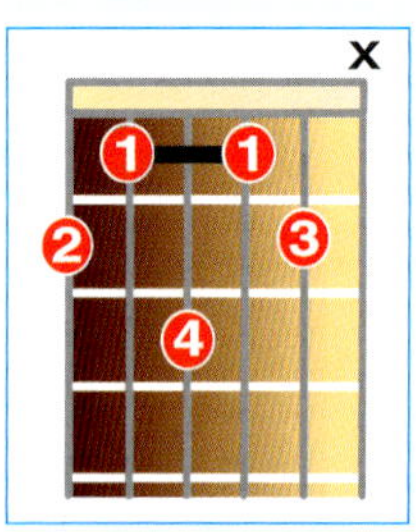

F♯maj9 F♯ Major 9th
1st (F♯), 3rd (A♯), 5th (C♯), 7th (E♯), 9th (G♯)

F♯maj9 F♯ Major 9th
1st (F♯), 3rd (A♯), 5th (C♯), 7th (E♯), 9th (G♯)

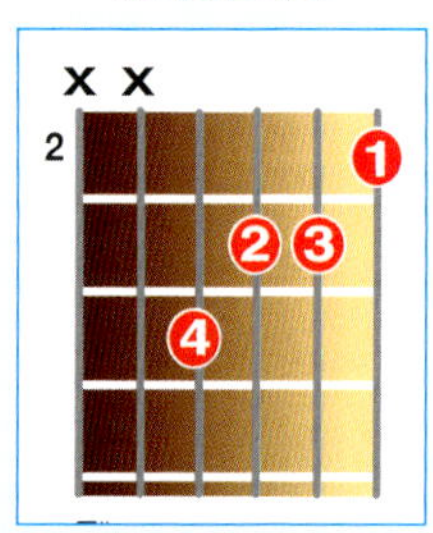

F♯+ F♯ Augmented
1st (F♯), 3rd (A♯), ♯5th (Cx)

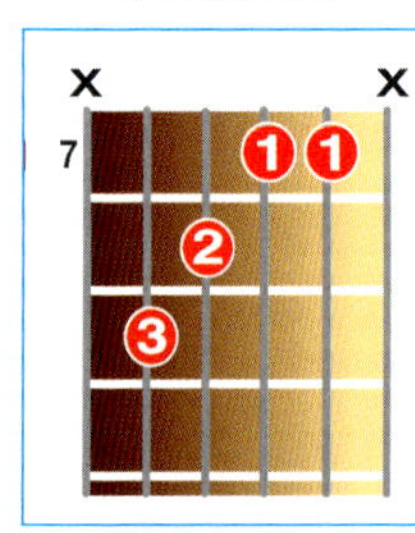

F♯+ F♯ Augmented
1st (F♯), 3rd (A♯), ♯5th (Cx)

Complete Guitar Handbook

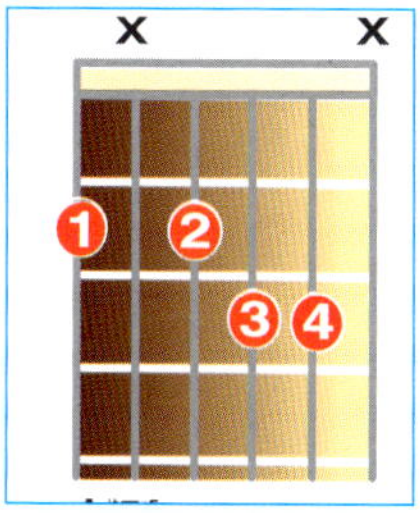

F♯7♯5 F♯ Dominant 7th ♯5
1st (F♯), 3rd (A♯), ♯5th (Cx), ♭7th (E)

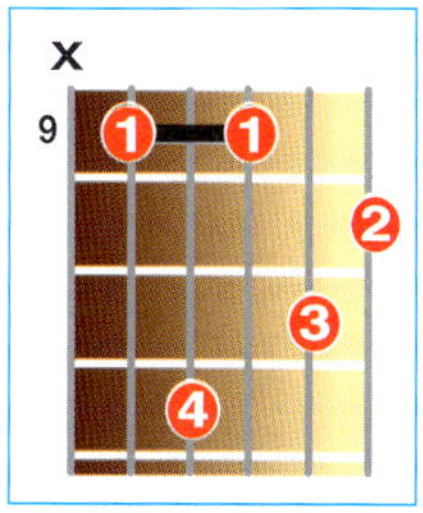

F♯7♯5 F♯ Dominant 7th ♯5
1st (F♯), 3rd (A♯), ♯5th (Cx), ♭7th (E)

F♯7♯9 F♯ Dominant 7th ♯9
1st (F♯), 3rd (A♯), 5th (C♯), ♭7th (E), ♯9th (Gx)

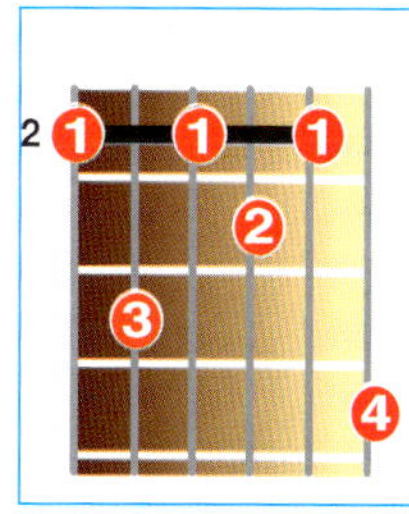

F♯7♯9 F♯ Dominant 7th ♯9
1st (F♯), 3rd (A♯), 5th (C♯), ♭7th (E), ♯9th (Gx)

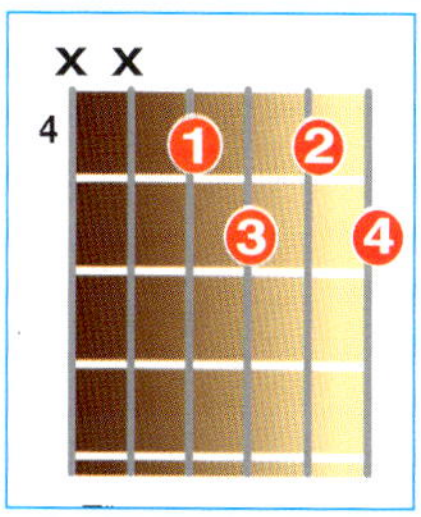

F♯o7 F♯ Diminished 7th
1st (F♯), ♭3rd (A), ♭5th (C), ♭♭7th (E♭)

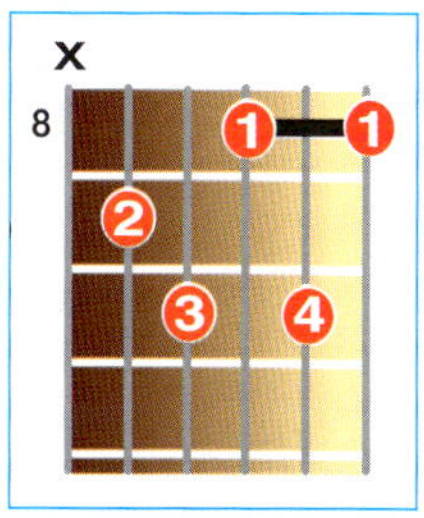

F♯o7 F♯ Diminished 7th
1st (F♯), ♭3rd (A), ♭5th (C), ♭♭7th (E♭)

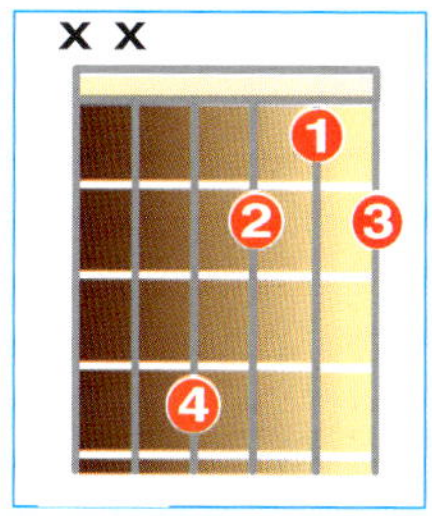

F♯o F♯ Diminished triad
1st (F♯), ♭3rd (A), ♭5th (C)

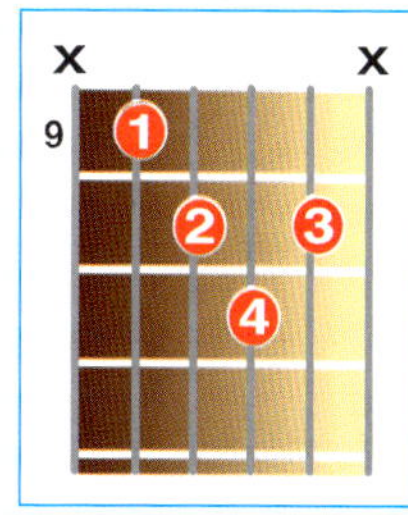

F♯o F♯ Diminished triad
1st (F♯), ♭3rd (A), ♭5th (C)

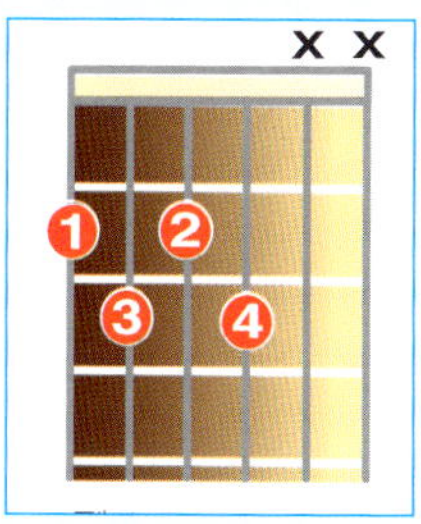

F♯7♭5 F♯ Dominant 7th ♭5
1st (F♯), 3rd (A♯), ♭5th (C), ♭7th (E)

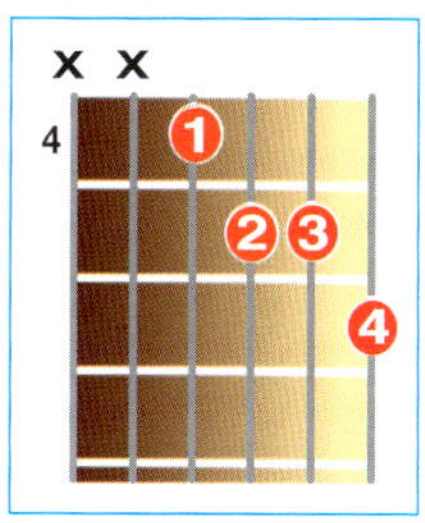

F♯7♭5 F♯ Dominant 7th ♭5
1st (F♯), 3rd (A♯), ♭5th (C), ♭7th (E)

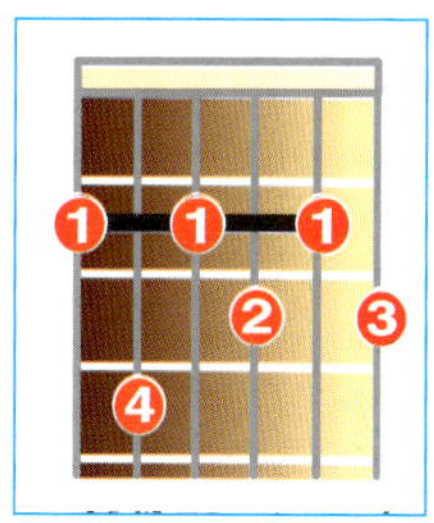

F♯7♭9 F♯ Dominant 7th ♭9
1st (F♯), 3rd (A♯), 5th (C♯), ♭7th (E), ♭9th (G)

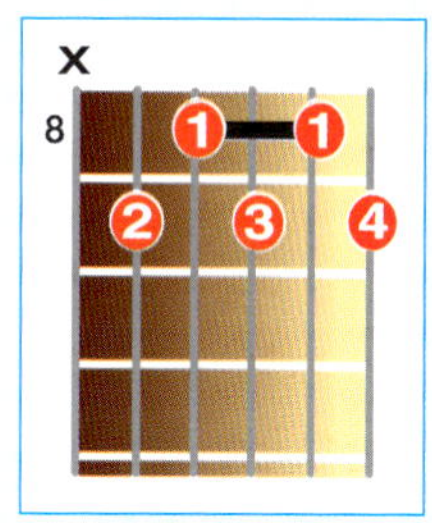

F♯7♭9 F♯ Dominant 7th ♭9
1st (F♯), 3rd (A♯), 5th (C♯), ♭7th (E), ♭9th (G)

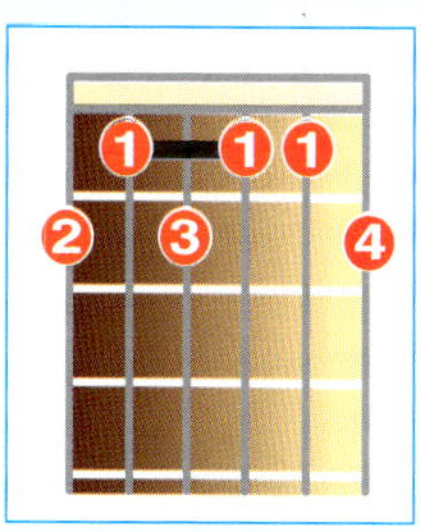

F♯9♭5 F♯ Dominant 9th ♭5th
1st (F♯), 3rd (A♯), ♭5th (C), ♭7th (E), 9th (G♯)

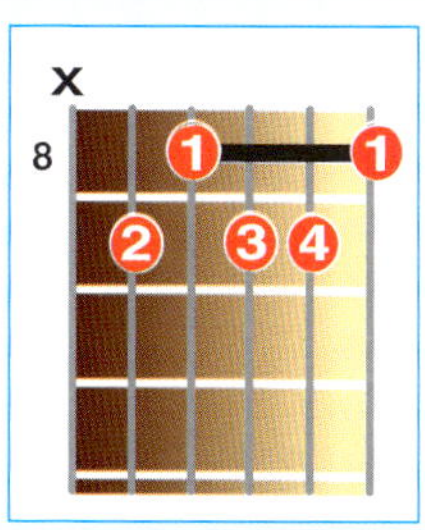

F♯9♭5 F♯ Dominant 9th ♭5th
1st (F♯), 3rd (A♯), ♭5th (C), ♭7th (E), 9th (G♯)

Scale of F♯/G♭ major

F♯	G♯	A♯	B	C♯	D♯	E♯
1st	2nd	3rd	4th	5th	6th	7th
	9th		11th		13th	

Section Five: Chord Dictionary

G MAIN CHORDS

G

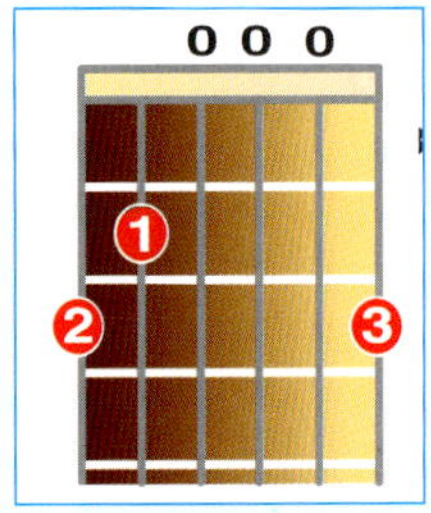

G G Major
1st (G), 3rd (B), 5th (D)

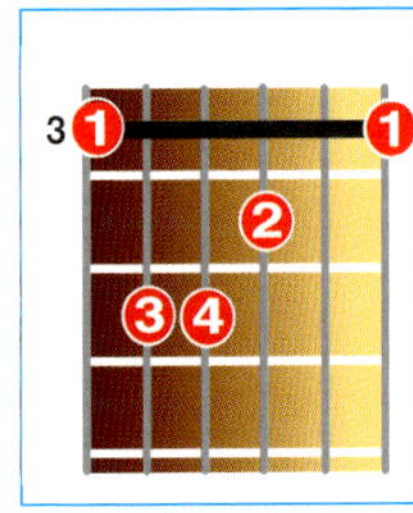

G G Major
1st (G), 3rd (B), 5th (D)

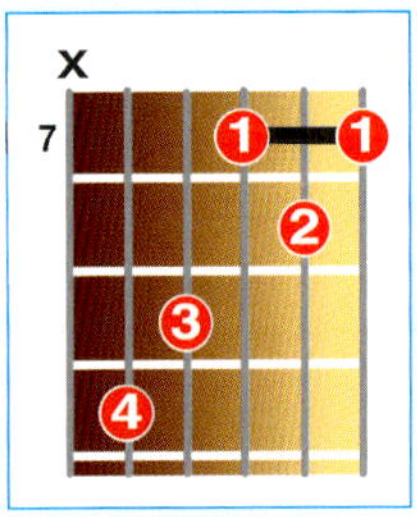

G G Major
1st (G), 3rd (B), 5th (D)

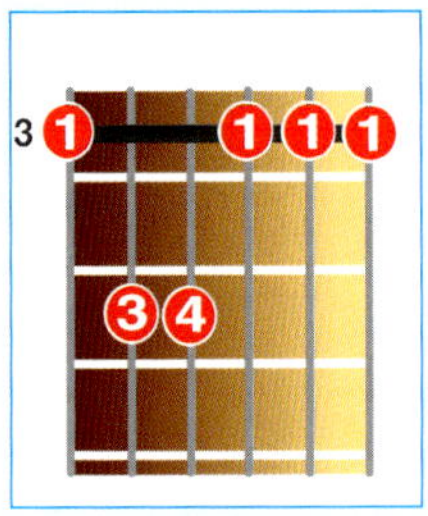

Gm G Minor
1st (G), ♭3rd (B♭), 5th (D)

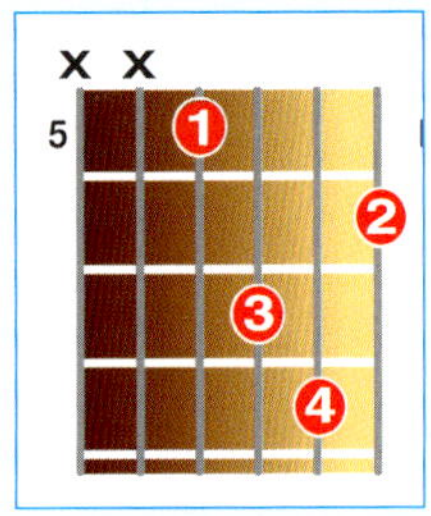

Gm G Minor
1st (G), ♭3rd (B♭), 5th (D)

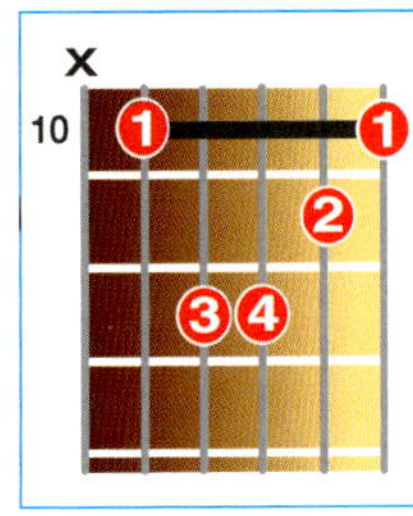

Gm G Minor
1st (G), ♭3rd (B♭), 5th (D)

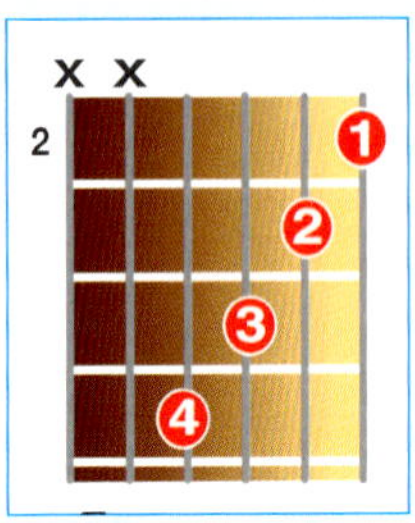

Gmaj7 G Major 7th
1st (G), 3rd (B), 5th (D), 7th (F♯)

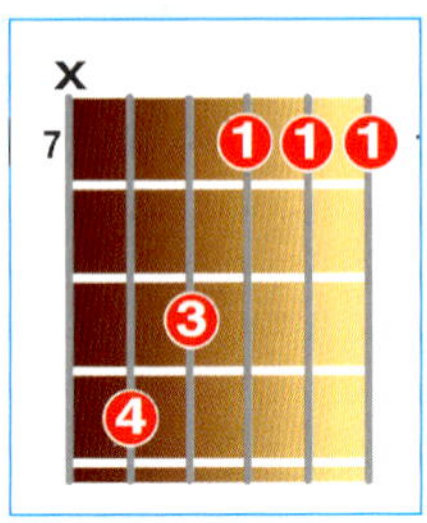

Gmaj7 G Major 7th
1st (G), 3rd (B), 5th (D), 7th (F♯)

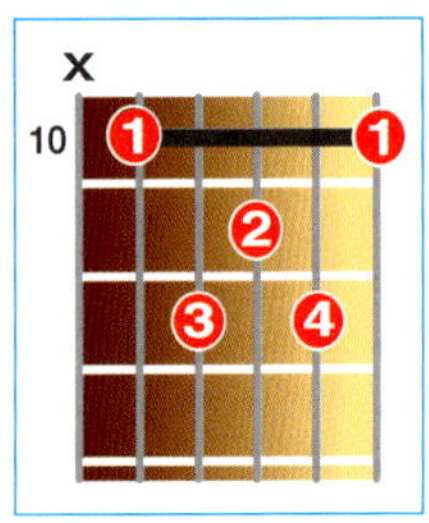

Gmaj7 G Major 7th
1st (G), 3rd (B), 5th (D), 7th (F♯)

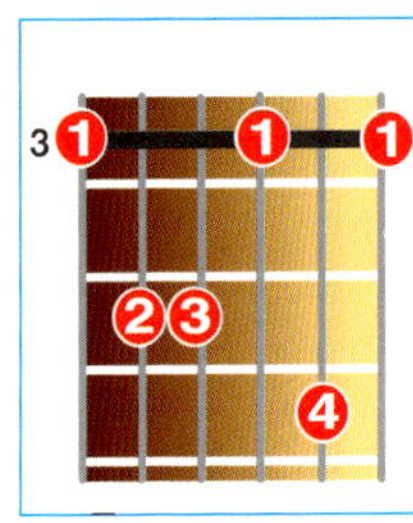

Gm7 G Minor 7th
1st (G), ♭3rd (B♭),
5th (D), ♭7th (F)

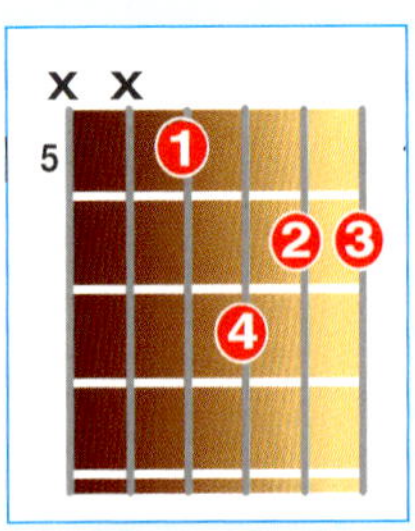

Gm7 G Minor 7th
1st (G), ♭3rd (B♭),
5th (D), ♭7th (F)

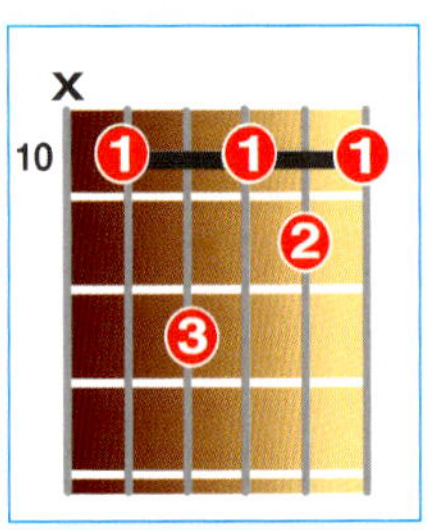

Gm7 G Minor 7th
1st (G), ♭3rd (B♭),
5th (D), ♭7th (F)

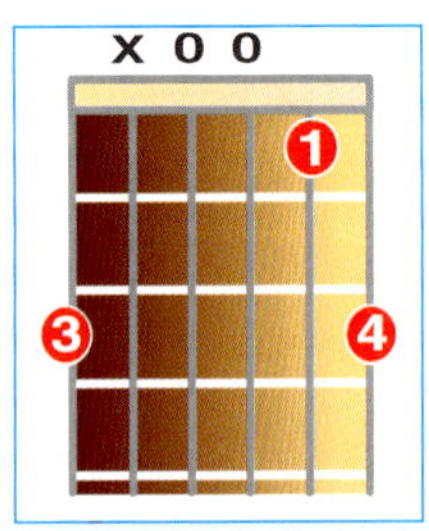

Gsus4 G Suspended 4th
1st (G), 4th (C), 5th (D)

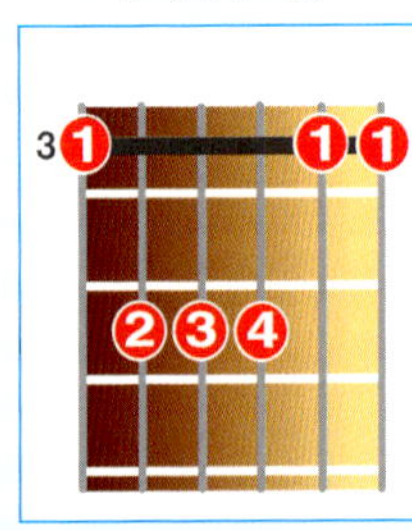

Gsus4 G Suspended 4th
1st (G), 4th (C), 5th (D)

Complete Guitar Handbook

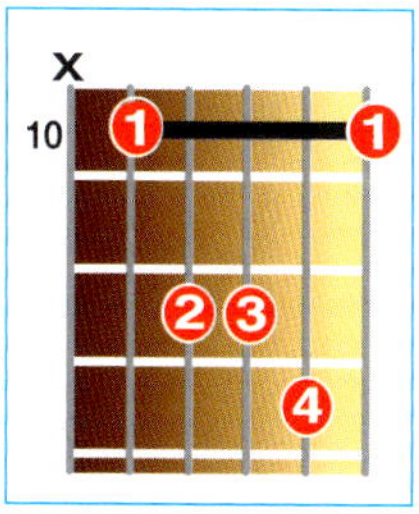

Gsus4 G Suspended 4th
1st (G), 4th (C), 5th (D)

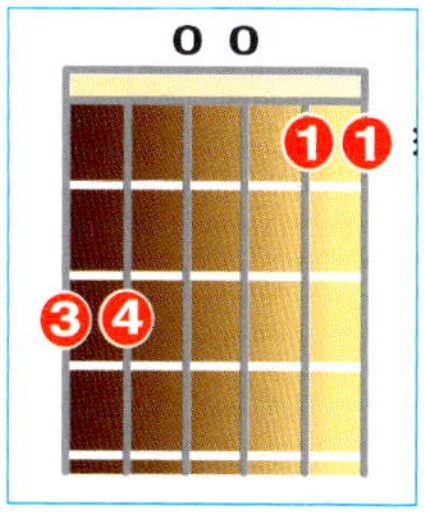

G7sus4 G Dominant 7th sus4
1st (G), 4th (C), 5th (D), ♭7th (F)

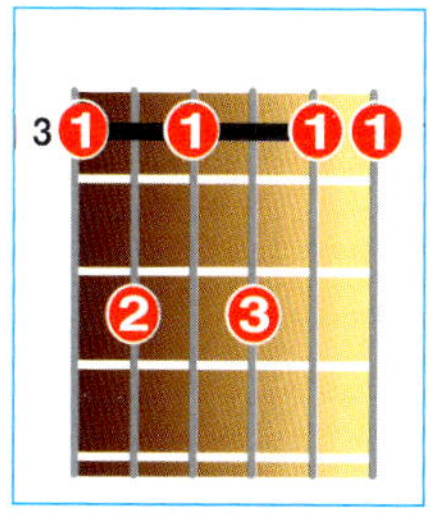

G7sus4 G Dominant 7th sus4
1st (G), 4th (C), 5th (D), ♭7th (F)

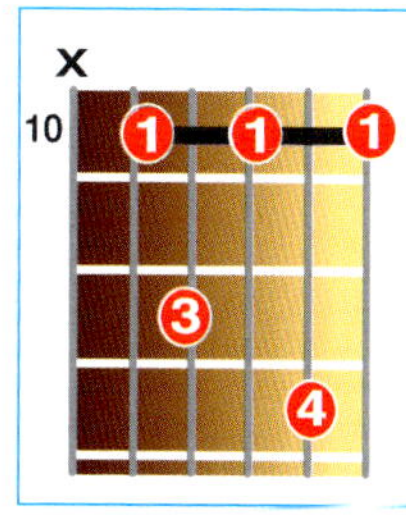

G7sus4 G Dominant 7th sus4
1st (G), 4th (C), 5th (D), ♭7th (F)

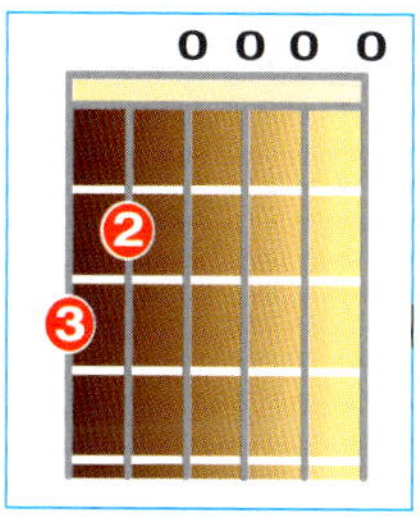

G6 G Major 6th
1st (G), 3rd (B), 5th (D), 6th (E)

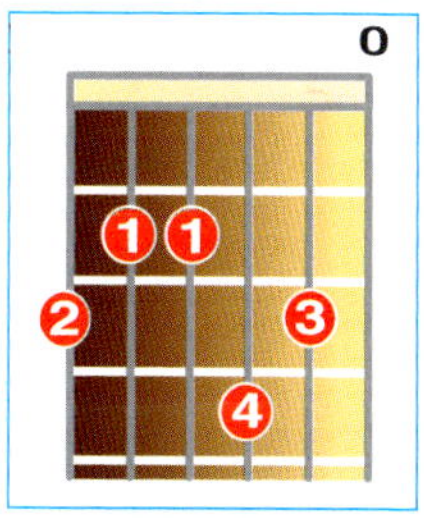

G6 G Major 6th
1st (G), 3rd (B), 5th (D), 6th (E)

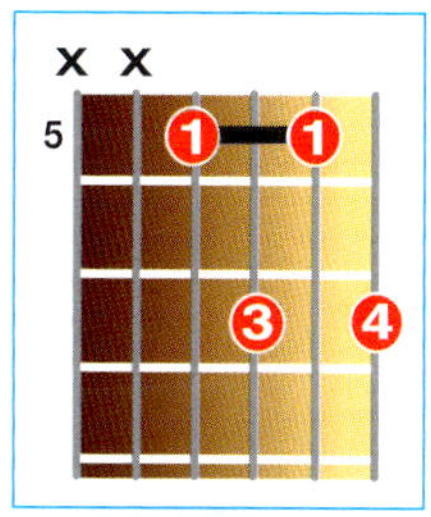

G6 G Major 6th
1st (G), 3rd (B), 5th (D), 6th (E)

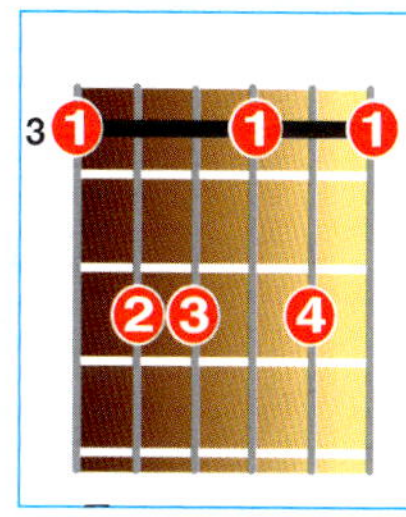

Gm6 G Minor 6th
1st (G), ♭3rd (B♭), 5th (D), 6th (E)

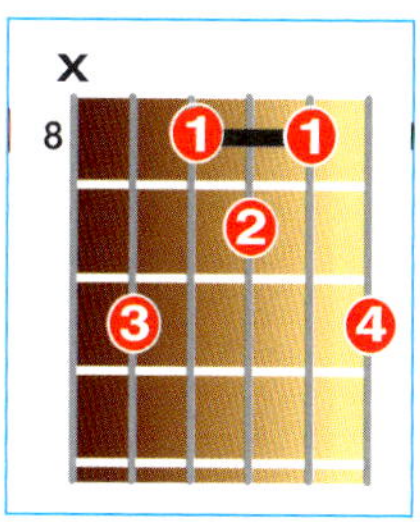

Gm6 G Minor 6th
1st (G), ♭3rd (B♭), 5th (D), 6th (E)

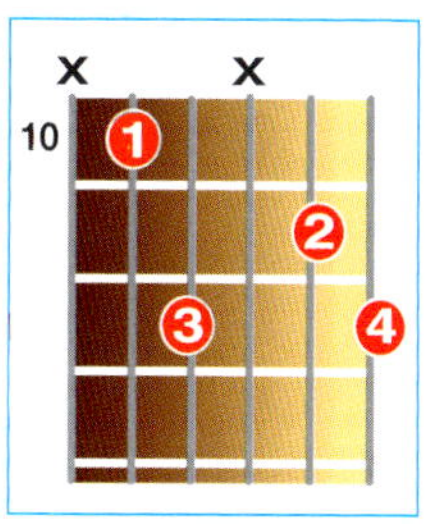

Gm6 G Minor 6th
1st (G), ♭3rd (B♭), 5th (D), 6th (E)

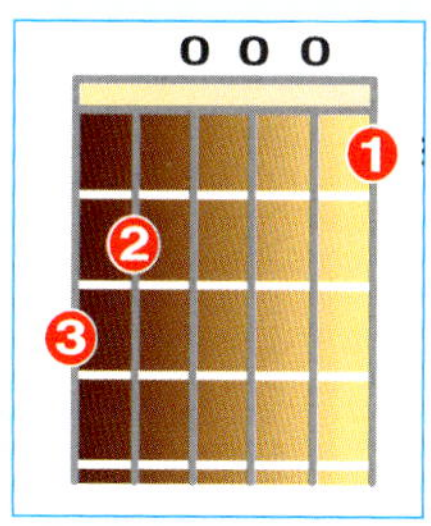

G7 G Dominant 7th
1st (G), 3rd (B), 5th (D), ♭7th (F)

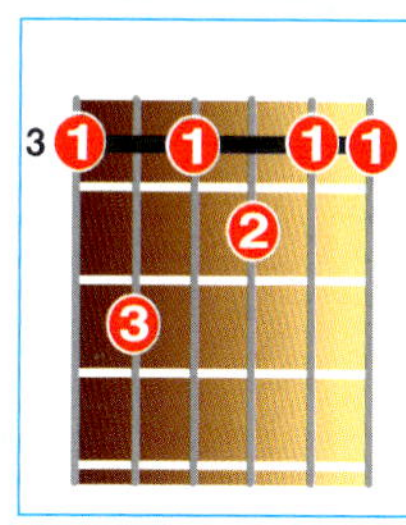

G7 G Dominant 7th
1st (G), 3rd (B), 5th (D), ♭7th (F)

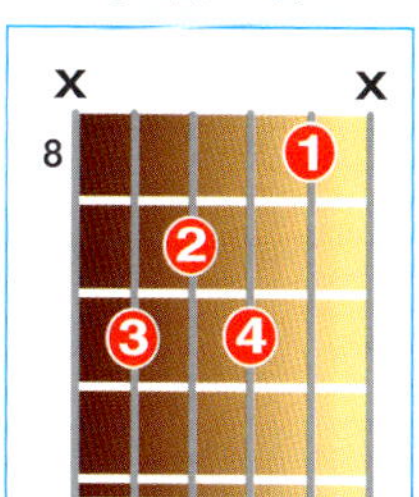

G7 G Dominant 7th
1st (G), 3rd (B), 5th (D), ♭7th (F)

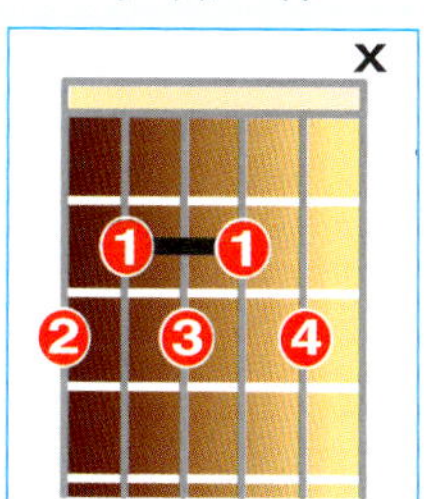

G9 G Dominant 9th
1st (G), 3rd (B), 5th (D), ♭7th (F), 9th (A)

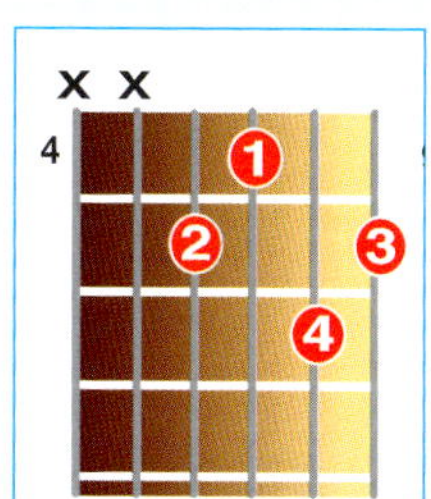

G9 G Dominant 9th
1st (G), 3rd (B), 5th (D), ♭7th (F), 9th (A)

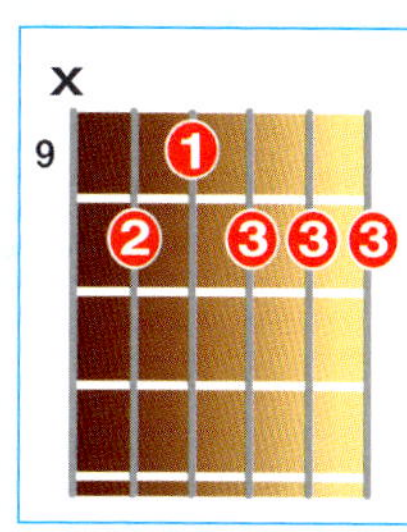

G9 G Dominant 9th
1st (G), 3rd (B), 5th (D), ♭7th (F), 9th (A)

Section Five: Chord Dictionary

G ADVANCED CHORDS

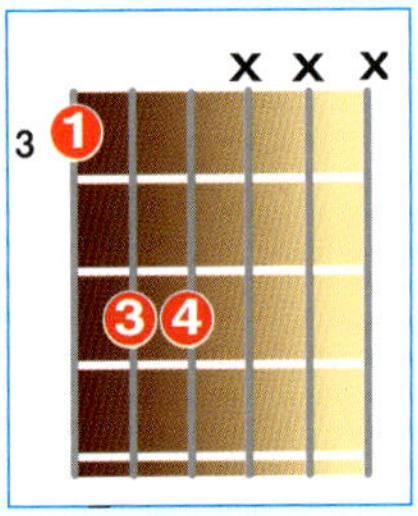

G5 G 5th (power chord)
1st (G), 5th (D)

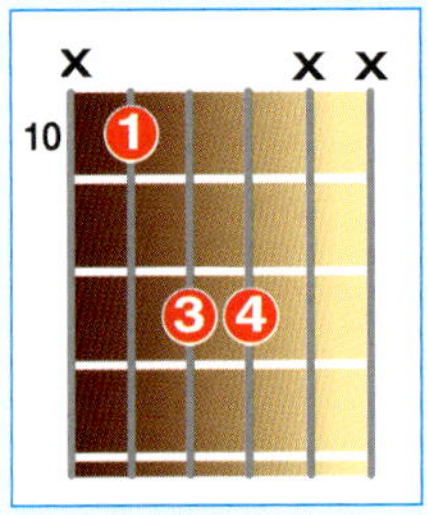

G5 G 5th (power chord)
1st (G), 5th (D)

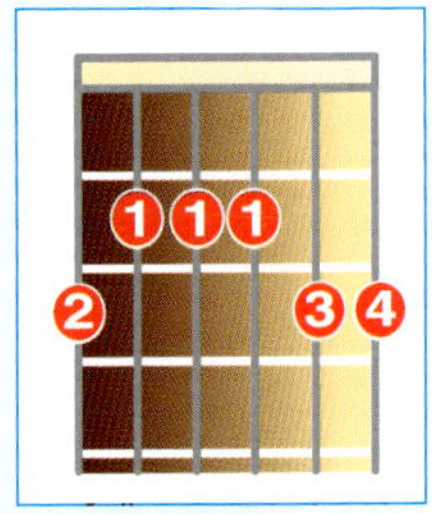

G 6/9 G Major 6th add 9th
1st (G), 3rd (B), 5th (D), 6th (E), 9th (A)

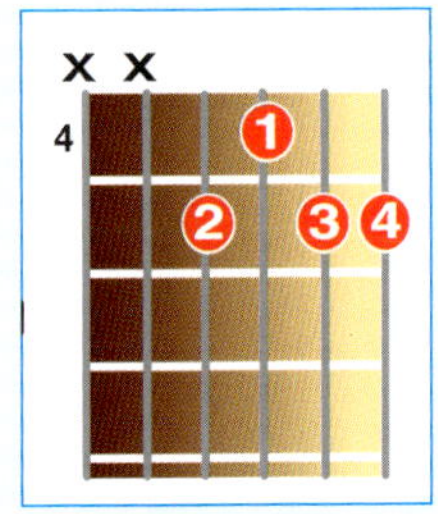

G 6/9 G Major 6th add 9th
1st (G), 3rd (B), 5th (D), 6th (E), 9th (A)

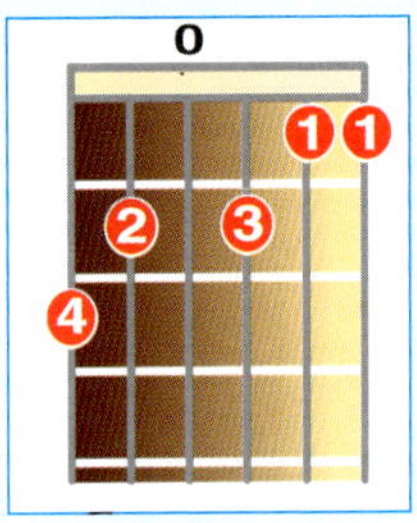

G11 G Dominant 11th
1st (G), 3rd (B), 5th (D), ♭7th (F), 9th (A), 11th (C)

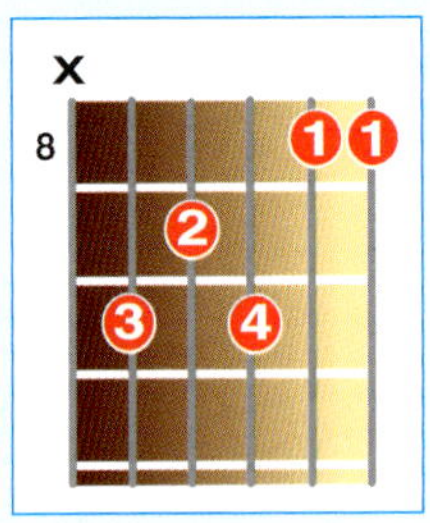

G11 G Dominant 11th
1st (G), 3rd (B), 5th (D), ♭7th (F), 9th (A), 11th (C)

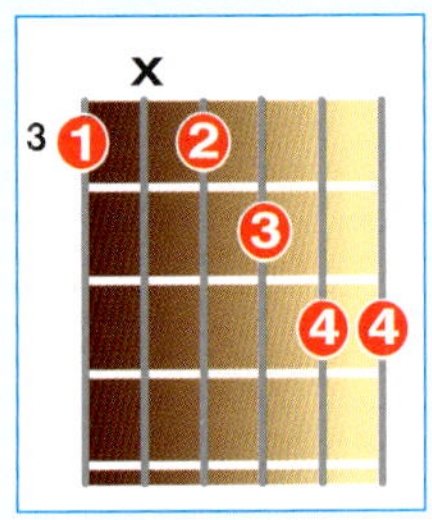

G13 G Dominant 13th
1st (G), 3rd (B), 5th (D), ♭7th (F), 9th (A), 13th (E)

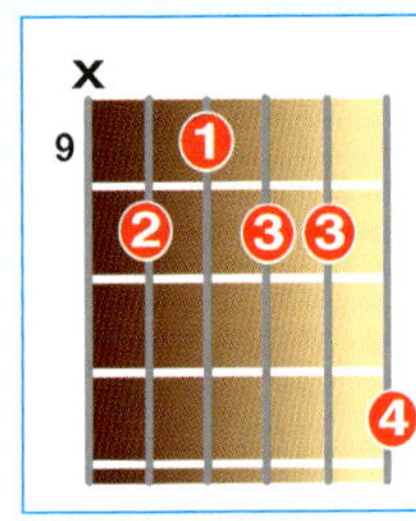

G13 G Dominant 13th
1st (G), 3rd (B), 5th (D), ♭7th (F), 9th (A), 13th (E)

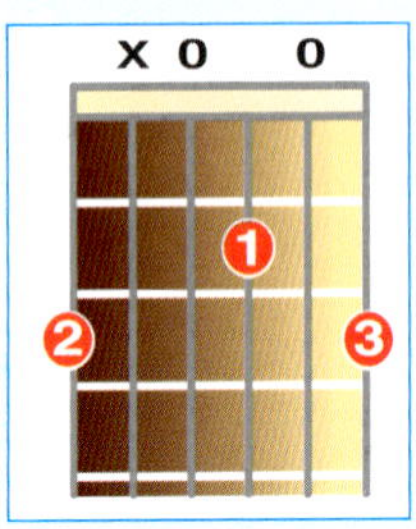

Gadd9 G Major add 9th
1st (G), 3rd (B), 5th (D), 9th (A)

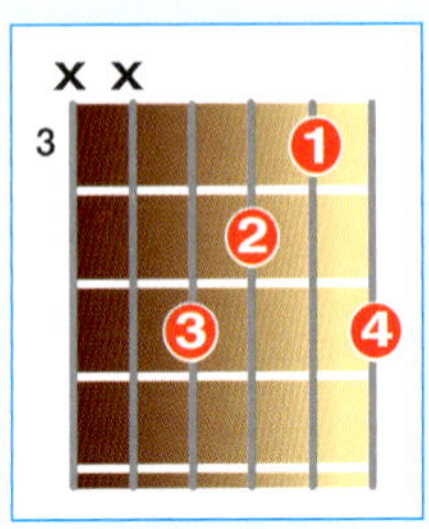

Gadd9 G Major add 9th
1st (G), 3rd (B), 5th (D), 9th (A)

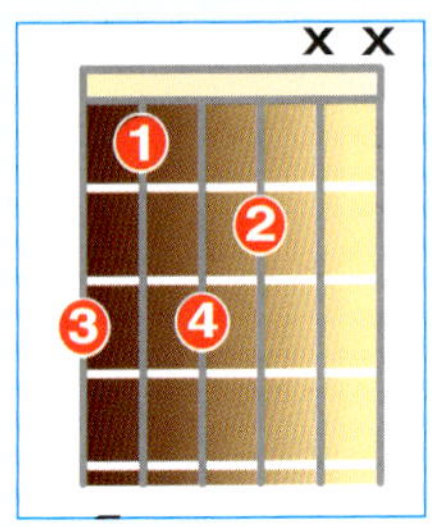

Gm9 G Minor 9th
1st (G), ♭3rd (B♭), 5th (D), ♭7th (F), 9th (A)

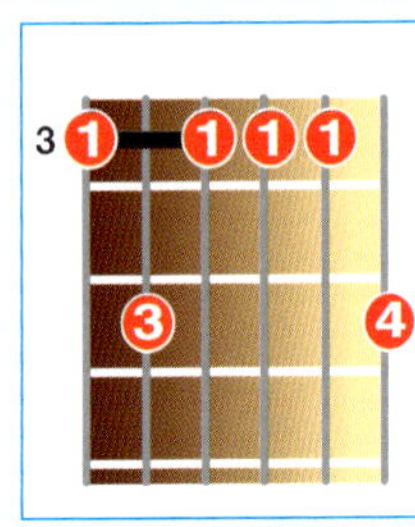

Gm9 G Minor 9th
1st (G), ♭3rd (B♭), 5th (D), ♭7th (F), 9th (A)

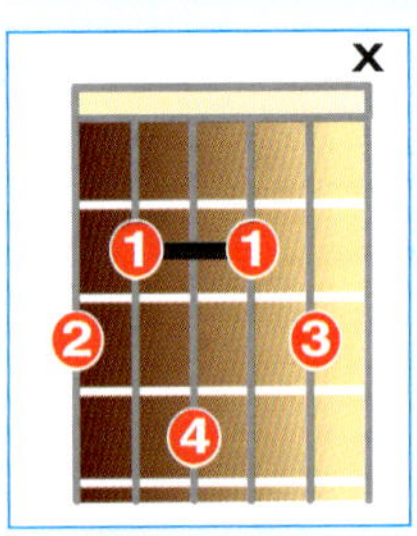

Gmaj9 G Major 9th
1st (G), 3rd (B), 5th (D), 7th (F♯), 9th (A)

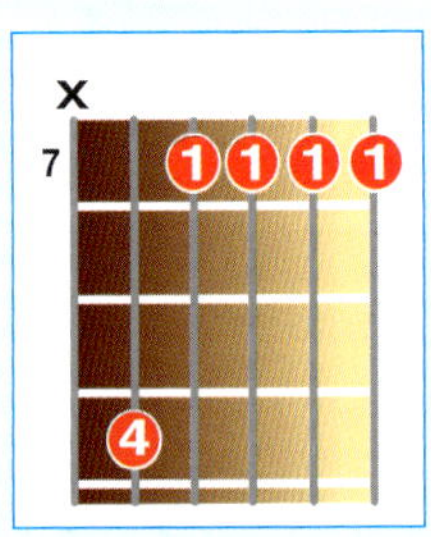

Gmaj9 G Major 9th
1st (G), 3rd (B), 5th (D), 7th (F♯), 9th (A)

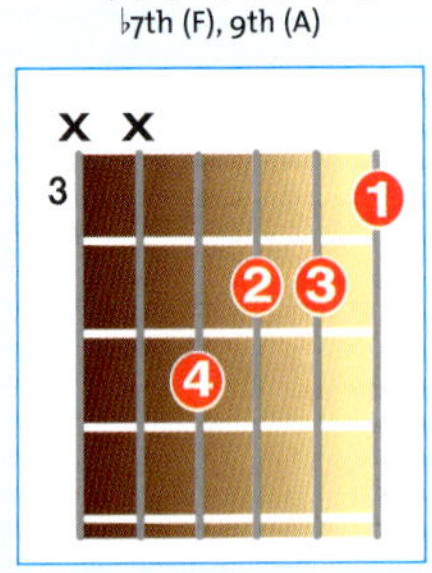

G+ G Augmented
1st (G), 3rd (B), ♯5th (D♯)

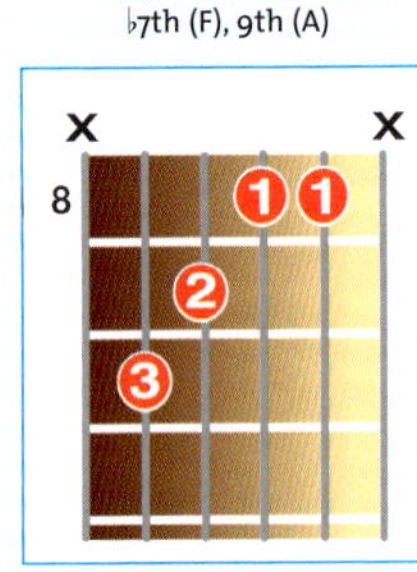

G+ G Augmented
1st (G), 3rd (B), ♯5th (D♯)

Complete Guitar Handbook

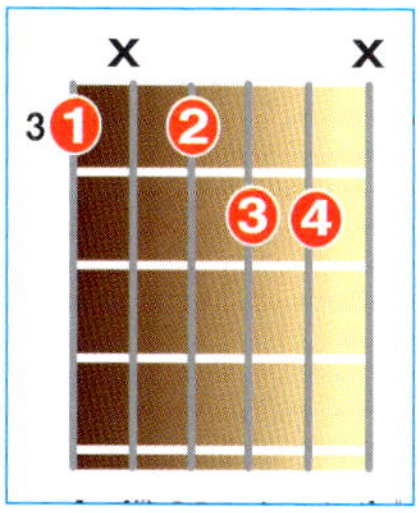

G7♯5 G Dominant 7th ♯5
1st (G), 3rd (B), ♯5th (D♯), ♭7th (F)

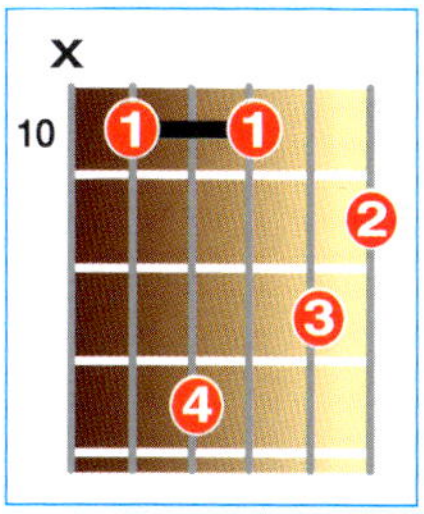

G7♯5 G Dominant 7th ♯5
1st (G), 3rd (B), ♯5th (D♯), ♭7th (F)

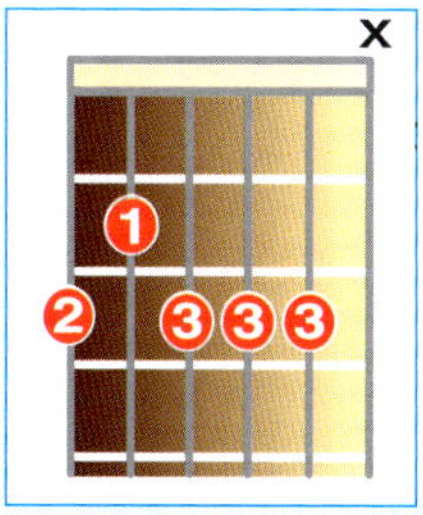

G7♯9 G Dominant 7th ♯9
1st (G), 3rd (B), 5th (D), ♭7th (F), ♯9th (A♯)

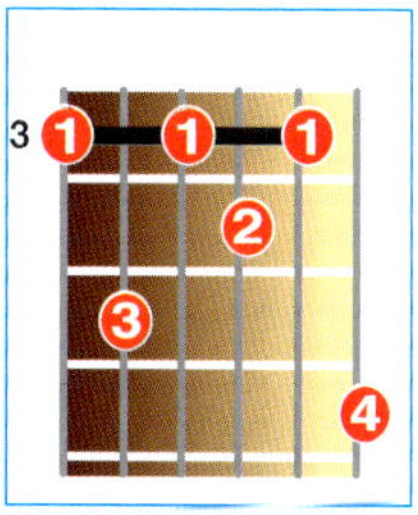

G7♯9 G Dominant 7th ♯9
1st (G), 3rd (B), 5th (D), ♭7th (F), ♯9th (A♯)

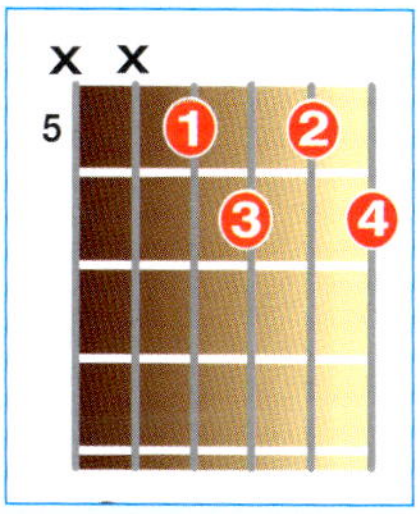

Go7 G Diminished 7th
1st (G), ♭3rd (B♭), ♭5th (D♭), ♭♭7th (F♭)

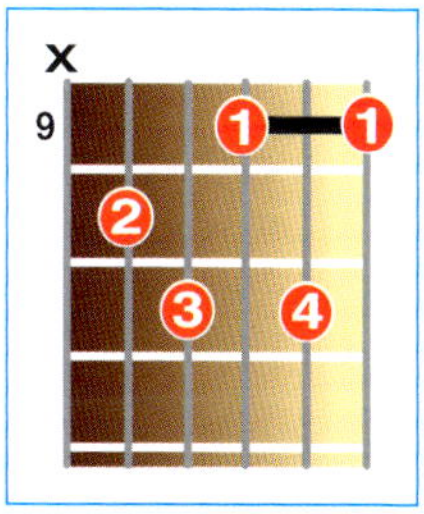

Go7 G Diminished 7th
1st (G), ♭3rd (B♭), ♭5th (D♭), ♭♭7th (F♭)

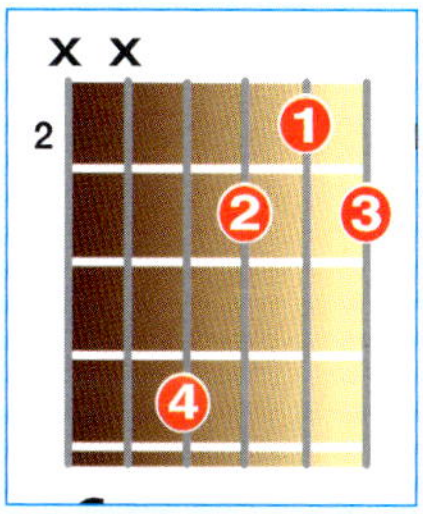

Go G Diminished triad
1st (G), ♭3rd (B♭), ♭5th (D♭)

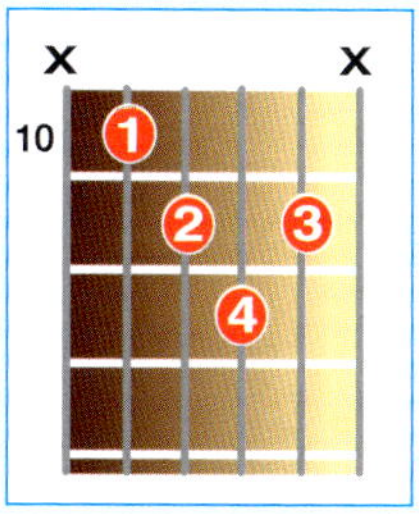

Go G Diminished triad
1st (G), ♭3rd (B♭), ♭5th (D♭)

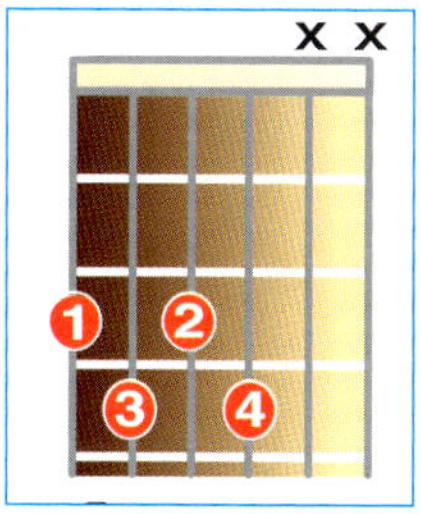

G7♭5 G Dominant 7th ♭5
1st (G), 3rd (B), ♭5th (D♭), ♭7th (F)

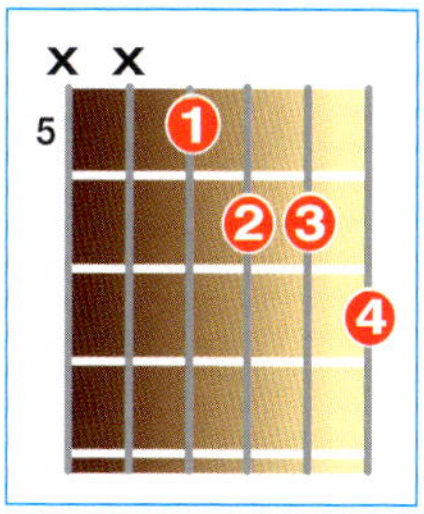

G7♭5 G Dominant 7th ♭5
1st (G), 3rd (B), ♭5th (D♭), ♭7th (F)

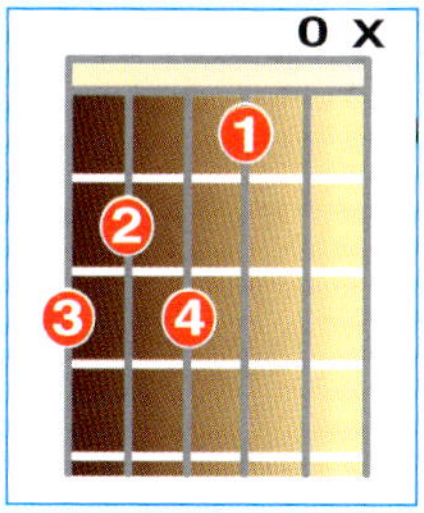

G7♭9 G Dominant 7th ♭9
1st (G), 3rd (B), 5th (D), ♭7th (F), ♭9th (A♭)

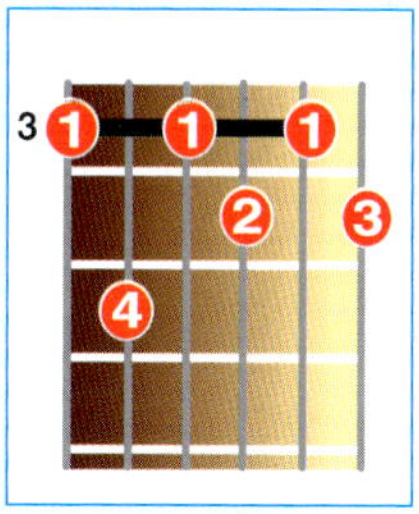

G7♭9 G Dominant 7th ♭9
1st (G), 3rd (B), 5th (D), ♭7th (F), ♭9th (A♭)

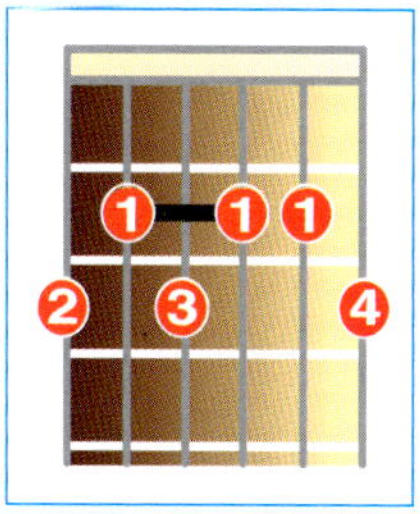

G9♭5 G Dominant 9th ♭5th
1st (G), 3rd (B), ♭5th (D♭), ♭7th (F), 9th (A)

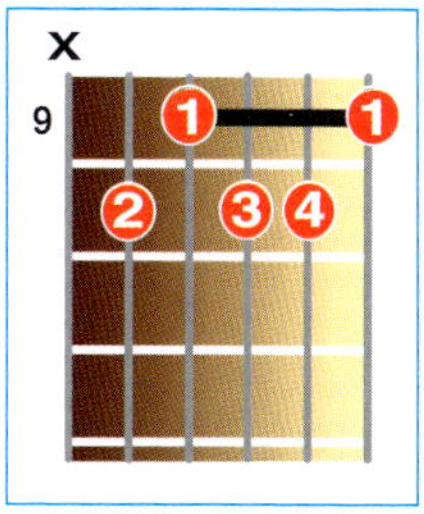

G9♭5 G Dominant 9th ♭5th
1st (G), 3rd (B), ♭5th (D♭), ♭7th (F), 9th (A)

Scale of G major

G	A	B	C	D	E	F♯
1st	2nd	3rd	4th	5th	6th	7th
	9th		11th		13th	

A♭/G♯ MAIN CHORDS

A♭/G♯

A♭ A♭ Major
1st (A♭), 3rd (C), 5th (E♭)

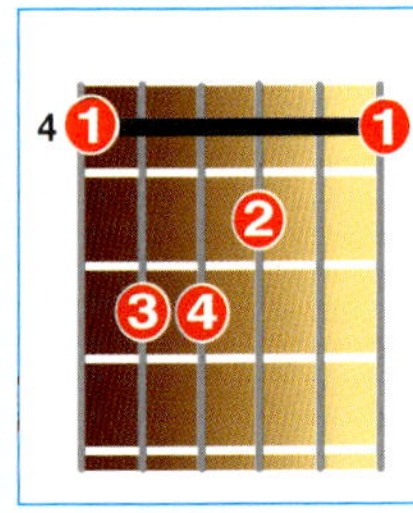

A♭ A♭ Major
1st (A♭), 3rd (C), 5th (E♭)

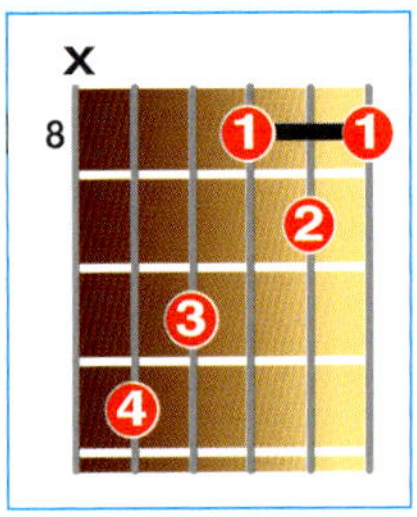

A♭ A♭ Major
1st (A♭), 3rd (C), 5th (E♭)

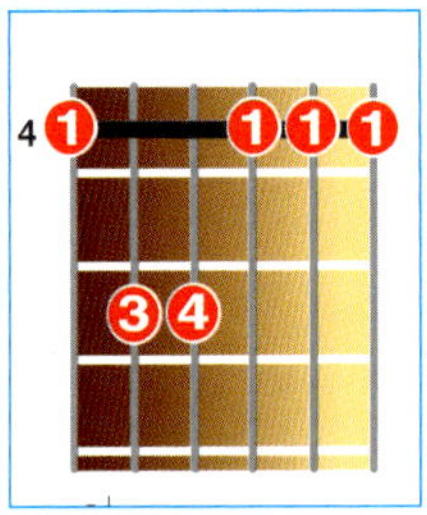

A♭m A♭ Minor
1st (A♭), ♭3rd (C♭), 5th (E♭)

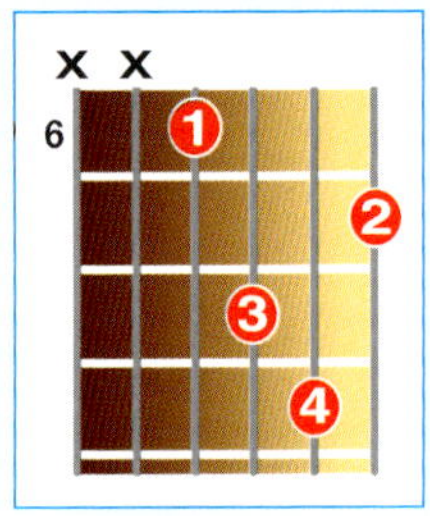

A♭m A♭ Minor
1st (A♭), ♭3rd (C♭), 5th (E♭)

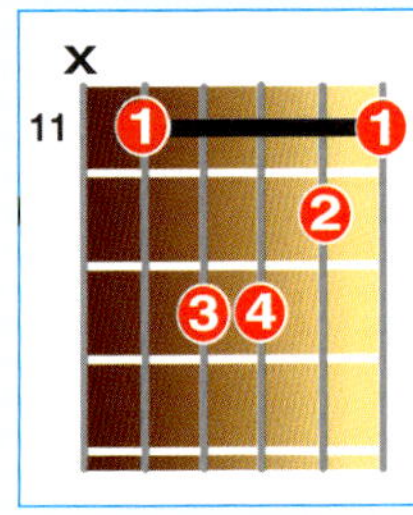

A♭m A♭ Minor
1st (A♭), ♭3rd (C♭), 5th (E♭)

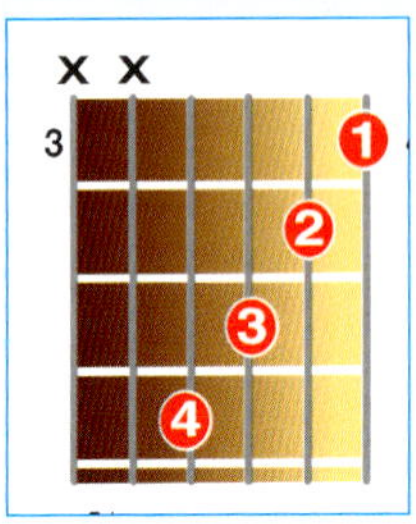

A♭maj7 A♭ Major 7th
1st (A♭), 3rd (C),
5th (E♭), 7th (G)

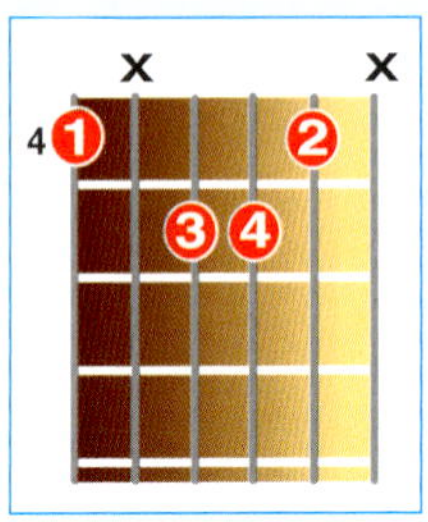

A♭maj7 A♭ Major 7th
1st (A♭), 3rd (C),
5th (E♭), 7th (G)

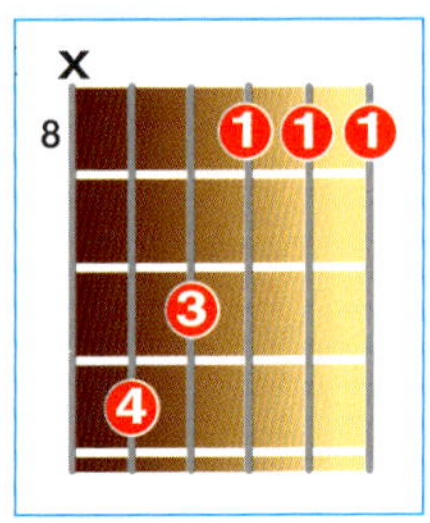

A♭maj7 A♭ Major 7th
1st (A♭), 3rd (C),
5th (E♭), 7th (G)

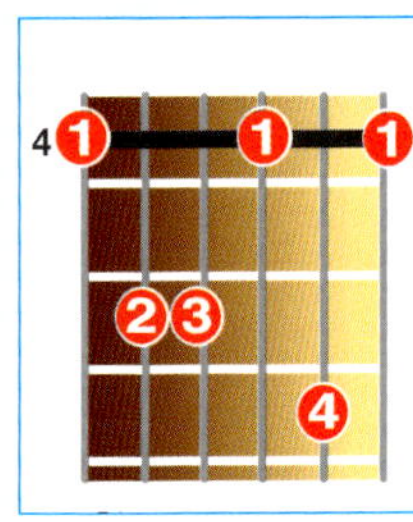

A♭m7 A♭ Minor 7th
1st (A♭), ♭3rd (C♭),
5th (E♭), ♭7th (G♭)

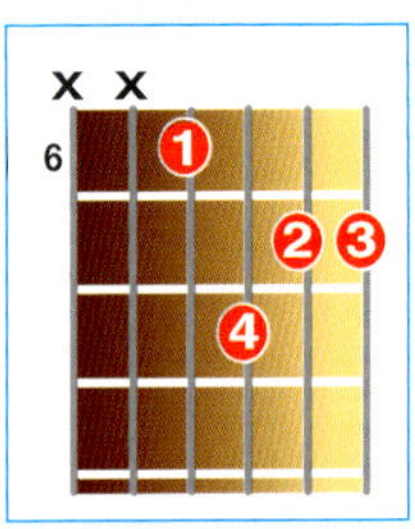

A♭m7 A♭ Minor 7th
1st (A♭), ♭3rd (C♭),
5th (E♭), ♭7th (G♭)

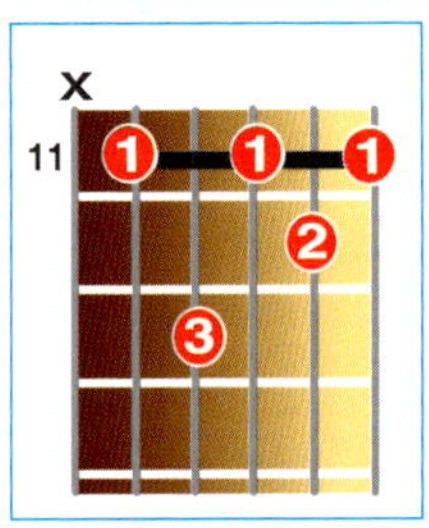

A♭m7 A♭ Minor 7th
1st (A♭), ♭3rd (C♭),
5th (E♭), ♭7th (G♭)

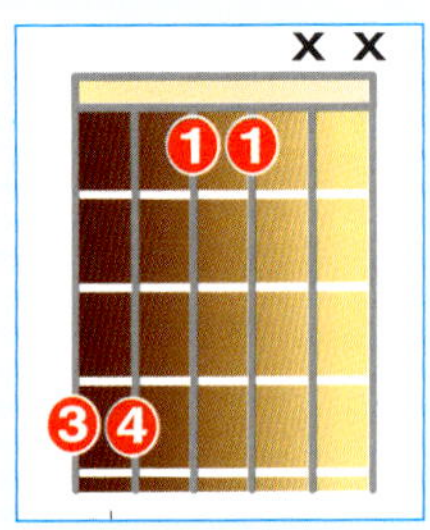

A♭sus4 A♭ Suspended 4th
1st (A♭), 4th (D♭), 5th (E♭)

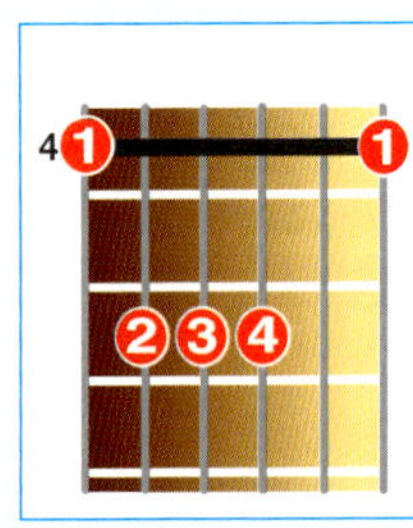

A♭sus4 A♭ Suspended 4th
1st (A♭), 4th (D♭), 5th (E♭)

Complete Guitar Handbook

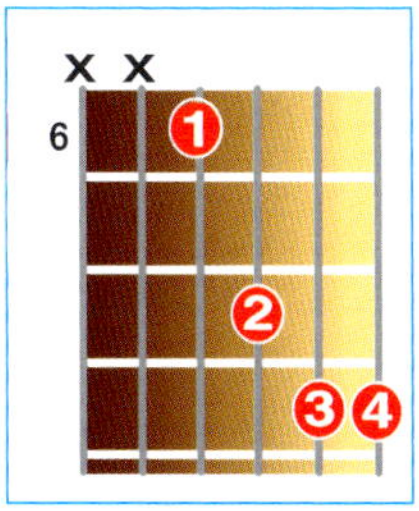

A♭sus4 A♭ Suspended 4th
1st (A♭), 4th (D♭), 5th (E♭)

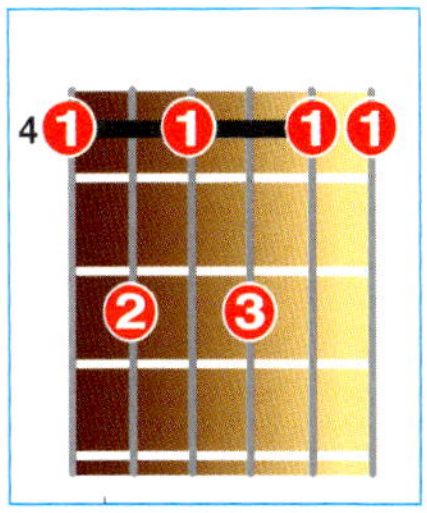

A♭7sus4 A♭ Dominant 7th sus4
1st (A♭), 4th (D♭), 5th (E♭), ♭7th (G♭)

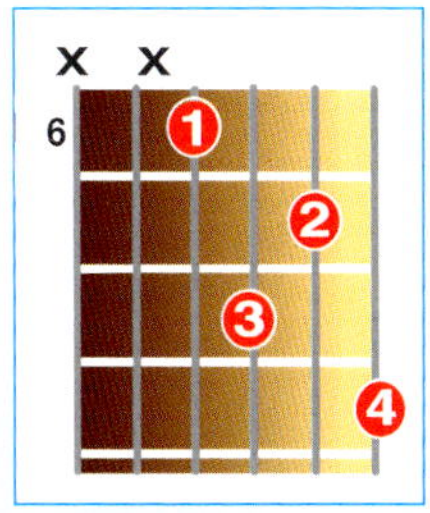

A♭7sus4 A♭ Dominant 7th sus4
1st (A♭), 4th (D♭), 5th (E♭), ♭7th (G♭)

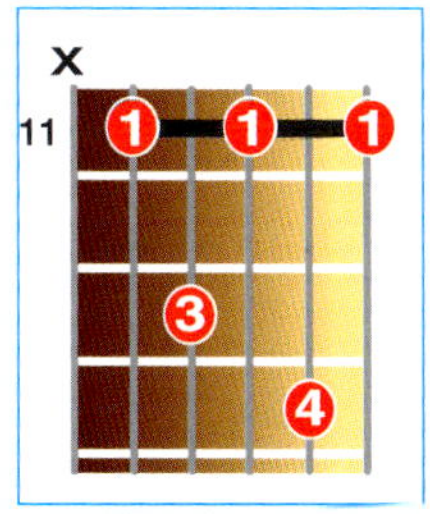

A♭7sus4 A♭ Dominant 7th sus4
1st (A♭), 4th (D♭), 5th (E♭), ♭7th (G♭)

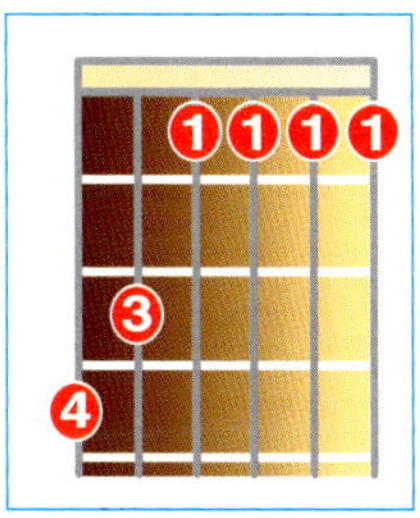

A♭6 A♭ Major 6th
1st (A♭), 3rd (C), 5th (E♭), 6th (F)

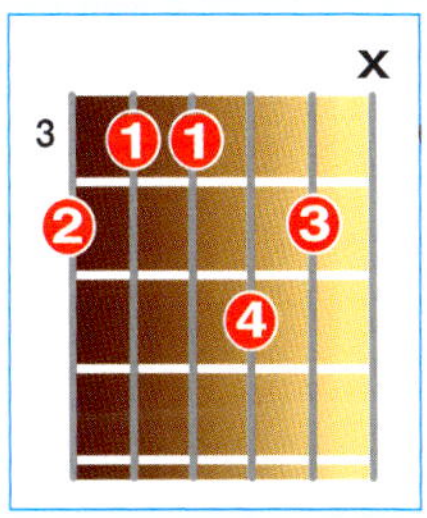

A♭6 A♭ Major 6th
1st (A♭), 3rd (C), 5th (E♭), 6th (F)

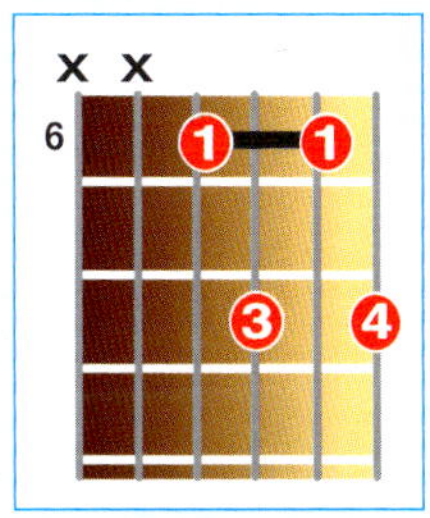

A♭6 A♭ Major 6th
1st (A♭), 3rd (C), 5th (E♭), 6th (F)

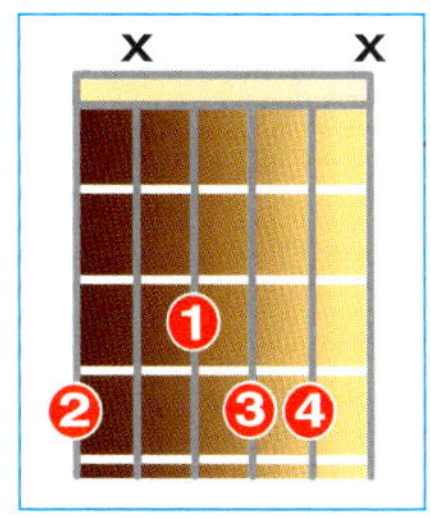

A♭m6 A♭ Minor 6th
1st (A♭), ♭3rd (C♭), 5th (E♭), 6th (F)

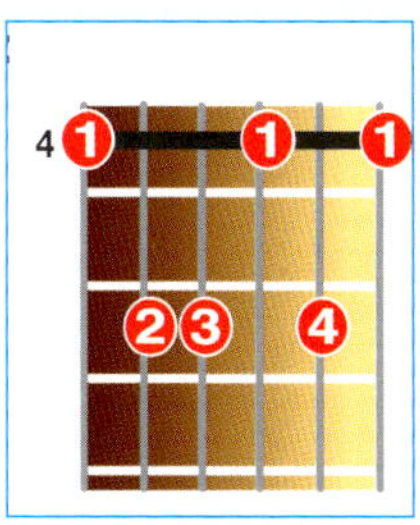

A♭m6 A♭ Minor 6th
1st (A♭), ♭3rd (C♭), 5th (E♭), 6th (F)

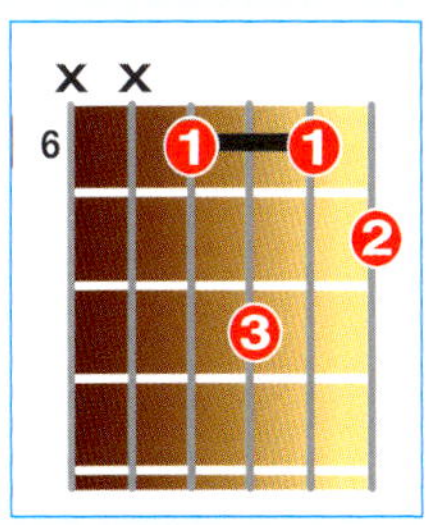

A♭m6 A♭ Minor 6th
1st (A♭), ♭3rd (C♭), 5th (E♭), 6th (F)

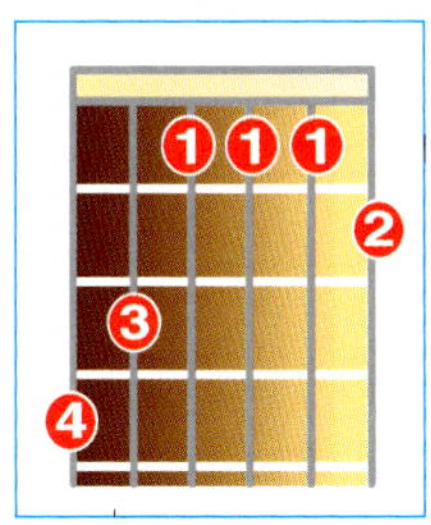

A♭7 A♭ Dominant 7th
1st (A♭), 3rd (C), 5th (E♭), ♭7th (G♭)

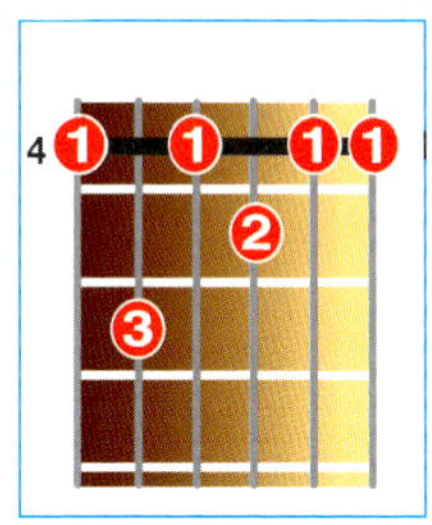

A♭7 A♭ Dominant 7th
1st (A♭), 3rd (C), 5th (E♭), ♭7th (G♭)

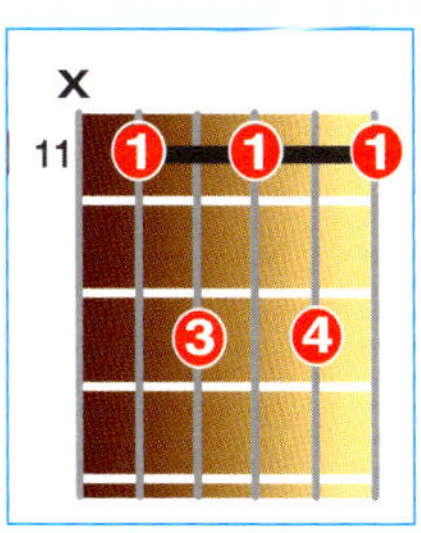

A♭7 A♭ Dominant 7th
1st (A♭), 3rd (C), 5th (E♭), ♭7th (G♭)

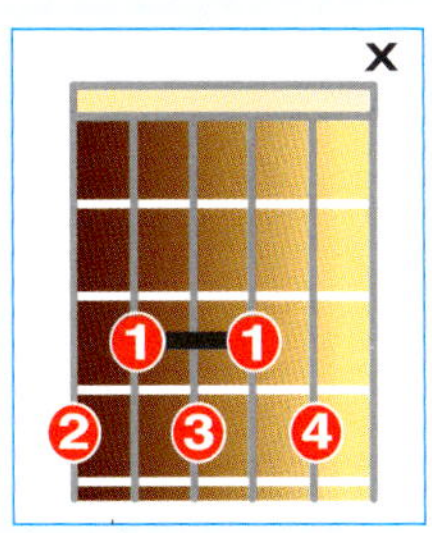

A♭9 A♭ Dominant 9th
1st (A♭), 3rd (C), 5th (E♭),
♭7th (G♭), 9th (B♭)

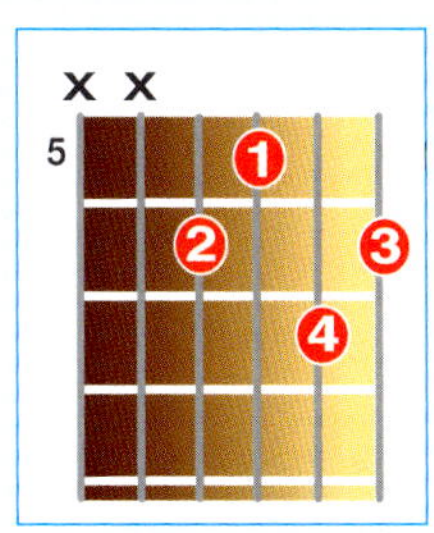

A♭9 A♭ Dominant 9th
1st (A♭), 3rd (C), 5th (E♭),
♭7th (G♭), 9th (B♭)

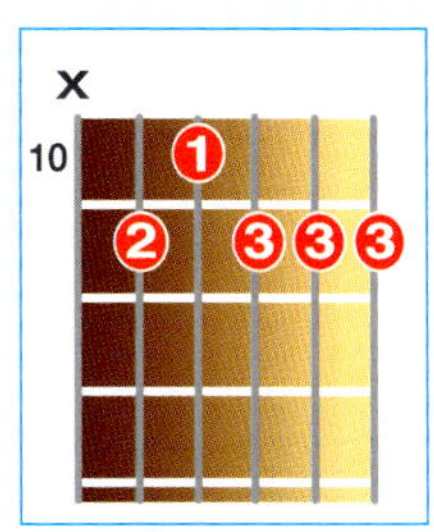

A♭9 A♭ Dominant 9th
1st (A♭), 3rd (C), 5th (E♭),
♭7th (G♭), 9th (B♭)

Section Five: Chord Dictionary

A♭/G♯ ADVANCED CHORDS

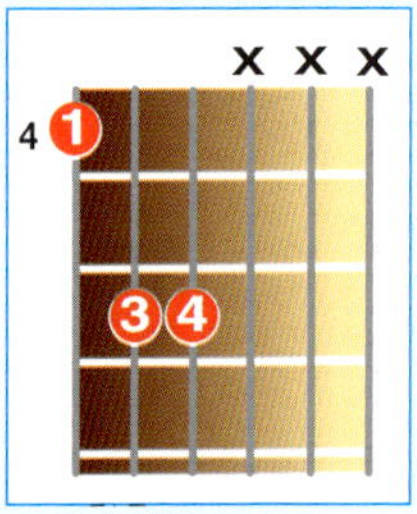

A♭5 A♭ 5th (power chord)
1st (A♭), 5th (E♭)

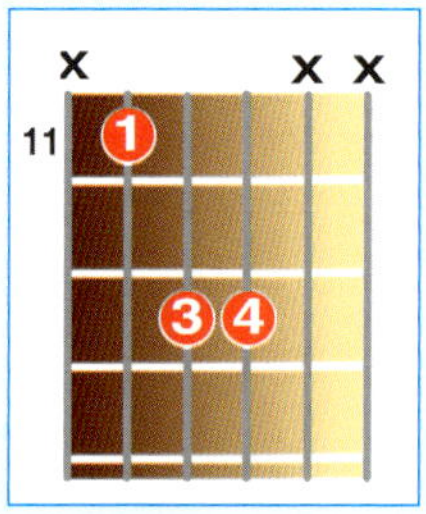

A♭5 A♭ 5th (power chord)
1st (A♭), 5th (E♭)

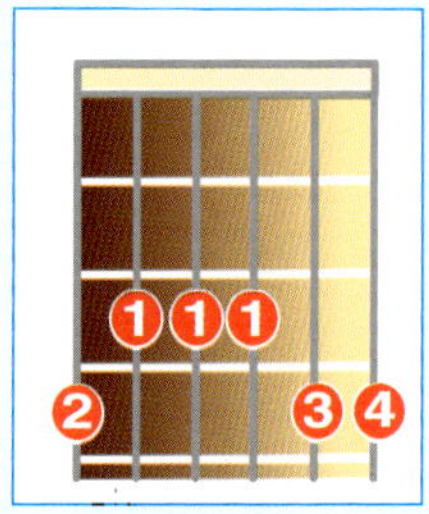

A♭6/9 A♭ Major 6th add 9th
1st (A♭), 3rd (C), 5th (E♭), 6th (F), 9th (B♭)

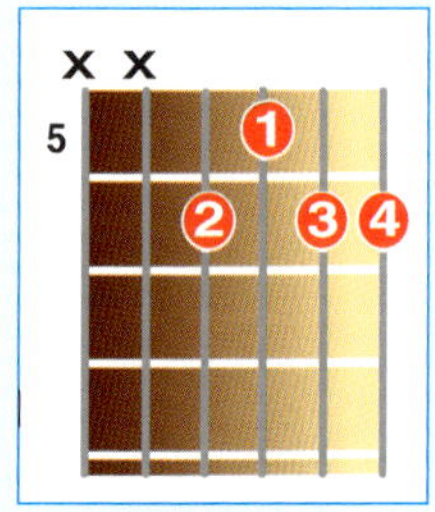

A♭ 6/9 A♭ Major 6th add 9th
1st (A♭), 3rd (C), 5th (E♭), 6th (F), 9th (B♭)

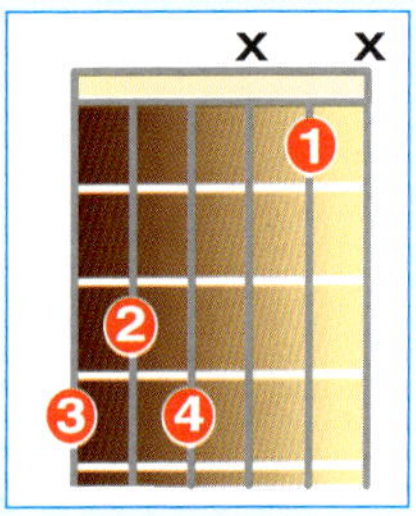

A♭11 A♭ Dominant 11th
1st (A♭), 3rd (C), 5th (E♭), ♭7th (G♭), 9th (B♭), 11th (D♭)

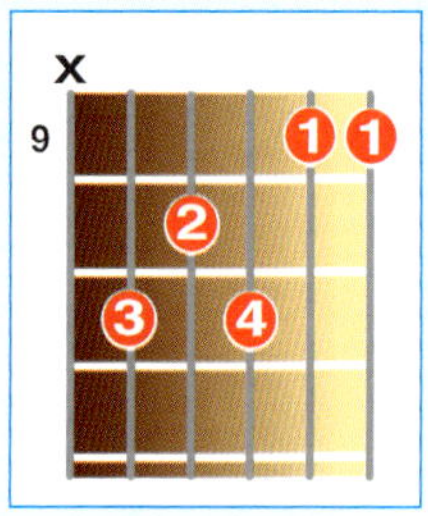

A♭11 A♭ Dominant 11th
1st (A♭), 3rd (C), 5th (E♭), ♭7th (G♭), 9th (B♭), 11th (D♭)

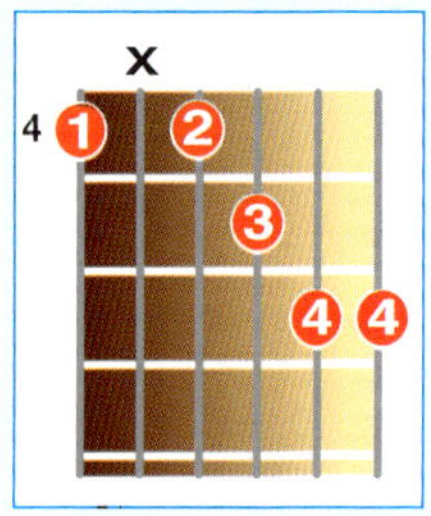

A♭13 A♭ Dominant 13th
1st (A♭), 3rd (C), 5th (E♭), ♭7th (G♭), 9th (B♭), 13th (F)

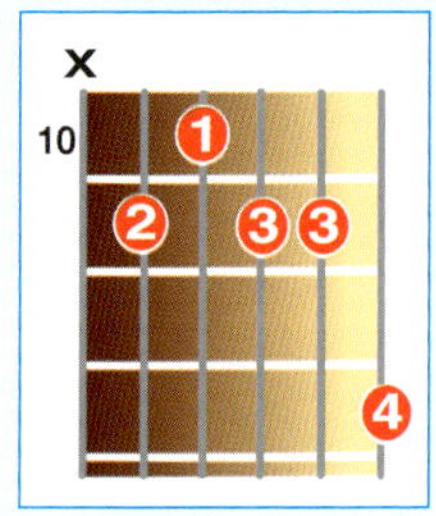

A♭13 A♭ Dominant 13th
1st (A♭), 3rd (C), 5th (E♭), ♭7th (G♭), 9th (B♭), 13th (F)

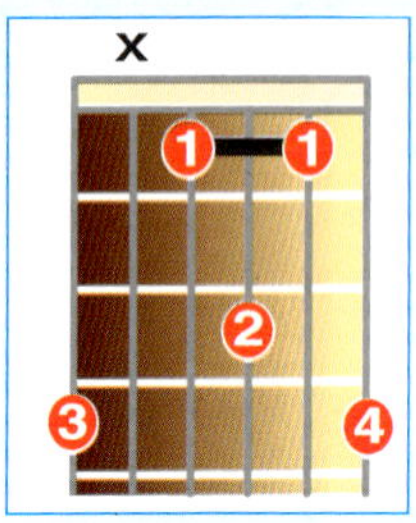

A♭add9 A♭ Major add 9th
1st (A♭), 3rd (C), 5th (E♭), 9th (B♭)

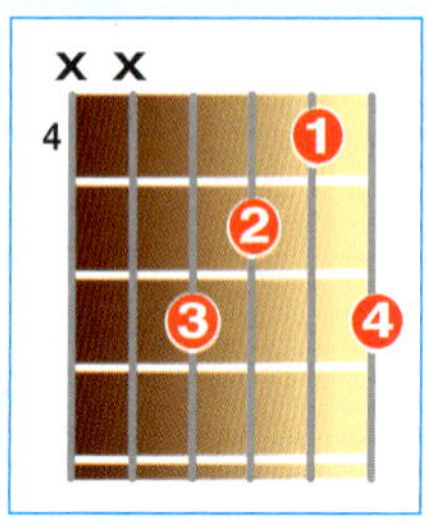

A♭add9 A♭ Major add 9th
1st (A♭), 3rd (C), 5th (E♭), 9th (B♭)

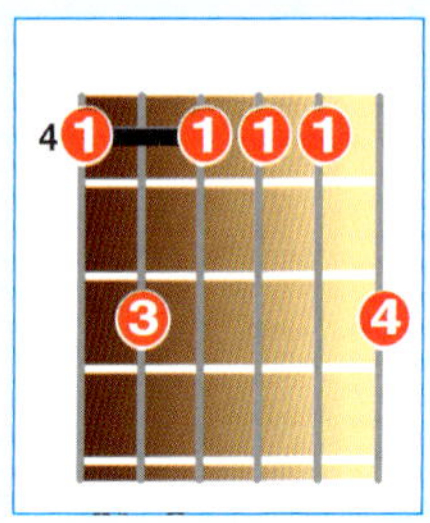

A♭m9 A♭ Minor 9th
1st (A♭), ♭3rd (C♭), 5th (E♭), ♭7th (G♭), 9th (B♭)

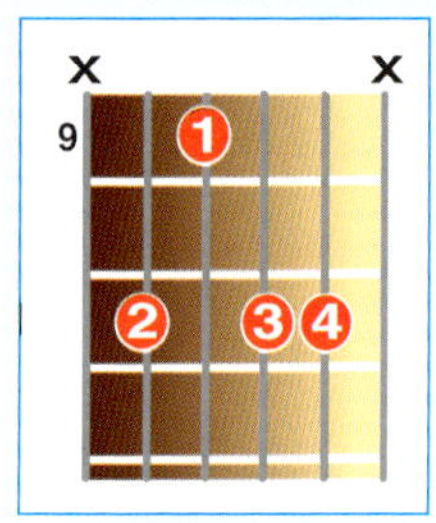

A♭m9 A♭ Minor 9th
1st (A♭), ♭3rd (C♭), 5th (E♭), ♭7th (G♭), 9th (B♭)

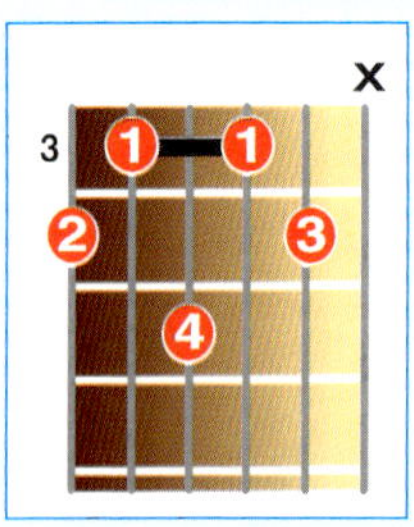

A♭maj9 A♭ Major 9th
1st (A♭), 3rd (C), 5th (E♭), 7th (G), 9th (B♭)

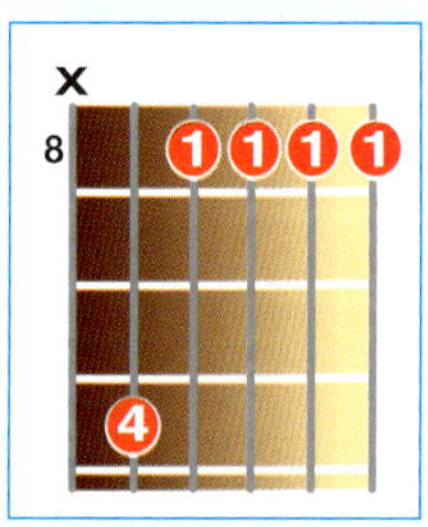

A♭maj9 A♭ Major 9th
1st (A♭), 3rd (C), 5th (E♭), 7th (G), 9th (B♭)

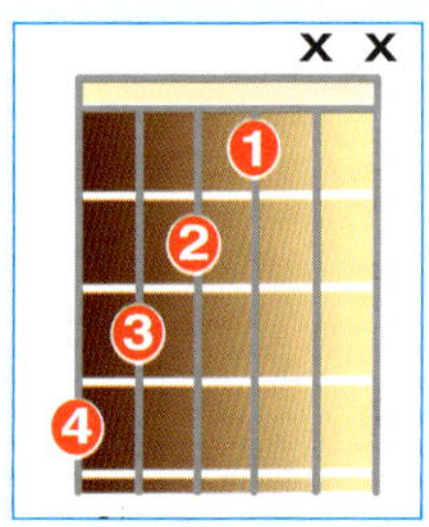

A♭+ A♭ Augmented
1st (A♭), 3rd (C), ♯5th (E)

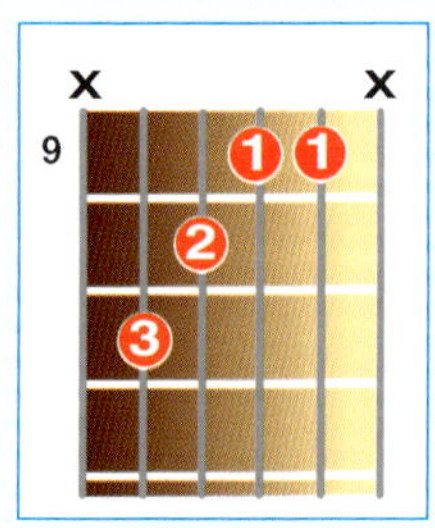

A♭+ A♭ Augmented
1st (A♭), 3rd (C), ♯5th (E)

Complete Guitar Handbook

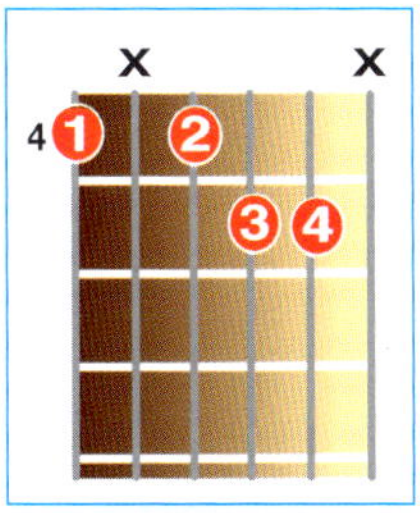

A♭7♯5 A♭ Dominant 7th ♯5
1st (A♭), 3rd (C), ♯5th (E), ♭7th (G♭)

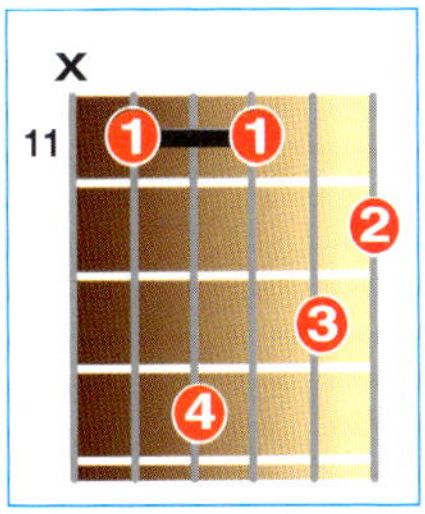

A♭7♯5 A♭ Dominant 7th ♯5
1st (A♭), 3rd (C), ♯5th (E), ♭7th (G♭)

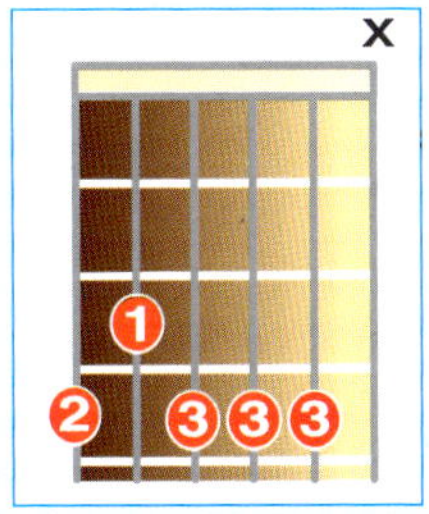

A♭7♯9 A♭ Dominant 7th ♯9
1st (A♭), 3rd (C), 5th (E♭), ♭7th (G♭), ♯9th (B)

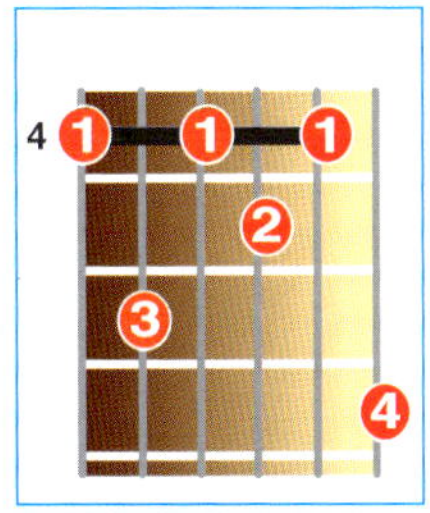

A♭7♯9 A♭ Dominant 7th ♯9
1st (A♭), 3rd (C), 5th (E♭), ♭7th (G♭), ♯9th (B)

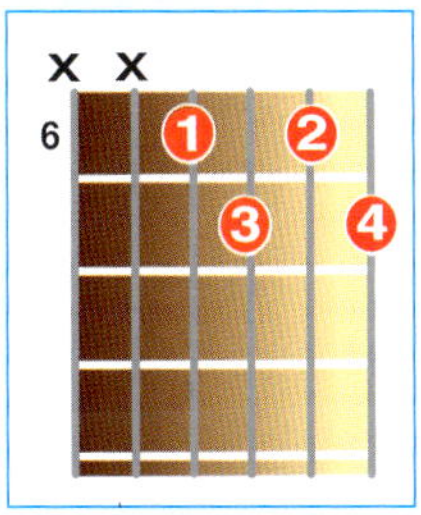

A♭o7 A♭ Diminished 7th
1st (A♭), ♭3rd (C♭), ♭5th (E♭♭), ♭♭7th (G♭♭)

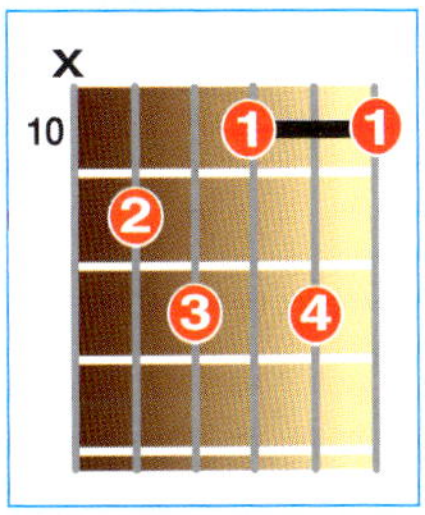

A♭o7 A♭ Diminished 7th
1st (A♭), ♭3rd (C♭), ♭5th (E♭♭), ♭♭7th (G♭♭)

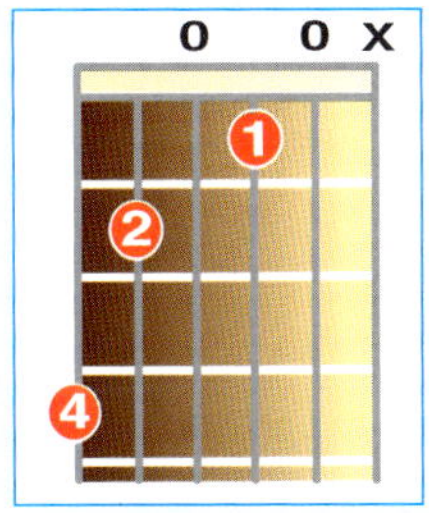

A♭o A♭ Diminished triad
1st (A♭), ♭3rd (C♭), ♭5th (E♭♭)

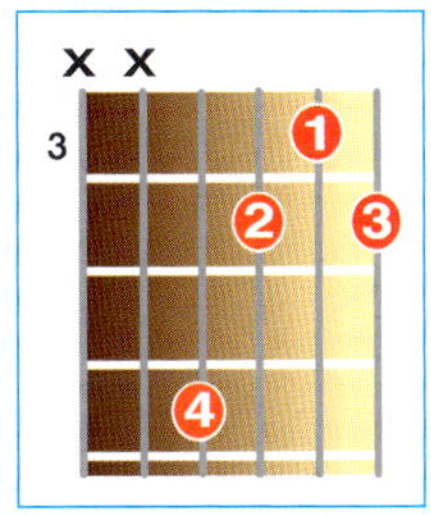

A♭o A♭ Diminished triad
1st (A♭), ♭3rd (C♭), ♭5th (E♭♭)

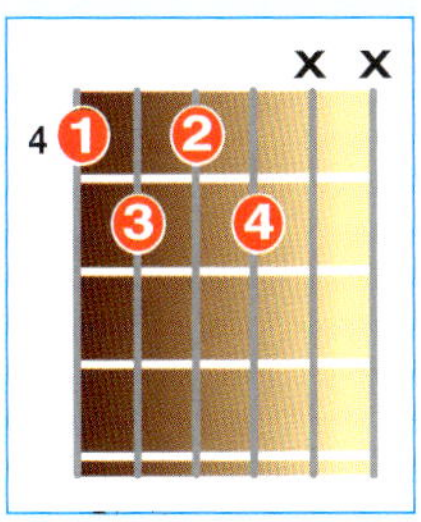

A♭7♭5 A♭ Dominant 7th ♭5
1st (A♭), 3rd (C), ♭5th (E♭♭), ♭7th (G♭)

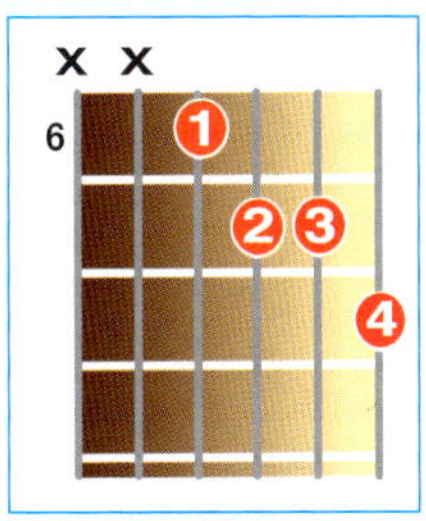

A♭7♭5 A♭ Dominant 7th ♭5
1st (A♭), 3rd (C), ♭5th (E♭♭), ♭7th (G♭)

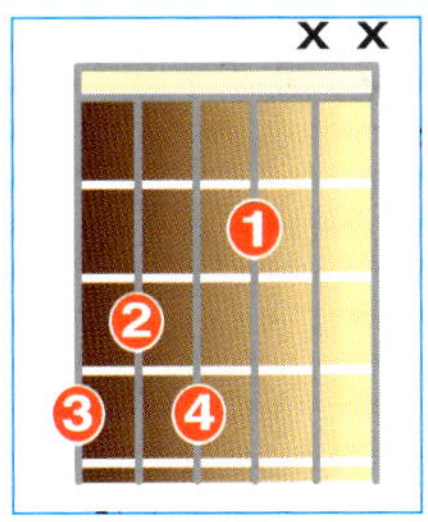

A♭7♭9 A♭ Dominant 7th ♭9
1st (A♭), 3rd (C), 5th (E♭), ♭7th (G♭), ♭9th (B♭♭)

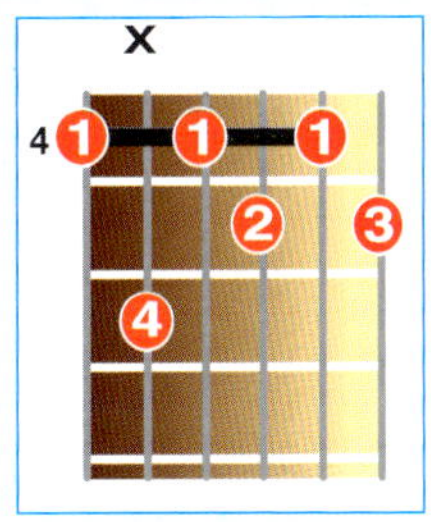

A♭7♭9 A♭ Dominant 7th ♭9
1st (A♭), 3rd (C), 5th (E♭), ♭7th (G♭), ♭9th (B♭♭)

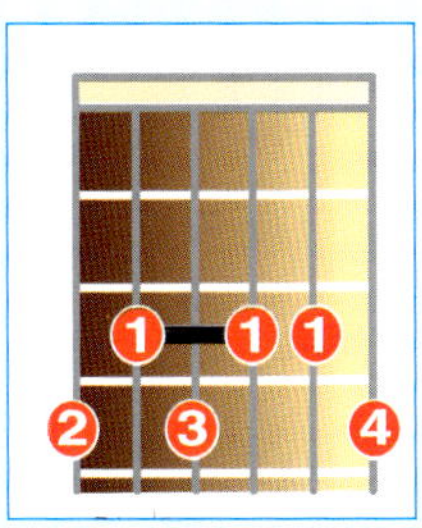

A♭9♭5 A♭ Dominant 9th ♭5th
1st (A♭), 3rd (C), ♭5th (E♭♭), ♭7th (G♭), 9th (B♭)

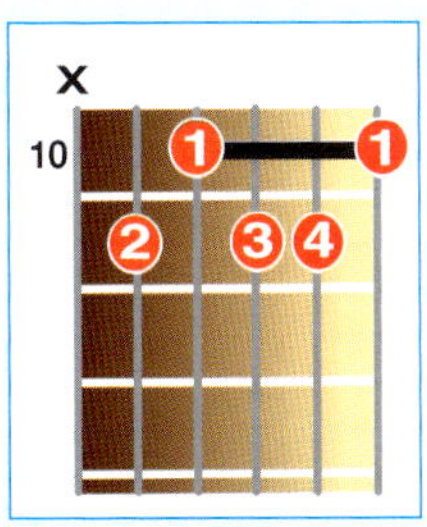

A♭9♭5 A♭ Dominant 9th ♭5th
1st (A♭), 3rd (C), ♭5th (E♭♭), ♭7th (G♭), 9th (B♭)

Scale of A♭/G♯ major

A♭	B♭	C	D♭	E♭	F	G
1st	2nd	3rd	4th	5th	6th	7th
	9th		11th		13th	

Section Five: Chord Dictionary

FURTHER READING

Amelar, C., *The Guitar F/X Cook Book*, Hal Leonard, 1997
Bacon, T., *History of the American Guitar*, Backbeat UK, 2001
Bacon T. & Day P., *The Fender Book: A Complete History of Fender Electric Guitars* (2nd edn.), Backbeat UK, 1999
Bennett, J. (ed.), *Guitar Facts*, Flame Tree Publishing, 2002
Brosnac, D., *Guitar Electronics for Musicians*, Music Sales Ltd, 1983
Carter, W., *Gibson Guitars 100 Years of an American Icon*, General Publishing Group, 1994
Chappell, J., *Scales and Modes*, Cherry Lane Music, 1994
Chappell, J. & Verheyen, C., *Rock Guitar for Dummies*, Hungry Minds Inc, 2001
Denyer, R., *The Guitar Handbook*, Alfred A. Knopf, 1992
Douse, C., *Really Easy Riffs*, Wise Publications, 2003
Duchossoir, A. R., *Gibson Electrics: The Classic Years*, Hal Leonard, 1981
Fliegler, R., *AMPS!: The Other Half of Rock 'n' Roll*, Hal Leonard, 1993
Goodrick, M., *The Advancing Guitarist*, Music Sales Ltd., 1987
Gruhn. G., Carter, W., *Electric Guitars and Basses: A Photographic History*, Omnibus Press, 1994
Hall, J., *Exploring Jazz Guitar*, Hal Leonard, 1991
Hart, C., *Routes to Sight Reading*, Registry Publications, 2004
Iwanade, Y., *The Beauty of the 'Burst: Gibson Sunburst Les Pauls from 1958 to 1960*, Hal Leonard, 1999
Kamimoto, H., *Electric Guitar Setups*, Music Sales Ltd, 1996
Koch, G., *Rhythm Riffs*, Hal Leonard, 2003
Latarski, D., *First Chords*, Warner Bros., 1999
Macdonald, R. (ed.), *The Illustrated Home Recording Handbook*, Billboard Books, 2004
Menasché, E., *The Desktop Studio*, Hal Leonard, 2003
Philips, M. & Chappell, J., *Guitar for Dummies*, Hungry Minds Inc, 1998
Pinksterboer, H., *Rough Guide to Electric and Bass Guitar*, Rough Guides, 2000
Rooksby, R., *First Guitar Rhythm Patterns*, Wise Publications, 1998
Ross, M., *Getting Great Guitar Sounds*, Hal Leonard, 1998
Schmidt, P. W., *Acquired of the Angels: The Lives and Works of Master Guitar Makers John D'Angelico and James L. D'Aquisto*, Scarecrow Press, 1991
Skinner, T., *Electric Guitar Playing Grade 1*, Registry Publications, 2004
Skinner, T., *Improvising Lead Guitar*, Registry Publications, 2004
Sicard, A., *Instant Lead Guitar*, Mel Bay, 1993
Wheeler, T., *American Guitars: An Illustrated History*, HarperCollins Publishers, 1992
Wheeler, T., *The Stratocaster Chronicles: Celebrating 50 Years of the Fender Strat*, Hal Leonard, 2004
Wyatt, K., *Electric Guitar Basics*, Warner Bros., 1996

MAGAZINES

20th Century Guitar: www.tcguitar.com
Acoustic Guitar: www.acguitar.com
Bass Guitar Magazine: www.bassguitarmagazine.com
Classical Guitar Magazine: www.classicalguitarmagazine.com
Electronic Musician: www.emusician.com
Flatpicking Guitar Magazine: www.flatpick.com
Guitarist: www.guitarist.co.uk
GuitarOne: www.guitaronemag.com
Guitar Player: www.guitarplayer.com
Guitar Techniques: www.guitartechniques.com
Guitar Tutor
Guitar World: www.guitarworld.com
Total Guitar: www.totalguitar.co.uk
Vintage Guitar: www.Vintageguitar.com

DVD

Home Recording Magazine's 100 Recording Tips and Tricks, Cherry Lane Music, 2003
Learning Guitar for Dummies, Jon Chappell, 2001

WEBSITES

www.analogman.com: this is a site dedicated to analogue and vintage effects, including pedals.

www.BooksForGuitar.com: this site specializes in guitar education, with all titles being reviewed for quality before inclusion.

www.guitarists.net/: this site is for players of all ages, styles and abilities. Take part in a guitar-related discussion, look up some lessons and a lot more.

http://guitar.about.com/od/bluesjazzmetalmore/: this site has links to resources that give advice on how to play in styles such as blues, funk and jazz.

www.guitar-player-resources.com/: a site giving advice to acoustic, electric and bass guitarists on everything from choosing a guitar, to guitar lessons and repairs.

www.guitartips.addr.com: this site is day-to-day resource for acoustic players, with tips and advice on care, preservation and maintenance of instruments, plus guitar chords.

www.harmony-central.com: this is a leading internet resource for musicians, with everything from news and product reviews, to classified ads and chat rooms.

www.musicfirebox.com: a lo-fi music information site.

www.projectguitar.com: this site includes tutorials, projects, links and further information to help you get the most out of playing solid-body electric guitar.

www.RegistryOfGuitarTutors.com: this site includes the only database of formally registered guitar tutors across the UK and overseas.

www.tonequest.com: The ToneQuest Report is a monthly newsletter published by and for guitarists.

Complete Guitar Handbook

CONTRIBUTOR BIOGRAPHIES

Michael Leonard (General Editor)
Michael Leonard began playing guitar at the age of 12, inspired by his elder brother's budget-priced but very fine Yamaha acoustic. He's worked in the music press since 1990, and has edited *The Guitar Magazine*, *Guitar Techniques* and – currently – Europe's longest-established musicians' magazine, *Guitarist*. As a freelance writer, he's contributed to *Q*, *Mojo*, *Blender* and many others. He lives with his wife and two children in Bath, England.

Juan Martín (Foreword)
Juan Martín is a celebrated virtuoso of the flamenco guitar who has been voted as one of the top guitarists in the world by *Guitar Player* magazine. He resides in London but still has his home in Málaga, Andalucia where he learnt his art. He has recorded 18 albums and has toured the world giving solo concerts and appearing with his group. His DVDs and definitive flamenco method have taught hundreds of thousands the complex art of flamenco. The Spanish paper *El Mundo* said of him 'he has a terrifyingly good technique and an absolute dominance of the guitar, filling the concert hall with crystalline clarity.'

Rusty Cutchin (Consultant Editor; Recording Your Guitar)
Rusty Cutchin has been a musician, recording engineer, producer and journalist for over 25 years. His articles have appeared in *Cashbox*, *Billboard*, *Hits*, *Musician*, *Country Fever*, *International Musician* and *Recording World*. Songwriting and production work for Atlantic Records and Motown led him to a studio career during which he worked on recordings by artists including Mariah Carey and Yoko Ono, as well as on countless jazz, dance and hip-hop records. At the same he built a pro-quality home studio, before returning full-circle to journalism, becoming editor-in-chief of *Home Recording* and technical editor of *GuitarOne*. He is currently associate editor of *Electronic Musician*, the leading US magazine for the home-studio musician.

Cliff Douse (Musical Styles; The Great Guitarists)
Cliff Douse is a music author, editor and composer based in the UK. His first book, *Scales & Modes for Guitar*, was published in 1990 with an endorsement from the legendary rock guitarist, Pete Townshend, and he has since written a number of other books and countless articles for some of the UK's foremost music and computer magazines. Cliff also recently edited *Guitar Techniques* magazine and the *Guitarist Icons* series for Future Publishing in England.

Adam Perlmutter (Guitar Gallery)
Adam Perlmutter has music degrees from the University of North Carolina at Greensboro and the New England Conservatory. He is a senior editor of *GuitarOne* magazine, and has authored several guitar instruction books and transcribed/arranged numerous folios.

Richard Riley (Maintenance and Customizing; Guitar Electrics)
Richard Riley is a guitar player and writer. He has recorded and performed with a wide range of artists and is a long-time contributor to many of the UK's leading music technology publications. As an artist and musician he is regularly seen in the mp3.com charts.

Michael Ross (Using Effects; Amplifiers)
Michael Ross is a freelance guitarist/producer/writer/editor living in New York. He is the author of *Getting Great Guitar Sounds* (Hal Leonard). He is the gear editor for *Guitar One* magazine, and a contributor to amazon.com, *What Guitar*, *No Depression*, puremusic.com and others. He would like to remind guitarists that it is 90% in the fingers.

Tony Skinner (Getting Started; Playing Rhythm Guitar; Playing Lead Guitar; Chords and Tunings; Essential Techniques)
Tony Skinner is widely respected as one of the UK's premier music educators. He is the director of the Registry of Guitar Tutors – the world's foremost organisation for guitar education. He is also the principal guitar examiner for London College of Music Exams and has compiled examination syllabi in electric, bass and classical guitar playing, as well as popular music theory, rock/pop band and popular music vocals. He has written and edited over 50 music-education books and is the editor of *Guitar Tutor* magazine and a columnist for *Total Guitar* magazine.

PICTURE CREDITS

Ampeg: 297, **Arbiter Group Plc**: Fender Musical Instruments Inc.: 110, 157, 188 (m), 207 (b), 233, 240, 256 (bl), 260, 287 (br), 302, 325, **Boss**: 130, 133 (b), 135 (t), 137 (br), 138 (tr), 140 **Brian Moore Guitars Inc**: 327 (r), **C.F. Martin & Co., Inc., Nazareth, PA USA**: 258, **Rusty Cutchin**: 137 (t), 141 (t), 317, 319, 321, 323, **DOD**: 127 (t), **Dorling Kindersley Ltd.**: 181 (t), 239, 241, 251, 255, 256 (br), 284 (t), 289, **Gruhn Guitars**: 173 (bl), **Ibanez**: 127 (b), **John Hornby Skewes & Co Ltd.**: 252, **Lark Street Music**: 250, **Line 6**: 257 (b), 281 (br), **London Features International**: 124, 220, 235, 237, 278, 301, 320, **Marshall Amplification Plc**: 204 (br), 205, 295, 300, **Neutrik**: 311, **Osborne Creative Services**: 315 (b), **Parker Guitars**: 280 (bl), **Planet Waves**: 288 (tr), **Redferns**: Richard E. Aaron: 189, 199 (t), 217; Jorgen Angel: 228; Glenn A. Baker Archives: 133 (t); Michael Ochs Archives: 31, 47, 122, 129, 134, 136, 154, 158, 163, 167, 175 (b), 206, 214, 242, 304; Bob Baker: 208; Dick Barnatt: 94, 182; Paul Bergen: 132, 196 (m), Chuck Boyd: 223; Carey Brandon: 227; Colin Burgess: 193; Steve Catlin: 188 (bl),196 (b), 236, 244, 245, 246, 249; Fin Costello: 147, 183; Pete Cronin: 169, 199 (b); Geoff Dann: 234, 254; Grant Davis: 201 (b); DeltaHaze Corporation: 175 (tr); Richard Ecclestone: 305 (b), 322 (all); Max Jones Files: 190; Tabatha Fireman: 142; Patrick Ford: 39; Gems: 180; Suzie Gibbons: 305 (t); Steve Gillet: 173 (t); Harry Goodwin: 230; William Gottlieb: 224; Beth Gwinn: 120; Cary Hammond: 162; Mick Hutson: 62, 185, 201 (tr); K&K ULF Kruger OHG: 247; Robert Knight: 46, 119 (t), 213 (b); Andrew Lepley: 191 (b), 195; Michel Linssen: 200; Robin Little: 8; Jon Lusk: 168 (t), 170, 171; Hayley Madden: 218; Gered Mankowitz: 198; Steve Morley: 135 (b); Leon Morris: 172; Bernd Muller: 291 (t); Opera News: 210; Odile Noel: 33 (t); PALM/RSCH: 150; Dave Peabody: 161, 243; Andrew Putler: 232; David Redfern: 27, 79, 151 (t), 156, 176, 192, 209 (t), 215, 226, 248, 290, 306; Lorne Resnick: 139, 231; Ebet Roberts: 32, 112, 121, 155, 184, 229, 238, 313; John Rodgers: 126; Kerstin Rodgers: 143(m); S & G Press Agency: 225; Donna Santisi: 63; Max Scheler: 138 (b); Jim Sharpe: 131 (t); Nicky J. Sims: 211 (t), 308; Peter Still: 221; Jon Super: 30, 143 (b); Peter Symes: 219; Gai Terrell: 159; Richard Upper: 78, 212; Bob Willoughby: 222; Graham Wiltshire: 216; **Roland Corporation**: 33 (b), 197 (tr), 314, 326, **Sennheiser**: 307 (b), **Shure Incorporated**: 307 (tl), **Silent Source**: 310 (t), **S.I.N.**: David Corio: 165 (br), Eye and Eye/Jack Barron: 145, **Sound Technology Plc**: 204 (l), 303, **Stewart-Macdonald**: 287 (bl), **Sylvia Pitcher Photo Library**: Tony Mottram: 179, **TC Electronics**: 125 (b), **Tech 21**: 298 (t), **Topham Picturepoint**: 118; Lipnitzki/Roger-Viollet: 148, **ArenaPAL**: 128, 146; Clive Barda: 211 (b); Sisi Burn: 152(b); James Wilson: 139 (b), **The Image Works**: 312; John Maier, Jr.: 166; Dion Ogust: 309 (b), **Ken Vose**: 22, **Westside Distribution / Mesa/Boogie**: 296, **William Worsley**: 188 (br), 298 (b). **All other images courtesy of Foundry Arts**.

Complete Guitar Handbook

INDEX

Page references in italics indicate illustrations

Complete Guitar Handbook

Complete Guitar Handbook

Complete Guitar Handbook

Complete Guitar Handbook

Complete Guitar Handbook